U0107354

〔南朝宋〕刘义庆 著

蒋宗许 陈默 评注

你真能读明白的

世说新语

上

中华书局

图书在版编目（CIP）数据

你真能读明白的世说新语/（南朝宋）刘义庆著；蒋宗许，陈默
评注. —北京：中华书局，2023.9
ISBN 978-7-101-16335-3

Ⅰ.你…　Ⅱ.①刘…②蒋…③陈…　Ⅲ.《世说新语》-小说
研究　Ⅳ.I207.419

中国国家版本馆 CIP 数据核字（2023）第 169184 号

书　名	你真能读明白的世说新语（全三册）
著　者	〔南朝宋〕刘义庆
评　注	蒋宗许　陈　默
责任编辑	刘树林　胡香玉　周梓翔　熊瑞敏
责任印制	陈丽娜
出版发行	中华书局
	（北京市丰台区太平桥西里 38 号　100073）
	http://www.zhbc.com.cn
	E-mail:zhbc@zhbc.com.cn
印　刷	三河市中晟雅豪印务有限公司
版　次	2023 年 9 月第 1 版
	2023 年 9 月第 1 次印刷
规　格	开本/920×1250 毫米　1/32
	印张 46⅝　插页 6　字数 750 千字
印　数	1-10000 册
国际书号	ISBN 978-7-101-16335-3
定　价	116.00 元

前　言

　　《世说新语》是南朝宋临川王刘义庆与其门下文人共同编纂的志人小说（以下简称《世说》）。此书杂采魏晋典籍，经过巧妙编排和精心润色，将中古时期的众生群相特别是士大夫群体的独特风貌分门别类地呈现在读者眼前，从而成为古代小说中一道独特而亮丽的风景。鲁迅先生评论《世说》"记言则玄远冷隽，记行则高简瑰奇"（《中国小说史略》），"玄远冷隽""高简瑰奇"八字，可谓《世说》一书精神的精要概括，同时也是"魏晋风度"或者说"魏晋风流"的高度浓缩。

　　至于"魏晋风度"一语，则首次出现在鲁迅的著名演讲稿《魏晋风度及文章与药及酒之关系》（《而已集》）中。鲁迅先生以东汉末至曹魏士风的转换为起点，论及两晋刘宋，风趣而又深刻地揭示了"魏晋风度"的来龙去脉，其演讲中所用故事与材料大多采自《世说》一书。自此以后，《世说》与"魏晋风度"也就几乎划上了等号。那么，究竟何为"魏晋风度"呢？《世说》又是如何体现"魏晋风度"的？《世说》对后世文人的精神世界又产生了哪些影响？我们试作简要诠释。

一、何为"魏晋风度"

　　"魏晋"如从曹丕禅汉（220）算起，至刘裕代晋（420），正好二百年。在此二百年中，政治上，尔虞我诈，权力更替如翻掌；军事上，你方唱罢我登场，即使本家同宗互相杀伐也是寻常之事；生态上，世事诡谲难测，士大夫阶层人人自危如累卵，生命的无常用"朝不虑夕"来形容一点也不为过。于是，服散抹粉、宽袍木屐、锻铁钻李、散发裸形、扪虱取鹊、白眼傲岸等种种异相便齐齐粉墨登场了。对有些人来说，这是他们摆脱现实世界礼教与道德的束缚、遵循自己的内心、展示真实自我的开始；对有些人来说则是伪装的手段，他们甚至用极端自污来保身远祸。

如今看来，这是一段荒诞而又真实的历史。说其荒诞，因为此时人们行事多不同于前俗，或自然或刻意，往往出人意表；说其真实，是因为我们对他们不屈本心的行事风格心存艳羡。或者可以这样说，言其荒诞更多的是因为我们未能免俗；说其真实，其实是我们对俗世经验和教条的批判。

"魏晋风度"正是在这魏晋士人放任自在，而后世文人读者不断演绎中形成的。言其实质，当是人们无法超越现实，无法掌控自己的未来，无法逆料生死时，极端的失望与压抑导致人们开始放弃对世俗与名教的顺从而顺应自然和本性，于是他们服药饮酒、纵情山林、率直通脱、任诞旷达，即使在言谈中也采用极富个性的美学形式表达自己的理念与才情。开始将个体的"我"作为中心，千人千面，这大概也是"魏晋风度"能够大放异彩的原因。

二、"魏晋风度"在《世说》中有哪些表现

上面我们对"魏晋风度"作了简要的说明。而《世说》用三十六个门类，三十六种不同风格的故事将这一风度具体地呈现在我们的面前。接下来我们就结合事例来看一下"魏晋风度"在《世说》中的具体表现。

（一）服药行散

魏晋士人沉湎于服药行散，这本是悲摧而病态的做派，却一时蔚然成风。所谓服散，即服食五石散。五石散是由紫石英、白石英、赤石脂、石钟乳、石硫黄五种药石为主，杂以人参等配制而成，据云可治男子瘵伤羸虚，服用后宜吃冷食，故亦名寒食散。五石散固然有些疗效，但其毒性也很大。只因其服食后能让人暂时兴奋，体力转强，故受士人推崇。这一风气的带动者是曹魏的何晏。何晏是曹魏时著名的清谈家，同时又是魏室外戚，是魏末执政大臣曹爽的心腹。《言语》第十四则记何晏云："服五石散，非唯治病，亦觉神明开朗。"因为何晏威望高，虽然其说荒谬病态，然而魏晋六朝上层人士竞相效法。殊不知，服五石散无异于慢性自杀，服者每每中毒，染成痼疾，重者甚至伤残夭亡。余嘉锡《寒食散考》云："魏晋以后，服者相寻，杀人如麻，晏实为祸首。"可见其实。此外，服食散剂以后，需缓步调适才能散发药性，故会有"行散"举动。行散后，在药力的作用下，燥热难耐，须冷水浇身，吃冷食。皮肤因发烧容易擦伤，不能穿窄衣，故行散者须着宽袍大袖，貌似飘飘欲仙，而这正是士人们追求的一种精神状态。总之，无论服药还是行散，都寄寓着那个时代人们对于生命易逝的忧虑，对尘世无奈的消极对抗。如《文学》第一百零一则：

　　王孝伯在京，行散至其弟王睹户前，问："古诗中何句为最？"睹思未答。孝伯咏"所遇无故物，焉得不速老"："此句为佳。"

又如《赏誉》第一百五十三则：

　　王恭始与王建武甚有情，后遇袁悦之间，遂致疑隙，然每至兴会，故有相思时。恭尝行散至京口射堂，于时清露晨流，新桐初引。恭目之，曰："王大故自濯濯。"

生命短暂易逝的悲戚、好景不长的潜忧都在貌似的潇洒中透露出来。脱离开魏晋那个特殊的时期，对于服药行散，后世人们是以一种旁观的否定态度来看待的，所以隋代以后，服散之风迅速消弭，不再有人去仿效这种以生命为代价的潇洒了。

（二）挥麈清谈

清谈又称"清言"。魏晋士大夫常聚集一处，或两人或多人，以《老》《庄》《易》为旨归，就其中"有与无""才与性""名教与自然"等论题做哲学和思想上的论辩。其论辩的目的已与东汉时期的清议传统出现根本差异，虽然有时也品评人物，但更注重人物自身的品性和个性，与其所具有的从政能力等无关。通常认为，最早提倡清谈的是何晏、王弼等人，如《文学》第六则：

> 何晏为吏部尚书，有位望，时谈客盈坐。王弼未弱冠，往见之。晏闻弼名，因条向者胜理语弼曰："此理仆以为极，可得复难不？"弼便作难，一坐人便以为屈。于是弼自为客主数番，皆一坐所不及。

本则中所说"谈客"即是长于清谈之人，而所谓"客主"，即是清谈之论辩课题的正方与反方。所谓"番"，即是回合，如《文学》第四十五则"因示语攻难数十番"，《文学》第六十二则"君四番后当得见同"，《文学》第六十五则"年余后但一两番"，可见彼时论辩往来的情况。《世说》中参加清谈的人物，无不是五车学富，悬河利口，清谈的场景亦五彩缤纷，美轮美奂：有时和风细雨，如《文学》第四十则；有时剑拔弩张，如《言语》第七十九则："若文度来，我以偏师待之；

康伯来，济河焚舟。"又如《文学》第二十六则："恶！卿不欲作将善云梯仰攻?"有时詈骂攻讦，视若仇敌，如《文学》第二十二则："桓宣武语人曰：'……顾看两王掾，辄翣如生母狗馨。'"又《文学》第三十一则："殷（浩）乃语孙（盛）曰：'卿莫作强口马，我当穿卿鼻！'孙曰：'卿不见决鼻牛，人当穿卿颊！'""生母狗""强口马""决鼻牛"这类俗语从高雅超逸的士大夫口中滑出，也正是他们放荡不羁性格的展现，嬉笑怒骂，皆成风景。

此外，清谈时也有与之相匹配的风雅道具——麈尾。麈尾本是用来拂尘或驱虫的器具，但当时清谈之士多宝爱此物，清谈时往往以助气势，如《文学》第三十一则："孙安国往殷中军许共论，往反精苦，客主无间。左右进食，冷而复暖者数四。彼我奋掷麈尾，悉脱落满餐饭中，宾主遂至莫忘食。"可谓如见其形，如闻其声。因为喜爱，所以麈尾多制作得十分漂亮，常镶以玉石、玳瑁之类，《容止》第八则："王夷甫容貌整丽，妙于谈玄，恒捉白玉柄麈尾，与手都无分别。"容貌整丽、麈尾、谈玄融于一体，更可想见王衍在清谈时任意挥洒的立体光环与潇洒风度。而王濛去世，好友刘惔将麈尾与其陪葬，《伤逝》第十则："王长史病笃，寝卧灯下，转麈尾视之，叹曰：'如此人，曾不得四十！'及亡，刘尹临殡，以犀柄麈尾著柩中。"经《世说》的渲染，"挥麈"一词不止在后世诗文中司空见惯，更被南宋王明清直接用作书名——《挥麈录》。

（三）纵酒放旷

"魏晋风度"中是不能没有酒的。大概这种含有乙醇的饮料自发明之日起就成为许多人追寻灵感和逃避现实的忘忧之物。因《世说》中涉及"酒"的条目太多，我们只以《任诞》一门为例。本门凡五十四则，与饮酒相关的占了大约一半。在这一门中，阮氏家族占了很大的篇幅，而阮籍又是其中当之无愧的主角。这位只因"厨中有贮酒数百斛"就求为"步兵校尉"的魏晋名士，其大半生困顿在酒中。可以说，酒既是他浇散胸中块垒的奇方妙剂，也是他在曹魏与司马氏之间游走的保命良方。如《任诞》第二则：

> 阮籍遭母丧，在晋文王坐，进酒肉。司隶何曾亦在坐，曰："明公方以孝治天下，而阮籍以重丧显于公坐饮酒食肉，宜流之海外，以正风教。"文王曰："嗣宗毁顿如此，君不能共忧之，何谓？且有疾而饮酒食肉，固丧礼也。"籍饮啖不辍，神色自若。

此则故事颇为有趣。居母丧期间的阮籍在司马昭座上饮酒食肉，故何曾原想依据《礼记·丧大记》"期，终丧不食肉，不饮酒"之礼，以不孝罪将阮籍流放海外，置于死地，但司马昭却以《礼记·曲礼上》"居丧之礼，头有创则沐，身有疡则浴，有疾则饮酒食肉，疾止复初"的说法为其回护。君臣二人皆讲儒家教义，只为一个常把"礼岂为我辈设"挂在嘴边之人的生与死。而阮籍"饮啖不辍，神色自若"，似参与其中，又似与此事无关联。故藏于这"酒"后的，恐怕不只是一场忘忧似的宿醉，更是在这世间还能做多少时日停留的问题。所以，宋叶梦得《石林诗话》云："晋人多言饮酒有至于沉醉者，此未必意真在于酒。盖时方艰难，人各惧祸，惟托于醉，可以粗远世故。"我们也就知道，阮籍、刘伶之纵酒放旷其实是处于乱世的保身之道。至于东晋时的酒客们，更多的则是酗酒沉沦，乱世中的自暴自弃了，如饮酒"尝经三日不醒"的周颛、倡言"酒正使人人自远"的王蕴，以致王恭有"名士不必须奇才，但使常得无事，痛饮酒，熟读《离骚》，便可称名士"的话。

（四）任性自然

听从本心即是任性，饥餐渴饮即是自然。如果我们能摆脱世俗约束和道德责难，或许每个个体都对此有深深的期待，而魏晋时代恰恰给了一部分人能够任性自然的机会和条件。他们不矫情、不做作，不肯向现实低头，其代表人物就是嵇康。嵇康之妻本是曹操之子沛穆王曹林的孙女，封长乐亭主，而嵇康自己也曾官曹魏的中散大夫。他本已为司马氏所忌，但既未选择像阮籍一样纵酒自弃，亦未如王戎一样悭吝自污，而是直接面对自己已经预料到的命运。如《简傲》第三则：

> 锺士季精有才理，先不识嵇康，锺要于时贤俊之士，俱往寻康。康方大树下锻，向子期为佐鼓排。康扬槌不辍，傍若无人，移时不交一言。锺起去，康曰："何所闻而来？何所见而去？"锺曰："闻所闻而来，见所见而去。"

二人的对答各见才情，旗鼓相当，遗憾不能惺惺相惜，因嵇康不愿降节与锺会等人交往，简傲鹤立，最终结怨。不但是对锺会，即使老友山涛欲举荐自己出仕，嵇康也寄信以明己志。盖其志"内不愧心，外不负俗。交不为利，仕不谋禄。鉴乎古今，涤情荡欲"（《卜疑》），今以吾等俗人观之，其高情逸志实难企及。嵇康之所以为嵇康，是他不肯向现实妥协，且有在临刑东市前"神气不变，索琴弹之，奏《广陵散》"的潇洒与从容。

当然，我们说"魏晋风流"，不得不顺便说说"王谢风流"，因为

"王谢风流"早已在一定程度上成了金粉六朝的精神追求，且在"魏晋风流"中占有极大的比例。王谢家的种种表现成为一个个特写的历史镜头，定格在了人们的脑海中。例如，王家的"坦腹东床""从山阴道上行，山川自相映发，使人应接不暇""雪夜访戴""何可一日无此君""西山朝来，致有爽气"等。而谢家，如谢安与子侄在家中讲论文艺，时正雪花飘舞，谢朗说雪花如"撒盐空中"，而才女谢道韫则说"未若柳絮因风起"，谢安十分赞赏她，因为"柳絮因风起"五字，形神皆备，比较起谢朗"撒盐空中"高出很多。盖雪花轻而飘舞，其形万状；盐则重而凝滞，径直坠落，唯色与雪同罢了，非唯全无美感，且亦不伦不类。又如谢安问子弟："子弟与自己有什么关系，而人们总是希望子弟好？"谢玄回答说："犹如芝兰玉树（名贵的花草树木），人们都想要种在自家的庭院里。"谢玄的回答既切合问话本旨而又辞彩艳发，所以从来为人激赏，"芝兰玉树"自此更成了优秀子弟的代名词。再如，谢公在子弟聚集的时候，问："《毛诗》何句最佳？"谢玄回答说："昔我往矣，杨柳依依；今我来思，雨雪霏霏。"谢安说："我认为'讦谟定命，远猷辰告'最有雅人深致。"其实二者皆妙，唯角度不同罢了，谢玄是从诗抒写的意象、戍边者对季节变换、似水流年的感慨而产生触动，觉得不唯诗句优美，而且感情真挚朴淳，动人心旌。而谢安则是从政治家的角度对"讦谟定命，远猷辰告"表示赞赏，认为作为执政者应该有这样的气魄和胸怀。同时，这也是他自己心中之标的，内心世界的语言外现。也就是说，谢玄跳脱了自己的身份和地位，从艺术的表现且对诗作主人的换位思考而欣赏，谢安则正是以诗句作为一面镜子，来对照自己经营国事的行径而产生了共鸣。诸如此类，是何等的艺术，场景何其温馨。

　　以上所论当然不能涵盖"魏晋风度"的所有内涵，但是或可使读者一窥在"文学自觉"时代的前后，人的自我意识处于高度觉醒的一种状态。故《世说》中上至王侯将相，下至处士隐逸，旁及高僧沙弥，他们的精神世界都得到了不同程度的展现。至于"会心处不必在远""濠、濮间想""鹤立鸡群""一往情深"等读者熟悉的典故，就不费辞赘谈了！

三、《世说新语》对后世文人产生了哪些影响

　　就是这样一个令当时人无所适从的年代，因着《世说》的描摹，令后世文人无限着迷。《世说》也被后世文人推崇喜爱，他们或者踵事增华，著异代之《世说》，如唐王方庆，宋王谠、孔平仲，明何良俊、李绍文、焦竑，清梁维枢、吴肃公、王晫等，都以临川刘氏所建构的《世说》体系为基本框架，勾勒出不同时代的人物风采。或作注释研究，形成了研究《世说》和相似体裁著作的专门学问——"世说学"。

　　此外，如果我们稍微了解一下中国文学史，就知道凡六朝而下有成就的作家，无不钟爱《世说》，熟读《世说》。这话似乎有点大言欺人，我们试举一例。如果说六朝以后有哪位知名作家最具"魏晋风度"，也许非李太白莫属。李白祖上早在异国，故受儒家浸染较少，且李白少年蜀中学道，中年飘零江湖，晚年入幕军中，一生中既经历了开元天宝的繁华盛世，又遭际了至德、乾元的牢狱之苦与辗转流离。而其一生行迹，亦大体有因安史之乱由北方向南方迁移的轨迹。加之李白求仙炼丹，任侠纵酒，更与"魏晋风度"多了几分契合。故其诗文里也喜用《世说》中的典故，据我们的粗略统计，应有近百处。其中用《世说》中人物故事较多的有谢安、张翰、庾亮、陆机、山简、王衍、王敦、嵇康、阮籍、桓温、王濛、刘惔、支遁、王羲之、王徽

之、王献之、孙绰、许询、刘昶、温峤、孟昶、殷羡等。以张翰为例，就有很多诗句："君不见吴中张翰称达生，秋风忽忆江东行。且乐生前一杯酒，何须身后千载名？"（《行路难》其三）"八月枚乘笔，三吴张翰杯。"（《送友人寻越中山水》）"长剑归乎来，秋风思归客。"（《于五松山赠南陵常赞府》）"张翰江东去，正值秋风时。"（《送张舍人之江东》）"此行不为鲈鱼鲙，自爱名山入剡中。"（《秋下荆门》）"不因秋风起，自有思归叹。"（《南奔书怀》）此外，李白还乐用嵇康、阮籍、谢安的事迹，读者自可阅读体悟。而其诗中最能体现其放诞不羁性格的当属《襄阳歌》："落日欲没岘山西，倒着接䍦花下迷。襄阳小儿齐拍手，拦街争唱白铜鞮。傍人借问笑何事，笑杀山公醉似泥。……清风朗月不用一钱买，玉山自倒非人推。舒州杓，力士铛，李白与尔同死生。襄王云雨今安在？江水东流猿夜声。"将《世说》中《任诞》第十九则、《容止》第五则典故熔铸于一篇之中，更可见李白对于《世说》一书的喜爱与熟悉。

　　除李白外，与之齐名的"诗圣"杜甫诗中用《世说》竟有近二百处之多。在宋人中，苏轼弟兄也钟爱《世说》，苏轼诗文中，用《世说》典近百次，苏辙《栾城集》用《世说》典百余次。黄庭坚甚至痴迷到了一步也离不得的程度（宋沈作哲《寓简》卷八："黄鲁直离《庄子》《世说》一步不得。"）。只这些数据，也足以说明《世说》影响之大。至于近人、今人也对《世说》钟爱有加，宗白华先生说："这晋人的美，是这全时代的最高峰。《世说新语》一书记述得挺生动，能以简劲的笔墨画出它的精神面貌、若干人物的性格、时代的色彩和空气。文笔的简约玄澹尤能传神。"（《论〈世说新语〉和晋人的美》）袁行霈先生曾说："所谓'魏晋风流'是在魏晋这个特定的时期形成的人物审美的范畴，它伴随着魏晋玄学而兴起，与玄学所倡导的玄远精神相表里，是精神上臻于玄远之境的士人气质的外观……更多地表现为言谈、举止、趣味、习尚，是体现在日常生活中的人生准则。"（《陶渊明与魏晋风流》）其实也是基于《世说》而发挥的。

以上，我们简略阐释了"魏晋风度"的形成、特色、表现及对后世文学的影响。但是，《世说》海涵地负、博大精深，书中内容涉及的知识背景十分浩瀚而复杂，加之中古语言的特殊性以及三教并重的社会习尚，而今一般读者阅读此书不免许多困难。于是，我们凭借长时间研究《世说》的积累，撰著了这本集注释、翻译、评鉴于一体的《你真能读明白的〈世说新语〉》。约略说来，我们试图在以下几方面有自己的特色。

一、关于《世说》门类的认知和本书题解

《世说》分为三十六门，描摹东汉末至东晋年间五光十色的世相。第一门为"孔门四科"之首的"德行"，可视为全书的总纲。不难看出，大凡书中描写的非汤武而薄周公、越礼教而张扬自我的放浪做派，虽然都是魏晋风流的真实反映，但作者只作冷静客观的素描，并不倡扬推毂，且还通过取材有所批评，如乐广批评王澄等放达裸体者曰："名教中自有乐地，何为乃尔也？"裴楷抨击荀粲妇人应"以色为主"曰："此乃是兴到之事，非盛德言，冀后人未昧此语。"显然，批评者执持的无不是儒家正统观念。诸如此类，都间接地表达出作者的态度，这既是刘宋建立政权后的政治需要，也是刘义庆及参编者的儒生本色而决定的。《宋书》刘义庆本传云："少善骑乘，及长以世路艰难，不复跨马。招聚文学之士，近远必至。太尉袁淑，文冠当时，义庆在江州，请为卫军咨议参军；其余吴郡陆展、东海何长瑜、鲍照等，并为辞章之美，引为佐史国臣。"由此可见，刘义庆一生主要是醉心于读书著述。总体来说，三十六门中，作者对前边六门所记内容，即德行、言语、政事、文学、方正、雅量，基本上是持肯定态度的；中间的门类更多的是客观记载逸闻趣事、众生万象；而对最后八门所记故事，即俭啬、汰侈、忿狷、谗险、尤悔、纰漏、惑溺、仇隙，基本上是持批评态度的。至于书中世态群相、三教九流、奇谈怪论杂花生树，则是因为本书是以记人为主的小说，可读性、故事性、趣味性的要求使然。

　　基于这种背景，我们在题解中，注意解读门类名称的内涵、渊源关系，厘析各门之间的差异，并从全书内容及刘孝标注去把握门类精神，同时，尽可能深入浅出地补充一些背景知识，去丰富读者的见识，并纠正一些常识性的错误。

　　如"俭啬"门，通常都把王戎的悭吝当成笑话看，但我们联系《世说》中的其他篇章，发现这样的认知太简单化了。王戎的个人品质已在《德行》篇中有不少颂扬，廉洁孝顺，何以突然有了前后如此巨大的反差？带着这个疑问，我们参阅了刘孝标注，基本可以肯定王戎的做法不过是自晦远害，污迹保身而已。再退一步说，如果王戎品行真的如书中记录之不堪，那么，阮籍岂会与其结忘年之交（阮籍大王戎二十四岁），嵇康会和他同游吗？不需答案。这样也许能把普遍简单化了的认知正本清源了。此外，对"识鉴""品藻"间的异同，我们也做了一些比较探索。至于每门中具体条目的归属是否恰当，前人评论颇多，我们择要采纳，间亦有自己的评判。

　　二、关于本书注释

　　本书目的在于普及与提高并重，故注释力求在准确的基础上清通简要，不做烦琐考证，只是努力将已有的研究成果以准确的结论薪传给读者。

由于中古词汇的复杂多变，再加之《世说》本身是小说，其间口语词汇不少，多少年来，学人们寻绎爬梳，解决了许多疑难。我们在注释中，参考了众多前人的研究文献，披沙拣金，力争把最可靠的解释呈现给读者。例如，中古时期，"见""相"有指代性的用法，可以分别指代不同人称，比较而言，"相"的指代性更强。"人"，从中古用到现在，有时也用以指代自己，我们试举一例。

《排调》第六十一则："桓南郡与殷荆州语次，因共作了语。顾恺之曰：'火烧平原无遗燎。'桓曰：'白布缠棺竖旒旐。'殷曰：'投鱼深渊放飞鸟。'次复作危语。桓曰：'矛头淅米剑头炊。'殷曰：'百岁老翁攀枯枝。'顾曰：'井上辘轳卧婴儿。'殷有一参军在坐，云：'盲人骑瞎马，夜半临深池。'殷曰：'咄咄逼人！'仲堪眇目故也。"

了语，是当时的一种文字游戏，要表达完结、了结义。危语，也是一种文字游戏，描述危险的情景或场合。此则学人们似都没弄明白"咄咄逼人"是什么意思。咄咄，赞叹声，逼，迫近。无须分疏。此语关键在"人"究竟指谁。吕叔湘先生说："人或人家指别人，大率是指你我以外的第三者……但也可以拿'你'作主体，指你以外的别人，那么'我'也在内；有时候，意思就是指的是'我'"（《汉语语法论文集·说代词词尾'家'》，社科出版社，1955年）。本篇言殷浩等作"危语"，殷的参军本是局外人，耳闻思动，妙语天成，情不自禁冲口而出。殷浩眇目，意随境生，顿觉其危岌岌乎殆哉，于是油然叫好，深赞参军的"危语"比己辈所言更危。"逼人"就是"逼我"，让自己觉得其危无以复加。

在本书注释中，对不少条目都表达了我们自己不同程度的刍荛之见。

三、关于本书评鉴

为了帮助读者更准确地领略《世说》中的"魏晋风流"特色，我们设置了评鉴板块。《世说》中的疑难问题不少，如果不加以点拨，读者当会坠入五里雾中。凡是各本皆误的，我们将自己或他人的考释成果做扼要的介绍，让读者知其所以然。再有，如一些常识性的问题，我们也酌情加以申说，尽可能地扩大读者的知识面。对于疑难中较为深邃复杂的问题，我们尽量考查如人物的时代背景、生平履历、门第氏族及政治关系乃至于编撰者刘义庆的微妙心理，进行比较研究，从而得到但愿是客观的结论。

例如关于曹氏父子，我们发现，《世说》中对曹魏是多所针砭的，如表现曹操的集狡诈、残忍、好色、嫉贤妒能于一身，且父子聚麀、弟兄阋墙。这是因为，曹氏篡汉，而刘宋王朝的祖宗是汉高祖刘邦弟楚元王刘交，这种潜在的怨尤必然会有感情的体现。又如对于王敦、桓温，作者欣赏多于批评，这大概与刘宋禅晋而王敦叛晋、桓温怀有异心的背景有关。有些看似平常的条目，我们也注意到平常背后的隐曲，如庾亮见卧佛云"此子疲于津梁"，何以"于时以为名言"；卫展何以赠客以"王不留行"、王济何以穷奢极欲、桓温何以称谢安的《简文帝谥》为"碎金"等，我们都做了阐释。

再者，这是一部普及性的书，当然也要注意评鉴的趣味性，如《假谲》第九则中有温峤设计娶表妹的故事，写得非常生动，其事本来子虚乌有，但在作者笔下却惟妙惟肖，为什么《世说》没把这样的故事编到别人的身上呢？于是我们在评鉴中补入了温峤玩王敦、钱凤于股掌之中，圈套设得天衣无缝，最后王敦气急败坏，悬赏活捉温峤，要亲自拔掉温峤的舌头。原来温峤本来就滑稽多智，小说家才给他编出这样一个风流温馨的故事。书中某些只言片语，好像平淡无奇，其实大有深意，例如《品藻》第三十八则："殷侯既废，桓公语诸人曰：'少时与渊源共骑竹马，我弃去，己辄取之，故当出我下。'"读者一般看不出其中深意，我们在评鉴中告诉读者，桓温这话是言轻意深："桓温举竹马弃取的小事，证明自己强过殷浩，看似不经意之言，其实是很有说服力的，这证明了儿时桓温即为小孩们的"一哥"，大家都听他的指挥，跟着他转。他把竹马丢了，殷浩又捡起来玩，可见凡事殷浩都比桓温慢半拍，跟不上桓温的节奏而唯桓温马首是瞻。"

此外，《世说》人物间的关系非常复杂，同一个人物往往散见在不同的门类中，我们在评鉴中，注意了人物间的家族及仕履关系，且注意将同一人物的表现进行综合归纳，根据需要，还对一些相近的人物做了比较评判。力求言之有据，客观公允。如《文学》第二十七则"殷中军云：'康伯未得我牙后慧'。"此则一向众说纷纭，多以为贬词。于此语，刘孝标注曰"康伯，浩甥也，甚爱之。"韩康伯是殷浩的外甥，殷浩很喜爱他，这话岂会是贬低韩？韩为当时清谈名家，《世说》中有相关条目，如《言语》第七十九则庾龢曰"康伯来，济河焚舟"，《品藻》第六十三则庾龢曰"思理伦和，吾愧康伯"。因为韩伯是殷浩的外甥，人们难免会觉得其声誉得自其舅的推扬，于是殷浩辩白说韩伯的名声与自己无关。"牙后慧"者，即言语所带来的实惠。又，《赏誉》第九十则："殷中军道韩太常曰：'康伯少自标置，居然是出群器；及其发言遣辞，往往有情致。'"这同样是从韩伯的才具赢得了名声着眼，说韩伯从不自己吹嘘，而能出人头地。把这两则联系起来，殷浩前者说韩伯有名声不是仰仗我当舅舅的宣扬，后者说韩伯的名声不是靠自己的吹嘘。

此外，在全书原文、注解和评鉴的依据与来源上我们略作交代。《世说》原文基本上依明袁氏嘉趣堂本，参考古今人的相关著作及权威点校本进行取舍并加以标点。注释中，解释《世说》人名、地名、官制、特殊语词时，着重参考了张永言先生主编，骆晓平、田懋勤、蒋宗许参编的《〈世说新语〉辞典》（四川人民出版社，1992年版）以及张万起先生编撰的《〈世说新语〉词典》（商务印书馆，2021年修订版）。因此书体制所限，未能一一标明出处。谨此说明并致谢。评鉴中，参考了近人今人的著作如余嘉锡《〈世说新语〉笺疏》、徐震堮《〈世说新语〉校笺》、刘强《〈世说新语〉新评》、龚斌《〈世说新语〉校释》、周兴陆《〈世说新语〉汇校汇注汇评》等。海外特别是日本学者的著作和文献材料，我们也参酌或者择取。

总之，此书是一部集注释、翻译、评鉴于一体的普及性读物，多少有些自己的特色。此书最后定名为《你真能读明白的〈世说新语〉》，循名责实，则吾岂敢，这只是中华书局王军先生以及诸位编辑对我们的鼓励和厚望，我们内心是抱着"非曰能之，愿学焉"的态度去努力的。至于本书是否能让读者多少能读得明白些，我们只有静待读者及同行专家的裁可了。

蒋宗许　陈默

2023.3

目　录

上册

中册

下册

再怎么炫风度，也要以德行开场

德行第一

德行，并列式双音词，即道德和品行。古代典籍中，关于"德行"的记述很多。《易·节》云："君子以制数度，议德行。"唐孔颖达疏："德行，谓人才堪任之优劣。"《左传·襄公二十四年》："豹闻之：'太上有立德，其次有立功，其次有立言。'虽久不废，此之谓不朽。"晋葛洪《抱朴子·循本》："德行文学者，君子之本也。"从孔颖达对《易·节》的疏，我们知道古代的用人标准首先是德；从《左传》，我们知道古人追求的实现自我的最高境界是树立德行；从《抱朴子》，我们知道奉行德行是古人为人的基准。总之，德行是儒家的第一要义，孔门四科即以"德行"为首，《论语·先进》"德行：颜渊、闵子骞、冉伯牛、仲弓"，《后汉书·郑玄传》："仲尼之门，考以四科。"德行为四科总纲，正如李贽所言："有德行而后有言语，非德行则言语不成矣；有德行而后有政事、文学，非德行则政事、文学亦不成矣。是德行者，虚位也；言语、政事、文学者，实施也。施内则有夫妇，有父子，有昆弟；施外则有朋友，有君臣。孰能阙一而可乎？"（《初潭集序》）

本门凡四十七则，或讴歌人品的高洁，如陈寔、李膺、郭泰的礼贤下士；或倡扬传统的孝道，如王戎、和峤、吴道助弟兄居丧守礼，陈遗贮焦饭以遗母；或颂扬为人的善良，如郗鉴含脯以养侄儿、外甥，庾亮不卖的卢马免伤他人，简文帝宅心仁厚不罪参军；其他如殷仲堪以勤俭教育儿孙，王恭身无长物，阮籍口不臧否人物，阮裕自责而烧车等都意味深长，可谓是闪着人性光辉的永恒美德。除正面的推尚外，间或亦有对放达者的批评，如乐广倡言"名教中自有乐地"。这些颂扬德行的篇章分别从不同的角度拉开全书序幕。当然，本门中顾荣施炙、陈遗贮焦饭而得善报不免有佛家因果报应的嫌疑，范宣所谓身体发肤的说教稍觉迂腐，但其主观动机仍是彰扬美德的，不必苛求。

德行 1

　　陈仲举言为士则[①]，行为世范。登车揽辔，有澄清天下之志[②]。为豫章太守[③]，至，便问徐孺子所在[④]，欲先看之[⑤]。主簿白[⑥]："群情欲府君先入廨[⑦]。"陈曰："武王式商容之闾[⑧]，席不暇暖[⑨]。吾之礼贤[⑩]，有何不可！"

【注】

①陈仲举：即陈蕃（？—168）。字仲举，东汉汝南平舆（今河南平舆）人。其为人刚正不阿，以气节为世所知。《品藻》1蔡伯喈评价说"陈仲举强于犯上"，可见其性格。《后汉书》卷66有传。

②"登车揽辔"二句：谓陈蕃有整顿天下的志向。登车揽辔（pèi），登上公车，手执缰绳。此指为官赴任。后来用以指革新政治、安定天下的抱负。辔，马缰绳。

③豫章：扬州属郡，地当今江西大部分地区。故治在今江西南昌。太守：官名。

郡的最高长官,秩二千石。

④徐孺子:即徐稺(97—168)。字孺子,东汉豫章南昌(今江西南昌)人。少为儒生,亲自耕种稼穑,乡党服其品行高洁。陈蕃为豫章太守,不接待宾客,却只为徐稺单独设一坐榻,徐稺离开后,便悬置不用。《后汉书》卷53有传。

⑤看:看望,拜访。

⑥主簿:汉以后中央各机构及地方郡、县官府均设有主簿,负责文书簿籍,掌管印鉴,为掾史之首。白:禀告。

⑦群情:大家的想法。这里指随行人员。廨(xiè):官署,公署。官吏办公及居住之所。

⑧武王:指周武王姬发。周文王姬昌之子。率领诸侯伐纣灭殷,建立周王朝。古人尊为贤明君主的典型。事见《史记·周本纪》。式:通"轼"。本指设在车厢前供立乘者凭扶的横木。后指伏轼致敬,即俯身靠在车前的横木上向人表示敬意的一种礼节。商容:商纣王时贤人。《韩诗外传》卷三载周武王曾"式商容之闾",正谓此事。事又见《荀子·大略》。闾:里巷的大门。

⑨席不暇暖:谓席子没来得及坐暖就动身了。形容忙于奔走,没时间久留。语本《淮南子·修务篇》:"孔子无黔突,墨子无暖席。"

⑩礼贤:尊礼贤德之人。

【译】

　　陈蕃平时的言谈成为当时读书人的准则,他的行为成为人们立身处世的楷模。他一旦居官任职,就有治理好天下的宏愿。当任命他为豫章太守时,一到任,立刻打听徐孺子在什么地方,准备先去看望徐

孺子。主簿禀告说："我们大家的意见是想请您先到府中休息。"陈蕃
说："周武王曾经礼敬商容居住过的里巷，为敬重贤人，常常连席垫都
没坐热就动身了。我礼敬徐孺子，有什么不好！"

【评鉴】

徐孺子是当时天下闻名的贤人，宋罗大经《鹤林玉露》称他为"东
汉人物之冠冕"。陈蕃礼敬徐孺子，传为千古美谈，后来"悬榻"成
了尊重贤人的名典，尤其是唐王勃《滕王阁序》"人杰地灵，徐孺下陈
蕃之榻"一联脍炙人口，这段逸事几乎家喻户晓，诗文中用此典更是
司空见惯。陈蕃当时以刚强不阿闻名，太学中传诵说："天下模楷李元
礼，不畏强御陈仲举。"他为人在上不畏强权，而在下能如此礼敬贤
人，实属难得！

德行 2

周子居常云①："吾时月不见黄叔度②，则鄙吝之心已复生矣③！"

【注】

①周子居：即周乘。字子居，东汉汝南安城（今河南正阳）人。天资聪颖，性
　格清高耿介。官至泰山太守。

②时月：此泛指两三个月，数月。黄叔度：即黄宪（75—122）。字叔度，东汉
　汝南慎阳（今河南正阳）人。家世贫贱，其父为牛医。荀淑称其为"颜子"
　（即颜回），世人美称为"征君"。《后汉书》卷53有传。

③鄙吝：庸俗，小气。

【译】

周乘常常说:"我只要一段时间没有见到黄叔度,就会又生出狭隘贪婪的心思。"

【评鉴】

黄宪家世贫贱,父亲为牛医,但他小时候努力学习,同乡的人称他为颜渊再世。长成后名动京师,当时的贤者没有不推重他的。可是他无意功名,退隐闲处。俗语说:"有麝自然香,何必当风立。"在重门阀世谱的东汉,能通过发愤而获声名于世,也证明了《论语》所谓"不患人之不己知,患其不能也"。《后汉书·黄宪传论》云:"黄宪言论风旨,无所传闻,然士君子见之者,靡不服深远,去玼吝。将以道周性全,无德而称乎?"这是说,黄宪的言论风华,当时并没有突出表现,然而凡是和他交往的士君子都佩服他的深沉高洁。下面德行即是例证。

德行 3

郭林宗至汝南①,造袁奉高②,车不停轨③,鸾不辍轭④;诣黄叔度⑤,乃弥日信宿⑥。人问其故,林宗曰:"叔度汪汪如万顷之陂⑦,澄之不清,扰之不浊,其器深广,难测量也⑧。"

【注】

①郭林宗:即郭泰(128—169)。字林宗,东汉太原介休(今山西介休)人。博通诗书,居家讲授,弟子千人。与许劭并称"许郭"。《后汉书》卷68有

传。汝南：郡名。属豫州。东汉治所在平舆（今河南平舆）。东晋移治悬瓠（今河南汝南）。

②造：造访。袁奉高：即袁阆。字奉高，东汉慎阳（今河南正阳）人。世有高名，喜奖掖推举人才。刘孝标注引《汝南先贤传》称其"友黄叔度于童齿，荐陈仲举于家巷"。

③轨：车轮的轴头。引申指车轮。

④鸾不辍轭（è）：谓轭首的銮铃声没有中断，即没有停车解下绳轭。鸾，通"銮"。装于轭首或车衡上的一种车铃，铃内有丸，车行则摇动作响，声似鸾鸣。轭，驾车时驾在牲口脖子上的曲木。

⑤黄叔度：即黄宪。宪字叔度。

⑥弥日：连日，累日。信宿：连住两夜。语出《诗·周颂·有客》："有客宿宿，有客信信。"毛传："一宿曰宿，再宿曰信。"此处泛指连住多日。

⑦汪汪：深远广大的样子。晋陶潜《感士不遇赋》："山嶷嶷而怀影，川汪汪而藏声。"陂（bēi）：池塘。

⑧"澄之不清"几句：赞扬黄宪胸怀宽广，见识清明。晋袁宏《后汉纪·孝灵皇帝纪上》此语作"叔度汪汪如万顷之波，澄之而不清，挠之而不浊，其器深广，难测量也，虽住稽留，不亦可乎！"可相参读。器，器宇，襟怀。深广，深邃广袤。

【译】

　　郭泰到汝南，见袁阆，车子几乎都没停下，马也不解绳轭；去拜会黄宪的时候，竟然连住几天没走。人们问他为什么这样，郭泰说："叔度的广阔就像万顷的湖泊，澄清不会使它更清，搅扰不能使它浑浊。他的襟怀渊深博大，是不可测量的。"

【评鉴】

　　郭泰是人中龙凤，却如此心服黄宪，认为黄宪就像万顷之大的湖泊，无论搅澄都不会影响他的本质，他胸襟的广阔是没办法测量的。黄宪的名声，在后世典籍中多有宣扬。如沈约《宋书·恩幸传论》："逮于二汉，兹道未革，胡广累世农夫，伯始致位公相；黄宪牛医之子，叔度名重京师。"沈约把他和宰相胡广并列。宋代张九成在《孟子传》中把黄宪与汉初的周勃、樊哙相提并论。张九成认为，人的出身门第、家世背景固然有助于成功，但即或下层凡夫，如果能够励志向上，又何愁不能建功立业，青史留名。

德行4

　　李元礼风格秀整①，高自标持②，欲以天下名教是非为己任③。后进之士有升其堂者④，皆以为登龙门⑤。

【注】

①李元礼：即李膺（110—169）。字元礼，东汉颍川襄城（今河南襄城）人。桓帝时初举孝廉，征为度辽将军，声名远播。后在党锢之祸中被害。《后汉书》卷67有传。

②高自标持：志向远大，以高标准要求自己。

③名教：犹名分之教，即以正名定分为中心的儒家礼教。

④后进：年轻学子。升其堂：犹言升堂，登上厅堂。指受到他的接见。

⑤登龙门：比喻士人得到有名望者的接待援引。典出《后汉书·党锢列传·李膺》李贤注引辛氏《三秦记》曰："河津一名龙门，水险不通，鱼鳖之属莫

能上，江海大鱼薄集龙门下数千，不得上，上则为龙。"

【译】

李膺风度俊秀严整，志向远大，目标高远，想把天下道德教化的淳正当作自己的责任。年轻人有能受到他接见的，都觉得非常荣幸如同鲤鱼跳上了龙门。

【评鉴】

李膺生逢乱世，欲挽狂澜于既倒，无论是立功还是立名，都有所成就，可惜仕途屡经起落。大厦将倾，一木难扶，他为人生性过直，加之当时人对他抱的希望极大，名声太盛，恐怕也是致祸的缘由，所以最终惨死在宦官手里。李膺虽功名未就而死于非命，但年轻人受到他的接见，如同鲤鱼跳上龙门一段佳话却流传古今，李膺也因此名垂后世了。

德行 5

李元礼尝叹荀淑、锺皓曰[①]："荀君清识难尚[②]，锺君至德可师[③]。"

【注】

①李元礼：即李膺。字元礼。荀淑（83—149）：字季和，东汉颍川颍阴（今河南许昌）人。荀爽之父。为人品行高洁，名闻州里。凡所识拔，皆为英才。后为大将军梁冀所忌，弃官归家。八子俱有名，世号"八龙"。《后汉

书》卷62有传。锺皓：字季明，汉末颍川长社（今河南长葛）人。锺繇之曾祖父（一说祖父），为人温和淳良，言语谨慎，精通《诗经》，教授弟子千余人，为郡功曹。当时与荀淑齐名。《后汉书》卷62有传。

②清识：清雅的识见。尚：超越。

③至德：最高的德行。

【译】

　　李膺曾经感叹荀淑、锺皓说："荀君清雅的识见很难有人赶得上，锺君高尚的德行值得人们师法。"

【评鉴】

　　李膺、荀淑和锺皓都是颍川人。颍川人才济济，李膺赞叹他们的品行，叹息说荀淑的识见无人能及，锺皓的德行值得学习。表达了他对乡贤的赞赏。由此可见他的胸怀。

　　李膺有个儿子李瓒，在曹操地位低微时就赏识曹操的才华，临终时，对儿子们说："时将乱矣，天下英雄无过曹操。"让儿子们不要去依附袁绍，而"必归曹氏"，儿子们因此在乱世免遭祸难。李膺的儿子能有如此见识，恐怕也是得益于李膺的教导吧。

德行6

　　陈太丘诣荀朗陵①，贫俭无仆役，乃使元方将车②，季方持杖后从③，长文尚小④，载著车中。既至，荀使叔慈应门⑤，慈明行酒⑥，余六龙下食⑦。文若亦小⑧，坐著膝前。于时太史奏⑨："真人东行^⑩。"

【注】

①陈太丘：即陈寔（104—187）。字仲弓，东汉颍川许昌（今河南许昌）人。桓帝时任太丘长，治县以清静为宗旨，百姓安定舒适。陈寔以平正闻名当地，乡邻都说："宁为刑罚所加，不为陈君所短。"有六子，其中陈纪、陈谌最贤。《后汉书》卷62有传。荀朗陵：即荀淑，曾任朗陵令，故称。

②元方：即陈纪（129—199）。字元方，陈寔长子。董卓时拜为五官中郎将，迁侍中，出任平原相。献帝建安初，拜大鸿胪，卒于官。《后汉书》卷62有传。将车：驾驭车辆。

③季方：即陈谌。字季方。与父陈寔、兄陈纪齐名，当时称为"三君"。早卒。《后汉书》卷62有传。

④长文：即陈群（？—237），字长文。年少时同祖父陈寔、父陈纪、叔陈谌齐名。后归附曹操，任司空掾。曹丕代汉称帝，命陈群建制九品官人之法。后迁为镇东大将军，录尚书事。明帝即位，进司空，封颍阴侯。《后汉书》卷62、《三国志》卷22有传。

⑤叔慈：即荀靖。字叔慈，汉末颍川颍阴（今河南许昌）人，荀淑第三子。有俊才学识，动止合礼，并以德孝著称于世。隐居终身，年五十终。事见《后汉书·荀淑传》注、《三国志·魏书·荀彧传》注。

⑥慈明：即荀爽（128—190）。字慈明，荀淑第六子。时称"荀氏八龙，慈明无双"。后遇党锢之祸，隐遁汉水边十余年。董卓辅政，征拜平原相，数月中历光禄勋、司空。因见董卓残忍暴虐，暗中与司徒王允等密谋诛杀董卓，后病死。《后汉书》卷62有传。其本传论云："平运则弘道以求志，陵夷则濡迹以匡时。"

⑦六龙：指荀淑的六个儿子。荀淑共有八子：荀俭、荀绲、荀靖、荀焘、荀汪、荀爽、荀肃、荀敷，时人称为"八龙"。其中荀爽（字慈明）名声最高，荀靖（字叔慈）次之。下食：送饮食，上酒菜。

⑧文若：即荀彧（163—212）。字文若。荀淑之孙，荀绲之子。年少时有令名。初举孝廉，任守宫令。初依附袁绍，后投奔曹操，军国大事，多献良策。曹操挟献帝从洛阳迁都许昌，擒吕布，败袁绍，平定兖冀诸州，皆为荀彧之谋。后因不赞成曹操称魏公，加九锡，被迫自杀。《后汉书》卷70、《三国志》卷10有传。

⑨太史：官名。汉魏为太常属官，掌国之治、教、礼、政、刑、事"六典"及天文历法。

⑩真人：贤人。

【译】

　　陈寔去拜会荀淑，家里贫困没有仆人跟随侍候，于是叫陈纪驾车，陈谌拿着手杖跟在后边，孙子陈群还年幼，在车中坐着。到了荀家，荀淑让荀靖在门外迎候，叫荀爽斟酒，其余六个儿子轮流上菜。荀彧还小，就坐在自己腿上。当时太史上奏："真人东行。"

【评鉴】

　　陈、荀二家，贤父贤子贤孙，东汉一代少有其比，而两家盛会，更是风流温馨，韵味悠长。两家的确人才济济，并且因为《世说》中的这一段佳话，后世无不津津乐道。其间最妙的，莫过于朱熹《聚星亭画屏赞》，赞语对这个故事的雅致温馨十分称赞，同时对两家的典型人物也评点精到。因为两家既有流芳千古者，也有才高而大节有亏者。朱熹认为荀爽在二姓中最为杰出，在董卓乱政的时候，敢于表面上败坏名声而暗中忠于汉室，从而延缓了汉室的灭亡。而对陈群、荀彧依附曹操而背叛汉朝进行了批评，最后强调士人应该保持操守，为国家献身，为家族争光。

德行 7

客有问陈季方①："足下家君太丘有何功德而荷天下重名②？"季方曰："吾家君譬如桂树生泰山之阿，上有万仞之高，下有不测之深；上为甘露所沾，下为渊泉所润。当斯之时，桂树焉知泰山之高，渊泉之深？不知有功德与无也③。"

【注】

①陈季方：即陈谌。字季方。

②足下家君：您父亲。足下，对人的敬称，谦指居人之下。家君，对人称自己的父亲，也可前加敬词以称别人的父亲。如此处前面加"足下"。语本《易·家人》："家人有严君焉，父母之谓也。"太丘：指陈寔。因陈寔曾为太丘令，故称。荷：承当，享有。

③"季方曰"几句：称誉父亲的功德不是用言语能形容的。语本汉枚乘《七发》："龙门之桐，高百尺而无枝。中郁结之轮囷，根扶疏以分离。上有千仞之峰，下临百丈之溪。湍流溯波，又澹淡之。其根半死半生，冬则烈风漂霰飞雪之所激也，夏则雷霆霹雳之所感也。"阿（ē），山的弯曲处。仞，古代长度单位。七尺为一仞。一说，八尺为一仞。

【译】

有客人问陈谌说:"您家父亲陈太丘有什么功德而承受天下大名?"陈谌回答说:"家父就好比桂树长在泰山的山湾里,在上有万仞的高峰,在下有不知深浅的渊谷;顶上有甘露的润泽,脚下有渊泉的滋养。在这样的环境里,桂树哪里知道泰山有多高,山谷有多深?我不知道有功德没有。"

【评鉴】

客人的问难,刻薄刁钻。假如陈谌与客人针锋相对而说是非,那就像常人吵架,邻居反目一样。陈谌的回答,大气得体。桂树已见其芳香,泰山足见其高昂。"甘露""渊泉",旨在赞美桂树是在最高洁的条件下成长起来的。陈寔的高尚,通过陈谌的回答而更为令人敬仰。

德行 8

陈元方子长文①,有英才,与季方子孝先各论其父功德②,争之不能决。咨于太丘③,太丘曰:"元方难为兄,季方难为弟④。"

【注】

①陈元方:即陈纪。字元方。长文:即陈群。字长文。

②季方:指陈谌。字季方。孝先:即陈忠。字孝先,魏晋之间颍川许昌(今河南许昌)人。陈谌(季方)之子。

③太丘:即陈寔。陈寔曾为太丘令,故称。

④"元方难为兄"二句:谓二人功德不相上下,分不出伯仲。

【译】

陈纪的儿子陈群，才华过人，他与陈谌的儿子陈忠各自品评他们父亲的功绩德行，相互争论不能决断高下。于是就去请祖父陈寔评判，陈寔说："论功德元方未必就是哥哥，季方未必就是弟弟。"

【评鉴】

两个孩子争论各自父亲的高下，问于祖父陈寔。陈寔用"都好都好"来解决。这也是人之常情。这故事既知陈纪、陈谌二人都不错，也可见陈寔善于调理家庭关系，谚语说："不痴不聋，未堪作大家翁。"太过分明反而难以维系家庭和谐。"难兄难弟"一典由此而出，后世有时以"二难"称赞弟兄都很优秀，如宋时福建长乐县有安时乡，祥符元年，里人潘循、潘衢兄弟同榜，地方贤达就把安时乡更名为"二难乡"，用的就是《世说》里的这个典故。这个故事列在"德行"门，就是表彰陈寔的高明之处，启发人们如何对待家庭的纷争。

德行9

荀巨伯远看友人疾①，值胡贼攻郡②。友人语巨伯曰："吾今死矣，子可去。"巨伯曰："远来相视③，子令吾去。败义以求生④，岂荀巨伯所行邪！"贼既至，谓巨伯曰："大军至，一郡尽空，汝何男子，而敢独止⑤？"巨伯曰："友人有疾，不忍委之⑥，宁以我身代友人命。"贼相谓曰："我辈无义之人，而入有义之国⑦。"遂班军而还⑧，一郡并获全。

【注】

①荀巨伯：汉桓帝时颍川（今河南禹州）人。生平不详。

②胡贼：胡人，对西北少数民族军队的蔑称。

③相视：探望您。相，指代用法，此指友人。

④败义：败坏道义。

⑤止：停留。

⑥委：舍弃，丢下。

⑦有义之国：有道之国，有道义的地方。语本《史记·天官书》："天精而见景星。景星者，德星也。其状无常，常出于有道之国。"

⑧班军：撤军。

【译】

　　荀巨伯远道去探望生病的朋友，不巧正碰上胡人来围攻郡城。朋友对荀巨伯说："我现在快死了，你还是赶紧离开吧。"荀巨伯说："我远道来看望您，您却叫我走。败坏道义来保全性命，这难道是我荀巨伯的作为吗？"胡兵到了后，对荀巨伯说："大军到来，一郡的人都跑光了，你是什么男人，竟然敢独自留下？"荀巨伯说："朋友有病，不忍心丢下他不管，我宁愿用我的命代替朋友的命。"胡兵相互议论说："我们这些不义的人，却进入了有道义的地方。"于是退兵回去了，一郡的人们都因此获得了保全。

【评鉴】

　　荀巨伯生平不详，他事无考。仅这个故事，就可以感天地泣鬼神了。所谓"士穷节乃见"，只有性命攸关时才最见真情。韩愈在《柳子厚墓志铭》中说到世俗的交往，"平居里巷相慕悦……一旦临小利害，仅如毛发比，反眼若不相识。"平时油腻亲密，一旦遇上利害关系，甚至如毛发那样细微，却翻脸不认人了。别人落进了陷阱，不但不拉一把，甚至还要丢块石头。反观荀巨伯这样为朋友可以不顾性命，的确是世间奇男子。《世说》列为德行，正是为了倡扬美德，匡正世风。

德行10

华歆遇子弟甚整①，虽闲室之内②，严若朝典③。陈元方兄弟恣柔爱之道④。而二门之里，两不失雍熙之轨焉⑤。

【注】

①华歆（156—232）：字子鱼，东汉平原高唐（今山东高唐）人。少与管宁、邴原同学，时人称华歆为龙头，邴原为龙腹，管宁为龙尾。曹丕称帝，官至司徒。魏明帝即位，进封博平侯，转拜太尉。因其助曹氏篡逆，并曾率兵收杀伏皇后，为后世所不齿。《三国志》卷13有传。遇：对待。整：严厉整饬。

②闲室：私室，内室。

③朝典：朝廷的规矩制度。

④陈元方兄弟：即陈纪、陈谌。恣：竭尽。柔爱：和柔慈爱。

⑤雍熙之轨：和乐升平的范式。《后汉书·杨震列传》："是以唐虞俊乂在官，四凶流放，天下咸服，以致雍熙。"唐李贤注："《尚书》曰：'四罪而天下咸服。'又曰'黎人于变时雍，庶绩咸熙。'雍，和也。熙，广也。"

【译】

　　华歆对子弟要求非常严格，即使是在家里，也像在朝廷上一样严整规范。陈纪、陈谌弟兄则宽容友爱。但两家之内，同样都不背离和谐快乐的宗旨。

【评鉴】

　　华歆把家中变成小朝廷模样，不免多了些做作。而陈纪、陈谌弟兄竭尽"柔爱之道"，正见其轻松的家庭氛围。虽然"两不失雍熙之轨"，但显然是两种不同家风。其实华歆为人，从他的本传可知，还是有许多优点的，例如为政清静，不烦吏民，平时的俸禄都用来赈济穷亲戚或老朋友，家中几乎没有积蓄。但因为大节的亏缺招来了后世的唾骂。"虽闲室之内，严若朝典"，颇有调侃揶揄的味道。做人把自己做成了套中人，随时摆出做官的威严，让家人也战战兢兢，诚惶诚恐，哪里还有"家"的温馨和谐呢？

德行11

　　管宁、华歆共园中锄菜①，见地有片金，管挥锄与瓦石不异，华捉而掷去之。又尝同席读书，有乘轩冕过门者②，宁读如故，歆废书出看③。宁割席分坐④，曰："子非吾友也！"

【注】

①管宁（158—241）：字幼安，三国魏北海朱虚（今山东临朐）人。少与华歆、邴原、陈寔相友善。管宁一生闭门读书，不问世事。因山为庐，越海避难

的人靠近他居住，旬月而成邑。文帝即位，征管宁，固辞不受；明帝拜为光禄勋，亦不就任。卒于家。《三国志》卷11有传。

②轩冕：古代大夫以上官员的车乘和冕服。借指高官显贵。

③废书：放下书。指中止阅读。《史记·孟子荀卿列传》："余读《孟子书》，至梁惠王问'何以利吾国'，未尝不废书而叹也。"

④割席分坐：把坐垫割成两半分开坐。后以此指朋友断交，道不同不相为谋。

【译】

　　管宁、华歆一起在菜园中锄草松土，忽然发现地里有块黄金，管宁依旧挥锄就像是碰上了石头一样，华歆则将黄金捡起握着然后又扔掉了。他们又曾经同坐读书，有大官坐着华贵的车子从门前经过，管宁读书依然如前，华歆则放下书出去看。管宁用刀把席子割成两半，和华歆分开坐，对华歆说："你不是我的朋友！"

【评鉴】

　　一叶知秋。推之人情世故，小节往往可以洞彻人品。华歆举金而复掷，一个"捉"字，妙不可言。虽然到底扔了，其实内心是纠结的。古人强调慎独，设若华歆是一个人在锄地，其结果可以料知；弃书而出观轩冕，可知他胸中不忘富贵。刘孝标注引《魏略》载华歆上书将司徒一职让与管宁之事，更见其虚伪可笑。管宁讥笑他说"子鱼本欲作老吏，故荣之耳"，可谓一针见血。华歆将官让与管宁，是因为管宁名气大，借此表示自己和管宁是朋友，想以此抬高自己的声誉罢了。其实这一则也透露出刘义庆的情感取向。

　　管宁与华歆分席，其操可见，其识可嘉。两人后来的去处，已于这两件小事露出了端倪。

德行12

　　王朗每以识度推华歆①。歆蜡日尝集子侄燕饮②，王亦学之。有人向张华说此事③，张曰："王之学华，皆是形骸之外④，去之所以更远。"

【注】

①王朗（？—228）：字景兴，三国魏东海郯（今山东郯城）人，王肃之父，王恺之祖。汉末以通经拜郎中，后任会稽太守。魏代汉，任司空，明帝时转司徒。为官宽政减刑，颇有声誉。但因助曹家篡汉，常为后世诟病。《三国志》卷13有传。

②蜡（zhà）日：年终蜡祭八神之日。汉郑玄《礼记·郊特牲》注曰："蜡有八者：先啬一也，司啬二也，农三也，邮表畷四也，猫虎五也，坊六也，水庸七也，昆虫八也。"燕饮：即饮宴。设宴喝酒。

③张华（232—300）：字茂先，晋范阳方城（今河北固安）人。晋代魏，拜黄门侍郎，封关内侯。张华名重一时，有台辅之望。后为荀勖等嫉妒，出为持节、都督幽州诸军事。惠帝即位，官太子少傅。后赵王司马伦要废黜贾后，张华不从，被杀。《晋书》卷36有传。

④形骸之外：此谓身体之外，犹言表面文章。形骸，身体。语出《庄子·德充符》："吾与夫子游十九年矣，而未尝知吾兀者也。今子与我游于形骸之内，而子索我于形骸之外，不亦过乎！"

【译】

王朗常常以见识气度推崇华歆。华歆在蜡祭日曾召集子弟饮宴，王朗也学着他这样做。有人向张华说这件事，张华说："王朗学华歆，都是些表面功夫，结果和华歆差距更远。"

【评鉴】

华歆为一代名士，王朗在当时也很有名声。此则似是褒华歆贬王朗。但华歆晚节不终，王朗事汉，降于孙策，再归曹操，全无节操可言。于夹墙中搜出汉献帝的伏皇后而杀之，更令人发指！

德行13

华歆、王朗俱乘船避难，有一人欲依附①，歆辄难之②。朗曰："幸尚宽，何为不可？"后贼追至，王欲舍所携人。歆曰："本所以疑，正为此耳。既已纳其自托③，宁可以急相弃邪④？"遂携拯如初⑤。世以此定华、王之优劣。

【注】

①依附：依托。此指搭乘。

②难：为难。

③纳：接纳。自托：寄托，托身。

④相弃：丢弃对方。相，指代用法，此指依附者。

⑤携拯：携带拯救。

【译】

华歆和王朗曾一起乘船避难，途中有一个人想要搭船，华歆觉得为难。王朗说："幸好船舱还很宽，为什么不行呢？"后来乱兵将要追上了，王朗想让搭船的人下船。华歆说："我之所以开始有疑虑，正是担心船重了跑不快被追上。既然已经让别人上了船，怎么能因为情况危急了就把他赶下去呢？"于是就携带着那人像开始那样一起乘船逃命。当时的人便从这件事来评判二人的高下。

【评鉴】

此则也是褒扬华歆。开始不接纳搭船的人，是考虑到不能半途而废；而王朗事急就抛弃，可见其人品不端和思虑不周。

德行14

王祥事后母朱夫人甚谨①。家有一李树，结子殊好②，母恒使守之。时风雨忽至，祥抱树而泣。祥尝在别床眠③，母自往暗斫之④；值祥私起⑤，空斫得被。既还，知母憾之不已，因跪前请死。母于是感悟，爱之如己子。

【注】

①王祥（184—268）：字休征，三国魏琅邪临沂（今山东临沂）人。汉末遭乱，与弟王览避乱庐江二十余年，屡次征辟不应。年近六十任徐州刺史别驾。后因迎立高贵乡公曹髦之功，拜光禄勋。入晋，拜太保，进爵为公。《晋书》卷33有传。

②殊好：超出一般的好。指果实味道甘美异常。

③尝：通"常"。

④斫：砍。

⑤私起：起床解便。私，小便。

【译】

　　王祥侍奉继母朱夫人非常恭敬孝顺。家中有一棵李子树，结的果实味道极好，朱夫人常常叫王祥看守这棵树。有一天狂风暴雨忽然到来，王祥抱着李树哭泣。王祥平常在另一张床上睡，朱夫人自己暗中拿刀去砍王祥；恰巧当时王祥起床上茅房去了，结果砍空在被子上。王祥小便回来，知道继母没砍到自己很遗憾，于是跪在继母面前请她砍死自己。朱夫人于是被王祥的孝心感动悔悟，从此以后对待王祥像自己的儿子一样。

【评鉴】

　　王祥至孝，晋干宝《搜神记》中有王祥卧冰求鲤的故事，后来成为"二十四孝"之一。《世说》增加这段传闻，王祥更成了孝子的典型。为侍奉后母，王祥可以年近六十不仕，其情感人。凡此种种，知王祥至孝并非没有根据。所以后来的戏剧中，经常改编这个故事。

　　盘点中国文化，继母大都是不贤的形象，也是一个值得研究的家庭生活命题。颜之推在《颜氏家训·后娶》中说后母往往虐待前夫之子，几乎是世间常情。但如果当儿子的有王祥那样的真诚，当后母的能够像朱氏一样痛改前非，家庭和美，也并非不能做到。

德行15

晋文王称阮嗣宗至慎①，每与之言，言皆玄远，未尝臧否人物②。

【注】

①晋文王：即司马昭（211—265）。字子上，三国魏河内温县（今河南温县）人。司马懿次子。其兄司马师死后，继任大将军，把持国政，封为晋王。其子司马炎代魏后，追尊为文帝。《晋书》卷2有纪。阮嗣宗：即阮籍（210—263），字嗣宗，三国魏陈留尉氏（今河南尉氏）人。为人率意任情，不拘礼俗，为"竹林七贤"之一。因曾为步兵校尉，世称"阮步兵"。有《咏怀诗》82首，著称于世。《三国志》卷21、《晋书》卷49有传。

②臧否（pǐ）人物：评论人物优劣得失。臧，善，好。否，劣，不好。

【译】

晋文王称赞阮籍极其谨慎，每当和他谈论时，他总是意旨玄妙高远，从来不评论别人的好坏。

【评鉴】

阮籍身为建安七子之一阮瑀之子，与曹魏关系绵远。曹魏政衰，司马氏兴起，阮籍尴尬在二姓之间，口不臧否人物，目的是保身远祸。阮籍本有济世的志向，遇魏晋之交，天下多变，名士少有能全身者。因此，谨言慎行，所言玄妙，不评论人物，都是乱世中的美德。

德行16

王戎云①："与嵇康居二十年②，未尝见其喜愠之色③。"

【注】

①王戎（234—305）：字濬冲，晋琅邪临沂（今山东临沂）人。凉州刺史王浑之子。为"竹林七贤"之一。因平吴之功进封安丰县侯，故人称"王安丰"。惠帝时官至尚书令、司徒。为人不拘礼制，居母丧不废酒食玩赏。聚敛无厌，悭吝无比，世人讥讽其有膏肓之疾（其实未必不是王戎韬晦之策）。《晋书》卷43有传。又参《俭啬》题解。

②嵇康（223—262）：字叔夜，三国魏谯郡铚（今安徽濉溪）人。少失父，有奇才。恬淡安静，清心寡欲，为"竹林七贤"之一。娶曹氏长乐亭主为妻，为魏宗室婿，拜中散大夫，故世称"嵇中散"。司马氏掌朝权，山涛为选曹郎，举荐嵇康，嵇康答书拒绝。后遭锺会诬陷，被司马昭杀害。著有《养生论》《与山巨源绝交书》等。《晋书》卷49有传。

③喜愠：高兴和恼怒。

【译】

王戎说："与嵇康相处二十年，从来没看见他脸上有喜怒的神情。"

【评鉴】

嵇康的妻子为曹操之子沛穆王曹林孙女，封长乐亭主。嵇康身处乱世，作为曹魏宗室的女婿，又为司马氏所忌，"喜愠"不形于色，只是他韬光养晦的一种生存方式。尽管如此，结果还是招来杀身之祸。

我们再比较竹林七贤中，唯一被杀的就是嵇康，山涛周旋官场，通透圆融，阮籍有司马昭保护，他的侄儿阮咸自然也可以无忧。刘伶成天酒醉装疯，向秀天性懦弱，王戎善于伪装（参《俭啬》题解）。唯独嵇康不改其操，不屈其节，禀天地之正气，持旷世之才华，木秀于林，风必摧之。孙登说他"君才则高矣，保身之道不足"，悲乎！

德行 17

　　王戎、和峤同时遭大丧①，俱以孝称。王鸡骨支床②，和哭泣备礼。武帝谓刘仲雄曰③："卿数省王、和不④？闻和哀苦过礼，使人忧之。"仲雄曰："和峤虽备礼，神气不损；王戎虽不备礼，而哀毁骨立⑤。臣以和峤生孝⑥，王戎死孝⑦。陛下不应忧峤，而应忧戎。"

【注】

①和峤（？—292）：字长舆，晋汝南西平（今河南西平）人。少有风采盛名。初任太子舍人，累迁颍川太守，为政清明简要，颇得民誉。平吴后，升侍中。曾屡言太子不慧，武帝不能采纳。惠帝即位，拜太子少傅，加散骑常侍、光禄大夫。和峤生性悭吝，故名声有损，杜预称其有"钱癖"。《晋书》卷45有传。大丧：父母的丧事。《国语·晋语二》："父母死为大丧。"

②鸡骨支床：就像一具鸡骨架耸立床上。形容瘦骨嶙峋，衰弱之极。支床，耸在床上。支，挺着，耸立。

③武帝：即晋武帝司马炎（236—290）。炎字安世，继父爵为晋王。代魏称帝，建都洛阳（故址在今河南洛阳东北），称西晋。司马炎即位之初，颇有兴盛

气象，既而渐渐淫侈放纵，宠信杨骏，朝政败坏。谥"武"，庙号世祖。《晋书》卷3有纪。刘仲雄：即刘毅（？—285）。毅字仲雄，晋东莱掖（今山东莱州）人。咸宁初为司隶校尉，打击豪右势力，京师整肃。后迁尚书左仆射，曾上疏痛陈九品中正制的弊端，谓"上品无寒门，下品无势族"，力主废除，可惜未被采纳。《晋书》卷45有传。

④数：屡屡，频频。

⑤哀毁骨立：因丧亲悲哀而羸弱，身体全是一把骨头支撑着。

⑥生孝：谓孝子为父母守丧时尽孝而不毁伤身体。

⑦死孝：谓为父母守丧，过于悲哀，生命危殆。

【译】

王戎、和峤同一时段遭遇父母的丧事，他们都以孝道被人称颂。王戎衰弱得就像一具鸡骨架耸在床上，和峤哭泣完全符合丧礼。晋武帝对刘毅说："你该是常去探望王戎、和峤吧？听说和峤悲哀痛苦得甚至超越了古礼，让我很担心。"刘毅说："和峤虽然礼义完备，但他的神情气色并不差；王戎虽然不按丧礼行事，然而他伤心得只剩下一把骨头支撑着。我以为和峤是常人的孝行，而王戎是用生命在尽孝。皇上不应担忧和峤，而应该担忧王戎。"

【评鉴】

王戎为竹林七贤之一，性行疏散，故不拘礼法；和峤"少有风格""厚自崇重"。"有盛名于世，朝野许其能整风俗，理人伦"，是知其平生整饬自重，凡事循规蹈矩，朝野都对他寄以厚望，当然他居丧就恪守礼法，因为他一切都要做世人的表率。比较而言，王戎则孝郁于内，是撕心裂肺的痛苦；和峤是孝见于外，多少有些表演的成分。这里的德行，显然是更肯定王戎。刘毅的回答，也表现了刘义庆的感情倾向。

德行18

　　梁王、赵王①，国之近属②，贵重当时。裴令公岁请二国租钱数百万③，以恤中表之贫者④。或讥之曰："何以乞物行惠？"裴曰："损有余，补不足，天之道也⑤。"

【注】

①梁王：指梁孝王司马肜（？—302）。肜字子徽，司马懿之子。为人谦恭谨慎，但才能平庸，以公子封平乐亭侯。武帝即位，封梁王。惠帝永康初，同赵王司马伦废贾后。及司马伦篡位，诏以司马肜为太宰，领司徒，司马伦失势后，司马肜首先上表论罪，致司马伦被杀。《晋书》卷38有传。赵王：指司马伦（？—301）。伦字子彝，司马懿第九子。武帝代魏，封琅邪郡王。咸宁中改封于赵。在京师与孙秀谋害太子，矫诏废贾后为庶人，杀张华、裴颁等重臣。囚禁惠帝，自称帝。齐王司马冏等起兵讨司马伦，斩孙秀。惠帝复位，赐司马伦死。《晋书》卷59有传。

②近属：血统关系较近的亲属。

③裴令公：即裴楷（237—291）。楷字叔则，晋河东闻喜（今山西闻喜）人。裴徽第三子。博涉群书，尤精《老子》《周易》。风神高迈，容仪俊美，时称"玉人"。为侍中，每与帝论政道，一座叹服。后为中书令，与张华、王戎共掌机要。以病卒。《晋书》卷35有传。

④中表：父亲姊妹（姑母）的儿女叫外表，母亲的兄弟（舅父）姊妹（姨母）的儿女叫内表，合称中表。

⑤"裴曰"数句：裴楷说他奉行的是减少有余、弥补不足的上天之道。"裴说"本于《老子》第七十七章："天之道，其犹张弓与？高者抑之，下者举之；有余者损之，不足者补之。天之道，损有余而补不足，人之道则不然，损不足以奉有余。孰能有余以奉天下？唯有道者。"

【译】

梁王、赵王是皇室的近亲，在当时很显贵。裴楷请从他们二国的封地中每年拿出数百万租钱，用来赈济父族母族中的贫困亲戚。有人讥讽裴楷说："你为什么讨要财物来施恩惠？"裴楷说："减少有余的，弥补不足的，这是上天的规律。"

【评鉴】

《晋书·裴楷传》说裴楷生性宽厚，不和别人冲突。在达官贵人间活动时，看见别人有珍贵物品，就随手拿走，而后就送给贫穷的人。自己曾经修了一栋房子，他的堂哥很羡慕，于是就送给了堂哥。由此我们知道裴楷从来不以财物为意的。他向赵王、梁王要钱而救济贫穷，并非沽名钓誉。面对别人的讥笑，他也回答得十分得体。裴楷这样的做法，值得肯定，既是奉行天道，也是仁者的恻隐之心。对于两位王爷来说，少些许租钱，不过九牛一毛，而赈济穷困，则是雪中送炭。二王获得慈善的名声，穷人得到衣食的赈济，两全其美。这则德行，就是对裴楷的赞赏。

德行19

　　王戎云："太保居在正始中^①，不在能言之流；及与之言，理中清远^②。将无以德掩其言^③？"

【注】

①太保：官名。太宰、太傅、太保，周朝时的三公官名。此"太保"指王祥。

　　正始：三国魏齐王曹芳年号（240—249）。此时以何晏、王弼为代表的士大夫崇尚玄学清谈，其谈论以庄老思想糅合儒家经义，谈玄析理，纵横驰骋。后人称当时的清谈风尚为正始之音。

②清远：清明高远。

③将无：犹言莫非，恐怕，也许。表示揣度而意思偏于肯定。

【译】

　　王戎说："太保在正始年间，算不上最能清谈的；但等到和他交谈，会发现他的话清明高远。莫非是因为他的德行掩盖了他善谈的名声？"

【评鉴】

　　正始年间，清谈风行，上至王公大臣，下至山林隐逸，无不崇尚老庄，挥麈谈玄，因而个人的社会声誉往往取决于口舌功夫。王祥不谙此道，似乎和时代不合拍。但王祥本人也的确有其可称道之处，初为徐州别驾，带兵平定寇盗，州界清静，政化大行。徐州人歌颂他说："海沂之康，实赖王祥。邦国不空，别驾之功。"后来虽然位极人臣，但高洁清素，家无余宅。临终之前，遗嘱薄葬。这些行为即使放在今天，也是值得推扬的。王祥八十五龄高寿，死的时候，奔丧的没有杂七杂八的吊客。至于余嘉锡在《世说新语笺疏》中对王祥多所批评，或许主要是因为司马氏代魏而王祥未能殉节的缘故吧？但人无完人，仅就其孝敬继母如生母，以及如上所引，置之"德行"，似也担当得起。

德行20

　　王安丰遭艰①，至性过人②。裴令往吊之③，曰："若使一恸果能伤人，濬冲必不免灭性之讥④。"

【注】

①王安丰：即王戎。因封安丰县侯，故称。艰：（父或母的）丧事。

②至性：卓绝的品性。此指孝行。

③裴令：即裴楷。因其尝为中书令，故称。

④濬冲：即王戎。戎字濬冲。灭性：因丧亲过悲而危及生命。按，《孝经·丧亲》："孝子丧亲也，毁不灭性。"

【译】

　　王戎遭遇母亲逝世，他卓绝的孝行超过了常人。裴楷前去悼念王母，说："假如悲痛真的让王戎伤了性命，那么他一定难免被人批评是以孝丧生。"

【评鉴】

　　儒家以为，居丧守礼，但不能因哀而伤身。如果因为悲哀而毁伤身体，则是对父母的不孝，裴楷的话本源于此。本则既颂扬王戎的孝行，同时对裴楷能以儒家礼法为准则看待丧祭予以肯定，他强调孝行本是为人之美德，但如果不能恪守中道，同样也要遭到舆论批评。父母去世，固然是痛心疾首的事，但如果因守孝而戕害了性命，这何尝是父母的遗愿？只有痛苦之余振作奋起而事业有成，告慰父母于九泉之下，这才是人生的大孝。

德行21

王戎父浑①，有令名②，官至凉州刺史③。浑薨，所历九郡义故④，怀其德惠，相率致赙数百万⑤，戎悉不受。

【注】

①（王）浑：字长源。有才望，历尚书、凉州刺史。其余不详。按，此与王济之父王浑（字玄冲）为二人。

②令名：美名。令，善。《诗·小雅·角弓》："此令兄弟，绰绰有裕；不令兄弟，交相为愈。"郑笺："令，善。"

③凉州：为汉武帝十三刺史部之一。三国魏移治姑臧（今甘肃武威）。刺史：官名。汉武帝时，分全国为十三部，部置刺史，官阶低于郡守。成帝时改称州牧，哀帝时复称刺史。魏晋六朝于重要州郡置都督兼领刺史，职权益重，掌管一州军政大权。

④九郡：凉州此时只有八郡。按，程炎震云："《御览》五百五十引作'州郡'是也。"此处"九"当是"州"之误。《晋书·地理志·凉州》："魏时复分以为凉州，刺史领戊己校尉，护西域，如汉故事，至晋不改。统郡八，县四

十六，户三万七百。"八郡分别为：金城郡、西平郡、武威郡、张掖郡、西郡、酒泉郡、敦煌郡、西海郡。义故：蒙受过恩泽的故旧。

⑤赙（fù）：送给丧家的布帛、钱财等。《汉书·何并传》："吾生素餐日久，死虽当得法赙，勿受。"唐颜师古注："赠终者布帛曰赙。"

【译】

　　王戎的父亲王浑，有很好的名声，官做到凉州刺史。王浑去世后，他先后做过郡守的州郡的门生故吏，怀念他的恩德，纷纷送丧葬钱财达到数百万之多，王戎全都不接受。

【评鉴】

　　此则是对王戎的清廉给以礼赞，面对数百万钱财，坚拒不受。由此可见，王戎早年雅重名声，廉洁自律，所以刘义庆取其事入《德行》而表彰。而同为《世说》记载，王戎晚节不终，贪婪可笑。前后比较，其实刘义庆在书中给我们设下了悬念让我们去参悟。我们以为，王戎不过是为了避祸，不得已自污名节，其用心不可谓不良苦。

德行22

　　刘道真尝为徒①，扶风王骏以五百匹布赎之②，既而用为从事中郎③。当时以为美事④。

【注】

①刘道真：即刘宝。宝字道真，晋高平（今山东巨野）人。余嘉锡笺引颜师古《汉

书·叙例》曰："刘宝字道真，高平人。晋中书郎、河内太守、御史中丞、太

　　子中庶子、吏部郎、安北将军，侍皇太子讲《汉书》，别有驳义。"徒：刑徒。

②扶风王骏：指司马骏（232—286）。骏字子臧，司马懿第八子。为人有孝行，

　　在宗室中最有声望。武帝登基，进封汝阴王，代汝南王司马亮镇关中。善

　　抚御，徙封扶风王。他死时，西土人哭者盈路。百姓为之立碑。《晋书》卷

　　38有传。

③从事中郎：官名。为将帅之幕僚。始于魏晋，南北朝皆置之。

④美事：美谈。

【译】

　　刘宝曾经因犯法而为刑徒，扶风王司马骏用五百匹布把他赎出来，过了不久又用他作从事中郎。当时传为美谈。

【评鉴】

　　刘宝曾为刑徒，司马骏有知人之明，用五百匹布给他赎罪，继而量才委用。在"上品无寒门"的魏晋时，司马骏能如此不自高门第，是非常难能可贵的。《晋书》本传对司马骏评价很高，他去世了，"泣者盈路，百姓为之树碑，长老见碑无不下拜，其遗爱如此。"在晋初诸王中，司马骏算得上是一个难得的贤王。入"德行"门是匹配的。

德行23

　　王平子、胡毋彦国诸人①，皆以任放为达，或有裸体者。乐广笑曰②："名教中自有乐地③，何为乃尔也④？"

【注】

①王平子：即王澄（269—312）。澄字平子，晋琅邪临沂（今山东临沂）人。王衍异母弟。惠帝末出为荆州刺史，领南蛮校尉。在任纵酒废事，致上下离心，内外怨叛，兵败逃亡。后应琅邪王司马睿军谘祭酒之征，途经豫章，为族兄王敦所杀。《晋书》卷43有传。胡毋彦国：即胡毋辅之（269？—318）。辅之字彦国，晋泰山奉高（今山东泰安）人。与王澄、王敦、庾敳号曰"四友"。又与毕卓、光逸、阮放、羊曼、桓彝、阮孚、谢鲲号称"江左八达"。渡江后，元帝以为安东将军咨议祭酒，迁扬武将军、湘州刺史。《晋书》卷49有传。

②乐广（？—304）：字彦辅，晋南阳淯阳（今河南南阳卧龙区）人。初仕太子舍人，后任尚书左、右仆射，代王戎为尚书令，故又称"乐令"。乐广与王衍同时，二人并为西晋清谈领袖。有二女，一适卫玠，一适成都王司马颖。司马颖与长沙王司马乂构难，加之群小谗毁，乐广以忧卒。《晋书》卷43有传。

③名教：正名定分的儒家礼教。乐地：快乐的境地。

④乃尔：这样，如此。

【译】

　　王澄、胡毋辅之等人，都把任性放浪当作通达，有的人甚至赤身裸体。乐广嘲笑说："名教中本来就有乐地，为什么要做出这副模样？"

【评鉴】

　　人们都知道魏晋时任性放浪、赤身裸体的代表是刘伶，从刘孝标注引王隐《晋书》，原来阮籍也是如此。追溯根源，这与汉末的政治昏暗，礼崩乐坏有很大关系，再加之司马氏集团的昏庸腐败，放浪之风遂愈加炽盛。东晋偏安江左，士大夫不思振兴，更是醉生梦死，颓靡荒唐。此则列入德行，是肯定乐广的批评，而鞭挞王澄诸人的丑恶行径。

德行24

郗公值永嘉丧乱[①]，在乡里，甚穷馁[②]。乡人以公名德[③]，传共饴之[④]。公常携兄子迈及外生周翼二小儿往食[⑤]，乡人曰："各自饥困，以君之贤，欲共济君耳，恐不能兼有所存。"公于是独往食，辄含饭著两颊边，还，吐与二儿。后并得存，同过江。郗公亡，翼为剡县，解职归，席苫于公灵床头[⑥]，心丧终三年[⑦]。

【注】

①郗公：指郗鉴（269—339）。鉴字道徽，晋高平金乡（今山东金乡）人，郗愔、郗昙之父。西晋惠帝初，参司空军事，累迁太子中舍人、中书侍郎。西晋倾覆，元帝以为兖州刺史。明帝初，使都督扬州江西诸军、镇合肥，以牵制王敦。成帝时，领徐州刺史，与陶侃、温峤平定祖约、苏峻之乱。《晋书》卷67有传。永嘉：晋怀帝年号（307—313）。西晋中后期八王之乱，加以天灾连年，胡人遂趁机入侵。永兴元年（304），南匈奴贵族刘渊在左国城（今山西吕梁）起兵，逐步控制并州部分地区，自称汉王。光熙元年（306），晋惠帝死，司马炽嗣位，是为怀帝，改元永嘉。永嘉五年（311），刘聪遣石勒、王弥、刘曜等率军攻晋，在平城（今河南鹿邑）歼灭十万晋军，又杀太尉王衍及诸王公。不久攻入京师洛阳，俘获怀帝，杀王公士民三万余人。永嘉之乱后，晋朝统治集团南迁，定都建康（今南京），建立东

晋，史称"衣冠南渡"。

②穷馁（něi）：贫困饥饿。

③名德：有名望德行的人。

④饴（sì）：同"饲"。给予食物。

⑤迈：指郗迈。郗鉴兄子，字思远。为晋陵内史，慈爱养士。后官至护军。周翼：字子卿。晋陈郡（治今河南淮阳）人。永嘉丧乱，乡里穷馁，幸得舅父郗鉴相济得存。历官剡令、青州刺史、少府卿。

⑥席苫（shān）：坐卧于草荐上。古代居丧的礼节。

⑦心丧：身无丧服而心存哀悼。原指老师去世，弟子守丧。《礼记·檀弓上》："事师无犯无隐，左右就养无方，服勤至死，心丧三年。"郑玄注："心丧，戚容如丧父而无服也。"后泛指心存悼念。

【译】

郗鉴遭逢永嘉动乱，当时在乡下，非常穷困饥寒。本乡人因为他的名望和德行，轮流请他吃饭。他曾经带着哥哥的儿子郗迈和外甥周翼两个小孩儿一起去吃饭。乡邻说："大家都生活困难，因为你是乡中大贤，想共同救济您罢了，恐怕不能同时供养其他人。"郗鉴此后便独自去吃饭，就在两颊旁含着一些饭，回到家，吐出来给两个小孩吃。后来两个小孩都活下来了，一起到了江东。郗鉴去世了，周翼当时作剡县县令，辞职回家，在郗鉴灵床边睡在草垫上守丧，心丧满三年后才离开。

【评鉴】

《晋书·郗鉴传》中记载，当时郗鉴的家乡闹饥荒，本籍的人都很敬重郗鉴，纷纷周济他，他转而把别人送的食物等分给宗族和本乡穷困的人，由此救活了不少人。

参照别传，可见《世说》这则故事不近情理。况且两颊能含多少饭，可以养活两个小孩？再则如本故事所说，乡人既敬重郗鉴，接济他的人很多，自然不会有两个小孩挨饿的事。于此，前人已多论及。这个故事不过想以此表现郗鉴的慈爱，以及周翼的知恩图报。

德行25

顾荣在洛阳①，尝应人请，觉行炙人有欲炙之色②，因辍己施焉③，同坐嗤之④。荣曰："岂有终日执之，而不知其味者乎？"后遭乱渡江，每经危急，常有一人左右己⑤。问其所以，乃受炙人也。

【注】

①顾荣（？—312）：字彦先，吴郡吴县（今江苏苏州）人。吴丞相顾雍之孙，为东南名士。吴灭后，与陆机兄弟同入洛阳，时号"洛阳三俊"。拜郎中，迁尚书郎、太子中舍人、廷尉正。元帝镇江东，以顾荣为军司马，加散骑常侍，朝野推重。《晋书》卷68有传。

②行炙人：酒宴上分发烤肉的人。

③辍己施焉：谓把自己的那份给了发肉的人。辍，停下。施，给，给予。

④嗤（chī）：讥笑，嘲笑。

⑤左右：(在自己)左右。犹言保护。

【译】

顾荣在洛阳时，曾经被别人宴请，饮宴间觉察到分烤肉的人有想吃的神态，于是把自己那份给了分肉的人，同座的人笑话他。顾荣说："哪有整天做分发烤肉的事，却连烤肉的味道都不知道的呢？"后来遇上动乱渡江，每当危急时，常常有一个人在身边保护自己。问那人为什么这样，原来就是接受过他烤肉的人。

【评鉴】

顾荣的这段故事，意在说明施恩于人，必有好报。故事的雏形当来自《左传·宣公二年》，赵盾先是施饭给灵辄，后来灵辄拼死保护他。类似的记载古代典籍中有很多。在中国传统文化中，施恩于人，受恩必报是永恒的传统美德。

德行26

祖光禄少孤贫①。性至孝，常自为母炊爨作食②。王平北闻其佳名③，以两婢饷之④，因取为中郎⑤。有人戏之者曰："奴价倍婢⑥。"祖云："百里奚亦何必轻于五羖之皮邪⑦！"

【注】

①祖光禄：指祖纳。纳字士言，祖逖同母之兄。有操行，善清言。为官多所驳正，有补于时。后为中护军、太子詹事，封晋昌公。晋室将乱，乃避地东南。元帝作相，引为军谘祭酒。《晋书》卷62有传。

②炊爨（cuàn）：烧火（蒸煮食物）。

③王平北：指王乂。乂字叔元，晋琅邪临沂（今山东临沂）人，王衍之父。司
　马昭为相国，征王乂为司马，累迁平北将军。

④饷（xiǎng）：馈赠，赠送。

⑤中郎：官名。秦始置，汉沿用。担任宫中护卫、侍从。分五官、左、右三中
　郎署。各署长官称中郎将，省称中郎。

⑥奴：本指奴仆。因鄙称对方。魏晋人为表亲昵亦用作第二人称。

⑦百里奚：原为春秋时虞大夫，晋献公灭虞，虏百里奚，以为秦穆公夫人穆姬
　陪嫁之臣，送至秦国。百里奚深以为耻，中途逃走，又被楚人俘获。秦穆
　公闻其贤，用五羖羊皮赎回，委以国政，号为"五羖大夫"。羖（gǔ）：本
　指黑色的公羊。因泛称公羊。

【译】

　　祖纳年少失父，家里贫穷。他禀性特别孝顺，经常亲自给母亲煮
饭做菜。王乂听说了他的美名，送给他两个奴婢，于是用他作中郎。
有人调侃祖纳说："你的身价是两个奴婢啊！"祖纳说："难道百里奚不
如五张羊皮值钱！"

【评鉴】

　　《德行》此则，不只表彰祖纳，同时也推扬王乂。祖纳亲自为母亲
做饭，他的孝行值得赞扬。王乂送给祖纳两个奴婢，又任命他为中郎，
既成全了祖纳的孝道，又使祖纳尽其才而用于世，可以说是让祖纳忠
孝得以两全。王乂的父亲王雄，曹魏时曾官至幽州刺史，很有惠政，
王乂有其父的风采，堪称能克绍箕裘。

　　此则亦可入"言语"，魏晋人表亲昵常称人为奴，戏者巧妙地用

"奴"与"婢"对举，自以为得意，而祖纳用百里奚的典故机智回击，百里奚后来助秦穆公成就了霸业。祖纳的回答，义正辞严，也表现了自己的胸襟抱负，使戏者无言以对。

德行27

　　周镇罢临川郡还都①，未及上，住泊青溪渚②，王丞相往看之③。时夏月，暴雨卒至④，舫至狭小⑤，而又大漏，殆无复坐处⑥。王曰："胡威之清⑦，何以过此！"即启用为吴兴郡⑧。

【注】

①周镇：字康时，晋陈留尉氏（今河南尉氏）人。清正寡欲，为官清廉，有治绩。罢：免官，解除职任。临川郡：汉为豫章郡地。三国吴会稽王孙亮于太平二年（257）分豫章郡置。治所在南城（今江西抚州临川区）。

②青溪：古水名。三国吴大帝赤乌四年（241）在建业城（今江苏南京）凿东渠，通城北堑潮沟，穿过南京市区流入秦淮河，名曰青溪。

③王丞相：指王导（276—339）。导字茂弘，小字赤龙，晋琅邪临沂（今山东临沂）人。王览之孙，王裁之子，王敦从弟。识量清远，简素寡欲。与琅邪王司马睿相善，引为腹心。西晋亡，与王敦立司马睿为帝，以功拜丞相，时人为之语曰："王与马，共天下。"《晋书》卷65有传。

④卒（cù）：突然。

⑤舫（fǎng）：指船。

⑥无复：犹言"无"。复，词缀。无意义。

⑦胡威（？—280）：一名貔，字伯武，晋淮南寿春（今安徽寿县）人，曹魏

荆州刺史胡质之子。曾官安丰太守，迁徐州刺史。勤于政术，风化大行。

后以功封平春侯。《晋书》卷90有传。

⑧吴兴郡：属扬州。治所在乌程（今浙江湖州）。晋时统乌程、临安等市县。

【译】

　　周镇从临川郡解职回都城，还没来得及出发，船停在青溪小岛旁，王导去看望他。当时正是夏天，暴雨突发，船舱特别窄小，而船篷又到处漏雨，几乎没有可以避雨坐的地方。王导说："胡威的清廉，也强不过周镇啊！"立即启用他为吴兴郡守。

【评鉴】

　　周镇为一郡之长，居然船小篷漏而无坐处，其清廉有过于胡威；王导礼贤下士，冒雨探问，为周镇的清廉感动，进而即时提拔。二者都值得称赞，皆不愧"德行"门。从此则看，王导善于识人用人，的确有过人的优点。至于后人批评王导周旋于南人北人之间，与祖约等清谈，算是人无完人吧？何况当时情势，王导亦有其不得已之处。

德行28

　　邓攸始避难①，于道中弃己子，全弟子。既过江，取一妾，甚宠爱。历年后，讯其所由②，妾具说是北人遭乱。忆父母姓名，乃攸之甥也。攸素有德业，言行无玷③，闻之哀恨终身④，遂不复畜妾⑤。

【注】

①邓攸（？—326）：字伯道，晋平阳襄陵（今山西襄汾）人。少以孝著称。

　晋元帝时为吴郡太守，清廉自持，累官至吏部尚书，迁尚书左仆射。《晋书》

　卷90有传。

②所由：来历，家世根由。

③无玷：没有瑕疵，未曾玷污。

④哀恨：悲痛遗憾。

⑤畜妾：娶妾。

【译】

　　邓攸当初逃难的时候，在路途中丢弃了自己的儿子，保全了弟弟的儿子。过江以后，纳了一房妾室，非常宠爱。过了一年多，邓攸询问这女子的来历，女子详细说是北方人遇难过江。再回忆她父母的姓名，竟然是邓攸的外甥。邓攸一向有德行功业，言语品行没有污点，听说这事后一辈子后悔悲叹，再也不娶妾室。

【评鉴】

　　邓攸弃儿全侄，后来也没有再生儿子，谢安欣赏邓攸，曾感叹道："天地无知，使伯道无儿。"谢安的一句话，引发后世文士的频频咏叹。唐杨炯《常州刺史伯父东平杨公墓志铭》："邓攸无子，天道何亲？"唐陈子昂《祭韦府君文》："邓攸无子，天道何知？"不过，此论也未必公允。娶妾居然不过问对方的身世来历，一年多才问及对方身世，结果才知道铸成了乱伦的大错，虽非有意为之，但事实上成了自己毕生最大的污点，怎么能怪天地啊？

德行29

　　王长豫为人谨顺^①，事亲尽色养之孝^②。丞相见长豫辄喜，见敬豫辄嗔^③。长豫与丞相语，恒以慎密为端^④。丞相还台^⑤，及行，未尝不送至车后，恒与曹夫人并当箱箧^⑥。长豫亡后，丞相还台，登车后，哭至台门；曹夫人作簏^⑦，封而不忍开。

【注】

①王长豫：即王悦。悦字长豫，小字阿太，晋琅邪临沂（今山东临沂）人。王导长子。与王羲之、王承并称"王氏三少"。侍奉父母极尽孝道，王导甚爱之。早卒。《晋书》卷65有传。谨顺：谨慎逊顺。

②色养：谓承顺父母颜色，不让父母生气。语本《论语·为政》："子夏问孝。子曰：'色难。'"

③敬豫：指王恬。恬字敬豫，小字螭虎，王导次子。王恬生性傲诞，不拘礼法，不为王导所重。晚节乃好士，多技艺，尤善隶书。卒赠中军将军。《晋书》卷65有传。嗔：生气，发火。

④端：要，准则。

⑤还台：回官署。台，中央机构的衙署。此特指回尚书省。

⑥曹夫人：名淑，晋彭城（今江苏徐州铜山区）人，曹韶之女，王导之妻。并（bìng）当：收拾料理。

⑦簏（lù）：竹编的盛物器。

【译】

　　王悦为人谨慎恭顺，侍奉父母极尽孝道。王导看到王悦就高兴，见到王恬就生气。王悦和王导交谈，常常是谨慎周密绝不外传。王导回衙署，临出发时，没有不送到车边的，并且常常与母亲曹夫人一起收拾行装。王悦死了后，王导回衙署，从上车后一直哭到丞相府门。曹夫人专门做了一个竹箱，保存着王悦的遗物不忍心打开。

【评鉴】

此则故事，表彰王悦的德行，惋惜王悦的早逝。王悦孝行感人，侍奉父母极尽孝道，父亲回衙署，还与母亲一起为父亲收拾行装。作为儿子，如此细心周到殊为少见。且在平时的言论中，王悦已表现出政治上的老练、慎密，这是从政者最为重要的素质。如果不是早逝，必然会大有作为。王导夫妇老来丧子（王导与曹夫人唯此一子，其余儿子皆为姜室所生），悲不自胜。此则德行，同时也寄托了刘义庆的惋惜之情，如此之人，竟然天不假年！

德行30

桓常侍闻人道深公者①，辄曰："此公既有宿名，加先达知称②，又与先人至交，不宜说之。"

【注】

①桓常侍：指桓彝（276—328）。彝字茂伦，晋谯国龙亢（今安徽怀远）人。桓温之父。元帝时为安东将军，累迁中书郎、尚书吏部郎。王敦擅权，桓彝以病去职。明帝将伐王敦，拜桓彝为散骑常侍，引参密谋。王敦平，以功封万宁县男。苏峻反，城陷，为叛将韩晃所杀。《晋书》卷74有传。深公：

指竺法深。深名潜，一名道潜，俗姓王，出自琅邪王氏。十八岁出家，师

事名僧刘元真。永嘉初，避乱过江。元、明二帝及王导、庾亮均钦其风德，

礼敬甚至。晚年隐居剡山，以避当世。《高僧传》卷4有传。

②先达：德行好、学问高的前辈名流。知称：了解称扬。

【译】

　　桓彝听到有人评论竺法深，就说："这个人早就有名声，并且受到
前辈高贤的赏识称赞，他又和先父是好朋友，不应该随便品评他。"

【评鉴】

　　魏晋喜欢品评人物，在这种风气的影响下，信口雌黄成为一种
时尚，对人物的评论掺杂了很多个人的感情因素，当然评价也多与实
际情况相背离，伦常道德因之颓坏，以致后辈对前贤肆意褒贬，所谓
"今之少年喜谤前辈"。其风于东晋以后更甚，这在《世说》中随处可
见。这样的社会风气，与儒家"吾日三省吾身""躬自厚而薄责于人"
的美德完全脱轨，使人与人之间的关系变得紧张，往往互相奚落，缺
少了信任和宽容。这则故事，是对当时不良社会风气的间接批评，刘
义庆归之"德行"，其意正在于此。

德行31

　　庾公乘马有的卢①，或语令卖去，庾云："卖之必有买者，即复
害其主，宁可不安己而移于他人哉？昔孙叔敖杀两头蛇以为后人②，
古之美谈。效之，不亦达乎？"

【注】

①庾公：指庾亮（289—340）。亮字元规，晋颍川鄢陵（今河南鄢陵）人。其妹为明帝皇后。初仕为中书郎，侍讲东宫。明帝时为中书监。成帝初，庾太后临朝，庾亮迁中书令，受诏与王导同辅朝政。后执意征流民头目苏峻入京，造成"苏峻之乱"。庾亮投奔温峤，与温峤共推陶侃为盟主，平定动乱。陶侃死，代镇武昌。卒赠太尉，谥"文康"。《晋书》卷73有传。的卢：马名。相传此马骏良，而乘者多不吉。

②孙叔敖：春秋楚国令尹。芋氏，名敖，字孙叔。开凿芍陂（今安徽寿县安丰塘），灌田万顷，兴修水利，发展农业灌溉，楚国由此强盛。事见《史记·循吏列传》。两头蛇：传说中的蛇名，谓状似有两头的蛇。一头有口眼，一头似头而无口眼。见之者必死。见刘向《新序·杂事》。

【译】

　　庾亮驾车的马中有一匹的卢马，有人建议让庾亮卖掉，庾亮说："卖掉必然有买的人，就会又害了它的主人，难道可以因为对自己不利而转移给别人吗？从前孙叔敖杀两头蛇是为了后来的人不受伤害，这是古今传说的美谈。学习他的做法，不也是通达吗？"

【评鉴】

　　《世说》的刘孝标注中，引用了伯乐的《相马经》，其中写道："马白额入口至齿者，名曰榆雁，一名的卢，奴乘客死，主乘弃市。凶马也。"《世说》成书于刘宋，为之作注的刘孝标是南梁人。由此可见，在南北朝时期，的卢马作为凶马是一种社会常识。庾亮政绩无可称道，但此则可见其人品性情值得称赞。

德行32

阮光禄在剡[1]，曾有好车，借者无不皆给。有人葬母，意欲借而不敢言。阮后闻之，叹曰："吾有车，而使人不敢借，何以车为？"遂焚之。

【注】

①阮光禄：即阮裕。裕字思旷，晋陈留尉氏（今河南尉氏）人。初为王敦主簿，察觉王敦有不臣之心，终日纵酒废职，最终以此免祸。后所拜官皆不就任。因曾征为金紫光禄大夫，故称"阮光禄"。《世说》中刘义庆因避高祖刘裕讳，或称其字，或称阮公。《晋书》卷49有传。剡（shàn）：汉置县名，属会稽郡。治所初在今浙江嵊州西南。

【译】

阮裕在剡溪的时候，曾经有一辆漂亮的车子，凡是有人借都给。曾经有人要为母亲下葬，心里想要借又不敢开口。阮裕后来听说这件事，叹息说："我有车，而让别人不敢借，还要车干什么？"于是就把车烧掉了。

【评鉴】

阮裕烧车，推扬者褒之上天，《晋书》及各种类书均载此事。今人宗白华在《论〈世说新语〉与晋人的美》中对此评价极高，而明人李贽评之为"好名多事！"我们倒觉得李贽的说法有道理！凡求必借，固然是美事；而有人不敢借就烧掉，这就多少有点哗众取宠的嫌疑，反而成了借车的蛇足。就当时来说，如果不是这样违反常理的行径，就不会产生轰动效应，这或许是名士的炒作手法之一端。

德行 33

谢奕作剡令①，有一老翁犯法，谢以醇酒罚之，乃至过醉而犹未已②。太傅时年七八岁③，著青布绔④，在兄膝边坐，谏曰："阿兄，老翁可念⑤，何可作此！"奕于是改容曰："阿奴欲放去邪⑥？"遂遣之。

【注】

①谢奕（？—358）：字无奕，晋陈郡阳夏（今河南太康）人。谢安之兄，谢玄之父。曾为剡令。桓温引为安西司马，后迁安西将军，豫州刺史。卒官，赠镇西将军。《晋书》卷79有传。

②过醉：犹言大醉。

③太傅：指谢安（320—385）。安字安石，谢裒之子，谢琰之父。少负重名，屡征不就，年逾四十始就征西大将军桓温司马。孝武帝时官至宰相。太元八年（383），前秦大兵南下，京师震恐。谢安使侄谢玄等迎战，取得淝水之战的胜利。又以都督十五州军事率军收复洛阳及青、兖、徐、豫各州。以病卒，赠太傅。《晋书》卷79有传。

④绔：同"裤"，指套裤。

⑤可念：可怜。

⑥阿奴：尊长对卑幼者的昵称。此处为兄称弟。

【译】

　　谢奕任剡县的县令，有一老翁犯法，谢奕用烈酒处罚他，竟至于大醉还不停止。谢安当时才七八岁，穿着一条青布裤子，在谢奕身边坐着，劝谏谢奕说："阿哥，老翁可怜啊，怎么能够这样做！"谢奕于是改变了怒容说："小家伙是要放他离开吗？"于是将老翁放了。

【评鉴】

　　谢奕嗜酒，无时不醉，用烈酒处罚老翁本身便是一种恶作剧行为。虽然是戏耍，但这是要玩出人命的啊！谢安宅心仁厚，小时就有仁者之心，而且能一以贯之。除此则外，本书还有谢安允许逃亡的士卒求一条生路（《政事》23），随谢万在军时体恤将士等（《简傲》14）。其孙谢混有"召伯之仁，犹惠及甘棠；文靖之德，更不保五亩之宅"（《规箴》27）语，代表了时人对谢安仁德的赞美。

德行 34

　　谢太傅绝重褚公^①，常称："褚季野虽不言，而四时之气亦备。"

【注】

①谢太傅：指谢安。因其追赠太傅，故称。褚公：指褚裒（303—349）。裒字季野，晋河南阳翟（今河南禹州）人。康献褚皇后之父。郗鉴尝辟为参军。参与平定苏峻之乱，以功封都乡亭侯。康帝即位，征拜侍中，迁尚书。先后出为江州、兖州刺史。康献皇太后临朝，拜侍中、卫将军、录尚书事。褚裒以近戚而惧获讥嫌，固请外出，改授徐、兖二州刺史，镇京口。永和

初，进号征北大将军。永和五年（349），后赵石虎死，褚裒率军北伐后赵，因部将败于代陂而退兵。忧慨发病而卒。赠侍中、太傅。《晋书》卷93有传。

【译】

谢安十分看重褚裒，经常说："褚季野即使不说话，但心中是非分明，就像一年四季的气象一样齐备。"

【评鉴】

此则故事是说褚裒为人稳重矜庄，凡事心中有数而不随意褒贬。正如《晋书》本传说："季野有皮里春秋，言其外无臧否，而内有所褒贬也。"褚裒身为外戚，能严以自律，不争权不仗势，又能谨慎持身，比起当时一些清谈家口无遮拦，肆意褒贬人物，其德行称得上是一代冠冕。

德行35

刘尹在郡①，临终绵惙②，闻阁下祠神鼓舞③，正色曰："莫得淫祀④！"外请杀车中牛祭神，真长答曰："丘之祷久矣，勿复为烦⑤！"

【注】

①刘尹：指刘惔。惔字真长，晋沛国相（今安徽濉溪）人。晋陵太守刘耽之子。少家贫。因王导等人称扬而知名，被明帝招为庐陵公主驸马。简文帝初作相时引为谈客，累迁丹阳尹，故称"刘尹"。性简贵，与王羲之特相友善。年三十六卒。孙绰为之诔云："居官无官官之事，处事无事事之心。"时人以

为名言。《晋书》卷75有传。

②绵惙（chuì）：病情危重。

③祠神：祭祀神灵。鼓舞：击鼓舞蹈。

④淫祀：不合礼制的妄滥祭祀。

⑤"丘之祷久矣"二句：这里借用孔子的话，谓不需要再祷告祭祀。语出《论语·述而》："子疾病，子路请祷。子曰：'有诸？'子路对曰：'有之。诔曰："祷尔于上下神祇。"'子曰：'丘之祷之久矣。'"

【译】

　　刘惔在郡，临终前奄奄一息，听见楼阁下在祭神锣鼓舞蹈，神色严肃地说："不能够乱设祭祀！"侍从们请杀驾车的牛祭神，刘惔回答说："我已经祷告很久了！不要再这样多事。"

【评鉴】

　　刘惔是一代清谈名家，为人安贫乐道，崇尚老庄，虽评论他人的言语一向过激，甚至不免刻薄，但刘惔不乱行祭祀，不语怪力乱神，连临终前下属为之祝祷求命也不准许。如此德行，比起那些佞佛溺道者实在是高出太多。而且刘惔平生品节也没有大过失，可惜英年早逝（36岁），未能成就可观的功名。列入"德行"，算是不愧。

德行36

　　谢公夫人教儿①，问太傅："那得初不见君教儿②？"答曰："我常自教儿。"

【注】

①谢公：指谢安。

②初：全，始终。

【译】

　　谢安夫人教育儿子谢琰，问谢安："怎么始终没看见你教过儿子？"谢安回答说："我常常以自我为表率教育他。"

【评鉴】

　　《论语·子路》有言："子曰：'其身正，不令而行；其身不正，虽令不从。'"这话就是"身教"的来源，这一则正是谢安"身教"的典范。古代有"言教""身教"的概念，《后汉书·第五伦列传》："以身教者从，以言教者讼。"意思是说，自己做出了表率，不威自严，子弟自然会效法；如果动辄喋喋不休地给子弟讲大道理，反而会引起子弟的反感。

德行37

　　晋简文为抚军时①，所坐床上尘不听拂②，见鼠行迹，视以为佳。有参军见鼠白日行③，以手板批杀之④，抚军意色不说。门下起弹⑤，教曰⑥："鼠被害，尚不能忘怀⑦；今复以鼠损人，无乃不可乎⑧？"

【注】

①晋简文：即司马昱（320—372）。昱字道万，元帝司马睿少子。初封琅邪王，后徙封会稽王，拜散骑将军。后迁右将军、抚军将军，领秘书监。永和元

年（345），崇德太后临朝，进位抚军大将军，录尚书六条事。次年，与蔡谟共同辅政。太和六年（371）即位，是为简文帝。在位二年崩。《晋书》卷9有纪。抚军：将军称号。始于三国曹魏以司马懿为抚军大将军。

②床：坐具，坐榻。不听：不让，不许。

③参军：官名。始于汉末，称"参军事"，晋以后军府及王国始置为官员。或单称，或冠以职名，如咨议、记室、录事及诸曹参军之类。

④手板：即笏板。批杀：击杀。

⑤弹：弹劾。检举官吏的违法失职行为。

⑥教：王侯、大臣发布的命令、指示。

⑦忘怀：不介意，不介怀。

⑧无乃：恐怕。

【译】

　　晋简文帝作抚军将军时，他的坐榻上不让打扫灰尘，看见老鼠的脚印，觉得很好玩。有参军看见老鼠大白天出没，便用手板将老鼠打死了，抚军神色很不高兴。门下书吏于是弹劾参军，抚军批示说："老鼠被打死，尚且心里不能忘掉；现在又因为老鼠而伤害人，恐怕不合适吧？"

【评鉴】

　　鼠之于人，实在可恶，啮咬衣物，偷窃食品，传播疾病，柳宗元《永某氏之鼠》所谓"是阴类恶物也"。简文帝这种行为，纵然是心存恻隐，也不过是妇人之仁。当然，不允许弹劾参军，还是值得赞扬的，毕竟是以人为重。

德行38

　　范宣年八岁^①，后园挑菜^②，误伤指，大啼。人问："痛邪?"答曰："非为痛，身体发肤，不敢毁伤，是以啼耳^③。"宣洁行廉约，韩豫章遗绢百匹^④，不受；减五十匹，复不受。如是减半，遂至一匹，既终不受。韩后与范同载，就车中裂二丈与范云^⑤："人宁可使妇无裈邪^⑥?"范笑而受之。

【注】

①范宣：字宣子，晋陈留（今河南开封陈留镇）人。年十岁，能诵《诗》《书》。手不释卷，夜以继日，遂博览众书，尤善《三礼》。自以躬耕供养。后客居豫章，以讲诵为业。《晋书》卷91有传。

②挑菜：挖菜。挑，挖，挖取。

③"非为痛"几句：《孝经》卷一："身体发肤，受之父母，不敢毁伤，孝之始也。"唐明皇注："父母全而生之，已当全而归之，故不敢毁伤。"

④韩豫章：即韩伯。伯字康伯。晋颍川长社（今河南长葛）人。少有才理，善于思辩。简文帝居藩，引为谈客，官至豫章太守。卒赠太常。《晋书》卷75有传。

⑤裂：撕开，裁开。

⑥宁可：岂可，怎么能。裈（kūn）：有裆的裤子。

【译】

　　范宣八岁时，在后园挖野菜，误伤了手指，大哭。有人问："痛吗?"回答说："不是因为痛，身体发肤（是父母给的），不敢让它受到损伤，为此而哭。"范宣品行高洁生活节俭，豫章太守韩伯送给他一百匹绢，他不要；减少到五十匹，还是不要。像这样一半一半减少，直到一匹，范宣始终不要。后来韩康伯与范宣同车，在车中扯了两丈绢给范宣说："做人难道能够让妻子没裤子穿吗？"范宣笑着收下了。

【评鉴】

　　本则表扬了范宣笃守儒家礼节，为人"临财勿苟得"的美德。同时，行文也不乏趣味。韩康伯的话，是有所指的，因为范宣是典型的大儒，除守礼敦行外，对于当时那些以赤身裸体的行为而放达者颇不以为然。韩康伯正是以其道而治其身。《晋书》本传说范宣批评当时的放浪裸体，而自己家里很穷却不接受馈赠，于是韩伯就打趣说，如果你不接受馈赠，那你老婆不是就没裤子穿了！韩伯的话既有趣也是实情，以其矛而攻其盾，所以范宣就接受了。

德行39

　　王子敬病笃①，道家上章②，应首过③，问子敬："由来有何异同得失④？"子敬云："不觉有余事⑤，唯忆与郗家离婚⑥。"

【注】

①王子敬：即王献之（344—388）。献之字子敬，晋琅邪临沂（今山东临沂）人，王羲之第七子，晋安帝王皇后之父。才情超群。初娶郗昙之女，后离婚，尚简文帝新安公主。病卒于官。王献之善丹青，尤工书法，与父王羲之并称"二王"。《晋书》卷80有传。

②上章:(道士替患者向天帝)上奏章。

③首过: 道家用语。谓教徒主动坦白交代自己的过失。

④异同得失: 偏义复词, 此处指"异"和"失", 即违反常理的举动。

⑤余事: 其他的事, 别的事。

⑥忆: 惦念, 挂念。

【译】

　　王献之病得很重了, 请道士给他向上天祈祷, 按照上章规矩应该忏悔自己的过错。道士问献之:"您历来做过什么亏心事没有?"献之回答说:"没觉得有其他事, 只是想起与郗家离婚的事。"

【评鉴】

　　东晋士大夫或崇尚老庄, 或信奉五斗米道, 王羲之父子皆奉五斗米道。信五斗米道者, 生病时则祷告上天。王献之一生光明磊落, 当时人对他评价很高, 唯一的遗憾是被逼与原配妻子郗道茂离婚而娶了公主。郗氏是王献之的表姐,《淳化阁帖·王献之帖》说:"虽奉对积年, 可以为尽日之欢, 常苦不尽触额之畅。方欲与姊极当年之乏, 以之偕老, 岂谓乖别至此。诸怀怅塞实深, 当复何由日夕见姊耶! 俯仰悲咽, 实无已已, 惟当绝气耳!"宋黄伯思《东观余论》认为这是王献之与前妻郗氏帖。后人认同此说。从此帖可知, 王献之与道茂离异, 应该是迫不得已, 所以病重时深深自责。归之于"德行"门, 刘义庆正是看到其内心的苦闷。

德行40

　　殷仲堪既为荆州①，值水俭②，食常五盌盘③，外无余肴。饭粒脱落盘席间，辄拾以啖之④。虽欲率物⑤，亦缘其性真素⑥。每语子弟云："勿以我受任方州⑦，云我豁平昔时意⑧，今吾处之不易。贫者，士之常，焉得登枝而捐其本⑨！尔曹其存之⑩。"

【注】

①殷仲堪（？—399）：晋陈郡长平（今河南西华）人。殷融之孙，殷仲文从兄。孝武帝时，为都督荆、益、宁三州军事、荆州刺史，后起兵反对会稽王司马道子，战败被俘自杀。不久与桓玄相攻伐，为桓玄所获，逼令自杀。《晋书》卷84有传。

②水俭：因洪涝而庄稼歉收。

③五盌盘：魏晋六朝及隋唐时期流行于南方的一种成套食器。每套由一个圆形托盘及盛放于其中的五只小碗组成，故名。

④啖（dàn）：吃。

⑤率物：作人们的表率。

⑥真素：自然，纯朴。

⑦方州：州郡。

⑧豁：舍弃，忘却。

⑨捐：丢弃，忘记。

⑩尔曹：犹言尔辈，你们。

【译】

　　殷仲堪在任荆州刺史时，碰上水灾生活艰难，吃饭时菜肴就常常只有五盌盘，再没其他菜。如果有饭粒跌落在盘席之间，就捡起来吃掉。虽然是有想做表率的意思，也是缘于他的个性真率朴实。他经常教育子弟说："不要因为我作一州长官，就说我应该改变过去的行径，而今我在这位置上也是不容易的。贫穷，是士人都会经历的，怎么能登上枝头就忘记了树的根本！你们记着我的话。"

【评鉴】

　　殷仲堪政事能力弱，虽然他的识见间或也有可取处，但还不足以有镇守一方的能力，作荆州刺史是朝廷用人的失误。而且他少奉天师道，又专心事神，不吝财贿。后来与桓玄打仗，兵临城下了，还请神仙帮助，以致败死，非常可笑。不过，厉行节约，不事浮华，值得推扬。"焉得登枝而捐其本"，这句话堪称警策。刘义庆因一言之善而著录，也是孔子所谓"不以人废言"的道理。考《晋书》本传，殷仲堪也有一些长处，不能全盘否定。参《言语》第一百零三则。

德行41

　　初，桓南郡、杨广共说殷荆州①，宜夺殷觊南蛮以自树②。觊亦即晓其旨。尝因行散③，率尔去下舍④，便不复还，内外无预知者。意色萧然，远同鬭生之无愠⑤。时论以此多之⑥。

【注】

①桓南郡：即桓玄（369—404）。玄字敬道，小字灵宝，桓温之子，七岁时袭父爵为南郡公。初为义兴守，弃官归。晋安帝时为江州刺史、都督荆州等八郡军事。元兴二年（403），率兵东下，攻入建康，迫使安帝禅位，建立桓楚，改元"永始"。后刘裕起兵讨之。《晋书》卷99有传。杨广（？—399）：字德度，晋弘农华阴（今陕西华阴）人。晋安帝隆安三年，与弟佺期俱为桓玄攻杀。殷荆州：即殷仲堪。因其尝为荆州刺史，故称。

②殷觊（jì）：字伯通，小字阿巢，晋陈郡长平（今河南西华）人。殷融之孙，殷仲文之兄。《规箴》第二十三则、《轻诋》第二十七则作"殷颛"。少与从弟殷仲堪俱知名。王恭兴兵诛王国宝，殷觊因阻止殷仲堪兴兵未果，托疾离职，遂以忧卒。《晋书》卷83有传。南蛮：古称南方少数民族。此指南蛮校尉。校尉，汉时军职之称，略次于将军，随其职务冠以名号。东汉以后，管领少数民族地区的长官亦有称校尉者，南蛮校尉即属此类。

③行散：魏晋人喜服五石散，服后需缓步调适以散发药效，谓之"行散"。或称之为"行药"。

④率尔：不经意间，随意。下舍：（官吏在衙署附近的）宅舍。

⑤鬬（dòu）生：指春秋鬬穀於（wū）菟。字子文，事楚成王为令尹。忠心为国，家无余财。三为令尹而无喜色，三去职而无忧色。事见《论语·子张》。愠：恼怒。

⑥多：称赞。

【译】

　　先前，桓玄、杨广共同劝说殷仲堪，应该夺取殷觊的南蛮校尉自己担任。殷觊也知道了他们的意思。曾经因为服药后行散，径直离开了官舍，就不再回来了，内外没有一个人预先知道他的做法。他神态十分潇洒，往远了说简直可以和春秋时楚国鬬子文罢官后没一点恼怒之色相比。当时的人们因此十分赞赏他的胸怀。

【评鉴】

殷觊是殷仲堪堂兄，能够审时度势，屡屡劝阻仲堪不应该兴兵制造混乱，但仲堪不能听。《晋书》本传说他预知仲堪必败，仲堪后来果然死于非命。殷觊能弃官职如敝屣，又能预知成败得失，算得上是殷家的翘楚。

德行42

王仆射在江州①，为殷、桓所逐，奔窜豫章②，存亡未测。王绥在都③，既忧戚在貌，居处饮食，每事有降④。时人谓为"试守孝子"⑤。

【注】

①王仆射：指王愉（？—404）。愉字茂和，晋太原晋阳（今山西太原）人。王坦之子。王国宝起兵，王愉因为国宝之异母兄，为殷仲堪、桓玄所攻。因与国宝向来不和，故得以免祸。桓玄擅权柄，征为尚书仆射。后被刘裕所杀。《晋书》卷75有传。仆射，官名。西汉成帝建始元年（前32）置尚书五人，以一人为仆射。东汉尚书仆射为尚书令之副手，职权渐重；汉末分置左右仆射。六朝相沿。

②豫章：郡名。故治在今江西南昌。当为今江西省大部分地区。

③王绥（？—404）：字彦猷，王愉之子。少有美称，与王谧、桓胤齐名。桓玄为太尉，王绥以桓氏甥任右长史，及桓玄篡位，署为中书令。以与父合谋背叛刘裕，被刘裕所杀。《晋书》卷75有传。

④有降：降低了标准。谓按孝子的衣食住行规矩约束自己。

⑤试守：本指正式任命前试行代理某一职务。

【译】

　　王愉任江州刺史，被殷仲堪、桓玄驱逐，逃往豫章，生死都没有消息。王绥在都城，神色忧伤悲哀，住处和饮食，都比平常降低了标准。当时人们称他为"试守孝子"。

【评鉴】

　　虽然"试守孝子"语涉轻薄，但王绥对父亲的思念刻骨铭心，以至于外现于神色，内克于起居，也属于难得的孝顺美行。刘义庆取这个故事，也是出于弘扬孝道的苦心。

德行43

　　桓南郡既破殷荆州①，收殷将佐十许人，咨议罗企生亦在焉②。桓素待企生厚，将有所戮，先遣人语云："若谢我，当释罪。"企生答曰："为殷荆州吏，今荆州奔亡，存亡未判，我何颜谢桓公！"既出市，桓又遣人问："欲何言？"答曰："昔晋文王杀嵇康③，而嵇绍为晋忠臣④。从公乞一弟以养老母。"桓亦如言宥之⑤。桓先曾以一羔裘与企生母胡，胡时在豫章，企生问至⑥，即日焚裘。

【注】

①桓南郡既破殷荆州：晋安帝隆安三年（399），桓玄攻杀杨佺期、殷仲堪。
　　桓南郡，即桓玄。殷荆州，指殷仲堪。

②咨议：官名。晋以后于诸王府置咨议参军，以咨询谋议，省称为咨议。位在
　　诸参军之上。罗企生：字宗伯，晋豫章（今江西南昌）人。殷仲堪镇江陵，
　　引为功曹，迁武陵太守。后为桓玄所害，卒年三十七。《晋书》卷89有传。

③晋文王：即司马昭。

④嵇绍（253—304）：字延祖，嵇康长子。十岁而孤，事母孝谨。晋武帝时
　　征为秘书丞。官至侍中。八王之乱时，随晋惠帝与成都王司马颖战，兵败，
　　百官侍卫皆溃散，独嵇绍以身护卫晋惠帝，被乱兵射杀，血溅御服，晋惠
　　帝为之深深哀叹。及事定，左右欲浣洗帝衣，晋惠帝说："此嵇侍中血，勿
　　去。"《晋书》卷89有传。

⑤宥：宽恕，赦免。

⑥问：（被杀的）消息。

【译】

　　桓玄已经打败了殷仲堪，抓了殷仲堪的将领部下十多个人，殷仲堪的咨议参军罗企生也在列。桓玄平时对罗企生很宽厚，他将要杀掉殷仲堪的一些部下，先叫人去告诉罗企生："假如向我赔罪，我会放了你。"企生回答说："我是殷荆州的部下，现在长官逃亡，死活未知，我有什么脸面向桓公赔罪！"已经押赴刑场，桓玄又叫人问罗企生："你还有什么交代的？"罗企生回答说："过去晋文王杀了嵇康，而嵇绍成为晋室的忠臣。我向您请求赦免一个弟弟以奉养老母亲。"桓玄也按他的要求赦免了一个弟弟。桓玄先前曾经送给罗企生的母亲胡氏一件羊

羔皮衣，胡氏当时在豫章，企生被处决的消息传到，胡氏当天就把皮衣烧掉了。

【评鉴】

本则归之德行，刘义庆看重的是罗企生知恩图报，不以生死易心。殷仲堪的才具名节可称道的不多，但能得到下属的忠忱，也算难得。《晋书》本传说他在州纲目不举，而好施行小惠，汉人和夷族都拥戴他。他还能够体恤下情，甚至给生病的人亲自诊脉分药。罗企生能够为他殉死，足见殷仲堪也有可取之处。此外，殷仲堪事亲至孝，父亲患病，他亲自调药，竟至弄瞎了自己的一只眼睛。对于桓玄，刘义庆同样不是全盘否定，开始想拉拢罗企生，被拒绝后，也能对罗企生"如言宥之"，并非斩草除根的残忍之辈。

德行44

王恭从会稽还①，王大看之②。见其坐六尺簟③，因语恭："卿东来，故应有此物，可以一领及我。"恭无言。大去后，即举所坐者送之。既无余席，便坐荐上④。后大闻之，甚惊，曰："吾本谓卿多，故求耳。"对曰："丈人不悉恭⑤，恭作人无长物⑥。"

【注】

①王恭（？—398）：字孝伯，小字阿宁，晋太原晋阳（今山西太原）人。王濛之孙，王蕴之子，晋安帝舅父。晋安帝时，王恭联合殷仲堪、桓玄等起兵"清君侧"。司马道子收杀王国宝，王恭乃退兵。后为部将刘牢之所杀。

《晋书》卷84有传。会稽：郡名。秦始皇置，治吴县（今江苏苏州）。大概

　　为今江苏东南部及浙江西部。汉时辖区时有增减。晋顺帝时移治山阴（今

　　浙江绍兴）。晋因之。

②王大：指王忱（？—392）。忱字元达，小字佛大，晋太原晋阳（今山西太原）

　　人。王坦之子。太元中出为荆州刺史，都督荆、益、宁三州军事、建武将

　　军。《晋书》卷75有传。

③簟：供坐卧铺垫用的苇席或竹席。《诗·小雅·斯干》："下莞上簟，乃安斯

　　寝。"郑笺："竹苇曰簟。"

④荐：草席。

⑤丈人：尊称长辈。王忱为王恭族叔。悉：了解。

⑥长（zhàng）物：多余的东西。

【译】

　　王恭罢免了会稽太守回到都城，王大去看望他。看见他座席下有
六尺长的竹席，于是对王恭说："你从东边来，是该有这些东西，可以
把这张竹席给我。"王恭没有吭声。王大离开后，王恭就叫人将这张竹
席给王大送去。他没有了多余的席子，就直接坐在垫子上。后来王大
听说，很惊讶，对王恭说："我本来以为你多，所以向你要。"王恭回
答说："您老不了解我，我做人一向没有多余的东西。"

【评鉴】

　　王恭在朝，能振肃朝纲，不畏权势，其本传曾有他公开批评尚书
令谢石和晋宗室司马道子的事。王恭还为人清廉，以简惠为政，没有
多余的东西。家无财帛，只有书籍而已。然而自恃门第高贵，不善于

用兵，起兵讨伐王国宝，对抗宗室司马道子，结果被杀。平生尤信佛道，调役百姓修建佛寺，务在壮丽，引起百姓不满。刘义庆录其身无长物的美德，同样是不隐一善的雅意。

德行45

　　吴郡陈遗①，家至孝。母好食铛底焦饭②。遗作郡主簿③，恒装一囊，每煮食，辄贮录焦饭④，归以遗母。后值孙恩贼出吴郡⑤，袁府君即日便征⑥。遗已聚敛得数斗焦饭，未展归家⑦，遂带以从军。战于沪渎⑧，败，军人溃散，逃走山泽，皆多饥死，遗独以焦饭得活。时人以为纯孝之报也⑨。

【注】

①吴郡：郡名。治吴县（今江苏苏州）。晋因之，属扬州。大致相当今江、浙之太湖流域及上海一带。陈遗：吴郡（今江苏苏州）人。为郡吏，事母至孝。《南史》卷73有传。

②铛（chēng）：平底铁锅。焦饭：俗称锅巴。

③主簿：郡县属吏。主文书簿籍及印鉴之类。

④贮录：贮藏，收藏。贮与录同义。

⑤孙恩（？—402）：字灵秀，晋琅邪（今山东临沂）人。世奉五斗米道。隆安二年（398），其叔孙泰聚众起事伏诛。孙恩遂领其众，自号征东将军，号其党曰"长生人"，率众攻掠会稽等郡。晋安帝元兴元年（402）兵败，投海自尽。《晋书》卷100有传。

⑥袁府君：指袁山松。晋陈郡阳夏（今河南太康）人。博学有文才，善书。尝

著《后汉书》百篇。为吴郡太守。孙恩起事，山松守沪渎，终战死。《晋书》

卷83有传。

⑦未展：未及，没来得及。

⑧沪渎：水名。在上海吴淞江下游一段。

⑨纯孝：大孝。

【译】

　　吴郡人陈遗，在家里特别孝顺。他的母亲喜欢吃锅底的锅巴。陈遗作郡主簿，常常准备一个袋子，每当煮饭时，就将锅巴保存起来，回家时就献给母亲。后来碰上孙恩乱军进攻吴郡，袁太守当日就出兵。陈遗本来已收存了几斗锅巴，没来得及回家，就带着锅巴随军出征。在沪渎与孙恩交战，兵败了，军队溃散，纷纷逃到山中或水泽，大都饿死了，只有陈遗因为锅巴活了下来。当时人认为是陈遗大孝的福报。

【评鉴】

　　《南史·孝义传》载有陈遗事，除上面这则所记外，还说他母亲失明了，耳朵也听不见了，陈遗回家，向着母亲悲哭，母亲一下子完全康复了。虽然这两事多少都有些玄虚，但其精神是颂扬孝道，值得记录。

德行46

　　孔仆射为孝武侍中①，豫蒙眷接②。烈宗山陵③，孔时为太常④，形素羸瘦⑤，著重服⑥，竟日涕泗流涟⑦，见者以为真孝子。

【注】

①孔仆射：即孔安国（？—408）。晋会稽山阴（今浙江绍兴）人。以儒素见
　　称。孝武帝时甚蒙礼遇，历仕侍中、太常。安帝时为会稽内史、领军将军，
　　后历尚书左右仆射，故世称"孔仆射"。卒赠左光禄大夫。《晋书》卷78有
　　传。孝武：即东晋孝武帝司马曜（362—396）。曜字昌明，简文帝之子。在
　　位时，任用谢安、王彪之等大臣，国势一度得以昌盛，并取得淝水之战的
　　胜利。但溺于酒色，后为张贵人所杀。谥"孝武"，庙号烈宗。《晋书》卷9
　　有纪。侍中：官名。魏晋通常置专职者四人，掌傧赞威仪。备切问近对，拾
　　遗补阙。常在皇帝左右，预闻朝政，为亲信贵重之职。

②眷接：亲近，厚待。

③山陵：指帝王去世。

④太常：官名。秦置奉常，汉景帝时改称太常。为九卿之一，掌管宗庙社稷礼
　　仪。后历代沿置，为专管祭祀礼乐之官。

⑤羸瘦：羸弱瘦削。

⑥重服：守重丧（父或母去世）的素服。

⑦涕泗流涟：谓眼泪鼻涕一齐流下。形容极度哀伤的样子。

【译】

　　孔安国作晋孝武帝的侍中时，受到特别的礼遇。孝武去世时，孔
安国时任太常卿，他的体形本来就瘦削羸弱，穿着丧服，整天泪流满
面，看见的人还以为他是孝武帝的儿子。

【评鉴】

　　孔安国受到孝武帝的宠遇，感激皇帝的知遇之恩。为孝武帝服丧，

悲哀超过常人，重情重义非常人可及。孔安国哀痛还有另一重原因，原来孝武帝是被宠妃张贵人毒死的，而执政者孝武帝的弟弟司马道子昏庸，竟然隐忍不敢揭发其事。孔安国心知肚明，但自己身为侍中，又无能为力替孝武申冤，惭恨交并，悲痛莫名。如此德行，令人顿生怜悯。

德行47

吴道助、附子兄弟居在丹阳郡后①，遭母童夫人艰，朝夕哭临及思至②。宾客吊省，号踊哀绝③，路人为之落泪。韩康伯时为丹阳尹④，母殷在郡⑤，每闻二吴之哭，辄为凄恻⑥，语康伯曰："汝若为选官⑦，当好料理此人⑧。"康伯亦甚相知⑨。韩后果为吏部尚书⑩，大吴不免哀制⑪，小吴遂大贵达⑫。

【注】

①吴道助：即吴坦之。坦之字处靖，小字道助，晋濮阳鄄城（今山东鄄城）人。曾仕西中郎将袁真功曹。附子：吴隐之小字。隐之字处默，博涉文史，以儒雅擅名。历官辅国功曹、晋陵太守、广州刺史。丹阳郡：三国吴置，治建业，故城在今江苏江宁东。

②哭临：指举行仪式哀悼去世的父母。思至：犹言思念。

③号踊：哭丧顿足。

④韩康伯：即韩伯。伯字康伯。

⑤母殷：康伯母殷氏，为殷浩之姊。

⑥凄恻：悲伤，伤感。

⑦选官：指吏部主管铨选之类的官员。

⑧料理：关照，看顾。

⑨相知：欣赏他们。相，指代性用法。这里代指道助弟兄。

⑩吏部尚书：吏部的首长。吏部为六部之一，主管官吏的任免、铨叙、考绩、升降等。

⑪不免：难以幸免。哀制：礼制规定的居丧期限。

⑫贵达：显贵，仕途通达。

【译】

　　吴道助、吴附子兄弟居住在丹阳郡府后边，他们的母亲童夫人去世了，两兄弟早晚都在灵前哭泣和怀念。当宾客前来悼念时，他们号哭得几乎晕过去，路人都为他们哀伤落泪。韩康伯当时做丹阳郡守，他的母亲殷夫人在郡舍，每当听见吴氏弟兄的哭声，就因此伤心哀怜。对韩康伯说："假如你将来做了吏部的主选官，一定要好好照顾他们。"韩康伯本来也很赏识二吴。后来韩康伯果然做了吏部尚书。大吴因为太伤心死在丧期内，小吴后来就显贵腾达了。

【评鉴】

　　吴隐之兄弟的孝行感天动地，其清操彪炳晋朝。《晋书·吴隐之传》有他的饮"贪泉"诗："古人云此水，一歃怀千金。试使夷齐饮，终当不易心。"传诵千古，其政事也很有成效。唐王勃在《滕王阁序》中说："酌贪泉而觉爽，处涸辙以犹欢。"前者正是颂扬吴隐之的美德。另外，从此则可知，韩康伯的母亲也是高明之人，看见二吴的孝道，便知道是国家可用的人才，预先嘱咐康伯将来有机会一定关注。后来吴隐之的表现证明了殷氏的眼光。此条归为"德行",也有表彰殷氏的意思在内。我们的传统文化中,忠臣孝子往往总是相联系的。大凡能做孝子的人,往往也是忠臣。参《贤媛》第三十二则。

唇枪舌剑，再现魏晋风流的话语风貌

言语第二

言语，并列式双音词。为孔门四科之一，在四科中排列居二。《论语·先进》："言语：宰我、子贡。"《论语·宪问》："子曰：'有德者必有言，有言者不必有德。'"言语是一定程度上的道德外现，列在德行之后，自在情理之中。

本门凡一百零八则，记录了日常人际交往中的话语，这是受魏晋以来玄学清谈的影响，人们自觉或不自觉地在语言修辞方面有所留意。《世说》收录了一些精彩的语言片段，再现了魏晋风流的话语风貌。所收条目或者是文辞美妙，如顾恺之评会稽山川之美，王济、孙楚竞夸故乡土地人物；或者是赞扬少年早慧，言语隽永，如孔融二子，钟会弟兄；或者临危不乱，语言机智而化险为夷，如乐令对长沙王，谢重对司马道子；或者是触景生情，抒发一时的感慨，如桓温"树犹如此"之叹，谢道韫"柳絮因风起"的才思，简文帝"会心处不必在远"的感慨；或者是唇枪舌剑，置挑衅者于无地自容，如蔡洪应对洛人之问，张天锡讥诮忌己者；或者相互嘲调，引人解颐，如周颙以"淳羖日去"之语对答庾亮，孙绰驳高柔之讥等等。这一门类，真如"从山阴道上行"，美不胜收，为后世留下了瑰丽隽永的言语画卷。

言语1

　　边文礼见袁奉高①，失次序②。奉高曰："昔尧聘许由③，面无怍色④。先生何为颠倒衣裳⑤？"文礼答曰："明府初临⑥，尧德未彰，是以贱民颠倒衣裳耳！"

【注】

①边文礼：即边让（？—193）。让字文礼，东汉陈留浚仪（今河南开封）人。少年博辩，能属文章。官九江太守。献帝初平中，因王室乱，辞官归。后恃才使气，轻侮曹操，为曹操所杀。《后汉书》卷80有传。袁奉高：即袁阆。阆字奉高，东汉慎阳（今河南正阳）人。有高名，喜奖掖后进。陈蕃即得其荐举。

②次序：犹言次第。指常态。

③许由：相传为尧时人。隐于箕山，尧欲以天下让，许由不接受。复请为九州长，许由谓污其听，洗耳于颍水之滨。死后葬箕山。事见晋皇甫谧《高士传》。

④怍色：惭愧的神色。

⑤颠倒衣裳：急忙窘迫而失常态。语本《诗·齐风·东方未明》："东方未明，颠倒衣裳。"本来描写臣下急于上朝以致举措忙乱的状态。后以"颠倒衣裳"比喻举止失态。

⑥明府：汉魏以来部属或治下百姓对州牧、郡守或县令的尊称。

【译】

　　边让去拜会袁阆，举止慌乱。袁阆说："从前尧礼聘许由，许由一点也不慌张惭愧。您为什么这样手忙脚乱？"边让回答说："府君您刚到任，您如尧的德行还没表现出来，所以小民我也就举止失宜了。"

【评鉴】

边让举止失态固然不免遗憾，但袁阆以"尧聘许由"来类比却也失言，哪有人臣把自己比成唐尧的。正因类比不合适，被边让抓住了辫子反唇相讥。边让的话等于说：我还没看见你有什么德行！这话何其辛辣！结果尴尬的当然是袁阆了。

言语 2

徐孺子年九岁①，尝月下戏，人语之曰："若令月中无物，当极明邪？"徐曰："不然。譬如人眼中有瞳子②，无此必不明。"

【注】

①徐孺子：即徐稚。稚字孺子。
②瞳子：即瞳仁，眼珠。

【译】

徐稚九岁时，曾经在月亮下玩耍，有人对他说："假如让月亮中没有其他东西，应该特别明亮吧？"徐稚说："不是这样。这就好像人的眼睛中有瞳仁，没有瞳仁眼睛一定不明亮。"

【评鉴】

徐孺子九岁而能回答如此刁钻的问题，足见其聪明非常儿可比。

他长大后也获得盛名，并且留下了"徐孺下陈蕃之榻"的雅典。杜甫《一百五日夜对月》云："斫却月中桂，清光应更多。"用的就是《世说》此典。

言语3

　　孔文举年十岁①，随父到洛。时李元礼有盛名②，为司隶校尉③。诣门者，皆俊才清称及中表亲戚乃通④。文举至门，谓吏曰："我是李府君亲。"既通，前坐。元礼问曰："君与仆有何亲？"对曰："昔先君仲尼与君先人伯阳有师资之尊⑤，是仆与君奕世为通好也⑥。"元礼及宾客莫不奇之。太中大夫陈韪后至⑦，人以其语语之，韪曰："小时了了⑧，大未必佳。"文举曰："想君小时，必当了了。"韪大踧踖⑨。

【注】

①孔文举：即孔融（153—208）。融字文举，东汉末鲁国（今山东曲阜）人。孔子二十世孙。少有异才，博闻强记。为"建安七子"之一。后因违逆董卓，外放北海相，故亦称"孔北海"。孔融还多次侮慢曹操，终为曹操所杀。《三国志》卷12、《后汉书》卷70有传。

②李元礼：即李膺。膺字元礼。

③司隶校尉：官名。汉武帝始置，初掌察举百官以下及京师近郡犯法者，后改纠察三辅、三河及弘农七郡违法之吏民。

④清称：有好的名声。中表：内外亲戚。通：通报。

⑤先君：犹言先辈，祖先。伯阳：即老子，相传姓李名耳，字伯阳（一曰聃）。

春秋战国时楚苦县（今河南鹿邑）人，曾为周王室守藏史。相传著《道德经》

五千余言。《史记》卷63有传。师资：师生，师徒。

⑥仆：我。第一人称代词。奕世：累世。通好：交好，结谊。

⑦太中大夫：官名。掌议论。陈韪：《后汉书·孔融传》作"陈炜"。事迹不详。

⑧了了：聪明伶俐。

⑨踧踖（cù jí）：局促不安的样子。形容非常尴尬。

【译】

　　孔融十岁时，跟着父亲到洛阳。当时李膺的名声很大，官任司隶校尉。到李家拜会的人，都是俊才名流以及李家的内外亲戚，守门人才进去通报。孔融到了门口，对门吏说："我是李府君的亲戚。"已经通报进去了，安排好座位。李膺问孔融说："你和我们家有什么亲戚关系？"孔融回答说："过去我们家祖先孔子曾向您家祖先老子拜师求教，这是说我与您家为累世的交情啊。"李膺和宾客没有不称赞孔融聪明的。太中大夫陈韪随后来到，人们把孔融的话告诉他，陈韪说："小时聪明过人，长大了未必就是人才。"孔融说："想来您小时候一定非常聪明。"陈韪弄得十分难堪。

【评鉴】

　　此则是赞扬孔融的能言善辩。

　　孔融的辩才，当世无二。少年早慧，长而超群。回答李膺的问话，言出有典，令人击节。但也许机锋太露，不能藏敛，如对答陈韪，不给对方留丝毫余地，其个性恐怕正是其致祸之由。后因触怒曹操而被杀，全家都受了牵连。

言语4

孔文举有二子，大者六岁，小者五岁。昼日父眠①，小者床头盗酒饮之，大儿谓曰："何以不拜？"答曰："偷，那得行礼②！"

【注】

①昼日：白天。

②那得：怎么能，怎么用。

【译】

孔融有两个儿子，大的六岁，小的五岁。（有一天）孔融白天睡着了，小儿子在床头偷酒喝。大儿子对弟弟说："为什么不给父亲行礼？"小儿子回答说："本来就是偷酒喝，怎么用行礼！"

【评鉴】

这段话与锺会兄弟的言行全同，必有一误。不过，小说家言，本不可尽信，其意不过极言其聪明而已。

言语5

孔融被收①，中外惶怖②。时融儿大者九岁，小者八岁，二儿故琢钉戏③，了无遽容④。融谓使者曰："冀罪止于身⑤，二儿可得全不？"儿徐进曰⑥："大人岂见覆巢之下⑦，复有完卵乎？"寻亦收至⑧。

【注】

①孔融被收：指建安十三年（208）八月，孔融遭下狱弃市，妻、子皆被诛。

②惶怖：惊慌害怕。

③琢钉戏：古时一种儿童游戏。清周亮工《因树屋书影》卷三："画地为界，琢钉其中。先以小钉琢地，名曰签，以签之所在为主，出界者负；彼此不中者负；中而触所主签亦负。"

④遽容：惊慌的神色。

⑤冀：希望。身：我。第一人称代词。习见于六朝。

⑥徐进：慢慢进言，从容地说。

⑦大人：对父、母和父母辈的称呼。此称父亲。

⑧寻：一会儿。收：执行拘捕的官差。

【译】

　　孔融被拘捕，朝廷内外都惊恐万状。当时孔融的儿子大的九岁，小的八岁，两个人仍然在玩琢钉的游戏，一点也没有紧张恐怖的样子。孔融对使者说："希望只是我自己被处罚，两个儿子能否保全？"儿子从容地对孔融说："大人难道看见过鸟窝翻落了，还能有完整的鸟蛋吗？"过了一会儿，拘捕两个儿子的官差也就来了。

【评鉴】

　　从表象看，往往以为这是说孔融的儿子比孔融还聪明，如果这样理解，就大错了。以孔融的聪明，哪会不明白政治的残酷和曹操的心狠手辣？不过是舐犊情深，寄希望于万一而已。儿子也是因为对父亲的理解，才从容镇定、毫无畏惧地说出这番话来，是对父亲的安

慰。《后汉书·孔融传》的记载有所不同，是说孔融的女儿和儿子。供

参考。

言语6

　　颍川太守髡陈仲弓①。客有问元方②："府君何如③？"元方曰：

"高明之君也④。""足下家君何如⑤？"曰："忠臣孝子也。"客曰：

"《易》称：'二人同心，其利断金；同心之言，其臭如兰⑥。'何有

高明之君，而刑忠臣孝子者乎？"元方曰："足下言何其谬也！故不

相答⑦。"客曰："足下但因伛为恭⑧，而不能答。"元方曰："昔高宗

放孝子孝己⑨，尹吉甫放孝子伯奇⑩，董仲舒放孝子符起⑪。唯此三

君，高明之君；唯此三子，忠臣孝子。"客惭而退。

【注】

①颍川：郡名。属豫州。治所在阳翟（今河南禹州）。魏晋治许昌（今河南许

　　昌东）。郡以颍河得名。髡：指剃去毛发。此指古代剃发之刑。陈仲弓：即

　　陈寔。寔字仲弓。

②元方：即陈纪。纪字元方。

③府君：汉魏时对太守（郡长官）的称呼。此指颍川太守。

④高明：高尚明察。

⑤家君：用来称人的父亲时，多需在前面加"贤""足下"之类的敬辞。

⑥臭（xiù）：气味。

⑦相答：回答您。相，指代用法。

⑧因伛为恭：驼背者拿驼背当作恭敬，以掩饰其病态。

⑨高宗：即殷高宗武丁。商王盘庚之侄，商王小乙之子。用傅说为相，勤修政治，殷以此强盛。参《史记·殷本纪》。孝己：殷高宗之子，以贤孝称。因遭后母之谗，放逐而死。事见《庄子·外物》等。

⑩尹吉甫：名甲，尹为封地名。周宣王时重臣，助宣王中兴。事见《诗·小雅·六月》。伯奇：尹吉甫之子。伯奇母死，后母诬陷伯奇，吉甫放逐伯奇。后吉甫从宣王出游，伯奇乃作歌感之于宣王，宣王说："此孝子之辞也。"吉甫悟，射杀后妻。

⑪董仲舒（前179—前104）：汉广川（今河北景县广川镇，一说今河北枣强）人。少治《春秋公羊传》，景帝时为博士。武帝时，他以贤良对策，提出"君权神授"的学说，要求汉武帝罢黜百家，独尊儒术，为汉武帝采纳，使儒学处于正统地位。他曾任江都王和胶西王相。后托病辞官，讲学著书，有《春秋繁露》《举贤良对策》传世。《史记》卷121、《汉书》卷56有传。放孝子符起：其事不详。

【译】

　　颍川太守对陈寔施了髡刑。有客人问陈纪："你觉得太守怎么样？"陈纪回答说："是高明的长官啊。"又问："您的父亲怎么样？"回答说："是忠臣孝子。"客人说："《易经》说：'二人同心，其利断金；同心之言，其臭如兰。'哪里会有高明的长官对忠臣孝子施加刑法的啊？"陈纪回答说："您的问话是多么荒谬！所以我不想回答您。"客人说："您这就像以驼背装作恭敬的样子，您是回答不了啊。"陈纪说："古时殷高宗曾经放逐过孝子孝己，尹吉甫曾经放逐过孝子伯奇，董仲舒曾经放逐过孝子符起。这三位长官，都是高明的君子；这三个被放逐的儿子，都不愧为忠臣孝子。"客人于是惭愧地走了。

【评鉴】

　　客人的问话古怪刁钻，先是引君入瓮，让陈纪肯定了太守是高明的长官，自己的父亲是忠臣孝子。而后偷换概念，引《易经》"二人同心，其利断金；同心之言，其臭如兰"语，来证明"高明之君不会处罚忠臣孝子"。本来《易经》的"同心"通常指朋友间二人齐心协力或者志同道合，但"高明的长官"和"忠臣孝子"的评价内涵各不相同，两者之间并不能与朋友间的"同心"关系简单类比。陈纪觉得对方的论据不足以证明"高明之君不会处罚忠臣孝子"的断言，且问难论证荒谬不合逻辑，自然不屑于回答。不料这位客人老羞成怒，以"因伛为恭"作譬讥讽陈纪，近乎詈骂了。于是陈纪以类比的方式改评古人，举出大家熟知的典故回击了"高明之君不会处罚忠臣孝子"的荒谬。而且，陈纪举出的三个例子中至少两个例子是"孝子"被谗（董仲舒例不详），是"高明之君""不明"，言语背后为自己的父亲巧妙辩解，又让对方抓不住什么把柄。客人当然再也无从诘难，只好狼狈地离开了。此则归之"言语"，是赞扬陈纪机智应变的反驳话术，而言语背后深藏着玄机。

言语7

　　荀慈明与汝南袁阆相见①，问颍川人士，慈明先及诸兄。阆笑曰："士但可因亲旧而已乎②？"慈明曰："足下相难③，依据者何经？"阆曰："方问国士④，而及诸兄，是以尤之耳⑤！"慈明曰："昔者祁奚内举不失其子，外举不失其仇，以为至公⑥。公旦《文王》之诗，不论尧、舜之德而颂文、武者，亲亲之义也⑦。《春秋》之义，内其国而外诸夏⑧。且不爱其亲而爱他人者，不为悖德乎⑨？"

【注】

①荀慈明：即荀爽。爽字慈明。汝南：郡名。袁阆：字奉高。

②亲旧：亲属好友。

③相难：责难我。相，指代用法。

④国士：国家杰出的人才。

⑤尤：批评，非难。

⑥"昔者祁奚内举不失其子"几句：此谓荐举贤能时，对亲人和仇人都不回避。
  语出《左传·襄公三年》："祁奚请老，晋侯问嗣焉，称解狐，其雠也。将立
  之而卒。又问焉，对曰：'午也可。'于是羊舌职死矣，晋侯曰：'孰可以代
  之？'对曰：'赤也可。'于是使祁午为中军尉，羊舌赤佐之。君子谓：'祁奚
  于是能举善矣。称其仇，不为谄。立其子，不为比，举其偏，不为党。《商
  书》曰："无偏无党，王道荡荡。"其祁奚之谓矣！解狐得举，祁午得位，伯
  华得官，建一官而三物成，能举善也夫。唯善，故能举其类。诗云："惟其
  有之，是以似之。"祁奚有焉。'"

⑦"公旦《文王》之诗"几句：《诗·大雅·文王之什》共十篇，皆讴歌文王、
  武王功绩之作。相传作者为周公。公旦，即周公姬旦。周文王之子。辅武
  王灭纣，建周王朝，封于鲁。武王死，成王年幼，周公摄政，管叔、蔡叔
  挟殷王后裔武庚作乱，周公讨平之。七年，建成周雒邑。相传周之礼乐制
  度均为周公所制。亲亲，爱自己的亲人。

⑧"《春秋》之义"二句：此句是"春秋三世说"的观点，谓《春秋》以鲁国
  为内，以诸夏为外。语出《公羊传·成公十五年》，"《春秋》内其国而外诸
  夏，内诸夏而外夷狄。"《春秋》，今存古代最早的编年体史书，相传为孔子

删补鲁史而成。记载鲁国自隐公元年（前722）至哀公十四年（前481）间
的史事。叙事简略，语含褒贬，对后世史书编纂影响很大。诸夏：中原地
区的诸侯国。

⑨悖德：违背道义，不合大道。语本《孝经·圣治》："故不爱其亲而爱他人者，
　谓之悖德；不敬其亲而敬他人者，谓之悖礼。"

【译】

　　荀爽和汝南袁阆会面，袁阆问颍川的人才，荀爽首先介绍自己的
几位哥哥。袁阆嘲笑他说："人才难道只因为是亲戚朋友就可以吗？"
荀爽问："您责难我，依据的是什么经典？"袁阆说："我刚才是问国家
的杰出人才，而您先说您的哥哥，因此我觉得不太合适才批评你。"荀
爽说："从前祁奚在举荐人才时对内不回避儿子，对外不放弃仇家，因
而成为最公正的典范。周公写《文王》诗，不推扬尧和舜的功德而歌
颂周文王和周武王，是尊崇爱敬自己亲人的古训。《春秋》的义理，以
鲁国为主而其他华夏国家为宾。况且不爱自己的亲人而爱别人的，不
是违背了大德吗？"

【评鉴】

　　面对袁阆的质疑，荀爽有理有据，大义凛然，可见他渊博的学识
和出色的辩才。从《后汉书》本传看，荀氏八龙中，荀爽是最为杰出
的，有"荀氏八龙，慈明无双"之评。他深谋远虑，能屈能伸，被董
卓强征为官，见董卓残暴，举荐了很多"才略之士"，巧妙地阻止了董
卓的许多恶行，并且暗中与王允谋除董卓。

言语8

祢衡被魏武谪为鼓吏①，正月半试鼓，衡扬枹为《渔阳》掺挝②，渊渊有金石声③，四坐为之改容④。孔融曰："祢衡罪同胥靡⑤，不能发明王之梦⑥。"魏武惭而赦之。

【注】

①祢（mí）衡（173—198）：字正平，东汉平原（今山东临邑）人。少有才辩，而性刚强傲慢。孔融荐与曹操。初事曹操，屡忤之；曹操将其送给刘表，虽得刘表礼遇，但又得罪了刘表。遂送与黄祖。终为黄祖所杀。撰有《鹦鹉赋》。《后汉书》卷80下有传。魏武：指曹操（155—220）。操字孟德，小字阿瞒，汉末沛国谯（今安徽亳州）人。以平定黄巾起义迁济南相。先后剪除袁术、袁绍、吕布、张鲁、刘表等割据势力，统一北方。子曹丕代汉称帝，追尊为武皇帝，庙号太祖。《三国志》卷1有纪。

②枹：鼓槌。《渔阳》：鼓曲名。掺挝（càn zhuā）：击鼓之法。清黄生《义府》卷下曰："说者谓掺为三挝鼓，两手弄三杖，且弄且击，故字或作参，七绀反。俗谓'三棒鼓，两头捞'，盖出于此。"

③渊渊：语本《诗·小雅·伐鼓》："伐鼓渊渊，振旅阗阗。"毛传："渊渊，鼓声也。"

④改容：改变神色。

⑤胥靡：服刑的犯人。这里指傅说。

⑥明王之梦：这里的明王指殷高宗，相传殷高宗武丁梦天赐贤人，使百工依梦图其像而搜求，后于刑徒中得傅说，即用为相，使摄朝政。后以明王梦为求贤之典。

【译】

祢衡被**魏武帝**贬谪为鼓吏，正月十五日试鼓，祢衡扬槌奏《渔阳》掺挝，音声深沉有如钟鸣磬响，四座宾客都不禁静穆肃然。孔融说："祢衡的罪行和傅说相同，可惜他不能让明君梦到贤才。"魏武帝觉得惭愧，于是赦免了祢衡。

【评鉴】

商王武丁求贤若渴，因梦而画了像去寻找贤人。曹操却是名士在眼前而不能用，竟然罚为鼓吏。这也许正是贤君和奸雄之间的差距。孔融的话，为祢衡抱屈，话锋直击曹操而致其惭愧，可谓痛快淋漓。但也就是如此一次又一次的讥诋，不给奸雄留面子，也一步步把自己送往死地。曹操本来气量狭促，睚眦必报，这次是赦免了祢衡，回头就借刀杀人，把祢衡送给刘表，最后死于黄祖之手。

言语9

南郡庞士元闻司马德操在颍川①，故二千里候之②。至，遇德操采桑，士元从车中谓曰："吾闻丈夫处世，当带金佩紫③，焉有屈洪流之量，而执丝妇之事？"德操曰："子且下车。子适知邪径之速，不虑失道之迷④。昔伯成耦耕⑤，不慕诸侯之荣；原宪桑枢⑥，不易有官之宅。何有坐则华屋，行则肥马，侍女数十，然后为奇⑦？此乃许父所以慷慨⑧，夷齐所以长叹⑨。虽有窃秦之爵⑩，千驷之富⑪，不足贵也。"士元曰："仆生出边垂⑫，寡见大义，若不一叩洪钟、伐雷鼓⑬，则不识其音响也！"

【注】

①南郡：郡名。辖江陵、当阳、华容、枝江等县。治江陵（今湖北荆州）。庞士元：即庞统（177—214）。统字士元，东汉末襄阳（今湖北襄阳）人。司马德操将其与诸葛亮并称为"凤雏""卧龙"。刘备引为军师中郎将。建安十九年（214）攻雒（今四川广汉一带）时为流矢所中，卒。《三国志》37 有传。司马德操：即司马徽（？—208）。徽字德操，汉末颍川阳翟（今河南禹州）人。知人，洞达世事，居荆州，不求闻达。建安十三年（208），曹操南征，欲重用之，会其病死。事见《三国志·蜀书·庞统传》。

②候：拜候，拜望。

③带金佩紫：佩带金印紫绶。指做高官。

④"子适知邪径之速"二句：谓你只知道抄近路走捷径的便利，却从不考虑迷失道路带来的危险。语本汉焦延寿《易林·鼎》："邪径迷道，使君乱惑。"邪径，不正当的行径。

⑤伯成：相传为尧时诸侯，字子高。禹为天子，伯成辞诸侯之位而耕于野。事见《庄子·天地》。

⑥原宪：孔子弟子，字子思。又称原思。春秋鲁人，一说宋人。安贫乐道，处之怡然。《庄子·让王》："原宪居鲁，环堵之室，茨以生草，蓬户不完，桑以为枢而瓮牖。"

⑦奇：犹言佳，妙。

⑧许父：许由和巢父。相传皆为尧时高士，尧欲让位二人，均不受。后来诗文常用为隐居不仕的典故。慷慨:（情绪）激昂（地辞让）。

⑨夷齐：伯夷和叔齐。相传为商末孤竹国（今河北卢龙县西南）国君之子。父卒，弟兄互相退让君位，俱出逃至周。文王卒，武王兴伐纣，二人叩马而谏，以为父丧用兵以臣伐君，是不孝、不仁之举。天下为周，伯夷与弟耻

食周粟，饿死首阳山。《史记》卷61有传。

⑩窃秦之爵：指吕不韦窃秦相爵位之事。据《史记·吕不韦列传》载，吕不韦把怀有自己骨肉的赵姬献与子楚，子楚即位为庄襄王，庄襄王以吕不韦为丞相，封为文信侯，食河南洛阳十万户。后太子嬴政即位（实为吕不韦之子），尊吕不韦为相国，号称仲父。

⑪千驷：四千匹马，极言车乘众多。古代套车时每四匹为一组驾车。驷，同驾一辆车的四匹马。

⑫边垂：犹边陲，边远地方。

⑬叩：敲，打。洪钟：声音洪大的钟。伐：敲，击。雷鼓：响声如雷的鼓。

【译】

　　南郡庞统听说司马徽在颍川，于是驾车跋涉了两千里去拜望他。到了时，正碰到司马徽在采桑。庞统在车上大声对司马徽说："我听说大丈夫在世，应该佩带金印紫绶，哪有委屈自己的宏大抱负，而做些缫丝养蚕的妇人之事？"司马徽说："您请下车来。您只知道走小道曲径的便捷，却不考虑迷失道路的危险。从前伯成躬耕，不羡慕诸侯的荣耀；原宪用桑木做门，不愿意去交换官府的豪宅。哪有居住就是华丽的房屋，出门就跨着肥马，前后跟从着美女一群，这样才认为是出色的？这就是许由、巢父坚决辞让的原因，伯夷、叔齐悲哀叹息的道理。纵然如吕不韦巧施心计窃得高位，齐景公有千辆马车的豪华，也不值得珍贵。"庞统说："我生长在偏远之地，很少见到高明人物。假如不是今天敲击了洪钟雷鼓，真不知道它声音的洪亮。"

【评鉴】

关于此条，余嘉锡笺曾辨其真伪，其理由有三，一是司马徽与庞统族叔庞德公交谊深厚，庞统作为晚辈，岂会无礼到不下车直接在车中与长辈司马徽对谈；二是庞统与诸葛亮比德齐名，不至于对人如此傲慢；三是庞统本身有知人之明，更不会说出这种庸俗鄙陋的话语。余嘉锡笺认为此段言语必是晋代文士仿《客难》《解嘲》之体而编造的，只不过缩大篇为短章罢了。余嘉锡笺可谓精当。抛开真伪，此则言语表现司马徽的善于类比和言谈，也让人为之耳目一新。

言语10

刘公幹以失敬罹罪①。文帝问曰②："卿何以不谨于文宪③？"桢答曰："臣诚庸短，亦由陛下网目不疏④。"

【注】

①刘公幹：即刘桢（？—217）。桢字公幹，后汉东平宁阳（今山东东平）人。汉末名士，"建安七子"之一，所作五言诗，风格遒劲。献帝建安十六年（211），先为平原侯曹植庶子（属官），后改为五官中郎将文学，随侍曹丕。因平视甄夫人而获罪发配。后魏武帝赦之。《三国志》卷21有传。罹（lí）罪：犯罪，遭罪。

②文帝：指魏文帝曹丕（187—226）。丕字子桓，曹操次子。初为汉五官中郎将。曹操死，继位为魏王、丞相。延康元年（220），受汉"禅让"为帝，改元黄初，国号魏，都洛阳。在位七年卒，谥"文皇帝"。《三国志》卷2有纪。

③文宪：法令。

④陛下：这里是指曹操。刘盼遂《世说新语校笺》："按正文'陛下'，盖指魏武，汉、晋之间，通以'陛下'为人臣私言君上之辞。《史记·田儋列传》：'田横谓其客曰："陛下所以欲见我者，不过欲一见吾面貌耳。今陛下在洛阳。"……皆其证也。公幹正谓魏武纲（网）目不疏，自与文帝无与。'"网目：犹言法网。目，渔网的网眼。

【译】

　　刘桢因为平视甄氏而获曹操治罪。文帝问他说："你为什么不谨慎而触犯刑法呢？"刘桢回答说："臣下我的确是平庸而有过失，但也是大王他的法网太密啊。"

【评鉴】

　　"陛下网目"，刘桢是说自己被罚作刑徒是曹操所为。刘盼遂以及余嘉锡笺的解释可从，这样前后也就联系了起来，不然分明是曹操怪罪，何以竟说曹丕网目不疏？且曹丕素性潇洒不拘，叫夫人出拜，本不拘上下之礼，而平视又岂会越礼？清人杭世骏又引《吴质别传》，说到曹丕叫妻子郭后出见吴质、曹休等，可见曹丕一向不拘小节。再者，曹丕不计较部下平视甄氏，干公公何事？实际上是吃醋。因为甄氏已经归了曹丕，翁媳身份所限，哪怕再看一眼也不可能，而刘桢居然敢于平视芳泽，岂不怒火中烧。这一则归入"言语"，主要是因为刘桢的回答意味深长，《世说》取其机趣而已。

言语11

　　锺毓、锺会少有令誉①，年十三，魏文帝闻之，语其父锺繇曰②："可令二子来！"于是敕见③。毓面有汗，帝曰："卿面何以汗？"毓对曰："战战惶惶④，汗出如浆。"复问会："卿何以不汗？"对曰："战战栗栗⑤，汗不敢出。"

【注】

①锺毓（？—263）：字稚叔，锺繇长子。卓绝有父风。于朝廷军政大事，屡有嘉谋。后因得罪曹爽，徙侍中，出为魏郡太守。后以平毋丘俭、文钦及诸葛诞之功，都督各州郡。《三国志》卷13有传。锺会（225—264）：字士季，锺繇次子。少有令名，为司马师兄弟所亲重。魏景元四年（263），以平蜀之功官至司徒，进封县侯。后暗中与蜀将姜维谋据蜀地，未果，为乱军所杀。《三国志》卷28有传。

②锺繇（151—230）：字元常，汉末颍川长社（今河南长葛）人。官至黄门侍郎。李傕、郭汜等作乱，以护卫献帝功封东武亭侯。曹丕称帝，为廷尉，进封崇高乡侯。明帝时进封定陵侯。锺繇善书，《宣和书谱》评为"备尽法度，为正书之祖"。《三国志》卷13有传。

③敕见：敕命进见。

④战战惶惶：恐惧惊惶，全身发抖。

⑤战战栗栗：犹言"战战惶惶"。

【译】

　　锺毓、锺会小时候就有美好的名声，十三岁那年，魏文帝听说了，对他们的父亲锺繇说："叫你的两个儿子来，我见见！"于是下令召见。见文帝时，锺毓满脸是汗，文帝问："你为什么出汗？"锺毓回答说："战战惶惶，所以汗出如浆。"又问锺会："你为什么不出汗？"回答说："战战栗栗，所以不敢出汗。"

【评鉴】

兄弟俩的回答机敏相同，但从常情看，惊惧紧张则必然流汗。锺会毫不紧张证明其沉着冷静，少年老成，至于"汗不敢出"纯属急中生智的诡辩。从这则故事，也可见二人在胆略性格上的差异。历史上，曹丕驾崩时锺会只有一岁，所以这则轶事当为小说家杜撰。

言语12

锺毓兄弟小时，值父昼寝，因共偷服药酒。其父时觉^①，且托寐以观之^②。毓拜而后饮，会饮而不拜。既而问毓何以拜，毓曰："酒以成礼^③，不敢不拜。"又问会何以不拜，会曰："偷本非礼，所以不拜。"

【注】

①觉：醒来了。

②托寐：假寐，装睡。

③酒以成礼：酒是用来完善礼仪的。语出《左传·庄公二十二年》："君子曰：'酒以成礼，不继以淫，义也。'"

【译】

　　锺毓弟兄还小的时候，有一次碰上父亲白天睡着了，于是一起偷喝药酒。锺繇当时就醒了，姑且假装没醒而观察他们。锺毓向父亲跪拜了才饮酒，锺会喝了酒却不拜。后来锺繇问锺毓为什么要拜，锺毓回答说："酒是用来完善礼仪的，不敢不拜。"又问锺会为什么不拜。锺会回答说："偷酒本来就失礼了，因而不拜。"

【评鉴】

　　此则与孔融二子事相同，必有一误。二人的回答都很巧妙，合情合理。历史上，钟繇去世时锺会尚是幼童，锺毓已经成年，所以这则轶事在锺氏兄弟这里当为杜撰。

言语13

　　魏明帝为外祖母筑馆于甄氏①，既成，自行视，谓左右曰："馆当以何为名？"侍中缪袭曰②："陛下圣思齐于哲王③，罔极过于曾闵④。此馆之兴，情钟舅氏，宜以渭阳为名⑤。"

【注】

①魏明帝：即曹叡（204—239）。叡字元仲，曹丕之子。初封武德侯、齐公、平原王。黄初七年（226）即皇帝位。时军役繁兴，百姓凋敝，曹叡不恤民情，大治宫室。在位十四年卒，谥明皇帝。《三国志》卷3有纪。筑馆：建造府第。甄氏：指魏明帝生母家。明帝母甄氏，原为袁绍子袁熙之妻，曹操平袁绍，曹丕纳之，有宠。后被废赐死。

②侍中：官名。皇帝近臣。缪袭（186—245）：字熙伯，三国魏东海兰陵（今山东兰陵）人。有才学。官至尚书、光禄勋。锺嵘《诗品》称"熙伯《挽歌》，唯以造哀尔"。事见《三国志》卷21。

③哲王：贤君，圣君。

④罔极过于曾闵：谓对父母的哀思无穷，超过了曾参与闵子骞。罔极，没有穷尽。语本《诗·小雅·蓼莪》："父兮生我，母兮鞠我……欲报之德，昊天罔极。"朱熹集传："言父母之恩如此，欲报之以德，而其恩之大，如天无穷，不知所以为报也。"后因以"罔极"指父母恩德无穷。此处偏指母亲。曾闵，孔子弟子曾参与闵子骞的合称。二人皆以孝行闻名。其中曾参"啮指痛心"，闵子骞"芦衣顺母"故事均列于传统"二十四孝"之中。

⑤"情钟舅氏"二句：语本《诗·秦风·渭阳》："我送舅氏，曰至渭阳。"朱熹《诗集传》："舅氏，秦康公之舅，晋公子重耳也。出亡在外，穆公召而纳之。时康公为太子，送之渭阳，而作此诗。"后因以"渭阳"指外甥与舅舅之间情谊的典故。

【译】

魏明帝在甄家给外祖母修建了馆舍，已经完工了，亲自去巡视，对身边的臣子说："这个馆应该用什么命名？"侍中缪袭回答说："陛下的思虑可以和古代的圣君并肩，孝道之心超过了曾参、闵子骞。这个馆的修建，是对母舅家的一番深情，应该用'渭阳'作为馆名。"

【评鉴】

从《三国志·魏书》相关材料看，曹丕即位后赐死甄氏（221）。明帝为母亲无辜被杀而伤心，对甄家怀念很深。明帝登基后，追谥母亲为文昭皇后，又两次立庙。《三国志·魏书·文昭甄皇后传》："帝思念舅氏不已。（甄）畅尚幼，景初末，以畅为射声校尉，加散骑常侍，又特为起大第，车驾亲自临之。又于其后园为像母起观庙，名其里曰渭阳里，以追思母氏也。""渭阳"出自《诗经·秦风》，是当时作太子的秦康公送别舅父即后来的晋文公重耳返晋的诗，送别舅父时，不免想起亡故的母亲，于是作了这首诗，所以"渭阳"就成了甥舅间情谊的典故。此处明帝为外祖母甄氏家修建馆舍，缪袭建议以"渭阳"为名，十分合情合理，而且正与明帝心意相符，从而留下了一段佳话。《世说》归为"言语"，也是赞赏缪袭用典贴切，善解人意。

言语14

何平叔云[①]："服五石散[②]，非唯治病，亦觉神明开朗[③]。"

【注】

① 何平叔：即何晏（190—249）。晏字平叔，三国魏宛（今河南南阳）人。何进之孙。少美姿容，以才秀知名。尚魏金乡公主。高平陵之变（司马氏夺权）后，何晏因党附曹爽，为司马懿所杀。何晏常与夏侯玄、王弼等倡导玄学，竞尚清谈，遂开一时风气。《三国志》卷9有传。

② 五石散：丹药名。由紫英石、白英石、赤石脂、钟乳、硫黄五种药石配制而成，故名。因宜冷服，亦名寒食散。

③ 神明：精神。

【译】

何晏说："服用五石散，不仅能治病，也使人觉得精神更加豁达爽朗。"

【评鉴】

据记载，最早服用五石散的人是何晏。隋巢元方《诸病源候论》卷六"寒食散发候"引晋皇甫谧说："近世尚书何晏，耽声好色，始服此药，心加开朗，体力转强，京师翕然，传以相授……晏死之后，服者弥繁，于时不辍，余亦豫焉。"从此则可见，当时人服食此散，除能强身治病外，主要是感觉能让人心神"开朗"。而不可否认的是，六朝士大夫服散而死的不计其数，何晏倡五石散，贻害无穷。此外，服食散剂以后，为散发药力，还要"行散"，这更让人找到了展示自我的机会，大袖宽袍，轻裘缓带，举手投足，优雅自然。但其实，"服散"的副作用极大，这一行为只不过寄寓着那个时代人们对于生命易逝的忧虑，对于尘世非常的惶恐。刘义庆将此条列为"言语"，正是客观反映服散何以成为时尚的缘由，并非是对何晏的行为表示赞赏。

言语15

嵇中散语赵景真①："卿瞳子白黑分明，有白起之风②。恨量小狭③。"赵云："尺表能审玑衡之度④，寸管能测往复之气⑤。何必在大，但问识如何耳。"

【注】

①嵇中散：即嵇康。赵景真：即赵至。至字景真，晋代郡（治今河北蔚县）人。曾随嵇康游学。论议清辩，有纵横之才。自恨弃亲远游，母亡不见，悲痛呕血而死，时年三十七。《晋书》卷92有传。

②白起：战国时秦国名将，郿（今陕西眉县）人。精通兵法，秦昭王用之，攻取七十余城，封武安君。长平之战，坑杀赵国降卒四十万。后被赐死。《史记》卷73有传。刘孝标注引严尤《三将叙》曰："渑池之会，臣察武安君小头而面锐，瞳子白黑分明，视瞻不转。小头而面锐者，敢断决也；瞳子白黑分明者，见事明也；视瞻不转者，执志强也。"

③恨：遗憾。小狭：犹言狭小。

④尺表：一尺长的表。表，古代测量日影的标杆。玑衡：古代观测天象的仪器。

⑤寸管：几寸长的律管。管，即律管，古代测候季节变化的器具。宋沈括《梦溪笔谈·象数一》引晋司马彪《续汉书》："候气之法，于密室中以木为案，置十二律管各如其方，实以葭灰，覆以缇縠，气至则一律飞灰。"

【译】

嵇康对赵至说："你的瞳仁黑白分明，有白起的风采，遗憾的是气量狭小。"赵至说："一尺左右的表能测定玑衡的运行，几寸的律管能测量气候的变化。气量何必在大小，只需要看见识如何就行了。"

【评鉴】

嵇康有人伦之鉴，认为只是从形象着眼，赵至能与白起并列。但如果就胸怀看，则遗憾赵至的气量没有白起大，不可能取得大的成就。《晋书》本传说赵至一心想获取功名而奉养母亲，结果奔波在外，母亲死了没能送终，最后哭泣而死，年仅37岁。非量小而何？赵至善辩，好像振振有词，但其行为的确不值得效法。嵇康的话，正切中要害，由此也可见嵇康的眼光。

言语16

司马景王东征①，取上党李喜以为从事中郎②。因问喜曰："昔先公辟君不就③，今孤召君，何以来？"喜对曰："先公以礼见待④，故得以礼进退；明公以法见绳，喜畏法而至耳。"

【注】

①司马景王：即司马师（208—255）。师字子元，司马懿长子。助司马懿废诛曹爽。司马懿死，以抚军大将军辅政。嘉平六年（254），废魏帝曹芳为齐王，立高贵乡公曹髦。正元二年（255），征毌丘俭、文钦，因瘤疾卒于许昌。晋国建，追尊为景王；司马炎代魏，追尊曰景帝。《晋书》卷2有纪。

②上党：郡名。魏晋时属并州，统十县，辖境在今山西长治一带。李喜：《晋书》作"李憙"，字季和，晋上党铜鞮（今山西沁县）人。少有高行，博学研精。朝廷累召不就。司马师辅政，为从事中郎，累迁尚书仆射，拜特进光禄大夫，以年老逊位。《晋书》卷41有传。从事中郎：为将帅之幕僚。始于魏晋，南北朝皆置之。

③先公：子女尊称已逝的父亲。此指其父司马懿。

④见待：待我。见，指代副词。下"见绳"同。

【译】

司马师东征，把上党李喜召来任从事中郎。景王于是问李喜说："过去先父征聘你不来，现在我征聘你，你为什么又来了？"李喜回答说："令尊以礼节对待我，所以我能够凭礼节或进或退；明公您用法律约束我，我害怕法律而来罢了。"

【评鉴】

李喜对司马师的话，坦荡无隐，足见其快人快语，性情真率。其为人少有令名，志节高尚，博学研精，与管宁齐名。本无意仕进，司马懿执政，以太傅征，推托有病不就，郡县"扶舆上道"（近乎绑架），而李喜逾城逃跑。后不得已从司马师征辟，为御史中丞。为官刚正不畏强御。后为凉州刺史，绥靖边境。曾为魏晋两朝司隶校尉，朝野无不称道。一生清廉，家无余财，亲旧故人，乃至分衣共食。李喜一生，算得上是有德有言而有事功。这段话列入"言语"，刘义庆既欣赏李喜快人快语，又对其文武全才也心存钦重。

言语17

邓艾口吃①，语称"艾艾"。晋文王戏之曰②："卿云'艾艾'，定是几艾？"对曰："'凤兮凤兮③'，故是一凤④。"

【注】

①邓艾（197—264）：字士载，三国魏棘阳（今河南新野）人。其人有谋略武功，深谙兵法。官至都督陇右诸军事，进封邓侯。魏伐蜀，邓艾以奇兵自

阴平入成都，蜀主刘禅投降。后锺会诬以谋反，为卫瓘冤杀。《三国志》卷
28有传。

②晋文王：即司马昭。司马炎禅魏，追封其为文帝，故称。

③凤兮凤兮：语出《论语·微子》："楚狂接舆歌而过孔子，曰：'凤兮凤兮，
何德之衰也！'"

④故：还是，仍然。

【译】

邓艾口吃，自称时常说"艾艾"。晋文王调侃他说："你称'艾艾'，
到底是几个邓艾？"邓艾回答说："'凤兮凤兮'，仍然还是一只凤啊。"

【评鉴】

邓艾虽然口吃，但这个回答却堪称绝妙。既为口吃解了嘲，同时
也张扬了自己的抱负。言外之意，自己就是人中龙凤。事实上，邓艾
的确也是一"凤"，能文能武，为统一天下立下了功勋，可惜被锺会、
卫瓘诬杀。

言语18

嵇中散既被诛①，向子期举郡计入洛②。文王引进③，问曰："闻
君有箕山之志④，何以在此？"对曰："巢许狷介之士⑤，不足多慕！"
王大咨嗟⑥。

【注】

①嵇中散：即嵇康。嵇康曾官曹魏中散大夫，故称。

②向子期：即向秀（227？—272？）。秀字子期，魏晋之际河内怀（今河南武陟）

人。"竹林七贤"之一。向秀好读书，通老庄之学，所注《庄子》影响一时。

又善辞赋，有《思旧赋》传世。《晋书》卷49有传。计：指上计吏，地方政

府于年度末向朝廷报告本地财务的官吏。

③文王：即晋文王司马昭。引进：接引，接见。

④箕山之志：隐居的志向。相传尧时高士许由隐于箕山。

⑤巢许：巢父和许由。狷介：孤高自守。

⑥咨嗟：叹息。

【译】

　　嵇康被杀后，向秀受本郡荐举作上计吏到洛阳。晋文王接见他，
问他说："听说你一向有隐居的志向，为什么到京城来了？"回答说：
"巢父、许由是孤高自守的人，不值得称许羡慕。"文王叹息不已。

【评鉴】

　　魏晋之际，司马氏擅权，凡魏朝旧臣，如不服从，就难逃刑辟。
向秀与嵇康、阮籍等人友善，嵇康被杀，阮籍终日饮酒避祸，向秀被
举荐赴命，也是不得已而为之，"不足多慕"纯为违心之言。以司马昭
的聪明，岂不知向秀为势所迫？"何以在此"属明知故问，杀气腾腾，
而向秀勉强作答，内心不知道有多痛苦。在竹林七贤中，向秀算是最
为懦弱的，而"王大咨嗟"太耐人寻味。咨嗟者，不过是叹息权势之
可以移人，洋洋自得于心罢了。刘义庆这四个字，是很有感慨的。

言语19

晋武帝始登阼①，探策得一②。王者世数，系此多少。帝既不说③，群臣失色，莫能有言者。侍中裴楷进曰④："臣闻'天得一以清，地得一以宁，侯王得一以为天下贞'⑤。"帝说，群臣叹服。

【注】

①晋武帝：即司马炎。登阼：登上皇位。

②探策：犹言抽签。策，占卜的筹码。

③说：高兴。后来写作"悦"。

④侍中：官名。皇帝近臣。

⑤"臣闻'天得一以清'"几句：谓我听说上天得到一就清明，大地得到一就安宁，侯王得到一就四海升平。见《老子》三十九章："天得一以清，地得一以宁，神得一以灵，谷得一以盈，万物得一以生，侯王得一以为天下贞。"得一，得到"一"数。古人以"一"为数之始，又为物之极。故以"得一"为纯正无差。贞，正直。

【译】

晋武帝刚登基，占卜得到"一"。据说帝王的传代，是和卜筮相符的。武帝很不高兴，群臣都紧张得变了脸色，没有人能够排解。侍中裴楷进言说："我听说：'天得一以清，地得一以宁，侯王得一以为天下贞'。"武帝高兴了，臣子们都感慨佩服。

【评鉴】

　　裴楷以清谈擅名，精熟《老》《庄》，这时正派上了用场，既开解了晋武帝的郁闷，又获得群臣的叹服。当然，这本身是马屁话。所以，这话从来为正人君子诟病。不过，当时的场景，也需要有人来打破这种尴尬局面，不然晋武帝必然震怒，焉知不迁怒于臣下而有人遭殃。裴楷的机敏，化解了当时的紧张气氛，还是无可厚非的。《世说》中裴楷的表现都值得称道。正直无私，敢于直言，《晋书》以之为一代良臣。另外，苏轼在《东坡志林》中说："晋武帝探策，岂亦如签也耶？惠帝不肖，得一，盖神以实告。裴颀（实为裴楷）诣对，士君子耻之，而史以为美谈，鄙哉！惠、怀、愍皆不终，牛系马后，岂及亡乎！"意思说，晋武帝"探策得一"是灵验的，因为晋武帝后的惠帝、怀帝、愍帝皆不得善终，而元帝（司马睿）实为牛姓后裔，参《晋书·元帝纪》。

言语20

　　满奋畏风①，在晋武帝坐，北窗作琉璃屏②，实密似疏，奋有难色③。帝笑之，奋答曰："臣犹吴牛，见月而喘。"

【注】

①满奋（？—304）：字武秋，晋山阳昌邑（今山东微山）人。满宠之孙。性清平，有识检。门荫入仕，授吏部郎，出为冀州刺史。晋惠帝元康年间累迁至尚书令、司隶校尉。

②琉璃，一种珍贵的有色半透明的玉石。

③难色：紧张不自在的神色。

【译】

　　满奋害怕风吹，一次在晋武帝那里坐着，向北的窗户是用琉璃做成的，本来很密实，但看起来就像空荡荡的，满奋于是很不自在。晋武帝笑话他，满奋回答说："我就像吴地的水牛，看见月亮就吓得直喘气。"

【评鉴】

　　满奋因为怕风，琉璃窗户就好像空的一样，于是就有些畏怯。晋武帝笑话他，满奋就用"吴牛喘月"来比况。这一则，刘孝标注解说：江淮一带的水牛怕热，因为南方天气热，看见月亮错以为是太阳，于是产生条件反射，情不自禁就不断喘起气来。这都是心理作用在作怪，所谓"一朝被蛇咬，十年怕井绳"。满奋用这个现象来为自己解嘲，也活跃了当时的气氛。

言语21

　　诸葛靓在吴①，于朝堂大会②，孙皓问③："卿字仲思，为何所思？"对曰："在家思孝，事君思忠，朋友思信。如斯而已④！"

【注】

①诸葛靓：字仲思，诸葛诞少子。性格方正。诸葛诞起兵反司马氏，为求援兵，派诸葛靓入质于东吴，吴以为右将军，迁大司马。晋灭吴后，终身不仕晋朝。

②大会：集会，聚会。

③孙皓（243—284）：字元宗，孙权之孙，孙和之子。初封乌程侯，景帝孙休
　　死，继孙吴皇帝位。荒淫暴虐，溺于酒色，士众离心。天纪四年（280），
　　晋灭吴。孙皓投降，封归命侯，卒于洛阳。《三国志》卷48有传。

④如斯：如此。

【译】

　　诸葛靓在吴国时，一次朝堂群臣集会，孙皓问："你的字是仲思，
为什么事而思呢？"诸葛靓回答说："在家思尽孝道，事君思尽忠诚，
对朋友思守信义。就这些罢了！"

【评鉴】

　　诸葛诞、诸葛靓父子起兵反对司马氏，诸葛诞向吴国求援，派遣
诸葛靓到吴国去作人质。诸葛诞兵败，诸葛靓在吴国竭尽忠诚。吴国
灭亡后，他不仕晋朝，也差不多算得上不负"事君思忠"的言论。孙
皓残暴非常，吴国的臣下，都有朝不保夕的恐惧，诸葛靓是曹魏的旧
臣，更是危如累卵。面对孙皓的有意挑衅，诸葛靓回答得大义凛然，
孙皓也不得不为之折服。

言语22

　　蔡洪赴洛①，洛中人问曰②："幕府初开，群公辟命，求英奇于
仄陋③，采贤俊于岩穴④。君吴、楚之士，亡国之余，有何异才而
应斯举？"蔡答曰："夜光之珠⑤，不必出于孟津之河⑥；盈握之璧⑦，

不必采于昆仑之山⑧。大禹生于东夷⑨，文王生于西羌⑩。圣贤所出，何必常处⑪？昔武王伐纣⑫，迁顽民于洛邑⑬，得无诸君是其苗裔乎⑭？"

【注】

①蔡洪：字叔开，吴郡吴县（今江苏苏州）人。初仕吴，太康中举秀才，元康初为松滋令。

②洛中：指洛阳。

③仄陋：（出身）卑微低贱。

④岩穴：本指岩洞，山洞。此借指隐者所居。

⑤夜光之珠：即夜明珠。刘孝标注引旧说云："随侯出行，有蛇斩而中断者，侯连而续之，蛇遂得生而去。后衔明月珠以报其德，光明照夜同昼，因曰随珠。"

⑥孟津：古黄河津渡名。在今河南洛阳孟津东北、焦作孟州西南。

⑦盈握：满把。一手才能握持。

⑧昆仑：山名。绵亘于我国新疆和西藏之间，西接帕米尔高原，东入青海境内。《史记·李斯列传》"今陛下致昆山之玉"，唐张守节《正义》："昆冈在于阗国东北四百里，其冈出玉。"

⑨大禹：上古帝王名。姒姓。相传禹继其父鲧治水，历十三年，水患悉平。舜死，禹继位，都安邑。见《史记·夏本纪》。东夷：古代华夏民族称东方诸民族为东夷。按，禹之出生地，至今无定论。主流研究一以为是河南禹州，一以为是四川境内（有汶川说，北川说，都江堰说）。

⑩文王：指周文王姬昌，周部落首领。初居岐山，为西方诸侯之长，称西伯。其子周武王灭殷，追尊为文王。后世以为"内圣外王"之典型。事见《史

记·周本纪》。西羌：汉代对羌人的泛称。文王出生在邠（今陕西邠州一带）地。

⑪常处：固定的方位。

⑫武王：指周武王。纣：商末君王。帝乙之子，名受，号帝辛，史称纣王。刚愎暴虐，周武王伐纣，其军倒戈，兵败。自焚于鹿台。参《史记·殷本纪》。

⑬顽民：愚昧固执的人。统治者对亡国而不奉新朝之命的人的蔑称。按，周武王灭纣，建周朝，将殷商顽固遗民迁于洛阳。

⑭得无：该不会。苗裔：后代。

【译】

　　蔡洪到洛阳去，洛阳的人问他说："府衙刚刚修缮一新，大臣们都在征召人才，尽力地在出身微贱的下层中发现俊杰，在山林隐士中礼聘贤能。你是吴楚间的贫士，是亡国的遗民，有什么特殊才能而来应聘？"蔡洪回答说："夜光明珠，不一定就产在黄河孟津；满手才能握住的玉璧，不一定就只有昆仑山才能采到。大禹出生在东夷，文王出生在西羌。出圣贤的地方，不见得有固定的方位。过去武王伐纣，把殷商的顽固遗民迁到洛阳，该不会诸位就是那些顽民的后裔吧？"

【评鉴】

　　余嘉锡笺曾加以考证，这则不是蔡洪的事，而是华谭的事。不管当事人是谁，这回答连用五个典故，有理有据，堪称犀利痛快，给刻薄发问的人当头一棒，肆意侮人而自取凌辱，只能自讨无趣。

言语23

　　诸名士共至洛水戏[1]，还，乐令问王夷甫曰[2]："今日戏，乐乎？"王曰："裴仆射善谈名理[3]，混混有雅致[4]；张茂先论《史》《汉》[5]，靡靡可听[6]；我与王安丰说延陵、子房[7]，亦超超玄著[8]。"

【注】

①洛水戏：即"解禊"。被除不祥的祭祀。古代多于三月上巳临水举行。

②乐令：即乐广。因曾官尚书令，故称。王夷甫：即王衍（256—311）。衍字夷甫，晋琅邪临沂（今山东临沂）人。平北将军王乂之子。少负盛名。累迁至尚书令，怀帝时为司空、司徒、太尉。喜谈老庄义理，谈时手执麈尾，不假思索，信口更改，时人称为"信口雌黄"。《晋书》卷43有传。

③裴仆射：即裴颜（267—300）。颜字逸民，晋河东闻喜（今山西闻喜）人。裴秀之子，王戎女婿。曾撰《崇有论》，尊崇儒术礼法，针砭放达时俗。后迁尚书左仆射、侍中。《晋书》卷35有传。

④混混：形容高谈滔滔不绝。

⑤张茂先：即张华。华字茂先。《史》《汉》：《史记》和《汉书》。《史记》，指西汉司马迁所撰的第一部纪传体通史，包括十二本纪、三十世家、七十列传、十表、八书。共一百三十篇。《汉书》，为东汉班固所撰的第一部纪传体断代史。全书凡十二帝纪、八表、十志、七十列传。其中八表为班固妹班昭所续。

⑥靡靡：娓娓动听的样子。

⑦王安丰：即王戎。因封安丰县侯，故称。延陵：指延陵季子。即吴公子季札，春秋吴王寿梦第四子。封于延陵（今江苏常州），号"延陵季子"。曾历聘诸国，以博闻称。事见《史记·吴太伯世家》。子房：即张良（？—

前189）。良字子房，颍川城父（今河南宝丰）人。其先人五世相韩，韩亡，

得力士以铁锥刺秦王不成。秦末兵起，张良聚众投靠刘邦，运筹帷幄，多

立奇功。汉初以功封"留侯"。与韩信、萧何并称为"汉初三杰"。《史记》

卷55、《汉书》卷40有传。

⑧超超玄著：高超玄妙。

【译】

　　名士们一起在洛水边游乐，回来后，乐广问王衍说："今天的游玩，快乐吗？"王衍说："裴仆射善于谈名理，博大精深而意趣高雅；张茂先谈论《史记》《汉书》，娓娓动听，意味深长；我和王安丰说延陵季子、张良，也算得上高远超逸。"

【评鉴】

　　此次聚会群贤毕集，各逞才学，畅所欲言。悬想当时盛况，类似而今的一次高端学术论坛，彼时学术思想的活跃于此可见一斑。明李贽曾评价说："快活，真快活！"这情景的确令人神往！刘孝标注引《竹林七贤论》说是乐广问王济。比较而言，似以王衍为妥，因为王衍是当时的清谈冠冕。据《晋书》所载，他喜谈老庄义理，谈时手执麈尾，不假思索，信口更改，时人称为"信口雌黄"。王济虽也善清谈，但其地位和影响还是稍逊于王衍。

言语24

王武子、孙子荆各言其土地人物之美①。王云："其地坦而平，

其水淡而清，其人廉且贞。"孙云："其山崒巍以嵯峨②，其水泮渫而扬波③，其人磊砢而英多④。"

【注】

①王武子：即王济。济字武子，晋太原晋阳（今山西太原）人。司徒王浑子。少有逸才，长于清言。尚武帝女常山公主。历中书郎、骁骑将军、侍中。以过免官。后以白衣领太仆。王济外虽弘雅，内实忌刻。其文词俊茂，名于当世。《晋书》卷42有传。孙子荆：即孙楚（？—293）。楚字子荆，晋初太原中都（今山西平遥）人。才藻卓绝，爽迈不群，历佐著作郎。后为扶风王骏参军，惠帝初为冯翊太守。《晋书》卷56有传。

②崒巍（zuì wēi）：犹崔巍。高峻的样子。嵯峨（cuó é）：高耸屹立的样子。

③泮渫（yā xiè）：波浪重叠相连的样子。

④磊砢：俊伟卓越的样子。

【译】

　　王济与孙楚各自称扬家乡土地人物之美。王济说："我们那里地势宽阔而平坦，我们那里的水清亮而甜甘，我们那里的人廉洁而忠坚。"孙楚说："我们那里的山雄奇而巍峨，我们那里的水湍急而扬波，我们那里的人有奇才而英杰众多。"

【评鉴】

　　两人皆为山西人，王济为太原人，孙楚为平遥人。两人对答的语言文采斐然且各具本色。王济的语言潇洒晓畅，看似平实清丽，实则慷慨激昂。孙楚自负才气，则不免掉书袋以称奇，他的话全从汉人辞赋中拾掇，也称得上形神皆备。王济评价孙楚说："天才英博，亮拔不群。"算是非常中肯。

言语25

乐令女适大将军成都王颖①，王兄长沙王执权于洛②，遂构兵相图③。长沙王亲近小人，远外君子④，凡在朝者，人怀危惧⑤。乐令既允朝望⑥，加有婚亲，群小谮于长沙⑦。长沙尝问乐令，乐令神色自若，徐答曰："岂以五男易一女？"由是释然，无复疑虑。

【注】

①乐令：指乐广。因曾官尚书令，故称。成都王颖：即司马颖（279—306）。颖字章度，晋武帝第十六子。封成都王，镇邺（治今河北临漳县西）。八王之乱后为范阳王虓等矫诏赐死。《晋书》卷59有传。

②长沙王：指司马乂（277—304）。乂字士度。晋武帝第六子，封长沙王。晋室乱，司马乂起兵，杀齐王司马冏，破成都王司马颖，不久为东海王司马越所杀。《晋书》卷59有传。

③构兵：交战，交兵。

④远外：犹言疏远排斥。

⑤危惧：忧虑恐惧。

⑥允：符合，相称。朝望：朝廷的人望。

⑦群小：指品行卑劣，行为不端的人。

【译】

　　乐广的女儿嫁给了大将军成都王司马颖，司马颖的哥哥长沙王司马乂在京城洛阳执掌朝政，于是司马颖起兵讨伐司马乂。司马乂亲近谗佞小人，疏远排斥正人君子，凡是在朝廷的官员，人人都惶恐不安。乐广在朝中有大名望，加上和司马颖是翁婿关系，于是小人们便向司马乂进谗言。司马乂曾经问乐广的倾向，乐广神色不变，从容回答说："我难道会用五个儿子去交换一个女儿？"从此司马乂放心了，不再怀疑乐广了。

【评鉴】

　　乐广的回答巧妙而近乎人情，堪称妙语，尤其是在重男轻女的古代，自然让长沙王不再疑虑。不过，《晋阳秋》和《晋书》则说乐广为此忧虑而死。恐怕更可信。《世说》本是小说，刘义庆记录下来以增谈资罢了。

言语26

　　陆机诣王武子①，武子前置数斛羊酪②，指以示陆曰："卿江东何以敌此③？"陆云："有千里莼羹④，但未下盐豉耳⑤！"

【注】

①陆机（261—303）：字士衡，晋吴郡吴县（今江苏苏州）人。陆逊之孙，陆抗之子。陆机少有文才。吴灭，陆机与弟陆云入洛阳，累迁太子洗马、著作郎。后事成都王司马颖，曾任平原内史，故称"陆平原"。八王之乱中被害，与弟陆云及二子同被杀。《晋书》卷54有传。

②王武子：即王济。济字武子。斛：指斛形的容器。羊酪：用羊乳制成的一种食品。

③敌：相敌，匹配。

④莼羹：用莼菜茎叶做的羹汤，为吴地名菜。

⑤盐豉：即盐巴和豆豉。

【译】

陆机去拜会王济，王济在座席间放了几斛羊奶酪，指着奶酪问陆机："你们江东有什么东西可以和这个匹敌？"陆机回答说："有千里湖莼羹，不过是还没加盐和豆豉罢了。"

【评鉴】

王济是山西人，所以认为北方家乡的羊酪味美，而陆机以"未下盐豉"之"莼羹"相对，意思是说如果加上盐豉，则"莼羹"就大胜羊酪了。关于此，从来聚讼纷纭，余嘉锡笺曾详加考证，并引宋陆游《戏咏山阴风物》"项里杨梅盐可彻，湘湖莼菜豉偏宜"自注："莼菜最宜盐豉，所谓未下盐豉者，言下盐豉则非羊酪可敌，盖盛言莼羹之美尔。"陆游为江南山阴人，其说应该可信。我们觉得，饮食不可一概而论，萝卜白菜，各有所爱。这里只不过是陆机表达对家乡的热爱和思念罢了。后来，"千里莼羹"也成为表达思乡之情的典故。

言语27

中朝有小儿①，父病，行乞药②。主人问病，曰："患疟也③。"

主人曰：“尊侯明德君子④，何以病疟?”答曰：“来病君子，所以为疟耳⑤!”

【注】

①中朝：东晋称建都洛阳的西晋为中朝。

②行：去，往。

③疟：疟疾。

④尊侯：尊称对方的父亲。

⑤为疟：此处“疟”以音同谐“虐”。

【译】

西晋时，有一个小孩，父亲生病了，他去向人乞讨药物，主人问是什么病，回答说：“得的是疟疾。”主人说：“令尊是道德高尚的君子，怎么会得疟疾?”小孩回答说：“能够让君子生病，这就是称为疟的原因。”

【评鉴】

晋干宝《搜神记》卷十六载：“昔颛顼氏有三子，死而为疫鬼：一居江水，为疟鬼；一居若水，为魍魉鬼；一居人宫室，善惊人小儿，为小鬼。”因相传疟鬼小，不病壮士，故主人之问信而有据。这的确是个不好回答的问题，但小孩聪明过人，反其意作答，说之所以叫做疟鬼，是因为它能让君子生病。这样对疟的定义做出了另一番解释，从而也维护了自己父亲的尊严。真是绝妙的回答。

言语28

崔正熊诣都郡①，都郡将姓陈②，问正熊："君去崔杼几世③?"答曰："民去崔杼，如明府之去陈恒④。"

【注】

①崔正熊：即崔豹。豹字正熊，西晋燕国（今北京一带）人。惠帝时官至太傅，作《古今注》传世。其书对古今各类事物进行解说。都郡：州治所在的郡。

②都郡将：都郡首长。郡守兼领武事，故称郡将。

③崔杼（？—前546）：春秋齐大夫。杀庄公而立景公，相之。后为庆封所杀。参《史记·齐太公世家》。

④明府：汉魏以来对太守、牧尹，皆称府君或明府君，省称明府。陈恒：即田恒，汉时因避文帝刘恒讳，改称"田常"，又称"田成子"。春秋时，陈公子完以内乱奔齐，改陈氏为田氏。简公四年，田常杀简公，拥立平公，自任齐相，齐之大权尽归田氏。参《史记·田敬仲完世家》。

【译】

崔豹到都郡去见郡守，郡守姓陈，问崔豹："你家距离崔杼有多少代了?"崔豹回答说："小民离崔杼的年代，和您离陈恒的年代一样。"

【评鉴】

大多数的姓氏，都既有英雄豪杰，也不免有鸡鸣狗盗之徒。何况姓氏的来源本身就复杂多变，难窥边际。郡守陈某要侮辱崔豹，说崔豹是乱臣贼子崔杼的后代，而崔豹则怼陈某说，你是不是窃国大盗陈恒的后裔。要侮辱别人而最终自己被辱。这则故事告诉我们，为人要积口德，不要言语伤人。

言语29

　　元帝始过江①，谓顾骠骑曰②："寄人国土，心常怀惭。"荣跪对曰："臣闻王者以天下为家③，是以耿、亳无定处④，九鼎迁洛邑⑤，愿陛下勿以迁都为念！"

【注】

①元帝：指晋元帝司马睿（276—322）。睿字景文，司马懿曾孙，琅邪恭王司马觐之子。永嘉初，用王导计，移镇建邺，平定江东，安抚百姓。愍帝死，王导等拥司马睿即帝位，史称东晋。永昌元年（322），王敦起兵武昌，进迫建康，元帝忧愤而死。谥元，庙号中宗。《晋书》卷6有纪。

②顾骠骑：指顾荣。顾荣死后赠骠骑将军，故称。

③王者以天下为家：《三国志·吴书·吴主传》裴松之注引《江表传》曰："普天之下，莫非王土；王者以天下为家。"

④耿：古邑名。又名邢。商代自祖乙至阳甲时建都于此。故址在今河南焦作温县东。亳：古邑名。商汤曾建都于此，故址在今河南商丘睢阳区。

⑤九鼎：相传夏禹铸九鼎，代表九州，为夏、商、周三代的传国之宝，王位的象征。商汤王灭夏，迁之商邑；周武王灭商，又迁之洛邑。

【译】

　　晋元帝刚到江东，回头对顾荣说："寄居在别人的地盘上，内心时常惭愧。"顾荣跪下回答说："小臣我听说仁义的君王以天下为家，所以殷帝乙迁都到耿，盘庚最后迁都到亳，周武王灭商纣，又将九鼎搬到洛邑，希望陛下不要因迁都而耿耿于怀。"

【评鉴】

　　史敬胤在《〈世说新语〉选注》中考辨说这个故事本身不靠谱，但这个故事的编纂却在一定程度上反映了顾荣的善于言辞。抛开故事的真伪，单就对答的本身来说，顾荣的回答十分得体，既有历史的镜鉴，也有现实的排遣，激励元帝有远大的胸襟，不为眼前的局促而挫伤情怀。

言语30

　　庾公造周伯仁①，伯仁曰："君何所欣说而忽肥？"庾曰："君复何所忧惨而忽瘦②？"伯仁曰："吾无所忧，直是清虚日来③，滓秽日去耳④！"

【注】

①庾公：指庾亮。造：拜访。周伯仁：即周颉（269—322）。颉字伯仁。晋汝南（今河南汝南）人。周浚之子。弱冠袭父爵武城侯，累迁尚书吏部郎。元帝登位，拜吏部尚书。再迁为尚书左仆射。周颉性嗜酒，屡有酒失，略无醒日，时人号为"三日仆射"。被王敦所杀。《晋书》卷69有传。

②忧惨：忧愁，忧虑。惨，忧伤。

③清虚：清静虚无。

④滓秽：明指脂肪，暗指污浊（之性）。

【译】

　　庾亮去拜访周颙，周颙问："你有什么高兴的事而忽然胖了？"庾亮反问说："你又有什么忧愁而忽然瘦了？"周颙说："我没有什么忧愁的，只不过清虚空灵一天天增多，渣滓污秽一天天减少罢了。"

【评鉴】

　　两位谈客，言语交锋。周颙少有重名，善于言辞；庾亮更是清谈高手，两人的问答在一定程度上再现了晋人的清谈风采，特别是周颙的"清虚日来，滓秽日去"，以自然万物比拟身心的清净，更成了后代诗文中的常用语典。刘义庆将此列入"言语"，主要是欣赏他们过人的口辩。

言语31

　　过江诸人①，每至美日②，辄相邀新亭③，藉卉饮宴④。周侯中坐而叹曰⑤："风景不殊，正自有山河之异⑥！"皆相视流泪。唯王丞相愀然变色曰⑦："当共戮力王室⑧，克复神州，何至作楚囚相对⑨！"

【注】

①过江诸人：指五胡乱华后逃往江东的中原士大夫们。

②美日：好日子。指天气晴朗，气候景物宜人的日子。

③新亭：三国吴建。旧址在建康（今江苏南京）西南十五里，临江而建。

④藉卉：坐卧在草地上。

⑤周侯：即周𫖮。袭父爵武城侯，故称。中坐：在饮宴之中。

⑥正自：只是。自，副词后缀。

⑦王丞相：指王导。愀（qiǎo）然：忧愁的样子。

⑧戮力：勉力，并力。戮，通“勠”。

⑨楚囚相对：像楚国的囚犯一样相对无策，徒然悲伤。楚囚，典出《左传·成
　　公九年》：“晋侯观于军府，见钟仪。问之曰：‘南冠而絷者，谁也？’有司对
　　曰：‘郑人所献楚囚也。’”后以“楚囚”代指囚犯。

【译】

　　过江的一些名流，每每到了天朗气清的日子，就互相邀约到新亭聚会，大家坐在草地上饮宴。周𫖮饮宴间长声叹息：“风景和过去一样，只是山河已经不同了！”大家都不禁相对流泪。只有王导一下子变了脸色厉声说：“大家应该共同为王室尽心尽力，收复神州，何至于一个个就像囚犯似的相对流泪！”

【评鉴】

　　周𫖮的悲叹，令人伤感；王导的慷慨，豪气干云。这段话因之成为后世名典。可惜晋室南渡，立脚未稳，内忧外患，无暇他顾，加上元帝虽堪称贤君，但享国日浅，四十七岁就去世了，没来得及有大作为。对于王导，《晋书·王导传》说：“观其开设学校，存乎沸鼎之中，爰立章程，在乎栉风之际；虽则世道多故，而规模弘远矣。”算是对

王导公允的评价。虽然王导没能成就匡复天下的大功，但他的一生也是可圈可点的。《晋书》把王导比之管仲、诸葛亮，是客观的。南宋时李清照有名句云："南渡衣冠少王导，北来消息欠刘琨。"向来为人们激赏。

言语32

卫洗马初欲渡江[1]，形神惨顿[2]，语左右云："见此芒芒[3]，不觉百端交集[4]。苟未免有情，亦复谁能遣此！"

【注】

[1]卫洗马：指卫玠（287—313）。玠字叔宝，小字虎，晋河东安邑（今山西夏县）人。卫瓘之孙，卫恒之子，司徒王浑外孙。风神秀异，雅善玄言，名重当世。历太傅西阁祭酒、太子洗马。以中原大乱移家南渡，依王敦。永嘉六年往建邺（今江苏南京），以劳疾终，时人所谓"看杀卫玠"。《晋书》卷36有传。

[2]惨顿（cuì）：忧伤憔悴。

[3]芒芒：通"茫茫"，水大而浪急的样子。

[4]百端：百感，众多思绪。

【译】

卫玠当初将要渡江时，形体憔悴，精神萎靡，对身边的人说："看见这茫茫大江，不禁百感交集。人假如还有感情的话，又谁能不为此伤心！"

【评鉴】

长江是天堑，自古为南北分界线。背井离乡而南渡为客，谁能不为之怆然？卫玠的话，算是南渡者的共同心声。如此颠沛流离，若不感伤，除非是木石心肠。余嘉锡笺："当将欲渡江之时，以北人初履南土，家国之忧，身世之感，千头万绪，纷至沓来，故曰不觉百端交集，非复寻常逝水之叹而已。"余嘉锡的剖析，深得此处精要。盖卫玠为开国元勋卫瓘之孙，家国的情怀与常人更是不可同日而语，本身"素抱羸疾"，而又遇上家国之变，"形神惨顇"四字如见其伤心欲绝之状。其后病亡，岂真是"看杀卫玠"？当是渡江之初，原本已形容憔悴了。

言语33

顾司空未知名①，诣王丞相。丞相小极②，对之疲睡。顾思所以叩会之③，因谓同坐曰："昔每闻元公道公协赞中宗④，保全江表。体小不安，令人喘息⑤。"丞相因觉，顾谓曰："此子珪璋特达⑥，机警有锋⑦。"

【注】

①顾司空：即顾和（285—351）。和字君孝，晋吴郡吴县（今江苏苏州）人。幼有才名，王导为扬州，辟为从事。后官至太常卿、国子祭酒。禀性刚直，不畏权贵。卒，追赠侍中、司空。《晋书》卷83有传。其本传云："和二岁丧父，总角便有清操，族叔荣雅重之，曰：'此吾家麒麟，兴吾宗者，必此子也。'"

②小极：稍觉疲倦。

③叩会：犹言问答交谈。

④元公：指顾荣。因卒谥元，追封为公，故称。协赞：犹言辅佐。中宗：指晋
　元帝。

⑤喘息：急促呼吸。犹言紧张。

⑥珪璋：皆玉器。古人以玉为美，因以珪璋形容聪慧敏锐。

⑦有锋：有锋芒，有才华。

【译】

　　顾和还没有名气的时候，去拜见王导。王导正感到疲倦，对着顾和就打起瞌睡来。顾和想着怎样能让王导与自己交谈，就对同座的其他客人说："过去常常听我家元公说起丞相辅佐元帝，保全江南的伟业。现在丞相身体欠佳，让我很紧张担忧。"王导于是清醒了，环顾座客称赞顾和说："这个年轻人聪慧敏锐，才华挺出，机警而有锋芒。"

【评鉴】

　　顾和善于揣摩人情，因自己人微言轻，未必能引起王导的重视，于是攀引本族先贤顾荣之言打动王导。因为王导与顾荣同为元帝重臣，引出顾荣，王导自然有亲近之感。二则其赞誉之辞，很是受听，故王导一闻美言，睡意顿消，反过来夸奖顾和"珪璋特达"云云。《世说》中的情趣，常常令人忍俊不禁。当然，顾和也无愧于此评价。

言语34

　　会稽贺生①，体识清远②，言行以礼。不徒东南之美③，实为海内之秀。

【注】

①贺生：即贺循（260—319）。循字彦先，贺劭之子。善作文章，博览群书。赵王司马伦篡位，以疾辞去。元帝即位，官至太常，领太子太傅。卒，追赠司空。《晋书》卷68有传。

②体识：体态与识见。

③不徒：不仅，不只是。

【译】

会稽贺循，仪态清奇而识见高远，言语行为都遵循礼仪。不仅是东南的优秀人才，在全国也是非常杰出的。

【评鉴】

按照《言语》篇之体例，此则当有某人云之类的言语。疑有脱漏。《晋书》本传说贺循"少玩篇籍，善属文，博览众书，尤精礼传，雅有知人之鉴"。贺循不仅学问识鉴出类拔萃，而且淡泊名利，屡征屡辞，而不是虚与委蛇以退为进。

言语35

刘琨虽隔阂寇戎①，志存本朝②。谓温峤曰③："班彪识刘氏之复兴④，马援知汉光之可辅⑤。今晋祚虽衰⑥，天命未改⑦，吾欲立功于河北，使卿延誉于江南⑧，子其行乎？"温曰："峤虽不敏，才非昔人，明公以桓文之姿⑨，建匡立之功⑩，岂敢辞命！"

【注】

①刘琨（270—318）：字越石，晋中山魏昌（今河北无极）人。西汉中山靖王
　　刘胜之后。永嘉初任并州刺史，颇有成就。后都督并、冀、幽三州诸军事，
　　力拒刘聪、石勒。后败于石勒，投奔幽州刺史鲜卑人段匹磾，后为匹磾所
　　疑，被杀。《晋书》卷62有传。

②本朝：指晋王朝。

③温峤（288—329）：字太真，晋太原祁（今山西祁县）人。初为都官从事，
　　后为刘琨幕府将，帅兵讨石勒，屡有战功。永嘉之乱，温峤为刘琨所派南
　　下拥戴司马睿，留为散骑侍郎。明帝时，以平王敦功，封建宁县开国公，
　　进号前将军。成帝咸和初，为江州刺史，镇武昌。后以平苏峻功，封始安
　　郡公。《晋书》卷67有传。

④班彪（3—54）：字叔皮，东汉扶风安陵（今陕西咸阳渭城区）人。光武初，
　　举茂才，拜徐县令，因病免官。作《史记后传》数十篇，未就，其子班固、
　　女班昭先后续成，即今《汉书》。《后汉书》卷40上有传。

⑤马援（前14—49）：字文渊，东汉扶风茂陵（今陕西兴平）人。汉末弃隗嚣
　　而归刘秀。多立战功，拜伏波将军，世称"马伏波"。《后汉书》卷54有传。
　　汉光：即光武帝刘秀（前6—57）。秀字文叔。汉南阳蔡阳（今湖北枣阳）人。
　　刘邦九世孙。王莽新朝末，从其兄刘縯起兵，加入绿林军，取得"昆阳"之
　　战的胜利。更始三年（25），即帝位，定都洛阳，史称东汉。《后汉书》卷1
　　有纪。

⑥晋祚：晋朝的国运。

⑦天命：古代认为一切都是上天安排的。

⑧延誉：宣扬声势，扩大影响。

⑨明公：尊称上司或地位尊显者。桓文：齐桓公与晋文公。为春秋五霸中的两

位霸主。齐桓公（？—前643），姓姜，名小白。以兄襄公暴虐，去国奔莒。襄公被杀，他归国即位，任管仲为相，尊王攘夷，九合诸侯，一匡天下，终为盟主。及卒，诸子争立，霸业遂衰。见《史记·齐世家》。晋文公（前697—前628），晋献公次子。名重耳。献公嬖宠骊姬，杀太子申生。重耳奔狄，在外流亡十九年，假秦穆公之力以归晋。用狐偃等贤臣，遂继齐桓公而称霸诸侯。见《史记·晋世家》。

⑩匡立：拯救国家，复兴大业。

【译】

　　刘琨虽然被匈奴阻隔远在北边，却仍然忠心于晋王室。他对温峤说："班彪能认清刘氏将会复兴，马援知道汉光武刘秀值得辅佐。现在晋朝国运虽然衰落不振，但天命并没改变，我打算在河北建立功勋，想让你去江南推扬声势，你愿意去吗？"温峤说："我虽然不才，没有前人的能耐，明公您凭借齐桓公、晋文公一样的英才，要拯救国家而复兴大业，我岂敢推辞！"

【评鉴】

　　刘琨勇于进取，忠心慷慨。其志向、识见、抱负、言辞等，均不同凡响。尽管时势艰难，隔绝异域，却依然心存晋室，拥戴元帝。可惜壮志未酬而死。温峤受命出使，壮心可嘉，后来在历次平定叛乱中立下丰功伟绩，从而成为东晋一流名臣而彪炳史册。二人皆不失为一世英雄豪杰。从刘琨的经历，我们也深感人生道路上选择的重要。其实，刘琨早年也是有污点的，依附贾谧，亲近石崇、潘岳等，为贾谧"二十四友"之一，在八王之乱中也难说有节操。但后来能在动乱的漩涡中找准方向，虽然壮志未酬而惨死，却在历史上留下了一个光辉的形象。

言语36

温峤初为刘琨使来过江。于时，江左营建始尔①，纲纪未举②。温新至，深有诸虑。既诣王丞相，陈主上幽越、社稷焚灭、山陵夷毁之酷③，有《黍离》之痛④。温忠慨深烈，言与泗俱⑤；丞相亦与之对泣。叙情既毕，便深自陈结⑥，丞相亦厚相酬纳⑦。既出，欢然言曰："江左自有管夷吾⑧，此复何忧！"

【注】

①始尔：刚开始。

②纲纪：法度，规矩。

③幽越：幽囚颠沛。指愍帝、怀帝当了俘虏。山陵：皇帝的陵墓。

④黍离：本为《诗·王风》篇名，首句为"彼黍离离，彼稷之苗"。相传诗为周大夫悲悼西周颠覆而作。后遂以"黍离"为感慨国家衰亡之词。

⑤泗：这里指眼泪鼻涕。

⑥陈结：推心置腹，殷勤交结。

⑦酬纳：酬答，接纳。

⑧管夷吾：即管仲（？—前645）。仲名夷吾，字仲，春秋齐颍上（今安徽颍上）人。初事公子纠，后相齐桓公。富国强兵，九合诸侯，一匡天下，辅佐齐桓公以成霸业。孔子评价他说："微管仲，吾其被发左衽矣。"《史记》卷62有传。

【译】

温峤当初为刘琨出使江东。那时，江东一切刚刚营建，规章制度都还没建立。温峤才到，感到很忧虑。就去拜会王导，向王导陈述皇帝当了俘虏，国家灭亡，先帝的陵墓被践踏的悲惨，大有亡国的忧伤。温峤慷慨激动，眼泪鼻涕伴随着言语流下；王导也与他相对而泣。温峤陈述北方情势之后，便推心置腹和王导交结，王导也坦诚相待。温峤告别出来，高兴地宣称："江东本有管夷吾，这还有什么可忧虑的。"

【评鉴】

温峤出使，既能不辱使命，又能获得丞相的信赖。他的言语感动了王导，王导和他深相交结。温峤把王导比喻成"管仲"，王导当之不愧。

言语37

王敦兄含①，为光禄勋②。敦既逆谋，屯据南州③，含委职奔姑孰④。王丞相诣阙谢。司徒、丞相、扬州官僚问讯⑤，仓卒不知何辞。顾司空时为扬州别驾⑥，援翰曰⑦："王光禄远避流言，明公蒙尘路次⑧，群下不宁，不审尊体起居何如？"

【注】

①王敦（266—324）：字处仲，小字阿黑，晋琅邪临沂（今山东临沂）人。王导从兄，晋武帝女婿。西晋亡，与王导立司马睿为帝，任大将军、江州牧，封汉安侯。欲专朝廷，有心问鼎。后元帝猜疑，发兵防之。明帝立，下诏

讨伐，王敦举兵大败，病死军中。王敦善评鉴人物，精通《左传》，尤喜清谈。《晋书》卷98有传。（王）含（？—324）：字处弘，王敦兄。元帝时为庐江太守，为人凶恶愚昧。王敦起兵向朝廷，王含为光禄勋，叛奔相助。太宁二年（324），王敦命为元帅，与钱凤率兵攻建康。兵败，被从弟王舒溺死长江中。

②光禄勋：官名。秦为郎中令，掌管宫掖门户。

③南州：城名。东晋时筑，又名姑孰，南临姑孰溪，故址在今安徽马鞍山当涂。地当长江重要渡口，为京师建康（今南京）西南门户。

④委职：丢弃职守。

⑤扬州：州名。为晋时大州，自西晋以来，皆统有十多郡之多。治建康（今江苏南京）。

⑥顾司空：即顾和。别驾：官名。始于汉，为州刺史佐吏，也称别驾从事史。因从刺史出行时另外乘车，故称别驾。

⑦援翰：抓起笔，拿起笔。

⑧蒙尘：蒙受风尘。古代多指居高位者流离在外。语本《左传·僖公二十四年》："天子蒙尘于外，敢不奔问官守？"

【译】

　　王敦的哥哥王含，担任光禄勋。王敦已起兵造反，屯兵在南州，王含丢下职事跑到南州去了。王导亲自到朝廷谢罪。司徒、丞相、扬州的官属前来问候，匆忙间不知道说什么好。顾和当时是扬州别驾，拿起笔来写道："王光禄为避忌谣言远奔南州，明公风尘仆仆在路途奔忙。下属们都不宁静，不知道您的身体和生活是否安好？"

【评鉴】

王敦造反，朝廷风雨飘摇。王导是王敦的从弟，被株连在所难免，所以王导每天到朝廷叩头谢罪。顾和是州别驾，代表臣属而问王导起居，对此时的王导来说，无疑是雪中送炭，使王导知人心未散，属僚不至于落井下石。顾和善解人意，用心良苦，万金不易。此处也印证了王导有知人之明，本门第三十三则王导称赞顾和"此子珪璋特达，机警有锋"，关键时刻，其表现的确非凡俗可及。当然，这也与王导平时为人谦逊低调而得人心有关。

言语38

郗太尉拜司空①，语同坐曰："平生意不在多，值世故纷纭，遂至台鼎②。朱博翰音③，实愧于怀。"

【注】

①郗太尉：指郗鉴。太尉，汉魏六朝与司徒、司空合称三公。品秩第一，日俸五斛。掌全国军事，为辅佐皇帝的最高武官。《晋书·成帝纪》："（三年）三月壬子，……车骑将军郗鉴为司空，封南昌县公。"

②台鼎：古称三公为台鼎，如星之有三台，鼎之有三足。

③朱博：字子元，汉杜陵（今陕西西安）人。平帝历任冀州刺史、琅邪太守、左冯翊等职。哀帝时，拜御史大夫，后弹劾孔光并代为丞相，封阳乡侯。《汉书》卷83有传。朱博为丞相，受策时，有音如钟鸣。帝问扬雄、李寻，皆以为《洪范》所谓鼓妖。《汉书·叙传》云"博之翰音，鼓妖先作"。颜师古注："喻居非其位，声过其实也。"

【译】

郗鉴拜司空，对同座的人说："平生本来没什么大志向，碰上世事动荡纷乱，就做到了三公。这有如朱博徒有虚名而窃据高位，实在是惭愧得很。"

【评鉴】

郗鉴书生本色，谦虚谨慎，为官时能够看清天下形势，渡江后能立事立功。先后在平王敦、苏峻、祖约之乱中功勋卓著，拜司空、进太尉都是实至名归。《太平御览》引《晋中兴书》曰："郗鉴为太尉，虽在公位，冲心愈约。劳谦日仄，诵玩《坟》《索》。"可与此则相印证。

言语 39

高坐道人不作汉语①。或问此意，简文曰②："以简应对之烦。"

【注】

①高坐道人：晋高僧帛尸黎蜜多罗的别称。原为西域龟兹国人，怀帝永嘉中至中土。深得时贤爱重。据《高坐别传》载：他"性高简，不学晋语。诸公与之言，皆因传译，然神领意得，顿在言前。"
②简文：指晋简文帝司马昱。

【译】

高坐道人不说汉语。有人问为什么他要这样，简文帝说："这样就少些应酬对答的麻烦。"

【评鉴】

　　相传高坐道人是西域王子，让位于弟而出家，行为颇类释迦牟尼。江左名流对其风采气象无不折服，并和他交往密切。至于何以不作汉语，简文帝的解释比较巧妙，"以简应对之烦"，很有意味。

言语40

　　周仆射雍容好仪形①。诣王公，初下车，隐数人②，王公含笑看之。既坐，傲然啸咏。王公曰："卿欲希嵇、阮邪③？"答曰："何敢近舍明公，远希嵇、阮！"

【注】

①周仆射：指周颛。因曾官尚书仆射，故称。

②隐（yìn）：依凭，靠着。余嘉锡笺引《庄子·齐物论》："南郭子綦，隐几而坐。"《释文》云："隐，凭也。"《宋书·五行志一》："谢灵运每出入，自扶接者常数人。民间谣曰：'四人挈衣裙，三人捉坐席。'"南朝人士出入扶依人者，司空见惯。当时名士，盖往往喜作弱不胜衣状。

③希：效法，仿效。

【译】

　　周颛举止闲雅，仪容美好。去拜会王导，刚下车，几个人搀扶着。王导含笑看着他。已经落座了，周颛就仰头吟咏起来。王导说："你是要学习嵇康、阮籍吗？"周颛回答说："哪里敢舍弃眼前的明公，而去追慕遥远的嵇、阮呢！"

【评鉴】

　　周颙仪容美好，机敏能言，但有时名士派头太过张扬，此则先言其行走凭依数人，已令人生厌，而坐下来自顾吟咏，不免做作。王导看不惯他的这种作派，认为既然在朝做官，就应该有所事事，不能如此装腔作势，于是出言讥讽，言外之意等于说，你是想作嵇康、阮籍那样的名士吗？周颙何等聪明，一下子听出了王导的弦外之音，于是有如上的回答。其实这回答差不多也是对王导的间接检讨。刘义庆列此，是欣赏两人对话的巧妙含蓄，不露锋芒而各臻其妙。

言语41

　　庾公尝入佛图①，见卧佛②，曰："此子疲于津梁③。"于时以为名言。

【注】

①庾公：即庾亮。佛图：寺庙。

②卧佛：指侧身躺卧的释迦牟尼像。刘孝标注引《涅盘经》云："'如来背痛，于双树间北首而卧。'故后之图绘者为此象。"

③津梁：渡口和桥梁。此比喻佛普度众生。

【译】

　　庾亮曾经到佛寺去，看见卧佛，说："这佛普度众生太劳累了。"当时认为这话很精到。

【评鉴】

　　佛教的宗旨是普度众生。庾亮见卧佛心有所感，说这佛普度众生太过劳累，所以卧着。此话大有机锋，众生事事求诸佛，佛也会疲于应付的。于时以为名言。盖庾亮谋大智小，虽勤于政事，然于事何补，"疲于津梁"，或者也正是其自身写照，表达一种力不从心的困怠。

言语42

　　挚瞻曾作四郡太守、大将军户曹参军①，复出作内史②。年始二十九。尝别王敦，敦谓瞻曰："卿年未三十，已为万石③，亦太蚤④。"瞻曰："方于将军少为太蚤，比之甘罗已为太老⑤。"

【注】

①挚瞻：字景游，晋长安（今陕西西安）人，挚虞从子。少善为文，晋室大乱，依王敦为户曹参军，历安丰、新蔡、西阳太守。户曹参军：官名。掌管民户、农桑。或称为户曹掾。

②内史：官名。西周始置，掌著作简册，后职掌有变化。西汉初，设左右内史，并在诸侯国设内史，掌民事。魏晋沿置，隋始废。清钱大昕《十驾斋养新录》卷六："汉制，诸侯王国以相治民事，若郡之有太守也。晋则以内史行太守事，国除为郡，则复称太守。然二名往往混淆，史家亦互称之。"

③万石：万石之俸。"万石"语本《汉书·石奋传》，石奋和四个儿子俸禄都是二千石，合起来为万石，所以石奋又称"万石君"。按，此为调侃语。汉代州郡长官的俸禄是二千石，后以二千石代称州郡长官，因为挚瞻起家著作郎，是正六品，俸禄为八百石；继作了三个州郡的太守，州郡的俸禄是二

千石；又做了户曹参军，户曹参军正七品，俸禄是六百石；再外出为内史，内史的俸禄同太守，也是二千石。累计起来，已是九千四百石。言万石者，大概而已。王敦是将挚瞻所经历的官俸累计起来调侃他，当时挚瞻仍然只是一个郡守的俸禄。

④蚤：通"早"。

⑤甘罗：战国下蔡（今安徽淮南）人。甘茂之孙。十二岁受命出使赵，劝说赵王割五城与秦，以功封上卿。参《史记·甘茂列传》。

【译】

挚瞻先后作过四个州郡的太守、大将军户曹参军，又外出为内史。年龄才二十九岁。曾经和王敦告别，王敦调侃挚瞻说："你年龄不到三十岁，就已经是万石的俸禄，也太早了些吧。"挚瞻回答说："和将军您比是稍早了一些，但如果和甘罗比就太老了啊。"

【评鉴】

明凌蒙初评价说："俗口，实市井能言。"十分到位。不过，王敦是借挚瞻外任内史而调侃他。挚瞻言语机敏，也算聪明过人。他不与王敦论俸禄的是非，而是借王敦的话头反唇相讥，等于说你也不怎么样，让王敦灰头土脸。挚瞻后来终被王敦所杀，此处或许也埋下危机。

言语43

梁国杨氏子九岁①，甚聪惠。孔君平诣其父②，父不在，乃呼儿出。为设果，果有杨梅。孔指以示儿曰："此是君家果。"儿应声答曰："未闻孔雀是夫子家禽。"

【注】

①梁国：汉高帝五年（前202）改砀郡为梁国。治所在睢阳（今河南商丘南）。

②孔君平：即孔坦。坦字君平，晋会稽山阴（今浙江绍兴）人。大司农孔侃之子。博学能文。先后为世子文学、尚书左丞。成帝时，辅佐王导平苏峻，累迁侍中，得罪王导，出为廷尉，故又称"孔廷尉"。卒，追赠光禄勋，谥"简"。《晋书》卷78有传。

【译】

　　梁国杨家有个男孩才九岁，很聪明。孔坦去拜会他的父亲，他父亲不在，于是把这小孩叫了出来。家人摆设水果款待孔坦，果子中有杨梅，孔坦指着杨梅给小孩说："这是你家的果子。"小孩马上回答说："没听说孔雀是先生家的禽鸟。"

【评鉴】

　　此则故事事主颇异，梁元帝《金楼子》作杨子州、孔君平，《太平御览》作杨修、孔融，《太平广记》引《启颜录》作杨修、孔君平等，都是同一故事而人物身份不同。问者逞口舌而戏调小孩，小孩按问者的姓氏逻辑反驳。要之，都是称赞小孩反应敏捷，驳击巧妙。

言语44

孔廷尉以裘与从弟沈①，沈辞不受。廷尉曰："晏平仲之俭②，祠其先人，豚肩不掩豆③，犹狐裘数十年，卿复何辞此！"于是受而服之。

【注】

①孔廷尉：即孔坦。廷尉，掌刑法狱讼，位为列卿。从弟：堂兄弟。（孔）沈：字德度，孔群之子。孔沈少有美名，何充荐之于王导，辟丞司马，曰："文思通敏，宜登宰门。"孔沈不就任。《赏誉》第八十五则称孔沈与魏颐、虞球、虞存、谢奉并为四族之俊。《晋书》卷78有传。

②晏平仲：即晏婴（？—前500）。字仲，谥平，春秋齐国夷维（今山东高密）人。继其父任齐卿，历仕灵公、庄公、景公三朝。今传有后人所编《晏子春秋》，多载其言行。《史记》卷62有传。

③豚肩：猪肘子。豆：古代主要用于祭祀用的食盘。

【译】

孔坦送给堂弟孔沈一件狐皮衣服，孔沈推辞不受。孔坦说："晏平仲那样节俭，祭祀祖先的时候，猪肘子比盘子还小，但他几十年还是穿着狐皮衣服，你又何必推辞！"于是孔沈接受穿上了。

【评鉴】

孔沈拒绝征辟，且生活节俭，志节清操，比起那些买山而隐，接受四方馈遗的假高僧、假隐士高出太多了。不受皮衣之馈，见其志节，而孔坦以之与晏子对比，也算是得当。

言语45

佛图澄与诸石游①。林公曰②："澄以石虎为海鸥鸟③。"

【注】

①佛图澄（232—348）：西晋末后赵高僧，西域人，本姓帛氏。怀帝永嘉四年

　（310）至洛阳。洛阳乱，依石勒、石虎，二人对佛图澄信重弥笃，佛教大行。

　弟子中有道安、法汰等高僧。《晋书》卷95有传。诸石：指石勒、石虎等。

②林公：即支道林（？—366）。名遁，字道林。本姓关氏，陈留（今河南开

　封陈留镇）人。曾隐支硎山，别称支硎，世称支公，又称林公。善谈玄理，

　谢安、王羲之等并与之交游。《高僧传》卷5有传。

③石虎（295—349）：字季龙，羯族，十六国后赵国君石勒之侄（按，刘孝标

　注引《赵书》云石虎为勒从弟，误）。石勒死，石虎废石勒子石弘自立，后

　迁都于邺，称大赵天王。《晋书》卷106有传。海鸥鸟：刘孝标注引《庄子》，

　而今本《庄子》不载此事，《列子·黄帝》云："海上之人有好沤鸟者，每旦

　之海上，从沤鸟游，沤鸟之至者百住而不止。其父曰：'吾闻沤鸟皆从汝游，

　汝取来，吾玩之。'明日之海上，沤鸟舞而不下也。故曰，至言去言，至为

　无为。齐智之所知，则浅矣。"

【译】

　　佛图澄与石勒、石虎等交游。支遁说："佛图澄把石虎当成海鸥鸟。"

【评鉴】

　　《晋书》本传多言佛图澄灵异事，凡吉凶祸福，战争或政事成败无

不未卜先知。石勒敬奉备至，凡事必咨询了他再行动，其言无不应验。石勒言听计从，诸石皆尊崇如神。到石虎僭立，有过之而无不及。至于《世说》用"海鸥鸟"的典故，我们觉得，支道林是调侃佛图澄戏弄诸石，何以言之？其一，支道林平生快人快语，常怀竞心，在《世说》中屡见，如与于法开争名，讥讽竺法深等，其性格直率而接地气。对于诸石如此敬重佛图澄，多少有些莫名其妙的醋意。其二，纵观支道林平生，虽然曾有讥讽儒生们的话，但从没见语怪力乱神之类。对佛图澄的诸多行径及传闻，他是不以为然的，所以用这个典故，是调侃说佛图澄在戏弄诸石。

　　《晋书》的理解，也是我们说法的力证："及季龙僭位，迁都于邺，倾心事澄，有重于勒，下书衣澄以绫锦，乘以雕辇，朝会之日，引之升殿，常侍以下悉助举舆，太子诸公扶翼而上，主者唱大和尚，众坐皆起，以彰其尊。又使司空李农旦夕亲问，其太子诸公五日一朝，尊敬莫与为比。支道林在京师闻澄与诸石游，乃曰：'澄公其以季龙为海鸥鸟也。'"揶揄的神情呼之欲出。

言语46

　　谢仁祖年八岁①，谢豫章将送客②。尔时语已神悟③，自参上流。诸人咸共叹之，曰："年少，一坐之颜回④。"仁祖曰："坐无尼父⑤，焉别颜回？"

【注】

①谢仁祖：即谢尚（308—357）。尚字仁祖，晋陈郡阳夏（今河南太康）人。

谢鲲之子，谢安从兄。少聪颖，司徒王导呼为"小安丰"。穆帝世，进号镇

西将军，镇寿阳。谢尚为政清简，多有民誉。《晋书》卷79有传。

②谢豫章：即谢鲲（？—322）。鲲字幼舆，晋陈郡阳夏人，谢衡之子，谢尚

之父。太傅东海王司马越辟为掾，后转参军。谢鲲以时方多故，以疾辞官，

避地豫章。后出为豫章太守，世称"谢豫章"。寻卒于官。《晋书》卷49

有传。

③神悟：过人的颖悟。

④颜回（前521—前490）：字子渊，春秋鲁国（今山东曲阜）人，孔子弟子。

好学不倦，安贫乐道，不迁怒，不二过，在孔门中以德行称，先孔子卒。

后世尊为"复圣"，事见《论语》《史记·仲尼弟子列传》。

⑤尼父：孔子的尊称。因其字仲尼。

【译】

谢尚才八岁时，谢鲲正准备送客。那时谢尚言语已是颖悟过人，本身已进入了很高的境界。客人们都一起赞叹他说："这个小孩，是座中的颜回啊！"谢尚说："座中又没有孔子，怎么能够识别颜回？"

【评鉴】

此则故事很是有趣。对父而称扬其子，本来是世俗间惯用而善意的拍马屁手段。如此，父子都欣欣然。谁知谢尚偏偏不买账，认为在座诸人不是孔子，还没有评价他的资格。客人拍到了马腿上，反取其辱。众客的尴尬情状，可以想见。《世说》中有诸多相关条目，均可见谢尚为性情中人。

言语47

陶公疾笃①，都无献替之言②，朝士以为恨。仁祖闻之，曰："时无竖刁③，故不贻陶公话言。"时贤以为德音④。

【注】

①陶公：指陶侃（259—334）。侃字士行（一作衡），晋庐江寻阳（今江西九江）人。陶胡奴之父。先后以军功，加侍中、太尉，都督七州军事，封长沙郡公。故称"陶公"。陶侃勤于吏职，治军严整，甚有时誉。《晋书》卷66有传。

②献替：献可替否。向当权者提供更替的建议。

③竖刁：春秋齐桓公近臣。自宫入侍齐桓公，管仲以"不爱其身，岂能爱君"之言谏于桓公。桓公死，竖刁与易牙立公子无诡为君，杀群吏，遂乱齐国。事见《史记·齐太公世家》。

④德音：合乎仁德的言语。

【译】

陶侃病危了，完全没有涉及朝廷人事更替的建议，朝臣们都觉得遗憾。谢尚听到后，说："现在（时下）又没有竖刁一样的人，所以陶公不必留下替否的话。"当时的贤俊认为谢尚的话是很仁厚的。

【评鉴】

陶侃"无献替之言"，正是其明智之处。因为陶侃原本是鄱阳人，其父丹为吴扬武将军。父早死，陶侃孤贫而为县吏。非中原望族，习俗不同于华夏，只是因为功勋渐积而列为大臣，并非朝廷素所信任者。庾亮拜之，王导之服其言，不过是情势所迫，压根没把陶侃列入核心集团。陶侃纵有想法，也自知不可能左右朝政，何必自讨晦气。谢尚的意思，是说当时在朝的都是正人君子，陶侃没必要再建议什么，这样一方面是对当朝诸人的肯定，另一方面也是对陶侃有自知之明的肯定。所以当时的贤俊认为谢尚的话为"德音"。

言语48

竺法深在简文坐①，刘尹问②："道人何以游朱门③？"答曰："君自见其朱门，贫道如游蓬户④。"或云卞令⑤。

【注】

①竺法深：即道潜。简文：指简文帝司马昱。

②刘尹：指刘惔。因其曾官丹阳尹，故称。

③道人何以游朱门：盖出自佛教戒律。如《根本萨婆多部律摄》卷十："有五处不应乞食：谓唱令家、婬女舍、酤酒店、王宫内、旃荼罗家。"朱门，王侯之家大门漆作红色，故称。常代指富贵人家。

④贫道：和尚自谦的谦辞。"道"为"道人"的省称。中古时和尚亦称道人。蓬户：蓬草做的门。因代指贫穷人家。

⑤卞令：指卞壸（kǔn，281—328）。壸字望之，晋济阴冤句（今山东菏泽）人，中书令卞粹之子。明帝时为尚书令，勤于政事。成帝立，与庾亮共掌机要。苏峻攻京师，卞壸扶病率军拒之，身先士卒，苦战而死。《晋书》卷70有传。按，吉常宏先生尝加考证，认为卞壸应为卞壸。壸字望之，是"取义海上三

仙山可望而不可及的神话传说。他的从兄叫卞敦，同是以器物命名的"。可备一说。

【译】

竺法深在简文皇帝座上，刘惔问他："高僧为什么游豪门？"竺法深回答说："您眼里所见是豪门，可我觉得和游茅屋一样。"也有人说是卞壶问的。

【评鉴】

佛家主空，苦行，自不当奔走于势利权门，且佛教戒律有明文规定"王宫处"属"五非行境"，所以刘惔有此发问。深公的回答，既是表明自己眼里本无富贵贫贱之别，同时也是讽刺刘惔心地未净。这话也击中了刘惔的要害。《言语》第六十九则说："刘真长为丹阳尹，许玄度出都，就刘宿，床帷新丽，饮食丰甘。许曰：'若保全此处，殊胜东山。'刘曰：'卿若知吉凶由人，吾安得不保此！'"刘惔难忘荣华富贵的心态尽露。

言语49

孙盛为庾公记室参军①，从猎，将其二儿俱行。庾公不知，忽于猎场见齐庄②，时年七八岁，庾谓曰："君亦复来邪？"应声答曰："所谓'无小无大，从公于迈'③。"

【注】

①孙盛（302 ？—372）：字安国，晋太原中都（今山西平遥）人。博学有文，善言名理，与殷浩齐名。从入关平洛，以功封吴昌县侯。著有《魏氏春秋》《晋阳秋》，词直理正，咸称良史。《晋书》卷82有传。记室参军：魏晋诸王、三公及将军、都督之幕府中均设置掌管文书记录的幕僚，称记室参军。

②齐庄：即孙放。孙盛次子。官至长沙相。《晋书》卷82有传。

③无小无大，从公于迈：语出《诗·鲁颂·泮水》。诗云鲁之群臣无论官职大小全都跟着僖公出行，为颂扬鲁僖公征服淮夷而作。此处指我们父子都跟随您。于，动词前缀。迈，出行。

【译】

　　孙盛作庾亮的记室参军，跟着庾亮出猎，还带着两个儿子一起。庾亮不知道，忽然在猎场看见孙放，当时只有七八岁。庾亮问："你也来了？"孙放应声答道："这就是《诗经》说的'无小无大，从公于迈'啊！"

【评鉴】

　　孙盛才学盖世，其子言谈辄引《诗经》，令人佩服。大，指父亲，小，指自己，谓我们父子都跟从您。既符合实情，又雅致得体，真是一个能言善辩的小孩。

言语50

　　孙齐由、齐庄二人①，小时诣庾公。公问齐由何字，答曰："字

齐由。"公曰："欲何齐邪？"曰："齐许由^②。"齐庄何字，答曰："字
齐庄。"公曰："欲何齐？"曰："齐庄周^③。"公曰："何不慕仲尼而慕
庄周？"对曰："圣人生知^④，故难企慕^⑤。"庾公大喜小儿对。

【注】

①孙齐由：即孙潜。潜字齐由，孙盛长子。官至豫章太守。《晋书》卷82有传。

　齐庄：齐由之弟。名放。

②许由：尧时高士。

③庄周（约前369—前286）：战国宋蒙（今河南商丘）人。曾为漆园吏。门人
　编著《庄子》十余万言，发挥《老子》学说，贬斥儒、墨，主张清静无为。
　《史记》卷65有传。

④生知：谓不待学而知之，不需要学习就懂。语本《论语·季氏》："孔子曰：
　'生而知之者上也，学而知之者次也，困而学之，又其次也。'"

⑤企慕：仰望，效法羡慕。

【译】

　　孙潜、孙放两弟兄，小时去拜见庾亮。庾亮问孙潜字什么，回答
说："字齐由。"庾亮问："你要齐什么？"回答说："齐许由。"又问孙放
字什么，回答说："字齐庄。"庾亮问："你要齐什么？"回答说："齐庄
周。"庾亮说："你为什么不仰慕仲尼而追慕庄周？"孙放回答说："孔圣
人是生而知之，所以难以仰慕。"庾亮非常满意两个小孩的对答。

【评鉴】

　　孙盛博学而善谈名理，为当时之清谈名家，给儿子取名为潜、放，

而字齐由、齐庄，正是崇尚老庄的本色流露。孙潜、孙放的回答，不过是巧对庾亮的问难，随机应变而已。

言语51

张玄之、顾敷是顾和中外孙①，皆少而聪惠，和并知之②，而常谓顾胜。亲重偏至③，张颇不厌④。于时，张年九岁，顾年七岁。和与俱至寺中，见佛般泥洹像⑤，弟子有泣者，有不泣者。和以问二孙。玄谓："被亲故泣，不被亲故不泣。"敷曰："不然，当由忘情故不泣，不能忘情故泣。"

【注】

①张玄之：字祖希，顾和外孙。少以学显，历吏部尚书、冠军将军、吴兴太守。与谢玄齐名，时称南北二玄。顾敷：字希祖，顾和之孙。官至著作郎，年二十三卒。中外：即"中表"，内外亲戚。

②知：欣赏，赞赏。

③偏至：偏颇而不平衡。

④不厌：不满意，不服。

⑤般泥洹：亦作"般涅盘"。义为脱离生死，入于寂灭。此指佛亡故。

【译】

张玄之、顾敷是顾和的外孙和孙子，小时候都聪明，顾和很欣赏他们，不过顾和一向认为顾敷比张玄之强些。因而多少有些偏爱顾敷，张玄之心里很不满。那年，张玄之九岁，顾敷七岁。顾和带着他们一起到庙里，看见佛祖涅盘的塑像，周围弟子有的在哭，有的不哭。顾和问两个孩子为什么这样。张玄之说："被佛祖亲爱的就哭，不被亲爱的就不哭。"顾敷说："不是这样，应该是忘记情义的就不哭，不忘记情义的就哭。"

【评鉴】

　　孙子和外孙争宠，天伦本来如此。而面对内外亲情，顾和未能脱俗而以孙子为上。从二人的回答看，顾敷确实略胜一筹。他的回答高妙之处有两层意思：第一，从佛理上说，"忘情"要比"不忘情"更高明，所以"忘情"首先是对佛教教义的理解，能从"忘情"的角度来评价佛陀弟子，可见顾敷的思想层次高于张玄之。第二，"忘情"又可指"忘恩负义"，顾敷又用这个词语暗暗责备了张玄之。这才是顾敷胜过张玄之处。

言语52

　　康法畅造庾太尉①，握麈尾至佳②。公曰："此至佳，那得在③？"法畅曰："廉者不求，贪者不与，故得在耳。"

【注】

①康法畅（？—342）：东晋高僧，本康居国人。为人有才思，善言名理。成帝时与支愍度、康僧渊过江至建康。参《高僧传·康僧渊》。庾太尉：指庾亮。庾亮死后追赠太尉，故称。

②麈尾：魏晋六朝时一种兼具拂尘和凉扇功用的器具。长尺余，状如掸子。把

柄一般为木质，或饰以玉石、玳瑁等。当时清淡之士均甚爱赏，谈玄时执持，遂为名流雅器，虽不谈亦常执持。

③那得：如何，怎么。

【译】

　　康法畅去造访庾亮，他手执的麈尾特别漂亮。庾亮就问："这麈尾出奇的好，你怎么能够留得住？"法畅说："廉洁的人不会讨要，贪婪的人我不会给他，所以永远在我手里。"

【评鉴】

　　麈尾为六朝谈士所共好，行止不离于手。庾亮见康法畅的麈尾特别好，心生眷恋而不好索要，于是投石问路。谁知康法畅为方外之人，对庾亮无所企求，说出"廉者不求，贪者不与"的名言，大意是：你庾亮如果是廉洁的人就不会问我要，你要是贪婪之人，我也不会给你。这就把庾亮怼了回去。庾亮纵然是脸厚如城墙，也不好意思再要了，又何况庾亮本身是爱名惜誉之流。

言语53

　　庾稚恭为荆州①，以毛扇上成帝②，成帝疑是故物③。侍中刘劭曰④："柏梁云构⑤，工匠先居其下；管弦繁奏⑥，钟夔先听其音⑦。稚恭上扇，以好不以新。"庾后闻之，曰："此人宜在帝左右！"

【注】

①庾稚恭：即庾翼（305—345）。翼字稚恭，庾亮之弟。亮卒，授都督江荆等六州诸军事、安西将军、荆州刺史，代庾亮镇守武昌。康帝立，庾翼累上疏北伐，进位征西将军，领南蛮校尉。卒，赠车骑将军。《晋书》卷73有传。

②成帝：即司马衍（321—342）。衍字世根。晋明帝长子。少而聪敏，有成人之量。然政归舅氏庾亮，无所作为。在位十七年崩。谥成，庙号显宗。《晋书》卷7有纪。

③故物：旧物，旧东西。

④侍中：官名。皇帝近臣。刘劭：字彦祖，晋彭城（今江苏徐州）人。"金谷二十四友"之一刘讷之孙。咸康中历仕御史中丞、侍中、尚书、豫章太守。《晋书》卷69有传。

⑤柏梁：汉时台名。故址在今陕西西安长安区西北故城内。

⑥繁奏：众多器乐合奏。

⑦锺夔（kuí）：锺子期和夔。锺子期，春秋楚人，精于音律。伯牙鼓琴，子期听声会意。后有"高山流水"之典。参《列子·汤问》。夔，相传为舜之乐官。后多以锺夔代指精于音乐者。

【译】

　　庾翼作荆州刺史，将羽毛扇子进奉给晋成帝，成帝怀疑是用过的旧东西。侍中刘劭说："柏梁台高耸入云，工匠先在里边住过；管弦合奏，乐师先要调试音声。庾翼进奉羽扇，是因为好而不在乎新旧。"庾翼后来知道这件事，说："这个人适宜在皇帝身边。"

【评鉴】

查考《晋书·庾怿传》，此处的"庾翼"应为"庾怿"。刘劭语本汉刘桢《答太子书》说，尊贵者穿的，是卑贱者缝制的；尊贵者享受的，也是出自卑贱者手里。高楼大厦，工匠先在里面住。美好的稻米，农夫先尝。道理的确如此。刘劭借用刘桢的话加以发挥，既从情理上说明了不应该以新旧去鉴别羽扇，同时也为庾怿的行为做出了合乎庾之本意，即一番爱君之心的解释。也正因为此，才使庾怿为之感动，认为刘劭是应该在皇帝身边的忠良之臣。

言语54

何骠骑亡后①，征褚公入②。既至石头③，王长史、刘尹同诣褚④，褚曰："真长，何以处我⑤？"真长顾王曰："此子能言。"褚因视王，王曰："国自有周公⑥。"

【注】

①何骠骑：即何充（292—346）。充字次道，晋庐江灊（今安徽霍山）人。成帝时，因平定苏峻之乱有功，官至吏部尚书。王导卒后，授车骑将军、录尚书事，转任中书令。后独掌大权，专辅幼主。任人以功臣为先，时论称之。《晋书》卷77有传。

②褚公：指褚裒。裒死后赠太傅，故称。

③石头：城名。故址在今南京石头山后。

④王长史：即王濛（309？—347？）。濛字仲祖，晋太原晋阳（今山西太原）人。哀帝王皇后父。其性平和舒畅，自然有节，能言名理，与刘惔相友。王导

为司徒，累迁中书郎。简文辅政，益贵幸之，与刘惔号为"入室之宾"。《晋书》卷93有传。刘尹：指刘惔，字真长。累迁丹阳尹。诣：拜访。

⑤处：处理，安排。

⑥国自有周公：此谓王濛以会稽王司马昱为国之周公，能辅大政，让褚裒知难而退。此事《晋书·外戚传》"吏部尚书刘遐说裒曰：'会稽王令德，国之周公也，足下宜以大政付之。'"云是刘遐语，可备一说。

【译】

何充死后，朝命征召褚裒入朝辅政。褚裒到了石头城，王濛、刘惔一齐去迎接褚裒。褚裒问："真长，您知道朝廷怎么安排我吗？"刘惔回头看着王濛说："他能够说得清楚。"褚裒于是看着王濛，王濛说："国家已有周公。"

【评鉴】

对于召褚裒入朝，王濛、刘惔都认为是不妥的举措，因为当时会稽王司马昱早已居摄政地位，大权在握，而刘惔、王濛都是司马昱的亲信。褚裒为康帝的岳父，入朝辅政，与会稽王未必能和谐相处，于国家既不利，同时王濛、刘惔亦将处于尴尬的境地，故王濛云国家已有周公，让褚裒知难而退。有了王濛的晓示，再加上褚裒长史王胡之的劝阻，褚裒固辞归藩，这样也就避免了可能出现的宗室与外戚间的权力冲突，使朝廷得以安定，而褚裒的名声更得到了提升。

言语55

桓公北征^①，经金城^②，见前为琅邪时种柳，皆已十围^③，慨然曰："木犹如此，人何以堪！"攀枝执条，泫然流泪^④。

【注】

①桓公：指桓温（312—373）。温字元子，晋谯国龙亢（今安徽怀远）人。明帝婿。以灭蜀成汉之功，拜征西大将军、开府仪同三司，封临贺郡公。继伐前秦，破姚襄，朝廷加授为侍中、大司马、都督中外诸军事。后桓温把持朝政，废帝司马奕，立简文帝。简文帝崩后，桓温次年死于姑孰。死谥宣武侯。后子桓玄篡位，追尊为宣武皇帝。《晋书》卷98有传。

②金城：地名。东晋琅邪侨郡，亦以为治所。地在今江苏镇江句容北。晋成帝咸康元年（335）割江乘县境立琅邪郡，桓温于咸康七年（341）任琅邪内史，出镇金城。刘盼遂《世说新语校笺》："金城泣柳事，当在太和四年（369）之行。由姑孰赴广陵，金城为所必经。攀枝泫涕，当此时矣。"

③围：计算周长的约略单位，多指两手或两臂之间合拱的长度。

④泫（xuàn）然：泪水滴落的样子。

【译】

桓温北征，经过金城时，看见从前作琅邪内史时栽的柳树，都已直径十围了，不禁感慨说："树尚且有如此的变化，人怎能经得起岁月的流逝！"不禁手拉着枝条，泪流满面。

【评鉴】

"木犹如此，人何以堪"八字，千古绝唱，可以视为人生警策。岁月无情，催人衰老，让人无奈和感伤。盖桓温一世枭雄，于咸康七年（341）任琅邪内史，时年30岁，太和四年（369），距此已28年，时已58岁。暮年兴哀，人之常情。近耳顺之年而抱负未酬，不免睹树兴悲，何况芸芸众生！

言语56

简文作抚军时①，尝与桓宣武俱入朝，更相让在前，宣武不得已而先之，因曰："伯也执殳，为王前驱②。"简文曰："所谓'无小无大，从公于迈'③。"

【注】

①抚军：抚军将军。

②"伯也执殳"二句：指为王室效力。语出《诗·卫风·伯兮》。执殳，持杖，多用作仪仗。

③无小无大，从公于迈：此处谓无论官职大小，都跟着你。语出《诗·鲁颂·泮水》，为颂扬鲁僖公征服淮夷而作。

【译】

简文帝作抚军将军时，曾经和桓温一起上朝，互相谦让谁走前边，桓温不得已只好前行，于是说："伯也执殳，为王前驱。"简文说："这是所谓'无小无大，从公于迈'。"

【评鉴】

桓温是明帝的女婿，简文为明帝异母弟，论辈分则为长，上朝时理应在前，然而当时桓温已兵权在握，简文相让，可见其畏怯心理。不过，毕竟简文当时以会稽王任抚军大将军，地位在桓温之上，因此桓温心里也不很踏实，故谦而引《诗经》说为简文前驱。出于礼貌，简文也引《诗经》回答，说无论官职大小都跟从桓温。本来，两人"各抱地势，勾心斗角"，这一番谦让却又诗情画意，雅致无限，魏晋风流于此可见一斑。所以，历来人们都很欣赏这番气象，如刘辰翁说"两得词体"，田中说"克让得词"等。可是，这只是表象，从二人所引《诗经》，不难看出简文在口辩上已胜过一头。桓温引的诗，非常得体，因为自己是武人，说自己为简文前驱开道；简文引《鲁颂·泮水》以《诗》对《诗》，则话中有刺，"无小无大，从公于迈，"这诗本来是颂扬鲁僖公征服淮夷的诗，毕竟桓温不是国君，简文讥讽桓温嚣张跋扈之意尽在诗中了，言外之意是说朝中多是你桓温的势力范围，我也只能是唯你马首是瞻。也就难怪《尤悔》第十二则说："桓宣武对简文帝，不甚得语。"的确在口舌上一点也讨不了便宜啊。

言语57

顾悦与简文同年①，而发蚤白②。简文曰："卿何以先白？"对曰："蒲柳之姿③，望秋而落④；松柏之质，经霜弥茂⑤。"

【注】

①顾悦：字君叔。晋陵（今江苏常州）人。顾恺之之父。少有义行，初为殷浩

扬州别驾。后官至尚书左丞。《晋书》卷77有传。按,《晋书》作"顾悦之"。

②蚤:通"早"。

③蒲柳:水杨,一种秋天早凋的植物。晋崔豹《古今注》:"蒲柳,水边生,叶似青杨,亦名蒲杨。"

④望:临近,迫近。

⑤弥:益,更加。

【译】

顾悦和简文帝同岁,但顾悦的头发早就白了。简文帝说:"你为什么头发先白?"顾悦回答说:"蒲柳的姿质,临近秋天就衰落了;松柏的品质,经过霜冻更加健茂。"

【评鉴】

关于此则,刘孝标注引顾恺之给其父顾悦作的传稍有不同,一是顾悦的答语多了"受命之异也"几字,把本来简单的头发白黑的差异归结为"受命之异";二是有简文"称善久之"四字,简文的这四个字最耐读,看来人君喜欢佞言,从来如此。就简文而论,在东晋皇帝中寿命算高的(52岁),简文帝咸安二年(372),顾悦曾上书为殷浩申冤,而这一年七月简文帝就去世了。顾悦与之同年,顾悦卒年不可考,但肯定不是终于此年,因为史称其"为州别驾,历尚书右丞卒",是后来做到尚书右丞才去世的。那么这"蒲柳"也就比"松柏"长寿了。不过,顾悦这马屁话倒为后人喜爱,后世诗文经常引用。

言语58

桓公入峡①，绝壁天悬，腾波迅急，乃叹曰："既为忠臣，不得为孝子，如何②?"

【注】

①桓公入峡：桓温在永和二年（346）率军从三峡逆流而上伐蜀成汉政权。

②"既为忠臣"几句：此语各种注本多引《汉书·王阳传》，其实最早的出处当是《韩诗外传》卷十有申鸣流涕曰："始则父之子，今则君之臣，已不得为孝子矣，安得不为忠臣乎?"

【译】

桓温西征伐蜀进入三峡，两岸绝壁天高，江中急浪奔涌，于是感叹说："既然要作忠臣，就不能再作孝子。有什么办法?"

【评鉴】

桓温此语，豪气冲霄。忠臣孝子，从来难以两全。从这则以及本书相关章节，我们看得出刘义庆对桓温寄托了很深的感情，心里非常钦佩和尊仰。

言语59

初，荧惑入太微①，寻废海西②；简文登阼③，复入太微，帝恶之。时郗超为中书④，在直⑤。引超入曰："天命修短，故非所计。

政当无复近日事不?"超曰:"大司马方将外固封疆⑥,内镇社稷,必无若此之虑。臣为陛下以百口保之。"帝因诵庾仲初诗曰⑦:"志士痛朝危,忠臣哀主辱。"声甚凄厉。郗受假还东⑧,帝曰:"致意尊公,家国之事,遂至于此。由是身不能以道匡卫,思患预防。愧叹之深,言何能喻!"因泣下流襟。

【注】

①荧惑:火星别名。太微:太微垣。古代星空分区,有所谓三垣,即紫微垣、太微垣、天市垣。古人以为荧惑入太微,则帝王将有不利。

②海西:指海西公司马奕(342—386)。奕字延龄,晋哀帝同母之弟。咸康八年(342)封为东海王。哀帝崩,即皇帝位。后桓温为树威权,诬帝有痿疾,废帝为东海王,再降为海西县公。史称废帝。《晋书》卷8有纪。

③简文:指晋简文帝司马昱。

④郗超:字景兴,一字嘉宾,晋高平金乡(今山东金乡)人。郗鉴之孙,郗愔之子。初桓温辟为掾,后为参军。桓温之所为,率郗超之谋。历散骑侍郎、中书侍郎、司徒左长史,权重当时。时人有"盛德绝伦郗嘉宾"之誉。《晋书》卷67有传。中书:中书侍郎的省称。为中书监或中书令的副职。

⑤在直:"直"后来写作"值"。在官署值班。

⑥大司马:始于周,秦废,至汉武帝时复置。成帝时置印绶、官属,与丞相、御史大夫并为三公。东汉改称太尉。南北朝复置,位高权重,多为重臣居任。此指桓温。

⑦庾仲初:即庾阐。阐字仲初,晋颍川鄢陵(今河南鄢陵)人。少有才名,九岁能作文章。以平苏峻功,被赐爵吉阳县男。尝作《扬都赋》,为世所重。《晋书》卷92有传。按,简文所咏诗为庾阐《从征诗》,仅余此二句。

⑧受假：请假。此事《魏书·司马昱传》云"超父愔为会稽太守，超假还东"，《晋书·简文帝纪》有"及超请急省其父"云云，故有"受假"及后"致意尊公"之语。

【译】

　　起初，火星入侵太微垣，不久司马奕就被桓温废黜了。简文帝登了帝位，火星又入侵太微，简文帝很不安。当时郗超作中书侍郎，在值班，简文帝就将郗超叫到身旁说："天命的长短，本来我是没法考虑的。只是该不会有近来的事吧？"郗超说："大司马正在外整饬边防，在内安定国家，必然不会有这样的考虑。小臣愿意以一家性命担保。"简文帝于是朗诵庾阐的诗："志士痛朝危，忠臣哀主辱。"声音凄惨，脸色严峻。郗超请假东还会稽省亲，简文帝说："向令尊致意，家国的事情，竟到了如此地步。以至于我不能以大道匡卫国家，只能考虑预防自身的危难。惭愧伤心至极，哪能说得明白！"说话时眼泪打湿了衣衫。

【评鉴】

　　简文帝虽学问渊博，兼善清谈，然而少了济世大略的才干。当时桓温既独揽朝政，屡建大功，废立随心，威震内外。《晋书·桓温传》："于是参军郗超进废立之计，温乃废帝而立简文帝。"简文帝心知废司马奕之谋出于郗超，于是有这番可怜的倾诉。值得我们注意的是，简文帝何以要对郗超说"致意尊公"，这段话其实是简文帝向郗超、桓温求情的艺术表达，希望桓温和郗超不要再有废立的念头。因为毕竟是皇帝，总不好意思向下臣哭诉，才有"致意尊公"的话。为皇帝凄凉如此，委实可怜。也正因为郁郁寡欢，所以登基两年后也就谢世了。

言语60

简文在暗室中坐，召宣武。宣武至，问："上何在①?"简文曰："某在斯②!"时人以为能。

【注】

①上：皇上。

②某在斯：指我在这里。语出《论语·卫灵公》："师冕见，及阶，子曰：'阶也'。及席，子曰：'席也'。皆坐，子告之曰：'某在斯，某在斯。'"

【译】

简文帝在光线不好的屋子中坐着，召唤桓温。桓温到了，问："皇上在哪里?"简文帝说："我在这里。"当时人们都认为简文帝的回答精妙。

【评鉴】

简文帝回答桓温的话出自《论语·卫灵公》，原本是孔子告诉盲人说某人在哪儿，某人在哪儿。此故事是桓温没看见简文帝，问皇帝在哪儿，简文帝巧妙地用"某在斯"回答，借其词而不用其意，"某在斯"是说，我在这里，等于骂你有眼无珠，目中无人。妙啊! 掉书袋和逞口舌的本事，简文难有其匹。所以，当时的人们都欣赏简文帝的回答，认为他的典故用得十分恰当。

言语61

简文入华林园①，顾谓左右曰："会心处不必在远，翳然林水②，便自有濠、濮间想也③，觉鸟兽禽鱼自来亲人。"

【注】

①华林园：宫苑名。在江苏南京台城内。三国吴建，六朝均加以整修。

②翳然：荫蔽静谧的样子。

③濠、濮间想：《庄子·秋水》有庄子与惠子在濠上关于鱼之乐的对话，有在濮水钓鱼而对自由向往的言论。后世则以"濠濮"称代随心所欲、无拘无束的心境。濠，水名，在今安徽滁州凤阳东北。濮，濮水。流经河南境内。想，感觉，感受。

【译】

简文帝到了华林园里，回头对侍从们说："和心灵投合的地方不一定在偏远处，树木葱笼、水流潺湲，就自然有了濠上、濮水的感受，觉得鱼鸟禽兽都自动和人亲近起来。"

【评鉴】

简文帝本为清谈名家，饱读诗书，深得老庄意趣，"会心处不必在远"，正与陶渊明"结庐在人境，而无车马喧。问君何能尔，心远地自偏"异曲同工。只要心灵契合，是水都如濠濮，凡山皆为蓬莱。简文帝如此说，也和自身的尴尬地位有关。他虽然身为皇帝，然而不仅朝廷大事全由桓温主宰，甚至连皇位都随时可能被废夺。说穿了，简文帝不过是一个牵线木偶。离开了朝堂，来到华林园里，精神上便得到解脱，在如释重负的心境下发出这雅人深致的感慨。

言语62

谢太傅语王右军曰①：“中年伤于哀乐②，与亲友别，辄作数日恶③。”王曰：“年在桑榆④，自然至此，正赖丝竹陶写⑤。恒恐儿辈觉损欣乐之趣⑥。”

【注】

①谢太傅：即谢安。因其追赠太傅，故称。王右军：即王羲之（303—361）。羲之字逸少，晋琅邪临沂（今山东临沂）人。王旷之子。王导从子，郗鉴女婿。起家秘书郎，累迁右军将军、会稽内史。后弃官闲居，采服药石，弋钓禽鱼，尽山水之游。工书法，后世称为“书圣”。《晋书》卷80有传。

②哀乐：偏义复词。哀伤，“乐”无义。

③恶：心情不好，不开心。

④桑榆：日落时光照桑榆树端，因以指日暮。引申指暮年，垂老之年。

⑤陶写：陶冶消散。

⑥觉损：减少，败坏。

【译】

谢安对王羲之说：“中年时常因为悲哀事而伤心，与亲友分别后，就好几天心情不好。”王羲之说：“人年纪大了，自然就会这样，正需要音乐来陶冶消散。只是常常担心儿孙辈（有不测）而减损了欢乐情绪。”

【评鉴】

此则最后一句向来争论不得确解，主要是"觉损"二字，"觉"在魏晋南北朝有减轻、减少之义，如王羲之《杂帖》："再昔来，热如小有觉，然昼故难堪。""觉损"同义连文，也是减轻、减少的意思。虽然，王羲之生性通达，能以丝竹怡情悦性，但当面对现实中子孙辈时有凋零时（按：王羲之长子早逝，孙辈多有夭折。《杂帖》中有记，不引），却也无法再达观起来，以致常常"不可为心"。由于王羲之在当时人中已属中寿，白发人送黑发人的场景多所经历，这是最感痛心的事，所以说了"恒恐儿辈"一语。因他恐惧的是忌讳的事，不便说也不忍说出来，于是给后人留下疑团。

言语63

支道林常养数匹马。或言："道人畜马不韵①。"支曰："贫道重其神骏。"

【注】

①不韵：不合时宜。

【译】

支遁常常养着好几匹马。有人说："高僧养马不合时宜。"支遁说："贫僧看重的是马的神韵。"

【评鉴】

为什么人们批评和尚养马不合宜？我们从三方面来说。其一，马本身是象形字，在上古时马就和征战关联着，如战车即是用马驾驭，所以人们解释"马"字就与用武的行为联系了起来。而主管军旅之事的官员则称为司马，"马"代表的征战杀伐与佛家好生、慈悲为怀的理念完全违背。其二，佛教的戒律，是不准养六畜的。吴支谦译《佛说梵志阿颰经》："沙门不得畜养六畜车舆骑乘快心恣意。"也就是说，支道林养马是不符合佛教戒律的，所以支道林畜马才招来人们的质疑。面对质疑，支道林回答说，自己养马只重其神骏，就是说，他重在马的奔竞精神。其实就支道林的解释看，照样与佛教的内涵有冲突。而且支道林一生常怀竞心，与人论辩总是逞强好胜，"重其神骏"正是其自身精神的写照，没有一点佛家"不争"的影子。作为高僧，在《世说》中不时为人所诟病。再则，佛教主张苦行修持，而支道林不仅常为王公显宦的座上客，而且要买山而隐。当然，从支道林身上，我们也可以看出魏晋风流不仅是名士的专利，就连佛教徒也"入乡随俗"，教义对他们并没有什么束缚力，同样是纵心所欲了。

言语64

刘尹与桓宣武共听讲《礼记》①。桓云："时有入心处②，便觉咫尺玄门③。"刘曰："此未关至极，自是金华殿之语④。"

【注】

①刘尹：即刘惔。因其曾官丹阳尹，故称。《礼记》：书名。又称《小戴礼记》。

西汉博士戴圣编，共四十九篇。为"十三经"之一。各篇大抵是孔子弟子及后学所记，研究中国古代礼乐制度，是儒家思想的重要典籍。

②入心：契合心意。

③玄门：本谓道家学说、老庄之道。语本《老子》"玄之又玄，众妙之门"，比喻高深的境界。

④金华殿：西汉未央宫内殿名。郑宽中、张禹曾在殿中为皇太子（汉成帝）讲授《尚书》《论语》。后因以"金华殿语"讥讽所讲内容为儒家的陈腐套话。

【译】

刘惔与桓温一起听别人讲《礼记》。桓温说："时不时有投合心意的地方，就觉得已经接近了高深的境界。"刘惔说："这还没有到最精彩的境地，仍然是金华殿讲书的那些老套话。"

【评鉴】

桓温听《礼记》，能听出其中的老庄玄意和高深境界，也很厉害了。刘惔是清谈名家，学问渊博，自然所见不同，认为不过是金华殿臣子为皇帝讲书的套话。此处也有不屑桓温见解的意味。

言语65

羊秉为抚军参军①，少亡，有令誉②。夏侯孝若为之叙③，极相赞悼④。羊权为黄门侍郎⑤，侍简文坐。帝问曰："夏侯湛作《羊秉叙》，绝可想⑥。是卿何物⑦？有后不？"权潸然对曰⑧："亡伯令问凤彰⑨，而无有继嗣⑩；虽名播天听⑪，然胤绝圣世⑫。"帝嗟慨久之。

【注】

①羊秉：字长达，晋泰山南城（今山东新泰）人。羊繇长子。年三十二亡。抚
　　军：即抚军将军。参军：官名。始于汉末，又称"参军事"。

②令誉：美好的名声。

③夏侯孝若：即夏侯湛（243—291）。湛字孝若，晋谯国谯（今安徽亳州）人。
　　东汉征西将军夏侯渊曾孙，晋元帝司马睿舅氏。泰始中举贤良，对策中第。
　　后历中书侍郎、南阳相。晋惠帝即位，以为散骑常侍，旋卒。《晋书》卷55
　　有传。

④赞悼：赞誉，哀挽。

⑤羊权：字道舆，晋泰山南城（今山东新泰）人。羊欣之祖，羊秉之侄。历官
　　黄门侍郎、尚书左丞。黄门侍郎：侍从皇帝，传达诏令。魏晋因之，或省
　　称黄门侍郎为黄门郎。

⑥可想：值得回味，欣赏。

⑦何物：什么人。

⑧潜然：因忧伤或悲痛而流泪的样子。

⑨令问：即令闻，好名声。夙彰：早就彰显了。

⑩继嗣：后嗣，后代。

⑪天听：君王的听闻。

⑫胤：后代，后嗣。

【译】

　　羊秉作抚军参军，年纪轻轻就去世了，他有很好的声誉。夏侯湛
为他作序，极力地称赞哀悼他。羊权作黄门侍郎，陪简文帝坐着。简
文帝问他说："夏侯湛作《羊秉叙》，很有韵味。羊秉是你什么人？有后

代吗？"羊权伤心地回答说："先伯父很早就有好名声，但没有后代；虽然名声陛下都知道，然而却在圣代绝了后嗣。"简文帝叹息感慨了很久。

【评鉴】

羊秉刚入仕途，正将有所作为，可惜天不假年，三十二岁即陨。人之薄命如此。夏侯湛的赞誉追思，简文帝的读叙伤情，羊权的泫然应对，都令人掩卷太息。

言语66

王长史与刘真长别后相见①，王谓刘曰："卿更长进。"答曰："此若天之自高耳②。"

【注】

①王长史：即王濛。因曾为简文长史，故称。刘真长：即刘惔。惔字真长。
②天之自高：天本来就高。语出《庄子·田子方》："至人之于德也，不修而物不能离焉。若天之自高，地之自厚，日月之自明，夫何修焉！"

【译】

王濛与刘惔久别后相见，王濛对刘惔说："您更长进了啊。"刘惔回答说："这就好比天本来就高啊。"

【评鉴】

清李慈铭对此则多有批评，认为刘惔愚妄自大，刘义庆无识。李氏的批评可商，从《世说》一书看，虽然刘惔向来不为人留情面，但对王濛从来是很客气的，其心中未必真以为自己像天一样高，此当为一时戏谑之词，引《庄子》调侃罢了。这条列"言语"中，刘义庆当是欣赏其语诙谐风趣，韵味深长，表现二人莫逆于心的随意罢了，此是挚友间的雅谑，而非狂夫骄客的呓语。

言语67

刘尹云①："人想王荆产佳②，此想长松下当有清风耳！"

【注】

①刘尹：即刘惔。因其曾为丹阳尹，故称。

②王荆产：即王徽（一作微）。徽字幼仁，小字荆产，晋琅邪临沂（今山东临沂）人。王澄之子。

【译】

刘惔说："人们总是拟想王荆产如何优秀，这就如同想象劲松下边一定会有清风罢了。"

【评鉴】

王徽的祖父王乂，官平北将军，父亲王澄，官荆州刺史，都是当时名士。人们因其门第高华，不免有爱屋及乌的感情因素。刘惔这话，看得出来是语中有刺，认为人们不过是因其背景而想当然罢了。再则，王徽在名士群中也无出色表现，刘惔的话也未必失当。刘义庆将此条列入"言语"，当然明白刘恢言语中的机锋，同时也在一定程度上揭示了魏晋以下人物评价的弊病。

言语68

王仲祖闻蛮语不解①，茫然曰②："若使介葛庐来朝③，故当不昧此语④。"

【注】

①王仲祖：即王濛。濛字仲祖。蛮语：南方少数民族语。
②茫然：迷茫惆怅的样子。
③介葛庐：春秋时介国国君，相传懂鸟兽之语。事见《左传·僖公二十九年》。
④故当：应该。昧：迷惑。

【译】

王濛听到南方异族的话不太理解，迷茫地说："假如让介葛庐来到朝廷，应该明白说的是什么。"

【评鉴】

王濛是山西太原人，语言上和南方尤其是吴方言自然比较隔膜，乍听起来，一头雾水。迷茫之余，认为让介葛庐来朝当能听懂。因为传说介葛庐能辨牛语。王濛为人，一向平和，虚己待物，不懂就是不懂，这戏言颇为诙谐：介葛庐牛语都能听懂，再复杂的"人言"也当不成问题吧！

言语69

　　刘真长为丹阳尹^①，许玄度出都^②，就刘宿。床帷新丽，饮食丰甘。许曰："若保全此处，殊胜东山^③。"刘曰："卿若知吉凶由人^④，吾安得不保此！"王逸少在坐^⑤，曰："令巢许遇稷契^⑥，当无此言。"二人并有愧色。

【注】

①刘真长：即刘惔。惔字真长。丹阳尹：丹阳郡守。

②许玄度：即许询。询字玄度，小字讷。高阳（今河北高阳）人。少有神童之称，长而风标高张，无仕进之志。与孙绰、王羲之、谢安、刘惔、王濛等相交游，娱情山水，栖心黄老。出都：到都城。

③东山：在今浙江绍兴上虞区西南。谢安入朝为官前隐居于此。后因以东山指隐居。

④吉凶由人：语出《左传·僖公十六年》："是阴阳之事，非吉凶所生也。吉凶由人，吾不敢逆君故也。"

⑤王逸少：即王羲之。

⑥巢许：巢父和许由。古代隐士。稷契：后稷和契。后稷为周之始祖，契为商之始祖。二人皆为贤君，故后世以之为贤明君主的代称。

【译】

　　刘惔作丹阳郡守，许询前往京都，到刘惔那儿住宿。刘家床帐豪华漂亮，饮食也非常丰美甘鲜。许询说："假如能长时间保全这地方，比隐居东山可强多了。"刘惔说："你如果知道前景的好坏往往由别人决定，我怎么能不想保全这些呢!"王羲之当时在座，说:"假如让巢父、许由遇上后稷、契，应该不会这样说。"刘、许两人都不禁感到惭愧。

【评鉴】

刘惔、许询都是清谈宗主，随时以隐逸放达自标。然而面对物质享受，却也情不自禁吐露心曲，表现出世俗的一面。刘惔用《左传》语，意在形容当时东晋王朝偏安江东，内忧外患，人命危浅。人生如寄，不知道明天将会经历什么，个人的命运完全不能逆料。与其杞人忧天，惨戚度日，不如乐得眼前享受。这原本也是可以理解的，没想到这话却让王羲之听起来非常反感。王羲之为人坦率，直接戳穿二人并非真隐士的面目，弄得二人灰头土脸。

言语70

王右军与谢太傅共登冶城①，谢悠然远想②，有高世之志。王谓谢曰:"夏禹勤王③，手足胼胝④；文王旰食⑤，日不暇给。今四郊多垒⑥，宜人人自效；而虚谈废务，浮文妨要，恐非当今所宜。"谢答曰:"秦任商鞅⑦，二世而亡，岂清言致患邪?"

【注】

①王右军:即王羲之。因其曾官右军将军，故称。谢太傅:即谢安。因其追赠太傅，故称。冶城:城名。在建康城中，距东晋宫城三里。传为三国吴孙权所筑，为鼓铸之所（一说春秋时吴王夫差冶铸之所）。故址在今南京朝天

宫一带。

②远想：遐想，遥想。

③夏禹：即大禹。鲧之子。奉舜命治理天下洪水，相传三过其门不入。后受舜禅让为帝，为夏朝第一代君王。后世目为圣贤之君。参《史记·夏本纪》。勤王：为王事尽力。

④胼胝（pián zhī）：（手脚）长老茧。语本《史记·李斯列传》："禹凿龙门，通大夏，疏九河……手足胼胝，面目黎黑。"

⑤文王：即周文王。旰（gàn）食：晚食。指事务繁忙不能按时吃饭。旰，晚，迟。

⑥四郊多垒：都城周围很多营垒。谓外敌侵逼，国势危急。语出《礼记·曲礼上》："四郊多垒，此卿大夫之辱也。"郑玄注："垒，军壁也。数见侵伐则多垒。"

⑦商鞅：即公孙鞅（前390？—前338），战国卫国人。因助秦孝公实行变法，以功封于商（今陕西商洛），故称商鞅。秦孝公死后，被诬谋反，车裂而死。著有《商君书》。《史记》卷68有传。

【译】

　　王羲之与谢安一起登上冶城城楼，谢安悠然遐想，有出尘离俗的志向。王羲之对谢安说："夏禹为王事尽力，手足长满了老茧；文王忙得吃饭都顾不上，时间还总是不够用。现在四方都有战事，应该人人努力效忠朝廷；但是虚谈耽误了政务，浮夸的文辞妨害了要义，恐怕不是现在合宜的行为。"谢安回答说："秦始皇任用商鞅，第二代就灭亡了，难道也是清谈导致的吗？"

【评鉴】

王羲之的话，切中时弊。当时朝廷上下无不虚谈废务，浮文妨要，"居官无官官之事，处事无事事之心"，王衍将死时说："呜呼！吾曹虽不如古人，向若不祖尚浮虚，戮力以匡天下，犹可不至今日。"这是深刻的反省啊。迄至东晋，晋元帝、简文帝，醉心清谈，崇尚玄虚，大臣如王导、庾亮等，无不手持麈尾，口诵玄言。虽然陶侃、桓温辈为之痛心疾首，然而大势所趋，也难挽狂澜。以谢安之贤，虽有匡济之才，同样也是清谈领袖。面对王羲之的责难，牵强回护，引秦政为对。于此可见，东晋之不振，终趋沦亡，亦势所必然。

关于此事的真伪，姚鼐尝云："按逸少誓墓之后，未尝更入都，而安之仕进，在逸少去官后，安在官而有远想遗事之过，逸少安得规之？此事亦出于《世说》，则《世说》之妄也。"（见《惜抱轩笔记》卷五）纵然故事或许有出入，但二人的对话却比较真切地展示了各自的精神世界，也在一定程度上折射出时人对清谈认知的不同。

言语71

谢太傅寒雪日内集①，与儿女讲论文义，俄而雪骤，公欣然曰："白雪纷纷何所似？"兄子胡儿曰②："撒盐空中差可拟③。"兄女曰④："未若'柳絮因风起'。"公大笑乐。即公大兄无奕女⑤，左将军王凝之妻也⑥。

【注】

①寒雪：天冷下雪。内集：家庭聚会。

②胡儿：即谢朗。朗字长度，小字胡儿。谢安次兄谢据的长子。善言玄理，为
　　叔父谢安所赏。历著作郎，官至东阳太守。《晋书》卷79有传。

③差可拟：大致可以比拟。

④兄女：指谢道韫，谢奕之女，王凝之之妻。谢道韫风韵高迈，叙致清雅，有
　　林下之风。《晋书》卷96有传。

⑤无奕：即谢奕。奕字无奕，谢安长兄，谢玄之父。

⑥王凝之（334—399）：字叔平，晋琅邪临沂（今山东临沂）人。王羲之次子，
　　谢道韫之夫。官至会稽内史。孙恩攻会稽，王凝之笃信五斗米道，自谓已
　　请鬼兵相助，遂不设防，城破，为孙恩所害。《晋书》卷80有传。

【译】

　　谢太傅在一个下雪天寒的日子家庭集会，与儿女辈讨论文章义理，过了一会儿雪下得更大，谢安高兴地吟诵："白雪纷纷何所似？"谢安二哥的儿子谢朗说："撒盐空中差可拟。"谢安大哥的女儿说："未若'柳絮因风起'。"谢安大笑称赏。这女子是谢安长兄谢奕的女儿，左将军王凝之的妻子谢道韫。

【评鉴】

　　王谢风流，于此可见一斑。其尤可贵者，谢道韫以"柳絮因风起"五字，形神皆备，倾倒古今多少须眉。比较起谢朗"撒盐空中"形象了很多，因雪花是轻而飘舞，其形万状；盐则重而凝滞，径直坠落，唯颜色与雪同罢了。二者相比，非唯全无美感，且也不伦不类。再则，谢道韫之文采斑斓，思维敏捷，已为人所共知，然其刚烈胜过男子，恐知之者甚少。《晋书·列女·王凝之妻谢氏》："及遭孙恩之难，举厝

自若，既闻夫及诸子已为贼所害，方命婢肩舆抽刃出门，乱兵稍至，手杀数人，乃被虏。其外孙刘涛时年数岁，贼又欲害之。道韫曰：'事在王门，何关他族！必其如此，宁先见杀。'恩虽毒虐，为之改容，乃不害涛。"谢道韫能文能武，手杀数人，且慷慨激昂，大义凛然，能使乱兵为之感佩而放下屠刀，如此奇女子古今几人？比起她的窝囊丈夫王凝之，实在是高出太多，也难怪她向谢安抱怨嫁错了人。

言语72

　　王中郎令伏玄度、习凿齿论青、楚人物①，临成以示韩康伯②，康伯都无言。王曰："何故不言？"韩曰："无可无不可③。"

【注】

①王中郎：指王坦之（330—375）。坦之字文度，晋太原晋阳（今山西太原）人。王述之子。雅贵有识量。简文帝立，任左卫将军。桓温死后，迁中书令，领丹阳尹。授都督徐兖青三州诸军事、北中郎将、徐兖二州刺史，镇守广陵。著《废庄论》，以非时俗之放荡。《晋书》卷75有传。伏玄度：即伏滔。滔字玄度，晋安丘（今山东安丘）人。桓温引为参军，以征伐功封闻喜县侯，除永世令。太元中，拜著作郎，专掌国史。卒官。《晋书》卷92有传。习凿齿（？—384）：字彦威，晋襄阳（今湖北襄阳）人。入仕为荆州刺史桓温幕僚。后以忤旨左迁户曹参军，继出为荥阳太守。在郡著《汉晋春秋》。《晋书》卷82有传。青：指青州。州名。汉武帝所置十三刺史部之一。东晋移治东阳（今山东益都）。楚：指春秋时楚国的领域，主要指湖北、湖南一些地区。

②韩康伯：即韩伯。伯字康伯。

③无可无不可：这里指没什么可以，也没什么不可以。《论语·微子》："我则异于是，无可无不可。"又《子罕》："子绝四：毋意、毋必、毋固、毋我。"三国魏何晏集解："无可无不可。"

【译】

　　王坦之叫伏滔、习凿齿评论青、楚人物，评论好后给韩康伯看，康伯一直都不说话。王坦之问："你为什么不说话？"韩康伯说："无可无不可。"

【评鉴】

　　汉末以后，月旦风行，不仅评论人物个体，也常常从地域讨论人才优劣得失。有名者如孔融《汝颍优劣论》，陈群《汝颍人物论》等。伏滔为青州人，引列青州人物，以功名之士居多；习凿齿为荆州人，引出神农、屈原、庞统等人。表面看来，包括刘孝标的注都以为，高风雅韵，大隐奇人，楚地远非青州可比。谁知道韩康伯以"无可无不可"作答。这五个字出自《论语·微子》，是孔子表彰伯夷、叔齐、柳下惠等隐逸的贤人，在表彰之余不冷不热地来了"我则异于是，无可无不可"一句话，意思是说孔子对于逸民的所作所为不否定也不肯定。韩康伯引用这一句，表明自己也遵循孔子的原则，争论这个问题并没有意义。从《世说》里对韩康伯这个人物的记述来看，韩康伯更有儒者风范，他大概是真的对逸民并无太大好感，他不认可隐逸就比入仕高明。他对这个问题比较不感兴趣，觉得很无所谓。

言语73

刘尹云:"清风朗月,辄思玄度①。"

【注】

①玄度:指许询,字玄度。

【译】

刘惔说:"每当在清风明月的时候,就会想念玄度。"

【评鉴】

刘惔对许询是真心佩服,一往情深。且此语精妙双关,意思是只有清风明月才能和许询搭配,是暗以清风明月檃栝许询的精神风貌。许询与孙绰、谢安、王羲之等俱以文义驰名。常从诸人游处山水,不交世务,曾参与山阴兰亭修禊之事,为当时著名玄言诗人之一。

言语74

荀中郎在京口①,登北固望海云②:"虽未睹三山③,便自使人有凌云意。若秦汉之君④,必当褰裳濡足⑤。"

【注】

①荀中郎:指荀羡(322—359)。羡字令则,晋颍川颍阴(今河南许昌)人。与刘惔、王濛、殷浩诸名士交好。尚寻阳公主,累迁宜兴太守、北中郎将,

监徐、兖、青诸州军事。以疾卒。《晋书》卷75有传。京口：今江苏镇江。

②北固：山名。在江苏镇江丹徒区北。有南、中、北三峰。北峰三面临江，形
　　势险要，故称。

③三山：亦称"三神山"，传说东海中有神仙所居的蓬莱、方丈、瀛洲三座山。

④秦汉之君：谓秦始皇与汉武帝。事见《史记·封禅书》："及至秦始皇并天下，
　　至海上，则方士言之不可胜数。……天子既已封泰山，无风雨灾，而方士更
　　言蓬莱诸神若将可得，于是上（汉武帝）欣然庶几遇之，乃复东至海上望，
　　冀遇蓬莱焉。"

⑤褰（qiān）裳：撩起衣襟。濡（rú）足：打湿足。指涉水。

【译】

　　荀羡在京口时，登上北固山向大海眺望说："虽然没看到三神山，就已经让人有直上云霄的感觉。假如是秦始皇和汉武帝，必定会牵起衣襟涉水了。"

【评鉴】

　　从荀羡的话，足见其志趣高迈，不以功名为意而企慕神仙。登山临海，通常会让人心境悠远，忘却世俗。

言语75

　　谢公云①："贤圣去人②，其间亦迩③。"子侄未之许④，公叹曰："若郗超闻此语，必不至河汉⑤。"

【注】

①谢公：指谢安。

②去人：距离常人。

③迩：近，不远。

④未之许：未许之。即不太认同谢安的话。

⑤河汉：语出《庄子·逍遥游》："肩吾问于连叔曰：'吾闻言于接舆，大而无
  当，往而不反。吾惊怖其言，犹河汉而无极也。'"后因以"河汉"比喻言
  论夸诞迂阔、不切实际。

【译】

　　谢安说："圣贤和常人比较，距离也并不远。"儿侄们不太认可这
话，谢安叹息说："假如郗超听到这话，一定不至于觉得我的话大而
无当。"

【评鉴】

　　谢安主张圣贤距离常人不远，即"道不远人"，子弟不以为然，谢
安则慨叹郗超会同意自己的观点。从谢安引郗超为比，可见在这个问
题上，郗超的识见是高于谢家少年的，谢安和郗超在某些观点上还比
较有共鸣。刘义庆收列此言语，有两方面的内涵：一是谢安在言语方
面的含蓄艺术，引而不发，多少有些让子侄们反省的动机。二是表现
谢安胸襟的开阔。郗超为桓温谋主，谢安与桓温暗中剑拔弩张，而谢
安却公然表扬郗超识见不凡。这是何等的气概。

言语76

支公好鹤①，住剡东峁山②，有人遗其双鹤，少时翅长欲飞。支意惜之，乃铩其翮③。鹤轩翥不复能飞④，乃反顾翅，垂头视之，如有懊丧意。林曰："既有陵霄之姿，何肯为人作耳目近玩⑤！"养令翮成，置使飞去⑥。

【注】

①支公：即支遁。遁字道林，晋高僧。又称林公。

②剡（shàn）：指剡县。会稽郡属县，因境内有剡山而得名。治今浙江嵊州。

　东峁山：在剡县境。

③铩：剪掉。翮（hé）：鸟羽的茎。中空透明，俗称"羽管"。

④轩翥（zhù）：鸟飞举的样子。

⑤近玩：宠爱的玩物。

⑥置：释放。

【译】

支道林喜欢鹤，住在剡县东峁山的时候，有人送给他两只鹤，过了一段时间，鹤翅膀长硬了要想飞走。道林心里舍不得它，于是剪掉了鹤的硬羽。鹤张开翅膀想飞不能飞起来，就回过头来去看翅膀，低头观察它，好像非常沮丧的样子。道林说："既然有直上云霄的本事，哪里肯在人身边作为玩物？"于是就将鹤好好养着，让翅膀硬毛长起来后，放鹤让它飞走了。

【评鉴】

　　支道林为方外之人，也是《世说》中最具个性的高僧。他突破了僧规戒律的束缚，僧律不准养马偏要养马，僧家亦不宜养鹤，但他照样养鹤。我行我素，自得其乐。他开始养鹤是为赏玩，当发现鹤沮丧的神态后，又动了恻隐之心，说出"既有陵霄之姿，何肯为人作耳目近玩"的精彩哲言。从这话中，也表现出支道林傲岸的个性和语言的高妙隽永。与其说支公是在对两只鹤开悟，还不如说支公在自述衷肠。

言语77

　　谢中郎经曲阿后湖①，问左右："此是何水？"答曰："曲阿湖。"谢曰："故当渊注渟著②，纳而不流。"

【注】

①谢中郎：指谢万（320？—361？）。万字万石，谢安之弟。才器俊秀，擅于清谈。简文为相，召为抚军从事中郎。累迁豫州刺史，升平三年（359）以西中郎将北伐前燕，以不善驾驭溃败，免为庶人。《晋书》卷79有传。曲阿后湖：即曲阿湖，又名练湖。在今江苏丹阳城北。
②渟（tíng）著：沉静而不流动。

【译】

　　谢万路过曲阿后湖，问身边从行的人说："这叫做什么水？"左右回答说："曲阿湖。"谢万说："怪不得渊深沉静，广纳众水而不外溢。"

【评鉴】

　　谢万不愧为清谈名家，解释委实精彩，"渊注渟著，纳而不流"，描画出曲阿湖的回旋往复之势。可惜其言行相差太远。《世说》中对谢万是颇有批评的，不善安抚将士，举止轻浮，不听谢安的劝告去拜访名士王恬，徒蒙羞辱，这些与此处"纳而不流"的话语大相径庭。孔子曾经说，自己过去对人是"听其言而信其行"，后来则是"听其言而观其行"。对《世说》中的人物，我们既要全书互相参看，也要联系史书中的记载，才能准确把握人物的精神。

言语78

　　晋武帝每饷山涛恒少[1]，谢太傅以问子弟，车骑答曰[2]："当由欲者不多，而使与者忘少。"

【注】

①饷：赏赐。山涛（205—283）：字巨源，晋河内怀县（今河南武陟）人。"竹林七贤"之一。历官魏郎中、尚书吏部郎等。入晋，累迁至吏部尚书、太子少傅、右仆射、司徒等职。《晋书》卷43有传。

②车骑：指谢玄（343—388）。玄字幼度，小字遏，谢安长兄谢奕之子，谢灵运之祖。少颖悟，后有经国才略。苻坚南侵，谢玄与谢石、谢琰等破苻坚于淝水，乘胜北定兖、青、冀诸州。封康乐县公。卒赠车骑将军。《晋书》卷79有传。

【译】

　　晋武帝每每犒赏山涛都不多，谢安问子弟们这是什么原因，谢玄回答说："这应该是被赏赐的人不贪多，因而让给与的人不觉得少。"

【评鉴】

　　谢玄不愧谢家玉树，文武全才，此对答与"芝兰玉树"条同为绝唱。"欲者不多，与者忘少"，哲理深邃，耐人寻味。因为施受是双方的行为，施者自然要根据对象而考虑多寡厚薄，而受者亦会因各自的修养不同考虑赏赐是否领受及领受多少。山涛为人，仗义疏财，其本传说："及居荣贵，贞慎俭约，虽爵同千乘，而无嫔媵。禄赐俸秩，散之亲故。"还说陈郡袁毅曾送给他"丝百斤"，他因为不想标新立异，就收下藏在阁楼上。等到袁毅事情败露，山涛"取丝付吏，积年尘埃，印封如初"，因此免除了灾祸。这有似后汉羊续悬鱼，而更见品格。因为晋武帝对山涛非常了解，故只是礼节性地赏赐。

言语79

　　谢胡儿语庾道季①："诸人莫当就卿谈②，可坚城垒。"庾曰："若文度来③，我以偏师待之④；康伯来⑤，济河焚舟⑥。"

【注】

①谢胡儿：即谢朗。朗小字胡儿。庾道季：即庾龢（hé）。龢字道季，庾亮少子，娶谢尚之女。穆帝升平中，代孔严为丹阳尹；废帝太和中，代王恪为中领军，卒于官。《晋书》卷73有传。

②莫当：或许，可能。

③文度：即王坦之。坦之字文度。

④偏师：指主力军以外的部分军队。

⑤康伯：指韩康伯。

⑥济河焚舟：过河后烧毁渡船，以示必死的决心。语出《左传·文公三年》：

　　"秦伯伐晋，济河焚舟。"晋杜预注："示必死也。"

【译】

　　谢朗对庾龢说："名士们或许要来和你清谈，你可要将城墙修筑好。"庾龢说："假如文度来，我随意安排一支军队就够了；假如康伯来，我就渡过河烧掉船一决死战。"

【评鉴】

　　庾龢为庾亮少子，有其父之风，也是当时的一个著名谈客。表面看来，庾龢似轻视王坦之而更看重韩康伯，其实这有他们兴趣爱好的区别：韩康伯是清谈大家殷浩的外甥，有其舅之风；而王坦之是事功之人，年轻时即与谢安、郗超齐名，对清谈家们是不以为然的。庾龢这话多少有点名士的虚诳，不过倒是说得十分豪壮和形象，"偏师待之"，"济河焚舟"，都是兵家之语，二语气象各别，前者闲逸宁静，后者悲壮激越。刘义庆列此则于言语，也是从欣赏其言语之精彩别致的角度来考虑的。

言语80

　　李弘度常叹不被遇^①。殷扬州知其家贫^②，问："君能屈志百里不^③？"李答曰："《北门》之叹^④，久已上闻；穷猿奔林，岂暇择木？"遂授剡县。

【注】

①李弘度：即李充。充字弘度，晋江夏郡（今河南罗山）人。先后为王导、褚裒参军，后除剡县令。服母丧终，为大著作郎。官至中书侍郎。《晋书》卷92有传。遇：赏识，重用。

②殷扬州：即殷浩（？—356）。浩字渊源，晋陈郡长平（今河南西华）人。殷羡之子。早年见识高远，擅于清谈。时人比之管仲、诸葛亮。康帝时，为建武将军，后为都督扬、豫、徐、兖、青五州军事，倡导北伐中原。后北伐失败，为桓温劾弹，废为庶人。《晋书》卷77有传。

③百里：指县令。因古时一县所辖大约方圆百里。

④《北门》之叹：谓自己如《北门》之诗中所咏叹的那样穷困。语出《诗·邶风·北门》："出自北门，忧心殷殷。终窭且贫，莫知我艰。"

【译】

　　李充时常叹息不被人赏识。殷浩知道他家里贫困，就问他："你能不能委屈一下做个县令？"李充回答说："像《诗经·北门》那样对于贫困的哀叹，您早就知道了；走投无路的猿猴奔向森林，哪里来得及选择树木？"于是殷浩让他作了剡县县令。

【评鉴】

　　所谓"屈志百里"，即委屈千里之才，暂栖百里之县。"穷猿"二语，道尽穷书生窘态。李充的话，不乏牢骚在，对殷浩的任命心中不满，而又无可奈何。此则列为"言语"，刘义庆是欣赏李充的比喻精妙。

言语81

　　王司州至吴兴印渚中看①，叹曰："非唯使人情开涤②，亦觉日月清朗③。"

【注】

①王司州：即王胡之（？—348）。胡之字修龄，晋琅邪临沂（今山东临沂）人。
　　王廙（世将）次子。少有声誉，历吴兴太守，迁侍中、丹阳尹。永和初为
　　褚裒长史。《晋书》卷76附《王廙传》。吴兴：扬州属郡。晋时统乌程等县，
　　大致相当今太湖以南至浙江之临安、余杭一带。治所在乌程（今浙江湖州）。
　　印渚：地名。在吴兴於潜镇东七十里。传说渚旁石文似印，因而得名。渚，
　　水中小块陆地。

②人情：人心，人意。开涤：开朗，清爽。

③清朗：清新明朗。

【译】

　　王胡之到吴兴印渚中赏玩，感叹说："这里不只是让人心胸涤荡开朗，也觉得日月更加清新明朗。"

【评鉴】

从刘孝标注可知，因"印渚"以上道阻而险，至"印渚"则水面开阔，视野寥远，情随境迁，立刻就有了心旷神怡的感觉。王胡之的言语充满诗情画意，带给人无限的遐思，令人向往。王胡之善于言辞，颇有气象，谢安、许询等皆乐与之游。

言语82

谢万作豫州都督^①，新拜^②，当西之都邑，相送累日，谢疲顿^③。于是高侍中往^④，径就谢坐，因问："卿今仗节方州^⑤，当疆理西蕃^⑥，何以为政？"谢粗道其意。高便为谢道形势，作数百语。谢遂起坐。高去后，谢追曰："阿酃故粗有才具^⑦。"谢因此得终坐。

【注】

①豫州：州名。汉武帝所置十三刺史部之一。东汉治所在谯县（今安徽亳州）。辖境相当今淮河以北、伏牛山以东的豫东、皖北地区。

②拜：授予（官职）。

③疲顿：疲劳倦怠。

④高侍中：即高崧。崧字茂琰，小字阿酃（líng），广陵（今江苏淮安）人。累官吏部郎、侍中。《晋书》卷71有传。侍中，官名。皇帝近臣。

⑤仗节：手执符节。古代大臣拜官赴任，皇帝授予符节，作为凭证及权力的象征。

⑥疆理：整治，整顿。西蕃：古代对西域一带及西部边境地区的泛称。

⑦粗：颇有，还算有。

【译】

谢万受任豫州都督，刚委任，将西去赴任，送行的宴会一连好多天，谢万非常疲倦。这一天高崧来了，直接坐到谢万身边，就问："您现在持节作豫州都督，将要整治西边的防务和民生，准备怎样实施政纲？"谢万粗略地说了自己的设想。高崧就给谢万详细论说形势利弊等等，洋洋洒洒说了几百句。谢万于是挺身正坐。高崧离开后，谢万才说："阿酃还是有些才干。"谢万因此坐到终席。

【评鉴】

此则推扬高崧的识见和口才，间接批评了谢万的狂放。谢万本是凡才，而又自视甚高，常人难入其法眼。高崧胸有成竹，宏辩潇洒，谢万已于心中折服，然而其禀性骄狂，不愿意称赞别人，只是说"粗有才具"而已。"谢追曰"三字，寓意深长。谢万不能于大庭广众荐宠贤士，勉强在高崧走后才以"粗有才具"四字敷衍，可见其心胸狭促。

言语83

袁彦伯为谢安南司马^①，都下诸人送至濑乡^②。将别，既自凄惘^③，叹曰："江山辽落^④，居然有万里之势^⑤！"

【注】

①袁彦伯：即袁宏（328—376）。宏字彦伯，小字虎，东晋陈郡阳夏（今河南太康）人。袁宏有逸才，文章绝美。累迁大司马桓温府记室。袁宏有《三国

名臣颂》等著作传世。《晋书》卷92有传。谢安南：即谢奉。奉字弘道，东
晋会稽山阴（今浙江绍兴）人。历安南将军、广州刺史、吏部尚书。

②濑（lài）乡：在今江苏常州溧阳境内。

③凄惘：伤感惆怅。

④辽落：辽阔旷远的样子。

⑤居然：徒然，白白地。

【译】

　　袁宏作谢奉的司马，京城的友朋们送他直到濑乡。将要分别时，
不禁伤感惆怅，感叹说："江山辽阔宏远，徒然有万里的气象！"

【评鉴】

　　袁宏才高识远，文思敏捷，平生自我期许甚高。这番远出作吏，
袁宏的心情伤感惆怅，其间情绪是很复杂的，与京城友朋分别时黯然
销魂，而极目远望江南鱼米之乡，万千气象，民户殷实，沃野千里。
据此山川形势，本可大有作为，进则六合一统，退则半壁稳固，然而
国势卑弱不振，外有劲敌虎视，内则强臣擅权，人怀异心，于是泫然
悲怆，为国事感慨伤怀。于袁宏自身来说，本为世代名家，六世祖袁
涣在曹魏时名声振耀，可惜到袁宏时家道已经衰微，在"上品无寒门"
的冷酷现实中，徒然有绝世的才华，鲲鹏的志向，也只能是口舌间得
利，作权臣们的牛马走而已。如今年华空逝，离开京都而为幕僚，不
免悲从中来。

言语84

孙绰赋《遂初》^①，筑室畎川^②，自言见止足之分^③。斋前种一株松，恒自手壅治之^④。高世远时亦邻居^⑤，语孙曰："松树子非不楚楚可怜，但永无栋梁用耳！"孙曰："枫柳虽合抱^⑥，亦何所施？"

【注】

①孙绰（314—371）：字兴公，晋太原中都（今山西平遥）人。孙楚之孙。袭爵长乐侯。先后为庾亮、殷浩、王羲之幕僚，官至廷尉卿。《晋书》卷56有传。《遂初》：即孙绰做的《遂初赋》。遂初，遂其初愿。谓去官隐居。《晋书·孙绰传》："（孙绰）少与高阳许询俱有高尚之志。居于会稽，游放山水，十有余年，乃作《遂初赋》以致其意。"

②畎川：其地未详。

③止足：谓凡事知止知足，不要贪得无厌。语出《老子》："知足不辱，知止不殆，可以长久。"

④恒自：经常，时常。手：亲手。壅：把土壤肥料培植在树的根部。

⑤高世远：即高柔。柔字世远，晋乐安（今浙江仙居）人。才思卓著，淡于名利。

⑥合抱：两臂环抱。此指树身粗大。语出《老子》第六十四："合抱之木，生于毫末。"

【译】

孙绰写了《遂初赋》，在畎川修建了房舍，自己扬言已明白了止足的道理。他在房舍前种了一株松树，经常亲自培育灌溉它。高柔当时也是孙绰的邻居,对孙绰说:"小松树并非不楚楚可爱,但永远也成不了栋梁!"孙绰回答说:"枫树柳树虽然是合抱大木,又能拿来做什么用?"

【评鉴】

据余嘉锡案,孙绰为孙楚之孙。高柔之语,乃是拆其祖父之名来戏谑他。孙绰的答语中应该也会拆高柔的祖父之名,但高柔之祖父名不可考。二人对语高妙,语出双关,不露锋芒。

言语85

桓征西治江陵城甚丽①,会宾僚出江津望之,云:"若能目此城者②,有赏。"顾长康时为客③,在坐,目曰:"遥望层城,丹楼如霞。"桓即赏以二婢。

【注】

①桓征西:即桓温。曾官征西大将军,故称。江陵:南郡治所,在今湖北荆州。

②目:评论,品评。

③顾长康:即顾恺之(约346—407)。恺之字长康,小字虎头,晋陵无锡(今江苏无锡)人。顾悦之子。桓温引为大司马参军,甚见亲昵。尤善丹青,图写特妙。时传顾恺之有三绝:才绝、画绝、痴绝。《晋书》卷92有传。

【译】

桓温修治江陵城非常壮丽,会集宾客到江边远望城垣,说:"假如有能够品评江陵城的人，有赏赐。"顾恺之当时在桓温处做客，品评说："遥望层城，丹楼如霞。"桓温当即奖赏给他两个婢女。

【评鉴】

桓温为征西大将军，镇守江陵，以其卓越的政治能力和重才爱才的胸襟，幕府中人才云集，包括顾恺之等。因为江陵从来是兵家要地，故桓温将城垣修建得十分壮丽。竣工后，桓温兴致勃勃，带领部下将佐一路谈笑风生，到江边欣赏江陵城垣。我们可以拟想那恢宏的景象，背后是滔滔长江，抬头远望是壮观的江陵城郭，桓温当时的心境是何其惬意，胸中的蓝图正在次第绘就。而他的这种情绪需要部下的烘托和共鸣，于是出了这样一个题目："目此城"，即将双眼所见形诸三言两语之中。顾恺之吟出八个字："遥望层城，丹楼如霞。"第一句是远望依山而建的错落城阙十分壮观，第二句则是在夕阳余晖掩映中的城郭霞光万道。此后，"丹楼""如霞"成了诗文中的常客。顾恺之的"才绝"于此可见一斑。

言语86

王子敬语王孝伯曰①："羊叔子自复佳耳②，然亦何与人事③，故不如铜雀台上妓④。"

【注】

①王子敬：即王献之。献之字子敬。王孝伯：即王恭。恭字孝伯。

②羊叔子：即羊祜（221—278）。祜字叔子，晋泰山南城（今山东新泰）人。

羊续之孙。司马昭擅权，拜相国从事中郎，与荀勖共掌机密。入晋，至都督荆州诸军事，镇襄阳。甚得江汉民心，吴人尊曰"羊公"。卒赠太傅。荆州人闻其丧，为之罢市，并建碑立庙，杜预题名"堕泪碑"。《晋书》卷34有传。自复：自然，的确。复，后缀。

③何与人事：与我有什么相关。人，我。

④铜雀台：楼台名。汉献帝建安十五年（210）曹操兴建。位于魏郡邺城（今河北临漳西南）西北铜雀苑之西北隅。楼顶置大铜雀，舒翅若飞，故名。

【译】

王献之对王恭说："羊叔子自然是不错，但是和我们有什么关系，还不如铜雀台上的歌妓。"

【评鉴】

羊祜以立功立事为人生目标，品德高尚，深得民心。羊祜初曾以军法欲斩王戎，并以为乱天下者必是王衍（王戎从弟）。王戎和王衍言论间也诋毁羊祜。故《晋书·羊祜传》云"时人为之语曰：'二王当国，羊公无德。'"意思是如果王衍、王戎执掌了国政，连刚正不阿的羊祜也会被看成无德的小人。王献之家族与二王同属琅邪王氏，羊王二家的宿怨自然也会影响王献之的情绪。所以针对羊祜的盛名和美德，王献之才说，羊祜纵然人品好，但和自己没什么关系！

言语87

林公见东阳长山曰①："何其坦迤②！"

【注】

①林公：即支遁，遁字道林，故时人呼为林公以敬之。晋高僧。东阳：郡名。三国吴置，晋因之。治所在今浙江金华。长山：山名。又名金华山。因山脉相连百余里，故名。

②坦迤（yǐ）：坦荡逶迤。形容山势连绵不断。

【译】

支道林看见东阳的长山说："多么广阔辽远啊！"

【评鉴】

"观山则情满于山，观海则意溢于海。"晋人对自然有着浓厚的兴趣。东阳长山的胜境，切合了林公自己胸怀的不同凡响，于是他长舒一口气，既赞美眼前的场景，更多的也有悠然长啸、傲视群雄的自恋。

言语88

顾长康从会稽还①，人问山川之美，顾云："千岩竞秀，万壑争流。草木蒙笼其上②，若云兴霞蔚③。"

【注】

①顾长康：即顾恺之。恺之字长康。

②蒙笼：（草木）茂密四布的样子。

③云兴霞蔚：云气升腾，彩霞聚集。比喻景物绚丽多彩。

【译】

　　顾恺之从会稽回来，人们问他山川的美妙，顾恺之回答说："高低参差的群峰竞相争秀，纵横交错的溪水呼啸奔流。草木繁茂掩映，有如云雾升腾，彩霞绚丽。"

【评鉴】

　　顾恺之寥寥数语，勾勒出一幅绚丽多彩的江南山水图，非旷世画家不能有如此传神之言。苏东坡曾经说王维"诗中有画"，而顾恺之这几句话算得上是"言中有画"了！

言语89

　　简文崩，孝武年十余岁[①]，立，至暝不临[②]。左右启："依常应临。"帝曰："哀至则哭，何常之有？"

【注】

①孝武：指晋孝武帝司马曜。
②临：哭，哭拜。

【译】

　　简文帝逝世了，孝武帝当时才十多岁，即位，直到黄昏都没去哭拜。侍臣提醒他说："按照常规应该去哭拜。"孝武帝说："哀思到来时就哭，哪里需要什么常规？"

【评鉴】

孝武帝的举动很像汉代戴良的行为，不拘形式而求其自然：《后汉书·逸民列传·戴良》："及母卒，兄伯鸾居庐啜粥，非礼不行，良独食肉饮酒，哀至乃哭，而二人俱有毁容。"孝武帝认为，凡事无须受常规约束，顺其自然，才比较合情合理。

言语90

孝武将讲《孝经》①，谢公兄弟与诸人私庭讲习②。车武子难苦问谢③，谓袁宏曰④："不问则德音有遗，多问则重劳二谢。"袁曰："必无此嫌⑤。"车曰："何以知尔？"袁曰："何尝见明镜疲于屡照⑥，清流惮于惠风？"

【注】

① 《孝经》：儒家经典"十三经"之一。主要阐释儒家所倡导的孝道与孝治思想。

② 谢公兄弟：指谢安、谢石弟兄。谢安，谢裒之子。谢石（327—389），字石奴，谢裒第五子，谢安之弟。淝水之战，以将军假节征讨大都督，大败苻坚。以功迁尚书令。卒谥襄，追赠司空。《晋书》卷79有传。

③ 车武子：即车胤。胤字武子，晋南平（今湖北公安）人。幼勤学不倦，相传家贫不常得油，夏月，则练囊盛数十萤火以照书，夜以继日。官至吏部尚书。《晋书》卷83有传。

④ 袁宏：原作袁羊。据刘孝标注改。

⑤ 嫌：疑虑。

⑥何尝见明镜疲于屡照：哪里见过明镜因照得次数多而疲倦的？《庄子·应帝

王》："至人之用心若镜，不将不迎，应而不藏，故能胜物而不伤。"郭象注：

"鉴物而无情，来即应，去即止。物来即鉴，鉴不以心，故虽天下之广，而

无劳神之苦。"

【译】

　　晋孝武帝将要讲论《孝经》，谢安、谢石与其他朝士在家里研究演

习。车胤觉得屡屡请教谢安兄弟不太合适，对袁宏说："不问吧，担心

谢公兄弟的高见遗漏了；问多了吧，却又太辛苦他们了。"袁宏说："一

定不要有这个顾虑。"车胤说："凭什么知道？"袁宏说："哪里见过明镜

因为照得次数太多而疲乏，清澈的流水畏怯和风吹拂的呢？"

【评鉴】

　　袁宏才思敏捷，他的回答充满诗情画意，比喻精妙。"明镜"和

"清流"，用来譬喻二谢很恰当。尤其是"明镜"语，巧用《庄子》

作譬，意思是说，二谢学问渊深，随问作答，不须劳心费神，就好

像"明镜"照物，来有影而去无痕，照得再多，对于"明镜"也没有

损害。

言语91

　　王子敬云①："从山阴道上行②，山川自相映发，使人应接不暇。

若秋冬之际，尤难为怀③。"

【注】

①王子敬：即王献之。献之字子敬。

②山阴：会稽郡属县，治今浙江绍兴。

③难为怀：难以言状。

【译】

　　王献之说："从山阴道上行走，山水互相辉映，让人目不暇接。假如秋末冬初时，更让人有难以言说的精彩。"

【评鉴】

　　如果说，顾恺之形容"山川之美"是"状难写之景，如在眼前"；那么王献之说山阴风光，则是"含不尽之意，见于言外"。这几句话充满诗情画意，情景交融，令人叹赏。"尤难为怀"四字，意思是说难以用言语来描摹刻画，即常语所谓可以意会，不可言传。此言成为后世经典，引人对山阴道上的风光充满遐想。

言语92

　　谢太傅问诸子侄："子弟亦何预人事①，而正欲使其佳?"诸人莫有言者，车骑答曰②："譬如芝兰玉树③，欲使其生于阶庭耳。"

【注】

①人事：自己的事。

②车骑：指谢玄。死后追赠车骑将军，故称。

③芝兰玉树：名贵的香草树木，后称誉别人家的优秀子弟。芝兰，香草名。玉
　树，传说中的仙树。

【译】

　　谢安问子侄辈："子弟和自己有什么关系，而人们总是要使子弟出色？"其他人没有谁说话，谢玄回答说："这犹如名贵的花草树木，人们都想要栽种在自家的庭院里。"

【评鉴】

　　谢安善问，谢玄善答，于是成就了这一千古对话。芝兰玉树生于阶庭，自然可以赏心悦目，陶情怡性，当然和自身息息相关。这样，答话和问语正相协调。谢安的问话代表了当时的名士习尚，谢玄的回答既切合问话本旨而又辞彩艳发，所以从来为人们激赏。"芝兰玉树"以其音韵铿锵，画面美妙也成了千古名言，进而衍化为优秀子弟的代名词。

言语93

　　道壹道人好整饰音辞①。从都下还东山，经吴中。已而会雪下②，未甚寒。诸道人问在道所经。壹公曰："风霜固所不论，乃先集其惨淡③；郊邑正自飘瞥④，林岫便已皓然⑤。"

【注】

①道壹道人：俗姓陆氏，吴人，师事竺法汰，故也称竺道壹。其人精深佛理，

为世推重。居瓦官寺，晋简文帝深相爱重。见《高僧传》卷5。整饰：修饰。

②已而：一会儿，不久。

③惨淡：阴冷寒凛。

④飘瞥（piē）：飘飞迅急的样子。

⑤林岫（xiù）：山林，山林间。皓然：洁白的样子。

【译】

　　道壹和尚言谈总是要修饰词藻，音调铿锵。他从京都回东山，经过吴中。不久碰上下起雪来，还不是太冷。其他和尚问路上的经历感受。道壹回答说："风霜本来不须称说，却是它们先酝酿了阴寒；城郊只是飘飞掠过，山林间早已洁白一片。"

【评鉴】

　　道壹和尚用韵语描述身之所感，目之所见，将大雪形成的过程，不同地域间雪境的差别交代得清清楚楚，兼之诗情画意，辞采艳发，一幅郊野雪景图历历在目，难怪刘义庆称赞道壹"好整饰音辞"。从道壹和尚的韵语，可见他的汉文化修养是非常高的。

言语94

　　张天锡为凉州刺史①，称制西隅②。既为苻坚所禽③，用为侍中。后于寿阳俱败④，至都。为孝武所器，每入言论，无不竟日。颇有嫉己者，于坐问张："北方何物可贵？"张曰："桑椹甘香，鸱鸮革响。淳酪养性，人无嫉心⑤。"

【注】

①张天锡：字纯嘏，小字独活，晋安定乌氏（今甘肃平凉西北）人。前凉西平
　公张轨曾孙。杀侄自立，后降于苻坚。淝水之战后，归顺东晋，官至护羌
　校尉、凉州刺史、西平公。《晋书》卷86有传。

②称制：行使君主权利。西隅：西部边陲。

③苻坚（338—385）：字永固，一字文玉，略阳临渭（今甘肃秦安）人。秦苻
　健称帝，子苻生嗣位，苻坚杀苻生自立为“大秦天王”。晋孝武帝太元八年
　（383），苻坚大举攻晋，与谢玄等战于淝水，大败而还。后为姚苌所杀。《晋
　书》卷113有载记。禽：古通“擒”。

④寿阳：即寿春，淮南郡治所。地在今安徽淮南寿县。东晋孝武帝避祖母文
　宣郑太后阿春讳，改寿春名寿阳。晋孝武帝太元八年，谢玄等败苻坚大军
　于此。

⑤“桑椹甘香”四句：此谓北方的桑葚甘甜可口，猫头鹰吃了声音都会变得清
　亮；北方奶酪醇香养性，人吃了嫉妒心都会消失。语本《诗·鲁颂·泮水》：
　“翩彼飞鸮，集于泮林。食我桑黮，怀我好音。”桑椹，即桑葚，桑果。鸮
　鸮，猫头鹰。革响，改变了声音。

【译】

　　张天锡作凉州刺史，在西部边陲称王。后来被苻坚擒获，用为侍
中。后来随苻坚南征在寿阳兵败，降晋到了建康。为孝武帝所器重，
他每每进宫谈论，没有不是一整天的。很有一些嫉妒他的人，在座间
问张天锡：“北方什么东西最珍贵？”张回答说：“桑椹甜美又芳香，猫
头鹰的叫声也变得清亮；醇浓的奶酪养育德性，人们没有嫉妒之心。”

【评鉴】

张天锡爱好文艺，才辩超群。但其人品事业毫无可取，杀侄自立，刚愎拒谏。先降苻坚，淝水之战又降晋，毫无节操可言。入晋为孝武帝所宠信，后更依附司马元显而为弄臣。所以，当他受到孝武帝的宠信，常常一谈就是一整天时，就引起很多人的嫉妒甚至诋毁。张天锡于是在大庭广众之下给这些人一个统一批复，第一句是说物产美，第二句说万物向善，第三句说德性淳笃，第四句说人们没有嫉妒之心。语言痛快淋漓，打脸啪啪作响。《世说》录此，也是从欣赏张天锡的机辩和利口出发的。这正是孔子所谓的"不以人废言"。

言语95

顾长康拜桓宣武墓[1]，作诗云："山崩溟海竭，鱼鸟将何依!"人问之曰："卿凭重桓乃尔[2]，哭之状其可见乎?"顾曰："鼻如广莫长风[3]，眼如悬河决溜[4]。"或曰："声如震雷破山，泪如倾河注海。"

【注】

①顾长康：即顾恺之。恺之字长康，曾为桓温参军。桓宣武：指桓温。谥宣武侯，故称。

②凭重：倚重，推重。乃尔：如此。

③广莫长风：犹言广莫风。八风之一，即北风。语本《淮南子·天文训》："不周风至四十五日，广莫风至。……广莫风至，则闭关梁，决刑罚。"

④悬河决溜：谓瀑布倾泻而下，比喻眼泪无法控制。

【译】

顾恺之拜祭桓温墓，作诗曰："山崩溟海竭，鱼鸟将何依！"有人问他说："你如此依赖推尊桓公，哭祭他的情形可以形容吗？"顾恺之说："鼻息像北风号呼，眼泪如瀑布倾泻。"还有一种说法是："哭声如惊雷破山，眼泪如黄河奔海。"

【评鉴】

顾恺之为当时的大名士，多才多艺，被时人称之为才绝、痴绝和画绝。桓温对他有知遇之恩，故桓温死后他悲痛欲绝。"山崩溟海竭，鱼鸟将何依"，觉得桓温之死，对自己来说如丧考妣。这两句诗，运用隐喻、夸张的修辞，把自己精神世界瞬间坍塌的情形描写得悲壮凄绝，从而成为传世名句，为后人袭用，如宋王之望《祭范丞相文》曰："云胡不淑，哲人其萎。山倾海竭，鱼鸟何依。"至于后边几句，更是想象奇特，气势雄浑，哭泣鼻息竟如狂风怒号，震雷破山，而泪水则是黄河之水天上来，奔流到海不复回。从这里，我们不难看出顾恺之诗文博大的气场，以及对后世的影响。由此也可见顾恺之才绝和痴绝的特点。桓温一代"奸雄"，能赢得顾恺之的倾心，可见桓温善于抚慰人心，网罗才俊。

言语96

毛伯成既负其才气①，常称："宁为兰摧玉折，不作萧敷艾荣②。"

【注】

①毛伯成：即毛玄。玄字伯成，东晋颍川（今河南禹州）人。官至征西行军参
　军。负：依仗，凭仗。

②"宁为兰摧玉折"二句：此二句犹言"宁为玉碎，不为瓦全"之意。萧敷艾
　荣，指艾蒿蓬勃茂盛。萧、艾，皆为艾蒿。

【译】

　　毛玄平时每以才气自负，常常说："宁愿作被摧折的兰花或玉，不
作繁茂蓬勃的艾蒿。"

【评鉴】

　　豪壮可嘉，馨香扑鼻。毛玄这豪言壮语在后世影响不小，成为常
见语典，如《史通·直言》即用此语："盖烈士殉名，壮夫重气。宁为
兰摧玉折，不为瓦砾长存。"

言语 97

　　范宁作豫章①，八日请佛有板②，众僧疑，或欲作答。有小沙
弥在坐末③，曰："世尊默然，则为许可④。"众从其义。

【注】

①范宁（339？—401？）：字武子，晋南阳顺阳（今河南淅川）人。少专心经学，
　力诋玄风，以为"王弼、何晏，二人之罪，深于桀纣"。仕为余杭令，迁豫章
　太守。后为王凝之弹劾免官。有《春秋谷梁传集解》传世。《晋书》卷75有传。

②请佛：俗以夏历四月八日为佛祖降生日，故佛寺于此日设会请佛。板：书写在简牍上的请佛簿册。

③小沙弥：资历不深的初受戒的小和尚。

④"世尊默然"二句：《中本起经》卷下："佛从本国与比丘僧千二百五十人俱，游于王舍国竹园中。长者伯勤承佛降尊，驰诣竹园，五心礼足，逡巡恭住，整心白佛：'唯愿世尊，顾下薄食。'佛法默然，已为许可。长者欣悦，接足而退。"小沙弥之言本此。

【译】

　　范宁作豫章太守，四月八日有请佛的簿册，僧众们正犹疑，是不是应该代佛作一个答复。有一个小和尚在末座，说："佛祖没有出声，就是认可了。"大家赞同他的意见。

【评鉴】

　　小沙弥虽然年龄幼小，而于佛典之精熟已非凡僧可比，表面如戏谑之语，却出自佛典，言之有据。众僧于是心悦诚服。这个小沙弥可谓十分有慧根。《世说》列之"言语"，其因在此。关于此条，余嘉锡笺还有发挥，可备参考："范武子湛深经术，粹然儒者。尝深疾浮虚，谓王弼、何晏之罪，深于桀、纣。其识高矣。而亦拜佛讲经，皈依彼法。盖南北朝人，风气如此。韩昌黎所谓不入于老，则入于佛也。"

言语98

　　司马太傅斋中夜坐①，于时天月明净，都无纤翳②，太傅叹以为佳。谢景重在坐③，答曰："意谓乃不如微云点缀。"太傅因戏谢曰："卿居心不净④，乃复强欲滓秽太清邪⑤！"

【注】

①司马太傅：即司马道子（364—403）。晋简文帝之子，孝武帝胞弟。孝武帝时领徐州刺史、太子太傅、都督中外诸军事，势倾天下。安帝时任侍中、太傅，与其子元显弄权朝廷，王恭、孙恩、桓玄先后起兵反抗，终为桓玄所杀。谥文孝。《晋书》卷64有传。

②都无：全无。纤翳：些微的阴翳。

③谢景重：即谢重。重字景重，晋陈郡阳夏（今河南太康）人。谢朗之子。官至司马道子骠骑长史。《晋书》卷79有传。

④居心：心地，存心。

⑤滓秽：玷污。太清：天空。

【译】

　　司马道子夜间在书斋闲坐，当时天空澄澈，月光明亮，一点儿阴翳也没有，道子感叹称妙。谢重在坐，回答说："我觉得不如有些云彩点缀更美。"道子于是调侃他说："你心地不洁净啊，竟然想要强行污染天空！"

【评鉴】

　　谢重认为"天月明净""不如微云点缀"，让人想起本门第二则徐孺子的言语，有人对徐孺子说："若令月中无物，当极明邪？"徐孺子说："不然。譬如人眼中有瞳子，无此，必不明。"两个人的言语都有一种情致和哲理。在这一则里，谢重和司马道子的对话开始也充满诗情画意，而司马道子"居心不净"的戏言，似乎又破坏了这种单纯的氛围。

言语99

王中郎甚爱张天锡①，问之曰："卿观过江诸人，经纬江左轨辙②，有何伟异③？后来之彦④，复何如中原？"张曰："研求幽邃⑤，自王、何以还⑥；因时修制，荀、乐之风⑦。"王曰："卿知见有余，何故为苻坚所制⑧？"答曰："阳消阴息，故天步屯蹇⑨，否剥成象⑩，岂足多讥？"

【注】

①王中郎：指王坦之。因其曾领北中郎将，故称。

②轨辙：车轮碾过的痕迹。引申指法度、规范。

③伟异：奇异，特异。

④彦：贤才，俊彦。

⑤幽邃：深奥（的道理）。

⑥王、何：指王弼与何晏。王弼（226—249），字辅嗣，三国魏河内山阳（今河南焦作）人。博通儒道，援老入儒，与何晏、夏侯玄等开魏晋玄学清谈之风，即所谓"正始之音"。事见《三国志·魏书·锺会传》注。

⑦荀、乐：指荀颛与乐广。荀颛（？—274），字景倩，晋初颍川颍阴（今河南许昌）人。荀彧之子。仕魏至司空。入晋，官至行太子太傅。《晋书》卷39有传。乐广，西晋时期名士。

⑧为苻坚所制：被苻坚制服。《晋书·张天锡传》："初，天锡所居安昌门及平章殿无故而崩，旬日而国亡。即位凡十三年。自轨为凉州，至天锡，凡九世，七十六年矣。苻坚先为天锡起宅，至，以为尚书，封归义侯。"

⑨天步屯蹇：谓国运艰难。语出《诗·小雅·白华》："天步艰难，之子不犹。"屯、蹇，皆《周易》卦名。其意皆艰难不顺。

⑩否剥成象：谓阻隔、割裂之卦象形成。否、剥均为《周易》卦名。否，闭塞；剥，割裂。

【译】

王坦之很喜欢张天锡，问他说："你观察来到江南的大臣，他们经营江东的规范，有什么特别出色的地方？后来的俊杰，比中原的人才怎么样？"张天锡说："研究推求幽深的玄学，继承了王弼、何晏的余韵；根据时势建立规章制度，则有荀颛、乐广的风貌。"王坦之问："你见识堪称高明，为什么又受制于苻坚？"张天锡回答说："阳道消融，阴道滋生，所以国势艰难，时运不顺，哪里值得过分批评？"

【评鉴】

张天锡善言辞，评论江东形势，大略中肯。而面对王坦之的问难，张天锡以《易经》的卦象回应时运不顺，也是妙语。考其本传，杀侄自立，荒淫无道。先降苻坚，再奔晋室，而凭借利口，周旋于孝武帝及司马元显左右，实在是一巧言佞色，毫无廉耻之徒。

言语100

　　谢景重女适王孝伯儿①，二门公甚相爱美②。谢为太傅长史③，被弹，王即取作长史，带晋陵郡④。太傅已构嫌孝伯⑤，不欲使其得谢，还取作咨议⑥，外示絷维⑦，而实以乖间之⑧。及孝伯败后⑨，太傅绕东府城行散⑩，僚属悉在南门要望候拜⑪，时谓谢曰："王宁异谋⑫，云是卿为其计。"谢曾无惧色，敛笏对曰⑬："乐彦辅有言⑭：'岂以五男易一女'。"太傅善其对，因举酒劝之曰："故自佳！故自佳！"

【注】

①谢景重：即谢重。王孝伯：即王恭。恭字孝伯。

②门公：家主。爱美：推重，亲爱。

③太傅：即司马道子。

④带：兼任。晋陵郡：晋置毗陵郡，后因避东海王世子司马毗之讳，改为晋陵。治所在丹徒县（今江苏镇江丹徒区），东晋移京口，后又移晋陵县（今江苏常州）。

⑤构嫌：结怨，成了仇家。

⑥咨议：晋于诸王府置咨议参军，以咨询谋议，省称为咨议。位在诸参军之上。

⑦絷维：本谓绊马足、系马缰，示留客之意。后以"絷维"指挽留人才。语出《诗·小雅·白驹》："皎皎白驹，食我场苗。絷之维之，以永今朝。"

⑧乖间：离间。

⑨孝伯败后：晋安帝隆安二年（398），王恭、殷仲堪、桓玄以讨王愉、司马

尚之为名起兵。后王恭部将刘牢之倒戈，王恭败死。

⑩东府城：司马道子的府第。唐李吉甫《元和郡县志·江南道·扬州》："东府城在县东七里，其地西则简文帝为会稽王时邸第，东则丞相会稽王道子府。谢安薨，道子代领扬州，仍前府舍，故称为东府，而谓扬州廨为西州。"行散：魏晋人喜服五石散，服后需缓步调适、疏导，谓之"行散"。

⑪要望候拜：等候迎拜。

⑫王宁：即王恭。其小字阿宁。

⑬敛笏：端正手板。以示恭敬。

⑭乐彦辅：即乐广。广字彦辅。

【译】

　　谢重的女儿嫁给王恭的儿子，两亲家翁互相推重。谢重为司马道子的长史，被弹劾，王恭即委任谢重为长史，兼作晋陵郡守。道子已经和王恭不和了，不想让王恭得到谢重，于是又让谢重作咨议参军。表面上像是网罗人才，而实际上是要离间王谢。到王恭败死后，司马道子绕东府城行散，部属全都在南门外等候迎拜。道子当时对谢重说："王恭造反，有人说是你的主意。"谢重一点也没有恐惧的神色，端正手板回答说："乐彦辅曾经说：'难道用五个儿子的性命去保全一个女子？'"道子觉得谢重的回答很有道理，于是举酒敬谢重说："非常好！非常好！"

【评鉴】

　　司马道子昏庸凡才，王恭已经败死，而犹耿耿于怀，当众而责问谢重，足见其愚蠢。谢重回答巧妙，于是又转而赞赏。此则是赞叹谢重的"言语"敏捷。

言语101

桓玄义兴还后①，见司马太傅，太傅已醉，坐上多客。问人云："桓温来欲作贼②，如何？"桓玄伏不得起。谢景重时为长史，举板答曰："故宣武公黜昏暗，登圣明，功超伊、霍③，纷纭之议④，裁之圣鉴。"太傅曰："我知，我知。"即举酒云："桓义兴，劝卿酒⑤！"桓出谢过⑥。

【注】

①桓玄：桓温之子。孝武帝太元末出补义兴太守，后弃官居江陵。晋安帝隆安二年（398），与南兖州刺史王恭、荆州刺史殷仲堪起兵，反对专擅朝政的会稽王司马道子及其子司马元显。义兴：郡名。晋怀帝永嘉四年置。治所在阳羡（今江苏宜兴）。

②来：晚来。作贼：造反。

③伊、霍：伊尹和霍光。伊尹，商汤大臣，名伊，尹是官名。相传生于伊水，故名。后助汤伐夏桀，被尊为阿衡。后太甲即位，因荒淫失度，被伊尹放逐到桐宫，三年后迎之复位。霍光（？—前68），字子孟，东汉河东平阳（今山西临汾）人。霍去病异母弟。昭帝时封博陆侯，总揽朝政。昭帝崩，迎立昌邑王刘贺，不久以其淫乱废之，更立宣帝。卒谥宣成。《汉书》卷68有传。

④纷纭：杂乱的样子。

⑤劝：向……祝酒。

⑥谢过：犹言谢罪。检讨自己的过失。

【译】

桓玄从义兴任上回来，去拜见司马道子，道子当时已经醉了，在座有不少客人。问身边的人说："桓温晚年是要造反，到底怎么回事？"桓玄吓得趴在地上，不敢起来。谢重当时作长史，举起手板回答说："已故的宣武公（指桓温）废黜昏君，拥立圣明君主，功劳超过伊尹、霍光，那些乱七八糟的议论，还是要请明公裁断。"道子说："我知道，我知道。"当即举酒敬桓玄说："桓义兴，敬您酒！"桓玄赶忙起身谢罪。

【评鉴】

此则言语，主要彰扬谢重善解纠纷。桓温晚年的确有问鼎之举，司马道子醉后当众倡言桓温晚年要造反，当时的情形十分危急，桓玄恐惧不知如何应对。稍有不慎，也许会被司马道子醉中诛杀。谢重说桓温"黜昏暗，登圣明"，让情势急转直下。要知道，桓温废海西而立简文，简文为司马道子之父。简文死，其第三子司马曜继位，即孝武帝，道子为孝武帝之弟。当时孝武宠任司马道子。称简文为圣明，就是颂扬司马道子之父，故司马道子的态度立马转变，不仅不再责问桓玄，反而敬酒，由此也可见司马道子的昏愦。

言语102

宣武移镇南州①，制街衢平直。人谓王东亭曰②："丞相初营建康③，无所因承④，而制置纡曲⑤，方此为劣⑥。"东亭曰："此丞相乃所以为巧。江左地促，不如中国。若使阡陌条畅⑦，则一览而尽；故纡余委曲⑧，若不可测。"

【注】

①宣武：指桓温。温谥号"宣武侯"。移镇：指迁移治所。《晋书·桓温传》："简
　　文帝时辅政，会温于洌洲，议征讨事，温移镇姑孰。会哀帝崩，事遂寝。"
　　南州：指姑孰。即今安徽当涂。因其在都城之南，故称。

②王东亭：即王珣（349—400）。珣字元琳，小字法护、阿瓜，晋琅邪临沂
　　（今山东临沂）人。王洽之子。初为桓温主簿，以从讨袁真封东亭侯。累迁
　　尚书右仆射、左仆射，领吏部等。安帝时迁尚书令，官至散骑常侍。《晋书》
　　卷65有传。

③建康：今江苏南京。为东晋首都。

④因承：因袭继承。

⑤制置：规制，设置。纡曲：曲折盘错。

⑥方：比。

⑦条畅：通畅，畅达。

⑧纡余：曲折的样子。委曲：宛转曲折。

【译】

　　桓温将治所迁到姑孰，修整街道既平且直。有人对王珣说："王丞
相当初营修建康的时候，没有可以仿效继承的，设置得曲折盘错，比
较起姑孰的道路就差了。"王珣说："这就是丞相巧妙的地方。江东土
地狭窄，不如中原地区。假如让道路平直通畅，就一眼望到尽头了；
把道路修得曲折的原因，是让人觉得深不可测。"

【评鉴】

　　别人当着王珣（王珣为王导孙、王洽子）的面捧桓温而贬王导，

王珣身为桓温主簿，不为势利左右，机智辩说，言语得体，维护了其祖王导也即王家的声誉。王珣说出了一个重要的观点，就是营建城市要因地制宜，不能千篇一律。

言语103

桓玄诣殷荆州①，殷在妾房昼眠，左右辞不之通。桓后言及此事，殷云："初不眠②，纵有此，岂不以'贤贤易色'也③！"

【注】

①殷荆州：即殷仲堪。因其曾为荆州刺史，故称。

②初：本来，原来。

③贤贤易色：谓用尊贤的行为取代好色。语出《论语·学而》："子夏曰：'贤贤易色。'"贤贤，尊敬贤士。这里指招待桓玄，把桓玄比成"贤士"。易，改换。

【译】

桓玄去见殷仲堪，殷仲堪白天在侍妾房中睡觉，侍从们推辞不通报。桓玄后来说到这件事，殷仲堪说："本来没睡觉，即便是这样，难道不能用'尊贤代替好色'吗！"

【评鉴】

殷仲堪引《论语》，既趣而妙，同时也高推了桓玄，让对方心里舒畅。殷仲堪为清谈名流，名不虚传。虽然殷仲堪才能尚不足为方伯之任，最后败死于桓玄，但其识见也多有可取者。

言语104

桓玄问羊孚①："何以共重吴声②？"羊曰："当以其妖而浮。"

【注】

①羊孚：字子道，晋泰山南城（今山东新泰）人。羊绥之子。历仕太学博士、州别驾、太尉参军。

②吴声：吴地的歌曲。

【译】

桓玄问羊孚："为什么大家都喜欢吴歌？"羊孚回答说："应该是因为吴歌柔媚而轻灵。"

【评鉴】

《颜氏家训·音辞》说："南方水土和柔，其音清举而切诣，失在浮浅，其辞多鄙俗；北方山川深厚，其音沉浊而𬭬钝，得其质直，其辞多古语。"吴语轻盈缠绵，令人悦怡，所谓"醉里吴音相媚好"，而且吴歌多咏唱男女情爱，与生活更为贴近。羊孚云"妖而浮"或者就是此意。

言语105

谢混问羊孚①："何以器举瑚琏②？"羊曰："故当以为接神之器③。"

【注】

①谢混（？—412）：字叔源，小字益寿，谢安孙，谢琰少子。少以文学知名，袭爵望蔡县公，尚晋陵公主。历任中书令、中领军，累迁尚书左仆射。后以党附刘毅，坐罪赐死。《晋书》卷79有传。按，谢混之名当读作混（gǔn），出自《孟子·离娄下》："源泉混混，不舍昼夜。"

②瑚琏：皆宗庙礼器。用以比喻治国安邦的人才。语出《论语·公冶长》："子贡问曰：'赐也何如？'子曰：'女，器也。'曰：'何器也？'曰：'瑚琏也。'"

③接神：迎接神祇。

【译】

　　谢混问羊孚："为什么用瑚琏来比况人才？"羊孚回答说："因为瑚琏是迎神的礼器。"

【评鉴】

　　谢混针对《论语》而发问，羊孚回答的意思是：古代重祭祀，瑚琏是宗庙的礼器，是用来迎接神灵的，自然神圣而宝贵，由此引申为不可或缺的重要人才。以羊孚的回答，验之子贡平生，羊孚的解释的确符合孔子对子贡的评价。《史记·孔子弟子列传》对子贡平生有详细的记载，也倾注了敬慕之情，其文有云："故子贡一出，存鲁、乱齐、破吴、强晋而霸越。子贡一使，使势相破，十年之中，五国各有变。"

言语106

　　桓玄既篡位后①，御床微陷，群臣失色。侍中殷仲文进曰②：

"当由圣德渊重③，厚地所以不能载④。"时人善之。

【注】

①桓玄：晋安帝元兴二年（403）废晋称帝，国号楚。年号永始。

②殷仲文（？—407）：晋陈郡长平（今河南西华）人。殷颛弟，桓玄姐夫。

　桓玄平京师，仲文弃新安太守任投之，为侍中、领左卫将军，总领诏命。

　及桓玄败，仲文转投朝廷。后以谋反被诛。《晋书》卷99有传。

③渊重：深重，厚重。

④厚地：指大地。

【译】

　　桓玄已经篡了位，御座微微下沉，臣僚们都惊惶失色。侍中殷仲文进言说："应该是因为陛下圣德深沉厚重，大地已经承载不起了。"当时人都觉得殷仲文很会说话。

【评鉴】

　　李慈铭在《世说新语简端记》中对殷仲文大加挞伐，认为殷仲文谄佞无耻，无以复加。"案，此学裴楷'天得一以清'之言，而取媚无稽，流为狂悖。晋武帝受禅，至惠而衰，得一之征，实为显著。灵宝篡逆，覆载不容，仲文晋臣，谬称名士。而既弃朝廷所授之郡，复忘其兄仲堪之仇。蒙面丧心，敢诬厚地。犬彘不食，无忌小人。临川之简编，夸其言语，无识甚矣！"诚然，殷仲文的话确实是阿谀之词，但也不必苛责刘义庆"无识"。《世说》本身出自众手，在内容的归类和剪裁上难免有其不足，此则即是。从另外的角度说，《世说》"言语"

门，也不是全属于正面的肯定，有时只是为了表现所记对象语言的机巧。不必深怪。

言语107

桓玄既篡位，将改置直馆①，问左右："虎贲中郎省应在何处②？"有人答曰："无省。"当时殊忤旨。问："何以知无？"答曰："潘岳《秋兴赋叙》曰③：'余兼虎贲中郎将，寓直散骑之省④。'"玄咨嗟称善。

【注】

①直馆：即值馆。值班的官署。

②虎贲中郎省：虎贲中郎的官署。虎贲中郎，侍卫官名，护卫国君与王宫。汉平帝时改为虎贲中郎将，领虎贲郎，主宿卫。省，中央官署名。

③潘岳（247—300）：字安仁，晋荥阳中牟（今河南鹤壁）人。少以才颖见称，乡邑号为奇童。累官至黄门侍郎，故称潘黄门。潘岳轻躁趋利，谄事贾谧，居"二十四友"之首。及赵王司马伦篡位，潘岳与孙秀有旧怨，孙秀诬以谋反，诛之。《晋书》卷55有传。

④寓直：寄住在别的衙署值班。散骑："散骑侍郎"省称，官名。三国魏初与散骑常侍同置，为皇帝侍从官。

【译】

桓玄篡位称帝后，准备重新安排值宿的馆舍，问左右臣子："虎贲中郎省应该在哪个位置？"有人回答说："没有专门的馆舍。"当时很不合桓玄的旨意。桓玄问："凭什么说没有？"那人回答说："潘岳《秋兴赋叙》说：'余兼虎贲中郎将，寓直散骑之省。'"桓玄感叹叫好。

【评鉴】

根据刘孝标注，此则中的"有人"指刘简之，从刘的回答足见其知识储备丰富，博闻强记。桓玄本来也是饱学之士，故对刘简之从心底佩服而"咨嗟称善"。

言语108

谢灵运好戴曲柄笠①，孔隐士谓曰②："卿欲希心高远，何不能遗曲盖之貌③？"谢答曰："将不畏影者未能忘怀④？"

【注】

①谢灵运：名公义（385—433），字灵运，小名客儿，刘宋阳夏（今河南太康）人。谢玄之孙。袭爵康乐公，世称"谢康乐"。幼颖悟，博览群书，工诗善文。其诗与颜延之齐名，并称"颜谢"。初仕晋，入宋，为散骑常侍。少帝即位，出为永嘉太守，无心政务，肆意遨游。文帝即位，复征为秘书监。后以"反叛"之名，弃市广州。《宋书》卷67、《南史》卷19有传。曲柄笠：类似曲盖的斗笠。

②孔隐士：指孔淳之（372—430）。淳之字彦深，刘宋鲁郡鲁（今山东曲阜）人。少有高尚，朝廷屡征不就。《宋书》卷93有传。

③曲盖：仪仗用的曲柄伞。晋崔豹《古今注·舆服》："曲盖，太公所作也。武王伐纣，大风折盖，太公因折盖之形而制曲盖焉。"

④将不：表示测度。犹言莫非，恐怕。畏影：典出《庄子·渔父》："人有畏影恶迹而去之走者，举足愈数而迹愈多，走愈疾而影不离，自以尚迟，疾走不休，绝力而死。不知处阴以休影，处静以息迹，愚亦甚矣！"

【译】

　　谢灵运喜欢戴曲柄的笠帽，孔淳之对他说："你要想心存高远，怎么能不丢掉这貌似官员车盖的斗笠？"谢灵运回答说："这恐怕是庄子说的害怕影子的人总是忘不掉影子吧？"

【评鉴】

　　孔淳之本是讥讽谢灵运口是心非，谢灵运的回答是讥讽对方凝滞于物，意思是说假如心中澄净，又何必在意外物的形式。谢灵运能言，不逊其祖谢玄的风采。然而后来，谢灵运果然未能忘情于世事，而孔淳之拒绝征聘，隐居上虞山。

在清谈至上的时代，总有人脚踏实地

政事第三

政事，偏正式双音词，关于施政与治理之类的事务。"政事"为"孔门四科"之一，排次第三，《论语·先进》："政事：冉有、季路。"且《论语》第二章即"为政"。修齐治平，学而优则仕，从来是儒家读书人的人生目标。虽曰穷则独善其身，达则兼济天下，但读书人努力的目标多为兼济，也就是要从政，要当官，要为国家做出贡献。"独善"往往是不得已而为之的。所以，孔子一生都在追求出仕，不讳言三日不见君王就惶惶不安，而从仕获得俸禄也理直气壮，"吾岂匏瓜也哉？焉能系而不食？"更是对追求"禄仕"的生动诠释。

本门凡二十六则，除前边八则外，其他都是晋室南渡后东晋王朝的官僚们执政的遗事。前三则是对陈寔为政强调忠孝、重视亲情、因人施教的肯定。再后贺劭不鸣则已，一鸣惊人；山涛知人善任；都体现了他们出色的政务能力。东晋时王导的通融圆和，以愦愦昏昏平衡政局；谢安以宽容遁逃而安民；王濛欲以和静致治；虽然与魏晋而下崇尚老庄无为而治的风气有一定关系，但主要还是东晋王朝处于风雨飘摇中的无奈之举。至于陶侃的勤于公事，何充的诋讥清谈，都不过是日落黄昏时的一抹亮色而已，又岂能回狂澜于既倒。

政事1

陈仲弓为太丘长①，时吏有诈称母病求假，事觉②，收之，令吏杀焉。主簿请付狱考众奸③，仲弓曰："欺君不忠，病母不孝，不忠不孝，其罪莫大。考求众奸④，岂复过此！"

【注】

①陈仲弓：即陈寔。寔字仲弓，东汉末名士。太丘：东汉县名。属沛国。故址在今河南永城西北。

②觉：发觉，败露。

③主簿：郡县属吏。主簿籍文书掌印玺之类。考：讯问，考问。

④考求：考察，探究。

【译】

陈寔做太丘县令，当时有一个小吏撒谎说母亲生病请假，事情败露，小吏被拘捕，陈寔叫主管官吏将小吏处死。主簿请求交付法官追究其他罪行，陈寔说："欺君是不忠，撒谎说母亲生病是不孝，不忠不孝，没有什么比这个罪更大的了。追究其他罪行，哪有比这些更大的！"

【评鉴】

在中国古代，极为讲究孝道，上至天子，下至百姓，皆被要求奉行不息。《孝经》中《孝治》章有："子曰：'昔者明王之以孝治天下也。'"《庶人》章又说："自天子至于庶人，孝无终始，而患不及者，未之有也。"后世又有"万恶淫为首，百善孝为先"的箴言。

此则陈寔以忠孝要求下属，当然是正理，但是刑杀谎称母病而求假的人，却又太过分了。作为长官，虽然要凭此而立威刑，有杀一儆百的效果，但使被杀者的母亲既要承受丧子之痛，而又失去了被供养的资源，孰得孰失，恐当三思。

政事2

陈仲弓为太丘长，有劫贼杀财主[①]，主者捕之。未至发所[②]，道闻民有在草不起子者[③]，回车往治之。主簿曰："贼大，宜先按讨[④]。"仲弓曰："盗杀财主，何如骨肉相残[⑤]？"

【注】

①贼杀：残杀，谋杀。财主：财物的主人。

②发所：（事件）发生的地点。

③在草：孕妇产子。不起子：不养育。

④按讨：查验惩治。

⑤何如：哪里比得过。

【译】

陈寔任太丘县令，有强盗残杀财主，主管治安的官吏捕获了强盗。还没到事发的地点，半路上听说有产小孩而弃养的，就掉转车头去处理。主簿说："杀人的罪更大，应该先处置这事。"陈寔说："强盗劫财杀了人，哪里比骨肉都要残杀罪更重？"

【评鉴】

《后汉书·党锢传》记载贾彪事与此略同。刘孝标怀疑此本是贾彪事。余嘉锡怀疑这是陈氏子孙为了美化祖先故移花接木在了陈寔头上。

古代民生艰难，家境穷困者，以及灾荒年间，多有弃养婴儿之事。此事不管是贾彪还是陈寔之行，都值得肯定，这是正人伦、纠恶俗的必要措施。亲生骨肉尚可以残害，还有什么坏事是不可以做的？不过，作为地方长官，严刑峻法固然能震慑地方，但如不从根本上解决民生的艰难，如上的行为也不过是治标而已。遭遇饥荒后，倘若政府能予以赈济，开辟物源，防患于未然，惨剧本来是可以避免的。所以，这一则故事虽然值得肯定，但同时也应当引起我们的深思。

政事3

陈元方年十一时①，候袁公②。袁公问曰："贤家君在太丘，远近称之，何所履行③？"元方曰："老父在太丘，强者绥之以德④，弱者抚之以仁，恣其所安，久而益敬。"袁公曰："孤往者尝为邺令⑤，正行此事。不知卿家君法孤，孤法卿父？"元方曰："周公、孔子，异世而出，周旋动静⑥，万里如一。周公不师孔子，孔子亦不师周公。"

【注】

①陈元方：即陈纪。纪字元方，陈寔之子。

②袁公：不详。或言即袁绍。俟考。

③履行：实行，实施。犹言为政举措。

④绥：安抚，感化。

⑤孤：王侯自称。邺令：邺县的县令。邺县，东汉属魏郡，为冀州州治及魏郡郡治所在。故址在今河北临漳西南邺镇东。

⑥周旋：活动，施为。动静：行为，行动。

【译】

　　陈纪十一岁时，去拜候袁公。袁公问他："你贤能的父亲做太丘县令，无论远近的人都称赞他，他有些什么出色的举措？"陈纪回答说："家父在太丘，对于强者用德行去安定感化，对于弱者用仁爱去抚慰关怀，使他们都能安适，时间长了人们都更尊敬家父。"袁公说："我从前曾经做过邺县县令，就是这样做的。不知道是你父亲学我，还是我学你父亲？"陈纪说："周公、孔子出生在不同的时代，他们的行为举措，虽相隔遥远，但都是一模一样。周公不学孔子，孔子也不学周公。"

【评鉴】

　　以德行去感化强者，以仁爱去安抚弱者，强者自然归心，百姓翕然向化。这是治理国家的必要措施。孔子的主张、周公的举措皆然，无不是以人为本，得人心才能得天下。《孟子·离娄下》："君之视臣如手足，则臣视君如腹心。君之视臣如犬马，则臣视君如国人。君之视臣如土芥，则臣视君如寇仇。"说的就是这个道理。陈纪的回答深合治理之道。

政事4

　　贺太傅作吴郡[1]，初不出门，吴中诸强族轻之，乃题府门云："会稽鸡，不能啼。"贺闻，故出行，至门反顾，索笔足之曰："不可啼，杀吴儿。"于是至诸屯邸[2]，检校诸顾、陆役使官兵及藏逋亡[3]，悉以事言上，罪者甚众。陆抗时为江陵都督[4]，故下请孙皓[5]，然后得释。

【注】

①贺太傅：指贺劭（226—274）。劭字兴伯，三国吴会稽山阴（今浙江绍兴）人。孙休即位，从中郎为散骑中常侍，出为吴郡太守。孙皓时，领太子太傅。孙皓凶暴骄矜，贺劭上书极谏，招致孙皓的忌恨，最终被孙皓杀害。《三国志》卷68有传。

②屯邸：庄园。

③检校诸顾、陆：谓查检吴中大姓如顾家、陆家的种种劣迹。

④陆抗（226—274）：字幼节，三国吴郡吴（今江苏苏州）人。陆逊之子，陆机之父。起家建威校尉，至奋威将军。孙皓即位，任镇军大将军，遥领益州牧。后累迁至大司马，荆州牧。《三国志》卷58有传。江陵：南郡治所，在今湖北荆州。

⑤孙皓：三国吴最后一帝，孙权孙，孙和之子。

【译】

　　贺劭做吴郡太守，才上任时连门也不出，吴中的豪强家族都很小看他，有人在官府的大门上题字："会稽鸡，不能啼。"贺劭听说后，就出行，到府门口回头看，要了一枝笔补了六个字在后边："不可啼，杀吴儿。"于是到吴中豪强的庄园巡查，核查顾家、陆家那些大族役使官兵、藏匿逃亡农户等犯罪行径，把全部情况报给朝廷，应该判罪的很多。陆抗当时做江陵都督，专程下行到都城去向孙皓求情，才得以赦免。

【评鉴】

为政之道，贺劭可谓老辣。后发制人，令对手措手不及。不鸣则已，一鸣惊人。清理顾、陆等豪强，就是擒贼擒王之意。至于"藏逋亡"之事，余嘉锡笺："藏逋亡者，丧乱之时，赋繁役重，人多离其本土，逃亡在外，辄为势家所藏匿，官不敢问。"这是当时的客观现状。从这则故事，也多少能看出吴国政治方面的不如人意，势家大族肆意妄行，国家政令不能贯彻实施。作为吴国的柱石陆抗，也不能正己型人，而是求皇帝容忍违法的行为，后来西晋伐吴，摧枯拉朽，"王濬楼船下益州，金陵王气黯然收"，这是吴国本身早已从内部腐朽了啊。

政事5

山公以器重朝望①，年逾七十，犹知管时任②。贵胜年少若和、裴、王之徒，并共宗咏③。有署阁柱曰："阁东有大牛，和峤鞅④，裴楷鞧⑤，王济剔嬲不得休⑥。"或云潘尼作之⑦。

【注】

①山公：指山涛。西晋大臣。朝望：朝廷中的声望。

②知管：犹言掌管。时任：指朝政大事。

③"贵胜年少若和、裴、王之徒"二句：谓世家子弟都推崇颂扬山涛。贵胜，显贵而负盛名者。此指世家子弟而居高位的官员。宗咏，推尊咏颂。

④和峤：字长舆。西晋官吏。鞅（yāng）：拉车的牲口脖子上套的皮套子。

⑤裴楷：字叔则。博涉群书，美仪容。鞦（qiū）：套车时拴在牲口股后的皮带。

⑥王济：字武子。少有逸才，长于清言。剔嬲（niǎo）：纠缠搅扰。

⑦潘尼（250？—311？）：字正叔，晋荥阳中牟（今河南中牟）人。潘岳从子。少有高才，与叔父潘岳俱以文章见称。武帝时为太常博士，怀帝永嘉中迁太常卿。后刘聪作乱，潘尼携家眷归中牟，为乱军所阻，病卒于坞壁。《晋书》卷55有传。

【译】

　　山涛因为是朝廷重臣，众望所归，年纪过了七十，还主持朝廷政事。世家子弟如和峤、裴楷、王济这些年轻官员，都一起推崇颂扬他。有人在阁门柱子上题字说："阁东有大牛，和峤鞅，裴楷鞦，王济剔嬲不得休。"有人说是潘尼写的。

【评鉴】

　　王隐《晋书》也记载了此谣，明确说是潘岳所作："初，涛领吏部，潘岳内非之，密为作谣曰：'……'"潘岳为贾氏之党，贾党与山涛本不相能，潘岳因山涛主选而不得志，故有讥讽之言。山涛主持朝政，是以其声誉甚高，朝廷借其名声而已。就实情言，朝廷大事并非山涛能够完全左右，和峤为武帝信重，为中书令，裴楷亦是武帝信任的重臣，王济是文帝女婿，山涛主选，不免被这类贵戚幸臣所左右，有时犹如被羁绊不得自由的大牛，此谣所讽，一定程度上算是传神写照。不过，《晋书》山涛本传却记载："前后选举，周遍内外，而并得其才。"潘岳题谣，并不光明磊落，不过是泄私愤而已。潘岳多才，其人品却很不好。金元好问《论诗绝句》说："心画心声总失真，文章宁复见为人。高情千古《闲居赋》，争信安仁拜路尘。"

政事6

　　贾充初定律令[①]，与羊祜共咨太傅郑冲[②]。冲曰："皋陶严明之旨[③]，非仆暗懦所探[④]。"羊曰："上意欲令小加弘润[⑤]。"冲乃粗下意[⑥]。

【注】

①贾充（217—282）：字公闾，平阳襄陵（今山西襄汾）人。初仕魏，任司马氏属下右长史，西晋初仕至太尉。主持删革刑书，与裴楷等共定《泰始律》。其女贾南风为太子司马衷妃。封临颍侯、鲁郡公，死后追赠太宰。《晋书》卷40有传。

②羊祜：字叔子。博学善文。郑冲（？—274）：字文和，荥阳开封（今河南开封）人。仕魏拜司徒、太保等，封寿光侯。西晋建立，拜太傅，进爵寿光公。卒，谥成。《晋书》卷33有传。

③皋陶：舜臣名，掌刑宪。

④暗懦：糊涂懦弱。

⑤弘润：补充润色。

⑥下意：发表意见。

【译】

　　贾充当初制定律令，和羊祜一起去咨询太傅郑冲。郑冲说："皋陶制定律令时的严肃公正之旨，不是我这样糊涂懦弱的人能够探究的。"羊祜说："上头的意思是请你稍微做一些补充润色。"郑冲这才大略说了自己的意见。

【评鉴】

　　郑冲出身寒微，初为魏文帝文学，后受大将军曹爽重用，而贾充、羊祜为司马氏心腹，故郑冲才会推辞。这一则主要表现羊祜善于处理复杂的关系。

政事7

　　山司徒前后选①，殆周遍百官，举无失才。凡所题目②，皆如其言；唯用陆亮③，是诏所用，与公意异，争之，不从。亮亦寻为贿败。

【注】

①山司徒：指山涛。山涛曾任司徒，故称。前后选：前后两次主持选举事。

②题目：品评鉴定。

③陆亮：字长兴，河内野王（今河南沁阳）人。太常陆乂之兄。为贾充所亲待。

【译】

　　山涛先后两次主持选举事，几乎遍及百官，被推举的人都很称职。凡是他品评的，实绩无不吻合；只有陆亮的任职，是皇帝亲自安排的，本与山涛的意见不同，山涛曾经力争陆亮不可用，武帝不答应。陆亮不久就因为受贿而罢官。

【评鉴】

此则故事足见山涛主选有知人之明，能人尽其才，唯一非山涛所选，而武帝坚持要用的陆亮最终还是出了问题。这个反面的例子更证明了山涛主选的眼光敏锐，识鉴过人。他不只是居选职时如此，在地方做官，也注意荐拔人才，《晋书·山涛传》记载："出为冀州刺史，加宁远将军。冀州俗薄，无相推毂。涛甄拔隐屈，搜访贤才，旌命三十余人，皆显名当时。人怀慕尚，风俗颇革。"

政事8

嵇康被诛后，山公举康子绍为秘书丞①。绍咨公出处②，公曰："为君思之久矣。天地四时，犹有消息③，而况人乎！"

【注】

①绍：即嵇绍。嵇康长子。

②出处：出仕和隐居。

③消息：消长变化。陈寅恪《陶渊明之思想与清谈之关系》："天地四时即所谓自然也。犹有消息者，即有阴晴寒暑之变易也。出仕司马氏，所以成其名教之分义，即当日何曾之流所谓名教也。自然既有变易，则人亦宜仿效其变易，改节易操，出仕父仇矣。斯实名教与自然相同之妙谛，而此老安身立命一生受用之秘诀也。"

【译】

嵇康被杀后，山涛举荐嵇康的儿子嵇绍为秘书丞。嵇绍向山涛请教出仕与隐居的道理，山涛说："我为你思考很久了。天地以及春夏秋冬四季，还有消长变化，何况是人呢？"

【评鉴】

清顾炎武对此事义愤填膺，认为父仇国恨都能忘，置古今忠臣孝子于何处！作为明王朝的遗民，顾炎武的看法可以理解。至于山涛，本是一向颇受争议的人物，如孙绰就鄙视山涛，他对别人说："山涛吾所不解，吏非吏，隐非隐。若以元礼门为龙津，则当点额暴鳞矣。"（《晋书·孙绰传》）当然，如果就人生立功立事、兼济天下考虑，山涛举荐嵇绍以及对嵇绍的说辞也未必就错了！再清明的王朝，也会有不尽如人意处，多一些能干的臣子，就会对社会起到促进的作用。明白这个道理，也就不会惊异战国时赵威后为何会痛恨於陵子仲了："於陵子仲尚存乎？是其为人也，上不臣于王，下不治其家，中不索交诸侯。此率民而出于无用者，何为至今不杀乎？"（《战国策·齐策》）嵇绍出仕，成了晋朝忠臣，激励了后世多少仁人志士，文天祥《正气歌》云："时穷节乃见，一一垂丹青。在齐太史简，在晋董狐笔，在秦张良椎，在汉苏武节。为严将军头，为嵇侍中血，为张睢阳齿，为颜常山舌。"嵇绍的出仕，颇与诸葛恢类似。诸葛恢祖诸葛诞尽忠曹魏，为司马氏所杀，父奔吴国，吴平后终身不出，而诸葛恢为元帝佐命名臣之一，大立事功，拜将封侯，此就是山公所谓"天地四时，犹有消息"的道理，也是孔子主张的实践。《论语·宪问》："子贡曰：'管仲非仁者与？桓公杀公子纠，不能死，又相之。'子曰：'管仲相桓公，霸诸侯，一匡天下，民到于今受其赐。微管仲，吾其被发左衽矣。岂若匹夫匹妇之为谅也，自经于沟渎而莫之知也。'"

政事9

王安期为东海郡①，小吏盗池中鱼，纲纪推之②。王曰："文王之囿，与众共之③。池鱼复何足惜！"

【注】

①王安期：即王承（275—320）。承字安期，晋太原晋阳（今山西太原）人。王湛子，王述父。西晋时至东海太守，南渡后为元帝镇东府从事中郎。《晋书》卷75有传。东海郡：汉置，魏晋因之。郡治在郯（今山东郯城）。

②纲纪：即公府及州郡主簿。《文选·傅亮〈为宋公修张良庙教〉》："纲纪：夫盛德不泯，义存祀典。"唐李善注："纲纪，谓主簿也。教，主簿宣之，故曰纲纪，犹今诏书称门下也。"

③"文王之囿"二句：《孟子·梁惠王下》："文王之囿方七十里，刍荛者往焉，雉兔者往焉，与民同之。民以为小，不亦宜乎！"

【译】

王承任东海郡太守时，有一个小吏偷盗了官池中的鱼，主簿查究这事。王承说："过去周文王的园囿，尚且和百姓一起享用，官池中的鱼哪值得吝惜！"

【评鉴】

王承为渡江名臣，《晋书》其本传言"渡江名臣王导、卫玠、周颉、庾亮之徒皆出其下，为中兴第一"。再，王承对国土半壁沦陷，恢复无望深感惆怅，其本传记载："至下邳，登山北望，叹曰：'人言愁，我始欲愁矣。'"南京胜棋楼有一副晚清黄体芳的集句名联："人言为信，我始欲愁，仔细思量，风吹皱一池春水；胜固欣然，败亦可喜，如何结局，浪淘尽千古英雄。"似谈对联者，皆将"人言为信，我始欲愁"归到了清词人纳兰性德名下，不知纳兰用的是王承语。

政事10

王安期作东海郡，吏录一犯夜人来①。王问："何处来？"云："从师家受书还，不觉日晚。"王曰："鞭挞宁越以立威名②，恐非致理之本③！"使吏送令归家。

【注】

①录：拘捕，捉拿。犯夜：违禁夜行。

②宁越：战国时中牟（今河南鹤壁）人。《吕氏春秋·博志》云："宁越，中牟之鄙人也。苦耕稼之劳，谓其友曰：'何为而可以免此苦也？'其友曰：'莫如学。学三十岁则可以达矣。'宁越曰：'请以十五岁。人将休，吾将不敢休；人将卧，吾将不敢卧。'十五岁而周威公师之。"后以宁越喻指勤学苦读之人。

③致理：本作"致治"，唐人避高宗李治讳改。致治，达到理想的社会面貌。

【译】

　　王承任东海郡太守时，官吏捉拿了一个违反宵禁令的人来。王承问："你从哪里来？"那人回答说："到老师家去听讲回来，没想到天晚了。"王承说："鞭打处罚宁越这样的人来树立威名，恐怕不是达到治理的根本办法。"于是叫官吏把这人送归家中。

【评鉴】

　　王承为政通权达变，不泥教条，对勤于学问的书生，能法外开恩，大可嘉尚。史称其为中兴名臣第一，当之无愧。尤其是在当时虚谈废务、浮言妨要的社会习尚下，王承"言理辩物，但明其指要，而不饰文辞，有识者服其约而能通"（《晋书·王承传》）。难怪东海王司马越会称赞其为"人伦之表"（《赏誉》34）。

政事11

　　成帝在石头①，任让在帝前戮侍中锺雅、右卫将军刘超②。帝泣曰："还我侍中！"让不奉诏，遂斩超、雅。事平之后，陶公与让有旧③，欲宥之。许柳儿思妣者至佳④，诸公欲全之。若全思妣，则不得不为陶全让。于是欲并宥之。事奏，帝曰："让是杀我侍中者，不可宥！"诸公以少主不可违，并斩二人。

【注】

　　①成帝：即司马衍。在位十七年。庙号显宗。咸和二年（327），苏峻、祖约反，攻入建康，将成帝劫持至石头城。石头：城名。故址在今南京石头

山后。

②任让（？—329）：晋乐安（今山东博兴）人。为苏峻参军、司马，助峻起事。事平伏诛。锺雅：字彦胄。东海王司马越参军，迁尚书郎。南渡后，元帝以为丞相记事参军，转尚书右丞。后累迁至侍中。《晋书》卷70有传。右卫将军：晋官名。晋武帝始置，为六军统帅之一。刘超：字世瑜，晋琅邪临沂（今山东临沂）人。元帝拜安东上将军，以讨王敦、钱凤功封零陵伯，出为义兴太守。苏峻反，被害。追赠卫尉，谥忠。《晋书》卷70有传。

③陶公：指陶侃。侃封长沙郡公，故称。

④许柳（？—329）：字季祖，晋高阳（今河北高阳东）人。许允孙。苏峻以诛庾亮为名起兵，许柳率军相从。及陷建康，苏峻挟持成帝，以许柳为丹阳尹。后事败伏诛。思妣：即许永（？—329）。字思妣。与父亲同时被杀。

【译】

　　晋成帝被苏峻劫持在石头城时，任让在成帝面前要杀侍中锺雅、右卫将军刘超。成帝哭着说："还我侍中！"任让不听，把刘超和锺雅都杀了。苏峻变乱平息，陶侃和任让有旧交情，要想宽赦任让。许柳的儿子思妣非常优秀，朝中大臣都想保全思妣。如果赦免思妣，就不得不因为陶公的缘故赦免任让。于是打算一起赦免。意见上奏给成帝，成帝说："任让是杀我侍中的人，不能赦免！"大臣们觉得不能违背年轻皇帝的意见，就把两人都杀了。

【评鉴】

　　许柳是祖逖的儿子祖涣的女婿，苏峻造反时，祖约起兵应合苏峻，派遣许柳带兵与苏峻会集。苏峻失败了，许家也将被族诛。许柳的儿子许思妣很优秀，而且应该是没有参加叛乱的事，所以大臣们想保护他（思妣未见有文献记载。待考）。结果因为处在矛盾的夹缝之中而被杀，冤哉！由此可见，个人在复杂的政治斗争中，往往身不由己，祸福荣辱很难以主观意志为转移。正如郭沫若先生译《鲁拜集》："人生不过是一套可怜的象棋，昼与夜便是一张棋局，任他走东走西或擒或杀，走罢后又——收归匣里。"人生的无奈有时就是这样。

政事12

王丞相拜扬州①，宾客数百人并加沾接②，人人有说色。唯有临海一客姓任及数胡人为未洽③。公因便还到过任边④，云："君出，临海便无复人⑤。"任大喜说⑥。因过胡人前，弹指云："兰阇⑦！兰阇！"群胡同笑，四坐并欢。

【注】

①王丞相：指王导。拜扬州：此谓王导做扬州刺史。

②沾接：接见，面谈。

③任：刘孝标以为此人是任颙，其余不详。洽：接洽，交流。

④因便：就便，趁便。到过：犹言到。

⑤临海：郡名。扬州属郡。三国吴会稽王太平二年（257）分会稽郡置。治所在今浙江临海。无复：犹言无，没有。复，后缀。

⑥喜说：同"喜悦"。说，后来写作"悦"。

⑦兰阇：梵语的记音，盖为赞誉之意。《朱子语类》卷136："兰奢，乃胡语之褒誉者也。"

【译】

　　王导拜扬州刺史，几百个宾客都受到亲切接见，人人都很高兴。只有一个临海籍姓任的客人和几个胡人没有交流。王导于是趁便走到任的身边，说："你出仕了，临海就不再有人才了。"任姓客人大喜开颜。又走到胡人面前，弹指说："兰阇！兰阇！"几个胡人一起笑起来，满座都洋溢着欢快。

【评鉴】

　　朱熹曾说："王导为相，只周旋人过一生。"（《朱子语类》卷136）形象而深刻。因为元帝本无恢复中原志向，故君臣都是苟安而已。为了维持支离破碎的政局，王导无时不察言观色，八面玲珑，使得人人愉悦，个个称好，求得暂时的稳定，真是难为他了。我们设想，王导如果遇见下一个临海人，必定也会说"君出，临海便无复人"的套话。由此想到一个小笑话，宋周辉《清波杂志·别志》卷一："世说州郡交符，燕集次，伶官至，呈口号，有'灾星去后福星来'之句。新政喜，问何人作，答曰：'乃本州自来体例。'"因为当时东晋偏安江左，立脚未稳，内忧外患，也是心有余而力不足，情或可恕。参下第十四条。

政事13

　　陆太尉诣王丞相咨事①，过后辄翻异②，王公怪其如此。后以问陆，陆曰："公长民短③，临时不知所言，既后觉其不可耳。"

【注】

①陆太尉：即陆玩（278—341）。字士瑶，吴郡吴（今江苏苏州）人。元帝引
　为丞相参军。苏峻反，陆玩与兄长陆晔一起守卫宫城，乱平后以功封兴平
　伯，转尚书令。后迁司空。卒赠太尉，谥康。《晋书》卷77有传。

②翻异：改变，推翻前定之事。

③民：陆玩自称。因为王导为扬州刺史，陆玩为吴郡人，吴郡为扬州所辖，则
　陆玩就属王导部民。

【译】

　　陆玩到王导那儿去禀报讨论政事，决定了的事过后就改变了，王
导奇怪陆玩为什么这样。后来王导问陆玩，陆玩回答说："您地位高我
地位低，临时想不到该怎么说，事后觉得不太合适罢了。"

【评鉴】

　　陆玩是江东名望，内心从不以王导为然，也不因他位尊而加以礼
让。如《排调》第十则当面调侃王导为"伧"，《方正》第二十四则王导
求婚，陆玩直接拒绝，云"不为乱伦之始"。此则所记是本已当面商定
的事，而陆玩事后翻异，王导感到奇怪，不可理解，责问陆玩，陆玩
于是有如上回答。至于所谓"公长民短"，只不过是陆玩为自己的行为
找借口罢了。明曹臣《舌华录》将此条放在"讥语"下，有一定的道理。

政事14

　　丞相尝夏月至石头看庾公①，庾公正料事②。丞相云："暑，可

小简之③。"庾公曰："公之遗事④，天下亦未以为允⑤。"

【注】

①丞相：指王导。夏月：夏季。石头：指石头城。庾公：指庾亮。东晋名臣、
　名士。

②料事：处理政务。

③小简之：稍微简单些。

④遗事：办事拖延，缓慢拖沓。

⑤允：允当，稳妥。

【译】

　　王导曾经暑天到石头城看望庾亮，庾亮正在处理政事。王导说：
"天热，可以稍微简单些。"庾亮说："您常常办事拖沓，天下人也认为
不十分妥当。"

【评鉴】

　　从此可见二人治事风格：王导无为而治，庾则簿书繁琐。宋沈作
喆《寓简》卷3："庾亮夏月料事，王导谓：'正暑，可小简之。'亮曰：
'公之遗事，天下亦未以为允。'陋哉斯言也！茂弘经营开国，正以简
静宽大得人心耳，汉曹相国之遗法也。而亮区区以簿书期会望之，谬
矣。"诚哉沈氏之言。当时江左局面，或许也只能用王导之举措。刘孝
标注引殷羡语"三捉三治，三休三败"，说王导执政则朝野太平，王导
罢政则朝廷事败，天下纷乱。基本是认同王导的。

政事15

丞相末年，略不复省事①，正封篆诺之②。自叹曰："人言我愦愦③，后人当思此愦愦。"

【注】

①省事：视事。谓处理政务。

②正：只，只是。封：封合，封存。篆：簿籍。特指文书。诺：画诺。表示许可。

③愦愦：昏乱，糊涂。

【译】

王导晚年时，几乎不管政事，只是签署文件画诺而已。自己叹息说："人们都说我糊涂，后来的人恐怕会思念我的糊涂。"

【评鉴】

对于王导的治政，从来便有争论，赞誉者以为情势使然，而批评者以为伤风败俗，王朝不振即祸源于此。

从当时的客观形势看，晋室南渡，立脚未稳，内忧外患，故只能宽容敷衍，息事宁人，求得南北士族间的平衡，自不敢为察察之政。有识者皆对王导的举措表示肯定。宋李清照有诗句云："南渡衣冠少王导，北来消息欠刘琨。"算是此种认知的代表。

政事16

陶公性检厉①，勤于事。作荆州时②，敕船官悉录锯木屑③，不限多少。咸不解此意。后正会④，值积雪始晴，听事前除雪后犹湿⑤，于是悉用木屑覆之，都无所妨⑥。官用竹，皆令录厚头⑦，积之如山。后桓宣武伐蜀⑧，装船，悉以作钉。又云，尝发所在竹篙⑨，有一官长连根取之，仍当足⑩。乃超两阶用之。

【注】

①陶公：指陶侃。陶侃被封长沙郡公，故称。检厉：节俭严厉。（依李慈铭说）

②作荆州时：陶侃建兴元年（313）任荆州刺史。

③船官：主管船只建造的官员。录：收取，保存。

④正会：正月初一聚会。

⑤听事：官署中处理公务的厅堂。除：台阶。

⑥都无：全无，一点儿也没有。

⑦厚头：即竹子的基部特厚的部分。

⑧桓宣武伐蜀：晋穆帝永和二年（346）十一月，桓温率军由三峡上行讨伐蜀地成汉李势政权，次年二月，灭成汉。

⑨发：征收，征发。

⑩仍当足：通常撑船用的篙竿底部有尖利的钉状铁足，这位官长为了节省材料，取竹时就将竹根部一并挖出，因为根部非常结实坚硬，于是将其削尖代替铁足。

【译】

陶侃生性节俭严厉，做事不辞辛劳。任荆州刺史时，命令造船官员把锯木屑全部收存起来，不管多少。大家都不懂他的意思。后来正月初一聚会时，正碰上大雪后刚放晴，大堂前台阶雪后还很湿滑，于是全用木屑铺盖，一点也不影响行走。官用竹子，命令全将废弃的竹根收集起来，堆积如山。后来桓温讨伐蜀地的成汉，组装船只，全用来做竹钉。又听说，曾经征发当地竹子做篙竿，有一个主管官员连竹根挖出，用来充当篙竿的铁足。陶侃就将这个官员连升两级重用他。

【评鉴】

陶侃生性节俭严厉，而又能不随流俗，立功立事，终成一代名臣。《晋书》其本传引尚书梅陶与亲人曹识书说："陶公机神明鉴似魏武，忠顺勤劳似孔明，陆抗诸人不能及也。"惜其功成名就之后，也未能免俗。其本传有云："然媵妾数十，家僮千余，珍奇宝货富于天府。"与少壮之时已判若两人了。可见，人的美德笃行善始易，而善终难。也难怪从来都有"保持晚节"的良箴。又，竹子尤其是多年老竹，其根部是非常坚硬的，所以能用来代铁足。过去做木器，常用根部厚实坚硬的部分做成竹钉对板块间进行连接。

政事17

何骠骑作会稽①，虞存弟謇作郡主簿②，以何见客劳损，欲白断常客③，使家人节量择可通者④。作白事成⑤，以见存。存时为何上佐⑥，正与謇共食⑦，语云："白事甚好，待我食毕作教⑧。"食竟，取笔题白事后云："若得门庭长如郭林宗者⑨，当如所白。汝何处得此人？"謇于是止。

【注】

①何骠骑：即何充。何充建元初曾任骠骑将军，故称。

②虞存：字道长，晋会稽山阴（今浙江绍兴）人。幼而卓拔，风情高逸，历官卫军长史、尚书吏部郎。謇：虞謇，字道真。仕至郡功曹，余不详。

③白：（写）报告。

④节量：减少，限定数量。

⑤白事：报告文书。

⑥上佐：高级幕僚，尊贵门客。

⑦正与謇共食：此处与前文几句文意不通，疑当为"正与何共食"。

⑧作教：批示，签署意见。

⑨门庭长：负责传达、接待的吏员。郭林宗：即郭泰。泰字林宗。东汉名士。

【译】

何充任会稽内史，虞存的弟弟虞謇做郡主簿，虞謇认为何充接见客人辛苦劳累，打算报告拒绝一般客人造访，让下属减少数量选择应该通报的。他写好了文书，拿去见虞存。虞存当时是何充的高级幕僚，正与虞謇（何充？）一起吃饭，对虞謇说："文书很好，等我吃完饭批复。"吃完饭，拿笔在文书后写道："如果能够得到郭林宗一样的人才做门庭长，那就按文书所说的办。你能在哪儿得到这样的人才？"虞謇于是不再提这话。

【评鉴】

《晋书·何充传》记载说："凡所选用，皆以功臣为先，不以私恩树亲戚，谈者以此重之。然所昵庸杂，信任不得其人。"可见事出有因。虞存的批示很有道理，如门庭长无知人之明，如何节量通报？而真能如郭泰那样有知人之明，一般来说又岂会做门庭长。要之，虞謇的设想是不当的，虞存的批示也实在是高明得紧。再则，何充任会稽内史门庭若市，是与其特殊身份有关系的，何充的妻子是明帝穆皇后的妹妹，王导是何充的姨父。趋炎附势之徒自然知道何充前程可期，所以争相攀附。

政事18

王、刘与林公共看何骠骑①，骠骑看文书，不顾之。王谓何曰："我今故与林公来相看，望卿摆拨常务②，应对玄言，那得方低头看此邪③？"何曰："我不看此，卿等何以得存？"诸人以为佳。

【注】

①王：指王濛。晋外戚。刘：指刘惔。喜好清淡，崇尚自然。林公：即支遁。晋高僧。遁字道林，故时人敬称他为林公。何骠骑：即何充。何充建元初曾为骠骑将军，故称。

②摆拨：丢开，放下。

③那得：怎么能。

【译】

王濛、刘惔、支遁一起去看望何充，何充低头看文件，看也不看他们一眼。王濛对何充说："我今天特意与林公一起来看你，希望你丢开官署事务，来和我们一起谈玄，怎么能还低着头看这些东西？"何充说："我不看这些东西，你们凭什么能够生存？"大家觉得这话说得很好。

【评鉴】

何充之言，理正辞严，算是给清谈家们一记猛喝。可惜何充虽然对玄学不感兴趣，却又走入了别一歧路。"而性好释典，崇修佛寺，供给沙门以百数，糜费巨亿而不吝也。亲友至于贫乏，无所施遗，以此获讥于世"（《晋书·何充传》）。不然则更可圈点。

政事 19

桓公在荆州①，全欲以德被江、汉，耻以威刑肃物②。令史受杖③，正从朱衣上过。桓式年少④，从外来，云："向从阁下过，见令史受杖，上捎云根⑤，下拂地足⑥。"意讥不著。桓公云："我犹患其重。"

【注】

①桓公：指桓冲（328—384）。冲字幼子，小字买德郎，桓温幼弟。桓温死后，桓冲任中军将军，扬、豫二州刺史。桓豁死后，迁荆州刺史。太元九年（384），听闻谢安等大破苻坚，羞愤而死。《晋书》卷74有传。

②肃物：整治人。肃，整肃，整治。

③令史：官名。汉代设兰台令史、尚书令史，主官文书。职位次于郎。

④桓式：即桓歆。歆字叔道，小字式，桓温第三子。仕至尚书。

⑤云根：犹言云脚。

⑥地足：犹言地面。

【译】

桓冲任荆州刺史时，一心想用德化治理江、汉，认为用威力刑法来治理下属是可耻的。令史有过失受杖刑，只是从朱衣上掠过。桓式当时还小，从外边回来，向桓冲报告说：“刚才从衙署前经过，看见令史被处杖刑，举起杖时直到云边，落下时只拂过地面。”桓式是调侃没打到身上。桓冲说：“我还担心处罚重了。”

【评鉴】

刘孝标注引《温别传》以为此桓公指桓温，而余嘉锡以为或是桓冲。我们赞成余说。

以子对父而言，不当是如此口气，对叔父则似可理解，何况是小叔父——桓温是桓彝长子，桓冲是第五子，桓冲比桓温小十六岁，桓式是桓温第三子，二人年龄当相差不大。侄儿在小叔父面前应该是随便惯了，所以也就语无忌惮。故我们的注释翻译归之于桓冲。桓式的话很形象，而桓冲的回答更见仁者风范，让人感动。《世说》一书中，对桓温、桓冲都不乏好感。

政事20

简文为相^①，事动经年^②，然后得过^③。桓公甚患其迟，常加劝勉。太宗曰^④："一日万机^⑤，那得速！"

【注】

①简文：指简文帝司马昱。司马昱于太和元年（366）进位丞相、录尚书事，入朝不趋，赞拜不名，剑履上殿。

②动：动辄，通常是。

③得过：（才）完成，处理。

④太宗：简文庙号。

⑤一日万机：指政务繁忙。语本《尚书·皋陶谟》："一日二日万几。"孔传："几，微也。言当戒惧万事之微。"

【译】

简文帝做丞相时，往往事情经过一年以上，而后才处理好。桓温很忧虑他做事迟缓，常常对他鼓励规劝。简文说："每天有成千上万的事情要处理，怎么能快得起来！"

【评鉴】

桓温武人，做事雷厉风行，而简文清谈名家，风格自然大不相同。加之二人本来心中互有芥蒂，故简文颇不以桓说为然。简文博学，在这里又掉了一下书袋，一日万机语本《尚书·皋陶谟》："无教逸欲，有邦兢兢业业，一日二日万几。'"简文表面意思是说，我问心无愧，勤于政事，成天无数的事情要我妥善处理，哪里快得起来？而言语的背后，是以皋陶与桓温作比，等于说人家皋陶懂得的道理，你却全然不能领会。

政事21

山遐去东阳①，王长史就简文索东阳②，云："承藉猛政③，故可以和静致治④。"

【注】

①山遐：字彦林，晋河内怀县（今河南武陟）人。山涛之孙，山简之子。历余姚令、东阳太守。《晋书》卷43有传。去：离开。东阳：郡名。治所在今浙江金华。

②王长史：指王濛。王濛曾为简文帝长史，故称。

③承藉：接续，接任。

④和静：平和安静。

【译】

山遐离开东阳太守任，王濛向简文帝要求继任，说："接续山遐的严苛政治，我可以用平和安静达到大治。"

【评鉴】

当时情势，中原士族初到江左，而地方豪强倚势横行，王导等皆无可奈何，唯尽量维持弥缝。山遐虽欲严肃纲纪，惩治豪强，但其能奈地方恶势力何？故为县令丢官，为东阳太守时又被迫离任。王濛深谙情势，想要用温和政策达到大治。从《方正》第四十九则知简文未允其请。又,《晋书》言山遐卒于官，与《世说》不同。

政事22

　　殷浩始作扬州①，刘尹行②，日小欲晚③，便使左右取襆④。人问其故，答曰："刺史严，不敢夜行⑤。"

【注】

①殷浩：东晋官吏。善谈论。

②刘尹：即刘惔。

③小：稍，略。

④襆：包袱，包裹。用布帛包扎的衣被之类。

⑤不敢夜行：此语可与《史记·李将军列传》所载"今将军尚不得夜行，何乃故也！"对读。

【译】

　　殷浩刚做扬州刺史时，刘惔出行在外，天时稍晚，就叫随从准备歇息用的被褥之类。别人问是什么缘故，回答说："刺史为政严厉，不敢夜间行走。"

【评鉴】

　　殷浩隐居墓所多年，天下以其出否卜江左兴亡，其实也是当时畸形世风的错误判断。殷浩终于出仕，号令严明，新官上任三把火，连刘惔也回避其锋。不过，我们觉得刘尹似有点调侃意味。《识鉴》第十八则："王仲祖、谢仁祖、刘真长俱至丹阳墓所省殷扬州，殊有确然之志。既反，王、谢相谓曰：'渊源不起，当如苍生何？'深为忧叹。刘曰：'卿诸人真忧渊源不起邪？'"对于殷浩，认识最清楚的是刘惔，他明白殷浩不起是以退为进，待价而沽。所以，他做出这个动作，倒有些搞笑的嫌疑。以刘惔大名士的声望，驸马的身份，且为简文皇帝亲信，当不至于有这番匆措的举动。

政事23

　　谢公时，兵厮逋亡①，多近窜南塘下诸舫中②。或欲求一时搜索③，谢公不许，云："若不容置此辈，何以为京都？"

【注】

①兵厮：兵士与奴仆。逋（bū）亡：逃亡。

②近窜：逃入近处。南塘：在今江苏南京秦淮河南岸。南朝在这里筑堤，称南塘。舫（fǎng）：船。

③一时：同时。

【译】

　　谢安执政时，兵卒奴仆有很多逃亡的，他们大都躲入近处南塘下的船舶中。有人要求同时搜查所有船只，谢安不答应，说："如果不能让这些人有条生路，怎能算是京都？"

【评鉴】

　　谢安此举，代表了当时执政者的温和维持态度，不激化矛盾，以求得太平。"何以为京都"耐人寻味。京都若不安宁，何以为国家政治中心。于此也可见谢安怜恤弱势群体，对底层群众宽仁厚道的循吏风范。谢安基本上是沿用了王导的执政举措，看似容忍不作为，实际上是当时的政治、经济、南北交融等客观条件决定了只能如此。《政事》第十五则王导云："人言我愦愦，后人当思此愦愦。"说得再明白不过了。

政事24

　　王大为吏部郎①，尝作选草②，临当奏，王僧弥来③，聊出示之。僧弥得，便以己意改易所选者近半，王大甚以为佳，更写即奏。

【注】

①王大：指王忱。王忱小字佛大，故称。吏部郎：东汉置吏部郎中，主管选举。或称为吏部郎。后代因之。

②选草：草拟的用人名单。

③王僧弥：即王珉（351—388）。珉字季琰，小字僧弥，晋琅邪临沂（今山东临沂）人。王导孙，王洽子。仕至黄门侍郎、侍中。与王献之齐名。代献之为中书令，世称"大令""小令"。《晋书》卷65有传。

【译】

　　王忱官任吏部郎，曾经拟定任用人的草案，正要上朝奏闻，这时王珉来了，就拿出来给王珉看以征求意见。王珉看到奏章，就按自己的意思把原来的人选改换了几乎一半，王忱觉得很好，重新誊写了上奏。

【评鉴】

王忱一直对王珉评价很高，最典型的莫过于《规箴》第二十二则："卿乃复论成不恶，那得与僧弥戏。"王珉的哥哥王珣名声很大，但王忱却更欣赏王珉，对王珉说，你虽然不错，但比你弟弟差远了。正因为对王珉的欣赏看重，相信王珉比自己更有眼光，于是做出了常人不可理解的行为。王珉直率而行，敢抒己见，出自公心，意在奖拔贤能。王忱从善如流，不觉得是挑战了自己的权力。这个故事中，两人都值得肯定。

政事25

王东亭与张冠军善[①]。王既作吴郡，人问小令曰[②]："东亭作郡，风政何似[③]？"答曰："不知治化何如，唯与张祖希情好日隆耳[④]。"

【注】

①王东亭：即王珣。王导之孙，王洽之子。以讨袁真功封东亭侯，故称。张冠军：指张玄之，字祖希。因曾官冠军将军，故称。

②小令：即王珉。王珣之弟。

③风政：风教、政治。

④情好：感情，交谊。

【译】

王珣与张玄之关系很亲近。王珣做了吴郡太守后，有人问王珉说："东亭担任吴郡太守，他的风化政教如何？"王珉回答说："不知道他的治绩风化，只知道他和张祖希感情一天比一天好罢了。"

【评鉴】

张玄之有名于时，与谢玄号称南北二玄。王珉不说其兄风政，而只是说其兄与张玄之感情深笃，回答巧妙。其意本于《孟子·万章下》："孟子谓万章曰：'一乡之善士，斯友一乡之善士。一国之善士，斯友一国之善士。天下之善士，斯友天下之善士。'"名门之后，到底与众不同。

政事26

殷仲堪当之荆州①，王东亭问曰："德以居全为称②，仁以不害物为名。方今宰牧华夏③，处杀戮之职，与本操将不乖乎④？"殷答曰："皋陶造刑辟之制⑤，不为不贤；孔丘居司寇之任⑥，未为不仁。"

【注】

①殷仲堪：东晋末年将领、大臣。

②德以居全为称：语本《庄子·天地》："天下之非誉，无益损焉，是谓全德之人哉！"

③宰牧：犹言主政。华夏：本指中国或中原地区，此指荆州。

④本操：平生操守，主张。乖：违背，矛盾。

⑤皋陶：舜时大臣，掌刑宪。刑辟：刑法，刑律。

⑥司寇：官名。夏殷已有。周为六卿之一，曰秋官大司寇。掌管刑狱、纠察等
事。春秋列国亦多设置，孔子尝任鲁司寇，因与季氏不合而去。

【译】

殷仲堪将赴荆州刺史任，王珣问他："完美无缺是德的最高境界，
不伤害他人是仁的标志。现在你出任荆州刺史，担负着杀戮的重任，
这与你一向的操守不背离吗？"殷仲堪回答说："皋陶开创了刑法的制
度，不能认为他不贤；孔子曾做过鲁国的司寇，不能算是不仁。"

【评鉴】

王珣本以为自己当任荆州刺史，没料到孝武帝用了殷仲堪，王珣
叹息说："岂有黄门郎而受如此任！仲堪此举，乃是国之亡征。"（《识
鉴》28）王珣知道殷仲堪没有治荆的才干，于是颇有些轻蔑挑衅的意
味。殷仲堪是谈士，回答倒是精妙。但综其一生，在政事上并无出色
表现，《晋书》其本传记他在郡"纲目不举"。殷仲堪最后败亡于桓玄，
应了王珣的预言。其实这一则归入《言语》更恰当些，因为并没表现
出殷仲堪政事的好坏来。当然，殷仲堪也有一些长处，不可全盘否定。
参《言语》第一百零三则。

文学第四

　　文学，并列式双音词。文学，原本孔门四科之一，列次第四，《论语·先进》："文学：子游、子夏。"宋邢昺疏："若文章博学，则有子游、子夏二人也。"从邢疏可知，孔子所谓文学，指文章博学，是一个并列词组，包含两个概念，一是指礼乐制度。《礼记·大传》："考文章，改正、朔。"汉郑玄注："文章，礼法也。"清孙希旦集解："文章，谓礼乐制度。"《论语·泰伯》："巍巍乎其有成功也，焕乎其有文章。"宋朱熹集注："文章，礼乐法度也。"二是指学识渊博。《论语·子罕》："大哉孔子！博学而无所成名。"

　　从战国到西汉，文学多指儒家学说，文章经术，如《汉书·高帝纪》："初，高祖不修文学，而性明达，好谋，能听，自监门戍卒，见之如旧。"后司马相如、扬雄等以辞赋进，文学的概念渐次向诗文之类倾斜。

　　到汉末，群雄纷争，天下大乱，礼崩乐坏，文人们多以诗文来表达自己的喜怒哀乐，"初曹丕及弟植皆好文学，与粲及孔融、徐干、陈琳、阮瑀、应玚、刘桢相友善，丕、植咸有逸才奇气，往往鞍马间横槊赋诗，至于饮至策勋，燕崇台、泛清池，看花仁月，粲等更酬迭和，遒章雅咏，警动一世，号称建安七子。二汉质文，于是一变，儒学尽为诗文矣。"（元郝经《续后汉书·文艺传》）曹丕《典论·论文》有云："盖文章经国之大业，不朽之盛事，年寿有时而尽，荣乐止乎其身，二者必至之长期，未若文章之无穷。"曹丕所谓文章，则多指当时的文学作品了。曹氏父子及建安七子的创作实践，标志着"文学"内涵的演变，"文学"基本上就指诗文类作品了。

魏晋而下，玄学兴起，士大夫清谈之风风靡朝野，甚而成了专门的学术类别，竟至高居于众学之首，《宋书·隐逸传·雷次宗》："时国子学未立，上留心艺术，使丹阳尹何尚之立玄学，太子率更令何承天立史学，司徒参军谢元立文学，凡四学并建。"《宋书》中的文学，基本与后世的文学概念相同，这时，文学的概念又随世风而变，更多地将清谈玄学纳入了文学的范畴。《世说》编者临川王刘义庆为刘宋宗室，自然与当时的社会思潮合拍，而玄学的基础与经学、文学密不可分，所以体现在《世说》文学门中，也是经学、文学、玄学都有，跨度则从汉末一直到东晋，可谓杂花生树，触目皆春。

在本门一百零四则中，与经学相关的四则，都和经学大师郑玄有关，郑玄家奴婢都熟读《诗经》，成为一个非常雅致特别是郑家引以为豪的故事，原成都春熙路有一家著名的文房四宝店，店名"诗婢家"，用的就是这个典故，从这个名称应该就知道是店主姓郑。纯文学、即诗文类的则精彩纷呈：袁宏为文，倚马可待，成为后世常典；而白刃加项时，信口胡诌几句，居然那么文情并茂，把当事人陶胡奴自己恐怕也弄糊涂了；其他如桓玄随手书版，粲然成章，也让人佩服之至。历史上一个乱臣贼子的形象，居然是个下笔千言的大才子！其他大都是与清谈玄学相关的，魏晋时的玄学大师们悉数粉墨登场，形神各具，再现了清谈玄学家们口若悬河、舌灿莲花的精彩场景。

文学1

郑玄在马融门下①，三年不得相见，高足弟子传授而已②。尝算浑天不合③，诸弟子莫能解；或言玄能者，融召令算，一转便决④，众咸骇服⑤。及玄业成辞归，既而融有"礼乐皆东"之叹⑥。恐玄擅名而心忌焉⑦。玄亦疑有追，乃坐桥下，在水上据屐⑧。融果转式逐之⑨，告左右曰："玄在土下水上而据木，此必死矣⑩。"遂罢追。玄竟以得免。

【注】

①郑玄（127—200）：字康成，东汉高密（今山东高密）人。先后入太学、从张恭祖学。继师事马融学古文经，后回乡聚徒讲学，诠注五经。《后汉书》卷35有传。马融（79—166）：字季长，东汉扶风茂陵（今陕西兴平）人。从名儒挚恂学，挚恂奇其才，以女妻之。初应大将军邓骘召，拜郎中，校书东观。马融才高博洽，遍注群经，卢植、郑玄皆为其徒。《后汉书》卷90有传。

②高足：本指上等快马。引申为优秀弟子，高才。

③浑天：即浑天仪，古代观察计算天体位置的仪器。

④一转便决：谓郑玄一转动仪器便得出了结论。

⑤骇服：惊讶叹服。

⑥融有"礼乐皆东"之叹：郑玄为山东高密人，故马融有此叹。

⑦擅名：享有名声。

⑧屐：木屐，木鞋。

⑨转式：运转占卜器具。式，通"栻"，卜具。

⑩"玄在土下水上而据木"二句：人去世后通常埋置于土下，而这里水上，指
黄泉之上。即《左传》"不及黄泉""掘地及泉"的意思。"据木"，靠着木头。
木指棺材。所以马融据此判断郑玄已死，而其实这是郑玄制造的假象。

【译】

郑玄在马融门下学习，三年没见过马融，只是高足弟子传授罢了。
马融曾经用浑天仪计算天体不相吻合，弟子们没有一个能解决困惑；
有人说郑玄会算，马融就把郑玄叫来计算，郑玄一转浑天仪就算出来
了，大家都惊异叹服。到郑玄学业完成辞别马融回家时，马融不禁叹
息"礼乐都向东去了"。马融担心郑玄获得大名而心存嫉妒，郑玄也怀
疑马融将追来迫害自己，于是坐在桥下，手抓木屐浮在水面。马融果
然转动器具卜算以便追杀郑玄，他告诉左右说："郑玄在土下水上而据
木，必然是已经死了。"就不再追了。郑玄最终因此而免一死。

【评鉴】

关于马融追杀郑玄一事，前辈学者曾详加考辨，认为全属无稽。
之所以有这样不近情理的故事，究其原因，和马融的名节有关。马融
因曾经触犯了邓太后，所以屡遭打击。惩于前事，此后便不敢再得罪
权贵，进而随波逐流。如《后汉书》本传既肯定了马融的学术成就，而
对其贪恋富贵，为虎作伥也痛加鞭挞。因为人们对马融的反感，于是小
说家们编出追杀郑玄的故事也就不足为奇了。

文学2

郑玄欲注《春秋传》[①]，尚未成，时行与服子慎遇[②]，宿客舍。先未相识，服在外车上与人说己注《传》意，玄听之良久，多与己同。玄就车与语曰："吾久欲注，尚未了。听君向言，多与吾同，今当尽以所注与君。"遂为《服氏注》。

【注】

①《春秋传》：即《左传》。相传为鲁国史官左丘明所作，编年体史书。记述春秋时代历史，上起鲁隐公元年（前722），下至鲁哀公二十七年（前468）。

②服子慎：即服虔。虔字子慎，东汉河南荥阳（今河南荥阳）人。灵帝时官九江太守。以病卒。著有《春秋左氏传解》。《后汉书》卷79有传。

【译】

郑玄打算给《左传》作注，还没有完成，当时出行与服虔相遇，住在客馆中。以前二人不认识，服虔在外边车上和别人说自己注《左传》的心得，郑玄听了很久，服虔说的多数和自己见解一样。郑玄于是走到车边对服虔说："我一直在注《左传》，还没完成。听你刚才的话，大多与我的意见相同，现在应该把我的注释全部给你。"于是就成了后来的《服氏注》。

【评鉴】

对于这则故事，清儒惠栋、余嘉锡皆以为可信。于此，可见一代经学大师郑玄的高风亮节，难怪他为后人景仰追思。《后汉书》本传论说："郑玄括囊大典，网罗众家，删裁繁诬，刊改漏失，自是学者略知所归。"郑玄遍注群经，为中华文化的传播做出了杰出贡献，而其品节高尚，更为后世景仰，从而成为空前绝后的经学大师楷模。

文学3

郑玄家奴婢皆读书。尝使一婢，不称旨①，将挞之②，方自陈说③，玄怒，使人曳著泥中④。须臾，复有一婢来，问曰："胡为乎泥中⑤？"答曰："薄言往愬，逢彼之怒⑥。"

【注】

①称旨：称心，与想法符合。

②挞：鞭打。

③方自：正在。自，副词后缀。

④曳：拖拽，拉扯。

⑤胡为乎泥中：你为什么跪在泥地里。语出《诗·邶风·式微》："微君之躬，胡为乎泥中？"胡为，为何；为什么。按，"泥中"本是卫邑，这里只是借其字面义。

⑥"薄言往愬"二句：此谓奴婢回答："我到主人面前申诉，正碰到他发怒。"语出《诗·邶风·柏舟》："薄言往愬，逢彼之怒。"薄，走近，迫近。言，动词后缀。

【译】

郑玄家的奴婢都读过书。曾经使唤一个奴婢，事做得不顺郑玄的心意，将要鞭打奴婢，奴婢正在自己辩解，郑玄发怒了，叫人把奴婢拖到泥地上跪着。过了一会儿，又有一个奴婢经过，问跪着的奴婢说："胡为乎泥中？"回答说："薄言往愬，逢彼之怒。"

【评鉴】

此则故事，风雅无比，成为郑家上下饱读诗书的掌故。"郑玄婢"也成了佳话。今成都琴台路7号有"诗婢家文化有限责任公司"即用《世说》此典，既为郑氏增色不少，也体现了成都的文化底蕴。

文学4

服虔既善《春秋》①，将为注，欲参考同异。闻崔烈集门生讲传②，遂匿姓名，为烈门人赁作食③。每当至讲时，辄窃听户壁间。既知不能逾己，稍共诸生叙其短长。烈闻，不测何人。然素闻虔名，意疑之。明蚤往，及未窞，便呼："子慎！子慎！"虔不觉惊应，遂相与友善。

【注】

①服虔：字子慎，东汉河南荥阳（今河南荥阳）人。

②崔烈（？—192）：字威考，东汉涿郡（今河北安平）人。少有高名，历位郡守、九卿。灵帝时，崔烈因以五百万买官为司徒，声誉大减。董卓之乱，为乱兵所杀。《后汉书》卷52有传。门生：弟子，门人。

③赁：（受）雇用。作食：做饭，置办饮食。

【译】

　　服虔已经对《春秋》很有研究，将要为《春秋》作注，但还想参考别人的意见。听说崔烈汇集门生讲《左传》，于是隐瞒姓名，去为崔烈的门人作佣工煮饭。每当崔烈讲书时，就在门后壁间偷听。由此知道崔烈没能超过自己，渐渐同崔烈的门生讨论长短。崔烈听说了这事，但不知道这佣工到底是谁。然而平素听闻服虔的大名，心中怀疑是服虔。第二天早上便前往服虔的居室，到了时服虔还没醒，就叫唤："子慎！子慎！"服虔不自觉地惊醒应答，于是二人成了好朋友。

【评鉴】

　　同声相应，同气相求。服虔知崔烈善《左传》，不是心存嫉妒，而是极力想参考同异而提高自己注《左传》的水平。同样，崔烈亦能虚己而往访。二人皆虚怀若谷，值得今人学习。

文学5

　　锺会撰《四本论》始毕①，甚欲使嵇公一见②，置怀中既定③，畏其难，怀不敢出，于户外遥掷，便回急走。

【注】

①《四本论》：锺会讨论才、性异同关系的论著。文今不传。四本，关于才、性涵义及其异、同、离、合四种关系的理论，也叫"才性四本"。是魏晋玄学的一个重要话题。

②嵇公：指嵇康。

③既定：已经放好。

【译】

　　锺会撰写《四本论》才完，很想让嵇康看看，已经藏在怀中，但害怕嵇康问难，不敢从怀里拿出来，到了门外远远丢过去，回头就走。

【评鉴】

　　锺会出自名门，也是饱学之士，他自视甚高，且为司马氏心腹，而忌惮嵇康的高深，敬畏如此。这既可见嵇康的学问非常人可及，也可见"四本"是一门渊综广博的学问，很不容易登堂入室。即便如此，"四本"却是士人的门面。南齐王僧虔在《诫子书》中说："《才性四本》《声无哀乐》，皆言家口实，如客至之有设也。汝皆未经拂耳瞥目，岂有庖厨不修，而欲延大宾者哉?""如客至之有设"，就像客人来了有菜肴水果的摆设一样，"四本"简直是南朝人视为看家本领的学问啊！参余嘉锡笺。

　　后来，嵇康因吕安事被关押，锺会进谗言于司马昭，说嵇康是卧龙，一定不能再用。锺会借刀杀人，令人唏嘘。

文学6

　　何晏为吏部尚书①，有位望②，时谈客盈坐。王弼未弱冠③，往见之。晏闻弼名，因条向者胜理语弼曰④："此理仆以为极⑤，可得复难不?"弼便作难⑥，一坐人便以为屈。于是弼自为客主数番⑦，皆一坐所不及。

【注】

①何晏：字平叔，南阳宛（今河南南阳）人。东汉大将军何进之孙，其母尹氏被曹操纳为夫人。自幼为曹操收养，以才秀知名，好老庄，始倡玄学。娶魏公主。正始初，曹爽辅政，任散骑常侍，迁侍中尚书。与夏侯玄均以清谈著名，士大夫效之，遂成一时风气。因附曹爽，为司马懿所杀。

②位望：地位，声望。

③王弼：字辅嗣，三国魏河内山阳（今河南焦作）人。博通儒、道，援老入儒，与何晏、夏侯玄等开魏晋玄学清谈之风，即所谓"正始之音"。弱冠：古代称男子二十岁或二十几岁的年龄。《礼记·曲礼上》："二十曰弱，冠。"唐孔颖达疏："二十成人，初加冠，体犹未壮，故曰弱也。"

④条：整理，归纳。胜理：至胜的玄理。

⑤极：达到了极致。

⑥作难：发难，反驳。

⑦自为客主：自己分别充当论方与辩方。数番：多个回合。

【译】

　　何晏作吏部尚书，地位既高又有名望，常常清谈之士坐满了席间。王弼还不到二十岁，去拜会何晏。何晏早知道王弼的名声，于是归纳刚才论辩中得胜的玄理对王弼说："这番理论我以为达到了极致，你还能再驳难吗？"王弼于是就发难，一座的人都不能应对。接着王弼就自问自答多次，全是一座客人没能达到的高度。

【评鉴】

　　王弼不到二十岁，已对老庄精研非常，于清言已达一流水平，的确是不可多得的天才。何晏、王弼为玄学领袖，由此则也可见当时的清谈盛况。从刘孝标注可知，王弼虽为天下谈士所宗，然而逞强好胜，"颇以所长笑人，故为时士所嫉"。且不知人情世故，加之器量狭小，汲汲于富贵，"初与王黎、荀融善，黎夺其黄门郎，于是恨黎，与融亦不终好。"生平好友，竟因利害关系而成怨家，此何曾得老庄境界之万一。从王弼的行径，得知魏晋清谈之士言行多难相符，大多为口是心非者。

文学7

　　何平叔注《老子》始成①，诣王辅嗣②，见王注精奇③，乃神伏④，曰："若斯人，可与论天人之际矣⑤！"因以所注为《道》《德》二论⑥。

【注】

①何平叔：即何晏。晏字平叔。

②王辅嗣：即王弼。弼字辅嗣。

③精奇：精到，精妙。

④神伏：心服，心悦诚服。

⑤天人之际：古代著名的哲学命题，主要辨析天道与人事的关系。

⑥《道》《德》二论：又称之为《老子道德论》。凡二卷，今不存。

【译】

　　何晏刚将《老子》注完，去见王弼，发现王弼的注非常精到，于是心悦诚服，说："像这样的人，可以和他讨论天道与人事的关系了。"因此将自己的注改称《道》《德》二论。

【评鉴】

何晏比王弼年长十多岁，而能见善而服膺，可见其雅量难得。何晏注《老子》今已亡，唯残存数语于《列子·天瑞篇》张湛注中。王弼注则成为《老子》的通行佳本。而今凡研究《老子》，王弼注为必读之作，可惜王弼二十四岁就死了。

文学8

王辅嗣弱冠诣裴徽①，徽问曰："夫无者，诚万物之所资，圣人莫肯致言，而老子申之无已②，何邪？"弼曰："圣人体无③，无又不可以训④，故言必及有；老、庄未免于有，恒训其所不足⑤。"

【注】

①王辅嗣：即王弼。弼字辅嗣。裴徽：字文季，三国魏河东闻喜（今山西闻喜）人。裴潜之弟。有高才远度，善言玄理。官至冀州刺史。四子黎、康、楷、绰，皆为名士。事见《三国志·魏书·裴潜传》注。

②"夫无者"几句：此谓无是万物的基础，前世圣人避而不谈而老子却反复申说。如《老子》第四十章："天下万物生于有，有生于无。"

③体无：以无为本体。即认为无最重要。

④训：解释。

⑤"老、庄未免于有"二句：指老子、庄子解释"无"的道理，通常是建立在

"有"的基础上的。

【译】

王弼二十岁时去拜会裴徽，裴徽问他："无，的确是万物生长的基础，前世圣人没有谁愿意讨论这个道理，但老子反复论说，这是为什么？"王弼说："圣人懂得无的重要，但无又没法解释，所以言谈时总是涉及有；老子、庄子难以脱离世上之有，所以常常用有解释无的道理。"

【评鉴】

裴徽和王弼的认识本是一致的，即崇信老庄的虚无论。只不过裴徽提出了一个问难，认为"无"是世界的本源，但是为什么"圣人"（即老子之前的智者）却没有阐述的理论流传下来，而只是老子、庄子在反复论说。王弼的回答是说，因为"无"太抽象，"圣人"不便从概念的角度去诠释它，所以总是从"有"的角度来认识世界。其实王弼这个说法还是没有脱离"儒道"的范畴，可见他的儒学根柢。至于为什么老子、庄子总是在围绕"有""无"展开讨论，这是因为"有"和"无"这两个概念，本质上是相倚相存的，"无"总是相对于"有"而存在，"无"即抽象的虚无，"有"是形象的存在。如《老子》第十一章："三十辐共一毂，当其无，有车之用。埏埴以为器，当其无，有器之用。凿户牖以为室，当其无，有室之用。故有之以为利，无之以为用。"意思是说，三十根辐条插进车毂中才有了车轮，正因为车毂中"空无"才使车子能够行走。用黏土做成陶器，正因为陶器的中空，陶器才能为人所用。开凿门窗建造房屋，正因为房屋有空间，房屋才能被人所用。存在的东西给人们带来好处，即"有"，而这些具体的事物却是建立在"无"的基础上的。所谓"有之以为利，无之以为用"。

文学9

傅嘏善言虚胜①，荀粲谈尚玄远②，每至共语，有争而不相喻③。裴冀州释二家之义④，通彼我之怀，常使两情皆得，彼此俱畅。

【注】

①傅嘏（209—255）：字兰硕，三国魏北地泥阳（今陕西铜川耀州区）人。正始中，迁黄门侍郎。后司马氏以为河南尹，迁尚书。后以功封阳乡侯。《三国志》卷21有传。虚胜：崇尚虚无，即脱离了事物本体的抽象概念。

②荀粲：字奉倩，三国魏颍川颍阴（今河南许昌）人。荀彧少子。独好老庄，善谈玄理。娶大将军曹洪之女为妻。事见《三国志·魏书·荀彧传》注。玄远：玄奥幽远。

③有争而不相喻：谓不能让对方接受自己的观点。喻，明白，理解。

④裴冀州：指裴徽。因其曾为冀州刺史，故称。

【译】

傅嘏善于说虚无的道理，荀粲清谈崇尚玄远，每当二人在一起讨论，有争论但双方都不能说服对方。裴徽参透沟通双方的意见，常能使两种观点都能成立，彼此都很高兴。

【评鉴】

综合各家研究，说虚胜的大都不关注具体事物，而注重抽象原理；

谈玄远者比说虚胜者更是不着边际，言不及义，往往"王顾左右而言他"。傅嘏、荀粲皆为一时名士，各持一端，争论不休，而裴徽能从二者争论的焦点中抽绎出双方的共同性，从而搭建起沟通二者的桥梁，由此可见裴徽清谈的高明，因为只有对双方的观点都有深透的认知，才可能高屋建瓴而揭示其本质特征。术士管辂评价裴徽："裴使君有高才逸度，善言玄妙也。"难怪裴徽能让二者心服。

文学 10

何晏注《老子》未毕，见王弼，自说注《老子》旨，何意多所短①，不复得作声②，但应诺诺③。遂不复注，因作《道德论》。

【注】

①短：不足，有所欠缺。

②作声：回答，回应。

③诺诺：犹言是是。

【译】

何晏注《老子》还没完，去见王弼，王弼自说注《老子》的心得，何晏的领会多不如王弼，难以发表见解，只是应诺称是而已，于是不再作注解，把自己的注改为《道德论》。

【评鉴】

此则与前边第七则内容基本相同，传闻异辞，刘义庆并录而已。

文学11

中朝时①，有怀道之流②，有诣王夷甫咨疑者③，值王昨已语多，小极④，不复相酬答，乃谓客曰："身今少恶⑤，裴逸民亦近在此⑥，君可往问。"

【注】

①中朝：晋南渡后，称建都洛阳的西晋为中朝。

②怀道：醉心老庄之学。

③王夷甫：即王衍。衍字夷甫。

④小极：略微疲惫。

⑤少恶：有点不舒服。

⑥裴逸民：即裴颜。颜字逸民。

【译】

西晋时，颇有醉心老庄之学的人，有人去找王衍咨询疑惑，碰上王衍头一天已说了很多话，略显疲惫，不再和他答对，就对客人说："我今天有些不太舒服，裴逸民也离这里不远，你可以去向他请教。"

【评鉴】

能入王衍的法眼而得到推荐，即此可见裴颜的高明。王衍崇尚老庄，主虚无，而裴颜尊崇儒术，针砭时俗，著《崇有论》。二人的主张本来是针尖麦芒，水火不容，但王衍能尊重不同观点。再者，裴颜为王戎之婿，王衍为王戎从弟，论辈分则王衍为长辈，但王衍能客观平和地推荐晚辈。即此而言，王衍在对待学术的态度上同样值得今人学习。

文学12

　　裴成公作《崇有论》[①]，时人攻难之，莫能折[②]。唯王夷甫来[③]，如小屈[④]。时人即以王理难裴，理还复申。

【注】

①裴成公：即裴頠。因谥成，故称。《崇有论》：文篇名。时尚虚无，裴頠特作此以矫时弊。其文文采斐然，析理深彻，颇为时人推重。见《晋书》本传。

②折：驳倒，摧折。

③王夷甫：即王衍。衍字夷甫。

④小屈：稍居下风。

【译】

　　裴頠作《崇有论》，当时的人纷纷反驳问难他，没有人能说得过他。只有王衍来和他辩论，裴頠好像稍居下风。当时人就用王衍的观点去问难裴頠，结果裴頠说理又占了上风。

【评鉴】

　　裴頠的《崇有论》是针对当时玄学家们主张虚无而作的，当时人多尚老庄，故不以为然，但因为裴頠的辩才一流，一般人和他论辩都只有败北。王衍是主无的旗手，而又辩才超群，两人的观点既是针尖麦芒，而口辩又能旗鼓相当。这则故事说大家都没办法说得过裴頠，只有王衍和他辩论，裴頠才"如小屈"，注意这二字，小屈者，略有不足，也就是说，这种辩才的差距只在毫厘之间。接下来的叙述，则形象地表现了高手与"时人"的等差。"时人"因为听王衍的辩难，似乎觉得王衍已经撕开了裴頠的防线，接下来只要按照王衍的套路进攻，就可以乘风破浪、长驱直入了。殊不知，由于学养的不到位，不可能像王衍一样纵横捭阖，进退自如，所以，"时人"尽管持王衍的观点，却既无王衍绝世的口辩，又无王衍深湛的学养，面对的却是驰骋"崇有"疆场的老将裴頠。于是，顷刻之间，裴頠的理论又舒展开来而其锋芒不可阻挡了。"小屈"而"复申"正是精彩场面的再现，什么叫棋逢对手，就是王衍、裴頠这样的言谈渊薮，学问巨擘。

文学 13

  诸葛宏年少不肯学问①，始与王夷甫谈②，便已超诣③。王叹曰："卿天才卓出，若复小加研寻④，一无所愧。"宏后看《庄》《老》，更与王语，便足相抗衡。

【注】

①诸葛宏（hóng）：字茂远，晋琅邪阳都（今山东沂水）人。官至司空主簿。

②王夷甫：即王衍。衍字夷甫。

③超诣：（谈论）达到精深的境界。

④研寻：研究探讨。

【译】

　　诸葛玄年轻时不肯精研学问，开始和王衍清谈，就已经达到了很高的境界。王衍叹息说："你的天才已经非常卓越，假如再稍微研究探讨，就会比谁都强。"诸葛玄后来就认真阅读《庄子》《老子》，再去和王衍谈论，就足以和王衍旗鼓相当了。

【评鉴】

　　俗语所谓成功之道，是天才加勤奋，这则故事同样说明了这个道理。韩愈《答李翊书》曰："养其根而俟其实，加其膏而希其光。根之茂者其实遂，膏之沃者其光晔。"读书与学问的关系，也就是根与果实的关系。博览群书，自然底蕴丰厚，发之为言谈，笔之为文章，就会韵致沛然，得心应手。诸葛玄不仗恃聪明善辩而自傲，能虚怀若谷，从谏如流，不断学习而提升自己，最终在玄学方面达到了一流的水平。

文学 14

　　卫玠总角时①，问乐令梦②，乐云："是想。"卫曰："形神所不接而梦，岂是想邪？"乐云："因也③。未尝梦乘车入鼠穴、捣齑啖铁杵④，皆无想无因故也。"卫思因经日不得，遂成病。乐闻，故命驾为剖析之⑤，卫即小差⑥。乐叹曰："此儿胸中当必无膏肓之疾⑦。"

【注】

①总角：把头发梳成髻髻，其状如角，为未成年的发式。因指童年。

②乐令：指乐广。因乐广曾为尚书令，故称。

③因：谓有因果关系。

④齑（jī）：切细的腌菜或葱、姜、蒜的碎末。

⑤命驾：驾车前往某处。

⑥小差（chài）：此言病情稍微缓解。差，通"瘥"。病愈。

⑦膏肓之疾：重病，难以治疗的病。语本《左传·成公十年》："医至，曰：
'疾不可为也，在肓之上，膏之下，攻之不可，达之不及，药不至焉，不可
为也。'"

【译】

　　卫玠还在童年时，问乐广什么是梦。乐广说："梦就是心有所想。"
卫玠说："睡觉时形体和思想是分离的，难道是思想吗？"乐广说："这
也是有因果关系的。正如人不会梦到乘着车到老鼠洞里去，捣齑时把
铁杵吃掉了，因为这些都是没有想过而且没有缘由的事情。"卫玠反复
思索什么是因，很多天都没想通，就生起病来。乐广听说，就驾车到
卫玠家给他仔细解说，卫玠的病当即就好了一些。乐广叹息说："这孩
子胸中一定不会有郁结不解的毛病。"

【评鉴】

　　一个小孩和一个大人谈论"梦"，一个大人对一个小孩解析"梦"，
可知当时魏晋清谈的盛况，就是这样随处可见。对于"梦"的理解，
乐广以最通俗的比况阐释了"心有所想，夜有所梦"的因果关系，尤
其是"因也"二语酷似佛家语，妙不可言。所以余嘉锡云："乐令未闻
学佛，又晋时禅学未兴，然此与禅家机锋，抑何神似？盖老、佛同源，
其顿悟固有相类者也。"卫玠总角时就有如此哲学的思考，可见其果然

少负盛名；而他多日找不到梦的"因"，以致生起病来，由此亦可见其容易郁结的性情。乐广亲自阐释后，卫玠终于豁然病减，乐广便以为卫玠"胸中当必无膏肓之疾"，这也是看错了人。卫玠一直身体羸弱，后来二十七岁就去世了。有人说他是被看杀的，究其根本，肯定还是南渡后郁郁寡欢，内心郁结不开的缘故。

文学15

庾子嵩读《庄子》①，开卷一尺许便放去②，曰："了不异人意③。"

【注】

①庾子嵩（262—311）：名敳，字子嵩，晋颍川鄢陵（今河南鄢陵）人。太尉王衍雅重之，迁吏部郎，参东海王司马越太傅军事，转军谘祭酒。石勒之乱，与王衍俱被害。《晋书》卷50有传。《庄子》：战国时楚庄周及后学所著的哲学著作。今共存33篇，分《内篇》《外篇》和《杂篇》。后世多认为内篇出自庄子之手，外篇、杂篇则出自门人弟子及后世道家之徒。其书推尊老子，主张万物齐一，贬斥儒墨。

②一尺许：一尺左右。因为是卷轴，故云。

③了：完全。人意：我的意趣。

【译】

庾敳读《庄子》，刚开卷读了一尺左右就丢下了，说："全然没有和我意趣不同的。"

【评鉴】

　　此则故事，几乎把古今人都弄糊涂了，王僧虔在《诫子书》中直接以原话为讽，而明人王世懋更是严厉批评"此本无所晓而漫为大言者"，至于今人评价更认为庾敳是不读书的牛皮大王。真是冤枉也！且看《赏誉》第二十六则，庾敳对郭象十分欣赏，认为郭象不比自己差。要知道，郭象精熟《庄子》，曾注《庄子》，名噪一时，庾敳表现出对郭象的惺惺相惜，岂是不读《庄子》者流。本门第七十五则庾敳与侄儿庾亮的对话，完全是老庄精神的体现。庾敳的《意赋》如"至理归于浑一兮，荣辱固亦同贯。存亡既已均齐兮，正尽死复何叹"，简直就是《庄子》的"庾化"了。庄子的逍遥，庄子的齐生死、等荣辱、与自然熔为一炉直接入赋。至于说本则庾敳的话，不过是当时清谈家的常态，故作不屑，而实际上烂熟于心，而时人不察，把这庾氏洋洋自得的话误解了。

文学16

　　客问乐令"旨不至"者①，乐亦不复剖析文句，直以麈尾柄确几曰②："至不？"客曰："至。"乐因又举麈尾曰："若至者那得去？"于是客乃悟服③。乐辞约而旨达④，皆此类。

【注】

①乐令：指乐广。因曾官尚书令，故称。旨不至：语本《庄子·天下》："目不见，指不至，至不绝。"旨，通"指"。

②麈尾：魏晋六朝时一种兼具拂尘和凉扇功用的器具。被名士们用作玄谈的道

具。确：敲击。

③悟服：领悟心服。

④辞约：言辞简约。谓话少。

【译】

有客人问乐广"旨不至"是什么意思，乐广也不再解释文句，只是用麈尾柄敲击几案问："到了没有？"客人说："到了。"乐广接着又举起麈尾说："假如是到了又怎么会离开？"于是客人就领悟心服了。乐广通常话不多但意旨明了，都是这种情况。

【评鉴】

这一段话很是玄虚，客人是直接以《庄子》的"指不至"发问。这个问题众说纷纭，我们只能在各家的基础上按我们的理解求教于读者。《庄子》"目不见，指不至，至不绝"的原意是眼睛没有看见某一个具体事物，手不因眼睛的发现而指向某一事物说"至"与"未至"，这样的"至"才是真正的"至"。反过来说，眼睛看见，手指指向某一事物，这就是以主观的意向而求"至"。如此，人各有殊，则必然不是能合乎自然、合乎大道的"至"。这犹如《老子》所谓"道可道，非常道。名可名，非常名"。只有没有因果关系，不以外物加持的力量才是最高的永恒的大道。乐令以麈尾柄示之的就是这个道理。客人领会的"至"是人为的"至"，既然是人为的"至"就同时可以"不至"，这就不是庄子的"至"。庄子的"至"，就是无为的"至"，有所施为而不期以目的，功成而不居，夫唯不居，是以不去。以麈尾柄敲几案便认为是"至"，这种"至"只是形式上的而不是永恒的"至"，永恒的"至"是一种精神与自然的谐合，不带主观色彩而追求的"至"。乐令的解释能让客人悟服，就是以麈尾柄的去留说明了庄子的"至"与世俗的"至"的区别。

文学17

初，注《庄子》者数十家，莫能究其旨要①。向秀于旧注外为解义②，妙析奇致③，大畅玄风，唯《秋水》《至乐》二篇未竟④，而秀卒。秀子幼，义遂零落，然犹有别本。郭象者⑤，为人薄行⑥，有俊才，见秀义不传于世，遂窃以为己注。乃自注《秋水》《至乐》二篇，又易《马蹄》一篇⑦，其余众篇，或定点文句而已⑧。后秀义别本出，故今有向、郭二《庄》，其义一也。

【注】

①旨要：主旨，要领。

②向秀：竹林七贤之一。

③奇致：美妙的旨趣。

④《秋水》：《庄子》篇名。假托河伯与北海若的对话，说明世间万物都是相对存在的道理。《至乐》：《庄子》篇名。以为"至乐无乐，至誉无誉"，只有无为才是最大的快乐。

⑤郭象：字子玄，晋洛阳（今河南洛阳）人。少有才理，好《老子》《庄子》，能清言。著《庄子注》等。《晋书》卷50有传。

⑥薄行：品德不端，轻薄无行。

⑦《马蹄》：《庄子》篇名。因首句为"马，蹄可以践霜雪"，遂取篇首二字为

篇名。主旨在于反对人为的束缚，提倡"任其自然"的状态。

⑧定点：犹言修改。此处则指郭象点篡向秀的著述。

【译】

先前，注解《庄子》的有几十家，没有谁能探索出《庄子》的要领。向秀在旧注之外另作解析，精妙地分析了《庄子》的美妙意趣，大大地弘扬了玄虚的内涵，只有《秋水》《至乐》二篇没有注完，而后向秀去世了。向秀的儿子当时还小，向家所存的注解也就残缺不全了，但是向秀生前还有别本传出。郭象这人，为人轻薄品行不好，见向秀的注解世上不传，就把向秀的注解剽窃而成自己的。又自己注了《秋水》《至乐》二篇，再改篡了《马蹄》一篇，其余的诸多篇章，只是做了些文句的点篡。后来向秀的注解别本传出，所以到现在有向秀、郭象的两种《庄子注》，大概内容都相同。

【评鉴】

向秀的《庄子注》原本无存，只是少许内容还散见在古代典籍中。此则故事交代了郭象《庄子注》的由来，于相关考辨提供了重要线索，郭象也因此在文化史上被订上了历史的耻辱柱。当然，关于是否剽窃的问题，也还有一些争论，为郭象"洗冤"的学者也不少。对于此，杨明照先生做过细致的比较，认为：在总计八十九则中，"其与郭注同者四十有七，近者十有五，异者二十有七。辜榷较之，厥同逾半"。杨先生的结论是："《世说》所载，信而有征。""子玄少有才理……。盖见子期所为解义，穷究旨要，妙析奇致，欲贪其功，以为己力。"（《学不已斋杂著》）

文学18

　　阮宣子有令闻①。太尉王夷甫见而问曰②:"《老》《庄》与圣教同异③?"对曰:"将无同④。"太尉善其言,辟之为掾⑤。世谓"三语掾"。卫玠嘲之曰:"一言可辟,何假于三!"宣子曰:"苟是天下人望,亦可无言而辟,复何假一!"遂相与为友。

【注】

①阮宣子:即阮修(270?—311)。修字宣子,晋陈留尉氏(今河南尉氏)人。阮咸从子。精通《易经》《老子》,善于清言,执"鬼神无有"之论。后避乱南行,途中遇害。《晋书》卷49有传。令闻:好名声。

②王夷甫:即王衍。衍字夷甫。

③圣教:孔子之教。指儒家学说。

④将无同:或许一样,大概差不多。

⑤辟:征召,征聘。掾(yuàn):属官,属吏。

【译】

　　阮修有好的名声。太尉王衍见了阮修就问:"《老子》《庄子》与儒教有什么区别?"回答说:"或许是一样的。"王衍满意他的回答,征聘他为属吏。当时人称为"三语掾"。卫玠嘲笑阮修说:"一个字就可以做掾吏了,哪里用得着三个字!"阮修说:"假如是世间众望所归的人才,也可以不说话就被聘用,又何必一个字!"于是两人成了好朋友。

【评鉴】

魏晋玄风炽劲，人们言谈之间虚幻恍惚，被认为是高明精妙，"将无同"正是玄妙无比之辞。"将无同"无非就是"恐怕没有什么两样吧"。

这一回答是肯定了老庄和儒家有相通之处，而王衍的玄学有着很深的儒学基础，所以就正中他的下怀。由是得到王衍的欣赏，辟以为掾。

文学19

裴散骑娶王太尉女[①]，婚后三日，诸婿大会，当时名士、王裴子弟悉集。郭子玄在坐[②]，挑与裴谈[③]。子玄才甚丰赡，始数交，未快[④]；郭陈张甚盛[⑤]，裴徐理前语，理致甚微[⑥]，四坐咨嗟称快[⑦]，王亦以为奇，谓诸人曰："君辈勿为尔，将受困寡人女婿。"

【注】

①裴散骑：名遐，字叔道，晋河东闻喜（今山西闻喜）人。裴徽之孙，裴绰之子。性谦虚平和，善言玄理。曾任散骑郎。事见《晋书·裴秀传》。王太尉：即王衍。衍曾为太尉，故称。

②郭子玄：即郭象。象字子玄。

③挑：挑逗，挑动。

④未快：不太称意，没达到完美境地。

⑤陈张：铺陈，展示。

⑥理致：义理，名理。微：精微，精妙。

⑦咨嗟：犹言赞叹。

【译】

　　裴遐娶了王衍的女儿，婚后三天，女婿们都聚会在王家，当时的名士以及王、裴两家的子弟也都纷纷与会。郭象在座，主动挑起和裴遐谈玄。郭象富有才华，开始几次交锋，大家不太称意；郭象于是全面铺开，气势磅礴；裴遐从容伸张先前的话题，义理精妙，韵味悠长，坐客无不感慨叫好，王衍也觉得精彩，对大家说："你们不要再这样辩论不休，不然就会受困于我女婿。"

【评鉴】

　　据余嘉锡笺，晋人清谈，不仅注重内容，而且语调的疾徐、声音的清浊、仪态的优美与否都十分讲究。这颇似今天的演讲。从这则故事以及刘孝标注可知，裴遐口才出众，义理湛深，加之音色畅美，雅致非常，堪称一位尽善尽美的才子，也难怪一代清谈领袖王衍招为东床。可惜后来在八王之乱中死于非命。

文学20

　　卫玠始度江，见王大将军①，因夜坐，大将军命谢幼舆②。玠见谢，甚说之，都不复顾王，遂达旦微言③，王永夕不得豫④。玠体素羸，恒为母所禁，尔夕忽极⑤，于此病笃，遂不起⑥。

【注】

①王大将军：指王敦。因其曾为大将军，故称。

②谢幼舆：即谢鲲。鲲字幼舆。

③达旦：通宵，整夜。

④永夕：长夜。豫：通"预"。参与，介入。

⑤极：特别累，过分疲劳。

⑥不起：犹言死去。

【译】

　　卫玠刚渡江到江东，拜会王敦，于是清谈到夜间，王敦传令谢鲲来见。卫玠见到谢鲲，非常喜欢谢鲲，完全不再管王敦，就一直谈到天亮，王敦一晚上都插不上话。卫玠身体一向不好，常常被母亲管着，那天晚上忽然太累，从此病重，就去世了。

【评鉴】

　　《晋书·卫玠传》中说，卫玠长大后，"好言玄理。其后多病体羸，母恒禁其语。遇有胜日，亲友时请一言，无不咨嗟，以为入微"。关于卫玠的死，《世说·容止》第十九则说他是被看死的，这里说是因为谈玄理劳累过度而死。从情理而言，话多伤神而致病，正所谓说话费精神。而通夜不眠，更伤元气。不过，卫玠的早死还和南渡的悲伤关联甚大。参《言语》第三十二。

文学21

　　旧云，王丞相过江左，止道声无哀乐、养生、言尽意三理而已①，然宛转关生②，无所不入。

【注】

①声无哀乐：文篇名。即《声无哀乐论》，嵇康撰。文章认为音乐是一种客观存在，本身并不包含情感哀乐的变化。养生：文篇名。即《养生论》，嵇康撰。文章论养生之道，强调应"清虚静泰，少私寡欲"。言尽意：文篇名。即《言尽意论》，晋欧阳建（坚石）撰。文章主张语言能够表达人的思想感情，反映人对事物的客观认识。按，此当为《言不尽意》，为嵇康所写。参评鉴。

②宛转关生：曲折变化，关联生发。

【译】

先前传说，王导到江东，只是讨论《声无哀乐》《养生论》《言尽意论》这三篇文章中的哲学命题罢了，然而这些命题却辗转曲折，关联生发出许多哲理，世间万象没有不包含在内的。

【评鉴】

此三理中，《声无哀乐论》与《养生论》均载《嵇中散集》，而《言尽意论》注为欧阳建所作。汤一介先生认为，《言尽意论》当为《言不尽意论》，同为嵇康所作。我们觉得，汤先生的说法可从，如果是"言尽意"，那么三论之间便从精神上已不协调了，且不说与老庄的本旨风马牛不相及。言不尽意，语出《易·系辞上》："子曰：'书不尽言，言不尽意。'"《老子》所谓"道可道，非常道；名可名，非常名"正是"言不尽意"的不同表达，《庄子·外物》"言者所以在意，得意而忘言"同样是强调言不能尽意。再则，《庄子》有《养生主》篇，而《声无哀乐》正是庄子"齐物"的观念之一，同时也是与传统的儒家观念"治世之音安以乐，其政和，乱世之音怨以怒，其政乖；亡国之音哀以思，其民困"唱反调。由此，我们便明白了嵇康的三论都是老庄意旨的推衍，其实质都是与儒家的观念相悖离的。之所以刘注引出欧阳建，当是因《世说》"言"下原夺"不"字，而刘孝标一时失察罢了。本条是说王导熟悉嵇康"三论"，并能在清谈中辗转变化而无往不胜。全条是从清谈的角度来说的。

文学22

殷中军为庾公长史①，下都②，王丞相为之集，桓公、王长史、王蓝田、谢镇西并在③。丞相自起解帐带麈尾，语殷曰："身今日当与君共谈析理④。"既共清言，遂达三更。丞相与殷共相往反⑤，其余诸贤略无所关。既彼我相尽，丞相乃叹曰："向来语乃竟未知理源所归。至于辞喻不相负，正始之音⑥，正当尔耳。"明旦，桓宣武语人曰："昨夜听殷、王清言，甚佳，仁祖亦不寂寞，我亦时复造心⑦；顾看两王掾⑧，辄翣如生母狗馨⑨。"

【注】

①殷中军：即殷浩。浩曾为中军将军，故称。《晋书·庾亮传》："三府辟，皆不就。征西将军庾亮引为记室参军，累迁司徒左长史。"

②下都：到都城建康去。因当时庾亮镇武昌，到都城顺长江而下，故云。

③王长史：指王濛。因曾为简文长史，故称。王蓝田：即王述（303—368）。述字怀祖，晋太原晋阳（今山西太原）人。王承之子，王坦之之父。袭父爵为蓝田侯。累迁至散骑常侍、尚书令。《晋书》卷75有传。谢镇西：指谢尚，字仁祖。尚穆帝时进号镇西将军，故称。

④身：我。

⑤往反：往复辩论。反，后来写作"返"。

⑥正始之音：魏晋之际，士大夫崇尚玄学清谈，后人称当时的风尚言论为正始之音。正始，三国魏齐王曹芳年号（240—249）。

⑦造心：深入心中。谓受启发。

⑧两王掾：王濛、王述皆为王导掾属。

⑨辄翣（shà）：紧张，戒惧的样子。馨：用于句末，表示某种状态或样子。

【译】

　　殷浩任庾亮的长史，东下到都城去，王导给他组织集会，桓温、王濛、王述、谢尚都在座。王导亲自起身解下挂在帷帐上的麈尾，对殷浩说："我今天要和你一起讨论剖析玄理。"于是互相讨论，直到三更天。王导与殷浩互相辩驳，其余在座的诸位根本插不上话。直到他们彼此尽兴了，王导才叹息说："以前的谈论竟然弄不清义理的源头在哪里。至于说设辞和譬喻都能谐和，或许正始时何晏、王弼等的谈论，应该就是这个样子吧。"第二天早晨，桓温对人说："昨天晚上听王导和殷浩清谈，非常好，仁祖也不寂寞，我也时时心领神会。回头看两个姓王的掾属，紧张得就像护崽的母狗。"

【评鉴】

　　此则故事再现了当时玄学的昌盛之况。宰相亲自上阵夜战，而名流云集响应，何其壮哉！可惜的是，此处"生母狗馨"一语，至今无定解。我们认为，这里的"生"是生育的意思。所谓"生母狗"，是才生了幼崽的母狗。如果注意观察就知道，才生了幼崽的狗是特别警觉

的，蜷曲着把小崽子紧紧地搁在身边，生怕被人或其它动物侵犯。"辄
嫛"是个连绵词，形容警觉戒惧的样子。连起来意思就是说，我回头
看那两个"王掾"，紧张得就像护崽的母狗。

从这里的氛围看，王导与殷浩是清谈的主角，"其余诸贤略无所
关"，即根本插不上嘴！二王一向自视甚高，但一是相较王导、殷浩
的清谈水平尚有差距，二是因为上司与别人高论，作为属下的他们任
何行动都不可能随心所欲，故不免拘束窘迫，失去了自然，平时在桓
温面前的矜装高蹈都荡然无存了。至于谢尚，本身是清谈高手，所谓
不寂寞，当是云其情绪高昂，为王导、殷浩的精彩玄谈鼓掌击节，表
示会心赞赏。

文学 23

殷中军见佛经，云："理亦应阿堵上①。"

【注】

①阿堵：这，这个。

【译】

殷浩看见佛经，说："义理也应该在这个东西中。"

【评鉴】

殷浩精通玄学，是清谈高手，而又精通佛学，一看佛经，自然诸
多道理触类旁通，故有此言。

文学 24

　　谢安年少时，请阮光禄道《白马论》^①，为论以示谢。于时谢不即解阮语^②，重相咨尽^③。阮乃叹曰："非但能言人不可得，正索解人亦不可得^④！"

【注】

①阮光禄：即阮裕。裕曾征为光禄大夫，故称。《白马论》：《公孙龙子》篇名。
　阐释"白马非马"，主要揭示事物与概念之间、个体与一般之间的差别。

②即解：立即懂，马上明白。

③重：重复，反复。相：指代性用法，代指阮。

④正：只是，即或是。索解：探索了解。

【译】

　　谢安年轻时，请阮裕解说《白马论》，阮裕写好了自己的见解给谢安看。当时谢安不能马上懂阮裕的意思，反复详尽地咨询。阮裕于是叹息说："不只是能够解说《白马论》的人不好找，就是探索了解的人也很难得。"

【评鉴】

　　这则叙述名家。谢安的勤学好问，于此可见一斑。阮裕也对谢安的好学表达了赞赏，认为探索名家的人也很难得。公孙龙子是战国时名家的代表人物，著有《公孙龙子》一书，汉代存十四篇，到宋代仅存《迹府》《白马》《指物》《通变》《坚白》《名实》六篇，"白马非马"

是《白马》篇的中心命题，主要从名实的关系进行辩论。认为"白"是言其色，是说的颜色；"马"是言其形，是指的实体，"色＋形"与"形"是不一样的，因此"白马"与"马"是不同的概念。《公孙龙子》的所有辩题，多是这种似是而非之论，故其理论当时就是难点。当然，这其中很多流于诡辩。

文学25

褚季野语孙安国云①："北人学问渊综广博②。"孙答曰："南人学问清通简要③。"支道林闻之，曰："圣贤固所忘言④，自中人以还⑤，北人看书如显处视月，南人学问如牖中窥日。"

【注】

①褚季野：即褚裒（póu）。裒字季野。孙安国：即孙盛。盛字安国。

②渊综广博：深湛综括，广阔博大。

③清通简要：疏朗通畅，简明精要。

④忘言：谓心中领会其意，不需用言语来说明。语本《庄子·外物》："言者所以在意，得意而忘言。"

⑤中人：中等人，一般人。

【译】

　　褚裒对孙盛说："北方人的学问深沉贯通，广阔博大。"孙盛回答说："南方人的学问疏朗通畅，简明精要。"支遁听到了他们的分辨，就说："圣贤本来是得意忘言的，从一般人以下看，北方人看书如同在明敞处看月亮，南方人的学问就像在窗户里看太阳。"

【评鉴】

　　我们觉得，这是一段很有趣的对话。请注意，三位话主都是北方人，孙盛是山西太原人，褚裒是河南阳翟人，支道林是河南开封（一说林县）人，这一番对话是对南北方学问的评价。刘孝标对此注解道："支所言，但譬成孙、褚之理也。然则学广则难周，难周则识暗，故如显处视月；学寡则易核，易核则智明，故如牖中窥日也。"对此，余嘉锡案："此言北人博而不精，南人精而不博。"他引用《北史·儒林传序》说："南人约简，得其英华；北学深芜，穷其枝叶。"本则孙盛和褚裒对南北方学问的评价即来源于此。孙盛和褚裒的议论，引发出支道林的"清谈名理"。支公平生自负，好学深思，融三教于一炉，驰骋玄坛。他的这几句话，是对"渊综广博""清通简要"的进一步深化。三位北方人的对话，既见各自的性格，同时对南北学问气象的区别也评论得比较准确。

文学26

　　刘真长与殷渊源谈①，刘理如小屈②，殷曰："恶！卿不欲作将善云梯仰攻③？"

【注】

①刘真长：即刘惔。惔字真长。殷渊源：即殷浩。浩字渊源。

②小屈：谓渐落下风。

③云梯：古代攻城时攀登城墙的长梯。《墨子·公输》："公输般为楚造云梯之

　械，成，将以攻宋。"

【译】

　　刘惔与殷浩清谈，刘惔的义理似稍落下风，殷浩说："哎！你为什么不架设好云梯仰攻我？"

【评鉴】

　　刘惔与殷浩都是当时第一流清谈家，棋逢对手，应是兴味无穷。殊知往复几番，刘惔便败下阵去。殷浩战意犹酣，而刘惔已无力反击，于是殷浩深感遗憾，表现出一种没有对手的寂寞和惆怅，故不无怨愤地说："哎，你怎么不架设好云梯仰攻！"这里用公输般的典故比喻清谈的攻势。考《世说》全书，以攻战比喻论辩者不乏其例。如："殷中军虽思虑通长，然于才性偏精，忽言及《四本》，便若汤池铁城，无可攻之势。"（《文学》34）

文学27

　　殷中军云①："康伯未得我牙后慧②。"

【注】

①殷中军：即殷浩。因其曾官中军将军，故称。

②康伯：即韩伯。殷浩之外甥。简文帝居藩，引为谈客。牙后慧：齿牙的恩惠。

　此指言语带来的实惠。"拾人牙慧"的成语来源于此。慧，通"惠"。

【译】

殷浩说："韩康伯没有得到我称赞褒奖的恩惠！"

【评鉴】

韩康伯为当时清谈名家，被简文帝引为谈客。因为韩康伯是殷浩的外甥，人们难免有误解，以为其声誉是其舅推扬的，于是殷浩辩白说韩伯的名声与自己无关，是韩康伯本身的修为所至。又，《赏誉》第九十则："殷中军道韩太常曰：'康伯少自标置，居然是出群器；及其发言遣辞，往往有情致。'"这一则同样是说韩康伯的才具为自己赢得了名声，说韩康伯从不自我吹嘘，而能出人头地。把这两则联系起来看，殷浩前者说韩康伯有名声不是仰仗我当舅舅的宣扬，后者说韩康伯的名声也不是靠自吹自擂。这舅父爱外甥溢于言表啊！

文学28

谢镇西少时①，闻殷浩能清言，故往造之②。殷未过有所通③，为谢标榜诸义④，作数百语。既有佳致⑤，兼辞条丰蔚⑥，甚足以动心骇听。谢注神倾意，不觉流汗交面。殷徐语左右："取手巾与谢郎拭面⑦。"

【注】

①谢镇西：指谢尚。穆帝时进号镇西将军，故称。

②造：拜会，拜访。

③通：阐释，阐发。

④标榜：揭示，设立。

⑤佳致：优美的意趣。

⑥丰蔚：富赡华美。

⑦拭面：擦脸。

【译】

　　谢尚年少时，听说殷浩善于清谈，便特地去造访他。殷浩并没有全面展开，只给谢尚揭示了几条玄理，阐发了几百句。既有优美的意趣，同时文辞也富赡华美，很能让人共鸣倾听。谢尚全神贯注，钦佩仰慕，不知不觉间满脸流汗。殷浩缓缓对仆人说："拿手帕来给谢郎擦脸。"

【评鉴】

　　此则故事十分形象。殷浩"未过有所通"，只展现冰山一角，已使谢尚惊叹骇服，以致汗流满面，惊异对方清言之高妙，惭愧自己远不如对方。"徐语"云云，既可见殷浩从容雅致的形象，也可窥见殷浩心中自得而故作安详的情态。此上几则均谈殷浩，可见其清谈的本领和地位。

文学29

　　宣武集诸名胜讲《易》①，日说一卦②。简文欲听③，闻此便还，曰："义自当有难易，其以一卦为限邪！"

【注】

①宣武：指桓温。温谥宣武侯，故称。名胜：即名辈，名流。《易》：即《周易》。古代富有哲学思想的占卜书，后为儒家尊为经典，称"易经"。为儒家十三经之一。

②卦：《周易》中一套有象征意义的符号系统。以阳爻、阴爻相配合，每卦三爻，组成八卦。象征天地间八种基本事物及其阴阳刚柔诸性。八卦互相重叠，组成六十四卦，象征事物间的矛盾联系。古代以占卜所得之卦判断吉凶。

③简文：指简文帝司马昱。

【译】

桓温会聚名士们讲《周易》，每天解说一卦。简文帝本准备去听讲，听说这个安排回头就走了，说："义理自然有难有易，怎么能够用一卦来限制呢！"

【评鉴】

简文帝本身是玄学巨擘，大概认为《周易》是研究世间万事万物联系与变化之学，日说一卦，则已无变通可言，同时也呆板而无生气了。当然，简文帝与桓温从来是有隔阂的，此处也有"因人废言"之意。

文学30

有北来道人好才理①，与林公相遇于瓦官寺②，讲《小品》③。

于时竺法深、孙兴公悉共听④。此道人语屡设疑难，林公辩答清析，辞气俱爽。此道人每辄摧屈⑤。孙问深公："上人当是逆风家⑥，向来何以都不言？"深公笑而不答。林公曰："白旃檀非不馥⑦，焉能逆风？"深公得此义⑧，夷然不屑。

【注】

①才理：才情，义理。此指佛教精义。

②瓦官寺：东晋著名佛寺。哀帝兴宁二年（364）由释慧力法师所建，位于都城建康（今南京）城西南隅。

③《小品》：佛经名。即《小品般若波罗蜜经》之省称。与《摩诃般若波罗蜜经》同属佛家《辨空经》经典，以前者简略，故称"小品"；后者详富，称"大品"。

④竺法深：即道潜。孙兴公：即孙绰。绰字兴公。

⑤摧屈：被驳倒落败。

⑥逆风家：此语中"逆风"出自佛典，表示花香能逆风而闻。此处孙绰将"逆风"加"家"字，用来夸赞深公是精通玄理并能辩难析疑的行家。如《大楼炭经》卷三云："南方有树，名为波质拘耆罗树。根入地二百里，上枝四出，树高四千里。东西二千里，南北二千里。树当华时，风从上吹，华香下行四千里，逆风行二千里。"

⑦白旃檀：一种名贵香木，俗称檀香，为落叶灌木或乔木。春季开花，白色，有香气。《别译杂阿含经》卷一："若旃檀沉水，根茎及花叶。此香顺风闻，逆风无闻者。……如此香微劣，不如持戒香。如是种种香，所闻处不远。"馥（fù）：香。

⑧得：听到。

【译】

　　有一个北方来的高僧喜欢谈义理，和支遁在瓦官寺相遇，讲论《小品》。当时竺法深、孙绰都去听讲。这个和尚的谈论屡屡发难，支遁辩论清新明快，言辞和气韵都非常出色。这和尚总是落败。孙绰问竺法深："上人您应该是能够顶风辩难的行家，为什么刚才根本不发言？"竺法深微笑而不接话。支遁说："白檀木并非不芳香，怎么能逆风闻到香味？"竺法深听到这话，平静地不屑于回答。

【评鉴】

　　林公释道儒三者兼修，学识深湛，本是清谈高手，一向未能忘名，且又逞强好胜。这位北来道人的清谈远不如林公，"每辄摧屈"，几个回合下来，已经是败鳞残甲满天飞了。林公顿时兴致勃勃，趾高气扬。孙绰看不惯林公的洋洋得意，知晓深公的道行高过林公，暗用佛典，希望深公能出手一击。这话让支道林听得很不舒服，于是直接反驳孙绰，说深公是白旃檀，并不是逆风而能闻香的波质拘耆罗树，言外之意深公我也不怕。深公对于孙绰的激将法，笑而不语；对支道林间接挑战的话，也不予理会。由此可见，深公心如止水，根本不把胜负得失挂在心头。这才是高僧本色。

文学31

　　孙安国往殷中军许共论①，往反精苦②，客主无间③。左右进食，冷而复暖者数四。彼我奋掷麈尾，悉脱落满餐饭中，宾主遂至莫忘食④。殷乃语孙曰："卿莫作强口马⑤，我当穿卿鼻！"孙曰："卿不见决鼻牛⑥，人当穿卿颊！"

【注】

①孙安国：即孙盛。盛字安国。许：处，指某一地方。

②往反：一来一往的交锋论辩。精苦：专注，费力。

③无间：（论辩）没有间隙。

④莫：后来写作"暮"。

⑤强口马：倔强不听约束的马。

⑥决鼻牛：拉豁了鼻子的牛。

【译】

　　孙盛到殷浩处一起清谈，一来一往的论难十分精彩胶着，客主都没有一刻空闲。左右进奉饮食，冷了又热热了又冷很多次。彼此论辩时都奋力挥动麈尾，麈尾上的毛都脱落到饭食中，双方直到天晚了都忘记了吃饭。殷浩于是对孙盛说："你休要作不听约束的马，我要穿你的鼻子！"孙盛说："你没看见过豁了鼻子的牛，我会从脸颊上穿个洞控制你！"

【评鉴】

　　二人清谈整日，场面激烈，有言语又有动作，胜负难分，可见当时清谈的盛况。但是高雅的清谈变成了直接的对骂。一个说对方是不好驾驭的马，一个骂对方是拉豁了鼻子的牛。在牛鼻子上穿绳，历时久远，有的牛鼻子就拉豁了。牛拉豁了鼻子则无法控制，只好从两边面颊上打洞套上夹子以系绳索来控制（今山区农家时或可见。这虽然有些残酷，也是贫寒农家的无奈之举）。孙盛的意思是说，殷浩你纵然挣豁了鼻子逃走，我也要在你面颊上打个洞穿上绳子控制你，气势相当强悍。《续晋阳秋》曰："孙盛善理义。时中军将军殷浩擅名一时，能与剧谈相抗者，唯盛而已。"由此可知，二人清谈的本领确实不相上下，不过如此恶语相向多少有失风范。

文学32

　　《庄子·逍遥》篇①，旧是难处，诸名贤所可钻味②，而不能拔理于郭、向之外③。支道林在白马寺中④，将冯太常共语⑤，因及《逍遥》。支卓然标新理于二家之表⑥，立异义于众贤之外，皆是诸名贤寻味之所不得⑦。后遂用支理。

【注】

①《庄子·逍遥》篇：即《逍遥游》。《庄子》首篇，其大旨主张以无己无待、任性自然而达闲适自得、逍遥至乐之境界。

②钻味：钻研体会。

③拔：超过。郭、向：郭象、向秀都曾注《庄子》。

④白马寺：本指佛教在中国最早的寺院。东汉明帝时，摄摩腾、竺法兰初自西域以白马驮经而来，创建白马寺。《洛阳伽蓝记》卷四云："白马寺，汉明帝所立也，佛入中国之始。"后来许多地方都以"白马"命名佛寺。此白马寺当在建康（即今南京）。

⑤冯太常：即冯怀。怀字祖思。官至太常、护军将军。

⑥标：揭示。

⑦寻味：研寻玩绎。

【译】

　　《庄子·逍遥游》篇，自来都不好理解，各名贤能够钻研体味的，都不能超过郭象、向秀的见解。支遁在白马寺中，和冯怀一起清谈，也谈到《逍遥游》的主旨。支遁揭示的新理远远高出郭、向二家，超越了以前名贤们的阐释，并且都是以前各名贤探索体味没能解决好的问题。从此后人们就选择支遁的新义理了。

【评鉴】

　　支遁曾作《逍遥论》，陈寅恪认为支遁在解释《逍遥游》时引入了佛教思想。通常学者阐释《逍遥游》，都不过是在郭象、向秀的基础上增减发挥而已，而支遁则将佛家与道家的理论融会贯通，从而别开生面。《逍遥游》的本旨，认为只有最高境界的至人才能达到真正的逍遥，即所谓"若夫乘天地之正，而御六气之辩，以游无穷者"。支遁认为，逍遥不仅是外在的无所凭依，更重要的是内心的修炼，只有内心不受外物的影响，才可能真正地逍遥。支遁的新解，是建立在佛家空无的基础上的，所以能标新立异。

文学 33

　　殷中军尝至刘尹所①，清言良久，殷理小屈，游辞不已②，刘亦不复答。殷去后，乃云："田舍儿强学人作尔馨语③！"

【注】

①殷中军：即殷浩。因其曾官中军将军，故称。刘尹：指刘惔。因其曾为丹阳

尹，故称。所：处，家里。

②游辞：游离而不着边际的话。

③田舍儿：犹言乡巴佬，土包子。尔馨：这样。馨，后缀。

【译】

殷浩曾经到刘惔家里，双方清谈了很久，殷浩的谈论渐渐不敌，但仍然勉强支吾，刘惔也就不再对答。殷浩离开后，刘惔说："乡巴佬偏要学别人说这些话！"

【评鉴】

刘惔善清谈而自视甚高，且尚公主，更觉优越，往往语近刻薄而凌压别人。对于殷浩，刘惔虽然也认可其清谈的水平，但对其人品和从政能力则从来是不以为然的。再联系本门第二十六则"刘理如小屈"，亦可见殷刘二人的清谈水平应该是不分伯仲，互有胜负，只是在不同的论题方面水平互有参差而已。

文学34

殷中军虽思虑通长①，然于才性偏精②，忽言及"四本"③，便若汤池铁城④，无可攻之势。

【注】

①殷中军：即殷浩。因其曾官中军将军，故称。通长：通达绵长。

②才性：指关于才、性异同及其相互关系的理论。为魏晋玄学重要论题之一。

偏精：最为精要。偏，最。

③四本：即才性四本。关于才、性涵义及其异、同、离、合四种关系的理论。

④汤池铁城：灌满沸水的护城河与铁铸的城墙。比喻坚固的堡垒。

【译】

殷浩虽然思虑通达绵长，然而他在才性方面最为精到，如果说到"四本"，那就简直像面对汤池铁城，没有可以攻击他的地方了。

【评鉴】

此言殷浩最精"四本"，即探讨才、性异、同、离、合四种关系的理论。这是当时一个比较前沿而又艰深的命题，本门第五则说锺会撰成《四本论》，不敢给嵇康看。以锺会的才情，还不敢自信，可见"四本"的不易精通，而这却是殷浩的当家本领，只要涉及这个命题，便无人能出其右。参《文学》第五。

文学35

支道林造《即色论》①，论成，示王中郎②，中郎都无言③。支曰："默而识之乎？"王曰："既无文殊，谁能见赏④？"

【注】

①《即色论》：《高僧传·支遁》作《即色游玄论》。为当时中国佛教"六家七宗"中支遁所创"即色宗"的基本著作。刘孝标注引支遁《妙观章》云："夫色之性也，不自有色，色不自有，虽色而空。故曰：'色即为空，色复异空。'"

②王中郎：指王坦之。因其尝领北中郎将，故称。

③都：简直，全然。

④"既无文殊"二句：源自《维摩诘经》："文殊师利问维摩诘云：'何者是菩萨入不二法门？'时维摩诘默然无言。文殊师利叹曰：'是真人不二法门者也。'"文殊，佛教菩萨名。文殊师利的省译。意译为"妙德"，司"智慧"。其形顶结五髻，象征大日如来之五智；持剑骑青狮，象征智慧锐利而威猛。见赏，欣赏我。

【译】

　　支遁写《即色论》，完稿后，给王坦之看，王坦之没有一句话。支说："默默地记住了吗？"王坦之说："既然没有文殊，谁能够赏识我？"

【评鉴】

　　此则的"默而识之"，至今所有注本皆引《论语·述而》："子曰：'默而识之，学而不厌，诲人不倦，何有于我哉？'"这里，"何有于我哉"的理解是关键，有人认为"何有于我哉"是孔子自谦，但更多的是理解为孔子的自信——即对我都不是困难。若然，意思就是像孔子那样默默记住了吗？这比况不免高了一些。我们比较《轻诋》篇支遁诋毁王坦之是"尘垢囊"，前后岂不矛盾？再则，这样理解，后边王坦之"谁能见赏"的反诘即没了前提。其实，此处是用《论语·为政》："子曰：'吾与回言，终日不违，如愚。退而省其私，亦足以发，回也不愚也。'"何晏集解引孔安国注："不违者，无所怪问于孔子之言，默而识之，如愚者也。"支王二人一向爱抬杠，此处妙在各以其本色互相调侃。因为王坦之不喜欢老庄，好儒学，支遁即引《论语》孔安国注而讥讽他，并且非常巧妙地把自己摆在了孔子的位置，而将王比作了颜渊，这样就占了师生的便宜，同时也为王冷落自己的《即色论》找回了面子。针对支的奚落，王马上以佛教中人物作譬，把自己比作维摩，将支遁比成文殊师利而向维摩诘请教，巧妙地还击回去。意思是说，你不是文殊，怎么能理解维摩诘的无言。这样理解，"都无言"和"见赏"便有了着落，且双方都从对方的信仰发难或回击，各臻其妙。本条列之为"文学"，正在于二人皆引经据典，难分高下。

文学36

王逸少作会稽①，初至，支道林在焉②。孙兴公谓王曰③："支道林拔新领异④，胸怀所及乃自佳⑤，卿欲见不？"王本自有一往隽气⑥，殊自轻之⑦。后孙与支共载往王许，王都领域⑧，不与交言。须臾支退。后正值王当行，车已在门，支语王曰："君未可去，贫道与君小语⑨。"因论《庄子·逍遥游》，支作数千言，才藻新奇，花烂映发。王遂披襟解带，留连不能已。

【注】

①王逸少：即王羲之。羲之字逸少。

②支道林：即支遁。遁字道林，晋高僧。

③孙兴公：即孙绰。绰字兴公。

④拔新领异：犹标新立异。指见解新奇高超，不同凡响。

⑤乃自佳：即乃佳。很好，很不错。自，副词后缀。

⑥本自：犹言本来。一往：一腔。

⑦殊自：很，非常。自，副词后缀。

⑧都领域：完善壁垒。犹言坚壁清野。谓不让支遁有插话的机会。

⑨小语：短暂交谈。

【译】

王羲之作会稽太守，刚到任，支遁正在会稽。孙绰对王羲之说："支道林见解新颖超群，胸中学识非同一般，您想见他吗？"王羲之本来就有满腹豪俊气概，很看不上支遁。后孙绰和支遁同车到王羲之家，王羲之避开清谈内容，不和支遁交锋。一会儿支遁就告退了。后来正碰上王羲之将要外出，车子已在门口等待，支遁对王羲之说："您暂时不要走，我和您短谈一下。"于是支遁论说《庄子·逍遥游》，一口气说了数千言，义理新颖，词藻华美，如群花争放。王羲之于是敞开衣襟解下腰带，流连沉溺，不再出行。

【评鉴】

王羲之风流世家，崇尚道教，于老庄自然谙熟非凡，而对佛教不免有些轻视，当然心中也藐视支道林。然而，因为支道林儒释道三教皆融会贯通，讲《庄子》自然能够纵横捭阖，游刃有余，支遁的透彻阐发让王羲之觉得别开生面，其流连正缘于此。参本门第三十二注。

文学37

三乘佛家滞义①，支道林分判②，使三乘炳然③。诸人在下坐听，皆云可通。支下坐，自共说。正当得两④，入三便乱。今义弟子虽传，犹不尽得。

【注】

①三乘：佛教语。引导众生达到解脱的三种法门。首先，声闻乘（小乘），因
　　听闻佛法而得悟道；其次，缘觉乘（中乘），悟得世间万物皆因缘和合而成；
　　最后，菩萨乘（大乘），能度脱一切有情众生，修六度万行。滞义：晦涩难
　　懂的义理。

②分判：分析，剖析。

③炳然：清晰明白的样子。

④正当：只能。

【译】

　　三乘向来是佛家晦涩的教义，支遁一一剖析，使三乘的意旨十分
清晰。其他人在下边听讲，都认为明白了。支遁停讲了，让大家讨论。
大家只能说清两乘的要义，到三乘就昏乱了。现在的三乘教义虽然有
支遁的弟子传授，还是不能全部明白。

【评鉴】

　　从余嘉锡笺可知，支遁精于三乘，早已写有相关的著作《辩三乘
论》，也就是说，积长期研究的心得而发之于谈论，熟能生巧，左右
逢源，其精彩自然在情理之中。至于弟子没能达到支遁的高度，也是
可以理解的，一是还没有精研到林公的深度广度，只能是拾林公牙慧，
当然不可能纵横捭阖地展开论说。二是佛家讲究所谓慧根，如慧根有
限，则对佛教的义理理解也会因之而打折扣。支遁一代高僧，其佛学

的修养、睿智、辩才都不是一般僧人能达到的。

文学38

许掾年少时①，人以比王苟子②，许大不平。时诸人士及支法师并在会稽西寺讲，王亦在焉。许意甚忿，便往西寺与王论理，共决优劣，苦相折挫③，王遂大屈④。许复执王理，王执许理，更相覆疏⑤，王复屈。许谓支法师曰："弟子向语何似?"支从容曰："君语佳则佳矣，何至相苦邪⑥? 岂是求理中之谈哉?"

【注】

①许掾：即许询。询曾辟司徒掾，故称。

②王苟子：即王修（334—357）。修字敬仁，小字苟子，晋太原晋阳（今山西太原）人。王濛之子。少有清誉，擅长隶书。历仕著作郎、琅邪王文学。《晋书》卷93有传。

③折挫：反驳，问难。

④大屈：犹言大败。

⑤覆疏：反复疏解。

⑥相苦：困辱对方，困人以辞。相，指代性副词。

【译】

许询年少时，时人认为他和王修不相上下，许询心中大不以为然。有一次许多名士和支遁都在会稽西寺讲论义理，王修也在。许询心下很是不平，就径直到西寺与王修讨论玄学，决出胜负。许询竭力诘难攻讨，王修便大落下风。许询又转而执王修的论点，让王修执自己的论点，互相阐释分解，王修又不敌。许询对支遁说："弟子我刚才的论辩如何？"支遁徐徐地说："你的辩难好倒是好，但为什么要困辱别人呢？这难道是探寻义理的论辩吗？"

【评鉴】

所谓"旁观者清"。支公的话，多么旷达而得体！从中可见其仁厚之心。然而，纵观《世说》，支公自己则常常争强好胜，缺少雍容气度，如与北来道人清谈，"林公辩答清析，辞气俱爽。此道人每辄摧屈"，还骂王坦之"尘垢囊"，这些难道不是相苦？或者也是"当局者迷"？此则同样是这个道理，许询的确是比王修理论上更高一筹，所以对别人拿自己和王修相比不以为然，为了虚名，不依不饶地和王修争论下去。另，这个故事应该是二人少年时事，故争强好胜，不愿服输。后来，二人关系还是不错的，并且都与王羲之交好。参见《规箴》第二十。

文学39

林道人诣谢公①，东阳时始总角②，新病起，体未堪劳，与林公讲论，遂至相苦。母王夫人在壁后听之③，再遣信令还④，而太傅留之。王夫人因自出，云："新妇少遭家难⑤，一生所寄，唯在此儿。"因流涕抱儿以归。谢公语同坐曰："家嫂辞情忼慨⑥，致可传述⑦，恨不使朝士见！"

【注】

①林道人：指支遁。遁字道林。中古亦称僧人为道人，故称。谢公：指谢安。

②东阳：指谢朗。因曾为东阳太守，故称。

③王夫人：名绥，太康王韬之女，谢据（虎子）之妻，谢朗之母。

④信：使者。

⑤新妇：已婚女子自称。家难：因其夫谢据三十三岁亡故，故云。

⑥忼慨：同"慷慨"。指言辞高亢，情绪激动。

⑦致：通"至"。最，极。传述：传扬，称道。

【译】

　　支遁去拜访谢安，谢朗当时正是童年，病刚好，身体不能承受太大劳累，和支遁交流辩论，逐渐趋于激烈。他母亲王夫人在屏风后听，两次派人催谢朗回去，但都被谢安挽留不让走。王夫人于是自己走出来，说："我年轻时就遭遇不幸，一生的寄托，就只有这个儿子了。"于是流泪抱着儿子回去了。谢安对同座的人说："我家嫂子言辞慷慨，情感动人，值得传扬，遗憾不能让朝廷官员见！"

【评鉴】

　　此则列为文学，一定程度上展现了当时的清谈风貌，清谈可以不分年龄、不分道俗、不分社会地位的高低，唯求义理之所在。谢安为一时清谈领袖，支道林为一代高僧，也是清谈名家，支道林拜会谢安，谢安自当排开阵势，与支公杀一个败鳞残甲满天飞才是。有趣的是，谢安不是亲自与支公交锋，而是推出了一位谢家宝树—正当童年的谢朗与支公辩论。谢朗如此年龄，居然和一代高僧杀得难解难分，谢安欣赏这精彩的辩论，留住谢朗不让走，当然更希望谢朗战而胜之。王夫人见谢安不让谢朗走，亲自出来抱走谢朗，几句慷慨陈词令人感慨。"一生所寄，唯在此儿"八字，既透露出年少丧夫，抚养幼子的悲酸，也映射出王夫人的过人见识。谢安最后的评点，把这则小故事推向了高潮，所谓遗憾不能让朝士见，就是说，王氏的识见足以让男子惭愧。王谢风流，这则故事也给我们展示了精彩的一个侧面。

文学40

支道林、许掾诸人共在会稽王斋头①，支为法师，许为都讲②。支通一义③，四坐莫不厌心④；许送一难⑤，众人莫不抃舞⑥。但共嗟咏二家之美，不辩其理之所在。

【注】

①许掾：指许询。询曾辟司徒掾，故称。会稽王：指简文帝司马昱。简文帝曾封会稽王，故称。斋头：书房，书斋。头，后缀。

②"支为法师"二句：魏晋以来，佛家讲经之制，开讲之时，以一人唱经，一人解释，唱经者谓之都讲，解释者谓之法师。

③通：阐发。

④厌心：满足，惬意。厌，满足。

⑤送：推出，推送。

⑥抃舞：鼓掌舞蹈。表示高兴赞赏。

【译】

　　支遁、许询等人一起在会稽王的书房中聚会，支遁充当法师，许询担任都讲，支遁阐发一个义理，四座没有人不感到惬意；许询推送一处疑难，大家没有不手舞足蹈的。只是一起赞叹品味两家的精彩，并不去分辨探索他们各自义理的趋向和是非。

【评鉴】

　　本则形容二人讲论佛理的场面如在眼前，二人每当讲说到了精彩处，听众无不颔首服膺，鼓掌称奇。然而精彩处到底是什么，却又说不清楚，这很有点俗语所谓"外行看热闹，内行看门道"的滑稽。当然，当时在座听讲的都是高人，并非外行，之所以听得云里雾里，是因为支遁和许询的讲论主要是佛学的内容，而听讲者佛学的修为还跟不上他们的节奏，所以一方面听得如痴如醉，另一方面却又不知所云。

文学41

　　谢车骑在安西艰中①，林道人往就语，将夕乃退②。有人道上见者，问云："公何处来？"答云："今日与谢孝剧谈一出来③。"

【注】

①谢车骑：指谢玄。谢玄死后追赠车骑将军，故称。安西：指谢奕。谢奕曾为安西将军，故称。艰：亲丧。

②将夕：傍晚。

③谢孝：因谢玄正在守孝，作孝子。故云。剧谈：畅谈，深谈。

【译】

　　谢玄在父亲谢奕的丧期，支遁去和他谈玄，快到晚上才离开。有人在路上碰见支遁，问支遁说："您从哪儿来？"支遁回答说："我今天和谢孝子痛快地谈了一天归来。"

【评鉴】

　　支公虽是佛门中人，也颇有真性情，既逞强好胜，对自己的名声又非常看重。此则写得分外传神，谢玄能言，为人谦和内敛，与人为善，对高僧林公必然是十分礼敬的，所以林公也就可以尽平生所学，充分发挥，倾江倒海。二人具体谈什么我们无从得知，但必然是旗鼓相当，酣畅淋漓，不知日影之移，所以畅谈了一整天。有人问起，林公余兴犹浓，不禁舞之蹈之，言与"谢孝"剧谈归来。毕竟谢玄是一时人杰，与谢玄谈玄也是风光无限的事。再联系《排调》第四十三则林公受谢万和王徽之的奚落嘲讽，落得"七尺之躯，委君二贤"的可怜，林公受到谢玄的礼遇而倍感愉悦就更可理解了。我们觉得，支道林很接地气，其性格也多有让人觉得可爱处。

文学42

　　支道林初从东出①，住东安寺中②。王长史宿构精理③，并撰其才藻④，往与支语，不大当对⑤。王叙致作数百语⑥，自谓是名理奇藻⑦。支徐徐谓曰："身与君别多年⑧，君义言了不长进⑨。"王大惭而退。

【注】

①支道林：即支遁。遁字道林，晋高僧。从东出：从东边的会稽到京城。

②东安寺：佛寺名。在建康（今江苏南京）。具体位置待考。

③王长史：指王濛。濛曾为简文帝长史，故称。宿构：预先构思、草拟。

④才藻：才思，文采。

⑤当对：匹敌，相称。

⑥叙致：谓陈说事理很有情味。叙，叙述。致，情味。

⑦名理：著名的论题。用今天的话来说即论题具有前沿性。当时具体谈论的命
题已不得而知，但总归是玄学之类。奇藻：谓词藻漂亮精彩。

⑧身：第一人称代词。犹言我。

⑨了不：犹言完全不，一点不。

【译】

支遁刚从会稽出来，住在东安寺里。王濛预先构思了精妙的玄理，并组织好了语言词藻，前去和支遁交谈，一开始时就落了下风。于是王濛全面阐发自己的义理，说了几百句，自己认为论说义理出色，词藻优美。支遁缓缓对王濛说："我与你分别多年了，你的玄理和言辞一点没有长进啊。"王濛非常羞愧地告辞了。

【评鉴】

程炎震曾说此则故事不可靠，"王濛卒于永和三年，支道林以哀帝时至都，濛死久矣"。我们只是就文本评论。

王濛为人，宽厚内敛，与支遁本为老相识，"宿构精理"，不过也是清谈家互相切磋的常态。纵然是不能如意，支遁亦不当如此奚落对

方，竟不为别人留半点情面，且言语尖刻，近乎侮辱，的确与高僧形象难副。正因为此，刘孝标注才对支遁颇有微词，引《高逸沙门传》说："遁居会稽，晋哀帝钦其风味，遣中使至东迎之。遁遂辞丘壑，高步天邑。"我们觉得，"高步天邑"，乃是春秋笔法。天邑，即天子之邑，也就是帝都，暗言支遁未忘荣名，趋炎附势。因为，和尚提倡苦行，丘壑正其所当在处，辞丘壑，高步天邑，等于说告别了山林，活跃在帝都了。

文学43

殷中军读《小品》①，下二百签②，皆是精微，世之幽滞③。尝欲与支道林辩之，竟不得。今《小品》犹存。

【注】

①殷中军：即殷浩。浩曾为中军将军，故称。《小品》：佛经名。

②签：书签。此云在有心得体会的地方都贴上纸条。

③幽滞：幽深滞涩，费解难明（的地方）。

【译】

殷浩读《小品》，有心得处贴了二百多张书签，都是自己精妙的见解，当时名家们弄不懂的地方。他曾经想就这些问题和支遁辩论，结果没能如愿。现在《小品》还在。

【评鉴】

　　殷浩虽然不是一个成功的政治家，但其对于学问的态度还是很值得学习的。凡是不懂的，他都记录下来认真钻研，苦思冥想。因支道林为佛门翘楚，于是想向他请教。刘孝标注引《语林》说："浩于佛经有所不了，故遣人迎林公，林乃虚怀欲往。王右军驻之曰：'渊源思致渊富，既未易为敌，且己所不解，上人未必能通。纵复服从，亦名不益高。若佻脱不合，便丧十年所保。可不须往！'林公亦以为然，遂止。"支道林一向以清谈自负，且佛经又是其当行本色，原本信心满满，经王羲之一言，就临阵退缩了。这则故事既可见殷浩研究《小品》之精，也可见林公未能免俗而爱惜虚名的局限。而由于王羲之的劝阻，二人未能探讨问题，也成了千古遗憾。

文学44

　　佛经以为祛练神明①，则圣人可致。简文云②："不知便可登峰造极不？然陶练之功③，尚不可诬④。"

【注】

①祛练：净化，修炼。神明：指人的精神、意志。

②简文：指简文帝司马昱。

③陶练：陶冶，打磨。

④诬：否定。

【译】

　　佛经以为驱除妄念，培育精神，那么就可以成佛。简文帝说："不知这样就可以达到最高境界了么？但是陶冶培育的功夫，还是不能抹杀的。"

【评鉴】

　　佛教的成佛、道教的成仙本身便是虚无缥缈的存在。所以，简文虽然宅心仁厚，连老鼠都不忍心杀，受佛教的影响很深，但他对成佛的理念是持怀疑态度的，因而有如上的疑问。但是，佛经对人向善的陶冶，对世道人心的抚慰是有积极意义的，故简文帝对此表示赞赏。"登峰造极"一语本此。《文心雕龙·时序篇》说："简文勃兴，渊乎清峻。微言精理，函满玄席。"评价中肯。

文学45

　　于法开始与支公争名①，后情渐归支，意甚不分②，遂遁迹剡下③。遣弟子出都，语使过会稽，于时支公正讲《小品》。开戒弟子："道林讲，比汝至，当在某品中。"因示语攻难数十番④，云："旧此中不可复通。"弟子如言诣支公。正值讲，因谨述开意，往反多时，林公遂屈，厉声曰："君何足复受人寄载来⑤！"

【注】

　　①于法开：晋高僧。精佛法，擅医术。曾续修元华寺，移白山灵鹫寺。《高僧传》卷4有传。支公：即支遁。

②不分（fèn）：不服气，不满。

③剡下：剡县一带。治所在今浙江绍兴嵊州。

④攻难：反驳，诘难。

⑤寄载：传言，带人传话。指转述别人的观点。这时支道林已明白来者是受于法开安排的。

【译】

　　于法开当初与支遁争名声，后来人们更推扬支遁，于法开心里很不服气，于是隐居在剡县。他派弟子到京都去，告诉弟子要经过会稽，那时支遁正在会稽讲《小品》。于法开告诫弟子说："支遁在会稽讲《小品》，等你到的时候，应该在某品中。"便演示来往几十回合的辩论，说："过去这部分大家都不能讲得圆通。"弟子按于法开的嘱托去见支遁。果然碰上支遁正讲《小品》，弟子便谨慎地阐述于法开的授意，互相辩难很久，林公渐渐被这弟子驳倒，厉声问："你哪里用得着来转述别人的观点！"

【评鉴】

　　支遁和于法开都是名僧。因为支遁一时名声超过了于法开，于法开为之耿耿于怀，避世隐居，改以学医擅名，而仍苦心孤诣想和支道林比较胜负。于是派出一位高足弟子杀上阵去，弄得支遁措手不及，而支遁也居然知道这是法开的特使，直接呼出"受人寄载"的吼声。真是棋逢对手，知彼知己啊！虽然，高僧们或不当如此争名，但这种高雅的争论却是推进学术的动力，是值得赞赏的风雅。

文学46

　　殷中军问①："自然无心于禀受②，何以正善人少③，恶人多？"诸人莫有言者。刘尹答曰④："譬如写水著地⑤，正自纵横流漫，略无正方圆者⑥。"一时绝叹，以为名通⑦。

【注】

①殷中军：即殷浩。浩曾官中军将军，故称。

②自然：指天地。禀受：犹赋予，给予。

③正：只是，总是。

④刘尹：指刘惔。惔曾为丹阳尹，故称。

⑤写：后来写作"泻"。倾倒，倾泻。

⑥略无：全无，简直没有。正：规矩的，标准的。

⑦名通：奇思，妙解。

【译】

　　殷浩问："天地本来没有对万物有所赋予，为什么总是好人少，坏人多？"在座的人没有谁能回答。刘惔回答说："这好比把水倒在地上，水只是随地形任意流漫，根本不会有标准的或方或圆的形状。"一时间大家赞赏叫绝，认为是名言至理。

【评鉴】

　　这一段话的背景源于《庄子·逍遥游》："天籁者，吹万不同，而使其自己也。"所谓天籁，就是自然界的各种声响。郭象注释说："无既无矣，则不能生有。有之未生，又不能为生。然则生生者谁哉？块然而自生耳。自生耳，非我生也。我既不能生物，物亦不能生我，则我自然矣。"郭象的意思是说，世界上的万事万物都来自自然，无所谓上天的赋予。殷浩提出的问题基于此，既然一切来自自然，人更不是上天造就的，那么为什么人有好坏善恶之分，而且总是好人少而坏人多。刘惔的回答，暗用了《孟子·告子上》中告子的"人性之无分于善不善也，犹水之无分于东西也"的说法，既肯定了人是随环境而变化的，同时也针对殷浩好人坏人的界定巧妙地驳斥。这个界定本身便有问题，从老庄的认知层面来说，老子、庄子都认为人本来无所谓好坏，是圣人们种种人为的措施"变坏"了人，所以他们主张"绝圣弃智""绝仁弃义"，让人回到自然纯真的状态。同时，刘惔的回答也避开了好人坏人多或者少的问题，因为泻水著地，水随自然际遇而流淌，而自然界并不是处处成方成圆的地形组合，那么水的归宿也就随自然地形而变化，就不可能全是规范的形状，殷浩这个问题本身就是站不住脚的。当时人们称赞刘惔的话是"名通"，应该是觉得刘惔既有深湛的老庄理论依据，又以巧妙浅显的比喻回答了殷提出的问题。

文学47

康僧渊初过江①，未有知者，恒周旋市肆②，乞索以自营③。忽往殷渊源许④，值盛有宾客，殷使坐，粗与寒温⑤，遂及义理⑥。语言辞旨，曾无愧色。领略粗举⑦，一往参诣⑧。由是知之。

【注】

①康僧渊：晋代高僧。本西域人，生于长安（今陕西西安）。成帝时，与康法畅、支敏度等共渡江。后在豫章山立寺，讲说佛法。《高僧传》卷4有传。

②周旋：盘桓，去来。

③乞索：乞讨。自营：维持生计。

④殷渊源：即殷浩。浩字渊源。

⑤寒温：犹言寒暄。

⑥义理：玄理。

⑦领略：纲要。主要的内容。

⑧一往：一下子。参诣：进入关键所在。

【译】

　　康僧渊刚过江时，没有了解他的人，常常在市集出没，依赖乞讨维持生计。一天忽然到殷浩家，碰上宾客众多，殷浩让康僧渊坐，简单地寒暄之后，便开始谈论玄理。康僧渊的语言义旨，一点也不比别人差。他简明扼要地阐明纲领，一下子便达到高妙的境界。由此而出名了。

【评鉴】

　　人不可貌相。康僧渊无人了解时，本为乞丐，一旦发言，语惊四座。"领略粗举，一往参诣"是说康僧渊简明地阐述了要领，一下子便揭示了问题的关键。由此可见，康僧渊不仅在义理方面修为深湛，也是一位雄辩家。论辩提纲挈领，直捣黄龙。

文学48

　　殷、谢诸人共集①。谢因问殷:"眼往属万形②,万形来入眼不?"

【注】

①殷:指殷浩。谢:指谢安。

②眼往属万形:即佛教五识之"眼识",指眼睛对万物的感知。属,观察,发现。万形,万物的形貌,佛教所谓"色相"。

【译】

　　殷浩、谢安和名士们集会。谢安便问殷浩:"眼睛去发现万事万物,万事万物进入眼睛吗?"

【评鉴】

　　谢安的问话本源于佛教典籍《成实论》,此书为古印度诃梨跋摩著,后秦鸠摩罗什译,主要讲"我空",兼讲"法空",谈空与有的关系问题。眼与万物,是主客体的关系。万物是客观存在的,如眼不看见万物,也就无所谓存在。二者的关系是眼去发现万物,观察万物,而不是万物自觉地进入眼睛。如果没有眼睛去发现万物,则一切都是空幻。按照《世说》的通例,有问则有答,但这里只有问,应该是殷浩的答语佚失了。故刘孝标注"疑阙文"。

文学 49

　　人有问殷中军[①]："何以将得位而梦棺器[②]，将得财而梦矢秽[③]？"殷曰："官本是臭腐，所以将得而梦棺尸[④]；财本是粪土，所以将得而梦秽污。"时人以为名通[⑤]。

【注】

①殷中军：指殷浩。浩曾为中军将军，故称。

②棺器：棺材。

③矢秽：粪便污秽。矢，通"屎"。

④棺尸：棺材，尸体。

⑤名通：奇思，妙解。

【译】

　　有人问殷浩："为什么将要得到官职时会梦见棺材，将要得到财物时会梦见粪便之类的污秽？"殷浩说："官职本来就是臭腐的东西，所以将要升官时就会梦见棺材尸体；财物本来就是粪土，所以将要得财时会梦见粪便污秽。"当时人们认为是至理名言。

【评鉴】

　　殷浩此言，何其清高；而贬官居东阳时，书空作"咄咄怪事"，又何其不忘臭腐？难怪明李贽评论说："既是臭腐之物，何以终日书空？"（《初潭集》）于此，不难看出清谈家们往往是追求言语惊世骇俗，却并非完全是内心真实世界的展示，而人们也总是欣赏这种大谈玄道而不切实际的空言。这正如陈寅恪先生云："清谈在东汉晚年曹魏季世及西晋初期皆与当日士大夫政治态度实际生活有密切关系，至东晋时代，则成口头虚语，纸上空文，仅为名士之装饰品而已。"(《陶渊明之思想与清谈之关系》)陈先生的话一针见血，名士们不少是口是行非，故弄玄虚的。

文学50

殷中军被废东阳[①]，始看佛经。初视《维摩诘》[②]，疑《般若波罗蜜》太多[③]；后见《小品》[④]，恨此语少。

【注】

①殷中军被废东阳：晋穆帝永和六年（350），后赵石虎死，江北大乱，浩率众北征，欲建事功，结果为姚襄所败，大损士卒军械。遂为桓温奏弹，废为庶人。居东阳信安。

②《维摩诘》：指《维摩诘经》，为维摩诘与文殊师利等人以问答形式讲说佛教大乘教义的经典。

③《般若波罗蜜》：即《摩诃般若波罗蜜经》，为佛家辩空经经典。

④《小品》：即《小品般若波罗蜜经》，为《摩诃般若波罗蜜经》的简略本。

【译】

殷浩被废为平民后，居住在东阳郡信安县，才开始读佛经。初看《维摩诘》，怀疑《般若波罗蜜经》太多太繁琐；后来看《小品》，又遗憾太过简略。

【评鉴】

《般若波罗蜜》，指后秦鸠摩罗什所译二十七卷，又称《摩诃般若波罗蜜经》《大品经》。卷帙较繁；《小品》，也是鸠摩罗什译，称《小品般若波罗蜜经》，不过只有十卷。前者比较琐细，太过庞杂，不易把握其中精要。而后者是鸠摩罗什在原本基础上的精简提炼本。这一则叙述了殷浩学习佛经的认知过程，始觉《般若波罗蜜》太多，后恨《小品》太少，认为《小品》对佛教教义发挥得还不够酣畅淋漓。这说明殷浩对佛经的学习渐入佳境。对于《小品》的疑难，后来是潜心研究，在二百多处都有自己的心得体会，并且还要将自己的疑虑去向高僧支道林求解。这种学习态度尤其难得。参《文学》第四十三。

文学51

支道林、殷渊源俱在相王许①，相王谓二人：“可试一交言。而才性殆是渊源崤函之固②，君其慎焉！”支初作，改辙远之③，数四交④，不觉入其玄中。相王抚肩笑曰：“此自是其胜场⑤，安可争锋？”

【注】

①支道林：即支遁。遁字道林，晋高僧。殷渊源：即殷浩。浩字渊源。相王：指司马昱，即后来的简文帝。昱时以会稽王居相位。许：处。即司马昱府中。

②才性：即才性四本论。关于才、性涵义及其相互关系的理论。崤函：崤山和函谷关。自古为险要关隘。函谷东起崤山，故以并称。此处比喻殷浩的强项。

③改辙：改变行车途径。此谓避开殷浩所擅长的领域。

④数四交：谓多次交锋。

⑤胜场：强项。

【译】

　　支遁、殷浩都在司马昱那里，司马昱对二人说："你们不妨试谈玄理。不过才性四本论应该是殷浩的强项，如崤山、函谷关那样的险固壁垒，上人可要小心！"支遁才开始时，尽量避开才性，几个回合以后，不知不觉又落进才性命题。司马昱拍着支遁的肩膀笑着说："这本来是渊源的看家本领，怎么能够争胜啊？"

【评鉴】

　　殷浩与支遁都是一流清谈高手，二人清谈本各有所长，总体难分伯仲。殷浩擅长"四本"。本门第三十四则云殷浩"才性偏精，忽言及四本，便若汤池铁城，无可攻之势"，也就是说，"四本"是殷浩的绝招，可以秒杀天下谈士。支道林生性好胜，简文帝这话或许激起了支道林的斗志，他偏不信邪，"改辙远之"，即尽量不与殷浩正面交锋，而是迂回进攻。没料到几个回合之后，依旧落入了殷浩"才性四本"的迷魂阵中。最后一句也可见简文帝对殷浩的偏爱。

文学52

　　谢公因子弟集聚①，问："《毛诗》何句最佳②？"遏称曰③："昔我往矣，杨柳依依；今我来思，雨雪霏霏④。"公曰："'訏谟定命，远猷辰告。'⑤谓此句偏有雅人深致⑥。"

【注】

①谢公：指谢安。因：趁着，在某个处境时。

②《毛诗》：即今行的《诗经》。《诗》原有齐、鲁、韩、毛四家，前三家后渐

　沦亡，唯《毛诗》存。

③遏：即谢玄。玄小字遏。

④"昔我往矣"几句：出自《诗·小雅·采薇》。追昔抚今，我心伤悲，表达

　了对生命流逝的叹息，对战争的痛恨和家园之思。

⑤"讦谟定命"几句：出自《诗·大雅·抑》。谓全面考量后制订国家的政令，

　把长远的规划及时传达（给人民）。讦谟，大谋，宏图。定命，确定政令。

　远猷，远大的谋略。辰告，以时布告。

⑥雅人：风雅之人。深致：深远的风致，深沉的内涵。

【译】

　　谢安趁着子弟聚集，问："《毛诗》中哪句最好？"谢玄称许说："昔

我往矣，杨柳依依；今我来思，雨雪霏霏。"谢安说："'讦谟定命，远

猷辰告'。我觉得这一句最有雅人的深远风致。"

【评鉴】

　　关于这段话，清人王夫之在《姜斋诗话》中有一段精彩的评论：

"谢太傅于《毛诗》取'讦谟定命，远猷辰告'，此八字如一串珠，将

大臣经营国事之心曲，写出次第，故与'昔我往矣，杨柳依依；今我

来思，雨雪霏霏'同一达情之妙。"谢安是从政治家的角度对"讦谟定

命，远猷辰告”表示赞赏，认为当心怀天下，志存社稷，而不仅仅是
风花雪月。同时，这也是他自己心中之目标，内心世界的语言外现。

文学53

张凭举孝廉①，出都。负其才气，谓必参时彦②。欲诣刘尹③，
乡里及同举者共笑之。张遂诣刘，刘洗濯料事④，处之下坐，唯通
寒暑，神意不接⑤。张欲自发无端⑥。顷之，长史诸贤来清言⑦，客
主有不通处，张乃遥于末坐判之，言约旨远⑧，足畅彼我之怀，一
坐皆惊。真长延之上坐⑨，清言弥日⑩，因留宿。至晓，张退，刘
曰：“卿且去，正当取卿共诣抚军⑪。”张还船，同侣问何处宿，张
笑而不答。须臾，真长遣传教觅张孝廉船⑫，同侣惋愕⑬。即同载
诣抚军，至门，刘前进谓抚军曰⑭：“下官今日为公得一太常博士妙
选⑮。”既前，抚军与之话言，咨嗟称善，曰：“张凭勃窣为理窟⑯。”
即用为太常博士。

【注】

①张凭：字长宗。晋吴郡（今江苏苏州）人。举孝廉，为太常博士，累迁至吏
部郎、御史中丞。《晋书》卷75有传。孝廉：有孝行而廉洁。为朝廷考察选
拔人才的科目。

②时彦：当时的杰出人才。

③刘尹：指刘惔。惔曾为丹阳尹，故称。

④料事：处理事务。

⑤神意不接：谓神情和态度都很冷漠，不予交接。

⑥无端：没有端绪，由头。

⑦长史：指王濛。濛曾为简文帝长史，故称。

⑧言约旨远：谓语言简约而意旨深远。

⑨延：邀请。

⑩弥日：一整天。

⑪正当：即将，将要。当，后缀。取：请。抚军：指简文帝司马昱。因其尝作抚军将军，故称。

⑫传教：传达教令。引申指传达教令的人。

⑬同侣：同伴，同行的人。惋愕：惊奇，惊讶。

⑭前进：先上前。

⑮太常博士：魏晋官名。为太常属官。掌引导乘舆及议定王公以下之谥号。妙选：出色的人选。

⑯勃窣（sū）：言辞精粹的样子。理窟：义理的渊薮。此谓张凭擅于清谈而又富于才学。

【译】

　　张凭被推举为孝廉，到都城建康去。他仗恃自己的才气，认为一定能够进入名士的行列。打算去拜会刘惔，本乡人和同被推举的人都嘲笑他。张于是就去拜会刘惔，当时刘惔正在盥洗及处理一些事务，把张凭安排在下座，只是寒暄敷衍，神情心意都不和他交流。张凭想要表现自己却没有机会。过了一会儿，王濛和一些名士前来清谈，客主间有没能融会贯通的地方，张凭就远远地在下座解析，语言简明而意旨高超，使论辩的双方都感到欢畅，满座的客人都很惊诧。刘惔将张凭请到上座，清谈了一整天，又留张凭住下。到天亮了，张凭告退，刘惔说："请你暂时回去，我将要和你一起去拜见抚军。"张凭回到船上，同行的人问他昨晚在哪儿住的，张凭笑笑不回答。过了一阵子，刘惔派属吏寻找张孝廉船，同伴们才叹息惊异。张凭就和刘惔一起去见抚军将军司马昱。到了司马昱那里，刘惔先进去对司马昱说："我今天为你得到一个太常博士的出色人选。"张凭见了司马昱，司马昱和他交谈，感叹称好，说："张凭才华横溢，言辞出众，简直是义理的渊薮。"于是委任张凭为太常博士。

【评鉴】

通观《世说》及《晋书》有关刘惔的记载，刘惔素来以清谈和识见自负，当时谈士很少有人能入其法眼。张凭少小才华出众而善言辞（见《排调》40），"及长，有志气，为乡闾所称"，得举孝廉。因为刘惔尚公主且为简文腹心，同时又是清谈的一流名家，能得到刘惔的赏识，自然有如登上龙门。故张凭欲好风借力，直上青云，因而直接拜谒刘惔。凭借自己的才华和超常的自信，这一着棋下得十分成功，从孝廉而升为太常博士。由此可见，个人的成功除了自身的条件外，还得有过人的胆识，敢于去创造机会，寻求有力者推荐。《史记·伯夷列传》有云："闾巷之人，欲砥行立名者，非附青云之士，恶能施于后世哉？"太史公早就明白了仕途的路径。所以，张凭的举动也是无可厚非的。

文学54

汏法师云①："'六通''三明'同归②，正异名耳。"

【注】

①汰法师：指竺法汰。晋僧人。东莞（今山东莒县）人。博通群经，止瓦官寺，为简文帝所重。《高僧传》卷5有传。

②六通：佛教谓六种神通之力。一曰神足通，游涉往来，非常自在；二曰天眼通，得天眼根，透视无碍；三曰天耳通，得天耳根，听闻无碍；四曰他心通，知人心念，而无隔碍；五曰宿命通，知自身与六道众生宿世行业，而无障碍；六曰漏尽通，断尽烦恼，自在无碍。前五通，凡夫亦能得之，而第六通，唯圣者始得。三明：佛教语。佛教谓能知宿世为宿命明，知未来为天眼明，断尽烦恼为漏尽明。

【译】

法汰说："'六通''三明'本旨相同，只是名称不同罢了。"

【评鉴】

六通、三明都是佛教术语。六通是佛家所谓能够逾越一切障碍，过去、未来、天上、人间都能通晓的智慧。有了这种智慧，则无所不明。三明，指明了三世，即过去、现在、未来三世。竺法师的意思是说，六通、三明是佛家同一概念的不同表达，只是名称不同。可见不可执着名相。

文学55

支道林、许、谢盛德共集王家①，谢顾谓诸人："今日可谓彦会②。时既不可留，此集固亦难常，当共言咏，以写其怀。"许便问主人:"有《庄子》不?"正得《渔父》一篇③。谢看题,便各使四坐通④。支道林先通,作七百许语,叙致精丽⑤,才藻奇拔⑥,众咸称善。于是四坐各言怀,毕,谢问曰:"卿等尽不?"皆曰:"今日之言,少不自竭。"谢后粗难⑦,因自叙其意,作万余语,才峰秀逸⑧,既自难干⑨,加意气拟托⑩,萧然自得,四坐莫不厌心⑪。支谓谢曰:"君一往奔诣⑫,故复自佳耳。"

【注】

①许:指许询。谢:指谢安。盛德:才华和名声出众的人。王家:王濛家。

②彦会:优秀人才的聚会。犹今言群英会。

③正得:只找到。《渔父》:《庄子》篇名。文章通过"渔父"对孔子及儒家思想的批评,借此阐发道家"持守其真"的思想。

④通:阐发。

⑤精丽:精练绮丽。

⑥奇拔:美妙出众。

⑦粗难:略加问难。简要地对大家先前的阐发加以点评。

⑧才峰:才气锋颖。秀逸:秀美洒脱,超群出众。

⑨难干:不可企及。

⑩拟托:虚拟假托。

⑪厌心:满意,心服。

⑫一往:一举,一下子。奔诣:直奔关键,直达核心。

【译】

支遁、许询、谢安等名士一起在王濛家聚会,谢安环顾大家说:

"今天可称得上群英聚会。时光过去了就不会再来，这样的集会本来也难以常有，应该大家一起清谈吟咏，好好抒发各自的情怀。"许询就问王濛："有《庄子》没有？"只找到《渔父》一篇。谢安看了论题，就叫四座的客人阐发。支遁首先阐释，说了七百多句，叙述义理精练瑰丽，词藻才情佳妙出众，大家一齐叫好。接着坐客各自抒发情怀，大家都阐述完了，谢安问："各位尽兴了吗？"都说："今天的谈论，没有人不竭尽所能的。"谢安即简略地评判优劣，接着自己阐发心得，说了万余句。他的才华清秀飘逸，本已常人难及，再加上将豪气寄托比拟在论说之中，更是潇洒自如，在座的宾客没有不心满意足的。支遁对谢安说："你一下子直奔问题的核心，实在是妙不可言啊。"

【评鉴】

　　这是一场高端的学术论坛，主持会议的是谢安，群贤毕至，各抒己见。谢安的总结发言提纲挈领，而他最后的阐释力压群雄，既文采勃发，而又音调铿锵，加之形象风流潇洒，可谓尽善尽美。不仅让在座的名士们心满意足，同时也让素以清谈自负的支遁心悦诚服。于此可见，谢安不愧为当时的清谈宗主，风流领袖。

文学56

　　殷中军、孙安国、王、谢能言诸贤①，悉在会稽王许②，殷与孙共论《易象妙于见形》③，孙语"道合"，意气干云。一坐咸不安孙理④，而辞不能屈。会稽王慨然叹曰："使真长来，故应有以制彼。"即迎真长。孙意已不如。真长既至，先令孙自叙本理，孙粗说己语，亦觉殊不及向⑤。刘便作二百许语，辞难简切⑥，孙理遂屈。一坐同时抚掌而笑，称美良久⑦。

【注】

①殷中军：即殷浩。孙安国：即孙盛。盛字安国。王：指王濛。谢：指谢尚。

②会稽王：指简文帝司马昱。昱尝封会稽王，故称。

③《易象妙于见形》：即《易象妙于见形论》，晋孙盛撰。议论易象变化之著作。

④不安：不赞同。

⑤殊不及向：已经远远不如先前了。殊，很，甚。向，先前。

⑥辞难：论难的言辞。简切：简明而贴切。

⑦称美：称扬赞美。

【译】

　　殷浩、孙盛、王濛、谢尚等善于清谈的名士，都聚集在会稽王司马昱那里，殷浩和孙盛一起论辩《易象妙于见形》，孙盛主张天道与人事相合，气势高昂。在座的都不太赞同孙的观点，却又辩不过他。司马昱感慨叹息说："假如叫真长来，必然能够制服他。"于是叫人去把刘惔请来。孙盛估计自己不如刘惔。刘惔到了，先叫孙盛自己叙述自家理论，孙盛大略阐述自己的观点，大家就已经觉得不如先前精彩了。刘惔接着就阐述了二百多句，辩难的言辞简明而切中要害，孙的观点就被驳倒了。满座客人同时拍掌欢笑，赞美了许久。

【评鉴】

　　孙盛学问广博，兼善清谈，一座虽不能完全心服其说，却苦于难以驳倒。于是孙豪情万丈，趾高气扬，大有目空四座的气概。简文帝不满孙的得意，于是叫人去请刘惔。刘惔还没到，孙盛已经心虚了。等到刘惔到了，孙盛没开战已呈败象。接着刘惔小试牛刀，孙盛就丢盔弃甲了。孙盛得意于前，委顿于后，这场景也颇有些滑稽。由此可见，天外有天，人外有人，做人千万不能猖狂。当然，孙盛本身是非常了不得的，满腹才学，而又勤于著述，其《晋阳秋》称为良史，且还能驰骋疆场，勇立事功，这是大多清谈家们都不及的。

文学57

　　僧意在瓦官寺中①，王苟子来②，与共语，便使其唱理③。意谓王曰："圣人有情不④？"王曰："无。"重问曰："圣人如柱邪？"王曰："如筹算⑤。虽无情，运之者有情。"僧意云："谁运圣人邪？"苟子不得答而去。

【注】

①僧意：东晋简文帝时僧人。不详。

②王苟子：即王修。修小字苟子。王濛之子。

③唱理：讨论玄理，清谈玄学。

④圣人：人们理想中品德最高尚、智慧最高超的人。

⑤筹算：计算用的筹码。

【译】

　　僧意在瓦官寺中，王修来了，僧意就和他交谈，要王修先陈说玄理。僧意问王修说:"圣人有感情吗?"王修回答说:"没有。"僧意又问:"圣人像一根柱子吗?"王修回答说:"就像筹码。筹码虽然没有感情,但使用筹码的人有感情。"僧意又问:"谁在运筹圣人呢?"王修答不上只好离开了。

【评鉴】

圣人"有情""无情"之说的命题源于《老子》:"天地不仁,以万物为刍狗;圣人不仁,以百姓为刍狗。"发展到魏晋,何晏则直接提出了"圣人无情说",锺会等赞成何说。本则的精彩处在于,僧意问圣人是不是像柱子,王修则回答,像筹码,也就否定了僧意说,因为柱子是客观静止不易变的。筹码本身虽然也无情,但它在运用中必然寄托了用者的意志。所以,所谓"圣人"的情,是外在因素赋予的。这说明,典籍中"圣人"的情,是随人播弄,寄托着各色人等对圣人不同理解的情,那当然不是圣人的情,说"无情"正在于此。至于僧意问谁在运筹圣人,这是一个不好答且有诸多忌讳的问题,故王修不答而去。

文学58

司马太傅问谢车骑①:"惠子其书五车②,何以无一言入玄?"谢曰:"故当是其妙处不传③。"

【注】

①司马太傅:即司马道子。安帝时任太傅,故称。谢车骑:指谢玄。谢玄死后

追赠车骑将军，故称。

②惠子：即惠施。战国时宋人。《庄子·天下》："惠子多方，其书五车。"

③故当：该当，应该是。不太肯定之辞。

【译】

　　司马道子问谢玄："惠子著的书传说有五车之多，为什么没一句话涉及玄谈？"谢玄说："应该是惠施的精妙处没有传下来。"

【评鉴】

　　《庄子》中惠施曾经和庄子一起游于濠濮之上，有过精彩的辩论。但惠施流传的言论多涉诡辩，似与老庄玄学不相关，故司马道子有如上的提问。谢玄并不直接回答，只是巧妙而模棱两可地说或许是精妙的东西没传下来，这样就避开了是非问题，而留下了一个看似有理的疑问。谢玄之聪明能言再一次得到了证明。

文学 59

　　殷中军被废①，徙东阳，大读佛经，皆精解②，唯至事数处不解③。遇见一道人，问所签④，便释然。

【注】

①殷中军：即殷浩。殷浩北伐失败，贬为庶人，居东阳信安。

②精解：精通理解。

③事数：佛教用语。指事物的名相（名称及外观形象）；有关名相的佛教术语

的分项条列。刘孝标注曰："事数，谓若五阴、十二入、四谛、十二因缘、五根、五九、七觉之声。"

④签：指作上记号、贴上标签的问题。

【译】

殷浩被罢黜，徙居东阳后，专意读佛经，基本都精通理解了，只有到"事数"处不太理解。后遇见一个高僧，向高僧请教读书时标下的问题，就明白了。

【评鉴】

殷浩读书勤奋，认真学习的态度值得肯定，每有疑难，便留下标记而遍访高明。善言辞、富学问，的确也是难得的人才。桓温曾经说："浩有德有言，向使作令仆，足以仪刑百揆，朝廷用违其才耳。"（《晋书·殷浩传》）这个评价非常中肯。意思是说让殷浩在朝廷做一个文官首领，参与论议，行为举止成为大家的表率，不失为一个称职的好官，可惜朝廷安排不当。

文学60

殷仲堪精核玄论①，人谓莫不研究。殷乃叹曰："使我解'四本'②，谈不翅尔③。"

【注】

①精核：犹言精通。玄论：即玄学。

②四本：即《四本论》。

③不翅：不止。翅，通"啻"。

【译】

　　殷仲堪精通玄学，人们都说他没有不研究的。殷仲堪于是叹息说："如果我懂得'四本'的话，我的清谈还不止现在这样。"

【评鉴】

　　殷仲堪为殷浩从子，殷浩于"四本"特精，殷仲堪唯此不懂，故为之慨叹。此处"使我解'四本'语"，从来各说不一，如多个版本认为殷仲堪懂"四本"，其意是说"四本"讲得更好。我们觉得，殷仲堪是不懂"四本"的，一是从语气推究，别人推赞殷仲堪莫不研究，这本是溢美之词，仲堪因此而生感慨，回答别人说可惜自己不懂"四本"，不然还可高出一筹。二是"四本"是非常艰深的，是其族叔殷浩的看家本领，别人要想在这个论题中争胜，便如铜墙铁壁，无可攻之势。殷仲堪不通"四本"，故面对别人"莫不研究"的赞赏引以为憾，觉得美中不足。

文学61

　　殷荆州曾问远公①："《易》以何为体②？"答曰："《易》以感为体③。"殷曰："铜山西崩，灵钟东应，便是《易》耶④？"远公笑而不答。

【注】

①殷荆州：即殷仲堪。仲堪曾为荆州刺史，故称。远公：指释慧远（334—
416）。本姓贾氏，雁门楼烦（今山西宁武）人。从释道安以为师，精研佛
理，多有创获。为净土宗始祖。《高僧传》卷6有传。

②体：本体，根本。

③感：感应。受影响而引起反应。

④"铜山西崩"几句：此谓西边的铜山忽然崩坏，而东边的灵钟就鸣响感应，
这就是《易》吗？

【译】

　　殷仲堪曾经问慧远："《易》以什么为本体？"慧远回答说："《易》
以感应为本体。"殷问："西边的铜山崩塌了，灵钟在东边产生感应，
这就是《易》吗？"慧远笑笑不回答。

【评鉴】

　　《易》说："阴阳相感"，"同声相应，同气相求。"这是事物之间，
事物内部的基本情形；又说："《易》无思也，无为也，感而遂通天下
之故。"这是人与易道、天地之间的沟通。就前者言，感应是事物生成
存在的本相；就后者言，感应是物我、天人沟通的桥梁。故"感"字
至关重要。慧远回答《易》以感应为本体，殷则举现象为例，反问这
种现象是不是就是《易》道。《易》本身包罗万象，如果以是否回答，
则落入具体现象的偏颇中。故慧远笑而不答，足见慧远的智慧。

文学62

羊孚弟娶王永言女①，及王家见婿，孚送弟俱往。时永言父东阳尚在②，殷仲堪是东阳女婿，亦在坐。孚雅善理义，乃与仲堪道《齐物》，殷难之，羊云："君四番后当得见同。"殷笑曰："乃可得尽，何必相同③。"乃至四番后一通，殷咨嗟曰："仆便无以相异④！"叹为新拔者久之⑤。

【注】

①羊孚：字子道，晋泰山南城（今山东新泰）人。羊绥之子。历官太学博士、州别驾、太尉参军。其弟不详。王永言：即王讷之。讷之字永言，晋琅邪临沂（今山东临沂）人。安帝时官尚书左丞，仕至御史中丞。按，《晋书》作"纳之"，从名与字的关系看，作"讷之"是。

②东阳：指王临之。临之字仲产，王彪之次子，仕至东阳太守。《晋书》卷76有传。

③何必：未必，不一定。

④相异：和你不同。相，指代性副词。

⑤新拔：新颖超拔，新奇出色。

【译】

羊孚的弟弟娶王永言的女儿，到王家见女婿那天，羊孚送弟弟一起去。当时王永言的父亲王临之还在世，殷仲堪是王临之的女婿，也在座。羊孚一向善于义理清谈，就和殷仲堪论辩《庄子·齐物论》，殷仲堪对羊孚发难，羊孚说："你四个回合后就会和我的论点一致。"殷仲堪笑着说："四番后能够尽兴，但未必相同。"于是到了四个回合后再加阐释，殷仲堪嗟叹说："我真没法和你见解不一样!"不禁久久地叹息羊孚的出类拔萃。

【评鉴】

殷仲堪精于玄理，时人说他莫不精通，然而羊孚预见殷仲堪的辩论终会和自己一致，更是高手。天外有天，人外有人。这正如下棋的高手，可以预见后边的若干步棋路。由此也可见羊孚玄谈的高明。

文学63

殷仲堪云："三日不读《道德经》①，便觉舌本间强②。"

【注】

①《道德经》:《老子》的别名。盖《老子》上篇言道，下篇言德。凡五千余言，
　　八十一章，主张清静无为，顺应自然。
②舌本：舌根，舌头。强（jiàng）：僵硬不灵活。

【译】

殷仲堪说："三天不读《道德经》，就觉得舌根僵硬不灵便。"

【评鉴】

清谈的根本即为《老》《庄》，清谈家对《老》《庄》必然精熟。从殷仲堪的话，可见清谈家对《老》《庄》的重视，同时也可悟出读书的

要诀,《老子》不过五千言,却要时常阅读并且研习揣摩。因《老子》微言大义,玄妙无似,熟读精思,才能悟出其中妙处。推而广之,大凡经典著作,都需要读熟读透。俗所谓"读书百遍,其义自见"就是这个道理。

文学64

提婆初至①,为东亭第讲《阿毗昙》②。始发讲,坐裁半,僧弥便云③:"都已晓。"即于坐分数四有意道人④,更就余屋自讲。提婆讲竟,东亭问法冈道人曰⑤:"弟子都未解,阿弥那得已解? 所得云何?"曰:"大略全是,故当小未精核耳⑥。"

【注】

①提婆:即僧伽提婆。东晋西域罽宾国(今克什米尔)高僧。苻秦建元十七年(381)至长安,译经传道。苻秦灭亡,转徙洛阳。于晋孝武帝时南渡,宣讲佛理,风流名士莫不造访致敬。《高僧传》卷1有传。

②东亭:即王珣。王导之孙,王洽之子。以讨袁真功封东亭侯,故称。《阿毗昙》:佛典有三藏,经、律、论。《阿毗昙》是"论"藏的重要著作。

③僧弥:即王珉。王珣之弟。珉小字僧弥。

④有意:有知解,有灵性。道人:和尚。

⑤法冈道人:为当时知名僧人。姓氏生平不详。

⑥精核:精准,透彻。

【译】

　　僧伽提婆才到京城时，给王珣家讲《阿毗昙》经。刚开始发讲，才讲了一半，王珉就说："我全明白了。"就将座间有灵性的僧人分了几个，到其他屋子里听他讲。提婆讲完了，王珣问法冈和尚说："我一点都还没听懂，阿弥怎么能就懂了？你觉得他讲得怎么样？"法冈回答说："大概精神都是对的，只是多少有些不那么精确罢了。"

【评鉴】

　　据程炎震考证，此则故事为传闻之误，提婆过江时王珉已卒，无由得见提婆。大概是因为王珉精熟佛学，后人演为故事。王珉比王珣更有灵性，才讲了一半，他就全明白了，所谓闻一知十，应该就是王珉这类人物。王忱特别欣赏王珉，曾经对王珣说："你虽然品评不差，但怎么能和僧弥去论高低？"（《规箴》22）言外之意就是说王珣比王珉差得太远。从此则看，王珉可谓奇才。

文学65

　　桓南郡与殷荆州共谈①，每相攻难。年余后但一两番，桓自叹才思转退，殷云："此乃是君转解②。"

【注】

①桓南郡：即桓玄。因七岁时袭父爵为南郡公，故称。殷荆州：即殷仲堪。因其曾为荆州刺史，故称。

②转解：更加懂了。转，副词。更。

【译】

桓玄和殷仲堪一起谈玄，每每互相问难不分上下。过了一年多后只能辩难一两个回合了，桓玄叹息是自己才思已经退步了，殷仲堪说："这是你更加明白了。"

【评鉴】

殷仲堪与桓玄皆善清谈，不过比较而言，仲堪更醉心精研于此，曾有"三日不读《道德经》，便觉舌本间强"语，此即所谓"用志不分，乃凝于神"，宜成为一流高手。反观桓玄，一是心机太重，野心太大，事务太杂，纵然其天资过人，也难逃技穷之讥。至于本则所记，开始时似不分上下，而随着殷仲堪的精进而桓玄渐落下风，这本是必然的结局。桓玄已意识到被拉开了距离，所以叹息自己才思减退，殷仲堪则从正面鼓励了他。当然，没想到二人后来反目成仇，以致互相攻杀。世事沧桑，令人叹息。

文学66

文帝尝令东阿王七步中作诗①，不成者行大法②。应声便为诗曰："煮豆持作羹③，漉菽以为汁④。萁在釜下燃⑤，豆在釜中泣。本自同根生，相煎何太急⑥！"帝深有惭色。

【注】

①文帝：指魏文帝曹丕。东阿王：指曹植（192—232）。植字子建，曹丕同母弟。少博学，善诗文，曹操尝欲立以为嗣，故深为曹丕所忌。曹丕死，明

帝曹叡立，曹植屡次上疏求自试，皆不听用，忧郁而终。以其封陈王，谥曰思，称陈思王；又因其尝封东阿，故又称东阿王。《三国志》卷19有传。

②大法：指杀头。

③持作：用作；以……为。羹：带汁的食物类东西的通称。

④漉：过滤。菽（shū）：豆子。

⑤萁：豆秆。釜：炊具。似锅，上可置甑以蒸煮。

⑥相煎：煎我。相，指代豆子，即我。此处用拟人的手法。

【译】

魏文帝曹丕曾经叫东阿王曹植在七步之内作诗，如诗作不成就杀头。曹植应声就作诗道："煮豆子用来做豆羹，滤去豆渣做成豆汁。豆秆在锅底下燃烧，豆子在锅里边哭泣。我们本来同根生出，煎我为何这样迫急！"文帝听了非常惭愧！

【评鉴】

此则以下，多为诗文歌赋，即今所谓"纯文学"。曹植有"才高八斗"之美誉，曾颇得曹操宠爱，几乎代曹丕而为世子，故曹丕必欲杀之而后快。曹植之诗，可怜之极，以"同根相煎"之惨来乞命，终于让曹丕有些感动，再加上卞皇后保护，好歹保住了性命。此七步诗也因而成为千古绝唱。后来演变为更简洁的版本："煮豆燃豆萁，豆在釜中泣。本是同根生，相煎何太急！"纵观曹植一生，让人唏嘘，曹丕登基，他诚惶诚恐，时时如履薄冰；曹丕死，他为曹丕作诔大肆吹嘘，诸如"明明赫赫，受命于天。仁风偃物，德以礼宣"，"其刚如金，其贞如琼，如冰之洁，如砥之平"等，简直说尽了好话。然而等到曹叡登基，曹植不仅没有得到侄儿的关照同情，反而生存空间更加逼仄，行止不得自由，读其《求通亲亲表》，令人掩卷叹息。这生于帝王家又何曾有一点生趣，难怪曹植四十岁就郁郁而终了。

文学67

魏朝封晋文王为公①，备礼九锡②，文王固让不受③。公卿将校当诣府敦喻④，司空郑冲驰遣信就阮籍求文⑤。籍时在袁孝尼家⑥，宿醉⑦，扶起，书札为之，无所点定⑧，乃写付使。时人以为神笔⑨。

【注】

①晋文王：指司马昭。

②九锡：古代天子赐给卓有功勋的诸侯、大臣的九种器物。《公羊传·庄公元年》"锡者何？赐也；命者何？加我服也。"汉何休注曰："礼有九锡：一曰车马，二曰衣服，三曰乐则，四曰朱户，五曰纳陛，六曰虎贲，七曰宫矢，八曰铁钺，九曰秬鬯。"

③固让：坚决推辞。其实这不过是篡逆之臣惺惺作态的惯技。始则不受，继则左右爪牙反复劝进而受之，以此避青史之谤。

④敦喻：劝勉，鼓动。

⑤郑冲：魏、晋大臣。字文和，河南开封（今河南开封）人。出身寒微，研究儒术。初为魏文帝文学，累迁尚书郎、陈留太守。累迁至光禄勋，后又拜司空、司徒、太保等。信：信使。

⑥袁孝尼：即袁准。准字孝尼，晋陈郡阳夏（今河南太康）人。为人忠信正直，不耻下问。以世事艰难，故淡于仕进。

⑦宿醉：隔夜未全醒的余醉。

⑧点定：修改涂抹。

⑨神笔：神来之笔，神妙之笔。

【译】

　　魏朝封司马昭为晋公，准备了九锡的最高礼遇，司马昭坚决推让不接受。满朝文武百官将要到司马昭府中去敦促劝说，司空郑冲派使者骑马去向阮籍求写劝进文书。阮籍当时在袁准家，头天晚上醉了还没醒，只好扶他起来，他就在木牍上书写，没有一点改动涂抹，写完交付使者。当时人们都觉得是神来之笔。

【评鉴】

　　阮籍一生，名誉甚高，然而他的《劝进文》则不免为后人所讥。《四库总目·古文雅正提要》说"雅而不正也"。如此谄谀之文，也是阮籍无奈之举。在此则中，刘义庆的态度显然是肯定的，是诚心赞扬阮籍的盖世才华，并无贬低的意思。

文学68

　　左太冲作《三都赋》初成①，时人互有讥訾②，思意不惬③。后示张公，张曰："此《二京》可三④。然君文未重于世，宜以经高名之士。"思乃询求于皇甫谧⑤，谧见之嗟叹，遂为作叙。于是先相非贰者⑥，莫不敛衽赞述焉⑦。

【注】

①左太冲：即左思。思字太冲，临淄（今山东淄博临淄区）人。官秘书郎，甚
　得时誉。元康年间，依附权贵贾谧，贾谧被诛，他退居宜春里。作《三都
　赋》，十年始成，世人竞相传写，洛阳纸为之贵。《晋书》卷92有传。《三都
　赋》：左思所撰《蜀都赋》《吴都赋》《魏都赋》的合称。

②讥訾：讥笑批评。

③不惬：不高兴，不服气。

④《二京》：指《二京赋》。张衡拟班固《两都赋》而作，分《西京赋》与《东
　京赋》，合称《二京》。

⑤皇甫谧（215—282）：字士安，号玄晏先生，晋安定朝那（今甘肃灵台）人。
　汉太尉皇甫嵩曾孙。年二十余始力学，有志著述，屡征不就。著有《针灸
　甲乙经》《高士传》等。《晋书》卷51有传。

⑥非贰：非议，诋毁。

⑦敛衽：整饬衣襟，表示恭敬。

【译】

　　左思才写好《三都赋》，当时的人多有讥讽诋毁的，左思很不高
兴。后来送给张华看，张华说："这可以和《二京》赋并列为三。不过
你的文章还没有被世人看重，应该再经过高明文士的推扬。"于是左思
向皇甫谧咨询求教，皇甫谧看后赞赏叹息，就给《三都赋》写了叙。
这样一来，原先非议诋毁的人，没有谁不恭敬地称赞传颂了。

【评鉴】

　　左思之赋始为人所诟病，如果不是皇甫谧推扬，恐怕就埋没在历

史尘埃中了。而一旦皇甫谧为之作叙，"莫不敛衽赞述焉"，势利人情如在目前。即此可知，古往今来，不知多少好书好文被埋没了。左思也终因诗文而名垂青史。

文学69

刘伶著《酒德颂》①，意气所寄②。

【注】

①刘伶：字伯伦，沛国（今安徽濉溪）人。"竹林七贤"之一。司马氏擅权，刘伶崇尚玄虚，蔑视名教，追求自然逍遥，以致放浪形骸，唯以纵饮为乐。卒以寿终。著《酒德颂》。《晋书》卷49有传。

②意气：精神，志趣。

【译】

刘伶写了《酒德颂》，是他自己精神世界的寄托。

【评鉴】

刘伶《酒德颂》以"大人先生"自况，不食人间烟火，蔑视礼法，讥讽名教，表现出傲岸不羁的狂士风貌。颂辞激情澎湃，豪气冲天，展示了自己不向恶势力臣服的精神世界，故云"意气所寄"。刘伶《酒德颂》一篇，名扬千古。诗文何必在多！苏轼有诗云："为文不在多，一颂了伯伦。"妙哉斯言！

文学70

　　乐令善于清言^①，而不长于手笔^②。将让河南尹^③，请潘岳为表^④。潘云："可作耳，要当得君意^⑤。"乐为述己所以为让^⑥，标位二百许语^⑦。潘直取错综^⑧，便成名笔^⑨。时人咸云："若乐不假潘之文，潘不取乐之旨，则无以成斯矣。"

【注】

①乐令：即乐广。因曾官尚书令，故称。

②手笔：文笔。指写文章。

③让：辞让不受。古代官吏授官时往往辞而后受，以示谦让之德。乐广亦是如此，让后而受。

④潘岳：西晋著名文学家、政治家。在文学上与陆机并称"潘江陆海"。

⑤要当：需要。当，后缀。

⑥所以为让：辞让的原因。

⑦标位：领会，理解。

⑧错综：调整组合。

⑨名笔：犹言名篇。

【译】

　　乐广善于清谈，但不善于写文章。他打算辞去河南尹时，请潘岳代作辞表。潘岳说："我可以写，但需要你叙述一下心意。"乐广向潘岳叙说自己辞让的原因，述说了两百多句话。潘岳径直按乐广的话排比组合，就成了一篇名文。当时人们都说："假如乐广不借助潘岳的文采，潘岳不取法乐广的意旨，就不可能成就这篇名文。"

【评鉴】

人各有所长，善于处长固然明智，善于藏拙也是聪明的行为。乐广不擅长写文章而借助潘岳的文采，潘岳善为文而恭乞乐广的雅意。珠联璧合，成就美文，亦为文坛留下佳话。

文学71

夏侯湛作《周诗》成[1]，示潘安仁[2]，安仁曰："此非徒温雅[3]，乃别见孝悌之性。"潘因此，遂作《家风诗》[4]。

【注】

[1]夏侯湛：字孝若，谯国人。魏征西将军夏侯渊曾孙。有盛才，文章巧思，善补雅词。《周诗》：《诗·小雅》有《南陔》《白华》《华黍》《由庚》《崇丘》《由仪》六篇，仅有篇名，而无文辞。夏侯湛有盛才文章，善补雅词，故为之续成完篇，谓之《周诗》。

[2]潘安仁：即潘岳。岳字安仁。

[3]非徒：不只是。

[4]《家风诗》：潘岳《家风诗》述其宗祖之德及自戒。其诗云："绾发绾发，发亦鬑止。曰祗曰祗，敬亦慎止。靡专靡有，受之父母。鸣鹤匪和，析薪弗荷。隐忧孔疚，我堂靡构。义方既训，家道颖颖。岂敢荒宁，一日三省。"

【译】

夏侯湛写好了《周诗》，给潘岳看，潘岳说："这《周诗》不仅温和雅致，还可以从其中看出孝悌的本性。"潘岳因《周诗》而受启发，就创作了《家风诗》。

【评鉴】

《周诗》本是《诗经》中《小雅》的逸诗，《毛诗序》说《南陔》《白华》是颂扬孝行的诗，《华黍》是举行庆祝宴饮的诗。夏侯湛诗是根据《毛诗序》而作的《周诗》，极力描摹子孙孝敬父母、遵循教诲的情形。潘岳为之感动且受启发，于是写了颂扬祖德而自我诫勉的诗。潘岳此事亦为后世推扬。两人俱以诗文名世。《容止》篇还记载二人皆容貌映丽，喜同行，时人谓之"连璧"。

文学72

孙子荆除妇服①，作诗以示王武子②。王曰："未知文生于情，情生于文？览之凄然，增伉俪之重③。"

【注】

①孙子荆：即孙楚。楚字子荆。除妇服：为妻子服丧（一年）满脱去丧服。

②作诗：孙楚诗云："时迈不停，日月电流。神爽登遐，忽已一周。礼制有叙，告除灵丘。临祠感痛，中心若抽。"王武子：即王济。济字武子。

③伉俪：配偶，夫妇。

【译】

　　孙楚为妻子服丧期满，写了诗给王济看。王济说："不知是这诗从情感中孕育出来，还是情感因为这诗而孕育？叫人读了很伤心，增加了夫妻感情的分量。"

【评鉴】

　　孙楚诗感叹时光流逝，而内心丧妻的悲痛却未稍减。"临祠感痛，中心若抽"四字，血泪和成，王济所谓"未知文生于情，情生于文"简直是最经典的评价。情文互相生发。孙楚作诗是文生于情，而王济为孙楚悼妻诗所感动，这就是情生于文。"览之凄然，增伉俪之重"语，钦佩中不无羡慕之情。

文学73

　　太叔广甚辩给①，而挚仲治长于翰墨②，俱为列卿③。每至公坐，广谈，仲治不能对；退，著笔难广④，广又不能答。

【注】

①太叔广（？—304）：字季思，西晋东平（今山东东平）人。善言谈。曾任博士。辩给：能言善辩。

②挚仲治：即挚虞（？—311）。虞字仲治，晋长安（今陕西西安）人。少师事皇甫谧，才学博通。惠帝时历官光禄勋、太常卿。后洛阳荒乱，困饿而死。《晋书》卷51有传。按，《晋书》作"仲洽"。

③列卿：九卿之列。太叔广为列卿事，待考。挚虞为太常卿。

④著笔：为文，写文章。通常指散文，与诗相对而言。难：驳斥，论难。

【译】

太叔广善于言辞而敏捷，挚虞长于写文章，同居九卿之列。每当在公众场合，太叔广清谈，挚虞不能对答；事后，挚虞写文章诘难太叔广，太叔广又不能回应。

【评鉴】

人贵有自知之明，而二人以己所长，攻彼所短，居然在大庭广众之下更相诘难，纷然于世。二人的行径，当为识者所羞。刘义庆著录此条，也是持批评态度的。

文学74

江左殷太常父子并能言理①，亦有辩讷之异②。扬州口谈至剧③，太常辄云："汝更思吾论。"

【注】

①殷太常：即殷融。融字洪远，晋陈郡长平（今河南西华）人。殷羡弟，殷颙祖。元帝时为丹杨尹，后为庾亮司马，历吏部尚书。穆帝初为太常卿。父子：六朝时叔侄的通称。殷浩为其侄子。

②辩讷：善辩和木讷。讷，不善言辞。

③扬州：指殷浩。浩曾为扬州刺史，故称。至剧：到激烈精彩的时候。

【译】

　　江东殷融和殷浩叔侄都善于清谈，不过也有善辩和不善言辞的差异。每当殷浩清谈到最激烈精彩的时候，殷融就说："你再想想我的话。"

【评鉴】

　　叔侄论辩，也是雅事。不过，殷浩是当时清谈的顶尖高手，殷融虽称善谈，但肯定不是一个重量级别的对手。有趣的是，当殷融辩不过殷浩时，就以诡辞而折殷浩之锋，既让对方从亢奋中冷静下来，也为自己赢得了思考时间和言辞组织的时间，这有如球赛运动中的暂停战术。同时也是不善言辞者与人辩争的好战法。《中兴书》中说："每与浩谈，有时而屈；退而著论，融更居长。"可见殷融更擅长文章。

文学75

　　庾子嵩作《意赋》成[①]。从子文康见[②]，问曰："若有意邪，非赋之所尽；若无意邪，复何所赋？"答曰："正在有意无意之间。"

【注】

①庾子嵩：即庾敳。敳字子嵩。《晋书·庾敳》："敳见王室多难，终知婴祸，乃著《意赋》以豁情，犹贾谊之《鵩鸟》也。"按，《意赋》见《晋书》本传。
②文康：指庾亮。庾亮谥文康。

【译】

　　庾敳写好了《意赋》。侄子庾亮看见，问庾敳说："假如有意吧，那不是一篇赋能够穷尽的；假如没有意吧，又赋什么呢？"庾敳回答说："我的赋正是在有意无意之间。"

【评鉴】

庾亮之问，本《老子》"道可道，非常道"，而庾敳的回答正学《庄子》"周将处材与不材之间"之语，也没有离开老庄境域，所以王世贞也佩服庾敳回答的高妙："此是遁辞，料子嵩文，必不能佳，然有意无意之间，却是文章妙用。"庾敳《意赋》今存。

文学76

郭景纯诗云①："林无静树，川无停流②。"阮孚云③："泓峥萧瑟④，实不可言。每读此文，辄觉神超形越。"

【注】

①郭景纯：即郭璞（276—324）。璞字景纯，晋河东闻喜（今山西闻喜）人。为人好经学，洞晓五行、卜筮之术。以世乱过江，为王敦记事参军。以力阻王敦起兵，被杀。璞长古文字，所注《尔雅》《方言》皆有名。《晋书》卷72有传。

②"林无静树"二句：刘孝标注云此诗出自郭璞《幽思篇》，全诗今无考。

③阮孚（279—327）：字遥集，晋陈留尉氏（今河南尉氏）人。阮咸次子。初辟太傅府，迁骑兵属。明帝即位，迁侍中。成帝咸和初，拜丹阳尹。后除广州刺史，未至而卒。《晋书》卷49有传。

④泓峥：水声宏大的样子。萧瑟：风吹树木声。

【译】

郭璞诗写道:"林无静树,川无停流。"阮孚评论说:"水流悠远,林木萧瑟,实在难以名状。每每读到这首诗,就感觉身心都已经脱离凡尘。"

【评鉴】

郭诗八字,道出世情万态,树欲静而风不止,江河日夜奔流不息,万事万物莫不时刻变化着。虽字面上描摹树和水,而寄寓甚深。人生岁月匆匆,何尝不是如此?《庄子》所谓"白驹过隙",孔子所谓"逝者如斯",尽含这八字之中。阮孚体味出其间深意,故有"实不可言""神超形越"之叹。

文学77

庾阐始作《扬都赋》①,道温、庾云②:"温挺义之标,庾作民之望③。方响则金声④,比德则玉亮。"庾公闻赋成,求看,兼赠贶之⑤。阐更改"望"为"俊",以"亮"为"润"云⑥。

【注】

①庾阐:字仲初,颍川鄢陵(今河南鄢陵)人。庾亮族人。少孤,九岁能属文。迁散骑侍郎。《扬都赋》:已佚,今只有残本。扬都,南北朝时习称建康为扬都。即今南京市。

②温:指温峤。庾:指庾亮。

③"温挺义之标"二句:从文意看,这两句应该是颂扬温峤、庾亮平定苏峻之

乱的功绩。成帝咸和二年，苏峻陷京师，温峤与庾亮共推陶侃为盟主，讨平苏峻、祖约之乱。标，旗帜。望，景仰的对象。

④方响：比较声音而言。

⑤赠贶：馈赠，奖励。

⑥"阐更改'望'为'俊'"二句：因为庾亮要看，为避庾亮的名讳，即不用"亮"字，所以改"亮"为"润"；而为了上下押韵，又将"望"改为"俊"。

【译】

庾阐当初写了《扬都赋》，评论温峤、庾亮说："温挺义之标，庾作民之望。方响则金声，比德则玉亮。"庾亮听说赋写成了，要求看看，并将要给予犒赏。庾阐改"望"为"俊"，将"亮"改为"润"字。

【评鉴】

庾阐真是才士。二字之改，既避开庾亮之名讳，意义也更为朗畅。"玉润"比"玉亮"更佳，在传统认知中，玉与润往往是相连的，如《淮南子·说山训》："玉在山而草木润，渊生珠而岸不枯。"

庾阐改后则成为："温挺义之标，庾作民之俊。方响则金声，比德则玉润。"比较前者，显然雍容温馨得多了。

文学78

孙兴公作庾公诔①，袁羊曰②："见此张缓③。"于时以为名赏。

【注】

①孙兴公：即孙绰。绰字兴公。庾公诔：为庾亮作的诔文。《方正》第四十八
刘孝标注孙绰集载诔文曰："咨予与公，风流同归。拟量托情，视公犹师。
君子之交，相与无私。虚中纳是，吐诚诲非。虽实不敏，敬佩弦韦。永戢
话言，口诵心悲。"庾公：指庾亮。

②袁羊：名乔，字彦叔。小字羊。陈郡阳夏（今河南太康）人。桓温伐蜀，袁
乔为谋主，多立功劳，进号龙骧将军，封湘西伯。三十六卒，桓温十分痛
惜，追赠益州刺史，谥为简。《晋书》卷83有传。

③张缓：犹言张弛。谓从诔文让人明白了文章张弛有度的道理。

【译】

　　孙绰给庾亮作了诔文，袁羊说："从这篇诔文看到了文章张弛有度
的道理。"当时人们认为这是极妙的鉴赏。

【评鉴】

　　孙绰善为文，袁羊之言是赞赏其所作诔文张弛有度，伸缩自如。
我们看一下诔文，首二句"咨予与公，风流同归"，说自己和庾亮在风
流潇洒方面是一致的，这不免有些夸大，这是"张"，且"张"得有些
过分。但接下来"拟量托情，视公犹师"诸语，则把自己摆在了弟子
的位置，"君子之交，相与无私。虚中纳是，吐诚诲非。虽实不敏，敬
佩弦韦。永戢话言，口诵心悲"更是一路"缓"了下来。最后两句"永
戢话言，口诵心悲"更表达了对庾亮无限钦崇和怀念的感情，同时也
是诔文应有的格调，云庾亮的教导言犹在耳，而斯人已逝。余音袅袅，
不绝哀伤。袁羊有文才，深知为文之道，其评论是从辞章学的角度说

的。所以时人认为他的评论是"名赏"。

文学79

庾仲初作《扬都赋》成^①，以呈庾亮。亮以亲族之怀，大为其名价，云可三《二京》、四《三都》^②。于此人人竞写，都下纸为之贵^③。谢太傅云^④："不得尔，此是屋下架屋耳。事事拟学，而不免俭狭^⑤。"

【注】

①庾仲初：即庾阐。阐字仲初。

②三《二京》：与《二京赋》并列为三。《二京》，指张衡所作《西京赋》和《东京赋》。四《三都》：与《三都赋》并列为四。《三都》，指左思所作《魏都赋》《蜀都赋》《吴都赋》。

③都下：即京都，京城。下，无实义。

④谢太傅：指谢安。

⑤俭狭：狭窄，局促。

【译】

庾阐写好了《扬都赋》，把赋奉上给庾亮看。庾亮因为本家族的关系，特别推举称扬这文章，说可以和《二京赋》并列为三，可以和《三都赋》媲美为四。因为庾亮的夸赞，大家都在传抄，京城的纸张都因此涨价了。谢安说："并不是那么美好，这不过是在屋下修屋罢了。如果凡事都去模仿，就必然狭隘而无变化。"

【评鉴】

庾亮因为《扬都赋》是本族宗子所写，所以推扬宣传，于是《扬都赋》声价倍涨。谢安对此赋的评价，说的其实也是写文章的要义：模仿之作，难免戴着镣铐跳舞，约束在前，自然难以创新。北齐颜之推在《颜氏家训·序致》中亦云："魏晋以来所著诸子，理重事复，递相模学，犹屋下架屋，床上施床耳。"

文学80

习凿齿史才不常①，宣武甚器之②。未三十，便用为荆州治中③。凿齿谢笺亦云："不遇明公，荆州老从事耳④！"后至都见简文，返命，宣武问："见相王何如⑤？"答云："一生不曾见此人。"从此忤旨⑥，出为衡阳郡⑦，性理遂错⑧。于病中，犹作《汉晋春秋》⑨，品评卓逸。

【注】

①习凿齿：东晋史学家。字彦威，襄阳（今湖北襄樊）人。少有志气，博学洽闻，以文笔著称。史才：撰写史书的能力和才干。

②宣武：指桓温。温谥宣武侯，故称。器之：认为他是人才。

③治中：治中从事史的省称。汉置，为州刺史的助理，主掌文书案卷。

④从事：官名。汉制，州刺史之佐吏如别驾、治中、主簿、功曹等均称从事。

⑤相王：指简文帝司马昱。时以会稽王任丞相。

⑥忤旨：违背心意。

⑦出为衡阳郡：谓外放作衡阳郡守。衡阳郡，荆州属郡，治在今湖南湘潭西。

⑧性理：精神。错：昏乱，失常。

⑨《汉晋春秋》：其书记述三国史事，推扬刘汉，贬抑曹魏，高推晋统一天下
　之功，暗讽桓温有不臣之心。今有辑本。

【译】

　　习凿齿撰写史书的能力和才华出众，桓温很器重他。还没到三十岁，就委任他为荆州治中。凿齿上桓温的致谢信也说："如果不遇到您，我一辈子只是荆州老从事罢了！"后来到京都见到司马昱，回去复命，桓温问："你觉得相王怎么样？"习凿齿回答说："一辈子没见过这样的人物。"因此而悖逆了桓温的心思，将他外放为衡阳郡守，精神就因此而错乱了。在病中，还写了《汉晋春秋》，其中的品鉴评议都非常出色。

【评鉴】

　　桓温于简文帝，屡怀取代之心，而习凿齿书生本色，不善逢迎，直抒己见，没想到触怒了桓温，故遭桓温贬斥。事实上简文帝既形象光辉，而且又才华出众，口才一流，习凿齿不过说了几句老实话。从刘孝标注引《续晋阳秋》，知《汉晋春秋》高推晋之代魏，本意是强调晋室统一开创之功。那么，桓温如果肆意篡逆，则自然是不义的举动。

文学81

　　孙兴公云①："《三都》《二京》，《五经》鼓吹②。"

【注】

①孙兴公：即孙绰。绰字兴公。

②《五经》：指传统经典《诗》《书》《礼》《易》《春秋》。鼓吹：本为军中之乐。

　　因喻辅翼（某物）。刘孝标注曰："言此五赋是经典之羽翼。"

【译】

　　孙绰说："《三都赋》《二京赋》，这是宣扬辅助《五经》的著作。"

【评鉴】

　　孙绰本为文章名家，对文学的理解以及文学家的作用都有准确的认识。何以要说赋是《五经》的鼓吹，这得从赋的渊源说起，赋，本是《诗经》六义之一，《周礼·春官·大师》郑玄注："教六诗：曰风，曰赋，曰比，曰兴，曰雅，曰颂。风言贤圣治道之遗化也。赋之言铺，直铺陈今之政教善恶。"也就是说，赋这种文体源于《诗经》的六种表现手法之一，是为政治服务的，其特点是铺张辞彩，描摹情状而吟咏时政的得失。从表现手法发展成一种单独的文体，战国时屈原、宋玉的辞赋肇其始，到两汉，发展成大赋，其特点铺张扬厉，在歌功颂德之余有讽谏规劝的成分。张衡的《二京赋》、左思的《三都赋》则是汉赋的余波，其精神并无二致。刘勰《文心雕龙·诠赋》："诗有六义，其二曰赋，赋者，铺也。铺采摛文，体物写志也。"这是对赋的特点的简洁总结。所谓体物写志，即描摹事物，抒发自己的认知而为政治服务。鼓吹，正是其内涵的形象比况。《隋书·经籍志》云："夫仁义礼智，所以治国也，方技数术，所以治身也；诸子为经籍之鼓吹，文章乃政化之黼黻，皆为治之具也。"这应该是透彻阐明了诗赋在政治生活中的地位和作用。

文学82

谢太傅问主簿陆退①："张凭何以作母诔②，而不作父诔?"退答曰："故当是丈夫之德，表于事行③；妇人之美，非诔不显。"

【注】

①谢太傅：指谢安。陆退：字黎民。晋吴郡吴（今江苏苏州）人。吴丞相陆凯玄孙，御史中丞张凭之婿。官至光禄大夫。

②诔：悼念死者，颂扬死者德行的文章。

③事行：事功，品行。

【译】

谢安问主簿陆退："张凭为什么给母亲写诔文，而不给父亲写?"陆退回答说："应该是男子汉的德行，表现在事业和品行中；女人的美德，不通过诔文的称美而不能显扬。"

【评鉴】

陆退应对巧妙：男子建功立业，表现于外；女子相夫教子，重在内德。故女子之德"非诔不显"。

文学83

王敬仁年十三作《贤人论》①。长史送示真长②，真长答云："见敬仁所作论，便足参微言③。"

【注】

①王敬仁：即王修，修字敬仁。王濛之子。《贤人论》：刘孝标注《王修集》引
此文曰："或问'《易》称贤人，黄裳元吉，苟未能暗与理会，何得不求通？
求通则有损，有损则元吉之称将虚设乎？'答曰：'贤人诚未能暗与理会，当
居然人从，比之理尽，犹一豪之领一梁。一豪之领一梁，虽于理有损，不
足以挠梁。贤有情之至寡，豪有形之至小，豪不至挠梁，于贤人何有损之
者哉？'"
②长史：指王濛。濛曾为简文帝长史，故称。真长：指刘惔。惔字真长。
③微言：精深微妙的言辞，特指玄言。

【译】

　　王修十三岁时撰写了《贤人论》。王濛送给刘惔看，刘惔说："看
了敬仁所写的论，便知道他能够参透精深微妙的玄言了。"

【评鉴】

　　余嘉锡笺说《贤人论》所言"浅薄无取"，甚是。盖王濛爱子情切，
看儿子触目皆奇，横竖都好，故把《贤人论》送给刘惔品鉴。以刘惔
的高明和眼光，哪有不识其浅深优劣的，但刘惔向来与王濛友善，当
然不便扫兴泼冷水；刘惔又性格率直，不好违心赞扬，于是说出这种
不着边际的话来。

文学84

　　孙兴公云①："潘文烂若披锦②，无处不善；陆文若排沙简金③，

往往见宝。"

【注】

①孙兴公：指孙绰。绰字兴公。

②潘：指潘岳。烂：灿烂耀眼。

③陆：指陆机。排：排除，淘汰。简：挑选，择取。

【译】

　　孙绰说："潘岳的文章好比身披锦绣那样灿烂，没有可挑剔的地方；陆机的文章就好像是排开沙砾去找金子，往往可以发现宝贝。"

【评鉴】

　　孙绰之论潘岳、陆机的文章，实为不刊之论。

　　潘岳诗文，佳句丽辞，美不胜收，如《秋兴赋》《闲居赋》《西征赋》至今亦为魏晋名篇："爰定我居，筑室穿池。长杨映沼，芳枳树篱。"（《闲居赋》）如此闲居，令人神往。至于《悼亡诗》则缠绵悱恻，催人泪下："望庐思其人，入室想所历。帷屏无仿佛，翰墨有余迹。流芳未及歇，遗挂犹在壁。"所以，孙绰"烂若披锦"的评价，潘岳当之无愧。

　　至于孙绰批评陆机文章芜杂，实为公论。《文心雕龙·才略》："陆机才欲窥深，辞务索广。故思能入巧，而不制繁。"所谓"而不制繁"，即如张华言"至于为文，乃患太多也"。陆机文多而欠精，其弟陆云也说："兄文方当日多，但文实无贵于为多。多而如兄文者，人不厌其多也。"总之，陆机亦为一代文杰，其《文赋》是古代文论中的佳作，其为文虽也构思精妙，时有好辞，然总体则不免粗疏，所以要披沙拣金。

文学85

简文称许掾云^①："玄度五言诗，可谓妙绝时人^②。"

【注】

①简文：指简文帝司马昱。许掾：指许询，询字玄度。东晋诗人。曾辟司徒掾，故称。

②绝：超越，超过。

【译】

简文帝称赞许询说："玄度的五言诗，可以说精妙超过了当时的人。"

【评鉴】

《续晋阳秋》说："询有才藻，善属文。……询、绰并为一时文宗。"但许询之诗，其实原本不是那么高妙。简文一向看重许询，爱屋及乌，故引曹丕赞刘桢诗"妙绝时人"的语句而高推之。但诗文要传之后世，还是要靠本身的质量来决定。不然，虽然有势力者推扬起一定作用，甚至虚名一时，但也不会长久。

文学86

　　孙兴公作《天台赋》成①，以示范荣期②，云："卿试掷地，要作金石声③。"范曰："恐子之金石，非宫商中声④。"然每至佳句，辄云："应是我辈语。"

【注】

①孙兴公：指孙绰。绰字兴公。《天台赋》：一名《游天台山赋》。天台山位于会稽剡县东南（今浙江天台县北），风景秀异。孙绰以此山"不列于五岳，阙载于常典"为憾，遂为此赋以赞美之。

②范荣期：即范启。启字荣期，晋南阳顺阳（今河南淅川）人。初为秘书郎，累迁显职，终于黄门侍郎。

③金石声：铜钟、石磬等乐器发出的铿锵有力的声音。因以喻文章辞气刚健，笔力遒劲。

④宫商：古代分宫、商、角、徵、羽五音。因以宫、商代指五音。

【译】

　　孙绰写好了《天台赋》，把赋送给范启看，说："你试着丢到地上，会发出钟磬一样的声音。"范启说："恐怕你说的金石，并不符合五音的韵律吧。"不过每当读到好句子，就会赞叹说："这应该是我们说的话。"

【评鉴】

　　孙绰一向自负，对自己的才华颇为得意，常招致高士的讥刺。此处范启就当面表示了不屑。好在范启虽轻之于前，而每逢佳句，又情不自禁称赏，倒也是性情中人。

文学87

桓公见谢安石作简文谥议①，看竟，掷与坐上诸客曰："此是安石碎金②。"

【注】

①桓公：指桓温。谢安石：即谢安。安字安石。简文：指简文帝司马昱。谥议：谥号评议。刘孝标注引刘谦之《晋纪》载谢安的谥议："谨按谥法：'一德不懈曰简，道德博闻曰文。'《易》简而天下之理得，观乎人文，化成天下，仪之景行，犹有仿佛。宜尊号曰太宗，谥曰简文。"

②碎金：散碎的金子。比喻短篇杰作。

【译】

桓温看到谢安撰写的简文帝的谥号评议，看完了，丢给在座的客人们说："这是安石的短篇妙文。"

【评鉴】

关于"碎金"一语，颇有争论。试分疏如下：

一、桓温对谢安，虽心有忌畏，但惺惺相惜，从来是欣赏佩服其风采才华的，如曾说过"颇曾见如此人不"（《赏誉》101）"吾门中久不见如此人"等言语。

二、谢安的谥议，基本与简文匹配。盖简文学识渊博，文采焕发，辩才卓荦，正如《文心雕龙·时序篇》云："简文勃兴，渊乎清峻。微言精理，函满玄席。"且宅心仁厚，个人节操无亏。但"虽神识恬畅，而无济世大略。"谢安谥议中"犹有仿佛"语，闪烁其词，春秋笔法蕴含其中。联系前后，等于说简文帝有明君的气象，却雄才大略不足，故没有大的成就。其间委曲，自不便明言。

三、桓温与简文，虽然一向是各怀鬼胎，但桓温对简文亦有所敬畏。《晋书》简文帝本传说："帝以冲虚简贵，历宰三世，温素所敬惮。及初即位，温乃撰辞欲自陈述，帝引见，对之悲泣，温惧不能言。"另外，桓温看不上简文帝的为政才能，但对他的博学与为人还是比较认可的。桓温虽然有篡夺的野心，但本身也不乏正直可取的一面。故桓温也很欣赏谥议文字的客观公正，既没有高扬简文帝，也没有贬损自己。

四、从这则记载来说，桓温的"掷"究竟表达了一种什么情绪？大概因为谥议文字简要切当，寥寥数语而得简文风神。桓温内心是觉得很好，而他又不想表现出这种欣赏与赞美，所以故意用了"掷"这样一种随意的态度。但"碎金"一语，主体情绪是赞赏。"金"喻其珍贵美好；"碎"是说篇幅短小，语言精练。这是桓温故意用随意的动作、轻巧的语言表达一种赞赏，以显示自己的身份。

文学88

袁虎少贫①，尝为人佣载运租②。谢镇西经船行③，其夜清风朗月，闻江渚间估客船上有咏诗声④，甚有情致⑤；所诵五言，又其所未尝闻，叹美不能已。即遣委曲讯问⑥，乃是袁自咏其所作《咏史》诗⑦。因此相要⑧，大相赏得⑨。

【注】

①袁虎：即袁宏。宏小字虎。

②佣载：以车船之类运输工具替别人贩运而赚取佣金。

③谢镇西：指谢尚。尚穆帝时进号镇西将军，故称。

④江渚：江中小岛。估客：贩货的商人。

⑤情致：情味意趣。

⑥委曲：曲折。谓仔细（打听）。

⑦《咏史》诗：以历史人物或事件为吟咏对象的诗歌。刘孝标注引《续晋阳秋》曰："虎少有逸才，文章绝丽，曾为《咏史》诗，是其风情所寄。"

⑧相要：邀请。要，通"邀"。

⑨赏得：犹言赏识。

【译】

　　袁宏年少时家里很穷，曾经受别人雇佣运送租粮。谢尚乘船外出，那天晚上风清月朗，听见江中小岛旁商船上有咏诵诗歌的声音，很有情味；而且吟诵的五言诗，又是自己从来没听过的，因而慨叹赞美不已。就叫随从仔细察访，才知道是袁宏吟诵自己所作的五言诗。于是谢尚把袁宏邀请到自己船上，十分赏识他。

【评鉴】

　　袁宏才高而不遇，谢尚贵为一镇诸侯，既慧眼识其不凡，又降阶礼请，可谓伯乐。邂逅相逢，即结文字因缘，从而成就了一段风雅佳话。

文学89

孙兴公云①："潘文浅而净，陆文深而芜。"

【注】

①孙兴公：即孙绰。绰字兴公。

【译】

孙绰说："潘岳的文章清浅而明净，陆机的文章深邃而芜杂。"

【评鉴】

孙绰的评价是中肯的，说潘文浅而净，指在遣词造句上干练准确，不拖泥带水。这是很高的评价，例如潘岳的三首《悼亡诗》，可以说妇孺皆知，而情致感人，至今为古代文学教材中的典型。至于说"陆文深而芜"，应该主要就他的一些政论来说的，如《辨亡论》《五等论》之类，论天下兴亡，纵横捭阖，有战国策士之风，但内容芜杂，行文累赘，正如乾隆评论《辨亡论》说："二篇机局，全学《过秦论》，但加之以词藻耳。此汉晋风气之分。"陆机写过数十篇赋，但的确没有潘岳的赋影响大，而陆机的诗，也如《诗品》所言佳者不多。此则可与本门第八十四则互相参看，互为注脚。

文学90

裴郎作《语林》^①，始出，大为远近所传。时流年少，无不传写，各有一通^②。载王东亭作《经王公酒垆下赋》^③，甚有才情。

【注】

①裴郎：指裴启。启字荣期，晋河东（今山西永济）人。少有风姿才气，好论古今人物，作《语林》数卷，蜚声文坛，称"裴氏学"。

②一通：犹言一份，一本。

③王东亭：即王珣。王导之孙，王洽之子。以讨袁真功封东亭侯，故称。

【译】

裴启编撰了《语林》，刚问世，远近的人都纷纷传颂。当时的名流及年轻学人，没有人不传抄，人手一份。书中收录了王珣撰写的《经王（黄）公酒垆下赋》，很有才华。

【评鉴】

此"王公"当作"黄公"，《晋书·王戎传》："尝经黄公酒垆下过，顾谓后车客曰：'吾昔与嵇叔夜、阮嗣宗酣畅于此，竹林之游亦预其末。自嵇、阮云亡，吾便为时之所羁绁。今日视之虽近，邈若山河！'"《伤逝》第二则有大略相同的记载，《轻诋》篇刘孝标注亦作黄公。可知，原文的确为《经黄公酒垆下赋》。可惜当时无不传写的妙文今已失传，当然也无从谈其优劣了。

文学91

　　谢万作《八贤论》①，与孙兴公往反②，小有利钝③。谢后出以示顾君齐④，顾曰："我亦作，知卿当无所名。"

【注】

①谢万：字万石。谢安弟。八贤：谓渔父、屈原、司马季主、贾谊、楚老、龚胜、孙登、嵇康。分为四隐四显。其旨以处者为优，出者为劣。

②孙兴公：即孙绰，绰字兴公。往反：反复辩论。

③小有利钝：互相间都小有输赢。

④顾君齐：即顾夷。夷字君齐。晋吴郡吴（今江苏苏州）人。辟州主簿，不就。

【译】

　　谢万撰写了《八贤论》，与孙绰反复辩论，互有胜负。谢万后来给顾夷看，顾夷说："我也写一篇的话，料想你这篇就不会有名声了。"

【评鉴】

　　谢万之文才，比孙绰自是不如，但就当时名声论，谢万还是远高于顾夷的。但顾夷看不上谢万之作，对谢的观点和文采并不赞许。只不过，顾夷的《难辅嗣义》一卷至隋已亡，也难以评判二人水平的高低了！

文学92

　　桓宣武命袁彦伯作《北征赋》①，既成，公与时贤共看，咸嗟叹之。时王珣在坐②，云："恨少一句。得'写'字足韵当佳③。"袁即于坐揽笔益云④："感不绝于余心，泝流风而独写。"公谓王曰："当今不得不以此事推袁。"

【注】

①桓宣武：即桓温。温尝封宣武侯。袁彦伯：即袁宏，宏字彦伯。《北征赋》：东晋太和四年（369），北燕慕容恬死，于是桓温北讨。时袁宏为桓温记室参军，赋即此时作。

②王珣：王导之孙，王洽之子。

③足韵：作韵脚。此谓最后用"写"字为韵脚结束最好。

④益：增加，添上。

【译】

　　桓温授命袁宏写《北征赋》，已写好，桓温和当时的名士们一起阅看，大家都称赞叹服。当时王珣在座，说："遗憾少了一句，假如用一个'写'字来作韵脚结束更好。"袁宏立即在座上拿过笔来添上："感不绝于余心，泝流风而独写。"桓温对王珣说："当今不能不在文章才情方面推崇袁宏。"

【评鉴】

　　从上文可知，《北征赋》之前没有最后二句，仔细品味，就有一种语意未尽的感觉。王珣本是文章行家，自然深知为文之道，一下子便发现了瑕疵。袁宏挥笔而就，其为文之敏捷令人叹为观止。而且补上了这两句，不只是气韵充沛了，而且余味无穷。

文学93

孙兴公道曹辅佐才如白地明光锦①，裁为负版绔②，非无文采，酷无裁制③。

【注】

①孙兴公：即孙绰，绰字兴公。曹辅佐：即曹毗。毗字辅佐，晋谯国（今安徽亳州）人。除郎中，征拜太学博士，官至光禄勋。曾著《扬都赋》，时论称之。《晋书》卷92有传。白地：即白底。明光锦：锦的一种。东晋时后赵置织锦署，所织锦有名大明光、小明光者，因泛指明洁闪光之锦。

②负版绔：仆隶下人所穿的粗制裤子。负版，背着邦国图籍的仆隶。此谓"明光锦"不当为仆隶所服。

③酷无裁制：此谓剪裁不得其当。酷，极其。

【译】

孙绰评价曹毗的才华就像白色底子的闪光锦缎，却裁成了背负版图的仆隶的裤子，并不是没有文采，只是可惜用得很不恰当。

【评鉴】

孙绰才高一时，评论文章也是行家里手，这评价的比况非常形象。

他觉得曹毗为文少了变通，有文采但呆板不善驾驭，故往往措置不当。此说在文学理论的探讨上是有价值的，即作家应该考虑如何把自己的才华发挥得恰到好处，要在文章的谋篇布局、遣词造句方面表现出区别特征来，才能实现著述的水平提升。

文学94

　　袁彦伯作《名士传》成^①，见谢公，公笑曰："我尝与诸人道江北事^②，特作狡狯耳^③，彦伯遂以著书。"

【注】

①袁彦伯：即袁宏。宏字彦伯。《名士传》：据《晋书·文苑传·袁宏》，全名　为《竹林名士传》，共三卷。正始、竹林、中朝各一卷。

②江北：指南渡前的中原地区。

③狡狯：戏说，闲谈。

【译】

　　袁宏写成了《名士传》，拿去见谢安，谢安笑道："我曾经和一些人叙谈江北的旧事，只不过随意戏说而已，彦伯就把这些玩笑写成了书。"

【评鉴】

　　袁宏不唯行文敏捷，同时也对史料特别重视。虽然谢安只是闲谈前朝往事，但袁宏已认识到这些口述史料的重要，如果不加以整理则将泯灭不存。盖谢安为一时名士，地位高且影响大，所交往者很多是袁宏无缘接触的。所以谢安看来是戏谈的故事，却是难得的名士们的第一手资料，故袁宏为这些人物作传，可谓一部魏晋名士列传。刘义庆将此归入《文学》门，是对袁宏作法的欣赏，谢安不称袁宏名而称字"彦伯"，亲近之情如在眼前。通过这则故事，我们也可以联想到：袁宏才高又勤于著书，才会有《后汉纪》等著作流传后世，沾溉学人。

文学95

王东亭到桓公吏①，既伏阁下。桓令人窃取其白事②，东亭即于阁下更作，无复向一字③。

【注】

①王东亭：即王珣。王导之孙，王洽之子。因讨袁真功封东亭侯，故称。桓公：指桓温。吏：任下属官吏。

②白事：报告公事的文稿。

③向：之前，先前。

【译】

王珣到桓温处去任属吏，已经在阁下等候。桓温叫人把他的报告文书偷走了，王珣就在阁下重新写好，没有一个字和先前文书相同。

【评鉴】

王珣为王导之孙，名相之后，亦有下笔千言、倚马可待的敏捷，到底自有其凤毛在，这倒比较符合"长松下自有清风"的评价。看这个故事及《雅量》第三十九，我们还可以看出桓温用人是重其才干，要亲自考察对方的实际能力，而不唯门庭是重或轻易相信舆论。后来王珣做了桓温的主簿。所谓主簿，有点类似于如今的秘书长，文字功夫、下笔的敏捷程度、办事的应变能力都要特别强才行。通过这番考察，多方面的能力都得到了验证。于是王珣成了桓温亲近而重要的"能令公喜，能令公怒"的主簿。

文学96

桓宣武北征①，袁虎时从②，被责免官③。会须露布文④，唤袁倚马前令作。手不辍笔，俄得七纸⑤，殊可观。东亭在侧⑥，极叹其才。袁虎云："当令齿舌间得利⑦。"

【注】

①桓宣武：即桓温。温曾封宣武侯。

②袁虎：即袁宏。宏小字虎。

③免官：袁虎时为记室参军，所免之官当指此职。

④露布文：不缄封的文书。多指军旅中的捷报或檄文。露布，不缄封而宣布，有似于而今的公告。

⑤俄：一会儿，短时间。

⑥东亭：指王珣。

⑦齿舌间：口舌之间。谓得到口头的赞扬。

【译】

桓温北征鲜卑，袁宏当时跟从作记室参军，因有过错被责罚免去了官职。碰上正需要露布文，桓温把袁宏叫来靠着马背书写。手不停笔，一会儿写满了七张纸，特别精彩。王珣在旁边，非常赞赏袁宏的才华。袁宏说："也应该让我在赞誉中得些实惠啊。"

【评鉴】

上一则王珣重新写报告文书，不重复一字。较之这一则袁宏短时间内写满七张纸，则又为"小巫"了，所以王珣对袁宏的才华赞不绝口。而袁宏希望"齿舌间得利"，其间不无怨尤的意思，因为王珣是名公之孙，且为桓温的亲信主簿，大概也希望通过王珣传递自己的委曲，从而借力好风，直上青云。

文学97

袁宏始作《东征赋》①，都不道陶公②。胡奴诱之狭室中③，临以白刃，曰："先公勋业如是④，君作《东征赋》，云何相忽略⑤？"宏窘蹙无计⑥，便答："我大道公，何以云无？"因诵曰："精金百炼，在割能断。功则治人，职思靖乱。长沙之勋，为史所赞⑦。"

【注】

①《东征赋》：袁宏《东征赋》全文不存。揆之历史，东晋偏安江东，袁宏之赋，当是颂扬过江诸贤平定江东，辅翼王室的功绩。

②都不道陶公：谓全然不述说陶侃的功绩。陶公，指陶侃。侃封长沙郡公，

故称。

③胡奴：即陶范。范字道则，小字胡奴，陶侃之子。历仕乌程令，光禄勋。《晋书》卷66有传。狭室：逼仄的房间里。

④勋业：功绩，功劳。

⑤云何：为何，为什么。

⑥窘蹙：窘迫，惶急。

⑦"精金百炼"几句：谓精金经过反复锻炼，制成刀剑无所不断。陶公在任百姓安稳，担当重任平定叛乱。长沙立下丰功伟绩，留名青史万世称赞。精金，精炼的金属制作的刀剑。靖乱，平定动乱。

【译】

　　袁宏开始写《东征赋》，一个字也不提陶侃。陶侃的儿子陶范把袁宏诱骗到一个小屋里，拿刀对着他说："先父功勋事业是那么卓著，你写《东征赋》，为什么没有写他？"袁宏非常恐惧窘迫，没有办法，就说："我特别称赞了令尊，怎么说没有？"于是朗诵道："精金百炼，在割能断。功则治人，职思靖乱。长沙之勋，为史所赞。"

【评鉴】

　　关于此条，余嘉锡笺根据刘孝标注也有精彩的考辨，觉得袁宏之不写陶侃，其间应有陶侃并非名门世家的缘故。抛开事情真伪的问题，仅就这则故事看，倒是堪称精绝，逼之密室，白刃相加，生死之间，信口成韵，袁宏腹笥之富而文思之敏捷，令人击节。不仅未失方寸，还一瞬之间便糊弄了陶范，恐怕陶范当时自己也搞糊涂了，会怀疑自己是不是看漏了。这则故事十分传神，生动的画面如在眼前。不过，关于此条，还有另一个版本，我们不妨引列于此以增谈资，《续晋阳秋》说："宏为大司马记室参军，后为《东征赋》，悉称过江诸名望。时桓温在南州，宏语众云：'我决不及桓宣城（桓彝）。'时伏滔在温府，与宏善，苦谏之，宏笑而不答。滔密以启温，温甚忿。以宏一时文宗，又闻此赋有声，不欲令人显闻之。后游青山，饮酌既归，公命宏同载，众为危惧。行数里，问宏曰：'闻君作《东征赋》，多称先贤，何故不及家君？'宏答曰：'尊公称谓，自非下官所敢专，故未呈启，不敢显之耳。'温乃云：'君欲为何辞？'宏即答云：'风鉴散朗，或搜或引。身虽可亡，道不可陨。则宣城之节，信为允也。'温泫然而止。"余嘉锡认为这两种说法均可能有。不写陶公，如余嘉锡所说是出于势利权衡。不写桓彝，则是一种战术。当时桓温大权在握，彰扬其父既是孝子之心，更重要的是政治所需，因为桓彝是为晋室捐躯的，将其父功绩宣扬于庙堂，垂之于竹帛是为自己增加政治的筹码。袁宏故意不写，并且还宣扬于众，是玩弄的一种手段，引桓温上钩。因为袁宏仕进心切，而一介书生，只能是凭胸中才学寻找机会，所谓"齿牙间得利"是也。他这样宣称不写桓彝，必然要引起桓温的关注，借此便可亲近桓温，间接达到自己的目的。文人的狡狯，倒也有趣。

文学98

或问顾长康①："君《筝赋》何如嵇康《琴赋》②？"顾曰："不赏者作后出相遗③，深识者亦以高奇见贵④。"

【注】

①顾长康：即顾恺之。恺之字长康。

②《筝赋》：顾恺之《筝赋》今只存片段。《艺文类聚》卷四十四引顾恺之《筝赋》："其器也，则端方修直，天隆地平，华文素质，烂蔚波成。君子嘉其斌丽，知音伟其含清。磬虚中以扬德，正律度而仪形。良工加妙，轻缛璘彬。玄漆缄响，庆云被身。"《琴赋》：嵇康《琴赋》今存，文长不引。

③相遗：轻看它，丢弃它。相，指代《筝赋》。

④见贵：看重它，珍视它。见，指代《筝赋》。

【译】

　　有人问顾恺之："你的《筝赋》和嵇康的《琴赋》相比哪个好？"顾回答说："不会欣赏的人因为《筝赋》是后出而轻看它，有见识的也因为《筝赋》高超美妙看重它。"

【评鉴】

　　顾恺之以文自负，如果和嵇康比文章，还是要逊色一些，但痴人却不愿意承认这一事实。刘孝标注引《续晋阳秋》："为散骑常侍，与谢瞻连省，夜于月下长咏，自云得先贤风制，瞻每遥赞之。恺之得此，弥自力忘倦。瞻将眠，语捶脚人令代，恺之不觉有异，遂几申旦而后止。"他做散骑常侍官时，在月下吟诗，觉得自己的诗不比先贤们差，谢瞻就在隔壁不停叫好。顾恺之听到叫好声，更是忘了疲倦高声吟咏。谢瞻想要睡觉，就悄悄安排仆人代替自己叫好，顾恺之没感觉到异样，吟诵到天要大亮才停止。顾恺之被称为"痴绝"，于此可见一斑。

文学99

殷仲文天才宏赡①，而读书不甚广博，亮叹曰②："若使殷仲文读书半袁豹③，才不减班固④。"

【注】

①殷仲文：桓玄姊夫。宏赡：宏大富足。

②亮：指庾亮。

③袁豹（373—413）：字士蔚。晋陈郡阳夏（今河南太康）人。初为著作佐郎，屡迁丹阳尹。袁豹善言雅俗，每商略古今，兼以诵咏，听者忘疲。卒于官。《宋书》卷52、《南史》卷26有传。

④班固（32—92）：字孟坚，汉扶风安陵（今陕西咸阳）人。父班彪，撰《汉书》未成而卒。明帝召班固为兰台令史，迁为郎，典校秘书，使其终成《汉书》。所著文篇有《两都赋》《封燕然山铭》等。《后汉书》卷40有传。

【译】

殷仲文富有天才，但读书不是太多，庾亮叹息说："假如让殷仲文读袁豹一半的书，他的才华不会比班固差。"

【评鉴】

庾亮之言，说明学不可不养的道理。韩愈所谓："虽然，不可以不养也。行之乎仁义之途，游之乎《诗》《书》之源，无迷其途，无绝其源，终吾身而已矣。"凡要想文章大成，则必当博览群书；读书破万卷，下笔方有神助。

文学100

　　羊孚作《雪赞》云^①："资清以化^②，乘气以霏^③。遇象能鲜^④，即洁成辉。"桓胤遂以书扇^⑤。

【注】

①羊孚：字子道。晋泰山南城（今山东新泰）人。羊绥之子。历官太学博士、州别驾、太尉参军。

②资清以化：谓凭借自然的清气而变化。

③乘气以霏：谓随风飘舞。《庄子·齐物论》："夫大块噫气，其名为风。"霏，雪花飘舞状。

④遇象能鲜：谓雪花所著之处，其形状尽显。其意如谢惠连《雪赋》所云："值物赋象，任地班形。"

⑤桓胤（？—407）：字茂远，桓嗣之子。初拜秘书丞，累迁中书郎、秘书监。桓玄甚爱之，迁中书令。桓玄篡位，他任吏部尚书，随桓玄西奔。桓玄死，归降，后来殷仲文等谋反，欲立他为桓玄之嗣，事发被诛。《晋书》卷74有传。

【译】

　　羊孚撰《雪赞》说："资清以化，乘气以霏。遇象能鲜，即洁成辉。"桓胤就把这篇赞写到扇子上。

【评鉴】

　　短短四句，写出雪之形成变化及飘舞之状，雪之洁白明亮如在眼前。其间"化""乘气"又蕴含老庄玄味，所以赢得桓胤的欣赏而写在扇面上。

文学101

　　王孝伯在京①，行散至其弟王睹户前②，问："古诗中何句为最？"睹思未答。孝伯咏"所遇无故物，焉得不速老"③："此句为佳。"

【注】

①王孝伯：即王恭，恭字孝伯。

②行散：魏晋人喜服五石散，服后需缓步调适散发药力，谓之"行散"，或称之为"行药"。王睹：即王爽（？—398），爽字季明，小字睹。晋太原晋阳（今山西太原）人。王蕴之子，王恭之弟。历给事黄门侍郎、侍中。王恭起兵清君侧，以王爽为宁朔将军，参预军事。《晋书》卷93有传。

③"所遇无故物"二句：出自《古诗十九首》。遇到的都不是过去的人和物了，人怎么能不迅速衰老？

【译】

　　王恭在京城时，服药后发散药性走到弟弟王睹门前，问："古诗中哪一句最好？"王睹还在思考没有回答。王恭咏"所遇无故物，焉得不速老"，并说："这句最好。"

【评鉴】

　　王恭行散时还有吟诗的雅兴，可见其风流雅致。魏晋时人饱经离乱，世事维艰，寿命多短，平均寿命只有三十多岁。故诗文中感慨人生无常，生命短暂的句子比比皆是。"所遇无故物"，也是现实的真实写照，而"焉得不速老"，则将乱世的凄凉心绪和盘托出，故王恭以为最好。

文学102

桓玄尝登江陵城南楼云①："我今欲为王孝伯作诔②。"因吟啸良久，随而下笔，一坐之间③，诔以之成。

【注】

①江陵：南郡治所。在今湖北荆州。

②王孝伯：即王恭。恭字孝伯。

③一坐之间：一坐一起之间。极言时间短暂。

【译】

桓玄曾经登上江陵城南楼说："我今天想要给王孝伯作诔文。"接着吟啸了好一阵，随后便下笔，一会儿工夫，就写成了诔文。

【评鉴】

桓玄之高才捷笔，足可名列一流文士。其诔云："川岳降神，哲人是育。既爽其灵，不贻其福。天道茫昧，孰测倚伏？犬马反噬，豺狼翘陆。岭摧高梧，林残故竹。人之云亡，邦国丧牧。于以诔之，爰旌芳郁。"文情并茂，精练无比，推扬王恭是人才，惋惜王恭因刘牢之的背叛而殒命，同时表达了自己的哀婉之情。可惜桓玄野心蓬勃，肆意妄行，最后落得身败名裂、遗臭青史的下场。虽然如此，刘义庆却不以人废其言，对桓玄的才华同样佩服有加，这则与下则都表现出刘义庆爱其才而憾其行的惆怅。

文学103

桓玄初并西夏①，领荆、江二州、二府、一国②。于时始雪，五处俱贺，五版并入③。玄在听事上④，版至，即答版后，皆粲然成章⑤，不相揉杂⑥。

【注】

①西夏：华夏之西。指中原西部地区。六朝习称荆楚一带。

②"领荆、江二州"句：《晋书·桓玄传》："于是遂平荆雍，乃表求领江、荆二州。诏以玄都督荆司雍秦梁益宁七州、后将军、荆州刺史、假节，以桓修为江州刺史。玄上疏固争江州，于是进督八州及扬豫八郡，复领江州刺史。"

③五版：五处（即荆、江二州、二府、一国）的贺表。版，书写在木板上的文书。

④听事：官署中处理公务的厅堂。

⑤粲然：文采鲜明的样子。

⑥揉杂：犹言混淆。

【译】

桓玄刚刚兼并了荆楚，统领荆、江二州，八州都督及后将军二府、南郡公一国。当时才开始下雪，五处都来道贺，五地的贺版一起送到了。桓玄在厅堂上，每呈上一版，就在版后批示，全都文采灿烂，互相不重复混杂。

【评鉴】

桓玄著文，能五版并妙。"皆粲然成章，不相揉杂"，妙哉九字！把桓玄文采迸发的场景描写得栩栩如生。《晋书》本传言桓玄"形貌瑰奇，风神疏朗，博综艺术，善属文。常负其才地，以雄豪自处。"从此则可见其名不虚传。

文学104

桓玄下都①，羊孚时为兖州别驾②，从京来诣门，笺云："自顷世故睽离③，心事沦蕴④。明公启晨光于积晦，澄百流以一源。"桓见笺，驰唤前云："子道，子道，来何迟！"即用为记室参军。孟昶为刘牢之主簿⑤，诣门谢，见云："羊侯，羊侯，百口赖卿。"

【注】

①桓玄下都：安帝元兴元年（402），桓玄谋反，率军顺江而下入据京都。

②兖州：东晋于江东侨置。初治京口（今江苏镇江），后治广陵（今江苏扬州）。

　别驾：始于汉，为州刺史佐吏，也称别驾从事史。因从刺史出行时另乘车，故称别驾。

③睽离：别离，分散。

④沦蕴：沉郁，隐蔽。

⑤孟昶（？—410）：字彦达，东晋平昌安丘（今山东安丘）人。初从王恭。后随刘牢之背王恭归朝廷。安帝义熙四年（408）任吏部尚书，加拜尚书左仆射。孙恩、卢循起事，孟昶虑事不济，服毒自尽。事见《晋书·安帝纪》。

刘牢之（？—402）：字道坚，晋彭城（今江苏徐州）人。出身将门，因淝水之战有功，迁龙骧将军，赐封武冈县男。初讨桓玄，继又为桓玄收买，后兵权为桓玄所夺，自缢而死。《晋书》卷84有传。

【译】

　　桓玄率军顺江而下入据京城，羊孚时任兖州别驾，从京口赶来，到桓玄府门，拜笺上说："自从先前世事变故分开离散，我心中沉郁无时不在思念。您如早晨的太阳驱散了阴霾，把纵横的流水澄清而归本一源。"桓玄看见羊孚的拜笺，急忙叫他上前说："子道，子道，你怎么现在才来！"就任用他为记室参军。孟昶原为刘牢之的主簿，登门向桓玄请罪，见了羊孚就说："羊君！羊君！我一家的性命全交给你了！"

【评鉴】

　　羊孚之笺，虽为阿谀之辞，但文采斐然。桓玄善属文，故识其妙。惺惺相惜，立刻重用。虽然桓玄是叛臣，但是其有才又爱才亦不失为美德。

名为方正，他们不一定配得上

方正第五

方正，并列式双音词。指人行为、品性正直无邪。"方正"门之所以列于四科之后，因为方正也是儒家对读书人要求的道德标准之一。早在汉文帝时，"方正"就成了朝廷选拔人才的一个科目，诏举"贤良方正能直言极谏者"，其方式是由地方层层举荐，朝廷再进行考察选拔。后来更列为制科之一，如唐代有"贤良方正直言极谏科"，到清代还有"孝廉方正科"。先举荐或自荐，后廷试。以德行方正为取录的主要标准。

本门凡六十六则，独具个性的各色人等跃然纸上。开篇第一则叙陈纪斥责父友，"君与家君期日中。日中不至，则是无信；对子骂父，则是无礼"。字字掷地有声，七岁小孩，让人倾心。和峤正直，不容奸佞，敢逆皇帝之意。周嵩骂弟弟"斯人乃妇女，与人别，唯啼泣"，烈烈男儿，如见其人。周顗敢逆龙鳞，何充不惧淫威，郭淮救妻于必死之间，王献之坚决不题殿榜都是些非常典型的方正故事。至于顾显以酒浇柱的直率，周颚被嘲的宽容，更是两得其宜。当然，如果我们从今天的角度看，"方正"中不少篇目其实并不值得称道，尤其是魏晋六朝时森严的门阀制度下名士们的惺惺作态，如宗世林傲视曹操而食魏禄、刘惔所谓小人不可与作缘、羊琇不坐连榻、王胡之拒陶胡奴米之类。关于这方面的遗憾，我们在当条下都有辨说，请读者对看。

方正1

陈太丘与友期行①，期日中②，过中不至，太丘舍去③，去后乃至。元方时年七岁④，门外戏⑤。客问元方："尊君在不⑥？"答曰："待君久不至，已去。"友人便怒，曰："非人哉！与人期行，相委而去⑦。"元方曰："君与家君期日中。日中不至，则是无信⑧；对子骂父，则是无礼。"友人惭，下车引之⑨，元方入门不顾⑩。

【注】

①陈太丘：即陈寔。因其曾官太丘令，故称。

②期日中：约定正午时。

③舍去：（因对方未至而）离开。

④元方：即陈纪。纪字元方。

⑤戏：玩耍。

⑥尊君：犹言令尊。尊称对方父亲。

⑦相委：丢下我。相，指代性用法。代指我。

⑧无信：不讲信用。

⑨引：伸手拉。

⑩不顾：不搭理。

【译】

　　陈寔与朋友约定了同行外出，时间定在中午，过了中午朋友没到，陈寔就先走了。走后朋友才到。陈纪当时七岁，在家门外玩耍。客人问陈纪："令尊在不在家？"陈纪回答说："他等了您很久您没来，就先走了。"那个朋友就发怒说："你父亲真不是人啊！跟我约好了一起走，却丢下我先走了。"陈纪说："您和家父约定的时间是正午。正午您不到，是您不讲信用；对着别人的儿子骂他的父亲，这是不懂礼节。"朋友感到惭愧了，下车来拉陈纪，陈纪走进门去没理他。

【评鉴】

　　陈纪当时虽小，但面对无理的父友，敢于直接驳斥对方的不是。其言辞端理正，大气磅礴，不容对方置喙。父友惭愧而示好，陈纪入门不顾，更见小孩率真之性。故事写得形象生动，如见其形，如闻其声。

方正 2

　　南阳宗世林①，魏武同时②，而甚薄其为人③，不与之交。及魏武作司空④，总朝政，从容问宗曰⑤："可以交未？"答曰："松柏之志犹存⑥。"世林既以忤旨见疏⑦，位不配德。文帝兄弟每造其门⑧，皆独拜床下，其见礼如此⑨。

【注】

　　①南阳：郡名。治所在今河南南阳。宗世林：即宗承。承字世林。年少时就享

有美誉，曾拒绝朝廷的征聘。曹丕称帝，征为直谏大夫。

②魏武：即曹操。其子曹丕代汉称帝后尊为武帝。

③薄：鄙夷，鄙视。

④司空：三公之一。《三国志·魏书·武帝纪》："天子拜公司空，行车骑将军。"

⑤从容：伺机，不经意地。

⑥松柏之志犹存：谓不会改变初衷。因为松柏四季常青，故以之作譬。

⑦见疏：被疏远。

⑧文帝：指曹丕。曹丕代汉称帝，后谥为文帝。

⑨见礼：被礼敬。

【译】

南阳郡的宗承，和魏武帝曹操是同时代的人，他鄙薄曹操的为人，不和曹操交往。到曹操当了司空以后，独揽朝政，就伺机问宗承说："现在可以交往了吗？"宗承回答说："松柏的志向不会改变。"宗承因为违背曹操的旨意而被疏远，官位与才德不相匹配。曹丕弟兄每到宗家去，都会拜揖坐榻之下，宗承被曹丕兄弟礼敬都像这样。

【评鉴】

对此则，余嘉锡批评说：宗承年少时看不起曹操，老了却接受曹丕的禄养。不愿做汉司空之友，却甘心做魏皇帝的臣子。魏、晋人所谓方正者，大抵都是这样。东汉节义之风，基本荡然无存了。余说甚是。"松柏之志犹存"不免搞笑，以此入《方正》，委实不当。

方正3

魏文帝受禅①，陈群有慼容②。帝问曰："朕应天受命③，卿何以不乐？"群曰："臣与华歆服膺先朝④，今虽欣圣化⑤，犹义形于色⑥。"

【注】

①魏文帝受禅：汉献帝建安二十五年（220），曹丕受汉禅称帝。受禅，王朝更迭，新皇帝承受旧帝让给的帝位。其实这多不过是权臣逼皇帝让位的托词。

②陈群：初属刘备，后归曹操。慼容：悲伤的神色。

③应天受命：顺应上天的安排。

④华歆：汉灵帝末举孝廉，任郎中，累官至尚书令。服膺：铭记，心系。

⑤圣化：美称所谓皇帝的德化。

⑥义形于色：正义之色显露于颜面。《公羊传·桓公二年》："宋督弑其君与夷及其大夫孔父。……此何以书？贤也。何贤乎孔父？孔父可谓义形于色矣。其义形于色奈何？督将弑殇公，孔父生而存，则殇公不可得而弑也，故于是先攻孔父之家。殇公知孔父死，己必死，趋而救之，皆死焉。孔父正色而立于朝，则人莫敢过而致难于其君者。孔父可谓义形于色矣！"

【译】

曹丕受汉禅做了皇帝，陈群有忧伤的神色。曹丕问陈群："我是根据天意接受了皇位，你为什么不高兴？"陈群说："我和华歆都是心系前朝的大臣，现在虽然高兴圣主您的德化，但难忘前朝的情义还是不经意表现在脸上了。"

【评鉴】

李慈铭说此条不可信，余嘉锡又再加发挥，认为此则应为二家弟子门人粉饰先人所为。的确，这话和他们的行为简直不相吻合。那么，这是否是刘义庆少了识见，将二家子弟粉饰先人之言滥入了《世说》？我们觉得，刘义庆将此类故事编入《方正》，不足深怪，盖刘义庆本为刘宋宗室，刘宋的江山，是禅晋而得。美化前朝贰臣，差不多也是为本朝贴金。

方正4

郭淮作关中都督①，甚得民情，亦屡有战庸②。淮妻，太尉王凌之妹③，坐凌事，当并诛④，使者征摄甚急⑤。淮使戒装⑥，克日当发⑦。州府文武及百姓劝淮举兵，淮不许。至期遣妻，百姓号泣追呼者数万人。行数十里，淮乃命左右追夫人还，于是文武奔驰，如徇身首之急⑧。既至，淮与宣帝书曰⑨："五子哀恋，思念其母。其母既亡，则无五子；五子若殒，亦复无淮。"宣帝乃表特原淮妻⑩。

【注】

①郭淮（？—255）：字伯济，三国魏阳曲（今山西阳曲）人。曹丕继魏王位，赐爵关内侯。曹丕禅汉，官至刺史，封射阳亭侯。曹芳嘉平二年（250），迁车骑将军、仪同三司。进封阳曲侯。《三国志》卷26有传。

②战庸：战功。

③太尉：三公之一。王凌（172？—251）：字彦云，三国魏太原祁（今山西祁县）人。汉司徒王允的侄子，王广（公渊）的父亲。魏代汉，拜散骑常侍，

累迁车骑将军、仪同三司。司马懿诛曹爽，以王凌为太尉。王凌以齐王芳
年幼力弱，与令狐愚谋立楚王彪。事泄自杀。《三国志》卷28有传。

④当并诛：判了一起杀头的罪。当，判刑。

⑤征摄：抓捕。

⑥戒装：准备行装。

⑦克日：限定日期。

⑧徇：营救，谋求。身首：头和躯干四肢。喻指生命、性命。

⑨宣帝：指司马懿（179—251）。懿字仲达，三国魏河内温（今河南温县）人。
司马师、司马昭之父。曹操为丞相，累迁主簿、军司马。为曹氏父子所重。
曹丕代汉，屡历显职。明帝世，屡有战功，官至太尉。齐王芳即位，与大
将军曹爽共辅朝政。后发动"高平陵之变"，诛杀曹爽，剪灭魏宗室。司马
炎代魏，上尊号宣皇帝。《晋书》卷1有纪。

⑩原：原宥，赦免。

【译】

　　郭淮任关中都督，百姓们都很拥戴他，也屡屡有战功。郭淮的妻
子，是太尉王凌的妹妹，因为王凌犯罪而被牵连，就判了和王凌一起
杀头的罪，使者抓捕非常紧急。郭淮给妻子准备了行装，按照限定的
日期就将出发。州府的文武官员和关中的百姓劝郭淮起兵造反，郭淮
不答应。到了应出发的时间，郭淮就送妻子上路，关中百姓哭叫追呼
的有好几万人。走了几十里，郭淮叫左右亲信去把夫人追回来，于是
文官武将都驱马狂奔，如同营救自己的性命一样急迫。追回来后，郭
淮给司马懿上书说："五个儿子悲哀依恋，怀念母亲。母亲如果死了，
五个儿子也活不成；五个儿子如果死了，我也不想活了。"司马懿于是

上表特赦了郭淮的妻子。

【评鉴】

从本则及《三国志·魏书·郭淮传》，知郭淮虽是武人，但能得下属效死拥戴。下属先是劝郭淮造反，后来奉命追回王氏时，就像关系自己生命一样急迫。郭淮敢救妻于必死之间，且机敏能言，真配称烈烈大丈夫。比较起贾充的行为，简直是云泥之别。二人情事相类，贾充原配李氏，贤惠聪明，本与贾充琴瑟和谐，而当李氏之父李丰被诛，李氏被发配边疆后，贾充则很快另娶郭氏。（见《贤媛》13）郭淮可钦可敬，贾充为人不齿！

方正5

诸葛亮之次渭滨①，关中震动。魏明帝深惧晋宣王战②，乃遣辛毗为军司马③。宣王既与亮对渭而陈④，亮设诱谲万方⑤，宣王果大忿，将欲应之以重兵。亮遣间谍觇之⑥，还曰："有一老夫，毅然仗黄钺⑦，当军门立，军不得出。"亮曰："此必辛佐治也。"

【注】

①诸葛亮（181—234）：字孔明，三国琅邪阳都（山东沂水）人。初隐居隆中，感刘备三顾之诚，为刘备定三分天下之策。辅佐刘备借取荆州，平定益州，与魏、吴三足鼎立。刘备死后，辅佐后主刘禅，以丞相封武乡侯。曾数次北伐，与魏征战。后病死于五丈原军中。《三国志》卷35有传。次：驻扎。

渭滨：渭水边。《三国志·魏书·辛毗传》："青龙二年，诸葛亮率众出渭南。

先是，大将军司马宣王数请与亮战，明帝终不听。是岁，恐不能禁，乃以毗为大将军军师，使持节，六军皆肃，准毗节度，莫敢犯违。"按，青龙二年，为公元234年。

②魏明帝：即曹叡。晋宣王：即司马懿。魏元帝咸熙元年（264），追封宣王。见上则注。

③辛毗：字佐治，三国魏颍川阳翟（今河南禹州）人。魏代汉，迁侍中，赐爵关内侯。明帝即位，进封颍乡侯。《三国志》卷25有传。军司马：当为"军师"。晋人避司马师讳，改为"军司"，"马"字衍。

④陈：后来写作"阵"。

⑤诱谲：迷惑诈诱。万方：多种计谋。

⑥觇：侦察，窥探。

⑦仗：拿着。黄钺：饰以黄金的长柄斧子，多用于仪仗或征伐。此处《三国志》言辛毗"使持节"，《世说》云"仗黄钺"，二者还有权力大小之分。

【译】

诸葛亮北伐率蜀军屯扎在渭水边，关中震惊骚动。魏明帝生怕司马懿出兵与诸葛亮交战，于是派辛毗充当司马懿军师。司马懿已经和诸葛亮隔着渭水摆开阵势，诸葛亮千方百计迷惑诈诱，司马懿果然大为恼怒，准备安排重军应战。诸葛亮派间谍前往魏营察看，回来汇报说："有一个老夫子，神情严峻地手执黄钺站在军门口，魏军都不敢出来。"诸葛亮说："这人一定是辛佐治。"

【评鉴】

《世说》此则故事是赞扬辛毗的。我们看看此事的另一个版本：《三国志·蜀书·诸葛亮传》注引《汉晋春秋》曰："亮自至，数挑战。宣王亦表固请战。使卫尉辛毗持节以制之。姜维谓亮曰：'辛佐治仗节而到，贼不复出矣。'亮曰：'彼本无战情，所以固请战者，以示武于其众耳。将在军，君命有所不受，苟能制吾，岂千里而请战邪！'"在《汉晋春秋》的记载里，这不过是一场滑稽的表演。将在外君命有所不受，哪有身统大军而数千里请战的道理？魏明帝洞彻司马懿本不敢战而军心浮动欲战，欲借皇帝之诏旨以弹压军心，故遣辛毗持节把门。似此，此则列入《方正》，就全无道理。是谁方正？"傀儡登场"之辛毗哪有什么方正可言。这一条与其入《方正》，还不如归《假谲》更恰当。

方正6

夏侯玄既被桎梏①，时锺毓为廷尉②。锺会先不与玄相知③，因便狎之④。玄曰："虽复刑余之人⑤，未敢闻命。"考掠初无一言⑥，临刑东市⑦，颜色不异。

【注】

①夏侯玄（209—254）：字太初（一作泰初），三国魏谯（今安徽亳州）人。夏侯尚之子。曹爽辅政，夏侯玄因是曹爽姑姑之子累迁散骑常侍、中护军。司马氏诛曹爽，李丰、张缉等密谋刺杀司马师，欲以夏侯玄代之。事泄，夷灭三族。《三国志》卷9有传。

②廷尉：掌刑法狱讼，位为列卿。

③相知：熟识，有交往。

④狎：戏侮，调侃。

⑤刑余之人：语本《文选·司马迁〈报任少卿书〉》："刑余之人，无所比数。"

　　后专指受过刑的人。一般用于犯人自称。

⑥考掠：拷问刑讯。

⑦东市：汉代在长安东市处决犯人。后因以东市代指刑场。

【译】

　　夏侯玄已经被拘捕带上刑具，当时锺毓担任廷尉。锺会先前和夏侯玄没有交往，就乘机戏辱他。夏侯玄说："虽然我已经是个囚犯，也不敢遵命。"拷打审讯一句话也不说，在东市刑场被处死时，脸色也没变过。

【评鉴】

　　关于此则，各书记载有异，刘孝标注已加辩驳，是知确为锺会事。夏侯玄为夏侯尚之子，曹爽表弟，少与何晏、司马师齐名，曾官征西将军，颇有才干。曹爽被杀，夏侯玄自不为司马氏集团所容。锺会为司马氏亲信，夏侯玄不为所动，慷慨赴难，算得上是真男子。列入《方正》，不辱此目。

方正7

　　夏侯泰初与广陵陈本善①，本与玄在本母前宴饮，本弟骞行还②，径入至堂户。泰初因起曰："可得同，不可得而杂。"

【注】

①广陵：郡名。治所在今江苏扬州东北。陈本：字休元。陈矫之子，陈骞兄长。

历位郡守、九卿。官至镇北将军，假节都督河北诸军事。事见《三国志·**魏书·陈矫传**》。

②骞：即陈骞（201—281），字休渊。曹魏时累功封郯侯。晋武帝受禅，以佐命功进车骑将军，封高平郡公。咸宁初，迁太尉，转大司马。《晋书》卷35有传。

【译】

夏侯玄和广陵郡的陈本友善，两人曾经在陈本母亲前一起宴饮，这时陈本的弟弟陈骞外出归来，直接走进厅堂。夏侯玄于是起身离席，说："我可以和相知的人交往，不能和不相投的人随便混在一起。"

【评鉴】

陈骞为司马炎心腹，而夏侯玄为曹爽表弟，不肯与他相交，亦在情理之中。《晋书·陈骞传》记"骞尚少，为夏侯玄所侮，意色自若，玄以此异之"，未免想当然耳。

方正8

高贵乡公薨①，内外喧哗。司马文王问侍中陈泰曰②："何以静之？"泰云："唯杀贾充以谢天下。"文王曰："可复下此不？"对曰："但见其上，未见其下。"

【注】

①高贵乡公：即曹髦（241—260）。髦字彦士，曹丕之孙。初封高贵乡公，司

马师废曹芳，迎立为帝。甘露五年（260），以不甘坐受废辱，率亲随数百
人谋诛司马昭，为太子舍人成济所杀。《三国志》卷4有传。

②司马文王：即司马昭。陈泰（？—260）：字玄伯，曹魏颍川许昌（今河南
许昌）人。陈群之子。累迁征西将军，假节都督雍、凉诸军事。高贵乡公
被杀，陈泰号哭尽哀，忧愤而卒。《三国志》卷22有传。

【译】

高贵乡公被杀，朝廷内外震惊议论。司马昭问侍中陈泰说："用什
么办法可以让舆论平息下来？"陈泰说："唯一的办法就是杀了贾充向
天下人谢罪。"司马昭说："可以考虑贾充以下的人不？"陈泰回答说：
"我只看见贾充以上的人，没看见他以下的人。"

【评鉴】

如此事当真，则陈泰过其父远矣。但清李慈铭以为或无其事，或
为陈氏弟子门生饰美。不过，《汉晋春秋》亦著此事，罗贯忠《三国演
义》亦有此情节，验之陈泰生平，其为人清廉正直，忠于曹魏，李氏
之疑根据不足。至于此事的结局，是归罪成济，夷济三族（《晋书·文
帝纪》）。冤哉成济！此事的主谋当然是司马昭，所谓路人皆知，而具
体指挥实施的则是贾充，成济只是充当了工具而已。

方正9

和峤为武帝所亲重，语峤曰："东宫顷似更成进①，卿试往看。"
还，问："何如？"答云："皇太子圣质如初②。"

【注】

①东宫：指太子司马衷（259—306）。衷字正度，武帝司马炎第二子。憨愚昏

　庸，政事多决于贾后，纲纪大坏，终酿成"八王之乱"，晋室遂衰。谥号惠。

　《晋书》卷4有纪。成进：成熟长进。

②圣质：神圣的秉性。多用于帝王或储君。

【译】

　　和峤被晋武帝亲近爱重，晋武帝对和峤说："太子近来好像更加成熟长进了，你不妨去看看。"和峤去了后回来，武帝问："怎么样？"和峤回答说："太子的圣质和过去一样。"

【评鉴】

　　司马炎承祖、父之余绪，代魏立晋，统一天下，其功亦伟。可惜"惑荀勖之奸谋，迷王浑之伪策，心屡移于众口，事不定于己图。元海当除而不除，卒令扰乱区夏；惠帝可废而不废，终使倾覆洪基"（《晋书·武帝纪》）。司马炎为开国之君，初始不乏贤主气象。渐而耽于淫乐，奢侈无度，不辨忠奸，偏信奸臣之言，立不慧的惠帝，出贤明的齐王。于是，为晋室种下了祸根。手得之江山亦自毁之，致晋室土崩而百姓乱离。可叹！

方正10

　　诸葛靓后入晋①，除大司马②，召不起。以与晋室有仇，常背洛水而坐。与武帝有旧，帝欲见之而无由③，乃请诸葛妃呼靓④。

既来，帝就太妃间相见。礼毕，酒酣，帝曰："卿故复忆竹马之好不⑤?"靓曰："臣不能吞炭漆身⑥，今日复睹圣颜。"因涕泗百行。帝于是惭悔而出。

【注】

①诸葛靓：魏司空诸葛诞之子。因其父被司马氏所杀，拒绝晋朝的征召，隐居不出。

②大司马：三公之一。东汉改为太尉。南北朝复置，为重臣居任。

③无由：没有理由，没有借口。

④诸葛妃：晋琅邪王司马绚妻，诸葛诞女。

⑤竹马之好：儿童时的情谊。语本《后汉书·郭伋传》："始至行部，到西河美稷，有童儿数百，各骑竹马，道次迎拜。"

⑥吞炭漆身：战国时，韩、赵、魏三家攻杀智伯。智伯客豫让为报知遇之恩，乃吞咽木炭，漆涂身体，自毁音容以刺赵襄子，事败而死。事见《战国策·赵策一》《史记·刺客列传》。后遂以"吞炭漆身"喻忍辱含垢，矢志复仇。

【译】

诸葛靓后来到了洛阳，朝廷委任他做大司马，推辞不就职。因为和晋王室有仇，他常常是背向洛水而坐。他和武帝司马炎有旧交情，司马炎想见他却没有理由，于是就请诸葛太妃把他叫来。诸葛靓到了后，武帝就在太妃那里和诸葛靓见面。双方叙礼后，畅快地饮酒，武帝说："你还记得我们小时候的交情吧?"诸葛靓回答说："我不能像豫让那样吞炭漆身而报仇，今日又看见了圣上的容颜。"一时间泪流满面。武帝非常惭愧懊悔地离开了。

【评鉴】

　　刘孝标注以诸葛靓与嵇绍相较，认为一忠一孝，皆可尊仰。甚是。诸葛靓认为杀父之仇不共戴天，故终身不仕晋朝，以至孝留名。《晋书·山涛传》记载：“康后坐事，临诛，谓子绍曰：‘巨源在，汝不孤矣。’”山涛受托孤之重，力主嵇绍出仕，嵇绍最终为保卫晋帝而死，血溅帝衣，成为忠臣之楷模。文天祥《正气歌》云：“时穷节乃见，一一垂丹青。在齐太史简，在晋董狐笔，在秦张良椎，在汉苏武节。为严将军头，为嵇侍中血，为张睢阳齿，为颜常山舌。”两相比较，各得其宜。靓尽人子之孝，绍尽臣子之忠。

方正11

　　武帝语和峤曰：“我欲先痛骂王武子①，然后爵之。”峤曰：“武子俊爽②，恐不可屈。”帝遂召武子苦责之，因曰：“知愧不？”武子曰：“尺布斗粟之谣③，常为陛下耻之。它人能令疏亲，臣不能使亲疏。以此愧陛下！”

【注】

①王武子：即王济。济字武子。

②俊爽：豪爽正直。

③尺布斗粟：汉文帝的弟弟淮南厉王刘长因谋反罪徙蜀，绝食而死，民间因作歌唱道：“一尺布，尚可缝；一斗粟，尚可舂。兄弟二人，不能相容。”后以“尺布斗粟”喻兄弟失和。事见《史记·淮南衡山列传》。按，武帝司马炎出其弟齐王司马攸于外，司马攸怨愤发病死，因此王济以此讽刺他。

【译】

　　晋武帝对和峤说："我想先把王济痛骂一顿，然后给他封爵。"和峤说："王济为人豪爽正直，恐怕不容易让他受气。"武帝于是把王济叫来狠狠地责备他，又问："你知道羞愧吗？"王济说："那'尺布斗粟'的民谣，常常替陛下觉得耻辱。他人能够让疏远的人亲近，我不能让亲人疏远。就这个愧对陛下。"

【评鉴】

　　从刘孝标注引《晋诸公赞》可知，武帝恼怒王济，是因为出齐王事。王济敢于讥讽武帝，不愧方正之目。王济尚常山公主，为文帝之婿，故"使亲疏"亦是皇室家事，不过王济是为国家考虑的。王济方正，非此一端，《晋书》本传记载："数年，入为侍中。时浑为仆射，主者处事或不当，济性峻厉，明法绳之。素与从兄佑不平，佑党颇谓济不能顾其父，由是长同异之言。"他父亲的属吏有过失，王济同样不徇私而依法处置，可见王济在是非问题方面还是有原则底线的。

方正12

　　杜预之荆州①，顿七里桥②，朝士悉祖③。预少贱，好豪侠，不为物所许④。杨济既名氏雄俊⑤，不堪，不坐而去。须臾，和长舆来⑥，问："杨右卫何在⑦？"客曰："向来，不坐而去。"长舆曰："必大夏门下盘马⑧。"往大夏门，果大阅骑⑨。长舆抱内车，共载归，坐如初。

【注】

①杜预（222—284）：字元凯，晋京兆杜陵（今陕西西安）人。起家拜尚书郎，袭祖爵丰乐侯。武帝时至度支尚书，朝野称美，号曰"杜武库"。羊祜卒，杜预继为镇襄阳。勤于著述，尤善《左传》，自谓有"左传癖"。《三国志》卷16、《晋书》卷34有传。

②顿：驻屯。七里桥：桥名。在西晋都城洛阳东郊。杨衒之《洛阳伽蓝记·城南·建阳里》："崇义里东有七里桥，以石为之。……七里桥东一里，郭门开三道，时人号为三门。离别者多云'相送三门外'。京师士子送去迎归常在此处。"

③祖：祖道饯行。古代为出行者祭祀路神，并饮宴送行。

④物：人。许：称道，赞许。

⑤杨济（？—291）：字文通，西晋弘农华阴（今陕西华阴）人。兄杨骏为武帝杨皇后父，势倾天下，杨济每相劝谏。惠帝即位，杨骏与贾后争权，兄弟并被杀。《晋书》卷40有传。名氏：犹言名家。指名门贵族。

⑥和长舆：即和峤。峤字长舆。

⑦杨右卫：指杨济。因其曾官右卫将军。右卫，右卫将军的省称。

⑧大夏门：杨衒之《洛阳伽蓝记·序》曰："北面有二门。西头曰大夏门。汉曰夏门，魏晋曰大夏门。"盘马：戏马。驱马盘旋。

⑨阅骑：检视坐骑。

【译】

　　杜预将到荆州赴任，驻屯在七里桥，朝中官员们都去送行。杜预年青时贫贱，喜欢做豪侠之事，因而不被公众称许。杨济本来是名门俊杰，不能忍受杜预的声势，不坐就走了。过了一会儿，和峤来了，问："杨右卫在哪里？"坐客回答说："刚才来了，没有落座就走了。"和峤说："他一定在大夏门下骑马盘旋。"和峤赶到大夏门，杨济果然正在检视坐骑。和峤将杨济抱进车内，一起回到七里桥，依前坐下。

【评鉴】

　　杜预为汉名相杜延年后裔，"祖畿魏尚书仆射，父恕幽州刺史"，"初，其父与宣帝不相能，遂以幽死，故预久不得调"（《晋书·杜预传》）。所谓少贱，当即指此而言。余嘉锡笺论之甚详，可参看。后来杜预尚司马昭妹高陆公主，起家拜尚书郎，袭祖爵丰乐亭侯。然与石鉴不睦，数遭贬抑。正因为其父为司马氏"幽死"，而本人亦先后受责，故为豪贵所轻，于是杜预借机轻慢朝贵。这则故事归入《方正》有点莫名其妙，杨济是晋武帝皇后的叔父，而杜预是晋武帝的姑父，都是外戚。杜预拜刺史，朝臣往贺，杨济见杜预声势煊赫，故负气而走，和峤担心二人失和不利国家，于是又把杨济找回来。此不过是叙述了两位重臣明争暗斗的场面，谁也和方正不沾边。

　　参下一则。

方正13

　　杜预拜镇南将军①，朝士悉至，皆在连榻坐②，时亦有裴叔则③。羊稚舒后至④，曰："杜元凯乃复连榻坐客⑤？"不坐便去。杜请裴追之，羊去数里住马，既而俱还杜许。

【注】

①镇南将军：晋时将军名号。征伐时所设，不常置。通常以征伐方位而定
　　"镇某"。

②连榻：并连的坐榻，与"独榻"相对。也指把坐榻并连起来。连榻可坐多人，
　　独榻则只坐一人，尊贵的客人一般是坐独榻。

③裴叔则：即裴楷。楷字叔则。

④羊稚舒：即羊琇。琇字稚舒，晋泰山南城（今山东新泰）人。羊祜从弟。跟
　　随锺会平蜀，锺会谋反，羊琇正言苦谏，回朝后封关内侯。后因支持司马
　　攸归朝，降为太仆，愤怨发病，不久死去。《晋书》卷93有传。

⑤乃复：竟然，居然。复，后缀。

【译】

　　杜预拜镇南将军，朝中官员都来杜府祝贺，杜预安排大家都坐在
连榻上，当时裴楷也在座。羊琇晚到，说："杜元凯竟然让贵客坐在连
榻上？"不落座就走。杜预请裴楷追羊琇回来，羊琇跑了几里路停了
马，两人一起回到杜家。

【评鉴】

　　程炎震以为，此事当发生在杜预"征吴还"后，且从情理上推测，
拜镇南将军不过是官职高，毕竟还没建立功勋，杜预还不至于如此轻
慢。灭了东吴，有了资本，也就有恃无恐了。杜预此前因为是"罪人"
之子，故屡屡受辱。灭吴建不世之功，朝士都前往道贺，他便有意借
机煞一下权贵们的威风，就给他们设置了连榻。羊琇为司马师景皇后
从父弟，大为不满，拂袖而去。杜预觉得不妥，于是叫裴楷去追回，

羊琇也趁机下坡而同裴楷"俱还杜许"。杜、羊二人同为外戚，各怀心机，互相看不上，余嘉锡认为此则列入《方正》不妥，是也。

方正14

　　晋武帝时，荀勖为中书监①，和峤为令②。故事③：监、令由来共车。峤性雅正，常疾勖谄谀④。后公车来⑤，峤便登，正向前坐，不复容勖。勖方更觅车，然后得去。监、令各给车，自此始。

【注】

①荀勖（？—289）：字公曾，晋初颍川颍阴（今河南许昌）人。荀爽曾孙。初仕魏，为大将军曹爽掾。司马炎代魏，封济北郡公，拜中书监、加侍中、领著作。累迁至守尚书令。党附贾充父女，颇获佞媚之讥。《晋书》卷39有传。中书监：官名。晋时为中书省的长官，掌管机要。《晋书·荀勖传》："勖久在中书，专管机事。及失之，甚罔罔怅恨。或有贺之者，勖曰：'夺我凤皇池，诸君贺我邪！'"

②令：即中书令。晋时权力与中书监略同。

③故事：旧例，以前的制度。

④疾：厌恶，瞧不起。谄谀：讨好巴结。

⑤公车：官车，官署的车子。

【译】

　　晋武帝在位时，荀勖做中书监，和峤做中书令。旧规矩：中书监和中书令历来安排乘同一辆车。和峤生性正直，常常讨厌荀勖谄谀。

后来公车来了，和峤就先上车，正对着前面就座，不给荀勖留下上车的位置。荀勖只好另外张罗车子，然后才得以走了。中书监和中书令各给车辆，从此形成制度。

【评鉴】

晋室之毁，荀勖难辞其咎，出齐王而立惠帝，多为荀勖赞成诱助。荀勖之谄佞，武帝非无察觉，但因其善揣帝意而不能舍。《晋书》其本传有云："帝尝谓曰：魏武帝言'荀文若之进善，不进不止；荀公达之退恶，不退不休'。二令君之美，亦望于君也。"武帝虽厚望于勖，勖又何尝改过？保位固宠，一如平昔，"勖久管机密，有才思，探得人主微旨，不犯颜忤争，故得始终全其宠禄"。和峤厌恶荀勖，耻与同乘，方正可嘉。

方正15

山公大儿著短帢①，车中倚。武帝欲见之，山公不敢辞，问儿，儿不肯行。时论乃云胜山公。

【注】

①山公：指山涛。大儿：长子。此谓山该，该字伯伦。嗣父爵，仕至并州刺史、太子左率，赠长水校尉。为人雅有器识。短帢（qià）：一种便帽。相传为曹操创制。

【译】

山涛的大儿子戴着便帽，斜靠在车中。晋武帝想见他，山涛不敢推辞，问儿子，儿子不愿意去见武帝。当时的评论认为儿子胜过山涛。

【评鉴】

　　山该因为身着便服，按制不能见皇帝。山涛本应知礼，其实不须问就该婉拒，"不敢辞"正见山涛的谨慎小心。《晋书》记载略有不同，而且对象是山涛第三子山允。

方正16

　　向雄为河内主簿①，有公事不及雄，而太守刘淮横怒②，遂与杖遣之③。雄后为黄门郎④，刘为侍中，初不交言⑤。武帝闻之，敕雄复君臣之好。雄不得已，诣刘再拜曰⑥："向受诏而来⑦，而君臣之义绝，何如？"于是即去。武帝闻尚不和，乃怒问雄曰："我令卿复君臣之好，何以犹绝？"雄曰："古之君子，进人以礼，退人以礼。今之君子，进人若将加诸膝，退人若将坠诸渊⑧。臣于刘河内不为戎首⑨，亦已幸甚，安复为君臣之好？"武帝从之。

【注】

①向雄（？—283？）：字茂伯，晋河内山阳（今河南修武）人。初仕魏为郡主簿。入晋，累迁至河南尹。后以齐王司马攸归藩事，固谏忤旨，忧愤而卒。《晋书》卷48有传。

②刘淮：字君平，晋沛国杼秋（今安徽萧县）人。曾任征东大将军，累迁河内太守、尚书仆射。

③遂与杖遣之：谓施以杖刑并革职。与杖，杖责，施杖刑。

④黄门郎：即黄门侍郎。

⑤初不交言：谓简直不说话。初，始终，全。

⑥再拜：拜了又拜。

⑦向：刚才，刚刚。

⑧"古之君子"数句：《礼记·檀弓下》："古之君子，进人以礼，退人以礼，故有旧君反服之礼也。今之君子，进人若将加诸膝，退人若将坠诸渊。毋为戎首，不亦善乎？又何反服之礼之有？"汉郑玄注："言放逐之臣，不服旧君也。为兵主来攻伐曰戎首。"

⑨戎首：首先挑起事端者。

【译】

　　向雄曾经做河内主簿，有一件公事本来和他没有关系，但是太守刘准暴怒，就将向雄杖责革职。向雄后来做了黄门郎，刘准做侍中，两人根本不说话。武帝听说这事后，下令向雄与刘准恢复旧有的上下级情谊。向雄不得已，到刘府拜了又拜说："刚才是受诏命来的，但是我们的上下级情义早已断绝了，怎么办？"于是就马上离开了。武帝听说两人仍然没有和好，就发怒问向雄："我命令你和刘准恢复旧有的上下级情谊，为什么还绝交？"向雄回答说："古时候的君子，要提拔人按礼仪，要罢免人按礼仪。今天的君子，提拔人恨不得抱坐在膝盖上，罢免人恨不得推落到深渊里。我对于刘河内，不做挑起事端者，就已经是万幸了，怎么能再恢复上下级的情谊？"武帝只好依从他。

【评鉴】

　　其他史籍所载事主和情节与此各有差异，我们姑就上文评述。向雄不为皇帝的压力所屈，不卑不亢地让武帝收回了成命。其方正堪赞。向雄引《礼记》"古之君子，进人以礼，退人以礼。今之君子，进人若将加诸膝，退人若将坠诸渊"语，形象深刻，值得深思。

方正17

齐王冏为大司马①，辅政，嵇绍为侍中②，诣冏咨事。冏设宰会③，召葛旟、董艾等共论时宜④。旟等白冏："嵇侍中善于丝竹⑤，公可令操之。"遂送乐器。绍推却不受，冏曰："今日共为欢，卿何却邪？"绍曰："公协辅皇室，令作事可法。绍虽官卑，职备常伯⑥，操丝比竹盖乐官之事⑦，不可以先王法服为伶人之业⑧。今逼高命，不敢苟辞，当释冠冕⑨，袭私服⑩。此绍之心也。"旟等不自得而退⑪。

【注】

①齐王冏：即司马冏（？—302）。冏字景治，晋齐献王司马攸之子。元康中拜散骑常侍、领左军将军、翊军校尉。赵王司马伦密与相结，废贾后。司马伦篡位，迁镇东大将军、开府仪同三司。后又起兵灭司马伦，以功拜大司马，加九锡。后为长沙王司马乂所诛。《晋书》卷59有传。大司马：三公之一。

②嵇绍：嵇康长子。

③宰会：僚属集会。

④葛旟：字虚旟，齐王司马冏从事中郎。司马冏败被诛。董艾：字叔智，晋弘农（今河南灵宝）人。齐王司马冏起事，艾赴军，领右将军。冏败被杀。

⑤丝竹：指管弦乐器。丝，弦乐器。竹，管乐器。

⑥常伯：周代官名。秦汉以后名侍中。晋嵇绍官侍中，位同周之常伯，故称。

⑦操丝比竹：演奏乐器。

⑧法服：按礼法制定的标准服饰。此谓侍中官服。伶人：乐师。相传黄帝时伶
　伦作律，故称乐师为伶人。

⑨冠冕：帝王、官吏所戴的礼帽。

⑩私服：便服，平时所穿的衣服。

⑪不自得：很尴尬。

【译】

　　齐王司马冏做大司马，辅佐皇帝，嵇绍做侍中，到司马冏那里禀告公事。司马冏正备办酒宴邀请僚属聚会，叫来葛旟、董艾等一起讨论时事及应对措施。葛旟等对司马冏说："嵇绍精于器乐，您可以叫他演奏。"于是就送来了乐器。嵇绍推辞不接受，司马冏说："今天大家在一起欢乐，你为什么要推辞呢？"嵇绍说："您辅佐皇帝，执掌朝政，做事应当值得效法。我虽官位低下，但好歹也是侍中，弹奏器乐是乐官的事，我不能够穿着先王的官服做伶人的事。现在被您相逼，也不敢随便推辞，我应该脱去官服，穿上便装。这就是我的想法。"葛旟等很尴尬地退下了。

【评鉴】

　　嵇康善乐，《广陵散》成为绝唱；嵇绍克绍箕裘，亦精于器乐。父子皆能不降志辱身。嵇康守正不屈，身送东市而颜色不变；嵇绍得其正气，不为取悦于权贵而为伶人之事，后来为保卫皇帝而捐躯。父子凛凛，辉耀古今。

方正18

卢志于众坐问陆士衡①："陆逊、陆抗是君何物②?"答曰："如卿于卢毓、卢珽③。"士龙失色④。既出户,谓兄曰："何至如此? 彼容不相知也⑤。"士衡正色曰："我父、祖名播海内,宁有不知? 鬼子敢尔⑥!"议者疑二陆优劣,谢公以此定之。

【注】

① 卢志(? —312):字子道,晋范阳涿(今河北涿州)人。卢珽之子。初事成都王司马颖,为中书监。永嘉之乱后,带妻子投奔并州刺史刘琨,至阳邑,为刘粲所虏,与次子谧、诜等俱被杀。《晋书》卷44有传。众坐:即很多人在座,在场。陆士衡:即陆机。机字士衡。

② 陆逊(183—245):字伯言,三国吴郡吴(今江苏苏州)人。陆机祖父。辅佐吕蒙打败关羽,占领荆州。黄初三年(222),为大都督,在夷陵之战大败刘备,领荆州牧。赤乌中,官至丞相。后卷入东吴"二宫之争",忧愤而死。《三国志》卷58有传。陆抗:陆机之父。

③ 卢毓(182—257):字子家,卢志祖父。魏文帝即位,累迁至吏部尚书。高贵乡公即位,进封大梁侯。后迁司空,进爵容城侯。《三国志》卷22有传。卢珽:字子笏,卢毓之子,卢志父亲。曹魏时,为泰山太守,晋时官至尚书。《晋书》卷44有传。

④ 士龙:即陆云(262—303)。云字士龙,陆机弟。弟兄齐名,号"二陆"。吴亡入洛,事成都王司马颖,为清河内史,故又称"陆清河"。陆机遇害后,牵连被诛。《晋书》卷54有传。

⑤ 容:或许。相知:知道我们的身世。相,指代用法,代指陆逊、陆抗的身世。

⑥鬼子：鬼生的后代。刘孝标注引《孔氏志怪》云，卢志远祖卢充尝行猎而入
　　鬼府，与崔少府之亡女结合而生子。故陆机以"鬼子"骂之。

【译】

　　卢志在大庭广座之中问陆机："陆逊、陆抗是你的什么人？"陆机回答说："就好像你和卢毓、卢珽的关系一样。"陆云吓得变了脸色。出门以后，对陆机说："你怎么这样说？他或许真不知道。"陆机严肃地说："我们的父亲、祖父名声传遍天下，哪有不知道的？这鬼生的后代崽儿竟敢这样！"过去评论的人拿不准二陆的高下，谢安从这件事上判定陆机更强一些。

【评鉴】

　　此次言语冲突，其实是中原士族与江东大族对抗的一个缩影。叶梦得认为陆机不能忍一时之愤种下祸根，是陆云优于陆机，而余嘉锡承谢安说认为机优于云。我们以为，叶氏之言有理。大丈夫能屈能伸，凡能成大事者，必能韬晦敛锋，忍辱负重。勾践能卧薪尝胆，韩信能受胯下之辱，韩安国、周勃能忍狱吏之辱。陆机理当稍避其锋，不逞口舌之快，却居然如此意气用事，得罪卢志，导致后来陆云受他牵连入狱后，卢志落井下石，陆云被杀，陆氏家族烟灭，实在不足称道。陆云当时色变，就识时知机而论，陆云优于陆机。

方正 19

　　羊忱性甚贞烈①，赵王伦为相国②，忱为太傅长史，乃版以参

相国军事③。使者卒至，忱深惧豫祸④，不暇被马⑤，于是帖骑而避⑥。使者追之，忱善射，矢左右发，使者不敢进，遂得免。

【注】

①羊忱（？—311）：字长和，晋泰山南城（今山东新泰）人。羊繇第五子，羊权父。历仕太傅长史、徐州刺史。亡于永嘉之乱。贞烈：坚贞，刚烈。

②赵王伦：即司马伦。晋宗室。

③版：即版授。谓不经朝命而用白版授予官职或封号。参相国军事：为相国府属官，掌参谋军事。

④豫祸：犹言涉祸。惹上灾祸。

⑤被马：给马披上鞍羁。

⑥帖骑：骑着没鞍的马。

【译】

　　羊忱性情正直刚烈，赵王司马伦自立为相国，羊忱原职是太傅长史，司马伦就版授羊忱为参相国军事。使者突然来到，羊忱十分担心卷入祸患，来不及给马套上鞍羁，骑着没鞍的马就跑。使者追赶他，羊忱善射，左右开弓射箭，使者不敢穷追，于是得以脱身。

【评鉴】

　　羊忱料事有先见之明，应急有果断之举，早已明白司马伦已有不臣之心，且知其非能成就大事者，不愿同流合污，为避祸远害，帖骑而奔。当使者追逼，左右开弓射箭，脱离了险境。观其行径，堪称文武全才。只可惜他生不逢时，在政治上没有太大的施展空间，最后竟死于永嘉之乱。令人太息。

方正 20

王太尉不与庾子嵩交①，庾卿之不置②。王曰："君不得为尔。"庾曰："卿自君我，我自卿卿；我自用我法，卿自用卿法。"

【注】

①王太尉：指王衍。怀帝时为太尉，故称。庾子嵩：即庾敳。敳字子嵩。

②卿：六朝人对对方的昵称。

【译】

王衍不和庾敳结交，庾敳却总是称王衍为卿。王衍说："你不能这样叫。"庾敳说："你称我为君，我称你为卿；我用我的叫法，你依你的称呼。"

【评鉴】

此则列于《方正》也有点别扭。当然，如果从庾敳不在意别人的态度而我行我素而言，似也可以。

方正 21

阮宣子伐社树①，有人止之。宣子曰："社而为树②，伐树则社亡；树而为社，伐树则社移矣。"

【注】

①阮宣子：即阮修。社树：古代封土为社，各栽种其土所宜之树，以为祀社神之所在。

②而：如果。

【译】

阮修要砍伐社树，有人制止他。阮修说："社神假如是树，砍了树就没有社神了；假如树就是社神，砍了树社神也就搬走了。"

【评鉴】

此辩有理。是非常辩证而又合乎逻辑的论断。阮修的这番话也合符孔子所谓"祭神如神在""不能事人，焉能事鬼"的名言。子不语怪力乱神，阮修能在当时崇尚鬼神的风气下持无鬼神论，可谓高出了时贤许多，算得上是一股清流。

方正22

阮宣子论鬼神有无者，或以人死有鬼①，宣子独以为无，曰："今见鬼者云，著生时衣服，若人死有鬼，衣服复有鬼邪？"

【注】

①或：有人。

【译】

阮修论有没有鬼神的问题。有人认为人死了变成鬼，宣子偏偏以为没有鬼，说："而今有人说看见鬼，说还穿着生前的衣服，假如人死了变成鬼，难道衣服也会变成鬼吗？"

【评鉴】

钱锺书云："美国近世一诙诡之士亦言，鬼未尝裸体见形，即此一端，已足摧破有鬼论；苟衣服亦如人之有鬼，则何以衣服之鬼不独见形而必依附人鬼乎？"（《管锥编》第五册，中华书局1986年版，252页）

由此可见，人类的思维往往是相通的，与国家、民族无关。

方正23

元皇帝既登阼①，以郑后之宠②，欲舍明帝而立简文③。时议者咸谓舍长立少，既于理非伦④，且明帝以聪亮英断⑤，益宜为储副⑥。周、王诸公并苦争恳切⑦，唯刁玄亮独欲奉少主以阿帝旨⑧。元帝便欲施行，虑诸公不奉诏，于是先唤周侯、丞相入⑨，然后欲出诏付刁。周、王既入，始至阶头⑩，帝逆遣传诏遏使就东厢⑪。周侯未悟，即却略下阶⑫；丞相披拨传诏⑬，径至御床前，曰："不审陛下何以见臣？"帝默然无言，乃探怀中黄纸诏裂掷之。由此皇储始定⑭。周侯方慨然愧叹曰："我常自言胜茂弘⑮，今始知不如也！"

【注】

①元皇帝：即晋元帝司马睿。登阼：登基。公元317年王导等拥立司马睿登基，

为东晋第一帝。

②郑后（？—326）：字阿春，晋河南荥阳（今河南荥阳）人。元帝司马睿妃，简文帝生母。《晋书》卷32有传。

③明帝：指晋明帝司马绍（299—325）。绍字道畿，元帝司马睿子。性至孝，善抚将士。太宁二年（324），平定王敦之乱。在位三年崩。谥明，庙号肃祖。《晋书》卷6有纪。简文：指简文帝司马昱。

④非伦：不合常道。

⑤聪亮英断：聪明亮察，英明果断。

⑥储副：犹言储君。多指太子。

⑦恳切：诚挚殷切。

⑧刁玄亮：即刁协（？—322）。协字玄亮，晋勃海饶安（今河北盐山县）人。元帝时，拜尚书左仆射，累迁至尚书令。王敦起兵，上疏罪协，元帝派刁协出督六军。兵败被杀。《晋书》卷69有传。阿：依顺，阿附。

⑨周侯：指周颙。弱冠袭父爵武城侯，故称。丞相：指王导。

⑩阶头：台阶边上。

⑪传诏：传达诏旨的官吏。遏：阻挡。

⑫却略：退后，退着走。

⑬披拨：推开。

⑭皇储：即储君。皇位继承者。

⑮茂弘：指王导。王导字茂弘。

【译】

　　晋元皇帝登基后，因为宠爱郑后，想要舍弃明帝而立简文为太子。当时大臣们都认为舍弃长子而立少子，既于道理上不合伦常，并且凭明帝的聪明果断，更应该立为储君。周颛、王导诸位大臣都再三劝告恳求，只有刁玄亮独自要拥立少主以阿顺元帝的心意。元帝就要下诏施行，但担心周、王等大臣反对，于是先叫周颛、王导入朝，随后想把诏书交付给刁玄亮。周、王进入后，刚到台阶前，元帝预先安排的传诏让他们到东厢房休息。周颛还没醒悟，即退后走下台阶；王导推开传诏，直接走到御座前，说："不明白陛下为什么要见我们？"元帝好一阵不说话，而后将怀中黄纸诏书掏出撕裂扔了。这样太子才定了下来。周侯这时感慨惭愧地说："我经常自以为比茂弘强，今天才知道不如啊！"

【评鉴】

这则故事主要表现周颛、王导的方正，敢于直接反对皇帝的意见，而在应变的能力方面王导则又高过周颛，让周颛真心佩服。但李慈铭考定此故事不成立，既然事出诬妄，这方正就没有了意义。《世说》多据传闻，断不可事事视为史实。

方正24

王丞相初在江左①，欲结援吴人②，请婚陆太尉③。对曰："培塿无松柏④，薰莸不同器⑤。玩虽不才，义不为乱伦之始⑥。"

【注】

①江左：指江东。长江下游以东地区。

②结援：结交攀缘。这里指通婚，结成婚姻关系。

③陆太尉：即陆玩。以其卒赠太尉，故称。

④培塿（pǒu lǒu）：小土丘。语本《左传·襄公二十四年》："太叔曰：'不然。部娄无松柏。'"部娄，即培塿。

⑤薰莸（yóu）：香草和臭草。喻善恶、贤愚、好坏等。语本《左传·僖公四年》："一薰一莸，十年尚犹有臭。"晋杜预注："薰，香草；莸，臭草。十年有臭，言善易消，恶难除。"

⑥乱伦：违反伦常。语出《论语·微子》："欲洁其身，而乱大伦。"

【译】

王导刚到江东时，想要和吴人通婚，于是就向太尉陆玩家求婚。陆玩回答说："小土堆上长不出挺拔的松柏，香草和臭草不能置放在同一个器皿中。我陆玩虽然没有本领，但道义上却不能开淆乱伦理的先例。"

【评鉴】

陆家为江南旧族，盘根错节，势力强大。而王家为南渡世家，立根未稳，且王家先世又不如陆家显赫，故陆玩敢于公然拒婚且言语甚为不恭。王导"屡见侮于玩而不怒，亦以其族大宗强，为吴人之望故也"（余嘉锡笺）。王导能审时度势，凡事宽容，他的过人度量也值得学习。

方正25

诸葛恢大女适太尉庾亮儿①，次女适徐州刺史羊忱儿②。亮子被苏峻害③，改适江彪④。恢儿娶邓攸女⑤。于时谢尚书求其小女婚⑥，恢乃云：“羊、邓是世婚，江家我顾伊⑦，庾家伊顾我，不能复与谢裒儿婚。”及恢亡，遂婚。于是王右军往谢家看新妇⑧，犹有恢之遗法：威仪端详，容服光整⑨。王叹曰：“我在遣女⑩，裁得尔耳！”

【注】

①诸葛恢（284—345）：字道明，诸葛诞孙，诸葛靓之子。年少知名，起家丘县长，迁临沂县令。讨周馥有功，封博陵亭侯。元帝、明帝时，皆为重臣。《晋书》卷77有传。庾亮儿：指庾会。会字会宗，小字阿恭，庾亮长子。少有美名，时人以为不减庾亮。娶诸葛恢长女诸葛文彪。咸和二年（327）苏峻起事，庾亮率兵抵抗，兵败奔逃，庾会被杀。

②徐州：治所在彭城（今江苏徐州）。

③苏峻（？—328）：字子高，晋长广掖（今山东莱州）人。元帝时以平定周坚、王敦有功，封邵陵公。明帝崩，庾亮、王导辅佐成帝。苏峻怀疑庾亮想要除掉自己，于是连结祖约以讨伐庾亮为名起兵，挟持成帝到了石头城。后为陶侃、温峤讨灭。《晋书》卷100有传。

④江彪（bīn，？—368？）：字思玄，晋陈留圉（今河南杞县南）人。江统子。司马昱为相，每每向他咨访政事，江彪多能有所补益。后转护军将军，领国子祭酒。《晋书》卷56有传。

⑤邓攸：字伯道。为官清明，有政绩。

⑥谢尚书：指谢裒。裒字幼儒，晋陈郡阳夏（今河南太康）人。谢衡之子，谢安之父。历侍中、吏部尚书、吴国内史。

⑦伊：第三人称代词。犹他。

⑧看新妇：清俞正燮《癸巳存稿》卷十一“看新妇”：“看新妇礼，古也，后亦

有之。《世说》云:'王右军往谢家看新妇。"《南史·河东王传》云:"武帝为
纳柳士隆女,帝与群臣看新妇。"《顾协传》云:"晋宋以来,初婚三日,妇
见舅姑,众宾皆列观。"《封氏闻见记》:"近代婚嫁,有障车、下婿,却扇及
观花烛之事,又有卜地、安障、拜堂之礼。"

⑨光整:光鲜整齐。

⑩遣女:嫁女。

【译】

　　诸葛恢的大女儿嫁给太尉庾亮的儿子,次女嫁给徐州刺史羊忱的
儿子。庾亮的儿子被苏峻杀了以后,大女儿改嫁江虨。诸葛恢的儿子
娶的是邓攸的女儿。当时谢裒为儿子向诸葛家求娶小女儿,诸葛恢就
说:"羊家、邓家是世代通婚的亲戚,江家是我看重他们,庾家是他们
看重我,我不能再和谢裒的儿子通婚。"到诸葛恢死后,他的小女儿嫁
给了谢石。成亲时王羲之到谢家看新媳妇,新媳妇还有诸葛恢的风采
仪范:神态端庄大方,服饰光鲜整洁。王羲之感叹说:"我嫁女儿,也
不过如此吧!"

【评鉴】

　　《孟子·离娄下》:"君子之泽,五世而斩。小人之泽,五世而斩。"
诚哉斯言,家有盛衰,时有代谢。诸葛家三国时何其辉煌,而到东晋,
就已经衰落了。即便如此,仍骄矜门第。时谢家初不为士族所重,以
谢裒的高名,诸葛恢尚不愿与其结为亲家。后来谢安率子弟立下功勋,
才挤入一等门阀行列,人们才知有王谢了。不过,这种以门第骄人的
"方正",也并不值得称扬。参本条余嘉锡笺。王羲之的慨叹倒有点可

爱。他唯一的女儿字孟姜，嫁给了刘畅，和刘畅生了一儿一女，女儿嫁谢玄的儿子谢瑍，谢瑍不聪明，却生了个天才谢灵运。

方正26

周叔治作晋陵太守①，周侯、仲智往别②，叔治以将别，涕泗不止。仲智恚之曰③："斯人乃妇女，与人别，唯啼泣。"便舍去。周侯独留与饮酒言话，临别流涕，抚其背曰："阿奴好自爱④。"

【注】

①周叔治：即周谟。谟字叔治，周浚少子。仕至中护军，封西平侯。

②周侯：指周顗。仲智：即周嵩。嵩字仲智，周浚次子。元帝作相，引为参军。

与周顗都死于王敦之手。《晋书》卷61有传。

③恚：生气，恼怒。

④阿奴：尊长对卑幼的昵称。

【译】

周谟将赴晋陵郡太守任，周顗、周嵩去和他告别，周谟因为将要分别，忍不住哭泣。周嵩恼怒说："这个人简直像个女人，和兄弟告别，就只知道哭。"于是丢下兄弟俩径自走了。周顗独自留下来和周谟饮酒闲谈，临到分别时也不禁流泪，拍着周谟的背说："你好好保重。"

【评鉴】

周嵩快人快语，觉得男子汉应该刚强果断，不能婆婆妈妈。不过，周嵩的个性过于刚直，正如其自言"性狼抗，亦不容于世"，故后来被王敦杀了。

方正 27

周伯仁为吏部尚书^①，在省内^②，夜疾危急。时刁玄亮为尚书令^③，营救备亲好之至^④，良久小损^⑤。明旦，报仲智，仲智狼狈来^⑥。始入户，刁下床对之大泣，说伯仁昨危急之状。仲智手批之，刁为辟易于户侧^⑦。既前，都不问病^⑧，直云："君在中朝^⑨，与和长舆齐名^⑩，那与佞人刁协有情^⑪！"径便出。

【注】

①周伯仁：即周颛。颛字伯仁。吏部尚书：吏部的首长。吏部为六部之一，主管官吏的任免、铨叙、考绩、升降等。

②省内：官署名。尚书、中书、门下各官署都设在宫禁中，因称为省。

③刁玄亮：即刁协。协字玄亮。尚书令：尚书省长官。

④备：竭尽。亲好：亲近友好。

⑤小损：稍好，减轻。

⑥狼狈：匆忙，急忙。

⑦辟易：退避，闪在一边。

⑧都：简直，全然。

⑨中朝：东晋称建都洛阳的西晋为中朝。

⑩和长舆：即和峤。峤字长舆。

⑪有情：有交情，有交谊。

【译】

　　周颛任吏部尚书，在省内值班，晚上突然得了重病。当时刁玄亮任尚书令，竭力抢救，精心照料，过了很久病才减退了些。第二天早晨，叫人给周嵩通报，周嵩急忙赶到。刚进门，刁玄亮下座向周嵩大哭，并述说周颛昨天晚上危急的情况。周嵩伸手推开刁玄亮，刁玄亮退到门边。周嵩径直来到周颛跟前，一点儿也不问病情，只是说："你在中朝时，与和峤齐名，现在怎么会和谄佞之徒刁协有了交情！"说完直接走了。

【评鉴】

　　周嵩不与刁协交接，貌似方正，而人命关天，刁之抢救照顾，也是人性善良的一面。从刘孝标注引虞预《晋书》可知，刁协其人亦非全无可取。《晋书》其本传云："少好经籍，博闻强记"，"于时朝廷草创，宪章未立，朝臣无习旧仪者。协久在中朝，谙练旧事，凡所制度，皆禀于协焉，深为当时所称许"。周嵩如此，未免太不近乎人情。所以，此则列入《方正》，则多少有些偏激。

方正28

　　王含作庐江郡[①]，贪浊狼籍[②]。王敦护其兄，故于众坐称："家兄在郡定佳[③]，庐江人士咸称之。"时何充为敦主簿，在坐，正色曰："充即庐江人，所闻异于此。"敦默然。旁人为之反侧[④]，充晏然神意自若[⑤]。

【注】

①王含：王敦兄。庐江郡：晋时郡。治舒县（今安徽庐江）。

②贪浊：贪污受贿。狼籍：秽乱的样子。

③定：的确，实在。

④反侧：惶恐，坐立不安。

⑤晏然：平静自如。

【译】

　　王含任庐江郡守，因贪污而声名狼籍。王敦维护他的哥哥，故意在大庭广众中称扬："家兄在庐江郡的确不错，庐江人士都在颂扬。"当时何充任王敦的主簿，在座，很庄重地说："我就是庐江人，可听到的和你说的不一样。"王敦不再说话。在座的人都为何充担心，何充十分平静，神态自若。

【评鉴】

　　何充身为下属，而敢抗王敦之威，当面揭穿王敦谎言。即此而言，后来何充拜相亦在情理之中。不愧方正之目。当然，何充之所以敢于顶撞王敦，一则是其秉性方正，二则是因为他们之间还有亲属关系，盖王导是何充的姨父，而王导又是王敦的从弟。还有，何充妻为明帝庾皇后之妹，何充与明帝是连襟，这也让何充多了些底气。王敦纵有不快，也不至于杀何充，否则以王敦之残忍，下属敢如此顶撞，难保不有性命之忧如郭璞。

方正 29

顾孟著尝以酒劝周伯仁①，伯仁不受。顾因移劝柱，而语柱曰："讵可便作栋梁自遇②！"周得之欣然③，遂为衿契④。

【注】

①顾孟著：即顾显。显字孟著，晋吴郡吴（今江苏苏州）人。顾荣的侄子。太兴中为骑郎，早卒。

②自遇：犹言自是。自以为是（栋梁）。时周颤为尚书仆射，故云。

③得之：听到，听见。

④衿契：情投意合的好朋友。

【译】

顾显曾经劝周颤喝酒，周颤不喝。顾显于是向屋柱劝酒，对着柱子说："你怎么真把自己当成了栋梁啊！"周颤听见了很高兴，从此和顾显成为好朋友。

【评鉴】

顾显率真而不谀，周颤宽容而不怪。

方正 30

明帝在西堂会诸公饮酒①，未大醉，帝问："今名臣共集，何如尧、舜时？"周伯仁为仆射②，因厉声曰："今虽同人主，复那得等于圣治③！"帝大怒，还内，作手诏满一黄纸，遂付廷尉令收④，因欲杀之。后数日，诏出周，群臣往省之⑤。周曰："近知当不死，罪不足至此。"

【注】

①明帝：即司马绍。

②仆射：尚书令的副职。

③圣治：圣君之治。大治的时代。

④廷尉：掌刑法狱讼，位为列卿。收：逮捕，拘囚。

⑤省（xǐng）：看望，探望。

【译】

明帝在西堂会集大臣们饮酒，还不到大醉的程度，就问："今天贤臣们在一起聚会，比尧、舜时怎么样？"周颙当时官为仆射，于是高声说："现在虽然同是君主，但哪能和尧、舜时的大治相比！"明帝大怒，退入内室，写了满满一张黄纸诏书，命令廷尉将周颙拘押起来，想要杀了周颙。过了几天，又下诏将周颙放了出来，大臣们都去看望安慰周颙。周颙说："原先就知道不会被杀，没有犯杀头的罪。"

【评鉴】

刘孝标认为此事不实。这应该是周颙名声大，为人刚直，后人景仰而编造出来的故事。

方正31

　　王大将军当下①，时咸谓无缘尔②。伯仁曰："今主非尧、舜，何能无过？且人臣安得称兵以向朝廷③？处仲狼抗刚愎④，王平子何在⑤？"

【注】

①王大将军：指王敦。因曾为大将军，故称。当：将要。《晋书·王敦传》："帝以刘隗为镇北将军，戴若思为征西将军，悉发扬州奴为兵，外以讨胡，实御敦也。永昌元年，敦率众内向，以诛隗为名。"

②无缘：没有道理，不应该。

③称兵：举兵，起兵。

④处仲：即王敦。敦字处仲。狼抗刚愎：狂妄暴戾，肆意妄为。

⑤王平子：即王澄。澄字平子。刘孝标注引《裴子》曰："平子从荆州下，大将军因欲杀之。而平子左右有二十人，甚健，皆持铁楯马鞭，平子恒持玉枕。大将军乃犒荆州文武，二十人积饮食，皆不能动，乃借平子玉枕，便持下床。平子手引大将军带绝，与力士斗甚苦，乃得上屋上，久许而死。"

【译】

　　王敦将要举兵顺流而下，当时大臣们都觉得太无道理。周颤说："现在主上并不是尧、舜，怎么能没有过失？不过作为臣子怎么可以起兵要挟朝廷？处仲傲慢横暴，肆意妄为，王平子到哪里去了？"

【评鉴】

群臣于王敦造反颇不理解，周𫖮为之解释，刘孝标注引《𫖮别传》云："𫖮曰：'未有人臣若此而不作乱，共相推戴数年而为此者乎？'"一是说王敦犯上作乱，朝廷和臣下都有责任。朝廷对王敦的权力没有限制，而群臣一味阿附顺从，于是养成了王敦一人独大，功高震主，已成骑虎之势。二是说王敦生性暴横狠毒，连族弟王澄都杀了，他还有什么事做不出来。此则列入《方正》，赞扬周𫖮敢于正视朝廷有错处，同时也鞭挞了王敦残忍狠毒。看来，周𫖮虽然时在醉乡，但也有明白的时候。

方正32

王敦既下①，住船石头②，欲有废明帝意。宾客盈坐，敦知帝聪明，欲以不孝废之。每言帝不孝之状，而皆云："温太真所说③。温尝为东宫率④，后为吾司马⑤，甚悉之。"须臾，温来，敦便奋其威容，问温曰："皇太子作人何似⑥？"温曰："小人无以测君子。"敦声色并厉，欲以威力使从己，乃重问温："太子何以称佳？"温曰："钩深致远⑦，盖非浅识所测⑧。然以礼侍亲，可称为孝。"

【注】

①既下：谓已经率兵沿江而下。参上则注。

②石头：指石头城。故地在今南京石头山后。

③温太真：指温峤。峤字太真。

④东宫率：太子属官，主领兵卒、门卫，以卫东宫。

⑤司马：大将军属吏。魏晋以后，州刺史带将军开府者，置府僚司马。主管兵事，不治民。《晋书·温峤传》："峤有栋梁之任，帝亲而倚之，甚为王敦所忌，因请为左司马。"

⑥何似：如何，怎么样。

⑦钩深致远：物在深处能钩取之，物在远方能招致之。谓人贤能聪明。语出《易·系辞》上："探赜索隐，钩深致远，以定天下之吉凶，成天下之亹亹者，莫大乎蓍龟。"

⑧浅识：见识短浅的人。

【译】

　　王敦举兵顺江而下，船队驻扎在石头城，想要废黜明帝。宾客满座，王敦知道明帝聪明，打算用不孝的罪名来废除他。每每说明帝不孝的情状，并说："是温峤说的。温峤曾经做过东宫率，后来做我的司马，很熟悉这些情况。"过了一会儿，温峤来了，王敦就正言厉色，问温峤："皇太子为人怎么样？"温回答说："小人没有测度君子的本事。"王敦声色俱厉，想要用威力让温峤屈从自己的意思，又再问温峤："太子有什么值得称许的？"温峤说："探索深邃的道理，罗致远方的人才，大概不是一般小见识的人能够看清的。但是能遵循礼仪而侍奉父母，可以称为孝子。"

【评鉴】

　　温峤不畏王敦之淫威，置生死于度外，其方正委实难得。在晋中兴名臣中，温峤无论功绩还是人品，皆当居第一流。温峤死后，陶侃上表对温峤高度赞扬。温峤写给陶侃的书信，无不推心置腹，忠义奋发，尤其是当苏峻造反时，温峤给陶侃分析利弊得失，激发陶侃抗敌决心，使陶侃于狐疑不定中做出正确抉择，终使朝廷转危为安。

方正33

王大将军既反，至石头，周伯仁往见之。谓周曰："卿何以相负①？"对曰："公戎车犯正②，下官忝率六军③，而王师不振④，以此负公。"

【注】

①相负：辜负我。相，指代性用法。

②戎车：兵车。此指带领军队。犯正：以下犯上，造反。

③下官：元帝时，周颛为荆州刺史，"始到州，而建平流人傅密等叛迎蜀贼杜弢，颛狼狈失据。陶侃遣将吴寄以兵救之，故颛得免，因奔王敦于豫章。敦留之"。因曾为王敦属下，故自称下官。《晋书·元帝纪》："敦据石头，戴若思、刘隗帅众攻之，王导、周颛、郭逸、虞潭等三道出战，六军败绩。"

④不振：不胜。指溃败了。

【译】

王敦举兵造反后，到了石头城，周颛前去见王敦。王敦对周颛说："你为什么辜负我？"周颛回答说："你举兵犯上作乱，我不称职率领六军抵抗，然而王师溃败了，这件事我辜负了你。"

【评鉴】

　　周颉于生死存亡之间，从容应对，不为王敦气焰折节，不愧"方正"。而当时人对周颉的"正"也是首肯的，如颜含评价他："或问江左群士优劣，答曰：'周伯仁之正，邓伯道之清，卞望之之节，余则吾不知也。'"只是可惜周颉少经国济世之才，终其一生，在立功立事方面并无出色表现。

方正 34

　　苏峻既至石头①，百僚奔散，唯侍中锺雅独在帝侧②。或谓锺曰："见可而进，知难而退③，古之道也。君性亮直④，必不容于寇仇。何不用随时之宜⑤，而坐待其弊邪？"锺曰："国乱不能匡，君危不能济，而各逊遁以求免⑥，吾惧董狐将执简而进矣⑦。"

【注】

①苏峻既至石头：指成帝咸和二年（327），苏峻、祖约反，攻入建康，将成
　帝劫持至石头城。

②锺雅：成帝咸和中讨苏峻，兵少不敢进。官军失败后，护卫成帝，被苏峻同
　党杀死。

③"见可而进"二句：语出《左传·宣公十二年》："见可而进，知难而退，军
　之善政也。"原本指行军打仗的应对措施，后引申指凡做事都要审时度势。

④亮直：忠诚正直。

⑤随时：顺应时势。

⑥逊遁：逃避，退避。

⑦董狐：春秋时晋史官。晋灵公无道，赵盾屡谏，灵公欲杀盾，盾出逃，盾族弟赵穿杀死灵公。赵盾回来，狐书"赵盾弑其君"示于朝。孔子称董狐为古代的良史，谓其书法不隐。事见《左传·宣公二年》。后世以为正直史官的代称。简：竹简。古代书写材料之一种。

【译】

苏峻造反的军队到了石头城后，朝廷官员都已逃散，只有侍中锺雅独自在成帝身边。有人对锺雅说："情势可行则前行，情势不利则退避，这是古今的大道理。你的性格忠正耿直，必然不会被叛军容忍。为什么不根据形势而做出选择，却要坐等灾难呢？"锺雅说："国家变乱不能匡救，国君危殆不能保护，而各自逃跑以保全性命，我是怕史官会用简策记下这些无耻行径。"

【评鉴】

锺雅临难不苟免，视死如归，无愧方正之称。《晋书·锺雅传》论曰："刘超勤肃奉上，锺雅正直当官。属巨猾滔天，幼君危逼，乃崎岖寇难，契阔艰虞，匪石为心，寒松比操。贞轨皆没，亮迹双升。"算是给了刘超和锺雅最高的礼赞。

方正35

庾公临去①，顾语锺后事②，深以相委③。锺曰："栋折榱崩④，谁之责邪？"庾曰："今日之事，不容复言，卿当期克复之效耳⑤。"锺曰："想足下不愧荀林父耳⑥。"

【注】

①庾公：指庾亮。晋明帝崩，庾亮以帝舅之重辅成帝，掌朝政，措置失宜，激成苏峻造反，庾亮出逃。

②后事：自己出逃后的朝廷大事。

③相委：委托给锺雅。

④栋折榱崩：语本《左传·襄公三十一年》："栋折榱崩，侨将厌焉。"本指大梁折断，椽子崩坏，因用以比喻国家倾覆。

⑤克复：收复京师，恢复秩序。

⑥想：希望，但愿。荀林父：春秋晋大臣。曾率军击楚以救郑，失败而归。晋侯听从士贞子的劝谏，没有怪罪。后于曲梁打败赤狄，为晋国夺取了很多赤狄的土地士民。事见《史记·晋世家》等。

【译】

　　庾亮在出逃前，向锺雅安排自己走后的朝事，把重任全部委托给锺雅。锺雅说："栋梁断了，屋椽散了，这是谁的责任？"庾亮说："现在的情形，不必再说什么，你就期望收复京师、平定叛乱的前景吧。"锺雅说："但愿你能不愧于荀林父啊。"

【评鉴】

　　苏峻虽久有异心，然不因庾亮措置失宜，则不至速反，锺雅的遣责，直接指斥庾亮的失误。《晋书·庾亮传》云："亮知峻必为祸乱，征为大司农。举朝谓之不可，平南将军温峤亦累书止之，皆不纳。峻遂与祖约俱举兵反。温峤闻峻不受诏，便欲下卫京都，三吴又欲起义兵，亮并不听。"兵败，庾亮临难而逃（"亮携其三弟怿、条、翼南奔温峤"），却把烂摊子丢给了锺雅，实在太过卑鄙。一时风流宗主，干得甚事。也难怪深公说庾亮胸中柴棘三斗许。锺雅岂不知庾亮才能不足以成事，所谓希望庾亮不愧荀林父，不过是无奈之叹罢了。本条列入《方正》，是表扬锺雅的正直，而顺便调侃了庾亮的无能。

方正 36

苏峻时，孔群在横塘为匡术所逼①。王丞相保存术②，因众坐戏语，令术劝群酒，以释横塘之憾。群答曰："德非孔子，厄同匡人③。虽阳和布气④，鹰化为鸠⑤，至于识者，犹憎其眼。"

【注】

①孔群：字敬林，晋会稽山阴（今浙江绍兴）人。为人明智有器量，志向远大而不受世俗礼教束缚。仕至御史中丞、鸿胪卿。卒于官。《晋书·孔愉传》有附传。横塘：地名。在今江苏南京西南。宋张敦颐《六朝事迹编类·江河门》："吴大帝时，自江口沿淮筑堤，谓之横塘。"匡术：初为阜陵令，后弃官随苏峻起事。峻迁成帝入石头城，将城中居民全部聚集在后苑，是为苑城，令匡术据守。苏峻死后，匡术以苑城归顺。参《晋书·成帝纪》。按，此条与下第三十八条文异而事略同，盖传闻异辞，《世说》为保存异说而两存之。

②王丞相：指王导。保存：保护，保全。

③匡人：指春秋宋国匡简子手下的人。刘孝标注引《家语》曰："孔子之宋，匡简子以甲士围之。子路怒，奋戟将战。孔子止之曰：'夫《诗》《书》之不讲，礼乐之不习，是丘之过也。若述先王之道而为咎者，非丘罪也。命也

夫！歌，予和汝。'子路弹剑，孔子和之。曲三终，匡人解甲罢。"按，此
以匡人影射匡术。

④阳和：春天的温和之气。

⑤鹰化为鸠：老鹰变成斑鸠。语出《礼记·月令》："仲春之月……始雨水，桃
始华，仓庚鸣，鹰化为鸠。"此谓正月之时，万物并育而不相杀害，猛鸷也
变为温柔的斑鸠。后指恶人伪装成善类。因为匡术是随苏峻造反而后来投
诚，所以孔群以这话讽刺他。

【译】

苏峻兴兵作乱时，孔群在横塘曾被匡术逼困。王导保全了匡术，
一次趁着大家聚会谈笑，王导叫匡术给孔群敬酒，借此来消除横塘的
旧怨。孔群回答说："我没有孔子那样的德行，却遭受了匡人的困厄。
虽然春天到来，老鹰变成了斑鸠，但对于认得老鹰的人来说，还是讨
厌那一对眼睛。"

【评鉴】

《晋书·孔群传》下全录此则，而下有"导有愧色"四字。考《晋
书·温峤传》，知当时朝臣对苏峻党的处置颇有异议，而王导违众褒
扬匡术，故孔群之言也是对王导心有不满而趁机发泄。有趣的是，孔
群本为孔子后裔，引孔子为匡人所困事语含双关，精妙绝伦，"德非孔
子，厄同匡人。虽阳和布气，鹰化为鸠，至于识者，犹憎其眼"数语，
辛辣无比，也难怪匡术恼羞成怒，"便欲刃之"（见下第三十八条）。

方正37

　　苏子高事平①，王、庾诸公欲用孔廷尉为丹阳②。乱离之后，百姓凋弊③。孔慨然曰："昔肃祖临崩④，诸君亲升御床，并蒙眷识⑤，共奉遗诏。孔坦疏贱⑥，不在顾命之列⑦。既有艰难，则以微臣为先，今犹俎上腐肉，任人脍截耳⑧！"于是拂衣而去，诸公亦止。

【注】

①苏子高事平：苏峻以咸和二年（327）起兵，咸和三年为陶侃、温峤等平定。苏峻被杀。

②孔廷尉：指孔坦。曾任廷尉，故有此称。丹阳：郡名。治建业（今江苏南京）。

③凋弊：凋零，疲弊。

④肃祖：晋明帝司马绍庙号。

⑤眷识：亲近赏识。

⑥疏贱：关系疏远、地位卑下。

⑦顾命：本为《尚书》篇名，记周成王临终遗命。《书·顾命》："成王将崩，命召公、毕公率诸侯相康王，作《顾命》。"后因称天子之遗诏为顾命。

⑧"今犹俎（zǔ）上腐肉"二句：语本《史记·项羽本纪》："大行不顾细谨，大礼不辞小让。如今人方为刀俎，我为鱼肉，何辞为！"脍截，犹言宰割。

【译】

　　苏峻变乱平定了，王导、庾亮等大臣准备任用孔坦为丹阳尹。丹阳经过战乱以后，百姓凋零穷困。孔坦感慨地说："过去肃祖临终时，诸君亲临御床边，都蒙受了肃祖的信任赏识，一起接受了先帝的遗命。我孔坦关系远地位低，不在接受顾命的大臣行列中。现在有了艰难，就把我放在了前面，我好比砧板上的腐肉，任别人宰割罢了！"于是拂衣离开，王、庾诸公也就不再勉强。

【评鉴】

　　此则王世懋等以为不当入《方正》，以为当国家危难之际，应以大事为重，区区因未受顾命之私憾而不愿共济危难，则不值得赞赏。我们以为，孔坦此举，未可厚非，如果我们阅读《晋书》其本传，可发现孔坦可谓是文武全才，不仅熟谙朝廷典制，而且在平王敦、苏峻之乱中都能审时度势，指挥若定，立下事功。之所以有此愤激之言，是因为庾亮辈屡屡不从其计而致大溃，特别是庾亮简直可以说是罪不容诛。敢于如此顶撞王、庾，大见其方正可嘉。刘义庆列此入《方正》，正是表现其刚正不阿，敢于直斥顾命大臣的无能。

方正38

　　孔车骑与中丞共行①，在御道逢匡术②，宾从甚盛。因往与车骑共语。中丞初不视③，直云："鹰化为鸠，众鸟犹恶其眼。"术大怒，便欲刃之。车骑下车抱术曰："族弟发狂，卿为我宥之！"始得全首领④。

【注】

①孔车骑：指孔愉（268—342）。愉字敬康，晋会稽山阴（今浙江绍兴）人。

建兴初应召为丞相掾。后以讨华轶功，封余不亭侯。成帝时，为尚书左仆射，出为镇军将军、会稽内史。卒赠车骑将军，开府仪同三司，谥贞。《晋书》卷78有传。中丞：指孔群。因其尝为御史中丞，故称。

②御道：皇帝车驾通行的道路。

③初不视：简直不看一眼。

④全首领：保住了性命。

【译】

　　孔愉与孔群驾车同行，在御道上碰见了匡术，匡术的宾客与随从很多。匡术就驱车过去和孔愉说话。孔群一眼不看匡术，只是说："老鹰变成了斑鸠，众鸟还是厌恶它的眼睛。"匡术大怒，就举刀要杀孔群。孔愉下车抱住匡术说："我族弟发疯了，你看在我面上饶了他吧！"孔群这才保住了性命。

【评鉴】

　　此则与上"孔群在横塘"为一事而传闻异辞。《晋书》合二事为一结果矛盾凸显。我们读《世说》当知其书为保存文献往往诸说并录。而且读《晋书》时特别是征引史料时当小心，盖其喜采择小说入史，较之其他史书可信度不高。唐刘知几《史通》对《晋书》采摭失当多所批评，可参看。

方正39

梅颐尝有惠于陶公①。后为豫章太守②，有事，王丞相遣收

之③。侃曰:"天子富于春秋④,万机自诸侯出⑤,王公既得录⑥,陶
公何为不可放!"乃遣人于江口夺之。颐见陶公拜,陶公止之。颐
曰:"梅仲真膝,明日岂可复屈邪!"

【注】

①梅颐:字仲真,汝南西平(今河南西平)人。曾为豫章太守,仕至领军司马。

②豫章:扬州属郡,地当今江西省大部分地区。故治在今江西南昌。

③收:拘捕。

④富于春秋:年轻的委婉语。指未来的年华尚多。

⑤万机:指众多的政务。

⑥录:拘捕,抓。

【译】

　　梅颐曾经对陶侃有恩。后来做了豫章太守,出了事,王导派人拘捕了他。陶侃说:"天子现在还年轻,天下大事由诸侯定夺,王公既然能够抓,我陶公为什么不可以放!"于是叫人在江口将梅颐劫夺下来。梅颐见陶侃下拜,陶侃制止了他。梅颐说:"我梅仲真的膝头,到明天难道可以再弯曲吗?"

【评鉴】

　　此则归之于《方正》,不知是何道理?《战国策·魏策》:"人之有德于我也,不可忘也;吾有德于人也,不可不忘也。"汉崔瑗《坐右铭》云:"无道人之短,无说己之长。施人慎勿念,受施慎勿忘。"梅颐受陶侃再生之恩,应该终生铭记,何至于"明天"即忘?再则,中华民

族的传统美德有所谓"滴水之恩，涌泉相报"，何况此恩远非滴水，而梅颐却言如狂人？

方正40

王丞相作女伎^①，施设床席。蔡公先在坐^②，不说而去，王亦不留。

【注】

①女伎：女乐，歌伎。

②蔡公：指蔡谟（281—356）。谟字道明，晋陈留考城（今河南民权东北）人。蔡克之子。司马睿为相时，累迁侍中。以平苏峻功，封济阳男。康帝时迁侍中、司徒，坚决推辞不就。后被贬为庶人。卒谥文穆。《晋书》卷77有传。

【译】

王导安排女伎歌舞，布置了床榻座席。蔡谟先前在座，不高兴就离开了，王导也不挽留他。

【评鉴】

王导是风流宗主，与时浮沉，既雅尚女伎，而又外置姬妾。蔡谟乃耿介儒生，恪守礼仪，虽然王导居丞相之尊，但当其行径与自己素志不和，蔡谟也不随波逐流，委屈阿附，愤然离去。其方正可敬。纵观蔡谟一生，刚毅正直，凡朝廷有所授职，无不再三谦让，后拔为司徒，直云："我若为司徒，将为后代所哂，义不敢拜也。"面对高官厚爵，何其谦逊坦荡，令人感佩。而于朝政得失，军国大事，无不尽忠诚谏，深中肯綮，如庾亮、陈光先后皆有北伐之议，幸赖蔡谟上疏阻止，不然国家必遭大衄。

方正41

何次道、庾季坚二人并为元辅①。成帝初崩②，于时嗣君未定。何欲立嗣子，庾及朝议以外寇方强，嗣子冲幼③，乃立康帝④。康帝登阼，会群臣，谓何曰："朕今所以承大业，为谁之议？"何答曰："陛下龙飞⑤，此是庾冰之功，非臣之力。于时用微臣之议⑥，今不睹盛明之世。"帝有惭色。

【注】

①何次道：即何充。充字次道。庾季坚：即庾冰（296—344）。冰字季坚，晋颍川鄢陵（今河南鄢陵）人。庾亮弟。因击讨苏峻别部有功，封新吴县侯，坚决推辞没有接受。不久入朝为中书监。康帝即位，拜车骑将军，任江州刺史、假节、镇守武昌。卒赠侍中、司空。《晋书》卷73有传。元辅：宰相。以其辅佐皇帝而且位居大臣首位，故称元辅。

②成帝：即司马衍。在位十七年。庙号显宗。

③冲幼：年幼，幼小。

④康帝：即司马岳（322—344）。岳字世同，成帝司马衍同母弟，母庾文君。成帝有疾，中书令庾冰以国舅的身份当朝，以司马岳为嗣。后即位，号康帝。《晋书》卷7有纪。

⑤龙飞：比喻皇帝的兴起或即位。此指继成帝位。

⑥微臣：谦辞。犹言小臣。

【译】

　　何充、庾冰二人同为宰相。成帝才去世，当时还没定嗣君。何充打算拥立嗣子，庾冰和其他大臣认为外敌正强，嗣子还年幼，于是拥立康帝。康帝登基，会集群臣，对何充说："朕如今能够继承皇位，是谁的功劳？"何充回答说："陛下继承皇位，这是庾冰的功劳，不是我的功劳。当时如果用我的主张，今天就不会看见这盛明景象。"康帝面有愧色。

【评鉴】

　　纵观史乘，古往今来，贪功冒赏者比比皆是，更何况这是拥戴的勋绩。例如北宋时神宗之立本与蔡确无关，而邓温伯党附蔡确，于草制中云蔡确有定议功，比方汉之周勃可属大事。一时朝臣哗然共攻之。如何充者，可谓坦荡君子，不辱方正之目。何充如此方正坦荡，当初王导苦心孤诣，内举不避亲（王导为何充姨父），要让何充接替自己的位置也无可厚非。

方正42

　　江仆射年少①，王丞相呼与共棋。王手尝不如两道许②，而欲敌道戏③，试以观之。江不即下。王曰："君何以不行？"江曰："恐不得尔。"傍有客曰："此年少戏乃不恶④。"王徐举首曰："此年少，非唯围棋见胜⑤。"

【注】

①江仆射：即江彪。

②手：技能，本领。两道许：两子左右。道，围棋棋子。许，用于数词及数量

　词组后，表示某一数量左右。

③敌道戏：围棋术语，指双方对等下，不让子。

④戏：棋艺，围棋水平。不恶：不差。

⑤见胜：胜过我。见，指代我。

【译】

　　江彪年轻时，王导叫他来和自己下棋。王导的棋艺比江彪差两子左右，却不要江让子而对弈，想要借此观察他。江彪不动手落子。王导说："你为什么不下？"江彪说："恐怕这样你不行啊。"旁边有客人说："这个年轻人棋艺不差。"王导慢慢抬起头回答："这个年轻人，不只是围棋胜过我。"

【评鉴】

　　从江彪围棋而不畏权势，有自己独立的人格看，其人品正直大可嘉尚，比较古今势利小人或为达到某种目的而吮痈舐痔、三呼屁颂，或在赌博之中明修栈道、暗度陈仓而输送利益，可谓有云泥之别。江彪长成后，温峤、郗鉴、庾冰、庾翼都先后引以为属吏。后大将干瓒作难，江彪讨平之，除尚书吏部郎，仍迁御史中丞，后代王彪之为尚书仆射。简文帝为相，江彪多所补益。由此可见王导善于甄别人物，从小事而知其为国器。

方正43

孔君平疾笃①，庾司空为会稽②，省之③，相问讯甚至④，为之流涕。庾既下床⑤，孔慨然曰："大丈夫将终，不问安国宁家之术，乃作儿女子相问⑥！"庾闻，回谢之，请其话言。

【注】

①孔君平：即孔坦。坦字君平。疾笃：病势沉重。

②庾司空：指庾冰。庾冰死后追赠司空，故称。

③省（xǐng）之：看望他。

④相问讯甚至：谓问候得非常详尽周到。相问讯，问候他。相，指代孔坦。

⑤下床：离座起身。床，古代坐具。

⑥儿女子：犹言女流之辈。相问：问我。相，指代我。

【译】

孔坦病重了，庾冰为会稽内史，去探望孔坦，关心问候得十分详尽周到，为他流下眼泪。庾冰离座起身后，孔坦叹息说："大丈夫将要死了，不问治理国家的大计，竟然像小儿女婆婆妈妈问我！"庾冰听见了，回头向孔坦致歉，重新请教他重要事宜。

【评鉴】

孔坦在生命垂危之际，仍心系国家大事。他在死前遗庾亮书云："足下以伯舅之尊，居方伯之重，抗威顾盼，名震天下，榱橼之佐，常愿下风。使九服式序，四海一统，封京观于中原，反紫极于华壤。是宿昔之所味咏，慷慨之本诚矣。今中道而毙，岂不惜哉！若死而有灵，潜听风烈。"（《晋书·孔坦传》）何其感人。本来，孔坦对庾亮是有看法的，而临终之际，仍然遗书庾亮，对其寄予厚望而勉励之，庾亮也为其忠贞坦率而感动，回书也感情真挚。孔坦者，算得上是烈烈大丈夫。

方正44

桓大司马诣刘尹①，卧不起。桓弯弹弹刘枕②，丸迸碎床褥间③。刘作色而起曰④："使君，如馨地宁可斗战求胜⑤！"桓甚有恨容⑥。

【注】

①刘尹：指刘惔。因其曾官丹阳尹，故称。

②弯弹弹：用弹弓弹（弹丸）。

③迸（bèng）碎：散开，碎裂。

④作色：变了脸色。谓表情很不好看。

⑤如馨地：这样的地方。如馨，犹这样，如此。晋宋时俗语。

⑥恨容：恼怒的神色。

【译】

桓温去拜会刘惔，刘惔躺着不起来。桓温拉开弹弓弹射刘枕，弹丸碎裂在床褥之间。刘惔生气地起身说："使君，这样的地方难道可以打仗争胜！"桓温露出恼恨之色。

【评鉴】

　　此则中的"斗战求胜"各家解释皆未中肯綮。其实，刘孝标注"斗战者，以温为将也"，已给我们透露了信息。汉末魏晋以后的衣冠士族，看重门第阀阅，以清谈闲雅自高。在他们眼中，勇健即等于粗鄙，因而对于出身行伍者概加蔑视。试举几例，如《三国志·蜀书·刘巴传》裴注引《零陵先贤传》："大丈夫处世，当交四海英雄，如何与兵子共语？"《晋书·后妃传·胡贵嫔》记胡贵嫔与晋武帝樗蒲，"争矢，遂伤上指。帝怒曰：'此固将种也！'芳对曰：'北伐公孙，西距诸葛，非将种而何？'帝甚有惭色。"胡芳为晋大将胡奋女，甚得武帝宠爱，争矢时伤了武帝指头，武帝恼羞成怒，以"将种"辱骂胡芳，结果胡芳抬出了武帝祖父司马懿的"业绩"来反唇相讥，说你也不过是一个"将种"，弄得武帝十分狼狈。显然，在武帝和胡芳心里，"将种"都是不光彩的出身。

　　东晋而下，此风更甚，衣冠士族对武人概加蔑视。出身士族者，也往往以从事武职为憾事，《太平御览》卷207引《晋中兴书》曰："郗鉴为太尉……家本书生，后因丧乱，解巾从戎。非其本愿，常怀慨然。"此则云桓温拜访刘真长，刘高卧不起，桓心中不忿，以弹击之，刘则以温为武人而讥之曰："使君，如馨地宁可斗战求胜！"他如《方正》第五十八则记桓温求娶王坦之女，王坦之回禀其父王述，王述大怒，斥责王坦之曰："恶见文度已复痴，畏桓温面，兵，那可嫁女与之。"如出一辙。

　　这条入《方正》，也不太合适，桓温与刘惔为连襟，此不过是说刘惔敢于当面奚落桓温，然而这奚落，不过是汉魏而下的一种偏颇意识罢了。

方正45

后来年少多有道深公者①，深公谓曰："黄吻年少②，勿为评论宿士③。昔尝与元明二帝、王庾二公周旋④。"

【注】

①道：评论，品评。深公：即道潜，字法深。

②黄吻年少：犹言黄口小儿。口边称吻，雏鸟嘴黄，因以喻童幼。

③宿士：资深人士。犹言老前辈。

④周旋：交往，往来。

【译】

年轻后进有不少喜欢品评深公的，深公对他们说："黄口小儿，不要评论老前辈。我过去曾经和元帝、明帝以及王导、庾亮二公交游往来。"

【评鉴】

如仅从表面看，似有失深公风采：一个出家人，游走于权门，而且还以皇帝名卿压人。其实，当时很多和尚都与王公贵人交往，非唯深公如此，不足为怪。而且无知轻薄少年，总是崇仰权势，醉心名流，一朝得志，便会忘乎所以。深公此举也算是给他们一个教训。此正是刘义庆将此则列入《方正》之意。

方正46

　　王中郎年少时①，江虨为仆射②，领选③，欲拟之为尚书郎④。有语王者，王曰："自过江来，尚书郎正用第二人⑤，何得拟我!"江闻而止。

【注】

①王中郎：即王坦之。因曾领北中郎将，故称。

②仆射：尚书令的副职。

③领选：主管官吏选拔。

④尚书郎：尚书省所属诸曹的主办官员。多以举孝廉而熟悉文案事务者为之。

⑤正用：只用。第二人：二流人物，二等人才。王坦之自视甚高，以一等自居。

【译】

　　王坦之年轻时，江虨任尚书仆射，主持人才选拔，打算安排王坦之做尚书郎。有人给王坦之说这事，王坦之说："自从过江后，尚书郎只用第二等人才，怎么能安排我!"江虨听说后就不再安排。

【评鉴】

　　关于此则，据余嘉锡笺可知，尚书郎在西晋尚属清望之职，过江以后，膏粱子弟崇尚玄虚，因尚书郎主文书起草之类繁琐事务，且威权已远不如西晋，于是高门子弟即不屑担任。刘义庆以魏晋风流为准绳，加之王坦之为一时名士，拂然拒绝此任，故列此则入《方正》。其实王坦之未能免俗，不过是以门第骄人，与方正沾不上边。

方正47

王述转尚书令①，事行便拜。文度曰②："故应让杜许③。"蓝田云："汝谓我堪此不？"文度曰："何为不堪，但克让自是美事④，恐不可阙。"蓝田慨然曰："既云堪，何为复让？人言汝胜我，定不如我⑤。"

【注】

①王述：字怀祖。因袭父爵为蓝田侯，故后文称为蓝田。转：官职调动。

②文度：即王坦之，字文度。

③让杜许：此处向来不得其解。疑"杜"为"於（于）"之形误。许，指许询。

　我们下边的翻译和评鉴即按此说进行，如有不妥，请读者不吝是正。

④克让：能谦让。

⑤定：到底，毕竟。

【译】

　王述调任尚书令，任命下达就履职。王坦之对王述说："你本来应该谦让给许询。"王述说："你认为我能胜任不？"坦之说："为什么不能胜任，只是能谦让本是好事，所以不能缺少。"王述感慨说："既然说能胜任，为什么还要让？别人说你胜过我，到底还是不如我。"

【评鉴】

　此则一向在"让杜许"处聚讼多多，不烦赘引。纵观已有的解释，没有一个是全面准确的。我们以为，此处"让杜许"当是"让於（于）许"的形误，"杜""於（于）"字形相近，让于许，即让给许询。盖许询为一世高士，其名声与谢安相伯仲，即使当时目空天下的刘惔，对许询也是特别爱重，有"清风朗月，辄思玄度""才情过于所闻"之高誉。王坦之一向也是很佩服许询的，曾举荐许询为吏部郎（见《轻诋》31）。

王述迁尚书令是在晋哀帝兴宁二年（364），当时朝廷的实际掌权者是桓温，独揽朝政，跋扈专行。王述一向轻视桓温，两人有不少矛盾。桓温也未必看得上王述，但因其是名臣之子，故有意拉拢，曾欲娶其孙女为儿媳，然王述自高门第，怒斥儿子王坦之，"兵，那可嫁女与之！"（《方正》58）后来桓温将女儿嫁给了王坦之的儿子。若就政治斗争而言，王述又岂是桓温对手，不过是自高门第而已。桓温本有知人之明，是时朝政一决于温，升迁王述为尚书令，自是桓温有意为之，即欲羁系而为己用，明白纵然王述不为己用，也是无能为的角色，不会对自己形成威胁。我们从《世说》全书看，时人对王述的评价并不高，王导评价说："真独简贵，不减父祖，然旷澹处故当不如尔。"（《品藻》23）简文云："才既不长，于荣利又不淡，直以真率少许，便足对人多多许。"（《赏誉》91）二人的评价基本相同，说白了，王述好名好利，长处就是直率，胸中没有城府。试问，在残酷的政治斗争中，直率而没有城府岂能成为一个成功的政治家？在王坦之看来，这对朝廷并非好事，于是建议王述谦让而推荐许询。当然王述不明白王坦之的苦心，斥责王坦之不如自己。

方正48

孙兴公作《庾公诔》[①]，文多托寄之辞[②]。既成，示庾道恩[③]，庾见，慨然送还之，曰："先君与君自不至于此。"

【注】

①孙兴公作《庾公诔》：谓孙绰给庾亮写了诔文。孙兴公，即孙绰。绰字兴公。

　　庾公：指庾亮。

②托寄：寄托，寄寓。

③庾道恩：即庾羲。羲字叔和，小字道恩，庾亮之子。曾任吴国内史。《晋书》

　　卷73有传。

【译】

　　孙绰作《庾公诔》，诔文有不少寄托自己感情的话。写成后，给庾羲看，庾羲看了后，感慨地退还给了孙绰，说："先父和你感情还没到这种程度。"

【评鉴】

　　孙绰此举用今天的话来说就是用死人来炒作自己了，其动机有些不纯。庾羲雅正，直接揭穿了孙绰的用心。当然，此篇诔文辞藻华美，声韵和正，亦是难得的佳作。参《文学》第七十八则注。

方正49

　　王长史求东阳①，抚军不用②。后疾笃，临终，抚军哀叹曰："吾将负仲祖。"于此命用之。长史曰："人言会稽王痴③，真痴。"

【注】

①王长史：即王濛，字仲祖。因曾任简文长史，故称。求东阳：求做东阳郡太

守。东阳，郡名。三国吴置，晋因之。治所在今浙江金华。

②抚军：指简文帝司马昱。简文帝曾任抚军将军，故称。

③会稽王：指简文帝。因其曾封会稽王，故称。痴：傻。

【译】

　　王濛要求做东阳太守，司马昱不用。后来王濛病重了，临终，司马昱哀叹说："我将对不起仲祖。"于是任用王濛为东阳太守。王濛说："人们说会稽王痴，真是痴啊。"

【评鉴】

　　王濛求东阳事，《政事》第二十一则有云："山遐去东阳，王长史就简文索东阳，云：'承藉猛政，故可以和静致治。'"其背景如此。王濛与刘惔皆为简文亲信，山遐因治理未当而去职，王濛主动请缨，自当是为国家着想，简文不用，或其不舍王濛离开身边耶？不得而知。此列入《方正》，清王世懋以为未当。如以知过而弥补之，虽将死而犹命之，不负其生前所求，列入《方正》似也可以。

方正50

　　刘简作桓宣武别驾①，后为东曹参军②，颇以刚直见疏③。尝听记④，简都无言⑤。宣武问："刘东曹何以不下意⑥？"答曰："会不能用⑦。"宣武亦无怪色。

【注】

①刘简：字仲约，晋南阳（在今河南南阳）人。祖刘乔，豫州刺史。父挺，颍

　　川太守。仕至大司马参军。别驾：别驾从事史的省称。为州郡属吏。

②东曹参军：晋时官署中办事部门的官员。曹，分科办事的部门。

③见疏：被疏远。

④记：教、命一类的公文。

⑤都无言：谓一句话不说。都，全，简直。

⑥下意：表态，发表意见。

⑦会：反正，终究。

【译】

　　刘简做桓温的别驾，后来做东曹参军，多因为个性太刚直被疏远。曾经听取教令，刘简一言不发。桓温问："刘东曹为什么不说说自己的意见？"回答说："反正不会被采用。"桓温也没有责怪的神色。

【评鉴】

　　既然不会被采纳，何必自作多情，回答干脆而不隐讳。刘简堪称方正。而桓温，下属敢于直接顶撞，亦可见其有容人之量。再联系谢奕于桓温无上下之礼，桓温不以为忤，反而戏称其为"方外司马"（《简傲》8），罗友嘲讽桓温不以自己作郡，桓温不仅不怪罪罗友，居然自惭，既而便用其为郡守（《任诞》41刘孝标注引《晋阳秋》），桓温胸襟不可谓不阔大，礼贤下士不可谓不周至。《世说》对桓温的确是情有独钟。所以，这里的"方正"者非只是刘简，桓温何尝不是。

方正51

刘真长、王仲祖共行，日旰未食①。有相识小人贻其餐②，肴案甚盛③，真长辞焉。仲祖曰："聊以充虚④，何苦辞?"真长曰："小人都不可与作缘⑤。"

【注】

①日旰（gàn）：天色晚，日暮。

②小人：下人，地位低贱的人。贻（yí）：馈赠。

③肴案：菜肴，食品。

④充虚：充饥。

⑤作缘：交往，打交道。

【译】

刘惔和王濛一起出行，天很晚了还没吃上饭。有一个认识他们的下人给他们送来一餐饭，菜肴很丰盛，刘惔推辞不受。王濛说："姑且填饱肚子，为什么要推辞?"刘惔说："小人是完全不能打交道的。"

【评鉴】

刘惔高自标置，其实做作太甚，王濛能随遇而安，且能为别人考虑。比较而言，王濛可尚，而刘惔不可效也。其实对刘惔而言，如果饿上几天，他也不会做伯夷、叔齐的。何以言此?《言语》第六十九则有云："卿若知吉凶由人，吾安得不保此?"知其清高有时也带着假面具。至于这条的方正指谁，显而易见刘义庆是标指刘惔，刘孝标注也坐实了刘义庆意。这和当时世风特重门第有关，未可厚非。我们的评论，则是从理性的角度认识，出发点不同。刘恢的观点，来自《论语·阳货》孔子的话："唯女子与小人为难养，近之则不逊，远之则怨。"

方正52

王修龄尝在东山①，甚贫乏。陶胡奴为乌程令②，送一船米遗之。却不肯取，直答语："王修龄若饥，自当就谢仁祖索食③，不须陶胡奴米。"

【注】

①王修龄：即王胡之。胡之字修龄。

②陶胡奴：即陶范。陶侃之子，小字胡奴。乌程：县名。晋属吴兴郡，为郡治所。地在今浙江湖州。

③谢仁祖：即谢尚。尚字仁祖。

【译】

王胡之曾经住在东山，非常穷困。陶范当时做乌程县令，给他送来一船米。王胡之推辞不愿接收，径直写了一封回信说："王修龄如果挨饿了，自然应该去向谢仁祖讨饭吃，不需要陶胡奴的米。"

【评鉴】

陶范为陶侃之子，陶侃出身贫寒，素不为世家青眼，温峤呼其为

溪狗可知。王胡之是王导从侄，出身高门，且与谢尚、谢安、支道林
等皆为一时胜流，精通玄学，为清谈名家，谢安尝称赞王胡之可与林
泽游，王胡之看不起出身寒素的陶范不足为怪。不过，就常理论，陶
范主动馈米，且其人在陶侃诸子中又最为出色，而王胡之坚拒不说，
还又道出如此刻薄无情的话，如此的方正，是不值得推扬的。

方正53

　　阮光禄赴山陵①，至都②，不往殷、刘许③，过事便还④。诸人
相与追之。既亦知时流必当逐己，乃遄疾而去⑤，至方山不相及⑥。
刘尹时索会稽⑦，乃叹曰："我入，当泊安石渚下耳⑧，不敢复近思
旷傍。伊便能捉杖打人⑨，不易。"

【注】

①阮光禄：即阮裕，字思旷。曾被征为光禄大夫，故称。赴山陵：即为成帝
　　赴丧。

②至都：到都城建康。

③殷、刘：殷浩与刘惔。许：处，居处。

④过事：吊祭完。

⑤遄（chuán）疾：急速，非常快。

⑥方山：山名。在今江苏南京江宁区东南。

⑦刘尹：指刘惔。因其尝官丹阳尹，故称。

⑧安石：指谢安。安字安石。渚（zhǔ）：水中的小块陆地。

⑨捉杖：犹握杖，执杖。

【译】

　　阮裕去为成帝奔丧，到了都城，不去殷浩、刘惔那儿，丧事结束了就回程。名士们一起去追赶他。阮裕已经估计到名流们必然会追赶自己，于是疾行而离开，到了方山也没追上。刘惔当时正请求到会稽任职，就叹息说："我如果到会稽任上，将停泊在谢安石那儿，不敢再接近思旷。他就是拿手杖打我，我也不会变。"

【评鉴】

　　阮裕矢志不仕，既不趋炎附势，亦不随俗逐名，孑然独立，高卧东山，萧然于世事之外。王羲之目空天下，对阮裕却是佩服得五体投地，有云："此君近不惊宠辱，虽古之沉冥，何以过此！"（《栖逸》6）。当时风气，以清谈为时尚，而殷浩、刘惔等是玄学名家，门庭若市，世人无不以与殷、刘辈结交，得到他们的青睐为荣，但阮裕则根本不愿意凑这种热闹，过事便还，所以刘惔才感慨地说，我如果去会稽任职，也不敢去亲近他。至于谢安，本性随和，能与人同乐，因而能与人同忧，暗地里有以天下苍生为己任的襟怀。且又为刘惔妹婿，刘惔于其性行与为人自然再了解不过，自然愿意到谢安那儿去。之所以刘惔有这番比较，是因为当时阮裕和谢安都隐居东山。东山在今绍兴境内，属会稽郡。

方正54

　　王、刘与桓公共至覆舟山看①，酒酣后，刘牵脚加桓公颈，桓公甚不堪，举手拨去。既还，王长史语刘曰："伊诅可以形色加人不②？"

【注】

①覆舟山：在今江苏南京东北。为钟山西足，以地形如覆舟而得名。

②伊：第二人称代词。你。讵：难道。

【译】

王濛、刘惔和桓温一起到覆舟山游玩，喝酒喝得很尽兴时，刘惔抬起脚放到桓温脖子上，桓温不堪忍受，举起手推开。回去以后，王濛对刘惔说："你怎么可以用那样的行为对待他？"

【评鉴】

此则一向争论很多。

我们以为，理解此则的关键点在"伊"字上。通常认为是第三人称代词，犹言他，正因为如此，才会产生那么多的歧说。如果我们仔细考察，发现王濛不可能在这里批评桓温，《晋书》其本传说他"虚己应物，恕而后行"，王濛为人是奉行恕道的，故可以接受"小人"的餐饮，而刘惔一向自恃高名，凌辱桓温，《世说》中多有记载。这里的"伊讵可以形色加人不"，是王濛觉得刘的行为太过分。且桓温是不堪忍受而举手拨去了刘惔的脚，何曾加以形色了？再，前边说刘以脚"加"桓温颈，也即用"加"字，王濛正是承刘惔此一行为而言的。这样理解，"方正"也才有了归属，这里的"方正"，说的是王濛，虽然王濛一直和刘惔非常交好，但当对方做事过分时也能不偏不倚，客观公正。

方正55

桓公问桓子野①："谢安石料万石必败②，何以不谏?"子野答曰："故当出于难犯耳③。"桓作色曰："万石挠弱凡才④，有何严颜难犯⑤!"

【注】

①桓子野：即桓伊（？—391）。伊字叔夏，小字子野，晋谯国铚县（今安徽濉溪）人。为桓温远房本家。苻坚南寇，桓伊与谢玄、谢琰大破苻坚，以功封永修县侯，进号右军将军。《晋书》卷81有传。

②万石：指谢万。万字万石。谢万穆帝升平三年（359）以西中郎将北伐前燕慕容儁，因不善驾驭将士溃败，免为庶人。

③故当：或许，该是。拟测之词。

④挠弱凡才：懦弱无能的人。

⑤严颜：严肃或严厉的脸色。

【译】

桓温问桓伊："谢安石已经预料到万石必然失败，为什么不谏止他?"桓伊说："或许是不好冒犯吧?"桓温变了脸色说："万石不过是一个懦弱无能的平庸之辈，有什么威严不敢冒犯!"

【评鉴】

谢万徒有虚名，桓温视其为凡才。不以时名随风，桓温之方正在此。比较起来，谢安因弟兄之私，竟至于称谢万为"独有千载"，所以，藻鉴人物，有时也会因为亲情而失去了准星。所谓旁观者清，信然。

方正56

罗君章曾在人家[①]，主人令与坐上客共语。答曰："相识已多[②]，不烦复尔。"

【注】

①罗君章：即罗含。含字君章，晋衡阳耒阳（今湖南耒阳）人。历仕州主簿、宜都太守。累迁至长沙相。《晋书》卷92有传。

②相识：认得的人。

【译】

罗含曾经在别人家里做客，主人请罗含和座上的其他客人交谈。罗含回答说："朋友已经不少了，不需要再这样。"

【评鉴】

据《晋书·罗含传》记载，罗含为州主簿，州将新淦人杨羡解职回新淦，罗含送其回县，因为罗含的父亲曾经做过新淦县令，县人感其父恩德，纷纷给他送礼，罗含不好推辞就接受了。他离开时却将全部礼物封存放置，没有带走。于是远近的人都推扬佩服他。罗含之清高不群于此可见，自然不愿结交非类。

方正 57

韩康伯病①，拄杖前庭消摇②，见诸谢皆富贵，轰隐交路③，叹曰："此复何异王莽时④！"

【注】

①韩康伯：即韩伯。伯字康伯。

②消摇：即逍遥。此指散步。

③轰隐：谓车声轰轰作响。

④王莽（前45—23）：字巨君，汉元城（今河北大名）人。元帝皇后侄。累迁大司马，封新都侯。元后以太皇太后临朝称制，以王莽为太傅，号安汉公。平帝死，自称"摄皇帝"，统揽朝权。后废汉称帝，改国号"新"，改元"始建国"。绿林军起事，被杀。《汉书》卷99有传。

【译】

韩伯生病了，拄着手杖在门前散步，看见谢安一族都富贵荣耀，车辆往来不绝，在大路上轰轰作响，叹息说："这和王莽执政时有什么区别！"

【评鉴】

正如余嘉锡笺所言，彼时江左安定，主要靠谢家弟兄叔侄，韩伯私忿诋毁，殊无气量。而刘义庆随意归入《方正》，大概认为韩伯敢于讥评谢家，但从是非功过论则不免混淆了黑白。

方正58

王文度为桓公长史时，桓为儿求王女，王许咨蓝田①。既还，蓝田爱念文度②，虽长大，犹抱著膝上。文度因言桓求己女婚。蓝田大怒，排文度下膝③，曰："恶见文度已复痴④，畏桓温面，兵，那可嫁女与之！"文度还报云："下官家中先得婚处⑤。"桓公曰："吾知矣，此尊府君不肯耳⑥。"后桓女遂嫁文度儿。

【注】

①咨：问，征求意见。蓝田：指王坦之父王述。王述袭父爵为蓝田侯，故称。

②爱念：疼爱，溺爱。

③排：推（下去）。

④已复痴：已经傻了。复，后缀，无义。

⑤先得婚处：谓已经订婚了。

⑥尊府君：犹言令尊。

【译】

王坦之做桓温长史时，桓温替儿子求娶他的女儿，王坦之答应回去征求父亲的意见。回到家中，王述一向十分溺爱王坦之，虽早已是成人了，还将他抱坐在腿上。王坦之于是告诉他桓温求婚的事。王述大怒，将王坦之推下腿去，说："厌恶见到你这样蠢，怕驳回伤了桓温面子，一个兵家子弟，哪能够把女儿嫁给他们！"王坦之回报桓温说："我们家里已经另订婚了。"桓温说："我知道了，这是令尊不答应吧。"后桓温的女儿嫁给了王坦之的儿子。

【评鉴】

此则归入《方正》，也并不合适，王述不过是自恃门第高华，看不上武人而不许婚。不知这一则刘义庆是不是有意搞笑，笑点在最后一句，既然不可嫁女与兵家之子，而兵家的女子，却可以娶来做儿媳（桓温的女儿后来嫁给了王坦之的儿子王瑜）？王述这人，可笑处真的不少，如极端看不起孙绰，但自己有个白痴儿子阿智，找不到老婆，孙绰说要把女儿嫁给阿智，他又喜出望外欣然接纳。

方正59

王子敬数岁时①，尝看诸门生樗蒱②，见有胜负，因曰："南风不竞③。"门生辈轻其小儿，乃曰："此郎亦管中窥豹④，时见一斑⑤。"子敬瞋目曰："远惭荀奉倩⑥，近愧刘真长⑦。"遂拂衣而去。

【注】

①王子敬：即王献之。献之字子敬。

②门生：依附世族并在其门下供役使的人。樗蒱：盛行于汉魏六朝的一种博戏。博具有子、马、五木等。人执六马，以五木掷采。采分十种，以卢、雉、犊、白为贵采。凡掷得贵采，可连掷、打马、过关。

③南风不竞：《左传·襄公十八年》："师旷曰：'不害。吾骤歌北风，又歌南风，南风不竞，多死声。楚必无功。'"后用以比喻力量微弱，形势不好。此当是王献之针对某一方形势而言。

④管中窥豹：比喻只见局部，未见全貌。

⑤斑：豹子的斑纹。

⑥荀奉倩：即荀粲。粲字奉倩。

⑦刘真长：即刘惔。惔字真长。

【译】

　　王献之才几岁的时候，曾经观看门生们玩樗蒲，看见有胜负处，于是说："南风不竞。"门生们因为他小很不以为然，就说："这个小郎也是在竹筒中看豹子，有时能看见一个斑纹。"献之瞪大眼说："远比惭愧不如荀奉倩，近比羞愧面对刘真长。"于是生气地走开了。

【评鉴】

　　荀粲自恃门第，不与常人结交，《北堂书钞·礼仪部·葬》引《晋阳秋》："荀粲亡时，年二十九，性简实，不与常人交接，所交者皆一时俊杰。至葬夕，赴者才十余人，同时知名士也，哭之，感动路人。"而刘惔有云："小人都不可与作缘！"（本门51）献之后悔看门生博戏，以致受侮，才脱口而出："远惭荀奉倩，近愧刘真长。"在王羲之七子中，献之最为出色，但有时也未能免俗，自高门第，这两句话，不过是一种居高临下的感情流露，不值得以"方正"表彰。所以，谢安虽然最看重献之，却也觉得献之太过矜持，有损自然之趣。参《忿狷》第六则。

方正60

　　谢公闻羊绥佳①，致意令来②，终不肯诣③。后绥为太学博士④，因事见谢公，公即取以为主簿⑤。

【注】

①羊绥：字仲彦，晋泰山南城（今山东新泰）人。羊忱孙，羊孚父。历太学博
　士、中书侍郎。

②致意：捎话。

③诣：拜会，谒见。

④太学博士：学官名。在太学教授"五经"，多选博通经义者为之。

⑤主簿：主管簿籍文书，掌印玺之类的属吏。

【译】

　　谢安听说羊绥很优秀，传话叫羊绥来，羊绥始终不肯去拜见谢安。后羊绥做了太学博士，因为公事才去见谢安，谢安就把他用为自己的主簿。

【评鉴】

　　以谢安的名声和地位，趋炎附势者登进唯恐无门，而谢安传话叫羊绥来见，设若羊绥也是干进之辈，这真是千载难逢的机会，羊绥居然不肯屈志往拜，何其清高！比较起袁宏时时以文章周旋于权贵；孙绰于庾亮、王濛不仅生前追随，在人家死后以文字攀附而受辱来说，其品节已高出多多。列入《方正》，是以宜矣。

方正61

　　王右军与谢公诣阮公①，至门，语谢："故当共推主人②。"谢曰："推人正自难。"

【注】

①阮公：指阮裕。

②故当：应该，应当。

【译】

王羲之与谢安去拜会阮裕，到了门口，王对谢说："我们应该一起推尊主人。"谢安说："推尊别人实在是很难的事情。"

【评鉴】

龚斌以为，此事当发生在谢安隐居东山时，时阮裕也久居东山，后阮出仕，谢安仍在隐居。故以为阮之隐志不坚，故不推许。其说可从。正如《赏誉》第七十七则："王右军语刘尹：'故当共推安石。'刘尹曰：'若安石东山志立，当与天下共推之。'"盖是时风气以隐居为"远志"，出仕则为"小草"了。参《排调》第三十二则。谢安原本无仕进意，搢绅敦逼，朝廷屡征，都不改初志，后来是因为弟谢万败名，世事危殆，不得已才走上仕途，而在此时，仍然没有出仕的想法，也就以隐士的心态看待阮裕的出仕了。

方正62

太极殿始成①，王子敬时为谢公长史，谢送版使王题之②，王有不平色，语信云③："可掷著门外。"谢后见王，曰："题之上殿何若④？昔魏朝韦诞诸人亦自为也⑤。"王曰："魏祚所以不长⑥。"谢以为名言。

【注】

①太极殿：东晋建康宫的正殿。

②版：匾额。悬挂在正门额上昭示名称的横匾。

③信：使者。

④何若：怎么样。

⑤魏朝：指曹魏时。韦诞：字仲将，三国魏京兆杜陵（今陕西西安雁塔区）人。
　魏明帝及齐王芳时为侍中，以光禄大夫逊位，年七十五终。工书法，曹魏
　宝器铭题皆诞所书。

⑥魏祚：曹魏的江山，国祚。

【译】

太极殿刚建成，王献之当时做谢安的长史，谢安送去匾版请王题
写殿额，王献之很不高兴，对使者说："给我丢到门外去。"谢安后来
见到王献之，问他："麻烦你到殿上题写怎么样？过去魏朝韦诞等人也
在殿上题了字啊。"王献之回答说："这就是魏朝国祚不长的原因。"谢
安认为这话很经典。

【评鉴】

传统文人往往重经籍轻技艺，如华佗以医名世而自己很后悔，颜
之推教育后代不必在书法上下功夫，觉得字写得好容易被人当作艺
人看。

至于本则的方正，是赞扬王献之不愿意委屈自己而迎合宰相，且
直言诋斥曹魏以艺人的眼光看待韦诞等。

方正63

　　王恭欲请江卢奴为长史①，晨往诣江，江犹在帐中。王坐，不敢即言②，良久乃得及。江不应，直唤人取酒，自饮一盌，又不与王。王且笑且言："那得独饮？"江云："卿亦复须邪？"更使酌与王。王饮酒毕，因得自解去③。未出户，江叹曰："人自量④，固为难！"

【注】

①江卢奴：即江斆（dí）。斆字仲凯，小字卢奴，晋陈留圉（今河南杞县）人。江统孙，江彪子。历仕琅邪内史、骠骑咨议。事见《晋书·江统传》。

②即言：立刻说，马上说。

③自解去：自己脱身离开。

④自量：自我评价，自我估量。

【译】

　　王恭打算请江斆做长史，一大早去拜会江斆，江斆在床上没起来。王恭坐下，不敢立刻说，过了好一阵儿才说这事。江斆不回答，只是叫人拿酒来，自己喝了一碗，又不给王恭喝。王恭一边笑一边说："怎么能一个人喝酒啊？"江说："你也需要吗？"就叫仆人给王恭也斟上酒。王恭喝完了酒，于是就脱身离开了。还没走出门，江斆叹息说："一个人能够认识自己，的确是很难的事！"

【评鉴】

　　江斆孤傲自放，任诞不拘，王恭身为封疆大吏，屈身而请贤，遇此冷落不为之恼怒发作，不介意而去，涵养过人，二者都不失为名士风采。江敳之所以感叹，是自己以为会让王恭难堪失态，没料到王恭有如此雅量，居然不以为忤，可以讨酒于前，无事于后。不过，可惜王恭小事昭昭可圈可点，他如"身无长物"更是千古佳话，可惜最后在与司马道子的对抗中举措失误，不得其死，殊为遗憾。再，就此则内容看，私意以为置《方正》门似不太合适，或放在《雅量》《任诞》中都更恰当些。

方正64

孝武问王爽①："卿何如卿兄②？"王答曰："风流秀出③，臣不如恭，忠孝亦何可以假人④！"

【注】

①孝武：指晋孝武帝司马曜。王爽：王恭之弟。

②兄：指王恭。

③秀出：超越常人。

④忠孝亦何可以假人：谓在忠孝方面比王恭强。假人：让与人。语本《左传·成公二年》："唯器与名不可以假人。"

【译】

孝武帝问王爽："你和你哥比哪个强？"王爽回答说："风流出众，我不如哥哥，至于忠孝又怎么能够让给他！"

【评鉴】

　　王爽的意思是在忠孝方面比其兄王恭强。确也如此。刘孝标注引《中兴书》曰："爽忠孝正直。烈宗崩，王国宝夜开门入，为遗诏。爽为黄门郎，距之曰：'大行晏驾，太子未立，敢有先入者，斩！'国宝惧，乃止。"堪称忠义。至于孝，《晋书》记王爽事不多，俟考。能够既不掩没其兄王恭的长处，又不讳言自己的优点，可谓方正。可惜因为王恭的原因，王爽也死于非命。

方正65

　　王爽与司马太傅饮酒①，太傅醉，呼王为"小子"②。王曰："亡祖长史③，与简文皇帝为布衣之交；亡姑、亡姊，伉俪二宫④。何小子之有？"

【注】

①司马太傅：即司马道子。安帝时任太傅，故称。

②小子：对人的蔑称。

③长史：指王濛。王濛曾为简文帝长史，故称。

④伉俪二宫：谓分别做两个皇帝的皇后。刘孝标注引《中兴书》曰："王濛女讳穆之，为哀帝皇后。王蕴女讳法惠，为孝武皇后。"

【译】

　　王爽与司马道子一起饮酒，道子喝醉了，称王爽为"小子"。王爽说："我的先祖长史公，与简文皇帝是布衣之交；我的亡姑、亡姐，是哀帝、孝武帝的皇后。小子这是能乱叫的?"

【评鉴】

司马道子为元帝孙,简文子,孝武帝胞弟。哀帝为元帝之曾孙,王爽姑姑为哀帝皇后,则王爽比司马道子低了两辈。王爽的姐姐为孝武皇后,则王爽与司马道子又当为同辈。司马道子为孝武帝宠任,与其子元显弄权朝廷,信任小人,作威作福,故不礼貌地呼王爽为"小子"。王爽看不惯司马道子的跋扈嚣张,就直接顶了回去。其实这不过是扯出一些背景来与司马道子对抗,不免显得依草附木,虚张声势而已,是不值得称道的方正。

方正66

张玄与王建武先不相识①,后遇于范豫章许②,范令二人共语。张因正坐敛衽③,王孰视良久,不对。张大失望,便去,范苦譬留之④,遂不肯住。范是王之舅,乃让王曰⑤:"张玄,吴士之秀,亦见遇于时,而使至于此,深不可解。"王笑曰:"张祖希若欲相识,自应见诣。"范驰报张⑤,张便束带造之。遂举觞对语,宾主无愧色。

【注】

①张玄:字祖希,与谢玄齐名,时称南北二玄。王建武:即王忱。因其曾官建武将军。故称。

②范豫章:即范宁。因其曾任豫章郡守。故称。

③敛衽:整饬衣装。

④譬：解释，劝导。

⑤让：批评，责怪。

⑥驰报：立即叫人传报，通知。

【译】

　　张玄同王忱原来不认识，后在范宁那儿碰上了，范宁叫两人交谈。张玄于是整衣端坐，王忱看了他好一阵儿，不理睬他。张玄很失望，就起身要离开，范宁再三排解安慰他，还是不肯留下。范宁是王忱的舅父，于是责备王忱说："张玄，是吴地的杰出人才，也很被名流看重，而你让他这么难堪，实在让人不可理解。"王忱笑着说："张祖希假如要结识我，本来应该他来拜会。"范宁叫人立刻告诉张玄，张玄于是就整饬好衣装来见王忱。两人就举杯对谈，宾主间一点儿也不难为情。

【评鉴】

　　此则列入《方正》，似也不太合适。王忱有些装腔作势，而张玄也是靦颜求交。比较起羊绥，谢安传话不去，张玄之一呼而应，品格之高低判然可见。何方正之可言？

如果有理想人格，那一定是雅量

雅量第六

　　雅量，偏正式双音词。指人的气度深沉，涵养宏大。一个人的气度、襟怀、涵养往往决定着他是否能成就大事。《史记》《汉书》等正史，以及历代笔记杂著，无不把有气度涵养看成士大夫高尚的德行，给予高度礼赞，如楚国的孙叔敖三为令尹而不喜，三去令尹而不忧。唐代娄师德唾面自干的训示可以说把涵养气度发挥到了极致。道教、佛教也有关于气度涵养的倡导，《老子》称"上善若水。水善利万物而不争，处众人之所恶，故几于道"。唐代和尚王梵志诗："我有一方便（法宝），胜似百匹练。相打常服弱，至死不入县。"十分形象贴切地表现了容人之量，保身之道。

　　本门一共四十二则，有些是以能否从容镇定、临危不乱来判断人物间的高下，如谢安与王坦之比，王子敬弟兄之比，祖约与阮孚之比。王羲之东床坦腹的故事不仅给后人留下了一个风雅的谈资，同时也丰富了汉语的词汇，"东床"成了女婿的代称。至于有评论以为顾雍丧子的故作镇定、谢安闻捷的不动声色是矫情，那恐怕对"雅量"门的本旨有所隔膜。当然，这一门的归类个别条似也可商，例如王戎小时能识苦李，与其归在《雅量》，不如归在《夙惠》更为合适。

雅量1

豫章太守顾劭[1]，是雍之子[2]。劭在郡卒[3]，雍盛集僚属，自围棋。外启信至[4]，而无儿书，虽神气不变，而心了其故[5]，以爪掐掌，血流沾褥。宾客既散，方叹曰："已无延陵之高[6]，岂可有丧明之责[7]？"于是豁情散哀[8]，颜色自若。

【注】

①顾劭：字孝则，顾雍之子。曾官豫章太守，举善教民，风化大行。《三国志》卷52有传（《三国志》作"顾邵"）。

②雍：即顾雍（168—243），字元叹，三国吴吴郡吴（今江苏苏州）人。孙权领会稽太守，顾雍为丞，行太守事，吏民归服。《三国志》卷52有传。

③劭在郡卒：《三国志·吴书·顾邵传》："风声流闻，远近称之。权妻以策女。年二十七，起家为豫章太守。""在郡五年，卒官。"以此推之，则顾劭之死当为32岁。

④启：报告。信：信使。

⑤了：明白。

⑥已无延陵之高：谓自己没有延陵季子的旷达。延陵，指延陵季子。其事刘孝标注引《礼记》曰："延陵季子适齐，及其反也，其长子死，葬于嬴、博之间。孔子曰：'延陵季子，吴之习于礼者也。'往而观其葬焉。其坎深不至于泉，其敛以时服。既葬而封，广轮掩坎，其高可隐也。既封，左袒，右还其封，且号者三，曰：'骨肉归复于土，命也。若魂气，则无不之也。'而遂行。孔子曰：'延陵季子之于礼也，其合矣乎！'"

⑦岂可有丧明之责：谓不能如子夏因丧子失明而被批评。《礼记·檀弓上》："子

夏丧其子而丧其明。曾子吊之曰：'吾闻之也，朋友丧明则哭之。'曾子哭，子夏亦哭，曰：'天乎！予之无罪也！'曾子怒曰：'商！女何无罪也？吾与女事夫子于洙、泗之间，退而老于西河之上，使西河之民疑女于夫子，尔罪一也。丧尔亲，使民未有闻焉，尔罪二也。丧尔子，丧尔明，尔罪三也。而曰女何无罪与？'子夏投其杖而拜曰：'吾过矣！吾过矣！吾离群而索居亦已久矣。'"按，古代认为身体发肤，受之父母，不能轻易损伤，如果自致残毁，则是不孝。故顾雍排遣情绪，不再悲伤。

⑧豁情：排遣情绪。

【译】

    豫章太守顾劭，是顾雍的儿子。顾劭在郡守任上死了，顾雍正会集下属们下围棋。外边报告说信使来了，但没有儿子的来信。顾雍虽然在精神气色上看不出变化，但是心里明白其中缘故，就用指甲掐着自己的手掌，鲜血流下沾湿了坐垫。宾客们都离开后，这才叹息说："我既然没有延陵季子死了儿子那样的旷达，又怎么能像子夏那样因丧子失明而被指责？"于是豁情散哀，神色像没事一样。

【评鉴】

    顾雍老成持重，宠辱不惊，被封为阳遂乡侯时，连家里人都没有告诉。如此境界，古人中也罕有与其匹敌的。儿子死了，马上豁情散哀，这不是一般人能做得到的。他总是把个人的喜怒哀乐放在一边，从来以国事为重，所以他做丞相凡十九年而为孙权始终爱敬。《三国志》本传记载顾雍为人不饮酒，话很少，行止举动都非常得体。孙权感慨说，顾君不说话就算了，如果说就一定是有道理的。

雅量2

嵇中散临刑东市①，神气不变，索琴弹之，奏《广陵散》②。曲终，曰："袁孝尼尝请学此散③，吾靳固不与④，《广陵散》于今绝矣！"太学生三千人上书⑤，请以为师，不许。文王亦寻悔焉⑥。

【注】

①嵇中散：指嵇康。因其仕魏为中散大夫。故称。

②《广陵散》：琴曲名。现存《广陵散》谱最早者见于《神奇秘谱》，其题解称所录为隋宫所收，后流传于民间。

③袁孝尼：即袁准。准字孝尼。

④靳固：吝惜，舍不得。

⑤太学生：在太学就读的学生。太学，中央政府设在京城的最高学府，亦称国学。

⑥寻：不久。

【译】

嵇康赴东市受死刑时，神气不变，临刑前要求给琴弹奏，奏了一曲《广陵散》。奏完了说："过去袁孝尼曾请求学这个琴曲，我太舍不得就没教他，现在《广陵散》绝传了！"太学生三千人上书，请赦免嵇康做他们的老师，司马昭不答应。过了不久司马昭就后悔了。

【评鉴】

嵇康因为是曹魏外戚，本难容于司马氏，而又不能放下身段和锺会周旋，最终被锺会进谗害死。因为他早就知道不能幸免，有思想准备，所以临刑从容，颜色不变，取琴而弹，把生死看成浮云一样。一曲《广陵散》，千古悲叹！如此雅量，不仅为竹林七贤之高标，同时也在历史上留下了一个独一无二的光辉形象。

雅量3

夏侯太初尝倚柱作书①，时大雨，霹雳破所倚柱②，衣服焦然③，神色无变，书亦如故。宾客左右皆跌荡不得住④。

【注】

①夏侯太初：即夏侯玄。玄字太初。作书：写信。

②霹雳：迅猛且巨响的雷。

③焦然：烧焦的样子。

④跌荡：东倒西歪、跌跌撞撞的样子。

【译】

夏侯玄曾经有一次靠着柱子写信，当时天下着大雨，霹雳劈开了他倚身的柱子，衣服都被烧焦了，而他的神色没有一点变化，仍然继续写信。宾客及侍从们都被吓得东倒西歪，稳不住身子。

【评鉴】

夏侯玄与何晏等倡导玄学，竞尚清谈，崇慕老庄，学习庄子齐生死的精神，所以不把生死荣辱放在心上，以致临刑东市而泰然自若。

如此沉稳淡定，可谓泰山崩于侧而色不变。《世说》中关于夏侯玄的记载颇多，从中可见刘义庆的感情倾向。盖夏侯玄非如何、邓之流纯为谈客，其人也是一代高贤，史称其主武选，所拔皆俊杰。只因他是曹爽姑姑的儿子，自不免被司马氏所杀。

此事与诸葛诞事略同，必有一误。《太平御览》卷13引曹嘉之《晋纪》云："诞以气迈称。尝倚柱读书，霹雳震其柱，诞自若。"以常理论，倚柱读书或更近情理一些。或许是传闻之误，把诸葛诞的事移植在夏侯玄身上了。

雅量4

王戎七岁，尝与诸小儿游。看道边李树多子折枝①，诸儿竞走取之②，唯戎不动。人问之，答曰："树在道边而多子，此必苦李。"取之信然③。

【注】

①折枝：（因果实累累）枝条被压断了。

②竞走：竞相奔跑。

③信然：的确如此。

【译】

王戎七岁时，曾经和一群小孩同玩。看见路边的李树因为结子太多枝条断了，那些小孩都跑去摘李子，只有王戎不动。有人问他为什么不去摘，王戎回答说："李树长在路边而李子还很多，这李子一定是苦的。”摘来果然是这样。

【评鉴】

　　此则故事王世懋以为当入《夙惠》。其说是，与“雅量”的确不太吻合。

雅量5

　　魏明帝于宣武场上断虎爪牙①，纵百姓观之②。王戎七岁，亦往看。虎承间攀栏而吼③，其声震地，观者无不辟易颠仆④，戎湛然不动⑤，了无恐色⑥。

【注】

①宣武场：魏晋洛阳操场名。郦道元《水经注·谷水》：“其一水自大夏门东径宣武观，凭城结构，不更增墉。……南望天渊池，北瞩宣武场。《竹林七贤论》曰：‘王戎幼而清秀，魏明帝于宣武场上为栏，苞虎牙，使力士袒褐，迭与之搏，纵百姓观之。’

②纵：让，听任。

③承间：趁机。

④辟易颠仆：闪躲跌倒。

⑤湛然：平静的样子。

⑥了无：一点没有。

【译】

　　魏明帝让人截掉了老虎的爪牙，关在宣武场上的栅栏里，让百姓去观看。王戎才七岁，也去看老虎。虎趁机攀着栏杆吼叫，吼声震地，观看的人一个个退避跌倒，王戎站在那儿一动不动，没有一点恐惧的神色。

【评鉴】

　　王戎幼负盛名，不同凡响，且在平吴战争中立有功绩。可惜晚年随波逐流，与权臣苟合求容，但这也是王戎别有苦衷，不得不如此。参后《俭啬》题解。

雅量6

　　王戎为侍中①，南郡太守刘肇遗筒中笺布五端②，戎虽不受，厚报其书。

【注】

①侍中：皇帝近臣。

②南郡：郡名。治江陵（在今湖北荆州）。刘肇：不详。笺布：细布。端：古代量词。帛类的长度单位。

【译】

　　王戎做侍中，南郡太守刘肇送给他筒中细布五端，王戎虽然没有接受，仍写信深表感谢。

【评鉴】

　　王戎非但没有检举揭发刘肇，还写信表示感谢。刘义庆认为他能宽容，故入《雅量》。我们看看面对赂遗，山涛是怎么处理的:《晋书·山涛传》:"初，陈郡袁毅尝为鬲令，贪浊而赂遗公卿，以求虚誉，亦遗涛丝百斤，涛不欲异于时，受而藏于阁上。后毅事露，槛车送廷尉，凡所受赂，皆见推检。涛乃取丝付吏，积年尘埃，印封如初。"这段话说，袁毅任鬲县县令的时候，贪污了很多钱财，而后对朝廷大员们都行贿赂，想得到朝廷官员的推举吹嘘。他也送了山涛一百斤蚕丝，山涛接受了却不享用，藏在楼阁上包也不打开。后来袁毅事情败露，受贿的都受到处分，唯有山涛因原物没动无罪。谁是谁非呢?

雅量7

　　裴叔则被收[1]，神气无变，举止自若。求纸笔作书。书成，救者多，乃得免。后位仪同三司[2]。

【注】

①裴叔则:即裴楷。楷字叔则。

②仪同三司:散官名。晋世位为将军者多加此称。谓位非三公而礼制与三公同，故称。

【译】

　　裴楷被拘捕了，神色气韵没一点变化，举止十分安详。索要纸笔写信。信写好了，营救的人很多，于是得以免罪。后官做到仪同三司。

【评鉴】

面对生死存亡，裴楷镇定沉着，自知不至于死。《晋书·傅祗传》说是傅祗证明他无罪，因被赦免。

雅量8

王夷甫尝属族人事①，经时未行。遇于一处饮燕②，因语之曰："近属尊事，那得不行③？"族人大怒，便举樏掷其面④。夷甫都无言⑤，盥洗毕，牵王丞相臂，与共载去。在车中照镜，语丞相曰："汝看我眼光，乃出牛背上。"

【注】

①王夷甫：即王衍。衍字夷甫。

②饮燕：即饮宴。

③不行：没办理。

④樏（lěi）：即攒盒。形似盘，中有隔。可用来盛放食物。

⑤都无言：简直不说话，不吭声。

【译】

王衍曾经嘱托本族人办事，过了好一段时间还没办。后来在一个饮宴的地方遇上了，于是问族人："我最近托你办事，怎么还没办好？"那族人大怒，就举起食盘摔到王衍脸上。王衍一句话也不说，把脸擦洗干净，拉着王导的臂膀，一起上车离开了。王衍在车中照镜子，对王导说："你看我的眼光，只是在牛背上边。"

【评鉴】

此则人们一向求之太深，我们以为当是：王衍一边照镜子看脸受伤没有（当时人很爱护脸，《雅量》第三十一则谢万被推倒也首先关心脸受伤没有），一边漫不经心地告诉王导，刚才的事自己早已忘却，现在的注意力全在牛车上。因为牛车虽然有车夫驾驭，但乘车者不免也时时要看前边的路，目光自然与牛背是一条直线，故云"出牛背上"。刘孝标注："王夷甫盖自谓风神英俊，不至与人校。"王衍照镜子是自恋容貌，而眼光在牛背上则是说不屑与俗人计较。同时，"自谓"二字，下得十分贴切风趣，意思是说王衍要表现出一种态度，是在装，在演戏，其实内心并未放下。这一则"雅量"，刘义庆本有调侃的意味，刘孝标得其风旨，将王衍的所谓雅量昭示读者。王衍的虚伪，王衍的善于表演，就像那个"举却阿堵物"一样（见《规箴》9）。

雅量9

裴遐在周馥所①，馥设主人②。遐与人围棋。馥司马行酒③，遐正戏④，不时为饮⑤，司马恚⑥，因曳遐坠地⑦。遐还坐，举止如常，颜色不变，复戏如故。王夷甫问遐："当时何得颜色不异⑧？"答曰："直是暗当故耳⑨！"

【注】

①裴遐：字叔道，性格谦虚平和，善言玄理。周馥：字祖宣，周浚从父弟。曾官御史中丞、侍中，拜徐州刺史。以讨平陈敏功，封永宁伯。因忤东海王司马越，司马越举兵相攻，忧愤而死。《晋书》卷61有传。

②设主人：做主人，备办酒食做东道。

③司马：高级武官的属官。行酒：依次敬酒。

④戏：下棋。

⑤不时为饮：谓顾不得接酒饮。不时，不适时，不及时。

⑥恚：恼怒，发怒。

⑦曳：拖，拉。

⑧何得：怎会，怎能。

⑨暗当：昏暗不明。当，后缀。

【译】

　　裴遐在周馥府上，周馥做东道主宴请客人。裴遐与人围棋。周馥的司马依次敬酒，裴遐正忙着下棋，不及时接酒饮，那司马恼怒了，于是把裴遐拖下地。裴遐又坐上去，举止和平常一样，脸色也没有一丝难堪，像先前那样专心下棋。王衍问裴遐："你那时怎么能脸色都不变？"裴遐回答说："可能是因为光线不好你没看清楚吧！"

【评鉴】

　　裴遐不屑于理会司马，而也不故作气量阔大的样子，岳丈王衍佩服他问何以脸色不变，他回答说也许变了，只是因为光线不好你没看见。裴遐被辱并不追究，而又能不自逞气象于后，归之《雅量》正在于此。刘义庆将两则放在一起，或亦有意为之。翁婿对比之下，裴遐更为坦诚，毫不虚饰。王衍要标榜自己，裴遐则只说实话。

雅量10

刘庆孙在太傅府①，于时人士多为所构②，唯庾子嵩纵心事外③，无迹可间。后以其性俭家富④，说太傅令换千万⑤，冀其有吝⑥，于此可乘。太傅于众坐中问庾，庾时颓然已醉⑦，帻堕几上⑧，以头就穿取。徐答云："下官家故可有两娑千万⑨，随公所取。"于是乃服。后有人向庾道此，庾曰："可谓以小人之虑，度君子之心。"

【注】

①刘庆孙：即刘玙，晋中山魏昌（今河北无极）人。刘琨兄。齐王冏辅政，任为中书侍郎。《晋书》卷62有传。按，《晋书》作"刘舆"。太傅：指司马越（？—311）。越字元超，晋宣帝侄孙，高密王司马泰长子。少有令名，以功封东海王。八王之乱，为太傅，以兵迎惠帝返洛阳，录尚书事。永嘉五年（311）病死项城。《晋书》卷59有传。

②构：构陷，陷害。

③庾子嵩：即庾敳。敳字子嵩。

④俭：音啬，悭吝。

⑤换：借贷。

⑥冀：希望。

⑦颓然：大醉的样子。

⑧帻（zé）：头巾。

⑨娑：三。刘盼遂《世说新语校笺》："'两娑千万'者，两三千万也。'娑'以声借作三，娑、三双声，今北方多读'三'如'沙'，想当典午之世而已然

矣。"余嘉锡笺亦有考证，请参看。

【译】

刘玙在太傅司马越府中，当时很多人都被他构陷，只有庾敳凡事都不关心，没有什么空子可钻。后来想到庾敳生性悭吝而家财丰厚，就游说司马越向庾家借贷千万，希望庾敳舍不得，这样便可乘机生事。司马越就在众座中问庾敳，庾敳当时已经大醉了，头巾掉落在小桌上，就伸头去戴头巾。他缓缓回答说："下官家本来有二三千万，随您取用。"这下刘玙就彻底心服了。后有人问起庾敳这事，庾敳说："这真说得上是用小人的狡诈，猜度君子的心肠。"

【评鉴】

刘玙为司马越亲信，掌生杀予夺之权。庾敳能审时度势，化险为夷，毕竟脑袋比钱重要。《晋书》本传说他生性悭吝，聚敛而得财富。一旦舍去，未必不心痛，却能表现从容、处变不惊。比较起石崇临刑前才想明白，叹息说"奴辈利吾家之财"（《仇隙》1刘孝标注引《晋阳秋》），实在是明智多了。堪称雅量。

雅量11

王夷甫与裴景声志好不同①，景声恶，欲取之②，卒不能回。乃故诣王肆言极骂③，要王答己，欲以分谤④。王不为动色，徐曰："白眼儿遂作⑤。"

【注】

①王夷甫：即王衍。衍字夷甫。裴景声：即裴邈。邈字景声，河东闻喜（今山西闻喜）人。裴颜从弟。历仕太傅从事中郎、左司马，监东海王越军事。事见《三国志·魏书·裴潜传》注。志好：志趣爱好。

②欲取之：谓欲要王与自己同好。

③肆言：纵言，破口（大骂）。极骂：任意谩骂。

④分谤：分担非议、批评。语出《左传·宣公十二年》："楚师方壮，若萃于我，吾师必尽。不如收而去之，分谤生民，不亦可乎。"

⑤白眼儿：翻白眼的人。人发怒则眼多白，故用以指易怒的人。

【译】

　　王衍和裴邈志趣爱好不同，裴邈很反感，想要王衍和自己同趣，但无可奈何。于是故意到王衍那里任性谩骂，希望王衍和自己对骂，想这样来让王衍分担大家的批评。王衍不动声色，慢慢说："白眼儿到底发作了。"

【评鉴】

　　王衍以风雅清谈及雅量被时人推尊，裴邈和他不合拍，自然也嫉妒王的名声，偏偏要去招惹王衍，激怒王衍，目的是要王衍不忍愤怒和自己对骂，那么其名声自然坍塌。谁知王衍不为所动，让裴大失所望。尤其是王衍"白眼儿遂作"一语，令人解颐，本来裴盛怒而骂，王衍却肆意调侃——你终于发作了，看你那样子！

雅量12

王夷甫长裴成公四岁①，不与相知。时共集一处，皆当时名士，谓王曰："裴令令望何足计②？"王便卿裴③，裴曰："自可全君雅志④。"

【注】

①裴成公：即裴颜。因谥成，故称。按，王衍生于正元三年（256），裴颜生于泰始三年（267），二者相差十一岁，《世说》云"四岁"，疑误。

②令望：好名望，好名声。

③卿裴：称裴为卿。卿，是用于亲昵的或非正式场合的不太庄重的称谓。

④雅志：美称对方的行径。这里是颇含讥讽的，暗地里等于说我知道你想干什么。

【译】

王衍比裴颜年长四岁，两人并非知交。一次公众集会，与会的人都是当时的名流，有人对王衍说："裴令公的好名声哪里值得称道？"王衍于是以"卿"称裴，裴说："这下可以满足你的雅意了。"

【评鉴】

名士间互不以为然，总是时存竞心。王、裴皆名士，一同参加集会，而坐客多事，挑起事端。"卿"的称谓是有特定的语境的，在公众场合，且又是朝廷大臣聚会时称别人为卿是轻浮而不礼貌的行为。再者，如果不是素有交集的人，也不合适称"卿"。《晋书·郗鉴传》："及京师不守，寇难锋起，鉴遂陷于陈午贼中。邑人张寔先求交于鉴，鉴不许。至是，寔于午营来省鉴疾，既而卿鉴。鉴谓寔曰：'相与邦壤，义不及通，何可怙乱至此邪！'寔大惭而退。"这个故事是说，郗鉴陷身作乱的陈午军中，原来的同乡张寔曾经求交于郗鉴，郗鉴不愿与对方交往，这时张寔也在陈午军中，来探望郗鉴的病，趁机表示亲昵称郗鉴为卿，郗鉴不仅不允，还训斥了张寔一顿。还有，裴颜是王戎的女婿，而王衍是王戎的从弟，论辈分则王衍是长辈，此时也不经挑拨，胸襟偏狭（王衍平时还是佩服裴颜的）起来。王衍称裴为"卿"，目的是要裴失态发怒而隳名声，而裴只是不冷不热地讥讽一句，让王衍大丢其脸。有趣的是，上一局王衍胜过了裴邈，而这一局裴颜完胜王衍。这里可能暗藏着刘义庆的谐趣，裴邈是裴颜的堂弟，弟弟输了，哥哥找回了场子。刘义庆的编排真是大有匠心，妙不可言。

雅量13

有往来者云①：'庾公有东下意②。'或谓王公："可潜稍严③，以备不虞④。"王公曰："我与元规虽俱王臣⑤，本怀布衣之好⑥。若其欲来，吾角巾径还乌衣⑦，何所稍严！"

【注】

①往来者：指游走于庾亮、王导间的生事者。从《晋书》知当是陶称。

②庾公有东下意：当时庾亮镇守武昌，在都城建康之西，故云东下。《晋书·庾亮传》："陶侃薨，迁亮都督江、荆、豫、益、梁、雍六州诸军事，领江、荆、豫三州刺史，进号征西将军、开府仪同三司、假节。亮固让开府，乃

迁镇武昌。"

③稍严：略做戒备。

④不虞：意想不到的，不测的。

⑤王臣：朝廷大臣。

⑥布衣之好：平常人的情谊，不掺杂地位权利的交情。

⑦吾角巾径还乌衣：谓放弃官职而做普通百姓。乌衣，即乌衣巷。在今江苏南

京秦淮区秦淮河上文德桥旁南岸。孙吴之时为乌衣营所在，故名。东晋初

年，南迁之琅邪王氏多居于此。

【译】

有来往于庾亮、王导间的人传言："庾亮有顺江东下的谋划。"有人对王导说："可暗中做些戒备，以防不测。"王导说："我与元规虽同是朝廷大臣，其实早就有布衣的交情。假如他真的要来，我就穿上百姓服装回乌衣巷去了，戒什么严呢！"

【评鉴】

"庾公有东下意"并非空穴来风，《晋书·庾亮传》记载庾亮的确有此想法。王导、庾亮都曾执政，比较之下，王导算得上是成功的政治家，而庾亮则少有可取。其他不说，苏峻之乱就直接是庾亮不听良言一意孤行酿成的。这既是史实，且庾亮本身也为之上疏谢罪，云："进不能抚宁外内，退不能推贤宗长，遂使四海侧心，谤议沸腾。祖约、苏峻不堪其愤，纵肆凶逆，事由臣发。……朝廷寸斩之，屠戮之，不足以谢祖宗七庙之灵；臣灰身灭族，不足以塞四海之责。臣负国家，其罪莫大，实天所不覆，地所不载。"这检讨还算深刻诚恳。面对流

言，如果王导亦如庾亮境界，则势必不可收拾，然而王导轻描淡写，化矛盾于无形。即此可见王导高出庾亮许多了。至于《轻诋》篇之"元规尘污人"则纯为小说家言，与王导风度不类。《晋书》采摭入传，甚是无识。

雅量14

　　王丞相主簿欲检校帐下①，公语主簿："欲与主簿周旋②，无为知人几案间事③。"

【注】

①检校：清理，审察。

②周旋：交流，消闲。

③无为：没必要。人：我。几案：茶几书案。代指一般的公务往来事宜。

【译】

　　王导的主簿准备审察丞相府的僚属，王导对主簿说："我想要和主簿交流消闲，你没必要管我案牍间的事。"

【评鉴】

　　此言王导对于僚属非常宽容。主簿要审察丞相府的僚属，而王导不允许。王导深明人至察则无徒的道理，对身边的人不欲太过苛求，当然这也和江东的政治形势需要和静致治有关。如果联系《政事》第二十三则，谢安不同意搜寻秦淮河船只中的逃逃者，说"若不容置此辈，何以为京都?"更可见谢安的治理之道基本上是祖王导的做派，萧规曹随。

雅量15

祖士少好财①，阮遥集好屐②，并恒自经营③。同是一累④，而未判其得失⑤。人有诣祖，见料视财物⑥，客至，屏当未尽⑦，余两小簏⑧，著背后，倾身障之，意未能平。或有诣阮，见自吹火蜡屐⑨，因叹曰："未知一生当著几量屐⑩!"神色闲畅。于是胜负始分。

【注】

①祖士少：即祖约（? —330）。约字士少，祖逖异母弟。永嘉末，随祖逖过江，元帝引为掾属。祖逖卒，代逖为平西将军、豫州刺史。以预平王敦功封五等侯，进号镇西将军。后苏峻举兵，祖约以兵响应。事败，投奔石勒，为勒所杀。《晋书》卷100有传。

②阮遥集：即阮孚。孚字遥集。屐：木鞋。

③恒自：常常，时时。自，后缀。经营：经办，备办。

④累：牵累，拖累。

⑤判：分别，判断。

⑥料视：收拾，清数。

⑦屏（bǐng）当：清理，收拾。

⑧簏（lù）：竹箱。

⑨蜡：用蜡涂抹。

⑩量（liǎng）：通"緉"。量词，双（用于鞋、袜等）。

【译】

　　祖约喜欢钱财，阮孚喜好木屐，都是时常费心备办。同样是他们的累赘，而没法评判两个人的高下。有人去拜访祖约，见祖正在清理财物，客人到了，还没收拾完，剩下两个竹箱，于是放在背后，侧着身子遮挡着，神色很不自然。有人去拜会阮孚，看见阮孚正亲自在吹火蜡木屐，一边感慨叹息说："不知道一辈子能穿几双屐！"神色闲适舒畅。从此二人分出了高低。

【评鉴】

　　金王若虚在《滹南遗老集》中认为这种比较很不得体。钱穆则以为，祖约见客至，倾身而障财物，此所以为劣；阮孚见客至，蜡屐自若，神色闲畅，此所以为优。（《国学概论·魏晋清谈》）其说中肯。阮孚之风雅气量即此已远胜祖约了。一叶落而知天下秋，小事往往可见人品之高下。再者，二人皆为名士，祖约不忘财利，后来与苏峻同反，身首异处；阮孚于官场随遇而安，无可无不可，能得以善终。

雅量16

　　许侍中、顾司空俱作丞相从事①，尔时已被遇，游宴集聚，略无不同。尝夜至丞相许戏，二人欢极②，丞相便命使入己帐眠。顾至晓回转③，不得快孰④。许上床便咍台大鼾⑤。丞相顾诸客曰："此中亦难得眠处。"

【注】

①许侍中：指许璪。璪字思文，晋义兴阳羡（今江苏宜兴）人。仕至吏部侍郎。

　顾司空：指顾和。卒赠司空，故称。

②极：疲困。

③回转：翻来覆去。

④快孰：指快速入睡，睡得舒服踏实。孰，后来写作"熟"，指入睡深。

⑤咍（hāi）台：鼾声，打呼声。

【译】

　　许璪、顾和都任王导的从事，那时已很得王导礼遇，游宴集聚，都是一样对待。他们曾经晚上到丞相那儿游玩，两人都玩得很疲劳了，王导就叫他们到自己床上睡觉。顾和到天亮都翻来覆去，不能好好入睡。许璪上床就鼾声大作。王导对客人们说："这里也不是那么好睡觉啊！"

【评鉴】

　　故事谓许璪比顾和更淡定，随缘自适，心中坦然，虽然是丞相床榻，亦能安睡如常。这有如深公所谓："君自见其朱门，贫道如游蓬户。"王导正是从二人的表现而发的感慨。各注家求之过深而歧说纷纭。再，"二人欢极"一语，似迄今未得正解。极，指疲惫、疲劳。是说二人玩得很累了很疲劳了，所以王导才留他们止宿。极，本义是指屋梁，屋梁是在最高处，引申而指凡事的终极。再引申而有穷尽、疲困之义。如《孟子·离娄下》："有故而去，则君搏执之，又极之于其所往。"赵岐注："极者，恶而困之也。"汉王褒《圣主得贤臣颂》："庸人之御驽马……胸喘肤汗，人极马倦。"特别是后一例，极、倦对文，"疲困"义显豁。

雅量17

庾太尉风仪伟长[1]，不轻举止，时人皆以为假[2]。亮有大儿数岁[3]，雅重之质，便自如此，人知是天性。温太真尝隐幔怛之[4]，此儿神色恬然，乃徐跪曰："君侯何以为此[5]?"论者谓不减亮。苏峻时遇害[6]。或云："见阿恭，知元规非假[7]。"

【注】

①风仪：风度仪表。伟长：奇伟超群。

②假：假装，做作。

③大儿：即庾会。小字阿恭。

④温太真：即温峤。峤字太真。隐幔：藏在帷幕后。怛（dá）：惊吓，吓唬。

⑤君侯：古时称列侯为君侯。又转为对尊者的敬称。

⑥苏峻时：指咸和二年（327），苏峻起兵反，三年陷京师，庾亮督师与战，败绩，庾会死于是役。

⑦元规：指庾亮。亮字元规。

【译】

庾亮风度仪表非常出众，举止稳重，当时人都认为庾亮是装出来的。庾亮有大儿才几岁，风雅稳重的器质，就已经像他一样，人们这才知道是天性。温峤曾经藏在帷幕后吓唬庾会，庾会神色不变，慢慢地跪下说："君侯您为什么要这样？"评论的人认为庾会不比庾亮差。庾会在苏峻作乱时被杀了。有人说："见了阿恭，就知道庾亮不是装的。"

【评鉴】

庾会年幼时即能处变不惊，态度从容，故为人称道。惜其死于苏峻之乱，不得有所成就。不过，庾亮风仪伟长，不轻举止，人们怀疑他是装的，这倒说到了点子上，深公曾说庾亮胸中柴棘三斗许，算是看清了庾亮。从《世说》其他篇中，也可看出庾亮平时做作虚假，陷入困顿就流露出俗气的一面，如在苏峻之乱中逃奔陶侃，食薤留白以讨好陶侃（《俭啬》8）。

雅量18

褚公于章安令迁太尉记室参军①，名字已显而位微，人未多识。公东出②，乘估客船③，送故吏数人④，投钱唐亭住。尔时，吴兴沈充为县令⑤，当送客过浙江，客出，亭吏驱公移牛屋下⑥。潮水至，沈令起彷徨⑦，问："牛屋下是何物人⑧？"吏云："昨有一伧父来寄亭中⑨，有尊贵客，权移之⑩。"令有酒色，因遥问："伧父欲食饼不⑪？姓何等⑫？可共语。"褚因举手答曰："河南褚季野。"远近久承公名⑬，令于是大遽⑭，不敢移公，便于牛屋下修刺诣公⑮，更宰杀为馔具⑯，于公前鞭挞亭吏，欲以谢惭⑰。公与之酌宴，言色无异，状如不觉。令送公至界。

【注】

①褚公：指褚裒，字季野。裒死后赠太傅，故称。章安：古县名。治在今浙江临海。《晋书·褚裒传》："苏峻之构逆也，车骑将军郗鉴以裒为参军。"为参军当是此时事。

②东出：因章安在东边，故云。

③估客：贩运货物的客商。

④送故吏：为离任长官送行的佐吏。

⑤吴兴：扬州属郡。治乌程（今浙江湖州）。沈充：刘孝标注云"未详"。盖此沈充与附王敦作乱之沈充非同一人，作乱之沈充时已诛死。

⑥牛屋：牛棚。

⑦彷徨：徘徊。

⑧何物人：什么人。

⑨伧父：六朝时南人对北方男子的蔑称。犹言粗人、鄙夫。

⑩权：暂且，暂时。

⑪饼：面食之类的通称。

⑫何等：什么。表疑问。

⑬承：听说。

⑭大遽：非常窘急惭愧。

⑮修刺：准备名帖。

⑯馔具：食品，酒肴。

⑰谢惭：谢罪道歉。

【译】

　　褚裒从章安县令升迁为太尉记室参军，名声虽然很大但地位不高，当时人大多不认识他。他从章安前往建康，寄乘商人的船只，随行有几个送行的故吏，在钱唐亭住宿。那时，吴兴沈充做县令，将要送客过浙江去。客人到了，驿亭吏卒就将褚公赶到牛棚里住。潮水起来了，沈令起身徘徊，问："牛棚里是什么人？"吏卒说："昨天有一个北方佬来寄宿在亭驿中，因为有尊贵客，就暂且把他移到牛棚里了。"沈令已半醉了，就对着牛棚呼叫："北方佬要吃面食不？姓什么？可以来和我闲聊。"褚裒于是举起手回答说："河南褚季野。"远近早就听说过褚裒的大名，沈令一下子大大窘急，不敢叫褚裒出来，就在牛棚里递上名片拜见，重新宰杀禽畜准备酒宴，又在褚裒面前鞭挞亭吏，要借此来表示歉意。褚裒与他一起饮宴，毫无异样的神态，好像什么也没发生过。沈令一直把褚裒送到县界。

【评鉴】

　　褚裒不愧名士，被亭吏赶到牛棚里而不动声色，其肚量可谓大了。而沈令对一住在牛棚里的人邀与共语，请其吃面食，也算得性情中人。待得知为褚裒，宰牲置酒重开宴，礼敬贤人，不失为君子的行为。又，此人与附王敦作乱的沈充非同一人，诸书或有不辨而误以为是同一人者。

雅量 19

　　郗太傅在京口①，遣门生与王丞相书②，求女婿。丞相语郗信③："君往东厢，任意选之。"门生归白郗云④："王家诸郎亦皆可嘉⑤，闻来觅婿，咸自矜持⑥，唯有一郎在东床上坦腹卧⑦，如不闻。"郗公云:"正此好!"访之,乃是逸少,因嫁女与焉。

【注】

①郗太傅:指郗鉴。京口:古城名。故址在今江苏镇江。为东晋时长江下游的
　军事重镇。

②门生:依附世族并在其门下供役使的人。

③信:使者。即上之门生。

④白:报告,禀告。

⑤可嘉:值得赞许,可称道。

⑥矜持:庄严整饬。

⑦坦腹:露出腹部。

【译】

　　郗鉴在京口时,派门生给丞相王导送一封信去,请求在王家选一
个女婿。王导对使者说:"你到东厢房去,随你任意挑选。"门生回去
对郗鉴说:"王家的郎君们都很优秀,听说我去选女婿,个个庄重整
饬,只有一个郎君在东床上坦腹躺着,好像不知道这事似的。"郗鉴
说:"就这个好!"派人访察,原来是王羲之,于是把女儿嫁给了他。

【评鉴】

　　王羲之无意做郗家女婿,故能坦腹高卧,不料竟能入郗鉴法眼,
真所谓无意插柳啊。郗鉴之所以欣赏羲之,盖郗鉴本身即为名士,为
"兖州八伯"之一。淡于功名,行为潇洒,正与羲之同趣。《晋书》其
本传云:"博览经籍,躬耕陇亩,吟咏不倦。以儒雅著名,不应州命。"

后因时势所迫，才出而建功立名。羲之一坦，获得佳妻，郗氏不仅贤惠有志节，而且还为羲之生下七个儿子，一个女儿，七个儿子多为名士，王徽之、王献之成为王谢风流的佼佼者，而女儿王孟姜的外孙是六朝大名士、大诗人谢灵运。这个故事也给女婿这一名称增添了一个有趣的代称——东床。

雅量20

过江初，拜官舆饰供馔①。羊曼拜丹阳尹②，客来蚤者，并得佳设③，日晏渐罄④，不复及精，随客早晚，不问贵贱。羊固拜临海⑤，竟日皆美供⑥，虽晚至，亦获盛馔⑦。时论以固之丰华⑧，不如曼之真率。

【注】

①舆：皆，都。饰：备办。供馔：供给饮食。

②羊曼（274—328）：字祖延，晋泰山南城（今山东新泰）人。羊祜从孙。元帝时至尚书吏部郎、晋陵太守。后为王敦右长史。王敦败亡，代阮孚为丹阳尹。苏峻之乱，加前将军，率文武守云龙门，城陷被杀。《晋书》卷49有传。

③佳设：精良的菜肴。

④罄：尽，完。

⑤羊固：字道安，晋泰山南城（今山东新泰）人。历临海太守、黄门侍郎。

⑥美供：犹言美食。

⑦盛馔：丰盛的酒食。

⑧丰华：丰盛，奢华。

【译】

　　晋室南渡之初，凡封任官职的都要宴请宾客。羊曼任丹阳尹，客人来得早的，都能吃到精美的菜肴，到天晚时渐渐吃完了，就不再有精美的食品，任随客人或早或晚，也不管客人的身份高低。羊固任临海郡太守，整天都有精美食品接待，即或是天晚了才到，也能得到丰盛的酒食。当时人认为羊固待客的丰盛华美，还不如羊曼的真率随意。

【评鉴】

　　羊曼得自然之妙，随俗而不刻意施为，不管客人地位高低或来时早晚，都是一视同仁，早则有美食，晚则随运气，也不在乎别人的或褒或贬。羊固为了迎合所有客人，唯恐接待不周而致怨，在宴请上大下功夫保证美食，则不免有失率真。时论肯定羊曼，甚是。所谓雅量，当然指的是羊曼。

雅量21

　　周仲智饮酒醉①，瞋目还面②，谓伯仁曰③："君才不如弟，而横得重名④！"须臾，举蜡烛火掷伯仁，伯仁笑曰："阿奴火攻⑤，固出下策耳！"

【注】

①周仲智：即周嵩。嵩字仲智。

②还面：转过脸（向着周颢）。

③伯仁：即周颢。颢字伯仁。

④横（hèng）：无缘无故，没来由。

⑤阿奴：尊长对晚辈或年次者的昵称。

【译】

周嵩喝醉了，睁大眼睛转过脸向着周颢，说："你的才干不如我，却凭空获得大名！"过了一会儿，举起点着火的蜡烛向周颢扔去，周颢笑着说："阿奴用火攻，实在是下策啊！"

【评鉴】

弟弟无礼到这种地步，周颢还能笑而不计较，倒也称得上雅量。

雅量 22

顾和始为扬州从事①，月旦当朝②，未入顷③，停车州门外。周侯诣丞相，历和车边，和觅虱，夷然不动④。周既过，反还，指顾心曰："此中何所有？"顾搏虱如故⑤，徐应曰："此中最是难测地。"周侯既入，语丞相曰："卿州吏中有一令仆才⑥。"

【注】

①顾和：字君孝，少有才名。扬州从事：指做王导的从事。王导此时"拜右将军、扬州刺史、监江南诸军事"。

②月旦：农历每月初一。

③顷：时，时候。表示在某一个行为前后的时间段。

④夷然：安详平静的样子。

⑤搏虱：抓虱子。

⑥令仆才：做三公的人才。令，尚书令。仆，仆射。

【译】

顾和当初做扬州从事，月初一按例去拜见长官，还没进去，将车停在州门外。周颛去拜会王导，经过顾和车边，他正在捉虱子，安详地一动不动。周颛已经走过了，又退回来，指着顾的胸口说："这中间有些什么东西？"顾仍像刚才一样捉虱子，缓缓答应说："这中间是最难推测的地方。"周颛进去后，对王导说："你的州吏中有一个可以做三公的人才。"

【评鉴】

顾和为州从事，见周颛夷然不动，不为周官高望重而折腰，雅量非常。觅虱专注，意不他移，名士风采。古人捉虱子不仅不被鄙视，而且还被视为一种风雅行为。嵇康《与山巨源绝交书》："危坐一时，痹不得摇，性复多虱，把搔无已。"《晋书·载记·王猛》："桓温入关，猛被褐而诣之，一面谈当世之事，扪虱而言，旁若无人。"古人有很多理念，我们今天多不能接受或理解，例如沐浴，有人崇信道家学说，以为洗涤有损元气，常常有经年甚至于多年不沐浴的，如白居易《沐浴》："经年不沐浴，尘垢满肌肤。"苏辙《浴罢》："逐客例幽忧，多年不洗沐。予发栉无垢，身垢要须浴。"苏轼、苏过都有次韵诗。王安石亦经年不洗沐。经年、多年不洗浴是何感觉？特别苏辙当时是在炎天岭南的环境里，简直不敢想象！

雅量23

庾太尉与苏峻战，败^①，率左右十余人乘小船西奔，乱兵相剥掠^②，射，误中舵工，应弦而倒，举船上咸失色分散。亮不动容，徐曰："此手那可使著贼^③！"众乃安。

【注】

①"庾太尉与苏峻战"二句：咸和二年苏峻、祖约反，次年逼京师，庾亮率军与战，大败。

②剥掠：抢掠。

③著贼：射中敌人。

【译】

庾亮率兵与苏峻交战，战败了，带着十多个亲信乘小船向西逃命，乱兵前来抢掠，庾的随从射敌，误中舵工，舵工应弦而倒，全船上的人都惊惶乱窜。庾亮神色不变，缓缓地说："这样的射技哪能射中敌人！"大家才安定下来。

【评鉴】

此箭到底是哪方射的，一向有争论。我们赞同余嘉锡笺的说法，认为是庾亮的随从兵士射的。仓皇逃命中，舵工中箭，众人必然更加惊恐，庾亮从容调侃，众人的情绪自然得以舒缓。不过，庾亮本无经济之才，执政时事行多荒唐，举措失宜导致苏峻速叛，不许温峤入卫而京师陷落，而当都城陷落时弟兄先奔，见陶侃时忐忑彷徨，似都无雅量可称。此或为庾氏后人美化而言，未必真有此事。

雅量24

庾小征西尝出未还①，妇母阮，是刘万安妻②，与女上安陆城楼上③。俄顷，翼归，策良马，盛舆卫④。阮语女："闻庾郎能骑，我何由得见？"妇告翼，翼便为于道开卤簿盘马⑤，始两转，坠马堕地，意色自若。

【注】

①庾小征西：指庾翼。因其兄庾亮先尝拜征西将军，故称小征西以别之。

②刘万安：即刘绥。绥字万安，晋高平（今山东巨野）人。刘宾从子。历仕至
　骠骑长史。娶阮蕃女阮幼娥为妻，生一女，字静女，嫁庾翼。

③安陆：县名，江夏郡治所（今湖北安陆）。

④舆卫：随从，卫士。

⑤卤簿：本指帝王外出时前后的仪仗队。因需著之簿籍，故谓之卤簿。汉以
　后，后妃、太子、王公大臣皆有卤簿，各有定制。盘马：骑马盘旋。是时士
　绅们似都有此爱好，如羊祜盘马折臂（《术解》3），杨济在大夏门盘马（《方
　正》12）。

【译】

庾翼一次外出还没回来，他的岳母阮氏，是刘绥的妻子，同女儿

上安陆城楼眺望。过了一阵儿，庾翼回来了，骑着骏马，随从仪卫前呼后拥。阮氏对女儿说："听说庾郎骑术很高，我怎么才看得见？"妻子叫人告诉庾翼，庾翼就在大道上排开了仪卫骑马盘旋，刚刚两转，就掉下马来，神态自若像没事一样。

【评鉴】

庾翼号称骑术高，却在丈母娘前大丢其脸，刚盘马两转就掉了下来。好在他心态好，像没事一样。庾翼在庾氏一门，既有时誉，后世亦得好评，明锺惺评价说："东晋旷识不怵于虚名者，惟陶侃、卞壶、庾翼数人。"《晋书·庾翼传》记载："京兆杜乂、陈郡殷浩并才名冠世，而翼弗之重也。每语人曰：'此辈宜束之高阁，俟天下太平，然后议其任耳。'"堪称振聋发聩，"束之高阁"一语，成为千古名典。不过，古人云，内举不避亲，外举不避仇，批评何尝不该如此，庾翼这个"此辈"，不知把其兄庾亮算在里面没有？

雅量25

宣武与简文、太宰共载①，密令人在舆前后鸣鼓大叫，卤簿中惊扰。太宰惶怖，求下舆；顾看简文，穆然清恬②。宣武语人曰："朝廷间故复有此贤③。"

【注】

①太宰：指司马晞（316—381）。晞字道叔，晋元帝第四子。出继武陵王司马喆。经元帝至孝武九帝，至太宰。后为桓温所诬，徙死新安郡。《晋书》卷

64有传。

②穆然清恬：泰然安适。

③故复：仍然，到底。

【译】

桓温和简文、太宰司马晞同乘一辆车出行，桓温暗中叫人在车前后击鼓呐喊，仪仗队伍也惊慌不安起来。司马晞惶恐惊怕，要求下车；桓温回头看简文，简文却泰然安适好像不曾听见。桓温对人说："朝廷间到底还有这样的贤人。"

【评鉴】

程炎震认为司马晞有武干，为桓温所忌，不可能如此惶怖。程说可信。这应该是史臣在简文登基后为了谀美简文帝，轻诋司马晞而虚作故事。

雅量26

王劭、王荟共诣宣武①，正值收庾希家②。荟不自安，逡巡欲去③；劭坚坐不动，待收信还，得不定，乃出。论者以劭为优。

【注】

①王劭：字敬伦，晋琅邪临沂（今山东临沂）人。王导之子。孝武帝时至吴国内史。卒赠车骑将军。《晋书》卷65有传。王荟：字敬文，小字小奴，王导幼子。累官至会稽内史。卒赠卫将军。《晋书》卷65有传。

②庾希（？—372）：字始彦，庾冰之子，庾亮侄。废帝太和中，为北中郎将、
　徐兖二州刺史。咸安二年，因反对桓温废帝，举兵讨温，兵败被杀。《晋书》
　卷73有传。

③逡巡：坐立不安的样子。

【译】

　　王劭、王荟一起去拜会桓温，正碰上桓温派人去拘捕庾希一家。
王荟很不自在，坐卧不安想要离开；王劭坚持坐着一动不动，等到捕
人的使者回来，判定没有牵涉，才离开回去。评论的人由此认为王劭
比王荟强。

【评鉴】

　　王劭小字大奴，王荟小字小奴，当是同母兄弟。从刘孝标注引
《劭荟别传》，桓温尝称王劭为凤雏，这里的凤雏，与庞统号为凤雏的
意思全然不同，称庞统为凤雏是一种美称，认为庞统是人中凤凰，而
称王劭为凤雏则说他是"凤"的儿子，即美称王导为凤，而言王劭有
王导的风采，是小凤。盖魏晋人称赞年青人有父辈风采为有凤毛。《容
止》第二十八则："王敬伦风姿似父。作侍中，加授桓公，公服从大门
入。桓公望之曰：'大奴固自有凤毛。'"正可为此条注脚。王劭临事从
容，处变不惊，而王荟坐卧不宁，惊慌失措，当然远不及王劭。

雅量27

　　桓宣武与郗超议芟夷朝臣①，条牒既定②，其夜同宿。明晨起，

呼谢安、王坦之入，掷疏示之，郗犹在帐内。谢都无言，王直掷还，云："多。"宣武取笔欲除，郗不觉，窃从帐中与宣武言。谢含笑曰："郗生可谓入幕宾也③。"

【注】

①芟（shān）夷：芟除，除掉。

②条牒：审定，著录。

③入幕宾：进入决策帷幕的宾客。此谓参与机密的心腹。

【译】

　　桓温和郗超商量剪除一批大臣，已审定登记在册，当晚他们在一起住宿。第二天早晨起来，桓温传呼谢安、王坦之进去，将名册掷给他们看，郗超当时还在床帐内没起身。谢安一句话不说，王坦之直接丢回去，说："多了。"桓温拿笔想划掉一些，郗超不知道他们来了，暗中从帐子中与桓温说话。谢安含笑说："郗生可以说是入幕之宾了。"

【评鉴】

　　所谓入幕之宾，是当时常语，戏称可以进入决策地方的心腹。也称为入室之宾，《晋书·王濛传》："及简文帝辅政，益贵幸之，与刘惔号为入室之宾。"本则言桓温和郗超所作所为都不出谢安所料，而谢安遇事又能不动声色，处变不惊。

　　这里的"条牒"当是动词，其义为逐一审定，著录于册。

雅量28

　　谢太傅盘桓东山时①，与孙兴公诸人泛海戏②。风起浪涌，孙、王诸人色并遽③，便唱使还④。太傅神情方王⑤，吟啸不言。舟人以公貌闲意说，犹去不止。既风转急，浪猛，诸人皆喧动不坐⑥。公徐云："如此将无归⑦？"众人即承响而回⑧。于是审其量，足以镇安朝野。

【注】

①盘桓：逗留，留连。此指隐居。

②孙兴公：即孙绰。绰字兴公。泛海戏：乘船在海上游玩。

③遽：惊惶，慌张。

④唱：高声呼喊，呼叫。

⑤方王：正浓。王，通"旺"。

⑥喧动：喧哗躁动。

⑦将无归：将会回去不了。按，吕叔湘先生以为此"将无"表示"测度而意思偏于肯定的词语"（《语文杂记》）。我们以为此"将无归"是常语，只表示将会回不去了。参下评鉴。

⑧承响而回：听谢安话后坐回原处。

【译】

　　谢安在东山隐居时，与孙绰等名流乘船在海上游玩。海上起风了波涛涌起，孙绰、王羲之等人脸色都很紧张，一起呼叫回船。谢安兴致正浓，吟咏长啸也不说话。驾船的人因为谢安神态安适欢悦，仍然向前不停。过了一阵儿风转急，浪更猛，大家都惊慌扰动而不落座。谢安慢条斯理地说："这样，将回去不了？"大家闻声就立刻回原座位坐好。从这事审察谢安的器量，完全能够安定朝廷内外。

【评鉴】

此则的隔膜全在"将无归"语，《晋书·谢安传》云："尝与孙绰等泛海，风起浪涌，诸人并惧，安吟啸自若。舟人以安为悦，犹去不止。风转急，安徐曰：'如此将何归邪？'舟人承言即回。众咸服其雅量。"《晋书》把"将无归"换置为"将何归"，从训诂上是说不通的，且从前后的意思上也是矛盾的，成了谢安在指责舟子了。

后世学者对"将无"一词有多种理解，皆不够准确。我们认为，"将无归"就是常语，将不归——回去不了！盖谢安面对风浪镇定自若，游兴更高，而当风浪转急时，船上人惊惶乱动，大凡有乘船划船经验的都知道，有风浪时切忌喧动移位，否则船易失去平衡而翻。因为大家"喧动不坐"，于是谢安平静地告诉大家"如此将无归"——这样的话就回去不了——意即要葬身鱼腹了。这本来是性命攸关的事，但谢安却说得轻描淡写，好在船上都是些人中俊杰，自然一下子就明白了谢安的画外音，同时也意识到再慌乱躁动的严重后果，于是承响而回——听到谢安这话就立刻回到原位坐下。人们从谢安面对危险的从容镇定判断他有庙堂之量，能够担当大任。

雅量29

桓公伏甲设馔①，广延朝士，因此欲诛谢安、王坦之。王甚遽，问谢曰："当作何计？"谢神意不变，谓文度曰："晋祚存亡[2]，在此一行。"相与俱前。王之恐状，转见于色；谢之宽容[3]，愈表于貌。望阶趋席，方作洛生咏，讽"浩浩洪流"[4]。桓惮其旷远，乃趣解兵[5]。王、谢旧齐名，于此始判优劣。

【注】

①伏甲设馔：埋伏武士，设置筵席。

②晋祚：晋室的国运。

③宽容：镇静而从容的仪态。

④浩浩洪流：嵇康《兄秀才公穆入军赠诗十九首》之十四："浩浩洪流，带我邦畿。萋萋绿林，奋荣扬晖。鱼龙瀺灂，山鸟群飞。驾言出游，日夕忘归。思我良朋，如渴如饥。愿言不获，怆矣其悲。"

⑤趣（cù）：急，迅速地。解兵：撤兵。

【译】

　　桓温埋伏武士备办宴席，遍请朝廷百官，想要在宴会上杀掉谢安和王坦之。王坦之非常惊恐，问谢安说："应该怎么办？"谢安神色不变，对王坦之说："晋室的存亡，就看我们今天的行动。"和王坦之一并前行。王坦之惊恐的状态，更反映在脸色上；谢安的闲雅从容，也越发表现在面容上。他向着台阶大步走向座席，一边走一边模仿洛阳书生语调，吟诵着嵇康"浩浩洪流"。桓温忌惮谢安的旷达超脱，急忙把伏兵撤走了。王坦之和谢安原来名声不相上下，从这件事上终于分别出了高低。

【评鉴】

　　《晋书》和宋明帝《文章志》亦记此事，三说大同小异，主旨都是推扬谢安有过人之量，胜过王坦之。东晋名士，无论是事功还是气量，谢安皆为第一流。再，桓温从来对谢安是心存敬畏的，知其为旷世之才，起用他做了司马。在此生命攸关的时候，谢安表现得如此从容，也不免使桓温心中怵惕，怀疑谢安是不是有所安排，故不敢轻举妄动。不过，这也出于桓温自身的弱点，有时不免优柔寡断，正如朱熹说："谢安之待桓温，本无策。温之来，废了一君（海西公）。幸而要讨九锡，要理资序，未至太甚，犹是半和秀才。若他便做个二十分贼，如朱全忠之类，更进一步，安亦无如之何。"（《朱子语类·历代三》）朱熹的意思是说，桓温假如果断一些，更不要脸些，干脆利落地就篡位，谢安也没有办法，他也就成功了。这说法是不是有些道理呢？

雅量30

　　谢太傅与王文度共诣郗超，日旰未得前①。王便欲去，谢曰："不能为性命忍俄顷②？"

【注】

①日旰（gàn）：天色晚，日暮。
②俄顷：一会儿，一阵子。

【译】

　　谢安和王坦之一起去见郗超，天色已晚了还未能见到郗超。王坦之就准备回去了，谢安说："你就不能为性命忍耐一会儿？"

【评鉴】

王坦之想到自己与谢安都是大名鼎鼎的人物，无论是地位还是名声，都在郗超之前，此时却要去承受郗超的怠慢，感情上过不了这道坎，故不耐烦要离开。而谢安却能揣摩郗超的心理，料想郗超正是要借此杀杀他们二人的威风，有意拖延不见，知道降下身段才能保住性命，故有忍耐之言。于此，也可见谢安到底有庙堂之量，"大才盘盘"真不是虚誉。我们如果以谢安的雅量比较陆机不忍一时之忿硬怼卢志种下祸根（《方正》18），更当钦服谢安。

雅量31

支道林还东①，时贤并送于征虏亭②。蔡子叔前至③，坐近林公；谢万石后来④，坐小远⑤。蔡暂起，谢移就其处。蔡还，见谢在焉，因合褥举谢掷地⑥，自复坐。谢冠帻倾脱⑦，乃徐起，振衣就席，神意甚平，不觉瞋沮⑧。坐定，谓蔡曰："卿奇人⑨，殆坏我面⑩。"蔡答曰："我本不为卿面作计⑪。"其后二人俱不介意。

【注】

①还东：指东还会稽。刘孝标注引《高逸沙门传》曰："遁为哀帝所迎，游京邑久，心在故山，乃拂衣王都，还就岩穴。"

②征虏亭：在今江苏南京。晋太安中，征虏将军谢安立，因此为名。

③蔡子叔：即蔡系。系字子叔，晋陈留考城（今河南民权）人。蔡谟次子。仕

至抚军长史。

④谢万石：即谢万。万字万石。

⑤小远：稍远。

⑥合褥：连同坐垫。

⑦冠帻：帽子、头巾。

⑧瞋沮：生气沮丧。

⑨奇人：奇特的人。

⑩殆（dài）：几乎，差点儿。

⑪作计：犹言考虑，在意。

【译】

支遁要东还会稽，当时的名士们一起送他到征虏亭。蔡系先到，座位靠近支遁；谢万后来，坐得稍微远了一些。蔡系临时起来离开了一下，谢万就移坐到蔡系的位置上。蔡系回来，发现谢万坐了自己的位置，就将谢万连同坐垫举起来扔在地上，自己坐回原来的位置。谢万的帽子头巾都掉了，就慢慢爬起，抖抖衣服坐回原处，神色没有变化，不觉得生气沮丧。坐好了，才对蔡系说："你这个怪人，差点把我的脸摔坏了。"蔡系回答说："我本来就没在意过你的脸。"这以后二人都没把这事放在心上。

【评鉴】

关于此则故事的事主，余嘉锡认为当是谢安。程炎震以为应该是谢石，因为那时谢万已死。是谢安似乎更近情理。谢万虽屡见于《世说》，但一是时间对不上，二是谢万不见其有"雅量"展现。至于谢石，平生行径也很难与雅量能联系起来，《晋书》其本传云："以公事与吏部郎王恭互相短长，恭甚忿恨……石在职务存文刻，既无他才望，直以宰相弟兼有大勋，遂居清显，而聚敛无厌，取讥当世。"

雅量32

　　郗嘉宾钦崇释道安德问[1]，饷米千斛[2]，修书累纸，意寄殷勤[3]。道安答直云："损米[4]，愈觉有待之为烦[5]。"

【注】

①郗嘉宾：即郗超。超字嘉宾。释道安（313—385）：俗姓卫，常山扶柳（今河北冀州）人。与竺法汰俱师事佛图澄。后辗转至襄阳，立檀溪寺讲道。符坚慕其名，为发兵攻陷襄阳后，将他带回长安，待为上宾。后卒于长安。《高僧传》卷5有传。德问：德行声望。

②饷：赠送。

③殷勤：深切的情意。

④损米：犹言破费赐米。

⑤有待之为烦：谓有所依赖是烦恼的事。有待，有所依赖凭借。

【译】

　　郗超钦佩崇敬道安和尚的德行声望，特地送去一千斛米，写了长长的一封信，表达自己的殷切情意。道安回信只是说："你破费送来这些米，更让我觉得人生有所仰赖是烦恼的事情。"

【评鉴】

余嘉锡笺从《高僧传》五"安答书云'损米千斛'"，推论最后一句是记录者叙述语，非道安语。我们觉得，"损米，愈觉有待之为烦"则更见精神。因为对方送米且修书累纸，不看则不近乎人情，看则难免应对，比较高坐道人不作汉语，其原因是"以简应对之烦"，正与此类似。"有待"语出《庄子·逍遥游》："夫列子御风而行，泠然善也，旬有五日而后反。彼于致福者，未数数然也，此虽免乎行，犹有所待者也。若夫乘天地之正，而御六气之辩，以游无穷者，彼且恶乎待哉？"道安觉得虽然有脱俗的精神世界，但不免仍有衣食住行之需，到底不如《庄子》中的至人，故聊发感慨而已。

雅量33

谢安南免吏部尚书①，还东；谢太傅赴桓公司马②，出西。相遇破冈③，既当远别，遂停三日共语。太傅欲慰其失官，安南辄引以它端。虽信宿中涂④，竟不言及此事。太傅深恨在心未尽⑤，谓同舟曰："谢奉故是奇士⑥。"

【注】

①谢安南：即谢奉。因其曾官安南将军，故称。吏部尚书：吏部的首长。吏部为六部之一，主管官吏的任免、铨叙、考绩、升降等。

②谢太傅赴桓公司马：《晋书·谢安传》："及万黜废，安始有仕进志，时年已四十余矣。征西大将军桓温请为司马，将发新亭，朝士咸送。"司马，高级武官的属吏，主兵事。

③破冈：地名。三国吴大帝赤乌八年（245）命校尉陈勋作屯田，率兵三万，
　开凿句容（今江苏句容）至云阳（今江苏丹阳）航道，以通吴会船舰，号
　破冈渎。

④信宿：连住两夜。

⑤深恨：很遗憾。

⑥奇士：高人。

【译】

　　谢奉罢免了吏部尚书，要东还回会稽去；谢安出任桓温司马，往
西去。在破冈两人碰面了，将要远别，于是停下来闲谈了三天。谢安
要想安慰谢奉丢了官，每当想说时谢奉就转移了话题。虽然路途相逢
住了两夜，竟然一点不涉及罢官的事。谢安很遗憾心中的话没能说完，
对同船的人说："谢奉实在是个高人。"

【评鉴】

　　谢安一向以雅量为人钦服，却不免为谢奉失官而耿耿于怀，要想
安慰谢奉。没想到谢奉早将得失置之度外，不得不让谢安自愧弗如。
若论雅量不计得失，则谢奉又高出一头了。

雅量 34

　　戴公从东出①，谢太傅往看之。谢本轻戴，见，但与论琴书，
戴既无吝色②，而谈琴书愈妙。谢悠然知其量③。

【注】

①戴公：指戴逵（326—396）。逵字安道，晋谯郡铚县（今安徽濉溪）人。善鼓琴，工绘画，善雕刻。崇信佛教，著《释疑论》。为人品性高洁，常以礼度自处。《晋书》卷94有传。

②含色：不愿意的神色。

③悠然：不经意间，自然而然。

【译】

　　戴逵从会稽出行，谢安去看望他。谢安本来不太看得起戴逵，见了面，只和戴逵讨论音乐和书法。戴逵既没有一点不满的神情，并且谈论音乐和书法愈发精彩。谢安不经意间知道了戴逵的气量。

【评鉴】

　　谢安眼光甚高，很难有人能入他法眼。因为戴逵颇有时名，于是谢安前往一看究竟。本来以轻蔑的心态去接触，结果被戴逵的气量所征服。《晋书·戴逵传》云："少博学好谈论，善属文，能鼓琴，工书画，其余巧艺靡不毕综。"戴逵多才多艺，谢安善谈，为风流宗主，也以书法获时名，自然有了许多共同的话题。戴逵有如此的雅量，也就无怪高傲狂放的王子猷会雪夜去造访他了。

雅量35

　　谢公与人围棋①，俄而谢玄淮上信至②。看书竟③，默然无言，徐向局④。客问淮上利害⑤，答曰："小儿辈大破贼⑥。"意色举止，不异于常。

【注】

①围棋：下棋，下围棋。

②淮上：淮水边。信：使者。

③书：信。

④局：棋局。

⑤利害：胜负的情况。

⑥小儿辈大破贼：晋孝武帝太元七年（373），前秦苻坚大举南侵，号称百万，欲一举灭晋，"下书期克捷之日，以帝为尚书左仆射，谢安为吏部尚书，桓冲为侍中，并立第以待之"（《晋书·载记·苻坚》）。晋以谢安为征讨大都督，安遣侄玄、弟石、子琰等率军拒坚，大破苻坚军于淝水之上。《晋书·孝武帝纪》："八月，苻坚帅众渡淮，遣征讨都督谢石、冠军将军谢玄、辅国将军谢琰、西中郎将桓伊等距之。……冬十月，苻坚弟融陷寿春。乙亥，诸将及苻坚战于肥水，大破之，俘斩数万计。"

【译】

　　谢安和客人在下棋，刚下一会儿谢玄淮上前线送信的使者到了。看完了来信，谢安没有一句话，慢慢地回顾棋局。客人问淮上的战事情况，回答说："几个小孩已经把苻坚军队彻底打败了。"神态举动，和平时没有区别。

【评鉴】

　　虞世南认为近古以来，是没有人可以和谢安的文韬武略及雅量相比的。

　　淝水之战，不只在中国古代战争史上是奇迹，在世界战争史上也是了不起的战例。而是役东晋方的统帅谢安的风采更是为后世人们歌颂仰慕。唐李白《永王东巡歌》之二："但用东山谢安石，为君谈笑静胡沙。"唐温庭筠《秘书刘尚书挽歌词二首》之二："坏陵殷浩谪，春墅谢安棋。"最耐人寻味的是南宋刘克庄的《赠防江卒》之六："一炬曹瞒仅脱身，谢郎棋畔走苻秦。年年拈起防江字，地下诸贤会笑人。"

雅量36

　　王子猷、子敬曾俱坐一室①，上忽发火，子猷遽走避②，不惶取屐③；子敬神色恬然，徐唤左右扶凭而出④，不异平常。世以此定二王神宇⑤。

【注】

①王子猷：即王徽之（？—388）。徽之字子猷，晋琅邪临沂（今山东临沂）人。王羲之第五子，凝之弟，献之兄。历大司马桓温参军、车骑桓冲骑兵参军，后为黄门侍郎，弃官归家，以病终。《晋书》卷80有传。子敬：即王献之。献之字子敬。

②走避：跑开逃避。

③不惶：来不及。

④扶凭：搀扶，拉着。

⑤神宇：气宇，气度。

【译】

　　王徽之、王献之曾都坐在同一间屋子里，房子突然失火，徽之就急忙跑走，连木屐都顾不上穿；献之脸色恬静，慢慢叫随从搀扶着自己走出去，和平时行径一样。世人从这事来评定他们弟兄的风度器宇。

【评鉴】

　　遇事从容，可见器宇。从来品评，皆以为王献之在羲之诸子中为最。如果把这一则王徽之的表现与《简傲》中的答桓冲问联系起来看，我们觉得王徽之有时也是在"装酷"！遇到失火，就狼狈逃命，酷不起来了。当然，这里也不排除献之冷静从容，瞬息之间，已作出了"不必慌张"的判断，而王徽之则忙中失断了。

雅量37

　　苻坚游魂近境①，谢太傅谓子敬曰："可将当轴了其此处②。"

【注】

①游魂：浮游的鬼魂。言其死期不远。此代指苻坚的大军。这是对敌人的蔑称。

②当轴：处于（政局）的中枢地位。指执政或居要职者。这里是指苻坚，因为苻坚亲自率兵南侵。了：了结，消灭掉。谢安的话等于说，不管谁来，这里就是他的葬身之所。

【译】

符坚南侵的军队进逼边境，谢安对王献之说："可以就在这儿把符坚消灭掉。"

【评鉴】

百万雄兵压境，而谢安视若无物，且云要将符坚消灭，何等气概！也难怪谢安英名千古流传。

此处之"游魂"，是诅咒语，用以形容对方是鬼魅，是行尸走肉。此为魏晋六朝常语，而多有未解。《三国志·魏书·杜恕传》："若二贼游魂于疆埸，飞刍挽粟，千里不及。"《宋书·王镇恶传》："近北虏游魂，寇掠渭北，统率众军，曜威扑讨。"再，当轴一词，也屡见隔膜，当轴，犹言当权、执政。如：《宋书·武帝纪中》："公当轴处中，率下以义，式遏寇仇，清除苟慝。"《南史·刘暄传》："暄为人性软弱，当轴居政，每事让江祏。"

雅量38

王僧弥、谢车骑共王小奴许集[①]，僧弥举酒劝谢云："奉使君一觞[②]。"谢曰："可尔。"僧弥勃然起，作色曰[③]："汝故是吴兴溪中钓碣耳[④]，何敢诪张[⑤]！"谢徐抚掌而笑曰："卫军[⑥]，僧弥殊不肃省[⑦]，乃侵陵上国也[⑧]。"

【注】

①王僧弥：即王珉。珉小字僧弥。谢车骑：指谢玄。谢玄死后追赠车骑将军，

故称。王小奴：即王荟。荟字敬文，小字小奴。王导幼子。

②使君：谢玄曾为徐州刺史，汉魏而下习称州郡长官为使君。

③作色：变了脸色，发怒。

④钓碣：蹲在石旁的钓鱼汉。按，玄好钓鱼，故以此讥之。《太平御览·资产部·钓》引谢玄《与兄书》："居家大都无所为，正以垂纶为事。"

⑤诪（zhōu）张：猖狂，跋扈。

⑥卫军：指王荟。荟死后赠卫军将军，故称。按，"卫军将军"为王荟死后赠官，杨勇先生《校笺》以为当作"镇军"，王荟尝进号镇军将军。

⑦肃省：犹言检点，收敛。

⑧上国：春秋时视中原各国为礼仪之邦，称上国，吴、楚诸国则被蔑称为蛮夷。因为王珉无礼蛮横，故谢玄暗中以蛮夷侵陵中原目之。

【译】

　　王珉、谢玄一齐在王荟那儿集会，王珉举酒敬谢玄说："敬使君一觞。"谢玄说："好啊。"王珉突然站起，声色俱厉地说："你不过是吴兴溪中蹲在石头上的一个钓鱼汉罢了，凭什么猖狂？"谢玄拍手大笑道："卫军，僧弥太不谨慎检点啊，竟然侵侮中原！"

【评鉴】

　　谢玄正因其量过人，故能巧对于庭户之间，却敌于疆场之上。王珉虽也优秀，但较之谢玄，未免相差太远，不过因他是名相王导之孙，门第高华，故心里看不起新出门户的谢玄，尽管谢玄立下盖世功勋。面对王珉的嚣张，谢玄一笑置之，更见其胸襟的阔大和临事的从容。也只有这样的胸襟和气量，才称得上是国家的栋梁，才会面对号称百万的前秦大军而视之蔑如，战而胜之。再，有意思的是，谢玄对王荟说王珉"不肃省"，等于间接讽刺王荟没把侄儿教育好，也等于骂王珉没家教。谢玄善言辞，《世说》中所在多有。可参见相关条目。

雅量39

　　王东亭为桓宣武主簿[1]，既承藉[2]，有美誉，公甚敬其人地[3]，为一府之望[4]。初见谢失仪[5]，而神色自若。坐上宾客即相贬笑[6]，公曰："不然。观其情貌，必自不凡[7]，吾当试之。"后因月朝阁下伏[8]，公于内走马直出突之[9]，左右皆宕仆[10]，而王不动。名价于是大重，咸云："是公辅器也[11]。"

【注】

①王东亭：即王珣。王导之孙，王洽之子。以讨袁真功封东亭侯，故称。

②承藉：承续家族的地位。

③人地：人品和门第。因其为世家子弟，故云。

④望：人望，名声最大者。

⑤见谢：拜见桓温。谢，拜见。见，指代桓温。

⑥相贬笑：讥笑他，嘲笑他。相，指代王珣。

⑦必自：必然。自，后缀。

⑧月朝：农历初一属吏例行拜会长官。

⑨走马：跑马。直出：径直闯出。

⑩宕仆：惊慌逃避而跌倒。

⑪公辅器：可作三公或宰辅的人才。公，三公。辅，宰辅。

【译】

王珣做桓温主簿，本身继承家族的尊贵，而且有美好的名声，桓温很敬重他的人品门第，是温府属中的杰出人才。当初拜见桓温有失礼仪，但是神色自然。座上宾客就笑话贬低他，桓温说："不一定像你们所说。我观察他的神情仪表，一定不是平庸的人，我要亲自测试。"后月朝时大家在阁下等候，桓温从阁内骑马径直冲了出来，其他人都惊慌逃避而仆倒，只有王珣丝毫不动。于是王珣的名声地位大大提高，大家都称赞王珣："是做三公宰辅的人才。"

【评鉴】

初见谢失仪，不以为意，知其对得失不斤斤于心；面对突发危险，而夷然无所畏惧，见其应变能力。处变不惊之人，必能经营大事。由此可见桓温有过人的眼光。《晋书·王珣传》云："珣转主簿，时温经略中夏，竟无宁岁，军中机务并委珣焉。文武数万人，悉识其面。"王珣真也是一位了不起的天才。再，王珣曾为谢万的女婿，后离婚两家结怨，谢安去世后王珣前去哭吊，也是难能可贵（参《伤逝》15）。

雅量40

太元末①，长星见②，孝武心甚恶之③。夜，华林园中饮酒④，举杯属星云⑤："长星，劝尔一杯酒⑥，自古何时有万岁天子！"

【注】

①太元：晋孝武帝司马曜年号（376—396）。

②长星：即彗星。古以为彗星现为不吉之兆。

③恶：厌恶。

④华林园：宫苑名。在江苏南京鸡鸣山南古台城内。

⑤属（zhǔ）：敬，劝。

⑥劝：敬（酒）。

【译】

　　太元末年，彗星出现，孝武帝心中很是不悦。晚上，在华林园中饮酒，举起酒杯敬彗星说："彗星，敬你一杯酒，从古至今哪里有万年的天子！"

【评鉴】

　　孝武天资聪明，有人主之量，在位时平衡几大家族间势力，收归皇权，一时大有兴旺气象。可惜后来沉溺酒色，亲近群小，结果竟死于宠妃张贵人之手。此事明言太元末年，盖孝武心知国势不振，大限将至，然而又不能自拔，故无奈而作通达状。归入《雅量》，似不可取。

雅量41

　　殷荆州有所识作赋①，是束皙慢戏之流②，殷甚以为有才，语王恭："适见新文，甚可观。"便于手巾函中出之③。王读，殷笑之不自胜；王看竟，既不笑，亦不言好恶，但以如意帖之而已④。殷怅然自失。

【注】

①殷荆州：指殷仲堪。因其曾为荆州刺史，故称。有所识：指朋友。

②束皙（261？—300？）：字广微，晋初阳平元城（今河北大名东）人。张华曾召为掾，又被司空、下邳王司马晃征辟。赵王司马伦为相国，请为记室。皙辞疾罢归，教授门徒。著有《饼赋》等。《晋书》卷51有传。慢戏：（随意）戏谑。按，"束皙慢戏"指其所作《饼赋》之类戏谑徘谐辞赋。

③手巾函：古人用来放置手巾等杂物的贴身袋子。

④如意：古之爪杖。由骨、角、玉、竹或金属制成。脊背有痒，手所不到，用以搔抓，可如人意，因而得名。魏晋六朝之僧徒讲经及士人清谈，好持此物以助指划，遂为风雅玩器。帖：压住。

【译】

殷仲堪有一个朋友写了赋，赋是束皙慢戏那种风格，殷认为很有才华，对王恭说："前不久见了一篇新作，很值得一看。"就从手巾袋子中拿了出来。王恭在读，殷仲堪笑得自己都把持不住；王恭看完了，既不笑，也不评论好坏，只是用如意压在上面罢了。殷仲堪不禁怅然若失。

【评鉴】

文章品第，各有好恶。殷以为好，而王恭不以为然，言好则违心，讥评则败兴。褒贬自在心中而不形于色，故称其为雅量。

雅量42

羊绥第二子孚①，少有俊才，与谢益寿相好②。尝蚤往谢许，未食。俄而王齐、王睹来③，既先不相识，王向席有不说色④，欲使羊去。羊了不眄⑤，唯脚委几上⑥，咏瞩自若⑦。谢与王叙寒温数语毕⑧，还与羊谈赏，王方悟其奇，乃合共语。须臾食下，二王都不得餐⑨，唯属羊不暇⑩。羊不大应对之，而盛进食，食毕便退。遂苦相留⑪，羊义不住⑫，直云："向者不得从命，中国尚虚⑬。"二王是孝伯两弟⑭。

【注】

①羊绥：字仲彦。以清淳简贵被时人称赞。孚：字子道，历仕太学博士、兖州别驾、太尉记室参军。

②谢益寿：即谢混。混小字益寿。

③王齐：即王熙。熙字叔和，小字齐，东晋太原晋阳（今山西太原）人。王恭弟。娶孝武帝鄱阳公主，官太子洗马。早卒。王睹：即王爽。爽小字睹，王恭弟。

④向席：望着座席。

⑤了不眄（miǎn）：全不看（二王神色）。

⑥委：放置，搁。

⑦咏瞩：吟咏张望。

⑧叙寒温：寒暄，应酬。

⑨不得：不能。

⑩属：请，劝。

⑪苦：竭力，极力。相留：留他（羊）。相，指代羊孚。

⑫义：执意，坚决。

⑬中国：戏言肚子。古人认为中国居天下之中，而肚子为一体之中，故羊孚以

作譬。

⑭孝伯：指王恭。恭字孝伯。

【译】

羊绥次子羊孚，年少时就才华出众，和谢混相友好。曾经一早到谢混家，还没吃饭。过了一阵王齐、王睹来了，他们本来原先不认识，王氏弟兄望着座席有不高兴的神色，想要让羊孚走。羊孚看也不看二王，只是把脚放在几上，随意吟咏张望。谢混与二王弟兄寒暄敷衍了几句，就回头和羊孚谈论玩赏，二王才明白羊孚非同一般，于是一起聊谈。一会儿饮食端上来了，二王自己几乎不吃，总是不停地请羊孚吃。羊孚不大和他们说话，只是尽力吃东西，吃完了就告辞。二王再三挽留羊孚，羊孚坚决要走，只是说："先前没有依从二位离开的原因，是肚子饿着。"二王，是王恭的两个弟弟。

【评鉴】

二王前倨后恭，然而羊孚皆处之泰然，视其蔑如。末后调侃一句，因肚子饿忍着，肚子饱了就离开，和你们没关系。其实此则归于《雅量》也不太合适，谁雅量？羊孚恃才傲物，全不给别人留地步，与雅量不沾边；二王始则目中无人，继则屈己求交，弄得前后受辱，狼狈不堪，更与雅量无涉。归于《简傲》似较合适。简傲者，羊孚也。

料事如神的人，难道有全息视角吗

识鉴第七

识鉴，并列式双音词。识，指对世事、对形势的判断、认识、见解。鉴，本意为镜子。通常镜子是用以自照的，而《世说》此门的鉴，是说鉴的主体即某一个人物犹如一面镜子，能够准确地洞见客体（这客体包括了人、事），让客体在自己的判断中如合符节。即对人、事的认知、预见精准。识、鉴同义连文。在古代史籍中，关于识鉴的例子不少，如《左传·文公元年》："初，楚子将以商臣为太子，访诸令尹子上。子上曰：'君之齿未也，而又多爱，黜乃乱也。楚国之举，恒在少者。且是人也，蠭目而豺声，忍人也，不可立也。'"再，《汉书·王莽传》："是时有用方技待诏黄门者，或问以莽形貌，待诏曰：'莽所谓鸱目虎吻，豺狼之声者也。故能食人，亦当为人所食。'"本门的潘滔评鉴王敦，就直接是此二处的翻版。东汉末到魏晋，天下大乱，英雄蜂起，个人的生存发展往往取决于归属对象，所以鉴识人物至关重要，因而识鉴便成为一种时尚，本门便从不同角度反映了这一主题。

本门共二十八则，属于"识"的只有两则，分别是山涛以为不可去武备，石勒知不可立六国后。其他则全是"鉴"，除了周嵩对自己弟兄的自知一条外，其余是对别人的认识，且后来的结果都应验了鉴者先前的预言。例如乔玄知曹操于少时；王衍总角时便玲珑剔透，让人一见便生爱慕，高明如山涛，尚有生儿当如王夷甫之叹，而羊祜却目光独到，知乱天下必是王衍；以及王应的临难判断等。这些都表现出鉴者有清醒的头脑、非凡的目光。我们在服膺王应认知洞明之余，却也不免因其父糊涂而父子同沉于江而太息。

识鉴1

曹公少时见乔玄①，玄谓曰："天下方乱，群雄虎争，拨而理之，非君乎？然君实是乱世之英雄，治世之奸贼②。恨吾老矣③，不见君富贵，当以子孙相累④。"

【注】

①乔玄（110—184）：字公祖，东汉末梁国睢阳（今河南商丘）人。桓帝末，玄为度辽将军。灵帝时至司徒。光和元年迁太尉。《后汉书》卷51有传。

②治世：太平之世。

③恨：遗憾。

④相累：托付给你。相，指代曹操。

【译】

曹操年轻时拜见乔玄，乔玄对他说："而今天下大乱，英雄们像老虎抢食一样争夺天下，能够匡正天下而治理它，应该就是你吧？不过你实在是乱世时的英雄，是治世时的奸贼。遗憾的是我年纪大了，看不见你富贵显达那一天了，我要把子孙托付给你。"

【评鉴】

关于识曹操为英雄，各书记载不同。要之，皆谓识者有眼光，能发现曹操于微时。所谓乱世英雄，治世奸贼，这个评价倒是非常贴切的。这是从曹操向来野心勃勃、不甘人下的个性特点而得出的结论。《三国志·魏书·武帝纪》曰："太祖少机警，有权数，而任侠放荡，不治行业。"说白了，就是曹操聪明过人，有谋略，喜欢做行侠仗义的事，恣意放任，不修品行，不治产业。陈寿这几句话算是精准刻画出了曹操的本来面目。

识鉴2

曹公问裴潜曰[①]："卿昔与刘备共在荆州[②]，卿以备才如何？"潜曰："使居中国[③]，能乱人[④]，不能为治；若乘边守险[⑤]，足为一方之主。"

【注】

①裴潜（？—244）：字文行，三国魏河东闻喜（今山西闻喜）人。裴秀父。魏武帝定荆州，以为参丞相军事。文帝即位，历散骑常侍、荆州刺史，赐爵关内侯。明帝时为尚书，封清阳亭侯。卒，追赠太常，谥贞侯。《三国志》卷23有传。

②刘备（161—223）：字玄德，汉幽州涿郡涿县（今河北涿州）人。参与镇压黄巾军，以功授安喜尉。前后依附公孙瓒、曹操、袁绍、刘表等诸侯。赤壁战后引兵入蜀，自立为"汉中王"，于221年称帝，国号汉，年号章武。夷陵之战败后，病逝于白帝城。谥昭烈皇帝。《三国志》卷32有传。

③中国：中原地带。

④乱人：当为乱民，疑为唐人避李世民讳改。

⑤乘边守险：盘踞边鄙，扼守险要之地。

【译】

　　曹操问裴潜说："你从前曾和刘备在荆州共事，你觉得刘备的才干怎么样？"裴潜说："如果让他统治中原地区，会造成混乱，没能力治理；如果让他在边鄙地方踞险立国，也能成为一方的君主。"

【评鉴】

　　余嘉锡认为这一段问答距离刘备取蜀已经很久了，其时当在曹刘汉中之战时，裴潜不过是根据形势而对未来进行推测，说不上识鉴有多高明。

识鉴3

　　何晏、邓飏、夏侯玄并求傅嘏交①，而嘏终不许②。诸人乃因荀粲说合之③，谓嘏曰："夏侯太初一时之杰士，虚心于子④，而卿意怀不可交⑤。合则好成，不合则致隙。二贤若穆⑥，则国之休⑦，此蔺相如所以下廉颇也⑧。"傅曰："夏侯太初志大心劳⑨，能合虚誉，诚所谓利口覆国之人⑩。何晏、邓飏有为而躁⑪，博而寡要⑫，外好利而内无关钥⑬，贵同恶异⑭，多言而妒前⑮，多言多衅⑯，妒前无亲。以吾观之，此三贤者皆败德之人尔，远之犹恐罹祸⑰，况可亲之邪？"后皆如其言。

【注】

①邓飏（？—249）：字玄茂，三国魏南阳新野（今河南新野）人。汉邓禹之后。明帝时为尚书郎，除洛阳令，后因事免官。后累官至颍川太守，迁侍中尚书。《三国志》卷9有传。夏侯玄：曹爽姑姑之子。司马氏诛杀曹爽，李丰等人密谋刺杀司马师，改以夏侯玄代之。事泄，被夷灭三族。傅嘏：字兰硕。司马氏任为河南尹，迁尚书。主张"才性同"，善谈虚胜。

②不许：不同意。

③荀粲：荀彧少子。好老庄，善谈玄理。说合：从中介绍，将双方说到一起。

④虚心：谦虚，不自以为是。

⑤意怀：意愿，内心。

⑥穆：辑穆，和好。

⑦休：福分，福气。

⑧蔺相如：战国赵人。赵惠文王得楚和氏璧，秦昭襄王欲以十五城交换，蔺相如请命奉璧前往秦国，据理力争，终得完璧归赵。陪同赵孝成王赴渑池之会，维护了赵王的尊严，以功拜为上卿，位在廉颇之上。廉颇不服气，想当众羞辱他，蔺相如以国家为重，再三退避。廉颇醒悟后，肉袒负荆请罪，二人遂成刎颈之交。廉颇：战国赵将。赵惠文王十六年，率师破齐，取晋阳，拜为上卿。长平之战，坚壁固守三年，使秦师老而无功。后秦施反间之计，以赵括代廉颇领军，赵国大败。悼襄王立，颇不得志，愤而奔魏。后卒于寿春。二人事详见《史记·廉颇蔺相如列传》。

⑨志大心劳：志向远大，思虑过多。

⑩利口覆国之人：语本《论语·阳货》："恶利口之覆邦家者。"何晏集解引孔安国曰："利口之人，多言少实，苟能悦媚时君，倾覆国家。"

⑪有为而躁：有所作为但心浮气躁。

⑫博而寡要：学问广博而不得要领。语出《史记·太史公自序》："夫儒者以六艺为法。……故曰博而寡要，劳而少功。"

⑬内无关钥：内心没有约束，不检点。关钥，门闩和锁钥。用来比喻约束。

⑭贵同恶异：喜欢和自己看法一致的人，讨厌与自己观点不同的人。

⑮妒前：妒嫉比自己强的人。

⑯衅：失误，漏洞。

⑰罹祸：遭遇灾祸。

【译】

何晏、邓飏、夏侯玄都想要和傅嘏交往，而傅嘏始终不愿意。几人就请荀粲去从中撮合，荀粲对傅嘏说："夏侯太初也是当今杰出的人才，对你很谦虚，而你却不愿意和他交往。你们和好就会成为朋友，不和好就会产生矛盾。你们这两个贤人和睦了，这就是国家的福分，廉颇愿意对蔺相如谦下就是这个原因。"傅嘏说："夏侯太初志向远大，思虑过多，能够获得世俗的推扬，但实在是辩才出众却往往倾覆国家的人。何晏、邓飏有能力而生性浮躁，学识广博却未得精要，在外喜欢财利而内心没有准则，喜欢和自己看法一致的人，排斥持不同观点的人，喜欢议论而嫉妒比自己强的人，话多了就会多失误，嫉妒比自己强的人就会没有真正的朋友。就我看来，这三个所谓贤才都不过是败坏道德的人罢了，离他们远远的还害怕受牵连，何况亲近他们？"后来三个人的结局和傅嘏的预料相同。

【评鉴】

关于此故事，余嘉锡做过详细考证，认为出自傅玄《傅子》，皆诬妄不实之词，傅嘏为司马氏死党，而傅玄为傅嘏堂弟，此为傅玄美化其兄而贬低何、邓等而已。不过，余嘉锡多从顺逆的眼光看问题，对司马氏一党没有好感。或许是因为傅嘏是司马氏心腹，而夏侯玄、何晏等皆为曹爽死党，两个阵营的人，怎么可能交结。从《三国志》傅嘏本传看，其人谙习礼法，精通典制，内能匡正朝纲，外可谋划军事。陈寿评傅嘏云："傅嘏用才达显云。"多少带着偏见，为此裴松之愤愤不平地说："臣松之以为傅嘏识量名辈，寔当时高流。而此评但云用才达显，既于题目为拙，又不足以见嘏之美也。"《世说》所取材料驳杂，论者亦因立场好恶观点各异，读时当参考众说而求正解，此为一典型案例。

识鉴4

晋武帝讲武于宣武场①，帝欲偃武修文②，亲自临幸，悉召群臣。山公谓不宜尔③。因与诸尚书言孙、吴用兵本意④，遂究论⑤。举坐无不咨嗟⑥，皆曰："山少傅乃天下名言。"后诸王骄汰⑦，轻遘祸难⑧。于是寇盗处处蚁合⑨，郡国多以无备不能制服，遂渐炽盛⑩，皆如公言。时人以谓"山涛不学孙、吴，而暗与之理会"⑪。王夷甫亦叹云⑫："公暗与道合。"

【注】

①宣武场：魏晋时洛阳操场名。

②偃武修文：停息武备，倡导文教。

③山公：指山涛。因入晋后拜太子少傅，故下称山少傅。不宜尔：不应该如此——即偃武修文。

④孙、吴：指孙武与吴起。孙武，春秋齐人，以兵法见吴王阖庐，吴王用为将，西破强楚，北威齐、晋。有《兵法》十三篇传世。吴起，战国卫人，善用兵。历仕鲁、魏。后被谗奔楚，受楚悼王重用，任令尹，南平百越，北却三晋，西伐秦。楚悼王死，为贵戚大臣射杀。有《吴子》六篇传世。详见《史记·孙子吴起列传》。

⑤究论：深入阐释，全面评判。

⑥咨嗟：叹息。

⑦骄汰：骄奢淫逸。

⑧遘（gòu）：构成，造成。祸难：灾难。指晋惠帝时的八王之乱。晋武帝司马炎代魏，大封宗室，欲以固晋根本。武帝死，汝南王亮、楚王玮、赵王伦、齐王冏、成都王颖、长沙王乂、河间王颙、东海王越为争夺政权先后起兵，互相攻伐，凡历时十六年之久，天下大乱，民不聊生，异族乘机入侵，西晋也随之灭亡。

⑨蚁合：像蚂蚁那样聚在一起，形容人密集众多。

⑩炽盛：火势猛烈。因比喻声势浩大，势头猖獗。

⑪理会：见解相合。

⑫王夷甫：即王衍。衍字夷甫。

【译】

晋武帝在宣武场讲习武备，他想要停止武备而倡扬文治，亲自到场，把朝臣们都召聚起来讨论。山涛认为不应该这样。趁机与几位尚书讲解孙子、吴起他们的用兵本意，并深入阐释其中的道理。在座的人没有不称赞叹服的，都说："山少傅的话是天下至理名言。"后来晋室诸王傲慢奢侈，肆意发动祸难。于是处处寇盗如蚁群聚合，州郡和封国大都因为缺乏武备而不能平定，祸乱渐次愈演愈烈，情况和山涛当初的忧虑完全吻合。当时人们认为"山涛不学孙、吴，而暗中和孙、吴的见解相合"。王衍也赞叹说："山公的看法与道理暗合。"

【评鉴】

晋武帝以为天下太平，不再武备，从此刀枪入库，马放南山。山涛则以为不可去兵，盖预见他日之患。可惜晋武帝是时利令智昏，唯喜谄媚谀佞之词，听不进直臣忠耿之言。封宗室、立惠帝、出齐王，昏招迭出，加之荒淫无度，终致后来晋室分崩，生灵涂炭。

识鉴5

王夷甫父乂^①，为平北将军，有公事，使行人论^②，不得。时夷甫在京师，命驾见仆射羊祜、尚书山涛^③。夷甫时总角，姿才秀异^④，叙致既快^⑤，事加有理，涛甚奇之。既退，看之不辍，乃叹曰："生儿不当如王夷甫邪^⑥？"羊祜曰："乱天下者，必此子也。"

【注】

①乂：即王乂，字叔元。

②行人：使者。

③仆射：尚书令副职。羊祜泰始初为尚书右仆射。

④秀异：优秀出众。

⑤叙致：陈说事情（的始末）。快：畅快。

⑥不当：不应该。此以反问形式而肯定王衍优秀。

【译】

王衍父亲王乂，官任平北将军，有公事，派使者去处理，没解决好。当时王衍在京城，驾车去见仆射羊祜、尚书山涛。那时王衍还年幼，姿才优秀出众，叙述非常流畅，理由又很充分，山涛非常赞赏他。王衍告退离开后，山涛还一直看他，又叹息说："生儿子不应该像王衍吗？"羊祜说："将来淆乱天下的人，一定是这家伙。"

【评鉴】

王世懋云："羊公识更高于巨源。"是也，晋室之不振，正如桓温所云："遂使神州陆沉，百年丘墟，王夷甫诸人不得不任其责。"有趣也可悲的是，《晋书·载记·石勒》云："年十四，随邑人行贩洛阳，倚啸上东门。王衍见而异之，顾谓左右曰：'向者胡雏，吾观其声，视有奇志，恐将为天下之患。'驰遣收之，会勒已去。"这段话说王衍看见十四岁的石勒时，就断言石勒将成为天下的祸胎，要准备杀掉石勒而没来得及。看来王衍是能知人而不自知啊！结果王衍死于石勒之手。

识鉴6

潘阳仲见王敦小时①，谓曰："君蜂目已露②，但豺声未振耳③。必能食人④，亦当为人所食。"

【注】

①潘阳仲：即潘滔（？—311）。滔字阳仲，晋荥阳（今河南荥阳）人。潘尼侄。永嘉末为河南尹。

②蜂目：像胡蜂一样的目光。

③豺声：像豺狼一样的声音。

④食人：吃人。形容人凶残暴虐。

【译】

　　潘滔见到小时的王敦，对王敦说："你毒蜂样的目光一望可见，只是豺狼之声还不太明显。你一定能够吃人，但也将被别人吃掉。"

【评鉴】

　　《左传·文公元年》记载："初，楚子将以商臣为太子，访诸令尹子上。子上曰：'君之齿未也，而又多爱，黜乃乱也。楚国之举，恒在少者。且是人也，蠭目而豺声，忍人也，不可立也。'"《汉书·王莽传》："是时有用方技待诏黄门者，或问以莽形貌，待诏曰：'莽所谓鸱目虎吻，豺狼之声者也。故能食人，亦当为人所食。'"《王莽传》本《左传》而有所发挥，潘阳仲语则全袭用《王莽传》。

识鉴7

　　石勒不知书①，使人读《汉书》。闻郦食其劝立六国后②，刻印将授之，大惊曰："此法当失，云何得遂有天下③！"至留侯谏④，乃曰："赖有此耳！"

【注】

①石勒（274—333）：字世龙，上党武乡（今山西榆社）人。羯族，十六国后

赵创立者。乘"八王之乱",率众起事,后渐成割据势力。咸和五年（330）

称帝,改元建平。石勒雅好文学,虽在军旅之中,常令儒生读《春秋》《史》

《汉》诸传。卒,谥号明皇帝。《晋书》卷104—105有载纪。

②郦食其:秦末陈留高阳（今河南杞县）人。刘邦至高阳,郦献计攻克陈留,

　因封广野君。后游说齐王田广归汉,田遂罢兵守战备。韩信听闻郦生不战

　而下齐七十余城,率兵袭齐,田广以为郦食其出卖自己,烹杀了他。《史记》

　卷97有传。《汉书·高帝纪》:"项羽数侵夺汉甬道,汉军乏食,与郦食其谋

　桡楚权。食其欲立六国后以树党,汉王刻印,将遣食其立之。以问张良,

　良发八难,汉王辍饭吐哺曰:'竖儒!几败乃公事!'令趋销印。"

③云何:怎么能,为什么。

④留侯:即张良。张良谏,详见《汉书·张良传》。

【译】

　　石勒不识字,叫人读《汉书》给他听。当听到郦食其劝刘邦分立
六国后裔为王,已经刻了印信准备封立时,大惊说:"这办法是败着,
为什么竟然能统一天下!"到听到张良的谏止,又说:"幸亏有留侯这
番话劝阻!"

【评鉴】

　　石勒虽不识字,但聪明过人,屡经战阵,深识兵机,故能所向披
靡。虽不知书,而使人读《汉书》等史籍,善于从刘邦的成功经验中
领悟玄机,甚至亦步亦趋地向刘邦以及其他汉代人物学习。例如,他
年少时经常被李阳欺负,称帝后找到李阳,一笑化恩仇,还让李阳
做了官。石勒处理同李阳的过节,岂不是同韩信对当初让自己出胯

下的屠中少年一样？"召辱己之少年令出胯下者，以为楚中尉。"（《史记·淮阴侯列传》）石勒以张宾为谋主，言听计从，如刘邦之待张良。尤其难能可贵的是，石勒虽称帝，但头脑清醒，有自知之明，别人恭维他是有史以来最英明的皇帝，他却说，如果和刘邦同时，自己甘心为刘邦驱使，做一个韩信、彭越类的大将；如果和光武刘秀同时，就要和刘秀逐鹿天下。而且说，自己做事要光明磊落，决不像曹操、司马懿一样欺负人家孤儿寡妇。

识鉴8

卫玠年五岁，神衿可爱①。祖太保曰②："此儿有异，顾吾老③，不见其大耳！"

【注】

①神衿：仪态神采。

②祖太保：指卫玠祖父卫瓘。卫瓘（220—291），字伯玉，晋初河东安邑（今山西运城）人。卫恒父，卫玠祖。仕魏至侍中、廷尉卿。以镇西军司随监邓艾、钟会伐蜀，平定钟会叛乱，杀死邓艾。入晋，进爵为公。后为杨骏毁谤，以太保逊位。为贾后矫诏诛杀。《晋书》卷36有传。

③顾：只是，但是。

【译】

卫玠才五岁时，仪态神采出众可爱。他的祖父太保卫瓘说："这小孩不同寻常，可惜我年纪大了，看不到他长大有成就的时候了。"

【评鉴】

卫玠风姿俊秀，聪明过人，其祖寄予厚望。可惜未见大成，二十七岁即谢世了，人固不可以无年，可叹！又，卫瓘这一年即为贾后所杀。

识鉴 9

刘越石云[①]："华彦夏识能不足[②]，强果有余[③]。"

【注】

①刘越石：即刘琨。琨字越石。

②华彦夏：即华轶（？—311）。轶字彦夏，华歆曾孙。初为博士，累迁散骑常侍。永嘉中，历振威将军、江州刺史。后为卫展、周广袭杀。《晋书》卷61有传。识能：见识与才能。

③强果：强横果敢。

【译】

刘琨评论说："华轶见识才能有限，强横果敢有余。"

【评鉴】

《晋书·华轶传》记载："轶在州甚有威惠，州之豪士接以友道，得江表之欢心，流亡之士赴之如归。时天子孤危，四方瓦解，轶有匡天下之志，每遣贡献入洛，不失臣节。"华轶博学而不知时变，看不清天下形势，不附元帝，终为元帝击灭。其识见不如陶侃、刘琨等远矣。此则是赞赏刘琨有先见之明。刘琨本为英雄，亦善识人才，如信重温峤，后来温峤成为中兴名臣中之翘楚。

识鉴10

　　张季鹰辟齐王东曹掾[①]，在洛，见秋风起，因思吴中菰菜羹、鲈鱼脍[②]，曰："人生贵得适意尔[③]，何能羁宦数千里以要名爵[④]？"遂命驾便归。俄而齐王败，时人皆谓为见机[⑤]。

【注】

①张季鹰：即张翰。翰字季鹰，晋吴郡吴（今江苏苏州）人。有清才，善属文，纵任不拘，时人号为"江东步兵"。齐王司马冏辟为大司马东曹掾，以思莼鲈之由，辞归。《晋书》卷92有传。齐王：指司马冏。东曹掾：东曹长官。掌管选举进谒之事。

②菰菜羹：煮熟的带汁菰菜。鲈鱼脍：用鲈鱼做的脍。脍，细切的鱼肉。

③适意：称心，合意。

④羁宦：旅居他乡为官。名爵：名声爵位。

⑤见机：预见形势。

【译】

　　张翰被任命为齐王司马冏的东曹掾，在洛阳，看见秋风初起，于是想到吴中的菰菜羹、鲈鱼脍，说："人生最珍贵的是开心，怎么能在离家几千里外去追求名声爵位？"于是就驾车回归故乡。不久齐王就败死了，当时人们觉得张翰是已预先看清了形势。

【评鉴】

　　张翰知机，避祸保身，古往今来，多少咏叹，最有名者莫过于唐李白《行路难》之三："吾观自古贤达人，功成不退皆殒身。子胥既弃吴江上，屈原终投湘水滨。陆机雄才岂自保，李斯税驾苦不早。华亭鹤唳讵可闻，上蔡苍鹰何足道？君不见吴中张翰称达生，秋风忽忆江东行。且乐生前一杯酒，何须身后千载名。"诗歌赞赏张翰知机识务，明哲保身，而慨叹伍员、屈原、李斯、陆机弟兄不知保身之道或满盈则亏的道理而枉送了性命。清文廷式《纯常子枝语》卷五："季鹰真可谓明智矣。当乱世，唯名为大忌。既有四海之名而不知退，则虽善于防虑，亦无益也。季鹰、彦先皆吴之大族。彦先知退，仅而获免。季鹰则鸿飞冥冥，岂世所能测其浅深哉？陆氏兄弟不知此义，而干没不已，其沦胥以丧，非不幸也！"意思是说乱世切忌名声太大，张翰知机，故能全生命于乱世，而陆机弟兄不懂进退，结果死于非命。

识鉴11

　　诸葛道明初过江左[1]，自名道明，名亚王、庾之下[2]。先为临沂令[3]，丞相谓曰："明府当为黑头公[4]。"

【注】

①诸葛道明：即诸葛恢。恢字道明，诸葛诞之孙，诸葛靓之子。

②王、庾：王导和庾亮。

③临沂令：临沂县令。临沂，汉始置县，治所在今山东临沂。

④明府：对县令的称呼。因王导为临沂人，而诸葛恢为临沂令，故称其为明

府。黑头公：谓头发尚黑（还年轻）即登三公之位。

【译】

诸葛恢刚到江东，自称道明，名声在王导、庾亮之下。先做临沂县令，王导对他说："明府你将会黑头而居公位。"

【评鉴】

王导有知人之明，而诸葛恢也不负所期，成为中兴名臣。《晋书·诸葛恢传》记载："讨周馥有功，封博陵亭侯，复为镇东参军。与卞壶并以时誉迁从事中郎，兼统记室。时四方多务，笺疏殷积，恢斟酌酬答，咸称折中。""太兴初，以政绩第一……"后来诸葛恢在明帝时，以讨王含功封建安伯，累迁尚书右仆射。

识鉴12

　　王平子素不知眉子①，曰："志大其量，终当死坞壁间②。"

【注】

①王平子：即王澄。澄字平子，王衍异母弟。知：看重，欣赏。眉子：即王玄。
　王玄字眉子，王衍之子，王澄侄子。仕至陈留太守，为坞人所杀。
②坞壁：坞堡壁垒。

【译】

　　王澄一向不看重王玄，说："志向大过他的才量，最终会死在坞堡壁垒里。"

【评鉴】

　　清王世懋以为此则不可信，预测某人不得好死是可能的，而说死在何处则荒唐了。王澄喜欢品藻人物，且有臆而偶中的情况。加之平时也自视甚高，其兄王衍又为之吹嘘，故一时虚声腾跃。大概是因为后来王玄为坞人所害，于是人们就编排出这条有如算命打卦般的故事来美化王澄的识见。

识鉴13

　　王大将军始下①，杨朗苦谏不从②，遂为王致力。乘中鸣云露车径前③，曰："听下官鼓音，一进而捷。"王先把其手曰："事克，当相用为荆州④。"既而忘之，以为南郡⑤。王败后⑥，明帝收朗，欲杀之；帝寻崩⑦，得免。后兼三公⑧，署数十人为官属。此诸人当时并无名，后皆被知遇。于时称其知人。

【注】

①王大将军始下：王敦元帝永昌元年（322）以诛刘隗为辞起兵，顺江而下攻克京都建康。此指初发兵时。

②杨朗：字世彦，弘农华阴（今陕西华阴）人。杨修曾孙，杨准第三子。历南郡太守，仕至雍州刺史。

③中鸣云露车：即云车。又名楼车。因为高，故称云露；因为车中有金鼓，指挥军队进退，故云中鸣。车上有望楼以窥测敌情。

④"事克"二句：谓造反成功用杨为荆州刺史。相用：用你。相，代指杨朗。

⑤南郡：郡名。辖江陵、当阳、华容、枝江等县。治江陵（在今湖北荆州）。

⑥王败后：明帝司马绍太宁二年（324），王含奉敦命为元帅，与钱凤率兵再逼朝廷。王敦病死军中，叛乱不久被平息。

⑦帝寻崩：明帝于太宁三年（325）崩，成帝司马衍继位，改元咸和。

⑧兼三公：李慈铭认为："案三公下当有一曹字。三公曹郎主典选。"

【译】

王敦刚兴兵东下时，杨朗反复劝止，王敦不听从，只好为王敦效力。乘中鸣云露车冲锋在前，说："听我车中的鼓音，一次冲锋就能胜利。"王敦事前曾经拉着他的手说："事情成功了，我用你做荆州刺史。"事过后就忘记了，只用他做南郡太守。王敦兵败后，晋明帝拘捕了杨朗，打算处死他；明帝不久死了，得以免死。后来做到三公曹郎，任命了好几十个人做他的属吏。这些人当时都没什么名望，随后全受到上司的宠信知遇。当时人们都夸赞他有知人之明。

【评鉴】

杨朗为杨修曾孙，杨准之子，遗传了祖宗的聪慧。王敦作逆，力劝不从，重情义而违心报效。后遇赦为官，又能恪尽职守，为朝廷发现培育人才，经其拔擢者皆不负所举。足见杨朗是能明大事而有人鉴者。

识鉴14

周伯仁母①，在冬至举酒赐三子曰②："吾本谓度江托足无所，尔家有相③，尔等并罗列吾前，复何忧！"周嵩起④，长跪而泣曰⑤：
"不如阿母言。伯仁为人志大而才短，名重而识暗，好乘人之弊，
此非自全之道；嵩性狼抗⑥，亦不容于世；唯阿奴碌碌⑦，当在阿母
目下耳。"

【注】

①周伯仁母：周颛母，即李络秀，晋汝南（今河南汝南）人。貌美而有识断。
　安东将军周浚出猎，去其家避雨，遂求为妾。生三子：颛、嵩、谟，都居
　高位。《晋书》卷96有传。

②三子：周颛、周嵩、周谟。

③有相：有上天护佑。

④周嵩：嵩字仲智，络秀次子。

⑤长跪：直身而跪。

⑥狼抗：傲慢自大。

⑦阿奴：尊长对卑幼者的昵称。此处以阿奴爱称其弟周谟。碌碌：平庸。

【译】

　　周颛的母亲李络秀，在冬至节那天举起酒杯叫三个儿子喝酒说：
"我本来担心渡江后没有立脚的地方，你们家有上天保佑，你们几个都
在我跟前，还有什么可忧虑的！"周嵩起身，直身跪着哭泣说："不会
像母亲说的那样好啊。兄长为人志向远大而才能不足，有大名声但见
识昏暗，好乘人之危，这不是能够自保的行为；我生性傲慢自大，也
不容于世；只有小弟平庸无为，将能长期在母亲眼前罢了。"

【评鉴】

　　俗云人贵有自知之明，周嵩不唯自知，且也知兄弟。他和周颉二人后来皆为王敦所杀。《晋书》其本传有云："狷直果侠，每以才气陵物。""王敦既害颉，而使人吊嵩，嵩曰：'亡兄天下人，为天下人所杀，复何所吊？'敦甚衔之。"后遭王敦诬陷杀害。唯周谟仕途顺利，后来得封西平侯。

识鉴15

　　王大将军既亡①，王应欲投世儒②，世儒为江州；王含欲投王舒③，舒为荆州。含语应曰："大将军平素与江州云何④，而汝欲归之？"应曰："此乃所以宜往也。江州当人强盛时，能抗同异⑤，此非常人所行。及睹衰厄⑥，必兴愍恻⑦。荆州守文⑧，岂能作意表行事⑨！"含不从，遂共投舒，舒果沉含父子于江。彬闻应当来，密具船以待之。竟不得来，深以为恨⑩。

【注】

①王大将军既亡：王敦于太宁二年（324）病死军中。

②王应（？—324）：字安期，晋琅邪临沂（今山东临沂）人。本王含之子，王含弟王敦无子，养为嗣。世儒：即王彬（278—333）。彬字世儒，王敦从弟，王廙弟，晋元帝姨弟。以从征华轶功至侍中。王敦之乱平后，迁度支尚书、尚书右仆射等。《晋书》卷76有传。

③王含：王敦兄。王舒（266？—333）：字处明，王导从弟。先后任镇东参军、抚军将军、会稽内史。以讨苏峻功封彭泽县侯。《晋书》卷76有传。

④云何：如何，怎么样。

⑤抗同异：谓自己有主见，不屈从别人。

⑥衰厄：衰败势危。

⑦愍恻：同情，怜悯。

⑧守文：墨守成规，循规蹈矩。语本《公羊传·文公九年》："继文王之体，守文王之法度。"

⑨意表：意外。指随心所欲，不遵规矩。

⑩恨：遗憾。

【译】

王敦兵败身死以后，王应打算去投奔王彬，王彬当时任江州刺史；王含主张投奔王舒，王舒任荆州刺史。王含对王应说："大将军过去和王彬关系怎么样，而你要去投奔他？"王应说："这就是应该投奔他的道理。江州在别人强盛的时候，能够不屈从别人，这不是一般人敢做的。看到别人衰败走了厄运，必然会产生同情恻隐的心意。荆州是遵纪守法的性格，哪能指望他冒着风险救我们呢！"王含不依从，于是一起去投奔王舒，王舒果然怕事把王含父子沉杀在江中。王彬风闻王应将来投奔自己，秘密准备了船只等待。结果王含父子没来，王彬深感遗憾。

【评鉴】

王应之识见远胜其父，惜王含不识机变，暗昧糊涂，父子皆葬身鱼腹。从王应的判断也间接证明了王敦欣赏王应"其神候似欲可"的眼光非同寻常（《赏誉》49）。王应对王舒、王彬的分析可谓老到成熟。从王舒本传知其是典型的儒生性格，自然以"顺逆"来判断是非，虽然从来为王敦欣赏，但王敦已为"叛贼"，当然要划清界限，大义灭亲了。所谓王彬能抗同异，其本传载有他直接顶撞王敦，差点被王敦杀了的事。知其为人正直，不为权势所左右，是性情中人，是所谓吃软不吃硬的人，见本门弟兄侄儿有难，才会生出同情之心而挺身施救。事情的结果证明了王应的判断。

识鉴16

武昌孟嘉作庾太尉州从事①，已知名。褚太傅有知人鉴②，罢豫章还③，过武昌，问庾曰："闻孟从事佳，今在此不？"庾云："试自求之。"褚眄睐良久④，指嘉曰："此君小异，得无是乎⑤？"庾大笑曰："然。"于时既叹褚之默识⑥，又欣嘉之见赏。

【注】

①孟嘉：字万年，江夏鄳（今河南罗山县）人。吴司空孟宗之曾孙，陶渊明外祖父。太尉庾亮领江州，辟为庐陵从事。后为桓温参军，累迁从事中郎、长史。性嗜酒，自谓得酒中真趣。《晋书》卷98有传。庾太尉：指庾亮。庾亮死后追赠太尉，故称。

②褚太傅：指褚裒。褚裒死后赠太傅，故称。知人鉴：善于鉴别人物。

③豫章：郡名。属扬州，地当今江西大部分地区。故治在今江西南昌。

④眄睐：仔细看，环视。

⑤得无：莫非，该不是。

⑥默识：暗中识别的能力。

【译】

　　武昌孟嘉做庾亮的州从事，已经很有名声。褚裒有善于鉴别人物的能力，当时他刚离豫章太守任返家，经过武昌，问庾亮说："听说你的从事孟嘉很不错，现在在座没有？"庾亮说："你试着找找看。"褚裒环视了好一阵儿，指着孟嘉说："这个人有点不同于众，该是他吧？"庾亮大笑说："是的。"当时人们既叹服褚裒的识鉴精准，又高兴孟嘉的被发现评鉴。

【评鉴】

　　孟嘉为吴司空孟宗的曾孙，陶渊明的外祖父，陶渊明曾作《晋故征西大将军长史孟府君传》，《世说》此条即出该传，而《晋书·孟嘉传》亦基本出此。孟嘉平生为人熟知者，一是龙山落帽，"有风吹君帽堕落，温目左右及宾客勿言，以观其举止。……廷尉太原孙盛，为咨议参军，时在坐，温命纸笔令嘲之。文成示温，温以着坐处。君归，见嘲笑而请笔作答，了不容思，文辞超卓，四座叹之"。二是善饮，"好酣饮，逾多不乱。至于任怀得意，融然远寄，傍若无人"。孟嘉的善文、善饮酒、行不苟合，无不再现在陶渊明身上，民间有俗语说："三代不脱外家相。"真是绝妙的总结。而龙山落帽的故事，更是诗人笔下的精彩诗料，杜甫《九日蓝田崔氏庄》云："羞将短发还吹帽，笑倩傍人为正冠。"韩愈《荐士》："霜风破佳菊，嘉节迫吹帽。"

识鉴17

　　戴安道年十余岁①，在瓦官寺画②。王长史见之③，曰："此童非徒能画④，亦终当致名⑤。恨吾老，不见其盛时耳！"

【注】

①戴安道：即戴逵。逵字安道。

②瓦官寺：东晋著名佛寺。

③王长史：指王濛。因曾为简文帝长史，故称。

④非徒：不仅仅，不只是。

⑤致名：成名。

【译】

戴逵才十多岁的时候，在瓦官寺画画。王濛看见，称赞他说："这小孩不仅是善于画画，也最终会获得大名。遗憾的是我老了，看不到他成功的那天了！"

【评鉴】

戴逵年少时即博学好谈论，善于写文章，能鼓琴，工书画，其余巧艺没有一样不精。戴逵后来大获时名，连谢安都心服其量，证明王濛眼光不错。

识鉴18

王仲祖、谢仁祖、刘真长俱至丹阳墓所省殷扬州①，殊有确然之志②。既反，王、谢相谓曰："渊源不起③，当如苍生何④？"深为忧叹。刘曰："卿诸人真忧渊源不起邪？"

【注】

①王仲祖：即王濛。濛字仲祖。谢仁祖：即谢尚。尚字仁祖。刘真长：即刘惔。

　惔字真长。省：探望。殷扬州：指殷浩。因其曾任扬州刺史，故称。

②确然：坚定不移。谓坚持隐居不仕。

③渊源：即殷浩。浩字渊源。

④苍生：天下百姓。

【译】

　　王濛、谢尚、刘惔一起至丹阳殷浩隐居的墓地探望殷浩，殷浩颇有坚隐不入仕途的志向。在回转的路上，王濛、谢尚对刘惔说："殷浩不出仕，天下百姓怎么办啊？"深深地忧虑叹息。刘惔说："你们几个真的担忧渊源不出仕吗？"

【评鉴】

　　比较而言，刘惔虽然口舌刻薄，然对于人事的判断确也非他人可及。殷浩累聘不起，刘惔知其不过是名士故态矫情而已。再则，殷浩本非廊庙之器，前人多有评论。比如桓温给殷浩写信说要起用他，这本身不可信，类似玩笑，可殷浩马上回信表示同意，又唯恐措辞不当，封了信又拆开，拆开又封上，反复几十次，结果信没装上只寄了一个空信封。宋王楙认为像这样的识见，如此的患得患失，哪里是一个政治家该有的胸怀。

识鉴19

小庾临终①，自表以子园客为代②。朝廷虑其不从命，未知所遣，乃共议用桓温。刘尹曰："使伊去③，必能克定西楚④，然恐不可复制⑤。"

【注】

①小庾：指庾翼。其兄庾冰称大庾。

②园客：即庾爰之。爰之字仲真，小字园客，庾翼第二子。贤能有父风。

③伊：第三人称代词，他。

④西楚：东晋人称荆州一带地域。该地古属楚国，位居建康（东晋都城，今江苏南京）之西，故称。

⑤复制：再次控制。

【译】

庾翼临终前，亲自上表希望朝廷委任儿子爰之继任荆州刺史。朝廷担心庾爰之将来不好驾驭，不知道任用谁恰当，于是大家讨论用桓温。刘惔说："派桓温去，一定能够安定好荆州，但是恐怕再也控制不住他了。"

【评鉴】

刘惔的识鉴的确超越常人，也难怪他骄矜一世，不肯屈己下人。试想假如依刘惔之谋，简文出镇上流，而刘惔辅佐之。以刘惔料事总是超越等伦的才干论，或真能扼制桓温的壮大，那么，或不至于有桓氏父子相继窥夺神器的事情发生。可惜简文不从。

识鉴20

　　桓公将伐蜀^①，在事诸贤咸以李势在蜀既久^②，承藉累叶^③，且形据上流，三峡未易可克。唯刘尹云："伊必能克蜀。观其蒲博^④，不必得则不为。"

【注】

①桓公将伐蜀：庾翼死后，桓温继任荆州刺史，动伐蜀之议。

②在事诸贤：朝廷中的大臣们。在事，任职。李势（？—361）：字子仁，巴西宕渠（今四川渠县）賨人。李寿之子。寿死嗣位，改元太和。嘉宁二年（347）投降桓温，封归义侯。升平五年（361）死于建康。《晋书》卷121有载记。

③承藉：继承祖先的名声或权势地位。

④蒲博：亦作"樗蒱"，一种赌博性质的游戏。因泛指赌博。

【译】

　　桓温准备攻伐蜀地成汉，在朝的大臣们都认为李势在蜀地经营多年，已经几代人权势相承，并且在地形上占据长江上游，三峡不容易攻克。只有刘惔说："他一定能够攻下。看他赌博就知道，凡是不能取胜他就不会行动。"

【评鉴】

　　王濛曾经说:"刘尹知我,胜我自知。"其实岂止王濛,刘惔对于桓温的品评,同样胜过了桓温自知啊!唐人诗云:"山僧不解数甲子,一叶落知天下秋。"刘惔从桓温赌博的行径看出其个性,从而推知其伐蜀必胜。诚属难得。

识鉴21

　　谢公在东山畜妓①,简文曰:"安石必出,既与人同乐,亦不得不与人同忧。"

【注】

①畜妓:畜养女妓。

【译】

　　谢安在东山畜养女妓,简文帝说:"安石一定会出山,他既能与人同享快乐,就不会不与人共度忧患。"

【评鉴】

　　李贽曾经说:谢安为人坦率,所以简文看到他是真性情人;殷浩装腔作势,刘惔发现他的虚假。李贽的识鉴真是一针见血,简明扼要。谢安为人平易谦和,不故作高深矜持,自律多礼,爱惜人才。随谢万在军,与将士广结恩信。居家时,与子侄辈谈笑风生而论文艺。与姻亲王家交恶,还能对先侄婿王珣敛衽让坐。比起把家庭当作小朝廷,视将士如草芥之流的名士，真是泰山不足言其高，沧海不足言其深。

识鉴22

郗超与谢玄不善。苻坚将问晋鼎①，既已狼噬梁岐②，又虎视淮阴矣③。于时朝议遣玄北讨，人间颇有异同之论④。唯超曰："是必济事。吾昔尝与共在桓宣武府，见使才皆尽⑤，虽履屐之间，亦得其任。以此推之，容必能立勋⑥。"元功既举⑦，时人咸叹超之先觉，又重其不以爱憎匿善。

【注】

①苻坚：十六国时期前秦国主。晋鼎：晋朝的江山。

②梁岐：古梁州地。梁州为古九州之一，《书·禹贡》："华阳黑水惟梁州。"辖地约当今四川全境、重庆、云南、贵州部分地区及陕西西南部。岐，指岐山，在陕西宝鸡境。因古梁州也包括了岐山一带，故以梁岐合称上述领域。

③淮阴：水南为阴。这里指淮河以南地区。

④人间：世间，朝廷及从仕的婉语。此指朝廷大臣间。异同：偏指异。

⑤使才皆尽：谓用人都能用其所长。

⑥容：或许。

⑦元功：大功。指谢玄等大破苻坚事。

【译】

郗超与谢玄不友好。苻坚意图灭掉东晋，本来早已经如狼般侵吞了梁州一带，又虎视眈眈地兵指淮阴了。当时朝廷有人建议派谢玄出兵征讨，朝臣间一时颇多争议。只有郗超说："他一定能够成功。我当初曾经和他同在桓温府中，发现他用人能尽其才，即或是日常生活琐事的处理，也能够安排最合适的人选。从这些情况推测，想来他一定能建立功勋。"等到打败了苻坚大军，当时人们都叹服郗超的先见之明，又推重他不因为自己的好恶抹煞贤才。

【评鉴】

　　郗超与谢玄不友好，其缘由主要是郗超认为其祖郗鉴为东晋王朝立下了大功勋，而其父却未能执掌朝廷大权，于是对谢安一家不满意。然而郗超可贵处在于，能识大体，在大敌当前时，以国事为重，举谢玄而力排众议，终使东晋王朝转危为安。再则，郗超不仅能识谢玄之能，且还能识其父之"暗"（见《捷悟》6），其识鉴的确非常人可及。至于其为桓温谋主而有逆顺之憾，则当作别论。参《言语》第七十五则。

识鉴23

　　韩康伯与谢玄亦无深好①。玄北征后，巷议疑其不振②。康伯曰："此人好名，必能战。"玄闻之，甚忿，常于众中厉色曰："丈夫提千兵入死地，以事君亲故发③，不得复云为名！"

【注】

①韩康伯：即韩伯。伯字康伯。深好：深的交情。
②巷议：泛指舆论。

③君亲：君与亲。偏指君。事君亲犹言报效皇帝。

【译】

　　韩伯和谢玄也没有深厚的交情。谢玄率军北征后，舆论有怀疑他不能成功的。韩伯说："这个人爱好名声，一定能够打胜仗。"谢玄听了这话，非常气愤，多次在大庭广众间板着脸说："男子汉率领大军奔赴战场，是为了做臣子的职责才出征的，不能还说是为了个人名声！"

【评鉴】

　　韩伯与谢家旧有夙怨，嫉妒谢家声名显赫。然韩伯于谢玄的才能也能肯定，只不过出于妒意，以"好名"而略加诋毁。谢玄之言，慷慨激昂，正气凌云。参《方正》第五十七则。不过，人之好名未必就是坏事，名者实之表，能爱惜自己名声的人，行事则往往谨慎周至，知不可为则必不为，这也多是成功的前提。当然，这和追名逐利不是同一境界。

识鉴24

　　褚期生少时①，谢公甚知之②，恒云："褚期生若不佳者，仆不复相士③！"

【注】

①褚期生：即褚爽。爽字茂弘，小字期生，晋河南阳翟（今河南禹州）人。褚裒曾孙。褚爽之女褚灵媛为晋恭帝皇后。累迁中书郎、义兴太守。《晋书》

卷93有传。

②知之：欣赏他。

③相士：品评人才，鉴别人才。

【译】

褚爽还年少的时候，谢安很欣赏他，常说："褚期生将来如不是优秀人才的话，我就不再品评人物了！"

【评鉴】

以褚爽日后之成就，可见谢安之言不诬。谢安之识鉴，总能高出常人多多，《晋书》其本传云："常疑刘牢之既不可独任，又知王味之不宜专城。牢之既以乱终，而味之亦以贪败。由是识者服其知人。"淝水之战，刘牢之立下首功，名声大振，其率领北府兵，百战百胜，而谢安知其终当败衄，后刘牢之果然不得善终。这是何等眼光。

识鉴25

郗超与傅瑗周旋①。瑗见其二子，并总发②。超观之良久，谓瑗曰："小者才名皆胜，然保卿家，终当在兄。"即傅亮兄弟也③。

【注】

①傅瑗：字叔玉，北地灵州（今宁夏灵武）人。傅亮之父。以学业知名。历护军长史、安城太守。周旋：交往，来往。

②总发：即总角。小儿把头发梳成髻髻，其状如角。因指童年。

③傅亮兄弟：指傅亮与其兄傅迪。傅亮（374—426），字季友。义熙中，累迁
　至黄门侍郎。宋武帝受禅，以佐命功封建成县公。文帝立，进爵始兴郡公。
　以罪伏诛。《宋书》卷43、《南史》卷15有传。傅迪，字长猷，官至五兵尚书。

【译】

　　郗超和傅瑗是朋友。傅瑗让两个儿子拜见郗超，都还没成年。郗
超观察了好一阵子，对傅瑗说："小儿子将来才干和名声都强过哥哥，
但是能够保全你家的话，最终还是哥哥。"二人即傅亮兄弟。

【评鉴】

　　后傅亮因罪被诛，傅迪得以善终，官至五兵尚书，赠太常。皆如
郗超所料。

识鉴26

　　王恭随父在会稽①，王大自都来拜墓②，恭暂往墓下看之。二
人素善，遂十余日方还。父问恭："何故多日？"对曰："与阿大语，
蝉连不得归③。"因语之曰："恐阿大非尔之友，终乖爱好④。"果如
其言。

【注】

①父：指王恭父王蕴（330—384）。蕴字叔仁，小字阿兴，晋太原晋阳（今山
　西太原）人。王濛之子，女儿为孝武帝皇后。起家佐著作郎，迁尚书吏部
　郎。仕至镇军将军、会稽内史。《晋书》卷93有传。按，时王蕴任会稽内史。

②王大：指王忱。忱小字佛大，故称。

③蝉连：连续不绝。

④乖：悖离不合。爱好：感情。

【译】

　　王恭随同父亲王蕴在会稽，王忱从都城来拜祭祖先的坟墓，王恭随即到墓地去看望王忱。二人一向友好，王恭十多天才回家。王蕴问王恭："怎么去了这么久？"回答说："与阿大交谈，绵绵不断，也就去久了。"王蕴于是对王恭说："恐怕阿大不会是你的朋友，最终会伤感情的。"后来的结局果然不出王蕴所料。

【评鉴】

　　王蕴为王濛之子，女为孝武帝皇后。为人性情平和，不以外戚争权猎名，做官能体恤民情，甚得时誉。此则尤为有趣，王蕴能于二人感情绵密之时料知日后必将成仇。《晋书》其本传云："蕴素嗜酒，末年尤甚，及在会稽，略少醒日。"也就是说，王蕴这番话正是在"略少醒日"的会稽任上说的。俗语有云：酒醉心明。看来此言不诬。

识鉴27

　　车胤父作南平郡功曹①，太守王胡之避司马无忌之难②，置郡于澧阴③。是时胤十余岁，胡之每出，尝于篱中见而异焉。谓胤父曰："此儿当致高名。"后游集，恒命之。胤长，又为桓宣武所知，清通于多士之世，官至选曹尚书④。

【注】

①车胤父：名育。余不详。车胤：字武子。幼家贫，好学不倦，博学多通。

②王胡之：字修龄，王廙之子。司马无忌（？—350）：字公寿，司马丞之子。成帝时至中书、黄门侍郎。随桓温伐蜀，以功进号前将军。《晋书》卷37有传。按，王敦命王廙杀谯王司马丞，司马无忌为报父仇欲杀廙子胡之，故云。参《仇隙》第三则注。

③澧阴：南平郡有澧水。此澧阴当指澧水之南。待考。

④选曹尚书：列曹尚书之一。主要负责官吏之选拔考校任免等。

【译】

车胤的父亲任南平郡的功曹，太守王胡之因为躲避司马无忌报仇生事，把郡衙迁到澧阴。当时车胤才十多岁，王胡之每次出行，常常在篱笆中看见车胤而感到他非同一般。就对车胤的父亲说："你这儿子将来会成大名。"后来出游或集会，常常叫车胤参加。车胤长大了，又被桓温赏识，在众多人才中以清明通达卓出，官一直做到选曹尚书。

【评鉴】

王胡之识车胤于儿时，知其将来必有成就。车胤长成后又为桓温赏识，所历官职皆能卓立政声。此则可见英雄所见略同，王胡之、桓温都有知人之明。除此外，车胤还有一个迄今家喻户晓的故事，即囊萤读书，虽然如余嘉锡所言不尽乎情理，却流传千载，成为激励人们勤奋读书的佳话。

识鉴28

　　王忱死，西镇未定①，朝贵人人有望②。时殷仲堪在门下③，虽居机要，资名轻小④，人情未以方岳相许⑤。晋孝武欲拔亲近腹心，遂以殷为荆州。事定，诏未出，王珣问殷曰⑥："陕西何故未有处分⑦?"殷曰："已有人。"王历问公卿，咸云："非。"王自计才地⑧，必应在己。复问："非我邪?"殷曰："亦似非。"其夜，诏出用殷。王语所亲曰："岂有黄门郎而受如此任! 仲堪此举，乃是国之亡征。"

【注】

①西镇：指荆州刺史的位置。

②朝贵：朝中显贵。

③时殷仲堪在门下：殷仲堪时任黄门侍郎。门下，官署名。晋时因其掌管门下众事，始称门下省。为皇帝的顾问机构。

④资名：资历，名声。

⑤方岳：封疆大吏。相许：认可他。相，指代殷。

⑥王珣：王导之孙，王洽之子。以讨袁真功封东亭侯，故称。

⑦陕西：指荆州。东晋以扬州、荆州二重镇比拟周公、召公分治之陕东、陕西，故称荆州为陕西。宋乐史《太平寰宇记》卷146引盛弘之《荆州记》云："元嘉十四年，荆州所隶三十郡。自晋室东迁，王居建业，则以荆扬为京师根本之所寄，荆楚为重镇，上流之所总，拟周之分陕，故有西陕之号焉。"

⑧才地：才干和门第。

【译】

　　王忱死了，荆州刺史之位还没任命，朝中大臣们都抱着希望。当时殷仲堪任黄门侍郎，虽然身居重要机构，但资历浅名望低，人们不认为他能胜任封疆大吏之职。晋孝武帝要提拔亲近心腹之人，就用殷仲堪任荆州刺史。事情已经定了下来，诏书还没颁发，王珣问殷仲堪："荆州刺史为什么还没安排？"殷仲堪说："已有人选了。"王珣一一问重臣名字，殷都说："不是。"王珣估量自己的才干门第，一定是自己了。又问："该不是我吧？"殷仲堪说："好像也不是。"到了那天晚上，诏书发出，任命殷仲堪。王珣对亲近自己的人说："哪里有黄门郎而能承担这样的重任！殷仲堪这次任命，是国家危亡的前奏啊。"

【评鉴】

　　王珣认为任殷仲堪为荆州刺史，是国家灭亡的前奏。非唯王珣预见到了，王雅也有清醒的认识。《晋书·王雅传》记载王雅评价殷仲堪说："虽谨于细行，以文义著称，亦无弘量，且干略不长。若委以连率之重，据形胜之地，今四海无事，足能守职，若道不常隆，必为乱阶矣。"王雅认为殷仲堪如果在和平时期，能够称职。如果世事纷乱，那就将成为祸乱之源。结果皆如二王所料，二王皆可称为明鉴。惜乎孝武昏愦，不能任贤用能，宠信司马道子父子、任用殷仲堪等，于是将晋室江山渐渐葬送了。

他们身上总有能打动你的闪光点

赏誉第八

赏誉，并列式双音词。赏，欣赏，是从审美的视角对具体对象的肯定；誉，是称誉，是用语言去赞美对方。二者近义连文。《世说》的赏誉，带着特有的时代气息，更多的个人主观感情，从不同的角度去欣赏、赞美对方。可以是一瞬之念信口而出，可以是劳神苦思而寻觅出合适的辞藻去推扬对方。对象可以是台鼎大臣，可以是山野隐逸，不管如何称扬，都不需要别人的认可。之所以如此，这和西汉以下的察举制度有关。在察举制度下，士人的入仕，或者是靠父祖之荫，或者是靠乡里的察举，所以，士人的名声对于个人的前途关系极大。这种评价人物的机制，延续到汉末，便有了所谓月旦，再而受魏晋玄学的影响，评价人物的标准也发生了根本的变化，往往不再是以儒家的道德准绳去检视人物，却更多的是从人的形体仪表、精神风貌、言语敏讷、玄学浅深、辩论工拙去评价、去赏誉心仪的对象，当然这些对象大多是清谈中人。即或是位高权重的大员，人们的视角也常常忽弃了庙堂的端委经纶，疆场的却敌立功，而更多的是醉心其风流潇洒的自然状态，口若悬河的绝佳辩才，体现了当时人物观察的"唯美"倾向。同样是因为玄学的影响，本门的话语摇曳迷离，令人目眩，如

"清中""清令""清鉴""穆少""清疏""清峙""挺率""朗豫""融散"之类，让人虽意会而难以言传。但是，精彩无比的话语、入木三分的人物刻画却又让人流连击节。

本门凡一百五十六则，基本上都是超越事功的空灵的人物群相，虽时有传神写照的精彩，但也不乏信口开河的"妄语"，其间不少被高推的人物如王澄、谢万之类，验之历史，不免矛盾。王澄"终日妄语"，既铨评大多失当，其自身亦了无可取，而其兄王衍还对其赞不绝口，认为人物评价"故当容平子知"，四海人士，一为王澄所评价，则王衍不再措意，会说"已经平子"，对他极为推重。谢安因为友于之爱，对绣花枕头的谢万竟有"独立千载"的颂扬，就连侄儿谢玄都听不下去了。关于《赏誉》门的弊病，前贤已多有指抉，我们在当条下不时引列以正是非。此外，因为受当时风气及文人互相标榜之风的影响，浮夸虚诞之词不少。就连王羲之亦未能免俗，祖约尝称赞他"王家阿菟，何缘复减处仲？"（见《太平御览·人事部·品藻。》感于这位前辈的奖掖，王羲之则高推祖约"风领毛骨，恐没世不复见如此人"。王徽之后来也再一次肯定其父的话说："世目士少为朗迈，我家亦以为彻朗。"你来我往，令人哂笑。乃至于甥舅互相吹捧：范宁对王忱说："卿风流俊望，真后来之秀。"王忱说："不有此舅，焉有此甥。"这些，就不免流于恶俗了。

赏誉1

陈仲举尝叹曰[①]："若周子居者[②]，真治国之器[③]。譬诸宝剑，则世之干将[④]。"

【注】

①陈仲举：即陈蕃。蕃字仲举。

②周子居：即周乘。乘字子居。

③器：人才。

④干将：传说中宝剑名，相传是春秋时吴人干将与其妻莫邪所铸。

【译】

陈蕃曾经赞叹说："像周子居这样的人，真正是治国的杰出人才。假如用宝剑来比喻，那就是世间的干将。"

【评鉴】

俗话说，物以类聚，人以群分，周乘能和陈蕃、黄宪为友，据此已知其性行高迈。而他说"吾时月不见黄叔度，则鄙吝之心已复生矣"（《德行》2），可见周乘随时在修正自己，永不固步自封，此语也因之而成为千古名言，惠泽后人多多。

赏誉2

世目李元礼①："谡谡如劲松下风②。"

【注】

①李元礼：即李膺。膺字元礼。

②谡谡：同"肃肃"，形容风声。用以比喻刚劲严峻。劲松：刚劲挺拔的松树。

【译】

世人评价李膺说："刚劲严峻，就像劲松下的风一样。"

【评鉴】

《世说》说李膺刚劲严峻，刘孝标注补充言其形貌伟岸，风采甚都，二者合而展现了李膺的光辉形象。李膺之刚劲严峻，《后汉书·李膺传》记载："再迁青州刺史。守令畏威明，多望风弃官。""自此诸黄门常侍皆鞠躬屏气，休沐不敢复出宫省。"足见其砥柱中流，欲回狂澜于既倒的气概。

赏誉3

谢子微见许子将兄弟①，曰："平舆之渊②，有二龙焉。"见许子政弱冠之时③，叹曰："若许子政者，有干国之器④。正色忠謇⑤，则陈仲举之匹；伐恶退不肖⑥，范孟博之风⑦。"

【注】

①谢子微：即谢甄。甄字子微，汉末汝南召陵（今河南漯河郾城区）人。在当时以善谈论而知名，有高才远识。许子将：即许劭（150—195）。劭字子将，汉末汝南平舆（今河南平舆）人。曾评价曹操为"清平之奸贼，乱世之英雄"。与从兄许靖俱负高名，好一起评论乡党人物，每月更换品题，世称"月旦评"。《后汉书》卷68有传。

②平舆：县名。东汉时为汝南郡治。在今河南平舆。

③许子政：即许虔。虔字子政，许劭兄。言行高洁，雅正宽亮，深受谢甄

欣赏。

④干国：治国。器：才能。

⑤忠謇（jiǎn）：忠诚正直。

⑥伐：攻击，抨击。

⑦范孟博：即范滂（137—169）。滂字孟博，东汉汝南征羌（今河南漯河召陵区）人。举孝廉，迁光禄勋主事。后被牢修诬陷，获罪下狱，释后归乡。灵帝建宁二年，诛杀党人，屈死。《后汉书》卷67有传。

【译】

谢甄见到许劭兄弟，说："平舆县的深潭中，有两条龙在里面。"见到才成年的许虔，慨叹说："像许子政这人，有治理国家的才干。他端严忠直，可以和陈仲举比肩；抨击坏人屏退奸佞，有范孟博的风采。"

【评鉴】

《世说》中诸多材料，不妨以"小说家言"视之，不必当真。正如余嘉锡笺所说："则许劭所谓汝南月旦评者，不免臧否任意，以快其恩怨之私，正汉末之弊俗。虽或颇能奖拔人材，不过藉以植党树势，不足道也。"许氏弟兄逞口舌之利，任意雌黄，虽然也有说准了的时候，但焉知不是后人捕风捉影，皆归美于他们而已？那么，所谓谢甄的说法，或许也是因为后来许劭弟兄名声振起，世人们编造出来的罢了。

赏誉4

公孙度目邴原①："所谓云中白鹤，非燕雀之网所能罗也。"

【注】

①公孙度（？—204）：字升济，后汉襄平（今辽宁辽阳）人。曾任辽东太守，

东伐高句骊，西击乌桓，威扬海外。自立为辽东侯、平州牧。《三国志》卷8

有传。邴原：字根矩，后汉朱虚（今山东临朐）人。少与管宁以操尚齐名。

后归曹操，历迁五官将长史。《三国志》卷11有传。

【译】

公孙度评价邴原说："他是人们称颂的云中白鹤，不是捕燕雀的网子能够捕获的。"

【评鉴】

邴原当时便与郑玄齐名，可见其地位之高，影响之大，时言"青州有邴、郑之学"，遗憾邴原的著述没流传下来，而使郑玄独擅大名。

赏誉5

锺士季目王安丰①："阿戎了了解人意②。"谓裴公之谈③，经日不竭。吏部郎阙，文帝问其人于锺会④，会曰："裴楷清通，王戎简要，皆其选也。"于是用裴。

【注】

①锺士季：即锺会。会字士季。王安丰：即王戎。因封安丰县侯，故称。

②了了：聪明，聪慧。

③裴公：本条刘孝标注以为裴公是"裴颜"，误。依后文语意可知，当为裴楷。

《晋书·裴楷传》采本条。

④文帝：即晋文帝司马昭。

【译】

钟会品评王戎："阿戎聪明，善于把握别人的心意。"又说裴楷长于清谈，一整天也不会穷尽。遇到吏部郎阙员，司马昭问钟会谁最合适，钟会说："裴楷清明通达，王戎简捷扼要，都是合适的人选。"于是任用了裴楷。

【评鉴】

钟会有策数技艺而博学，精练名理，本为司马氏腹心，佐司马氏屡出奇谋。但就人品而言则殊无可取，妒贤嫉能，如害死嵇康等；从才干论，虽不乏韬略，堪为将帅，然而不能审时度势，野心膨胀，构陷邓艾于前，举兵作乱于后，以致身死家灭，徒贻笑柄。不过，虽然其为人有不堪处，但并不影响有识人之明，裴楷平生，已证明了钟会眼光的准确。而王戎，纵观其一生，可以说，钟会这个"了了解人意"是太准确不过了。正因为王戎能认清形势，看透人情，才能在错综复杂的政治斗争中善于应付，总是逢凶化吉，最后得享七十多岁的高寿。参《俭啬》解题。

赏誉6

王濬冲、裴叔则二人总角诣钟士季①，须臾去后，客问钟曰："向二童何如②？"钟曰："裴楷清通，王戎简要。后二十年，此二贤当为吏部尚书，冀尔时天下无滞才③。"

【注】

①王濬冲：即王戎。戎字濬冲。裴叔则：即裴楷。楷字叔则。

②向：刚才。

③冀：希望。滞才：遗漏耽误了的人才。

【译】

王戎、裴楷二人童年时去见锺会，一会儿离开后，客人问锺会："刚才那两小孩怎么样？"锺会说："裴楷清明通达，王戎简捷扼要。二十年后，这两个贤才将是吏部尚书人选，希望那时天下没有遗漏耽误了的人才。"

【评鉴】

《晋书》所记王戎的情况，与所谓锺会言全不符合。当然，王戎并非没有识人的眼光和做吏部尚书的才干，而是有其不得已的苦衷。《晋书·王戎传》记载："族弟敦有高名，戎恶之。敦每候戎，辄托疾不见。敦后果为逆乱，其鉴赏先见如此。"王敦负盛名于时，而王戎能知其必败，不与交接。评山涛"如璞玉浑金，人皆钦其宝，莫知名其器"。这是何等眼光。参《俭啬》题解。此则余嘉锡认为，是人们傅会到锺会头上的，不足信。或许可商。

赏誉7

谚曰："后来领袖有裴秀①。"

【注】

①领袖：出类拔萃的人才。裴秀（224—271）：字季彦，晋河东闻喜（今山西闻喜）人。裴潜之子。仕魏累迁至尚书仆射。魏元帝时封济川侯。入晋后，加左光禄大夫，封钜鹿郡公。《晋书》卷35有传。

【译】

当时的流行说法："年轻人中出类拔萃的有裴秀。"

【评鉴】

裴秀后佐晋武帝，仕至司空，多有建树，创制朝仪，广陈刑政，朝廷多遵用之以为故事。循名责实，能合时誉。

赏誉8

裴令公目夏侯太初①："肃肃如入廊庙中②，不修敬而人自敬。"一曰："如入宗庙，琅琅但见礼乐器③。见锺士季，如观武库④，但睹矛戟。见傅兰硕⑤，汪𢋇靡所不有⑥。见山巨源⑦，如登山临下，幽然深远。"

【注】

①裴令公：指裴楷。因其曾为尚书令，故称。夏侯太初：即夏侯玄。玄字太初。

②肃肃：严正整饬的样子。廊庙：殿下屋和太庙。借指朝廷。

③琅琅：形容人品坚贞，高洁。礼乐器：礼器与乐器。礼器，指祭器之类。乐器，指管弦钟磬之类。

④武库：兵器库。

⑤傅兰硕：即傅嘏。嘏字兰硕。

⑥汪廥：同"汪翔""汪洋"。深厚广博的样子。

⑦山巨源：即山涛。涛字巨源。

【译】

裴楷评论夏侯玄："端庄严肃如进入了朝堂之中，不刻意修饰敬意而人自然庄敬。"又有一说："见夏侯玄好像进入了宗庙，人品高洁，就像祭器与乐器。见锺会好像进入了武器库，看见的全是兵器。见到傅嘏觉得是汪洋浩瀚，无所不有。见到山巨源，就好像登上高山俯瞰山下，幽深旷远。"

【评鉴】

裴楷评价人多能抓住其个性特征，无不中肯。夏侯玄持身守正，既精玄学，能清谈，而为官清正，主武官之选，所拔皆俊杰。锺会为司马昭智囊，文武双全，尤其精于谋略，平定内乱，算无遗策。率军伐蜀，一举成功，奠定了晋统一天下的基础。傅嘏为汉名将傅介子之后，弱冠知名，文韬武略，皆超越等伦，平毌丘俭、文钦，其功甚伟。对于礼法典章，也多有建树。至于对山涛的评价，裴说与王戎异曲同工："如璞玉浑金，人皆钦其宝，莫知名其器。"

赏誉9

羊公还洛①，郭奕为野王令②，羊至界，遣人要之，郭便自往。

既见，叹曰："羊叔子何必减郭太业③！"复往羊许，小悉还④，又叹曰："羊叔子去人远矣⑤！"羊既去，郭送之弥日⑥，一举数百里，遂以出境免官。复叹曰："羊叔子何必减颜子⑦！"

【注】

①羊公：指羊祜。祜字叔子。

②郭奕：字太业，晋太原阳曲（今山西阳曲）人。刘琨舅父。初为野王令。晋武帝太康中，征为尚书。以忠毅清直见称朝野。《晋书》卷45有传。野王：县名。晋属河内郡，为郡治所。在今河南沁阳。

③何必减：未必不如。

④小悉：一阵子，一会儿。

⑤去人：比我。人，这里指我。

⑥弥日：整日。

⑦颜子：指颜渊。孔子弟子。

【译】

　　羊祜回洛阳，郭奕任野王县令，羊祜到了县界，派人邀约郭奕，郭奕就亲自去了。见面后，感叹说："羊叔子未必不如我郭奕！"又到羊祜的住处，过了一阵儿回去，又叹息说："羊叔子比我强太多了！"羊祜告辞离县，郭送了一整天，一连走了几百里，结果因为离开了县境被罢了官。又感叹说："羊叔子并不比颜渊差啊！"

【评鉴】

　　郭奕名士，初不以羊祜为然，但三次接触下来，对羊祜的评价便逐次飞跃提升。郭奕之目光胸襟，堪称典范。《晋书》其本传有云："奕有重名，当世朝臣皆出其下。时帝委任杨骏，奕表骏小器，不可任以社稷。帝不听，骏后果诛。"羊祜的功业人望皆印证了郭奕的眼光。《晋书·羊祜传》记载："寻卒，时年五十八，帝素服哭之甚哀。是日大寒，帝涕泪沾须鬓，皆为冰焉。南州人征市日闻祜丧，莫不号恸罢市，巷哭者声相接。吴守边将士，亦为之泣，其仁德所感如此。"此则不唯当佩服郭奕的眼光，也当钦佩郭奕的雅量，往往人成名之后，容易固步自封，站在云端里看世界，郭奕则能虚怀若谷，发现别人的优点而心悦诚服，这是值得学习和深思的。

赏誉10

　　王戎目山巨源："如璞玉浑金①，人皆钦其宝，莫知名其器②。"

【注】

①璞玉浑金：包在石中未雕琢的玉，未提炼的金子。比喻深邃莫测。
②名其器：说清楚它的具体价值。

【译】

　　王戎品评山涛说："他如同包在石中而尚未雕琢的玉，如同还没冶炼的金子。人们都知道他是宝贝，但没有人知道该怎么称谓他。"

【评鉴】

　　王戎对山涛的评价一向颇得后贤赞赏，李贽云"可谓善赏"，锺惺云"写出一绝妙吏部"。的确，区区十五字，道出了山涛外和内深的神韵。于外，无人不觉其可亲可近；于内，则深不可测。《晋书》其本传论曰："若夫居官以洁其务，欲以启天下之方，事亲以终其身，将以劝天下之俗，非山公之具美，其孰能与于此者哉！……委以铨综，则群情自抑；通乎鱼水，则专用生疑。将矫前失，归诸后正。惠绝臣名，恩驰天口。世称《山公启事》者，岂斯之谓欤？若卢子家之前代，何足算也。"王戎善别人物，眼光非同一般，《晋书》其本传云："族弟敦有高名，戎恶之。敦每候戎，辄托疾不见。敦后果为逆乱，其鉴赏先见如此。"

赏誉11

羊长和父繇与太傅祜同堂相善①，仕至车骑掾②，蚤卒。长和兄弟五人③，幼孤。祜来哭，见长和哀容举止④，宛若成人，乃叹曰："从兄不亡矣⑤！"

【注】

①羊长和：即羊忱。忱字长和。同堂：同一祖父。

②车骑掾：车骑将军的属官。

③长和兄弟五人：刘孝标注引《羊氏谱》曰："繇字堪甫，太山人。祖续，汉太尉，不拜。父秘，京兆太守。繇历车骑掾，娶乐国祯女，生五子：乘、洽、式、亮、悦也。"

④哀容：悲伤的神情。

⑤从兄：堂兄。

【译】

羊忱的父亲羊繇与太傅羊祜为同堂弟兄，且关系很好，羊繇官做到车骑掾，很年轻就去世了。羊忱兄弟五人，很小就成了孤儿。羊祜来哭吊，见羊忱悲伤的神情和举止行为，好像成年人一样，于是叹息说："堂兄没有死啊！"

【评鉴】

羊忱少年老成，已见于此则。参看《方正》第十九则所载羊忱能识机变，避祸远害。

赏誉12

山公举阮咸为吏部郎①，目曰："清真寡欲，万物不能移也②。"

【注】

①阮咸：字仲容，晋陈留尉氏（今河南尉氏）人。阮籍从子。为"竹林七贤"之一，与籍并称"大小阮"。历散骑侍郎、始平太守。《晋书》卷49有传。

吏部郎：东汉置吏部郎中，主管选举。或称为吏部郎。后代因之。

②万物：世间的一切事物。

【译】

山涛举荐阮咸为吏部郎，评价说："他为人纯真而少个人的欲望，万物都不能改变他的品格。"

【评鉴】

晋所谓以孝治天下，而阮咸居母丧越礼而幸姑之婢，自难为清议所容，仕途不能通达亦在情理之中。山涛的眼光识鉴，自然为第一流，如用阮咸，必然能举贤退不肖。武帝不用，觉得阮咸好酒浮虚，怕误事，而用陆亮，结果以贿败。

赏誉13

王戎目阮文业^①："清伦有鉴识^②，汉元以来未有此人^③。"

【注】

①阮文业：即阮武。武字文业，阮籍族兄。为人阔达博通，仕至清河太守。

②清伦：清高超群。

③汉元：汉初。元，始也。

【译】

王戎品评阮武："清高超群而有品评识别人物的能力和见识，从汉初到当前没有第二个。"

【评鉴】

这条评价，未免过当，从汉元以来，名士何止千百，阮武何德何能，能副第一之誉。故余嘉锡笺以为"此名士标榜之言，不足据也"。

赏誉14

武元夏目裴、王曰①："戎尚约，楷清通。"

【注】

①武元夏：即武陔。陔字元夏，晋初沛国竹邑（今安徽宿州）人。武周之子。初仕魏，累官至太仆卿，入晋，至开府仪同三司，卒于官。《晋书》卷45有传。裴：指裴楷。王：指王戎。

【译】

武陔评价裴楷、王戎："王戎为人简要不烦，裴楷为人清明通达。"

【评鉴】

此则与锺会品评意思全同，只是将"简要"换成了"尚约"而已。应是当时传闻有异，而刘义庆不加裁可并录之。

赏誉15

庾子嵩目和峤①："森森如千丈松，虽磊砢有节目②，施之大厦，有栋梁之用。"

【注】

①庾子嵩：即庾敳。敳字子嵩。

②磊砢：树干多节的样子。节目：树木枝干交接且纹理纠结的地方。

【译】

庾敳评论和峤："高大挺拔如千丈巨松，虽然有结节多枝杈，用去建造大厦，可以做栋梁用。"

【评鉴】

此则旧籍中或云是评论温峤的，或云是评论和峤的。宋王观国《学林》卷3以为当是温峤。余嘉锡考证认为当以和峤为是。庾敳的评价中肯。和峤在武帝时数谏武帝太子（后来的晋惠帝）不令，不能承社稷之重。虽不见用，而坚执不易，其忠难得，不愧栋梁之用。然"峤家产丰富，拟于王者，然性至吝，以是获讥于世"。所谓"磊砢有节目"就是指的这方面。

赏誉16

王戎云："太尉神姿高彻①，如瑶林琼树②，自然是风尘外物③。"

【注】

①太尉：指王衍。衍怀帝时为太尉，故称。高彻：高雅澄彻。

②瑶林琼树：仙家世界美好洁净之玉树。

③风尘：风起尘扬，天地昏浊。因用风尘比喻世俗世界。物：人。

【译】

王戎说："太尉王衍的神采风姿高雅澄净，如同仙府中的珍奇宝树，自然是凡间世俗之外的人物。"

【评鉴】

《世说》中评价人物，往往为其形象所迷惑，气貌出众者，不免被高看，王衍便是一个最典型的例子。可惜王衍有旷世之容貌，而无治世之干才。王戎与王衍为同祖叔伯弟兄，衍为戎从弟，因为偏爱，评价不免失准，只着眼对方的外在形象，不能客观看待其才具。身为朝廷重臣却不思为国，这种"瑶林琼树""风尘外物"有何用处？颇为滑稽的是，杀人如麻的石勒竟不忍心用刀剑之类兵器杀王衍，而是推倒土墙把他活埋了。事见《晋书·王衍传》。

赏誉 17

王汝南既除所生服①，遂停墓所②。兄子济每来拜墓③，略不过叔④，叔亦不候。济脱时过⑤，止寒温而已。后聊试问近事，答对甚有音辞⑥，出济意外，济极惋愕⑦；仍与语，转造精微⑧。济先略无子侄之敬⑨，既闻其言，不觉懔然⑩，心形俱肃。遂留共语，弥日累夜。济虽俊爽，自视缺然⑪，乃喟然叹曰："家有名士，三十年而不知⑫！"济去，叔送至门。济从骑有一马绝难乘，少能骑者。济聊问叔："好骑乘不？"曰："亦好尔。"济又使骑难乘马，叔姿形既妙，回策如萦⑬，名骑无以过之⑭。济益叹其难测，非复一事。既还，浑问济⑮："何以暂行累日？"济曰："始得一叔⑯。"浑问其故，济具叹述如此。浑曰："何如我？"济曰："济以上人。"武帝每见济，辄以湛调之⑰，曰："卿家痴叔死未？"济常无以答。既而得叔后，武帝又问如前，济曰："臣叔不痴。"称其实美。帝曰："谁比？"济曰："山涛以下，魏舒以上⑱。"于是显名，年二十八始宦。

【注】

①王汝南：即王湛（249—295）。湛字处冲，晋太原晋阳（今山西太原）人。王昶之子，王浑弟，王承父。少有识度，而冲素简淡。后历尚书郎、汝南内史。《晋书》卷75有传。所生：指生身父母。此处应是指其母。《三国志·魏书·高贵乡公髦纪》："（甘露四年）夏六月，司空王昶薨。"按甘露四年为259年，王湛生于249年，则王昶死时湛甫11岁，居于墓所显然不合情理。故知是为其母守丧。又，"三十年而不知"与下"年二十八始宦"不合，亦当有误（依程炎震说）。

②遂停墓所：谓在墓地结庐居住守丧。停，留居，居住。

③兄子济：王济为王湛兄王浑之子。拜墓：扫墓。

④略：通常，大略。过：拜访。

⑤脱：偶尔。

⑥音辞：指言辞得体，音声谐和。

⑦惋愕：惊讶叹息。

⑧精微：精深微妙。

⑨略无：简直没有。

⑩懔然：佩服敬畏的样子。

⑪缺然：欠缺不足的样子。

⑫三十：疑有误。与下"二十八始宦"不合。

⑬回策如萦：谓挥动马鞭如圆弧形。策，马鞭。

⑭名骑：有名的骑手。

⑮浑：指王济父王浑（223—297）。浑字玄冲。入晋，迁扬烈将军、徐州刺史。以平吴功转征东大将军，迁司徒。惠帝即位，加侍中，诏录尚书事。《晋书》卷42有传。

⑯得：发现，了解。

⑰调：调侃，打趣。

⑱魏舒（209—290）：字阳元，任城樊（今山东济宁东）人。魏末至尚书郎，又转任相国参军，封剧阳子。入晋后，官至司徒。《晋书》卷41有传。

【译】

　　王湛为母亲服丧期满，就在墓地建房居住。他哥哥的儿子王济每次来拜墓，通常不过访叔叔，王湛也不等候。王济偶尔看望，也只是寒暄几句而已。后来随意问到新近的一些事情，王湛的答对言辞得体，音声谐和，大出王济意外，王济很是惊奇叹服；这才认真和王湛谈论，王湛的对答越发精彩微妙。王济此前完全没有侄子的敬意，听完了王湛的言谈，油然而生敬畏，内心和外表都恭敬起来。于是留下来和王湛继续交谈，夜以继日。王济虽然豪迈俊爽，自己一下子却感到不足了，不禁喟然叹息："自己家里有名士，竟然三十年来都不知道！"王济拜别叔叔，王湛送到门口。王济随从骑士有一匹马非常难骑，很少有人能够驾驭。王济试问王湛："您喜欢骑乘吗？"回答说："也喜欢。"王济又叫王湛骑那匹烈马。王湛骑马的姿势十分美妙潇洒，马鞭挥动绕成一个圆弧形，纵然是名骑手也不能超过他。王济更加叹服叔父深不可测，不止一件事情如此。王济回到家里，王浑问王济："你怎么一直走了这些天？"王济说："现在才发现了一位叔叔。"王浑问他缘由，王济感叹着一一告诉了王浑。王浑说："比我怎么样"王济说："在我以上。"过去晋武帝每每见到王济，就用王湛来调侃他，说："你家傻叔叔死了没有？"王济常常是没有话答。这次发现王湛的才华后，武帝又像过去那样问，王济回答说："我的叔叔不傻。"并向武帝称说王湛的才华。武帝说："可以和谁比？"王济曰："在山涛以下，魏舒以上。"这样王湛就出名了，年二十八才出仕做官。

【评鉴】

王湛深藏不露一至于斯，与那些欺世盗名者相较，何其可敬！有趣的是，王浑问儿子王湛比自己如何，王济不正面回答，只是说"济以上人"，可见王济一向觉得自己比老子强，也难怪王浑对妻子说"生儿如此，足慰人意"了。这王济真和他娘锺氏一样，都看不起王浑啊！参《排调》第八则。

赏誉18

裴仆射[①]，时人谓为"言谈之林薮"[②]。

【注】

①裴仆射：指裴颜。因其曾官尚书左仆射，故称。
②林薮：森林泽薮。

【译】

裴颜，当时人称赞他是"言谈的森林泽薮"。

【评鉴】

裴颜痛心时俗放荡，不尊儒术，撰《崇有论》加以批评。才辩了得，就连当时的清谈领袖王衍、殷浩等也无法将其驳倒。裴颜虽与当时的玄学家们不同调，但因为其学问渊博，辩才卓荦，亦为时所重。可惜三十四岁即被杀，没能留下更多的著作。再，王戎能选裴颁为婿，也证明了王戎是有眼光的。

赏誉19

　　张华见褚陶①，语陆平原曰②："君兄弟龙跃云津③，顾彦先凤鸣朝阳④。谓东南之宝已尽，不意复见褚生。"陆曰："公未睹不鸣不跃者耳!"

【注】

①褚陶：字季雅，晋吴郡钱塘（今浙江杭州）人。晋灭吴后，召补尚书郎。仕
　　至九真太守、中尉。《晋书》卷92有传。

②陆平原：即陆机。入晋后曾为平原内史，故称陆平原。与其弟陆云合称
　　"二陆"。

③云津：犹言云间、云河。

④顾彦先：即顾荣。荣字彦先。

【译】

　　张华见到褚陶，对陆机说："你们兄弟如龙从天河腾跃而起，顾彦先如同鸾凤迎着朝阳鸣叫。我原以为东南人才已尽，没有想到又发现了褚陶。"陆机说："您没有看到那些不鸣不跃的人才罢了!"

【评鉴】

张华的话，其实是大中原意识的体现，认为吴国毕竟疆域逼窄，有这样几个人才就很不错了。陆机冷冷的一句回答，维护了故国的尊严。陆机的口辩确实了得。

赏誉20

有问秀才[①]："吴旧姓何如[②]？"答曰："吴府君[③]，圣王之老成[④]，明时之俊乂[⑤]；朱永长[⑥]，理物之至德[⑦]，清选之高望[⑧]；严仲弼[⑨]，九皋之鸣鹤[⑩]，空谷之白驹[⑪]；顾彦先，八音之琴瑟[⑫]，五色之龙章[⑬]；张威伯[⑭]，岁寒之茂松[⑮]，幽夜之逸光[⑯]；陆士衡、士龙[⑰]，鸿鹄之裴回[⑱]，悬鼓之待槌[⑲]。凡此诸君，以洪笔为锄耒[⑳]，以纸札为良田。以玄默为稼穑[㉑]，以义理为丰年[㉒]。以谈论为英华，以忠恕为珍宝[㉓]。著文章为锦绣[㉔]，蕴五经为缯帛[㉕]。坐谦虚为席荐[㉖]，张义让为帷幕[㉗]。行仁义为室宇，修道德为广宅[㉘]。"

【注】

①秀才：指蔡洪。因其举秀才入洛，故称。

②旧姓：世家大姓。

③吴府君：指吴展。展字士季，三国吴下邳（今江苏睢宁）人。仕吴为广州刺史、吴郡太守。

④老成：年高有德之人。语本《诗·大雅·荡》："虽无老成人，尚有典型。"郑笺："老成人，谓若伊尹、伊陟、臣扈之属。"

⑤俊乂：犹言俊杰。

⑥朱永长：即朱诞。诞字永长，三国吴吴郡（今江苏苏州）人。举贤良，累迁
　　至议郎。

⑦至德：最好的人才。

⑧清选：挑选，精选。高望：最有声望的人才。

⑨严仲弼：即严隐。隐字仲弼，三国吴吴郡（今江苏苏州）人。举贤良，仕至
　　宛陵令。

⑩九皋之鸣鹤：语本《诗·小雅·鹤鸣》："鹤鸣于九皋，声闻于野。"毛传：
　　"皋，泽也。言身隐而名著也。"

⑪空谷之白驹：语本《诗·小雅·白驹》："皎皎白驹，在彼空谷。"唐孔颖达
　　疏："言有乘皎皎然白驹而去之贤人，今在彼大谷之中矣。"

⑫八音：我国古代对乐器的统称，通常为金、石、丝、竹、匏、土、革、木八
　　种不同质材所制。琴瑟：指弦乐。

⑬五色：指青黄赤白黑五种颜色。龙章：犹言龙纹。比喻富盛华美的文采。

⑭张威伯：即张畅。畅字威伯，晋吴郡（治今江苏苏州）人。禀性坚明，志行
　　清朗。

⑮岁寒之茂松：语本《论语·子罕》："岁寒，然后知松柏之后凋。"

⑯幽夜：暗夜。逸光：四射的清光。

⑰陆士衡：即陆机。机字士衡。士龙：即陆云。云字士龙。

⑱裴回：即徘徊。飞翔的样子。

⑲槌：敲击。

⑳锄耒：锄和耒。二者皆为农具。耒，一种翻土工具。

㉑玄默：清静无为。稼穑：播种和收割。因泛指农业劳动。

㉒义理：玄理。

㉓以忠恕为珍宝：语本《论语·里仁》："夫子之道，忠恕而已矣。"

㉔锦绣：精美的丝织品。

㉕缯帛：丝绸。

㉖席荐：座席和坐垫。荐，垫子。

㉗义让：基于大义的谦让。

㉘广宅：宽广的住宅。

【译】

　　有人问蔡洪："吴中大姓有些什么人才？"回答说："吴府君，是圣君治下年高有德之人，是清明时代的俊杰；朱永长，是治理天下的最理想的人选，是人才挑选中的最佳对象；严仲弼，是深水大泽边的鸣鹤，是空谷中的皎皎白马；顾彦先，是八音中的动听琴瑟，是彩绘中的蛟龙图案；张威伯，是严寒冬季中挺拔的松柏，是暗夜中的烁烁流光；陆士衡、陆士龙，是悠闲徘徊的鸿鹄，是等待敲击的悬鼓。以上这些人才，他们把大笔当作锄犁，把纸札当作良田。用清静无为来耕种，把领悟玄理当丰年。将论辩看成花朵，把忠恕当作宝玩。著述文章为锦绣，蕴藏五经为丝缣。把谦恭虚怀当作坐垫，将弘扬义让当作幕帘。行施仁义当作室宇，蓄养道德当作宅垣。"

【评鉴】

　　从对答的语境，可知是中原人士询问蔡洪，也多少有些居高临下的意味。蔡洪一一列举吴中人才，高度评价，亦如陆机一样维护了故国的尊严。用语精巧，辞采华美。蔡洪之能言，于此可见一斑。参《言语》第二十二则。

赏誉21

　　人问王夷甫①："山巨源义理何如②？是谁辈？"王曰："此人初不肯以谈自居③，然不读《老》《庄》④，时闻其咏，往往与其旨合⑤。"

【注】

①王夷甫：即王衍。衍字夷甫。

②山巨源：即山涛。涛字巨源。

③谈：清谈。即谈论玄理。

④《老》《庄》：《老子》和《庄子》。

⑤旨：意旨，精神。

【译】

　　有人问王衍："山涛在玄学理趣方面怎么样？可以和谁比拼？"王衍说："他这人从来不把自己放在清谈家的行列里。然而他不读《老》《庄》，时而听他的讽咏，却又总是和《老》《庄》的精神相通。"

【评鉴】

　　顾恺之的《画赞》称赞山涛说"涛有而不恃"。

　　顾恺之的话出自《老子》第二章："是以圣人处无为之事，行不言之教。万物作焉而不辞，生而不有，为而弗恃，功成而弗居。夫惟弗居，是以不去。"王衍的意思大略与顾恺之相同，其意是说山涛本身是精通《老》《庄》的，但他却不张扬，不自是，其行为本身即和《老》

《庄》完全合拍，其实是《老》《庄》精神的最高境界。

赏誉22

　　洛中雅雅有三嘏①：刘粹字纯嘏②，宏字终嘏③，漠字冲嘏④，是亲兄弟，王安丰甥⑤，并是王安丰女婿。宏，真长祖也⑥。洛中铮铮冯惠卿⑦，名荪，是播子⑧。荪与邢乔俱司徒李胤外孙⑨，及胤子顺并知名⑩。时称："冯才清，李才明，纯粹邢。"

【注】

①雅雅：高雅的样子。

②刘粹：字纯嘏，晋沛国相（今安徽濉溪）人。刘邠之子，刘宏、刘漠之兄。历仕侍中、南中郎将。参《晋书·刘惔传》。

③宏：即刘宏。宏字终嘏，官至秘书监、光禄大夫。

④漠：即刘漠。漠字冲嘏，仕至吏部尚书。

⑤王安丰：即王戎。因封安丰县侯，故称。

⑥真长：即刘惔。惔字真长。

⑦铮铮：金石撞击声。形容人名气大。冯惠卿：即冯荪。荪字惠卿，晋长乐（今河南安阳）人。少有干才，谙习政事，仕至侍中。为长沙王司马乂所杀。

⑧播：即冯播。播字友声，冯纮之子。仕至大宗正。

⑨邢乔（？—306）：字曾伯，晋河间鄚（今河北任丘）人。惠帝时，官至司隶校尉。八王之乱，为范阳王虓所杀。李胤（？—282）：字宣伯，辽东襄平（今辽宁辽阳）人。司马昭引为大将军从事中郎，迁御史中丞。以伐蜀功封广陆伯。晋武帝时累官至司徒。《晋书》卷44有传。

⑩顺：即李顺。顺字真长（一说字曼长）。仕至太仆卿。《晋书》卷44有传。

【译】

　　洛阳城中高雅脱俗的有三嘏：刘粹字纯嘏，刘宏字终嘏，刘漠字冲嘏，他们是亲兄弟，是王戎的外甥，而又同是王戎的女婿。刘宏，是刘真长的祖父。洛阳城中有个大名鼎鼎的冯惠卿，名荪，是冯播的儿子。冯荪与邢乔都是司徒李胤的外孙，他们和李胤的儿子李顺名声不相上下。当时人品评说："冯才清，李才明，纯粹邢。"

【评鉴】

　　此则当出于当时人们对这两组人物赞赏评价而广为传诵的韵语，刘义庆收录并补充了人物出处。第一组三兄弟是王戎的女婿。王戎也够厉害，将优秀的三兄弟全都收到了自己家。而刘家优秀的基因一直下传到了刘宏的孙子刘惔身上，故刘惔聪明才智超拔于当时。第二组冯荪是冯播的儿子，冯荪和邢乔都是李胤的外孙，也就是说冯荪和邢乔是姨表兄弟，李顺则是冯、邢的舅父，两个外甥和舅父名声不相上下。魏晋而下重门第重亲戚间的纽带关系，这一则赏誉也反映了当时的世风。

　　不过，此则内容上是有些问题的，刘孝标注引《刘氏谱》："刘邠妻，武周女，生粹、宏、漠。非王氏甥。"看来，"三嘏"是王戎外甥有误，但是王戎女婿当无问题。

赏誉23

卫伯玉为尚书令①，见乐广与中朝名士谈议，奇之，曰："自昔诸人没已来，常恐微言将绝②，今乃复闻斯言于君矣!"命子弟造之，曰："此人，人之水镜也③，见之若披云雾睹青天④。"

【注】

①卫伯玉：即卫瓘。瓘字伯玉。尚书令：尚书省的首长。

②微言：精微玄妙之言。即关于玄学的言论。

③水镜：形容水平如明镜。喻明鉴之人。《三国志·蜀书·李严传》"故以激愤也"裴注引习凿齿曰："夫水至平而邪者取法，镜至明而丑者无怒，水镜之所以能穷物而无怨者，以其无私也。"

④若披云雾睹青天：语本三国魏徐干《中论·审大臣》："文王之识也，灼然若披云而见日，霍然若开雾而观天，斯岂假之于众人哉!"披，拨开。

【译】

卫瓘做尚书令，看见乐广和西晋的一些名士谈玄，非常惊奇，说："自从那几位清谈名家死后，常常担心微言大义将会后继无人，今天才又从你这儿听到精彩的议论!"卫瓘叫子弟去造访乐广，说："这个人，是名士中的水镜，见了他就仿佛拨开云雾而见到了青天。"

【评鉴】

当时谈玄，是一种时尚，而乐广又特别擅长，故卫瓘不仅自己拜服，还要让子弟去向乐广学习。其孙卫玠成为清谈名家，恐怕也和卫瑾的倡扬有关。

赏誉24

王太尉曰[①]："见裴令公精明朗然[②]，笼盖人上[③]，非凡识也。若死而可作[④]，当与之同归。"或云王戎语。

【注】

①王太尉：指王衍。衍怀帝时为太尉，故称。

②裴令公：即裴楷。因其尝为尚书令，故称。精明：精细明察。朗然：明澈的样子。

③笼盖：胜出，超越。

④死而可作：死了可以复生。语本《礼记·檀弓下》："赵文子与叔誉观乎九原，文子曰：'死者如可作也，吾谁与归？'"

【译】

王衍说："见裴令公精明清澈，远远在众人之上，他不是一般识见的人。假如人可以死而复生，我将与他一起。"也有人说这是王戎的话。

【评鉴】

程炎震认为当是王衍所言。我们赞同此说。虽然，王戎于裴楷也是评价很高的，但王戎与裴楷名位相当，那么，"与之同归"的话就显然不会出自王戎之口。

赏誉25

王夷甫自叹：“我与乐令谈①，未尝不觉我言为烦②。”

【注】

①谈：指讨论玄学。

②未尝：不曾，没有不。烦：累赘啰嗦。

【译】

王衍自己叹息说：“我和乐令清谈，总是觉得我的话芜杂累赘。”

【评鉴】

乐广能言，言约旨远。《言语》第二十五则可见其言语简约的当。而王衍则口若悬河，理有所不安，随即改更，世号口中雌黄。此语也可见王衍还是有自知之明的。

赏誉26

郭子玄有俊才①，能言《老》《庄》，庾敳尝称之②，每曰：“郭子玄何必减庾子嵩③！”

【注】

①郭子玄：即郭象。象字子玄。

②庾敳（ái）：即庾子嵩。敳字子嵩。

③何必：未必。减：不如。

【译】

　　郭象才华出众，善于阐发《老子》《庄子》，庾敳常常称赞他，每每说："郭子玄不比我庾子嵩差啊！"

【评鉴】

　　郭象曾注《庄子》，自然颇有心得，宜乎其善清谈。从刘孝标注引《名士传》可知，郭象无行，庾敳虽然佩服郭象的才华，但因为郭象"任事用势"，于是庾敳对他感到失望。郭象有文才而无品行，崇尚老庄却剽窃向秀的注述成果，真如元好问所谓"文章宁复见为人"啊！

赏誉27

　　王平子目太尉①："阿兄形似道，而神锋太俊②。"太尉答曰："诚不如卿落落穆穆③。"

【注】

①王平子：即王澄。澄字平子，王衍异母弟。太尉：即王衍。
②神锋：精神气度。
③落落穆穆：平和疏淡。

【译】

　　王澄品评王衍："阿哥外表像通晓大道的人，只是神采锋芒太过外露。"王衍回答说:"的确不如你平和疏淡。"

【评鉴】

王澄喜欢品评人物,虽有时是信口开河,但此语则颇为的当,或许是兄弟之间了解更深。

此则所言之"道",即老庄之道。盖老庄之道追求深藏内敛,强调得道者是意与神合,得意可以忘言,不必太过表现于外,特别是言辞的逞能使气,已与大道悖离了。我们看王衍所为,《识鉴》第五则记其见羊祜、山涛时"姿才秀异,叙致既快,事加有理",羊祜便从而断定"乱天下者,必是此子"。而故作清高,口不言钱,以致王隐《晋书》曰:"夷甫求富贵得富贵,资财山积,用不能消,安须问钱乎?而世以不问为高,不亦惑乎?"真正的得大道者,不必口若悬河,论则言简而意赅,行则自然而脱俗。如王衍,言则烦,自谓:"我与乐令谈,未尝不觉我言为烦。"(《赏誉》25)行则做作讲究,为族人所辱,还不忘照镜(《雅量》8)。因此王澄批评王衍外在的表现与大道符合,但精神气宇则透露出了与老庄矛盾的一面。

赏誉28

太傅府有三才①:刘庆孙长才②,潘阳仲大才③,裴景声清才④。

【注】

①太傅:指东海王司马越。八王之乱时为太傅。

②刘庆孙:即刘玙。玙字庆孙,刘琨兄。

③潘阳仲：即潘滔。滔字阳仲。

④裴景声：即裴邈。邈字景声。

【译】

太傅司马越府中有三个才俊：刘庆孙是长才，潘阳仲是大才，裴景声是清才。

【评鉴】

司马越一代枭雄，帐下也是人才济济，刘玙、潘滔、裴邈都是一时人杰，时人分别冠以"长才""大才""清才"的美誉。刘孝标注引《八王故事》："刘舆才长综核，潘滔以博学为名，裴邈强力方正，皆为东海王所昵，俱显一府。故时人称曰：舆长才，滔大才，邈清才也。"也就是说，三人的区别在于，刘玙堪为经纬天地之才，而潘滔博学赅通，可以参谋议论，而裴邈是清谈名家，强力方正，可以为人伦仪型。

赏誉29

林下诸贤①，各有俊才子：籍子浑②，器量弘旷③；康子绍④，清远雅正；涛子简⑤，疏通高素；咸子瞻⑥，虚夷有远志⑦；瞻弟孚⑧，爽朗多所遗；秀子纯、悌⑨，并令淑有清流⑩；戎子万子⑪，有大成之风，苗而不秀⑫；唯伶子无闻。凡此诸子，唯瞻为冠，绍、简亦见重当世。

【注】

①林下诸贤：指竹林七贤。

②浑：即阮浑。晋陈留尉氏（今河南尉氏）人。效父狂放，不饰小节。武帝太康中任太子中庶子。早卒。

③弘旷：心胸豁达。

④绍：即嵇绍。嵇康长子。

⑤简：即山简（253—312）。简字季伦，晋河内怀县（今河南武陟）人。初为太子舍人。永嘉三年（309）为征南将军，镇襄阳。卒赠征南大将军、仪同三司。《晋书》卷43有传。

⑥瞻：即阮瞻。瞻字千里，晋陈留尉氏（今河南尉氏）人。历仕东海王司马越记室参军。永嘉中，为太子舍人。《晋书》卷49有传。

⑦虚夷：恬淡寡欲。

⑧孚：即阮孚。

⑨秀：即向秀。纯、悌：即向纯与向悌，皆不详。

⑩令淑：（德行）美善。清流：高洁有名望。

⑪万子：即王绥（257？—275？）。绥字万子。早卒。

⑫苗而不秀：语出《论语·子罕》："苗而不秀者有矣夫！秀而不实者有矣夫！"本义指只长了苗而没有开花结实。比喻人资质虽好，但尚未有所成就即不幸夭折。

【译】

　　竹林七贤，每人都有出色的儿子：阮籍的儿子浑，胸襟宽广；嵇康的儿子绍，清明高远，为人正直；山涛的儿子简，潇洒通达，高迈清奇；阮咸的儿子瞻，恬淡而有大志。瞻弟孚，生性潇洒而不问俗事；

向秀的儿子纯、悌，都美好善良而德行高洁；王戎儿子万子，有成为大器的潜质，可惜早死；只有刘伶的儿子不为人知。以上各家的儿子，最出色的是阮瞻，嵇绍、山简也被当时人推扬。

【评鉴】

字字中肯，画出了七贤后裔群相。七贤为一代人杰，其子大多能得其父凤毛。

赏誉30

庾子躬有废疾①，甚知名，家在城西，号曰"城西公府"。

【注】

①庾子躬：即庾琮。琮字子躬，庾敳兄。仕至太尉掾。废疾：指身体有残疾。

【译】

庾琮身体有残疾，很有名声，家住在城西，人们戏称他的住宅是"城西公的府第"。

【评鉴】

庾琮因为有名声，尽管其位不显，但大家尊重他，因其家居城西，故戏称他为城西公，称其府第为城西公府。通常语读截分是"城西|公府"，我们觉得应该是"城西公|府"似更合适。不然，此则归于《赏誉》便没来由。大凡称人为公者，或因其爵位，或因其声望，而庾琮

并非公爵，只是尝辟为太尉掾，多少与"公"沾一点边，又因为声望甚高，故人们敬而称之，当然尊敬之余也有调侃的意味。此正赏誉的核心。

赏誉31

王夷甫语乐令[1]："名士无多人，故当容平子知[2]。"

【注】

①语：对……说。

②故当：应该，应当。知：品题，评价。

【译】

王衍对乐广说："名士现在已不多了，应该让王澄品题。"

【评鉴】

王衍一向高推其弟王澄，是兄弟情深？还是秤星失准？恐怕二者兼而有之。从刘孝标注引《王澄别传》可知，当时朝野已经对他失望了，而旧游识见者依然称他为"当今名士"。这段记载耐人寻味，已寓褒贬于其间，所谓当今名士，就这个样子。

赏誉32

王太尉云："郭子玄语议如悬河写水[1]，注而不竭。"

【注】

①郭子玄：即郭象。象字子玄。语议：言谈，论说。悬河：把黄河悬挂起来。
 写：后来写作"泻"。

【译】

　　王衍品评说："郭子玄的清谈就好像把大河悬挂起来向下倾泻，永
远也不会枯竭。"

【评鉴】

　　郭象因为曾注《庄子》，故对老、庄研究特为精深，此处"语议"
应是关于《老》《庄》的谈论，浸润既久，其心得自然超越时辈。王
衍本为清谈领袖，其清谈已臻化境，却对郭象服膺如此，其精彩可以
想见。

赏誉33

　　司马太傅府多名士①，一时俊异②。庾文康云③："见子嵩在其
中④，常自神王⑤。"

【注】

①司马太傅：指司马越。八王之乱时为太傅。

②俊异：有俊才异能的人。

③庾文康：指庾亮。庾亮谥文康。

④子嵩：即庾敳。敳字子嵩。

⑤常自：常常。自，后缀。神王（wàng）：精神旺盛。语本《庄子·养生主》："泽雉十步一啄，百步一饮，不蕲畜乎樊中，神虽王不善也。"

【译】

司马越府中名士很多，都是俊才异能者。庾亮说："看见庾子嵩在这群人中，常常是神采出众。"

【评鉴】

这里所谓"常自神王"，是称赞庾敳与众不同，在人群中，一眼便可识别，感觉是一种鹤立鸡群的气场，这有如褚裒之发现孟嘉。

赏誉34

太傅东海王镇许昌①，以王安期为记室参军②，雅相知重。敕世子毗曰③："夫学之所益者浅，体之所安者深④。闲习礼度，不如式瞻仪形⑤；讽味遗言，不如亲承音旨。王参军人伦之表⑥，汝其师之。"或曰："王、赵、邓三参军人伦之表，汝其师之。"谓安期、邓伯道、赵穆也⑦。袁宏作《名士传》⑧，直云王参军。或云："赵家先犹有此本。"

【注】

①太傅东海王：指司马越。越封东海王。八王之乱时为太傅。

②王安期：即王承。承字安期。

③世子毗：即司马越的嫡长子司马毗（？—311）。仕至镇军将军。永嘉五年，

为石勒所杀。

④安：合适，适宜。深：深邃，精要。

⑤式瞻：瞻仰。仪形：仪容形貌。

⑥人伦之表：处理人与人之间伦常关系的表率。

⑦邓伯道：即邓攸。攸字伯道。赵穆：字季子，晋汲郡（治今河南卫辉）人。历冠军将军、吴郡太守。封南乡侯。

⑧《名士传》：据《晋书·文苑传·袁宏》，全名为《竹林名士传》，凡三卷。正始、竹林、中朝各为一卷。

【译】

太傅东海王司马越镇许昌，任用王承为记室参军，非常赏识敬重他。叮嘱世子司马毗说："要知道书本上学来的知识是比较浅显空泛的，亲身体会实践的学问才是深邃精要的。娴熟演习礼法制度，不如瞻仰楷模的行为；讽诵玩味前人的遗言，不如当面聆听高人的教诲。王参军是为人伦理的表率，你一定要把他当作老师。"另一种记载是："王、赵、邓三参军是为人伦理的表率，你要把他们当作老师。"说的是王承、邓攸、赵穆三人。袁宏作《名士传》，只是说王参军。有人说："赵穆家先还有《名士传》的抄本。"

【评鉴】

司马越教育儿子，除努力学习外，更要当面向高人求教，"娴熟演习礼法制度，不如瞻仰楷模的行为；讽诵玩味前人的遗言，不如当面聆听高人的教诲"。因为贤者的行为举止，风采气韵，往往能启迪人于无形之中，甚至终身受用不尽。《论语·学而》："敏于事而慎于言，

就有道而正焉。"就是强调当面请教的重要性。《世说·德行》周乘说
"吾时月不见黄叔度，则鄙吝之心已复生矣"能成为千古名言，道理一
同于孔子的话。宋苏辙《上枢密韩太尉书》说："于山见终南、嵩华之
高，于水见黄河之大且深，于人见欧阳公，而犹以为未见太尉也。故
愿得观贤人之光耀，闻一言以自壮，然后可以尽天下之大观而无憾者
矣。"这"观贤人之光耀，闻一言以自壮"可以算得上对司马越这番话
的最好诠释。再，俗语有"同君一夜话，胜读十年书""闻名不如见面"
等，妇孺皆知，这些话虽然俚俗，却是黄沙吹尽而展现的金玉，千百
年人生经验的总结。值得永远玩味。再则，司马越就其为人与行事都
不值得称道，但这一段话可见他不是一无是处，不以人废言也是刘义
庆《世说》收录原则之一。

赏誉35

　　庾太尉少为王眉子所知①，庾过江，叹王曰："庇其宇下②，使
人忘寒暑。"

【注】

①王眉子：指王玄。玄字眉子，王衍之子。知：看重，欣赏。
②庇：寄身，凭依。

【译】

　　庾亮小时候就被王玄赏识，庾亮过江后，赞叹王玄说："在他的屋
檐下，让人觉得四季皆春。"

【评鉴】

　　在《识鉴》第十二则中，王澄说王玄"志大其量，终当死坞壁间"。王澄为王玄小叔父，是看不起王玄的，且王玄政事的确也不足观，最终死于非命。所以，庾亮的话也只能是姑妄听之。有意思的是，王玄也常常看不上自己的叔叔，《轻诋》第一则有云："王太尉问眉子：'汝叔名士，何以不相推重？'眉子曰：'何有名士终日妄语！'"

赏誉36

　　谢幼舆曰[①]："友人王眉子清通简畅，嵇延祖弘雅劭长[②]，董仲道卓荦有致度[③]。"

【注】

①谢幼舆：指谢鲲。鲲字幼舆。

②嵇延祖：即嵇绍。绍字延祖，嵇康长子。劭长：高尚美好。

③董仲道：即董养。养字仲道。泰始初入洛求仕。后见天下扰乱，与妻子荷担入蜀，不知所终。卓荦（luò）：超绝出众。致度：犹言风度。

【译】

　　谢鲲说："友人王眉子清明通达，简约朗畅；嵇延祖宽宏雅正，高尚美好；董仲道卓绝而有风度。"

【评鉴】

　　王玄崇尚老庄，"少希慕简旷"，故谢鲲云其"清通简畅"，不过其于政事可圈点处不多，最后为坞人所害。嵇绍多才多艺，玉树临风，且有知人鉴，元帝微时，嵇绍就看出元帝骨相容貌不一般，是皇帝的仪相。嵇绍最后为晋室捐躯，不愧晋之忠臣。董养明哲保身，见天下大乱，"乃与妻荷担入蜀，莫知其所终"。《论语·卫灵公》："邦有道，则仕；邦无道，则可卷而怀之。"董养算得上是能知进退的人。

赏誉37

王公目太尉①："岩岩清峙②，壁立千仞。"

【注】

①太尉：指王衍。衍怀帝时曾为太尉，故称。

②岩岩：高耸的样子。清峙：清奇特出。

【译】

王导品评王衍："高峻挺拔，壁立千仞。"

【评鉴】

王家兄弟叔侄总是互相吹捧，有时未免可笑，其间评论不妨看成是为本族张目。

赏誉38

庾太尉在洛下①，问讯中郎②，中郎留之云："诸人当来。"寻温元甫、刘王乔、裴叔则俱至③，酬酢终日④。庾公犹忆刘、裴之才俊，元甫之清中⑤。

【注】

①洛下：指洛阳。

②中郎：指庾敳。曾官太傅司马越从事中郎，故称。

③温元甫：即温几。几字元甫，西晋太原（今山西太原）人。才性清婉，历司徒右长史、湘州刺史，卒官。刘王乔：即刘畴（？—311）。畴字王乔，晋彭城（今江苏徐州）人。司隶校尉刘讷子。善谈名理。永嘉中，仕至司徒左长史，后为阎鼎所杀。《晋书》卷69有传。裴叔则：即裴楷。楷字叔则。

④酬酢：谈论应对。

⑤清中：清明平和。

【译】

　　庾亮在洛阳时，去拜望庾敳，庾敳挽留他说："几位名士要来。"过了一阵儿，温几、刘畴、裴楷都来了，谈论应对了一整天。庾亮一直追想刘、裴的出色才华，温几的清明平和。

【评鉴】

　　程炎震从时间上推论，认为此则不可信。不过，最后"酬酢终日。庾公犹忆刘、裴之才俊，元甫之清中"数语，让人遥想名士风采，无限神往。

赏誉39

蔡司徒在洛①，见陆机兄弟住参佐廨中②，三间瓦屋，士龙住东头，士衡住西头。士龙为人文弱可爱。士衡长七尺余，声作钟声，言多慷慨。

【注】

①蔡司徒：指蔡谟。康帝时迁司徒，故称。

②参佐：犹言参僚。指幕职官吏。

【译】

蔡谟在洛阳时，曾看见陆机兄弟住在属吏的官舍中，三间瓦屋，士龙住在东头，士衡住在西头。士龙仪态文静柔弱，和蔼可亲。士衡高七尺有余，声音如钟声般洪亮，言辞多慷慨激昂。

【评鉴】

蔡谟父蔡克与陆机同僚，二陆为卢志、孟玖等所陷，机已被杀，蔡克欲救陆云而不得，《晋书·陆云传》曰："蔡克入至颖前，叩头流血，曰：'云为孟玖所怨，远近莫不闻。今果见杀，罪无彰验，将令群心疑惑，窃为明公惜之。'僚属随克入者数十人，流涕固请，颖恻然有宥云色。孟玖扶颖入，催令杀云。"可见二人交情甚厚。二陆于蔡谟当是长辈行。这是蔡谟过江后对二陆的追忆。

赏誉40

王长史是庾子躬外孙①，丞相目子躬云②："入理泓然③，我已上人。"

【注】

①王长史：指王濛。因曾为简文长史，故称。庾子躬：即庾琮。琮字子躬。

②目：评论。

③泓然：博大精深的样子。

【译】

王濛是庾琮的外孙，王导品评庾琮说："谈论义理博大精深，是在我以上的人。"

【评鉴】

王导善清谈，也喜欢和清谈名家交流，正如和祖约交流而"至晓不眠"一样。

赏誉41

庾太尉目庾中郎："家从谈谈之许①。"

【注】

①家从：犹言堂叔。庾亮为庾敳从子。谈谈：通"潭潭"。深邃的样子。

【译】

庾亮品评庾敳:"我家堂叔是深邃的清谈名家。"

【评鉴】

庾亮高推其叔庾敳,庾敳品评人物,《世说》多见,也大多中肯。比较王澄、王玄叔侄互相诋排,庾氏在品藻人物方面似更重本家族的声誉。

赏誉42

庾公目中郎:"神气融散①,差如得上②。"

【注】

①融散:恬适雍容。

②差如:颇,很。

【译】

庾亮品评庾敳:"神情恬适雍容,算得上是第一流。"

【评鉴】

此则可与《雅量》第十则对照看:"庾时颓然已醉,帻堕几上,以头就穿取。徐答云:'下官家故可有两娑千万,随公所取。'"刘玙想用庾敳贪财的弱点陷害他,岂料庾敳会有如此超脱回复,只好作罢。

赏誉43

刘琨称祖车骑为朗诣①，曰："少为王敦所叹②。"

【注】

①祖车骑：指祖逖（266—321）。逖字士稚，晋范阳遒县（今河北涞水县）人。晋室乱，率部曲渡江，中流击楫而誓曰："祖逖不能清中原而复济者，有如大江！"元帝任为豫州刺史，后又任戴渊镇合肥，对他加以牵制，祖逖感愤而卒。追赠车骑将军。《晋书》卷62有传。朗诣：通达超拔。

②叹：赏识，赞赏。

【译】

刘琨品评祖逖通达超拔，说："他年轻时就得到王敦的赏识。"

【评鉴】

刘琨、祖逖闻鸡起舞的故事，可谓家喻户晓。可惜祖逖后来因功勋巨大，受到东晋朝廷的忌惮，忧愤而死。刘琨亦未遂抱负。王敦之识人，亦属上流，如王敦看不起周颢、以羲之为佳子弟、知王应不错、识王舒于年轻时、欣赏祖逖于少时等。参本门第四十六则。

赏誉44

时人目庾中郎："善于托大①，长于自藏②。"

【注】

①托大：寄身于大道，与大道融合。谓超脱于尘世。

②自藏：谓深藏而不露。

【译】

当时人品评庾敳："善于寄身于大道，长于自己深藏而不露。"

【评鉴】

虽然庾敳长于自藏，不求荣进，亦名士中之超卓者，惜乎身处乱世，同王衍一起被石勒袭杀。

赏誉45

王平子迈世有俊才①，少所推服②。每闻卫玠言③，辄叹息绝倒④。

【注】

①王平子：即王澄。澄字平子，王衍异母弟。

②推服：推扬心服。

③卫玠：字叔宝，河东安邑（今山西夏县）人。卫瓘孙，卫恒之子。喜好玄谈，享有盛名。

④绝倒：佩服倾倒。谓佩服之极。

【译】

王澄超迈世人而才华出众，很少有推重心服的人。每每听到卫玠的清谈，就赞叹叫绝。

【评鉴】

王澄超迈自高，且比卫玠年长十七岁，能心服卫玠如此，卫玠清谈之精彩仿佛可见。而王澄虽其他都不足称道，但性情真率，能服膺高明，也非全无是处。参《赏誉》第五十一则。

赏誉46

王大将军与元皇表云[①]："舒风概简正[②]，允作雅人[③]，自多于邃[④]，最是臣少所知拔[⑤]。中间夷甫、澄见语[⑥]：'卿知处明、茂弘[⑦]，茂弘已有令名，真副卿清论[⑧]；处明亲疏无知之者。吾常以卿言为意，殊未有得，恐已悔之。'臣慨然曰：'君以此试。'顷来始乃有称之者[⑨]。言常人正自患知之使过，不知使负实。"

【注】

①王大将军：指王敦。元皇：指晋元帝司马睿。

②舒：指王舒。舒字处明。风概：节操。简正：严正。

③允：的确，确实。

④邃：指王邃。邃字处重，晋琅邪（今山东临沂）人。王舒弟。元帝时为中领军，加尚书右仆射。

⑤知拔：欣赏推扬。

⑥夷甫：指王衍。衍字夷甫。澄：指王澄。澄字平子，王衍异母弟。

⑦茂弘：即王导。导字茂弘。

⑧副：符合，相称。

⑨顷来：近来。

【译】

　　王敦给元帝上表说："王舒节操严正，的确不愧为雅士，从来就比王邃强，他是臣下我年轻时就欣赏推扬的。后来王衍、王澄给我说：'你赏识处明、茂弘，茂弘已有大名声，真和你的高论吻合；处明不管是亲近还是疏远的都没有人看好他。我们常常记得你的话，结果一点也没发现他的优长处，或许你也后悔当时的品题了。'我感慨地告诉他们：'你们按我说的办法试试。'近来才有称赞王舒的了。我觉得一般人只怕因欣赏对方而使其名声超过了实际，不了解对方而又容易让别人的才干被埋没。"

【评鉴】

　　王敦此表，曲尽人情，可见并非只是会鼓吹而已，其后二句"患知之使过，不知使负实"，道尽知人识人的不容易。古往今来，这方面的教训多多，如果就"知之使过"来说，战国时赵国的赵括，三国时蜀国的马谡，都是名声超过了实际能力，结果酿成大祸。至于不了解而被埋没的，更比比皆是了。

赏誉47

　　周侯于荆州败绩还①，未得用。王丞相与人书曰："雅流弘器②，何可得遗！"

【注】

①周侯：指周颛。弱冠袭父爵武城侯，故称。败绩：大败。

②雅流：高雅的人才。弘器：大器，弘旷之器。

【译】

周颛在荆州的变乱中大败回到都城，没被任用。王导写信给别人说："周颛是高雅大才，怎么能不用呢！"

【评鉴】

周颛名重识暗，王敦以陶侃代之，可见王敦用人不重虚名而重才用。以王导之贤，哪有看不明白的，但一则王导亦为风流宗主，二来彼时社会风气浮华虚诞，周颛以虚名惑众，如闲置周颛，必将为舆论所攻，故王导只好随波逐流，与人书，正是答复社会仰慕虚名者的质疑。"复以为军谘祭酒，寻转右长史。中兴建，补吏部尚书。顷之以醉酒为有司所纠，白衣领职。复坐门生斫伤人，免官"（《晋书·周颛传》）。所谓雅流弘器，就是这个样子。

赏誉48

时人欲题目高坐而未能①，桓廷尉以问周侯②，周侯曰："可谓卓朗③。"桓公曰④："精神渊著⑤。"

【注】

①题目：品评，品题。高坐：晋高僧帛尸梨密多罗的别称。

②桓廷尉：指桓彝。因其在苏峻乱中被杀，追赠廷尉，故称。

③卓朗：卓越高朗。

④桓公：指桓温。

⑤渊著：深沉。

【译】

当时的名流要想品题高坐道人没找到恰当的评语，桓彝问周颢，周颢说："可以说是卓越高朗。"桓公说："他的精神渊深沉着。"

【评鉴】

高坐道人与晋室公卿皆友好，名士们莫不钦佩其风采高韵，精神渊著。这当有两方面的原因，一是高坐不恋荣华富贵，弃王位而出家，且精研佛学，又到东土以求学问精进。如此精神值得尊敬。二是高坐的类似隐士的行径与晋人的时尚亦相吻合，晋人崇尚隐逸，尊推不入仕的高人，如郗超专为隐逸之士备办百万资财，郝隆鼓吹隐居不出为远志，入仕则为小草。等等。

赏誉49

王大将军称其儿云①："其神候似欲可②。"

【注】

①其儿：指王应。王敦无子，以其兄王含之子王应为后。

②神候：精神气宇。似欲可：好像不错。

【译】

王敦称赞他的儿子王应说:"他的精神气宇好像不错。"

【评鉴】

王敦无子,以其兄王含子应为嗣。从《识鉴》第十五则王应分析时势可见王敦之言不诬,是客观而公正的。

赏誉50

卞令目叔向①:"朗朗如百间屋②。"

【注】

①卞令:指卞壶。明帝时为尚书令,故称。向:即卞向。事迹不可考。
②朗朗:宽敞明亮。

【译】

卞壶品评他的叔叔卞向:"敞亮,就好像是一座有百间居室的大宅院。"

【评鉴】

有的注解认为卞壶品评的是春秋时晋国的贤臣叔向,但从《世说》的体例而言必不是指春秋叔向,应该是指其叔父卞向。于此,学人们早有辨说。惜卞向不可考。

赏誉51

王敦为大将军，镇豫章^①，卫玠避乱，从洛投敦，相见欣然，谈话弥日。于时谢鲲为长史，敦谓鲲曰："不意永嘉之中^②，复闻正始之音^③。阿平若在^④，当复绝倒^⑤。"

【注】

①"王敦为大将军"二句：《晋书·王敦传》："蜀贼杜弢作乱，荆州刺史周颢退走，敦遣武昌太守陶侃、豫章太守周访等讨弢，而敦进住豫章，为诸军继援。"即此事。

②永嘉：晋怀帝年号（307—313）。

③正始之音：正始年间，王弼、何晏等崇尚玄学清谈，后人因称玄学清谈为正始之音。正始，三国魏齐王曹芳年号（240—249）。

④阿平：昵称王澄。澄字平子，王衍异母弟。

⑤当复：表示肯定或推断。复，后缀。

【译】

王敦为大将军，镇守豫章，卫玠躲避战乱，从洛阳投奔王敦，相见后非常投缘，谈论了一整天。当时谢鲲任王敦的长史，王敦对谢鲲说："没想到在永嘉年间，还能听到正始之音。阿平如果在这里，应该会佩服的。"

【评鉴】

所谓正始之音，即指以何晏、王弼为首倡导的玄学清谈，他们谈玄析理，放达不羁，名士风流，盛于洛下。无人不顶礼膜拜，津津乐道，竟连自云只会鼓吹的王大将军，也为之如痴如醉。卫玠得正始之遗风，清谈超越时流，可惜天不假年，不见其有大成。

赏誉52

王平子与人书，称其儿"风气日上，足散人怀"①。

【注】

①散：排遣，抒发。人怀：我心。

【译】

王澄给别人写信，称赞他儿子"风度气韵一天比一天好，很让我开心。"

【评鉴】

李慈铭评论说：晋、宋六朝膏粱门第，父亲称赞儿子，哥哥夸耀弟弟，这样来为对方抬高"声价"。而作为儿子或弟弟的，偏偏却又鄙视父亲哥哥，这样来显示自己的通率。世人没有见识"从而称之"，风气大坏。王澄本是妄人，儿子能好到哪儿去？

赏誉53

胡毋彦国吐佳言如屑①，后进领袖②。

【注】

①胡毋彦国：即胡毋辅之。辅之字彦国。屑：粉末。

②后进：晚辈。

【译】

　　胡毋辅之谈玄时美妙的言辞，就像锯木板时的粉末飘洒绵延不断，堪称晚辈中的出类拔萃者。

【评鉴】

　　《晋书·胡毋辅之传》记载胡毋辅之性嗜酒，任纵不拘小节，善清谈，出为乐安太守，昼夜酣饮，不管郡事。唯高谈阔论，邀名求誉。这样的后进领袖，于国家、于民生有何用处？

赏誉54

　　王丞相云："刁玄亮之察察①，戴若思之岩岩②，卞望之之峰距③。"

【注】

①刁玄亮：即刁协。协字玄亮。察察：清楚明白的样子。

②戴若思：即戴渊（一作"俨"，260—322）。渊字若思，晋广陵（今江苏扬州）人。仕至征西将军，后为王敦所害。《晋书》卷69有传。岩岩：严峻挺立的样子。

③卞望之：即卞壶。壶字望之。峰距：高峻刚直。

【译】

王导品评说："刁玄亮以明晰见长，戴若思以严峻出众，卞壸以高峻刚正为人称道。"

【评鉴】

此则当有脱文。《晋书·卞壸传》记载："时王导以勋德辅政，成帝每幸其宅，尝拜导妇曹氏。侍中孔坦密表不宜拜。导闻之曰：'王茂弘弩痫耳，若卞望之之岩岩，刁玄亮之察察，戴若思之峰岠，当敢尔邪！'"东晋王朝，王与马，共天下，元帝曾拉王导共升御床，而成帝常常临幸王宅，拜见王导的夫人曹夫人。孔坦为人正直，觉得人君无拜臣妻之礼。这事传到王导耳中，王导很不高兴，说了上述话语。意思说即或如卞壸，如刁协，如戴渊，他们都不至于有这样的建议。言外之意是说孔坦算什么，居然敢从中作梗。至于"弩痫"一语，纯是自嘲，犹言我现在有点窝囊了。

赏誉55

大将军语右军①："汝是我佳子弟，当不减阮主簿②。"

【注】

①大将军：即王敦。右军：即王羲之。羲之曾官右军将军，故称。
②不减：不比……差。阮主簿：即阮裕。裕曾任王敦主簿，故称。

【译】

王敦对王羲之说："你是我们王家优秀子弟，应该不比阮裕差。"

【评鉴】

《赏誉》一目，多涉浮夸，相比之下，王敦对人物的欣赏评鉴大都客观准确，此当是羲之尚少时王敦对他的评价。后来王羲之不仅以书法名世而光耀千秋，而且在国家大事方面、在对人物的品察方面都有超越时人的精到见解。《晋书》其本传中载其与殷浩书、会稽王书、谢安书、谢万书，既对于天下形势的分析研究鞭辟入里，远胜庙略，且对于军旅之事亦十分当行，并预知殷浩、谢万必败。还有对于清谈误国的批评也超绝时人。阮裕清高不仕而获高名，故人们总是以其为高标而比鉴人物。

赏誉56

世目周侯："嶷如断山①。"

【注】

①嶷（nì）：高峻。断山：截断的山。形容陡峭。

【译】

世人品评周颛："高峻如断壁悬崖。"

【评鉴】

周颛刚正而难犯，敢于讲真话，不为权势而退避，不以安危而易节。此其人品最可称道者。

赏誉57

王丞相招祖约夜语①，至晓不眠。明旦有客，公头鬟未理，亦小倦②。客曰："公昨如是，似失眠。"公曰："昨与士少语，遂使人忘疲③。"

【注】

①祖约：字士少。祖逖异母弟。

②小倦：稍显疲倦。

③使人：让我，使我。

【译】

王导叫祖约晚上来清谈，到天亮了都没睡觉。第二天早晨有客人造访，王导头发还没来得及整理，神态也显得疲乏。客人问："您昨晚这样子，大概是失眠了。"王导说："昨晚上和士少清谈，就让我忘记了疲倦。"

【评鉴】

《赏誉》一门，失准者多。如祖约者，内不能肃其家，外不能忠于主，反复无常，趋利忘义，石勒尚鄙其为人，杀之不惜，只因其善清谈，王导便也堕其云雾中，对于其人品节操则不免失察。无怪凌濛初讥之曰："丞相每与作逆者倾注。"仔细想来，我们也不必过分苛求，人，总是在不断发展变化中，或趋好或渐浊，很难逆料，即或如刘琨、祖逖，其初心也未必如后之磊落。刘琨年轻时趋附贾谧，是"二十四友"之一，且为赵王司马伦幕僚，其节操不值称道。而祖逖初始不过是一野心家。后来当国家倾危之时，二人皆励志奋起，终成大英雄而彪炳青史。正如白居易《放言五首》之三："试玉要烧三日满，辨材须待七年期。周公恐惧流言日，王莽谦恭未篡时。向使当时身便死，一生真伪复谁知。"

赏誉58

王大将军与丞相书①，称杨朗曰②："世彦识器理致，才隐明断。既为国器，且是杨侯准之子③，位望殊为陵迟④，卿亦足与之处。"

【注】

①王大将军：即王敦。丞相：即王导。导为敦从弟。

②杨朗：字世彦。

③杨侯准：即杨准。准字始立，西晋弘农华阴（今陕西华阴）人。杨修孙。惠帝时，为冀州刺史。

④陵迟：本意为衰落。此指淹滞。

【译】

王敦给王导写信，称赞杨朗说："世彦有见识善义理，才高而头脑清楚。既是难得的治国之才，又是杨侯准的儿子，只是地位和名望都还不高，你值得和他交往。"

【评鉴】

王导为王敦从弟，敦长导十岁，故王敦对王导时有训示。王敦知人，品鉴大多与实际相符。杨朗亦有知人鉴。参《识鉴》第十三则。

赏誉59

何次道往丞相许①，丞相以麈尾指坐②，呼何共坐曰："来，来，此是君坐。"

【注】

①何次道：即何充。充字次道。

②麈（zhǔ）尾：魏晋六朝时一种兼具拂尘和凉扇功用的器具。

【译】

何充去拜会王导，王导用麈尾指着自己的坐榻，叫何充同坐，说："你过来，你过来，这是你的座位。"

【评鉴】

王导器重何充，想让他继自己为相，故有此举。参下条。

赏誉60

丞相治扬州廨舍①，按行而言曰②："我正为次道治此尔！"何少为王公所重，故屡发此叹。

【注】

①廨舍：官邸，官署。

②按行：巡视。

【译】

王导修治扬州官舍，一边巡视一边说："我这是给次道修治的啊！"何充年少时就被王导器重，所以常常有这类感叹。

【评鉴】

何充为王导妻子的外甥，且为明穆皇后的妹夫，故王导处处有意提携张扬，屡屡赏誉，亦是煞费苦心。综何充一生，为人正直，器识尚可，用人以功臣为先，他无足称。王导生前苦心孤诣，彰示上下。至其死后，"王导薨，辛酉，以护军将军何充录尚书事"，终遂其愿。刘孝标注往往言约意明，直捣黄龙，此引《晋阳秋》亦然："导深器之，由是少有美誉。"虽然何充本身不错，但美誉却是因为丞相之吹嘘。揆之人情世事，古往今来，莫不如此，似也未可厚非。

赏誉61

王丞相拜司徒而叹曰①："刘王乔若过江②，我不独拜公。"

【注】

①拜司徒：按，王导拜司徒当是元帝死后事。《晋书·王导传》："及明帝即位，
导受遗诏辅政，解扬州，迁司徒，一依陈群辅魏故事。"

②刘王乔：即刘畴。畴字王乔。

【译】

王导拜司徒时，叹息说："假如刘王乔当初也过江来了，就不会我
一个人拜公了。"

【评鉴】

《晋书·刘畴传》记载："子畴，字王乔，少有美誉，善谈名理。
曾避乱坞壁，贾胡百数欲害之，畴无惧色，援笳而吹之，为《出塞》
《入塞》之声，以动其游客之思。于是群胡皆垂泣而去之。永嘉中，位
至司徒左长史，寻为阎鼎所杀。"由此可知，刘畴既精名理，而又能临
敌从容，以悲笳引动胡人乡关之思而脱险，颇有汉之张良楚歌吹散八
千兵的风采。且能得蔡谟、王导的赏识，更知其堪为栋梁之材。可惜
早死，未能展其抱负才干。

赏誉62

王蓝田为人晚成①，时人乃谓之痴。王丞相以其东海子②，辟为掾。常集聚，王公每发言，众人竞赞之；述于末坐曰③："主非尧、舜，何得事事皆是④！"丞相甚相叹赏⑤。

【注】

①王蓝田：即王述。述袭父爵为蓝田侯。晚成：成熟得晚。

②东海：指王承。因其尝官东海太守，故称。

③末坐：座次在后边不太显眼的位置。

④"主非尧、舜"二句：《梁书·武帝本纪》："古人有云，主非尧舜，何得发言便是。"

⑤相叹赏：赏识他。相，指代王承。

【译】

王述为人成熟较晚，当时有人就觉得他傻。王导因为他是东海太守王承的儿子，就任用他为属官。每一次聚会时，王导只要一说话，僚属们竞相叫好；王述在末座说："我们的府主又不是尧、舜，怎么可能事事都对！"王导很赏识他。

【评鉴】

大臣若能皆如蓝田，君主何至于昏，上司何至于愦？王述对那些溜须拍马之徒直接诋斥，此正是其难能可贵之处。王述言语直率尖锐，但王导不以为忤，还非常赞赏王述，可见王导并非"愦愦"，而是心如明镜，能识忠奸。至于王导平时虚与委蛇于良莠之间，前贤也多认为是有其不得已的苦衷。

赏誉63

世目杨朗沉审经断[①]，蔡司徒云[②]："若使中朝不乱，杨氏作公方未已。"谢公云："朗是大才。"

【注】

①沉审：沉着明察。

②蔡司徒：指蔡谟。康帝时迁司徒，故称。

【译】

世人品评杨朗沉着明察而有决断，蔡谟说："假如中朝不发生变乱，杨朗做三公都难尽其才。"谢安说："杨朗的确是大才。"

【评鉴】

杨朗为世人赞赏，王敦、谢安、蔡谟都对他评价很高。事实也证明杨朗能孚众望。先是不得已为王敦尽力，而所向克捷。后来任三公曹郎，任用官属皆一时俊才。

赏誉64

刘万安[①]，即道真从子[②]，庾公所谓"灼然玉举"。又云："千人亦见,百人亦见。"

【注】

①刘万安:即刘绥。绥字万安。

②道真:即刘宝。宝字道真。

【译】

　　刘绥是刘宝的侄子,就是庾琮称扬的"如同美玉般挺立耀眼"。又说:"在千人中一眼就发现与众不同,在百人中也一眼就发现与众不同"。

【评鉴】

　　庾琮很有名望,对刘绥评价很高,说刘绥在稠人广众中总是格外引人注目,"千人亦见,百人亦见"。刘绥为"兖州八伯"之一。

赏誉65

　　庾公为护军①,属桓廷尉觅一佳吏②,乃经年。桓后遇见徐宁而知之③,遂致于庾公,曰:"人所应有,其不必有;人所应无,己不必无。真海岱清士。"

【注】

①庾公为护军:《晋书·明帝纪》:"(泰宁二年)庾亮为护军将军。"护军,官名。秦有护军都尉。汉高祖以陈平为护军中尉,尽护诸将。魏置护军将军,掌军职的选用。

②桓廷尉：指桓彝。因其在苏峻乱中被杀，追赠廷尉，故称。

③徐宁：字安期，晋东海郯（今山东郯城）人。初为舆县令，为桓彝所称。累迁吏部郎、江州刺史。《晋书》卷74有传。

【译】

庾亮为护军将军，嘱托桓彝物色一个好的属吏，经历了一个年头。桓彝后来遇见徐宁而赏识他，就推荐给庾亮，说："常人可能有的不足，他不一定有；常人可能没有的优点，他不一定没有。的确是海岱地方的清高之士。"

【评鉴】

余嘉锡认为，所谓清士，被庾亮赏识，按人类聚群分的道理，不过是一个浮谈清言之人，未必便有治理之才。

赏誉66

桓茂伦云①："褚季野皮里阳秋②。"谓其裁中也③。

【注】

①桓茂伦：即桓彝。彝字茂伦。

②褚季野：即褚裒。裒字季野。皮里阳秋：即皮里春秋。避晋简文帝母郑阿春讳，以阳代春。《春秋》为我国古代第一部编年体史书，从来认为《春秋》无一字无褒贬。此借言褚裒能明白是非。

③裁中：在内心里进行褒贬评价。

【译】

桓彝说:"褚季野皮里阳秋。"是说褚裒心中能够判断是非。

【评鉴】

这是说褚裒心中尺衡恰到好处,人物优劣、世情是非都心中有数。在南渡群贤中,褚裒也属难得的人物,以皇后父亲的身份,却能内敛自守,克慎谦抑,每有降授,再三婉辞,不居是非之地位。"在官清约,虽居方伯,恒使私童樵采"(《晋书·褚裒传》)。贵为一镇诸侯,且又是皇帝老丈人,还经常叫家里的仆人去打柴,在晋室的外戚中,恐怕是绝无仅有。

赏誉67

何次道尝送东人^①,瞻望,见贾宁在后轮中^②,曰:"此人不死,终为诸侯上客。"

【注】

①东人:从东边来的人。此处指会稽、吴郡一带的客人。

②贾宁:字建宁,东晋长乐(今河北衡水冀州区)人。成帝时,苏峻举事,贾宁为参军。后见苏峻败,归降,仕至新安太守。后轮:犹言后车。

【译】

何充曾经送回东边会稽的客人,远望,看见后边一辆车中的贾宁,说:"这人如果不死的话,最终会成为诸侯座上的重要人物。"

【评鉴】

　　从刘孝标注引《晋阳秋》可知，贾宁此人不仅不值得称道，简直罪不容诛。王世懋以为当是因为贾宁原为苏峻谋主，苏峻败亡，王导要想保全贾宁，所以有这样的传闻。又《晋书·王导传》："峻又逼乘舆幸石头，导争之不得。峻日来帝前肆丑言，导深惧有不测之祸。时路永、匡术、贾宁并说峻，令杀导，尽诛大臣，更树腹心。峻敬导，不纳。"贾宁等劝说苏峻杀王导，幸亏苏峻不听，王导才保住了性命。而王导却偏要笼络保全这一伙人，其实也是治术使然，并非就真心欣赏他们，这有如汉初刘邦先封雍齿以安反侧。《史记·高祖本纪》说，汉高祖登基了，有许多一时还没加封的将领们不满，想造反，高祖用张良的计策，先封自己最讨厌的雍齿为什邡侯，这样做以后，其他将领也就心安了，觉得刘邦最讨厌的人都封了侯，自己的前程光明着呢。

赏誉68

　　杜弘治墓崩①，哀容不称②。庾公顾谓诸客曰："弘治至羸③，不可以致哀。"又曰："弘治哭不可哀④。"

【注】

①杜弘治：即杜乂。乂字弘治，杜预孙。袭封当阳侯，辟公府掾，为丹阳丞。早逝。《晋书》卷93有传。

②哀容不称：指没表现出应有的悲伤神色。不称，不相称。

③至羸：身体极差。

④哭不可哀：《孝经·丧亲章》："孝子之丧亲也，哭不偯（yǐ），礼无容，言不

文，服美不安，闻乐不乐，食旨不甘，此哀切之情也。"

【译】

杜乂家的坟墓崩塌了，杜乂显得不十分悲哀。庾亮对客人们说："弘治身体太差，不能够太悲伤致哀。"又说："弘治哭墓可以，但不能太悲哀。"

【评鉴】

杜乂为杜预之孙，名臣之后。既美姿容，而性情亦纯和可爱。庾亮对他爱重如是，而庾翼却："京兆杜乂、陈郡殷浩并才名冠世，而翼弗之重也。每语人曰：'此辈宜束之高阁，俟天下太平，然后议其任耳。'"（《晋书·庾翼传》）认为杜乂就是一个不了国事的清淡名家而已。

赏誉69

世称庾文康为丰年玉①，穉恭为荒年谷②。庾家论云："是文康称恭为荒年谷，庾长仁为丰年玉③。"

【注】

①庾文康：即庾亮。亮谥文康，故称。

②穉恭：即庾翼。翼字穉恭。

③庾长仁：即庾统。统字长仁，小字赤玉，庾亮从子。仕至寻阳太守。《晋书》卷73有传。

【译】

世人品评说庾亮是丰收年的美玉，庾翼是灾荒年的谷物。庾家的评论说："是庾文康说庾恭是荒年谷，庾长仁是丰年玉。"

【评鉴】

我们觉得前一种说法更可信一些。庾亮以风仪见长，宜于端委庙堂。而庾翼颇有材用，在治军打仗方面很为大家认可。再有，我们从前一则评鉴引庾翼的话也可证前说为是，庾翼所谓此辈当束之高阁，应该也包括了庾亮，只是庾翼不好直接批评他哥罢了。"俟天下太平""然后议其任"，不是"丰年玉"是什么。

赏誉70

世目杜弘治标鲜①，季野穆少②。

【注】

①标鲜：仪容美好出众。

②穆少：温和静默。

【译】

当世人评论说：杜乂俊美出众，褚裒温和静默。

【评鉴】

前者言其容貌，后者重其性情。杜乂容貌与卫玠并誉，是有名的美男子。褚裒"穆少",这评价也是非常准确的。裒为人谨慎,不褒贬人物,身为皇后之父,不愿入朝当政,屡辞荣名,忠诚坦白,在外戚中难有其比。

赏誉71

有人目杜弘治标鲜清令①,盛德之风,可乐咏也②。

【注】

①清令:清新娴雅。

②乐咏:歌颂。

【译】

有人品评杜乂俊美出众,清新娴雅,德行风范,值得歌咏。

【评鉴】

杜乂盛德之风,不过是因其仪容出众而溢美之,因其早卒,《晋书》本传也不见其德行记载。或因其是名公之孙,而人们不免捕风捉影,人云亦云。

赏誉72

庾公云:"逸少国举①。"故庾倪为碑文云②:"拔萃国举③。"

【注】

①逸少：即王羲之。羲之字逸少。国举：一国推重的人才。

②庾倪：即庾倩。倩字少彦，小字倪，庾冰之子。为桓温诬杀。

③拔萃：犹出众。语出《孟子·公孙丑上》："出于其类，拔乎其萃。"

【译】

　　庾亮说："逸少是全国推重的人才。"所以庾倪给他撰的碑文说："拔萃国举。"

【评鉴】

　　王逸少倒是盛名不虚，然程炎震认为，庾倩于咸安元年（371）被桓温诬杀，而王羲之如果死于太元四年（379），则庾倩不可能为他作碑。

赏誉73

　　庾穉恭与桓温书称："刘道生日夕在事①，大小殊快②，义怀通乐既佳③，且足作友，正实良器，推此与君，同济艰不者也④。"

【注】

①刘道生：即刘恢。恢字道生，晋沛国（治今安徽濉溪）人。仕至车骑司马。

　　日夕：犹言早晚。因以指平时，日常。

②大小殊快：上下都高兴。

③通乐：通达乐观。

④艰不：二字同义连文，即艰难。不，同"否"。不顺。

【译】

庾翼给桓温写信说："刘恢平时在职理事，上下的人都很高兴满意，他为人仗义，通达乐观，已经很不错了，并且值得做朋友，的确是出色的人才，推荐他给你，他可以和你共度艰难困苦。"

【评鉴】

余嘉锡以为，刘恢为刘惔之误。也有人以为余说非是。据《晋书·桓温传》，桓温"少与沛国刘惔善，惔尝称之曰：'温眼如紫石棱，须作猬毛磔，孙仲谋、晋宣王之流亚也。'选尚南康长公主，拜驸马都尉"。桓温年少时与刘惔即为朋友，后来同为晋明帝婿，二人为连襟。然因势利之争，二人始终貌合神离。所以，如果此"刘道生"为刘惔之误的话，既无需庾翼推荐，也不可能与桓温共度时艰。故当以刘恢为是。

赏誉74

王蓝田拜扬州，主簿请讳①，教云："亡祖、先君②，名播海内，远近所知；内讳不出于外③。余无所讳。"

【注】

①请讳：请示应该避忌的先辈名讳。

②亡祖：已亡故的祖父。即王湛。先君：已亡故的父亲。即王承。

③内讳不出于外：语出《礼记·曲礼》："妇讳不出门。"内讳，应避讳的女性

长辈的本名。

【译】

王述任扬州刺史，主簿请问应该避些什么家讳，批示说："我的先

祖父和先父，名声遍及天下，远近都是知道的；内讳不能传出门外。

其他没有什么可避讳的。"

【评鉴】

李慈铭说，此则不过是六朝人夸耀门第的常语罢了，是拿死人来

自傲，不当列入《赏誉》。甚是。

赏誉75

萧中郎①，孙承公妇父②，刘尹在抚军坐③，时拟为太常④。刘

尹云："萧祖周不知便可作三公不⑤？自此以还，无所不堪。"

【注】

①萧中郎：即萧轮。轮字祖周，孙统岳父。历常侍、国子博士。

②孙承公：即孙统。统字承公，晋太原中都（今山西平遥）人。孙楚孙，孙绰

兄。性好山水，历任县令。《晋书》56有传。

③刘尹：指刘惔。因其曾为丹阳尹，故称。抚军：指简文帝司马昱。因其曾为

抚军将军，故称。

④太常：即太常卿。掌礼乐郊庙社稷祭祀等。

⑤三公：魏晋后称太尉、司徒、司空为三公。

【译】

　　萧轮是孙统的岳父，刘惔在司马昱座上，当时打算用萧任太常。刘惔说："萧祖周不知道做三公合不合适？从三公以下，没有他不能胜任的。"

【评鉴】

　　刘孝标注引刘谦之《晋纪》说："轮有才学，善三《礼》，历常侍、国子博士。"以刘惔超绝时人的眼光而言，应该可信。清王先谦《病中乞休得俞旨敬成二律》："来鹄直须容一卧，萧轮那办作三公。"即反用此典。

赏誉76

　　谢太傅未冠①，始出西②，诣王长史清言良久③。去后，荀子问曰④："向客何如尊⑤？"长史曰："向客亹亹⑥，为来逼人。"

【注】

①谢太傅：指谢安。因其追赠太傅，故称。未冠：还没行冠礼。古代男子二十岁行冠礼。

②出西：指到首都建康。谢安入仕前隐居于东山，其地在今浙江绍兴上虞区西南。其地理位置在建康之东。

③王长史：指王濛。因曾为简文帝长史，故称。

④荀子：即王修。修小字荀子，王濛之子。

⑤向客：刚才那客人。尊：犹言大人。敬称父亲。

⑥亹亹（wěi）：滔滔不绝的样子。

【译】

　　谢安还没成年，才到建康，拜会王濛，清谈了很久。谢安走后，王修问王濛："刚才那客人比大人怎么样？"王濛说："刚才那人谈吐滔滔不绝，气势弘浩，让我觉得自己不如他。"

【评鉴】

　　王濛为人谦虚爱士，给予一个初出茅庐、名声未彰的少年如此高的评价，且有自知之明，已发现自己比不上谢安。较之终日妄语的王澄，王濛实在是值得推敬。谢安后来获大名声，成就大功名，证明了王濛眼光不错。

赏誉77

　　王右军语刘尹："故当共推安石①。"刘尹曰："若安石东山志立，当与天下共推之。"

【注】

①故当：应该，应当。安石：即谢安。安字安石。

【译】

王羲之对刘惔说:"我们应该一齐推扬安石。"刘惔说:"假如安石在东山隐居的志向确立,我们应该和天下人一齐推扬他。"

【评鉴】

谢安时隐居东山,名声很大。王羲之对谢安评价很高,认为谢安是一世人杰,故对刘惔如此建议。谢安本为刘惔妹丈,刘惔当然非常欣赏谢安,言下之意,如果谢安不出,就算得上是天下高士。我们猜测,这话背景应该是在谢万败后,而谢安已有意出山,刘惔应该是风闻了谢安将受桓温之聘?因为刘惔尚公主,且为简文腹心,而桓温司马昭之心早露,故刘惔这话是多少带有情绪的。政治斗争就这么复杂,刘惔当然希望谢安为简文效力而不是去做桓温幕客,但这话又不好明说,只好以当时的时尚而委婉表示不满,其实是宣露了心中的遗憾。

赏誉78

谢公称蓝田:"掇皮皆真①。"

【注】

①掇(duó)皮:剥去皮。掇,通"剟"。

【译】

谢安称赞王述:"哪怕剥去皮也是直率的。"

【评鉴】

此条"掇皮"一词，历来多有争议，日本学者冈白驹以为"掇皮，犹连皮也。掇，读为缀"。桃井白鹿认为是"提掇之掇"，并引范启《与郗嘉宾书》："子敬举体无饶纵，掇皮无余润。"大典禅师、秦士铉皆云"掇皮，犹言举体"。亦引范启书。田中则以为"此言外面似有小假，然试提举皮肤，则其内皆靡不真也"。清吴伟业《黄州杜退之改号蜕斯其音近而义别索诗为赠》诗云："掇皮忘我相，换骨失衰翁。"王叔岷《世说新语补正》："犹言举体皆真也。举体犹通体。"台湾《中文大辞典》："削其皮也。"其余今人索解尚多，不烦征引。

综合以上种种，我们觉得吴伟业诗最得其精神，以"换骨"与"掇皮"对文，掇皮即"剥皮"无疑。《中文大辞典》的释义也是对的。此正与王述的本质吻合。王述性情真率，表里如一，不雕饰，不做作，"掇皮皆真"是表里如一最为形象的表达。

赏誉79

桓温行经王敦墓边过，望之云："可儿①！可儿！"

【注】

①可儿：犹可人、人才。

【译】

桓温从王敦墓边经过，对着坟墓说："人才啊！人才啊！"

【评鉴】

　　王敦的行径和桓温颇有类似处：王敦尚晋武帝女，桓温尚明帝女。王敦多立功勋，时称"王与马，共天下"，王，指王敦与从弟王导而言；桓温亦多立功勋，独揽朝廷大权，任意废立。王敦有问鼎之举，而桓温也早怀异心。临墓感慨，实属情不自禁！《晋书·桓温传》记载："尝行经王敦墓，望之曰：'可人！可人！'其心迹若是。"《晋书》全取此条，加"其心迹若是"五字，简直是此条的最好注释。

赏誉80

　　殷中军道王右军云①："逸少清贵人②，吾于之甚至，一时无所后。"

【注】

①殷中军：即殷浩。浩曾为中军将军，故称。
②清贵：清高可贵。

【译】

　　殷浩品评王羲之说："逸少是清高可贵的人才，我对他极为看重，一时没有能跟得上他的。"

【评鉴】

　　在当时人物中，王羲之深孚众望。殷浩一向自视甚高，连桓温也不放在眼里而"宁作我"，但对王羲之却极度推崇。《晋书·王羲之传》

尝记殷浩劝羲之从仕云："悠悠者以足下出处足观政之隆替，如吾等亦谓为然。至如足下出处，正与隆替对，岂可以一世之存亡，必从足下从容之适？幸徐求众心。卿不时起，复可以求美政不？若豁然开怀，当知万物之情也。"殷浩认为王羲之的出否关乎天下兴亡，时政盛衰。从王羲之洞悉时风弊病，认为"虚谈废务，浮文妨要"(《言语》70)，品鉴人物贤愚及长短都十分精准（如评殷浩、谢万），王羲之的确是一世人杰，殷浩没有看错。可惜晚年气量似小了一些，如许询、王修死后"为议论更克"(《规箴》20，按，此条在疑似之间)。终因与王述不和，即在父母墓前自誓，再不复出，其才智未能得到最完美的发挥，这无疑是东晋王朝的一大损失。

赏誉81

王仲祖称殷渊源[①]："非以长胜人，处长亦胜人。"

【注】

①王仲祖：即王濛。濛字仲祖。殷渊源：即殷浩。

【译】

王濛称赞殷浩："不止是以他的长处胜过别人，对待自己的长处也胜过别人。"

【评鉴】

殷浩不过是清谈名家，处长者，谓其虽为风流宗主，但不以己傲物，例如读书勤奋、虚怀若谷是其优长处。至于在官处事，则又不见亮色，甚而至于昏愦荒唐。王濛的评价，是赞赏殷的学问及对待学问的谦虚客观的态度。

赏誉82

王司州与殷中军语①，叹云："己之府奥②，虽已倾写而见③；殷陈势浩汗④，众源未可得测。"

【注】

①王司州：即王胡之。因其曾官司州刺史，故称。

②府奥：胸中之底蕴。

③倾写：同"倾泻"。倾倒出来。比喻显露无余。

④陈势：即阵势。陈，后来写作"阵"。

【译】

王胡之和殷浩清谈，感叹说："我胸中的每一个角落，早已经完全坦露在外；殷的阵势如大海无边无际，不知何处才是源头。"

【评鉴】

王胡之善清谈，且自视甚高，然而对殷浩却十分钦佩，曾称殷为"盛德"，并希望与殷少日周旋（《企羡》4）。王胡之这话，很是考究，措辞巧妙。说殷阵势浩汗，用殷浩二字，浩字渊源，后用源字，未可得测，隐渊字。从而巧妙地称赞殷浩名实相副。

赏誉83

王长史谓林公①：“真长可谓金玉满堂。”林公曰：“金玉满堂，复何为简选②？”王曰：“非为简选，直致言处自寡耳③。”

【注】

①王长史：指王濛。濛曾任简文帝长史，故称。林公：即支遁。遁字道林，晋高僧，故时人称为林公以示尊敬。

②简选：选择。

③致言处：事理精深微妙的地方。致，极致。精深微妙。南朝梁王巾《头陀寺碑文》：“是故三才既辨，识妙物之功；万象已陈，悟太极之致。”

【译】

王濛对支遁说：“真长胸中可以称得上是金玉满堂。”支遁回答说：“金玉满堂，那为什么还要选择措辞？”王濛回答说：“不是选择，只不过精深微妙的道理不需要多说罢了。”

【评鉴】

王濛一向与刘惔交好，服膺刘惔，对刘惔的才学、识见都很佩服。从《世说》可知，刘惔与王濛在清谈方面各有特色，王濛是文采灿烂，刘惔则是精练隽永，语少而中肯。“金玉满堂”语出《老子》，王濛以这四字来概括刘惔胸中蕴藏，其言外之意也有以老子作譬的意思。支遁向来自负，不仅三教贯通，口若悬河，且从不甘居人后，听王濛夸奖刘惔，于是诋刘之短。王濛为人宽容平和，与人无忤，但因为支遁太过自负，目中无人，这下难得一见地动了怒气，语中有刺。《易·系辞下》："吉人之辞寡，躁人之辞多。"既回答了是不是简选措辞的问题，又暗讽支遁话多心躁。本门第一百一十一则："许玄度言：《琴赋》所谓'非至精者，不能与之析理'，刘尹其人。"正可为此处旁证。"致言处"一同于此处的"至精者"。

赏誉84

王长史道江道群[①]："人可应有，乃不必有；人可应无，己必无。"

【注】

①江道群：即江灌。灌字道群，晋陈留圉（今河南杞县）人。司马昱为抚军，引为从事中郎。后为吴郡太守，未拜而卒。《晋书》卷83有传。

【译】

王濛品评江灌："常人应该有的，他不一定有；常人应该没有的，他一定没有。"

【评鉴】

此语已见前评徐宁，可见为当时名言，此则又移植于江灌身上。至于江灌其人，方正知名，器量过人，简文帝引为抚军从事中郎，后迁吏部郎，时谢奕为尚书，评定考核官吏的次第等级不公平，灌每执正不从，奕托以他事免之，受黜无怨色。敢于顶撞本部长官，坚持己见，其为人之刚正可嘉。王濛为简文腹心，江灌为简文所重，故王濛对其评价很高。当然，王濛一向评价人物还是非常客观公正的。江灌因为亲近简文，故不被桓温重用。等到桓温去世后，欲大用未果，即遗憾谢世了。

赏誉85

　　会稽孔沈、魏颛、虞球、虞存、谢奉并是四族之俊①，于时之杰。孙兴公目之曰②："沈为孔家金，颛为魏家玉，虞为长、琳宗，谢为弘道伏。"

【注】

①孔沈：字德度，孔群之子。魏颛：字长齐，晋会稽（今浙江绍兴）人。何充为会稽内史，拔为佐吏，仕至山阴令。虞球：字和琳，晋会稽余姚（今浙江余姚）人。仕至黄门侍郎。虞存：字道长。谢奉：字弘道。

②孙兴公：即孙绰。绰字兴公。

【译】

　　会稽孔沈、魏颛、虞球、虞存、谢奉同是四个家族的俊杰，也是当时的英才。孙绰品评说："沈是孔家的金宝，颛是魏家的美玉，虞球和虞存是虞家的楷模，谢家让人最心服谢奉。"

【评鉴】

　　五人为四姓之俊杰，孙绰的评语不仅意同而辞异，且在语序上也错落有致，前二句实写，以宝货作譬，后二句虚写，从声望着笔。文忌重复而少变化，孙绰深谙此道。才人到底不同。故此则评论除认知这几位人物外，还当从孙绰语中悟出行文或言语措辞之妙。

赏誉86

王仲祖、刘真长造殷中军谈，谈竟俱载去①。刘谓王曰："渊源真可。"王曰："卿故堕其云雾中。"

【注】

①谈竟：清谈结束后。

【译】

王濛、刘惔同到殷浩家清谈，清谈结束后同车离开。刘惔对王濛说："渊源真不错。"王濛说："你还坠落在他的迷阵中。"

【评鉴】

以王濛和刘惔的关系言，王濛此语绝非讥讽刘惔，而是彼此会心的感慨。盖刘惔为一流清谈名家，一向自是，而此日对殷之清谈心悦诚服，王濛自然更当佩服有加，此语差不多等于说，你也还沉浸在他的高论中。刘义庆列此则在《赏誉》中，正是基于此。再则，这里王濛对刘惔有间接批评的意味，因为王濛一向高看殷浩，而刘惔则对殷浩的为人及才干并不赞赏，即或是清谈，二人也互有胜负，当其得胜时，竟诋毁殷浩云："田舍儿强学人作尔馨语！"（《文学》33）王濛的话差不多等于调侃刘惔："你今天总算服气了！"

赏誉87

刘尹每称王长史云："性至通而自然有节。"

【译】

刘惔常常称道王濛说："禀性通达却又自然有节制。"

【评鉴】

刘惔对王濛从来是很友好而推崇的，王濛对刘惔也同样礼敬有加。这句话是对王濛发自内心的肯定，而这正是刘惔自己的不足处。所谓通达，例如小人贻餐刘惔不吃，而王濛欣然享用（《方正》51）。所谓自然有节，是说王濛性格平和，不说过激的话。本门第一百零九则王濛说："刘尹知我，胜我自知。"真是莫逆于心的赞叹。"凡与一面，莫不敬而爱之"，这王濛做人的谦和温良真是到家了啊！

赏誉88

王右军道谢万石："在林泽中为自道上①。"叹林公："器朗神俊。"道祖士少②："风领毛骨③，恐没世不复见如此人④。"道刘真长："标云柯而不扶疏⑤。"

【注】

①道上：挺拔高迈。

②祖士少：即祖约。约字士少。

③风领毛骨：风度相貌（超凡出众）。

④没世：一辈子，至死。

⑤云柯：凌云的枝条。扶疏：杂乱的样子。

【译】

王羲之品评谢万："在山林草泽中挺拔高迈。"赞叹支遁："器宇清朗，风采挺出。"品评祖约："风度相貌超凡出众，恐怕一辈子也见不到这样的人。"品评刘惔："树梢高耸入云，而不枝叶杂乱。"

【评鉴】

此则评支遁、刘惔客观公正。评谢万、祖约需要辩证看待。祖、谢二人在政事方面的确不值得称道，但如果他们不逐功名而甘为名士，则又当作别论。右军云谢万在林泽中挺拔高迈，赞祖约也只是从其风神着眼，并不认为他们有经纬天下的才干。如当谢万"再迁豫州刺史、领淮南太守、监司豫冀并四州军事、假节"时，右军便认为他不能了事，与桓温书云："谢万才流经通，处廊庙，参讽议，故是后来一器。而今屈其迈往之气，以俯顺荒余，近是违才易务矣。"余嘉锡认为祖约和王羲之父子间有互相吹捧之嫌，但人际交往，投桃报李，有时未能免俗也算正常，何况祖约早年也的确声名不错，清谈一流，王导与其交谈，彻夜忘倦，我们不能说王导完全没有眼光。至于《晋书》曝其劣迹不齿事多，可能也与祖约作乱而众毁归之有关系。

赏誉89

简文目庾赤玉"省率治除"①，谢仁祖云②："庾赤玉胸中无宿物③。"

【注】

①庾赤玉：即庾统，字长仁，小字赤玉。省率：简约直率。治除：修身自好。

②谢仁祖：即谢尚。尚字仁祖。

③宿物：隔夜的东西。

【译】

简文品评庾统"简约直率，修身自好"。谢尚说："庾赤玉胸中没有隔夜的东西。"

【评鉴】

简文与谢尚对庾统评价都很高，简文言其个人修养好，谢尚言其为人真率坦诚。所谓无宿物者，言其襟怀坦荡而无城府，不管内外都可以示人。简文和谢尚评价人物大多中肯。可惜庾统二十九岁即去世了，不见立事立功的辉煌。

赏誉90

殷中军道韩太常曰①："康伯少自标置②，居然是出群器；及其发言遣辞，往往有情致③。"

【注】

①韩太常：指韩伯。因其曾官太常卿，故称。殷浩为韩伯舅父。

②标置：标榜吹嘘。

③情致：情趣，情味。

【译】

　　殷浩品评韩伯说："康伯不自己标榜吹嘘，依然是出类拔萃的人才；听他讲论的时候，常常是很有情致。"

【评鉴】

　　此条可与《文学》第二十七则"未得我牙后慧"对比看，韩伯何尝未得殷浩"牙后慧"，得之多矣。有大名鼎鼎的舅父吹嘘，何必还需自己标置呢！不过，当时很多名士是喜欢自己吹嘘的，例如谢万，《赏誉》第九十三则刘孝标注引《中兴书》曰："万才器俊秀，善自衒曜，故致有时誉。兼善属文，能谈论，时人称之。"谢万的时誉跟自己的"衒曜"分不开，其他如周顗自比乐毅，庾龢自吹"思理伦和，吾愧康伯；志力强正，吾愧文度。自此以还，吾皆百之"(《品藻》63)，等等。自己吹嘘，再加上他人为之张目，则社会名声也就一路高扬了。

赏誉91

　　简文道王怀祖①："才既不长，于荣利又不淡，直以真率少许②，便足对人多多许。"

【注】

①王怀祖：即王述。述字怀祖。

②少许：一点点，不多。

【译】

简文帝评论王述："他的才华本来平常，对于名利又比较看重，只是以少许的真率，便胜过了别人很多。"

【评鉴】

简文的评价很到位，联系《晋书·王述传》，知道王述早年较为木讷，每当大家骋才雄辩时，他都做局外人。开始受贿赂，是因为穷，一旦不穷了，就廉洁了起来，且散财济贫。我们再联系王述见孙绰的诗，不分青红皂白，直接骂孙绰是猪（《轻诋》15）。所以简文说王述少才华，真率，是比较客观的话，深得王述的精神。

赏誉92

林公谓王右军云："长史作数百语，无非德音，如恨不苦①。"王曰："长史自不欲苦物②。"

【注】

①苦：指论辩中让对方词穷而窘困。

②苦物：即苦人。让对方难堪。

【译】

支遁对王羲之说："王长史说了几百句，不过是些德行之类话，感觉他不能让对手词穷。"王羲之回答说："长史本来不为难人。"

【评鉴】

支遁好胜争名，与王濛性情不同，"濛之交物，虚己纳善，恕而后行"，自然不会让对手窘困难堪。王羲之的回答，也是对支遁有欠宽厚的间接批评。比较王濛和支遁，支遁言语总是不给人面子，而王濛凡是与他交接的都觉得他值得尊敬。为人处事，王濛可学而支遁不可效。

赏誉93

殷中军与人书，道："谢万文理转遒①，成殊不易。"

【注】

①转遒：更加遒劲。转，更，更加。

【译】

殷浩给别人写信，说："谢万文辞义理更加遒劲，到此地步真不容易。"

【评鉴】

此则颇有意思，所谓物以类聚，人以群分，殷浩和谢万真也有共同的特点，时名甚高，善清谈，能文章，故殷浩欣赏谢万。然而就政事而言，二人都是银样镴枪头：谢万北征大败而回，贬为庶人；殷浩北征也丧师辱国，罢黜闲居。当然，就他们本身的才干而言，也不是全无是处，主要是朝廷任用他们不当，他们都不具备主政一方或率兵征战的才能。

赏誉94

王长史云："江思悛思怀所通①，不翅儒域②。"

【注】

①江思悛：即江惇（305—353）。惇字思悛，晋陈留圉（今河南杞县）人。江统子，江彪弟。征拜博士、著作郎，皆不就。《晋书》卷56有传。思怀：犹言胸怀。

②不翅：不只，不仅。翅，通"啻"。

【译】

王濛说："江思悛胸怀中所精通的，不只是儒学领域。"

【评鉴】

从刘孝标注引徐广《晋纪》"性笃学，手不释书，博览'坟典'，儒道兼综"可知，江惇也精通道家学说。故王濛称其"不翅儒域"。再则，王濛为人处事一向平和，故其评价人也是比较客观公正的，对他人的优点总是不遗余力地推扬。

赏誉95

　　许玄度送母始出都①，人问刘尹："玄度定称所闻不②?"刘曰："才情过于所闻。"

【注】

①许玄度：指许询。询字玄度。刘孝标注引《许氏谱》曰："玄度母，华轶女也。"

②定：到底，究竟。

【译】

　　许询送母亲刚到京都，有人问刘惔："许玄度到底和他的名声相不相称?"刘惔说："他的才华和情操超过名声。"

【评鉴】

　　刘惔于许询多有推扬，此则他称赞许询的"才情"，"才"指的是才能，简言之就是本领，重在治国从政方面；"情"指情操，重在精神品质。总之，刘惔认为许询是有真才实学而品格高尚的人。

赏誉96

　　阮光禄云①："王家有三年少：右军、安期、长豫②。"

【注】

①阮光禄：即阮裕。因曾征为光禄大夫，故称。

②安期：指王应。应字安期。长豫：即王悦。悦字长豫，王导长子。

【译】

阮裕说："王家有三个杰出的年轻人：右军、安期、长豫。"

【评鉴】

王羲之为一时人杰，自不须多说。王应能入王敦法眼而被收为嗣子，以王敦的识见和眼光，王应自然是不同寻常的，从其后来兵败投身的选择，也可见其人很有智慧（参《识鉴》15）。王悦为王导长子，王导见之则喜。的确三人都是一流人才。阮裕的评价是可信的。可惜王应与王悦都早死，不见其大成。

赏誉97

谢公道豫章①："若遇七贤，必自把臂入林②。"

【注】

①道：品评，评价。豫章：指谢鲲。谢鲲曾为豫章郡守。

②必自：必然。自，后缀。

【译】

谢安评说谢鲲："假如遇到竹林七贤那类人物，一定会挽着胳臂同入林中。"

【评鉴】

谢鲲为谢安的伯父，谢尚的父亲。为人通脱不拘小节，淡于名利，谏王敦之反，不听。王敦返回武昌后遥控朝政，出谢鲲为豫章太守。谢鲲为政清肃，深得百姓爱戴，与那些居官无官官之事，处事无事事之心者不同。当然，若以礼法论之，挑逗邻女而被用织梭打折了牙齿，亦不免为后世所讥。谢安以竹林七贤比较谢鲲，是因为谢鲲的行为思想抱负等都与七贤近似。

赏誉98

王长史叹林公："寻微之功^①，不减辅嗣^②。"

【注】

①寻微：研究微言大义。
②辅嗣：指王弼。弼字辅嗣。

【译】

王濛赞叹支遁："研索微言大义的功力，不比王弼差。"

【评鉴】

王弼精研老庄，为时所重。而支遁则融合三教而时有高论，"才藻新奇，花烂映发。王遂披襟解带，留连不能已"（《文学》36），连王羲之都佩服不已，故王濛的话，全是由衷之言。比较支遁认为王濛不能让人词穷（本门92）、讥讽王濛"了不长进"（《文学》42）、批评刘惔言词"简选"（本门83），可见王濛为人较支遁宽容厚道，不隐他人之长。

赏誉99

殷渊源在墓所几十年。于时朝野以拟管、葛①，起不起，以卜江左兴亡。

【注】

①管：指管仲。春秋时齐国大臣。葛：指诸葛亮。

【译】

殷浩在家墓处结庐隐居将近十年。当时朝廷和民间把他比作管仲、诸葛亮，以他的出仕与否，来预判江东的兴亡。

【评鉴】

殷浩有清谈高名，当世少有人能与之抗衡，庐居墓所，示世人以清高不仕。此种假象，当时名流大多（除刘惔、桓温、庾翼外）被愚惑。简文以为殷浩可以回旋天地，想要让殷浩为自己的腹心而与桓温相抗。殷浩在举国上下的呼声中如愿从仕，结果不仅不能遏制桓温，反而因为丧师辱国加速了桓温谋篡的步伐，最终成了历史上大大的笑话，晋王朝也因之而很快为刘裕取代。《晋书·殷浩传》论曰："殷浩清徽雅量，众议攸归。高秩厚礼，不行而至，咸谓教义由其兴替，社稷俟以安危。及其入处国钧，未有嘉谋善政；出总戎律，唯闻蹙国丧师。是知风流异贞固之才，谈论非奇正之要。违方易任，以致播迁。"史臣之论，精准深刻。此则归之于《赏誉》，颇有几分悲壮的色彩，朝野的眼光都失了准。

赏誉100

殷中军道右军："清鉴贵要^①。"

【注】

①清：清高。鉴：有识见，能看清时势。贵：尊贵，特指声望高，名气大。要：简要。侧重于言语简捷，能切中要害。

【译】

殷浩评论王羲之："为人清高，洞彻明察，名誉尊贵，言语简练。"

【评鉴】

《晋书·王羲之传》记载王羲之："起家秘书郎，征西将军庾亮请为参军，累迁长史。亮临薨，上疏称羲之'清贵有鉴裁'。迁宁远将军、江州刺史。羲之既少有美誉，朝廷公卿皆爱其才器，频召为侍中、吏部尚书，皆不就。复授护军将军，又推迁不拜。"从此条史料看，"清鉴贵要"语或是出自庾亮。虽然《晋书·庾亮传》不见其临薨一疏，然考王羲之传，"时殷浩与桓温不协，羲之以国家之安在于内外和，因以与浩书以戒之，浩不从。及浩将北伐，羲之以为必败，以书止之，言甚切至。浩遂行，果为姚襄所败"。如果真是殷浩评价羲之清鉴，则不至于屡屡不听羲之的建言。

本门第八十则记殷浩评羲之清贵人，是从其声望说的，与这里的"清鉴"不同。王羲之的清高，一世无匹，对于功名一向不感兴趣，参《晋书》其本传复殷浩书可知。至于鉴，王羲之比当时朝贵们都清醒，他的与殷浩书、会稽王书、谢安书、谢万书，既对于天下形势的分析研究鞭辟入里，远胜庙略，且对于军旅之事亦十分当行，预知殷浩、谢万必败。贵，王羲之一生最重名节，决不降志辱身，例如晚年与王述有隙，有损尊严，于是在父母墓前自誓，决不再出仕。要，指言语简要中肯。羲之少讷于言，《世说》中记其言语从来是扼要精练，不拖泥带水。例多不烦举。而其平生亦对清谈颇有微词，如《言语》第七十则批评谢安说："今四郊多垒，宜人人自效；而虚谈废务，浮文妨要，恐非当今所宜。"

赏誉101

谢太傅为桓公司马①。桓诣谢②，值谢梳头，遽取衣帻③，桓公云："何烦此！"因下共语至暝④。既去，谓左右曰："颇曾见如此人不⑤？"

【注】

①司马：高级武官的属吏，主兵事。按，谢安始隐东山，穆帝升平三年（359）始出仕，就任桓温司马。

②诣：拜会，拜访。

③遽（jù）：迅速。帻（zé）：包发的巾。

④暝：傍晚时，黄昏时。

⑤颇曾：可曾。

【译】

　　谢安做桓温司马。桓温去见谢安，正遇上谢安在梳头，谢安急忙就取衣帽穿戴，桓温说："何必这样！"于是谢安下堂和桓温谈论到黄昏时。桓温离开后，在路上对左右说："你们可曾见过这样的人？"

【评鉴】

　　谢安本无仕进之心，但因为弟谢万北征辱国丧师而贬为庶人，既为家国计，同时也是因为朝廷敦逼，于是出任桓温司马。《晋书·谢安传》："征西大将军桓温请为司马，将发新亭，朝士咸送，中丞高崧戏之曰：'卿累违朝旨，高卧东山，诸人每相与言，安石不肯出，将如苍生何！苍生今亦将如卿何！'安甚有愧色。既到，温甚喜，言生平，欢笑竟日。既出，温问左右：'颇尝见我有如此客不？'"较《世说》眉目更为清晰。盖谢安早就腾声朝野，桓温欲结之以为己用，初次交谈，便已深得桓温敬佩，"颇曾见如此人"语，足见桓温已认定谢安为举世无匹的俊杰。纵观《世说》全书，桓温的识见，大有其过人处，对谢万，认为其是凡才，于殷浩，知其不能胜任将帅。对谢安，一见则倾心如是，真是英雄识英雄啊。苏轼《送李公择》诗云："颇尝见使君，有客如此不？欲别不忍言，惨惨集百忧。"即用此典。参本门第一百零五则。

赏誉102

谢公作宣武司马^①，属门生数十人于田曹中郎赵悦子^②。悦子以告宣武，宣武云："且为用半。"赵俄而悉用之^③，曰："昔安石在东山，搢绅敦逼^④，恐不豫人事^⑤。况今自乡选^⑥，反违之邪？"

【注】

①宣武：即桓温。温谥宣武，故称。

②田曹中郎：疑即田曹参军，为晋宋位从公以上官员的属官，掌农事。赵悦子：即赵悦。悦字悦子，晋下邳（今江苏睢宁）人。历官大司马参军、左卫将军。

③悉：全部。

④搢绅：古代高级官吏插笏于绅。故引申指官僚。敦逼：督促敦迫。

⑤不豫：不参与。人事：政事。指出仕做官。

⑥乡选：从本乡本土选拔人才。

【译】

谢安做桓温的司马，嘱托了数十个门人让田曹中郎赵悦子安置。悦子告诉桓温，桓温说"你姑且用一半。"赵即后全部安排了，说："过去安石在东山隐居，士大夫们敦促逼迫，恐怕他真不问世事。何况如今是他亲自从乡里选拔出来的人才，难道好违背他的心意？"

【评鉴】

赵悦更懂谢安，知道他的眼光必然不错而全用他嘱托的门人，既是用人不疑，同时也是顺适谢安情绪以待他日大展宏图。赵悦亦是高明之士。从赵悦再看桓温幕下人物，郗超、王珣、谢安、谢玄、袁宏、习凿齿、郝隆等，皆是英才。

赏誉103

桓宣武表云^①："谢尚神怀挺率^②，少致民誉^③。"

【注】

①桓宣武表云：桓温北伐平洛，在晋穆帝永和十二年（356）。此表为推举谢尚而给皇帝上表。

②神怀：胸襟。挺率：高超坦率。

③民誉：民众的称赞。按，《世说》作"民誉"，而刘孝标注作"人誉"，当以"民誉"为是，盖刘孝标注为唐人避李世民讳改。《世说》在唐时亦当为"人"，作"民"则是后来又回改的。

【译】

桓温给穆帝上表说："谢尚胸襟高超坦率，年轻时就受到民众的称赞。"

【评鉴】

谢尚风流儒雅，且是文武全才。桓温视殷浩蔑如，视谢万"挠弱凡才"，而对谢尚推举如是，认为谢尚无论是在朝为重臣，还是出牧为方镇都不负其职，故可委以重任。可知谢尚较之殷浩辈强甚。

赏誉104

世目谢尚为"令达"①。阮遥集云②："清畅似达③。"或云："尚自然令上④。"

【注】

①令达：美好通达。令，指容仪。达，指性情。谢尚是形美于外而情畅于中的。读其本传可知。

②阮遥集：即阮孚。孚字遥集。

③清畅：清爽融通。

④令上：美好卓越。

【译】

世人品评谢尚为"美好通达"。阮孚说："清爽融通如达者。"有人说："谢尚自然率真，美好卓越。"

【评鉴】

谢尚为谢安从兄，谢氏风流，谢尚、谢安可为典型。所谓"似达"，是说谢尚不仅政事军事才能非同凡流，而个性又豪放不拘，和放达自命者亦可为伍。《晋书》其本传有云："袭父爵咸亭侯。始到府通谒，导以其有胜会，谓曰：'闻君能作《鸲鹆舞》，一坐倾想，宁有此理不？'尚曰：'佳。'便着衣帻而舞。导令坐者抚掌击节，尚俯仰在中，傍若无人，其率诣如此。"作为大名士，且已经是侯爵，一般人可能就会很在乎自己的身份而不免矜持，要"端起"，但谢尚不同，王导在

大庭广众之下征求他的意见能不能跳一曲舞让大家开开眼界，谢尚二
话没说，立马换上舞妆就舞起来。阮孚本身即为放达典型，疏狂闲放，
嗜酒任情，不以政务经怀，他这是认同谢尚为自己的同道了。我们可
以把这一则和《方正》第十七则对照着读：嵇绍善琴，齐王司马冏请
他在宴会上奏乐，他毫不客气给司马冏顶了回去，说操丝比竹是乐官
的事，自己不能干这事。

赏誉105

　　桓大司马病，谢公往省病①，从东门入。桓公遥望叹曰："吾门
中久不见如此人！"

【注】

①省：问候，探视。

【译】

　　桓温生病了，谢安去看望他，从东门进去。桓温远远望见而感叹
说："我门中已很久没看见这样的人了。"

【评鉴】

　　桓温善于识别人物，知谢安为天下英雄，故起谢安而用之。更值
得我们玩味的是，桓温是以司马征聘谢安的，司马，是主兵事的，可
见桓温慧眼识珠，知道谢安懂军事。后来淝水之战，谢安建立不世之
勋，我们不得不佩服桓温的眼光和远见。比较淝水之战时桓冲批评谢

安"乃有庙堂之量，不闲将略"，亲弟兄之间的差别，盖世英雄与普通将帅之间的差别判然云泥。此处谢安的探病，是从京都到姑孰，桓温的感慨，颇有一些戏剧性。谢安忠于晋王室，其探病固然是代表朝廷礼节性的探视，但其间当然有对桓温病情的判断和相应的谋划。至于桓温，谢安原在自己麾下，虽有能力，却不愿为自己的野心尽力，此刻更是站到了自己的对立面。看到谢安的风采，不禁感慨万千，内心既有对谢安的赞赏，而同时又不免失落。"久不见此人"，是因为是时桓温移镇姑孰，谢安在朝，故久不见，同时也是慨叹自己门下再无谢安这样的人才。参本门第一百零一则。

赏誉106

　　简文目敬豫为"朗豫"①。

【注】

①敬豫：指王恬。恬字敬豫，王导次子。

【译】

　　简文帝品评王恬"开朗恬适"。

【评鉴】

　　此则可与《德行》第二十九则："丞相见长豫辄喜，见敬豫辄嗔。"《容止》第二十五则："王敬豫有美形，问讯王公。王公抚其肩曰：'阿奴，恨才不称。'"对照看。王恬形貌甚都，当时世俗往往以貌取人，而简文风雅可人，自然也为王恬的外表所吸引。知子莫如父，王恬少时恶文尚武，傲诞不拘礼法，故不为王导看重。再则，简文看人，也多是重其容仪清谈，如看殷浩便是大大的走眼。作为晋宗室，后又继位为帝，不能鉴别江山社稷之才，但以风采舌辩为佳，宜乎晋室之不振。

赏誉107

　　孙兴公为庾公参军①，共游白石山②，卫君长在坐③。孙曰："此子神情都不关山水，而能作文。"庾公曰："卫风韵虽不及卿诸人，倾倒处亦不近④。"孙遂沐浴此言⑤。

【注】

①孙兴公：即孙绰。绰字兴公。

②白石山：《景定建康志》："白石山在溧水县北二十里，高一十丈，周回十一里。"

③卫君长：即卫永。永字君长，晋济阴成阳（今山东曹县）人。仕至左军长史。

④倾倒处：令人佩服的地方。不近：也不是浅近的。近，浅。不浅即深邃。

⑤沐浴：比喻沉浸于……中。此指心服、认可。

【译】

　　孙绰做庾亮的参军，一起到白石山游玩，当时卫永在座。孙绰说："这人精神姿态全不关注山水，却能写出好文章。"庾亮说："卫永风采韵致虽然不及你们，但他令人欣赏的地方也比较高迈。"孙绰于是心服这话。

【评鉴】

　　孙绰语有轻视卫永之意，故庾亮为之作评，认为卫永也有值得人佩服的地方。于是孙认可庾亮的话。不过，纵观《世说》一书，大凡为庾亮欣赏者，都不过是清谈名流，了不得国家大事，卫永也应该属于此类。所以谢安便认为卫永不是世业人，是理义人（《品藻》69）。

赏誉108

　　王右军目陈玄伯"垒块有正骨"①。

【注】

　①陈玄伯：即陈泰。泰字玄伯，陈群之子。垒块：心中郁结的不平之气。

【译】

　　王羲之品评陈泰："心中郁结有不平之气而有骨气。"

【评鉴】

　　陈泰因司马昭弑曹髦，不惧淫威而哭，敢捋虎须而怼。诚如右军所谓有正骨。参《方正》第八则。当然，于陈泰在《世说》中的记载，余嘉锡等以为是陈氏子孙饰美之辞，我们仅就本条文字评点而已。

赏誉109

　　王长史云："刘尹知我，胜我自知。"

【译】

王濛说:"刘尹了解我,胜过我了解自己。"

【评鉴】

王濛之言,正是"知己"的最好诠释。二人为莫逆交,也能互相规劝告诫,是难得的一对朋友。

赏誉110

王、刘听林公讲,王语刘曰:"向高坐者,故是凶物①。"复更听,王又曰:"自是钵釪后王、何人也②。"

【注】

①凶物:厉害的人物,狠角色。

②钵釪(bō yú):钵和釪。二者皆为僧徒的食器。代指佛门。王:指王弼。何:指何晏。二人皆开玄学清谈之风,故王濛引以作譬。

【译】

王濛、刘惔听支遁讲佛经,王濛对刘惔说:"刚才上座讲经的,的确是个厉害角色。"再听下去,王濛又说:"这人应该是佛教中的王弼、何晏之类人物。"

【评鉴】

王弼、何晏为玄学领袖,而支道林乃佛教高僧,王濛、刘惔听其讲经，心悦诚服，故赞誉支道林为沙门中之王弼、何晏。王濛称赞支道林，本书中多见。

赏誉111

许玄度言①："《琴赋》所谓'非至精者，不能与之析理'②，刘尹其人；'非渊静者③，不能与之闲止'，简文其人。"

【注】

①许玄度：即许询。询字玄度。

②"非至精者"二句：语出嵇康《琴赋》："蔡氏《五曲》，《王昭楚妃》，《千里别鹤》，犹有一切，承间簉乏，亦有可观者焉。然非夫旷远者，不能与之嬉游；非夫渊静者，不能与之闲止；非夫放达者，不能与之无吝；非夫至精者，不能与之析理也。"刘惔言简而要，故云。

③渊静：深沉静穆。

【译】

许询说："《琴赋》所谓'不是最能把握精要的，不能和他分析道理'，刘惔就是这样的人；'不是深沉静穆的人，不能和他在一起安闲居止'，简文就是这样的人。"

【评鉴】

从《世说》相关的条目中，都可以看出许询对刘惔和简文的评价中肯，刘惔语简明而切要，简文语则沉静而闲逸，如"会心处不必在远，翳然林水，便自有濠、濮间想"之类话，不只是没有侯王家富贵气象，更感觉已无人间烟火气了，大有"雪满山中高士卧，月明林下美人来"的超脱旷远，清冷闲逸。

赏誉112

魏隐兄弟少有学义①，总角诣谢奉②，奉与语，大说之，曰："大宗虽衰，魏氏已复有人③。"

【注】

①魏隐：字安时，东晋会稽上虞（今浙江绍兴）人。历仕义兴太守、御史中丞。其弟遐，仕至黄门郎。学义：学问。

②总角：把头发梳成髻髻，其状如角。为未成年的发式。因指童年。谢奉：字弘道。

③已复：已经。复，后缀。

【译】

魏隐兄弟年轻时就有学问，童年时拜见谢奉，谢奉和他们交谈，非常喜欢他们，说："你们宗族虽然已经衰落，但魏家已后继有人了。"

【评鉴】

魏氏弟兄后来皆无过人处，孙恩陷会稽，魏隐弃官逃遁，给祖宗丢脸了。

赏誉113

简文云："渊源语不超诣简至①，然经纶思寻处②，故有局陈③。"

【注】

①超诣：高超深入。简至：简约而周到，简要。

②经纶：整理丝缕，理出丝绪叫"经"，编丝成绳叫"纶"。引申为整理、组织。

　思寻：思虑，考量。

③有局陈：谓严密而坚固。局陈，即局阵。以棋局阵形作譬。陈，后来写作"阵"。

【译】

　简文说："殷浩的清谈虽然说不上高超简要，但在条理逻辑方面，还是非常严密的。"

【评鉴】

　此则可与《文学》第三十三则对照看："殷中军尝至刘尹所清言良久，殷理小屈，游辞不已，刘亦不复答。殷去后，乃云：'田舍儿强学人作尔馨语！'"殷浩清谈的弱点是语言不精炼，优点是逻辑严密、条理清晰。简文对殷浩清谈的评价是很中肯的。

赏誉114

初，法汰北来①，未知名，王领军供养之②。每与周旋行来，往名胜许③，辄与俱；不得汰，便停车不行。因此名遂重。

【注】

①法汰：即竺法汰。东晋高僧。

②王领军：即王洽（323—358）。洽字敬和，王导第三子。尝仕领军将军。

③名胜：犹言名流。主要指当时的一些清谈名士。

【译】

当初，法汰从北方来，还不知名，王洽供养他。时常和他交际往来，到名士家中去，就和法汰一起；还没等到法汰，就停车不行。因此法汰的名声便大了起来。

【评鉴】

刘孝标注引孙绰《汰赞》曰："凄风拂林，明泉映壑。爽爽法汰，校德无怍。事外潇洒，神内恢廓。实从前起，名随后跃。"孙绰的赞语呈现出了法汰的精神风采。当然，法汰虽然高明无似，但如果没有名相之子王洽的推扬，也不可能名声快速腾升。刘义庆"因此名遂重"五字，道出了魏晋而下高僧们成名的终南捷径。纵观彼时高僧，多以游走于豪门巨室之间，依草附木而获得高名。时风如此，我们不必深责。

赏誉115

王长史与大司马书①，道渊源识致安处②，足副时谈③。

【注】

①王长史：指王濛。濛曾为简文帝长史，故称。大司马：指桓温。

②识致安处：识见高明而能安于所遇。

③副：符合，相合。

【译】

　　王濛给桓温去信，说殷浩见识高远而处世平和，非常符合当时人的品评。

【评鉴】

　　简文起用殷浩，目的便是分桓温之权，桓温心有不满。王濛此信，大概也是从中调和矛盾。从王濛对殷浩的评论，可见王濛在识见上不如刘惔。殷浩矫情不起，唯刘惔看出了殷浩的虚伪，知其必起。再从简文处处高抬殷浩，知简文也欠知人之明。

赏誉116

　　谢公云："刘尹语审细①。"

【注】

①审细：精到细密。精到，指内容；细密，指逻辑。

【译】

　　谢安说："刘惔的话精到细密。"

【评鉴】

　　刘惔话虽不多，但精到细密。谢安欣赏刘惔，殊无足怪，盖二者皆为人杰，且惔为谢安妻兄。比较起当时宗族亲戚间的互相吹捧，谢安对刘惔的评价称得上客观。当然，单从《世说》看，刘惔也时有言过其实处，但毕竟此书为摭拾旧说，真伪难辨。要之，刘惔不失为人才。孙绰为惔《诔》叙曰："神犹渊镜，言必珠玉。"这八个字太精到了，神犹渊镜，言其头脑清醒，照澈万物。言必珠玉，言其语言精妙不俗。

赏誉117

　　桓公语嘉宾①："阿源有德有言②，向使作令仆③，足以仪刑百揆④，朝廷用违其才耳⑤！"

【注】

①嘉宾：指郗超。超小字嘉宾。

②阿源：指殷浩，浩字渊源。有德有言：语出《论语·宪问》："有德者必有言，有言者不必有德。"

③令仆：尚书令、仆射。

④仪刑：示范，做榜样。百揆（kuí）：犹言百官。

⑤朝廷用违其才耳：谓朝廷用殷浩不当。这当是在殷浩率师北伐失败之后而言。穆帝永和五年（349），石虎死、中原大乱，穆帝命殷浩为都督扬、豫、徐、兖、青五州诸军事，出师北伐。永和八年、九年，连续大败。十年，桓温弹劾殷浩，将其贬为庶人。

【译】

桓温对郗超说:"阿源有德行善言谈,假如过去让他做了尚书令或仆射等,足以成为百官的楷模,是朝廷的使用和他的才干不相吻合罢了!"

【评鉴】

桓温对朝廷、对殷浩本人都有怨怼之意,盖简文用殷浩,目的便是约束桓温。朝廷命殷浩北伐,更是有意要树立殷浩的威权,结果弄得丧师辱国,不堪收拾,事实证明了殷浩非将帅之才,是朝廷在用人上的大大失误。此则表现出桓温的确有知人之明,对殷浩的评价算是客观公允,并没带有个人的好恶。

赏誉118

简文语嘉宾:"刘尹语末后亦小异①,回复其言,亦乃无过。"

【注】

①小异: 稍有歧异,与前边所言不是太吻合。

【译】

简文对郗超说:"刘惔清谈到结束时也稍微有些紊乱,但回味他的话,又似乎不错。"

【评鉴】

《赏誉》第八十三则:王长史谓林公:"真长可谓金玉满堂。"林公曰："金玉满堂，复何为简选？"王曰："非为简选，直致言处自寡耳。"

两则对比可知，刘惔清谈比殷浩辈略有不同，其语精到而不华艳，平实而不营局阵，故有时似觉逻辑欠佳，"小异"当是因此而发。

赏誉119

孙兴公、许玄度共在白楼亭①，共商略先往名达②。林公既非所关③，听讫，云："二贤故自有才情④。"

【注】

①孙兴公：即孙绰。绰字兴公。许玄度：即许询。询字玄度。白楼亭：故址在今浙江绍兴境。《水经注·浙江水》："浙江又东北径重山西，大夫文种之所葬也。山上有白楼亭，亭本在山下，县令殷朗移置今处。"

②商略：品评，评价。

③林公：即支遁。遁字道林，晋高僧，故时人称为林公以示尊敬。

④故自：的确，实在。自，后缀。

【译】

孙绰、许询都在白楼亭，二人一同品议先贤名流。支遁本不关心这些，听完，说："两位高贤的确有才学激情。"

【评鉴】

林公为名僧，精通佛法，兼擅清谈，三教修为都非同一般，同时亦颇有诗才，不过，其诗多与玄言相关，内容不过是其清谈精神的余波，范围相对狭窄。孙绰是盖世才士，许询为简文帝、刘惔佩服至极，他们不仅是清谈名流，亦谙熟传统典籍。林公和孙、许比，学问辞章和识见应该是有差距的。林公虽好胜心极强，此时也不得不恭维一下。"故自有才情"一语，敷衍而多少有些无奈之状，如在目前。

赏誉120

王右军道东阳^①："我家阿林^②，章清太出^③。"

【注】

①东阳：即王临之。因其曾官东阳太守，故称。

②阿林：王临之小字。刘孝标注："'林'应为'临'"。

③章清太出：品行高洁而超过他人。

【译】

王羲之称赏王临之说："我们王家阿林，品行高洁，超越同辈。"

【评鉴】

王临之他无可考。彼时重门第，家族观念特浓，于本族人的品评往往言过其实。是为常态。

赏誉121

王长史与刘尹书，道渊源触事长易^①。

【注】

①触事：犹言临事，处理事务。长：时常，通常。

【译】

王濛给刘惔写信，说殷浩不管遇到什么事总是能够平和处理。

【评鉴】

王濛与刘惔交好，王濛非常赏识殷浩，而刘惔却一向并不看重殷浩，故王濛总是为殷浩美言。殷浩的后来大负时望证明了刘惔在识见上高于王濛。

赏誉122

谢中郎云①："王修载乐托之性②，出自门风。"

【注】

①谢中郎：即谢万。因曾官西中郎将率师北伐，故称。

②王修载：即王耆之。耆之字修载，晋琅邪临沂（今山东临沂）人。王廙之子，王胡之弟。历仕中书郎、鄱阳太守、给事中。乐托：即"落拓"。放荡不羁的样子。

【译】

谢万说："王修载放浪随意的个性，是出自王家的门风。"

【评鉴】

从谢万"出自门风"语，知王耆之个性与其兄胡之同。请参有关王胡之条目。

赏誉123

林公云："王敬仁是超悟人①。"

【注】

①王敬仁：即王修。修字敬仁，王濛之子。超悟：超凡颖悟。

【译】

支道林说："王敬仁是超脱颖悟的人。"

【评鉴】

超，指其性行超凡脱俗，悟，指其颖悟。不过，王修的表现却未见有多少过人的地方，玄谈则败于许询、僧意，见《文学》第三十八则、五十七则；其父王濛送他写的文章与刘惔看却被刘惔敷衍，见《文学》第八十三则；少年意气不满桓温又不免为郗昙所讥，见《排调》第三十九则。因为支道林一向与王濛友好，此处"超悟"一语多少有些爱屋及乌、荐宠晚辈的感觉。至于深得王羲之夸奖，恐怕更多的是王羲之对同姓后辈的偏爱。当然，王修的个人资质应该是非常不错的，但可惜二十四岁便去世了，不得大展其才华，令人徒增"人固不可以无年"的感慨。

赏誉124

刘尹先推谢镇西①，谢后雅重刘②，曰："昔尝北面③。"

【注】

①谢镇西：即谢尚。尚穆帝时进号镇西将军，故称。

②雅重：特别推重。刘：指刘惔。

③北面：旧时君见臣，尊长见卑幼，南面而坐，故以"北面"指居于人下。此处等于把对方当作老师。

【译】

刘惔先推扬谢尚，谢尚后来特别推重刘惔，说："我过去曾经把刘惔当作老师。"

【评鉴】

刘孝标认为谢尚年长于刘惔，本身又风流潇洒，所以这话不太可信。我们觉得刘孝标似太过拘泥，虽年长，而见贤思齐，亦无可厚非。此正是谢尚可贵处。如就谈玄而言，刘惔则自然高谢一头。我们联系《品藻》第五十则刘惔戏称谢尚为颜回，而自喻为孔子，谢尚不恨，则此语不虚。高者为师，不必以年龄致疑。

赏誉125

谢太傅称王修龄曰①："司州可与林泽游②。"

【注】

①王修龄：即王胡之。胡之字修龄。

②司州：因王胡之曾官司州刺史，故称。林泽游：山林薮泽的闲游，指过隐逸
　　生活。

【译】

　　谢安称赞王胡之说："司州可以和他一起作山林薮泽的闲游。"

【评鉴】

　　王胡之与谢安情契意合，时常在一起闲游，余嘉锡笺引有谢安与
王胡之诗一首，其五章曰："往化转落，运萃句芒。仁风虚降，与时抑
扬。兰栖湛露，竹带素霜。药点朱的，熏流清芳。触地舞雩，遇流濠
梁。投纶同咏，褰褐俱翔。"又六章曰："朝乐朗日，啸歌丘林。夕酣
望舒，入室鸣琴。五弦清激，南风披襟。醇醪淬虑，微言洗心。幽畅
者谁？在我赏音。"可想见二人同游之乐，感情的融洽。

赏誉126

　　谚曰："扬州独步王文度①，后来出人郗嘉宾②。"

【注】

①独步：独一无二，无人可比。王文度：即王坦之。坦之字文度。

②出人：超越常人。郗嘉宾：指郗超。超小字嘉宾。

【译】

当时的谚语说:"扬州独一无二的是王文度,后辈中出类拔萃的是郗嘉宾。"

【评鉴】

东晋大臣中,坦荡无私、卓有识见者少有可比王坦之的。是时人们崇信老庄,玄谈风靡,坦之著《废庄论》直指其害。谢安爱好声律,虽遇丧亲之哀痛,不废妓乐,风俗为之颓放,坦之批评而苦谏谢安。简文崩后,与谢安同辅孝武,谦抑不争,力沮桓温逆谋。文推谢安,武让桓冲,上疏中有语云:"二臣之于陛下,则周之旦、奭,汉之霍光,显宗之于王导。冲虽在外,路不云远,事容信宿,必宜参详,然后情听获尽,庶事可毕。"(《晋书·王坦之传》)如此的境界,称为江东独步名副其实。而郗超足智多谋,是桓温的谋主,确实称得上出类拔萃。

赏誉127

人问王长史江虨兄弟群从①。王答曰:"诸江皆复足自生活②。"

【注】

①王长史:指王濛。濛曾为简文帝长史,故称。江虨:字思玄,江统之子。群从:指堂兄弟及诸子侄。

②足自:犹言足以。生活:生存。此处指有以自立于世。江虨兄弟皆有德行,知名于世。

【译】

　　有人问王濛江虨兄弟群从如何。王濛回答说："江家这些人都足以为世人风范楷模。"

【评鉴】

　　江虨兄弟，主要指江虨与其弟江惇。他们的父亲江统为晋初名臣，对于天下形势、国家治道、朝廷礼仪制度皆有过人的见解。江虨先后为时贤温峤、郗鉴、庾冰、庾翼所用，几人皆为东晋之名臣。同为诸贤所亲重，其人品于是可知。而后江虨立事立功，武可以平乱，文能表率朝臣。虨弟惇孝友淳粹，高节迈俗，性好学，儒玄并综，主张君子立行，应依礼而动，为世人称赏。郗鉴、庾亮等征辟，皆不就。阮裕、王濛等与之游处，深相钦重。王濛为人通达而客观，虽江氏弟兄不尚清谈，与世俗相左，但王濛重其人品能力，故云江氏弟兄都足以表率世人，立功立德。

赏誉128

　　谢太傅道安北①："见之乃不使人厌，然出户去不复使人思。"

【注】

①安北：指王坦之。因其死后赠安北将军，故称。

【译】

　　谢安品评王坦之说："见了他不让人讨厌，但他出门走后也不再想他。"

【评鉴】

　　谢安是清谈名家，风流魁首，而王坦之恪守儒家礼法，曾作《废庄论》，与玄学不同调，支遁尝讥其逐郑康成车后（《轻诋》21），可知二人在思想观念上相左。且坦之曾屡与谢安书劝阻谢安违礼伤俗的行为。谢安之不思，即在于此。但谢安知道王坦之公忠无私，也能与之坦诚相见，携手共同维护朝廷。《晋书·谢安传》云："时孝武帝富于春秋，政不自己，温威振内外，人情噂嗒，互生同异。安与坦之尽忠匡翼，终能辑穆。"也就是说，于公，谢安与王坦之是志同道合的同僚；于私，则只是常人的关系。

赏誉129

　　谢公云："司州造胜遍决①。"

【注】

①造胜遍决：（能够）进入高深的领域并全面解决（疑难之处）。

【译】

　　谢安说："王司州能够进入高深的领域而遍解疑难。"

【评鉴】

　　谢安有知人之明，且极少虚誉，加之出仕前与王胡之同居乌衣巷，自然对胡之有深刻的了解，故屡屡有称赞胡之之言。

赏誉130

刘尹云："见何次道饮酒①，使人欲倾家酿②。"

【注】

①何次道：即何充。充字次道。

②倾家：倾尽家产，竭尽家资。

【译】

刘惔说："看见何充饮酒，让我想倾尽家产来酿酒喝。"

【评鉴】

这里的"倾家酿"一向理解有不同。通常断句是"倾|家酿"，如《汉语大词典》"家酿"条下即举此例。台湾《中文大辞典》则立"倾家酿"词条，释义云："家产全部用作酿酒也。"书证举《晋书·何充传》："能饮酒，雅为刘惔所贵，惔每云：'见次道饮，令人欲倾家酿。'言其能温克也。"次及《世说》此条与下陆游语。

陆游《老学庵笔记》卷十云："晋人所谓见何次道，令人欲倾家酿，犹云欲倾竭家资以酿酒饮之也。故鲁直云：'欲倾家以继酌。'韩文公借以作篲诗云（指《郑群赠篲》诗）：'有卖直欲倾家资。'王平父《谢先大父赠篲诗》亦云：'倾家何计效韩公。'皆得晋人本意。至朱行中舍人有句云：'相逢尽欲倾家酿，久客谁能散橐金。'用'家酿'对'橐金’，非也。”

我们以为，陆放翁释“倾家酿”是对的，盖是时家习酿酒，《任诞》第二十四则：“群尝书与亲旧：‘今年田得七百斛秫米，不了曲糵事。’”也说的是自己酿酒。后来陶潜的行径与孔群如出一辙，“执事者闻之，以为彭泽令。在县公田悉令种秫谷，曰：‘令吾常醉于酒足矣。’妻子固请种秔，乃使一顷五十亩种秫，五十亩种秔”（《晋书·隐逸·陶潜传》）。陆放翁非唯觉得该作如上理解，而且自己作诗也是这样用的，他的《别王伯高》诗：“倾家酿酒犹嫌少，入海求诗未厌深。”《冬暖颇有春意追忆成都昔游怅然有作》：“刻烛赋诗空入梦，倾家酿酒不供愁。”《草书歌》：“倾家酿酒三千石，闲愁万斛酒不敌。”《社饮》：“倾家酿酒无遗力，倒社迎神尽及期。”

虽然，我们从语感上体味似“倾|家酿”更顺，但抛开此例不说，魏晋六朝决无“家酿”一词，而“倾家”则为常语。后将专文讨论，恕不展开。

至于何以刘惔如此说，这是因为刘惔自己也好饮，但“茗柯有实理”，简言之就是纵然酒醉心里也是明白的。而何充能“温克”，即“饮酒虽醉犹能温藉自持”。同样是说虽醉而不失故态，头脑清楚。故刘惔引何充为同调而赞赏之，感慨地说：像何充这样饮酒，我想倾尽家资来酿酒喝。参本门第一百三十八则。

赏誉131

谢太傅语真长：“阿龄于此事故欲太厉①。”刘曰：“亦名士之高操者。”

【注】

①阿龄：即王胡之。胡之小字阿龄。

【译】

　　谢安对刘惔说："阿龄在这件事情上是不是太过头了。"刘惔回答说："他也是名士中操行出众的。"

【评鉴】

　　"此事"余嘉锡以为当指却陶胡奴米事。当是。试分疏如下：

　　谢安未出仕前隐居东山，与王胡之一向交好，王胡之亦出仕较晚，且同居乌衣巷。谢尚为谢安从兄，亦是风流之标，王胡之自然与之熟稔。是其一。刘惔对谢安的质疑不以为然，正是因为刘惔为人亦太过倨傲而不随和（参《方正》51），其行为和王胡之如出一辙。所谓"名士之高操者"正是夫子自道之语。这是其二。关于这事，后人亦有与谢安所见略同者，如宋沈作喆《寓简》卷六："晋王修龄在东山，贫乏，陶范载米一船遗之，却去，曰：'王修龄若饥，自当就谢仁祖索食，不须陶胡奴米。'彼以善意来，勿受则已矣，而戾气以诟之，是为傲物无礼甚矣。"

　　从王胡之不受陶胡奴米事的看法差异以及谢安能容许逋逃之人藏南塘诸舫中（《政事》23），也体现了谢安较刘惔宽容随和，更能变通，这恐怕也是谢安能成就功业的重要原因之一。

赏誉132

王子猷说[①]："世目士少为朗，我家亦以为彻朗[②]。"

【注】

①王子猷：即王徽之。徽之字子猷。王羲之第五子。

②我家：我的父亲。刘盼遂《世说新语校笺》："按'我家'似指其父右军也。本篇'谢公问孙僧奴："君家道卫君长云何？"'（按，当为《品藻》篇，非本篇）《排调篇》：'嘉宾谓郗仓曰："人以汝家比武侯，复何所言？"'皆以'家'为父。"此谓王羲之。彻朗：通彻爽朗。

【译】

王徽之说："世人评价祖士少为爽朗，我的父亲也认为他通达爽朗。"

【评鉴】

祖约少有清称，善名理，王导与祖约为平辈，曾与其夜谈忘疲，足见其为时流所重。如果说王导看走了眼，王羲之不至于也缺乏眼光，《赏誉》第八十八则王羲之称赞祖约说："风领毛骨，恐没世不复见如此人。"羲之这话，是对前辈的景仰。本则王徽之的话，是引其父羲之赞誉为世人评价张目。王徽之为清谈名士，看重的是人物外在的风华，自然不会将立事立功的才能作为准绳去月旦别人。虽然，是时的审美情趣多少带着病态，刘义庆收录这类品题也不免泥沙俱下。但恐怕这一条不当作如是观。刘孝标注引《晋诸公赞》，说祖约"少有清称"，是说少年时的对外印象。至于其封疆一方，不能审时度势，协同苏峻造反，又当作别论了。人，在成长成熟过程中总是在变化着的，正如我们曾说到刘琨、祖逖年少时皆不足取，后来是向好的方向发展了，而祖约却走向了反面。

赏誉133

谢公云："长史语甚不多，可谓有令音①。"

【注】

①令音：精彩美好的言辞。

【译】

谢安说："王濛的话不多，但说得上有精彩美好的言辞。"

【评鉴】

刘孝标注引《王濛别传》说：王濛性格温和通达，善于清言，谈论道理不偏不倚，简明而有韵味。尤其是谈论古人的出处升腾，往往有过人的见解。《晋书》本传也说王濛的议论以清新明快被称道。如果就人际社交关系而论，王濛与刘惔这对莫逆好友，人们会更喜欢王濛而畏慑刘惔。我们套用春秋时人们对赵盾、赵衰冬阳夏阳之别移评王、刘，则王濛如冬日，刘惔则是夏日了。谢安在人际关系的处理上，也多如王濛似的平和，在清谈方面，同样比较宽融，所以谢安屡屡有称赞王濛的话，其实也是夫子自道。

赏誉134

谢镇西道敬仁："文学镞镞①，无能不新。"

【注】

①镞镞：挺拔出众的样子。胡文英《吴下方言考》卷10云："案镞镞，如箭之
新治而尖也，吴中谓物之新者曰镞镞新。"

【译】

谢尚评论王修："文章学识都卓越出众，不管什么事他都有新颖的
见解。"

【评鉴】

谢尚在人物的藻鉴方面还是比较客观准确的，他夸奖王修，是看
重王修的学识和见解。虽然，在《世说》中，王修的表现并不是太抢
眼，但时贤都对其评价很高，就连一向高傲且眼光非凡的王羲之，也
对这位晚辈爱护有加。综合全书所涉王修的材料，至少我们可以得出
这样的结论，王修聪明颖悟，资质一流，只可惜二十四岁便去世了，
未能大成。人固不可以无年，这也是一个令人遗憾的例子。

赏誉135

刘尹道江道群①："不能言而能不言。"

【注】

①江道群：即江灌。灌字道群。

【译】

　　刘惔评论江灌："不该说的时候就能不说。"

【评鉴】

　　此则言江灌为人谨慎，言语得体而不造次。此虽只一句，却是人生当领味的要义，言之所当言，而不言所不当言。交际往来，环境不同，对象不同，言语自当谨慎。俗语有云："酒逢知己饮，诗向会人吟。"尤其是在官场者，更是当谨言慎行。刘惔赏誉江道群的这可贵处，亦是自我反省耶？盖刘惔往往有言语刻薄而随意的缺点。

赏誉136

　　林公云："见司州警悟交至①，使人不得住，亦终日忘疲。"

【注】

①司州：指王胡之。因其曾官司州刺史，故称。

【译】

　　支遁说："看见王胡之机敏聪明一起迸发，让人应接不暇，但整天也不知道疲倦。"

【评鉴】

支遁眼光甚高，少所推许，王胡之能得到他的推许肯定，可知胡之不错。且胡之能与谢安一起作林泽游，更知胡之超越等伦。

赏誉137

世称苟子秀出^①，阿兴清和^②。

【注】

①苟子：即王修。修小字苟子。王濛之子。

②阿兴：即王蕴。蕴小字阿兴。清和：清静平和。

【译】

世人称赞王修才华出众，王蕴清爽和气。

【评鉴】

王修、王蕴皆王濛之子。从《世说》中王修的表现看，虽预清谈之流，时贤评价也很高，但清谈既折于许询，又窘于僧意，似未臻一流。不过敢于对桓温不满，其锐气还是值得赞许的。毕竟二十四岁早逝，有所不足可以理解。王蕴治有惠化，为政宽简，是亦可称，然末年竟耽于饮酒，至罕有醒日，较之其父王濛已难企及。本则所谓"世称"，即当时社会舆论的评价。一方面二人资质的确不错，二来因其为名父之子，人们的推扬多少有些偏爱？

赏誉138

简文云："刘尹茗柯有实理①。"

【注】

①茗柯：黄生《义府》卷下"茗柯"条云："予谓此种语言，当即襄阳人歌山简之茗芋。茗芋即酩酊，后转声为懵懂，皆一义。此云'茗芋有实理'，言当其醉中亦无妄语，恨传写讹误，其义遂晦。近时一名公，乃以茗柯为号，想定读如字。二字有何深趣，而贻识者以不学讥之耶？"言刘惔精神虽似惜惜而心中明白。

【译】

简文说："刘惔貌似懵懂而心中明白。"

【评鉴】

简文对刘惔一向推崇，此言刘深藏不露，即或在醉中亦心如明镜。如名士们皆以为殷浩不起，唯独刘惔清楚，并冷语嘲讽："卿诸人真忧渊源不起邪？"此正"茗柯有实理"处。

再看本门第一百三十则："刘尹云：'见何次道饮酒，使人欲倾家酿。'"刘孝标注："充饮酒能温克。"所谓能温克，《诗经·小雅·小旻》郑笺："中正通知之人，饮酒虽醉犹能温藉自持以胜。"这正是刘惔与何充惺惺相惜，反之，刘惔是看不起那些饮酒张狂误事之辈的。

赏誉139

　　谢胡儿作著作郎①，尝作《王堪传》②，不谙堪是何似人③，咨谢公。谢公答曰："世胄亦被遇。堪，烈之子④，阮千里姨兄弟⑤，潘安仁中外⑥，安仁诗所谓'子亲伊姑，我父唯舅'⑦。是许允婿⑧。"

【注】

①谢胡儿：即谢朗。朗小字胡儿。著作郎：始于三国魏明帝时，属中书省，专掌编纂国史。晋元康中改属秘书省，称为大著作，沿旧称亦呼为著作郎。

②王堪（？—310）：字世胄，晋东平寿张（今山东东平西南）人。王烈之子。任车骑将军，为石勒袭杀。

③何似：怎样。

④烈：即王烈。刘孝标注引《晋诸公赞》曰："烈字阳秀，蚤知名。魏朝为治书御史。"

⑤阮千里：即阮瞻。阮咸长子。姨兄弟：母亲为姊妹双方，男孩则为姨兄弟。

⑥潘安仁：即潘岳。岳字安仁。中外：指中表之亲。舅父子女或姑母子女。

⑦"子亲伊姑"二句：语出潘岳《北芒送别王世胄诗》首章。意思是，你的母亲是我姑母，我父亲是你舅父。

⑧许允（？—254）：字士宗，三国魏高阳（今河北高阳）人。魏明帝时，仕至中领军。与中书令李丰、太常夏侯玄亲善。后许允与左右谋杀司马昭，因曹芳惧，事未行。许允徙乐浪，为司马氏追杀。事见《三国志·夏侯尚传》裴注。

【译】

谢朗担任著作郎，尝作《王堪传》，不知道王堪是什么样的人，向谢安咨询。谢安告诉他说："世胄也很受朝廷重视。王堪，是王烈的儿子，阮千里的姨表兄弟，潘安仁的姑表兄弟，就是潘安仁诗中所说的'子亲伊姑，我父唯舅'。他是许允的女婿。"

【评鉴】

魏晋六朝时，因为特重门第，所以人物门阀关系也就成了一门专门的学问。本门第一百五十二条王弥之所以折服了张天锡，其中重要的一环，就是"又谙人物氏族中表，皆有证据"（这一条余嘉锡先生觉得其事不可信，但不影响说明门阀关系在当时为人们所看重）。本条的赏誉主旨，是称赞谢安于人物的错综关系了如指掌。于此，我们倒有些同感，人物间的关系都是不可忽略的，研究《世说》，如果不了解人物之间的关系，有的问题就很难领会，尤其是王谢家族间的一些错综复杂的勾连更是如此。

赏誉140

谢太傅重邓仆射①，常言："天地无知，使伯道无儿。"

【注】

①邓仆射：指邓攸。因其仕至尚书左仆射，故称。

【译】

谢安很敬重邓攸，常常说："天地无知，让邓伯道没有儿子。"

【评鉴】

此则赏誉的中心，是说谢安推重邓攸，认为如果天地有知，当不至于让他绝嗣。因为邓攸的品行的确值得称道。永嘉之乱时，邓攸陷没在石勒处。石勒军中夜晚禁火，触犯者就处死。邓攸的车同一个胡人的车相邻，胡人夜里失火烧毁了车辆，法吏按问，胡人于是诬陷邓攸。邓攸知道无法争辩，便认了罪，石勒赦免了邓攸。胡人感激邓攸，暗中送给邓攸马驴让他逃走。邓攸自知不能同时保全儿子和侄子，而弟弟早死，只有一个儿子，为不使弟弟绝后，便将自己的儿子丢弃，带着侄子离去。后邓攸渡江，成为名臣。

赏誉141

谢公与王右军书曰："敬和栖托好佳①。"

【注】

①敬和：即王洽。洽字敬和，王导第三子，王羲之堂弟。栖托：安身，寄托。

【译】

谢安给王羲之的信说："王洽身心的寄托都恰到好处。"

【评鉴】

王洽为王导第三子。王导长子王悦早逝，幸妾雷氏生王恬、王洽。王恬素不为王导喜欢，《晋书·王恬传》说王恬少好武，要知道，当时的社会风气是看不起武人的，王恬偏偏好武，在王导看来是有辱门楣的，所以王导看见王悦就高兴，看见王恬便有怒色。王洽则比较符合当时士大夫的审美，甚有时名，当时与荀羡齐名并誉。可惜英年早逝，寿止三十六（一说二十九），立功立事都还说不上。

赏誉142

吴四姓旧目云①："张文，朱武，陆忠，顾厚②。"

【注】

①旧目：过去的评论。

②"张文"几句：张家以张昭为代表，朱家以朱桓为代表，陆家以陆骏为代表，顾家以顾雍为代表。文、武、忠、厚分别为四家特色。

【译】

吴郡四个大姓，一向的评论说："张文，朱武，陆忠，顾厚。"

【评鉴】

考之《吴志》，此评简明扼要而的当。

赏誉143

谢公语王孝伯^①："君家蓝田^②，举体无常人事。"

【注】

①王孝伯：即王恭。恭字孝伯。

②蓝田：指王述。述袭父爵为蓝田侯，故称。

【译】

谢安对王恭说："你家蓝田，浑身上下都没有俗人样子。"

【评鉴】

刘孝标对此则表示怀疑，认为如果不是谢安故意高抬王述，那便是《世说》收录不当。不过，我们从另外的角度看，谢安这话多少有些皮里阳秋。盖谢安从来为人随和，并不要做出高高在上的样子，能与人同忧乐，对于过分恃门第而骄者他是有看法的，正如他批评王献之说："子敬实自清立，但人为尔，多矜咳，殊足损其自然。"（《忿狷》6）故此处谢安的赏誉，或许有弦外之音。

赏誉144

许掾尝诣简文^①，尔夜风恬月朗，乃共作曲室中语^②。襟情之咏^③，偏是许之所长，辞寄清婉^④，有逾平日。简文虽契素^⑤，此遇尤相咨嗟，不觉造膝^⑥，共叉手语^⑦，达于将旦。既而曰："玄度才情，故未易多有许。"

【注】

①许掾：即许询。询曾辟司徒掾，故称。

②曲室：密室。

③襟情：胸襟，情怀。

④辞寄：言辞兴寄。清婉：清新婉约。

⑤契素：平时就相交好，有老交情。

⑥造膝：双膝前移靠近。

⑦叉手：握手。形容开心状。

【译】

　　许询曾经去拜望简文帝，那天晚上风和月明，于是就一起在密室清谈。吟咏情怀，最是许询的特长，言辞的清新婉丽，比平时更加精彩。简文虽然和许询是故交，但这次的相逢更让他赞赏感慨，情不自禁地移坐在许询对面，时时握手欢谈，一直到天将亮的时候。简文过后说："玄度的才华情致，的确不可多得。"

【评鉴】

　　本条写得婉致曲折，引人入胜。简文学问渊博，清谈也为一流高手，而许询的才情，竟让简文倾心到如此地步。许询的才华情致，不只简文折服，刘惔也说许询"才情过于所闻"。

赏誉145

殷允出西①，郗超与袁虎书云②："子思求良朋，托好足下，勿以开美求之③。"世目袁为"开美"，故子敬诗曰："袁生开美度。"

【注】

①殷允：字子思，晋陈郡长平（今河南西华）人。殷颛弟。恭素谦退，有儒者之风。历吏部尚书。

②袁虎：即袁宏。宏小字虎。

③开美：（气度）豁达，（志行）高洁。

【译】

殷允到京都去，郗超寄信给袁虎说："子思希望有好的朋友，愿跟你结交，请你不要以你的开美要求他。"世人评价袁虎为"开美"，所以王献之诗云："袁生开美度。"

【评鉴】

郗超有知人鉴，识殷允之长而以其可交，故绍介与袁虎，且告诫袁虎切勿以自己太高的标准而轻忽对方。是可见郗超能谦逊待人，有过人之量。桓温一代枭雄，郗超为"入幕之宾"，能让桓温对他言听计从，是知"后来出人郗嘉宾"之誉不是浪得的。

赏誉146

谢车骑问谢公:"真长性至峭①,何足乃重②?"答曰:"是不见耳。阿见子敬③,尚使人不能已④。"

【注】

①真长:即刘惔。至峭:过分傲慢。

②何足:哪里值得。

③阿:我。

④人:我。不能已:情不自禁。

【译】

谢玄问谢安:"真长禀性过分傲岸,那里值得那么敬重他?"谢安回答说:"这是你没有见到他罢了。我见到王献之,还让我情不自禁地敬重他。"

【评鉴】

刘惔为谢安妻兄,于谢玄则为长辈行,谢玄对刘惔的性行提出质疑,原因是刘惔为人还是少了些豁达大度,不随和。谢安一是因为亲戚的缘故,二是因为刘惔识见确为第一流,故爱重之。谢安与王羲之交好,王羲之数子中以王献之最佳,所以用献之作比。此言刘惔比献之更胜,见献之犹会敬重,何况刘惔。

赏誉147

　　谢公领中书监^①，王东亭有事^②，应同上省^③。王后至，坐促，王、谢虽不通，太傅犹敛膝容之^④。王神意闲畅，谢公倾目^⑤。还，谓刘夫人曰："向见阿瓜^⑥，故自未易有，虽不相关^⑦，正自使人不能已已^⑧。"

【注】

①领中书监：兼任中书监。《晋书·谢安传》："又领扬州刺史，诏以甲仗百人入殿。时帝始亲万机，进安中书监、骠骑将军、录尚书事，固让军号。"

②王东亭：即王珣。王导之孙，王洽之子。以讨袁真功封东亭侯，故称。

③上省：到官署办公。

④敛膝：双膝并拢。

⑤倾目：注目。

⑥阿瓜：王珣小字。

⑦虽不相关：《晋书·谢琰传》："先是，王珣娶万女，珣弟珉娶安女，并不终，由是与谢氏有隙。"

⑧正自：还是。自，后缀。已已：放开，丢开。

【译】

　　谢安兼中书监，王珣有公务，应该一同到官署。王后到，车上座位狭窄，王家与谢家虽然不相往来，但谢安仍然收拢双膝给王让出座位。王珣神态闲暇舒畅，谢安侧目注视。回家后，对夫人刘氏说："今天见到阿瓜，的确是不可多得的人物，虽然和我们没有关系了，但还是让我丢不开啊！"

【评鉴】

　　王珣风流儒雅，博学赅通，是当时的人杰之一，《晋书》本传说他去世后，桓玄给会稽王司马道子写信说：王珣风采出众，经史都有很高的修养，大家都无不佩服他的才华风度，现在正是时事艰难的时候，他却突然去世了，感慨忧伤，岂止是悼念他的风流啊！桓玄一向高傲，能如此评价王珣，可见王珣才华人品之高绝，也就可以理解谢安何以"不能已已"了。虽然绝婚，谢安仍对王珣爱惜有加，谢安之雅量难得；王珣后能哭吊谢安（见《伤逝》15），亦可见互相珍重。

赏誉148

　　王子敬语谢公①："公故萧洒②。"谢曰："身不萧洒③，君道身最得④，身正自调畅⑤。"

【注】

①王子敬：即王献之。献之字子敬。

②故：的确，实在。

③身：第一人称代词，我。

④君道：您的修养之道。最得：最能领会。

⑤正自：只是。自，后缀。调畅：豁达，舒畅。

【译】

王献之对谢安说:"您的确算得上潇洒。"谢安:"我算不上潇洒,您的修养之道我最能体会,我只不过尽量调适舒畅身心而已。"

【评鉴】

此则之疑难在"君道身最得"一语,歧说纷纭,大略都是谢安非常得意于王献之对自己的称赞,洋洋之态,如在目前。这岂是谢安的为人及风采?且刚说我算不上潇洒,随后又说您说得很对,否定了一句,再又说"我只不过""我只是""我确实"云云,未免首尾不能相顾,以谢安之才情胸襟,岂会有此逻辑上前后矛盾,而神意上飘飘自得的应答。

我们以为,这本来是谢安非常谦虚艺术的一段对答,似当作如下理解,即王献之称赞谢安潇洒,谢安说我算不上潇洒,我是能体味您的修身养性之道。也就是说,王献之称赞谢安潇洒,谢安说彼此彼此,我是向您学习而已,拜您所赐。就二人的交谊来说,谢安是非常欣赏王献之的。献之为人峻整,不交非类。《方正》第六十二则谢安请献之题榜,献之有"魏祚所以不长"语,谢安不仅不怪,还"以为名言"。《品藻》第七十四则谢安称赞王献之"吉人之辞寡"。本则的赏誉是双向的。也许这样理解,才比较贴近《晋书》传论说谢安"太保沉浮,旷若虚舟。任高百辟,情惟一丘"。

赏誉149

谢车骑初见王文度①,曰:"见文度,虽萧洒相遇②,其复愔愔竟夕③。"

【注】

①谢车骑：即谢玄。谢玄死后追赠车骑将军，故称。王文度：即王坦之，坦之字文度。

②萧洒：不经意间，偶然。

③愔愔（yīn）：和悦安舒的样子。竟夕：整个晚上，通夜。

【译】

　　谢玄初次见到王坦之，说："初次见到文度，虽然是偶然相遇，竟然是开心地和他谈论了一个晚上。"

【评鉴】

　　谢玄能言，《世说》中屡见，而事功亦彪炳一世。王坦之为一时俊杰，有"江东独步"的赞誉，既可与清谈之流颉颃，其政绩亦可圈可点。与其他一些徒有虚名只逞口舌者相较，他们有更多的共同语言。这段话便再现了他们精神上的契合。受时风影响，二人虽也时涉清谈，但都不为虚诡浮诞、不着边际的议论，都说的是"人"话，如谢玄"芝兰玉树"的对答、关于武帝何以"饷山涛恒少"的思辨等，无不有哲思而睿智，让人信服。对那些享有盛名者，谢玄也敢提出质疑，比如直接问谢安："真长性至峭，何足乃重？"（刘惔个性太过傲岸，哪里值得那么看重他？）王坦之也是这样，在大事上头脑清楚，对皇帝的遗诏也敢于提出不同意见：简文临崩，诏桓温依周公居摄，坦之于帝前毁诏阻止，从而减缓了桓温篡夺的步伐。尚刑名学，时俗钦崇老庄，坦之著《废庄论》加以批评。就连谢安不循礼法，坦之也苦苦劝阻。支遁声名腾跃，盛气凌人，王坦之屡屡讥之。如果细读《晋书》二人本传，更可印证我们上说不虚。总之，两人都是一代人杰，长于事功。虽然谢玄比王坦之小十三岁，论名气地位远不如王，但二人初次相遇就能精神投合，如伯牙之逢子期，匠石之遇郢人。故二人倾盖如故，愔愔竟夕。赏誉的要义即在于此。

赏誉150

范豫章谓王荆州[①]："卿风流俊望，真后来之秀[②]。"王曰："不有此舅，焉有此甥。"

【注】

①范豫章：指范宁。因其曾为豫章郡守，故称。王荆州：即王忱。因曾官荆州刺史，故称。

②后来之秀：犹言后起之秀。

【译】

范宁对王忱说："你风流而有名望，不愧为后起之秀。"王忱说："如果没有你这样出色的舅舅，哪有我这样的外甥啊。"

【评鉴】

舅甥间互相吹捧，很是可笑。这一则也可见当时世风。王忱弱冠知名，任达嗜酒，或裸体而游，或连月长醉。他无足称，唯风采韶秀，"罗罗清疏"而已。范宁高誉外甥，既有亲情，同时也是受浮诞世风的影响。

赏誉151

子敬与子猷书^①，道："兄伯萧索寡会^②，遇酒则酣畅忘反，乃自可矜^③。"

【注】

①子猷：即王徽之。徽之字子猷。王羲之第五子。

②兄伯：兄长。弟弟称哥哥。寡会：少有兴致。

③可矜：可爱，可羡。

【译】

王子敬给子猷写信，说："老兄寂寞而很少有兴致，遇到有酒喝就大醉而忘归，实在可爱。"

【评鉴】

关于此兄伯指谁，历来争论颇多。王羲之七子，次第为玄之、凝之、涣之、肃之、徽之、操之、献之。长玄之早卒，涣之未详。此处兄伯有的以为指凝之，有的以为指徽之。比较而言，似当指王徽之为宜。一是王徽之个性清高孤傲，不问世事，如做桓冲骑兵参军时，桓冲问他："马比死多少？"他答："未知生，焉知死。"（《简傲》11）凡事任性而为，如访戴故事。二是弟兄中徽之、献之情感最好，连得病都同时，病逝亦先后，而"人琴俱亡"之痛留下千古伤心典实（《伤逝》

16)。《幽明录》还编造出子猷准备用自己的年寿给子敬延命的故事，云"王子猷、子敬兄弟，特相和睦"。三是《世说》中包括史书似少见王献之与其他兄弟交结的记载。

赏誉152

张天锡世雄凉州①，以力弱诣京师，虽远方殊类②，亦边人之桀也③。闻皇京多才④，钦羡弥至⑤。犹在渚住⑥，司马著作往诣之⑦，言容鄙陋⑧，无可观听。天锡心甚悔来，以遐外可以自固⑨。王弥有俊才美誉⑩，当时闻而造焉⑪。既至，天锡见其风神清令⑫，言话如流，陈说古今，无不贯悉⑬。又谙人物氏族中表⑭，皆有证据。天锡讶服。

【注】

①张天锡：十六国时期前凉国主。

②殊类：异族，其他民族。

③桀：俊杰，豪杰。

④皇京：京都，指建康。

⑤钦羡：钦佩羡慕。

⑥渚：水边。

⑦司马著作：待考。诣：拜会。

⑧鄙陋：粗鄙丑陋。鄙，指语言举止。陋，指容貌。

⑨遐外：边远之地。

⑩王弥：即王珉。珉小字僧弥，故称。

⑪造：造访。

⑫清令：清新脱俗。

⑬贯悉：贯通熟悉。

⑭中表：内外亲戚。

【译】

　　张天锡世代在凉州割据称雄，因为势力衰落而来到京城，他虽然是西北的异族，但也是边鄙地方的俊杰。听说京城人才多，非常羡慕向往。当他还住在江边时，司马著作前去拜访他，言语粗鄙，容貌丑陋，没有可看可听的。张天锡心中很后悔来朝，觉得可以在边疆拥兵割据。王弥有出色的才华和美好的声誉，听说这事后就去造访张天锡。到了天锡那里，张见王风度神采清奇美好，言语滔滔不绝，叙说古往今来，没有不通晓精详的。又谙熟大家士族谱记，名人氏族内外亲戚关系，无不有根有据。天锡惊讶佩服。

【评鉴】

　　于此则，余嘉锡对张天锡始末尝细加考证，以为不可信，这则故事纯属王氏子弟夸大祖先德业而编造的。余说可信可从。

赏誉153

　　王恭始与王建武甚有情①，后遇袁悦之间②，遂致疑隙③，然每至兴会④，故有相思时。恭尝行散至京口射堂⑤，于时清露晨流，新桐初引。恭目之曰："王大故自濯濯⑥。"

【注】

①王建武：即王忱。忱小字佛大，因其曾为建武将军，故称王建武，下文亦称
　王大。王忱为王恭族叔。

②袁悦（？—388）：字元礼，晋陈郡阳夏（今河南太康）人。为会稽王司马
　道子及王国宝所亲重，结党弄权。后为孝武帝所杀。《晋书》卷75有传。按，
　《晋书》作"袁悦之"。

③疑隙：疑忌，仇隙。

④兴会：（有）兴致，（有）意趣。

⑤行散：魏晋人喜服五石散，服后需缓步行走以散发药性，故谓之"行散"。
　亦称"行药"。京口：城名，故址在今江苏镇江。射堂：举行射箭活动的大
　厅堂。

⑥故自：的确，实在。自，后缀。濯濯：鲜明的样子。

【译】

　　王恭先前和王忱交情很好，后遇上袁悦的离间，就有了隔阂，然
而每当兴致来的时候，还是很想念。王恭曾经服药后行散到了京口射
堂，当时早晨清露时时滴下，梧桐新叶正在舒展。王恭品评王大说：
"王大的确是清朗挺出。"

【评鉴】

　　"清露晨流，新桐初引"，美哉此语！王大形貌，于是增色。惜乎
一对初本情好殷殷的叔侄，因为袁悦的离间，竟至"便欲相杀"（《忿
狷》7）。谗佞之人，切不可近啊！

赏誉154

司马太傅为二王目曰[①]："孝伯亭亭直上[②]，阿大罗罗清疏[③]。"

【注】

①司马太傅：即司马道子。安帝时为太傅，故称。

②孝伯：指王恭。王恭字孝伯。亭亭：挺拔的样子。

③阿大：指王忱。忱小字佛大，故称。罗罗：散放的样子。

【译】

司马道子品评王恭和王忱说："孝伯高洁出众，王大散诞疏朗。"

【评鉴】

司马道子此评倒也不错，看来昏愦之人也有明白之时。此则之"罗罗清疏"与《赏誉》第二十七则"落落穆穆"意义相似。

赏誉155

王恭有清辞简旨[①]，能叙说而读书少，颇有重出。有人道孝伯常有新意，不觉为烦。

【注】

①清辞：言辞清新。简旨：简约明了。

【译】

王恭言辞清新，简约明了，善于表达但读书不多，所以叙说不免有重复处。有人说王恭时常有新的见解，也不觉得他的话烦琐。

【评鉴】

披沙拣金，不失为宝。能有新意，更为可贵。苏轼有诗云："为文不在多，一颂了伯伦。"赞扬文章不必多，有一篇可传世的就了不得了，刘伶的《酒德颂》就是这样的。此外，谢道韫以"柳絮因风起"五字形容雪花飞舞在文学史上不可磨灭，赵匡胤两句"未离海底千山黑，才到中天万国明"（《月诗》）的气象震古烁今。说王恭言辞常有新意，此言不诬啊，"身无长物"今天还活跃在汉语言里。

赏誉156

殷仲堪丧后①，桓玄问仲文②："卿家仲堪，定是何似人③？"仲文曰："虽不能休明一世④，足以映彻九泉⑤。"

【注】

①殷仲堪丧后：安帝隆安三年（399），桓玄兼并荆州，刺史殷仲堪战败被俘自杀。

②仲文：即殷仲文。殷仲堪堂弟。

③何似：什么样的。

④休明：美好清明。多用以赞扬君主。此处殷仲文言下之意是说殷仲堪不如桓玄。

⑤映彻：辉映，照亮。

【译】

　　殷仲堪死后，桓玄问殷仲文："你家仲堪，到底是什么样的人？"仲文回答说："虽然他不能像您一样美好清明于一世，但在九泉下也算得上是个出色人物。"

【评鉴】

　　桓玄此问，很难回答，于殷仲文而言，桓玄为郎舅，仲堪为从兄，且殷仲文是因为仲堪推荐给司马道子才渐次荣显的，殷仲堪又是被桓玄算计而最终败死于桓玄之手的，故只能是心照不宣的敷衍。所谓休明一世，这是恭维桓玄的话，映照九泉则是说殷仲堪还算得上一个人物，在九泉之下也是出色的。其实本条归入《赏誉》也不太合适，休明一世，是违心的话，映照九泉，同样说得十分勉强。殷仲文本为反复无常的小人，"会桓玄与朝廷有隙，玄之姊，仲文之妻，疑而间之，左迁新安太守。仲文于玄虽为姻亲，而素不交密，及闻玄平京师，便弃郡投焉"（《晋书·殷仲文传》）。殷仲文善言辞，精马屁，此条归入《言语》倒更合适，正如《言语》第一百零六则殷仲文谄谀桓玄"圣德渊重"一样。

别人眼中的他，不一定是真的他

品藻第九

品藻，并列式双音词。品，品评，评价。藻，也是品鉴、鉴别的意思。二者近义连文，即品评人物，鉴别高下。《汉书·扬雄传下》："称述品藻。"颜师古注："品藻者，定其差品及文质。"

《世说》的"品藻"一门，主要是对人物的品评褒贬，其远源同样与汉代察举制度有关，近则是受汉末"月旦评"的影响。《后汉书·许劭传》："初，劭与靖俱有高名，好共核论乡党人物，每月辄更其品题，故汝南俗有'月旦评'焉。"本门与"赏誉"有所不同，"赏誉"更看重人物的精神世界，不太在意现实中的功业勋劳，"品藻"则更加注重立事立功。汉末天下大乱，人们莫不向往平治义安，而安定天下自然要寄托在英雄豪杰身上，所以月旦的品评往往都与事功联系着。曹魏祚短，而晋之代魏始一世而乱，五马渡江，偏安一隅，内忧外患，式月斯生。所以，纵然玄风依旧大扇，国计民生又岂能完全被视为浮云。如果说"赏誉"多是玄学视野下从云端俯瞰的士人群相，那么"品藻"则是对士人从云端坠落现实后的近距离认知。

因为联系着立事立功，褒贬则必然存在，在本门的八十八则中，对上至帝王将相、下至文人学士都有赞扬与批评。如论晋武帝出齐王、立惠帝之两失，诸葛瑾兄弟龙虎狗之分，陈泰父子的优劣，还有如周颛与和峤、桓温与殷浩、谢安与殷仲文等士大夫间的比较。

再者，从汉末"月旦评"起，"品藻"失实的情况也时有出现，后来魏晋名士们互相吹捧哄抬，品评人物不够公正客观更是在所难免。于此，我们同样在相关条目下予以辨说。

品藻1

汝南陈仲举、颍川李元礼①，士人共论其功德，不能定先后。蔡伯喈评之曰②："陈仲举强于犯上③，李元礼严于摄下④。犯上难，摄下易。"仲举遂在"三君"之下⑤，元礼居"八俊"之上⑥。

【注】

①汝南：郡名，东汉时治所在平舆（今河南平舆北）。陈仲举：即陈蕃。蕃字仲举。颍川：郡名，治所在阳翟（今河南禹州）。李元礼：即李膺。膺字元礼。

②蔡伯喈（jiē）：即蔡邕（132—192）。邕字伯喈，东汉陈留圉县（今河南杞县）人。灵帝时拜郎中。后因事免官。董卓擅政，邕累迁左中郎将。邕博学多才，通晓经史、天文、音律，善辞赋，工书法。后为司徒王允所杀。《后汉书》卷60有传。

③犯上：冒犯或违抗尊长。语出《论语·学而》："有子曰：'其为人也孝弟，而好犯上者，鲜矣。'"

④摄下：统领、管束下属。

⑤三君：指东汉末年三个受人敬仰与效法的人物。陈蕃位居三君之末。《后汉书·党锢传序》："窦武、刘淑、陈蕃为三君。君者，言一世之所宗也。"

⑥八俊：指东汉末年的八个杰出人物。李膺位居八俊之首。《后汉书·党锢传序》："李膺、荀翌、杜密、王畅、刘祐、魏朗、赵典、朱寓为八俊。俊者，言人之英也。"

【译】

　　汝南陈蕃、颍川李膺，士大夫们一起议论他们的功劳德行，不能定出高下来。蔡邕评论他们说："陈仲举刚正，敢于冒犯上级；李元礼威严，能够管束下属。犯上很难，摄下较易。"于是陈蕃就定在"三君"之末，李膺定在"八俊"之首。

【评鉴】

　　陈蕃、李膺都是那个时代士大夫的标杆，各自具有突出的品格，时人评价道："不畏强御陈仲举，天下模楷李元礼。"陈蕃在朝敢于犯颜直谏，不计个人荣辱安危，屡屡上书抑宦竖、杜滥封、戒田猎、平冤狱等。他敢于挑战强权，因此有"不畏强御"的称号。李膺为官严正，做刺史时，下属郡守县令畏惧他的严明，很多都弃官而去；任司隶校尉时，宦官张让之弟张朔任野王县令，贪残无道，竟杀害孕妇，听说李膺的威严，畏罪逃往京城，最终还是被李膺捉拿归案，依法处死。相比之下，蔡邕认为犯上难，摄下易。的确，身处官场，犯上更需要胆识。

品藻2

　　庞士元至吴^①，吴人并友之。见陆绩、顾劭、全琮^②，而为之目曰③：“陆子所谓驽马有逸足之用④，顾子所谓驽牛可以负重致远⑤。”或问：“如所目，陆为胜邪？”曰：“驽马虽精速⑥，能致一人耳。驽牛一日行百里，所致岂一人哉？”吴人无以难。“全子好声名，似汝南樊子昭⑦。”

【注】

①庞士元：即庞统。统字士元。

②陆绩（187—219）：字公纪，吴郡吴县（今江苏苏州）人。孙权辟为奏曹掾。后出为郁林太守，加偏将军。《三国志》卷57有传。顾劭：字孝则，顾雍之子。全琮（？—249）：字子璜，吴郡钱唐（今浙江杭州）人。孙权以为奋威校尉。以讨擒关羽功封阳华亭侯，后官至右大司马、左军师。《三国志》卷60有传。

③目：品评。

④驽马：劣马。逸足：犹疾足。跑得快。

⑤负重致远：背负重物远行。

⑥精速：犹言神速。

⑦樊子昭：汉末汝南（治今河南平舆）人。出身贫贱，以德行为许劭所奖拔，进退恬然，名重于时。

【译】

　　庞统到了吴地，吴地的士人都来和他交朋友。见了陆绩、顾劭、全琮，就对他们加以品评说：“陆子是人们说的劣马也能疾行快跑，顾子是人们说的笨牛也可以负重远行。”有人问：“照你的品评，陆子要强些吗？”庞统回答说：“劣马纵然跑得快，不过是能驮走一个人而已。

笨牛一天能行百里，又岂止载一个人？"吴人无话可以反驳他。庞统又评论说："全子看重声名，好像汝南樊子昭。"

【评鉴】

庞统这番评价很有意思，因为庞统本身就是少有的天才，对于江东这一伙人大概并不放在眼里，所以对陆绩和顾劭先"驽"再加品评。也就是说，你们二人都不怎么样，至于说高下，驽马肯定比驽牛要跑得快，但驽马毕竟只能驮一个人，而牛有笨力气，还是更有用些。全琮，庞统把他和樊子昭比，《三国志·蜀书·庞统传》中庞统对全琮说："卿好施慕名，有似汝南樊子昭。虽智力不多，亦一时之佳也。"也不妨先贬损一下，智力不多，但也还不错。《庞统传》裴松之注引蒋济《万机论》："子昭拔自贾竖，年至耳顺，退能守静，进能不苟。"知其是一个比较守正的官员而已。

品藻3

顾劭尝与庞士元宿语①，问曰："闻子名知人，吾与足下孰愈？"曰："陶冶世俗②，与时浮沉，吾不如子；论王霸之余策③，览倚伏之要害④，吾似有一日之长⑤。"劭亦安其言⑥。

【注】

①宿语：同宿夜话。

②陶冶：熏陶，化育。

③王霸：王道与霸道。以仁义治理天下是王道，以武力、刑法、权势等统治天

下是霸道。

④倚伏：语本《老子》第五十八章："祸兮福之所倚，福兮祸之所伏。"缩略为"倚伏"。倚，依托。伏，隐藏。谓祸福相因，相互依存，相互转化。

⑤一日之长：谓比别人稍强。

⑥安：认为妥当。

【译】

　　顾劭曾经和庞统同宿夜话，顾劭问："听说你以知人而闻名，我和你哪个更强些？"庞统回答说："熏陶化育社会风尚，随时势或浮或沉，我不如你；谈论王道、霸道的统治策略，观察祸福的关键，我好像比你强些。"顾劭也觉得庞统的话是合适的。

【评鉴】

　　顾劭广结天下士人，与他们多有交往，为时人所称赞。《三国志·吴书·顾邵传》云："自州郡庶几及四方人士，往来相见，或言议而去，或结厚而别，风声流闻，远近称之。"刘孝标注所言与《三国志》基本相同。庞统则善于在乱世中把握契机，谈论王道或霸道的策略，辅佐主公逐鹿天下。他劝刘备攻取西川时曾说："权变之时，固非一道所能定也。兼弱攻昧，五伯之事。逆取顺守，报之以义，事定之后，封以大国，何负于信？今日不取，终为人利耳。"（《三国志·蜀书·庞统传》裴松之注引《九州春秋》）可见，庞士元的评价还是中肯的，他不仅知人，亦能自知。

品藻4

诸葛瑾、弟亮及从弟诞[①]，并有盛名，各在一国。于时以为蜀得其龙，吴得其虎，魏得其狗。诞在魏，与夏侯玄齐名[②]；瑾在吴，吴朝服其弘量[③]。

【注】

①诸葛瑾（174—241）：字子瑜，诸葛亮之兄，琅邪阳都（今山东沂南）人。汉末避乱江东，为孙权长史。后从讨关羽，封宣城侯，以绥南将军代吕蒙领南郡太守。权称帝，拜大将军、左都护，领豫州牧。《三国志》卷52有传。亮：即诸葛亮。诞：即诸葛诞（？—258）。诞字公休，初为荥阳令，累迁御史中丞、尚书。正始初，出为扬州刺史。随司马懿父子伐吴，讨毌丘俭、文钦有功，进封高平侯。诞见王凌等前后诛灭，内不自安，甘露二年（257），诏征入朝为司空，诞恐，遂反。兵败被杀。《三国志》卷28有传。

②夏侯玄：字太初，善谈玄理，风格高朗。

③弘量：宽宏的气量。

【译】

诸葛瑾、弟弟诸葛亮及堂弟诸葛诞，都有很大的名声，各在一国做官。当时人们认为蜀得到了龙，吴得到了虎，魏得到了狗。诸葛诞在魏国，与夏侯玄齐名；诸葛瑾在吴国，吴国朝廷都佩服他宽宏的气量。

【评鉴】

关于这则的龙、虎、狗，清李慈铭为之义愤填膺，认为不应该把诸葛诞鄙称为狗。余嘉锡纠正了李说的谬误，加按语说："此所谓狗，乃功狗之狗，谓如韩卢宋鹊之类。虽非龙虎之比，亦甚有功于人。故曰'并有盛名'，非鄙薄之称也。观《世说》下文云'诞在魏与夏侯玄齐名'，则无诋毁公休之意亦明矣。"余嘉锡"功狗"语，源自《史记·萧相国世家》，刘邦得天下后封赏功臣，以萧何功最大，诸将不服，认为萧何没有战功，于是刘邦说："夫猎，追杀兽兔者，狗也，而发踪指示兽处者，人也。今诸君徒能得走兽耳，功狗也。至如萧何发踪指示，功人也。"这里刘邦把征战疆场、杀敌立功的人比喻为打猎时追捕猎物的猎犬，是对有军功者的赞赏，并不是贬义。余嘉锡还说："凡读古书，须明古人词例，不可以后世文义求之也。"换句话说，就是要知道各个时代语言词汇的特点，了解词义的消长演变情况、不同的感情色彩等，不能用后世的词义去解读古代词义。余嘉锡批评得很对。当然，这不能说李慈铭水平不高，李氏的《越缦堂读书记》还是学术价值很高的著作。

品藻5

　　司马文王问武陔①："陈玄伯何如其父司空②？"陔曰："通雅博畅③，能以天下声教为己任者④，不如也；明练简至⑤，立功立事，过之。"

【注】

①司马文王：即司马昭。武陔（gāi）：字元夏。为司马昭所器重。

②陈玄伯：即陈泰。泰字玄伯。司空：指陈群。群魏明帝时为司空，故称。

③通雅博畅：通达雅致，渊博自然。

④声教：声威教化。

⑤明练简至：聪明练达，简要精到。

【译】

　　司马昭问武陔："陈玄伯与他的父亲司空陈群相比怎么样？"武陔说："通达雅正、渊博自然，能把天下的声威教化当作自己的责任，玄伯不如他父亲；聪明干练、简要精到、建功立业方面，超过了他父亲。"

【评鉴】

　　武陔的评论，基本是准确的，陈群从容朝廷之上，称得上能臣。而陈泰南抗东吴，西拒蜀汉，都立下了功勋，所以武陔说立功立事过之。至于有前贤说陈泰人品过其父，理由是曹魏代汉陈群仅有戚容，而陈泰能在贾充弑曹髦后倡言当杀贾充以谢天下，武陔此评实欠公允。于此，武陔何尝不明白，但这怎么能对司马昭明说，所以避而不言。

品藻6

　　正始中①，人士比论②，以五荀方五陈：荀淑方陈寔③，荀靖方陈谌④，荀爽方陈纪⑤，荀彧方陈群，荀颢方陈泰⑥。又以八裴方八王：裴徽方王祥⑦，裴楷方王夷甫⑧，裴康方王绥⑨，裴绰方王澄⑩，裴瓒方王敦⑪，裴遐方王导⑫，裴頠方王戎⑬，裴邈方王玄⑭。

【注】

①正始：三国魏齐王曹芳年号（240—249）。

②比论：比较评论。

③荀淑：字季和，荀爽父。以品行高洁称名州里。陈寔：字仲弓，汉桓帝时任太丘长，以平正闻名当地。与其子陈纪、陈谌并有高名，号为"三君"。

④荀靖：字叔慈，荀淑之子。有俊才，以孝知名。

⑤荀爽：字慈明，荀淑之子。

⑥荀颙（yǐ）：字景倩，荀彧之子。入晋后进爵为公。陈泰：字玄伯，陈群之子。历仕征西将军、尚书左仆射。

⑦裴徽：字文季，有高才远度，善言玄理。官至冀州刺史。四子黎、康、楷、绰，皆为名士。王祥：字休徵，三国魏时官至司空、太尉，入晋拜太保。侍奉后母至孝，后世将王祥"卧冰求鲤"列为"二十四孝"之一。

⑧裴楷：字叔则，裴徽之子。风神高迈，容仪俊爽，时称"玉人"。王夷甫：即王衍。衍字夷甫，清明俊秀，风姿文雅，为当时清谈领袖。

⑨裴康：字仲豫，河东闻喜（今山西闻喜）人，裴徽之子。有弘量，历太子左卫率。王绥：字万子，王戎之子，少有美名。

⑩裴绰：字季舒，裴徽之子。官至黄门侍郎、长水校尉。

⑪裴瓒：字国宝，裴楷之子。风神高迈，才气爽俊。娶杨骏女，及骏诛，为乱兵所害。

⑫裴遐：字叔道，裴徽之孙，裴绰之子。性谦虚平和，善言玄理。

⑬裴颜（wěi）：字逸民，裴秀之子，王戎女婿。官至尚书左仆射、侍中。

⑭裴邈：字景声，裴颜堂弟，少有通才。王玄：字眉子，王衍之子，官至陈留太守。

【译】

正始年间，名士们品评比较，以五荀比五陈：荀淑比陈寔，荀靖
比陈谌，荀爽比陈纪，荀彧比陈群，荀顗比陈泰。又以八裴比八王：
裴徽比王祥，裴楷比王衍，裴康比王绥，裴绰比王澄，裴瓒比王敦，
裴遐比王导，裴颜比王戎，裴邈比王玄。

【评鉴】

李慈铭认为，东晋范宁把清谈祸始归罪于王弼、何晏，其实还不
准确。他认为汉末的五荀、五陈才是浮华任达的滥觞，也就是本则提
到的人物。他们父子兄弟自相标榜，坐获虚声，已经开了不好的风气。
李慈铭又引用朱熹的观点，认为陈寔吊祭宦官张让的母亲，风节就已
经开始丧失了。其后陈群依附曹氏，陈泰为司马氏之党。荀家则荀爽
为董卓所用，荀彧助成曹操的篡逆，而从荀勖之后，荀家更是名节扫
地了。李氏之说不无道理，在《品藻》一门中，不乏名士之间互相吹
捧哄抬因而失实的条目，我们在阅读的时候，也应该联系相关史事辩
证地看待这些品评。

品藻7

冀州刺史杨准二子乔与髦[1]，俱总角为成器[2]。准与裴颜、乐
广友善[3]，遣见之。颜性弘方[4]，爱乔之有高韵[5]，谓准曰："乔当及
卿，髦小减也[6]。"广性清淳，爱髦之有神检[7]，谓准曰："乔自及卿，
然髦尤精出[8]。"准笑曰："我二儿之优劣，乃裴、乐之优劣。"论者
评之，以为乔虽高韵，而检不匝[9]，乐言为得，然并为后出之俊。

【注】

①杨准：字始立，杨修之孙。乔与髦：刘孝标注引荀绰《冀州记》曰："乔字国彦，爽朗有远意。髦字士彦，清平有贵识。并为后出之俊。为裴颜、乐广所重。"

②总角：把头发梳成髻髽，其状如角。为未成年的发式。因指童年。成器：成熟的资质。

③裴颜：字逸民，曾任尚书左仆射、侍中。

④弘方：旷达方正。

⑤高韵：高逸的风韵。

⑥小减：稍微差一点。

⑦神检：精神节操，精神操守。检，品行，操行。

⑧精出：优秀杰出，出类拔萃。

⑨匝：完满，充足。

【译】

　　冀州刺史杨准的两个儿子杨乔和杨髦，童年时就都很成熟了。杨准同裴颜、乐广友善，让两个儿子去见他们。裴颜性格旷达方正，喜欢杨乔有高逸的风韵，对杨准说："杨乔应该能赶上你，杨髦稍次一点。"乐广性格高洁淳朴，喜欢杨髦有好的精神操守，对杨准说："杨乔自然能赶上你，但是杨髦更加优秀出众。"杨准笑着说："我两个儿子的优劣，就是裴颜、乐广的优劣。"议论者评论他们，认为杨乔虽然气韵高雅，但操守似有不足，认为乐广的评价中肯，但他们都是晚辈中的俊才。

【评鉴】

　　杨准的两个儿子都少年老成，是后辈中的俊才。裴颜、乐广是前辈中的名士，善于品鉴人物，他们两个因为各自的天性和才智的区别，各有所爱。俗话说，物以类聚，人以群分，杨准所谓裴、乐的优劣，并非是说二人有高下之别，而是说他们眼中自己儿子的优点和不足，也是裴、乐二人的写照。

品藻8

　　刘令言始入洛①，见诸名士而叹曰："王夷甫太解明②，乐彦辅我所敬③，张茂先我所不解④，周弘武巧于用短⑤，杜方叔拙于用长⑥。"

【注】

①刘令言：即刘讷。讷字令言，晋彭城（今江苏徐州）人，刘隗伯父。曾为司隶校尉。《晋书》卷69有传。

②王夷甫：即王衍。衍字夷甫。解明：颖悟聪明。

③乐彦辅：即乐广。广字彦辅。

④张茂先：即张华。华字茂先。

⑤周弘武：即周恢。恢字弘武。

⑥杜方叔：即杜育。育字方叔，晋襄城定陵（今河南漯河郾城区西北）人。风姿俊美，有才藻，时人誉为"杜圣"。累迁国子祭酒。

【译】

刘讷刚到洛阳时，见到名士们而叹息说："王夷甫太颖悟聪明，乐彦辅是我所敬仰的，张茂先是我所不理解的，周弘武能巧妙地运用自己的短处，杜方叔不善于发挥自己的长处。"

【评鉴】

刘讷可谓目光如炬。说王衍太解明，这不免让人想到王澄对哥哥王衍的评价"阿兄形似道，而神锋太俊"（《赏誉》27），也就是神采锋芒过于外露，其实是在批评王衍。乐广鄙薄流俗，倡言"名教中自有乐地"（《德行》23），且为人宽宏厚道，"凡所论人，必先称其所长，则所短不言而自见矣；人有过，先尽弘恕，然后善恶自彰矣"（《晋书·乐广传》），岂止为刘讷所敬！张华博闻强识，学业优博，辞藻温丽，朗赡多通，图纬方技之书莫不详览。所谓不解，并非贬词，而是所谓"时人罕能测之"（《晋书·张华传》）。至于巧于用短，则是善于将劣势化为优势；拙于用长，则是不能展现自己的优长。比较而言，"巧于用短"自然比"拙于用长"强。

品藻9

王夷甫云："间丘冲优于满奋、郝隆①。此三人并是高才，冲最先达。"

【注】

①间丘冲：字宾卿，晋高平（今山东巨野）人。为人清平有鉴识，博学有文义。

累迁太傅长史、光禄勋。永嘉五年（311）洛阳失陷，为乱军所杀。满奋：字武秋，满宠之孙。曾任尚书令、司隶校尉。郗隆（？—301）：字弘始，汉御史大夫郗虑曾孙，郗鉴叔父。为人通达有见识。为吏部郎、扬州刺史。齐王冏起义，隆为王邃所杀。《晋书》卷67有传。"郗"底本作"郝"，误。李慈铭云："案《晋书》郝隆作郗隆，乃太尉鉴之叔父也。事附《鉴传》。此作郝，疑误。郝隆乃桓温时人。"刘孝标注引《晋诸公赞》："隆字弘始，高平人。"亦可证此人当是郗隆。郝隆字佐治，晋汲郡（治今河南卫辉）人。

【译】

王衍说："闾丘冲比满奋、郗隆强。这三人都是高才，闾丘冲最先显达。"

【评鉴】

王衍喜欢品藻人物，而有时亦评价失准，不得其要。例如此则说闾丘冲最先显达，但实际上，满奋和郗隆名位显达都在闾丘冲之前。再如王衍一向高看其弟王澄，同样也走了眼。《品藻》门中多有言中的，但也有失当的，《世说》兼收并蓄，把类似的事都记下了。刘孝标则在注解中时时揭开真相。如这则即引《兖州记》云："于时高平人士偶盛，满奋、郝隆达在冲前，名位已显，而刘宝、王夷甫犹以冲之虚贵，足先二人。"（此处"郝隆"亦应作"郗隆"。）

品藻10

王夷甫以王东海比乐令[①]，故王中郎作碑云[②]："当时标榜，为乐广之俪③。"

【注】

①王东海：即王承。西晋时为东海太守，故称。乐令：即乐广，曾为尚书令，故称。

②王中郎：指王坦之。因曾任北中郎将，故称。

③俪：并列，相并。谓不相上下。

【译】

王衍把王承比作乐广，因而王坦之作碑文说："当时的品评，认为王承和乐广并列。"

【评鉴】

我们认为，王衍把王承和乐广相比，是抓住了两个人共同的优点。首先，两人都言辞简约。刘孝标注引《江左名士传》说王承"言理辩物，但明其旨要，不为辞费，有识伏其约而能通"。而乐广同样是言约旨远，《赏誉》第二十五则王衍曾说"我与乐令谈，未尝不觉我言为烦"。除此之外，两个人也都为人宽宏。《晋书》本传称王承"推诚接物，尽弘恕之理，故众咸亲爱焉"，前《政事》门也记载王承不追究小吏盗取官池中的鱼，不责备违禁夜行的读书人，这些都能反映出他做人的宽容厚道。乐广同样是如此（见本门第八则评鉴）。

由此看来，本则王衍的品评让人信服。而王承为王坦之祖父，王坦之为祖父作碑文，引用王衍的评价，也就不至于遭受偏私的非议。

品藻11

庾中郎与王平子雁行^①。

【注】

①庾中郎：即庾敳。曾为太傅司马越从事中郎，故称。王平子：即王澄。澄字平子，王衍异母弟。雁行：大雁并列齐飞。比喻齐名并重。

【译】

庾敳与王澄并列齐名。

【评鉴】

刘孝标注引《晋阳秋》曰："初，王澄有通朗称，而轻薄无行。兄夷甫有盛名，时人许以人伦鉴识。常为天下士目曰：'阿平第一，子嵩第二，处仲第三。'敳以澄、敦莫己若也。及澄丧，敦败，敳世誉如初。"王澄是王衍的异母弟，出于兄弟情义，王衍总是高抬王澄，排列的次序是，王澄第一，庾敳第二，王敦第三。而庾敳则认为自己该是老大。

我们觉得，庾敳认为自己强过王澄，是客观的。虽然庾敳也有放达任性的一面，但他并不是王澄那样的一味狂妄，如对郭象才华的钦佩便是明证（《赏誉》26）。再者，庾敳能识机变，面对刘玙的"陷阱"，能轻松化解，全身而退（《雅量》10）。反观王澄的一生，除了曾劝司马颖杀掉害死陆机兄弟的孟玖外，乏善可陈，且沉杀已降流人八千余人于江，残忍至极。在郡日夜纵酒，为政多不善，致使上下离心。所以清李慈铭认为他一无可取（见《简傲》6评鉴）。

至于庾敳觉得自己比王敦强，则是不自量。庾敳在官以静默无为为主，立功立事方面未见有过人处，最后与王衍同死于石勒之手。而王敦过江之后，为晋室屡立功勋，王与马共天下，内则王导之抚安，外则王敦之蕰荡。单从这点来说，庾敳怎能和王敦相提并论呢？

品藻12

王大将军在西朝时①，见周侯②，辄扇障面不得住。后度江左，不能复尔，王叹曰："不知我进伯仁退？"

【注】

①王大将军：指王敦。因曾为大将军，故称。西朝：指建都于洛阳的西晋。
②周侯：指周顗。弱冠袭父爵武城侯，故称。顗字伯仁。

【译】

王敦在洛阳的时候，看见周顗，总是不停扇扇子遮掩面部。后来渡江到了江东，不再这样了，王敦叹息说："不知是我进步了还是伯仁退步了？"

【评鉴】

刘孝标以为这一则不可信，以王敦的秉性绝不会畏避周顗。余嘉锡认为，小人畏惧君子，就会不自觉地有这种躲避的表现，以周顗的风采，当初必定有使王敦慑服之处。虽言之有理，但如此将王敦归类为小人，则不免有些过了。在此基础上，我们觉得可以进一步探讨，是不是有王敦、周颛二人先后地位和所处环境变化了的原因呢？早年间的王敦"豺声未振"，而周颛不仅名气大，而且神采俊秀，王敦面对周颛不免自惭形秽。扇障面，并非是只用扇子把脸挡住，而是因为不自然而时时摇扇掩面，不敢全然面对周颛。过江之后，王敦功勋渐卓，当然就有了底气，而周颛的表现则无可圈点，好酒误事，为仆射，成天酒醉不醒，名声渐渐衰落，王敦的敬畏心理产生变化也是情理之中。

品藻 13

会稽虞骢①，元皇时与桓宣城同僚②，其人有才理胜望③。王丞相尝谓骢曰："孔愉有公才而无公望④，丁潭有公望而无公才⑤，兼之者其在卿乎？"骢未达而丧。

【注】

①虞骢（fēi）：字思行，晋会稽余姚（今浙江余姚）人。历吏部郎、吴兴太守，征为金紫光禄大夫。《晋书》卷76有传。

②元皇：即晋元帝司马睿。桓宣城：指桓彝。彝曾为宣城内史，故称。

③才理：才思。胜望：很大的名声。

④孔愉：字敬康，晋成帝时官至尚书左仆射。后出为镇军将军、会稽内史。

⑤丁潭：字世康，晋会稽山阴（今浙江绍兴）人。元帝登基，为尚书祠部郎。出为广武将军、东阳太守。成帝时，以护驾功累迁左光禄大夫。《晋书》卷78有传。

【译】

会稽郡的虞騑，在元帝时和桓彝是同僚，这个人有才思，名声很大。王导曾经对虞騑说："孔愉有做三公的才干而没有做三公的声望，丁潭有做三公的声望而没有做三公的才干，公望公才兼有的恐怕就是你了吧？"虞騑还没有显达就死了。

【评鉴】

虞騑有才而无福。人固不可以无年，诚哉斯语。不过，从这则看，王导虽有知人之明，但似乎还不懂得相术，能欣赏虞騑的才华，却没能发现虞騑不寿。《贤媛》第十二则王济的母亲锺夫人相女婿时就发现兵儿"观其形骨，必不寿，不可与婚"，结果兵儿果然早亡。锺夫人才是真正的高明啊！

品藻14

明帝问周伯仁①："卿自谓何如郗鉴？"周曰："鉴方臣如有功夫②。"复问郗，郗曰："周颉比臣有国士门风③。"

【注】

①明帝：指晋明帝司马绍。此则与第十九则可以互参，程炎震认为明帝当是元帝之误，甚是。我们译文仍按原文。周伯仁：即周颉。颉字伯仁。

②功夫：功绩。

③国士：勇士。

【译】

晋明帝问周颉："你自己认为和郗鉴比怎么样？"周颉说："郗鉴比我好像更有功绩。"明帝又问郗鉴，郗鉴曰："周颉比我有勇士的家风。"

【评鉴】

周颉狂妄自大，莫说是郗鉴，就连中兴名相王导，周颉也时常也不放在眼里。《排调》第十八则："王丞相枕周伯仁膝，指其腹曰：'卿此中何所有？'答曰：'此中空洞无物，然容卿辈数百人。'"《排调》第十七则还说王导是"卷角牸"。其实正如其弟周嵩所言，周颉从来是"志大而才短，名重而识暗"（《晋书·列女传》）。元帝将其与郗鉴比，周颉心中很是不满，但又不好发作，于是变相诋毁。说郗鉴比自己有"功夫"。

功夫，是魏晋间常语，犹言功劳，指做事所费的精力和时间。《史记·高祖功臣侯者年表》："太史公曰：'古者人臣功有五品，以德立宗庙定社稷曰勋，以言曰劳，用力曰功，明其等曰伐，积日曰阅。'"郗鉴出自高平郗氏，虽然也是当时的名门望族，但他并不仅仅是依靠门第来扬名的，更多是靠"用力"，即不断为朝廷建立功勋。他参与讨平王敦、苏峻、刘徵等，可以说是一步步走出来的。按理说，这本该是升迁的常态，但在魏晋时期，世家子弟却通常不需要这些。周颉是开国功臣周浚之子，到了周颉这代，已经不需要再靠建立功勋来扬名了，而"功夫"二字，也正是他对像郗鉴这样的、以事功为主的人的春秋表述，其实是颇不屑的，所以后面第十九则还有"不须牵颉比"语。

周颉这话，不免传到了郗鉴耳中，郗鉴自然明白周颉话中带刺，因此当元帝问及自己时，就反唇相讥，说周颛有国士门风。郗鉴同样话里春秋。什么叫国士，即一国之勇士，古书中习见，如：《墨子·公孟》："国士战且扶人，犹不可及也。今子非国士也，岂能成学又成射哉！"《荀子·子道》："虽有国士之力，不能自举其身，非无力也，势不可也。"清王先谦集解："国士，一国勇力之士。"周颛的父亲周浚曾拜折冲将军、扬州刺史，封射阳侯，随王浑伐吴，战功卓著，后代王浑为使持节、都督扬州诸军事、安东将军。国士门风，等于说勇士的家风。言外之意是说周颛的父亲也是靠征战而获得爵位的。

郗鉴这话，同时也包含着自己对周颛的不屑，等于说，我的功劳是打下来的，不像有的人是靠老子的余荫。这话不仅反击了周颛的肆意侮辱，且又含沙射影直指周颛的痛处。周颛在武功方面纯是一个草包，任荆州刺史时，流民傅密率众造反，周颛大败而还，多亏陶侃力救，才得幸免。

品藻 15

王大将军下，庾公问："闻卿有四友，何者是？"答曰："君家中郎、我家太尉、阿平、胡毋彦国①。阿平故当最劣②。"庾曰："似未肯劣。"庾又问："何者居其右③？"王曰："自有人。"又问："何者是？"王曰："噫！其自有公论。"左右蹑公，公乃止。

【注】

①中郎：指庾敳。曾为太傅司马越从事中郎，故称。太尉：指王衍。衍怀帝时曾为太尉，故称。阿平：指王澄。澄字平子，王衍异母弟。胡毋彦国：即

胡毋辅之，辅之字彦国。

②故当：应该，应当。

③右：上。古以右为尊。

【译】

王敦东下建康，庾亮问："听说你有四个好友，是哪四个？"王敦回答说："你家中郎、我家太尉、阿平、胡毋彦国。阿平应该是四人中最次的。"庾亮曰："或许他不一定最次。"庾亮又问："谁人比他们更强？"王敦说："自然有人。"庾亮又问："是谁？"王敦说："啊！这个自然有公论。"旁边的人踩庾亮的脚，庾亮才不再问。

【评鉴】

王澄一向被称为名士。哥哥王衍一直高抬他，即使后来朝野上下对他都已经失望，旧游识见者依旧称他为"当今名士"（《赏誉》31刘孝标注）。但王衍的儿子王玄就偏偏看不上这个叔叔，还曾和王衍抬杠说"何有名士终日妄语"（《轻诋》1）。其实，王玄的评价是客观的，王澄的确是乏善可陈，他给人的印象，更多只是举止放荡、不拘礼俗，以及为官不行善政。

作为"世业人"的王敦，当然看不起王澄，所以他说王澄在这四人中最差。不仅是王澄，王敦在内心深处对当时的清谈家们大概也是不以为然的，所以面对庾亮的第二次发问，他有些欲言又止。其实在他心里，"居其右者"就是我王敦。只是因为时风重清谈，轻立事立功，王敦不便对庾亮轻易吐露心声罢了。

品藻16

人问丞相："周侯何如和峤？"答曰："长舆嵯櫱^①。"

【注】

①长舆：即和峤。峤字长舆。嵯櫱（cuó niè）：山高峻的样子。引申指人物超群出众。

【译】

有人问王导："周颉比和峤怎么样？"王导回答说："长舆出众超群。"

【评鉴】

此言和峤胜过周颉。和峤直言不讳地对晋武帝说太子司马衷不聪明，不宜继承皇位。而且他为人方正，痛恨荀勖的谄佞，居官亦多有政绩。比较起周颉，和峤的确胜过了许多。

品藻17

明帝问谢鲲^①："君自谓何如庾亮？"答曰："端委庙堂^②，使百僚准则，臣不如亮；一丘一壑^③，自谓过之。"

【注】

①明帝：指晋明帝司马绍。

②端委：古代礼服。《左传·昭公元年》："吾与子弁冕端委，以治民临诸侯，
禹之力也。"晋杜预注："端委，礼衣。"这里用作动词，是说穿着礼服。庙
堂：指朝廷。

③一丘一壑：指隐退于野，纵情山水。语本《汉书·叙传上》："渔钓于一壑，
则万物不奸其志；栖迟于一丘，则天下不易其乐。"丘，山陵。壑，溪谷。

【译】

　　明帝问谢鲲："你自己觉得比庾亮怎么样？"谢鲲回答说："穿着礼
服在朝廷办公，让百官效法，我不如庾亮；在隐居深山幽谷这方面，
我自认为胜过他。"

【评鉴】

　　谢鲲与庾亮都是清谈名家，故明帝将二人作比。谢鲲的话，等于
是说，庾亮是热心功名的人，而自己是闲云野鹤的个性，二者是道不
同不相为谋的两种人。不过，比较二人的德行，我们觉得谢鲲还是有
胜过庾亮之处。虽然谢鲲不守礼法的放达为人所讥，但他不畏强权，
屡屡正言劝说王敦守臣子之节，还是值得称道的；而且又能知止识机，
不逐荣利，在官而能尽职，更属难得。而庾亮虽风采如玉，但正如深
公所云"胸中柴棘三斗许"，无论胸襟气度还是事功的能力都有不足。
参《轻诋》第三则。

品藻18

　　王丞相二弟不过江，曰颖、曰敞①。时论以颖比邓伯道②，敞

比温忠武③，议郎、祭酒者也。

【注】

①颖：即王颖。颖字茂英，官至议郎，年二十卒。敞：即王敞。敞字茂平，被
　召为丞相祭酒，未赴任。袭爵堂邑公，年二十二而卒。

②邓伯道：即邓攸。攸字伯道。

③温忠武：即温峤。峤死后谥忠武，故称。

【译】

　　王导有两个弟弟没过江来，一个名颖、一个名敞。当时的品评用
王颖比邓攸，用王敞比温峤，就是做议郎、祭酒的那两个。

【评鉴】

　　当时的品藻人物，未必皆可信。王导二弟弱冠即卒，功业未立，
何得便知其可及邓攸、温峤？不过因其门第高华，推想之辞而已，也
就是刘惔所谓"长松下当有清风"（《言语》67）的想当然。

品藻19

　　明帝问周侯①："论者以卿比郗鉴，云何②？"周曰："陛下不须
牵颛比③。"

【注】

①明帝：本门第十四则程炎震认为明帝当是元帝之误。应是。我们译文仍按原

文译。

②云何：犹言如何，怎么样。

③不须：不必。

【译】

明帝问周颙："评论者把你和郗鉴相比，你觉得怎么样？"周颙说："陛下不必拉我出来比较。"

【评鉴】

元帝也许是认为郗鉴与周颙在伯仲之间，故试问周颙，周颙心中明白元帝之意，很是不平，以为受了莫大之辱，就直接给元帝顶了回去，表示不屑。前边第十四则说郗鉴"有功夫"，而此则言"不须"，主旨是相同的。周颙仗恃浮名而狂妄，令人反感。

品藻 20

王丞相云："雒下论以我比安期、千里①，亦推此二人；唯共推太尉②，此君特秀。"

【注】

①雒下：即"洛下"。指洛阳城。安期：指王承。承字安期。千里：指阮瞻。瞻字千里。

②太尉：指王衍。衍怀帝时为太尉，故称。

【译】

王导说："洛阳的品评把我比作安期、千里，我也推崇这两人；只是大家都应该推扬太尉，他特别优秀。"

【评鉴】

所谓共推太尉，并非空穴来风。王衍之浮名，一世无双。《晋书·王衍传》云："衍既有盛才美貌，明悟若神，常自比子贡。兼声名籍甚，倾动当世。妙善玄言，唯谈《老》《庄》为事。每捉玉柄麈尾，与手同色。义理有所不安，随即改更。世号'口中雌黄'。朝野翕然，谓之'一世龙门'矣。累居显职，后进之士，莫不景慕放效。选举登朝，皆以为称首。矜高浮诞，遂成风俗焉。"王衍美姿容，才华冠世，清谈则口若悬河，为朝野称美。王导未能免俗，谓此君特秀，当然也有自高同宗的因素在。相比之下，唯有羊祜见少时之王衍便知其为祸胎，是何其高明。

品藻21

宋祎曾为王大将军妾①，后属谢镇西②。镇西问祎："我何如王？"答曰："王比使君，田舍、贵人耳③。"镇西妖冶故也④。

【注】

①宋祎：晋艺妓，石崇妓绿珠弟子。美容貌，善吹笛。先后属王敦、晋明帝、阮孚等人。死后葬金城南山。王大将军：指王敦。

②谢镇西：指谢尚。尚穆帝时进号镇西将军，故称。

③田舍：犹言田舍儿、乡巴佬。

④妖冶：漂亮风流。

【译】

　　宋祎曾经是王敦的侍妾，后来归了谢尚。谢尚问宋祎："我和王敦比怎么样？"宋祎回答说："王敦和使君您比，是乡巴佬比贵人罢了。"因为谢尚漂亮风流的缘故。

【评鉴】

　　王敦与谢尚比较，从形貌上来说，谢尚美容仪，而王敦则被形容为"蜂目已露，但豺声未振，若不噬人，亦当为人所噬"，看来形象气质并不光辉。从才艺看，谢尚多才多艺，能歌善舞，而且可以说是当时第一流的音乐家。《晋书》本传说谢尚"采拾乐人，并制石磬，以备太乐，江表有钟石之乐，自尚始也"。而王敦"旧有田舍名"，在大家谈论才艺时意色甚恶，说自己只会打鼓。娶公主后，王敦又出尽了洋相，竟把厕所里塞鼻孔的干枣和洗手的澡豆都吃掉了。宋祎本身是艺妓，以才艺知名，当然着眼点不同，但她的品评还是客观的，并非是违心谀美之词。

品藻22

　　明帝问周伯仁："卿自谓何如庾元规①？"对曰："萧条方外②，亮不如臣；从容廊庙③，臣不如亮。"

【注】

①庾元规：即庾亮。亮字元规。

②萧条：犹言逍遥，悠然自得。方外：世俗之外，世事之外。

③从容廊庙：指在朝廷斡旋调停，处理政事。廊庙，指朝廷。

【译】

明帝问周颢："你自己觉得和庾亮比如何？"周颢回答说："逍遥自得于世俗之外，庾亮不如我；在朝廷斡旋调停，处理政事，我不如庾亮。"

【评鉴】

这一则与本门第十七则内容基本相同，只是把问的对象换成了周颢，刘孝标注云"诸书皆以谢鲲比亮，不闻周颢"。或是传闻有异，刘义庆为了保存异文而并收了。

品藻23

王丞相辟王蓝田为掾①，庾公问丞相："蓝田何似？"王曰："真独简贵②，不减父祖，然旷澹处故当不如尔③。"

【注】

①王蓝田：即王述。因袭父爵为蓝田侯，故称。

②真独：自然真率，不同流俗。简贵：简约朴素而尊贵。

③旷澹：旷远淡泊。

【译】

王导征召王述为属官，庾亮问王导："蓝田侯如何？"王导说："自然坦率、简素尊贵不比他的父亲祖父差，但旷远淡泊方面还是不如父亲祖父。"

【评鉴】

王述祖王湛，父王承，皆有名于当时。王述之率真为人所称道，《赏誉》第七十八则谢安即言王述"掇皮皆真"（剥去皮都是率真的）。但在恬淡旷达方面他却不如父祖。祖王湛深藏不露，其侄王济有"家有名士三十年而不知"的慨叹。其父王承为人宽容豁达，不责备违禁夜行的读书人、小吏盗池中鱼也不追究等皆传为美谈。反观王述，刘孝标注说他性格"狷隘"，即偏急狭隘，这与其父祖的"旷澹"真是大相径庭。表现在行为中，例如《方正》第五十八则拒绝与桓温家通婚，虽然那时候世家子弟看不上武人很常见，但我们看王述当时的情绪，大怒，把王坦之推下去，又责骂他，似乎有些过于激动了。此外，《忿狷》第二则还讲了一个王述吃鸡蛋的故事："王蓝田性急。尝食鸡子，以箸刺之，不得，便大怒，举以掷地。鸡子于地圆转未止，仍下地以屐齿蹍之，又不得。瞋甚，复于地取内口中，啮破即吐之。"吃个鸡蛋都如此暴躁。看来，王导的品评、刘孝标的说法确实是客观公正的。

品藻24

卞望之云①："郗公体中有三反②：方于事上，好下佞己③，一反；治身清贞，大修计校④，二反；自好读书，憎人学问，三反。"

【注】

①卞望之：即卞壸。壸字望之。

②郗公：指郗鉴。三反：三种矛盾。

③佞：谄媚，奉承。

④计校：即计算。指算计财物。

【译】

　　卞壸说："郗鉴身上有三种矛盾：侍奉皇上很正直，但喜欢下属奉承自己，这是第一个矛盾；自己修身清廉正派，却喜欢算计财物，这是第二个矛盾；自己喜欢读书，却讨厌别人勤学好问，这是第三个矛盾。"

【评鉴】

　　刘孝标注云："按太尉刘寔论王肃：'方于事上，好下佞己；性嗜荣贵，不求苟活；治身不秽，尤惜财物。王、郗志性，傥亦同乎？'"《世说》此则内容与之大略相同。古人类似的性格矛盾多见，如韩安国"贪嗜于财，然所推举皆廉士，贤于己者也"（《史记·韩长孺列传》）。再如何晏高倡老庄思想，但权欲熏心，想做三公。王弼精研《老子》，称得上是时代标杆，但是内心却很重官职。

品藻 25

　　世论温太真是过江第二流之高者①。时名辈共说人物，第一将尽之间，温常失色②。

【注】

①温太真：即温峤。峤字太真。

②失色：变了脸色。

【译】

　　世人评论温峤是渡江人物第二流中的杰出者。当时名流们一起评说人物，到第一流将要说完时，温峤就常常变了脸色。

【评鉴】

　　温峤于两晋，无论是谋略干才还是品德事行，皆应为当时的第一流人物。初佐刘琨讨石勒，屡有功劳，后受刘琨之命赴江南劝进，与王导等共同拥立元帝。及刘琨为段匹磾所害，峤表琨忠诚，请求朝廷褒崇，以慰海内之望。在东宫深受宠遇，太子与他为布衣之交，对太子多有规谏。明帝即位，拜侍中，参预朝廷机密大事，执掌诏命文书。后来平王敦、苏峻之乱，其功尤伟，特别是苏峻之乱，虽然陶侃为谋主，但陶侃因对朝廷有怨气，行动并不果决，赖温峤极力周旋才最终平定大乱。然而，当时世风颓靡，重门第，崇浮华，以玄言清谈为高，立功立事者反而为时所轻。所以，世人对温峤的评价委实不公。温峤之所以变了脸色，就是因为心中不平吧。

品藻26

　　王丞相云：“见谢仁祖①，恒令人得上②。”与何次道语③，唯举手指地曰：“正自尔馨④。”

【注】

①谢仁祖：即谢尚。尚字仁祖。

②得上：能够上进、振奋。

③何次道：即何充。充字次道。

④正自：正是。自，后缀。尔馨：魏晋时口语。这样，如此。

【译】

王导说："见到谢仁祖，常让我情绪高昂。"与何充谈论，只是举手向下示意说："就是这样的。"

【评鉴】

谢尚与何充分属于两种类型。谢尚善清谈，是王谢风流中的代表人物之一，少时即被王导称为"小安丰"（指王戎）。他风度翩翩，清谈意气高昂，令人振奋，所谓"得上"即此意。而何充为人强正，临朝正色，以社稷为己任，故与王导谈论自是不尚浮虚，就事论事。王导"举手指地"不必拘泥就是指着地面，而是举手向下以示赞同，与点头赞许大略相同，即两人对谈时，何充总能与自己意见相合，没有什么疑惑与分歧。"得上""指地"，既体现谢尚与何充风采之不同，也体现王导面对二人时的不同情貌，谢则赏其风流，何则赞其识见与自己暗合。当然，也因为王导是何充姨父，故对谈时也就随意得多了。

品藻27

何次道为宰相，人有讥其信任不得其人。阮思旷慨然曰①："次道自不至此。但布衣超居宰相之位[2]，可恨唯此一条而已[3]！"

【注】

①阮思旷：即阮裕。裕字思旷。

②布衣：布制的衣服。平民例着布衣，故以代指庶民百姓或未仕宦者。刘孝标
　注引《语林》曰："阮光禄闻何次道为宰相，叹曰：'我当何处生活？'"

③可恨：使人遗憾。

【译】

　　何充做宰相，有人讥评他信用的人不称职。阮裕感慨地说："次道一定不会这样。只是他从布衣一下子做到宰相，使人遗憾的就这一条罢了！"

【评鉴】

　　何充用人的眼光的确欠分明，刘孝标注引《晋阳秋》说："充所昵庸杂，以此损名。"《晋书》本传也说："所昵庸杂，信任不得其人。"多信任平庸之辈，难怪要被人议论。此外，何充为相，姨父王导的引荐起了一定作用，再加上是外戚（其妻为明帝庾皇后之妹），人们自然会有些闲话，因此阮裕颇有微辞。

品藻28

　　王右军少时[1]，丞相云："逸少何缘复减万安邪[2]！"

【注】

①右军：指王羲之。因曾为右军将军，故称。羲之字逸少。

②减：不如。万安：指刘绥。绥字万安。

【译】

　　王羲之还年轻时，王导说："逸少为什么会不如万安呢！"

【评鉴】

　　刘绥为"兖州八伯"之一，名盛时王羲之尚年少，此为王导推测右军长大后当不比刘绥差。事实证明王羲之果然强于刘绥。

品藻29

　　郗司空家伧奴①，知及文章，事事有意②。王右军向刘尹称之③，刘问："何如方回④？"王曰："此正小人有意向耳⑤，何得便比方回？"刘曰："若不如方回，故是常奴耳。"

【注】

①郗司空：指郗鉴。曾为司空，故称。伧奴：北方奴仆。南朝人蔑称北方男子
　　为伧。

②有意：有才智，有见识。

③刘尹：指刘惔。因曾为丹阳尹，故称。

④方回：即郗愔。愔字方回，晋高平金乡（今山东金乡）人，郗鉴子，郗超父。
　　历任中书侍郎、黄门侍郎。因奉天师道，栖心绝谷十余年。复出仕，官至

徐、兖二州刺史。简文帝继位，出任镇军将军。卒，追赠侍中、司空，谥文穆。《晋书》卷67有传。

⑤意向：志向。

【译】

　　郗鉴家有一个北方奴仆，懂得文章，事事都有见识。王羲之向刘惔称赞这个奴仆，刘惔问："那他和方回比怎么样？"王羲之说："这只不过是下人有些志向罢了，怎么就能和方回比？"刘惔说："如果不如方回的话，仍然只是一个普通奴仆罢了。"

【评鉴】

　　刘惔的话等于说，假如能赶得上郗愔的话，那就是一个不错的奴仆，如果不如郗愔，就是个下等奴仆罢了。鄙视、诋毁郗愔已十分露骨，哪管郗愔是王羲之的小舅子。《世说》云郗愔"于事机素暗"，我们从刘惔的品藻中更得到了印证，难怪郗超也觉得父亲糊涂而要改他的信件（《捷悟》6）。这里的"品藻"，就是刘惔对郗愔的评价，只是刘惔也太过刻薄，嘴也太损，直接不留情面地给王羲之泼了一盆凉水。

品藻30

　　时人道阮思旷骨气不及右军①，简秀不如真长②，韶润不如仲祖③，思致不如渊源④，而兼有诸人之美。

【注】

①阮思旷：指阮裕。裕字思旷。骨气：风骨气韵。

②简秀：简率灵秀。真长：指刘惔。惔字真长。刘惔善清言，语简而意深。本门第七十六则："问：'何如刘尹？'谢曰：'噫，刘尹秀。'"《赏誉》第八十三则："王长史谓林公：'真长可谓金玉满堂。'林公曰：'金玉满堂，复何为简选？'王曰：'非为简选，直致言处自寡耳。'"正可为此处注脚。

③韶润：美好温润。仲祖：指王濛。濛字仲祖。王濛仪容俊美，本门第七十六则："'林公何如长史？'太傅曰：'长史韶兴。'"《伤逝》第十则王濛临终前自叹："如此人，曾不得四十？"

④思致：意趣才情。渊源：即殷浩。浩字渊源。殷浩为清谈名流，思辨深邃，韵致悠长。

【译】

　　当时人评论阮裕风骨气韵不及王羲之，简率灵秀不如刘惔，美好温润不如王濛，意趣才情不如殷浩，然而却兼有他们几个人的长处。

【评鉴】

　　阮裕为人襟怀坦荡，《晋书》本传云："或问裕曰：'子屡辞征聘，而宰二郡，何邪？'裕曰：'虽屡辞王命，非敢为高也。吾少无宦情，兼拙于人间，既不能躬耕自活，必有所资，故曲躬二郡。岂以骋能，私计故耳。'"直言自己做官只是为贫而仕，解决吃饭活命的问题。坦率真诚，令人钦佩。

品藻31

简文云："何平叔巧累于理^①，嵇叔夜俊伤其道^②。"

【注】

①何平叔：即何晏。晏字平叔。

②嵇叔夜：即嵇康。康字叔夜。

【译】

简文帝说："何平叔言辞太过华丽，不免牵累了他倡扬的玄理；嵇叔夜俊逸不群，也就有损他崇尚老庄的自然。"

【评鉴】

《老子》曰："信言不美，美言不信。"何晏等倡导的玄学本是以老庄为基础的，而言辞华丽巧妙，本身便与老庄之道矛盾冲突，自然就使其论理少了朴拙质实。故云累于理。再者，何晏口倡玄学，而醉心荣名，请管辂卜卦，问可位至三公否，更是行为与主张乖离。嵇康好老庄，崇尚自然，但其是非太过分明，锋芒太露，已不是庄子所提倡的处乎材与不材之间、曳尾泥涂而自保的人生态度了。所以伤其道而丧身。

品藻32

时人共论晋武帝出齐王之与立惠帝^①，其失孰多？多谓立惠帝为重。桓温曰："不然，使子继父业，弟承家祀，有何不可？"

【注】

①齐王：指司马攸（246—283）。攸字大猷，司马昭次子。武帝即位，封齐王。咸宁二年（276）代贾充为司空。后佞臣荀勖、冯紞向武帝进谗言，被排挤出朝廷，忧愤而死。《晋书》卷38有传。惠帝：指晋惠帝司马衷。

【译】

当时人一起评论晋武帝将齐王司马攸放归封国和立惠帝为太子，哪一个失误更严重？大多数人认为立惠帝失误更重。桓温说："不是这样，让儿子继承父业做皇帝，弟弟承续家族的祭祀，有什么不可以？"

【评鉴】

此则刘孝标注以为必非桓温所言，后世一些学者也认同刘孝标。诚然，皆知晋武帝出齐王、立惠帝为晋内乱与覆亡之因，依常理桓温不当无识如此。我们觉得，桓温之所以认为武帝做这两件事皆不错，其原因在于桓温或许早怀篡逆之心。若篡逆则必然嫡子相承。其弟桓冲初从温征伐，累迁振威将军、江州刺史。性俭素，谦虚爱士，亦颇有才干人望。桓温此言，焉知不是忌惮桓冲，有所寄寓而发。桓温还未死，其子即欲谋害桓冲："温六子：熙、济、歆、祎、伟、玄。熙字伯道，初为世子，后以才弱，使冲领其众。及温病，熙与叔祕谋杀冲，冲知之，徙于长沙。济字仲道，与熙同谋，俱徙长沙。"这也在一定程度上佐助了我们的分析。

有人以为，"子继父业"之"子"指齐王，因为齐王为司马昭之子，"弟承家祀"之"弟"也指齐王，因为齐王是司马炎之弟。此解看似有理，但与文气不接。这里的"子"显然是指惠帝，"弟"则是指齐王。

品藻 33

人问殷渊源：“当世王公^①，以卿比裴叔道^②，云何？”殷曰：“故当以识通暗处^③。”

【注】

①王公：封为王或公的人。泛指达官贵人。

②裴叔道：即裴遐。遐字叔道，为王衍女婿，善清谈。

③暗处：隐秘不彰的地方。此指玄理中隐晦深奥的问题。

【译】

有人问殷浩：“当世王公，把你和裴叔道比，你认为怎么样？”殷浩说：“应该是因为我们的见解都能揭示玄理中深奥隐秘的问题。”

【评鉴】

殷浩向来以清谈自负，很少能承认他人，对裴遐如此认可，实属难得。事实上，裴遐清谈的水平也的确很高。《晋书》载：“绰子遐善言玄理，音辞清畅，泠然若琴瑟，尝与河南郭象谈论，一坐嗟服。”郭象本为清谈高手，玄学领袖王衍对其佩服之极，曾说郭象的清谈如悬河泻水，永不枯竭（《赏誉》32）。而裴遐与郭象辩论，四座叹服，由此可见裴遐清谈水平之高。裴遐为王衍之婿，不仅玄学修为高深，而且辩才一流，再加上音色清畅动听，在辩论中似乎有种异乎寻常的气场，王衍也甚为裴遐的清谈感染，而有众人“将受困寡人女婿”的得意。参《文学》第十九则。

品藻34

抚军问殷浩①："卿定何如裴逸民②？"良久答曰："故当胜耳。"

【注】

①抚军：指简文帝司马昱，因曾为抚军将军，故称。

②裴逸民：即裴颜。颜字逸民。

【译】

　　司马昱问殷浩："你和裴逸民比究竟怎样？"殷浩很久才回答说："当然是比他强了。"

【评鉴】

　　裴颜尊崇儒术礼法，亦善清言，王衍生前颇推许裴颜，故简文有此问。殷浩清谈名家，自视甚高，故有此答。如果客观看待二人平生事业，殷浩自以为强过裴颜不过是脸厚罢了。裴颜立朝有节，凡当升迁，总是多次辞让后才接受；修国学，刻石写经，主持勘定宗庙器乐；又保护太子，增加东宫宿卫。赵王司马伦对贾后谄媚逢迎，裴颜十分厌恶他。司马伦多次求官，裴颜与张华坚决不许，以致后来为司马伦所害。反观殷浩，沽名钓誉于先，败军辱国于后，不知自责，还书空作"咄咄怪事"，所谓"故当胜耳"只是贻人笑柄而已。

品藻 35

桓公少与殷侯齐名，常有竞心①。桓问殷："卿何如我？"殷云："我与我周旋久②，宁作我。"

【注】

①竞心：竞争之心。

②周旋：商略，交涉。

【译】

桓温年轻时和殷浩齐名，时常有争竞之心。桓温问殷浩："你比我怎么样？"殷浩说："我与自己周旋很久了，宁愿还是做我自己。"

【评鉴】

此处"我与我周旋久"，《晋书》作"我与君"。明孙能传《剡溪漫笔》："桓温与殷浩齐名，尝有竞心，桓问殷'何如我'，殷云：'我与我周旋久，宁作我。'《晋书》则云：'我与卿周旋久。'《世说》婉而趣深，《晋书》直而味浅。一字少异，优劣较然。"

不过，殷浩只是虚名诳世，如论经国大略，军旅征战之事，岂能望桓温之项背。桓温本来心轻殷浩，此问不过是调戏殷浩而已。殷浩的回答，足见其不自量。后来丧师失地，贬为庶人，不自知其过，反而书空抱怨，更见其愚。

品藻36

　　抚军问孙兴公①："刘真长何如②？"曰："清蔚简令③。""王仲祖何如④？"曰："温润恬和⑤。""桓温何如？"曰："高爽迈出⑥。""谢仁祖何如⑦？"曰："清易令达⑧。""阮思旷何如⑨？"曰："弘润通长⑩。""袁羊何如⑪？"曰："洮洮清便⑫。""殷洪远何如⑬？"曰："远有致思⑭。""卿自谓何如？"曰："下官才能所经，悉不如诸贤；至于斟酌时宜，笼罩当世⑮，亦多所不及。然以不才，时复托怀玄胜⑯，远咏《老》《庄》，萧条高寄⑰，不与时务经怀，自谓此心无所与让也。"

【注】

①抚军：指简文帝司马昱。因曾为抚军将军，故称。孙兴公：即孙绰。绰字兴公。

②刘真长：即刘惔。惔字真长。

③清蔚简令：清新丰蔚，简约美好。

④王仲祖：即王濛，濛字仲祖。

⑤温润恬和：温和润泽，恬适祥和。

⑥高爽迈出：高洁豪爽，出类拔萃。

⑦谢仁祖：即谢尚。尚字仁祖。

⑧清易令达：清通平易，美好达观。

⑨阮思旷：即阮裕。裕字思旷。

⑩弘润通长：宽宏温和，通达坦荡。

⑪袁羊：即袁乔。乔小字羊。

⑫洮洮（táo）清便：清通条畅，简易明晰。

⑬殷洪远：即殷融。融字洪远。

⑭远有致思：旷远而有情趣。

⑮笼罩：控制。

⑯托怀：寄怀，寄情。玄胜：玄理的高妙处。

⑰萧条高寄：逍遥物外而寄托高远。

【译】

司马昱问孙绰："刘真长怎么样？"孙绰答道："清新丰蔚，简约美好。""王仲祖怎么样？"答道："温和润泽，恬静祥和。""桓温怎么样？"答道："高洁爽朗，出类拔萃。""谢仁祖怎么样？"答道："清通平易，美好豁达。""阮思旷怎么样？"答道："宽宏温润，通达坦荡。""袁羊怎么样？"答道："流畅轻盈。""殷洪远怎么样？"答道："旷远而有情致。""你觉得自己怎么样？"答道："下官才干能力，都不如以上各位贤人；至于把握时势，控制时局，也大多不如他们。但是以我之不才，时时寄心于玄理，涵咏《老》《庄》，逍遥物外而寄情高远，不让世事经心，自认为这种心境是谁都比不了的。"

【评鉴】

这一段话在人物的称谓上蕴藏玄机——除桓温、袁乔外，简文对其他人都称其表字（对桓温直呼其名；袁乔则称小字"羊"，未称其表字"彦升"，检索《世说》相关条目，这或许是当时对袁乔的习惯性称呼）。我们知道，古人称字以表敬意，称名则是不礼貌的行为。简文之所以对桓温直呼其名，就是因为桓温向来与简文明争暗斗，而简文对于桓温，也不悦于心，所以不称"桓元子"而径称"桓温"。这种称谓上的区别，其实是简文不经意间内心情感的流露。译文中，我们仍保留原称谓，不把桓温改成元子，与读者共同体味其间隐曲。

品藻37

　　桓大司马下都[①]，问真长曰："闻会稽王语奇进[②]，尔邪？"刘曰："极进，然故是第二流中人耳。"桓曰："第一流复是谁？"刘曰："正是我辈耳！"

【注】

①下都：到都城建康。

②会稽王：指司马昱，即后来的简文帝。昱曾封会稽王，故称。奇进：谓进步很大。

【译】

　　桓温到京都，问刘惔说："听说会稽王清谈进步很大，是这样吗？"刘惔回答说："进步非常大，然而还是第二流的人物罢了。"桓温说："第一流又是谁？"刘惔说："就是我们这些人啊！"

【评鉴】

　　刘惔向来是高自标榜，其识见的确也高人一筹。至于桓温，见简文"不甚得语"（说话不是很流畅），对简文有所忌惮，入参朝政，更是小心翼翼，故问及刘惔。虽然桓温是刘惔连襟，也称赞桓温的才能，但就清谈而言，刘惔是看不上桓温的。所以，这个"我辈"其实是含混之词，糊弄桓温的话，让桓温高兴一下，在刘惔心中，"我辈"并不一定就让桓温入列了。

品藻38

　　殷侯既废^①，桓公语诸人曰："少时与渊源共骑竹马^②，我弃去，己辄取之^③，故当出我下。"

【注】

①废：指殷浩率师北伐，兵败，永和十年（348）为桓温所奏，废为庶人，居
　东阳。

②渊源：即殷浩。浩字渊源。竹马：儿童游戏，以竹竿当马，谓之竹马。

③己：用作第三人称。犹言他。

【译】

　　殷浩被废为庶人后，桓温对大家说："我小时候和渊源一起骑竹马玩，我丢下竹马不要了，他又捡起来，他该当在我之下。"

【评鉴】

　　桓温举竹马弃取的小事，证明自己强过殷浩，看似不经意之言，其实是很有说服力的。这或许证明儿时桓温即为小孩们的一哥，大家都听他的指挥，跟着他转。他把竹马丢了，殷浩又捡起来玩，可见凡事殷浩都比桓温慢半拍，跟不上桓温的节奏而唯桓温马首是瞻。后来的事实也证明，殷浩的确不是桓温的对手。

品藻39

　　人问抚军^①："殷浩谈竟何如^②?"答曰："不能胜人^③，差可献酬群心^④。"

【注】

①抚军：指简文帝司马昱。因曾为抚军将军，故称。

②谈：清谈，谈玄。

③人：别人。这里指清谈的高手。暗中是将自己列于内的。

④差可：勉强可以。献酬：本义是向客人进酒。因喻迎合、满足。

【译】

　　有人问司马昱："殷浩的清谈究竟如何?"回答说："不能胜过别人，也算能让大家开心愉快。"

【评鉴】

　　简文以清谈自高，虽然他看重殷浩，但在清谈方面心中是把殷浩置于自己之下的，故有此评。我们觉得，简文此说不是完全没有道理。就清谈而言，不仅要有出众的思辨能力，过人的口才，同时也需要有广博的传统典籍方面的修为，这样，论辩时才能展现出深邃的理论修养与精妙的文采。我们仅看《世说》中简文动引诗书（《言语》56、《言语》60、《政事》20等），便不难看出他在这方面已胜过殷浩了。更不要说简文风采过人，轩轩如朝霞举，而那"会心处不必在远，翳然林水，便自有濠、濮间想"（《言语》61）的诗情画意，更是令人心驰神往。所以，简文的自负是有底气的。此外，"不能胜人"的"人"，也是语含双关，指清谈的高人，而主要是暗指自己。

品藻40

简文云："谢安南清令不如其弟[①]，学义不及孔岩[②]，居然自胜。"

【注】

①谢安南：即谢奉。因曾任安南将军，故称。清令：清雅美好。其弟：指谢聘，字弘远。官至廷尉卿。

②孔岩（？—370？）：字彭祖，晋会稽山阴（今浙江绍兴）人。少仕州郡，至尚书殿中郎。太和中，拜吴兴太守，后以疾去职，卒于家。《晋书》卷78有传。按，《晋书》作"孔严"。

【译】

简文帝说："谢安南清雅美好不如他弟弟谢聘，学问义理赶不上孔岩，但显然他也有胜过别人的地方。"

【评鉴】

刘孝标注有所谓"任天真"语，此正是谢聘和孔岩不及处。谢奉失官，毫不在意，谢安想安慰他，竟无机会开口，得失泰然，宠辱不惊。谢安佩服极了，称谢奉为奇士，能被谢安真心佩服的，一时少有其人。此则当与《雅量》第三十三则对看。

品藻41

　　未废海西公时①，王元琳问桓元子②："箕子、比干迹异心同③，不审明公孰是孰非？"曰："仁称不异，宁为管仲。"

【注】

①海西公：指晋废帝司马奕。因其被废后再降为海西县公，故称。

②王元琳：即王珣。珣字元琳，王导之孙，王洽之子。桓元子：即桓温。温字元子。

③箕子：商纣王叔父，封于箕，故称箕子。纣暴虐，箕子屡谏不听，于是披发佯狂为奴，为纣所囚。比干：商纣王叔父（一说庶兄）。纣王淫乱，比干犯颜强谏，纣王怒，剖其心而死。与箕子、微子合称殷之"三仁"。事见《史记·殷本纪》。

【译】

　　还没废海西公时，王珣问桓温："箕子和比干的事迹不同但心意是相同的，不知道明公认为他们谁是谁非？"桓温说："同样是称为仁，我宁愿做管仲。"

【评鉴】

　　王珣为桓温主簿，心知桓温有废海西公意，心中甚是不安，故以箕子、比干之事试探桓温。王珣语本《论语·微子》："微子去之，箕子为之奴，比干谏而死。孔子曰：'殷有三仁焉。'"箕子、比干，皆心知纣王昏庸而不忍弃之，宁愿杀身成仁，其实这是委婉地劝桓温不要行废立事，尽忠臣节。面对王珣的试探，桓温巧妙地以"仁"为核心而表达自己的态度，且同样是援引《论语》。《论语·宪问》："子路曰：'桓公杀公子纠，召忽死之，管仲不死。'曰：'未仁乎？'子曰：'桓公九合诸侯，不以兵车，管仲之力也。如其仁！如其仁！'"强调自己行径与箕子、比干不同，不愿意愚忠，从而正面避开了废立的问题，其实答案已在其中。管仲原本是公子纠的老师，不愿效匹夫匹妇自经于沟渎的小量，宁愿背负失节的骂名而成就功业，使百姓蒙受福荫。此则的精彩处是王珣貌似随便闲聊而深意在其中，桓温回答得慷慨大气而意在言外。

品藻42

　　刘丹阳、王长史在瓦官寺集①，桓护军亦在坐②，共商略西朝及江左人物③。或问："杜弘治何如卫虎④？"桓答曰："弘治肤清⑤，卫虎弈弈神令⑥。"王、刘善其言。

【注】

①刘丹阳：指刘惔。惔曾为丹阳尹，故称。王长史：指王濛。濛曾为简文长史，　故称。瓦官寺：东晋建康的著名佛寺。

②桓护军：指桓伊。曾任护军将军，故称。

③商略：品评，评论。西朝：指建都于洛阳的西晋。江左：江东。指东晋。

④杜弘治：即杜乂。乂字弘治。卫虎：即卫玠，字叔宝，小字虎。

⑤肤清：外表清丽脱俗。

⑥弈弈神令：神采奕奕。弈，通"奕"。

【译】

　　刘惔、王濛在瓦官寺聚会，桓伊也在坐，大家一起评论西晋和江东的人物。有人问："杜弘治比卫虎怎么样？"桓伊回答说："弘治外表清丽脱俗，卫虎神采奕奕。"王濛、刘惔认可桓伊的品评。

【评鉴】

　　刘孝标注引《江左名士传》曰："刘真长曰：'吾请评之，弘治肤清，叔宝神清。'论者谓为知言。"《江左名士传》也是刘义庆撰，与《世说》不同处是一为桓伊语，一为真长语，评价则基本相同。这应该是传闻不同，刘义庆两存之。"肤清"为外表清丽，"神清"为心神清朗。虽然二者中心词都是"清"，但一是表面上的，一是精神气宇上的，两人的高下已由"肤""神"二字分了出来。

品藻43

　　刘尹抚王长史背曰①："阿奴比丞相②，但有都长③。"

【注】

①刘尹：即刘惔。王长史：即王濛。

②阿奴：对亲近者的昵称。刘惔与王濛向来交好，故称呼亦亲近随便。丞相：指王导。

③但有：的确有。都长：体态闲雅，性情恭谨宽厚。《文选·袁宏〈三国名臣序赞〉》："子瑜都长，体性纯懿。"李善注："都长，谓体貌都闲而雅，性长厚也。"吕延济注："都，美。长，善也。"

【译】

　　刘惔拍着王濛的背说："你和王丞相比，的确是体貌闲雅，性情宽厚。"

【评鉴】

　　刘惔小时候家里贫穷，和母亲靠编草鞋为生，当时还没有什么人重视他，只有丞相王导对他十分器重。然而，本则刘惔却在王濛面前贬低王导，刘孝标注引《语林》也说"刘真长与丞相不相得"，也就是关系不太融洽。为什么会这样呢？

　　先说刘惔与王导。王导兄弟辅佐元帝偏安东晋，王与马共天下，王氏权势高张。刘惔后来成了明帝的女婿，感情上自然更亲近皇室，加上他本就性格孤高，对王导，难免心有枝梧。再说刘惔与王濛。他们二人同为谈客，关系融洽，友情深厚，《世说》与《晋书》多见，而且二人又是平辈外戚（王濛女为哀帝皇后，刘惔娶明帝女庐陵公主，哀帝是成帝长子，成帝是明帝长子）。所以，如果比较王导与王濛，刘惔无疑更加亲近王濛。王濛，《晋书》本传云"美姿容""有风流美誉，虚己应物，恕而后行"，这也正与本则刘惔所谓"都长"相和。王导虽然亦风采甚美，但比较起王濛来，似乎还稍逊一头。可是，若论及才干与政绩，王导又绝非王濛可比。出于以上原因，刘惔带着个人情绪贬了王导一番。

品藻44

　　刘尹、王长史同坐，长史酒酣起舞①。刘尹曰："阿奴今日不复减向子期②。"

【注】

①酒酣：喝酒喝得高兴时。

②不复：即不。复，后缀。减：不如。向子期：即向秀。秀字子期。

【译】

刘惔、王濛同坐，王濛酒喝高兴了就离座跳舞。刘惔说："你今天不亚于向子期。"

【评鉴】

刘孝标注云："类秀之任率也。"刘惔平生和王濛十分要好，本则刘惔称赞王濛有如向秀似的任性率真。值得我们注意的是，刘惔为什么要把王濛比作向秀呢？《晋书·向秀传》："又与康论养生，辞难往复，盖欲发康高致也。""康善锻，秀为之佐，相对欣然，傍若无人。"本书《简傲》第三则也说："康方大树下锻，向子期为佐鼓排。"类比竹林七贤中关系要好的嵇康和向秀，我们认为，刘惔说王濛不亚于向秀，是暗中把自己摆在了嵇康的位置。这是莫逆于心的惺惺相惜，王濛自然明白。刘惔喜欢与朋辈开这样的玩笑，类似的《世说》中还有，如本门第五十则："刘尹谓谢仁祖曰：'自吾有回，门人加亲。'谓许玄度曰：'自吾有由，恶言不及于耳。'"刘惔以孔子自况，而把谢尚和许询比作孔门弟子。

品藻45

桓公问孔西阳①："安石何如仲文②?"孔思未对，反问公曰："何如?"答曰："安石居然不可陵践③，其处故乃胜也④。"

【注】

①孔西阳：即孔岩。岩封西阳侯，故称。

②安石：指谢安。安字安石。仲文：指殷仲文。桓温婿，桓玄姐夫。

③居然：显然，当然。陵践：跨越，超越。

④处：指隐居不出。

【译】

桓温问孔岩："安石比殷仲文如何?"孔岩想了想没答复，反问桓温说："你觉得怎么样?"桓温回答说："安石当然不可超越，他如果不出仕会更胜。"

【评鉴】

此则一向争议很多，有的注本在"其处"后断句。其实联系《排调》第三十二则"处则为远志，出则为小草"，问题就迎刃而解了。这是桓温有意要抬高他的女婿殷仲文，但仲文的确不可与谢安相提并论，故孔岩觉得比况无稽，实在不便回答，只好反问桓温。桓温于是很不情愿地说谢安当然不能超越，可心中还是有些不愉快，于是最后轻诋一句："他如果不出仕就更强了。"这与《排调》语同旨。人们没有贯通全书而仅就字面推索，所以歧说纷纭。我们再看《赏誉》第七十七则："王右军语刘尹：'故当共推安石。'刘尹曰：'若安石东山志立，当与天下共推之。'"前提是"东山志立"，作为大舅哥的刘惔也只对隐居东山的谢安打高分。当时的世风畸形虚伪，往往推崇隐者而轻仕人，不足为怪。当然，这话的背后，有可能是刘惔已知谢安将出任桓温的司马。其间隐曲，请参看《赏誉》第七十七则。

品藻46

　　谢公与时贤共赏说^①，遏、胡儿并在坐^②。公问李弘度曰^③："卿家平阳何如乐令^④？"于是李潸然流涕曰："赵王篡逆^⑤，乐令亲授玺绶。亡伯雅正^⑥，耻处乱朝，遂至仰药^⑦，恐难以相比。此自显于事实，非私亲之言。"谢公语胡儿曰："有识者果不异人意^⑧。"

【注】

①赏说：鉴赏评说。

②遏：指谢玄。玄小字遏。胡儿：指谢朗。朗小字胡儿。

③李弘度：即李充。充字弘度。

④平阳：指李重（253—300）。重字茂曾，江夏钟武（今河南信阳东南）人。李充的伯父。武帝太熙初，累迁至中书郎，继而为尚书吏部郎。惠帝永康初，赵王司马伦用为相国左司马，以忧卒，追赠散骑常侍。谥成。《晋书》卷46有传。按，《晋书》云李重"以忧逼成疾而卒"，与《世说》不同。乐令：指乐广。曾为尚书令，故称。

⑤赵王：指司马伦。伦矫诏废贾后为庶人，杀张华、裴頠等。又幽惠帝于金墉城，僭即帝位。

⑥雅正：正派刚直。

⑦仰药：服毒。

⑧人意：我的意思，我的见解。

【译】

　　谢安与当时的名贤们一起欣赏评说人物，谢玄、谢朗都在坐。谢安问李充说："你们家平阳比乐令如何？"于是李充潸然流泪说："赵王篡逆，乐令亲自把玺绶献给赵王。先伯父为人正直，以处乱朝为耻辱，就喝毒药自杀了，二人恐怕难以相比。这本是很明显的事实，并不是我偏袒亲人的话。"谢安对谢朗说："有见解的人果然和我的看法没什么不同。"

【评鉴】

　　翻出此段公案，乐广不如李重也就是明摆着的了。《晋书·赵王伦传》："伦从兵五千人，入自端门，登太极殿，满奋、崔随、乐广进玺绶于伦，乃僭即帝位，大赦，改元建始。"李重守节不贰，以身相殉，乐广则见风转舵，难舍爵禄。二者是天壤之别。最后一句"果不异人意"，谢安是说我的意思也是这样，即觉得李重比乐广强。

品藻47

　　王修龄问王长史①："我家临川②，何如卿家宛陵③？"长史未答，修龄曰："临川誉贵④。"长史曰："宛陵未为不贵。"

【注】

①王修龄：即王胡之。胡之字修龄。王长史：即王濛。濛曾为简文长史，故称。

②临川：指王羲之。羲之曾任临川太守，故称。

③宛陵：指王述。述曾任宛陵令，故称。

④誉贵：声誉很高。

【译】

　　王胡之问王濛："我家临川，比你家宛陵怎么样？"王濛没回答，王胡之说："临川声誉很高。"王濛说："宛陵声誉也不是不高。"

【评鉴】

　　魏晋时家族之间互相争胜斗气，已是常态。王羲之是琅邪王氏，王述是太原王氏，两个王家都是人才济济，不免互相较劲。比较而言，王羲之当时名声高出王述一头，盖羲之早年即为时贤推爱，王敦称赞其为"佳子弟"，以为不减阮裕，王导以为不减刘绥，殷浩亦对羲之推崇备至。而王述少孤，事母以孝闻，安贫守约，不求闻达，年三十尚未知名，人谓之痴。为官时的王述以正直坦率折服时人，敢于直接斥责同僚的谄媚，且处大事头脑清醒，见识过人。如《晋书》本传所载，庾翼因武昌屡有妖怪，又有猛兽入府，欲移镇乐乡躲避，王述直陈得失，庾翼服膺其说而不迁。又云，起初王述因家贫而颇受馈赠，为州司所检，获讥于人；后来则清廉自持，始为时所赞。较短量长，王濛的话也不无道理，二人声誉并高。至于后来二人结怨，竟至相互仇视，不相往来，还是王羲之的不是处更多，遗憾的是羲之一世高名也因之而有微玷。参《仇隙》第五则。

品藻48

刘尹至王长史许清言[①]，时苟子年十三[②]，倚床边听。既去，问父曰："刘尹语何如尊[③]？"长史曰："韶音令辞不如我[④]，往辄破的胜我[⑤]。"

【注】

①许：处。清言：清谈。

②苟子：即王修。王修小字苟子。

③尊：敬称父亲。

④韶音：美好动听的音调。令辞：美丽的辞藻。

⑤破的（dì）：射中靶心。此指发言切中要害。的，靶心。

【译】

刘惔到王濛家清谈，当时王修十三岁，靠着坐榻听他们谈论。刘惔走后，王修问父亲说："刘尹的谈论比父亲怎么样？"王濛说："动听的语音和美好的辞令他不如我，辩论起来总能切中要害他胜过我。"

【评鉴】

刘尹语简要清晰，直奔主题，而王濛语优美动听，文采斐然。王濛曾说刘惔对自己的了解胜过他本人。我们从此则看，王濛对刘惔的了解或许也胜过刘惔自己吧。

品藻49

　　谢万寿春败后^①，简文问郗超："万自可败，那得乃尔失士卒情^②?"超曰："伊以率任之性^③，欲区别智勇^④。"

【注】

①谢万寿春败：穆帝升平三年（359），谢万率师北征，于寿春大败，许昌、颍川诸城相继陷没。因丧师失土，被贬为庶人。《晋书·谢万传》："万既受任北征，矜豪傲物，尝以啸咏自高，未尝抚众。"

②乃尔：犹言如此。

③伊：他。率任：任性，放纵。

④智勇：智，指有清谈浮名者。勇，指兵将们。也就是说，谢万自视甚高，把自己这类风流名士当成聪明人，是上流人，而以将帅兵卒为勇健凡夫，是下流之人。

【译】

　　谢万在寿春战败后，简文帝问郗超："谢万本就该打败仗，但怎么会这样失去军心呢?"郗超说："他凭着轻率放任的禀性，想要区别智和勇。"

【评鉴】

　　《晋书·谢万传》云："才器俊秀，虽器量不及安，而善自炫曜，故早有时誉。工言论，善属文。"可知谢万有文才而善清谈。但他并非能安邦定国之人，桓温称其为"挠弱凡才"（《方正》55），可以说是一语中的。谢万自诩风流，把高谈玄远、无所事事者当作上流之人，而视将帅兵卒为粗人凡夫，为下流阶层。以如此的心境做统帅，怎么能不失士卒情，哪有不败之理？更可笑的是，凡行军打仗，知彼知己，方能获胜，郗昙因生病撤退，谢万居然以为是强敌来了，仓促逃命，导致大败。任用如此人为将帅，东晋的无所作为，便可以理解了。谢万的必败，王羲之或许早有预料。他曾写信给桓温说："谢万才流经通，处廊庙，参讽议，故是后来一器。而今屈其迈往之气，以俯顺荒余，近是违才易务矣。"王羲之认为以谢万的才能，可以在朝堂上讽谏议论，但不宜担任重镇统帅，他并不具备将帅之才。参《简傲》第十四则。

品藻50

刘尹谓谢仁祖曰①："自吾有回②，门人加亲。"谓许玄度曰③："自吾有由④，恶言不及于耳。"二人皆受而不恨。

【注】

①谢仁祖：即谢尚。尚字仁祖。

②回：指颜回。孔子弟子。此处刘惔以颜回比拟谢尚。

③许玄度：即许询。询字玄度。

④由：即仲由（前542—前480）。由字子路（一说季路），春秋鲁国卞（今山东泗水）人，孔子弟子。尚勇好武，孔门四科中以政事称。后为蒯聩所杀。事见《论语》《史记·仲尼弟子列传》。此处刘惔以仲由比拟许询。

【译】

刘惔对谢尚说:"自从我有了颜回,弟子与我更加亲近。"对许询说:"自从我有了子路,耳朵里再也听不到坏话。"二人都接受而没有什么不满。

【评鉴】

刘惔向来自负,虽然清谈或许可与之争锋者多,但其识见则常常高人一筹,不得不令人佩服。我们以为,这几句话不过是朋友间的调侃,刘惔以孔子自居,而戏称对方为门人。谢尚、许询故受而不恨。《赏誉》第一百二十四则:"刘尹先推谢镇西,谢后雅重刘,曰:'昔尝北面。'"推扬谢尚,说明刘惔对谢尚本就是认可的;谢尚说过去曾把刘惔当作老师,说明刘惔本则以孔子自居的玩笑话也并不算过分。再者,刘惔对许询也一向是非常钦佩友好的,《言语》第七十三则:"清风朗月,辄思玄度。"每当风清月明之时就会想起许询,评价是何等之高。所以,我们说这不过是朋友间的玩笑话。

品藻51

世目殷中军①:"思纬淹通②。"比羊叔子③。

【注】

①目:品评,评论。殷中军:即殷浩。因曾为中军将军,故称。

②思纬:思路,思想条理。淹通:广博通达。

③羊叔子:即羊祜。祜字叔子。

【译】

世人品评殷浩："思路广博通达。"把他和羊祜比。

【评鉴】

《世说》品评人物因为博采众说，故失当处多。羊祜德才兼备，彪炳史册。居边守境，得两国军民之欢心。生前举荐杜预，最终完成西晋一统大业。亡故后，荆州当地百姓立碑纪念，见碑而流泪，杜预名之为堕泪碑。《晋书》本传曰："祜卒二岁而吴平，群臣上寿，帝执爵流涕曰：'此羊太傅之功也。'"其为人亦谦逊恭谨，不以名利为念。反观殷浩，虽识度清远，早有美名，又善谈玄理，但经邦治国，毫无可取，盲目北伐，丧师辱国。获罪遭贬，不自反省，反而书空作"咄咄怪事"。

可以说，殷浩与羊祜相比有天地之别，因此刘孝标注云"渊源（殷浩字）蒸烛之曜，岂喻日月之明也"。不过，这不能全怪刘义庆，毕竟《世说》是小说，搜罗众说。何况殷浩久负虚名，当时不少人也都看走了眼。

品藻52

有人问谢安石、王坦之优劣于桓公①。桓公停欲言②，中悔，曰："卿喜传人语，不能复语卿。"

【注】

①谢安石：指谢安。安字安石。

②停：正，将。

【译】

有人向桓温问谢安、王坦之两人的优劣。桓温正要说，中途又后悔了，说："你喜欢传别人的话，我不能告诉你。"

【评鉴】

王坦之、谢安皆为一时之杰，其高下评论素有不同。桓温虽然是武人，但也有其谨慎小心处，来说是非者，必是是非人，所以桓温不愿表态论其优劣。再者，桓温与王、谢二人关系非常微妙，虽然三人皆为朝廷重臣，但桓温是野心勃勃，时有篡逆之想，而王、谢二人却皆忠心耿耿于王室，纵使二人偶尔也有高下优劣之竞争，但主观动向是一致的。所以，桓温更不愿意轻易品评以招怨尤。至于二人优劣高下，《世说》相关条目多有展现，自然是谢安高出王坦之一头。

品藻53

王中郎尝问刘长沙曰①："我何如荀子②？"刘答曰："卿才乃当不胜荀子③，然会名处多④。"王笑曰："痴。"

【注】

①王中郎：指王坦之。曾为北中郎将，故称。刘长沙：指刘奭（shì）。奭字文时。晋彭城（今江苏徐州）人。历仕车骑咨议、长沙相、散骑常侍。

②荀子：指王修。修小字荀子，王濛之子。

③乃当：犹言的确，实在是。当，后缀。

④会名：领会名理。名理即魏晋时清谈家辨析事物名和理的是非同异。

【译】

王坦之曾经问刘爽说："我比苟子怎么样？"刘爽回答说："你的才华的确是不如苟子，但是领会名理方面比他强。"王坦之笑着说："真傻！"

【评鉴】

王修为王濛之子。王濛名声很高，为哀靖皇后之父；王修为哀靖皇后兄弟，本人亦一时名流，史称"明秀有美称，善隶书，号曰流奕清举"。王修年十三作《贤人论》（《文学》83），不管水平高低，如此年龄便能著论，不能不说王修是早慧之才。王坦之为王述之子，亦门第高华，"弱冠与郗超俱有重名，时人为之语曰：'盛德绝伦郗嘉宾，江东独步王文度。'"二人都是少年便有盛名。

虽然他们两人同为太原王氏，但王坦之私以为强过王修，故有是问。刘爽之答，也很得体，不阿谀逢迎，而是客观公正，首先肯定王修才高于王坦之，接下来则说在会名处王坦之胜过王修。所谓会名处，是指对名理的理解，也即清谈方面的修为。王坦之曾著《废庄论》而享誉士林，刘爽或许是以此而言。刘爽的回答和王坦之心中的答案相合，所以王坦之就高兴了起来。而"痴"一方面是得我心矣的认同，另外大概也包含着对刘爽的欣赏，觉得刘爽为人正直、品评客观公正。

品藻54

　　支道林问孙兴公①："君何如许掾②？"孙曰："高情远致，弟子蚤已服膺③；一吟一咏，许将北面④。"

【注】

①支道林：即支遁。遁字道林。孙兴公：即孙绰。绰字兴公。

②许掾（yuàn）：指许询。询曾担任司徒掾，故称。

③弟子：因支道林是高僧，故孙绰自谦称为弟子。蚤：通"早"。服膺：心服。

④北面：谓可以做许询的老师。

【译】

　　支遁问孙绰："你比许掾怎么样？"孙绰说："高尚的情怀和深远的情致，弟子我早已经心服；至于吟咏诗文，他将拜我为师。"

【评鉴】

　　许询善清谈，虽也以文章称名于时，但比较孙绰，其实还有距离。《晋书·孙绰传》云："绰少以文才垂称，于时文士，绰为其冠。温、王、郗、庾诸公之薨，必须绰为碑文，然后刊石焉。"在当时孙绰已靠文才奠定了声望。他们著作的流传，若从《隋书·经籍志》的著录情况看，孙绰也比许询多很多。高情远致，应是指许询终身不仕、好游山水而言。

品藻55

王右军问许玄度："卿自言何如安石^①?"许未答，王因曰："安石故相为雄^②，阿万当裂眼争邪^③!"

【注】

①安石：指谢安。安字安石。

②故：本来。相为雄：比你强。相，指代性副词。古以雄为上，雌为下。《后汉书·赵温传》："大丈夫当雄飞，安能雌伏。"

③阿万：即谢万。谢安弟。裂眼：瞪大眼睛。《史记·项羽本纪》："哙遂入，披帷西向立，瞋目视项王，头发上指，目眦尽裂。"

【译】

王羲之问许询："你自认为和安石比怎么样？"许询没回答，王羲之于是说："安石本来就比你强，阿万恐怕要瞪大眼睛和你争高下吧!"

【评鉴】

王羲之向来快人快语，对无所事事的清谈家们颇有微辞，包括刘惔、许询他都一向不以为然，如《言语》第六十九则就直接讥讽刘惔、许询，弄得两人都尴尬惭愧。这里同样弄得许询灰头土脸。许询自视甚高，右军则说你是和谢万彼此彼此，哪能和谢安比。事实证明王羲之的评价是非常中肯的，虽然谢安也是清谈名家，风流冠首，但其文韬武略有晋一代亦几乎无人可望其项背。

品藻56

刘尹云："人言江彪田舍①，江乃自田宅屯②。"

【注】

①江彪（bīn）：字思玄，江统之子。田舍：犹言乡巴佬，求田问舍之流。

②乃自：的确是。

【译】

刘惔说："人们说江彪是乡巴佬，他的确是个求田问舍之流。"

【评鉴】

田舍，是当时用来讥评不入时流者的俗话，好比今天的"乡巴佬""老土"。当时世风以清谈为高，而刘惔是谈中俊杰，又娶公主，为简文上宾，无论才能还是社会地位，他都称得上是时髦中的一线人物。再加上本就自视甚高，因此，他对时人有类似乡巴佬的评价并不奇怪。本则就是借别人的话来评价江彪。不仅江彪不入刘惔法眼，纵然是大名鼎鼎的谈客殷浩，也时不时不在他眼中，当自己清谈获胜时，同样以"田舍儿"相讥讽。《文学》第三十三则："殷去后，乃云：'田舍儿强学人作尔馨语。'"

品藻57

谢公云："金谷中苏绍最胜①。"绍是石崇姊夫②，苏则孙③，愉子也④。

【注】

①金谷：地名。在今河南洛阳东北。西晋石崇在此筑园，世称金谷园。元康六
　年（296），石崇曾召集苏绍在内的当世名贤三十人于金谷园游宴赋诗。苏
　绍：字世嗣，晋始平武功（今陕西武功）人，魏侍中苏则孙。官至晋武帝
　子吴王晏师、议郎，封关中侯。

②石崇（249—300）：字季伦，晋渤海南皮（今河北南皮）人。起家修武令，
　有能名。入为散骑郎，迁城阳太守。伐吴有功，封安阳乡侯。与潘岳等谄
　事贾谧，及谧诛，免官。后为赵王伦诛杀。《晋书》卷33有传。

③苏则（？—223）：字文师，苏绍祖父。初仕汉为酒泉太守，累迁金城太守、
　护羌校尉，赐爵关内侯。黄初四年（223），降为东平相，于道病卒。谥刚
　侯。《三国志》卷16有传。

④愉：即苏愉，字休豫。忠义多智，入晋仕至光禄大夫。

【译】

　　谢安说："金谷群贤中苏绍最高妙。"苏绍是石崇的姐夫，苏则的
孙子，苏愉的儿子。

【评鉴】

　　苏绍事行不可考知，故无从评价此言。当然，以谢安的识见，一
般不会走眼。其祖苏则，《三国志·魏书·苏则传》称"少以学行闻，
举孝廉、茂才、辟公府皆不就，起家为酒泉太守，转安定、武都，所
在有威名"，为曹魏西边之屏障，屡立大功。其父苏愉，山涛《启事》

称其"忠义有智意"。苏绍也应是有其可取处。

品藻58

刘尹目庾中郎①："虽言不愔愔似道②，突兀差可以拟道③。"

【注】

①庾中郎：指庾敳。曾为太傅司马越从事中郎，故称。

②愔愔（yīn）：幽深的样子。

③突兀：挺出的样子。差：大致。拟：比并，类似。

【译】

刘惔评价庾敳："虽然他的清谈不幽深如大道，突出的个性却差不多与大道相合。"

【评鉴】

刘惔谓其性情与大道相合，正如庾敳读了《庄子》说"了不异人意"（《文学》15），可见庾敳是所谓得意忘言的一类人。比较之下，王澄言其兄王衍"形似道，而神锋太俊"，正与庾敳相反。王衍是形似，但却掩盖不住世俗的一面，庾敳则言语虽不幽深似合于大道，其个性却与大道相合。参《赏誉》第二十七则。

品藻59

孙承公云①：“谢公清于无奕②，润于林道③。”

【注】

①孙承公：指孙统。统字承公。

②谢公：指谢安。无奕：即谢奕。奕字无奕。谢安兄，谢玄父。

③林道：即陈逵。逵字林道。晋颍川许昌（今河南许昌）人。少有才干，袭封广陵公，历黄门郎、西中郎将，领梁、淮南二郡太守。

【译】

孙统说：“谢公比无奕清雅，比林道温润。”

【评鉴】

谢奕喜饮酒，性粗强，至于为官理政，似平平。陈逵史籍记载不多，知其为陈群后裔，曾任西中郎将，北伐至寿春而逃归。清，言其外在风采。润，言其内涵修为。也就是说，谢安无论内在外在都是一流的。事实也是如此，谢安外在风流倜傥，清雅特立，而内心宽容厚道，对晚辈的教育从来都是和风细雨，不假颜色，对弱者也向来能够体恤。

品藻60

或问林公①：“司州何如二谢②？”林公曰：“故当攀安提万③。”

【注】

①林公：即支遁。遁字道林，晋高僧，时人呼为林公以敬之。

②司州：指王胡之。曾为司州刺史，故称。二谢：指谢安与谢万。

③故当：与"故"同。当，后缀。应当，自然。

【译】

有人问支遁："王司州和二谢比怎么样？"支遁答："当然是仰攀谢安俯提谢万了。"

【评鉴】

这个评价比较公允。谢安是文武全才，立功立事，非王胡之可比。谢万挠弱凡才，徒有虚声，自然还在王胡之之下。盖王胡之为政一方时亦能称职，不似谢万，领淮南太守时，王羲之就曾致信桓温，说谢万非将帅之才，不可使其外镇。于此可见支道林虽为方外之人，但其藻鉴还是比较客观公允。

品藻61

孙兴公、许玄度皆一时名流。或重许高情，则鄙孙秽行①；或爱孙才藻②，而无取于许。

【注】

①秽行：污浊、卑劣的行径。

②才藻：才思文采。指文章出色。

【译】

孙绰、许询都是当时的名流。有人推重许询高洁的情操，就鄙视孙绰污浊的行径；有人喜爱孙绰的才华文采，而对许询无所取。

【评鉴】

许询终身未仕，刘孝标注引《文章志》称他"卒不降志"，又好游山玩水，《栖逸》第十六则说他"好游山水，而体便登陟"。"重许高情"应是指此而言。孙绰之才藻，自当胜许询一筹；而论及品行，刘孝标注引《续晋阳秋》说"诞纵多秽行，时人鄙之"。联系孙绰平生处事，也的确欠了些稳重，如听歌女演唱时，竟然把曹魏三祖传下来的笛子敲断了，让一向还算友好的王羲之也怒形于色（《轻诋》20）。不过，"秽行"二字似乎有些过头了，或者，《世说》与《续晋阳秋》是因别的事而言。无论如何，物以类聚，人以群分，时人好恶不同，对二人取舍也不同，亦是情理之中事。

品藻62

郗嘉宾道谢公造膝虽不深彻①，而缠绵纶至②。又曰："右军诣嘉宾③。"嘉宾闻之云："不得称诣，政得谓之朋耳④。"谢公以嘉宾言为得。

【注】

①郗嘉宾：即郗超。超字嘉宾。造膝：谓促膝交谈。深彻：深邃透彻。

②缠绵：周详细密。纶至：条理极清晰。

③右军：即王羲之。曾为右军将军，故称。诣：本指学业技艺达到高深的程度。

　　因泛指深邃、深入。

④政：通"正"，只。朋：相并，相当。

【译】

　　郗超评论谢安在对谈时于义理方面并不深透，但是思想细密，条理很清晰。又有人说："王右军的深邃超过了郗嘉宾。"郗超听到后说："不能说比我深邃，只能说我们并驾齐驱罢了。"谢安认为郗超的话是准确的。

【评鉴】

　　郗超本是清谈名家，《晋书》本传云："交流士林，每存胜拔，善谈论，义理精微。"郗超与谢安，又同为一时人杰，时人评价说："大才盘盘谢家安，江东独步王文度，盛德日新郗家宾。"然而，郗超与谢安，在情感上是有距离的，《晋书》云："常谓其父（郗愔）名公之子，位遇应在谢安右，而安入掌机权，愔优游而已，恒怀愤愤，发言慷慨，由是与谢氏不穆。安亦深恨之。"但即使如此，郗超也能肯定谢安的优点，不做过激的批评。他认为，谢安的清谈虽然说不上很深透，但思维周详细密，条理清晰明朗。

　　至于和王羲之的比较，郗超也表达了自己的意见。诣，造诣，指学业技艺达到的程度，由此引申出深邃、深透的意思来。这里的"诣嘉宾"是形容词用作了动词，动词后带了补语，等于说"诣于嘉宾"。也正因为有人认为王羲之的深邃超过了郗超，所以郗超才心有不服，认为自己与王羲之可以方驾并辔。

在郗超心中，自己的清谈与谢安、王羲之不相上下，故言及谢安的不足，肯定其优长，而不满时评说王羲之超过自己。有趣的是，王羲之是郗鉴的女婿，郗愔的姐夫，也就是郗超的姑父。在名声面前，不服就是不服，和姑父也要争一下高低。魏晋人对名声是何其认真！我们觉得，本则刘义庆是带着欣赏的态度编入的。郗超与谢安本不和睦，但仍能互相肯定，郗超指出谢安的优长和不足，也获得了谢安的认同，这认同当然也包括郗超认为自己和王羲之不相上下。

品藻63

　　庾道季云①："思理伦和②，吾愧康伯③；志力强正④，吾愧文度⑤。自此以还，吾皆百之。"

【注】

①庾道季：即庾龢（hé）。龢字道季。庾亮少子。

②伦：有条理。和：通畅和洽。

③康伯：即韩伯。伯字康伯。

④志力：意志和魄力。

⑤文度：即王坦之。坦之字文度。

【译】

　　庾龢说："思路有条理而和畅，我不如韩康伯；意志坚正，魄力强劲，我不如王文度。自他们以下，我都可以超越百倍。"

【评鉴】

　　此则庾龢以为自己的清谈和韩、王相比各有优劣，比较得很具体，而在其他条目中，他自以为伯仲韩康伯，看不上王坦之。《言语》第七十九则庾龢说若王坦之来清谈，"以偏师待之"即可，若韩康伯来，则"济河焚舟"，决一死战。不过，超越他人百倍，则不免太过夸大，当时名流何止千百，佼佼者不乏其人，何能超越百倍？时风如此，名士往往信口开河，不必深怪。

品藻64

　　王僧恩轻林公^①，蓝田曰："勿学汝兄，汝兄自不如伊^②。"

【注】

①王僧恩：即王祎之。祎之字文劭，小字僧恩，晋太原晋阳（今山西太原）人，王述之子，王坦之之弟。少知名，娶寻阳公主。仕至中书侍郎。未三十而卒。《晋书》卷75有传。

②伊：他。

【译】

　　王祎之看不起支遁，王述说："你不要学你哥，你哥哥本来就不如他。"

【评鉴】

　　汝兄，指王祎之的哥哥王坦之。王坦之与支道林关系很不好，《轻诋》第二十一则说二人"绝不相得"。本则王祎之也看不起支道林。父亲王述说"勿学汝兄",是希望王祎之有自己的主见,不要受哥哥的影响;"汝兄自不如伊"则说明在王述心中王坦之就是不如支道林。

品藻65

简文问孙兴公:"袁羊何似^①?"答曰:"不知者不负其才^②,知之者无取其体。"

【注】

①袁羊:即袁乔。乔小字羊。

②负:舍弃,违弃。

【译】

简文帝问孙绰:"袁羊怎么样?"孙绰回答说:"不了解他的肯定他的才学,了解他的看不上他的品行。"

【评鉴】

袁羊率性而轻佻,如到刘惔家时赋诗调笑刘惔还没起床,而引喻又失当,弄得刘惔的妻子庐陵公主很不高兴(《排调》36)。所以孙绰批评袁羊德行不足。除此之外,孙绰或许也是揣摩简文心理而诋排袁羊。袁羊是桓温的心腹,且文武全才,可能因为才高而又有桓温可以倚仗,言语不免轻狂不羁。而简文对桓温一直又是心有芥蒂,所以难免恨屋及乌。因此,简文问孙绰,也许就是想听到对袁羊的差评。孙绰于是投简文所好，直接批评袁羊品行不好。

品藻66

蔡叔子云^①："韩康伯虽无骨干，然亦肤立^②。"

【注】

①蔡叔子：当作"蔡子叔"。即蔡系。系字子叔，蔡谟次子。

②肤立：外在气宇挺立。

【译】

蔡系说："韩康伯虽然看起来没有骨架，但外在气宇还是挺立的。"

【评鉴】

韩康伯身材肥胖。无骨干，是说他胖得连骨头都看不出来。所谓肤立，与本门第四十二则"弘治肤清"类似，是说外在的形象。意思是说韩康伯虽然肥胖臃肿，但他呈现出来的气质也与常人不同。这里即所谓不在形体悦目，而在气质美好，是从赞许欣赏的角度评价的。而《轻诋》第二十八则刘孝标注引范启云"韩康伯似肉鸭"，则自然是很不友好的说法了。对同一个人社会评价不同，原因是方方面面的，个人好恶不同，政治立场的依归不同，甚至与被品藻者关系的亲疏往往也会导致评价迥异。在《世说》中多有这种现象，因为《世说》是小说，有杂采众说以增加趣味性、可读性的目的。

品藻67

郗嘉宾问谢太傅曰①："林公谈何如嵇公②？"谢云："嵇公勤著脚③，裁可得去耳④。"又问："殷何如支？"谢曰："正尔有超拔⑤，支乃过殷；然甚甚论辩⑥，恐殷欲制支。"

【注】

①谢太傅：指谢安。

②林公：即支遁。遁字道林，晋高僧，时人呼为林公以敬之。谈：清谈，谈玄。

嵇公：指嵇康。

③著脚：下脚，拔腿。

④裁：通"才"。

⑤正尔：只是。超拔：高超突出（的境界）。

⑥甚甚（wěi）：同娓娓。谈论滔滔不绝的样子。

【译】

郗超问谢安说："支道林的清谈比嵇康怎么样？"谢安说："嵇康努力往前跑，才能拉开距离罢了。"又问："殷浩比支道林怎么样呢？"谢安说："只是从高超突出的境界而言，支道林是超过了殷浩；但滔滔不绝的论辩，恐怕殷浩将要制服支道林。"

【评鉴】

支道林三教皆通，文学造诣很深，兼善清谈。嵇康的清谈水平如何虽少有记载，但他对于玄学的前沿学问"四本"特别有心得，锺会写了《四本论》竟然不敢给他看，已足见其高了。郗超一时难分高下，而谢安是风流宗主，清谈名家，因此向谢安求教。

那么，在谢安看来，嵇康和支道林谁的清谈水平更高呢？"勤著脚，裁可得去"，去，离开。是说嵇康努力向前，才能与支道林拉开距离。也就是说，嵇康稍强一点。谢安对支道林的评价一向不太高，认为他不如庾亮（《品藻》70），不如刘惔、王濛（《品藻》76），不如王羲之（《品藻》85）等。因此综合来看，说谢安认为嵇康稍强于支道林是成立的。有注家认为，谢安是说嵇康努力才能赶上支道林，支道林比嵇康强，我们以为不能成立。

再对比一下支道林和殷浩的清谈。两人都是清谈名家，而且各有其强项。支道林论辩的风格应该是语言犀利、让对方难以招架的，从他遗憾王濛的清谈无法让对手辞穷以及王羲之的评价可以推知（《赏誉》92）。殷浩的清谈阵势浩瀚，逻辑严密，令人难以见其端涯，如王胡之所感叹"殷陈势浩汗，众源未可得测"（《赏誉》82）。在《世说》中，殷浩的清谈地位是高于支道林的，尤其若论及"四本"，当时更是罕有其匹。而且，殷浩曾经邀请支道林论辩，结果王羲之的一句话就让支道林退缩了，"渊源思致渊富，既未易为敌，且己所不解，上人未必能通"（《文学》43刘孝标注）。

品藻68

庾道季云[1]："廉颇、蔺相如虽千载上死人[2]，懔懔恒如有生气[3]；曹蜍、李志虽见在[4]，厌厌如九泉下人[5]。人皆如此，但可结绳而治，但恐狐狸猯貉啖尽[6]。"

【注】

①庾道季：即庾龢。龢字道季。庾亮之子。

②廉颇、蔺相如：战国时赵国的将相。

③懔懔（lǐn）：严正令人敬畏的样子。

④曹蜍（chú）：即曹茂之，字永世，小字蜍，晋彭城（今江苏徐州）人。仕
至尚书郎。李志：字温祖，江夏钟武（今河南信阳东南）人。仕至员外常侍、
南康相。

⑤厌厌：精神不振的样子。

⑥猯（tuān）：猪獾。一种体形肥壮的野猪。狢（hé）：一种哺乳动物，似狐，
锐头尖鼻，昼伏夜出。

【译】

　　庾龢说："廉颇、蔺相如虽然是千年以前的死人了，但他们仍正气
凛然好像还活着一样；曹蜍、李志虽然还活着，却精神萎靡有如死人
一样。假如人们都像曹蜍、李志这样，只要结绳而治就可以了，只是
恐怕人都会被野兽吃光。"

【评鉴】

　　庾龢善清谈，有其父之遗风，自己亦以清谈自负。《晋书》记其行
事不多，但仅就本传载，庾龢十五岁时，他的叔叔庾翼打算迁镇襄阳，
庾龢写信劝阻，庾翼十分惊奇。升平中代孔严为丹阳尹，上表解除重
役六十余项。从庾龢的经历可以看出他还是有些作为的。再则，王献
之曾把他和郗超相比，也可见其实力不凡。

品藻69

卫君长是萧祖周妇兄^①，谢公问孙僧奴^②："君家道卫君长云何^③？"孙曰："云是世业人^④。"谢曰："殊不尔，卫自是理义人^⑤。"于时以比殷洪远^⑥。

【注】

①卫君长：指卫永。永字君长。萧祖周：即萧轮。轮字祖周。妇兄：妻子的哥哥。

②孙僧奴：即孙腾。腾字伯海，小字僧奴，晋太原中都（今山西平遥）人，孙统之子。以博学著称。历仕中庶子、廷尉。

③君家：您。家，后缀。

④世业人：建功立业的人。

⑤理义人：精于玄学义理的人。

⑥殷洪远：即殷融。融字洪远。

【译】

卫永是萧轮妻子的哥哥，谢安问孙腾："您说卫君长怎么样？"孙腾说："人们说他是建功立业的人。"谢安说："根本不是你说的那样，卫君长本来是精习义理的人。"当时人们把他和殷融相提并论。

【评鉴】

卫永擅长写文章。参《赏誉》第一百零七则。所谓理义人，即以清谈著称者。从谢安善于品鉴人物以及卫永在《世说》中的表现来看，谢安的评价应该是准确客观的。时人以比殷洪远，殷洪远即殷融，善清谈，颇能著述，孙绰评价他"远有致思"。但殷融的为人，则不免有些滑头。《晋书·陶侃传》记载，在讨伐苏峻的战役中，庾亮轻进失利。司马殷融到陶侃处谢罪，却说是庾亮要这么做的，和自己无关。将军王章去了，则说是自己的过错，庾亮并不知道。陶侃便说："昔殷融为君子，王章为小人；今王章为君子，殷融为小人。"典籍中关于卫永的其他材料很少，于其为人则不好评价。"于时以比殷洪远"是仅就其学识与谈功言，还是另有深意，不得而知。

品藻70

王子敬问谢公①："林公何如庾公②？"谢殊不受，答曰："先辈初无论③，庾公自足没林公④。"

【注】

①子敬：即王献之。献之字子敬。

②庾公：指庾亮。

③初：完全。

④没：超过。

【译】

王献之问谢安："林公比庾公怎么样？"谢安很不以为然，回答说："前辈们从来没有议论过，庾公本就足以超过林公。"

【评鉴】

　　庾亮、支道林皆善清言。亮美姿容，善谈论，性好庄老，风格峻整，动由礼节，是以时誉高扬。苏峻之乱，咎在庾亮，陶侃始欲问责庾亮，但一见庾亮风止，立即改观亲近（《容止》23）。支道林虽然善谈，但其形象丑陋怪异，《世说》中便屡为人所讥。所谓"没"，谢安恐怕更多是从仪态形貌着眼的，当时上流社会观念如此，谢安有时也未能免俗。参《容止》第三十一则、《排调》第四十三则。

品藻71

　　谢遏诸人共道"竹林"优劣[①]，谢公云："先辈初不臧贬'七贤'[②]。"

【注】

①谢遏：指谢玄。玄小字遏。

②初不：从不。臧贬：犹言褒贬。

【译】

　　谢玄等人一起评论"竹林七贤"的短长，谢安说："前辈们从来不褒贬'七贤'。"

【评鉴】

　　谢安是清谈宗主，而又长期隐居，所以对山林隐逸们有一份特殊的感情，对清谈家们更是惺惺相惜。山林隐逸，竹林七贤自然是一个时代的高标，谢安当然不愿意晚辈们对七贤有所批评，因为批评这些人，也是一定程度上对曾经隐居东山多年的自己的不敬。

至于说竹林七贤本身，虽然各有优长，但七人也都不免有轻重不等的瑕疵。这就另当别论了。

品藻72

有人以王中郎比车骑①，车骑闻之曰："伊窟窟成就②。"

【注】

①王中郎：指王坦之，因曾为北中郎将，故称。车骑：指谢玄。玄死后赠车骑
　　将军，故称。
②窟窟：勤勉的样子。

【译】

有人用王坦之比谢玄，谢玄知道后说："他勤勉而有成就。"

【评鉴】

王坦之一生，忠心为国，与谢安同心同德维护风雨飘摇的偏安王朝。他立朝严正，刚直无私，屡屡阻挡桓温篡逆的步伐。简文帝临崩，诏大司马桓温"依周公居摄故事"，王坦之在简文帝面前亲手把诏书毁掉。桓温暗示朝廷加九锡，王坦之与谢安有意拖延，直到桓温病死，此事才终止。桓温死后，他与谢安共辅幼主，竭尽忠诚。王坦之为人正直坦荡，谢安爱好声律，家有丧事也不废妓乐，严重影响了社会风气，坦之曾多次苦谏。临终与谢安、桓冲通信，言不及私，唯忧虑国

家之事，朝野对他的死十分痛惜。

　　谢玄肯定王坦之的成就，既是公正的评价，也是自勉自励。抛开淝水之战的功勋不说，我们看谢玄病重时的上疏，就明白他的忠贞为国可以和王坦之并美了。《晋书·谢玄传》："玄即路，于道疾笃，上疏曰：'臣以常人，才不佐世，忽蒙殊遇，不复自量，遂从戎政。驱驰十载，不辞鸣镝之险，每有征事，辄请为军锋，由恩厚忘躯，甘死若生也。冀有毫厘，上报荣宠。'"又上疏曰："臣同生七人，凋落相继，惟臣一己，孑然独存。在生荼酷，无如臣比。所以含哀忍痛，希延视息者，欲报之德，实怀罔极，庶蒙一瘳，申其此志。且臣孤遗满目，顾之恻然，为欲极其求生之心，未能自分于灰土，偻偻之情，可哀可愍。"忠臣心志，令人感叹欲泪。

品藻73

　　谢太傅谓王孝伯[①]："刘尹亦奇自知[②]，然不言胜长史[③]。"

【注】

①王孝伯：即王恭。恭字孝伯。

②刘尹：指刘惔。惔曾为丹阳尹，故称。奇：颇，很。

③长史：指王濛。濛曾为简文帝长史，故称。

【译】

　　谢安对王恭说："刘尹也非常自重自负，然而他却没说自己胜过王长史。"

【评鉴】

刘惔性情孤高，平时对他人少有称许，即使是对好友王濛，有时也难免要戏谑调侃一下，如《言语》第六十六则回答"天之自高"。或许正因为此，当时的好事者不免造作言辞，于是便有了刘惔自说强过王濛的话。所以，作为妹夫的谢安就站出来为刘惔辩白，说刘惔自负是事实，但他没说过胜过王濛。

品藻74

王黄门兄弟三人俱诣谢公[①]，子猷、子重多说俗事[②]，子敬寒温而已[③]。既出，坐客问谢公："向三贤孰愈？"谢公曰："小者最胜。"客曰："何以知之？"谢公曰："吉人之辞寡，躁人之辞多[④]。推此知之。"

【注】

①王黄门：指王徽之，字子猷，王羲之第五子。因曾为黄门侍郎，故称。兄弟三人：指王徽之、王操之、王献之兄弟三人。

②子重：即王操之。操之字子重，王羲之第六子。历秘书监、侍中、尚书、豫章太守。

③子敬：指王献之。献之字子敬，王羲之第七子。

④"吉人之辞寡"二句：语见《易·系辞下》。吉人，稳重的人。躁人，浮躁的人。

【译】

王徽之、王操之、王献之兄弟三人一起去拜会谢安，徽之、操之多说世俗事务，献之只是寒暄几句罢了。他们走后，在座的客人问谢安："刚才那三个贤人谁更强？"谢安回答："小的最强。"客人说："您怎么知道的呢？"谢安说："稳重的人话少，浮躁的人话多。从这话推论而知。"

【评鉴】

羲之诸子中，献之最为出色。他少有盛名，高迈不羁，风流气度为一时之冠。既以书法与父羲之并称为"二王"，同时也凭气节流芳后世，如不题太极殿之榜，讽言"魏祚所以不长"（《方正》62）。虽然《晋书》本传言其政事笔墨不多，但谢安死后，献之上疏为谢安争赠礼一事已足见其正直明澈。谢安对献之评价也很高，曾有言"阿敬近撮王、刘之标"（《品藻》77）。徽之狂放不羁，《晋书》本传云"时人皆钦其才而秽其行"。操之历任侍中、尚书、豫章太守，政事史无记载，应属泛泛之流。

再者，关于"吉人之辞寡"之"吉人"，诸《世说》译本多解释成"善良的人"，那么，"躁人"即"不善良的人"吗？显然不合适。从汉文化的传统看，智者是不主张多言的，因为话多往往是致祸之源，俗语既有所谓"病从口入，祸从口出"。那么，此处的"吉人"当指稳重、安静的人。参考《世说》中王献之的表现，如《雅量》第三十六则献之与徽之同在一室，有屋子起火，徽之惊慌失措，献之则徐徐而出，《品藻》第七十九则献之批评袁宏浮躁轻进。因此我们译作"稳重的人"。

品藻75

谢公问王子敬："君书何如君家尊①?"答曰："固当不同②。"公曰："外人论殊不尔③。"王曰："外人那得知!"

【注】

①君家尊：犹言令尊大人。指王羲之。

②固当：本来。当，后缀。

③殊不尔：完全不是这样。

【译】

谢安问王献之："你的书法比令尊如何?"回答说："本来就不一样。"谢安说："外人的评价完全不是这样。"王献之说："外人怎么能知道!"

【评鉴】

刘孝标注也提供了一段相似的故事，引自《文章志》，但没有具体说是谁问王献之,《世说》则变成了谢安。王僧虔《论书》与张怀瓘《书断》记载略有不同，大意是说谢安也擅长书法，因而看不起王献之的书法，二人言语间颇不愉快。余嘉锡认可《论书》和《书断》。我们觉得这样理解或许不能成立，如果真的是谢安看不上王献之书法，何以太极殿成而坚请王献之题榜？且谢安对于王献之，一向特别看重，《赏誉》第一百四十六则："阿见子敬，尚使人不能已。"本门第七十七则："阿敬近撮王、刘之标。"或许是多事者传闻失实，而王僧虔、张怀瓛都未遑考判便录以入文。那么，本则谢安与王献之的交流本无恶意，不过是想了解王献之的内心想法而已，而王献之也就率直地回答了谢安的疑问。

品藻76

　　王孝伯问谢太傅①："林公何如长史②？"太傅曰："长史韶兴③。"问："何如刘尹④？"谢曰："噫，刘尹秀。"王曰："若如公言，并不如此二人邪？"谢云："身意正尔也⑤。"

【注】

①王孝伯：即王恭。恭字孝伯。

②长史：指王濛。王恭祖父。

③韶兴：言辞优美奔放。

④刘尹：指刘惔。

⑤身：我。正尔：正是这样。

【译】

　　王恭问谢安："林公比长史如何？"谢安说："长史言辞优美奔放。"又问："比刘尹如何？"谢安说："啊，刘尹清灵有味。"王恭说："假如按您说的，林公两人都比不上吗？"谢安说："我的意思就是这样。"

【评鉴】

　　所谓韶兴，指言辞优美奔放。王濛向来以自己清谈时言辞优美自负，本门第四十八则即对其子王修说自己在"韶音令辞"方面超过了刘惔，《文学》第四十二则王濛也自称"奇藻"。谢安"韶兴"一语评价恰当。所谓秀，应是指刘惔的语言清灵有味，和后面第八十四则"长史虚，刘尹秀，谢公融"的"秀"不同。值得注意的是，在《世说》中支道林一向认为自己的清谈要强过王濛，但谢安对道林的评价却不是很高，本则谢安就认为他不如王濛、刘惔。

品藻77

人有问太傅："子敬可是先辈谁比？"谢曰："阿敬近撮王、刘之标①。"

【注】

①撮：聚合，聚集。标：风格，格调。

【译】

有人问谢安："子敬可以和前辈中谁相比？"谢安回答说："子敬差不多集中了王濛、刘惔两个人的风格。"

【评鉴】

献之一生清正淳直，除与郗家离婚娶公主一事外，几乎没有什么缺点。谢安一向推重献之，用他做长史。后征拜中书令。谢安死后，赠礼问题颇有异议，只有献之和徐邈一起推扬谢安的忠勋，献之上书力争，孝武帝才加谢安以殊礼。王献之算得上一时人物冠冕，几乎无人不服，连自视甚高的桓玄也总是拿自己和王献之比。

品藻78

谢公语孝伯①："君祖比刘尹故为得逮②？"孝伯云："刘尹非不能逮，直不逮。"

【注】

①孝伯：即王恭。恭字孝伯。

②君祖：指王濛。恭为王濛孙，王蕴子。

【译】

谢安对王恭说："你祖父和刘尹比应该是能赶得上吧？"王恭说："刘尹不是赶不上，只是不想赶罢了。"

【评鉴】

比较而言，刘惔识见在王濛之上，如《识鉴》第十八则刘惔、谢尚、王濛一起去探望殷浩，王、谢皆以为殷浩不会出仕，而刘惔则早将殷浩看破。还有对桓温的预料也十分精准。当然，王濛亦自有其长处。其实王恭这话，也承认了王濛与刘惔有差距。直不逮，则是王恭偏私祖父而说的话，亦人之常情。纵观本书相关条目，我们认为这里比较的应该是识见方面。至于清谈，二人则各有所长。参本门第七十六则。

品藻79

袁彦伯为吏部郎^①，子敬与郗嘉宾书曰^②："彦伯已入，殊足顿兴往之气^③。故知捶挞自难为人，冀小却当复差耳^④。"

【注】

①袁彦伯：即袁宏。宏字彦伯。

②郗嘉宾：即郗超。超字嘉宾。

③殊：很。兴往之气：轻率任性的行为。

④冀：希望。小却：稍后。当复：将会。复，后缀。差：收敛，改观。

【译】

袁宏担任吏部郎，王献之给郗超写信说："袁彦伯已经就职，这个职位很能摧挫他凡事率意轻行的毛病。原因是使他知道吏部郎不免要被杖责，并不好做人，希望日后他会有所改变。"

【评鉴】

此则最是难解，歧说纷出。详加考释，似当如下解。已入，是指入为吏部郎一事。殊足顿兴往之气：殊，很；顿，折；兴往，即"乘兴而往"的缩略，即凡事轻率任性，差不多也就是郗嘉宾评价袁宏的"无恒"（《排调》49）。王献之的话意思是，袁宏就职吏部郎，这个官职很能折挫他轻率浮躁的毛病。而接下来的两句是对上边两句的补充。故知捶挞自难为人，因为吏部郎难免有过而被杖责，这样的经历就会使他知道官场也不是想当然的舒心惬意（因为袁宏颇在意仕进，参《宠礼》2)。其意是袁宏当从中有所觉悟。最后一句则是：冀，希望；小却，稍后；当复，犹言当；差，本指病愈，此处犹言收敛。谓希望以后当会有所改变，也就是在境界上有所提升。

品藻80

王子猷、子敬兄弟共赏《高士传》人及赞①。子敬赏"井丹高洁②"，子猷云："未若'长卿慢世③'。"

【注】

①《高士传》：刘孝标注为三国魏嵇康撰。已佚。清严可均有辑本一卷。

②井丹：字大春，东汉扶风郿县（今陕西眉县）人。博学多才，品性清高，不愿投递名帖拜谒他人。《后汉书》卷83有传。

③长卿：指司马相如（前179—前117）。相如字长卿，西汉蜀郡成都（今四川成都）人。好读书，善辞赋，著有《子虚赋》《上林赋》等。后以辞赋为武帝所赏，拜为郎。淡漠官爵，不交公卿，尝称病闲居。《史记》卷117、《汉书》卷57有传。慢世：轻蔑世事，玩世不恭。

【译】

王徽之、王献之兄弟一起玩赏《高士传》所载人物及传后的赞语。献之欣赏"井丹高洁"，徽之说："不如'长卿慢世'。"

【评鉴】

王羲之七个儿子中，最有名的就是王献之和王徽之。王献之以精于书法和品性高迈清峻享誉朝野，王徽之以超脱率性声闻当时。于此条，诚如余嘉锡所说，二人各因其性情而所爱不同，其行径亦分别与井丹、长卿类似。子敬拒书太极殿榜，不交非类，正可与井丹高洁比；而子猷"未知生，焉知死"之对、山阴访戴之率性，正类相如当垆卖酒，多称病免官。

品藻81

有人问袁侍中曰①："殷仲堪何如韩康伯②？"答曰："理义所得，优劣乃复未辨；然门庭萧寂，居然有名士风流③，殷不及韩。"故殷作诔云④："荆门昼掩⑤，闲庭晏然⑥。"

【注】

①袁侍中：指袁恪之。字元祖，晋陈郡阳夏（今河南太康）人。仕黄门侍郎。安帝义熙初为侍中。

②韩康伯：即韩伯。伯字康伯。

③居然：显然。

④诔：叙述死者生平德行以哀悼亡人的文辞。

⑤荆门：柴门。形容简陋贫寒。

⑥晏然：安宁，安适。

【译】

有人问袁恪之说："殷仲堪比韩康伯怎么样？"回答说："在谈说理义的心得方面，他们实在是分不出高下；然而在门庭萧条冷落，显然有名士风度这方面，殷仲堪赶不上韩康伯。"所以袁恪之给韩康伯作诔文说："柴门白天也关着，空寂的庭院一片闲适安宁。"

【评鉴】

比较而言，袁恪之的评价非常中肯。韩康伯善清谈，殷仲堪也是清谈高手。不同处在于，虽然二人都是谈客，但韩康伯的言谈总是言简意赅，无可无不可，似乎看不出他有什么争竞之心。而殷仲堪则潜心尽虑，唯恐不能胜人，本来人们已经觉得他的研究很广博了，而他还遗憾自己不懂"四本"，否则清谈会更上一层楼（《文学》60）。这样的心境同样表现在事业上，韩康伯之于仕途一贯淡然，举秀才，征佐著作郎，并不就，简文帝居藩，引为谈客。后为豫章太守，罢职之时，征书朝至，康伯夕发（《贤媛》32）。而殷仲堪则醉心于名利，为了扩大自己的势力，排斥异己，竟逼得堂兄南蛮校尉殷顗主动辞职，最后忧郁而死。可惜他志大才疏，最后落得悲惨的结局。袁恪之的评价的确中肯。所谓名士风流，即淡于名利，悠闲自适，韩康伯当之无愧。

此则有一大问题，"故殷作诔云"，与前边文气全然不接，前边是袁恪之在评价，而后边殷的作诔就完全是袁意的浓缩，好像殷的结论是来自于袁的评价。我们以为，这个"殷"字当是衍文，原文应是"故作诔云"，即袁恪之于是作诔。全诔已佚，唯有"荆门昼掩，闲庭晏然"二语，此二语即是将前边所言韩康伯的名士风流再诗意化了一次。这是从情理上说。再则从文献依据上看，宋代吕祖谦的《卧游录》（《说郛》卷七十四）即无"殷"字，应该是其所依据的文献即为"故作诔云"。至于而今所有的《世说》皆为"故殷作诔云"，当是传写有误，而谬误相沿，人们未曾细考之故。

品藻82

王子敬问谢公："嘉宾何如道季①?"答曰："道季诚复钞撮清悟②,嘉宾故自上③。"

【注】

①嘉宾:即郗超。超字嘉宾。道季:即庾龢。龢字道季。庾亮少子。

②钞撮:撮取,汇集。

③故自:还是。

【译】

王献之问谢安："郗嘉宾和庾道季比怎么样?"回答说:"庾道季的确汇聚了清识妙悟,不过郗嘉宾还是要强一些。"

【评鉴】

如果只是就清谈而言庾龢可能胜过郗超,但如果就识见和机变比较,则郗超非庾龢可及,如识谢玄能立功,改其父郗愔的书信等。谢安之所以认为郗超强,或是因为他本人更与郗超类同,都是既能清谈而知机变,同时也有立事立功之能。谢安自不必说,郗超为桓温谋主,也可知其韬略非凡,且时人是把郗超、王坦之、谢安放在一起比较的。《赏誉》第一百二十六则刘孝标注引《续晋阳秋》曰:"超少有才气,越世负俗,不循常检。时人为一代盛誉者,语曰:'大才盘盘谢家安,江东独步王文度,盛德日新郗嘉宾。'"

品藻83

　　王珣疾①，临困②，问王武冈曰③："世论以我家领军比谁④？"武冈曰："世以比王北中郎⑤。"东亭转卧向壁，叹曰："人固不可以无年⑥！"

【注】

①王珣：字元琳，王导孙，王洽子。以讨伐袁真功封东亭侯。

②困：病情危殆。

③王武冈：指王谧（360—407）。谧字稚远，晋琅邪临沂（今山东临沂）人，王导孙。本王劭子，因王协早卒无子，以谧为嗣，乃袭协爵武冈侯。仕至扬州刺史、录尚书事。卒于官。《晋书》卷65有传。

④领军：指其父王洽。因曾为中领军，故称。

⑤王北中郎：指王坦之。因曾为北中郎将，故称。

⑥无年：无寿。

【译】

　　王珣生病了，到了病危时，问王谧说："世人评论把我们家中领军和谁相比？"王谧说："世人把他比作王北中郎。"王珣翻过身去面向墙壁躺着，叹息道："人的确不能不长寿啊！"

【评鉴】

　　王珣认为父亲王洽的才望德行以及治世的能力本应该比王坦之强，但因为早逝，世间将二人平比，于是为此感到遗憾。王坦之活了四十六岁，王洽少十岁。我们说过，太原王氏和琅邪王氏往往互相较劲，王坦之为王述之子属太原王氏，而王洽为王导之子属琅邪王氏。如以父亲比较，王导肯定地位高于王述，王珣的感慨也不是全无来由。此外，王珣的"人固不可以无年"也是至理名言，这里的自悲包含着无尽的惋叹。王珣年轻时，桓温便对其十分青睐，引置幕下，以为可成就大事业。晚年迁尚书令，仕至散骑常侍。虽然王珣活了五十二岁，在当时人中已算是长寿了，但事业未竟，仍然遗憾。

品藻84

王孝伯道谢公浓至①。又曰："长史虚②，刘尹秀③，谢公融④。"

【注】

①浓至：性格厚重深沉。

②长史：指王濛。虚：虚旷恬和。

③秀：灵秀超群。

④融：宽厚和气。

【译】

王恭称道谢安厚重深沉。又说："长史虚旷恬和，刘尹灵秀超群，谢公宽厚和气。"

【评鉴】

从《世说》看，王恭评价这几人精彩惬当。王濛虚怀若谷，恬和温润，刘惔灵秀过人，特别是"谢公融"的"融"字下得十分漂亮。所谓融，是说和煦、温馨。谢安比较当时的名士，是最为和气可亲的，小儿时即能同情弱者，其兄谢奕以烈酒责罚老翁，谢安为老翁求情，执政时能理解逋逃的兵厮，教育子侄辈也是和风细雨。一个"融"字，白描出了这位南朝第一政治家的精神风貌，虽然胸中自有雄兵百万，然而即之也温。《赏誉》第一百五十五则说王恭有"清辞简旨"，信然不诬！参相关条目。

品藻85

王孝伯问谢公："林公何如右军①？"谢曰："右军胜林公。林公在司州前②，亦贵彻③。"

【注】

①林公：即支遁。遁字道林，晋高僧。时人呼为林公以敬之。右军：指王羲之。
　　因曾为右军将军，故称。
②司州：指王胡之，因曾为司州刺史，故称。
③贵彻：尊贵通达。

【译】

王恭问谢安："林公比右军怎么样？"谢安说："右军胜过林公。林公在王司州面前，也算是尊贵通达。"

【评鉴】

谢安说支道林不如王羲之而胜过王胡之。谢安、谢万兄弟向来敬重王羲之，而对支道林评价都不是很高，此言其居羲之下而在胡之上。

品藻86

桓玄为太尉①，大会，朝臣毕集。坐裁竟，问王桢之曰②："我何如卿第七叔③？"于时宾客为之咽气④。王徐徐答曰："亡叔是一时之标⑤，公是千载之英。"一坐欢然。

【注】

①太尉：原作"太傅"。《晋书·桓玄传》："大赦，改元为大亨。玄让丞相，自署太尉、领平西将军、豫州刺史。"程炎震笺："桓玄不为太傅，当是太尉之误。事在元兴元年。"程说是。据改。

②王桢之：字公幹，小字思道，晋琅邪临沂（今山东临沂）人，王徽之之子。历侍中、大司马长史。《晋书》卷80有传。

③第七叔：指王献之。献之为王羲之第七子。

④咽（yè）气：屏住呼吸。形容紧张的状态。

⑤标：榜样，典范。

【译】

桓玄做了太尉后，大会宾客，朝臣全都到会。大家刚刚坐定，桓玄问王桢之说："我和你七叔比怎么样？"当时宾客们都为王桢之紧张得屏住了呼吸。王桢之慢慢地回答说："亡叔是当时的典范，您是千载一遇的英雄。"满座宾客无不欢悦。

【评鉴】

桓玄擅长书法，而王献之以书法闻名，且时评献之为羲之诸子之最，故桓玄往往欲比肩献之。王桢之一时情急不得已而敷衍桓玄，其实内心未必如此定评。

品藻87

桓玄问刘太常曰[①]："我何如谢太傅[②]？"刘答曰："公高，太傅深。"又曰："何如贤舅子敬？"答曰："楂梨橘柚，各有其美[③]。"

【注】

①刘太常：指刘瑾。瑾字仲璋。父畅，母为王羲之女。瑾有才力，历仕尚书、太常卿，故称刘太常。

②谢太傅：指谢安。死后追赠太傅，故称。

③"楂梨橘柚"二句：语本《庄子·天运》："故譬三皇、五帝之礼义法度，其犹楂梨橘柚邪！其味相反，而皆可于口。"此谓人和人虽品性不同，但各有闪光之处。

【译】

桓玄问刘瑾说："我和谢太傅比怎么样？"刘瑾回答说："您地位高，太傅深沉。"又说："我比令舅子敬怎么样？"回答说："山楂、梨子、橘子、柚子，美味各不相同。"

【评鉴】

　　撇开桓玄的政治成败而言，其人称得上是第一流人才，善书、精画、能文。他自视甚高，常常要和一些获得高名的人士比较：谢安为江左第一名相，要比；王献之书法知名当世，也要比，并且总是想听到别人的恭维。面对桓玄的提问，刘瑾的回答堪称经典，似乎模棱两可，但高、深已比出了差距，而"各有其美"又等于不比。这样既不违心，也让桓玄得到了心理上的满足。

品藻88

　　旧以桓谦比殷仲文①。桓玄时，仲文入，桓于庭中望见之，谓同坐曰："我家中军那得及此也②！"

【注】

①桓谦（？—410）：字敬祖。桓冲之子。历任辅国将军、吴国内史。桓玄篡位，桓谦领扬州刺史，封新安王。后为刘道规所杀。《晋书》卷74有传。殷仲文：桓玄姐夫。

②中军：指桓谦。桓玄掌权后，桓谦加中军将军。

【译】

　　先前人们把桓谦和殷仲文比。桓玄执掌大权时，有一天殷仲文从外边走进来，桓玄在厅堂上望见他，对同座的宾客说："我家中军哪里能赶上这个人啊！"

【评鉴】

　　殷仲文为桓玄姐夫，本是一反复无常的小人。他与桓玄虽是姻亲，平时交往却不多，得知桓玄平定京师，殷仲文便弃郡投奔。桓玄大悦，授殷仲文谘议参军，礼遇甚重。殷仲文美容仪，善文辞，朝廷加桓玄九锡文，即出自殷仲文手笔。凭心而论，殷仲文之文章才华，也的确非同一般。桓玄败亡后，殷仲文又上表请罪，即《文选》所收《解尚书表》，我们看，检讨何其深刻动人："昔桓玄之世，诚复驱迫者众。至于愚臣，罪实深矣，进不能见危授命，忘身殉国；退不能辞粟首阳，拂衣高谢。遂乃宴安昏宠，叨昧伪封，锡文篡事，曾无独固。名义以之俱沦，情节自兹兼挠。宜其极法，以判忠邪。"分明是自己弃郡而投，却含含糊糊说是被逼迫的，信笔曲直，暗中自辩。此外，对于桓谦来说，父亲桓冲在荆楚一带民望甚高，所以桓玄或许多少有些嫉恨，故有此扬殷贬谦的话。

规箴第十

规箴，并列式双音词。规，规劝，劝诫。箴，本义是缝衣的工具。引申把针灸治病所用的针形器具也叫做箴。人有了过失就像是身体有了病，需要治，所以又引申出规谏、告诫的意思来。《书·盘庚上》："无或敢伏小人之攸箴。"唐陆德明《经典释文》引汉马融说："箴，谏也。"规、箴，同义连文，也就是对他人进行规劝、匡正，使对方能够改正错误。

本门共二十七则，其中不乏臣下对皇帝的劝谏，东方朔的智慧、陆凯忧国忧民的忠诚、卫瓘的耿直、晋元帝的从善如流都使人印象深刻，京房"将恐今之视古，亦犹后之视今也"的名言更是振聋发聩。谢混对桓玄的抗争义正辞严，桓道恭腰缠绵绳而以柔克刚，孔岩劝王羲之慎友谊之始终，也都从不同角度展示了诤言耿耿。其中最精彩的是王衍妻子郭氏的贪婪悍妇形象，以钱绕床的搞笑，王衍"举却阿堵物"的无奈，以及郭氏要棒打小叔子王澄，王澄跳窗逃走，真是令人哭笑不得。还有慧远法师鞭策弟子的情景，"弟子中或有堕者，远公曰：'桑榆之光，理无远照，但愿朝阳之晖，与时并明耳。'执经登坐，讽诵朗畅，词色甚苦。"悲壮慷慨，令人热血沸腾。

规箴1

汉武帝乳母尝于外犯事①，帝欲申宪②，乳母求救东方朔③。朔曰："此非唇舌所争，尔必望济者④，将去时，但当屡顾帝⑤，慎勿言，此或可万一冀耳⑥。"乳母既至，朔亦侍侧，因谓曰："汝痴耳！帝岂复忆汝乳哺时恩邪！"帝虽才雄心忍⑦，亦深有情恋⑧，乃凄然愍之⑨，即敕免罪。

【注】

①汉武帝：即刘彻（前156—前87）。景帝子。承文景之治，内行改革，外施强兵，开疆拓土。在位五十四年，为前汉极盛时期。《史记》卷12、《汉书》卷6有纪。

②申宪：依法处置。

③东方朔（前154—前93）：字曼倩，汉平原厌次（今山东惠民东北）人。为人滑稽多智，甚得武帝亲幸，官至太中大夫。著有《答客难》《非有先生论》等。《史记》卷126、《汉书》卷65有传。

④济：成，成功。

⑤顾：回头看。

⑥冀：希望。

⑦心忍：心狠。

⑧情恋：情感。

⑨愍：可怜。

【译】

　　汉武帝的乳母曾经在宫外干了违法的事，武帝准备依法惩治，乳母向东方朔求救。东方朔说："这不是靠言辞能够争辩的，你如果一定想有救的话，将要离开时，只要频频回头看皇帝，一定不要开口说话，这或许还有万分之一的希望。"乳母已经到了，东方朔也在武帝旁边伺候，于是对乳母说："你傻啊！皇帝哪还能记得你给他哺乳时的恩情呢！"武帝虽雄才盖世且心地残忍，但还是对乳母有很深的感情，于是伤感地怜悯乳母，就下令免除了乳母的罪过。

【评鉴】

　　此本武帝时倡优郭舍人事，见《史记·滑稽列传》。武帝乳母的子孙和奴仆在长安城中横行霸道，拦路劫人车马，夺人衣服，武帝知道后却不忍心绳之以法。有司欲按法处置，将乳母全家迁往边疆，郭舍人便玩了一出感情牌申救。因为东方朔名声大，《西京杂记》将此事移于东方朔身上。《世说》又采录《西京杂记》。此类现象非唯《世说》如此，各类典籍中多见。此则列为"规箴"，虽然东方朔巧施计策救了乳母，但不免以感情践踏了法律，古称王子犯法与庶民同罪，而此则曲法徇情，实无可取。不过，《世说》本为小说，此但取其趣味睿智，也就比较随意了。

规箴2

　　京房与汉元帝共论①，因问帝："幽、厉之君何以亡②？所任何人？"答曰："其任人不忠。"房曰："知不忠而任之，何邪？"曰："亡国之君各贤其臣，岂知不忠而任之？"房稽首曰③："将恐今之视古，亦犹后之视今也。"

【注】

①京房（前77—前37）：字君明，西汉东郡顿丘（今河南清丰西南）人。本姓李，因好音律，推律自定为京氏。汉元帝时立为博士，屡次上疏论政事得失。《汉书》卷75有传。汉元帝：即刘奭（前75—前33）。宣帝子。喜儒术，不好刑名，多才艺，为人柔懦。在位时宦官用事，皇权式微，西汉由此衰落。《汉书》卷9有纪。

②幽：指周幽王（？—前771）。周宣王子。不恤民情，宠爱褒姒，滥用武力。申侯联合缯、犬戎攻周，杀之于骊山。谥幽。厉：指周厉王（？—前828）。周夷王子。暴虐好利，又禁止国人议论，引发国人暴动。王狼狈出逃，后死于彘。谥厉。后以"幽厉"合称，作为昏暴之君的典型。事见《史记·周本纪》。

③稽（qǐ）首：古代一种最恭敬的跪拜礼，叩头至地。

【译】

　　京房和汉元帝在一起谈论，趁机问元帝："周幽王、周厉王那类国君为什么会败亡？他们任用的是什么人？"元帝回答说："他们任用的人对他们不忠诚。"京房说："知道不忠却要任用，是为什么？"元帝回答说："亡国的君主都认为自己的臣子是贤能的，哪有知道不忠还会任用呢？"京房叩头说："恐怕当今看古代的情况，也会像后世看当今一样。"

【评鉴】

　　将恐今之视古，亦犹后之视今也。这是历史经验的经典总结。唐太宗李世民曾引用过京房的这句话，《贞观政要·任贤》："太常卿韦挺尝上疏陈得失，太宗赐书曰：'所上意见，极是谠言，辞理可观，甚以为慰。……卿之深诚，见于斯矣。若能克全此节，则永保令名，如其怠之，可不惜也。勉励终始，垂范将来，当使后之视今，亦犹今之视古，不亦美乎！'"唐太宗对韦挺指陈政事得失予以勉励，并希望成为后世的典范。

规箴3

　　陈元方遭父丧①，哭泣哀恸②，躯体骨立③。其母愍之，窃以锦被蒙上。郭林宗吊而见之④，谓曰："卿海内之俊才，四方是则⑤，如何当丧⑥，锦被蒙上？孔子曰：'衣夫锦也，食夫稻也，于汝安乎⑦？'吾不取也。"奋衣而去⑧。自后宾客绝百所日⑨。

【注】

①陈元方：即陈纪。纪字元方。

②哀恸：悲痛至极。

③骨立：形容消瘦到极点，只剩骨架。

④郭林宗：即郭泰。泰字林宗。

⑤是则：犹言则之。作为楷模。

⑥当丧：居丧，守丧。

⑦"衣夫锦也"几句：语出《论语·阳货》："食夫稻，衣夫锦，于女安乎？"稻，

古代北方以稻为贵，居丧期间不食用。

⑧奋衣：拂袖。表示激愤。

⑨百所：犹言百许。所，表示约数，在某一数目左右。

【译】

　　陈纪的父亲去世了，陈纪哭泣哀痛，浑身瘦得只剩下一把骨头。他的母亲可怜他，悄悄地把锦缎被子盖在他身上。郭泰去吊丧看见了，对他说："你是天下的俊才，是四方人士的楷模，为什么在守丧时还盖着锦缎被子？孔子说：'穿着那锦缎衣服，吃着那稻米，你能安心吗？'我看不上你这行为。"拂袖而去。从这以后宾客不上门吊丧有一百多天。

【评鉴】

　　从余嘉锡笺可知，此事的主人公有两说，一为傅信，一为陈纪。也许是因为陈纪名声大于傅信，这故事又嫁接在陈纪身上。古人守丧时不吃甘美的食物，不听音乐，不求居处安适，而陈纪守父丧身覆锦被，郭林宗认为他坏了礼法，让天下人失望。虽然陈纪是蒙受了冤枉，但这则故事也告诉我们，人生行事当循法守礼，爱惜自己的羽毛。

规箴4

　　孙休好射雉①，至其时，则晨去夕反，群臣莫不止谏②："此为小物，何足甚耽③！"休曰："虽为小物，耿介过人④，朕所以好之。"

【注】

①孙休（235—264）：字子烈，孙权第六子。初封琅邪王，吴太平三年（258），孙綝废孙亮为会稽王，迎休即帝位。谥景皇帝。《三国志》卷48有传。雉：野鸡。

②止谏：谏止。

③耽：沉溺。

④耿介：正直，有节操。

【译】

孙休喜欢射雉，每到射猎季节，就早晨去傍晚才回来，百官没有不劝阻他的："这是个小东西，哪里值得过于沉迷！"孙休说："虽然是小东西，但它比人还正直守节，这就是我喜欢它的原因。"

【评鉴】

射雉的历史源远流长，《周易》中便有记载，汉魏之后尤为时尚。曹操喜射雉，尝于南皮一日而获六十三头。曹丕喜射雉，辛毗曾劝谏，遂有所收敛。孙权亦喜射雉，因潘濬劝谏而戒掉。

孙休好学，锐意典籍，执政也差强人意。《三国志·吴书·三嗣主传》："休锐意于典籍，欲毕览百家之言，尤好射雉，春夏之间，常晨出夜还，唯此时舍书。"此事不免给自己留下了污点。群臣以为射雉有碍政事，但孙休却在群臣面前掉书袋说出这番可笑的话来，云雉"耿介过人，所以好之"。休之所言，出自《诗·邶风·雄雉》："雄雉于飞，泄泄其羽。"《韩诗章句》云："雉，耿介之鸟也。"《仪礼·士相见礼》："挚，冬用雉。"说士与士初次相见时的见面礼，在冬天要用雉。

郑玄注："士挚用雉者，取其耿介，交有时，别有伦也。"虽然，雉之耿介有典，喜其耿介也无可厚非，但既喜其耿介，而又忍心射杀，且乐此不疲，岂不荒唐，从而留下了一个拒谏饰非的笑话。《三国志》始记其事，《吴纪》《世说》等再加渲染，孙休的形象因而打了折扣。

规箴5

　　孙皓问丞相陆凯曰[①]："卿一宗在朝有几人[②]？"陆曰："二相、五侯、将军十余人。"皓曰："盛哉！"陆曰："君贤臣忠，国之盛也；父慈子孝，家之盛也。今政荒民弊，覆亡是惧[③]，臣何敢言盛！"

【注】

①孙皓：三国吴最后一帝，孙权孙，孙和子。陆凯（198—269）：字敬风，三国吴郡吴县（今江苏苏州）人，陆逊族子。为人忠壮质直，节概梗梗。累迁征北将军、镇西大将军，进封嘉兴侯。吴宝鼎元年（266）迁左丞相。《三国志》卷61有传。

②宗：家族

③覆亡：灭亡。

【译】

　　孙皓问丞相陆凯说："你们家族在朝做官的有多少人？"陆凯说："两个丞相、五个侯爵、十多个将军。"孙皓说："昌盛啊！"陆凯说："皇帝贤明臣子忠诚，是国家的昌盛；父亲慈爱儿子孝顺，是家庭的昌盛。如今政事荒废民生凋敝，担心的是国家的灭亡，臣下哪敢说什么昌盛啊！"

【评鉴】

孙皓暴虐非常，臣下多不敢进献忠言。陆凯身处危朝，屡屡上疏，其间无不是金玉良言，如："臣闻有道之君，以乐乐民；无道之君，以乐乐身。乐民者其乐弥长，乐身者不久而亡。夫民者，国之根也。诚宜重其食，爱其命，民安则君安，民乐则君乐。"再如，当时佞臣何定谄媚逢迎，颇受宠幸，陆凯当面斥责他说："卿见前后事主不忠，倾乱国政，宁有得以寿终者邪！何以专为佞邪，秽尘天听？宜自改厉，不然，方见卿有不测之祸矣。"可惜忠臣铮铮之言，昏君佞臣却听不进去，终至败亡。

规箴6

何晏、邓飏令管辂作卦①，云："不知位至三公不？"卦成，辂称引古义，深以戒之。飏曰："此老生之常谈②。"晏曰："知几其神乎③，古人以为难；交疏吐诚④，今人以为难。今君一面，尽二难之道，可谓'明德惟馨⑤'。《诗》不云乎：'中心藏之，何日忘之⑥！'"

【注】

①邓飏（yáng）：字玄茂，历任颍川太守、侍中尚书。为人浮华贪贿，司马懿杀曹爽夺权时，与何晏等并被诛。管辂（lù）：字公明，平原（今山东平原西南）人，三国魏术士。好天文，精通《易》和占卜。官至少府丞。《三国志》卷29有传。

②老生之常谈：老书生常讲的话。

③知几（jī）：预知事之几微。谓因小而可以知大。语出《易·系辞下》："子曰：'知几其神乎！君子上交不谄，下交不渎，其知几乎！'"几，隐微，事物的迹象、先兆。

④交疏吐诚：交情疏远却能吐露真诚。

⑤明德惟馨：只有光明的德行才能香气远播。语见《左传·僖公五年》引《周书》："黍稷非馨，明德惟馨。"

⑥"中心藏之"二句：谓思念之情藏于心里，哪有一天能忘记。语出《诗·小雅·隰桑》。

【译】

何晏、邓飏叫管辂卜卦，说："不知道我们能不能做到三公？"卜卦完成后，管辂援引古书中的义理，深切地劝诫他们。邓飏说："您这些是老书生常讲的话了。"何晏说："事前能看出细微的征兆那就是神妙，古人认为这很难；交往不深而能吐露真诚，今人认为很难。今天和您一次会面，您两难都做到了，可以说是'光明的德行才能香气远播'。《诗经》不是说吗：'藏在心里，哪有一天会忘记呢！'"

【评鉴】

管辂能预见事机，给何、邓之流正言规劝。比较而言，何晏比邓飏高明得多，也认识到前程的危险，可惜依旧没能急流勇退，结果被司马氏诛杀。何晏从小聪明过人，《三国志》载："少以才秀知名，好老、庄言，作《道德论》及诸文赋著述凡数十篇。"然而其人品却有问题，裴松之注引《魏氏春秋》曰："初，宣王使晏与治爽等狱。晏穷治党与，冀以获宥。宣王曰：'凡有八族。'晏疏丁、邓等七姓。宣王曰：'未也。'晏穷急，乃曰：'岂谓晏乎？'宣王曰：'是也。'乃收晏。"何晏本为曹魏亲戚，曹爽死党，他为了活命疯狂反噬，穷治曹爽党羽，希望以此而获生。不料司马懿心狠手辣，务必斩草除根，何晏也同样落得身送东市的下场。

规箴7

晋武帝既不悟太子之愚①，必有传后意，诸名臣亦多献直言。帝尝在陵云台上坐②，卫瓘在侧③，欲申其怀，因如醉，跪帝前，以手抚床曰："此坐可惜！"帝虽悟，因笑曰："公醉邪？"

【注】

①太子：指后来继位的惠帝司马衷。

②陵云台：在洛阳，魏文帝曹丕所建，今不存。事见《三国志·魏书·文帝纪》。《巧艺》第二则刘孝标注引《洛阳宫殿簿》曰："陵云台上壁，方十三丈，高九尺；楼方四丈，高五丈；栋去地十三丈五尺七寸五分也。"

③卫瓘：字伯玉。晋武帝时官至司空。

【译】

晋武帝不明白太子的愚蠢，有一定要传位给太子的意思，朝中的名臣们也多直言进谏。武帝曾经在陵云台上闲坐，卫瓘在他旁边，想要申明自己的想法，于是像喝醉似的，跪在武帝面前，用手抚摸着武帝的坐榻说："这座位可惜啊！"武帝虽然明白了，却笑着说："你醉了吧?"

【评鉴】

　　《世说》与《晋阳秋》所记略同。除卫瓘之忠谏外,和峤、张华等亦竭尽忠言。无奈武帝被荀勖、冯纨等所愚弄,放弃了齐王而立惠帝,致使天下大乱,晋室分崩,卫瓘、张华最后也分别死于贾氏、赵王伦之手。不过,卫瓘之被冤杀,或是天理昭彰? 初,邓艾与锺会伐蜀,锺会反,卫瓘击杀锺会,又遣护军田续杀邓艾父子。《晋书·卫瓘传》云:"(杜预)言于众曰:'伯玉(卫瓘字)其不免乎! 身为名士,位居总帅,既无德音,又不御下以正,是小人而乘君子之器,当何以堪其责乎?'"杜预认为卫瓘杀邓艾是下作的行为,恐怕将为之付出代价,遭到报应。

规箴8

　　王夷甫妇,郭泰宁女①,才拙而性刚②,聚敛无厌,干豫人事③。夷甫患之而不能禁。时其乡人幽州刺史李阳④,京都大侠,犹汉之楼护⑤,郭氏惮之。夷甫骤谏之⑥,乃曰:"非但我言卿不可,李阳亦谓卿不可。"郭氏小为之损⑦。

【注】

①郭泰宁:即郭豫。豫字泰宁,晋太原(今山西太原西南)人。仕至相国参军,有令名。早卒。

②才拙:才能低下。性刚:性情刚愎。

③人事：政事。

④李阳：字景祖，晋高平（今山东巨野）人。性游侠。武帝时为幽州刺史。

⑤楼护：字君卿，西汉齐地人。为人短小精辩，议论常依名节。与谷永皆为五侯上客，时长安号曰"谷子云笔札，楼君卿唇舌"。后依附王莽，封息乡侯，位列九卿。《汉书》卷92有传。

⑥骤：屡次，频频。

⑦损：收敛。

【译】

　　王衍的妻子，是郭豫的女儿，才能低下而性情刚愎，搜刮财货没有满足的时候，还喜欢干预政事。王衍很为难但又没法制止。当时他的同乡幽州刺史李阳，是京都的大侠客，名声行径就像汉代的楼护，郭氏很怕他。王衍屡屡劝说郭氏，就说："不只是我说你不能这样，就是李阳也说你不能这样。"郭氏因此才稍微有所收敛。

【评鉴】

　　此则列入《规箴》有些搞笑，王夷甫位极人臣，名扬天下，却不能很好地约束妻子，竟至于称引大侠吓唬她。

规箴9

　　王夷甫雅尚玄远①，常嫉其妇贪浊②，口未尝言"钱"字。妇欲试之，令婢以钱绕床，不得行。夷甫晨起，见钱阂行③，呼婢曰："举却阿堵物④！"

【注】

①玄远：犹玄虚。玄妙高远。

②贪浊：贪婪污浊。谓其妻聚敛无度。

③阂（hé）：阻碍。

④阿堵：这，这个。

【译】

　　王衍一向崇尚玄妙高远，常讨厌他的妻子贪婪污浊，他口中从来不说"钱"字。妻子要测试他，叫奴婢用钱把床围起来，没法行走。王衍早上起床，见钱妨碍他走路，于是叫奴婢说："把这些东西拿开！"

【评鉴】

　　刘孝标注引王隐《晋书》曰："夷甫求富贵得富贵，资财山积，用不能消，安须问钱乎？而世以不问为高，不亦惑乎！"王隐《晋书》直斥王衍矫情，有何清高可言！王衍出身名门，资财山积，何须问钱。刘孝标注引此，也表明了这一条列为"规箴"不合适的态度。规箴谁呢？从《世说》的故事归类我们也可以看到，《世说》是小说，吸引读者的动因决定了其趣味性、可读性的追求，加之其书出自众手，认识上也会有差异，有时出现分类不当的现象也就不足为奇了。

规箴10

　　王平子年十四五①，见王夷甫妻郭氏贪欲②，令婢路上儋粪③。平子谏之，并言不可。郭大怒，谓平子曰："昔夫人临终④，以小郎嘱新妇^⑤，不以新妇嘱小郎。"急捉衣裾^⑥，将与杖^⑦。平子饶力^⑧，争得脱，逾窗而走。

【注】

①王平子：即王澄。澄字平子，王衍异母弟。

②贪欲：贪婪，求取无休止。

③儋："担"的古字。

④夫人：指王澄的母亲。

⑤小郎：妇人称丈夫之弟。俗语称小叔子。新妇：已婚妇女自称。

⑥衣裾：衣襟。

⑦与杖：用棍子打。

⑧饶力：多力，力气大。

【译】

　　王澄十四五岁时，见王衍妻子郭氏贪婪，叫奴婢担粪到路上去卖。王澄劝阻郭氏，并论说不要这样做的道理。郭氏大怒，对王澄说："当初老夫人临终的时候，是把你托付给我，不是把我托付给你。"一把抓住王澄的衣襟，就要棒打王澄。王澄力气很大，挣脱了，翻过窗子跑了。

【评鉴】

　　富可敌国的王衍家，其妻郭氏却悭吝到如此地步，居然为了省几个佣钱叫自家奴婢担粪去路上卖，这的确是有伤大雅而会被人们嘲笑的事。作为小叔子的王澄，觉得太丢王家的脸了，于是善意劝阻郭氏。

谁知这郭氏立马翻脸，泼辣和彪悍形神毕现，先是责骂，而后还要打小叔子，幸好王澄力气大，才免掉了一顿暴打。"平子饶力，争得脱，逾窗而走"，这挣脱、翻窗一气呵成。《世说》语言传神有趣，这则堪称精彩。

规箴11

元帝过江犹好酒^①，王茂弘与帝有旧^②，常流涕谏，帝许之，命酌酒一酣^③，从是遂断。

【注】

①元帝：指司马睿。司马睿永嘉初用王导计镇建邺，平定江东。

②王茂弘：即王导。导字茂弘。

③一酣：犹言一醉。痛饮一次。

【译】

　　元帝过江后仍然爱喝酒，王导和元帝是旧交，常常流着泪劝谏，元帝答应戒掉，命人斟酒，痛快地喝了一次，从此就戒了。

【评鉴】

　　王导对元帝的忠诚感人至深，劝元帝戒酒而竟至于流涕，而元帝亦能虚心纳谏，一酣而断，何等气概！比较前文孙休的拒谏，元帝不愧中兴之主。

规箴12

　　谢鲲为豫章太守，从大将军下至石头①。敦谓鲲曰："余不得复为盛德之事矣！"曰："何为其然？但使自今已后，日亡日去耳②。"敦又称疾不朝，鲲谕敦曰："近者明公之举，虽欲大存社稷，然四海之内，实怀未达。若能朝天子，使群臣释然，万物之心于是乃服。仗民望以从众怀，尽冲退以奉主上③，如斯则勋侔一匡④，名垂千载。"时人以为名言。

【注】

①石头：即石头城。故址在今南京石头山后。

②日亡日去：犹言日复一日。《资治通鉴·晋纪十四》胡三省注："言日复一日，浸忘前事，则君臣猜嫌之迹亦日去耳。"

③冲退：谦虚退让。

④侔：相等，齐同。一匡：指辅佐君王、匡正天下之功。代指管仲的功业。语出《论语·宪问》："管仲相桓公，霸诸侯，一匡天下。"

【译】

　　谢鲲做豫章太守，跟从大将军王敦顺江而下到了石头城。王敦对谢鲲说："我不能再做辅佐君王安定天下的盛德之事了！"谢鲲说："怎么会是您说的那样？只要从现在开始，一天天消除君臣间的嫌隙就行了。"王敦又声称有病不上朝，谢鲲开导王敦说："近来明公的举动，虽然是想努力让国家更好，但四海之内，您的心意还没能使大家都明白。假如您能朝见天子，让朝臣们的疑虑消除，万民才能心悦诚服。

倚仗民望而顺从众心，竭尽谦虚退让来侍奉皇帝，像这样的话您的勋业就可以与匡正天下的管仲相等，您的英名也会流传千载。"当时人们认为谢鲲的话是至理名言。

【评鉴】

谢鲲虽然在行为上放浪不羁，挑逗邻家女而被女子用织梭打断了牙齿，但是他在大是大非面前能够守正，身处变乱而能够从容面对，言语耿耿，苦口婆心。虽然没有成功阻止王敦的悖逆，但是在风节上也算得上是忠臣楷模。

规箴13

元皇帝时，廷尉张闿在小市居①，私作都门②，蚤闭晚开③。群小患之④，诣州府诉，不得理；遂至挝登闻鼓⑤，犹不被判。闻贺司空出⑥，至破冈⑦，连名诣贺诉。贺曰："身被征作礼官⑧，不关此事。"群小叩头曰："若府君复不见治⑨，便无所诉。"贺未语，令："且去，见张廷尉当为及之。"张闻，即毁门，自至方山迎贺⑩，贺出见辞之曰⑪："此不必见关⑫，但与君门情⑬，相为惜之。"张愧谢曰："小人有如此，始不即知，蚤已毁坏。"

【注】

①张闿（kǎi）：字敬绪，晋丹杨（治今江苏南京）人，吴丞相张昭曾孙。因讨苏峻有功，以尚书加散骑常侍，赐爵宜阳伯。迁廷尉，以疾解职，拜金紫光禄大夫。《晋书》卷76有传。小市：小集市，小市场。

②都门：都城中里巷的门。

③蚤：通"早"。

④群小：指普通百姓。

⑤挝（zhuā）：敲击。登闻鼓：古代帝王为听取谏议或冤情而悬鼓朝堂外，许臣民击鼓上闻。其事起于上古，而登闻鼓之名始于魏晋。

⑥贺司空：指贺循。元帝时追赠司空，故称。

⑦破冈：即破冈渎，三国吴时期开凿的水道。

⑧身：我。

⑨见治：犹言过问这事。见，指代作都门事。

⑩方山：山名，在今江苏南京江宁区东南。

⑪贺出见辞之曰：余嘉锡笺："'贺出见辞之曰'，唐写本作'贺公之出辞见之曰'，'公之'二字当是衍文。'出辞见之'者，以群小诉词示阖也。今本'辞见'二字误倒。"今依余笺，译文按"贺出辞见之曰"。

⑫见关：关涉我。见，指代我。

⑬门情：犹言世交。李慈铭云："案循祖齐为吴将军，与张昭交善，故云门情。"

【译】

　　元帝时，廷尉张闿在小市居住，私自修建了里巷的大门，早闭晚开。百姓们感到很不方便，于是到州府去申诉，州府不受理；于是到朝堂外去敲击登闻鼓，还是没能得到解决。百姓们听说贺循外出，到了破冈渎，就联名到贺循那儿申诉。贺循说："我被任命为礼官，这事与我无关。"百姓们叩头说："假如府君您也不管这事，我们就找不到申诉的地方了。"贺循没说别的话，只是下令："暂且回去，我见到张廷尉将为大家提及这事。"张闿听说了，就把门拆掉，亲自到方山迎接贺循，贺循把百姓的诉词拿出来给他看，说："这事本来和我无关，只是因为我家和你家是世交，为你爱惜名声。"张闿惭愧地道歉说："下人们这样做的，开始时我不知道，早已经拆了。"

【评鉴】

《晋书·贺循传》："廷尉张闿住在小市，将夺左右近宅以广其居，乃私作都门，早闭晏开，人多患之。"较之《世说》来龙去脉更为清楚，张闿修都门，是为豪夺民宅做准备。因为畏惮贺循的名声地位，急忙拆除了，但心中未必舒服。不得已去迎接贺循，解释自己错误的原因是"下人"做的。贺循当然知道张闿并未释然，于是诚意开导，"门情"这一句话非常艺术，其背景是张闿曾祖父张昭与贺循祖父贺齐交好，这样说不至与张闿结怨，反而使他惭愧。这也可见贺循的老练机变。

规箴14

郗太尉晚节好谈①，既雅非所经②，而甚矜之③。后朝觐④，以王丞相末年多可恨⑤，每见必欲苦相规诫。王公知其意，每引作他言。临还镇，故命驾诣丞相，翘须厉色，上坐便言："方当乖别⑥，必欲言其所见。"意满口重⑦，辞殊不流⑧。王公摄其次⑨，曰："后面未期，亦欲尽所怀，愿公勿复谈！"郗遂大瞋⑩，冰衿而出⑪，不得一言。

【注】

①郗太尉：指郗鉴。因平刘徵功进位太尉，故称。晚节：晚年。

②所经：擅长的，熟练的。

③矜：自负，自得。

④朝觐：臣子朝见君主。春见曰朝，秋见曰觐。后来泛指朝见。

⑤可恨：使人遗憾。谓不当，欠妥。

⑥乖别：分别。

⑦意满口重：心里想说的很多而口齿不灵便。重，重滞，笨拙。

⑧辞殊不流：谓言辞很不流畅。

⑨摄其次：截断了后边的话。

⑩瞋：恼怒。

⑪冰衿：板着脸。形容生气恼怒的样子。衿，唐写本作"矜"。

【译】

　　郗鉴晚年喜欢谈论，这向来不是他擅长的，他却很以此自负。后来去朝见皇帝，因为王导晚年做了很多让人遗憾的事，每次郗鉴见了王导都一定要苦苦规劝告诫。王导知道他的意思，总是把话题引开。到了要回镇戍之地时，郗鉴特地命人驾车前去拜会王导，翘着胡须板着面孔，一坐下就说："我将要和你分别，一定要说说我的想法。"想说的话很多而嘴又不利索，言辞很不流畅。王导截断他的话，说："我们再见面不知什么时候，我也要畅述心怀，希望你不要再说了！"郗鉴于是大为恼怒，铁青着脸走了出去，一句话也没说成。

【评鉴】

　　王导早年辅佐元帝，励精图治，颇见气象，不愧中兴名相。历相三君，多有建树。晚年则政务宽恕，事从简易，人以为"愦愦"（《政事》15），即此则所谓"多可恨"。郗鉴本欲有所规劝，而王导却不以为然，不愿听其意见。此则故事即记载当时二人交流的情景。

此处"摄其次"语，多不得其解。其实，这里关键是一个"摄"字的解读。摄，《说文·手部》："引持也。"段玉裁注："谓引进而持之也。"由此引申而指拿过来、接过来。放在文中，其实就是指直接截断了郗鉴的话。因为郗鉴"晚节好谈"，但"雅非所经"，即不是自己擅长的，所以也就"意满口重，辞殊不流"，要表达的意思很多，但口齿又不免笨拙了些，所以话很不流畅。这八个字非常形象地刻画出郗鉴当时情绪激动而表达效果欠佳的状态。王导很不耐烦，直接截断了他的话。郗鉴十分恼怒，冷着脸就离开了。

规箴 15

王丞相为扬州①，遣八部从事之职②。顾和时为下传还③，同时俱见，诸从事各奏二千石官长得失④，至和独无言。王问顾曰："卿何所闻?"答曰："明公作辅，宁使网漏吞舟⑤，何缘采听风闻，以为察察之政⑥?"丞相咨嗟称佳，诸从事自视缺然也⑦。

【注】

①王丞相：指王导。为扬州：谓王导做扬州刺史时。

②八部从事：州刺史的属官。《资治通鉴·晋纪十二》："（太兴元年夏四月）导遣八部从事行扬州郡国。"胡三省注："扬州时统丹阳、会稽、吴、吴兴、宣城、东阳、临海、新安八郡，故分遣部从事八人。"

③下传：指顾和作为八部从事之一乘坐驿车到下面视察。传，传车，驿车。此

作动词，乘驿车。

④二千石：指所察八郡的郡守。郡守俸禄为二千石。

⑤网漏吞舟：网目稀疏，能漏掉吞舟的大鱼。喻法令宽松，容许有大奸巨猾
　漏网。

⑥察察之政：烦琐苛细的政令。语本《老子》第五十八章："其政察察，其民
　缺缺。"

⑦缺然：有所欠缺的样子。

【译】

　　王导做扬州刺史时，派八部从事到职督察。顾和当时也做从事督察归来，和其他从事一起进见王导，其他从事各自禀告郡守的施政得失，到顾和汇报时唯独没话说。王导问顾和说："你有什么听闻？"顾和回答说："明公做宰辅，宁愿让网漏掉吞舟的大鱼，为什么要去采听风言传闻，来推行严苛琐碎的政令呢？"王导赞叹称好，其他从事都自己感觉比顾和差了一些。

【评鉴】

　　永嘉之乱，五马渡江，晋室寄身江南，立足未稳，凡事皆属草创。考王导拜扬州刺史时，元帝尚未登基，天下兵戈时起，人心尚未尽附，而南北士族也是各怀鬼胎，权利暗逐。王导为扬州刺史，职责所在，需了解所属郡的情况，故派从事巡行各郡，督察地方要务。顾和本出自江南大姓，祖辈皆仕于吴，其族叔顾荣更是元帝股肱之臣。顾和对于江南时势，既有家族与地域的得天独厚的认知，而他本身又有比较出色的政治素养，王导曾称赞他"珪璋特达，机警有锋，不徒东南之

美，实为海内之俊"（《晋书·顾和传》）。顾和明白当时的形势只能是包容安抚，不可太过认真，否则会激发矛盾，酿出事端，故有以上对王导的一番劝谏。其他从事听了顾和的见解，也都心悦诚服。

规箴16

苏峻东征沈充①，请吏部郎陆迈与俱②。将至吴，密敕左右③，令入阊门放火以示威④。陆知其意，谓峻曰："吴治平未久，必将有乱；若为乱阶⑤，请从我家始。"峻遂止。

【注】

①苏峻东征沈充：晋明帝太宁二年（324）王敦反，沈充率军响应王敦，苏峻奉命征讨沈充。沈充，字士居，晋吴兴武康（今浙江德清）人。王敦曾以充为参军。与敦密谋反叛，后为旧部吴儒所杀。《晋书》卷98有传。

②陆迈：字功高，晋吴郡（治今江苏苏州）人。器识清敏。累迁振威太守、尚书吏部郎。

③敕：吩咐，命令。

④阊门：苏州城西门，春秋时吴王阖闾始建。

⑤乱阶：祸端，祸根。

【译】

苏峻东征沈充，请吏部郎陆迈和自己同行。将要到吴郡时，暗中命令手下人，叫他们进入阊门时就放火以显示军威。陆迈知道了他的用意，对苏峻说："吴郡安定太平时间还不长，必定还会有祸乱；假如你要制造祸乱，就请从我家开始。"苏峻也就停止了。

【评鉴】

王敦作乱，沈充为其爪牙，苏峻当时受命征讨沈充。陆迈有识见，有眼力，知苏峻是不安分守己的人，最终不会循守臣节，故其劝谏语既慷慨悲壮，同时也是在敲打苏峻做事当留分寸。苏峻也听出了陆迈的弦外之音，为之停止恶行。陆迈可敬。

规箴17

陆玩拜司空^①，有人诣之，索美酒，得，便自起泻著梁柱间地^②，祝曰："当今乏才，以尔为柱石之用，莫倾人栋梁。"玩笑曰："戢卿良箴^③。"

【注】

①陆玩：字士瑶，少有美名，器量弘雅。以平苏峻之乱功封兴平伯。《晋书·成帝纪》："（咸康）六年春正月……辛亥，以左光禄大夫陆玩为司空。"

②泻：倾倒。

③戢（jí）：收藏。特指敛藏于心，牢记。良箴：有益的劝诫。

【译】

陆玩被任命为司空，有人去拜会他，向他要美酒，得到了酒，这人就起身将酒倒在梁柱间的地下，祝祷说："现今缺乏良材，用你来做柱石，可不要让人家的栋梁倾倒了。"陆玩笑着说："我记住你的良箴了。"

【评鉴】

刘孝标注引《玩别传》云："是时王导、郗鉴、庾亮相继薨殂，朝野忧惧，以玩德望，乃拜司空。玩辞让不获，乃叹息谓朋友曰：'以我为三公，是天下无人矣。'时人以为知言。"由刘注可知，陆玩拜为司空，并不是因为他有多么出众的才能，而是因为德高望重。而陆玩也有自知之明，面对戏调，能笑而不怒，至少算是有做三公的肚量，亦不失为贤人。

规箴18

小庾在荆州①，公朝大会，问诸僚佐曰②："我欲为汉高、魏武③，何如？"一坐莫答。长史江虨曰④："愿明公为桓、文之事⑤，不愿作汉高、魏武也。"

【注】

①小庾：指庾翼。庾亮兄弟五人，翼最小，故称。在荆州：指在荆州刺史任上。兄庾亮死，翼为荆州刺史。

②僚佐：僚属，部下。

③汉高：即汉高祖刘邦（前256—前195）。邦字季，秦末沛县丰邑（今江苏丰县）人。初为泗上亭长，后起兵于沛，号沛公。受楚义帝令，与项羽分兵入关破秦。项羽入关，徙邦为汉王。继与项羽于荥阳、成皋间争战五年。项羽败死，即帝位，国号汉。《史记》卷8、《汉书》卷1有纪。魏武：即魏武帝曹操。其子丕代汉称帝后尊为武帝。

④江虨（bīn）：字思玄，江统之子。时为庾翼长史。

⑤明公：尊称上司或地位尊显者。桓、文：指齐桓公和晋文公。

【译】

　　庾翼在荆州刺史任上时，一次在官署大会上，他问僚属们说："我想做汉高祖、魏武帝那样的人，怎么样？"满座没有人回答。长史江虨说："希望明公成就齐桓公、晋文公那样的功业，不希望您做汉高祖、魏武帝那样的人。"

【评鉴】

　　宋明帝《文章志》认为庾翼的话是传闻不实："庾翼名辈，岂应狂狷如此哉？时若有斯言，亦传闻者之谬矣。"言之有理。庾翼与王敦、桓温之类不同，王、桓是野心家，而庾翼是一向能恪守臣节、尽心国事的。明锺惺曾经评价说："东晋旷识不怵于虚名者，惟陶侃、卞壶、庾翼数人。"

规箴19

　　罗君章为桓宣武从事①，谢镇西作江夏②，往检校之③。罗既至，初不问郡事，径就谢数日饮酒而还。桓公问："有何事？"君章云："不审公谓谢尚何似人④？"桓公曰："仁祖是胜我许人⑤。"君章云："岂有胜公人而行非者，故一无所问。"桓公奇其意而不责也。

【注】

①罗君章：即罗含。含字君章。桓宣武：即桓温。死后谥号宣武，故称。从事：

州刺史的属官。

②谢镇西：指谢尚。尚穆帝时进号镇西将军，故称。时谢尚为江夏相。江夏：荆州属郡，治安陆（今湖北安陆）。

③检校：考察，视察。

④不审：不知。何似人：什么样的人。

⑤许：这样，这般。

【译】

　　罗含做桓温的从事，谢尚做江夏相，罗含前去视察。罗含到了江夏，完全不过问郡中事务，直接到谢尚府中，和谢尚喝了几天酒就回去了。桓温问："有什么事吗？"罗含说："不知道您认为谢尚是什么样的人？"桓温说："仁祖是胜过我的人。"罗含说："哪有胜过您却干坏事的人呢，所以我什么也没问。"桓公觉得罗含的见解新奇而没责备他。

【评鉴】

　　此则既表现了罗含的识见过人，同时也可以看出桓温有从善如流的美德。知人不疑，疑人不用，后来桓温北伐收复了洛阳，在给皇帝的上表中依旧举荐谢尚，认为他可以镇守中原。

规箴20

　　王右军与王敬仁、许玄度并善①，二人亡后，右军为论议更克②。孔岩诚之曰："明府昔与王、许周旋有情③，及逝没之后，无慎终之好④，民所不取。"右军甚愧。

【注】

①王敬仁：即王修。修字敬仁，王濛之子。许玄度：即许询。询字玄度。

②更克：变得苛刻。

③明府：对郡太守的尊称。王羲之曾任会稽内史，故称。周旋：交往。

④慎终：语出《论语·学而》："慎终追远，民德归厚矣。"本指居父母之丧要
恭敬虔诚，依礼尽哀。泛指能尊重和正确对待逝去的人。

【译】

　　王羲之与王修、许询都相交甚好，二人去世以后，王羲之评论二人变得苛刻起来。孔岩告诫王羲之说："您过去与王修、许询有交情，到他们去世后，却没有善始慎终的友情，这是我觉得不好的。"王羲之很惭愧。

【评鉴】

　　右军一生，声誉很高，但晚年多少有些偏执。除此外，如和王述相斗相争似也是右军责任大一些（《仇隙》5）。孔岩为右军爱惜羽毛，忠谏难得。

规箴21

　　谢中郎在寿春败①，临奔走，犹求玉帖镫②。太傅在军③，前后初无损益之言④。尔日犹云⑤："当今岂须烦此！"

【注】

①谢中郎：指谢万。因曾为西中郎将，故称。升平三年（359）谢万率师北伐
　前燕，在寿春大败，其后被废为庶人。

②玉帖镫：用玉石镶嵌的马镫。

③太傅：指谢安。

④初无：完全没有。损益：谓劝善规过。

⑤尔日：这天。

【译】

　　谢万在寿春大败，临到逃走时，还在找玉帖镫。谢安一直在军中，前后完全没有规谏是非的话语。这天也还是说："现在哪还用得着为这东西烦劳！"

【评鉴】

　　谢万善清谈，有风采，但正如王羲之的评价，他可以在朝堂上高谈阔论，参与谋议，但不宜主政一方，当然更不用说带兵从征了。此则中他的行为十分可笑，已经是狼狈逃命了，还要讲究马镫的质地。谢万这种行为，谢安心里肯定是非常痛苦的，然而对谢万的规劝依然和风细雨，不伤其脸面，"谢公融"（《品藻》84）在此则得到了非常完美的体现。这兄弟俩的为人也从这事看得出高低。参《简傲》第十四则。

规箴22

　　王大语东亭①："卿乃复论成不恶，那得与僧弥戏②？"

【注】

①王大：即王忱。王忱小字佛大，故称。东亭：即王珣，小字法护。王导之孙，
　王洽之子。以讨袁真功封东亭侯，故称东亭。

②僧弥：即王珉，珉小字僧弥。王珣之弟。

【译】

　　王忱对王珣说："对你的品评已有定论，确实不差，但怎么能和僧
弥去论高低？"

【评鉴】

　　刘孝标注引《续晋阳秋》："珉有俊才，与兄珣并有名，声出珣右。
故时人为之语曰：'法护非不佳，僧弥难为兄。'"王大即认为王珣不及
其弟王珉。王珉多才艺，尤善行书，与王献之齐名。此外，从《文学》
第六十四则亦可知王珉确有胜过其兄处。

规箴23

　　殷颙病困①，看人政见半面②。殷荆州兴晋阳之甲③，往与颙
别，涕零④，属以消息所患⑤。颙答曰："我病自当差⑥，正忧汝
患耳！"

【注】

①殷颙（yǐ）：字伯通，殷仲堪堂兄。

②政：通"正"。只。

③殷荆州：即殷仲堪。因曾为荆州刺史，故称。兴晋阳之甲：春秋时晋国荀寅、

士吉射反叛，赵鞅以清君侧之恶人为名，从晋阳起兵，以逐荀寅、士吉射。

事见《春秋公羊传·定公十三年》。此处"兴晋阳之甲"指东晋孝武帝死后，

殷仲堪与王恭、杨佺期、桓玄等人合谋，举兵讨伐晋安帝身边的尚书左仆

射王国宝。

④涕零：流泪，掉泪。

⑤属：后来写作"嘱"。叮嘱。消息：休养，调养。

⑥差（chài）：病愈。

【译】

殷颛病重，看人只能看见半边脸。殷仲堪声称清君侧而起兵，前

去与殷颛告别，流下眼泪，嘱咐他好好调养病体。殷颛回答说："我病

自然会好，只是担心你的祸患啊！"

【评鉴】

《晋书·殷颛传》："仲堪闻其病，出省之，谓颛曰：'兄病殊为可

忧。'颛曰：'我病不过身死，但汝病在灭门，幸熟为虑，勿以我为念

也。'仲堪不从，卒与杨佺期、桓玄同下。颛遂以忧卒。"较之《世说》

更为清楚。殷颛知殷仲堪必败，婉言讽谏，而仲堪不听，终至败亡。

规箴24

远公在庐山中①，虽老，讲论不辍②。弟子中或有堕者③，远公

曰："桑榆之光④，理无远照，但愿朝阳之晖，与时并明耳。"执经

登坐，讽诵朗畅，词色甚苦⑤，高足之徒⑥，皆肃然增敬。

【注】

①远公：指慧远法师。精研佛理，多有创获。为净土宗始祖。

②辍：停止。

③堕：通"惰"。懈怠。

④桑榆之光：指日落时照射在桑树和榆树上的阳光。比喻人的垂暮之年。

⑤苦：恳切，热切。

⑥高足之徒：高才疾足的弟子。犹言优秀的学生。

【译】

　　慧远法师在庐山中，年纪虽然大了，但仍然没有停止讲论佛经。弟子中有懈怠的，慧远就说："日暮时的阳光，按理说不能再远照了，只希望朝阳的光辉，随时间的推移越发明亮。"他拿着经卷登上讲坛，诵读经文的声音清亮而流畅，言词神色都很恳切，他的优秀门生，都肃然而更增敬意。

【评鉴】

　　"桑榆之光，理无远照，但愿朝阳之晖，与时并明耳。"远公此语，掷地有声，真老人嘱托晚辈之语重心长。"朝阳之晖，与时并明"，只要是努力向上，后生必然可畏。

规箴25

桓南郡好猎①，每田狩②，车骑甚盛，五六十里中，旌旗蔽隰③，骋良马，驰击若飞，双甄所指④，不避陵壑。或行陈不整⑤，麏兔腾逸⑥，参佐无不被系束。桓道恭⑦，玄之族也，时为贼曹参军⑧，颇敢直言。常自带绛绵绳著腰中，玄问："此何为？"答曰："公猎，好缚人士，会当被缚，手不能堪芒也⑨。"玄自此小差⑩。

【注】

①桓南郡：指桓玄。因袭父爵为南郡公，故称。

②田狩：狩猎，打猎。

③隰（xí）：低湿的地方。这里指原野。

④双甄：两甄，打猎或作战阵形的左右翼。

⑤行陈：军队的行列。陈，同"阵"。

⑥麏（jūn）：同"麇"。獐子。

⑦桓道恭：字祖猷，桓彝堂弟。曾官淮南太守。桓玄篡位，为江夏相。安帝义熙初被杀。

⑧贼曹参军：掌管盗贼之事的属官。

⑨芒：草木茎叶上或谷类种壳顶端的尖刺。此指草绳上的芒刺。

⑩小差：指稍有收敛。

【译】

桓玄喜欢围猎，每次打猎，随行车马都规模盛大，五六十里中，旌旗遍野，骏马驰骋，追击野兽其快如飞，左右两翼所向之处，不避山陵深谷。有时行阵不整齐，或獐子、野兔有逃跑的情况，僚属没有不被捆绑处分的。桓道恭，是桓玄的族人，当时任贼曹参军，很敢直言。常常自带深红色的绵绳系在腰上，桓玄问："你带这个干什么？"道恭回答说："您出猎时，喜欢捆人，到我该被捆绑的时候，我的手不能忍受草绳上的芒刺啊。"桓玄此后就有所收敛了。

【评鉴】

　　桓玄多才多艺，颖悟过人，然而生性横暴，蛮不讲理，做事也心狠手辣，这在桓氏家族中是最为典型的一个。桓玄还在小儿时，就表现出血腥狂虐的一面，如弟兄斗鹅，不过是个游戏，输赢大可一笑置之，但桓玄居然因为不胜，"取诸兄弟鹅悉杀之"（《忿狷》8），把怡怡兄弟之情弄得恐怖阴森，势同水火。本则记载其性喜围猎，却把快乐潇洒的体育运动搞得人人自危，步步皆是陷阱。然而，淫威之下大家都缄默不言，不敢捋其虎须。唯独桓道恭出于对家族的担忧或是责任感，想要劝谏桓玄。然而，正面的劝谏恐怕不仅达不到预期的效果，弄不好小命或也搭将进去了。他不声不响，只是把红色绵绳系在腰间，让桓玄一眼便可见"奇妙"而发问。即便如此，回答桓玄的诘问，他也不直指其过，而是说自己的手忍受不了粗糙的草绳才出此下策自保，这样既丝毫不损桓玄的威严，同时又达到了进谏的目的。

规箴26

　　王绪、王国宝相为唇齿①，并弄权要②。王大不平其如此，乃谓绪曰："汝为此歘歘③，曾不虑狱吏之为贵乎④？"

【注】

①王绪（？—397）：字仲业，晋太原（今山西太原西南）人，王国宝堂弟。孝武帝末年，会稽王司马道子辅政，宠幸王国宝，绪因国宝得幸。隆安元年（397）被诛。王国宝（？—397）：王坦之第三子。少无士操，岳父谢安、舅父范宁俱鄙其为人。司马道子辅政，以国宝为秘书丞，后为中书令、中领军。掌弄朝权，威慑一时。隆安元年，王恭、殷仲堪等起兵致讨，与王绪并伏诛。《晋书》卷75有传。

②权要：权势，权力。

③欻欻（xū）：躁动妄行的样子。

④狱吏之为贵：指入狱后受狱吏折磨，感受到狱吏的恐怖权威。语本《史记·绛侯周勃世家》："（文帝）于是使使持节赦绛侯，复爵邑。绛侯既出，曰：'吾尝将百万军，然安知狱吏之贵乎！'"

【译】

　　王绪、王国宝互相勾结，一起在朝廷玩弄权势。王忱很不满意他们这样做，就对王绪说："你们这样为所欲为，竟不考虑有一天会感受到狱吏的尊贵吗？"

【评鉴】

　　王忱劝诫，是知二王必蹈灭亡。而且，王国宝与王忱同为王坦之之子，作为同胞兄弟而有此言，王忱恐怕也是担心会为家族招来祸患。但二王愚不能听，最后落得身首异处的下场。

规箴27

　　桓玄欲以谢太傅宅为营，谢混曰①："召伯之仁②，犹惠及甘棠③；文靖之德④，更不保五亩之宅⑤？"玄惭而止。

【注】

①谢混：谢安之孙，谢琰少子。

②召（shào）伯：指姬奭。周之宗室，初封于召（今陕西岐山西南），故称召伯。助武王灭殷，改封于燕，为燕始祖。成王时为太保，与周公分陕而治，"自陕以西，召公主之"。卒谥康。事见《史记·燕召公世家》。

③甘棠：树木名。传说召伯南巡，曾憩息于甘棠树下，后人思其德，作《甘棠》诗（即《诗·召南》篇名），告世人宝爱其树。后"甘棠"成为称颂官吏政绩的典故。

④文靖：指谢安。谥曰文靖，故称。

⑤五亩之宅：指一户人家的住宅。语出《孟子·梁惠王上》："五亩之宅，树之以桑，五十者可以衣帛矣。"孟子主张一对夫妇授宅地五亩、田地百亩。

【译】

　　桓玄想用谢安的老房子作营房，谢混说："召伯的仁爱，尚且能惠及甘棠树；文靖公的德行，难道还保不住五亩之宅？"桓玄惭愧地放弃了此事。

【评鉴】

　　谢安是一代贤相，名声昭著，桓玄很猖狂，竟想霸占谢安的老宅。

谢混的话，语直理端，大义凛然，表面并不尖锐，但画外音却非常愤激。一个"德"字，重如千钧，淝水之战如果没有谢安的运筹帷幄，晋室江山应该早就灰飞烟灭了，桓家的荣宠也就不能再延续了，而现在你桓玄居然连他的老宅都要霸占。桓玄本就智商极高，哪能听不出这话的分量，所以惭愧而止。

捷才虽好，也不要滥用

捷悟第十一

捷悟，并列式双音词。捷，敏捷，特指思维的敏捷。悟，颖悟，指对事物准确的认知和理解。

本门只有七则，其中有四则是记录杨修的事，于此可见刘义庆对这位死于曹操之手的大才子的深深同情，而"绝妙好辞"的典故更是流传千古。王导在温峤命悬一线时机智奏对，其颖悟敏捷令人叹服。郗愔"于事机素暗"，而其子郗超深谋远虑，机敏非常，能当机立断，为父亲化险为夷，父子形成鲜明对比。

捷悟 1

杨德祖为魏武主簿①，时作相国门②，始构榱桷③，魏武自出看，使人题门作"活"字，便去。杨见，即令坏之。既竟，曰："'门'中'活'，'阔'字。王正嫌门大也④。"

【注】

①杨德祖：即杨修（175—219）。修字德祖，汉末弘农华阴（今陕西华阴）人，

杨彪之子，杨准祖父。好学博闻，机敏有才策。后为曹植设谋争嗣，曹操以"前后漏泄言教，交关诸侯"之罪处死。《后汉书》卷54有传，事亦见《三国志·魏书·陈思王植传》注。主簿：主管簿籍文书的属吏。

②相国门：相国府的大门。

③构：架设。榱桷（cuī jué）：椽子。盖房时置于檩子上以承屋瓦的扁平木条。

④正：只。

【译】

　　杨修做魏武帝曹操的主簿，当时正修相国府的大门，刚开始搭建屋椽，曹操亲自出府察看，叫人在门上写了一个"活"字，就走了。杨修见了，立即叫人把门拆了。拆完了，说："'门'中写上一个'活'字，便是'阔'字。魏王只是嫌门大了。"

【评鉴】

　　曹操用拆字法玩了一点小把戏，看下属懂不懂自己的心思，杨修一眼便知其意。这个故事后来还被小说《三国演义》所吸收，详见第七十二回。

捷悟2

　　人饷魏武一杯酪①，魏武啖少许②，盖头上题"合"字以示众，众莫能解。次至杨修，修便啖，曰："公教人啖一口也③，复何疑！"

【注】

①饷：赠送。酪：奶酪。

②啖：吃。

③人：每人。

【译】

有人送给曹操一杯奶酪，曹操吃了一点，在杯盖上边题了个"合"字给大家看，没有人能懂。轮到杨修，杨修就吃了一口，说："曹公是让每人吃一口啊，还疑虑什么！"

【评鉴】

此则同样用了拆字法，将"合"字拆开，即"人一口"，所以杨修说要每人吃一口。这故事后来同样被《三国演义》借鉴。

捷悟3

魏武尝过曹娥碑下①，杨修从。碑背上见题作"黄绢幼妇，外孙齑臼②"八字，魏武谓修曰："解不？"答曰："解。"魏武曰："卿未可言，待我思之。"行三十里，魏武乃曰："吾已得。"令修别记所知。修曰："黄绢，色丝也，于字为'绝'；幼妇，少女也，于字为'妙'；外孙，女子也，于字为'好'；齑臼，受辛也，于字为'辞'③：所谓'绝妙好辞'也。"魏武亦记之，与修同，乃叹曰："我才不及卿，乃觉三十里④。"

【注】

①曹娥碑：孝女曹娥的墓碑。此碑为东汉上虞县令度尚立，其弟子邯郸淳撰文，碑已不存。《后汉纪》卷二十二："县有孝女曹娥，年十四，父盱溺于江，不得尸，娥号慕不已，遂赴江而死，前后长吏莫有纪者。尚至官，改葬娥，树碑表墓，以彰孝行。"

②齑（jī）：捣成碎末的腌菜，用作调味品。

③辞："受辛"两字合体作"辤"，为"辞"之异体。齑臼是承放辛辣调味品的器皿，故称"受辛"。

④觉：通"较"。相差。

【译】

　　曹操曾经从曹娥碑下经过，杨修跟从。看见碑的背面题有"黄绢幼妇，外孙齑臼"八字，曹操问杨修："看懂没有？"杨修回答说："懂了。"曹操说："你不要说，等我想一下。"走了三十里，曹操才说："我已经明白了。"叫杨修另外记下自己的解释。杨修记作："黄绢，是有颜色的丝，组成字就是'绝'；幼妇，就是少女，组成字就是'妙'；外孙，是女儿的儿子，组成字是'好'；齑臼，是承受辛辣之物的器皿，组成字是'辞'。合起来就是'绝妙好辞'四个字。"曹操也记下自己的理解，和杨修一样，于是叹息说："我的才思赶不上你，竟然差了三十里。"

【评鉴】

　　曹娥碑在会稽郡上虞县（今浙江上虞），而曹操、杨修一生都未曾到此。《异苑》云为祢衡事，也不可尽信。应该是本有此传说，因为杨修聪明绝世，于是就安在了杨修身上，流于后世。

捷悟4

魏武征袁本初[①]，治装[②]，余有数十斛竹片[③]，咸长数寸。众云并不堪用，正令烧除。太祖思所以用之，谓可为竹椑楯[④]，而未显其言，驰使问主簿杨德祖[⑤]，应声答之，与帝心同。众伏其辩悟。

【注】

①袁本初：即袁绍（？—202）。绍字本初，汉末汝南汝阳（今河南商水西南）人。灵帝末，与大将军何进召董卓入京，继而京师大乱，董卓专恣。绍出奔冀州，起兵讨董卓。卓既败，绍兼并河北诸郡，封邺侯。官渡之战中被曹操击败，忧愤而死。《后汉书》卷74、《三国志》卷6有传。

②治装：整治行装。

③斛：容量单位，十斗为一斛。

④竹椑楯（pí dùn）：椭圆形的竹制盾牌。椑，椭圆形。楯，同"盾"。

⑤驰使：急遣使者。

【译】

曹操征伐袁绍，整治行装时，剩下了几十斛竹片，都是几寸长。大家都说没有什么用处了，正要叫烧掉。曹操想了想竹片的用处，认为可以用来做竹椑楯，但没有明白地说出来，赶快派使者去问主簿杨修，杨修应声答复了曹操，和曹操的想法一样。大家都佩服杨修的聪明颖悟。

【评鉴】

　　杨修聪明太露而不知藏锋。李太白诗有云："沐芳莫弹冠，浴兰莫振衣。处世忌太洁，至人贵藏晖。"说的就是这个道理。奸雄是不愿让别人揣摩出自己心思甚而比自己强的。据《曹瞒传》记载，曹操"持法峻刻，诸将有计画胜出己者，随以法诛之"，可见其阴险猜忌。杨修之被杀，除了他是袁绍的外甥以及在曹操立嗣的问题上亲近曹植外，太过展露自己的聪明当为一重要原因。《三国志·魏书·陈思王植传》："太祖既虑终始之变，以杨修颇有才策，而又袁氏之甥也，于是以罪诛修。"

捷悟5

　　王敦引军垂至大桁①，明帝自出中堂②。温峤为丹阳尹③，帝令断大桁，故未断，帝大怒瞋目，左右莫不悚惧④。召诸公来，峤至，不谢，但求酒炙⑤。王导须臾至，徒跣下地⑥，谢曰："天威在颜⑦，遂使温峤不容得谢。"峤于是下谢，帝乃释然。诸公共叹王机悟名言。

【注】

①垂：将近，将要。大桁（háng）：大浮桥。此指朱雀桥，位于建康城南，正对朱雀门。永昌元年（322），王敦以诛刘隗为名起兵反。攻陷石头城，杀周颢、戴渊等。此当是明帝太宁二年（324），王敦已病笃，是其兄王含及钱凤军进逼京都。

②中堂：在建康宣阳门外，为京师屯军之所。

③丹阳尹：东晋都城建康所在郡的长官。

④悚（sǒng）惧：惊惶恐惧。

⑤酒炙：酒和烤肉。温峤见帝盛怒，自料难免一死。古习俗斩决犯人前要赐以

　　酒肉，故温峤索要。

⑥徒跣（xiǎn）：光着脚。

⑦天威：上天的威怒。指皇帝发怒。

【译】

　　王敦率领军队将到朱雀桥，明帝亲自驾临中堂。温峤当时任丹阳尹，明帝命令把朱雀桥拆掉，却还是没有拆，明帝瞪着眼怒气冲冲，身边的人没有不惊慌害怕的。于是将几个大臣召来，温峤到了，却不认罪，只是要酒和烤肉。王导一会儿也到了，光着脚伏在地上，谢罪说："皇上天颜震怒，就使得温峤来不及谢罪了。"温峤于是下拜请罪，明帝这才消了气。大臣们都叹服王导的话是机敏颖悟，言辞得体。

【评鉴】

　　这个故事又见于孙盛《晋阳秋》与邓粲《晋纪》，但文字与《世说》有出入。刘孝标因此怀疑《世说》故事的真实性："按《晋阳秋》、邓《纪》皆云：敦将至，峤烧朱雀桥以阻其兵。而云未断大桁，致帝怒，大为讹谬。"宋代汪藻《考异》引录南朝敬胤的注文，也提到了《世说》与他书的矛盾：《晋阳秋》曰纪、邓粲《晋纪》并曰：'贼至，温峤烧朱雀桥以挫其锋。上欲亲帅攻之，不得渡，大怒。峤陈持重之计，久之乃听。贼果不得渡。'而说云帝令断桥，不顺旨，与明文有违。"此外，《晋书·温峤传》的记载也大概与《晋阳秋》《晋纪》相同，而与《世

说》不同。

　　综合各种材料看，前人已将《世说》之误揭示得很清楚了，是温峤先将桥烧掉，而明帝不愿烧桥，因此发怒。《世说》正好反了。这个故事，会不会是王氏子弟为了抬高王导而编造的呢？还有待进一步研究。

捷悟6

　　郗司空在北府①，桓宣武恶其居兵权②。郗于事机素暗③，遣笺诣桓④，方欲共奖王室⑤，修复园陵⑥。世子嘉宾出行⑦，于道上闻信至⑧，急取笺，视竟⑨，寸寸毁裂，便回还更作笺，自陈老病，不堪人间⑩，欲乞闲地自养⑪。宣武得笺大喜，即诏转公督五郡、会稽太守。

【注】

①郗司空：即郗愔。郗愔死后追赠司空，故称。北府：东晋时京口的别称。北府本为北中郎将之府，时北中郎将常领徐州刺史，后徐州刺史多镇守在京口，故有此代称。当时郗愔兼任徐、兖二州刺史，镇京口，在今江苏镇江。

②桓宣武：即桓温。死后谥号为宣武，故称。恶：忌讳，憎恶。

③事机：世事的机宜、机变。

④遣笺：派人送信。

⑤奖：辅佐。

⑥修复园陵：指修复西晋的帝王陵墓。即收复中原之意。

⑦世子：诸侯的嫡长子。郗愔袭爵南昌公，以郗超为世子。嘉宾：指郗超，超字嘉宾，为桓温心腹。

⑧信：使者，信使。

⑨视竟：看完。

⑩人间：指从政为官。

⑪闲地：闲散官职。

【译】

郗愔镇守京口时，桓温憎恶他掌有兵权。郗愔对于世事机变一向糊涂，派使者给桓温送信，说正要和桓温共同辅佐王室，修复先帝的陵园。郗愔的世子郗超当天出行在外，在路中听说父亲的使者到了，急忙取信看，看完后，撕得粉碎，然后回去重新写了一封信，信中说自己老而多病，已不适应官场了，打算求一个闲散官职养老。桓温见了信非常高兴，立即叫皇帝下诏调任郗愔为都督五郡军事、会稽太守。

【评鉴】

郗超的机敏大大强过郗愔，也难怪郗超时名很高，而桓温一世奸雄也倚仗郗超为心膂。刘孝标注依《晋阳秋》《中兴书》，以为《世说》误；而《晋书·郗超传》《资治通鉴·晋纪二十四》都记载了此事。

捷悟7

王东亭作宣武主簿①，尝春月与石头兄弟乘马出郊②。时彦同游者连镳俱进③，唯东亭一人常在前，觉数十步④，诸人莫之解。石头等既疲倦，俄而乘舆回⑤，诸人皆似从官，唯东亭奕奕在前⑥，其悟捷如此。

【注】

①王东亭：即王珣。王导孙，王洽子。因讨袁真功封东亭侯，故称。

②石头：指桓熙。桓温长子，字伯道，小字石头。初为世子，以才弱由其叔父桓冲统其众。及温病，熙谋杀冲，事泄，徙长沙。《晋书》卷98有传。

③时彦：当时的俊杰名流。连镳（biāo）：指数骑并行。镳，马嚼子露在马嘴外边的部分。这里代指马。

④觉：通"较"。相差。

⑤乘舆：乘车。

⑥奕奕：精神焕发的样子。

【译】

　　王珣做桓温的主簿，曾经在春天与桓熙兄弟一起乘马去郊外游玩。当时的名流中同游的人都骑马并排前行，只有王珣一人常在前面，相距几十步远，大家都不明白他为什么这样做。桓熙兄弟们都玩疲倦了，不久就坐车回去了，刚才并排前行的人都像是侍从一样，只有王珣一个人神采奕奕地在前面骑行，他的颖悟敏捷常常是这样。

【评鉴】

　　王珣是王导的孙子，一时名士，做桓温主簿，桓温部下文武悉识其面。王珣善为文，《晋书》本传云："珣梦人以大笔如椽与之，既觉，语人云：'此当有大手笔事。'俄而帝崩，哀册谥议，皆珣所草。"王珣死后，桓玄十分惋惜。《世说》取这一点小智慧，意义不大，所以刘辰翁认为不足言"悟"。

少年天才的故事，总是令人莫名兴奋

夙惠第十二

夙惠，偏正式双音词。夙，早。惠，同"慧"，指聪明。

本门共七则，分别记录了上至皇帝、下到名士少儿时聪明过人的故事。晋明帝司马绍的随机应变，何晏巧妙拒绝认曹操为父，陈纪兄弟、张玄之顾敷表兄弟惊人的记忆力，更非常儿之能望项背。其实，天才本是客观存在的，不过，人一旦成名后，同样也会有好事者发掘出种种故事，儿时的聪明更为人津津乐道。鲁迅先生曾在《未有天才之前》的演讲中说："其实即使是天才，在生下来的时候的第一声啼哭，也和平常儿童的一样，决不会就是一首好诗。"这就是对史书中类似早慧记载的绝妙讽刺。所以，我们在阅读这类故事时，也应当结合相关史事综合判断，不必太过当真。

夙惠 1

宾客诣陈太丘宿①，太丘使元方、季方炊②。客与太丘论议，二人进火，俱委而窃听③，炊忘著箄④，饭落釜中⑤。太丘问："炊何不馏⑥?"元方、季方长跪曰⑦："大人与客语，乃俱窃听，炊忘著箅，饭今成糜⑧。"太丘曰："尔颇有所识不？"对曰："仿佛志之⑨。"
二子俱说，更相易夺⑩，言无遗失。太丘曰："如此但糜自可，何必
饭也！"

【注】

①陈太丘：即陈寔。因曾任太丘长，故称。

②元方：即陈纪。纪字元方。季方：即陈谌。谌字季方。

③委：丢下，放下。

④著箅（bì）：放箅子。箅，蒸食物时用的竹制盛具。

⑤釜：锅。

⑥馏：把米放在水里煮开，再捞出蒸熟。

⑦长跪：挺直上身跪着。

⑧糜：粥，稀饭。

⑨志：记得。

⑩易夺：改正补充。

【译】

　　有客人到陈寔家中夜宿，陈寔让儿子陈纪、陈谌烧火做饭。来客
正在和陈寔谈论，两个儿子在烧火，就都丢下柴火去偷听，蒸饭也忘
了放箅子，饭都掉落在锅里了。陈寔问："做饭为什么不捞出来蒸？"
陈纪、陈谌挺身跪下说："父亲和客人谈话，我们就都去偷听，蒸饭忘
了放箅子，饭现在已经煮成粥了。"陈寔问："你们还记得什么不？"回
答说："好像记得。"两个儿子便一起说，并互相订正补充，把听到的
话没有遗漏地说了出来。陈寔说："能够这样就是粥也好，何必一定要

是饭啊!"

【评鉴】

诚如余嘉锡所考证,陈纪、陈谌不可能都是幼童。小说家言,不过言陈寔子弟聪明,而未尝考释其年龄差距。

夙惠2

何晏七岁,明惠若神,魏武奇爱之[①],因晏在宫内,欲以为子。晏乃画地令方,自处其中。人问其故,答曰:"何氏之庐也[②]。"魏武知之,即遣还。

【注】

①奇爱:特别喜欢。

②庐:房子。

【译】

何晏七岁时,聪明有如神助,魏武帝曹操特别喜爱他,因何晏时时在宫中,曹操想认他当儿子。何晏于是在地下画了一个方框,自己站在中间。有人问他什么意思,他回答说:"这是何氏的房子。"曹操知道后,就把他送回去了。

【评鉴】

何晏为汉末大将军何进之孙(一说何苗之孙),其父何咸早亡,曹操纳晏母。何晏的早慧，在当时是无人可及的。据《太平御览》卷三八五引《何晏别传》："晏小时养魏宫，七八岁便慧心大悟，众无愚智，莫不贵异之。魏武帝读兵书，有所未解，试以问晏，晏分散所疑，无不冰释。"七八岁的小孩，曹操读兵书有不懂的地方，何晏一看就明白了，这是何其聪明啊。除《世说》此条外，《太平御览》卷三九三引《何晏别传》还说，每当曹操带何晏出去游玩时，就让他和自己的儿子们按年龄大小排序。何晏察觉出曹操想认自己当儿子的意图，于是"坐则专席，止则独立"。有人问何晏为什么要这样，他回答说，按照礼制，异姓是不这样按次序排列的。同样以一种巧妙的方式回绝了曹操的企图。

夙惠3

晋明帝数岁①，坐元帝膝上②。有人从长安来，元帝问洛下消息③，潸然流涕。明帝问何以致泣，具以东渡意告之④。因问明帝："汝意谓长安何如日远？"答曰："日远。不闻人从日边来，居然可知⑤。"元帝异之。明日，集群臣宴会，告以此意，更重问之，乃答曰："日近。"元帝失色，曰："尔何故异昨日之言邪？"答曰："举目见日⑥，不见长安。"

【注】

①晋明帝：即司马绍。

②元帝：即司马睿。

③洛下：指洛阳。西晋都城。

④东渡：东渡长江。指西晋末年司马睿渡过长江，在西晋灭亡后重新建立东晋

政权的事。

⑤居然：显然。

⑥举目：抬眼。

【译】

晋明帝几岁时，坐在元帝膝上。有人从长安来，元帝问洛阳的消息，悲伤得流下了眼泪。明帝问为什么哭，元帝就把晋室东渡的经历告诉了明帝。于是问明帝："你觉得长安和太阳相比哪个更远？"明帝回答说："太阳远。没听说有人从太阳那儿来，这很明显就能知道。"元帝对他的回答感到很惊奇。第二天，元帝会集群臣举行宴会，告诉大家明帝的这些话，又重新问明帝，明帝却回答说："太阳更近。"元帝变了脸色，问："你为什么和昨天的回答不一样呢？"明帝回答说："抬眼就看见太阳了，却看不到长安。"

【评鉴】

此则之妙，妙在后者语含双关并且有出处。前者"日远"是实说，而后者"日近""举目见日"则大有文章在，盖此处"举目见日"是实况，等于说抬眼就可以看见太阳，物象本来如此。而暗中则是以太阳比况元帝。古代典籍中，用"日"比君王的很多，如《史记·五帝本纪》："帝尧者，放勋。其仁如天，其知如神。就之如日，望之如云。"唐司马贞索隐："如日之照临，人咸依就之，若葵藿倾心以向日也。"后世诗文中也有将明君比作太阳的，如杜甫《自京赴奉先县咏怀五百字》："生逢尧舜君，不忍便永诀。当今廊庙具，构厦岂云缺。葵藿倾太阳，物性固莫夺。"晋明帝巧妙地将元帝比作了太阳，说太阳很近，抬眼就看见了太阳，这话恭维父亲非常得体。既在头一天的问答上有了变化，而又当着群臣之面一扫了头天元帝心中的阴霾，且高推了元帝的形象地位，而又鼓舞了人心。言下之意，有太阳的普照，则故国何愁不复。列之于《夙惠》主要即在于此。

夙惠4

　　司空顾和与时贤共清言①。张玄之、顾敷是中外孙②，年并七岁，在床边戏，于时闻语，神情如不相属③。暝于灯下④，二儿共叙客主之言，都无遗失。顾公越席而提其耳曰⑤："不意衰宗复生此宝。"

【注】

①顾和：字君孝，死后追赠司空。清言：清谈，谈论玄理。

②张玄之：字祖希，顾和外孙。顾敷：字祖根，顾和孙。中外孙：孙子和外孙。

③属：关注。

④暝：通"瞑"。夜晚。

⑤越席：起身离开座席。

【译】

　　司空顾和与当时的贤俊们一起清谈。张玄之、顾敷分别是他的外孙和孙子，年龄都是七岁，在床边玩，当时听见大人们谈话，神情好像并不在意的样子。晚上在灯下，两个小孩一起叙述顾和和客人间的对谈，一点也没有遗漏。顾和离开座席上前扯着他们的耳朵说："没想到衰落的顾家又生出了这样的宝贝。"

【评鉴】

张玄之、顾敷表兄弟强记如此。《晋书》称张玄之"以才学显"，当时与谢玄并称为"南北二玄"；政事亦有可观，曾以左卫将军参谋桓冲军事。顾敷，刘孝标注引《顾恺之家传》言"滔然有大成之量"，说他有取得大成就的资质。可惜天不与寿，二十三岁就去世了。

夙惠5

韩康伯数岁①，家酷贫②，至大寒，止得襦③。母殷夫人自成之④，令康伯捉熨斗，谓康伯曰："且著襦，寻作复裈⑤。"儿云："已足，不须复裈也。"母问其故，答曰："火在熨斗中而柄热，今既著襦，下亦当暖，故不须耳。"母甚异之，知为国器⑥。

【注】

①韩康伯：即韩伯。伯字康伯。

②酷贫：极度贫穷。

③襦（rú）：短袄。

④殷夫人：康伯母殷氏，殷浩的姐姐。

⑤复裈（kūn）：夹层的裤子。

⑥国器：治国的人才。

【译】

韩康伯几岁时，家里特别贫穷，到大冷天，只有短袄穿。母亲殷夫人亲自做了短袄，叫康伯拿着熨斗，对康伯说："你先穿上短袄，我随后就给你做夹裤。"康伯说："已经够了，不需要夹裤了。"母亲问为什么，康伯回答说："火在熨斗中，熨斗连柄都热了，现在已经穿上了短袄，下身也应该暖和了，所以不需要了。"母亲很惊异，知道康伯将会是一个治国的人才。

【评鉴】

韩康伯小时候已如此善于推理，似乎预示着日后会成为清谈名家。至于借此便推知为治国人才，则不免有些夸张。按考东晋王朝，善言名理者有几人是真正的治国之才？其实这类话往往都是成名后人们编出来的。

夙惠6

晋孝武年十二①，时冬天，昼日不著复衣②，但著单练衫五六重③，夜则累茵褥④。谢公谏曰："圣体宜令有常⑤，陛下昼过冷，夜过热，恐非摄养之术⑥。"帝曰："昼动夜静。"谢公出，叹曰："上理不减先帝⑦。"

【注】

①晋孝武：即司马曜。简文帝司马昱子。

②复衣：夹衣。

③单练衫：白色熟绢做的单衣。

④茵褥：垫褥。

⑤有常：有规律。

⑥摄养：养生，调养。

⑦理：玄理。先帝：指简文帝。

【译】

晋孝武帝十二岁时，当时正是冬天，他白天不穿夹衣，只穿五六层白绢单衣，到晚上睡觉却盖上好几层被褥。谢安劝孝武帝说："保养圣体应该有规律，陛下白天太冷，晚上太热，这恐怕不是养生的方法。"孝武说帝："白天动，晚上静。"谢安出来，感叹说："皇上谈论玄理不比先帝差啊。"

【评鉴】

简文善谈玄理，孝武少小即有乃父之风，深谙阴阳寒热之理，聪慧已逾常儿。孝武为政初年"威权已出，雅有人主之量"，任用谢安、王坦之、桓冲、谢玄等贤臣，朝政一时可观。遗憾后来耽于酒色，而司马道子、司马元显、王国宝之流淆乱国政，孝武又酒后戏言，遂为张贵人所弑。

夙惠7

桓宣武薨，桓南郡年五岁①，服始除②，桓车骑与送故文武别③，因指语南郡："此皆汝家故吏佐。"玄应声恸哭④，酸感傍人⑤。车骑每自目己坐曰："灵宝成人⑥，当以此坐还之。"鞠爱过于所生⑦。

【注】

①桓南郡：指桓玄。袭父爵为南郡公，故称。

②服始除：刚刚脱去丧服。谓服丧期刚满。

③桓车骑：指桓温弟桓冲。因曾为车骑将军，故称。送故：指送丧。

④应声：随声。形容快速。

⑤酸：悲伤。

⑥灵宝：桓玄小字。

⑦鞠爱：抚育爱护。

【译】

　　桓温死时，桓玄才五岁，守丧期刚满，桓冲和前来为桓温送丧的下属文武官员告别，顺便指给桓玄看："这些都是你们家原来的属吏。"桓玄听了随声痛哭，悲伤之情感动旁人。桓冲每每自己看着的坐榻说："到灵宝长大了，就要把这座位还给他。"他对桓玄的抚育爱护超过自己的亲生儿子。

【评鉴】

　　我们认为，这个故事列入《夙惠》的关键在于"应声"二字。桓温凡六子：熙、济、歆、祎、伟、玄。桓熙、桓济在桓温病重期间图谋废掉桓冲，事泄，被流放到长沙。桓歆、桓伟平庸忠厚。桓祎生来愚笨，史称其"不辨菽麦"。桓玄为桓温姜马氏所生，从小就聪明过人，桓温弃诸子而以桓玄为嗣，也是看准了桓玄的聪明机变。为桓温旧部钱行，桓冲的一句话使"玄应声恸哭，酸感傍人"，按常理来说，桓冲话音刚落，一个五岁的孩子怎么就能马上嚎啕大哭呢？作为桓温指定的接班人，桓玄的应声悲号，正让桓温的旧部们百感交集，感情也就一下子都倾注在了少主身上。可以说，桓玄的反应起到了为自己聚拢人心的作用。

无论是谁的豪爽，都令人振奋

豪爽第十三

　　豪爽，并列式双音词。豪，豪放，豪迈。爽，性格开朗爽快。二者近义连文，指人的性格豪迈爽朗，奔放不羁。

　　本门共十三则，其中五则记王敦，四则记桓温父子。按照正统观念，王敦、桓温均为叛臣之流，而《世说》一书却对王敦、桓温多有褒扬。这其实与刘义庆所处的时代以及出身有关。魏晋南北朝时期，王朝更迭频繁，主政者腐败无能，手执兵权的大臣取而代之的情况时有发生，夺权者在道德上并没有太大的压力。对这样的政权更迭，身处其世、熟悉魏晋历史的刘义庆并不觉得难以接受。

　　而且，以王敦、桓温之才干，为晋王朝是立下了汗马功劳的。王敦，《晋书》本传云："帝初镇江东，威名未著，敦与从弟导等同心翼戴，以隆中兴。时人为之语曰：'王与马，共天下。'"《晋书·桓温传论》云："桓温挺雄豪之逸气，韫文武之奇才，见赏通人，凤标令誉。时既豺狼孔炽，疆场多虞，受寄扞城，用恢威略，乃逾越险阻，戡定岷峨，独克之功，有可称矣。及观兵洛汭，修复五陵，引旆秦郊，威怀三辅。虽未能枭除凶逆，亦足以宣畅王灵。"桓温东征西讨，功勋卓著，然而君王庸懦，近臣掣肘，功高震主，势成骑虎，不食人则将为人所食，故所谓叛逆其实也是不得已而为之。对此，刘义庆是抱有感佩、同情的态度的。

再者，刘义庆为宋宗室，而宋高祖刘裕的个性及作派其实也多与王、桓相同。如说家乡话、行为不拘小节等简直是王敦的翻版，代晋的前奏种种与桓温晚年也多有相似之处。《世说》对王敦、桓温赞多贬少，这也是一个重要的原因。

此门除王敦、桓温外，还有晋明帝一条、祖逖一条、庾翼一条，桓石虔一条、陈逵一条、桓玄一条。晋明帝，史称其"虽享国日浅，而规模弘远矣"，可惜早逝；祖逖厉声呵斥王敦使者，忠于朝廷，最终也是壮志未酬；庾翼常怀恢复中原之志，却也在四十一岁即弃世。应该说，本门既是对历史人物的春秋褒贬，又可以看作是一组壮志未酬的英雄挽歌，而又特别表达了对王敦、桓温的欣赏与惋惜之情。

豪爽1

王大将军年少时，旧有田舍名①，语音亦楚②。武帝唤时贤共言伎艺事③，人皆多有所知，唯王都无所关，意色殊恶。自言知打鼓吹，帝令取鼓与之，于坐振袖而起，扬槌奋击，音节谐捷④，神气豪上⑤，傍若无人。举坐叹其雄爽。

【注】

①田舍：指乡巴佬。

②楚：粗俗不雅。当时的士大夫以中原语音（即洛阳）为雅音，视旁郡语音为楚音。《史记·货殖列传》："彭城以东，东海、吴、广陵，此东楚也。"王

敦为琅邪临沂人，汉时属东海郡，属东楚。余嘉锡笺："此乃西晋全盛之时，
洛下士大夫鄙视外郡，故用秦、汉旧名，概被以楚称耳。"

③伎艺：技能才艺。

④谐捷：和谐快速。

⑤豪上：豪迈激扬。

【译】

王敦年轻的时候，向来有乡巴佬的名声，说话语音也粗俗。晋武帝叫当时的贤俊们一起谈论技能才艺的事，别人知道的都很多，只有王敦完全没有涉及，神色很不好看。他自己说会打鼓，武帝就命人给他拿鼓，于是王敦从座位上挥袖而起，扬起鼓槌猛敲，音节和谐急速，神情气势豪迈激扬，好像旁边没有他人存在。在座的人都赞叹他的雄武豪爽。

【评鉴】

王敦一世枭雄，志在疆场征战而获功名，岂与通常文士度长絜大。鼓声激越慷慨，如战场上击鼓进军，此正其精神写照，故满坐服其雄爽。

豪爽2

王处仲①，世许高尚之目②。尝荒恣于色③，体为之弊，左右谏之，处仲曰："吾乃不觉尔，如此者甚易耳。"乃开后阁④，驱诸婢妾数十人出路，任其所之，时人叹焉。

【注】

①王处仲：即王敦。敦字处仲。

②目：品评。

③荒恣：放纵恣肆。

④后阁：内室小楼。

【译】

　　王敦，世人对他有高尚的评价。他曾经放纵于女色，身体也因之而衰敝，身边的人规劝他，王敦说："我竟然没觉得是这样，真是这样的话很容易解决啊。"于是打开后阁，把几十个婢妾都赶上路，随便她们到哪儿去，当时的人都赞叹王敦的做法。

【评鉴】

　　枭雄行径，自是有其过人处。联想《史记·项羽本纪》："范增说项羽曰：'沛公居山东时，贪于财货，好美姬。今入关，财物无所取，妇女无所幸。此其志不在小。'"二人行为，有相似之处。此则王敦表现出的大丈夫气概，令人钦佩。

豪爽3

　　王大将军自目高朗疏率①，学通《左氏》②。

【注】

①高朗疏率：高迈爽朗，疏放率直。

②学通：犹言精通，熟谙。《左氏》：指《左传》。

【译】

王敦自我评价：高迈爽朗，疏狂率直，精通《左传》。

【评鉴】

余嘉锡笺引敦煌本《晋纪》残卷云："敦内体豺狼之性，而外饰诈为，以眩或当世。自少及长，终不以财位为言。布衣疏食，车服粗苜，语辄以简约为首。故世目以高帅朗素。"从余笺所引《晋纪》残卷可知，王敦的个人品德还是值得肯定的，不贪财，生活节俭，语言简明扼要。至于说王敦一切都是装的，是为了迷惑世人，这可以理解，依正统史观，不成功的造反者自然是乱臣贼子，脏水也都会泼到身上。还有，上一则说王敦改过而不好美色，有类汉高祖，这一则说他"学通《左氏》"，则与"刘项原来不读书"大相径庭，可见王敦并非无学之辈。

豪爽4

王处仲每酒后，辄咏"老骥伏枥，志在千里。烈士暮年，壮心不已①"。以如意打唾壶②，壶口尽缺。

【注】

①"老骥伏枥"几句：语出曹操《步出夏门行·龟虽寿》。谓老马伏在槽上而思千里驰骋，有志之士虽年老而仍然想建功立业。骥，千里马。枥，马槽。
②如意：一种搔背用具。以骨、角、玉、竹或金属制成。脊背有痒，手所不

到，用以搔抓，可如人意，因而得名。唾壶：即痰盂。

【译】

王敦每当酒醉之后，就咏颂"老骥伏枥，志在千里。烈士暮年，壮心不已"。用如意敲击唾壶，壶口被打得全是缺口。

【评鉴】

这一则故事表现王敦的慷慨激昂，如见其人，如闻其声。酒醉后就咏颂曹操《龟虽寿》诗，所谓酒醉吐真言，可见王敦的人生即以曹操为榜样。而敲击唾壶使壶口尽缺，对后世影响很大，成为诗歌中的常典。试举几例。唐独孤及《代书寄上裴六冀刘二颖》："长啸林木动，高歌唾壶缺。"唐窦常《立春后言怀招汴州李匡衙推》："闲斋夜击唾壶歌，试望夷门奈远何。"唐罗隐《钱塘遇默师忆润州旧游》："歌敲玉唾壶，醉击珊瑚枝。"苏轼《次韵刘景文见寄》："莫因老骥思千里，醉后哀歌缺唾壶。"

豪爽5

晋明帝欲起池台①，元帝不许。帝时为太子，好养武士，一夕中作池，比晓便成②。今太子西池是也。

【注】

①池台：水池亭台等游玩之所。

②比晓：到天亮时。

【译】

晋明帝准备修建池沼亭台，元帝不准。明帝当时是太子，喜欢聚养武士，于是责令武士们用一晚上修池子，到天明时就修成了。这就是现在的太子西池。

【评鉴】

据程炎震引《初学记》，知池本为东吴孙和所凿，晋明帝为太子时增筑土山台而已。土山一夜未可成，池子岂能一夜凿好。盖晋明帝史有好评，故后世增饰故事。此外，明帝为太子时修建池台，史有明文，《晋书·温峤传》："时太子起西池楼观，颇为劳费，峤上疏以为朝廷草创，巨寇未灭，宜应俭以率下，务农重兵，太子纳焉。"

豪爽6

王大将军始欲下都处分树置①，先遣参军告朝廷，讽旨时贤②。祖车骑尚未镇寿春③，瞋目厉声语使人曰④："卿语阿黑⑤：何敢不逊！催摄面去⑥，须臾不尔，我将三千兵槊脚令上⑦。"王闻之而止。

【注】

①下都：率军顺流而下到都城建康。王敦时为荆州刺史，荆州在建康上游，故云下都。处分树置：安排设置。指对朝廷官职重新布置安排，以扶植亲信。

②讽旨：委婉含蓄地暗示意旨。时贤：指当时的朝廷官员们。

③祖车骑：指祖逖。逖死后追赠车骑将军，故称。寿春：淮南郡治所。在今安徽寿县。

④瞋目：瞪大眼睛。形容愤怒的样子。

⑤阿黑：王敦小字。

⑥面：唐写本作"向"，汪藻《考异》敬胤注本作"回"。作"回"是。

⑦槊：长矛。这里用作动词，用矛戳、刺。上：谓溯江而上。荆州在建康上游，回荆州即"上"。

【译】

  王敦原准备顺江而下到建康安排朝廷人选，便先派参军去通报朝廷，向大臣们暗示自己的意旨。祖逖当时还没镇守寿春，瞪大眼睛厉声告诉使者说："你回去转告阿黑：怎敢这样不恭！叫他赶紧撤回去，稍有迟误不这么办，我带三千兵戳他的脚让他滚回去。"王敦听说后就停止了东下的念头。

【评鉴】

  此则"催摄面去"语争论颇多，催，在魏晋南北朝有"快、速"义。如《搜神记·东望山甘子》："有三人入山，见山顶有果树，众果毕植，行列整齐，如人行。甘子正熟，三人共食致饱。乃怀二枚，欲出示人。闻空中语云：'催放双甘，乃听汝去。'"《述异记》录此事，"催"字作"速"。唐段成式《酉阳杂俎·礼异》记北朝婚俗云："北朝婚礼，青布幔为屋，在门内外，谓之青庐。于此交拜，迎妇。夫家领百余人，或十数人，随其奢俭。挟车俱呼：'新妇子，催出来！'至新妇登车乃止。""催出来"犹言"快出来"。（参江蓝生《魏晋南北朝小说词语汇释》）摄，南北朝有"撤、撤退"义。于此，周一良尝详加考证（见《魏晋南北朝史札记》）。合"催摄"而言，即"快撤、赶快撤"之意。

由此可知敬胤注本作"回"是。"催摄回去"等于说"赶快撤回去"，下接"须臾不尔"亦为力证。

祖逖与王敦同年生，年轻时即为王敦所推服，能使王敦畏慑如此，当时应无其二。

豪爽7

庾穉恭既常有中原之志①，文康时②，权重未在己③；及季坚作相④，忌兵畏祸，与穉恭历同异者久之⑤，乃果行。倾荆、汉之力⑥，穷舟车之势，师次于襄阳⑦，大会参佐，陈其旌甲，亲援弧矢曰⑧："我之此行，若此射矣。"遂三起三叠⑨。徒众属目⑩，其气十倍。

【注】

①庾穉恭：即庾翼。翼字穉恭。

②文康：指庾亮。亮谥文康，故称。

③权重：权力，实权。

④季坚：指庾冰。冰字季坚。庾亮弟，庾翼兄。

⑤同异：偏义复词，义在异。

⑥荆、汉：荆州、汉水一带地区。

⑦次：驻扎。

⑧援：拉。弧矢：弓箭。

⑨三起三叠：三发三中。叠，击鼓。古时阅兵射箭，中的以击鼓为号。

⑩属目：瞩目，注视。

【译】

庾翼一直就有收复中原的大志，庾亮执政时，权力不在自己手上；到庾冰做宰相时，忌讳战争畏惧祸乱，和庾翼意见不一致很久，最后才兴师北伐。于是庾翼倾尽荆州、汉水一带的兵力，出动所有战车船只，大军驻扎在襄阳，把部下都会集起来，陈列旗帜甲兵，亲自拉弓射箭，说："我这次北伐，就像这箭一样。"说完便三发三中。部众注目，士气猛增。

【评鉴】

《晋书》庾翼弟兄传都不载他们弟兄意见相左的事，《世说》多小说家言，当以《晋书》为是。刘孝标注引《汉晋春秋》云："翼风仪美劭，才能丰赡，少有经纬大略。及继兄亮居方州之任，有匡维内外、扫荡群凶之志。"可惜庾翼壮志未成，一是北伐得不到朝廷的支持，二是四十一岁就去世了。庾翼文武全才，是时难得其人。参《规箴》第十八则。

豪爽8

桓宣武平蜀①，集参僚置酒于李势殿②，巴、蜀搢绅莫不来萃③。桓既素有雄情爽气，加尔日音调英发，叙古今成败由人，存亡系才。其状磊落④，一坐叹赏。既散，诸人追味余言，于时寻阳周馥曰⑤："恨卿辈不见王大将军⑥。"

【注】

①桓宣武平蜀：穆帝永和二年（346）十一月，桓温率军由三峡上行讨伐蜀地成汉李势政权，次年二月，灭成汉。

②参僚：部属，从官。李势：成汉后主。

③搢（jìn）绅：插笏垂绅，古代高级官吏的服饰。引申为官僚、士大夫。来萃：来集。萃，聚集。

④磊落：仪态俊伟潇洒的样子。

⑤周馥：字湛隐，曾为王敦的属官。

⑥王大将军：指王敦。

【译】

　　桓温平定了蜀地，汇集僚属在李势的宫殿饮宴，巴、蜀地区的士大夫们全都到来了。桓温一向有雄壮豪爽的气概，加上当天说话声调英武奋发，论述古今成败取决于人，存亡与人才有关。其状貌俊伟潇洒，满坐感叹赞赏。散会后，人们都在回味桓温的宏论，这时寻阳周馥说："遗憾的是你们没有见过王大将军。"

【评鉴】

　　此则多以为周馥是贬低桓温，认为桓温不如王敦，其实错了。桓温欣赏王敦，曾称其为"可儿"（即人才）。周馥因曾做过王敦掾属，亲眼见过王敦的豪气，说遗憾大家没见过王敦，意思是只有王敦才能和桓温方驾并驰。

豪爽9

　　桓公读《高士传》①，至於陵仲子②，便掷去，曰："谁能作此溪刻自处③！"

【注】

①《高士传》：晋皇甫谧撰，三卷。记载古代隐逸高士的生平事迹。原书已佚，后世有辑本。

②於陵仲子：即陈仲子，战国齐隐士。相传仲子以兄之禄为不义之禄，故避兄离母，隐居于於陵。事见《孟子·滕文公下》。

③溪刻：刻薄，严苛。

【译】

　　桓温读《高士传》，读到於陵仲子那一篇，就丢开了，说："谁能这样苛刻地对待自己！"

【评鉴】

　　刘孝标注引皇甫谧《高士传》言仲子无意功名，宁愿给别人当佣人浇灌园圃。其故事本身来自于《孟子·滕文公下》。桓温一世雄杰，志在立功扬名，自然不同于高隐之士，所以他丢开不读。

豪爽10

　　桓石虔①，司空豁之长庶也②，小字镇恶，年十七八，未被举③，而童隶已呼为镇恶郎④。尝住宣武斋头⑤。从征枋头⑥，车骑冲没陈⑦，左右莫能先救。宣武谓曰："汝叔落贼，汝知不？"石虔闻之，气甚奋，命朱辟为副⑧，策马于数万众中，莫有抗者，径致冲还，三军叹服。河朔后以其名断疟⑨。

【注】

①桓石虔（？—388）：小字镇恶，桓豁子，桓温侄。有才干，矫捷绝伦，多有战绩。位至冠军将军、豫州刺史。《晋书》卷74有传。

②司空豁：指桓豁。豁字朗子。桓彝第三子，桓温弟。曾任征西大将军、荆州刺史。死后追赠司空。《晋书》卷74有传。长庶：庶出中的长子。

③举：谓庶出子被正式承认身份地位。

④郎：属吏、门生、奴仆称少主为郎。犹言郎君、少爷。

⑤斋头：书房。

⑥枋头：地名。在今河南浚县西南淇门渡。古称淇水口，汉献帝建安九年（204），曹操在此用大枋木作堰，堵截淇水，使东入白沟，以运军粮民食，后来遂称其地为枋头。晋废帝太和四年（369），桓温北伐慕容垂，在枋头大败。参《晋书·桓温传》。

⑦车骑冲：指桓冲。曾任车骑将军，故称。没陈：陷落在敌阵中。陈，同"阵"。

⑧朱辟：桓温属将。

⑨断疟：禁绝疟鬼。《晋书·桓石虔传》："时有患虐疾者，谓曰'桓石虔来'以怖之，病者多愈，其见畏如此。"

【译】

　　桓石虔，是司空桓豁庶出儿子中的老大，小字叫做镇恶，十七八岁了，还没被正式承认，但奴仆们已称他为镇恶郎了。他曾经住在桓温书房里。后随同桓温出征到了枋头，车骑将军桓冲陷没在敌阵中，左右将士没有人能抢先救援。桓温对石虔说："你的叔叔陷落在敌阵中了，你知道不？"石虔听到，气势非常振奋，命令朱辟做自己的副手，鞭马冲入数万人的敌阵之中，没有人能阻挡，径直把桓冲救回，三军惊叹拜服。黄河以北的地方后来用他的名字来驱赶疟鬼。

【评鉴】

刘孝标注引《中兴书》云："石虔有才干，有史学，累有战功。仕至豫州刺史，封作唐县，赠后军将军。"以十七八岁的年龄入敌阵如入无人之境，堪称豪爽。再者，从刘孝标注及《晋书》本传可知，石虔文武兼备，更属难得。

豪爽11

陈林道在西岸①，都下诸人共要至牛渚会②。陈理既佳③，人欲共言折④，陈以如意拄颊⑤，望鸡笼山叹曰⑥："孙伯符志业不遂⑦！"于是竟坐不得谈⑧。

【注】

①陈林道：即陈逵。逵字林道。西岸：时陈逵为西中朗将，戍守历阳，在长江西岸。

②都下：指东晋都城建康。要：相约，约请。牛渚：山名。在今安徽当涂西北。山脚突入长江的部分称采石矶。汉献帝兴平二年（195）孙策在此大败扬州

刺史刘繇。

③理：玄理。

④折：使之折服。

⑤拄颊：顶着面颊。

⑥鸡笼山：在今安徽和县西北四十里。因其状如鸡笼，故称。《太平寰宇记·淮南道二·和州·历阳县》："鸡笼山，在县西北三十五里。《淮南子》云：'麻湖初陷之时，有一老母提鸡笼以登此山，乃化为石。今山有石，状如鸡笼，因名之。'"

⑦孙伯符：即孙策（175—200）。策字伯符，汉末吴郡富春（今浙江富阳）人。孙坚长子。献帝兴平二年（195）率军渡江，后平定江东建立割据政权。曹操表为讨逆将军，封吴侯。遇刺亡。《三国志》卷46有传。

⑧竟坐：满座，在座的所有人。

【译】

　　陈逵在长江西岸镇守时，京城名流们一起相约到牛渚聚会。陈逵谈说玄理非常精彩，名流们想一起用言语挫败他，陈逵用如意顶着面颊，望着鸡笼山叹息说："孙伯符的志向和事业没能成功啊！"于是在座的人都谈不下去了。

【评鉴】

　　陈逵在西岸，是指他驻扎在长江西岸的历阳，此时他担任西中郎将，领梁、淮南二郡太守。他很擅长清谈，与都下名流聚会时，众人甚至要"共言折"。谁料陈逵傲然不屑，豪气干云地感叹道："孙伯符志业不遂！"这一叹使众人气短。孙策盖世英雄，而陈逵正担当着国家安危的重任，驻防重镇，此时慨叹孙策壮志未遂，正是其光复中原之志的最好表达。好一个豪爽的陈林道。

然而，这个故事似乎还可以做另外一种解读。《晋书·载记·石季龙下》："晋西中郎将陈逵进据寿春，征北将军褚裒率师伐（石）遵，次于下邳，遵以李农为南讨大都督，率骑二万来距。裒不能进，退屯广陵。陈逵闻之，惧，遂焚寿春积聚，毁城而还。"这是永和五年（349）的事。或许，此则"豪爽"亦颇有调侃戏谑的意味？孙策继父亲之业，荡平江左，奠定吴国江山，而联想到陈逵的畏敌如虎，仓皇逃遁，《世说》的话外音已不须再加阐释。

豪爽12

王司州在谢公坐①，咏"入不言兮出不辞，乘回风兮载云旗②"，语人云："当尔时，觉一坐无人。"

【注】

①王司州：即王胡之。因曾任司州刺史，故称。

②"入不言兮出不辞"二句：出自《楚辞·九歌·少司命》，屈原作，是楚人祭祀少司命神的祭歌。此二句言少司命神悄然降临，又不辞而别，乘着旋风、驾着云旗飘然离去。回风，旋风。

【译】

王胡之在谢安座上，咏颂"入不言兮出不辞，乘回风兮载云旗"，对别人说："在这个时候，感觉座上没有旁人。"

【评鉴】

王胡之清谈名士，功业也略有可观，而在谢安座上竟"觉一坐无人"，未免有些不自量。这让人联想起《任诞》第五十三则王恭说过的话："名士不必须奇才，但使常得无事，痛饮酒，熟读《离骚》，便可称名士。"其实，当时名士之狂态大多如此，亦不必深怪。

豪爽13

桓玄西下①，入石头②，外白司马梁王奔叛③。玄时事形已济④，在平乘上笳鼓并作⑤，直高咏云："箫管有遗音，梁王安在哉⑥？"

【注】

①桓玄西下：晋安帝元兴元年（402），桓玄从江陵率兵东下，攻陷建康。二年，废晋自立，国号楚。西下，即从西下，从西面的江陵顺江东下。

②石头：即石头城，在建康西。

③梁王：指梁王司马珍之。珍之字景度，梁孝王司马璿之孙，司马龢之子。桓玄篡位，国人孔朴奉珍之奔寿阳。桓玄败，珍之归朝廷。累迁游击将军、太常。《晋书》卷64有传。奔叛：逃走。

④事形已济：大势已定。

⑤平乘：一种大船，又名平乘舫。笳鼓：笳声与鼓声。借指军乐。

⑥"箫管有遗音"二句：诗为阮籍《咏怀》之三十一首。诗中梁王指战国时的魏王，言当初魏王宴乐之声似仍在耳边回响，而魏王早已化为尘土。桓玄以此讽刺同为梁王的司马珍之，纵然奔逃也无济于事。

【译】

桓玄率兵从西边的江陵东下，进入石头城，外边报告说司马梁王已经逃走了。桓玄当时灭晋形势已定，就在大船上击鼓吹笳，乐声大作，自己直接高声吟诵道："箫管有遗音，梁王安在哉？"

【评鉴】

桓玄豪气，不减其父，其多才多艺则胜过桓温许多。可惜居心不正，终至遗臭万年。虽然，桓玄为乱臣贼子，刘义庆却将他列入《文学》《豪爽》，此可见刘义庆的客观，不以人废言。如此则所描绘，不管其成败如何，当时桓玄那种不可一世的气势、才人的慷慨却也令人倾倒，较之汉高祖"大风起兮云飞扬"的气魄，仿佛近似。只可惜，桓玄错误估计了形势，缺乏盖世英雄的才能和谋略，篡晋后不久即为刘裕击败。这"豪爽"，不过是失意者的绝唱罢了。《世说》以此则殿《豪爽》之后，感情也是复杂而怅惋的。

颜值能打，是魏晋名士的另一标签

容止第十四

容止，并列式双音词。容，指外貌，是一个人在旁人视觉中的静态印象，包括了身形、五官、肤色等外在特征。止，指仪态、动作，是旁人视觉中的动态印象，一颦一笑、举手投足等人们日常生活中的形体表现均属此范围。容、止动静相因，合而言之，即人的容貌举止。

东汉以来，佛教传入，道教风靡，魏晋而后，玄学兴起，儒家一尊的地位动摇坍塌。随着思想的多元化，人们的审美情趣自然也不再单一。又由于魏晋时代玄学清谈成为时尚，对容止的关注更多倾向于那些清谈名家。因此在本门的三十九则中，被品评容止的有皇帝，有权臣，有和尚，但更多的还是玄学们。具体到不同的人，审美的着眼点也不同：有的重在容貌身形，如形陋的魏武帝，形体天然韶秀的何晏、嵇康、潘岳；有的重在风仪，如庾亮、卫玠之流。甚至有些人在传统的审美情趣下绝难入眼，在魏晋时却成了一种独特的美，如形容丑悴的刘伶、腰带十围的庾敳、身材矮小但眼神犀利的王戎。这三十九则，从而组成了一幅多彩的魏晋上流社会的容止图。

容止 1

魏武将见匈奴使，自以形陋，不足雄远国，使崔季珪代①，帝自捉刀立床头②。既毕，令间谍问曰："魏王何如？"匈奴使答曰："魏王雅望非常③，然床头捉刀人，此乃英雄也。"魏武闻之，追杀此使。

【注】

①崔季珪：即崔琰。琰字季珪，三国魏东武城（今山东武城）人。曾师事大儒郑玄。袁绍辟为骑都尉，后归曹操，为曹丕傅。后被曹操赐死。《三国志》卷12有传。

②捉刀：持刀，握刀。

③雅望：仪容美好。

【译】

魏武帝曹操将要接见匈奴使者，觉得自己容貌丑陋，不足以在远方国家的使者面前显威风，就让崔琰代替自己，他握着刀立在坐榻边。接见结束后，曹操派间谍问使者说："魏王怎么样？"匈奴使者回答说："魏王仪容美好非同一般，但是坐榻边握刀的人，这才是真正的英雄。"曹操听了这话，派人追杀了这个使者。

【评鉴】

曹操阴险猜忌，知能识英雄者必是英雄，为绝后患，故追杀匈奴使，也难怪刘备闻操语而失匕箸。《三国志·蜀书·先主传》："是时曹公从容谓先主曰：'今天下英雄，唯使君与操耳。本初之徒，不足数也。'先主方食，失匕箸。"当然，此则如余嘉锡所说："此事近于儿戏，颇类委巷之言，不可尽信。"似此，刘义庆何以采坊间传言而纳入此书？我们以为，这有可能是刘义庆有意为之，因为刘义庆对曹氏政权本来就心存芥蒂，盖曹氏代汉，而刘义庆为汉高祖弟楚元王交后裔，不免时不时抹黑一下曹氏，此则也是这样，记曹操形陋而心狠。

容止2

何平叔美姿仪①，面至白②。魏明帝疑其傅粉③，正夏月，与热汤饼④。既啖，大汗出，以朱衣自拭，色转皎然⑤。

【注】

①何平叔：即何晏。晏字平叔。

②至白：非常白皙。

③魏明帝：即曹叡。傅粉：擦粉，抹粉。

④汤饼：水煮的面食，汤面。

⑤转：更加。

【译】

何晏容仪美好，面色特别白。魏明帝怀疑他抹了粉，正当夏天，叫人给他端上热汤面吃。吃完后，何晏大汗淋漓，用红色的官服擦脸，脸色更加洁白了。

【评鉴】

　　因《世说》此段故事，后世言美男子多称"何郎"或"傅粉何郎"。不得不说，何晏在当时算是引领时尚的人物了。魏晋时期，男子傅粉施朱为常事，隋唐以后此风渐息。

容止3

　　魏明帝使后弟毛曾与夏侯玄共坐①，时人谓"蒹葭倚玉树②"。

【注】

①毛曾：三国魏河内（治今河南武陟西南）人。历仕驸马都尉、散骑侍郎。夏侯玄：字太初。美容仪，善谈玄理。

②蒹葭：芦苇一类的草。喻指微贱的人。玉树：传说中的仙树。喻指容仪美好、才能出众者。

【译】

　　魏明帝让皇后的弟弟毛曾同夏侯玄坐在一起，当时的人说是"蒹葭靠着玉树"。

【评鉴】

　　毛皇后的父亲毛嘉"本典虞车工"（宫中修制车辆的工匠），出身微贱，毛曾的教养仪容自然与世家子弟的夏侯玄天悬地隔。《三国志·魏书·后妃传·明悼毛皇后》记载说，毛嘉被封为博平乡侯，明帝叫朝臣们到他家里聚会宴饮，毛嘉的举止显得很呆傻，与别人交流时自称"侯身"，当时传为笑谈。刘孝标注引《魏志》言夏侯玄与毛曾并坐，"玄甚耻之"，在当时重门第的风气下，夏侯玄的反应是再正常不过的了，而"蒹葭倚玉树"的评价也代表了当时的舆论。

容止4

时人目夏侯太初"朗朗如日月之入怀[①]"，李安国"颓唐如玉山之将崩[②]"。

【注】

① 目：品评。朗朗：光明皎洁的样子。

② 李安国：即李丰（？—254）。丰字安国，三国魏冯翊（治今陕西大荔）人。才识过人，时誉甚高。后为晋王司马昭所诛。女为贾充前妻，因丰被诛而离婚，远徙乐浪。事见《三国志·魏书·夏侯玄传》。颓唐：懒散疏放的样子。

【译】

当时人们品评夏侯玄"光明皎洁，就好像日月投入了他的怀抱"，李安国"懒散疏放，如一座玉山将要崩塌"。

【评鉴】

夏侯玄仪容美好，自不待言，而李丰如玉山之将崩，与下则赞嵇康语同，是知李丰亦伟岸白皙，风采甚美。此条把二人放在一起品评，也颇有深意。盖二人风采卓荦，然而都被司马氏所杀。文字背后，还是对两位才貌俱佳的名士寄予了深深的同情，透露出不尽的遗憾。

容止5

嵇康身长七尺八寸，风姿特秀。见者叹曰："萧萧肃肃^①，爽朗清举^②。"或云："肃肃如松下风^③，高而徐引。"山公曰^④："嵇叔夜之为人也，岩岩若孤松之独立^⑤；其醉也，傀俄若玉山之将崩^⑥。"

【注】

①萧萧：潇洒大方的样子。肃肃：严正整饬的样子。

②清举：清俊脱俗。

③肃肃：指风声。

④山公：指山涛。

⑤岩岩：高峻挺峙的样子。

⑥傀（guī）俄：散诞倾颓的样子。

【译】

嵇康身高七尺八寸，风度姿容出众美好。看见他的人赞叹说："潇洒凛肃，爽朗清俊。"有人说："如松下清风习习，飘然远去。"山涛说："嵇叔夜这个人，挺拔高峻像孤松一样昂然独立；他醉了的时候，散诞倾颓如玉山即将崩塌。"

【评鉴】

嵇康形体自然质朴，气质高华，不须修饰而卓然出众。"见者"是常人见到嵇康的视觉形象，而山涛则对嵇康的形体和精神做了综合诠释。岁寒然后知松柏之后凋，孤松挺立，见其傲岸不羁。玉山崩塌，状其散诞奔放，视万物蔑如的神态。

容止6

裴令公目王安丰①："眼烂烂如岩下电②。"

【注】

①裴令公：指裴楷。因曾为中书令，故称。王安丰：即王戎。因封安丰县侯，故称。

②烂烂：明亮的样子。

【译】

裴楷品评王戎："眼睛明亮如山崖下的闪电。"

【评鉴】

此谓王戎眼睛分外有神。烂烂是直观印象，岩下电是比况。令人如见其眼。刘孝标注云："王戎形状短小，而目甚清炤，视日不眩。"清炤，即清澈明亮。这正如顾长康所谓"传神写照正在阿堵中"（《巧艺》13），也就不计较其形体短小了。

容止7

潘岳妙有姿容，好神情。少时挟弹出洛阳道^①，妇人遇者，莫不连手共萦之^②。左太冲绝丑^③，亦复效岳游遨^④，于是群妪齐共乱唾之，委顿而返^⑤。

【注】

①挟弹：带着弹弓。

②萦：围绕。

③左太冲：即左思。思字太冲。

④亦复：也。复，后缀。

⑤委顿：颓唐萎靡。

【译】

潘岳有美好的容貌，神态风采也很好。小时候他带着弹弓走在洛阳的路上，妇女们遇上他，没有不手拉手围住他的。左思特别丑，也学潘岳外出游玩，于是老妇们都朝他乱吐口水，弄得他颓废狼狈地回去了。

【评鉴】

清卢文弨《钟山札记》云："《晋书·潘岳传》云：'岳美姿仪，妇人遇之者，皆连手萦绕，投之以果，满车而归。'此盖岳小年时，妇人爱其秀异，萦手赠果。今人亦何尝无此风？要必非成童以上也。妇人亦不定是少艾，在大道上，亦断不顿起他念。"卢文弨的意思是说，妇人们"连手萦绕，投之以果"，应该是在潘岳小的时候，而不是长大以后。大家只是觉得这小男孩长得漂亮，就过去逗一逗，并没有什么别的企图，而妇人也应该是年龄比较大的。放在今天也是一样，在大街上或是小区里，阿姨、大姐们看见长得漂亮的小男孩，也总愿意走过去问一问几岁了，甚至摸摸脸蛋。卢文弨的理解是有道理的。

经过《世说》的渲染，潘岳成了后世美男子的典型。再加上他本身又才华横溢，诗文在古代文学史上有很大影响，特别是三首《悼亡诗》写得缠绵悱恻，令人不忍卒读，是悼亡诗中的代表。所以，在后世的小说和戏曲中，以潘岳为原型又演绎出了许多风流温馨的才子佳人故事，而且凡是说到美男子，也常以"潘安"（潘岳字安仁）作比况。

容止 8

王夷甫容貌整丽①，妙于谈玄，恒捉白玉柄麈尾②，与手都无分别③。

【注】

①王夷甫：即王衍。衍字夷甫。整丽：端庄漂亮。

②麈（zhǔ）尾：魏晋时一种兼具拂尘和驱虫功用的器具。

③都无：完全没有。

【译】

王衍容貌端庄漂亮，擅长谈玄，常常手握白玉作柄的麈尾，白玉柄和手简直没有分别。

【评鉴】

白玉柄麈尾与手都无分别，刻画传神。其肤色之白皙如见。如此似冰雕玉琢之人，也难怪杀人如麻的石勒都不忍心加以锋刃，而推墙压杀。

容止 9

潘安仁、夏侯湛并有美容①，喜同行，时人谓之连璧②。

【注】

①潘安仁：即潘岳。岳字安仁。夏侯湛：字孝若，美容仪，少有盛才。

②连璧：并列在一起的玉璧。比喻同样美好的人物。

【译】

潘岳、夏侯湛容貌都很美，喜欢一起出行，当时人称他们为连璧。

【评鉴】

《世说》之语言传神令人击节，一美一丑谓之蒹葭倚玉树，二者同美谓之连璧，谓肤色白皙则曰手与麈尾白玉柄全无分别。令人感慨的是，《世说》中这一伙容仪甚美的人，其中不乏有才而无行或无能者。何晏倡五石散，贻误众生；神州沉陆，王衍不能无责；潘岳趋炎附势，望尘而拜权贵，最后身送东市；王恬容貌佳好，王导却说他才貌不相配；庾亮胸中柴棘三斗许，外宽内忌。

容止10

　　裴令公有俊容姿①，一旦有疾，至困，惠帝使王夷甫往看②。裴方向壁卧，闻王使至，强回视之。王出，语人曰："双眸闪闪若岩下电，精神挺动③，体中故小恶④。"

【注】

①裴令公：即裴楷，因曾为中书令，故称。

②惠帝：指晋惠帝司马衷。

③挺动：晃动。

④小恶：稍有不适。

【译】

　　裴楷有俊美的仪容风采，有一天生病了，很严重，惠帝让王衍去看望。裴楷正向着墙壁躺着，听说王衍奉命来探病，勉强转过头来看他。王衍告辞出去后，对人说："他一双眸子闪闪发光，就像山崖下的闪电，精神有点恍惚，身体的确是稍微有些不适。"

【评鉴】

　　刘孝标注引《名士传》："楷病困，诏遣黄门郎王夷甫省之，楷回眸属夷甫云：'竟未相识。'夷甫还，亦叹其神俊。"从刘孝标注可知裴楷似乎精神有些恍惚以致不太认得人。但他目光炯炯，可见其本元未亏，故王衍以此判断其病无碍，小恶而已。再者，这一则比较前面第六则裴楷称赞王戎"眼烂烂如岩下电"，是何其相似。是传闻之异？还是裴、王二人眼光都特别锐利呢?

容止11

有人语王戎曰:"嵇延祖卓卓如野鹤之在鸡群①。"答曰:"君未见其父耳。"

【注】

①嵇延祖:即嵇绍。绍字延祖,嵇康子。卓卓:挺拔出众的样子。

【译】

有人对王戎说:"嵇延祖挺拔卓立,就像野鹤在鸡群中。"王戎回答说:"你只是没见过他的父亲。"

【评鉴】

此谓嵇绍风采有如其父。王戎的意思是说,其父嵇康即如此,有其父必有其子,如果见了嵇康,就会觉得原来如此。

容止12

裴令公有俊容仪①,脱冠冕②,粗服乱头皆好,时人以为"玉人"。见者曰:"见裴叔则,如玉山上行,光映照人③。"

【注】

①裴令公：指裴楷。楷字叔则，曾任中书令。

②冠冕：古代官员戴的礼帽。

③光映：光耀，光彩。

【译】

裴楷有俊美的容貌仪表，即使是摘下冠帽，穿着粗劣的衣服、头发蓬乱着都很好看，当时人们称他为"玉人"。看见他的人都说："见了裴叔则，就好比在玉山上行走，光彩照人。"

【评鉴】

古人以玉为美，故多以玉状人，既言其形容美好，亦喻其品质高洁，如《诗·小雅·白驹》："生刍一束，其人如玉。"在玉山上行，光映照人，等于说，裴楷的形象、气场似乎有一种令人高山仰止的感觉，看到他的人在他的光环笼罩下不自觉地感到威压，钦崇之余，不免也产生了淡淡的自惭形秽的感觉。另外，裴楷"粗服乱头皆好"，言其风采无时无处不佳妙，比较那些动静粉白不离手的美男，比较坐车时都要有一面镜子在怀中的名士，我们更愿意欣赏有自然之妙的裴令公。

容止13

刘伶身长六尺，貌甚丑悴①，而悠悠忽忽②，土木形骸③。

【注】

①丑悴：丑陋憔悴。

②悠悠忽忽：飘忽迷离、悠闲懒散的样子。

③土木形骸：形体如土木般自然质朴，不加修饰。形骸，指人的躯体。

【译】

　　刘伶身高六尺，容貌非常丑陋憔悴，却悠闲飘忽，形体就像土块枯木一样自然朴质。

【评鉴】

　　有专家做过考证，两晋时一尺大概是24.1厘米。照此换算，嵇康身长七尺八寸，应该是在190厘米左右。而刘伶身高六尺，则还不到150厘米，简直就是侏儒了。但刘伶虽然矮小丑陋，却因为内在的修养不同寻常，从而表现出独特的气质。所以他给旁人的感觉不仅不是丑陋，反而觉得他风采独异，有一种精华内敛、朴实外宣的美。至于"悠悠忽忽"，是形容刘伶行走时的偏偏倒倒、飘忽懒散，这是因为刘伶终日醉酒，步履蹒跚。从刘伶的"美"，我们联想生活中的现象，有的人虽然衣着普通，但一望其气质就让人敬畏，而有的人遍身罗绮，珠光宝气，却只觉得俗不堪耐。

容止 14

　　骠骑王武子是卫玠之舅①，俊爽有风姿。见玠，辄叹曰："珠玉在侧，觉我形秽。"

【注】

①骠骑王武子：即王济。济字武子，死后追赠骠骑将军，故称。

【译】

　　骠骑将军王济是卫玠的舅父，俊美爽朗，风度仪态出众。每当看见卫玠，就感叹说："珠玉在我旁边，我觉得自己形貌丑陋。"

【评鉴】

　　卫玠形容美好，王济本来也俊爽可嘉，《晋书·王济传》云："风姿英爽，气盖一时。"俗话说外甥似舅，王济夸奖外甥，貌似谦虚，或许心中是很自得的。

容止15

　　有人诣王太尉①，遇安丰、大将军、丞相在坐②。往别屋，见季胤、平子③。还，语人曰："今日之行，触目见琳琅珠玉④。"

【注】

①王太尉：指王衍。衍怀帝时为太尉，故称。

②安丰：指王戎。戎封安丰县侯，故称。大将军：指王敦。丞相：即王导。

③季胤：指王诩。诩字季胤，王衍弟，仕至修武令。平子：指王澄。澄字平子，王衍弟。

④触目：目光所及，犹满目。琳琅：精美的玉石。

【译】

　　有人去拜访王衍，遇到王戎、王敦、王导都在坐。到另外的屋子，又看见王诩、王澄。回去后，这个人对别人说："我今天到王家去，满目都是珠宝美玉。"

【评鉴】

　　王谢风流，于此可见一斑。另外从这一段话中，也可以看出审美观是有其时代特征的。通常的审美，首先是形体的悦目，但魏晋时除形体外，还特别关注器宇或某一局部特征，如我们前边举到的刘伶。而这一则言"琳琅珠玉"，其中王戎、王敦的形貌并不是那么受看的。王敦是"蜂目豺声"，却器宇不凡。王戎"形状短小"，但眼睛特别清澈明亮，刘孝标言其"目甚清焰，视日不眩"。

容止 16

　　王丞相见卫洗马①，曰："居然有羸形②，虽复终日调畅③，若不堪罗绮④。"

【注】

①卫洗马：指卫玠。因曾任太子洗马，故称。

②居然：显然。羸形：衰弱的形貌。

③虽复：虽然。复，后缀。调畅：调理身体。

④罗绮：用轻软丝织品做的衣服。

【译】

王导见了卫玠，说："显然是有病容，虽然他整天调理自己的身体，但好像依然承载不起罗绮衣装。"

【评鉴】

此则刻画卫玠非常逼真，病秧子卫玠的身体状况及精神状态呼之欲出。而这句"若不堪罗绮"的本源却是《荀子·非相》："叶公子高，微小短瘠，行若将不胜其衣。"说叶公子高身材矮小而又瘦弱不堪，感觉他行走的时候身体连衣服也承载不起。

容止17

王大将军称太尉处众人中①，似珠玉在瓦石间。

【注】

①太尉：指王衍。

【译】

王敦说王衍在人群当中，就像珠玉在瓦块泥石中。

【评鉴】

此言王衍姿容之美。然而，像王衍这样的"珠玉"，对于国家有什么用处？司马越死后，众人推举王衍为主，可他毫无指挥能力，很快就被石勒击溃，与王公大臣一同当了俘虏。作为一国重臣，死节才是骨气，而王衍毫无气节廉耻可言，居然推脱责任，说晋室败亡罪责不在自己，还不惜对仇敌献媚讨好，劝石勒称帝，最终被石勒推土墙压死，也是活该。

容止18

庚子嵩长不满七尺①，腰带十围②，颓然自放③。

【注】

①庚子嵩：即庚敳。敳字子嵩。

②十围：形容粗大。围，计量周长的单位，指两手拇指与食指合拢的长度。

③颓然自放：松弛懒散、自然疏放的样子。

【译】

庚敳身高不到七尺，腰有十围粗，却散诞自适。

【评鉴】

不满七尺，言其矮，身高应该在170厘米之内，然而腰带十围，则知庚敳矮而胖。因为其器宇不凡，亦觉自有韵味。这和本门第十三则评价刘伶类似，也是从其气质着眼的。

容止19

卫玠从豫章至下都①，人久闻其名，观者如堵墙②。玠先有羸疾③，体不堪劳，遂成病而死。时人谓看杀卫玠。

【注】

①豫章：郡名。扬州属郡，治所在今江西南昌。下都：东晋时指都城建康，与西晋都城洛阳相对而言。

②观者如堵墙：形容观看者多，围得像一堵墙一样。语出《礼记·射义》："孔子射于矍相之圃，盖观者如堵墙。"

③羸疾：瘦弱多病。

【译】

卫玠从豫章到都城建康去，人们早就听说过他的名声，来看他的人围得像一堵墙。卫玠早先就体弱多病，身体经不起劳累，于是就酿成大病死去了。当时人说是看死了卫玠。

【评鉴】

其实所谓看杀，体弱多病、劳累过度只是一个方面，还有一个重要的原因则是家国的伤悲，《言语》第三十二则云卫玠渡江时"形神惨悴"，几者交织，于是一病不起。

容止20

周伯仁道桓茂伦①："嵚崎历落②，可笑人。"或云谢幼舆言③。

【注】

①周伯仁：即周颛。颛字伯仁。桓茂伦：即桓彝。彝字茂伦，桓温父。

②嵚（qīn）崎：高峻的样子。历落：磊落，洒脱不拘。

③谢幼舆：即谢鲲。鲲字幼舆。

【译】

周颛称赞桓彝："高峻磊落，是一个不同流俗的人。"有人说这是谢鲲的话。

【评鉴】

《晋书·桓彝传》说桓彝少虽孤贫，却安贫乐道。他成名很早，而且眼光不凡，善于识别人才。当时重门第，但他并不看重门第，唯才是举。这是很难得的。当然，这可能和他自己少年时的经历有关。可笑人，是周颛的评价，在出身官宦世家的人看来，他的这些行为是"可笑"的，是另类，但如果客观地看待，则知所谓"可笑"正是客观公正、不与流俗为伍的高尚品格。

李白《上安州李长史书》直接引用了《世说》此语，云："白嵚崎历落，可笑人也。虽然，颇尝览千载，观百家。"从李白语后边"虽然"的转折，知此"可笑人"指不同流俗、不拘小节的人。因为不同流俗、不拘小节，自不免为人讥笑。

容止21

周侯说王长史父①："形貌既伟②，雅怀有概③，保而用之，可作诸许物也④。"

【注】

①周侯：指周颛。袭父爵武城侯，故称。王长史父：指王濛的父亲王讷。讷字文开，太原（今山西太原西南）人。东晋时仕至新淦令。王濛曾任简文长史，故称王长史。

②伟：壮美。

③概：气概。

④诸许：许多，多种。

【译】

周颛品评王濛的父亲王讷："他形貌壮美，情致高雅而有气概，假如爱惜并任用他，可以做很多事。"

【评鉴】

周颛此评是从容貌气质着眼的，而王讷本身仕途并不通达，刘孝标注引《王氏谱》曰："讷始过江，仕至新淦令。"史籍不见其他政绩记载，恐怕他为官也少有可嘉许处。因此"可作诸许物"的推扬未必恰当。

容止22

祖士少见卫君长云①："此人有旄仗下形②。"

【注】

①祖士少：即祖约。约字士少。卫君长：即卫永。永字君长。

②旄（máo）仗下形：指具有站在仪仗下的将帅的风度气概。旄仗，大将的节旄和仪仗。

【译】

祖约看见卫永，说："这个人有仪仗下的大将风度。"

【评鉴】

卫永善属文，至于军事，卫永曾为左军长史，祖约或是因此而言？抑或因卫永形象比较伟岸？不过，祖约自己尚且不能审时度势，评价他人恐亦未必中肯。《品藻》第六十九则谢安认为卫永不是"世业人"，是"理义人"，似乎与祖约所说的将帅才相去甚远。我们当然更应相信谢安的眼光。

容止23

石头事故①，朝廷倾覆，温忠武与庾文康投陶公求救②。陶公云："肃祖顾命不见及③。且苏峻作乱，衅由诸庾④，诛其兄弟，不足以谢天下。"于时庾在温船后，闻之，忧怖无计。别日，温劝庾见陶，庾犹豫未能往。温曰："溪狗我所悉⑤，卿但见之，必无忧也。"庾风姿神貌，陶一见便改观，谈宴竟日⑥，爱重顿至。

【注】

①石头事故：指苏峻、祖约之乱。晋成帝咸和二年（327），苏峻以诛庾亮为名，联合祖约举兵反，攻陷建康，将成帝胁迫至石头城。石头，指石头城，在建康西。

②温忠武：指温峤。峤谥忠武，故称。庾文康：指庾亮。亮谥文康，故称。陶公：指陶侃。

③肃祖：晋明帝司马绍庙号。顾命：指皇帝的遗诏。不见及：不及我。见，指代我。意思是遗诏嘱托后事没有提到我。陶侃于此事颇为不满，《晋书·庾亮传》："又先帝遗诏褒进大臣，而陶侃、祖约不在其例，侃、约疑亮删除遗诏，并流怨言。"

④衅由诸庾：谓罪责在庾亮兄弟几人。《晋书·庾亮传》："亮知峻必为祸乱，征为大司农。举朝谓之不可，平南将军温峤亦累书止之，皆不纳。峻遂与祖约俱举兵反。温峤闻峻不受诏，便欲下卫京都，三吴又欲起义兵，亮并不听，而报峤书曰：'吾忧西陲过于历阳，足下无过雷池一步也。'"衅，罪责，过失。

⑤溪狗：当时世家大族对江西地区人的蔑称。此指陶侃，陶侃是寻阳（今江西九江）人。

⑥竟日：整日，终日。

【译】

苏峻、祖约作乱，逼迫成帝迁往石头城，朝廷倾覆，温峤和庾亮投奔陶侃求救。陶侃说："当年肃祖临终嘱托后事没我的份。何况苏峻作乱，罪在庾家几个人，杀了他们兄弟，也不足以向天下人谢罪。"当时庾亮在温峤船后，听见了，忧虑恐惧没有了主意。过了几天，温峤劝庾亮去拜见陶侃，庾亮犹豫不决没有去。温峤说："那溪狗我了解，你只管去见他，一定没问题。"庾亮风采出众，容貌俊美，陶侃一见他就改变了态度，谈论饮宴了一整天，一下就喜爱敬重他了。

【评鉴】

温峤向来与庾亮友好，所以给庾亮出了这个主意，果然奏效。魏晋之时，人们往往为容貌风仪所误，即如中兴名将陶侃，也未能免俗。苏峻之乱，庾亮的确要负主要责任，杀了庾亮还不足以谢罪天下，却居然一见庾亮而态度立刻改变，爱重顿至？实在有些滑稽。

容止24

庾太尉在武昌①，秋夜气佳景清，佐吏殷浩、王胡之之徒登南楼理咏②。音调始遒③，闻函道中有屐声甚厉④，定是庾公⑤。俄而率左右十许人步来，诸贤欲起避之，公徐云："诸君少住，老子于此处兴复不浅⑥。"因便据胡床与诸人咏谑⑦，竟坐甚得任乐。后王逸少下⑧，与丞相言及此事，丞相曰："元规尔时风范不得不小颓⑨。"右军答曰："唯丘壑独存⑩。"

【注】

①庾太尉：指庾亮，字元规，死后追赠太尉。在武昌：晋成帝咸和九年（334），庾亮兼领江、荆、豫三州刺史，进号征西将军，移镇武昌。

②佐吏：属下官吏。殷浩时为庾亮长史，王胡之为庾亮记室参军。理咏：调理音律，吟咏诗歌。

③遒（qiú）：强劲。指音调高昂。

④函道：楼梯。

⑤定是：原来是。表示事先没料到。

⑥老子：犹言老夫。

⑦据：靠。胡床：从胡地传入的一种折叠椅子。咏谑：吟咏调笑。

⑧逸少：指王羲之。羲之字逸少。曾任庾亮参军、长史。下：指从上游的武昌
　　到下游的都城建康。

⑨小颓：稍微衰减。

⑩丘壑：指高雅的风貌、情致。

【译】

　　庾亮镇守武昌时，在一个天气晴朗、景色清丽的秋夜，佐吏殷浩、王胡之等人一起登上南楼调理音律，吟咏诗歌。音调正转向高亢时，听见楼梯间有急促的木屐声，原来是庾亮到了。一会儿庾亮带着十多个侍从走上来，殷浩等人正打算离席回避，庾亮缓缓地说："各位请留步，老夫对此事也兴致不浅。"于是就靠着胡床和大家一起咏诵戏玩，满座的人都无拘无束地尽情欢乐。后来王羲之东下建康，和丞相王导说到这件事，王导说："庾元规那天的风度气质不能不稍有减损啊。"王羲之回答说："惟有高雅的风貌还大致存在。"

【评鉴】

　　庾亮风姿俊美，人们亦津津乐道武昌南楼理咏事，此处王导却言"元规尔时风范不得不小颓"，何以小颓？各书歧说纷纷。我们觉得，王导是联系庾亮当时的心境而有此言。盖苏峻造反，庾亮难辞其咎，

弄得国家倾覆。庾亮离开朝廷而外镇，其实多少有外贬的性质，所以王导觉得庾亮心理压力肯定是很大的，不可能如往常那样踌躇满志，谈笑风生。所谓兴复不浅，不过是故作潇洒而已。这是一般人不可能洞察的，也只有王导和庾亮交往既久，对庾亮的为人行事了如指掌，才对王羲之有"小颓"的询问。王羲之的回答也耐人寻味，唯丘壑独存，等于说大致的风貌还在。实际上王羲之也认同了王导的说法。

容止25

　　王敬豫有美形①，问讯王公②。王公抚其肩曰："阿奴③，恨才不称④。"又云："敬豫事事似王公。"

【注】

①王敬豫：即王恬。恬字敬豫，王导次子。

②问讯：问候，探问。

③阿奴：尊长对卑幼者的昵称。

④不称：不相匹配。

【译】

　　王恬有美好的容貌，去探望父亲王导。王导拍着他的肩膀说："你啊，遗憾的是才学和容貌不相匹配。"又有一说："王恬处处都像王导。"

【评鉴】

　　从《德行》第二十九则，我们知道王导喜欢王悦而不喜欢王恬。

当时评论亦多称扬王悦。从此则又可知王导于人重视才干，就是亲儿子也是这样。有趣的是，当时又有"敬豫事事似王公"的品评，这倒证明了王导做事不如人意之处还是不少，大概就是《规箴》第十四则所谓"王丞相末年多可恨"。遗憾儿子的不足，却忽略了自身的缺失，有自知之明是多么难啊！刘义庆这个"又云"，大有韵味。

容止 26

王右军见杜弘治①，叹曰："面如凝脂②，眼如点漆③，此神仙中人。"时人有称王长史形者④，蔡公曰⑤："恨诸人不见杜弘治耳。"

【注】

①杜弘治：即杜乂。乂字弘治。

②凝脂：凝结的油脂。形容皮肤光洁细腻。语本《诗·卫风·硕人》："肤如凝脂。"

③点漆：点上的黑漆。形容眼睛又黑又亮。

④王长史：指王濛。因曾任简文长史，故称。

⑤蔡公：指蔡谟。

【译】

王羲之看见杜乂，叹息说："脸洁白如凝结的油脂，双眼黑亮如点漆，这人是神仙中才有啊。"当时有人称赞王濛的容貌，蔡谟说："遗憾的是这些人没见过杜弘治啊。"

【评鉴】

刘孝标注引《江左名士传》云："永和中，刘真长、谢仁祖共商略中朝人士。或曰：'杜弘治清标令上，为后来之美，又面如凝脂，眼如点漆，粗可得方诸卫玠。'"《江左名士传》也是刘义庆所作，对杜乂容貌的描绘与《世说》大致相同，最后说"粗可得方诸卫玠"，言杜乂大概可以和卫玠比一比。《世说》把比较对象换成了王濛，"恨诸人不见杜弘治"，并不是说王濛就不如杜乂，而是说两个人可以一较高下。

容止27

刘尹道桓公："鬓如反猬皮^①，眉如紫石棱^②，自是孙仲谋、司马宣王一流人^③。"

【注】

①反猬皮：谓四散竖起的刺猬毛。

②紫石棱：紫色石英石上突出的棱角。

③孙仲谋：即孙权（182—252）。权字仲谋。承父兄基业，据有江东六郡，受封吴王。229年自立为帝，国号吴，自武昌（今湖北鄂州）迁都建业（今江苏南京）。《三国志》卷47有传。司马宣王：指司马懿。子司马昭封晋王后追封懿为宣王。

【译】

刘惔品评桓温："两鬓就像四散竖起的刺猬毛，两条眉毛像紫色石英石的棱角一样突起，本是孙仲谋、司马宣王一类的人。"

【评鉴】

　　从刘惔的品评，我们知道桓温胡须粗硬散乱，眉毛黑长坚挺。如此几笔速写，画出了桓温勇武刚毅的形象。这就是区别特征，有如顾恺之画裴楷颊上三毛，即可体现其"俊朗有识具"(《巧艺》9)。

容止28

　　王敬伦风姿似父①。作侍中，加授桓公，公服从大门入②。桓公望之曰："大奴固自有凤毛③。"

【注】

①王敬伦：即王劭。劭字敬伦，王导第五子。

②"作侍中"几句：程炎震云："此'作侍中'，字恐有误，文或应在'加授桓公'下。"程说甚有理。公服者，当是指王劭身穿公服。

③大奴：指王劭。有凤毛：比喻子孙的才干可以比并父辈。

【译】

　　王劭的风度仪态像父亲王导。加授桓温侍中官职时，王劭穿着公服从大门进入。桓温望见他说："大奴的确有他父亲的风采。"

【评鉴】

　　王劭为王导第五子，《晋书》本传说他美姿容，有风操，深受桓温器重。这里的"公服"到底是谁穿着公服，向来众说纷纭，我们觉得，"公服"在这里用作动词，是说王劭身穿公服入门。形体既佳，而身穿公服更是威仪奕奕，所以桓温觉得王劭有其父王导的风采。再者，比较本门第三十三则说王濛穿着公服仪容美好，此处"公服"的着身者更当以王劭为宜。人们很欣赏穿戴整饬的人物形象，而公服就是在官者的标配，身穿公服也是威仪气度的体现。

容止29

林公道王长史①："敛衿作一来②，何其轩轩韶举③！"

【注】

①林公：即支遁。遁字道林，晋高僧。时人呼为林公以敬之。王长史：指王濛。濛曾任简文长史，故称。

②敛衿：整饬衣襟，表示恭敬。作一：整饬高迈的样子。

③轩轩：仪态轩昂的样子。韶举：俊逸美好的样子。

【译】

支道林品评王濛："每当他整饬停当时，是多么的轩昂俊美！"

【评鉴】

王濛美姿容，而又善自修饰。刘孝标注引《语林》："王仲祖（王濛）有好仪形，每览镜自照，曰：'王文开（王濛父王讷）那生如馨儿！'时人谓之达也。"好一个顾影自怜的王濛，连父亲也要贬损一下。《世说》中美姿容者甚多，如何晏、潘岳、王衍、殷仲文等等。比较而言，王濛算得上是品性与姿容并美的一位了，可惜天不假年，三十九岁即去世了。

容止30

时人目王右军：“飘如游云^①，矫若惊龙^②。”

【注】

①游云：漂浮流动的云彩。

②惊龙：受惊而腾起的龙。

【译】

时人品评王羲之：“飘忽有如流动的云，矫健好似受惊的龙。”

【评鉴】

程炎震云：“《晋书·羲之传》论者称其笔势是也，今乃列于《容止篇》。”言之有理。比较而言，这两句形容其书法笔势更为合适。王羲之一生谨守礼法，对于当时清谈之风尚有“虚谈废务，浮文妨要”的规劝（《言语》70），何至于“飘如游云，矫若惊龙”。

容止31

王长史尝病，亲疏不通^①。林公来，守门人遽启之曰^②：“一异人在门^③，不敢不启。”王笑曰：“此必林公。”

【注】

①不通：不通报，不接见。

②遽：匆忙，急忙。

③异人：指相貌丑陋怪异的人。

【译】

　　王濛曾经生了病，无论亲近还是疏远的人来访都不接待。支道林来了，守门人就急忙禀告他说："有一个相貌古怪的人在门前，不敢不禀报。"王濛笑着说："这一定是林公。"

【评鉴】

　　刘孝标注引《语林》载，几个人邀阮裕一起去拜访支道林，阮裕说自己很想听听支道林的高论，但是怕看见支道林的样子。《排调》第四十三则王徽之也戏调支遁曰："若林公须发并全，神情当复胜此不？"可能支道林形象的确欠佳。

容止32

　　或以方谢仁祖不乃重者①，桓大司马曰②："诸君莫轻道仁祖，企脚北窗下弹琵琶③，故自有天际真人想④。"

【注】

①方：比拟，评价。谢仁祖：即谢尚。尚字仁祖。

②桓大司马：指桓温。晋哀帝时加授桓温大司马，故称。

③企脚：跷起脚。形容潇洒随意的样子。《乐府诗集》卷七十五引《乐府广

　　题》曰："谢尚为镇西将军，尝著紫罗襦，据胡床，在市中佛国门楼上弹琵

琶，作《大道曲》。市人不知是三公也。"似此，当是坐在北窗下跷起二郎
腿弹奏。

④天际：天边，天上。真人：道家称修真得道的人，即神仙。想：韵味，风采。

【译】

有人评价谢尚，对他不是那么尊重，桓温说："你们不要轻易评
论仁祖，当他跷起二郎腿在北窗下弹琵琶时，实在是有天上神仙的
韵味。"

【评鉴】

"企脚北窗下"语，是桓温对谢尚风采的高度评价。称赞谢尚不
以尘务累心，超脱潇洒，风韵悠然。同是谢门兄弟，桓温评价谢万是
"挠弱凡才"（《方正》55），而对谢尚评价如此之高，是因为他的确是
一位了不得的人物。谢尚小时即风姿韶秀，长大后"开率颖秀，辨悟
绝伦"，又行为洒脱，不拘小节。他多才多艺，会跳"鸲鹆舞"（参《赏
誉》104评鉴），又曾经访查民间乐人，制作石磬，为东晋朝廷备置太
乐。此外，谢尚为官也值得称道。《晋书》本传说，谢尚为政清简，做
官刚到任时，郡府用四十匹布给他做乌布帐篷，他却将帐篷拆毁，为
军士们做服装。但从这一点来说，比较起谢万的不恤士卒，侮辱部下
（《简傲》14），谢尚就更值得受到桓温的青睐。

容止33

王长史为中书郎①，往敬和许②。尔时积雪，长史从门外下车，

步入尚书③，著公服，敬和遥望叹曰："此不复似世中人！"

【注】

①中书郎：即中书侍郎，为中书监或中书令的副职。

②敬和：即王洽。洽字敬和，王导第三子。

③尚书：指尚书省衙门。

【译】

　　王濛做中书郎，到王洽那里去。那时路上还有积雪，王濛从门外下车，步行到尚书衙门，穿着公服，王洽遥望赞叹说："这好像不是世间的人！"

【评鉴】

　　王濛美姿容，《世说》多见。比较此则，本门第二十八则"公服从大门入"之"公服"亦当指王劭无疑。两则可以对看。

容止34

　　简文作相王时①，与谢公共诣桓宣武②。王珣先在内③，桓语王："卿尝欲见相王，可住帐里。"二客既去，桓谓王曰："定何如④？"王曰："相王作辅，自然湛若神君⑤。公亦万夫之望，不然，仆射何得自没⑥？"

【注】

①相王：简文帝司马昱曾封琅邪王、会稽王，太和元年（366）进位丞相、录尚书事，以王的身份担任丞相，故称相王。

②谢公：指谢安。桓宣武：指桓温。

③王珣：王导之孙，王洽之子。

④定：到底，究竟。

⑤湛：深沉。

⑥仆射：指谢安。谢安曾担任尚书仆射。自没：自我埋没。引申指居于别人之后。

【译】

简文帝做相王时，与谢安一起去见桓温。王珣先前就在里边，桓温对王珣说："你曾想见见相王，就在帐幕中呆着吧。"相王和谢安走后，桓温对王珣说："到底怎么样？"王珣说："相王做辅臣，自然深沉有如神人。您也是万人所仰慕的对象，不然，谢仆射怎么会甘心自己居后？"

【评鉴】

简文美姿容，桓温也本就有英雄气概，不须质疑，但王珣言谢安"自没"，则不免夸张。谢安仪容气概，全不输简文、桓温，此不过是王珣恭维桓温语，不必过分当真。再者，王珣因与谢家离婚，两家交恶，或许多少带点情绪。

容止35

海西时①，诸公每朝，朝堂犹暗②，唯会稽王来③，轩轩如朝霞举④。

【注】

①海西：指晋废帝海西公司马奕。为桓温所废，封海西县公，史称晋废帝。

②暗：晦暗少生气。

③会稽王：指简文帝。简文曾封会稽王。

④轩轩：高昂朗畅的样子。

【译】

海西公在位时，每当大臣们上朝，朝堂上总是晦暗缺少生气，只有会稽王来时，那轩昂朗畅的风采如同朝霞升起。

【评鉴】

简文美姿容，此渲染特妙。不过，这有可能是简文登基后史臣美化之词。明暗对举，其中隐含着厚此薄彼的感情，且不乏谀佞的色彩。

容止36

谢车骑道谢公①："游肆复无乃高唱②，但恭坐捻鼻顾睐③，便自有寝处山泽间仪④。"

【注】

①谢车骑：即谢玄。玄死后赠车骑将军，故称。

②游肆：游玩，纵情游乐。

③顾眯：犹顾盼。环视。

④寝处：居处。指隐居。

【译】

　　谢玄评论谢安说："在外纵情游玩时并不是那么张扬吟唱，只是端坐捻着鼻头环视左右时，就自然有隐居山林水泽间的韵味。"

【评鉴】

　　谢玄与谢安的关系特别亲近，一是谢玄自身优秀，二是谢安在子侄中也特别看重谢玄，对谢玄多有教诲。谢玄不负所望，淝水之战立下盖世之功。谢玄对谢安当然也是顶礼膜拜，这寥寥几句话，谢安精神内敛、风采外宣的形象已在眼前。

容止 37

　　谢公云："见林公①，双眼黯黯明黑②。"孙兴公见林公，"棱棱露其爽③"。

【注】

①林公：即支遁。遁字道林，晋高僧，时人呼为林公以敬之。

②黯黯：幽黑的样子。形容眼睛深邃有神。

③棱棱：威严的样子。

【译】

　　谢安说："见到林公，他的两只眼睛深邃有神又黑又亮。"孙绰见到林公，说："威严的目光中显露出他的劲爽明澈。"

【评鉴】

　　支道林形貌丑陋，而眼神特异。谢安和孙绰都注意到支道林与众不同的眼神，难怪顾长康云"传神写照正在阿堵中"（《巧艺》13）。

容止38

　　庾长仁与诸弟入吴①，欲住亭中宿。诸弟先上，见群小满屋②，都无相避意。长仁曰："我试观之。"乃策杖将一小儿，始入门，诸客望其神姿，一时退匿。

【注】

①庾长仁：即庾统。统字长仁，庾亮侄。
②群小：指百姓。

【译】

　　庾统和弟弟们进入吴地，想到驿亭中住宿。几个弟弟先上去，看见一屋子的平民百姓，完全没有避让他们的意思。庾统说："我去看看。"于是拄着手杖带着一个小童进去，刚进门，那些人见了庾统的风姿仪态，一下子都退避了。

【评鉴】

　　一说为庾亮，非庾统。或以庾亮为是，庾亮美容仪，陶侃先欲杀之而后快，而一见庾亮，顿时改观敬重，何况凡夫百姓。当然，是庾统似也能成说，庾统小字赤玉，或也是从其形貌悦目而命字的。无其他材料可以推论，只是猜测而已。不管是庾统还是庾亮，这一则都是从风采气韵着眼的。人的风度气质，往往是由自身的家世、学养、社会地位、个人的胸襟抱负等因素决定的，出自上层官宦之家的人，有良好的物质基础和文化修养，故在世人面前会自觉或不自觉地展现出自信、自尊等优越的外在风采。反之，在古代的等级社会中，普通百姓潜意识中都有敬畏权力和地位的自卑感，像陈涉、吴广那样不相信王侯将相有种的下层百姓毕竟不多。所以，当亭中客人发现庾统非寻常人时，就都退避了。

容止39

　　有人叹王恭形茂者①，云："濯濯如春月柳②。"

【注】

①茂：美好。

②濯濯：明净清爽的样子。

【译】

有人赞叹王恭形貌美好，说："明净清爽如同春天的柳树。"

【评鉴】

濯濯，明净清朗的样子。《晋书·王恭传》："恭美姿仪，人多爱悦，或目之云：'濯濯如春月柳。'"即是用《世说》此语。春月的柳条，从来是鲜明美好的象征，随风飘舞，摇曳生姿。由此可见王恭姿容之美。

只要愿意醒来，什么时候都不晚

自新第十五

自新，主谓式双音词，即自己改正错误，重新做人。改过，是儒家传统美德，《论语·子张》："子贡曰：'君子之过也，如日月之食焉：过也，人皆见之；更也，人皆仰之。'"

本门只有两则，主人公分别是周处和戴渊。周处一则，经后世学者考证，当为小说家妄传，并非实事。我们推想，或许因为周处是一时俊杰，忠贞悃诚，最终却遭陷害而死，后世对他的遭遇深感同情与遗憾，于是为他编造了这个故事。据《晋书》记载，周处入晋后赴关中讨伐齐万年叛乱，而夏侯骏、梁王司马肜不断催促兵力与敌相差悬殊的周处进军，司马肜甚至还切断了周处的后援。周处知道必败，慷慨赋诗后上阵杀敌，最终战死。戴渊，元帝太兴中出镇合肥，时值王敦之乱，王敦参军吕猗奸邪谄佞，戴渊十分厌恶他，怀恨在心的吕猗于是向王敦进谗言，王敦最终将戴渊杀害。史称"若思（戴渊字）素有重望，四海之士莫不痛惜焉"。戴渊亦堪称贤士，最终却也死于不幸，他早年间的浪子回头，同样值得我们认真品读。

自新 1

　　周处年少时①，凶强侠气②，为乡里所患，又义兴水中有蛟③，山中有邅迹虎④，并皆暴犯百姓，义兴人谓为"三横"，而处尤剧⑤。或说处杀虎斩蛟，实冀三横唯余其一⑥。处即刺杀虎，又入水击蛟。蛟或浮或没，行数十里，处与之俱，经三日三夜，乡里皆谓已死，更相庆。竟杀蛟而出。闻里人相庆，始知为人情所患⑦，有自改意。乃自吴寻二陆⑧，平原不在，正见清河，具以情告，并云欲自修改而年已蹉跎，终无所成。清河曰："古人贵朝闻夕死⑨，况君前途尚可。且人患志之不立，亦何忧令名不彰邪？"处遂改励⑩，终为忠臣孝子。

【注】

①周处（？—299）：字子隐，义兴阳羡（今江苏宜兴）人。仕吴为无难督。吴平入洛，稍迁至新平太守。氐人齐万年反，遣就征，梁王肜与处有隙，迫处进兵，又绝其后援。战死。《晋书》卷58有传。

②侠气：指逞强好胜，好打抱不平。

③义兴：郡名。西晋时治所在阳羡（今江苏宜兴）。蛟：传说中一种吞噬人的有鳞甲的水怪。此当指鳄鱼。

④邅（zhān）迹虎：跛足的老虎。

⑤剧：厉害。

⑥冀：希望。

⑦人情：人意，人心。

⑧二陆：指陆机和陆云。陆机入晋后曾任平原内史，故称陆平原。其弟陆云曾

任清河内史，故称陆清河。

⑨朝闻夕死：早晨听闻圣贤之道，晚上死去。语本《论语·里仁》："朝闻道，夕死可矣。"

⑩改励：改悔自励。

【译】

周处年少的时候，凶横霸道，任性斗气，被本乡当成祸害，加上义兴水中有一条蛟龙，山中有一只邅迹虎，都侵犯伤害百姓，义兴人称为"三横"，而周处最厉害。有人劝说周处杀虎斩蛟，实际是希望三横只剩下一个。周处于是上山刺杀了猛虎，又入水击刺蛟龙。蛟龙时浮时没，奔行了几十里远，周处和蛟龙缠斗不舍，经过了三天三夜，同乡的人都认为周处已经死了，互相庆贺。可最终周处杀死了蛟龙，从水中出来了。他听说乡邻相互庆祝的事，才知道自己是被乡邻当成了祸害，有了改过自新的想法。周处就到吴郡去寻找陆机、陆云兄弟，陆机不在，只见到陆云，他就把之前的情况一一告诉了陆云，并且说自己想要改过但好年华已经不在了，最终也不会有所成就。陆云说："古人认为早晨听闻大道晚上死了都是可贵的，何况你的前途还有希望。再说人最怕的是志向不立，又何必担心好名声不被传扬呢？"周处于是改过自勉，最终成为忠臣孝子。

【评鉴】

此则本为小说家言，全然无稽，清劳格《读书杂识·晋书校勘记》曾详加考证。然因编入《世说》，为后世传扬，故可取其精神，略其故事。特别是陆云说："古人贵朝闻夕死，况君前途尚可。且人患志之不立，亦何忧令名不彰邪？"堪称人生警策，有志者当时味其语。

自新2

　　戴渊少时游侠^①，不治行检^②，尝在江淮间攻掠商旅^③。陆机赴假还洛^④，辎重甚盛^⑤，渊使少年掠劫。渊在岸上，据胡床指麾左右^⑥，皆得其宜。渊既神姿峰颖^⑦，虽处鄙事，神气犹异。机于船屋上遥谓之曰^⑧："卿才如此，亦复作劫邪？"渊便泣涕，投剑归机，辞厉非常。机弥重之，定交，作笔荐焉。过江，仕至征西将军。

【注】

①戴渊：字若思。有风仪，性豪爽，少好游侠。游侠：指做行侠仗义、打家劫舍之类事。

②行检：操行，品节。

③商旅：行商。

④赴假：销假赴职。

⑤辎重：行李，行装。

⑥胡床：从胡地传入的一种折叠椅子。指麾：指挥。

⑦峰颖：指出众不凡。

⑧船屋：船舱。

【译】

　　戴渊年轻时行侠仗义，不修治品行，曾经在长江、淮河一带劫掠来往客商。陆机休假结束后回洛阳，携带的行李很多，戴渊让一伙年轻人去抢劫。他在岸上，靠在胡床上指挥手下人，全都安排得当。戴渊本来就神姿出众，虽然做不正当的事，神采也非同一般。陆机在船舱上远远地对他说："你有这样的才质，也要做强盗吗？"戴渊于是哭泣流泪，扔掉宝剑归顺陆机，言辞激切，非同寻常。陆机更看重他了，和他结为好友，并写信推荐他。渡江以后，戴渊官做到征西将军。

【评鉴】

戴渊才干不凡，可惜生逢乱世，不得展其抱负，最后屈死九泉。《晋书》本传云："敦参军吕猗昔为台郎，有刀笔才，性尤奸谄，若思为尚书，恶其为人，猗亦深憾焉。至是，乃说敦曰：'周顗、戴若思皆有高名，足以惑众，近者之言曾无愧色。公若不除，恐有再举之患，为将来之忧耳。'敦以为然，又素忌之，俄而遣邓岳、缪坦收若思而害之。若思素有重望，四海之士莫不痛惜焉。"以七十多岁高龄屈死于王敦之手，令人扼腕！本则故事中，戴渊因陆机而改过自新并出仕为官，而《晋书·陆机传》载，后来八王之乱，戴渊曾劝陆机还吴："时中国多难，顾荣、戴若思等咸劝机还吴，机负其才望，而志匡世难，故不从。"陆机一心要建功立业，中原离乱而不知退避，终致殒命丧身。可见此时戴渊识见高出了陆机一头。

羡慕谁不重要，你是谁才重要

企羡第十六

企羡，并列式双音词。企，企盼。羡，羡慕，景仰。

本门共有六则。第一、第六两则是对他人神采风韵的叹羡，尤其是对王恭微雪中乘高车披鹤氅的刻画，令人想见其人。第三、第五两则是对人文章才华以及雄才大略的企羡（当然，这两则是不可信的，见评鉴）。第二则是王导对往事的追忆，反映了南渡士族普遍的故国之思。第四则是王胡之对清谈名家殷浩的仰慕。王胡之本来也以清谈见长，属名家之流，此时奉命到都城去，但因为殷浩的到来自求延缓时日，希望能与殷浩进行一些交流，其虚怀若谷、好学不殆的精神亦值得肯定。

企羡1

王丞相拜司空①，桓廷尉作两髻②，葛裙策杖③，路边窥之，叹曰："人言阿龙超④，阿龙故自超⑤！"不觉至台门⑥。

【注】

①王丞相：指王导。司空：官名。为三公之一。据《晋书·元帝纪》，王导太

兴四年（321）授司空。

②桓廷尉：指桓彝。因在苏峻之乱中被杀，追赠廷尉，故称。

③葛裙：葛布做的衣裙。裙，下裳。策杖：拄着拐杖。

④阿龙：王导小字赤龙，故称阿龙。超：杰出不寻常。

⑤故自：的确。自，后缀。

⑥台门：中央官署的门。

【译】

王导被任命为司空时，桓彝把头发编成两个髻，穿着粗布衣裙，手拄拐杖，在路边偷看他，感叹说："常人说阿龙不寻常，阿龙的确不寻常啊！"不知不觉跟到了台门。

【评鉴】

王导从小便风度不凡，《晋书》本传曰："导少有风鉴，识量清远。年十四，陈留高士张公见而奇之，谓其从兄敦曰：'此儿容貌志气，将相之器也。'"《容止》第十五则亦称王导等为珠玉，"今日之行，触目见琳琅珠玉"。

企羡2

王丞相过江，自说昔在洛水边，数与裴成公、阮千里诸贤共谈道①。羊曼曰②："人久以此许卿③，何须复尔？"王曰："亦不言我须此，但欲尔时不可得耳！"

【注】

①裴成公：即裴颜。死后谥成，故称。阮千里：指阮瞻。瞻字千里。

②羊曼：字祖延，羊祜从孙。仕至丹阳尹。后死于苏峻之乱。

③许：称许，赞扬。

【译】

王导到了江东，说自己当年在洛水边，多次与裴颜、阮瞻这些大贤一起谈论玄理。羊曼说："人们早就以此推许你了，你何必再这样说？"王导说："也不是说我有意这样，只是想再像当时那样谈论玄理已经不可能罢了！"

【评鉴】

衣冠南渡，不免时常怀念在洛情景，故国之思，自是寝食难忘，新亭对泣，正是南渡群贤的共同心曲（《言语》31）。王导总是言及往事，也在情理之中。羊曼讥王导，实无可取。羊曼本身便不是治国人才，从来任达颓纵，狂放不羁。因为王导名高，屡言往事，他心有不满，于是出语诋排。据《晋书·羊曼传》："王敦既与朝廷乖贰，羁录朝士，曼为右长史。曼知敦不臣，终日酣醉，讽议而已。"再后苏峻为乱，羊曼慨然为国殉难，倒也算保住了晚节。这一条列为企羡，也是在肯定王导对往事的追忆，对羊曼的无礼有所批评。

企羡3

王右军得人以《兰亭集序》方《金谷诗序》①，又以己敌石崇②，甚有欣色。

【注】

①王右军：指王羲之。因曾任右军将军，故称。《兰亭集序》：穆帝永和九年（353）三月初三，时任会稽内史的王羲之同谢安、孙绰等四十一人于会稽山阴之兰亭修祓禊之礼，曲水流觞，饮酒赋诗。诗合成一集，王羲之为之作序。《金谷诗序》：晋惠帝元康六年（296），石崇在洛阳金谷园举行盛会，为返回长安的征西大将军祭酒王诩饯行。众贤共送往金谷涧中，昼夜游宴，与会诸人各赋诗以叙中怀，后编为一集，石崇为之作序。

②敌：匹敌，相比。石崇：字季伦，历仕散骑郎、城阳太守。与潘岳等人谄事贾谧，谧与之亲善，号曰"二十四友"。

【译】

　　王羲之得知有人把《兰亭集序》和《金谷诗序》比，又把自己和石崇相提并论，很有喜悦之色。

【评鉴】

　　羲之清标卓卓，而石崇名声狼藉，右军必不会自比石崇以自污。前贤都认为这故事不可信。《世说》误收传闻，至于《晋书》亦载此事，如东坡言，当是因许敬宗监修《晋书》，因其品格低下，心慕石崇之富而不加裁可，滥入此说。关于此，宋桑世昌《兰亭考》卷八有详细的论证。《晋书·石崇传》："与潘岳谄事贾谧。谧与之亲善，号曰'二十四友'。广城君每出，崇降车路左，望尘而拜，其卑佞如此。"而右军兰亭雅集，与会者皆当世豪俊。

企羡4

王司州先为庾公记室参军^①，后取殷浩为长史^②。始到，庾公欲遣王使下都^③，王自启求住^④，曰："下官希见盛德^⑤，渊源始至，犹贪与少日周旋^⑥。"

【注】

①王司州：即王胡之。因曾任司州刺史，故称。记室参军：诸王、三公及将军、都督幕府中均设置的掌管文书记录的幕僚。

②殷浩：字渊源，善清谈，曾为庾亮长史。

③下都：东下都城建康。

④启：禀告，报告。

⑤希见：少见，罕见。盛德：大德，德行高尚之人。

⑥周旋：来往，交往。

【译】

王胡之先前担任庾亮的记室参军，后来庾亮又任用殷浩为长史。殷浩才到，庾亮准备派王胡之东下都城办事，王胡之自己向庾亮报告请求留下，说："我很少见到有高尚德行的人，渊源才到，我还贪恋和他再交往几天。"

【评鉴】

殷浩清谈为当时之冠冕，在士人中很有地位。王胡之狂妄起来时可以觉得一坐无人，但对殷浩却是十分佩服，认为殷浩之谈深不可测

（《赏誉》82）。不过，这也是时代的悲哀，人们往往把清谈与治理天下划了等号。其实殷浩本无治国理政的才能，但朝野上下竟都以殷浩出仕与否来卜兴亡，当时对殷浩认识准确的，只有刘惔、桓温、庾翼少许几人。

企羡5

郗嘉宾得人以己比苻坚①，大喜。

【注】

①郗嘉宾：即郗超。超字嘉宾。苻坚：前秦第三位君王。弑其主苻生，自立为"大秦天王"。在位时统一北方。

【译】

郗超得知有人把自己和苻坚比，非常高兴。

【评鉴】

此条也莫名其妙，比况完全不伦。宋桑世昌《兰亭考》卷八："《兰亭集》或以方《金谷叙》，右军甚喜，此殊不可晓。郗嘉宾喜人以己比苻坚，殆同此病。"《兰亭考》已怀疑此条的真实性，甚是。郗超为桓温谋主，对桓温算得上是忠心耿耿。桓温久怀篡逆之心，如果以桓温比苻坚还可说，与郗超怎么扯得上？这或许是因为桓温后世成为了乱臣贼子的典型，而郗超为其羽翼，于是又将脏水泼到郗超身上，暗指郗超野心勃勃，苻坚是杀苻生而自立，郗超恐怕也会是如此角色？

我们认为，这一条应该是后人伪作。试想，如果当时真有人如此比况，桓温岂能放心，而郗超岂敢大喜。

企羡6

孟昶未达时^①，家在京口^②。尝见王恭乘高舆^③，被鹤氅裘^④。于时微雪，昶于篱间窥之，叹曰："此真神仙中人！"

【注】

①孟昶：字彦达，早年曾跟随王恭。

②京口：城名。故址在今江苏镇江，东晋时为军事重镇。

③高舆：高车。

④被：同"披"。鹤氅（chǎng）裘：用鸟羽制成的外套。

【译】

孟昶还没有显达时，家在京口。曾经看见王恭乘坐在高车上，身披用鸟羽制成的外套。当时正下着小雪，孟昶从篱笆缝里偷看他，感叹说："这真是神仙中人啊！"

【评鉴】

王恭仪容美好，风致不凡，《世说》中屡见。此则亦被《晋书》采入。

〔南朝宋〕刘义庆 著

蒋宗许 陈默 评注

你真能
读明白的

世说新语

下

中华书局

人生无常，没有谁能泰然处之

伤逝第十七

伤逝，动宾式双音词。即对死者的伤心哀悼。

喜怒哀乐，本人之常情，但庄子主张"齐物"，认为生死寿夭原本无别，都是自然规律。据《庄子·至乐》，庄子的妻子死了，庄子不但不哭，反而"鼓盆而歌"。前来吊唁的惠子说这样做太过分了，而庄子却认为，人的生来死往的变化，就像春夏秋冬四季的自然运行一样，"察其始而本无生，非徒无生也，而本无形，非徒无形也，而本无气。杂乎芒芴之间，变而有气，气变而有形，形变而有生，今又变而之死，是相与为春秋冬夏四时行也"。庄子又说，人已经死了自己还嗷嗷大哭，就是"不通乎命"了。魏晋名士崇尚老庄，认为圣人无情，就是受庄子思想的影响。

魏晋以来战乱频仍，人们经受的磨难是空前的，生命的无常随时刺激着人们的神经，因而消极颓废天下皆然。士大夫们嗜酒服药、纵情任性也成了生活常态，这更普遍地消耗着人们的寿命，因此那时人们的平均寿命只有三四十岁。虽然，玄学家们以旷达齐死生自诩，和尚以死生为轮回，道家称逝去为羽化，但事到临头，谁也做不到泰然面对。

本门共十九则。王濛临终前的自悲；郗愔丧子时的故作超脱；支遁因为法虔之死，伤心而终；戴逵对支遁德音和神理的缅怀；王徽之悲痛弟弟"人琴俱亡"；庾亮舐犊情深，那"感念亡儿，若在初没"更是痛人心脾。于此可见，所谓忘情、无情本身便是一个虚假的命题。因此，如潘岳的《悼亡诗》、鲍照的《伤逝赋》从古至今都能引起人们的共鸣。

伤逝1

王仲宣好驴鸣①，既葬，文帝临其丧②，顾语同游曰："王好驴鸣，可各作一声以送之。"赴客皆一作驴鸣。

【注】

①王仲宣：即王粲（177—217）。粲字仲宣，汉末山阳高平（今山东微山）人。"建安七子"之一。少为蔡邕赏识。以西京扰乱，往荆州依刘表。及表卒，粲说表子琮降曹。魏国建，拜侍中。后随曹操征吴，病逝途中。《三国志》卷21有传。

②文帝：指魏文帝曹丕。曹丕代汉称帝，后谥为文帝。

【译】

王粲喜欢听驴叫，去世下葬后，魏文帝亲自参加丧礼哭吊，回头对同往的人说："王仲宣喜欢听驴叫，大家可以各学一声驴叫为他送别。"于是前去吊丧的宾客们都学驴叫了一声。

【评鉴】

当时的人喜欢驴鸣，或许与驴鸣声悠扬，有抑扬顿挫的音乐美有关。启功先生在《汉语诗歌的构成及发展》一文中讲到："注意到汉字有四声，大概是汉魏时期的事。《世说新语》里说王仲宣死了，为他送葬的人因为死者生前喜欢听驴叫，于是大家就大声学驴叫。为什么要学驴叫？我发现，驴有四声。这驴叫éng、ěng、èng，正好是平、上、去，它还有一种叫是打响鼻，就像是入声了。王仲宣活着的时候为什么爱听驴叫，大概就是那时候发现了字有四声，驴的叫声也像人说话的声调。后来我还听王力先生讲，陆志韦先生也有这样的说法。"（《文学遗产》2000年第1期）

除了启功先生分析的原因外，魏晋人喜欢驴鸣可能还受到东汉戴良的影响。余嘉锡曾说："盖魏、晋人一切风气，无不自后汉开之。"东汉人的行为对魏晋是有影响的。戴良为东汉高逸，隐居不仕，他的母亲喜欢驴鸣，戴良就经常学驴鸣让母亲开心，"母喜驴鸣，良常学之以娱乐焉"（《后汉书·逸民传·戴良》）。而且，魏晋时多崇尚隐遁，作为隐士的戴良，对魏晋士人可能还会产生一种"名人效应"，他的行为就更有可能被景仰仿效了。本则"赴客皆一作驴鸣"，下面第三则孙楚临王济丧也作驴鸣，驴鸣在此时似乎已经成了一种较常见的娱乐形式。

伤逝2

王濬冲为尚书令[①]，著公服，乘轺车[②]，经黄公酒垆下过[③]。顾谓后车客："吾昔与嵇叔夜、阮嗣宗共酣饮于此垆[④]。竹林之游，亦预其末。自嵇生夭、阮公亡以来，便为时所羁绁[⑤]。今日视此虽近，邈若山河[⑥]。"

【注】

①王濬冲：即王戎。戎字濬冲。尚书令：官名。尚书省长官。

②轺（yáo）车：一种轻便的小马车。

③黄公酒垆：本无其事，小说家敷衍成文。酒垆，即酒店。垆，指卖酒处安置
　酒瓮的土台。

④嵇叔夜：即嵇康。康字叔夜。阮嗣宗：即阮籍。籍字嗣宗。

⑤羁绁（xiè）：羁绊，束缚。

⑥邈：远。

【译】

　　王戎做尚书令时，穿着官服，乘着轻便马车，从黄公酒垆下经过。
回头对后边车中的客人说："我从前与嵇叔夜、阮嗣宗一起在这酒垆痛
饮。竹林间的游乐，我也幸列末坐。自从嵇生早逝、阮公亡故以后，
我就被世事羁绊约束了。今天看到这酒垆虽近在眼前，却感到如隔着
山河一般遥远。"

【评鉴】

　　余嘉锡考辨认为，所谓黄公酒垆，应是一乌龙演绎，是后人误解
而敷衍成了这段文字。当然，王戎伤逝的感情是非常真挚的，早年的
相聚痛饮也是常事。虽然故事是虚构的，但文字写得十分精彩，"视此
虽近，邈若山河"八字掷地有声，把对亡友的怀念展现得淋漓尽致。
如就其用字的精湛和感情的沉重而言，堪可与桓温"木犹如此，人何
以堪"（《言语》55）同慨！

伤逝3

　　孙子荆以有才少所推服^①，唯雅敬王武子^②。武子丧时，名士无不至者。子荆后来，临尸恸哭，宾客莫不垂涕。哭毕，向灵床曰："卿常好我作驴鸣，今我为卿作。"体似声真^③，宾客皆笑。孙举头曰："使君辈存，令此人死！"

【注】

①孙子荆：即孙楚。楚字子荆。推服：推扬佩服。

②雅：素来，一向。王武子：即王济。济字武子。

③体似声真：谓模仿驴叫时形体很相似、声音很逼真。

【译】

　　孙楚因为有才华而很少推扬佩服别人，只是一向敬重王济。王济死后办丧事时，名士们没有不去吊唁的。孙楚晚到，面对王济尸体痛哭，宾客们没有不落泪的。哭完了，孙楚向着灵床说："你生前经常喜欢听我学驴叫，今天我再为你叫一声。"形体和声音都十分逼真，宾客们都笑了起来。孙楚抬头说："让你们活着，却叫这个人死去！"

【评鉴】

　　前面第一则说，东汉戴良之母喜听驴叫，戴良为了让母亲高兴于是学驴叫。到魏晋时学驴叫成为一种时尚的娱乐形式，我们可以想见名士们聚集时群驴竞鸣的热闹场面。孙楚与王济同为太原人，且都才华横溢，故感情非同一般。孙楚学驴叫非唯声音像，还模仿驴鸣叫的形态，故让其他吊客哂笑。孙楚悲悼好友情真意切，而其他吊客不过是应景而已，居然笑了起来，于是孙楚抛出了如此狠话。

此处"体似声真"底本作"体似真声"，《晋书》作"体似声真"，二者是一个并列结构，似、真互文，谓形体像，声音也像。

刘孝标注引《语林》记同一事，《语林》最后有"宾客皆怒"四字，叙事则更完美。

伤逝4

王戎丧儿万子①，山简往省之②，王悲不自胜③。简曰："孩抱中物④，何至于此！"王曰："圣人忘情⑤，最下不及情⑥。情之所钟⑦，正在我辈。"简服其言，更为之恸。

【注】

①万子：即王绥。绥字万子。十九岁死。

②山简：字季伦，山涛之子。

③悲不自胜：悲伤得自己无法控制。

④孩抱中物：还需要怀抱的小孩。泛称幼儿。

⑤圣人忘情：谓精神境界最高的人不为世间俗人的喜怒哀乐所困。忘情，没有情欲，不动感情。

⑥最下：最下等的人。不及：无关，不涉及。

⑦钟：汇聚，专注。

【译】

　　王戎的儿子万子死了，山简前去看望王戎，王戎悲伤得不能自止。山简说："一个小孩子罢了，怎么会伤心到这个地步！"王戎说："圣人能够凡事不动感情，最下等人说不上什么感情。感情最深厚蕴藉的，正是我们这类人。"山简为他的话所折服，转而为之悲痛。

【评鉴】

　　生离死别，人谁能忘，何况死了亲生儿子。从这一则我们再联想到王戎遭大丧，悲伤得"鸡骨支床"（《德行》17），怀念嵇康、阮籍有"视此虽近，邈若山河"的感伤，可见王戎非常重感情，于亲人、于朋友莫不如此。刘孝标注引王隐《晋书》说，王戎的儿子王绥原本要娶裴遁的女儿，王绥死了，王戎却不许裴女再嫁。这就不免有伤天理了。

伤逝5

　　有人哭和长舆曰①："峨峨若千丈松崩②。"

【注】

①和长舆：即和峤。峤字长舆。

②峨峨：高峻特立的样子。

【译】

　　有人哭和峤说："就像巍峨的千丈松倒下了。"

【评鉴】

《赏誉》第十五则言和峤"森森如千丈松"，一则是其容止可观，另外也是从其品节而言，和峤在朝正直敢言，不与谄佞之徒同流合污。这一则与之同旨，同样推扬和峤的容止品节。言和峤死，有如千丈松崩，再无直士。

伤逝6

卫洗马以永嘉六年丧①，谢鲲哭之，感动路人。咸和中②，丞相王公教曰③："卫洗马当改葬。此君风流名士，海内所瞻④，可修薄祭⑤，以敦旧好⑥。"

【注】

①卫洗马：指卫玠。因曾任太子洗马，故称。永嘉六年：公元312年。永嘉，西晋怀帝司马炽年号（307—313）。

②咸和：东晋成帝司马衍年号（326—334）。

③丞相王公：指王导。教：教令，教喻。此作动词，发布教令。

④瞻：敬视，仰慕。

⑤薄祭：简单的祭礼。此是对死者的谦辞。

⑥敦：增重。

【译】

卫玠在永嘉六年死了，谢鲲哭吊他，感动了路人。咸和年间，丞相王导发布教令说："卫洗马应该改葬。这人是风流名士，为天下人所敬仰，可以备办简单的祭礼，来增进往日的情谊。"

【评鉴】

　　谢鲲伤心如是，王导亦不胜惋惜。王敦也曾对卫玠礼敬欣赏，与之弥日交谈（《赏誉》51）。而其祖开国功臣卫瓘也曾对其有很高的期许。可惜卫玠早亡，没能立事立功。

伤逝 7

　　顾彦先平生好琴①，及丧，家人常以琴置灵床上。张季鹰往哭之②，不胜其恸，遂径上床，鼓琴，作数曲竟③，抚琴曰："顾彦先颇复赏此不？"因又大恸，遂不执孝子手而出④。

【注】

①顾彦先：即顾荣。荣字彦先。

②张季鹰：即张翰。翰字季鹰。

③竟：结束，完了。

④孝子：父母亡故后的居丧者。

【译】

　　顾荣平生很喜欢弹琴，到他死后，家人常常把琴放在灵床上。张翰前去哭悼他，悲痛得无法克制，就直接上了灵床，弹起了琴，弹完了好几首曲子，抚摸着琴说："顾彦先还能欣赏这曲子不？"于是又放声痛哭，没有和孝子握手就走了。

【评鉴】

从余嘉锡笺引《颜氏家训》可知，当时江南地区凡是吊丧，熟识的要和孝子握手。张翰与顾荣是老友，自然和他的孩子是认识的，应该在吊祭后与孝子握手辞别。但张翰本为达士，一向不拘传统礼节，所以在悲痛之余也就无心去遵循世俗礼仪了。

伤逝8 ·

庾亮儿遭苏峻难遇害①。诸葛道明女为庾儿妇②，既寡，将改适③，与亮书及之。亮答曰："贤女尚少，故其宜也。感念亡儿，若在初没。"

【注】

①庾亮儿：指庾亮之子庾会。苏峻难：咸和二年（327）苏峻起兵反，次年陷京师，庾会遇害。

②诸葛道明：即诸葛恢。恢字道明。其长女文彪为庾会妻。

③改适：改嫁。

【译】

庾亮的儿子庾会遭遇苏峻之乱而遇害。诸葛恢的女儿是庾亮的儿媳，已经成了寡妇，将要改嫁，诸葛恢给庾亮写信说到此事。庾亮回信说："令爱还年轻，改嫁本来就是应该的。而我思念死去的儿子，就好像他才去世一样。"

【评鉴】

　　"感念亡儿，若在初没。"八字血泪，令人酸鼻。就这一点来说，庾亮还算通情达理，同意儿媳改嫁。比较起王戎在儿子王绥早亡后不许裴遁的女儿改嫁，更近人情些。参本门第四则评鉴。

伤逝9

　　庾文康亡①，何扬州临葬②，云："埋玉树著土中，使人情何能已已！"

【注】

①庾文康：指庾亮。亮谥号文康，故称。
②何扬州：指何充。充曾任扬州刺史，故称。

【译】

　　庾亮死了，何充参加他的葬礼，说："把玉树埋在泥土中，让人的悲痛之情怎么能停止啊！"

【评鉴】

　　庾亮被称为"玉树"，是赞其仪表。然而，他徒有外表，于政事则乏善可陈。《晋书》本传史臣评论云："晋昵元规，参闻顾命。然其笔敷华藻，吻纵涛波，方驾搢绅，足为翘楚。而智小谋大，昧经邦之远图；才高识寡，阙安国之长算。"其为人貌似通脱，而内心阴猜，他事不备论，杀陶侃之子陶称事，恩将仇报，有伤天理。余嘉锡笺引《还冤志》云："晋时庾亮诛陶称。后咸康五年冬节会，文武数十人忽然悉起向阶拜揖。庾惊问故，并云：'陶公来。'陶公是称父侃也。庾亦起迎。陶公扶两人，悉是旧怨，传诏左右数十人皆操伏戈。陶公谓庾曰：'老仆举君自代，不图此恩；反戮其孤，故来相问。陶称何罪？身已得诉于帝矣。'庾不得一言，遂寝疾。八年一月死。"苏峻之乱时，陶侃曾救助过庾亮，临死前，又表荐庾亮。《还冤志》所云虽为鬼神荒诞之事，但亦可见，世道人心，自有一杆秤在称量着，才会编出这样一个为陶侃鸣不平的故事。虽然陶称的为人也并不值得称道，庾亮对他也有成见，但对恩人之子先斩后奏，实在不太地道。

伤逝10

　　王长史病笃①，寝卧灯下，转麈尾视之②，叹曰："如此人，曾不得四十！"及亡，刘尹临殡③，以犀柄麈尾著枢中④，因恸绝。

【注】

①王长史：指王濛。病笃：病危。

②麈尾：魏晋时一种兼具拂尘和驱虫功用的器具。

③刘尹：指刘惔。殡：殡殓。给死者穿衣入棺，停枢待葬。

④犀柄：用犀牛角做的柄。

【译】

　　王濛病危时，在灯下躺着，转动着麈尾凝视着，叹息说："这样的人，竟然活不到四十岁！"到他死了，刘惔去参加殡殓仪式，把犀牛角做柄的麈尾放在棺材里，一下子悲痛得昏了过去。

【评鉴】

　　"如此人"语，令人心碎。王濛很受当时人的爱重，可惜天不假年，三十九岁即去世了。刘惔一向言辞苛刻，很难有人不被他讥评的，但对于王濛，则是客气礼敬，友情深笃。刘孝标注所谓"虽友于之爱，不能过也"，足见刘惔、王濛二人感情之好。挚友亡故，伤心何堪。将犀柄麈尾放置棺中，葬其所爱，这有如王徽之悼王献之"子敬，子敬，人琴俱亡"之痛！

伤逝11

　　支道林丧法虔之后①，精神霣丧②，风味转坠③。常谓人曰："昔匠石废斤于郢人④，牙生辍弦于锺子⑤，推己外求，良不虚也。冥契既逝⑥，发言莫赏，中心蕴结⑦，余其亡矣！"却后一年⑧，支遂殒。

【注】

①支道林：即支遁。遁字道林，晋高僧。法虔：晋时僧人，与支道林同学，俊朗有理义，甚为支道林推重。

②霣（yǔn）丧：陨落沮丧。指精神颓废消沉。

③风味：风采神韵。

④匠石废斤于郢人：典出《庄子·徐无鬼》。郢人鼻子上沾了小泥点，让匠人用斧子除去。匠人挥斧砍去泥点，郢人鼻子却一点也没受伤，还若无其事地站着。宋国国君听了，请匠人给自己也试试。匠人说自己曾经能做到，

只是那个能让自己施展技艺的伙伴已经死了。匠石，名"石"的匠人，"匠"为职业。郢人，楚国郢都的人。

⑤牙生辍弦于锺子：典出《淮南子·修务》。俞伯牙精于琴艺，为锺子期知赏，以为知音。锺子期死，伯牙谓无复有足为鼓琴者，因破琴绝弦，终身不复弹奏。牙生，指俞伯牙。

⑥冥契：默契。指暗相投合的知己。

⑦中心：内心。蕴结：郁结。

⑧却后：往后，过后。

【译】

支道林在法虔死了之后，精神消沉沮丧，风采神韵渐渐消减。他经常对人说："从前匠石因为郢人死去而不再用斧头，俞伯牙因为锺子期死了而不再弹琴，用自己的体会去推想前贤的故事，的确不是虚言啊。知己已经去世，自己说话没有人能领会欣赏，心中愁思郁结，我恐怕也要死了！"过后一年，支道林就死了。

【评鉴】

纵然是高僧，也未能忘情。匠石废斤，伯牙辍琴，惜知音不可再得。仲尼所谓死生亦大矣，方外之人又何尝尽能超脱。

伤逝12

郗嘉宾丧①，左右白郗公②："郎丧。"既闻不悲，因语左右："殡时可道。"公往临殡，一恸几绝。

【注】

①郗嘉宾：即郗超。超字嘉宾。

②郗公：指郗愔。郗超之父。

【译】

郗超死了，左右侍从禀告郗愔："少爷死了。"郗愔听到也不悲伤，随即对侍从说："到殡殓时告诉我。"郗愔后来亲自去参加殡殓仪式，一下子悲痛得几乎昏绝。

【评鉴】

郗超为桓温心腹也许可憎，但刘孝标注引《续晋阳秋》所载却让我们憎恨不起来，《续晋阳秋》曰："超党戴桓氏，为其谋主，以父愔忠于王室，不令知之。将亡，出一小书箱付门生，云：'本欲焚此，恐官年尊，必以伤愍为毙。我亡后，若大损眠食，则呈此箱。'愔后果恸悼成疾，门生乃如超旨，则与桓温往反密计。愔见即大怒曰：'小子死恨晚！'后不复哭。"郗超将死，唯恐其父郗愔伤心而巧为谋划，其孝心如此，也难怪有"后来出人郗嘉宾"的美誉（《赏誉》126）。再则，从此事的谋划也看得出郗超的精明，桓温依其为智囊心腹更不觉奇怪了。

伤逝13

戴公见林法师墓①，曰："德音未远②，而拱木已积③。冀神理绵绵，不与气运俱尽耳④。"

【注】

①戴公：指戴逵。林法师：即支道林。

②德音：对他人言辞的敬称。

③拱木：两手才能合抱的树。语本《左传·僖公三十二年》："尔何知？中寿，尔墓之木拱矣。"后因以指墓旁树木。

④气运：指年寿，寿数。

【译】

戴逵看见支道林的墓，说："高论犹在耳边，墓地的大树却已成林。但愿林公的精神绵延不绝，不和气运一同消逝。"

【评鉴】

刘孝标注引王珣《法师墓下诗序》曰："余以宁康二年，命驾之剡石城山，即法师之丘也。高坟郁为荒楚，丘陇化为宿莽。遗迹未灭，而其人已远。感想平昔，触物凄怀。"王珣诗序，凄惋感人，将对支遁的伤逝之情表达得悱恻缠绵，不忍卒读，于此亦见支遁之高标。"遗迹未灭，而其人已远。感想平昔，触物凄怀"几句，看似平实，而全从肺腑流出，与戴逵"德音未远，而拱木已积"语，同样感人至深，惆怅惘然之情跃然纸上。

伤逝14

王子敬与羊绥善①。绥清淳简贵，为中书郎②，少亡。王深相痛悼③，语东亭云④："是国家可惜人。"

【注】

①王子敬：即王献之。献之字子敬。羊绥：字仲彦，羊孚之父。

②中书郎：即中书侍郎，为中书监或中书令的副职。

③相痛悼：痛悼他。相，指代羊绥。

④东亭：指王珣。王导之孙，王洽之子。以讨袁真功封东亭侯，故称。

【译】

　　王献之和羊绥友好。羊绥清高淳正，简约尊贵，做中书郎，年轻时就死了。王献之非常沉痛地悼念他，对王珣说："他是国家值得珍惜的人才。"

【评鉴】

　　以王献之的眼光，羊绥必然不错。可惜早逝。两晋时早逝者很多。如顾敷二十三岁，王修二十四岁，袁乔二十五岁，晋明帝二十七岁，卫玠二十七岁，羊孚三十一岁（一说四十六岁），羊秉三十二岁，谢据三十三岁，刘惔三十六岁。

伤逝15

　　王东亭与谢公交恶①。王在东闻谢丧②，便出都③，诣子敬④，道欲哭谢公。子敬始卧，闻其言，便惊起曰："所望于法护⑤。"王于是往哭。督帅刁约不听前⑥，曰："官平生在时，不见此客。"王亦不与语，直前哭，甚恸，不执末婢手而退⑦。

【注】

①王东亭：即王珣。王导之孙，王洽之子。以讨袁真功封东亭侯，故称。谢
　公：指谢安。交恶：指王珣娶谢安弟谢万女，珣弟珉娶谢安女，后皆离婚。

②在东：东晋都于建康，以吴郡、会稽为东。

③出都：到都城建康去。

④子敬：即王献之。献之字子敬。

⑤法护：王珣小字法护。

⑥督帅：帐下的领兵官。不听：不许。

⑦末婢：即谢琰（？—400）。琰字瑗度，小字末婢，晋陈郡阳夏（今河南太
　康）人，谢安之子，谢混之父。淝水之役，与堂兄谢玄破苻坚阵，封望蔡
　公。孙恩事起，以琰为会稽内史、都督五郡军事。终以轻敌，为帐下督张
　猛所杀。《晋书》卷79有传。

【译】

　　王珣和谢安交恶。王珣在东边听说谢安死了，便前往都城，拜会
王献之，说要去哭祭谢安。王献之刚躺下，听到他的话，便惊讶地起
身说："这正是我希望法护做的事。"王珣于是前去哭吊。谢安的督帅
习约不让他上前，说："我家长官在世时，不见这个客人。"王珣也不
和他说话，径直到灵前哭拜，非常悲痛，没和谢琰握手就走了。

【评鉴】

　　谢安女为珣弟珉妻，珣妻为谢万女，后皆离婚，两家结怨。虽然
有此隔阂，但王珣能不计前怨，诚心往悼谢安，既见王珣之胸襟，亦
可见谢安之人望。王导凡六子，唯少子王洽最知名，孙辈中，则洽子

珣成就最卓。

伤逝16

王子猷、子敬俱病笃①，而子敬先亡。子猷问左右："何以都不闻消息②？此已丧矣！"语时了不悲③。便索舆来奔丧④，都不哭。子敬素好琴，便径入坐灵床上，取子敬琴弹，弦既不调⑤，掷地云："子敬，子敬，人琴俱亡！"因恸绝良久⑥。月余亦卒。

【注】

①王子猷：即王徽之。徽之字子猷。子敬：即王献之。献之字子敬。病笃：病重，病危。

②都：完全。

③了：完全，都。

④索舆：叫准备车子。

⑤不调：不和谐，不成音调。

⑥恸绝：悲痛得昏过去。

【译】

王徽之、王献之都病重了，结果献之先死了。徽之问身边的人："为什么没听到一点消息？他已经死了啊！"说话的时候一点都不觉得悲伤。立即安排车子奔丧，到了也一点都不哭。献之平时喜欢弹琴，徽之就直接走进来坐在灵床上，拿起献之的琴来弹奏，琴弦已经不协调了，于是徽之把琴摔到地上说："子敬，子敬，人和琴都去了啊！"

随即悲痛得昏过去好一阵。过了一个多月也死了。

【评鉴】

　　刘孝标注引《幽明录》叙王徽之准备用自己的年寿给王献之延命的事，当然事属荒诞。在王羲之七个儿子中，子猷、子敬名声大而又最和睦，所以小说家们就编造出这样的故事。《世说》所记，应该是实情，"人琴俱亡"后来也成了诗歌中的常典。如陈子昂《同宋参军之问梦赵六赠卢陈二子之作》："故人昔所尚，幽琴歌断续。变化竟无常，人琴遂两亡。"高适《宓公琴台诗三首》之一："临眺忽凄怆，人琴安在哉！悠悠此天壤，唯有颂声来。"

伤逝 17

　　孝武山陵夕①，王孝伯入临②，告其诸弟曰："虽榱桷惟新③，便自有《黍离》之哀④。"

【注】

①孝武：指晋孝武帝司马曜。山陵：指皇帝驾崩。夕：时。

②王孝伯：即王恭。恭字孝伯。入临：指入宫参加丧礼哭吊。

③榱桷（cuī jué）：椽子，屋椽。用以比喻身负重任、支撑时局的人。此指掌权的司马道子等人。

④《黍离》：本为《诗·王风》篇名。写西周亡后周大夫路过旧时宗庙宫室，见已长满禾黍，悲伤感叹西周的衰亡，彷徨不忍离去。后遂以"黍离"为感慨亡国之词。

【译】

　　孝武帝驾崩时，王恭入宫哭吊，回去后告诉几个弟弟说："虽然屋椽已经更换成新的了，但仍不免让人有黍离的哀伤！"

【评鉴】

　　孝武帝本为张贵人所弑，司马道子执政，竟一无所问。道子凡所幸接，皆出自小竖，郡守长吏多为道子所树立。中书令王国宝性谄佞，特为道子所宠昵，官以贿迁，政刑谬乱，又崇信浮屠之学，用度奢侈，下不堪命。晋室之危已如累卵。王恭赴丧，伤孝武之早逝，哀朝政之日昏，为家国计，故而悲从中来。

伤逝 18

　　羊孚年三十一卒①，桓玄与羊欣书曰②："贤从情所信寄③，暴疾而殒，祝予之叹④，如何可言！"

【注】

①羊孚：字子道，羊绥之子。历仕太学博士、州别驾、太尉参军。

②羊欣（370—442）：字敬元，泰山南城（今山东新泰）人。晋末为桓玄平西参军，转主簿，参预机要。入宋仕至中散大夫。《宋书》卷62、《南史》卷36有传。

③贤从：犹言令堂兄，对对方堂兄的尊称。羊孚为羊欣堂兄。

④祝予之叹："老天断送我"的叹息。用于悼念晚辈。语本《春秋公羊传·哀公十四年》："颜渊死，子曰：'噫！天丧予！'子路死，子曰：'噫！天祝

予！'"祝，断绝，断送。

【译】

羊孚三十一岁就死了，桓玄给羊欣写信说："令堂兄是我感情上信赖寄托的人，暴病死去，天将亡我的哀叹，让我如何用语言来表达！"

【评鉴】

羊孚能清言，其清言尚在殷仲堪之上，善文章，其《雪赞》为时人推重激赏，且为人多计谋，故桓玄倚为心腹。桓玄才学出众，与羊孚也是惺惺相惜，羊孚英年早殒，桓玄为之伤痛自在情理之中。参《文学》第六十二则、第一百则。

伤逝19

桓玄当篡位，语卞鞠云①："昔羊子道恒禁吾此意②。今腹心丧羊孚③，爪牙失索元④，而匆匆作此诋突⑤，讵允天心⑥？"

【注】

①卞鞠：即卞范之。范之字敬祖，小字鞠，晋济阴冤句（今山东菏泽）人。桓玄引为长史，深相倚重。玄篡位，官侍中、尚书仆射。事败被杀。《晋书》卷99有传。

②羊子道：即羊孚。孚字子道。

③腹心：即心腹。指亲近可以完全依赖的人。

④爪牙：本指动物的爪牙，引申指得力助手。通常指武将或武职人员。索元：字

天保，敦煌（治今甘肃敦煌）人。南渡为桓玄部将，历征虏将军、历阳太守。

⑤诋突：冒犯，触犯。此指犯上作乱，即篡位事。

⑥讵：难道。允：符合。

【译】

桓玄将要篡位，对卞鞫说："从前羊子道常常阻止我这种想法。现在心腹羊孚死了，武将中失去了索元，而匆忙间做这犯上作乱的事，难道是符合天意的吗？"

【评鉴】

天将丧桓玄，故先折其羽翼，而桓玄仍逆天行事，岂有不亡之理。

真正的隐逸，是心远地自偏

栖逸第十八

栖逸，偏正式双音词，指无意功名的隐遁。本门指无意功名、潇洒隐遁的人。

在古代社会，出仕与隐逸是读书人两条不同的道路，大多数读书人奉行的是"学成文武艺，货与帝王家"的人生哲学，追求兼济天下的人生终极目标。但也有一些志节高尚者，不愿意与统治者合作，希望过一种精神不受奴役的自由自在的生活，他们或隐居山林，或栖身草泽，或悠然鱼钓，或躬耕陇亩。传说中的巢父、许由，商代的傅说，周初的姜尚，《论语》中的楚狂接舆、长沮、桀溺，战国时的鬼谷子、於陵仲子，汉初的商山四皓等，都是人们熟知的隐逸之士。当然，他们当中有的后来也走上了建功立业的道路，此不赘说。

隐遁之风，魏晋时尤为盛行，盖魏晋时玄风炽烈，儒家的优仕观念逐渐淡薄，加上政局动荡，事业的成功、生命的保障往往都事与愿违。于是，隐遁成了许多人洁身自好、全身远害的最好选择，而社会风尚也对隐遁产生了莫名的景仰。例如人们往往更敬重隐居东山的谢安，对出仕为官的谢安反而不以为然。即使是早在仕途的谢万，曾作《八贤论》，亦以处为优而以仕为劣。

本门共十七则，记录了一群脱略世事、潇洒隐逸的高人。其中尤以神龙见首不见尾的孙登为最，竹林七贤的阮籍、嵇康都和他有过交流。阮籍作《大人先生传》，寄托自己对孙登精神世界的向往；而嵇康却因保身之道不足而丧身殒命，临终发出"昔惭下惠，今愧孙登"之叹。除此之外，如许询接受四方馈赠后的诡辩，都超为欲隐者备办资财的滑稽，则是对那些沽名钓誉的隐士们的绝妙讽刺。

栖逸1

阮步兵啸闻数百步①。苏门山中②，忽有真人③，樵伐者咸共传说。阮籍往观，见其人拥膝岩侧，籍登岭就之，箕踞相对④。籍商略终古⑤，上陈黄、农玄寂之道⑥，下考三代盛德之美以问之⑦，仡然不应⑧。复叙有为之教、栖神导气之术以观之⑨，彼犹如前，凝瞩不转⑩。籍因对之长啸。良久，乃笑曰："可更作。"籍复啸。意尽，退还半岭许，闻上嘈然有声⑪，如数部鼓吹⑫，林谷传响，顾看，乃向人啸也⑬。

【注】

①阮步兵：即阮籍。因曾任步兵校尉，故称。啸：长啸。撮口发出的悠长清越的声音。

②苏门山：亦名苏岭。在今河南辉县西北。

③真人：道家称修真得道的人。

④箕踞：两脚伸开、两膝微曲地坐着，状如簸箕。是一种不拘礼节的坐姿。

⑤商略：品评，议论。终古：远古，往古。

⑥黄、农：传说中的远古帝王黄帝和神农氏。玄寂：玄远幽寂。指道家的顺应
　　自然、清静无为。

⑦三代：指夏、商、周三个朝代。

⑧仡（yì）然：昂头不屑的样子。

⑨有为之教：积极入世、有所作为的学说。即儒家学说。栖神导气：道家的修
　　炼方法。栖神，指凝定心神，使心神不散乱。导气，即导引之术，古医家、
　　道家摄气运息的养生术。

⑩凝瞩不转：眼光凝聚不动，目不转睛。

⑪嗂（qiú）然：声音悠长的样子。

⑫鼓吹：古代的一种器乐合奏，主要乐器有鼓、钲、箫、笳等。

⑬向人：刚才的人。

【译】

　　阮籍长啸的声音几百步外都能听见。苏门山中，忽然出现了一个得道高人，打柴伐木的人都在传说这件事。阮籍前往苏门山中观看，见那人抱着膝盖坐在山岩旁，阮籍登上山岭走近他，两人箕踞对坐着。阮籍评说远古，往上陈述黄帝、神农的玄远幽寂之道，下至考评夏、商、周三代的大德美政，向那人请教，那人昂着头不回答。阮籍又阐述儒家积极入世之说、道家栖神导气之术，来观察他，那人依然如先前的样子，连眼珠都不转一下。阮籍于是对着他长啸。好一阵，那人才笑着说："可以再来一遍。"阮籍又长啸。兴尽离去，往回走到半山腰处，听到山上有悠扬的声音，就好像有几支鼓乐队在同时演奏，声音在山林幽谷间传播回响，回头看，原来是刚才那人在长啸。

【评鉴】

《晋书·阮籍传》也记载此事。《世说》言阮籍遇到真人，没有确指是谁，《晋书》则说阮籍遇到的是道士孙登。阮籍离开孙登，回去后便著《大人先生传》。在《大人先生传》中，阮籍刻画了君子、隐士、薪者三种典型的世俗形象，以先抑后扬的笔法否定了这三种人的生存境界，表达了大人先生对绝对自由的精神境界的向往。

至于宋叶梦得在《避暑录话》中说阮籍"佯欲远（司马）昭而阴实附之，故示恋恋之意，以重相谐结，小人情伪，有千载不可掩者"，未免有些偏颇。似隐似仕，正是游弋于生死之间的人生态度。古人从来有大隐隐于市朝的参悟，阮籍正可谓是魏晋间的典型代表。白居易《中隐》诗云："大隐住朝市，小隐入丘樊。"《世说》将此篇列为《栖逸》第一则，用心正在于此。

栖逸2

嵇康游于汲郡山中①，遇道士孙登②，遂与之游。康临去，登曰："君才则高矣，保身之道不足③。"

【注】

①汲郡：郡名。治所在今河南卫辉西南。

②孙登：字公和，汲郡共县（今河南辉县）人，魏晋之际道士。于郡北山为土窟居之，以读《易》抚琴自娱。卒不知所终。《晋书》卷94有传。

③保身：保全自身。

【译】

稽康在汲郡山中游览，遇见道士孙登，就和孙登一起游乐。稽康临走时，孙登对他说："你才华的确很高了，但是保全自身的本领还不足。"

【评鉴】

本则的孙登，史上确有其人，是当时一位著名的隐士，由稽康诗可证。上一则中，阮籍在苏门山遇到的真人，刘孝标注引《魏氏春秋》等称之为"苏门先生"，这是魏晋间流传的一个传奇人物，因为流传，所以记载各异。刘孝标为了保存异文，一并收录。而后世不少研究者认为，阮籍所遇真人、苏门先生、孙登其实是一个人。

刘孝标注引《文士传》详细记录了孙登对稽康说的话，并说："今子才多识寡，难乎免于今之世矣！"在《康别传》中，孙登则说："君性烈而才俊，其能免乎！"然而，稽康并没有听进去，后来遭遇吕安之难，只得在狱中作诗自责云："昔惭下惠，今愧孙登！"

所谓保身之道，即保全自身的本领、方法。俗话说"大丈夫能屈能伸"，做事应当讲究策略，不能偏激鲁莽。稽康处嫌疑之地，却志不苟求，甚至意气用事，结果招来杀身之祸，"性烈""识寡"正是他不会保全自己的表现。我们看同为竹林七贤的山涛是如何处理复杂关系的，"晚与尚书和逌交，又与锺会、裴秀并申款昵。以二人居势争权，涛平心处中，各得其所，而俱无恨焉"（《晋书·山涛传》）。主观上山涛保护了自己，客观上也有利于政局的稳定。

栖逸3

山公将去选曹^①，欲举嵇康，康与书告绝^②。

【注】

①山公：指山涛。选曹：主管官员选拔的官署。

②康与书告绝：嵇康《与山巨源绝交书》今存。按，嵇康文原无篇名，萧统《文选》始标此名，后世即相沿为用，其实与嵇康原意并不切合。

【译】

山涛将要离开选曹，打算举荐嵇康替代自己，嵇康去信和他绝交。

【评鉴】

戴明扬《嵇康集校注》引叶渭清云："按中散与山公交契至深，此书特以寄意，非真告绝也。"嵇康并非要与山涛绝交，他在信中说自己疏懒散漫，不愿受礼法约束，又耿介孤高，心胸狭隘，有很多不能忍受的事情，不太适合在官场，因而拒绝了山涛的引荐。其中，嵇康专门列举了"必不堪者七，甚不可者二"（有七个方面一定不能忍受，有两个方面绝对不行）。他的特立高标，其实也能体现出保身之道的不足。

栖逸4

李廞是茂曾第五子^①，清贞有远操^②，而少羸病^③，不肯婚宦^④。居在临海^⑤，住兄侍中墓下^⑥。既有高名，王丞相欲招礼之^⑦，故辟

为府掾⑧。廞得笺命⑨，笑曰："茂弘乃复以一爵假人⑩。"

【注】

①李廞：字宗子，江夏钟武（今河南信阳东南）人。廞好学，善草隶，与兄李式齐名。茂曾：即李重。重字茂曾。

②清贞：清雅纯正。远操：高远的志趣、情操。

③羸病：体弱多病。

④婚宦：结婚与做官。

⑤临海：郡名。扬州属郡，三国吴太平二年（257）分会稽郡置，治所在今浙江临海。

⑥兄：指李式。式字景则，廞长兄。曾任临海太守、侍中。

⑦招礼：以礼招聘他出仕为官。

⑧府掾：丞相府的属吏。

⑨笺命：授官的文书。

⑩茂弘：即王导。导字茂弘。

【译】

　　李廞是李重的第五个儿子，清雅纯正而有高远的志趣，但是小时候就体弱多病，不愿意结婚做官。家在临海郡，住在哥哥李式的墓地旁。他已经享有高名，王导想要礼聘他为官，就征召他为府掾。李廞收到聘书，笑着说："茂弘竟然要把一个官爵授予我。"

【评鉴】

　　行坐尚不能自理，而因有高名，王导便欲辟之为吏。此本身便不近情理。李廞有自知之明，坚拒不应，正是其高于常人处。

栖逸5

何骠骑弟以高情避世①，而骠骑劝之令仕，答曰："予第五之名，何必减骠骑②！"

【注】

①何骠骑弟：指何充弟何准。准字幼道，庐江灊县（今安徽霍山）人，骠骑将军何充弟。雅好高尚，征召为官一无所就，为时所称。女为穆帝皇后。

②何必：未必。

【译】

何充的弟弟何准因有高雅的情致而躲避世事，但何充劝他出仕做官，何准回答说："我何老五的名声，不一定就比你骠骑将军差吧！"

【评鉴】

李贽《初潭集·兄弟下》："宰相弟正好如此。"李贽评论，往往尖刻而一针见血。何准固然高尚可嘉，但若非宰相之弟，有名声又谈何容易！刘孝标注引《中兴书》又补出何准是国丈一条，很有意思，女儿为皇后，哪还需要出仕啊，名声富贵自来逼人。何准有如此显赫的背景，而当时的社会风气又崇尚隐遁，《中兴书》"名德皆称之"五字意味深长。尤为可笑的是，何准身在局中而不自知，在世俗的吹捧声中完全成了妄人一个，还自以为名声不比哥哥差，这不免让人想起了狐假虎威的故事。

栖逸6

阮光禄在东山^①，萧然无事^②，常内足于怀。有人以问王右军，右军曰："此君近不惊宠辱^③，虽古之沉冥^④，何以过此！"

【注】

①阮光禄：指阮裕。因曾征为金紫光禄大夫，故称。

②萧然：潇洒不拘。

③近：近来，而今。不惊宠辱：语出《老子》第十三章："宠为下，得之若惊，失之若惊，是谓宠辱若惊。"得宠本来就是不好的，因为得到恩宠而心惊，又因为失去恩宠而惊恐，这就叫得宠与受辱都感到惊慌。后因以"宠辱不惊"形容不为荣辱所动。

④沉冥：幽居匿迹。指隐者。

【译】

阮裕隐居在东山，潇洒而不问世事，常常感到内心很满足。有人拿他的情况去问王羲之，羲之说："这位先生如今宠辱不惊，即使是古代的隐士，又怎能超过他呢！"

【评鉴】

阮裕比当时许多隐遁之辈都更超脱，而且十分坦率。他短时为官，不久即弃职，后累征不起。曾有人问他，既然多次拒绝朝廷征召，为什么还要担任郡守。他直言自己本无心仕宦，在官场上的能力也不足，勉强做官只是为了养活自己。相比于殷浩、谢万之辈最后皆落得狼狈不堪的下场，阮裕的确更加高明。

栖逸7

　　孔车骑少有嘉遁意①，年四十余，始应安东命②。未仕宦时，常独寝歌吹自箴诲③。自称孔郎，游散名山④。百姓谓有道术⑤，为生立庙，今犹有孔郎庙。

【注】

①孔车骑：即孔愉。因死后赠车骑将军，故称。嘉遁：本指合乎正道或时宜的隐遁。语本《易·遁》：“嘉遁，贞吉。”又《象传》：“嘉遁贞吉，以正志也。”后泛指隐居不仕。

②安东：指安东将军司马睿，即后来的晋元帝。

③箴诲：规劝教导。

④游散：漫游。

⑤道术：道家养生修仙之术。

【译】

　　孔愉年轻时就有隐居的志向，到四十多岁时，才接受安东将军司马睿的任命。未出仕做官时，常常独居，吹唱吟咏，劝诫开导自己。自称孔郎，遍游名山。百姓们说他有道术，他还活着时就给他立庙，到现在还有孔郎庙。

【评鉴】

孔愉隐居于新安山，品行为乡里所称，但因后来忽然离开新安山，再不见踪影，百姓认为他是神人，于是为他立庙祭祀。类似的民间祭祀及传说本来很多，何以《世说》独取孔愉而入《栖逸》？孔愉本无心仕进，进退自如，而当时社会风气崇尚隐遁，故孔愉以高洁为时人所激赏。更重要的是，孔愉虽不恋官爵，而一旦为官，则持节守正，勤勉忠诚，恤爱下民。对于官吏的腐败，他执意整顿，虽最终未能实施，但有此胆识亦难能可贵。任会稽内史时，修复故堰，溉田二百余顷，民以富足。又不畏权贵，敢于批评王导这样的权臣。病危时遗令敛以时服，一切赠予皆不许家人接受。比起那些或假隐以沽名，或似隐而依仗权门者，孔愉要高尚得多。其诸多美德佳行既为时人景仰，亦为后人怀念，故刘义庆著录以表彰之。

栖逸8

南阳刘骥之①，高率善史传②，隐于阳岐③。于时苻坚临江④，荆州刺史桓冲将尽讦谟之益⑤，征为长史，遣人船往迎，赠贶甚厚⑥。骥之闻命便升舟，悉不受，所馈缘道以乞穷乏⑦，比至上明亦尽⑧。一见冲，因陈无用，翛然而退⑨。居阳岐积年，衣食有无，常与村人共，值己匮乏，村人亦如之。为乡闾所安⑩。

【注】

①南阳：指南阳郡。治所在今河南南阳。刘骥之：字子骥。虚退寡欲，有遁逸之志。桓冲请为长史，固辞不受。《晋书》卷94有传。

②高率：高尚率真。史传：史籍。

③阳岐：村名。距荆州二百里，濒临长江。

④苻坚：前秦国君。晋太元八年（383）率大军与晋军战于淝水，大败。

⑤诉（xū）谟：大谋，宏图大计。此指桓冲准备率兵抵御苻坚、匡扶国家的
　　事业。

⑥赠贶（kuàng）：赠送。

⑦乞：给予。

⑧上明：城名。桓冲任荆州刺史时为抵御苻坚南下而筑，故址在今湖北松滋，
　　长江南岸。筑成后，桓冲即将荆州治所移于此。

⑨脩（xiāo）然：无拘无束、潇洒超脱的样子。

⑩为乡闾所安：是说有刘驎之在此，乡邻们就感到安适，心里踏实。乡闾，乡
　　里，此指同乡的人。

【译】

　　南阳刘驎之，为人高尚率真，熟悉史籍，隐居在阳岐村。当时苻
坚大军已至长江，荆州刺史桓冲想尽力做一番匡济国家的辉煌事业，
征召他做长史，派使者随船去迎接他，馈赠非常丰厚。驎之接到任命
就上船，礼物全都不接受，送给了沿途那些贫穷的人，到了上明也就
送完了。一见到桓冲，就说自己没有什么用处，于是潇洒地告退了。
他在阳岐村多年，吃穿有无多少，常与乡邻同享，到他贫乏的时候，
乡邻也这样对待他。他让乡邻们觉得很安适。

【评鉴】

　　底本"村人亦如之"下有"甚厚"二字。李慈铭已疑"厚"为衍文。

我们认为，"甚厚"二字当是传抄时因上文有"甚厚"二字而衍。《世说》行文是很考究的，不太可能一段故事同出"甚厚"一语。再则，"村人亦如之"语意已足且佳，谓村人也同样对待他，就不应再有"甚厚"了。

栖逸9

南阳翟道渊与汝南周子南少相友①，共隐于寻阳②。庾太尉说周以当世之务，周遂仕。翟秉志弥固③。其后周诣翟，翟不与语。

【注】

①翟道渊：即翟汤。汤字道渊。隐逸不仕，不屑世事。自耕自食，人有馈赠，一无所受。《晋书》卷94有传。周子南：即周邵。邵字子南。初与翟汤隐于寻阳庐山。后庾亮强起之，官至镇蛮护军、西阳太守。

②寻阳：县名。晋初属扬州庐江郡，惠帝时改属江州。治所在今江西九江西。

③弥固：更加坚定。

【译】

南阳翟汤和汝南周邵年轻时就是好朋友，一齐在寻阳隐居。庾亮从当世要务角度出发劝说周邵，周邵就出仕做官了。翟汤却更加坚守自己隐居的志向。后来周邵去拜访翟汤，翟汤连话也不和他说。

【评鉴】

像翟汤这样执志坚牢，不为名利所动，应该是《世说》中唯一可以伯仲管宁、范宣的人了。管宁与华歆割席分坐，范宣与韩康伯同车却不入官府，翟汤因周邵"失节"而不再与之交言，正相类比。

栖逸10

孟万年及弟少孤①，居武昌阳新县。万年游宦②，有盛名当世。少孤未尝出，京邑人士思欲见之，乃遣信报少孤云③："兄病笃。"狼狈至都，时贤见之者，莫不嗟重④。因相谓曰："少孤如此，万年可死。"

【注】

①孟万年：即孟嘉。嘉字万年。少孤：即孟陋，陋字少孤，晋武昌阳新（今湖北阳新）人，吴司空孟宗之曾孙。布衣蔬食，栖迟蓬荜之下，绝人间之事。《晋书》卷94有传。

②游宦：离家在外做官。

③信：使者，信使。

④嗟重：赞叹敬重。

【译】

孟嘉和他的弟弟孟陋，居住在武昌阳新县。孟嘉外出做官，在当时有很大的名声。孟陋一直没离开过故乡，京都的名士们想要见见孟陋，于是派人去给孟陋报信说："令兄病重。"孟陋就急匆匆赶到京城，当时见到他的贤达们，没有不赞叹敬重的。于是互相说："少孤能这个样，万年可以死而无憾了。"

【评鉴】

孟陋坚持不出仕为官，且不求虚名。《晋书·隐逸传·孟陋》："或谓温曰：'孟陋高行，学为儒宗，宜引在府，以和鼎味。'温叹曰：'会稽王尚不能屈，非敢拟议也。'陋闻之曰：'桓公正当以我不往故耳。亿兆之人，无官者十居其九，岂皆高士哉！我疾病不堪恭相王之命，非敢为高也。'"桓温慨叹自己不能招孟陋至幕下，但孟陋的解释却是那么本朴，说自己并不是什么高士，而是因为身体不好难以胜任。这和罗友因白羊肉美而求进见一样坦率。这才是真正的高士。同时，孟陋又特别重视兄弟的感情，听说哥哥生病了急忙赶赴都城。其行为令人尊敬。

栖逸11

康僧渊在豫章①，去郭数十里立精舍②，旁连岭，带长川③，芳林列于轩庭④，清流激于堂宇。乃闲居研讲，希心理味⑤。庾公诸人多往看之，观其运用吐纳⑥，风流转佳。加已处之怡然，亦有以自得，声名乃兴。后不堪⑦，遂出。

【注】

①康僧渊：晋高僧。成帝时与康法畅、支敏度等渡江。后在豫章山立寺，讲说佛法。豫章：郡名。治所在今江西南昌。

②郭：外城。精舍：佛教徒静修的住所。

③带长川：谓精舍旁水流环绕。

④芳林：指花草树木。

⑤希心：潜心。理味：玄理之趣。

⑥运用吐纳：指灵活变通的议论谈吐。

⑦不堪：不能忍受。此指不能忍受来自外界的打扰。

【译】

　　康僧渊在豫章时，在离城几十里处修建了精舍，旁边群山相连，周围水流环绕，庭院里布满花草树木，清澈的水流在堂前檐下激荡。康僧渊就闲居此地研习讲论学问，潜心领会玄理。庾亮等人经常去看望他，见他灵活变通的谈吐议论之间，风度神采更加优雅。加上他怡然安适，也有自己的很多见解，于是声名就更大了。后来终于不堪其扰，就离开了豫章。

【评鉴】

　　《高僧传》云康僧渊"后卒于寺"，与此说不同。《文学》第四十七则云康僧渊初过江，因为没有名气，只好以乞讨为生，后来借助于殷浩，在殷家的清谈场合一下子出了名，于是便有了地位。当时佛教逐渐兴盛，达官贵人们往往供养高僧。有了施主们的布施，也才有资本即本条的修建精舍庭院。按照康僧渊的初衷，自然是希望从此可以安心静养。但因为他的名气大，前去拜会他的人越来越多，结果事与愿违，不堪其扰，这才离开豫章。不过，从康僧渊、深公等人的经历，可以看出江左高僧们多倚仗高官权门，与佛家苦行清修的本旨已愈来愈远了。

栖逸 12

　　戴安道既厉操东山^①，而其兄欲建式遏之功^②。谢太傅曰："卿兄弟志业^③，何其太殊？"戴曰："下官不堪其忧，家弟不改其乐^④。"

【注】

①戴安道：即戴逵。逵字安道。厉操：磨炼节操。

②其兄：指戴逯。逯字安丘。以武功显，以功封广陵侯，仕至大司农。式遏：遏制，制止。语出《诗·大雅·民劳》："式遏寇虐。"即抵御强盗的侵暴。此谓抵御侵略，为国建功立业。

③志业：志向和事业。

④"下官不堪其忧"二句：化用《论语·雍也》："贤哉回也！一箪食，一瓢饮，在陋巷，人不堪其忧，回也不改其乐。"

【译】

　　戴逵已在东山隐居磨砺操守，而他的哥哥戴逯却希望为国建立功业。谢安说："你们兄弟的志向事业，为什么有这样大的差别？"戴逯说："下官不能忍受箪食瓢饮的忧苦，而家弟贫困隐居却不改其乐。"

【评鉴】

　　戴逯的回答很巧妙，虽然是兄弟，但志向不同，都无可厚非。《晋书·隐逸传·戴逵》："太宰武陵王晞闻其善鼓琴，使人召之。逵对使者破琴曰：'戴安道不为王门伶人。'晞怒，乃更引其兄述，述闻命，欣然拥琴而往。"《世说》中戴逵与其兄戴逯的志向判然分明，而《晋书》中戴逵在使者面前摔碎了琴，其兄戴述则"欣然拥琴而往"，同是善琴，志业也是"何其太殊"！

栖逸13

许玄度隐在永兴南幽穴中①，每致四方诸侯之遗②。或谓许曰："尝闻箕山人似不尔耳③。"许曰："筐篚苞苴④，故当轻于天下之宝耳⑤。"

【注】

①许玄度：即许询。询字玄度。永兴：会稽属县，治所在今浙江杭州萧山区西。

②诸侯：指地方长官。

③箕山人：指许由。相传为尧时人。隐于箕山，尧以天下让，不受；复请为九州长，由谓污其听，洗耳于颍滨。世目为清隐不仕之高标。事见晋皇甫谧《高士传》。箕山，在今河南登封。

④筐篚（fěi）苞苴（jū）：指用竹筐和包裹装的礼物。筐篚，盛物的竹器，方为筐，圆为篚。苞苴，用草编成的包裹鱼肉的用具。

⑤天下之宝：指天子之位。

【译】

许询在永兴县南幽深的岩洞中隐居，经常招致各地方长官的馈赠。有人对许询说："曾经听说隐居箕山的许由好像不是这样的。"许询回答说："用竹筐和包裹装来一些礼物，当然要比天子之位轻得多啦。"

【评鉴】

许询有名于时，算是同时代隐士中的高尚者，但仍不免接受馈遗。这种行为本身就与隐逸相矛盾，既然要当隐士，又哪里需要受地方高官的馈赠？当别人讥讽他时，竟然把自己的行为和禅让天下相比，实在是有些滑稽。天下江山可以不受，馈赠礼物就可以接受，这从逻辑上就不能成立。刘义庆收录此则，也是有意对当时隐士的心境与行为予以披露。但仔细想来，是不是也不能太苛求，生存是人的第一需要，或许很多人都想做陶渊明，但有陶渊明"方宅十余亩，草屋八九间"那条件也是不容易的。

栖逸14

范宣未尝入公门①，韩康伯与同载②，遂诱俱入郡③，范便于车后趋下。

【注】

①范宣：字宣子，博览群书，尤精"三礼"。后家于豫章，闲居陋室，以讲诵为业。公门：官府之门。

②韩康伯：即韩伯。伯字康伯。

③郡：指郡府衙门。

【译】

范宣从来不进官府的门，韩康伯和他同乘一辆车，于是引诱他一起到郡府去，范宣就从车后跑掉了。

【评鉴】

《晋书·儒林传·范宣》曰:"家于豫章,太守殷羡见宣茅茨不完,欲为改宅,宣固辞之。庾爰之以宣素贫,加年荒疾疫,厚饷给之,宣又不受。"比较起买山而隐的支道林、郗超为起舍的戴逵、接受诸侯馈遗的许询等,范宣不愧栖逸之号。

栖逸15

郗超每闻欲高尚隐退者,辄为办百万资,并为造立居宇①。在剡②,为戴公起宅③,甚精整。戴始往旧居④,与所亲书曰:"近至剡,如官舍。"郗为傅约亦办百万资⑤,傅隐事差互⑥,故不果遗。

【注】

①居宇:住所,住宅。

②剡(shàn):指剡县。在今浙江嵊州。

③戴公:指戴逵。

④始往旧居:《太平御览》卷五一〇作"始往居","旧"疑为衍字。

⑤傅约:名琼,小字约。生平不详。

⑥差互:参差曲折,未能实现。此指归隐事未能如愿。

【译】

郗超每当听说有准备高尚隐退的人,就给对方备办百万资财,并且给他修建住宅。在剡县,给戴逵修建了住所,非常精致齐整。戴逵刚去住时,给亲近的人写信说:"最近到了剡县,好像住在官府一样。"郗超给傅约也备办了百万资财，后来傅约归隐事不成，所以没能送给他。

【评鉴】

从《晋书》看，戴逵矢志坚牢，虽官府征召再四，皆力辞不赴。而从本门第十七则刘孝标注引《续晋阳秋》"交游贵盛"语，推知戴逵受人馈赠或确有其事。"如官舍"语，说明心中依然未净。

栖逸16

许掾好游山水①，而体便登陟②。时人云："许非徒有胜情③，实有济胜之具④。"

【注】

①许掾：指许询。曾征为司徒掾，故称。

②登陟：攀登。

③胜情：高雅的情致。

④济胜：到达胜境，进入胜境。

【译】

许询喜欢游山玩水，并且身体轻捷也便于攀登。当时人们说："许询不只是有高雅的情致，而且确实有登临名山胜水的条件。"

【评鉴】

许询好游山水一方面是身体便捷，更重要的是有经济基础。我们觉得，这里的"济胜之具"似颇有些调侃的味道。《庄子·逍遥游》说："适莽苍者，三餐而反，腹犹果然。适百里者，宿舂粮。适千里者，三月聚粮。"许询能游山水，当然不会担心吃饭的问题，甚至不需要自己准备，本门第十三则说："每致四方诸侯之遗。"济胜之具，恐怕就是指这些条件啊。

栖逸 17

郗尚书与谢居士善^①，常称："谢庆绪识见虽不绝人^②，可以累心处都尽^③。"

【注】

①郗尚书：指郗恢。恢字道胤，小字阿乞，晋高平金乡（今山东金乡）人，郗昙之子。历任散骑侍郎、给事黄门侍郎。与桓玄、殷仲堪有隙，携家眷还都，为仲堪刺客所杀。《晋书》卷67有传。谢居士：即谢敷。敷字庆绪，晋会稽（治今浙江绍兴）人。栖居太平山十余年，征召皆不就。笃信大法，长斋奉佛，人称"谢居士"。《晋书》卷94有传。居士，居家而奉行佛教的人。

②绝人：超过别人。

③累心：劳心，烦扰人心。指世俗的功名利禄之类。

【译】

郗恢与谢敷友好，常常称扬谢敷说："谢庆绪的学问见识虽然不能够超越一般人，但让人烦心的世俗之事他都可以摒除。"

【评鉴】

　　此则刘孝标注颇为有趣，引《续晋阳秋》："初，月犯少微星，一名处士星。占云：'以处士当之。'时戴逵居剡，既美才艺而交游贵盛，先敷著名，时人忧之。俄而敷死，会稽人士以嘲吴人云：'吴中高士，便是求死不得。'"占卜者认为，月犯少微星，人间将有一位处士去世，以应天象。当时戴逵隐居剡县，人们都为他感到担忧，可是不久之后，死的却是谢敷。可见上天能辨别真伪，重实际而不重虚名，因为戴逵还不能忘记荣名，谢敷则长斋供养为业，谢敷才是真处士。当然，这故事本身不过是巧合，姑妄读之，一笑置之可也。

拒绝刻板印象，看她们如何活出不被定义的人生

贤媛第十九

　　贤媛，偏正式双音词。贤，指有才能、有德行。媛，本指美女，但在《世说》此门中，美女的意义已经淡化了，"媛"就是女性的代称。合而言之，贤媛即有才能、有德行的女性。

　　本门共三十二则，有贤母、贤妻、贤女。陈婴母能断大事，陶侃母截发留宾，许允妻丑而多才，山涛妻识鉴过人，周颉母刚烈自重，谢道韫恃才怨命，每一位都给人留下深刻印象。

　　如果按照封建伦理，本门与传统的"妇德"很不相称，所谓"贤媛"多不符合儒家道德标准对女性的要求，余嘉锡也曾评论说"晋之妇教，最为衰敝"。但是，这却真实地反映了在魏晋社会大动荡、礼崩乐坏的背景下，女性思想得到解放、地位有所提高的现实。相比于以往，人们跳脱了儒家对女性的精神束缚，而是以男女平等的观念去欣赏才女才妇们的脱俗超凡，睿智聪明。本门从不同的角度展示了魏晋女性群像，这也正是其价值所在。

贤媛 1

陈婴者^①，东阳人^②。少修德行，著称乡党^③。秦末大乱，东阳人欲奉婴为主，母曰："不可。自我为汝家妇，少见贫贱，一旦富贵，不祥。不如以兵属人^④，事成少受其利，不成祸有所归。"

【注】

①陈婴：秦末东阳（今江苏盱眙东南）人。任县令史。陈胜起兵，众杀县令，立婴为长帅，以兵属项梁，后归汉，封堂邑侯。事见《史记·项羽本纪》《汉书·叙传上》。

②东阳：县名。在今江苏盱眙东南。

③乡党：犹言乡里，指东阳本地。

④属人：归属于别人。

【译】

陈婴，是东阳人。从小就注意德行的修养，在乡里很有名声。秦末天下大乱，东阳人想要尊奉陈婴做首领，陈婴的母亲说："不可以。自从我做了你们陈家的儿媳妇，年轻时就看见你家很贫贱，现在一下子富贵起来，不吉利。不如带兵归属别人，大事成功了多少会得到些好处，大事不成灾祸自有别人来承担。"

【评鉴】

此故事见于《史记·项羽本纪》《汉书·叙传》，《世说》正是从此取材的。陈婴的母亲识见超过常人，身处乱世而懂得如何保全自己，其审时度势的远见令人叹服，不愧贤媛之称。陈婴入汉封侯，安享荣华，是听从了母亲教导的结果。比较《世说》中的一些失败人物，陈婴的母亲可以胜过多少须眉男子。再比较本门第十则，陈婴的母亲与王经的母亲都属贤明妇人，陈婴能遵母教，结果如此完美，而王经不遵母命，竟遭诛杀，可叹！

贤媛2

　　汉元帝宫人既多①，乃令画工图之，欲有呼者，辄披图召之②。其中常者③，皆行货赂④。王明君姿容甚丽⑤，志不苟求，工遂毁为其状⑥。后匈奴来和⑦，求美女于汉帝，帝以明君充行⑧。既召见而惜之，但名字已去，不欲中改，于是遂行。

【注】

①汉元帝：即刘奭。在位时匈奴呼韩邪单于入长安朝觐。

②披：翻阅。

③中常：普通平常。

④货赂：贿赂。

⑤王明君：即王昭君。名嫱，字昭君。西汉南郡秭归（今湖北秭归）人。晋避文帝司马昭讳，改称明君。初为汉元帝宫人。竟宁元年（前33），匈奴呼韩邪单于入朝和亲，昭君入匈奴，号宁胡阏氏。事见《汉书·元帝纪》。

⑥毁：败坏。

⑦和：指和亲。

⑧充行：充数出嫁。行，嫁。

【译】

汉元帝后宫人数众多，就叫画师给每人画像，要想召幸，就翻阅画册来决定。那些姿色一般的宫人，都给画师行贿。王昭君姿色非常美丽，有志气不苟且追求，画师作画时就把她的容貌画丑了。后来匈奴来与汉朝和亲，向汉元帝请求赏赐美女，元帝就让昭君充数出嫁。召见她后才感到非常惋惜，可是名单已经报走，不想再中途改变，于是就远嫁匈奴了。

【评鉴】

王昭君故事，《汉书》《西京杂记》《后汉书》等皆载，说法各有不同。余嘉锡详加考订，认为当以《汉书》说是。《世说》本是小说，杂采诸书，本不足凭信，但因文辞优美，故事鲜活，因而后世有不少昭君故事反弃《汉书》之真而取《西京杂记》《世说》之伪，这也正是其文学魅力的体现。

贤媛3

汉成帝幸赵飞燕[①]，飞燕谗班婕妤祝诅[②]，于是考问[③]，辞曰："妾闻死生有命，富贵在天[④]。修善尚不蒙福，为邪欲以何望？若鬼神有知，不受邪佞之诉；若其无知，诉之何益？故不为也。"

【注】

①汉成帝：即刘骜（前51—前7）。骜字太孙，元帝长子。在位期间，外戚王氏擅权。性好女色，以赵飞燕及其妹为婕妤。后废许皇后，立赵飞燕为皇

后。《汉书》卷10有纪。赵飞燕（？—前1）：原为长安宫女，以体轻善舞号
曰"飞燕"。哀帝立，尊为皇太后。平帝即位，废为庶人，自杀。《汉书》卷
97有传。

②班婕妤（jié yú）：汉成帝宠姬。汉雁门郡楼烦班况女，班彪姑。成帝时入
宫为婕妤。后失宠，退居东宫，作赋自伤。《汉书》卷97有传。婕妤，又作
"倢伃"，帝王妃嫔名号。祝诅：祈告鬼神，求鬼神降祸于自己的仇人。

③考问：拷问。

④"死生有命"二句：语出《论语·颜渊》。谓死亡和生存由命运决定，富与
贵由上天安排。

【译】

　　汉成帝宠幸赵飞燕，飞燕进谗言说班婕妤诅咒后宫和皇帝，于是
拷问班婕妤，班婕妤的供词说："我听说死生有命，富贵在天。修善尚
且不一定能受到福佑，做坏事还能指望什么？假如鬼神是有知觉的，
就不会接受奸邪的诉求；假如鬼神是无知觉的，诉求又有什么意义？
所以我不会做诅咒的事情。"

【评鉴】

　　此则从《汉书》中来，在此补出背景，"鸿嘉三年，赵飞燕谮告
许皇后、班倢伃挟媚道，祝诅后宫，詈及主上。许皇后坐废，考问班
倢伃"。班婕妤辩辞，正反两说，言简意明，且坚执的理由义正辞严，
如钉钉木，不可移易。李贽称之为"大见识"（《初潭集》卷四）。且班
婕妤才华出众，退居东宫，作赋自伤，其辞哀婉悱恻，不忍卒读，在
文学史上也留下了一席之地。

贤媛4

　　魏武帝崩^①，文帝悉取武帝宫人自侍^②。及帝病困^③，卞后出看疾^④。太后入户，见直侍并是昔日所爱幸者^⑤。太后问："何时来邪？"云："正伏魄时过^⑥。"因不复前而叹曰："狗鼠不食汝余^⑦，死故应尔。"至山陵^⑧，亦竟不临^⑨。

【注】

①魏武帝：即曹操。其子曹丕代汉，追尊曹操为武帝。

②文帝：即曹丕。谥号文帝。

③病困：病重。

④卞后（160—230）：琅邪开阳（今山东临沂北）人，曹丕、曹彰、曹植之母。本倡家女，曹操在谯时纳为妾。操为魏王，拜为王后。曹丕为帝，尊为皇太后。《三国志》卷5有传。

⑤直侍：当班侍奉的人。

⑥伏魄：即招魂。古人死后，在高处呼其魂归来，谓之伏魄，亦称复魄。

⑦狗鼠不食汝余：犹言你死了连畜牲都不吃。比喻被鄙视、唾弃。

⑧山陵：帝王陵墓。此指皇帝的葬礼。

⑨临：哭吊。

【译】

　　魏武帝曹操死了，文帝曹丕将曹操的宫女全部收归来侍奉自己。到文帝病重时，卞太后来探病。太后进门，看到文帝身边值班侍候的宫女都是曹操当初宠幸过的。太后问："你们什么时候来的？"回答说：

"给武帝招魂的时候过来的。"于是太后不再前行，并叹息说："狗鼠畜牲都不屑吃你，确实该死。"到文帝下葬时，卞太后始终也没去哭吊。

【评鉴】

　　母子肝胆相连，子病将终，母亲何其痛苦，然而卞后见曹丕乱伦禽兽之行，已完全没有做儿子的底线，愤然绝母子之情，不仅不再临视，死后也不去哭吊，何其大义凛然。虽然卞太后出自倡家，但能明辨是非，真不愧贤媛之称。《三国志·魏书·后妃传·武宣卞皇后》裴松之注引《魏书》说，卞后生性节俭，不崇尚华丽，平生没有刺绣的衣物和珠玉，家里的器具都用黑漆涂饰的。曹操曾经得到几副名贵的耳饰，叫卞后自己选一副，卞后选了一副中等的。曹操问为什么，卞后回答说："取最好的是贪心，取最差的是虚伪，所以我取中等的。"

贤媛5

　　赵母嫁女，女临去，敕之曰①："慎勿为好！"女曰："不为好，可为恶邪？"母曰："好尚不可为，其况恶乎！"

【注】

①敕：告诫。

【译】

　　赵母嫁女儿，女儿临出嫁时，告诫女儿说："一定不要做好事！"女儿说："不做好事，可以做坏事吗？"赵母说："好事尚且不能做，何况做坏事呢！”

【评鉴】

赵母，颍川赵氏女，原为桐乡令虞韪之妻。韪死，吴主孙权敬其文才，诏入宫省。此女不仅有识见，而且有学识，曾作《列女传解》，号赵母注，赋数十万言。本则嫁女的嘱咐，是古时的妇教，妇人治内，不希望张扬求名，而并非是要让女儿出嫁后不做善事。

贤媛6

许允妇是阮卫尉女①，德如妹②，奇丑。交礼竟③，允无复入理，家人深以为忧。会允有客至，妇令婢视之，还，答曰：“是桓郎。”桓郎者，桓范也④。妇云：“无忧，桓必劝入。”桓果语许云：“阮家既嫁丑女与卿，故当有意，卿宜察之。”许便回入内，既见妇，即欲出。妇料其此出无复入理，便捉裾停之⑤。许因谓曰：“妇有四德⑥，卿有其几?”妇曰：“新妇所乏唯容尔⑦。然士有百行⑧，君有几?”许云：“皆备。”妇曰：“夫百行以德为首。君好色不好德⑨，何谓皆备?”允有惭色，遂相敬重。

【注】

①许允：字士宗。魏明帝时仕至中领军。曾与左右谋杀司马昭，未果。后为司马氏所杀。阮卫尉：即阮共。共字伯彦，陈留尉氏（今河南尉氏）人。官至卫尉卿。

②德如：即阮侃。侃字德如，阮共之子。为人有俊才，善谈名理，与嵇康友

善，仕至河内太守。

③交礼：结婚时夫妻双方的对拜礼。

④桓范（？—249）：字元则，沛国（治今安徽濉溪）人。魏明帝时任中领军、尚书。正始中官大司农。曹爽辅政，号为"智囊"。司马懿诛爽，范亦被杀。事见《三国志》卷9裴松之注。

⑤捉裾：拉住衣襟。

⑥四德：封建礼教中妇女应有的四种品质，即妇德、妇言、妇容、妇功。

⑦新妇：新娘。

⑧百行：百种品行。泛言其多。

⑨好色不好德：语本《论语·子罕》："吾未见好德如好色者也。"

【译】

　　许允的妻子是阮共的女儿，阮侃的妹妹，长得奇丑。结婚行完了交拜礼，许允没有入洞房的意思，家人都为此深感忧虑。正遇上许允有客人来到，新娘叫奴婢看是谁，奴婢回来，回答说："是桓郎。"桓郎，就是桓范。新娘说："不必忧虑，桓郎一定会劝他入洞房。"桓范果然对许允说："阮家既然嫁了一个丑女给你，必然有其用意，你应该好好体察。"许允于是回到新房，和新娘见了面，又立刻想走。新娘估计他这一走就不会再回来，就拉住他的衣襟叫他停下。许允于是对新娘说："妇人有四种德行，你有几种？"新娘说："我所缺少的只是容貌。然而读书人有百种德行，你有几种？"许允说："全部具备。"新娘说："百种德行以德为首。你好色不好德，怎么能说都具备？"许允面有愧色，于是就敬重妻子了。

【评鉴】

阮女为阮侃之妹，史称阮侃"有俊才，而饬以名理，风仪雅润，与嵇康为友"，品行才华自不待言。贤兄才妹，堪称贤媛。桓范为曹爽心腹，时称"智囊"。阮女能识桓范之智，桓范能全夫妻之好，都值得宣扬表彰。

贤媛7

许允作吏部郎①，多用其乡里，魏明帝遣虎贲收之②。其妇出诫允曰："明主可以理夺③，难以情求。"既至，帝核问之，允对曰："'举尔所知'④，臣之乡人，臣所知也。陛下检校⑤，为称职与不？若不称职，臣受其罪。"既检校，皆官得其人，于是乃释。允衣服败坏，诏赐新衣。初允被收，举家号哭。阮新妇自若，云："勿忧，寻还。"作粟粥待。顷之，允至。

【注】

①吏部郎：官名。主管官吏选拔。

②虎贲：官名。掌侍卫国君及保卫王宫。言如猛虎之奔走，喻其勇猛。贲，通"奔"。

③理夺：用道理说服，使其改变。

④举尔所知：谓举荐你所了解的人。语本《论语·子路》："举尔所知。尔所不知，人其舍诸？"

⑤检校：考察核实。

【译】

　　许允做吏部郎时，多任用自己本乡的人，魏明帝派虎贲武士去拘捕他。许允的妻子阮氏出来告诫许允说："明主可以用道理说服，不能靠感情去乞求保全。"到了朝廷，明帝查问许允，许允回答说："孔子主张'举荐你了解的人'，我的本乡人，就是我了解的。陛下可以考察，看我任用的人称职不称职？假如不称职，我愿意承受罪责。"经过考察，许允任用的乡人都是称职的，于是就释放了许允。许允衣服破败了，明帝下诏赐给他新衣服。当初许允被抓时，全家都在嚎哭。妻子阮氏镇定自若，说："不要担忧，一会儿就会回来。"还煮了小米粥等着。一会儿，许允就回来了。

【评鉴】

　　"可以理夺，难以情求"，明代的袁中道特别欣赏这两句话，称为"名语"（见《舌华录·辩悟》注）。阮氏既语言精要，又能料事如神，其智慧令人钦佩。

贤媛8

　　许允为晋景王所诛①，门生走入告其妇②。妇正在机中，神色不变，曰："蚤知尔耳③。"门人欲藏其儿④，妇曰："无豫诸儿事⑤。"后徙居墓所，景王遣锺会看之，若才流及父⑥，当收。儿以咨母，母曰："汝等虽佳，才具不多，率胸怀与语⑦，便无所忧；不须极哀，会止便止；又可少问朝事。"儿从之。会反，以状对，卒免。

【注】

①晋景王：即司马师。晋国建，追尊为景王，故称。

②门生：供役使的门人、侍从。

③蚤：通"早"。

④其儿：指许奇、许猛。刘孝标注引《世语》曰："允二子：奇，字子太。猛，字子豹。并有治理。"

⑤无豫：无关，不涉及。

⑥才流：才智。

⑦率：信由，任由。

【译】

许允被晋景王司马师杀了，门人跑进来报告许允妻子阮氏。阮氏正在织机上织布，神色不变，说："早知道会这样。"门人想把他们的儿子藏起来，阮氏说："和儿子们无关。"后来一家迁居到许允墓旁，司马师派锺会去察看，假如儿子们的才智能赶上许允，就拘捕。儿子们便和母亲商量，母亲说："你们虽然不错，但才能也不多，可以随意敞开胸怀和锺会交谈，就没什么可担心的；也不必太过伤心，锺会不哭了你们就停下来；还可以多少问一点朝廷的事。"儿子们按母亲说的做。锺会回去后，把情况报告给司马师，许允的儿子们最终幸免。

【评鉴】

锺会本来足智多谋，可以指挥千军万马，而居然全在阮氏掌握之中。其安排布局滴水不漏，使两个儿子得以保全，让人惊叹。

贤媛9

王公渊娶诸葛诞女①，入室，言语始交，王谓妇曰："新妇神色卑下，殊不似公休。"妇曰："大丈夫不能仿佛彦云②，而令妇人比踪英杰③！"

【注】

①王公渊：即王广（？—251）。广字公渊，太原祁县（今山西祁县）人，王凌之子。历仕屯骑校尉、尚书。父王凌谋立楚王曹彪为帝，事泄自杀，广亦遭诛。诸葛诞：字公休，三国魏扬州刺史。

②彦云：指王凌。凌字彦云。

③比踪：比并，并驾。

【译】

王广娶诸葛诞女儿为妻，进入洞房，双方才开始交谈，王广对新娘说："新娘神情卑下，太不像令尊公休了。"新娘说："大丈夫不能仿效令尊彦云，却让我一个女人向英杰看齐！"

【评鉴】

此则为夫妻闺房之戏。王广贬损新娘，又直呼岳父之字。新娘则以其人之道还治其人之身，又称己父为英杰。才思敏捷不输大丈夫，是以列入《贤媛》。

贤媛10

　　王经少贫苦①，仕至二千石②，母语之曰："汝本寒家子，仕至二千石，此可以止乎！"经不能用。为尚书，助魏，不忠于晋。被收，涕泣辞母曰："不从母敕，以至今日。"母都无戚容，语之曰："为子则孝，为臣则忠，有孝有忠，何负吾邪？"

【注】

①王经（？—260）：字彦纬，三国魏清河（治今河北清河）人。曾任江夏太守、司隶校尉、尚书。高贵乡公曹髦率宫吏攻司马昭，被杀，王经忠于魏，未向司马昭通消息，与其母并为司马昭所诛。事见《三国志·魏书·三少帝纪》。

②二千石：汉制郡守俸禄为二千石，后因以二千石称郡守。

【译】

　　王经年轻时很贫苦，官做到二千石，母亲对他说："你本来是贫穷人家的子弟，官做到二千石，这就可以停止了吧！"王经没有听从母亲的话。后来担任尚书，辅助曹魏，而不忠于司马氏。被逮捕后，流泪和母亲告辞说："没有听从母亲的教诲，以至于有了今天。"母亲一点也没有悲戚的神色，对他说："做儿子就孝顺，做臣子就忠诚，有孝有忠，有什么对不起我的呢？"

【评鉴】

　　王经之母深识祸福满盈的道理。上品无寒门，下品无势族，将门出将，相门出相，何况王经根本与"门"无缘，是贫家子弟。《三国志·魏书·崔林传》裴松之注引《晋诸公赞》云："初，林识拔同郡王经于民伍之中，卒为名士。"起自"民伍"，哪能和势族子弟较长量短。王经不识时势，以致陨亡，母亲也受到连累而丧命。可贵处在于，母亲不以受牵连而责备儿子，反以忠孝相勉，让儿子死得心安。贤母之高，一至于此。再者，今天人们往往把出自下层贫困家庭的人称为"寒门"，其实根本没懂"寒门"的意义，寒门，是与高华门第即势族家庭对言，它往往指衰落了的士大夫家庭，或者是父祖辈官职都不高的家庭，而绝不是寻常百姓家。所以，王经的母亲说王经是"寒家子"，而不说"寒门"，因为寻常百姓是没有"门第"可言的。

贤媛11

山公与嵇、阮一面，契若金兰①。山妻韩氏觉公与二人异于常交②，问公，公曰："我当年可以为友者③，唯此二生耳。"妻曰："负羁之妻亦亲观狐、赵④。意欲窥之，可乎？"他日，二人来，妻劝公止之宿，具酒肉。夜穿墉以视之⑤，达旦忘反。公入曰："二人何如？"妻曰："君才致殊不如⑥，正当以识度相友耳⑦。"公曰："伊辈亦常以我度为胜⑧。"

【注】

①契若金兰：形容彼此情投意合，友谊深厚。契，契合，感情投合。金兰，语出《易·系辞上》："二人同心，其利断金；同心之言，其臭如兰。"后用"金兰"指同心同德的好朋友。

②常交：泛泛之交，一般的交情。

③当年：现在，当今。

④负羁：即僖负羁，春秋时曹国大夫。晋公子重耳过曹，曹君不礼。僖负羁妻仔细观察随重耳流亡的狐偃、赵衰，认为他们定能辅佐重耳回国即位，晋国也能成为霸主。她还劝僖负羁暗结重耳，僖负羁于是馈食奉璧。后重耳即位，伐曹，令晋军禁入僖负羁之家，并赦免其族。事见《左传·僖公二十三年》。狐、赵：指晋国大夫狐偃、赵衰。偃字子犯，晋文公之舅，亦称舅犯。重耳奔翟，其后历经齐、卫、曹、宋、楚诸国，偃从之十九年。衰字子余，晋文公重臣。随文公出亡十九年，辅佐文公成就霸业。事见《史记·晋世家》。

⑤穿墉：在墙上打了一个孔。墉，墙。

⑥才致：才学和情致。

⑦识度：识见和度量。

⑧伊辈：他们。伊，他。

【译】

　　山涛与嵇康、阮籍见了一面，就情投意合非常要好。山涛妻子韩氏觉得他和嵇康、阮籍不同于一般朋友，问山涛，山涛说："我现在能够认作朋友的，只有这两人。"韩氏说："僖负羁的妻子也曾亲自观察狐偃、赵衰。我想看看他们，可以不？"一天，阮籍、嵇康来了，韩氏劝山涛让他们留宿，并准备了酒肉。晚上韩氏在墙上凿了个洞观察二人，到天亮都忘记回去了。山涛进屋问："这两人怎么样？"妻子说："你的才学和情韵比他们差得远，只能凭识见和器度和他们交朋友了。"山涛说："他们也经常认为我在器度方面要强一些。"

【评鉴】

山涛妻以为山涛才情风采皆不如嵇、阮，唯"识度"强于嵇、阮。识，指能看清形势；度，指能兼容。山涛正是如此，其于政事之识见，品评人物之眼光，处理人际关系之智慧，不失为时代高标。以阮籍、嵇康之高明而乐与山涛为友，他们佩服的正是山涛的识见和度量。

贤媛12

王浑妻锺氏生女令淑①，武子为妹求简美对而未得②，有兵家子有俊才，欲以妹妻之，乃白母。曰："诚是才者，其地可遗③，然要令我见。"武子乃令兵儿与群小杂处，使母帷中察之。既而母谓武子曰："如此衣形者，是汝所拟者非邪？"武子曰："是也。"母曰："此才足以拔萃；然地寒④，不有长年⑤，不得申其才用⑥。观其形骨，必不寿，不可与婚。"武子从之。兵儿数年果亡。

【注】

①王浑：字玄冲，官至司徒、录尚书事。锺氏：名琰之，魏太傅锺繇的曾孙女。

令淑：美丽贤淑。

②武子：即王济。济字武子，王浑子。求简：寻求，挑选。美对：佳偶，好对象。

③地：通"第"。门第。遗：抛弃，忽略。

④地寒：门第低微。

⑤长年：长寿，较大的年纪。

⑥申：施展。

【译】

　　王浑的妻子锺氏生了个女儿美丽贤淑，王济想给妹妹选一个好对象却一直没找到，有一个当兵人家的儿子很有才华，王济想把妹妹嫁给他，就告诉母亲锺氏。锺氏说："如果真是人才，他家的门第可以忽略不计，但是要让我看看。"王济就叫这个兵家儿与其他一群地位低下的人混在一起，叫母亲在帷幕后观察。看过之后锺氏对王济说："穿着这样衣服长得这个样的，是不是就是你所挑选的妹夫？"王济说："是。"锺氏说："这人才能的确出类拔萃；但是门第太低微，如果没有比较长的时间，是不能展现出他的才干的。我看他的形貌骨相，一定长寿不了，不能让你妹妹嫁给他。"王济听从了母亲的话。这个兵家儿几年后果然死了。

【评鉴】

　　锺氏言"诚是才者，其地可遗"，在当时最重门第的魏晋时期，以锺氏娘家及王家的高华门第，能有如此胸襟委实难得。从此则，也难怪锺氏看不上王浑，有"使新妇得配参军"的调侃（《排调》8）。更为难得的是，锺氏还懂相法，能发现这兵儿不寿，这是《世说》中唯一有此能耐的才女，即此而言，这则故事放在《品藻》中，与须眉男子度长絜大，也是别具特色，不落下风。

贤媛13

　　贾充前妇①，是李丰女②。丰被诛，离婚徙边③，后遇赦得还。充先已取郭配女④，武帝特听置左右夫人⑤。李氏别住外，不肯还充舍。郭氏语充，欲就省李⑥，充曰："彼刚介有才气⑦，卿往不如不去。"郭氏于是盛威仪，多将侍婢。既至，入户，李氏起迎，郭不觉脚自屈，因跪再拜。既反，语充。充曰："语卿道何物？"

【注】

①贾充：字公闾，司马昭心腹，后辅佐司马炎嗣位，为晋元勋。前妇：前妻。

②李丰女：刘孝标注引《妇人集》曰："充妻李氏，名婉，字淑文。丰诛，徙乐浪。"

③徙边：流放到边远地方。

④郭配：字仲南，郭淮弟，仕至阳城太守。其女名槐，性妒。

⑤武帝：指晋武帝司马炎。听：允许。

⑥省：探望，看望。

⑦刚介：性格刚直耿介。

【译】

　　贾充的前妻，是李丰的女儿。李丰被杀后，贾充就与李氏离婚，李氏发配到边疆，后来遇赦才得以回到洛阳。贾充此前已经又娶了郭配的女儿，武帝特许贾充设置左右两个夫人。李氏另住在外边，不愿意再回贾充家。郭氏告诉贾充，想要去看望李氏，贾充说："她这人性格刚直而有才气，你去看她还不如不去。"郭氏于是在服饰仪容上盛装打扮，带了许多奴婢前往。到了李氏的住处，进门，李氏起身迎接，郭氏不由自主地双腿弯曲，接着跪下拜了又拜。郭氏回家后，向贾充说了见面的情景。贾充说："我先前怎么和你说的？"

【评鉴】

晋武帝大事昏庸，却偏偏爱管臣子们的家务事，居然因贾充为腹心而置纲常不顾，让贾充置左右两个夫人，还曾调停姨妹与孙秀的关系（《惑溺》4）。从这些事来看，武帝缺少明君应有的气象，西晋王朝岂有不衰落之理。

《世说》多采集借鉴前代典籍中的故事入书，本则和汉武帝时尹夫人与邢夫人的故事有相似之处。《史记·外戚世家》："尹夫人与邢夫人同时并幸，有诏不得相见。尹夫人自请武帝，愿望见邢夫人，帝许之。即令他夫人饰，从御者数十人，为邢夫人来前。尹夫人前见之，曰：'此非邢夫人身也。'帝曰：'何以言之？'对曰：'视其身貌形状，不足以当人主矣。'于是帝乃诏使邢夫人衣故衣，独身来前。尹夫人望见之，曰：'此真是也。'于是乃低头俯而泣，自痛其不如也。"

贤媛14

贾充妻李氏作《女训》行于世①。李氏女②，齐献王妃③；郭氏女④，惠帝后⑤。充卒，李、郭女各欲令其母合葬，经年不决。贾后废，李氏乃祔葬⑥，遂定。

【注】

①《女训》：当是对妇女行为规范作训导的著作，其书今不存。

②李氏女：贾充与李氏生二女，褒、裕。褒，一名荃，为齐献王妃。

③齐献王：指司马攸。司马昭第二子，司马炎弟。

④郭氏女：郭氏名槐。其女南风为惠帝后。

⑤惠帝：指晋惠帝司马衷。

⑥祔（fù）葬：合葬。

【译】

　　贾充妻子李氏作《女训》传于世。李氏的女儿，是齐献王的妃子；郭氏的女儿，是晋惠帝的皇后。贾充死后，李、郭的女儿各自要让生母与贾充合葬，历经多年都定不下来。到贾后被废，李氏才与贾充合葬，事情才有了定论。

【评鉴】

　　正因为郭氏不贤惠，其女南风才作威作福，紊乱朝纲，晋祚从此不振。这一则归入《贤媛》，也不太合适。如果说表扬李氏，前边已有条目了，如果是表彰齐献王妃，不过是争取了其母与贾充合葬。贾充罪大恶极，合葬又有什么荣耀可言？当然，勉强一点，李氏能作《女训》传世，也是难得。"贤媛"或取此一端吧！

贤媛15

　　王汝南少无婚①，自求郝普女②。司空以其痴③，会无婚处④，任其意便许之。既婚，果有令姿淑德⑤，生东海⑥，遂为王氏母仪。或问汝南："何以知之？"曰："尝见井上取水，举动容止不失常，未尝忤观⑦，以此知之。"

【注】

①王汝南：即王湛。曾为汝南内史，故称。

②郝普女：《太平御览》卷四九〇引此事，云出《郭子》，其注云："郝氏，襄城人。父匡，字仲时，一名普，洛阳太守。"

③司空：指王昶（？—259）。昶字文舒，太原晋阳（今山西太原）人。曾任征南大将军，封京陵侯，晚年官至司空。《三国志》卷27有传。

④婚处：谓订婚的人家。

⑤令姿淑德：美丽的容貌和贤淑的品德。

⑥东海：指王承。因曾任东海太守，故称。

⑦忤观：逾越礼节的视观。

【译】

　　王湛年轻时还没定下亲事，自己要求娶郝普的女儿。他的父亲司空王昶觉得他痴傻，正好也还没有合适的亲事，就任凭他的意思答应了。成婚后，郝氏果然有美好的姿容和贤淑的德行，生了后来任东海太守的王承，郝氏也因而成了王家母亲的典范。有人问王湛："你怎么知道郝氏的？"王湛说："我曾经看见她在井台上打水，举止容仪都没有失常之处，未曾有不合乎礼仪的目光，从这我就知道她的为人了。"

【评鉴】

　　窥一斑而见全豹，王湛从细微的眼神动作就看出了郝氏的为人。"未尝忤观"，谓专注其事，目不斜视。《礼记·内则》："升降出入揖游，不敢哕噫、嚏咳、欠伸、跛倚、睇视。"郑玄注："睇，倾视也。"在那个时代的观念中，女性斜视，往往被认为是不正派的表现，故云。

贤媛16

　　王司徒妇①，锺氏女②，太傅曾孙，亦有俊才女德。锺、郝为娣姒③，雅相亲重；锺不以贵陵郝，郝亦不以贱下锺。东海家内④，则郝夫人之法；京陵家内⑤，范锺夫人之礼。

【注】

①王司徒：即王浑。曾为司徒，故称。

②锺氏女：名琰之，魏太傅锺繇的曾孙女。

③娣姒（dì sì）：即妯娌。弟兄间妻子的称谓。

④东海：指王承。

⑤京陵：指王浑。王浑袭父爵京陵侯。

【译】

　　王浑的妻子，是锺家的女儿，是太傅锺繇的曾孙女，也有出众的才华和女性的美德。锺氏和郝氏是妯娌关系，相互之间从来都亲近敬重；锺氏不因为身世高贵而欺侮郝氏，郝氏也不因为出身低微而在锺氏面前低三下四。王承家里，一切以郝氏的法度为准则；王浑家中，则以锺氏的礼法为典范。

【评鉴】

　　锺、郝两位女子虽然门第相差，却能相互敬重，惺惺相惜。在特重门第的魏晋时代，两位夫人能够如此超越时风，相互包容礼敬，更是难能可贵。比起王浑不与续弦妻子交礼，故儿子王济称继母为"颜妾"(《尤悔》2)，络秀因门第低微，以死相威胁才能得到周家的礼遇（本门第十八则），锺、郝两女子着实让人敬佩。此则归入《贤媛》，也是不辱此目。

贤媛17

　　李平阳①，秦州子②，中夏名士③，于时以比王夷甫④。孙秀初欲立威权⑤，咸云："乐令民望⑥，不可杀，减李重者又不足杀。"遂逼重自裁⑦。初，重在家，有人走从门入，出瞀中疏示重。重看之色动⑧，入内示其女，女直叫"绝"。了其意，出则自裁。此女甚高明，重每咨焉。

【注】

①李平阳：即李重。因曾任平阳太守，故称。

②秦州：指李重父李秉。秉曾任秦州刺史，故称。

③中夏：指中原地区。

④王夷甫：指王衍。衍字夷甫。

⑤孙秀（？—301）：字俊忠，晋琅邪人。信奉五斗米道，依附赵王司马伦。惠帝永宁元年（301），伦篡帝位，以秀为中书令，遂专断朝政。齐王司马冏等起兵讨伦，孙秀被斩杀于中书省。

⑥乐令：指乐广。因曾任尚书令，故称。

⑦自裁：自杀。

⑧色动：脸色大变。

【译】

李重，是秦州刺史李秉的儿子，是中原地区的名士，当时人把他和王衍比。孙秀当初要树立权威，他身边的人都说："乐广是在民众心中享有声望的人，不能杀，不如李重的人又不值得杀。"于是就逼迫李重自杀。开始时，李重在家里，有人从大门跑进来，拿出藏在发髻中的书信给李重看。李重看了后脸色大变，就进内室给女儿看，女儿只是叫"完了"。李重明白了女儿的意思，出去就自杀了。这个女儿十分聪明睿智，李重有事常向她询问。

【评鉴】

此女能判断情势，堪称高明。王衍号称"一世龙门"，当时人们把李重和王衍比，的确是极高的评价。然而，在面对生死时，王衍献媚求生，李重则断然自裁，在品节上李重就高出很多了，王衍却有愧世人的评价。

贤媛18

周浚作安东时①，行猎，值暴雨，过汝南李氏②。李氏富足，而男子不在。有女名络秀③，闻外有贵人，与一婢于内宰猪羊，作数十人饮食，事事精办④，不闻有人声。密觇之⑤，独见一女子，状貌非常。浚因求为妾，父兄不许。络秀曰："门户殄瘁⑥，何惜一女！若连姻贵族，将来或大益。"父兄从之。遂生伯仁兄弟⑦。络秀语伯仁等："我所以屈节为汝家作妾，门户计耳。汝若不与吾家亲亲者⑧，吾亦不惜余年⑨！"伯仁等悉从命。由此李氏在世得方幅齿遇^⑩。

【注】

①周浚：字开林，汝南安成（今河南汝南东南）人。仕魏至扬州刺史。入晋，
　平吴有功，封成武侯。后代王浑为使持节、都督扬州诸军事，元康初加安
　东将军。卒于位。《晋书》卷61有传。安东：指安东将军。

②过：拜访。

③络秀：即李络秀，周颚母。

④精办：精细治办。谓办理得精细得体。

⑤觇（chān）：偷看。

⑥殄瘁：衰落，衰败。

⑦伯仁兄弟：指周颚、周嵩、周谟三兄弟。颚字伯仁。

⑧亲亲：犹言亲戚。

⑨不惜余年：不吝惜余生。犹言不如死了算了。

⑩方幅齿遇：正规、正式的礼遇。齿遇，礼遇，平等相待。

【译】

　　周浚任安东将军时，外出打猎，遇上了暴雨，就去拜访汝南李家。
李家很富有，但男人们都不在家。有个女儿叫络秀，听说外边来了贵
客，就和一个奴婢在内院宰杀猪羊，备办了几十个人的饮食，事事都
处理得精细得体，却听不到一点声音。周浚偷偷地观看，只见一女子，
容貌非同一般。周浚于是向李家请求娶络秀为妾，络秀的父亲和兄长
都不答应。络秀说："我们家门第衰败，何必吝惜一个女儿！假如和贵
族结成婚姻，将来或许大有好处。"父兄依从了她。络秀后来生了周

颙、周嵩、周谟三兄弟。络秀对周颙兄弟说："我之所以委屈自己给你们家做妾，是为我们家的门第考虑罢了。你们如果不认我们李家为亲戚，我也就不吝惜剩下的时光了！"周颙兄弟都听从了李氏的话。从此李氏在世上得到了正式的礼遇。

【评鉴】

此女子不惜牺牲自己而让家族攀上高门，又以死相逼为自己争取合法地位。虽然，势利而已，但彼时彼情，在"上品无寒门，下品无势族"的残酷现实下，她能这样做也实属不易。然而，故事毕竟只是故事，经程炎震考证，周浚任安东将军纳络秀为妾时，周颙当已二十多岁，史上或本无此事，那就当作是小说情节吧。

贤媛19

陶公少有大志①，家酷贫②，与母湛氏同居。同郡范逵素知名③，举孝廉④，投侃宿。于时冰雪积日，侃室如悬磬⑤，而逵马仆甚多。侃母湛氏语侃曰："汝但出外留客，吾自为计。"湛头发委地，下为二髲⑥，卖得数斛米。斫诸屋柱，悉割半为薪，剉诸荐以为马草⑦。日夕，遂设精食，从者皆无所乏。逵既叹其才辩，又深愧其厚意。明旦去，侃追送不已，且百里许。逵曰："路已远，君宜还。"侃犹不返。逵曰："卿可去矣。至洛阳，当相为美谈⑧。"侃乃返。逵及洛，遂称之于羊晫、顾荣诸人⑨，大获美誉。

【注】

①陶公：指陶侃。侃封长沙郡公，故称。

②酷贫：极度贫穷。

③范逵：晋鄱阳（今江西鄱阳）人。生平不详。

④孝廉：有孝行而廉洁。为朝廷考察选拔人才的科目，始于汉代。初经郡国据乡评等上荐于朝廷，再经朝廷考核，酌授官职。

⑤室如悬磬：谓室中空无所有。比喻一贫如洗。语出《国语·鲁语上》："室如悬磬，野无青草，何恃而不恐。"磬，古代石制乐器，挂在架子上敲击。

⑥髲（bì）：假发。

⑦剉（cuò）：铡碎。荐：草垫。

⑧相为美谈：为你美言。相，指代陶侃。

⑨羊晫：《晋书》作"杨晫"。历任豫章郎中令、十郡中正。顾荣：字彦先，吴丞相顾雍孙。与陆机兄弟同入洛，时称"洛阳三俊"。

【译】

　　陶侃年轻时就有大志向，家里极其贫穷，同母亲湛氏住在一起。同郡的范逵一向知名，被举为孝廉，一天到陶家投宿。当时连续好多天有冰雪，陶侃家中什么也没有，可范逵的马匹随从很多。母亲湛氏对陶侃说："你只管去外面留住客人，我自己想办法。"湛氏头发很长可以拖到地面，剪下来做成两段假发，卖了假发买回来几斛米。把几个屋子的柱子砍了，分一半用作柴火，把几个草垫铡碎作为马料。傍晚，便准备好了精美的饭食，连随从们都不缺少什么。范逵既赞叹陶侃的才智机辩，又对他的厚意深感愧谢。第二天早上范逵离别时，陶侃追随相送不止，走了差不多一百里。范逵说："已送了很远的路，你应该回去了。"陶侃还是不回去。范逵说:"你可以回去了。我到了洛阳,将为你好好宣扬。"陶侃这才回去。范逵到了洛阳,就向羊晫、顾荣等人称许陶侃,陶侃因而大大地获得了美名。

【评鉴】

陶侃出身寒微,父丹,吴扬武将军,而侃早孤贫,为县吏,在特重门第的魏晋时期几乎没有仕进机会。幸亏其母湛氏贤明,让他有机会结交上流,于是造就一代名臣。陶母的故事千百年来活跃在中国传统文化之中,同时也成为有志妇女的学习榜样。

贤媛20

陶公少时作鱼梁吏①,尝以坩鲊饷母②。母封鲊付使,反书责侃曰③:"汝为吏,以官物见饷④,非唯不益,乃增吾忧也。"

【注】

①鱼梁吏:堵水捕鱼的小吏。鱼梁,一种捕鱼设施。用土石横截水流,留缺口,以笱(gǒu,鱼笼)承接,鱼随水流入笱中。《诗·邶风·谷风》:"毋逝我梁,毋发我笱。"

②坩(gān):盛物的陶器。鲊(zhǎ):腌制的鱼。饷:赠送。

③反书:回信。

④见饷:送给我。见,指代我。

【译】

陶侃年轻时做堵水捕鱼的小吏，曾经把腌制的鱼用陶罐装好叫人送给母亲吃。母亲把装腌鱼的罐子封好交还给来人，回信责备陶侃说："你做一个小吏，把公家的东西送给我，不仅对我没什么好处，反而增加了我的忧虑。"

【评鉴】

此本为三国吴孟宗事，因陶侃为晋名臣，而其母截发留宾的故事又传扬甚广，于是增饰出许多故事。此则便是把孟宗母子的故事嫁接在陶侃母子身上了。

贤媛21

桓宣武平蜀[①]，以李势妹为妾[②]，甚有宠，常著斋后。主始不知[③]，既闻，与数十婢拔白刃袭之。正值李梳头，发委藉地[④]，肤色玉曜[⑤]，不为动容。徐曰："国破家亡，无心至此，今日若能见杀，乃是本怀[⑥]。"主惭而退。

【注】

①平蜀：晋穆帝永和二年（346），桓温率军伐蜀，次年李势兵败投降，蜀平。

　蜀，指十六国之一的成汉政权，在蜀地，故称。

②李势：成汉末代国君。

③主：指桓温妻，晋明帝女南康公主。

④委：下垂。藉：铺。

⑤玉曜：如白玉一样光艳夺目。

⑥本怀：本心，本意。

【译】

桓温平定了成汉，把李势的妹妹纳为妾，非常受宠，经常把她安置在书斋后边住。南康公主开始不知道，听说了这事，就带领几十个奴婢拔出利刃去刺杀李氏。正赶上李氏在梳头，长发下垂铺散在地上，皮肤如白玉般光艳夺目，却毫不动容。她慢慢地说："国破家亡，我也无心到此，今天如果能够杀了我，正是我的本心。"公主于是惭愧地退了出来。

【评鉴】

刘孝标注引南朝虞通之《妒记》也记载此事，情节更为生动。桓温平定了成汉，把李势的女儿纳为妾室，桓温妻南康公主凶悍而且嫉妒心强，知道这事后，就带着利刃前往李女的居所，想要杀了李女。李女正在窗前梳头，形貌端庄秀丽，慢慢把头发盘起，然后向公主施礼，神色娴雅，言辞十分凄惋。南康公主于是扔下刀子向前抱住李女说："妹子！我看见你都喜欢啊，何况我家那老东西！"（"我见汝亦怜，何况老奴！"）于是就善待她了。

李女视死如归，言辞悲惋，南康公主虽善妒，见到李女后却能怜香惜玉。《世说》言公主"惭而退"，《妒记》言"我见汝亦怜，何况老奴"，后者更能体现出南康公主的气度。此外，这则故事《世说》云李势之妹，《妒记》云李势之女，小说家言，就不深究了。

贤媛22

庾玉台^①，希之弟也^②。希诛，将戮玉台。玉台子妇，宣武弟桓豁女也^③，徒跣求进^④。阍禁不内^⑤，女厉声曰："是何小人！我伯父门，不听我前^⑥！"因突入，号泣请曰："庾玉台常因人^⑦，脚短三寸，当复能作贼不^⑧？"宣武笑曰："婿故自急^⑨。"遂原玉台一门。

【注】

①庾玉台：即庾友。友字惠彦，小字玉台，庾冰第三子。历中书郎、东阳
太守。

②希：即庾希。庾冰长子。

③宣武：指桓温。谥号为宣武，故称。桓豁女：字女幼。庾宣之妻。桓豁，桓
彝第三子，桓温弟。

④徒跣（xiǎn）：赤着脚。因情势危急不及穿鞋。

⑤阍（hūn）：看门的人。内：同"纳"，进入。

⑥不听：不许。

⑦因人：依靠别人、扶着人行走。

⑧作贼：造反。

⑨婿：指桓豁的女婿、女幼的丈夫庾宣。为桓温的侄女婿。故自急：的确有危
险。如杀庾友，其一门必然难以幸免。

【译】

庾友，是庾希的弟弟。庾希被杀，又将要杀掉庾友。庾友的儿媳
妇，是桓温弟弟桓豁的女儿，光着脚去求见桓温。守门的人不让她进

去，她就厉声说道："你们是什么奴才！我伯父的门，竟然不让我进去！"于是硬闯进去，嚎哭着向桓温请求说："庾玉台常常要依靠别人才能走路，脚都比别人短三寸，还能造反吗？"桓温笑着说："侄女婿的确是危急了。"于是就宽赦了庾友一家。

【评鉴】

当时如庾友被杀，其子庾宣自难幸免，所以女幼情急之下，径直闯门去见桓温，救得一家性命。女幼性情之刚烈、为人之智慧、言语之得体都不同凡响。另外，据《玉台新咏·和湘东王三韵二首》清吴兆宜注引龙辅《女红余志》："桓豁女，字女幼，制绿锦衣带作竹叶样，远视之无二。"可知女幼还擅长女工。

贤媛23

谢公夫人帏诸婢①，使在前作伎②，使太傅暂见便下帏③。太傅索更开，夫人云："恐伤盛德。"

【注】

①谢公：指谢安。帏：用帏帐围起来。
②作伎：表演歌舞。
③暂：一下子，短时间。

【译】

谢安的妻子刘氏用帏帐将婢女们围起来，让婢女们在帐前表演歌舞，让谢安看一下就把帷帐放下。谢安要求再打开，夫人说："恐怕有损你的大德啊。"

【评鉴】

　　谢安妻为刘惔之妹，识见颇高。本则展现出她担心谢安沉溺声色，败坏德行。谢安一生成就卓著，当然离不开贤妻刘氏的辅助，归为"贤媛"当之无愧。

贤媛24

　　桓车骑不好著新衣^①，浴后，妇故送新衣与。车骑大怒，催使持去。妇更持还，传语云："衣不经新，何由而故？"桓公大笑，著之。

【注】

①桓车骑：指桓温弟桓冲。因曾任车骑将军，故称。

【译】

　　桓冲不喜欢穿新衣服，沐浴过后，他妻子故意叫侍者送去新衣服。桓冲大怒，催促叫侍者拿走。妻子又叫侍者拿回去，并且传话给他说："衣服如果不从新的穿起，怎么会成旧的呢？"桓冲大笑，穿上了新衣。

【评鉴】

　　桓冲的节俭，当与其少时经历有关。桓温家弟兄众多，父亲桓彝死后，家贫，其母生病，需要杀羊向鬼神祈祷消灾，家里没有钱，于是以桓冲为质抵债。羊主家富，就养育桓冲。正因小时经历过如此磨难，桓冲才养成了俭约的习惯，衣着随便不讲究。这虽然是好习惯，但时移事异，作为一镇诸侯，衣饰的威严得体也应该相称才对。此则妙处在于，其妻王氏（琅邪王恬女）不是以大道理去说服桓冲，而以"衣不经新，何由而故"八字晓喻之，既精当无替，也颇有哲理。故刘义庆归之于《贤媛》。

贤媛25

王右军郗夫人谓二弟司空、中郎曰①："王家见二谢②，倾筐倒庋③；见汝辈来，平平尔④。汝可无烦复往。"

【注】

①郗夫人：郗鉴女，名璿，字子房。司空：指郗愔。死后追赠司空，故称。中郎：指郗昙。昙字重熙，晋高平金乡（今山东金乡）人，郗鉴次子，郗恢父。因父郗鉴平定苏峻之乱有功，赐爵东安县开国伯。简文帝为抚军将军，引为司马。后任北中郎将，因与贼帅傅末波等交战失利，降号建威将军。《晋书》卷67有传。

②王家：谓王羲之之家，即婆家。此处主要指王羲之的接待态度。二谢：指谢安和谢万。

③倾筐倒庋（guǐ）：犹言翻箱倒柜。庋，搁置器物的板或架子。

④平平：普通，平常。

【译】

　　王羲之妻子郗夫人对两个弟弟郗愔、郗昙说："王家见谢安、谢万来了，翻箱倒柜地找东西款待；看见你们来，就平淡敷衍。你们无须再到王家去了。"

【评鉴】

　　王羲之一向与二谢友契，尤其是谢安。谢万虽然后来败废，但清谈文才还是可预上流。二郗较之二谢，的确不可方驾，度之世情，本可理解。但是郗氏看在眼里，心中愤愤不平，自觉有损脸面。为了娘家的荣辱而抗争，难能可贵，郗氏有这样的节操，不愧《贤媛》之目，也无愧是右军的夫人。尤其了不得的是，子孙死亡略尽而年已九十尚清醒睿智。参本门第三十一则。

贤媛26

　　王凝之谢夫人既往王氏①，大薄凝之②。既还谢家，意大不说。太傅慰释之曰③："王郎，逸少之子④，人身亦不恶⑤，汝何以恨乃尔？"答曰："一门叔父，则有阿大、中郎⑥；群从兄弟，则有封、胡、遏、末⑦。不意天壤之中，乃有王郎！"

【注】

①王凝之：王羲之次子。谢夫人：指谢道韫。谢奕之女。

②薄：鄙薄，看不上。

③太傅：指谢安。慰释：宽慰，宽解。

④逸少：指王羲之。羲之字逸少。

⑤人身：人的品行、才智等。

⑥阿大：指谢尚。谢安堂兄，谢道韫堂伯父。中郎：指谢万。此处以其官衔称，

因谢万曾任西中郎将。

⑦封：指谢韶。韶字穆度，小字封，谢万之子，仕至车骑司马。胡：指谢朗。

朗小字胡儿。遏：指谢玄。玄小字遏。末：指谢琰。谢安之子。琰小字

末婢。

【译】

王凝之妻子谢道韫嫁到王家后，十分看不上王凝之。回到谢家，她心里很不高兴。谢安宽慰她说："王郎，是逸少的儿子，人品才干也不差，你怎么这么大的怨气？"谢道韫回答说："我谢家一门叔父里，有阿大、中郎这些人物；同堂兄弟中，也有封、胡、遏、末等人才。没想到天地之间，竟然有王郎这样的人！"

【评鉴】

才女不逊，恼恨夫家如此。当然，正如有识者认为，谢道韫一代才女，而王凝之平庸不堪，所以心中愤愤，大可不必从封建伦理角度去批评谢道韫。

再者，此处关于阿大、中郎指谁颇有争议。通常以为阿大指谢尚，也有认为指谢安的，我们以为当指谢尚，因为道韫是在面对谢安"发火"，不会再"面谀"谢安了，而谢尚同是谢家风流代表。中郎或以为指谢据，或以为指谢万，我们以为此处中郎以指谢万为宜，因为谢据早逝（三十三岁），声名事功未能显现，道韫心气很高，应该不会

以谢据为骄傲。虽然，谢万并不值得称道，但因其善清谈，文名也不差，为时流所重，连谢安曾经都称赞谢万"独有千载"（虽然这话要打折扣）。

贤媛27

韩康伯母隐古几毁坏①。卞鞠见几恶①，欲易之。答曰："我若不隐此，汝何以得见古物？"

【注】

①隐：凭依。几：几案，用以凭靠休息。

②卞鞠：即卞范之。范之字敬祖，小字鞠。

【译】

韩康伯的母亲凭靠的古几案已经坏了。外孙卞范之看见几案坏了，打算给她换一个。韩母回答说："我假如不凭靠这个几案，你怎么能见到古物呢？"

【评鉴】

桓玄篡位，以卞范之为侍中，范之"自以佐命元勋，深怀矜伐，以富贵骄人"（《晋书·卞范之传》）。韩母殷氏借题发挥，巧为讽谏，借此以告诫范之，同时也是在为范之的前景担忧。而范之不听劝阻，后来桓玄事败，被杀于江陵。此外，这话或许还有弦外之音，韩康伯的母亲是殷浩的姐姐，而殷浩为桓温欺凌郁郁而终（虽然也是因为殷浩无能），其堂侄殷仲堪本与桓玄交好，最后却败于桓玄，被逼自杀。国恨家仇，纠结于心，但范之却趋附桓玄，"何以得见古物"也是敲打范之完全忘记了二殷的遭遇。此则列入《贤媛》，主要在于此。

贤媛28

　　王江州夫人语谢遏曰①："汝何以都不复进？为是尘务经心②，天分有限？"

【注】

①王江州夫人：指王凝之的妻子谢道韫。王凝之曾任江州刺史，故称。谢遏：指谢玄。玄小字遏，道韫之弟。

②尘务：世俗事务。

【译】

　　王凝之夫人谢道韫对弟弟谢玄说："你为什么一点也没长进？是因为世俗之事烦扰于心，还是天资有限？"

【评鉴】

　　谢玄才能本来就超过常人，但道韫仍督促他要再努力。由此可知谢玄之所以成为一代英杰，除谢安倾心培养外，也离不开姐姐谢道韫的督促鞭策。所谓环境造人，其言不诬。

贤媛 29

郗嘉宾丧①，妇兄弟欲迎妹还②，终不肯归，曰："生纵不得与郗郎同室，死宁不同穴③？"

【注】

①郗嘉宾：指郗超。超字嘉宾。

②妇：指郗超妻。其妻为汝南周闵女，名马头。

③"生纵不得与郗郎同室"二句：语出《诗·王风·大车》："穀则异室，死则同穴。"讲女子为表达对男子的爱，发誓即使活着时不能同处一室，死后也要同穴埋葬。郗超妻周氏借此表示自己忠贞无二，说今后自己死了也要与郗超合葬。

【译】

郗超死了，妻子周马头的兄弟们打算把妹妹接回娘家去，可马头始终不肯回去，说："活着时即使不能再与郗郎同室，死了难道不能埋在一起？"

【评鉴】

周家弟兄要把马头接回去，从马头"死宁不同穴"语，据我们猜想，周家人应该是从其终身考虑，劝其另嫁。因为郗超死时才四十出头，按照常情，马头应该也还年轻。周马头言语悲壮，态度坚决，比较起魏晋时即使士大夫家女子也不乏改嫁的现实，更属难得。郗超一代人杰，虽然其依附桓温为人诟病，但其识见谋略也不是常人可及的。马头不因世俗眼光轻易去就，终身以守，都超得此良配，也可以含笑九泉了。

贤媛30

　　谢遏绝重其姊①。张玄常称其妹②，欲以敌之。有济尼者③，并游张、谢二家，人问其优劣，答曰："王夫人神情散朗④，故有林下风气⑤；顾家妇清心玉映⑥，自是闺房之秀⑦。"

【注】

①谢遏：指谢玄。玄小字遏。其姊：指姐姐谢道韫。

②张玄：即张玄之，字祖希，官至吴兴太守。

③济尼：尼姑名。事迹不详。

④王夫人：指谢道韫。道韫嫁王凝之。散朗：洒脱爽朗。

⑤林下风气：谓有竹林七贤那样的名士风度。

⑥顾家妇：指张玄之的妹妹，嫁顾氏。

⑦闺房之秀：妇女中的出色人物。

【译】

　　谢玄非常敬重自己的姐姐谢道韫。张玄之常常称赞自己的妹妹，想要和谢道韫比。当时有个济尼，同时和张、谢两家有来往，有人问二女的优劣，济尼回答说："王夫人神情洒脱爽朗，确有竹林七贤的风韵；顾家媳妇心地清纯如玉照人，本来就是妇女中的优秀人物。"

【评鉴】

谢道韫不仅识见高迈，清谈论辩亦为一流高人，《晋书》记载王献之曾在论辩时词屈，谢道韫上前为其解围，"申献之前议，客不能屈"。此外，谢道韫还有著述传世，《隋书·经籍志》著录《谢道韫集》二卷。本则济尼之回答虽言不褒贬，其实已高下自见，说谢道韫可比肩男子，甚而不输竹林七贤，而张玄之妹不过是妇人中的佼佼者。妇人中的出色者很多，然可比踪七贤者则旷世难寻。其高下岂能以道里计？再者，谢玄、张玄之于时齐名，称为"南北二玄"，但论及平生功业与后世影响，张玄之又岂能与谢玄并辔，不过是清谈者以"二玄"为谈资罢了，其姐妹不可方驾或也在情理之中吧。

贤媛31

王尚书惠尝看王右军夫人①，问："眼耳未觉恶不②？"答曰："发白齿落，属乎形骸；至于眼耳，关于神明③，那可便与人隔！"

【注】

①王尚书惠：即王惠（385—426）。惠字令明，琅邪临沂（今山东临沂）人。入宋，历任尚书、吴兴太守。少帝时又拜吏部尚书。《宋书》卷58有传。王右军夫人：指王羲之的夫人。郗鉴之女，名璿，字子房。

②恶：不正常。谓眼睛不明耳朵不灵。

③神明：人的精神。

【译】

王惠曾经去看望王羲之的夫人郗氏，问："您的眼睛耳朵没觉得有什么不灵便吧？"郗氏回答说："头发白了，牙齿掉了，这是形体上的问题；至于眼睛耳朵，是和人的精神联系着的，怎么能就与人分离了呢！"

【评鉴】

王惠祖父王劭，是王导第五子，与王羲之为同族兄弟，因此郗氏为王惠祖母辈。郗氏为右军生有七子一女，当时年已九十，子孙皆已亡故略尽。以如此高龄而头脑清醒如是，言语睿智如是，当世无其匹者不说，后世恐亦难得其比。这条列入《贤媛》，即取其睿智敏慧。参本门第二十五则。

贤媛32

韩康伯母殷，随孙绘之之衡阳^①，于阖庐洲中逢桓南郡^②。卞鞫是其外孙^③，时来问讯。谓鞫曰："我不死，见此竖二世作贼^④。"在衡阳数年，绘之遇桓景真之难也^⑤，殷抚尸哭曰："汝父昔罢豫章，征书朝至夕发。汝去郡邑数年，为物不得动，遂及于难，夫复何言！"

【注】

①绘之：即韩绘之。字季伦，韩康伯之子。仕至衡阳太守。桓温孙桓亮作乱，被杀。

②阖庐洲：长江中的小岛名。《资治通鉴·晋纪十五》胡三省注："阖庐洲，在
　江中。贺循曰：'江中剧地，惟有阖庐一处，地势险奥，亡逃所聚。'"余
　嘉锡考证其地当距夏口不远。桓南郡：指桓玄。七岁时袭父爵为南郡公，
　故称。

③卞鞠：即卞范之，小字鞠。为桓玄部下。

④竖：对人的蔑称，犹言小子。二世：两代。指桓温与桓玄父子。作贼：造反。

⑤桓景真：即桓亮。亮字景真，桓温孙。桓玄败死，亮聚众长沙，自号湘州刺
　史，杀韩绘之等人。

【译】

　　韩康伯的母亲殷氏，跟随着孙儿韩绘之到衡阳去，在阖庐洲中碰到桓玄。卞鞠是殷氏的外孙，时常来问候殷氏。殷氏对卞鞠说："我老不死啊，看到这小子两代人造反。"在衡阳好几年，韩绘之在桓亮的叛乱中被杀了，殷氏抚尸痛哭说："你父亲当年罢任豫章太守时，征召的文书早晨到，傍晚就动身离职。你离开郡守职位多年了，却为事务所累没能脱身，结果遇难被杀，还能说什么啊！"

【评鉴】

　　能知顺逆，能度时势，也是一个了不得的老太太。两代作贼，既是国恨，也是家仇。桓温谋篡逆不成，而晋室最终被其子桓玄取代。韩母是殷浩的姐姐，殷仲堪的堂姑。殷浩与桓温不睦，最后被桓温贬黜而死；桓玄始与殷仲堪交结，后攻杀殷仲堪。殷氏因其弟侄分别死在桓温两代之手，故自然深恨桓氏。而卞鞠偏偏为桓玄死党，故殷氏心中悲恨，当着卞鞠的面痛骂桓氏父子，希望卞鞠能够悔悟。至于其

孙绘之的死，则是不能审时度势。殷氏既痛其死，也悲哀他缺少了智慧。本门第二十七则与本则都列入《贤媛》，前者是赞赏殷氏知顺逆，后者是赞赏殷氏知时势，重点是在前者。

术解第二十

术解，偏正式双音词。术，指方术、技艺。解，指通晓、懂得。合而言之，术解就是对某种技艺的通晓，对某样技术的精通。

本门共十一则，记载了诸如荀勖、阮咸对音乐的精通，殷浩对脉理的掌握，于法开医术的高妙，王济对马习性的了解，桓温主簿对酒的鉴别能力等，他们因为嗜好或经过长期研究积累而达到了出神入化的境界。还有几则记录了占卜术的神奇，如晋明帝、郭璞占卜墓地之术以及郭璞的移灾于木，故事充满了神话色彩。

术解 1

荀勖善解音声①，时论谓之"阇解②"。遂调律吕③，正雅乐④。每至正会⑤，殿庭作乐，自调宫商⑥，无不谐韵。阮咸妙赏，时谓"神解⑦"。每公会作乐，而心谓之不调，既无一言直勖⑧。意忌之，遂出阮为始平太守⑨。后有一田父耕于野，得周时玉尺，便是天下正尺，荀试以校己所治钟鼓金石丝竹⑩，皆觉短一黍⑪，于是伏阮神识。

【注】

①荀勖：字公曾。晋时拜中书监，加侍中，领著作。曾掌乐事，考音律。

②阇（ān）解：精通。阇，通"谙"。谙熟，精悉。

③律吕：乐律的合称。古代乐律共十二律，阳六为律，阴六为吕，合称律吕。

④雅乐：古代用于祭祀、朝会等场合的正乐。雅，正，合乎规范。

⑤正会：正月初一皇帝朝会群臣。

⑥宫商：古代有宫、商、角、徵、羽五个音阶，后以"宫商"代指五音。

⑦神解：犹言"神悟"。即精神上领悟，谓心灵与音乐的共鸣。

⑧直：肯定。

⑨始平：郡名。治所在槐里（今陕西兴平）。

⑩金石：钟磬一类的乐器。丝竹：管弦乐器。

⑪黍：古代长度单位。一个中等黍粒的长度为一分，百黍为一尺。

【译】

　　荀勖善于辨识乐律，当时人们称他是"阇解"。于是荀勖调适律吕，修正雅乐。每当到了正月初一朝会时，殿堂上奏乐，荀勖都亲自调整五音，音声也就没有不和谐的。阮咸的音乐鉴赏水平很高，当时人称他为"神解"。每当因公事聚会奏乐时，阮咸心里感觉到乐声不协调，始终也没有一句肯定荀勖的话。荀勖心里忌恨他，于是把阮咸调出朝廷任始平太守。后来有一个农夫在田里耕种，拾到一把周朝时的玉尺，这就是天下的标准尺，荀勖试着用这标准尺来校正自己所制作的钟鼓、金石、丝竹，发现都短了一黍，于是才佩服阮咸神妙的鉴别能力。

【评鉴】

　　荀勖在音乐方面有非凡的才识，据说他曾在街上听过一只牛铃铛发出的声音，就把这音律记了下来。后来做了乐官，音律未调，他说只要找到当初那个牛铃铛，就能使乐声协调。找到后果然调好了音律。荀勖在音乐方面才识过人，的确是一代音乐巨擘。只不过比起阮咸来，还稍有不足而已。所谓"阇解""神解"，正是二人有高下之别处。阇解者，是一般的聪明人的精到。神解者，是心灵与自然的和谐，是一种妙不可言的精神感悟，可以意会，不可以言传。"心谓之不调"即感觉有问题，而到底问题在哪儿却不是能用语言表达的。道可道，非常道，或许这"神解"正是一种老庄境界吧。

术解2

　　荀勖尝在晋武帝坐上食笋进饭①，谓在坐人曰："此是劳薪炊也②。"坐者未之信，密遣问之，实用故车脚③。

【注】

①进饭：犹言下饭。即以菜肴佐食。

②劳薪：用长期受力的木料当柴火。炊：烧火煮熟。

③故车脚：废旧的车轮。

【译】

　　荀勖曾经在晋武帝席上吃竹笋下饭，对在座的人说："这是用长期受力的木料做柴煮的笋。"在座的人不相信他的话，悄悄派人去问，确实是烧废旧车轮煮的。

【评鉴】

隋朝王劭曾在上书中言："昔师旷食饭，云是劳薪所爨。晋平公使视之，果然车辋。"（《隋书·王劭传》)《北史》记载同《隋书》。而《晋书》采《世说》将此事归于荀勖。度之情理，王劭所奏，必有所本。《世说》是小说，因为要突出荀勖的神识，于是将此事附会在荀勖身上，而《晋书》多录《世说》故事入书，此条恐亦未加裁辨。

术解3

人有相羊祜父墓①，后应出受命君②。祜恶其言，遂掘断墓后以坏其势。相者立视之，曰："犹应出折臂三公③。"俄而祜坠马折臂，位果至公。

【注】

①相：指看风水。

②受命君：接受天命的皇帝。

③三公：魏晋时以太尉、司徒、司空为三公。

【译】

有一个术士给羊祜父亲的墓地看风水，说后代要出上应天命的皇帝。羊祜厌恶术士的话，就把墓的后面挖断来破坏其形势。术士站在那儿观察坟墓，说："还是会出一个断了手臂的三公。"不久羊祜从马上摔下来摔断了胳臂，官位果然到了三公。

【评鉴】

据刘孝标注引《幽明录》："羊祜工骑乘。有一儿五六岁，端明可喜。掘墓之后，儿即亡。羊时为襄阳都督，因盘马落地，遂折臂。于时士林咸叹其忠诚。"《幽明录》也是刘义庆所作，记载得比《世说》更详细。从《幽明录》可知，所谓受命，就是应在羊祜儿子的身上，因此掘墓而儿亡。

术解4

王武子善解马性①。尝乘一马，著连钱障泥②。前有水，终日不肯渡③。王云："此必是惜障泥。"使人解去，便径渡。

【注】

①王武子：即王济。济字武子。爱马，人称有"马癖"。

②连钱：铜钱纹相连的花饰。障泥：也称蔽泥。用布或锦做成，垫在马鞍下，
　　两旁下垂以遮挡泥水。

③终日：指时间很长。

【译】

王济很懂得马的习性。曾经骑一匹马，马身上佩带着一幅绣有连钱花纹的障泥。遇到前面有水，马始终不肯渡过去。王济说："这马一定是爱惜障泥。"让人把障泥解下，马一下子就渡过去了。

【评鉴】

王济因为善解马性，于是与马也就有了精神上的交流，见马不下水，便知道马是因为爱惜珍贵的连钱障泥。史称王济"少有逸才，风姿英爽，气盖一时，好弓马，勇力绝人"。王济为名将王浑之子，好弓马，爱马原在情理之中。更加上王济风采出众，自然须得好马方能匹配，且好马当然需要配上好的鞍羁及障泥之类装饰。帅哥名马，才更见风流倜傥。斗鸡走马，射猎竞技，古代从来是富家公子哥儿的玩法。从此则，我们也就理解为什么谢万打了败仗逃命还要找镶嵌玉石的马镫了（《规箴》21）。

术解5

陈述为大将军掾①，甚见爱重。及亡，郭璞往哭之，甚哀，乃呼曰："嗣祖，焉知非福！"俄而大将军作乱，如其所言。

【注】

①陈述（？—322）：字嗣祖，颍川许昌（今河南许昌）人。有令名，王敦辟以
　为掾，甚为倚重，早卒。大将军：指王敦。掾：僚属。

【译】

陈述做大将军王敦的属官，很得王敦的喜爱器重。到陈述死了时，郭璞去哭吊他，非常哀痛，接着大声呼叫道："嗣祖，怎么知道你死了不是福分！"不久王敦作乱，应验了郭璞的话。

【评鉴】

　　《世说》将此则归入《术解》，是要突出郭璞的神识。郭璞已预知王敦将要作乱，所以才说了这样的话。其实，郭璞知道王敦要造反，并非是预知未来，而是有识见者根据天下形势、人心的向背、实力的大小等做出的判断，这种预见是有一定依据的。

术解6

　　晋明帝解占冢宅①，闻郭璞为人葬②，帝微服往看③，因问主人："何以葬龙角④? 此法当灭族⑤。"主人曰："郭云此葬龙耳，不出三年，当致天子。"帝问："为是出天子邪?"答曰："非出天子，能致天子问耳。"

【注】

①冢宅：墓地，墓穴。

②为人葬：替别人择葬地。

③微服：穿着普通人服装。

④何以葬龙角：明帝精于占葬地，认为其地为龙形，而墓在龙角的位置上，故有是问。

⑤此法当灭族：刘孝标注引青鸟子《相冢书》曰："葬龙之角，暴富贵，后当灭门。"

【译】

　　晋明帝懂得占卜墓地风水之术，听说郭璞给别人选择了葬地，明帝穿着常人服装去观看，于是问主人："为什么要选择葬在龙角的位置？这种葬法会带来灭族灾难的。"主人说："郭璞说这是葬在龙的耳朵上，要不了三年，将会招天子来。"明帝问："是说要出一个天子吗？"主人回答说："不是出天子，是能让天子来过问罢了。"

【评鉴】

这应该是因为郭璞后世已被神化而编出的故事，未必可信有如此高妙。当然，墓葬文化源远流长，古代典籍中关于相宅、相墓的记载比比皆是。纵然今天人们都比较唯物，但在宅基、墓地的选择上，也大多谨慎其事，不会苟且随便。其间是否有玄妙成分，读者自有以辨之。

术解7

郭景纯过江①，居于暨阳②，墓去水不盈百步③。时人以为近水，景纯曰："将当为陆④。"今沙涨，去墓数十里皆为桑田。其诗曰："北阜烈烈⑤，巨海混混⑥。垒垒三坟⑦，唯母与昆⑧。"

【注】

①郭景纯：即郭璞。璞字景纯。

②暨阳：县名，今江苏江阴东南。

③盈：满。

④将当：将要。当，后缀。

⑤阜：土山。烈烈：巍峨高峻的样子。

⑥混混：波涛翻腾的样子。

⑦垒垒：重叠的样子。

⑧昆：兄长。

【译】

　　郭璞到了江东后，住在暨阳，他家的墓地离水不到百步远。当时人认为离水太近了，郭璞说："这里将要成为陆地。"如今这里泥沙堆积增多，离墓地几十里的地方都成了桑田。郭璞有诗说："北山巍峨高峻，大海茫茫奔腾。三墓垒垒相接，长眠哥哥母亲。"

【评鉴】

　　郭璞之神妙，《世说》与《晋书》屡见。此则或能成立。因为他可能是从墓地所处地形、海水的潮汐变化推知此间将成为陆地，也许有其科学性存在。

术解8

　　王丞相令郭璞试作一卦①。卦成，郭意色甚恶，云："公有震厄②。"王问："有可消伏理不③？"郭曰："命驾西出数里，得一柏树，截断如公长，置床上常寝处，灾可消矣。"王从其语，数日中，果震柏粉碎。子弟皆称庆。大将军云④："君乃复委罪于树木⑤！"

【注】

①王丞相：指王导。

②震厄：被雷击的灾难。

③消伏：消除。

④大将军：指王敦。

⑤乃复：竟然。委罪：推委罪责。

【译】

　　王导叫郭璞试着给自己卜一卦。卜卦完成，郭璞的脸色很不好看，说："您有被雷击的灾难。"王导问："有能够消除的办法吗？"郭璞说："您可让人驾着车往西走几里地，找到一颗柏树，截掉和您身高一样长的一段，放在床上经常睡的地方，灾难就可以消了。"王导按郭璞说的做了，过了几天，果然柏树被雷劈得粉碎。王家子弟们都来庆贺。王敦说："你竟然把罪过推给了树木！"

【评鉴】

　　连续四则言郭璞之神妙。郭璞虽神，却不能自保，最终死于王敦之手，实在可惜。《颜氏家训·杂艺》云，历来善卦卜者命运都不好，他们"为鬼所嫉"，人生"多不称泰"，而郭璞就是其中之一。这种说法至今民间犹在，虽然未免牵强，但作为一种从古至今的世俗认知，也倒有从科学角度研究的价值。

术解9

　　桓公有主簿①，善别酒②，有酒辄令先尝，好者谓"青州从事③"，恶者谓"平原督邮④"。青州有齐郡⑤，平原有鬲县⑥；"从事"

言到脐，"督邮"言在鬲上住⑦。

【注】

①桓公：指桓温。主簿：主管簿籍文书的属吏。

②别酒：鉴别酒的好坏。

③青州：汉武帝所置十三刺史部之一。十六国时期曾治广固（今山东青州西北）。从事：州刺史的属官。

④平原：东汉、魏晋时或为郡，或为国。治所在今山东平原西南。督邮：官名。为郡守佐吏，掌督察纠举所辖县违法渎职之事。

⑤齐郡：郡名。西汉改临淄郡置（旧说为秦置），治所在临淄（今山东淄博临淄区）。

⑥鬲（gé）县：县名。晋初属平原国，治所在今山东德州东南。

⑦鬲：通"膈"，膈膜，胸腔与腹腔间的肌肉膜。宋王楙《野客丛书》卷十"青州从事"："盖青州有齐郡，平原有鬲县。言好酒下脐，而恶酒在膈上住也。从事美官，而督邮贱职。故取以为谕。"

【译】

桓温有一个主簿，善于识别酒的好坏，有酒就叫他先尝，遇到好酒主簿称之为"青州从事"，遇到劣酒则称之为"平原督邮"。青州有齐郡，平原有鬲县；"从事"是说好酒酒劲一下子能到肚脐，"督邮"是说酒还在横膈膜上面停着下不去。

【评鉴】

桓温的这位主簿辨酒能力超乎常人，常人往往只是从口舌辨别酒的好坏，这位主簿还能从胃的接受程度感受到酒的优劣。这应该是见诸史籍的顶尖品酒高手了。他说这话，妙在将好坏以官职巧喻。从事，美职。督邮，苦差事。因其比喻新奇形象，后世便成了诗文中的典故，如苏东坡"我醉欲眠君罢休，已教从事到青州"，黄庭坚"青州从事难再得，墙底数樽犹未眠。商略督邮风味恶，不堪持到蛤蜊前"。

术解 10

郗愔信道甚精勤①，常患腹内恶，诸医不可疗。闻于法开有名②，往迎之。既来便脉，云："君侯所患，正是精进太过所致耳。"合一剂汤与之③。一服即大下④，去数段许纸，如拳大，剖看，乃先所服符也⑤。

【注】

①郗愔：字方回，郗超父。《晋书·郗超传》："愔事天师道，而超奉佛。"

②于法开：晋高僧。精于医道。

③汤：指汤药。

④下：腹泻。

⑤符：符箓。道士所画的一种图形或线条，相传可以役使鬼神，驱除病邪。

【译】

郗愔信奉道教非常虔诚勤勉，经常觉得肚子里不舒服，医生们都治不好。他听说于法开很有名，就去把于法开请来。于法开来了就给他把脉，说："君侯患的病，正是修道太过勤奋上进造成的。"于法开就配了一剂汤药给郗愔。郗愔一服药就大泻，排泻出好几段纸，有拳头那么大，剖开看，原来是以前吞下的道家的符箓。

【评鉴】

郗愔信奉天师道，《晋书》说他和姐夫王羲之、高士许询皆栖心绝谷，修黄老之术。于法开早年间曾与支道林争名，但又比不过支道林，于是避世隐居于剡县，改学医术。《高僧传》载，他曾用羊肉羹和针术治疗孕妇难产。《隋书·经籍志》著录于法开《议论备豫方》一卷。

术解11

殷中军妙解经脉①，中年都废。有常所给使②，忽叩头流血。浩问其故，云："有死事③，终不可说。"诘问良久，乃云："小人母年垂百岁④，抱疾来久⑤，若蒙官一脉，便有活理，讫就屠戮无恨⑥。"浩感其至性⑦，遂令舁来⑧。为诊脉处方⑨，始服一剂汤便愈。于是悉焚经方⑩。

【注】

①殷中军：即殷浩。因曾任中军将军，故称。经脉：中医指关于人体经络血脉的学问。

②所给使：供差遣使唤的人。

③死事：涉及生死的事。

④垂：将近。

⑤抱疾：身体带病，患病。

⑥讫：完。指看完病。

⑦至性：至诚之性。指孝心。

⑧舁（yú）：抬。

⑨处方：给病人开药方。

⑩经方：有关医药方剂的书籍。

【译】

　　殷浩对于医家经络血脉的学问很精通，到中年以后就全荒废了。有一个常在身边供他差遣的仆人，忽然对着殷浩叩头直到流血。殷浩问他怎么了，仆人回答说："有关于生死的事，但终究不能说。"殷浩追问了好久，他才说："小人的母亲将近百岁了，生病已经很久，假如能承蒙您给她把一下脉，就有活下去的可能，看好之后哪怕杀了我也没有遗憾。"殷浩被他的孝心感动了，就叫他把母亲抬来。殷浩给她诊脉并开了药方，刚服用了一剂汤药病就好了。于是殷浩把所有医药方书全烧掉了。

【评鉴】

　　魏晋南北朝因时局多动荡，民不聊生，故人们对生命尤其看重，养生服药因而成为士大夫的时尚，精研医理者亦因此而多。颜之推便认为对医药有一些了解是好事。《颜氏家训·杂艺》："医方之事，取妙极难，不劝汝曹以自命也。微解药性，小小和合，居家得以救急，亦为胜事。"他认为精研医学虽然不是件容易事，但懂得一些常识以救急还是有必要的。

　　此则中，殷浩能不计地位的悬殊而救人固然值得称赞，但悉焚经方则可见他的心胸还不开豁。正如刘辰翁对他的评价："诊之似达，焚方又隘，无益盛德。"焚方的举动，我们推想应该是因仆人生病的母亲而发——不救则于心不忍，救则有损门第威严，有与小老百姓"作缘"的遗憾。

称得上绝响的并不只有《广陵散》

巧艺第二十一

巧艺，偏正式双音词，即精巧的技艺。

本门共十四则，分为棋类、建筑、书法、绘画四类。首则提到的弹棋游戏，从原文及相关文献来看，似乎很有意思，可惜这游戏早已失传，只留存在文献记载中了。王坦之、支道林对围棋"坐隐""手谈"的称呼，为这个本就风雅的游戏又增添了两个雅致的名字。建筑方面，对构造精巧的陵云台的描写让人不可思议，甚至超越了如今人们的认知水平，但查阅史料发现，这个故事与相关历史记载并不吻合，恐不可信。至于韦仲将擅长书法，登梯题字，下来时鬓发皆白，虽是小说家言，但也写得生动形象。此外，有六则是关于东晋大画家顾恺之的故事。顾恺之对绘画艺术的独到见解以及痴迷程度，在这些故事中展现得淋漓尽致，"传神写照正在阿堵中""颊上三毛"等，似乎也已经成为顾恺之精湛绘画技艺的代名词。

巧艺1

弹棋始自魏宫内用妆奁戏①。文帝于此戏特妙②，用手巾角拂之③，无不中。有客自云能，帝使为之。客著葛巾角，低头拂棋④，妙逾于帝。

【注】

①弹棋：汉魏时一种博戏。两人对局，每人黑白棋子各六枚，以手指或他物弹动己方棋子碰撞对方棋子，进而攻破对方棋门，每破门一次得一筹，十八筹取胜。妆奁（lián）：女子梳妆打扮用的镜匣。妆奁戏或是指开始时用妆奁之物来赌输赢，后来在此基础上演变成为弹棋。

②文帝：指魏文帝曹丕。

③拂：扫击。

④"客著葛巾角"二句：此处文字疑有误，"角"或当在"低头"后。葛巾，葛布制作的头巾。

【译】

　　弹棋始于魏宫里的妆奁戏。魏文帝玩这个游戏特别精妙，他用手巾角来扫击，没有不命中目标的。有一个客人自己说很会玩这个游戏，文帝让他表演。客人头戴葛布头巾，低头用那巾角扫棋，比文帝玩得更精妙。

【评鉴】

　　用手巾角扫棋子，已臻佳妙，而俯首摆头用头巾角扫棋子，则难度更大。按，此处文字疑有误，"著葛巾角"似不通，"角"或当在"低头"后，即低头以葛巾之角拂棋，与上以手巾角拂棋对言。手巾角拂棋是用手操作，而以头巾之角拂棋则以头掌控，即甩头发力而扫击棋子，当然更为高明。《三国志·魏书·文帝纪》裴松之注引《博物志》云："帝善弹棋，能用手巾角。时有一书生，又能低头以所冠著葛巾角撇棋。"已证明了我们的说法。"所冠著葛巾角"是说所戴葛巾之角，戴的，自然是葛巾，而不是葛巾角。

巧艺2

　　陵云台楼观精巧[①]，先称平众木轻重，然后造构，乃无锱铢相负揭[②]。台虽高峻，常随风摇动，而终无倾倒之理。魏明帝登台，惧其势危，别以大材扶持之，楼即颓坏。论者谓轻重力偏故也。

【注】

①陵云台：楼台名。在河南洛阳，今不存。

②锱铢：锱和铢，古代重量单位。比喻极其微小的数量。负揭：或坠或翘，不平衡。

【译】

　　陵云台的楼观建造得十分精巧，先称量所用木料的轻重使之平衡，然后按轻重合理搭配来架构，这样就没有丝毫的不平衡不协调。楼台虽然高峻，常常随风摇摆，但始终没有倾倒的可能。魏明帝将要登台，害怕楼台摇动会很危险，就另外用大木料撑持它，结果楼台立即坍塌了。议论的人说是因为支撑后轻重失去了平衡。

【评鉴】

陵云台筑于黄初二年（221），见《三国志·魏书·文帝纪》。本则描写殊为神奇，偌大的建筑，木料全用秤称过，"然后造构"语也让人觉得神秘。最后说倒塌了是由于用了别的木料支撑，更感玄幻。不过，倒塌说倒与事实不符，《三国志·魏书·三少帝纪·高贵乡公髦》裴松之注引《魏氏春秋》曰："（甘露五年，260）戊子夜，帝自将冗从仆射李昭、黄门从官焦伯等下陵云台，铠仗授兵，欲因际会，自出讨文王。"曹髦讨伐司马昭前，还曾与众人集于陵云台。而《世说》在《规箴》第七则还有晋武帝"尝在陵云台上坐"语。《晋书》也不止一处记载武帝曾登上陵云台。可知陵云台至少在西晋初年还依然存在，并未倒塌。所以，这则故事恐为小说家言，只好姑妄听之了。

巧艺3

韦仲将能书①。魏明帝起殿，欲安榜②，使仲将登梯题之。既下，头鬓皓然③。因敕儿孙勿复学书④。

【注】

①韦仲将：即韦诞。诞字仲将。

②榜：匾额。

③皓然：雪白的样子。

④敕：告诫。

【译】

　　韦诞擅长书法。魏明帝修了宫殿，想安放匾额，就叫韦诞登上梯子去题写匾额。韦诞写完下来，头发全白了。于是告诫儿孙不要再学书法。

【评鉴】

　　韦诞下来后须发尽白，当是夸诞之词。至于韦诞告诫子孙不要学书法，恐怕也并非全因此事，因为传统士大夫是不以技艺之类为然的。参《方正》第六十二则。

巧艺4

　　锺会是荀济北从舅①，二人情好不协②。荀有宝剑，可直百万③，常在母锺夫人许④。会善书，学荀手迹，作书与母取剑，仍窃去不还。荀勖知是锺而无由得也，思所以报之。后锺兄弟以千万起一宅，始成，甚精丽，未得移住。荀极善画，乃潜往画锺门堂作太傅形象⑤，衣冠状貌如平生。二锺入门，便大感恸⑥，宅遂空废。

【注】

①荀济北：即荀勖。因封济北郡公，故称。

②情好：感情，交情。

③直：后来写作"值"。价值。

④锺夫人：荀勖母，锺会堂姐妹。

⑤太傅：指锺会父钟繇。因魏明帝时任太傅，故称。

⑥感恸：感伤哀痛。

【译】

锺会是荀勖的堂舅，二人感情上不和。荀勖有一把宝剑，价值百万，常常放在母亲锺夫人那里。锺会擅长书法，模仿荀勖的笔迹，写信向荀母索取宝剑，而且窃取后就不再还给荀勖。荀勖知道是锺会干的但又没办法要回来，于是就想怎么报复锺会。后来锺会兄弟花费千万建造了一座宅院，刚修好，非常精美富丽，还没有搬进去住。荀勖非常擅长画画，就偷偷跑到锺会新宅，在门堂墙壁上画了太傅锺繇的像，衣服冠冕与样貌和生前一样。锺会兄弟进门见了画，便十分感伤悲痛，宅院也就闲置废弃了。

【评鉴】

刘孝标注引《世语》说锺会擅长模仿他人的笔迹，邓艾灭蜀后，锺会为了陷害邓艾，曾截留邓艾上奏的表章，改写为傲慢之辞，邓艾因此被收捕。荀勖的画作，唐张彦远《历代名画家》评为"中品下"，与此则"极善画"的表述似乎有些出入。《世说》此则，虽然并不是每处都经得起仔细推敲，但故事情节还是很精彩的，锺会、荀勖各逞其能，分别展现自己的"巧艺"，生动而有趣。

巧艺5

羊长和博学工书①，能骑射，善围棋。诸羊后多知书，而射、奕余艺莫逮②。

【注】

①羊长和：即羊忱。忱字长和。工：擅长。

②奕：通"弈"，下围棋。莫逮：没有谁能赶得上。

【译】

　　羊忱学识广博又擅长书法，能骑马射箭，还擅长下围棋。羊家的后代大多懂得书法，但射箭、下棋等技艺没有人能赶上羊忱。

【评鉴】

　　羊忱为羊祜同堂侄子，少小即知礼节，既能识时务，又多才艺。只可惜生不逢时。武帝晚年，晋室已呈败象，下至惠帝时，八王僭乱，天下分崩离析，在这种情况下，纵是人才也很难施展抱负，只能随波逐流而已，故羊忱没能有多少出色的表现，最后还惨死在永嘉之乱中，令人叹息。刘义庆将羊忱多才艺列入此门，或许也有遗憾的情绪在。参《方正》第十九则、《赏誉》第十一则。

巧艺6

　　戴安道就范宣学①，视范所为，范读书亦读书，范抄书亦抄书。唯独好画，范以为无用，不宜劳思于此。戴乃画《南都赋图》②，范看毕咨嗟③，甚以为有益，始重画。

【注】

①戴安道：即戴逵。逵字安道。范宣：字宣子，博通群书，善画。

②《南都赋图》：戴逵据《南都赋》之意所作的画。《南都赋》，文篇名，东汉
　　张衡撰。南都指南阳，为光武帝刘秀生长之地，因在京都洛阳之南，故称
　　南都。

③咨嗟：赞叹。

【译】

　　戴逵向范宣学习，一切看范宣的行动，范宣读书他也读书，范宣
抄书他也抄书。只是他偏爱画画，范宣觉得没有用处，不应该在这上
面费心思。戴逵于是画了一幅《南都赋图》，范宣看后很是赞叹，觉得
画画也是很有益处的，这才看重画画。

【评鉴】

　　《南都赋》为东汉大文学家张衡所作，除《南都赋》外，张衡别
有《二京赋》(《西京赋》与《东京赋》)，是模仿班固《两都赋》而作。
《南都赋》则是因为汉光武帝刘秀生于南阳，为刘秀发迹之地，后刘秀
翦平群雄，建立东汉，于是南阳成为东汉之别都。此赋继西汉大赋之遗
风，历写南阳山川地理，风俗人情，物产珍羞，鸟兽虫鱼，乃至士女之
冶游饮宴，行猎钓弋。全赋铺张扬厉，文采斑斓，气魄沉雄，是东汉大
赋中的代表作之一。然而毕竟篇幅宏大，头绪繁多，且生僻字不少，读
者阅读时恐怕难以在脑中酝酿出直观的形象。戴逵以图画的形式让张衡
的赋变得生动活泼，展示出直观的、立体的南都形象。这个道理，如同
我们读《东京梦华录》，虽然北宋都城汴京诸多景象在书中都描述得精
彩详尽，但却不如一幅《清明上河图》那样直观形象而引人入胜。范
宣因一画而改变了旧有的认识，虽然《南都赋图》今已不存，但我们

从范宣的赞叹推测此画，不知是否能与《清明上河图》并美呢？

巧艺7

谢太傅云："顾长康画^①，有苍生来所无^②。"

【注】

①顾长康：即顾恺之。恺之字长康，东晋著名画家。

②苍生：人类。

【译】

谢安说："顾长康的画，是有人类以来都没有过的。"

【评鉴】

　　有苍生来所无，足见顾恺之技艺之高超。我们翻看《晋书》顾恺之本传，发现《世说》中关于顾恺之的故事及言行几乎被全盘拼接，由此可见唐人对顾恺之的倾倒。刘孝标注引《续晋阳秋》还记载了这样一个故事：顾恺之曾把自己画作中的精品都放在一个柜子里，封装好后，寄存在桓玄处。桓玄打开柜子取走了画，又把封题处重新修补好。后来顾恺之打开柜子见画已不再，而封题完好如初，也没有怀疑什么，只是念叨着"妙画通灵，变化而去，如人之登仙矣"。这个故事足见顾恺之对绘画的"痴"。正因其痴，其画才能无烟火之气，不至如戴逵遭到"世情未尽"之讥。参下则。

巧艺8

戴安道中年画行像甚精妙①。庾道季看之②，语戴云："神明太俗③，由卿世情未尽④。"戴云："唯务光当免卿此语耳⑤。"

【注】

①行像：即佛像。

②庾道季：即庾龢。龢字道季，庾亮之子。

③神明：神采，神韵。

④世情：俗情，世俗之情。

⑤务光：一作"瞀光"。传为夏末隐士。商汤闻其贤，咨以伐桀之事，光不为谋。及汤灭夏，欲以天下让光，光谓"非其义者，不受其禄；无道之世，不践其土"，乃负石自沉于卢水。后人目为廉士之楷模。事见《庄子·让王》。

【译】

戴逵中年以后画佛像特别精妙。庾龢看了戴逵画的佛像后，对戴逵说："这些佛像的神韵太俗了，原因是你世俗之情未尽。"戴逵说："只有务光才能够避免你的这种评语吧。"

【评鉴】

戴逵画佛像特妙，而庾龢之眼光可谓独到，能从画中看出一个人的精神世界。虽然戴逵一生未仕，算是隐遁而能始终者，但仍不免与达官贵人多有交往。《栖逸》第十五则云："在剡，为戴公起宅，甚精整。戴始往旧居，与所亲书曰：'近至剡，如官舍。'"岂非世情未尽？

再则，南北朝时的高僧多游走于达官贵人之门，艺术来源于生活，戴逵的画或许也会自觉不自觉地将高僧们的精神状态赋与了佛像，而高明的庾龢便从佛像中看出了这种细微的痕迹。

巧艺9

顾长康画裴叔则[①]，颊上益三毛[②]。人问其故，顾曰："裴楷俊朗有识具[③]，正此是其识具。"看画者寻之[④]，定觉益三毛如有神明，殊胜未安时[⑤]。

【注】

①裴叔则：即裴楷。楷字叔则。

②益：增加。

③识具：识见才具。

④寻：研究，研寻。

⑤殊胜：大大胜过。安：安放，添加。

【译】

顾恺之给裴楷画像，在脸颊上添了三根毫毛。别人问他为什么这样，顾恺之说："裴楷俊秀清朗而有识见才具，这三根毫毛正表现了他的识见才具。"看画的人研究此画，确实觉得增加三根毫毛好像更有神韵，远远胜过没添上的时候。

【评鉴】

　　裴楷是个美男子，时人有"见裴叔则，如玉山上行，光映照人"的极高称誉（《容止》12），可见其出众的风采。要画出这绝世的人物，自然需要从形体到神态都有精妙之笔。刘孝标注云"恺之历画古贤"，或是因为所画人物多，从外貌到精神都容易雷同，所以需要用区别特征以表现个体间的差异，画裴楷正是以这三毛异乎他人。其实，裴楷颊上并无三毛，这是顾恺之在画中的灵感，虚实相生，形神兼备。我们设想，纵然画裴楷画得栩栩如生，但画像看多了，就不免产生一种比较联系，这像张三还是李四，但顾恺之添上了这三根毫毛，则只为裴楷所独有，这种印象就会排除一切的肖像联想，而永远定格在裴楷身上。

巧艺 10

　　王中郎以围棋是坐隐①，支公以围棋为手谈②。

【注】

①王中郎：指王坦之。因曾任北中郎将，故称。

②支公：即支遁。遁字道林，晋高僧，又称林公。

【译】

　　王坦之认为围棋就好像是坐着隐居，支遁认为围棋是用手在谈话。

【评鉴】

　　所谓坐隐，形容下围棋时精神专注，心无旁骛，有如不问世事的隐者；手谈，则指双方看似无言，但在棋子的运行中两人进行着精神的交锋。因《世说》此文，"坐隐""手谈"成为围棋的雅名，也在后世诗歌中常见。举几个例子，唐薛戎《游烂柯山》："二仙行自适，日月徒迁徙。不语寄手谈，无心引樵子。"杜牧《宣城赠萧兵曹》："行吟值渔父，坐隐对樵人。"黄庭坚《弈棋二首呈任公渐》之一："坐隐不知岩穴乐，手谈胜与俗人言。"

巧艺11

顾长康好写起人形①，欲图殷荆州②，殷曰："我形恶，不烦耳。"顾曰："明府正为眼尔③。但明点童子④，飞白拂其上⑤，使如轻云之蔽日。"

【注】

①写起：犹言描摹。

②图：画。殷荆州：指殷仲堪。因曾任荆州刺史，故称。

③明府：汉魏以来对郡守、牧尹的尊称。

④童子：即瞳子，瞳仁。

⑤飞白：书画笔法之一。笔画露白，似枯笔所写画，相传为东汉蔡邕所创，汉魏宫阙题署多用其法。

【译】

顾恺之喜欢画人物，打算画殷仲堪，殷仲堪说："我形貌丑陋，不劳烦你了。"顾恺之说："您只是因为眼睛的缘故罢了。只需要清晰地点上瞳仁，用飞白的方法在上边扫一下，就能让眼睛如轻云遮住太阳一样。"

【评鉴】

《晋书》顾恺之本传所载与《世说》情节相似，"欲图殷仲堪，仲堪有目病，固辞。恺之曰：'明府正为眼耳，若明点瞳子，飞白拂上，使如轻云之蔽月，岂不美乎？'仲堪乃从之。"另外，殷仲堪一只眼睛失明，是照顾生病的父亲时导致的，《晋书·殷仲堪传》："父病积年，仲堪衣不解带，躬学医术，究其精妙，执药挥泪，遂眇一目。"

巧艺12

顾长康画谢幼舆在岩石里①。人问其所以，顾曰："谢云：'一丘一壑，自谓过之②。'此子宜置丘壑中。"

【注】

①谢幼舆：即谢鲲。鲲字幼舆。

②"一丘一壑"二句：《品藻》第十七则："明帝问谢鲲：'君自谓何如庾亮？'答曰：'端委庙堂，使百僚准则，臣不如亮；一丘一壑，自谓过之。'"谢鲲认为，自己在做官能力上不如庾亮，而在隐居深山幽谷这方面，则胜过庾亮。壑，山谷。

【译】

顾恺之为谢鲲画像，处身岩石之中。有人问为什么这样画，顾恺之说："谢鲲说：'一丘一壑，自谓过之。'这人就应该放在深山幽谷中。"

【评鉴】

此画近乎玩笑，而其立意堪称绝妙，似亦特别传神。从顾恺之的话，可见谢鲲和庾亮这一段对话已成为流行于士大夫间的名言。参《品藻》第十七则。

巧艺13

顾长康画人，或数年不点目精①。人问其故，顾曰："四体妍蚩②，本无关于妙处；传神写照③，正在阿堵中④。"

【注】

①目精：眼珠。

②妍蚩（chī）：美和丑。

③传神：生动逼真地表现出所画对象的精神气韵。写照：即写真。画人物肖像。

④阿堵：这，这个。

【译】

顾恺之画人像，有的几年不点眼珠。有人问是什么原因，顾恺之回答说："四肢的美和丑，本来和绘画的精妙与否没有关系；画人物肖像要传达出精神气韵，就从这眼珠上来体现。"

【评鉴】

孟子曾说，观察一个人没有比观察眼睛更好的了，内心端正眼睛就明亮，内心不端眼睛就缺少神采（《孟子·离娄上》）。眼神可以反映一个人的内心活动，体现精神气质。顾恺之或许是担心不能很好地传达出人的神态气韵，所以常常不点眼珠，可见态度之严谨。《太平御览》卷七〇二引《俗说》，说顾恺之给人画扇面上的嵇康、阮籍，也不点眼珠，还说："怎么能点眼珠呢？点了眼珠人就要说话了！"这个故事，更能表现出在顾恺之心中眼睛的重要意义，同时，也让我们感受到他对绘画艺术的"痴"。他的"传神写照"理论，对后世人物画创作产生了十分深远的影响。

巧艺14

顾长康道："画'手挥五弦'易，'目送归鸿'难[①]。"

【注】

①"画'手挥五弦'易"二句：画"用手弹拨五弦"容易，画"目送北归的鸿雁"很难。语出嵇康《赠秀才入军》诗："目送归鸿，手挥五弦。俯仰自得，游心泰玄。"

【译】

顾恺之说："画'手挥五弦'容易，画'目送归鸿'难。"

【评鉴】

之所以画"手挥五弦"易，是因为"手挥五弦"是以动作来表现，而"目送归鸿"则是主要在于神情的展示，赋形容易而传神极难，且传神又在一"目"字，正所谓"传神写照，正在阿堵中"。

这里或许有理想的上下级关系

宠礼第二十二

宠礼，并列式双音词，指恩宠和礼遇。

本门共六则。元帝拉王导共登御床，体现贵不忘旧之美德。史称"帝性简俭冲素，容纳直言，虚己待物"（《晋书·元帝纪》），如无王导永嘉初劝元帝镇建业之谋，则无后来的发展，其后王导弟兄文武相济，才奠定了偏安的基业。"王与马，共天下"也是真实的写照。伏滔一则尤其传神，虽然常人受到上级的垂青都会感到荣耀，但作为名士的伏滔，在儿子面前绘声绘色地夸耀，亦不免令人遗憾。刘义庆将其列在此门，也是以讪笑的态度来描写的，就连汲汲名利、曾被王献之批评的袁宏，也不禁发出"与伏滔比肩，亦何辱如之"的感叹（《轻诋》12）。此外，刘惔对许询的青睐服膺，桓温对王珣、郗超的亲重也都写得生动形象。

宠礼1

元帝正会①，引王丞相登御床②。王公固辞，中宗引之弥苦③。王公曰："使太阳与万物同晖④，臣下何以瞻仰！"

【注】

①正会：正月初一的朝会。

②王丞相：指王导。御床：即御座。

③中宗：指晋元帝。庙号中宗。弥苦：更加恳切。

④晖：同"辉"，光辉。

【译】

　　晋元帝在正月初一朝会时，拉着王导一起登上御座。王导坚决推辞，元帝更加恳切地拉着他。王导说："让太阳和万物发出同样的光辉，那么臣子怎么瞻望仰视呢！"

【评鉴】

　　当时有所谓"王与马，共天下"之说，于此可见一斑。虽然王导与元帝早先曾为布衣之交，但元帝登基，君臣之分便已成立，自不能共登御床而受参拜。如接受参拜，那便是不臣的行为，所以王导坚决不接受。当然，这也不难看出东晋王朝如果没有王导兄弟，是不可能兴起的，元帝应是发自内心要与王导同坐。虽然从礼节上看是不合适的，但元帝的为人还是值得肯定，不是那种过河拆桥或者利令智昏的君主。另外，如果不是王导谦逊守礼，藏锋内敛，元帝也未必就能放心。后来王敦造反，王氏危如累卵，灭族之祸在皇帝一念之间。因为王导的谦恭守礼，率子侄每日赴台阁待罪，才保得一家性命。

宠礼 2

桓宣武尝请参佐入宿①，袁宏、伏滔相次而至②。荙名③，府中复有袁参军，彦伯疑焉，令传教更质④。传教曰："参军是袁、伏之袁，复何所疑？"

【注】

①参佐：参僚，僚属。

②袁宏：字彦伯，时为桓温参军。伏滔：字玄度，是时亦为桓温参军。

③荙名：通名，通报来人姓名。

④传教：传达教令的小吏。

【译】

桓温曾经请僚属到府中值宿，袁宏、伏滔依次到来。通报姓名时，府中还有一个姓袁的参军，袁宏对此有怀疑，请传教再次核实。传教说："参军就是袁、伏的袁，还有什么可疑的？"

【评鉴】

到府中过夜，随侍左右，表明府主视为亲信，且升迁的机会更大。这正如皇帝身边的近臣侍中一样，虽然其职事有些不雅，但也是终南捷径。三国时曹魏侍中苏则，就曾被人嘲笑为"执虎子"，也就是给皇帝提夜壶的。袁宏作为下属受到赏识，当然感觉是莫大的恩遇，但他未免太急功近利，一时受宠若惊，只因有另一袁姓参军，就担心不是自己，于是请传教再加核实，其患得患失，于此可见。

宠礼 3

王珣、郗超并有奇才，为大司马所眷拔①。珣为主簿②，超为记室参军③。超为人多髯④，珣状短小，于时荆州为之语曰："髯参军，短主簿，能令公喜，能令公怒。"

【注】

①大司马：指桓温。眷拔：爱重提拔。

②主簿：主管簿籍文书的属吏。

③记室参军：官名。诸王、将军、都督幕府中设置的掌管文书记录的幕僚。

④髯：面颊上的胡须。

【译】

王珣、郗超两人都有奇才，受到大司马桓温的宠爱提拔。王珣做主簿，郗超做记室参军。郗超面颊多胡须，王珣身材矮小，当时荆州人编了个歌谣说："胡子郗参军，矮小王主簿，能让桓公喜，能让桓公怒。"

【评鉴】

王珣、郗超皆为一时英才，而能得桓温亲重，可见桓温能识人而也善于用人，且又能驾驭俊杰使其心悦诚服地为自己效力。

宠礼 4

许玄度停都一月①，刘尹无日不往②，乃叹曰："卿复少时不去，我成轻薄京尹③。"

【注】

①许玄度：即许询。询字玄度。

②刘尹：指刘惔。因曾任丹阳尹，故称。

③轻薄：轻浮浅薄，不务正业。京尹：都城所在地区的行政长官。即刘惔所任
　丹阳尹。

【译】

　　许询在京城停留了一个月，刘惔没有哪天不到他那里去，于是感叹道："你过些日子再不离开京城，我就成了不务正业的京尹了。"

【评鉴】

　　刘惔平生少所推许，独重许询、王濛数人而已。许询之清谈和境界超越时人，除从此则刘惔对许询的礼遇可以看出来外，还有《言语》第七十三则刘惔的"清风朗月，辄思玄度"，《赏誉》第一百四十四则简文帝也说"玄度才情，故未易多有许"，言许询的才华的确不易多得。

宠礼5

　　孝武在西堂会①，伏滔预坐②。还，下车呼其儿③，语之曰："百人高会，临坐未得他语，先问：'伏滔何在？在此不？'此故未易得。为人作父如此，何如？"

【注】

①孝武：指晋孝武帝司马曜。西堂：东晋皇宫厅堂名。即太极殿之西厅。

②伏滔：字玄度，曾为桓温参军。太元中拜著作郎，专掌国史。预：参与。

③其儿：指伏系。系字敬鲁，仕至光禄大夫。

【译】

晋孝武帝在西堂会集群臣，伏滔在座。回到家，下车就叫他的儿子，对儿子说："上百人的盛会，皇上就座后还没说别的话，首先就问：'伏滔在哪里？在这里没有？'这样的宠幸的确不容易得到。做人做父亲能够到这种地步，怎么样？"

【评鉴】

虽然得到皇帝看重是荣耀的事，但在儿子面前如此炫耀则不免可笑，伏滔的这种行为，比较古人追求的宠辱不惊的境界，的确就差得远了。

宠礼6

卞范之为丹阳尹①。羊孚南州暂还②，往卞许③，云："下官疾动④，不堪坐。"卞便开帐拂褥⑤，羊径上大床，入被须枕⑥。卞回坐倾睐⑦，移晨达莫⑧。羊去，卞语曰："我以第一理期卿⑨，卿莫负我！"

【注】

①卞范之：字敬祖。为桓玄所倚重。玄篡位，拜侍中、尚书仆射。事败被杀。

　　丹阳尹：东晋都城建康所在郡的长官。

②羊孚：字子道。历仕太学博士、州别驾、太尉参军。南州：指姑孰。因在都
　　城之南，故称。

③许：处所，居家所在处。

④疾动：疾病发作。

⑤拂：擦拭，掸除。

⑥须：靠，倚。

⑦倾睐：斜着眼睛看。

⑧莫："暮"的古字。

⑨第一理：指第一重要的事，天下头等大事。此时桓玄将篡晋室，羊孚为桓玄
　　心腹，故卞范之有此语。

【译】

　　卞范之做丹阳尹。羊孚从南州暂时回来，到卞范之住处去，说：
"我的病发作了，不能坐着。"卞范之就打开帷帐，掸净褥子，羊孚直
接上了床，钻进被子里靠着枕头。卞范之回到座位上斜着眼看着他，
从早晨一直到傍晚。羊孚走后，卞范之说："我以天下头等大事期望着
你，你不要辜负了我！"

【评鉴】

　　卞范之很有才干，而如此敬重羊孚，可见羊孚非等闲之辈，可惜二
人都不免失脚于桓玄，令人惋惜。羊孚三十一岁即死，不及桓玄造反
的时候（《伤逝》18、19），焉知非福？而卞范之不识时务，追随桓玄
造反，最终不免被刑戮。古人有所谓择木择主之说，是有道理的啊！

要了解何为魏晋风流，必看此门

任诞第二十三

任诞，并列式双音词。任，指任性放纵，不加约束。诞，指行为的不合常理，放任荒诞。二者同义连文，指不守传统礼法的任性放诞行径。

任诞的理论源头应是老庄思想中的尚玄虚，主张个性张扬，不受儒家礼法的束缚。任诞较早的代表人物是东汉的戴良，他蔑视礼法，居母丧而饮酒食肉，又大言诳世，自称如"仲尼长东鲁，大禹出西羌，独步天下"。到了东汉末年，群雄纷争，战祸频仍，白骨蔽于野，千里无鸡鸣，老庄尚虚无、齐生死的观念于是油然勃兴，传统的封建秩序、儒家的礼法名教则在战争动乱中渐次坍塌。加之曹氏集团为逐鹿天下，公然突破传统道德底线，曹操《举贤勿拘品行令》云："今天下得无有至德之人，放在民间，及果勇不顾，临敌力战，若文俗之吏，高才异质，或堪为将守，负污辱之名，见笑之行，或不仁不孝而有治国用兵之术，其各举所知，勿有所遗。"招揽人才的唯一标准就是有才能，不仁不孝、品行污浊都可以忽略不计。而且，曹氏父子本身即为任诞的典型，父子弟兄之抢甄氏，曹操于美色兼收并蓄，曹丕在曹操死后尽纳其侍人，悖礼乱伦，莫此为甚。虽然，曹氏父子的任诞和其他士人是有些区别的，前者是为了争夺天下，同时也有个人道德的沦落，后者则往往是不愿受传统礼法的桎梏而张扬个性，但是，他们客观上都同样助长了任诞的泛滥。上层既已突破道德藩篱，世人的行为便会更加信马由缰，无所拘检。下延至魏晋禅代前后，司马氏屠戮曹魏旧臣，何晏、王弼力倡玄学，阮籍、嵇康、刘伶等为了保身远祸，纵酒放浪，不问世事，七贤逍遥竹林之下，将任诞推向了一个高潮。再后衣冠南渡，任性乖张、放浪形骸更是变本加厉，弥漫朝野。要之，如果说竹林七贤的任诞多少还有着对黑暗现实抗争的积极意义，那么衣冠南渡后的任诞则基本是上流社会的腐败颓放。随着任诞行为日益高炽，东晋王朝也在颓靡的世风中迅速降下了帷幕。

本门共五十四则，与饮酒相关的占了大约一半，可见饮酒的确是"魏晋风度"一个重要的表现。除此之外，如王徽之雪夜访戴、种竹、殷羡的沉书等也都别具特色，成为后世人们时时援引的典故。帮助庾冰脱难，事成不愿接受封赏，唯求有酒以尽余年的小卒，则让我们不由生出"高人在民间"的感慨。至于祖逖放纵手下人劫掠，也可补正史之阙而丰满人物形象，原来祖逖似也有不甚光辉的一面。然而，我们需要从表象看到本质，探知祖逖这样做的深层次原因。石崇之富可敌国，是因为做荆州刺史时劫夺客商的缘故，他才是官匪一身的真实写照，不能把祖逖的行为与石崇同等看待。

任诞1

陈留阮籍、谯国嵇康、河内山涛①，三人年皆相比②，康年少亚之③。预此契者④，沛国刘伶、陈留阮咸、河内向秀、琅邪王戎⑤。七人常集于竹林之下，肆意酣畅⑥，故世谓"竹林七贤"。

【注】

①陈留：郡名，治所在陈留县（今河南开封东南）。谯国：三国魏改谯郡置。

治所在谯县（今安徽亳州）。河内：郡名，治所在野王县（今河南沁阳）。

②相比：相近，接近。

③少：稍微。亚之：次之。即比阮籍、山涛二人要小一些。

④预：参与。契：约会，聚会。

⑤沛国：东汉改沛郡置。治所在相县（今安徽濉溪西北）。

⑥酣畅：畅饮，尽兴饮酒。

【译】

陈留阮籍、谯国嵇康、河内山涛，三人年龄都相近，嵇康稍小一点。参与这些人聚会的，还有沛国刘伶、陈留阮咸、河内向秀、琅邪王戎。七人经常在竹林中聚会，任意痛饮，因此世人称他们为"竹林七贤"。

【评鉴】

刘孝标注引孙盛《晋阳秋》，谓竹林七贤"风誉扇于海内，至于今咏之"。其实，"至于今咏之"语可用于任何时候，直到今天，竹林七贤都是一个别具特色而富有诗情画意的文化意象——虽然七贤也有其各自的不足与瑕疵，但就个人品质和才华来说，他们都是卓尔不群的人杰，在那个昏浊的政治环境下有这样一个高士团体，是十分难能可贵的。

任诞2

阮籍遭母丧，在晋文王坐[1]，进酒肉。司隶何曾亦在坐[2]，曰："明公方以孝治天下，而阮籍以重丧显于公坐饮酒食肉[3]，宜流之海外[4]，以正风教[5]。"文王曰："嗣宗毁顿如此[6]，君不能共忧之，何谓？且有疾而饮酒食肉，固丧礼也[7]。"籍饮啖不辍[8]，神色自若。

【注】

①晋文王：即司马昭。

②司隶：官名，司隶校尉的简称。何曾：字颖考，陈国阳夏（今河南太康）人。曹魏时党附司马氏。晋武帝受禅，以劝进之功，官至太傅，颇受武帝宠幸。《晋书》卷33有传。

③显：公然，公开。

④海外：泛指边远地区。

⑤风教：风俗教化。

⑥嗣宗：即阮籍。籍字嗣宗。毁顿：因哀伤过度而身体毁损，精神委顿。

⑦"且有疾而饮酒食肉"二句：《礼记·曲礼上》："居丧之礼，头有创则沐，身有疡则浴，有疾则饮酒食肉，疾止复初。不胜丧，乃比于不慈不孝。"居丧期间生病了，可以饮酒吃肉，等病愈后再恢复居丧之礼。如果承当不起丧事的哀痛，就等于是不慈不孝。

⑧啖：吃。辍：停止。

【译】

阮籍在母亲去世服丧期间，在晋文王席上吃肉喝酒。司隶校尉何曾也在座，说："明公正用孝道治理天下，可是阮籍在大丧中公然在您的席上喝酒吃肉，应该把他流放到边远地方去，来匡正风俗教化。"文王说："嗣宗已身体毁伤精神萎靡成这个样子了，你不能和大家一起为他担忧，是为什么呢？何况有病而饮酒食肉，本来就是符合丧礼的。"当时阮籍饮食不停，神色自如。

【评鉴】

　　在《伤逝》第一则我们曾提到，东汉风气影响魏晋，隐士戴良作驴鸣，至魏晋被仿效。除驴鸣外，本则阮籍居丧饮酒食肉，也与戴良有关。《后汉书·逸民传·戴良》："及母卒，兄伯鸾居庐啜粥，非礼不行，良独食肉饮酒，哀至乃哭。"余嘉锡说："居丧而饮酒食肉，起于后汉之戴良。"

　　何曾为何欲以"不孝"之名将阮籍绳之以法，这恐怕与其为人有关。《晋书·何曾传》云："曾性至孝，闺门整肃，自少及长，无声乐嬖幸之好。年老之后，与妻相见，皆正衣冠，相待如宾。己南向，妻北面，再拜上酒，酬酢既毕便出。"虽然谨守礼法，但似乎有些做作。而另一方面，何曾"性奢豪，务在华侈""食日万钱，犹曰无下箸处"，都官从事刘享弹劾何曾的奢靡作风，后来何曾辟刘享为掾，经常因为小事杖罚刘享。不难看出，这何曾更像是个伪君子。

　　阮籍为天下名士，其任诞率真的行为对何曾的虚伪无疑是一种挑战。何曾曾告诫阮籍说："卿恣情任性，败俗之人也。今忠贤执政，综核名实，若卿之徒，何可长也！"（刘孝标注引干宝《晋纪》）"何可长也"简直是赤裸裸的威胁。幸好司马昭还算清醒。阮籍虽不守礼法，但主要是沉溺于酒不问世事，并没表现出要与司马氏为敌的强硬态度，留而以备不时之需，未尝不是更好的处置办法。而且阮籍名气很大，若重加处罚，司马氏亦会大失人望。缘此，司马昭同样以礼制反驳何曾而保护了阮籍。

任诞3

刘伶病酒①，渴甚，从妇求酒。妇捐酒毁器②，涕泣谏曰："君饮太过，非摄生之道③，必宜断之！"伶曰："甚善。我不能自禁，唯当祝鬼神自誓断之耳④。便可具酒肉。"妇曰："敬闻命。"供酒肉于神前，请伶祝誓。伶跪而祝曰："天生刘伶，以酒为名⑤，一饮一斛⑥，五斗解酲⑦。妇人之言，慎不可听！"便引酒进肉，隗然已醉矣⑧。

【注】

①病酒：得了酒病，因饮酒过量而生病。

②捐：丢弃。

③摄生：养生。

④祝：祝祷，祷告。

⑤名：通"命"。

⑥斛：量器。十斗为一斛。

⑦酲（chéng）：酒病。

⑧隗（wěi）然：颓然。偏偏倒倒的样子。

【译】

刘伶得了酒病，口很渴，向妻子要酒喝。他妻子倒了酒砸了酒缸，哭着劝他说：“你喝酒太过分了，这不是养生的办法，一定要把酒戒掉！”刘伶说：“你说得很好。但我不能自己戒掉，只有向鬼神祈祷发誓才能断酒。你就准备祭祀的酒肉吧。”他妻子说：“遵命照办。”于是在神座前供上酒肉，让刘伶祷告发誓。刘伶跪下祷告说：“天生刘伶，以酒为命，饮则一斛，五斗去病。妇人言语，千万莫听！”说完就把酒肉拿过来吃喝，已颓然醉倒了。

【评鉴】

　　竹林七贤中，最有名和最具特色的饮酒者莫过于阮籍和刘伶，他们沉溺于酒，虽然表现形式有所不同，但原因是一样的，都是乱世保身之道。阮籍有《大人先生传》，而刘伶曾作《酒德颂》，主人公也是“大人先生”。在《酒德颂》中，刘伶极力描摹大人先生纵酒放旷、不问世事的潇洒，并对“陈说礼法”的贵介公子、搢绅处士进行辛辣的讽刺，表现出对虚伪礼教的蔑视和愤世嫉俗的无奈心境。

　　关于刘伶嗜酒，南朝宋颜延年看得十分清楚，其《五君咏·刘参军》说：“韬精日沉饮，谁知非荒宴。”意思是说，刘伶不过是借酒自晦，并不是真正沉溺于饮宴。宋叶梦得在《石林诗话》中说得也很透彻：“晋人多言饮酒有至于沉醉者，此未必意真在于酒。盖时方艰难，人各惧祸，惟托于醉，可以粗远世故。”世事艰难，人们担心祸患降临，于是置身醉乡，远离世故。他们的做法，是借酒逃避现实，更是保全自己的方法。所以，刘伶纵酒任诞，难以戒掉，也是有他的苦衷的。

任诞4

刘公荣与人饮酒①，杂秽非类②。人或讥之，答曰："胜公荣不可不与饮，不如公荣者亦不可不与饮，是公荣辈者又不可不与饮。故终日共饮而醉。"

【注】

①刘公荣：即刘昶。昶字公荣。晋沛国人。为人通达。仕至兖州刺史。事见《晋书·王戎传》。

②杂秽：杂乱。非类：不是同一类的人，即身份、门第不同的人。

【译】

刘昶和人饮酒，酒伴很杂往往不是一类人。有人讥评他，他回答说："胜过我刘昶的不能不和他喝酒，不如我刘昶的也不能不和他喝酒，和我刘昶同类的又不能不和他喝酒。所以我成天和人一起饮酒而醉。"

【评鉴】

如此方可称之为通达。有人则饮，不管贵贱，同是一醉，能形神谐合、得意忘形便是酒中真趣。正如谢奕，但得有人喝酒，不管是位极人臣的桓温，还是帐前的兵帅，在他看来都一样，曰："失一老兵，得一老兵，亦何所怪？"（《晋书·谢奕传》）

任诞5

步兵校尉缺①，厨中有贮酒数百斛，阮籍乃求为步兵校尉。

【注】

①步兵校尉：汉置，掌上林苑门屯兵。东汉掌宿卫兵，秩比二千石。魏晋大略相似。

【译】

步兵校尉官职空缺了，官署厨中还存放着几百斛酒，阮籍于是请求做步兵校尉。

【评鉴】

为酒而求官，听起来有些稀奇，但这正体现阮籍聪明之处。身处混沌之世而懂得明哲保身，让司马氏不会过多地防备自己。司马昭亦知其无害于晋，故任其所为。相反，如果阮籍明知不可为而为之，与司马氏对抗到底，其结果必然会与嵇康一样身送东市，丝毫无益于现实。

任诞6

刘伶恒纵酒放达，或脱衣裸形在屋中。人见讥之，伶曰："我以天地为栋宇，屋室为裈衣①，诸君何为入我裈中！"

【注】

①裈（kūn）衣：裤子。

【译】

刘伶常常纵情饮酒，放达不羁，有时脱光了衣服赤裸着身体在屋中。有人看见了讥评他，刘伶说："我把天地当作房屋，屋室当作裤子，你们为什么要跑到我裤裆中来！"

【评鉴】

《世说》中刘伶这番"疯话"，应是受庄子的影响。《庄子·列御寇》："庄子将死，弟子欲厚葬之。庄子曰：'吾以天地为棺椁，以日月为连璧，星辰为珠玑，万物为赍送。吾葬具岂不备耶？何以加此！'"《酒德颂》亦云："有大人先生，以天地为一朝，万期为须臾，日月为扃牖，八荒为庭衢。"幕天席地，宇宙为狭，此正是庄子独与天地精神相往来的境界。

任诞7

阮籍嫂尝还家①，籍见与别。或讥之②，籍曰："礼岂为我辈设也！"

【注】

①还家：回娘家。

②或讥之：《礼记·曲礼上》言"嫂叔不通问"，因此阮籍遭人非议。

【译】

阮籍的嫂子有一次要回娘家，阮籍去拜见嫂子和她告别。有人批评他的行为不合礼仪，阮籍说："礼法难道是为我们这些人设的吗！"

【评鉴】

礼岂为我辈设，此语最见个性！《礼记·曲礼上》："男女不杂坐，不同椸枷，不同巾栉，不亲授。嫂叔不通问，诸母不漱裳。"这些都是封建礼教下为防止室家淫乱所制定的规矩，却不免成为了隔断人性的藩篱。其实这些规矩，往往也只是一种形式，如果心不越礼，自可如柳下惠坐怀不乱；如内心不净，经不起诱惑，再怎么立规矩也不免做出龌龊事来。阮籍正人君子，坦坦荡荡，自然不看重那些虚伪的礼数，而是尊重应有的亲情。

任诞8

阮公邻家妇，有美色，当垆酤酒①。阮与王安丰常从妇饮酒②，阮醉，便眠其妇侧。夫始殊疑之，伺察③，终无他意。

【注】

①垆：卖酒处安置酒瓮的土台。酤（gū）：卖。

②王安丰：即王戎。王戎尝封安丰县侯，故称。

③伺察：探察。

【译】

阮籍邻家有个妇人，容貌美丽，在酒垆边卖酒。阮籍和王戎常常到她那儿喝酒，阮籍喝醉了，就躺在那妇人身边睡觉。妇人的丈夫开始很怀疑他，经过探察，发现他始终也没有其他意思。

【评鉴】

心无邪念，故坦荡自然。除本则外，《晋书·阮籍传》还记载另一件事："兵家女有才色，未嫁而死。籍不识其父兄，径往哭之，尽哀而还。"爱美之心，人皆有之，此正见其天性！阮籍之所以为后世景仰，其个人品格无疑一流，是坦坦荡荡的大丈夫。

任诞9

阮籍当葬母，蒸一肥豚①，饮酒二斗，然后临诀②，直言："穷矣！"都得一号③，因吐血，废顿良久④。

【注】

①豚：小猪。

②临诀：到遗体前做最后的告别。

③都：总共，共。

④废顿：精神萎靡困顿。

【译】

阮籍在为母亲下葬时，蒸了一只肥乳猪，饮了二斗酒，然后与母亲的遗体告别，只说道："完了!"总共叫了这一声，就口吐鲜血，精神萎靡了好长时间。

【评鉴】

从居丧饮酒，临诀晕绝，我们不难窥见阮籍内心的痛处。嗜酒长醉，是轻慢世事、避祸远害的无奈行径，临丧吐血，正是内心痛苦煎熬、矛盾交织的喷发。刘义庆将此条列入《任诞》，其用心良苦，让我们看到了阮籍任诞背后的无奈与心酸。

任诞10

阮仲容、步兵居道南[①]，诸阮居道北；北阮皆富，南阮贫。七月七日，北阮盛晒衣[②]，皆纱罗锦绮，仲容以竿挂大布犊鼻裈于中庭[③]。人或怪之，答曰："未能免俗，聊复尔耳。"

【注】

①阮仲容：即阮咸。咸字仲容。步兵：指阮籍。因曾为步兵校尉，故称。

②晒衣：古有七月七日晒衣的习俗。《太平御览》卷三一引崔寔《四民月令》："七月七日……暴经书及衣裳，习俗然也。"

③大布：粗布。犊鼻裈：一种贴身短裤，无裆，形如小牛鼻。

【译】

阮咸、阮籍住在大路南边，其他阮家人住在大路北边；北边的阮家人都很富有，南边的阮家人很贫穷。七月七日，路北的阮家人大晒衣物，全是些绫罗绸缎，阮咸用竹竿在庭院中挂上一条粗布做的犊鼻裈。有人觉得奇怪，阮咸回答说："我不能免除世俗习惯，姑且这样应付一下罢了。"

【评鉴】

本门有多则都是记述阮咸的，此则刘孝标注引《竹林七贤论》云："咸时总角，乃竖长竿，挂犊鼻裈也。"可知这是阮咸童年时的事。看来，他的任诞在小时候就已经有所展现了。

任诞11

阮步兵丧母①，裴令公往吊之②。阮方醉，散发坐床，箕踞不哭③。裴至，下席于地，哭，吊唁毕便去④。或问裴："凡吊，主人哭，客乃为礼。阮既不哭，君何为哭?"裴曰："阮方外之人⑤，故不崇礼制；我辈俗中人，故以仪轨自居⑥。"时人叹为两得其中。

【注】

①阮步兵：即阮籍。曾任步兵校尉，故称。

②裴令公：指裴楷。曾任中书令，故称。

③箕踞：一种不拘礼节的坐姿。两腿伸开，两膝微曲，状如簸箕。

④吊唁（yàn）：即吊唁。

⑤方外：世俗之外，礼法之外。

⑥仪轨：礼仪规矩。

【译】

阮籍的母亲死了，裴楷前往吊唁。阮籍正喝醉了酒，披散着头发坐在榻上，伸开双腿，也不哭泣。裴楷到了，仆人在地面铺上席垫，裴楷哭拜，吊祭完就走了。有人问裴楷："凡是吊丧，主人哭泣，吊客才按礼节哭泣。阮籍既然不哭，你为什么哭呢？"裴楷说："阮籍是礼法外的人，所以行为不尊崇礼制；我辈是世俗中人，所以用礼法来约束自己。"当时的人感叹阮籍和裴楷的行为都各自得当。

【评鉴】

程炎震云："阮长于裴且三十岁，宜裴以仪轨自居。然阮丧母在嘉平中，楷时未弱冠，似未必有此事。"我们姑不论此事之有无。只就裴楷之言而论，这话显得很有人情味，礼法之人以礼法自约，礼法外人则任性随意，互不苛求，各得其宜。

任诞12

诸阮皆能饮酒，仲容至宗人间共集①，不复用常杯斟酌，以大瓮盛酒，围坐相向大酌。时有群猪来饮，直接去上②，便共饮之。

【注】

①仲容：即阮咸。咸字仲容。

②去上：去掉上边弄脏了的酒。

【译】

　　阮家的人都善饮酒，阮咸到同族人当中聚会时，就不再用一般的杯子斟酒，用一个大酒瓮装上酒，大家围坐在酒瓮前，面对面痛饮。当时有一群猪也跑来喝，阮咸直接将面上弄脏的去掉，就又一起喝起来。

【评鉴】

　　此则任诞之所在，一是饮酒不拘寻常礼节，二是酒被弄脏了也不介意。阮咸与同族人共饮，不用通常的酒盏，而是干脆用一个大酒瓮装酒，大家围着这酒瓮喝。正喝着，一群猪跑来，在酒瓮中抢了一嘴就跑了。按常理，这酒就脏了，但阮咸并不在意，直接把上面弄脏了的浮沫舀掉，大家继续喝酒。《晋书·阮咸传》作"时有群豕来饮其酒，咸直接去其上，便共饮之"。多了一个"其"字，意义的指向就更清晰明确了。许绍早本译作"阮仲容只是把浮面一层酒舀掉"，甚是。

任诞13

　　阮浑长成①，风气韵度似父，亦欲作达②。步兵曰："仲容已预之③，卿不得复尔！"

【注】

①阮浑：阮籍之子。

②作达：做放达不羁的事。

③仲容：即阮咸。咸字仲容。预：参与其中。阮咸为竹林七贤之一。

【译】

　　阮浑长大了，风韵气度很像父亲阮籍，也想做些任性放达的事。阮籍说："仲容已经参与其中了，你不能再如此！"

【评鉴】

　　刘孝标注引《竹林七贤论》："籍之抑浑，盖以浑未识己之所以为达也。"的确，阮籍的放达不羁，是不得已而为之，其子阮浑却不明白父亲的苦衷。而阮籍的苦衷又是难以用言语说明的，所以只能以"不得复尔"阻止阮浑。

任诞14

　　裴成公妇①，王戎女。王戎晨往裴许②，不通径前③。裴从床南下，女从北下，相对作宾主，了无异色④。

【注】

①裴成公：即裴颜。死后谥成，故称。

②许：处。指裴颜家中。

③径前：直接进去。

④异色：不自然的脸色。

【译】

　　裴颜的妻子，是王戎的女儿。王戎清晨到裴家去，也不通报就直接进去了。裴颜从床的南边下来，王戎女儿从床的北边下来，宾主相对，没有一点不自然的神色。

【评鉴】

　　按儒家礼教，男女之间有一些防嫌的规矩，俗谚亦有所谓"女长避父，儿长避母"之说。直接进女儿卧室，已无父亲之尊严；女儿女婿全不尴尬，已无羞愧之可言。后世讥评此等行为，是有道理的。

任诞15

　　阮仲容先幸姑家鲜卑婢[1]，及居母丧，姑当远移，初云当留婢，既发，定将去[2]。仲容借客驴，著重服[3]，自追之，累骑而返[4]，曰："人种不可失[5]！"即遥集之母也[6]。

【注】

①鲜卑：北方民族名。魏晋南北朝时有慕容、拓跋、乞伏、秃发、宇文等部。本游牧为业，其内迁者渐与汉人融合。

②定：终究，到底。

③重服：守重丧（父或母去世）穿的孝服。

④累骑：两人同骑。

⑤人种：传宗接代的人。程炎震云："咸云人种，则孚在孕矣。"

⑥遥集：即阮孚。孚字遥集，阮咸子。

【译】

　　阮咸先前与姑母家的一个鲜卑婢女有了私情，等到给母亲守丧时，姑母将要搬到远处去，开始说要把这个婢女给阮咸留下，到走时，还是把她带走了。阮咸借得客人家的驴子，穿着重孝，亲自去追，最后两个人同骑这驴子回来，说："传宗接代的人不能够失去！"这婢女就是阮孚的母亲。

【评鉴】

　　刘孝标注引《竹林七贤论》言"咸既追婢，于是世议纷然"，《晋书》记载此事也说"论者甚非之"，可见当时阮咸面临的来自传统礼教的巨大压力。然而，阮咸到底是竹林七贤之一，他不顾世俗的眼光，敢于以率性真情挑战礼法，身穿重孝，也要追回心上人，延续家族血脉，同时也为后世留下了一段风流佳话。

任诞16

　　任恺既失权势①，不复自检括②。或谓和峤曰："卿何以坐视元褒败而不救？"和曰："元褒如北夏门③，拉捔自欲坏④，非一木所能支。"

【注】

①任恺：字元褒，晋乐安博昌（今山东博兴南）人。初仕魏，为中书侍郎。入晋，历侍中、太子少傅、吏部尚书。《晋书》卷45有传。

②检括：检点约束。

③北夏门：即大夏门，洛阳城北门之一。

④拉捔：摧折，断裂。

【译】

任恺失去权势后，不再约束检点自己。有人对和峤说："你为什么坐视元裒颓败而不救他？"和峤说："元裒就好像北夏门，断裂了自然要坍塌，不是一根木头能支撑的。"

【评鉴】

诚如余嘉锡所论，和峤之言，实在是出于无可奈何。任恺权势日重，而贾充朋党甚盛，多进谗言，晋武帝不能不有所怀疑。和峤素与任恺亲善，设若和峤挺身相救，不唯不能救，恐怕自己也会搭将进去，于事无补。因此任恺之必败，如城门之自坏，非一朝一夕之故。

任诞17

刘道真少时①，常渔草泽，善歌啸，闻者莫不留连②。有一老妪，识其非常人，甚乐其歌啸，乃杀豚进之③。道真食豚尽，了不谢④。妪见不饱，又进一豚。食半余半，乃还之。后为吏部郎⑤，妪儿为小令史⑥，道真超用之。不知所由，问母，母告之，于是赍牛酒诣道真⑦。道真曰："去，去！无可复用相报。"

【注】

①刘道真：即刘宝。宝字道真。

②留连：停留而舍不得离开。

③豚：小猪。

④了：完全。

⑤吏部郎：官名。主管官吏选拔。

⑥小令史：主官文书的小吏。

⑦赍（jī）：携带，带着。

【译】

　　刘宝年轻时，经常在草泽中打鱼，他很善于啸咏，听到的人没有不留连欣赏的。有一个老妇人，觉得他不是一般人，很喜欢听他啸咏，就杀了一头小猪送给他。刘宝吃完猪肉，一句道谢的话也不说。老妇人见他没吃饱，又给他一头。刘宝吃了一半剩下一半，就退还给老妇人。后来刘宝做了吏部郎，老妇人的儿子做小令史，刘宝越级提拔了他。儿子不知道什么原因，问母亲，母亲告诉他真相，儿子于是带上牛肉美酒去拜访刘宝。刘宝说："走，走！不用再来报答我。"

【评鉴】

　　刘宝旷达不拘小节，亦是高尚君子。《战国策·魏策四》："人之有德于我也，不可忘也；吾有德于人也，不可不忘也。"汉崔瑗《座右铭》曰："无道人之短，无说己之长。施人慎勿念，受施慎勿忘。"老妪有恩于己，施报于其子。可见，任诞之人，并非无情义者，不过是任性于外而守礼于心罢了。刘宝的行为，值得我们学习借鉴，崔瑗的《座右铭》，何不也置之座右。

任诞18

　　阮宣子常步行①，以百钱挂杖头，至酒店，便独酣畅②，虽当世贵盛，不肯诣也。

【注】

①阮宣子：即阮修。修字宣子。
②酣畅：畅饮。

【译】

　　阮修经常步行漫游，把一百钱挂在手杖顶端，到了酒店，就独自畅饮，即使是当时的权贵名流，他也不肯去拜会。

【评鉴】

　　因《世说》此则，"杖头钱"从此成了一个潇洒浪漫的词语，即酒钱。后世诗歌中吟咏不少。如唐骆宾王《冬日宴》："二三物外友，一百杖头钱。赏洽袁公地，情披乐令天。"唐贺兰进明《行路难》之一："但愿亲友长含笑，相逢莫吝杖头钱。"

任诞19

　　山季伦为荆州①，时出酣畅②，人为之歌曰："山公时一醉，径造高阳池③。日莫倒载归④，茗艼无所知⑤。复能乘骏马，倒著白接䍦⑥。举手问葛强，何如并州儿⑦?"高阳池在襄阳。强是其爱将，并州人也。

【注】

①山季伦：即山简。简字季伦。

②酣畅：痛饮，豪饮。

③径造：径直前往。高阳池：汉侍中习郁于襄阳岘山南修鱼池，池边有高堤，种竹及长楸，池中植芙蓉、菱芡。晋山简镇襄阳，每临此池醉饮，曰："此是我高阳池也。"

④日莫：即"日暮"。倒载归：倒骑着马回去。

⑤茗艼：同"酩酊"。醉后昏懵的样子。

⑥倒著：倒过来戴。白接篱（lí）：一种用白鹭羽毛装饰的便帽。

⑦并州儿：指葛强。

【译】

　　山简做荆州刺史，时时外出痛饮，荆州人给他编了一个歌谣说："山公时一醉，径造高阳池。日莫倒载归，茗艼无所知。复能乘骏马，倒著白接篱。举手问葛强，何如并州儿？"高阳池在襄阳。葛强是山简的爱将，是并州人。

【评鉴】

　　山简之父山涛善饮，《晋书·山涛传》云："涛饮酒至八斗方醉，帝欲试之，乃以酒八斗饮涛，而密益其酒。涛极本量而止。"山涛为一代能臣，匡补时政之失，奖拔后进，任人唯贤，其《山公启事》为后世景仰，虽善饮但不以饮酒误事。可惜山简只遗传了饮酒而已。山简倒骑，饮酒习池，其风流蕴藉成为后世名典，最有名的自然要数李白《襄阳歌》："落日欲没岘山西，倒著接篱花下迷。襄阳小儿齐拍手，拦街争唱白铜鞮。傍人借问笑何事，笑杀山公醉似泥。"虽然，山简的故事风流可羡，然而身为一镇诸侯，事行如此，良可太息。时天下大乱，朝野危惧，山简却"优游卒岁，唯酒是耽"。后世对山简也不乏批评，王夫之《读通鉴论》评价道："山简纵酒自恣而忘君父。"

任诞20

张季鹰纵任不拘①，时人号为"江东步兵②"。或谓之曰："卿乃可纵适一时，独不为身后名邪③？"答曰："使我有身后名，不如即时一杯酒④。"

【注】

①张季鹰：指张翰。翰字季鹰。纵任：放纵，放任。

②江东步兵：犹言江东阮籍，因阮籍曾为步兵校尉，人称阮步兵。张翰为江东人，而放达任性如阮籍，故称其为江东步兵。

③身后名：死后的名声。

④即时：当时，此时。

【译】

张翰放纵任性不拘礼节，当时人称他是"江东阮籍"。有人对他说："你虽然可以纵情安适于一时，难道不为身后的名声着想吗？"张翰回答说："让我有身后的名声，不如当下有一杯酒喝。"

【评鉴】

　　张翰的故事，在后世成为知机的典型而行诸歌咏。如李白《行路难》之三："君不见吴中张翰称达生，秋风忽忆江东行。且乐生前一杯酒，何须身后千载名。"对于张翰来说，不预政事而自了其身，还是值得嘉尚的。那些在其位而不谋其政的，如山简辈，则不免为后世识者所讥。

任诞21

　　毕茂世云①："一手持蟹螯，一手持酒杯，拍浮酒池中②，便足了一生。"

【注】

①毕茂世：即毕卓。卓字茂世，晋新蔡铜阳（今安徽临泉西）人。元帝太兴末，为吏部郎。后从温峤为平南长史，卒于官。《晋书》卷49有传。

②拍浮：以手击水浮游。

【译】

　　毕卓说："一只手拿着螃蟹腿，一只手端着酒杯，在酒池中浮游，就可以了却这一生了。"

【评鉴】

　　因《世说》毕卓不朽，因毕卓"持蟹螯"而后世歌诗增色。试举几例。李颀《赠张旭》："左手持蟹螯，右手执丹经。瞪目视霄汉，不知醉与醒。"柳宗元《游南亭夜还叙志七十韵》:"朵颐进芰实,擢手持蟹螯。"宋祁《初到郡斋三首》之二:"秋莼不下豉,霜蟹恣持螯。"苏轼《饮酒四首》之二:"左手持蟹螯,举觞瞩云汉。"

任诞22

贺司空入洛赴命①,为太孙舍人②,经吴阊门③,在船中弹琴。张季鹰本不相识④,先在金阊亭⑤,闻弦甚清,下船就贺,因共语,便大相知说⑥。问贺:"卿欲何之?"贺曰:"入洛赴命,正尔进路⑦。"张曰:"吾亦有事北京⑧,因路寄载⑨。"便与贺同发,初不告家,家追问,乃知。

【注】

①贺司空:指贺循。死后追赠司空,故称。

②太孙舍人:应作"太子舍人"。徐震堮云:"按《晋书·贺循传》,循为武康令,陆机荐之,召补太子舍人。赵王伦篡位,转侍御史,辞疾去职。是循之赴洛,乃应太子舍人之征,非太孙舍人也。《通鉴》八三《晋纪》,惠帝永康元年四月己亥,相国伦矫诏赐贾后死。五月己巳,诏立临海王臧为皇太孙,太子官属即转为太孙官属。是太孙之有官属,已在赵王篡位之后。'太孙'为'太子'之误无疑。"太子舍人,皇太子的属官。

③阊门:吴县(今江苏苏州)城西门。春秋时吴王阖闾始建。

④相识:认识贺循。相,指代贺循。

⑤金阊亭:在吴县城西阊门附近。以其在城西且靠近阊门而得名。金,五行之一,代表西方。一作"金昌亭"。

⑥知说：赏识喜爱。说，同"悦"。

⑦进路：行路，前行。

⑧北京：指西晋都城洛阳。二人皆吴地人，洛阳在北，故称。

⑨寄载：顺道搭乘车、船。

【译】

　　贺循到洛阳接受任命，做太子舍人，经过吴县阊门时，在船中弹琴。张翰本来不认识贺循，先在金阊亭中，听到琴声非常清妙，就下船去拜会贺循，二人交谈，互相都很赏识爱悦。张翰问贺循："你要到哪儿去？"贺循说："到洛阳去接受任命，正在路途中。"张翰说："我也有事要到洛阳去，刚好顺路同船。"于是就与贺循一同出发，完全没告诉家中，家里人追问，才知道。

【评鉴】

　　任性而行，率意而往，此正张翰本色。张翰与贺循这段交往，堪称"倾盖如故"的典型。这个故事，也更见张翰潇洒旷淡的人生态度。贺循善属文，博览众书，尤精礼学，在元帝时官至太常，为当世儒宗。而贺循能与张翰惺惺相惜，一见如故，自然也是为张翰的学识谈吐乃至人品所折服。所谓物聚群分，这是假不了的。

任诞23

　　祖车骑过江时①，公私俭薄②，无好服玩③。王、庾诸公共就祖④，忽见裘袍重叠⑤，珍饰盈列。诸公怪问之，祖曰："昨夜复南塘一出⑥。"祖于时恒自使健儿鼓行劫钞⑦，在事之人亦容而不问⑧。

【注】

①祖车骑：即祖逖。因追赠车骑将军，故称。

②俭薄：不丰裕，物质匮乏。

③服玩：服饰及玩赏的珍宝之类。

④王：指王导。庾：指庾亮。

⑤裘袍：皮衣及袍服之类。

⑥南塘：地名。在晋都建康秦淮河之南岸。

⑦健儿：勇士，武士。指祖逖的部下。鼓行：古代行军击鼓则进，称鼓行。引
申指大张声势地前去，公开进行。劫钞：劫掠，抢劫。

⑧在事：居官任职。

【译】

　　祖逖过江的时候，官府和私家都很困乏，没有什么好的衣服和值
钱的珍宝之类。王导、庾亮等人一起到祖逖家去，忽然看见祖家皮衣
锦袍等层层堆积，珍贵的饰品陈列满架。王导等人感到奇怪就问他哪
儿来的这些东西，祖逖说："昨天晚上又到南塘走了一趟。"祖逖那时
常常让部下出去公开抢劫，主管官吏也容忍不予追究。

【评鉴】

　　余嘉锡言："宾客攻剽，而逖拥护之者，此古人使贪使诈之术也。
孟尝君以鸡鸣狗盗之徒为食客，亦是此意。谈者少之，遂归罪于逖，
以为自使健儿劫钞矣。"余嘉锡从表面现象看到了祖逖行为背后的动

机。祖逖要北伐中原，必须储备各类人才，而勇武之士往往不守礼法，祖逖希望得人死力而用之，故忽略其小节而重其才干。此正是服膺其心的驭人之术，首先顺适其意，使其心存报效，一旦需要，纵然赴汤蹈火也在所不辞。而祖逖家中的珍玩，焉知不是留以异日赏赐所需。由此，我们想到了《史记·刺客列传》中荆轲的事："于是尊荆卿为上卿，舍上舍。太子日造门下，供太牢具，异物间进，车骑美女恣荆轲所欲，以顺适其意。"唐司马贞索隐引《燕丹子》曰："轲与太子游东宫池，轲拾瓦投蛙，太子捧金丸进之。又共乘千里马，轲曰'千里马肝美'，即杀马进肝。太子与樊将军置酒于华阳台，出美人能鼓琴，轲曰'好手也'，断以玉盘盛之。轲曰'太子遇轲甚厚'。"荆轲岂能不以死报效？比较曹操靖乱时的不拘一格招揽人才，祖逖应该是所见略同，从这一则也可见祖逖乱世英雄的本色。

任诞24

　　鸿胪卿孔群好饮酒[1]，王丞相语云："卿何为恒饮酒？不见酒家覆瓿布[2]，日月糜烂？"群曰："不尔。不见糟肉乃更堪久[3]？"群尝书与亲旧："今年田得七百斛秫米[4]，不了曲糵事[5]。"

【注】

① 鸿胪卿：官名。秦及汉初称典客。武帝时改称大鸿胪，掌朝贺庆吊等礼仪。鸿，声。胪，传。传声赞导，故曰鸿胪。东晋时称鸿胪卿。孔群：字敬林。曾任鸿胪卿、御史中丞。

② 瓿（bù）：陶制的盛酒器。

③糟肉：用酒糟腌制的肉。

④秫（shú）米：黏高粱米，一说黄米。可以酿酒。

⑤曲蘖（niè）：酒母。引申为酿酒。

【译】

鸿胪卿孔群好饮酒，王导对他说："你为什么总是喝酒？你没看见卖酒家盖酒瓮的布，日子久了就会烂掉吗？"孔群说："不是这样。你没看见用酒糟腌制的肉反而能放得更久吗？"孔群曾经给亲戚朋友写信说："今年田里收了七百斛秫米，也解决不了酿酒的事。"

【评鉴】

孔群的回答很精彩，而与亲旧书云云，我们比较同为好酒之人的陶渊明，颇有相似之处。《晋书·隐逸传·陶潜》云："在县公田悉令种秫谷，曰：'令吾常醉于酒足矣。'妻子固请种粳，乃使一顷五十亩种秫，五十亩种粳。"

任诞25

有人讥周仆射与亲友言戏秽杂无检节①。周曰："吾若万里长江，何能不千里一曲②！"

【注】

①周仆射：即周颢。因曾为尚书仆射，故称。秽杂：污秽粗俗。检节：检点节制。

②千里一曲：千里中有一些曲折。谓人难免会有一些小过失。

【译】

有人批评周颙和亲友言谈戏笑污秽粗俗而不检点约束。周颙说："我就好比是万里长江，怎么能在千里之间没有一点弯曲呢！"

【评鉴】

刘孝标注引邓粲《晋纪》说，王导与周颙等人到尚书纪瞻家去看歌舞表演。纪瞻有一个爱妾，能唱最新潮的曲子。周颙在大庭广众下竟然想和这小妾行苟且之事，而且毫无愧色。官员上奏要罢周的官，却被皇帝下诏特赦。周颙位高名重，居然有如此禽兽行径。本则被人批评，还厚颜强辩！大臣醒醒如此，皇帝仍下诏特赦。纲常如此大坏，晋祚岂能长久。

任诞26

温太真位未高时①，屡与扬州、淮中估客樗蒱②，与辄不竞③。尝一过大输物④，戏屈，无因得反⑤。与庾亮善，于舫中大唤亮曰⑥："卿可赎我！"庾即送直⑦，然后得还。经此数四⑧。

【注】

①温太真：即温峤。峤字太真。

②估客：贩货的行商。樗蒱（chū pú）：一种赌博性质的游戏。

③与辄不竞：谓凡赌必输。不竞，犹言不胜。

④一过：一次。输物：指赌注。

⑤无因：没法。

⑥舫：船。

⑦直：后来写作"值"。此指赌资。

⑧数四：好多次。表约数的习惯用法。

【译】

　　温峤地位还不高的时候，常常和扬州、淮中一带的行商赌博，每赌必输。曾经一次赌注下得很大，温峤赌输了，没有办法回去了。他与庾亮友善，在船中大叫庾亮道："你来赎我！"庾亮就送去了赌资，这才得以回来。这样的情形发生过好多次。

【评鉴】

　　魏晋时期受社会风气的影响，许多人耽于享乐，醉生梦死，便在赌博中寻找刺激，《汰侈》篇就记载了当时一些王公贵族赌博的故事。衣冠南渡后，此风更胜，温峤、桓温、袁耽、刘裕等江左豪杰都喜欢赌博。即如谢安也未能免俗，曾经连车和牛都输掉了（本门第四十则），淝水之战前，还与张玄围棋赌墅。此则言温峤早年好赌，输了就向庾亮求助，联系刘孝标注引《中兴书》"峤有俊朗之目，而不拘细行"语，其一掷千金的豪赌形象仿佛就在眼前。

任诞27

　　温公喜慢语①，卞令礼法自居②。至庾公许，大相剖击③，温发口鄙秽，庾公徐曰："太真终日无鄙言。"

【注】

①温公：即温峤，字太真。慢语：说话轻忽散慢、不庄重。

②卞令：指卞壶。壶明帝时曾任尚书令，故称。

③剖击：揭发短处，批评攻击。

【译】

　　温峤喜欢随意散漫地说话，卞壶言行都遵循礼法。到了庾亮那里，激烈地互相批评攻击，温峤开口就说粗鄙污秽的话，庾亮慢慢地说："太真成天没有一句粗俗话。"

【评鉴】

　　温峤说粗鄙庸俗的话，很伤大雅，庾亮想要制止但又怕让温峤难堪，于是正话反说，让温峤自省。庾亮为清谈名家，善言辞自是当行本色，而庾亮与温峤向来关系亲密，所以才规劝温峤。俗语云"道我短者是我师"，庾亮能为温峤之净友，还是值得肯定的。

　　《晋书·温峤传》载，温峤"风仪秀整，美于谈论，见者皆爱悦之"。我们认为，这则故事说的应该是温峤在私下里精神放松时，语言也不考究，不太登大雅之堂的粗俗话也就信口而来了。若然，我们倒觉得温峤为人更为真实爽快。

任诞28

　　周伯仁风德雅重①，深达危乱。过江积年，恒大饮酒，尝经三日不醒。时人谓之"三日仆射"。

【注】

①周伯仁：即周颢。颢字伯仁，曾为尚书仆射。雅重：雅正持重。

【译】

周颢风度德行雅正庄重，深明当时危乱的形势。过江多年，常常是肆意饮酒，曾经醉了三天没醒。当时人称他是"三日仆射"。

【评鉴】

官至尚书仆射，却时常在醉中，有什么"风德"可言？当然，刘义庆将"深达危乱"与"大饮酒"联系在一起，或许有其深意在。盖晋室南渡，立脚未稳，实有内忧外患，"志大而才短，名重而识暗"的周颢本身即不可能有大作为，所以无所事事，自知不是栋梁之才，所以就用饮酒来掩盖自己的无能。《方正》第二十九则顾孟著"讵可便作栋梁自遇"正可为此则注脚。

任诞29

卫君长为温公长史①，温公甚善之，每率尔提酒脯就卫②，箕踞相对弥日③。卫往温许亦尔。

【注】

①卫君长：即卫永。永字君长。

②率尔：随意。酒脯：酒肉，酒肴。

③箕踞：两腿伸开、两膝微曲地坐着，状如簸箕。是一种不拘礼节的坐姿。

【译】

　　卫永做温峤的长史，温峤对他特别好，常常随意提着酒肴到卫永那儿去，两人不拘礼节地相对而坐，整日饮酒。卫永到温峤那儿去也是这样。

【评鉴】

　　无高低之别，无事前之约，兴至则携酒对饮，堪称风雅，也很可爱。温峤之所以能立功立事，礼贤下士、洒脱自然也是原因之一。比较起随时"端着"的庾亮，"风格峻整，动由礼节，闺门之内不肃而成""时人皆惮其方俨"（《晋书·庾亮传》），我们更加喜欢随性的温峤。

任诞30

　　苏峻乱，诸庾逃散。庾冰时为吴郡①，单身奔亡。民吏皆去，唯郡卒独以小船载冰出钱塘口，籧篨覆之②。时峻赏募觅冰③，属所在搜检甚急④。卒舍船市渚⑤，因饮酒醉，还，舞棹向船曰⑥："何处觅庾吴郡，此中便是！"冰大惶怖⑦，然不敢动。监司见船小装狭，谓卒狂醉，都不复疑。自送过浙江⑧，寄山阴魏家⑨，得免。后事平，冰欲报卒，适其所愿。卒曰："出自厮下⑩，不愿名器⑪。少苦执鞭⑫，恒患不得快饮酒；使其酒足余年，毕矣。无所复须。"冰为起大舍，市奴婢，使门内有百斛酒⑬，终其身。时谓此卒非唯有智，且亦达生。

【注】

①庾冰：字季坚，庾亮之弟。时为吴国内史，苏峻之乱，冰弃郡奔会稽。

②籧篨（qú chú）：粗竹席。

③赏募觅冰：指悬赏捉拿庾冰。

④属：通"嘱"。叮嘱，命令。所在：四处，到处。

⑤市渚：市镇的港口。

⑥棹：船桨。

⑦惶怖：惊惶恐惧。

⑧淛（zhè）江：即浙江。

⑨山阴：县名，属会稽郡。治今浙江绍兴。

⑩厮下：地位低贱的奴仆。

⑪名器：本指标志尊卑等级的名号与车服仪制，此处喻指做官从政。

⑫执鞭：比喻供人驱使。

⑬斛：十斗为一斛。

【译】

　　苏峻之乱时，庾家弟兄纷纷逃散。庾冰当时做吴国内史，只身奔窜。老百姓和官吏都逃走了，只有一个郡兵独自用小船载着庾冰出钱塘口，用粗席子遮盖着庾冰。当时苏峻悬赏抓捕庾冰，命令到处搜捕，十分紧急。郡兵把船停泊在市镇港口边，到岸上喝醉了酒，回来后，舞动船桨向着船吼叫："哪儿去找庾吴郡？这里边就是啊！"庾冰十分惊慌害怕，但也不敢动。搜寻的吏卒见船小舱窄，认为这人是喝醉了发酒疯，一点也不怀疑。郡兵把庾冰送过浙江，寄居在山阴魏家，得免于难。后来苏峻之乱平息了，庾冰要报答这个郡兵，满足他的愿望。

郡兵说:"我出身在下人家,不想做官从政。年轻时就苦于被人驱使,常常遗憾不能痛快地喝酒;假如能够让我余生有足够的酒喝,就够了。其他不需要什么。"庾冰给他建造了一所大房子,买了一些奴婢,让他家里常有百斛酒,终其一生。当时人们觉得这个士兵不只是有智慧,而且通达人生。

【评鉴】

这个多智达生的郡卒,让多少英雄豪杰惭愧!舞棹向船,貌似弄险却消除了可能的怀疑,兵不厌诈,简直是名将的手段。"使其酒足余年,毕矣",又如刘伶、毕卓一样的通达。此郡卒真人不露相,而其嗜酒任诞之言,又与下引暗合。《三国志·吴书·吴主传》裴松之注引《吴书》曰:"郑泉字文渊,陈郡人。博学有奇志,而性嗜酒。其闲居每曰:'愿得美酒满五百斛船,以四时甘脆置两头,反复没饮之,惫即住而啖肴膳。酒有斗升减,随即益之,不亦快乎!'"

任诞 31

殷洪乔作豫章郡[①],临去,都下人因附百许函书[②]。既至石头[③],悉掷水中,因祝曰:"沉者自沉,浮者自浮,殷洪乔不能作致书邮[④]!"

【注】

①殷洪乔:即殷羡。羡字洪乔,晋陈郡长平(今河南西华)人,殷浩父。陶侃做荆州刺史,以羡为左长史。苏峻之难,说侃攻石头城以解大业之围。后

任豫章太守，仕至光禄勋。

②都下：指京城建康。许：表示在某一数字左右。

③石头：指石头渚，又名沉书浦。在今江西南昌西北赣江西岸。

④致书邮：送信人，邮差。

【译】

殷羡做豫章郡守，将要离开去赴任时，京城的人顺便托他捎带一百来封书信到豫章。他到了石头渚，把书信全部丢在江中，还祝祷说："沉的自己沉，浮的自己浮，殷洪乔不做那送信的邮差！"

【评鉴】

殷羡如此言而无信，哪里值得称道。如果不愿捎信，何不拒之于前，却要到石头渚丢弃？这不过是狂士的荒诞。然而，因为有《世说》一记，便为豫章平添了一段风流，且留下了一个风雅的地名。《说郛》卷五十引《豫章古今记》曰："石头津在郡江之西岸，亦名沉书浦。晋殷羡字洪乔，为豫章太守。临去，因附书百封。羡将至石头，沉之，内有嘱托事，掷于水中曰：'有事者沉，无事者浮。'故名焉。"沉书浦，其地在今南昌市西北赣江西岸。

任诞32

王长史、谢仁祖同为王公掾①，长史云："谢掾能作异舞。"谢便起舞，神意甚暇。王公熟视，谓客曰："使人思安丰②。"

【注】

①王长史：指王濛。因曾为简文长史，故称。谢仁祖：即谢尚。尚字仁祖。掾：

属官。

②安丰：指王戎。戎尝封安丰县侯，故称。

【译】

　　王濛、谢尚同为王导的属吏，王濛说："谢掾能跳奇特的舞蹈。"谢尚于是就跳起舞来，神情十分悠闲。王导仔细观看，对在座的客人说："让人想起了安丰。"

【评鉴】

　　谢尚门第高华，而又精通音乐，是当时的音乐大家，江左钟石之乐，便是谢尚所制。然其为人率意随和，这才是王谢风流的正范，比那些故作矜持的高士可爱得多。

任诞33

　　王、刘共在杭南①，酣宴于桓子野家②。谢镇西往尚书墓还③，葬后三日反哭④。诸人欲要之⑤，初遣一信⑥，犹未许，然已停车；重要，便回驾。诸人门外迎之，把臂便下。裁得脱帻⑦，著帽酣宴。半坐，乃觉未脱衰⑧。

【注】

①杭南：即朱雀航南，王、谢诸名族所居之地。宋张敦颐《六朝事迹编类》卷

二："晋咸康二年作朱雀门，新立朱雀浮航，在县城东南四里，对朱雀门，南渡淮水，亦名朱雀桥。"杭，浮桥。

②桓子野：即桓伊。伊小字子野。

③谢镇西：即谢尚。尚穆帝时进号镇西将军，故称。尚书：指谢裒。因曾为吏部尚书，故称。裒为谢安父，谢尚叔父。

④反哭：古代葬礼，葬后孝子奉神主返回祖庙，哭祭以安魂灵。

⑤要：邀请。

⑥信：使者，信使。此处指家中的仆人。

⑦帻：头巾。

⑧衰（cuī）：用麻布制作的丧服。

【译】

王濛、刘惔都住在朱雀桥南，一次到桓伊家里畅饮。谢尚到谢裒的墓地去了回来，是正在办下葬后三天将神主送回祖庙的仪式。王濛、刘惔等想邀谢尚一同饮酒，开始叫了个仆人去请，还没答应，但是已经停下车来；再去请，他就掉转车头来桓家了。众人都到门外迎接他，拉着手臂就进门。刚摘下头巾，戴上便帽就痛饮起来。坐了好一阵子，才发现没脱丧服。

【评鉴】

《世说》此文，谢尚之豪放酒脱呼之欲出，不守所谓居丧不饮酒的礼法，也正是"礼岂为我辈设"的行为诠释。刘孝标注引《文章志》所记为同一事，但谢裒为谢尚叔父，作"兄"误。刘宋距东晋非远，而六朝人特重世家人物门第关系，《文章志》当不致弄错，或是后世传抄之误。

任诞34

　　桓宣武少家贫^①，戏大输^②，债主敦求甚切^③。思自振之方^④，莫知所出。陈郡袁耽俊迈多能^⑤，宣武欲求救于耽。耽时居艰^⑥，恐致疑，试以告焉，应声便许，略无嫌吝^⑦。遂变服，怀布帽，随温去与债主戏。耽素有蓺名^⑧，债主就局，曰："汝故当不办作袁彦道邪^⑨？"遂共戏。十万一掷，直上百万数，投马绝叫^⑩，傍若无人，探布帽掷对人曰^⑪："汝竟识袁彦道不？"

【注】

①桓宣武：指桓温。谥号宣武，故称。

②戏：赌博。

③敦求：催促索要。

④自振：自救，自给。

⑤袁耽：字彦道，晋陈郡阳夏（今河南太康）人。少有才气，倜傥不羁，为人所称。苏峻之役，王导引为参军，以功封秭归男，拜建威将军、历阳太守。年二十五卒。《晋书》卷83有传。

⑥居艰：在守丧期中。

⑦嫌吝：迟疑吝惜。

⑧蓺（yì）名：技艺高超的名声。此指善赌。蓺，同"艺"。

⑨故当：该当。不办：不会，不能。

⑩投马：投掷筹码。马，后来写作"码"。

⑪对人：对赌的人。即桓温的债主。

【译】

桓温年轻时家里很穷，一次赌博输了很多钱，债主催促很急。桓温想自救的办法，却不知该怎么办。陈郡袁耽俊爽豪迈而多才多艺，桓温打算向袁耽求救。袁耽当时正居丧，桓温担心他犹豫，只是试着告诉了袁耽，可袁耽立刻就答应了，没有一点迟疑顾惜。袁耽于是换下丧服，怀揣布帽，随同桓温前往和债主赌博。袁耽一向有善赌的名声，债主上了赌局，说："你该不会是袁彦道吧？"于是就一起赌博。从十万一掷，一直加到百万之数，袁耽投掷筹码大呼小叫，旁若无人，从怀中掏出布帽摔向对方说："你到底认不认识袁彦道？"

【评鉴】

豪赌形象，如在眼前！魏晋人物，多姿多彩，且往往年轻时即已成名，袁耽年二十五而卒，其成名应在二十岁以前。他能与桓温交深而莫逆如是，是亦英雄间的相互欣赏。

任诞35

王光禄云①："酒正使人人自远②。"

【注】

①王光禄：指王蕴。曾为光禄大夫，故称。
②自远：指忘却自己。

【译】

　　王蕴说："酒正是能让人们自己忘却自己。"

【评鉴】

　　此则言王蕴嗜酒，刘孝标注引《续晋阳秋》云："蕴素嗜酒，末年尤甚，及在会稽，略少醒日。"王蕴为王濛之子，为人平和而有父风，但做事似不太有原则，《晋书》本传言："性平和，不抑寒素，每一官缺，求者十辈，蕴无所是非。时简文帝为会稽王，辅政，蕴辄连状白之，曰：'某人有地，某人有才。'务存进达，各随其方，故不得者无怨焉。"有点好好先生的风格。当然，其为政也颇有可取处，"补吴兴太守，甚有德政。属郡荒人饥，辄开仓赡恤。主簿执谏，请先列表上待报，蕴曰：'今百姓嗷然，路有饥馑，若表上须报，何以救将死之命乎？专辄之愆，罪在太守，且行仁义而败，无所恨也。'于是大振贷之，赖蕴全者十七八焉。"在关键时刻能以百姓疾苦为先，还是非常值得肯定的。可惜，像这样的政绩还是少了些，尤其到晚年，终日醉酒昏昏，在会稽时几乎没有清醒的时候，国家事、政事岂能了了！居官在职，镇守一方，实在不该如此。

任诞36

　　刘尹云①："孙承公狂士②，每至一处，赏玩累日；或回至半路却返③。"

【注】

①刘尹：即刘惔。因曾任丹阳尹，故称。

②孙承公：即孙统。统字承公。

③却返：返回，折返。

【译】

　　刘惔说："孙承公是个狂士，每到一个地方，都要游赏玩乐好几天；有时往回走到半路上又返回去。"

【评鉴】

　　回至半路却返，特见其个性。王子猷山阴访戴是兴尽而返不见戴，孙统是游兴未尽而返回故地重游。都是性情中人。

任诞37

　　袁彦道有二妹①：一适殷渊源②，一适谢仁祖③。语桓宣武云④："恨不更有一人配卿！"

【注】

①袁彦道：即袁耽。耽字彦道。二妹：刘孝标注引《袁氏谱》曰："耽大妹名女皇，适殷浩。小妹名女正，适谢尚。"

②殷渊源：即殷浩。浩字渊源。

③谢仁祖：即谢尚。尚字仁祖。

④桓宣武：即桓温。谥号宣武，故称。

【译】

袁耽有两个妹妹：一个嫁给殷浩，一个嫁给谢尚。他对桓温说："遗憾的是没再有一个妹妹许配给你！"

【评鉴】

桓温与袁耽，从赌博事已见二人交情。桓温与殷浩不和，袁耽应该是知道的，以豪爽论，桓温与袁耽结为亲戚更合适。从《世说》全书看，未见袁耽与殷浩有所交往，当然，也同样没见与谢尚有交往，但谢尚的性格与袁耽更像是一路。袁耽此语，或许也是对殷浩不满？是说妹子与其嫁给殷浩，不如嫁给桓温？

任诞38

桓车骑在荆州①，张玄为侍中②，使至江陵③，路经阳歧村④。俄见一人持半小笼生鱼，径来造船，云："有鱼欲寄作脍⑤。"张乃维舟而纳之⑥，问其姓字，称是刘遗民⑦。张素闻其名，大相忻待⑧。刘既知张衔命⑨，问："谢安、王文度并佳不⑩?"张甚欲话言，刘了无停意。既进脍，便去，云："向得此鱼，观君船上当有脍具，是故来耳。"于是便去，张乃追至刘家。为设酒，殊不清旨⑪，张高其人，不得已而饮之。方共对饮，刘便先起，云："今正伐荻⑫，不宜久废。"张亦无以留之。

【注】

①桓车骑：指桓温弟桓冲。因曾任车骑将军，故称。

②张玄：即张玄之。与谢玄并称"南北二玄"。侍中：官名。皇帝近臣。

③江陵：荆州治所，在今湖北荆州。

④阳歧村：距荆州约二百里的一个村落，临江。阳歧，一作"阳岐"。

⑤寄：委托。脍：鱼片。

⑥维舟：拴住船。

⑦刘遗民：即刘骥之。

⑧忻待：高兴地接待。忻，同"欣"。

⑨衔命：奉命。

⑩王文度：即王坦之。坦之字文度。

⑪清旨：清亮味美。

⑫荻：芦苇一类的植物。

【译】

桓冲任荆州刺史时，张玄做侍中，出使到江陵去，路经阳歧村。一会儿见一个人拿着半小笼活鱼，直接往船这边走来，说："我有鱼想拜托你们切成鱼片。"张玄于是拴好船让他上来，问对方姓名，说是刘遗民。张玄早就听说过刘遗民的大名，非常高兴地接待他。刘遗民已经知道张玄是奉命出使，问道："谢安、王文度他们都好吧？"张玄很想和他谈谈，但刘遗民一点也没有多停留的意思。等到鱼片切好了送上来，刘遗民就要离开，说："刚才捕到这些鱼，看你船上应该有切鱼的刀具，所以来找你罢了。"于是离去，张玄就追到刘家。刘遗民为他备酒，酒很不清亮，味道也不好，张玄敬重刘遗民的为人，不得已才喝了酒。刚要和他对饮，刘遗民就先起身了，说："现在正是割芦苇的时候，不能耽误太久。"张玄也没有办法挽留他。

【评鉴】

本则所谓任诞，是赞扬刘遗民个性自由奔放，无拘无束。关于刘遗民，文献颇多纠葛，余嘉锡详加考证，认为当是刘骥之。《栖逸》第八则的主人公是刘骥之，桓冲征召他做官，他闻命即登船，礼物全部送与穷人，见到桓冲后自陈无用，潇洒告退。本则中，张玄地位高，刘遗民能平视而不诌，因切鱼而求见，又因伐获而告辞。其为人洒脱随意，不过多考虑身份地位的高低，从其性行来看，两则故事也很是相似。

任诞39

王子猷诣郗雍州①，雍州在内，见有氎毵②，云："阿乞那得此物！"令左右送还家。郗出觅之，王曰："向有大力者负之而趋③。"郗无忤色④。

【注】

①王子猷：即王徽之。徽之字子猷。郗雍州：即郗恢。因曾任雍州刺史，故称。恢小字阿乞。

②氎毵（tà dēng）：西域传入的一种质地细密的羊毛毯，比较珍贵。

③大力者负之而趋：典出《庄子·大宗师》："夫藏舟于壑，藏山于泽，谓之固矣。然而夜半有力者负之而走，昧者不知也。"

④忤色：不悦之色，责怪的神色。

【译】

王徽之去拜会郗恢，郗恢在内室，王徽之见有块羊毛毯，说："阿乞从哪里弄来了这东西!"就叫随从送回自己家去。郗恢出来找毛毯，王徽之说:"刚才有个大力士背着它跑了。"郗恢没有一点不高兴的神色。

【评鉴】

王子猷任性而为，郗恢豁然大度，掠物者引《庄子》而解嘲，而失物者亦气量宽宏，毫无忤色。再者，郗恢为郗鉴次子郗昙之子，即郗鉴之孙。王子猷母亲是郗昙的姐姐，二人本为表兄弟，亲戚之间，故随便不拘。

任诞40

谢安始出西^①，戏^②，失车牛^③，便杖策步归。道逢刘尹^④，语曰:"安石将无伤^⑤?"谢乃同载而归。

【注】

①出西:指到西边的都城建康。谢安出仕前隐居于会稽东山，其地在建康之东，故称到建康为出西。

②戏:赌博。

③失车牛:谓把车和牛都输了。

④刘尹:指刘惔。谢安妻兄。

⑤将无:测度之辞。为六朝常语，犹或许、大概、恐怕之类，偏向于肯定的意思。

【译】

　　谢安当初才到建康，赌博，把车和牛都输给别人了，就拄着手杖步行回家。途中碰到刘惔，刘惔说："安石怕是受了什么损伤吧？"谢安就和刘惔同乘一辆车回去了。

【评鉴】

　　谢安赌博，连车和牛也搭上了。有将"失车牛"理解为游玩而丢失，未免想当然。戏，指赌博，如本门第三十四则："桓宣武少家贫，戏大输，债主敦求甚切。"失车牛，指将车牛也输进去了，这才是"任诞"本色。谢安好赌，非此一例，淝水之战前与张玄围棋赌墅，更是风雅无似的故事。再则，谢安出行，自然有驾车人，岂会丢失。至于刘惔问"将无伤"，因为谢安是妹夫，见其狼狈步行，故表示关心，猜测谢安是不是受伤了。

任诞41

　　襄阳罗友有大韵①，少时多谓之痴。尝伺人祠②，欲乞食，往太蚤③，门未开。主人迎神出见，问以非时何得在此，答曰："闻卿祠，欲乞一顿食耳。"遂隐门侧，至晓得食便退，了无怍容④。为人有记功⑤：从桓宣武平蜀，按行蜀城阙观宇，内外道陌广狭，植种果竹多少，皆默记之。后宣武溧洲与简文集⑥，友亦预焉。共道蜀中事，亦有所遗忘，友皆名列，曾无错漏。宣武验以蜀城阙簿，皆如其言，坐者叹服。谢公云："罗友讵减魏阳元⑦。"后为广州刺史，当之镇，刺史桓豁语令莫来宿⑧，答曰："民已有前期，主人贫，或有酒馔之费，见与甚有旧[9]。请别日奉命。"征西密遣人察之，至夕乃往荆州门下书佐家[10]，处之怡然，不异胜达[11]。在益州，语儿云："我有五百人食器。"家中大惊，其由来清，而忽有此物，定是二百五十沓乌樏[12]。

【注】

①罗友：字宅仁，晋襄阳（今湖北襄阳）人。少好学，嗜酒放达。桓温时累迁广、益二州刺史。卒于益州。大韵：特殊的风度气质。

②祠：祭神。

③蚤：通"早"。

④怍容：惭愧的神色。

⑤有记功：记忆力很强。

⑥溧洲：《晋书·桓温传》："简文帝时辅政，会温于洌洲，议征讨事。""溧洲"当作"洌洲"。长江自采石矶东下，未至三山（今南京西南长江东岸），江中有洌山，即洌洲。

⑦减：不如。魏阳元：即魏舒。舒字阳元，晋武帝时官至司徒。善断大事，持身清素。

⑧刺史桓豁：指时任荆州刺史的桓豁。桓彝第三子，桓温弟，曾任征西大将军。莫：后来写作"暮"。晚上。

⑨见与：与我。见，指代我。

⑩门下书佐：吏名。掌管文书缮写。

⑪胜达：名流达官。

⑫沓（tà）：量词。套，副。乌樏（léi）：一种黑色食盒，中分格子。徐震堮云："樏，食盒也。《玉篇》：'扁榼谓之樏。'《广韵》：'盘中有隔也。'"

【译】

　　襄阳罗友有特殊的风韵，年轻时人们都说他痴傻。曾经等人家祭神，想讨吃的，去得太早了，门还没有开。主人迎神时出门看见他，问他为什么还没到时候就在这里，他回答说："听说你家要祭神，想要讨一顿饭吃罢了。"于是就藏在门旁，到天亮时得到饭吃就走了，一点没有惭愧的神色。他的记性非常好：跟从桓温平蜀，巡行蜀地的城阙楼观，城内外道路的宽窄，种植果竹的多少，都默默记在心里。后来桓温在溧洲和简文帝会面，罗友也参加了。一起谈论蜀中的事，也有他们遗忘了的，罗友都依名罗列，一点都没有错漏的地方。桓温用蜀地城阙簿籍来验证，都与他说的相合，在座的人都惊叹佩服。谢安说："罗友哪里比魏阳元差啊。"后来罗友做广州刺史，将要去赴任，荆州刺史桓豁叫他晚上来同住，罗友回答说："我先前已有约会，主人家里贫穷，可能会花费钱财备办酒食，他与我是有旧交情的。请允许我改日再到你处。"桓豁悄悄派人侦查，到晚上时罗友到荆州一个门下书佐家中去了，双方相处得非常融洽，和与达官名士相处没有什么不同。罗友在益州时，对儿子：＂我有五百人的餐具。"家中人大惊，他历来清贫，却忽然有这些东西，结果却是二百五十沓黑色的食盒。

【评鉴】

　　刘孝标注引《晋阳秋》说，罗友常常在外乞食，桓温曾责备他为什么不向自己要，罗友回答："今天问你要了，明天就要不到了。"桓温大笑。起初，桓温认为罗友性格放诞，不是做官治民的材料，后来同府人有出任郡守的，桓温备酒宴为这个人送行，罗友很晚才到。桓温问原因，罗友说路上遇到鬼了，鬼说："我只看你送别人去做郡守，怎么没见别人送你呢？"说自己要向鬼解释，所以来迟了。桓温虽笑其滑稽，但心里也感到惭愧。后来就让罗友做了襄阳太守，累迁广、益二州刺史。

刘孝标注所补，更见罗友性格，诙谐而不失机敏。桓温能得人心而大权独揽，从这个故事也可见一斑。

任诞42

桓子野每闻清歌①，辄唤"奈何②"。谢公闻之，曰："子野可谓一往有深情。"

【注】

①桓子野：即桓伊。伊小字子野。清歌：挽歌。

②奈何：感叹之辞。当时习语，赞美、哀叹均可言"奈何"。

【译】

桓伊每当听到挽歌，就喊"奈何"。谢安听说后，说："子野可以说是一往情深。"

【评鉴】

闻歌伤怀，亦是性情中人。这应与当时的政治环境、生活状态有关。盖衣冠南渡，晋人本已历经沧桑，心力交瘁，而偏安江左的东晋，外有强敌压境，国内的动荡又几无消停，各种各样的原因使得人们的寿命都相对短促。《文学》第一百零一则王恭吟咏的"所遇无故物，焉得不速老"虽是汉代诗歌，但东晋与之相比，有过之而无不及，我们从谢玄的临终上书、王羲之的《杂帖》都能体会到当时人们忧伤颓唐的心境。明乎此，桓伊每每听到挽歌就不免伤情，便可以理解了，盖听到挽歌声，则不免勾起对已逝亲友们的怀念感伤。

任诞43

　　张湛好于斋前种松柏①。时袁山松出游②，每好令左右作挽歌③。时人谓"张屋下陈尸，袁道上行殡"。

【注】

①张湛：字处度，小字骈。仕至中书郎。

②袁山松：陈郡阳夏（今河南太康）人，博学有文才，官至吴郡太守。

③挽歌：出殡时唱的哀悼死者的歌。

【译】

　　张湛喜欢在房子前种松柏。当时袁山松出游，常喜欢叫随从唱挽歌。当时人说"张湛在房子前摆死人，袁山松在大路上出殡"。

【评鉴】

　　松柏本种于墓地，出行唱哀悼死者的挽歌更为常人不为。人多拘于禁忌，唯通达者率性随意，是以归之于《任诞》。正如我们上条所说，这种看起来反常的行径，其实是士大夫们凄凉心境的自然流露，感到生命无常，人生短暂，于是反而随意自快，不受时俗拘牵。

任诞44

罗友作荆州从事①，桓宣武为王车骑集别②，友进，坐良久，辞出，宣武曰："卿向欲咨事，何以便去？"答曰："友闻白羊肉美，一生未曾得吃，故冒求前耳，无事可咨。今已饱，不复须驻。"了无惭色③。

【注】

①从事：州刺史的属官。时桓温为荆州刺史，罗友为其从事。

②王车骑：指王洽。集别：聚会送别。

③了无：全无，一点也没有。

【译】

罗友担任荆州从事时，桓温为王洽聚会饯行，罗友进来，坐了好一阵子，告辞出去，桓温说："你刚才想要询问事情，为什么这就要走？"罗友回答说："我听说白羊肉味道很美，有生以来都没吃过，所以冒昧求见罢了，没有什么要问的。现在我已经吃饱了，不需要再停留。"一点也没有羞愧的样子。

【评鉴】

罗友如此坦率，活出了自由，活出了本真，活出了自己的个性与人格。与罗友性情相似者，如孟陋的直率，也颇足称道（《栖逸》

10）。但孟陋毕竟非官场中人，而罗友是身在官场而能如此心无城府，口无遮拦，对权势无所畏惧，给人一种大隐隐朝市的感觉。

任诞45

张骥酒后①，挽歌甚凄苦。桓车骑曰②："卿非田横门人③，何乃顿尔至致④？"

【注】

①张骥：即张湛。湛小字骥。

②桓车骑：指桓温弟桓冲。因曾任车骑将军，故称。

③田横：秦汉间人，战国齐田氏后裔。秦末随堂兄田儋及兄田荣起事。韩信破齐，率余众亡命海中。刘邦称帝，羞为汉臣而自杀。其徒众闻之，唱挽歌以示哀。事见《史记·田儋列传》《汉书·田儋传》。

④顿尔：突然。

【译】

张湛醉酒后，唱挽歌唱得非常凄惨悲苦。桓冲说："你又不是田横的门人，为什么一下子伤心到这个程度？"

【评鉴】

作为常人来说，相聚饮酒时多喜欢欢乐吉祥的气氛，张湛则一反常理，酒后唱挽歌，不仅大煞风景，且迷信者还会有所顾忌，此正列入《任诞》的原因。

任诞46

王子猷尝暂寄人空宅住①，便令种竹。或问："暂住何烦尔？"王啸咏良久，直指竹曰："何可一日无此君②！"

【注】

①王子猷：即王徽之。徽之字子猷。

②此君：戏称竹。

【译】

王徽之曾经暂时寄住在别人的空房子里，就吩咐人种竹子。有人问："短时间住住何必这样劳烦？"王徽之啸咏了好一阵，只是指着竹子说："哪能一天没有这老兄啊！"

【评鉴】

徽之"此君"一语，从此为竹增一雅名。除诗文中多见外，亭台楼阁若与竹相依的也不乏以"此君"命名者。例多不烦举。王谢风流，通过《世说》加以渲染，为传统文化增色不少，除"此君"外，还有"访戴""咏雪""洛生咏""山阴道上"等等。

任诞47

王子猷居山阴①，夜大雪，眠觉②，开室命酌酒，四望皎然③。因起仿偟，咏左思《招隐诗》④，忽忆戴安道⑤。时戴在剡⑥，即便夜乘小船就之。经宿方至，造门不前而返。人问其故，王曰："吾本乘兴而行，兴尽而返，何必见戴！"

【注】

①王子猷：即王徽之。徽之字子猷。山阴：会稽郡属县，治今浙江绍兴。

②眠觉：睡醒。

③皎然。雪白的样子。

④左思：字太冲，西晋著名文学家。曾作《三都赋》，世人竞相传写，一时间洛阳纸贵。《招隐诗》：共两首，描写隐士的生活，借以表明不与世俗同流合污之志。

⑤戴安道：即戴逵。逵字安道。

⑥剡（shàn）：指剡县。因境内有剡山而得名。治所在今浙江嵊州。

【译】

　　王徽之在山阴居住的时候，晚上下大雪，他睡醒了，打开房门叫人斟酒，四处望去一片洁白。于是起身徘徊，咏颂左思的《招隐诗》，忽然想起了戴逵。当时戴逵在剡县，王徽之就连夜乘小船前去拜访他。走了一夜才到，到了戴逵门前不进去就返回了。别人问他什么缘故，王徽之说："我原本是乘兴而来，兴尽就回去，何必一定要见到戴安道！"

【评鉴】

　　山阴访戴，历来评论多多，以钱穆先生在《国学概论·魏晋清谈》中的话最为得意："至如子猷之访戴，其来也，不畏经宿之远；其返也，不惜经宿之劳。一任其意兴之所至，而无所于屈。其尊内心而轻外物，洒落之高致，不羁之远韵，皆晋人之所企求而向往也。"意思是说，晋人如王徽之之流一切以自己的感情为中心，不让自己的精神世界因外在际遇而委屈迁改。

任诞48

王卫军云①："酒正自引人著胜地②。"

【注】

①王卫军：指王荟。王导幼子。荟死后赠卫将军，故称。

②著：到。胜地：美妙的境地。

【译】

王荟说："酒的确能把人带入美妙的境地。"

【评鉴】

王荟为王导幼子，才智较为平庸，一生事业无太多可称道处，不过他为人宅心仁厚，也算不错。《晋书》本传云："恬虚守靖，不竞荣利，少历清官，除吏部郎、侍中、建威将军、吴国内史。时年饥粟贵，人多饿死，荟以私米作馆粥，以饴饿者，所济活甚众。"本则和王蕴语"使人人自远"同，不过是酒徒醉语，不值得称羡。

任诞49

王子猷出都①，尚在渚下②。旧闻桓子野善吹笛③，而不相识。遇桓于岸上过，王在船中，客有识之者，云是桓子野，王便令人与相闻，云："闻君善吹笛，试为我一奏。"桓时已贵显，素闻王名，即便回下车，踞胡床④，为作三调。弄毕⑤，便上车去。客主不交一言。

【注】

①王子猷：即王徽之。徽之字子猷。出都：到都城。

②渚：指青溪渚，在建康东南。

③桓子野：即桓伊。伊小字子野。

④踞：坐。胡床：从胡地传入的一种折叠椅子。

⑤弄：奏，吹奏。

【译】

王徽之到京都去，船还停泊在青溪渚下。先前听说桓伊擅长吹笛子，但不认识桓伊。巧遇桓伊从岸上经过，王徽之在船中，客人中有认得的，说那人是桓伊，王徽之就叫人去传话给桓伊，说："听说你擅长吹笛子，请给我吹奏一曲。"桓伊当时已尊贵显要，一向也听说过王徽之的大名，就掉转车头下车，坐在胡床上，为王徽之吹了三支曲子。吹奏完了，就上车离开了。客人和主人间没有交谈一句话。

【评鉴】

意兴已尽，何必交言，此正《庄子》得意忘言的境界。桓伊因破苻坚有功而封侯，不以地位高而骄人；王徽之虽为名父之子，但论建功立业则无法与桓伊相比，却也不以此而自卑。王徽之叫桓伊为自己吹笛，桓伊闻求即奏，两人皆任性而散诞，晋人风流潇洒的神情在这一则故事中得到了完美的展现。

任诞50

桓南郡被召作太子洗马①，船泊荻渚②，王大服散后已小醉③，往看桓。桓为设酒，不能冷饮，频语左右令"温酒来"，桓乃流涕呜咽。王便欲去，桓公手巾掩泪，因谓王曰："犯我家讳④，何预卿事！"王叹曰："灵宝故自达⑤！"

【注】

①桓南郡：指桓玄。因袭父爵为南郡公，故称。太子洗马：太子属官，职如谒者、秘书郎，掌图籍，太子出行则为前驱，导威仪。

②荻渚：地名，在今湖北江陵附近。

③王大：即王忱。忱小字佛大，时任荆州刺史。服散：服五石散。其方出于汉代，盛行于魏晋。曹魏名士何晏等多服用，后遂成风气。葛洪《抱朴子内篇·金丹》："五石者，丹砂、雄黄、白矾、曾青、慈石也。"其药皆金石之类，服后必须缓步行走和饮热酒来散发药性。

④家讳：父祖的名讳。此指其父桓温名讳。

⑤灵宝：桓玄小字。故自：到底，的确。

【译】

桓玄被朝廷征召担任太子洗马，他赴任的船停泊在荻渚，王忱服过五石散后已经略有醉意，去看望桓玄。桓玄给王忱备了酒，王忱不能喝冷酒，不停地吩咐仆从，叫他们"温酒来"，桓玄于是流泪哭泣。王忱就要离开，桓玄用手巾擦拭眼泪，并对王忱说："误犯了我父亲的名讳，与你没关系！"王忱叹息说："灵宝到底是通达！"

【评鉴】

本则列入《任诞》，好像是对王忱有所批评，因为"入门问讳"是最起码的礼节，而王忱乘着酒兴，全然不管，频频叫人"温酒"。但如果我们阅读《晋书》本传，就可明白其中缘由："桓玄时在江陵，既其本国，且奕叶故义，常以才雄驾物。忱每裁抑之。玄尝诣忱，通人未出，乘舆直进。忱对玄鞭门干，玄怒，去之，忱亦不留。尝朔日见客，仗卫甚盛，玄言欲猎，借数百人，忱悉给之，玄惮而服焉。"王忱时任荆州刺史，他这样做的目的，是认为荆州本是桓家故地，而此前桓氏历镇荆州，盘根错节，势力雄厚，如果不能镇服桓玄，荆州便没法治理，所以他有意要折辱桓玄，使其不敢造次而有异志。面对折辱，桓玄只能忍气吞声。王忱叹息"灵宝故自达"，其实是借酒装疯。反过来看，桓玄其人倒是颇为狡诈，明知对方有意犯讳欺负自己，内心的憋屈可以想见，但却能忍，只是流泪，装作认为王忱是无意的，告诉王忱你犯我家讳，没关系，不怪你。桓温位极人臣，王忱纵然是再怎么醉也不至于忘了。

任诞51

王孝伯问王大①："阮籍何如司马相如？"王大曰："阮籍胸中垒块②，故须酒浇之。"

【注】

①王孝伯：即王恭。恭字孝伯。王大：即王忱。忱小字佛大。

②垒块：土疙瘩。比喻心中郁结的不平之气。

【译】

王恭问王忱："阮籍和司马相如相比怎么样？"王忱说："阮籍胸中有疙瘩郁结，所以需要用酒来浇它。"

【评鉴】

司马相如和阮籍的确有许多共通之处。一是二人都曾经无意于功名。嵇康《高士传》赞云："长卿（司马相如字）慢世，越礼自放。犊鼻居市，不耻其状。托疾避官，蔑此卿相。"而阮籍在司马氏统治之下亦似隐似仕，为酒而求步兵校尉，并不贪图功名利禄。二是司马相如放浪不拘，可以琴挑卓文君，与之私奔，而阮籍亦蔑视礼法，声言"礼岂为我辈设"。三是二人的文学作品都有名于时。司马相如以赋为西汉之冠，阮籍则以诗文擅名魏晋。二人之间相同如此，然而其不同处王忱也一语道破。阮籍沉溺酒乡，是因为进不愿与司马集团沆瀣一气，退不能如嵇康一样与司马集团对抗，彷徨于两间，所以胸中多有郁结，唯一的办法就是饮酒浇愁。那么，反过来看王忱的回答，恐怕是别有深意。王忱本来颇有才干，然而晚年嗜酒，甚至一饮连月不醒，虽然不无时风的影响，但恐怕也与胸中垒块有关。盖孝武帝早年还颇有气象，而后来信任群小，国事渐不可为，《规箴》第二十六则云："王绪、王国宝相为唇齿，并弄权要。王忱不平其如此，乃谓绪曰：'汝为此欷歔，曾不虑狱吏之为贵乎？'"王忱会不会是"夫子自道"呢？

任诞52

王佛大叹言①："三日不饮酒，觉形神不复相亲②。"

【注】

①王佛大：即王忱。忱小字佛大。

②形神：形体和精神。

【译】

王忱叹息说："三天不喝酒，感觉形体和精神已经不在一起了。"

【评鉴】

王忱为一代名臣王坦之之子，弱冠即知名，颇有时誉。可惜自恃才气，放酒诞节，特别是到了晚年，嗜酒至于连月不醒，甚至裸体外游。他的一些行为，已令人难以理解。岳父家有丧事，王忱乘醉前往祭吊，带着十多个宾客，手拉着手，披散着头发裸露着身体进去，围着灵柩转了三圈就离开了，简直形同鬼魅。如此行径，当然与建功立业、振兴家国离得很远了，而又在醉生梦死中浪费了才华与生命，不免令人叹息。当然，其间或自有其委曲，参上则。

任诞53

　　王孝伯言[①]："名士不必须奇才，但使常得无事，痛饮酒，熟读《离骚》[②]，便可称名士。"

【注】

①王孝伯：即王恭。恭字孝伯。

②《离骚》:《楚辞》篇名。战国时屈原因靳尚等人谮害，为楚怀王疏远，作《离骚》以明志。

【译】

　　王恭说："名士不一定要有奇才，只要能经常没事，痛快饮酒，熟读《离骚》，就可以叫做名士。"

【评鉴】

　　余嘉锡笺:"《赏誉篇》云:'王恭有清辞简旨，而读书少。'此言不必须奇才，但读《离骚》，皆所以自饰其短也。恭之败，正坐不读书。故虽有忧国之心，而卒为祸国之首，由其不学无术也。自恭有此说，而世之轻薄少年，略识之无，附庸风雅者，皆高自位置，纷纷自称名士。政使此辈车载斗量，亦复何益于天下哉?"王恭为孝武帝皇后之兄，少有美誉，清操过人，自负才地高华，恒有宰辅之望，其为人亦颇有可取处。但最终却祸国丧身，也算是一个志大才疏的典型。要知道，《世说》的编者刘义庆及其门客，无不是出入三教，学富五车，本则引王恭的话，除了表现名士风流外，其实也大有揶揄的味道。联想王恭的结局，余嘉锡的叹息，令人颇有同感。

任诞54

王长史登茅山①，大恸哭曰："琅邪王伯舆，终当为情死！"

【注】

①王长史：指王廞。廞字伯舆，琅邪临沂（今山东临沂）人，王导孙，王荟子。曾任司徒长史。茅山：在今江苏句容东南。

【译】

王廞登上茅山，十分悲痛地哭道："琅邪王伯舆，最终将为情而死！"

【评鉴】

王廞为王导孙，王荟子。王荟恬虚守静，不竞荣利，为政亦有可观，而王廞则文韬武略一无可取，不过因为是名相之孙而有虚名罢了。王恭起兵，邀其为助，《晋书》云："廞自谓义兵一动，势必未宁，可乘间而取富贵。而曾不旬日，国宝赐死，恭罢兵，符廞去职。廞大怒，回众讨恭。恭遣司马刘牢之距战于曲阿，廞众溃奔走，遂不知所在。"《南史》有云："晋安帝隆安初，琅邪王廞于吴中作乱，以女为贞烈将军，悉以女人为官属。"王廞不能审时度势，全不晓事，甚至还以女人为属官。余嘉锡评论王廞"狂奴故态"，再准确不过。

是性格缺陷，还是另类反击

简傲第二十四

简傲，并列式双音词。简，简慢，怠慢。傲，高傲，骄傲。二者近义连文，即对人傲慢而无敬意。

简傲的行为，或是因为胸怀韬略，故心轻天下，如西汉时自称高阳酒徒的郦食其，对刘邦只是长揖而不拜；有的则是性格洒脱耿直而不拘小节，如简雍，《三国志·蜀书·简雍传》："性简傲跌宕，在先主坐席，犹箕踞倾倚，威仪不肃，自纵适；诸葛亮已下则独擅一榻，项枕卧语，无所为屈。"到魏晋时期，司马氏代魏，以阮籍、嵇康为代表的名士不满司马氏的统治，于是以倨傲不屑表达内心的抗议。如此门中，阮籍在司马昭坐箕踞无礼，嵇康冷落权臣锺会，即是这方面的一个缩影。此后，随着玄风炽劲，不少士大夫把简傲当成了时尚，居官无官官之事，处事无事事之心，一切以自我为中心，不考虑对方的感受，如王徽之对桓冲问，谢万当面侮辱将佐、当客人面索要便壶等。其实这是一种社会病态，这群世家子弟的自我戏玩，于国计民生了无好处。

本门共十七则，其中十一则是王谢门中故事，由此亦可见魏晋时简傲的主体即王谢家族。本门中唯一另类的一则，是卞壶的简傲，因为文字太简，让人有莫名其妙的感觉，实际上此则是表彰卞壸为人刚正不阿，孤傲不群，故高坐道人也为之服膺礼敬。参该条评鉴。

简傲1

晋文王功德盛大①，坐席严敬②，拟于王者。唯阮籍在坐，箕踞啸歌③，酣放自若④。

【注】

①晋文王：即司马昭。

②严敬：庄严肃敬。

③箕踞：一种不拘礼节的坐姿。两腿伸开，两膝微曲，状如簸箕。

④酣放：纵酒狂放。

【译】

晋文王司马昭功劳大德望高，座席间的人都庄严肃敬，好像在帝王面前一样。只有阮籍在坐时，伸脚而坐，长啸歌咏，纵饮狂放，神态自如。

【评鉴】

阮籍不得已与时俯仰，司马昭容其狂放而不究，并且保护他。于此，前边已有不少的解说了，请读者参看相关条目。

简傲2

王戎弱冠诣阮籍①，时刘公荣在坐②，阮谓王曰："偶有二斗美酒，当与君共饮，彼公荣者无预焉③。"二人交觞酬酢④，公荣遂不得一杯，而言语谈戏，三人无异。或有问之者，阮答曰："胜公荣者，不得不与饮酒；不如公荣者，不可不与饮酒；唯公荣可不与饮酒。"

【注】

①弱冠：《礼记·曲礼上》："二十曰弱，冠。"孔颖达疏："二十成人，初加冠，体犹未壮，故曰弱也。"后遂称男子二十岁或二十几岁的年龄为弱冠。

②刘公荣：即刘昶。昶字公荣。

③无预：无关，不参加。

④酬酢（zuò）：主宾相互敬酒。主敬宾曰酬，宾回敬主曰酢。泛指宾主对饮。

【译】

王戎二十岁左右时去拜会阮籍，当时刘昶在坐，阮籍对王戎说："我恰好有两斗美酒，将与你一起喝，那刘公荣就不要喝了。"阮、王两人互相敬酒对饮，刘昶始终没得到一杯酒喝，但言语谈笑，三人没有异样的感觉。有人问阮籍为什么这样，阮籍回答说："胜过公荣的，不得不和他喝酒；不如公荣的，不可不和他喝酒；只有公荣，可以不和他喝酒。"

【评鉴】

饮酒"与不与"语，《任诞》第四则刘公荣云："胜公荣不可不与饮，不如公荣者亦不可不与饮，是公荣辈者又不可不与饮。"这大概是刘公荣语传闻甚广，故阮籍有意戏之，而刘孝标注所引为王戎语，传闻不同而已。

简傲3

钟士季精有才理①，先不识嵇康，钟要于时贤俊之士②，俱往寻康。康方大树下锻③，向子期为佐鼓排④。康扬槌不辍⑤，傍若无人，移时不交一言⑥。钟起去，康曰："何所闻而来？何所见而去？"钟曰："闻所闻而来，见所见而去。"

【注】

①钟士季：即钟会。会字士季。才理：才思。

②要：邀约，约请。

③锻：打铁。

④向子期：即向秀。秀字子期。鼓排：拉风箱，鼓风。

⑤不辍：不停止。

⑥移时：过了很久。

【译】

钟会极有才思，先前不认识嵇康，钟会约请当时的贤士俊才，一起去探访嵇康。嵇康正在大树下打铁，向秀帮他拉风箱。嵇康扬锤打铁不停，旁若无人，好长时间也不和他们说一句话。钟会起身离开，嵇康说："听到什么来的？看到什么又走了？"钟会说："听到那听到的就来了，见到那见到的就走了。"

【评鉴】

　　二人对话各见才情，旗鼓相当，遗憾的是不能惺惺相惜。嵇康不愿放下身段与锺会交往，简傲鹤立，结怨于锺会，最后被锺会谗杀。当然，二人在品行上也是水火不容，嵇康高节超迈，鹤立鸡群，而锺会是野心勃勃，志在侯王，结果不得其死。锺会之死，可以说是罪有应得；而嵇康之死，非唯后世遗憾，即嵇康自己，临刑也有"昔惭下惠，今愧孙登"的悔恨。因为孙登曾告诫他"保身之道不足"，可他依旧是孤傲不群，狷介狂放。人们常说性格决定命运，孰得孰失，读者诸君自有以裁之。

简傲 4

　　嵇康与吕安善①，每一相思，千里命驾②。安后来，值康不在，喜出户延之③，不入，题门上作"凤"字而去。喜不觉，犹以为欣。故作"凤"字，凡鸟也。

【注】

①吕安：字仲悌，三国魏东平（今山东东平）人。冀州刺史吕昭次子。志量开旷，超群拔俗，轻视权贵。与嵇康友情甚笃。

②命驾：命人驾车。谓立即动身。

③喜：指嵇喜。喜字公穆，晋初谯国铚县（今安徽宿州西南）人，嵇康兄。初仕魏为司马。入晋，累有战功，仕至太仆、宗正。

【译】

　　嵇康和吕安很友好，每当想起对方时，纵然是千里远也立即驾车前去。吕安后来去找嵇康，赶上嵇康不在，嵇喜出门来请他，吕安不进去，在门上写了一个'凤'字就走了。嵇喜没察觉出吕安的意思，还以为吕安是高兴而题的字。吕安题一个"凤"字的原因，是因为"凤（鳳）"拆开就是"凡""鸟"二字。

【评鉴】

　　此则最后一句的断句历来多有谬误，问题出在"故作'凤'字"的"故"上。故，此处义同于古代汉语中的"所以"，表示某种动作、行为的原因。《世说》中的这一句话，正确的标点应是："故作'凤'字，凡鸟也。"这是作者解释吕安未遇到嵇康，嵇喜延之不入，吕安题"凤"于门的原因。"故作'凤'字，凡鸟也"犹言"在门上写一个'凤'字的原因，是'凤（鳳）'字拆开便为'凡''鸟'二字"，是说吕安重嵇康而轻嵇喜，认为嵇喜不值得交往，是"凡鸟"。而嵇喜见"凤"字"犹以为欣"，还因为这个"凤"字高兴，以为吕安以"凤"况己。六朝时，还有以"凤"为"凡鸟"的例子。梁元帝《金楼子·立言篇》云："世人有忿者，题其门为'凤'字，彼不觉，大以为欣。而意在凡鸟也。"正是用此。

简傲5

　　陆士衡初入洛①，咨张公所宜诣②，刘道真是其一③。陆既往，刘尚在哀制中④。性嗜酒，礼毕，初无他言⑤，唯问："东吴有长柄壶卢⑥，卿得种来不?"陆兄弟殊失望，乃悔往。

【注】

①陆士衡：即陆机。机字士衡。吴平入洛。

②张公：指张华。所宜诣：应该拜会些什么人。

③刘道真：即刘宝。宝字道真。

④哀制：礼制所规定的守丧期。

⑤初无：全无，一点没有。

⑥壶卢：即"葫芦"。因其成熟后可作酒壶，故刘宝问。

【译】

　　陆机刚到洛阳，向张华咨询应该去拜会哪些人，刘宝是其中的一个。陆机到刘家去了，刘宝还在守丧期中。刘宝禀性嗜酒，互相见礼完毕，刘宝没有一句其他的话，只是问陆机："东吴有一种长柄葫芦，你带了种子没有?"陆机兄弟很失望，后悔去拜会刘宝。

【评鉴】

　　余嘉锡笺引《抱朴子外篇》，言居丧饮酒是京洛间的习俗。当时阮籍居丧饮酒食肉，士大夫仰慕阮籍的放达，相习成风，而刘道真任诞之徒，亦不免如此。可是，陆机兄弟生长于南方，又是礼法中人，听到尚在居丧的刘道真不问别的，而只问做酒葫芦的葫芦种子，自然生失望之心。

简傲6

王平子出为荆州①，王太尉及时贤送者倾路②。时庭中有大树，上有鹊巢，平子脱衣巾，径上树取鹊子③，凉衣拘阂树枝④，便复脱去。得鹊子还下弄，神色自若，傍若无人。

【注】

①王平子：即王澄。澄字平子，王衍异母弟。出为荆州：外任荆州刺史。

②王太尉：指王衍。衍怀帝时为太尉，故称。倾路：满路。极言其多。

③鹊子：幼鹊。

④拘阂：钩挂，钩住。

【译】

王澄外任为荆州刺史，王衍和当时去送行的贤达们挤满了道路。当时庭中有一棵大树，上面有鹊窝，王澄脱下衣服摘下头巾，径直爬上树去抓幼鹊，内衣被树枝钩住了，就又脱去。抓到幼鹊后下树玩弄，神色自如，好像没有其他人在旁边。

【评鉴】

王谢风流，虽多有流誉后世之雅，但其间也不乏如王澄之类可笑可鄙者。李慈铭就认为，王澄一生，没有一点可取之处，只是凭借本家弟兄王衍、王戎的吹嘘标榜而获虚名于世。他还说，王澄脱衣上树、裸体捉鸟之举，简直就是"无赖妄人，风狂乞相"，而此则归入《简傲》，实在是不恰当。我们认为，李氏对王澄的批评诚然不错，但如果说本则归类不当，则不免有所误解。本门有些条目的确是持批评态度的，本则正属此类。

简傲7

高坐道人于丞相坐①，恒偃卧其侧②；见卞令③，肃然改容云："彼是礼法人。"

【注】

①高坐道人：晋高僧帛尸梨密多罗的别称。西域龟兹国人，怀帝永嘉中至中土，深受时贤爱重。丞相：指王导。

②偃卧：仰卧。

③卞令：即卞壸。明帝时为尚书令，故称。

【译】

高坐道人在王导席间，常常仰卧在王导旁边；见了卞壸，神色就变得恭敬严肃起来，说："他是讲究礼法的人。"

【评鉴】

此条之简傲，是表彰卞壸为人刚直，不屈从权势，故高坐道人也改颜礼敬。《晋书》本传中，卞壸刚正不阿的事例很多，我们举其斥责与弹劾王导的两例。"帝崩，成帝即位，群臣进玺，司徒王导以疾不至。壸正色于朝曰：'王公岂社稷之臣邪？大行在殡，嗣皇未立，宁是人臣辞疾之时？'导闻之，乃舆疾而至。"王导本在病中，没来朝见新皇帝，卞壶斥责，竟至让人抬轿子上朝。"是时王导称疾不朝，而私送车骑将军郗鉴。壶奏以导亏法从私，无大臣之节。御史中丞锺雅阿挠王典，不加准绳，并请免官。虽事寝不行，举朝震肃。"王导位极人臣，不合礼法处卞壶照样弹劾。"阮孚每谓之曰：'卿恒无闲泰，常如含瓦石，不亦劳乎？'壶曰：诸君以道德恢弘，风流相尚，执鄙吝者非壶而谁？'时贵游子弟多慕王澄、谢鲲为达，壶厉色于朝曰：'悖礼伤教，罪莫斯甚。中朝倾覆，实由于此。'欲奏推之。王导、庾亮不从，乃止。"正因为此，高坐道人也为之服膺而礼敬。后来庾亮欲征召苏峻，卞壶力阻不成，为保卫京都，父子三人皆死国难。

简傲8

桓宣武作徐州①，时谢奕为晋陵②，先粗经虚怀③，而乃无异常。及桓迁荆州，将西之间，意气甚笃④，奕弗之疑。唯谢虎子妇王悟其旨⑤，每曰："桓荆州用意殊异，必与晋陵俱西矣⑥。"俄而引奕为司马。奕既上，犹推布衣交⑦。在温坐，岸帻啸咏⑧，无异常日。宣武每曰："我方外司马⑨。"遂因酒转无朝夕礼⑩，桓舍入内，奕辄复随去；后至奕醉，温往主许避之⑪。主曰："君无狂司马，我何由得相见！"

【注】

①桓宣武：即桓温。谥号宣武，故称。作徐州：指任徐州刺史。

②谢奕：谢安兄，谢玄父。为晋陵：指担任晋陵太守。

③粗：大略，略为。虚怀：犹心怀。

④意气：情谊。笃：深厚。

⑤谢虎子：指谢据。谢奕弟。据小字虎子。王：名绥，太康王韬女，谢据妻，谢朗母。

⑥晋陵：指担任晋陵太守的谢奕。

⑦布衣交：指平民百姓间的交往，不拘身份地位的高低。

⑧岸帻：掀高头巾，露出前额，形容豪放洒脱。

⑨方外司马：世俗之外的司马，此言不拘礼法的司马。

⑩朝夕礼：早晚应有的礼节。即通常的礼节。

⑪主：指南康公主。桓温娶明帝女南康公主。

【译】

　　桓温做徐州刺史，当时谢奕任晋陵太守，原来两人见面只是略叙寒暄，也没有什么异常的地方。到桓温改任荆州刺史，将要去西边赴任时，对谢奕感情表现得特别亲厚，谢奕也没有什么怀疑。只有谢据的妻子王氏明白了桓温的用意，时时说："桓荆州的用心很不寻常，一定会与晋陵一起到荆州去。"不久桓温举荐谢奕为自己的司马。谢奕溯江而上到了荆州后，还是以布衣之交相待。在桓温座上的时候，推巾露额，长啸歌咏，和平时没有不同。桓温常常说："这是我礼法外的司马。"于是逐渐因为嗜酒变得连通常的礼节都不顾，桓温躲开他进入内室，谢奕就跟进去；后来一到谢奕喝醉，桓温就跑到公主那儿躲避他。公主说："你没有这个狂司马，我哪有机会见到你！"

【评鉴】

　　桓温是功名中人，谢奕为狂放名士，二人本非同道。《德行》第三十三则："谢奕作剡令，有一老翁犯法，谢以醇酒罚之，乃至过醉而犹未已。"用好酒处罚老翁近乎变态，而桓温仍举谢奕为司马，盖当时风气特重名士，故桓温亦虚怀以待谢奕。最后因喝酒弄得如此苦不堪言，让人哭笑不得。

此则还有一点当表出之，此谢虎子妇王氏即谢朗之母，当桓温对谢奕意气殷殷时，别人都没看出其间机关，却只有王夫人发现了桓温的动机，何其高明！联系《文学》第三十九则王夫人"新妇少遭家难，一生所寄，唯在此儿"的悲壮，我们不得不为王夫人折腰致敬。

简傲9

谢万在兄前，欲起，索便器①。于时阮思旷在坐②，曰："新出门户③，笃而无礼④。"

【注】

①便器：便壶。

②阮思旷：指阮裕。裕字思旷。

③新出门户：新兴的名门望族。犹言暴发户。陈郡谢氏本非名门望族。谢安祖谢衡西晋时仅仕国子祭酒。至两晋之交，经衡子鲲、鲲子尚，始渐渐形成门户。谢尚族弟谢安兄弟于东晋崛起，方使谢氏与王氏并称而为东晋一流门阀。此所以阮思旷称其为"新出门户"。

④笃而无礼：纯厚率真而不懂礼节。

【译】

　　谢万在哥哥谢安面前，想要起来解手，找便壶。当时阮裕也在座，说："这家暴发户，纯真而不懂礼节。"

【评鉴】

　　谢万虚为一时名士，自以为旷达潇洒，当众索便器解手，露其丑秽，此与周颐行为何异（《任诞》25刘孝标注）？阮裕之讥，正是言其龌龊。这故事列入《简傲》，且引出阮裕的话，可见刘义庆是并不认可这种行为的。

简傲10

　　谢中郎是王蓝田女婿①。尝著白纶巾②，肩舆径至扬州听事③，见王，直言曰："人言君侯痴④，君侯信自痴。"蓝田曰："非无此论，但晚令耳⑤。"

【注】

①谢中郎：指谢万。因曾任西中郎将，故称。王蓝田：即王述。因袭父爵为蓝田侯，故称。刘孝标注引《谢氏谱》曰："万取太原王述女，名荃。"

②纶巾：用丝编成的一种头巾。

③肩舆：用肩扛抬的俗称为轿子的代步工具。此处用为动词，指乘坐轿子。听事：即厅事。官署中处理公务的厅堂。

④人言君侯痴：《晋书·王述传》："少袭父爵，年三十尚未知名，人或谓之痴。"

⑤晚令：谓较晚才显得优秀出众，获得美名。

【译】

　　谢万是王述的女婿。曾经戴着白纶巾，坐着肩舆径直来到扬州刺史的公堂上，见了王述，直率地说："别人都说您傻，您的确是傻。"王述说："不是没有这种评论，只不过我较晚才获得好名声罢了。"

【评鉴】

　　谢万自视甚高，对岳父亦全无礼节。尊卑上下何在？难怪时人如桓温辈鄙视他。谢万任诞如此，而王述却全不在意，反而莞尔解嘲，翁婿皆不拘形迹，归入《任诞》倒更合适些。谢万这种行为，正可与胡毋谦之并辔，《晋书·胡毋谦之传》："才学不及父，而傲纵过之。至酣醉，常呼其父字，辅之（谦之父）亦不以介意，谈者以为狂。辅之正酣饮，谦之窥而厉声曰：'彦国（辅之字）年老，不得为尔！将令我尻背东壁。'辅之欢笑，呼入与共饮。"父不父，子不子，如此狂悖。

简傲11

　　王子猷作桓车骑骑兵参军①。桓问曰："卿何署？"答曰："不知何署，时见牵马来，似是马曹②。"桓又问："官有几马？"答曰："不问马③，何由知其数？"又问："马比死多少④？"答曰："未知生，焉知死⑤！"

【注】

①王子猷：即王徽之。徽之字子猷。桓车骑：指桓温弟桓冲。冲曾任车骑将军，故称。骑兵参军：官名。掌外内杂畜牧养、供给马匹诸事，也称骑曹参军。

②马曹：对管马匹的官署"骑曹"的戏称。

③不问马：语出《论语·乡党》："厩焚，子退朝，曰：'伤人乎？'不问马。"孔子退朝回来，听说马厩失了火，只问伤人没有，没问马的情况。

④比：近来。

⑤"未知生"二句：连活着的道理都还没搞清，怎么会知道死后的情形呢？语出《论语·先进》："季路问事鬼神。子曰：'未能事人，焉能事鬼？'曰：'敢问死。'曰：'未知生，焉知死。'"

【译】

　　王徽之做桓冲的骑兵参军。桓冲问他说："你在哪个官署？"王徽之回答说："不知是什么官署，时时看见牵马来，好像是管马的官署。"桓冲又问："你们官署中有多少马？"回答说："不问马，怎么知道数目？"又问："近来马死了多少？"回答说："未知生，焉知死！"

【评鉴】

　　为官而不知何署，在骑曹而不知马事，王徽之无官官之事、无事事之心到这地步。桓冲问公事，而答非所问，纯属戏玩。徽之为桓冲下属，却丝毫没有尊卑上下的概念，《晋书》本传云："尝从冲行，值暴雨，徽之因下马排入车中，谓曰：'公岂得独擅一车！'"固然名士的风采流播后世，但如此用人，又岂能上下整肃，了得政事？不过，桓氏弟兄的为人倒都有值得肯定处，桓温能容忍谢奕喝醉了酒追着自己跑，能容忍罗友的讥讽，桓冲能容忍居官却不晓职事的王徽之，都不失仁者之心。

简傲12

谢公尝与谢万共出西①，过吴郡②，阿万欲相与共萃王恬许③，太傅云："恐伊不必酬汝，意不足尔④。"万犹苦要⑤，太傅坚不回，万乃独往。坐少时，王便入门内，谢殊有欣色，以为厚待己。良久，乃沐头散发而出，亦不坐，仍据胡床，在中庭晒头，神气傲迈⑥，了无相酬对意⑦。谢于是乃还，未至船，逆呼太傅⑧，安曰："阿螭不作尔⑨。"

【注】

①出西：西行到都城建康去。

②吴郡：扬州属郡。治吴县（今江苏苏州）。

③萃：聚会。王恬：字敬豫。王导次子。

④意：认为，觉得。不足：不值得。尔：这样。

⑤苦要：苦苦邀请。

⑥傲迈：高傲不屑，傲慢凌人。

⑦酬对：应酬接待。

⑧逆：预先。

⑨阿螭：王恬小字螭虎。

【译】

谢安曾经和谢万一起西行到都城去，经过吴郡时，谢万想和谢安一起到王恬那儿去聚会，谢安说："担心他不一定会接待你，我觉得不值得这样做。"谢万还要苦苦邀请他同去，谢安坚决不改主意，谢万于是独自去了。坐了一阵，王恬就进屋去了，谢万很有高兴的神色，认为王恬会好好款待自己。过了很久，王恬洗了头披散着头发出来，也不坐，就靠着胡床，在庭院中晒头发，神色傲慢凌人，没有丝毫要应酬招待谢万的意思。谢万于是就回去了，还没走到船边，就先呼喊谢安，谢安说："阿螭不理你吧。"

【评鉴】

此则言王恬对谢万的无礼。《晋书·谢万传》说，谢万的才能不及谢安，却很喜欢自我炫耀；即使后来受命北伐时，也是矜豪傲物，以啸咏自高，未尝抚众。况且，当时资深士族还并未十分看重谢家，本门第九则阮裕即讥讽谢家为"新出门户"（正是因为谢万当众想找便壶解手），阮裕的话，实际上代表了世家大族的心声。王恬为琅邪王氏，名相王导之子，更何尝看得起谢家，而且又是谢万？谢万要谢安一起去，谢安早有预料，坚持不去，结果谢万果然碰了一鼻子灰，乘兴而往，败兴而归！

王恬的简傲也描写得十分生动。有意思的是，王恬为王导次子，王导处事，四平八稳，向来给人留余地，而王恬却狂傲放诞不拘礼法，全不似父亲王导的为人，也不似兄长王悦那样谨慎恭顺。如此，也难怪王导"见长豫（王悦字）辄喜，见敬豫（王恬字）辄嗔"（《德行》29）。

简傲13

王子猷作桓车骑参军①。桓谓王曰："卿在府久，比当相料理②。"初不答，直高视，以手版拄颊云："西山朝来③，致有爽气④。"

【注】

①王子猷：即王徽之。徽之字子猷。桓车骑：指桓温弟桓冲。冲曾任车骑将军。

②相料理：料理你。即关照你，提拔你。相，指代王徽之。

③朝来：早晨。来，后缀。

④致：通"至"，极。

【译】

王徽之做桓冲的参军。桓冲对王徽之说："你在府中已经很久了，近日将关照你。"王徽之根本不回答，只是抬头远望，用手板顶着脸颊说："西山的早晨，大有清爽之气。"

【评鉴】

桓冲用王徽之这样的人来做参军，让人哭笑不得。结合前面第十一则可知，徽之全然不晓职事，纯是一个只领俸禄而不出力的角色，比较李充"穷猿奔林"的自白，阮裕言为糊口而仕的坦率，王徽之这样的简傲让人没什么好感。

简傲14

　　谢万北征①，常以啸咏自高②，未尝抚慰众士。谢公甚器爱万③，而审其必败④，乃俱行，从容谓万曰："汝为元帅，宜数唤诸将宴会，以说众心。"万从之。因召集诸将，都无所说⑤，直以如意指四坐云⑥："诸君皆是劲卒⑦！"诸将甚忿恨之。谢公欲深著恩信，自队主将帅以下⑧，无不身造⑨，厚相逊谢。及万事败，军中因欲除之。复云："当为隐士。"故幸而得免。

【注】

①谢万北征：穆帝升平三年（359），谢万以西中郎将率师北伐前燕慕容儁。

②啸咏：长啸歌咏。

③器爱：器重爱护。

④审：明白，知道。

⑤都无：全无，一点没有。

⑥如意：一种搔背用具。

⑦劲卒：精壮的兵士。《资治通鉴·晋纪二十二》胡三省注："凡奋身行伍者，以兵与卒为讳；既为将矣，而称之为卒，所以益恨也。"

⑧队主：犹队长，一队之首。属中下层武职。

⑨身造：亲自前去拜访。

【译】

　　谢万北伐前燕时，常常以长啸吟咏来表现自己的高逸，从不曾安抚慰劳众将士。谢安虽然也很器重爱护谢万，但心里知道他必然失败，就随军同行，找机会对谢万说："你是元帅，应该经常召集将领们举行宴会，来让大家心里愉悦。"谢万答应了。于是召集诸将，别的话一点没说，只是用如意指着四座的将军们说："你们都是精壮的兵卒！"诸将非常愤恨谢万。谢安想要广施恩信，从队主将帅以下，没有不亲自造访的，并诚恳地道歉谢罪。到谢万兵败，军中将领想趁此杀掉谢万。但又有人说："应该看隐士谢安的面子。"因此侥幸免死。

【评鉴】

据《晋书·王羲之传》，王羲之曾写信劝诫谢万："愿君每与士之下者同，则尽善矣。食不二味，居不重席，此复何有，而古人以为美谈。济否所由，实在积小以致高大，君其存之。"王羲之劝谢万与士卒同甘共苦，但谢万没有听进去，最终果然战败。他的失败，似乎早已在王羲之、谢安的预料之中。桓温所谓"挠弱凡才"，评价中肯。而这样的简傲，实在是可笑。假如不是谢安为之广结恩惠，谢万恐怕要寿终正寝都难。谢万之不恤将士，比较起其堂兄谢尚，简直是天上地下之别，《晋书·谢尚传》云："尚为政清简，始到官，郡府以布四十匹为尚造乌布帐。尚坏之，以为军士襦袴。"谢尚的行为，才是真正懂得为官为将之道。

简傲15

王子敬兄弟见郗公[1]，蹑履问讯[2]，甚修外生礼[3]。及嘉宾死[4]，皆著高屐[5]，仪容轻慢。命坐，皆云："有事不暇坐。"既去，郗公慨然曰："使嘉宾不死，鼠辈敢尔[6]！"

【注】

①王子敬：即王献之。献之字子敬。郗公：指郗愔。郗愔死后追赠为司空。司空为三公之一，故称公。

②蹑履：穿上鞋，表示有礼貌。借此言穿戴整齐。

③外生：即外甥。子敬母为郗愔的姐姐。

④嘉宾：即郗超。超字嘉宾。

⑤高屐：高底的木屐。

⑥鼠辈：对人的蔑称，谓如老鼠一样轻贱。此犹言这些家伙。

【译】

王献之兄弟见郗愔时，穿戴整齐去问候，很注意外甥的礼节。到郗超死后，就都足踏高底木屐，仪态举止也轻慢起来。叫他们坐，他们都说："有事没时间坐。"王氏兄弟走后，郗愔感慨地说："假如嘉宾没死，这些家伙哪敢这样！"

【评鉴】

清姚鼐在《惜抱轩笔记》中怀疑这则故事的真实性。不过，王氏门庭高华，一向狂傲，对郗家有所轻慢或亦有之。再加上郗愔本身太过平庸，"于事机素暗"，外甥们看不起也是可以理解的。《排调》第四十四则郗愔拜北府，王徽之去道贺，却不停吟咏"应变将略，非其所长"，《贤媛》第二十五则郗夫人曾为两个弟弟被冷遇抱不平，也都可为此处旁证。

简傲16

　　王子猷尝行过吴中^①，见一士大夫家极有好竹，主已知子猷当往，乃洒扫施设^②，在听事坐相待^③。王肩舆径造竹下^④，讽啸良久^⑤。主已失望，犹冀还当通^⑥。遂直欲出门。主人大不堪^⑦，便令左右闭门，不听出^⑧。王更以此赏主人，乃留坐，尽欢而去。

【注】

①吴中：指吴郡，治今江苏苏州。

②施设：摆设酒宴。

③听事：厅堂。

④肩舆：即轿子。此用为动词，谓乘轿。

⑤讽啸：吟诵啸咏。

⑥冀：希望。通：通报。

⑦不堪：不能忍受。

⑧不听：不让。

【译】

　　王徽之曾经出行经过吴郡，看见一位士大夫家有一片上好的竹林，主人已知王徽之将要去，于是洒扫庭院，摆设席宴，在厅堂上坐着等待他。王徽之乘坐轿子直接到了竹林下，吟诵啸咏了许久。主人已感失望，但还是希望他回头或能通报见面。结果王徽之竟然想直接出门走了。主人实在不堪忍受，就叫仆夫把门关上，不让他出去。王徽之反倒因此而欣赏主人，就留下来同坐，尽情欢聚后才离开。

【评鉴】

钱穆《国学概论·魏晋清谈》:"此亦可见晋人风度。洒扫请坐,则走而不顾。闭门强制,乃以此见赏。要之一任内心,不为外物屈抑,凡清谈家行径,均可以此意求之。若夫圣贤之礼法,家国之业务,固非晋人之所重也。"

钱穆先生的分析可以说是深得晋人精神三昧。所谓魏晋风流,可以说差不多就是以王谢子弟为代表的风流行径,而王徽之在王谢子弟中个性尤为张扬。其平生行事,多以自我为中心,不太考虑别人的感受。此则故事叙述其赏竹而与主人产生的一段纠葛。因为他有名,故主人以礼相待,洒扫施设,但在王徽之看来,这不过是人们交际礼节之常情,他向来是纵意任性,最不喜繁文缛节,故根本不想理睬。偏偏主人也是一任性执拗的角色,你不理睬,我就不让你出去,真性情于是乎尽现。主人的这种表现,却正合王徽之的口味,一是主人性格正与自己同调,二是主人是发自内心地想与自己结交,并非是敷衍应酬。于是高兴地留了下来,握手言欢,把酒开宴,兴尽之后才告别回去。

简傲17

王子敬自会稽经吴①,闻顾辟疆有名园②,先不识主人,径往其家③。值顾方集宾友酣燕④,而王游历既毕,指麾好恶⑤,傍若无人。顾勃然不堪曰⑥:"傲主人,非礼也;以贵骄人,非道也。失此二者,不足齿之伧耳⑦。"便驱其左右出门。王独在舆上,回转顾望,左右移时不至⑧。然后令送著门外。怡然不屑。

【注】

①王子敬：即王献之。献之字子敬。会稽：会稽郡。治今浙江绍兴。吴：吴郡。治今江苏苏州。

②顾辟疆：晋吴郡（治今江苏苏州）人。历仕郡功曹、平北参军。顾在苏州有辟疆园，为当时名胜。后世诗文吟咏甚多。

③径往：直接去。

④酣燕：纵情饮宴。

⑤指麾：指点评论。

⑥勃然：发怒的样子。

⑦不足齿：不值得理会，不值一提。伧：当时南人对北方男子的蔑称。犹言粗人，鄙夫。王献之祖籍琅邪，故称。

⑧移时：过了好一会儿。

【译】

　　王献之从会稽出发经过吴郡，听说顾辟疆家有一处名园，先前不认得主人，就直接到顾家去了。碰上顾辟疆正聚集宾客朋友们纵情饮宴，而王献之游赏完后，指指点点地评论名园的好坏，旁若无人。顾辟疆愤怒得不堪忍受，说："在主人面前狂傲，是不合礼节的；凭身份尊贵而在别人面前骄横，是不合道义的。有这两个缺失，就是一个不足挂齿的粗人罢了。"于是把王献之的随从们赶出家门。王献之独自坐在轿子上，四顾张望，随从们许久都没来。然后顾辟疆才叫家奴把王献之抬到门外去。王献之怡然自得毫不在乎。

【评鉴】

　　弟兄情事，大略相同，同为玩赏，同为与主人产生一段纠葛，而这则故事多少有点幸灾乐祸王献之的狼狈。本来，顾氏是江南的大族，并不把来自北方的王谢之流放在眼里，正如陆玩敢和王导过不去一样。王献之失礼于前，不经通报就擅闯别人的园林，且肆意张扬评点好坏，恰恰又是在顾家盛宴宾客的时候，已经让主人非常丢脸了。于是顾辟疆恼羞成怒，先当众发作，指责王献之无礼，继而把王献之的仆从赶了出去，让王献之一个人呆着，"独在舆上，回转顾望，左右移时不至"。可以想见，顾辟疆此时一边和宾客饮宴作乐，一边看着王献之的动作。等觉得把王献之戏弄够了，才叫自己的仆人把轿子抬起丢到门外去。按常理，如此被主人"收拾"，谁都会十分沮丧，狼狈不堪，而王献之却高高兴兴好像什么也没发生。"简傲"的核心即在于此。

只是简单的斗嘴取乐？耍幽默抖机锋才是士人本色

排调第二十五

　　排调，并列式双音词。古代排、俳通用。调，《广雅·释诂四》："啁，调也。"清王念孙疏证："调戏之调。"汉应劭《风俗通·怪神·石贤士神》："田家老母……顿息石人下小瞑，遗一片饵去，忽不自觉。行道人有见者，时客适会，问何因有是饵？客聊调之：'石人能治病，愈者来谢之。'"排调二者同义连文，也就是戏谑、调笑。

　　收录在《排调》门中的六十五则语言片段，生动地反映了当时思想解放、语言新奇而异彩闪烁的盛况。互相嘲调突破了种种界限，有君臣互调、夫妻调笑、祖孙相讥、朋友嘲戏。仰卧"晒书"则属于自调。其中不乏令人忍俊不禁的故事。如元帝生了儿子，殷洪乔祝贺道："皇子诞生，普天同庆。臣没什么功劳，却承蒙皇上颁发优厚的赏赐。"元帝笑着说："这事难道能让你有功劳吗？"王浑对妻子说儿子让他很满意，不料妻子说如果当初嫁给了小叔子，生个儿子会更优秀。后者亦可见魏晋时妇女的思想行为要开放自由得多。

排调 1

　　诸葛瑾为豫州①，遣别驾到台②，语云："小儿知谈③，卿可与语。"连往诣恪④，恪不与相见。后于张辅吴坐中相遇⑤，别驾唤恪："咄咄郎君⑥！"恪因嘲之曰："豫州乱矣，何咄咄之有？"答曰："君明臣贤，未闻其乱。"恪曰："昔唐尧在上⑦，四凶在下⑧。"答曰："非唯四凶，亦有丹朱⑨。"于是一坐大笑。

【注】

①诸葛瑾：字子瑜，诸葛亮之兄。

②别驾：官名。始于汉，为州刺史佐吏，也称别驾从事史。因从刺史出行时另乘传车，故称别驾。台：晋宋时称朝廷为台。

③知谈：健谈。

④恪：指诸葛恪（203—253）。恪字元逊，诸葛瑾长子。少知名，弱冠拜骑都尉。孙权卒，恪受遗诏辅政。孙亮立，加恪都督中外诸军事、荆扬二州牧，封阳都侯。后被孙峻袭杀。《三国志》卷64有传。

⑤张辅吴：指张昭（156—236）。昭字子布，彭城（今江苏徐州）人。孙策创业时，为长史、抚军中郎将。孙权称帝，拜辅吴将军，封娄侯。昭容貌矜严，有威风，举邦惮之。卒谥文。《三国志》卷52有传。

⑥咄咄：惊怪声。郎君：属吏、门生、奴仆称少主为郎或郎君。

⑦唐尧：古帝王。传为帝喾之子，姓伊祁，名放勋。先封于陶，后封于唐，故又号陶唐氏。以子丹朱不肖，传位于舜。事见《尚书·尧典》。

⑧四凶：传说中尧舜时代的四个恶人。有浑敦、穷奇、梼杌（táo wù）、饕餮（tāo tiè），或共工、骓（huān）兜、三苗、鲧（gǔn）两种不同说法。

⑨丹朱：相传为帝尧之子，不肖，尧因传位于舜。

【译】

　　诸葛瑾做豫州刺史时，派别驾到朝廷去，对别驾说："我儿子很能说，你可以去和他聊聊。"别驾连着几次去见诸葛恪，诸葛恪都不见他。后来在张昭座间遇上了诸葛恪，别驾叫诸葛恪："咄咄郎君！"诸葛恪于是嘲笑别驾说："豫州乱了吗，你咄咄什么？"别驾回答说："主君明智，僚佐贤能，没听说豫州乱了。"诸葛恪说："从前唐尧在上，四凶在下。"别驾回答说："不只是四凶，还有一个丹朱。"于是满座大笑。

【评鉴】

　　二人对答，皆敏捷辩悟。诸葛恪之敏捷能言，聪明过人，《三国志》其本传多有记载，举一例，"恪父瑾面长似驴，孙权大会群臣，使人牵一驴入，长检其面，题曰：'诸葛子瑜。'恪跪曰：'乞请笔益两字。'因听与笔，恪续其下曰'之驴'。举坐欢笑，乃以驴赐恪。"

排调2

　　晋文帝与二陈共车①，过唤锺会同载，即驶车委去②。比出③，已远。既至，因嘲之曰："与人期行，何以迟迟？望卿遥遥不至④。"会答曰："矫然懿实，何必同群⑤。"帝复问会："皋繇何如人⑥？"答曰："上不及尧、舜，下不逮周、孔⑦，亦一时之懿士⑧。"

【注】

①晋文帝：指司马昭。其子司马炎代魏后尊其为文帝。二陈：陈骞与陈泰。

②委：丢下。

③比：等到。

④遥遥：锺会父锺繇，"繇""遥"同音，此处是故意犯其家讳。

⑤"矫然懿实"二句：陈骞父陈矫，司马昭父司马懿，陈泰父陈群，陈泰曾祖陈寔。锺会也犯三人家讳作为回应。矫然，强劲挺拔的样子。懿实，美好充实。

⑥皋繇（gāo yáo）：即皋陶。舜时大臣，掌刑宪。

⑦周、孔：周公和孔子。

⑧懿士：美士，有美德的人。

【译】

晋文帝和陈骞、陈泰同乘一车，经过锺会家门时叫锺会一起乘车，却立即驾车走了，把锺会丢下。等到锺会出来，车已走远了。锺会到达后，三人嘲笑锺会说："和别人约了同行，为什么迟迟不出来？盼望着你你却遥遥不至。"锺会回答说："我是体貌矫然，内怀懿实，何必要和别人同群。"文帝又问锺会："皋繇是什么样的人？"回答说："在上不及尧、舜，在下不如周公、孔子，不过也是当时的一位懿士。"

【评鉴】

此与下条皆是犯对方家讳以调笑之。内容略同而传闻有异，《世说》并存。

排调3

钟毓为黄门郎①，有机警，在景王坐燕饮②。时陈群子玄伯、武周子元夏同在坐③，共嘲毓。景王曰："皋繇何如人?"对曰："古之懿士。"顾谓玄伯、元夏曰："君子周而不比④，群而不党⑤。"

【注】

①黄门郎：即黄门侍郎。

②景王：指司马师。晋立，追尊为景帝，故称。燕饮：即宴饮。

③玄伯：即陈泰。泰字玄伯。武周：字伯南，沛国竹邑（今安徽宿州北）人。武陔父。仕至光禄大夫。元夏：即武陔。陔字元夏。

④周而不比：亲密而不朋比，不拉帮结派。语出《论语·为政》："君子周而不比，小人比而不周。"周，忠信，引申为亲密。比，勾结。

⑤群而不党：和睦以处众而不阿私。语出《论语·卫灵公》："君子矜而不争，群而不党。"群，合群。党，偏私，袒护。

【译】

钟毓做黄门侍郎，机敏警悟，在司马师座上宴饮。当时陈群的儿子陈泰、武周的儿子武陔同在座，一起嘲戏钟毓。司马师问："皋繇是什么样的人?"钟毓回答说："古代的懿士。"回头对陈泰、武陔说："君子周而不比，群而不党。"

【评鉴】

此则与上则内容大致相同，都是讲司马师弟兄与亲信互相以犯讳为乐。或皆小说家言。《简傲》第一则有云："晋文王功德盛大，坐席严敬，拟于王者。"只有阮籍才敢于随意。司马师弟兄未必会如此轻浮戏侮二锺，作为属下的二锺，或也不敢如此反唇相讥。

排调4

嵇、阮、山、刘在竹林酣饮①，王戎后往，步兵曰："俗物已复来败人意②！"王笑曰："卿辈意亦复可败邪？"

【注】

①酣饮：犹言痛饮。

②俗物：俗人。已复：竟，竟然。复，后缀。意：意兴，兴致。

【译】

嵇康、阮籍、山涛、刘伶在竹林痛饮，王戎后到，阮籍说："这俗人竟然来败坏我们的兴致！"王戎笑着回答："你们这帮人的兴致也是能败的吗？"

【评鉴】

通常认为，阮籍之所以称王戎为俗物，是因为王戎"好治生，园田周遍天下，翁妪二人，常以象牙筹昼夜算计家资"（王隐《晋书》）。我们以为，阮籍对王戎从来是青睐有加的，作为忘年交，阮籍岂不懂王戎的内心世界？而山涛、嵇康、刘伶又何尝不明白王戎自污避祸之心？特别是嵇康，一向疾恶如仇，设若王戎真如世俗所谓那般龌龊，稽康自然耻与为伍，又怎么会不时共饮于竹林。再则从对话的语境看，这里是两人非常轻松愉快的随意玩笑，丝毫没有攻讦和奚落的意味。阮籍称王戎为"俗物"，是笑世人的无知。而王戎则心领神会，云卿辈意不可败，正是人以群分的精神谐和。参《俭啬》门题解。

排调5

晋武帝问孙皓①："闻南人好作《尔汝歌》②，颇能为不？"皓正饮酒，因举觞劝帝而言曰："昔与汝为邻，今与汝为臣。上汝一杯酒，令汝寿万春！"帝悔之。

【注】

①孙皓：三国吴末帝，孙权孙，孙和子。

②《尔汝歌》：魏晋时盛行于南方的民歌，歌词中以"尔""汝"等称谓表示亲昵。

【译】

晋武帝问孙皓："听说南方人喜欢唱《尔汝歌》，你还能唱吗？"孙皓正在饮酒，于是举起酒杯敬武帝说："当年与你为邻，如今向你称臣。敬你一杯酒，祝你长寿万年春！"武帝很后悔。

【评鉴】

"尔""汝"通常为上辈对下辈或对人不敬的称谓，如在平时，谁敢以"尔""汝"称呼皇帝。晋武帝本是以一种胜利者的居高临下的心态轻侮孙皓，没想到孙皓借机反侮，让晋武帝吃了一个哑巴亏，自取其辱。晋武帝的这种侮辱亡国之君的行为，他的后世儿孙也遭遇到了。西晋愍、怀二帝被刘聪俘虏，《晋书·孝怀帝纪》记载："七年春正月，刘聪大会，使帝着青衣行酒。侍中庾珉号哭，聪恶之。丁未，帝遇弑，崩于平阳，时年三十。"又《愍帝纪》："冬十月丙子，日有蚀之。刘聪出猎，令帝行车骑将军，戎服执戟为导，百姓聚而观之，故老或歔欷流涕，聪闻而恶之。聪后因大会，使帝行酒洗爵，反而更衣，又使帝执盖，晋臣在坐者多失声而泣，尚书郎辛宾抱帝恸哭，为聪所害。十二月戊戌，帝遇弑，崩于平阳，时年十八。"世事无常，令人感慨。

排调6

孙子荆年少时欲隐①，语王武子"当枕石漱流"②，误曰"漱石枕流"。王曰："流可枕，石可漱乎？"孙曰："所以枕流，欲洗其耳；所以漱石，欲砺其齿③。"

【注】

①孙子荆：即孙楚。楚字子荆。

②王武子：即王济。济字武子。

③砺：磨利，磨快。

【译】

孙楚年轻时就想归隐，对王济说"应当枕石漱流"，误说成"漱石枕流"。王济说："水流可以枕，石头能够漱吗？"孙说："枕流的原因，是要洗干净耳朵；漱石的原因，是要磨利牙齿。"

【评鉴】

王济与孙楚是山西老乡，二人皆有才而一向交厚，有时候互相斗口争趣。其实此"漱石枕流"并没说错，当时文士喜欢在言谈时故意运用语言技巧，颠倒词汇形成一种错落有致的特殊表达方式，从而达到别开生面的语言效果。王济一下子没反应过来，以为孙楚口误，觉得自己抓住了把柄而追问，于是孙楚借题发挥，更显精妙。

排调7

头责秦子羽云①：子曾不如太原温颙②，颍川荀寓③，范阳张华④，士卿刘许⑤，义阳邹湛⑥，河南郑诩⑦。此数子者，或謇吃无宫商⑧，或尫陋希言语⑨，或淹伊多姿态⑩，或谨哗少智谞⑪，或口如含胶饴⑫，或头如巾齑杵⑬。而犹以文采可观，意思详序，攀龙附凤⑭，并登天府⑮。

【注】

①秦子羽：晋张敏所撰《头责子羽文》中虚拟的人名。本文形式上是秦子羽的头责备秦子羽，实际上是对温颙等六人丑陋行径的讽刺。

②太原：晋代国名。属并州，统晋阳、阳曲、榆次等十三县，治所在晋阳（今山西太原西南）。温颙（yóng）：字长仁。《晋书·任恺传》载颙与张华、向秀、和峤等党附任恺。

③荀寓（yǔ）：字景伯，晋初颍川颍阴（今河南许昌）人。荀彧孙。仕晋至
　尚书。

④范阳：国名。汉置涿郡，曹魏改范阳郡，晋武帝置范阳国，治所在涿县（今
　河北涿州）。张华：字茂先，晋初大臣，官至司空。

⑤士卿：官名。即宗正卿，为掌管皇族事务之官。刘许：字文生，魏骠骑将军
　刘放之子，晋惠帝时官至宗正卿。

⑥义阳：郡名。治所在新野（今河南新野）。邹湛（？—299？）：字润甫，晋
　泰始中为太子中庶子，太康中官至侍中。《晋书》卷92有传。

⑦河南：郡名。汉高祖二年（前205）改秦三川郡置。晋因之，治所在洛阳（今
　河南洛阳）。郑诩：字思渊，晋荥阳开封（今河南开封）人。官卫尉卿。

⑧謇（jiǎn）吃：口吃，结巴。无宫商：此指人说话不协调，没有节奏韵律。
　宫商，古分宫、商、角、徵、羽五音。因以宫、商代指音律。

⑨尪（wāng）陋：瘦弱丑陋。

⑩淹伊：屈曲佞媚的样子。

⑪讙（huān）哗：喧哗，叫嚷。智谞（xū）：智谋，智慧。

⑫胶饴：饴糖。

⑬齑（jī）：捣成末的菜或肉。

⑭攀龙附凤：语本扬雄《法言·渊骞》："攀龙鳞，附凤翼。"后用"攀龙附凤"
　比喻依附有声望、地位的人而显荣。

⑮天府：谓朝廷。

【译】

　　秦子羽的头责备秦子羽说：你竟然不如太原温颙、颍川荀寓、范
阳张华、宗正卿刘许、义阳邹湛、河南郑诩。这几个人，有的口吃讲

话不协调，有的形体丑陋寡言少语，有的矫揉造作惺惺作态，有的吵吵嚷嚷没有头脑，有的嘴里好像含着饴糖嘟嘟囔囔，有的脑袋好像是个包裹着的捣食物的杵。而他们还是因为文采可观，思维周密有条理，从而攀龙附凤，一起登上朝廷做官。

【评鉴】

　　刘孝标注引张敏《头责子羽文》全文，此为其中部分。其文嘲讽时事，以抒愤懑，所以列入《排调》。

排调8

　　王浑与妇锺氏共坐①，见武子从庭过②，浑欣然谓妇曰："生儿如此，足慰人意③。"妇笑曰："若使新妇得配参军④，生儿故可不啻如此⑤。"

【注】

①锺氏：名琰之。锺繇曾孙女。

②武子：即王济。济字武子。

③人意：人心。

④新妇：已婚妇人。此处为锺氏自称。参军：指王沦（233—257）。沦字太冲，王浑弟。醇粹简远，贵老、庄之学，用心淡如。年二十余举孝廉，不行。历大将军参军。

⑤不啻（chì）：不止。

【译】

　　王浑和妻子锺氏一起坐着，见王济从庭前走过，王浑高兴地对妻子说："生下这样一个儿子，让我心里很满意。"锺氏笑着说："假如让我嫁给参军，生下的儿子就不止这样了。"

【评鉴】

　　这则故事，明人许自昌大加赞赏，觉得锺氏有大英雄的胸襟；清人李慈铭则觉得不可信，认为这样的伤风败俗的话不可能出自锺氏。李慈铭的说法未免太头巾气，夫妇之间开开玩笑，又何必上纲上线？从另外一个角度看，魏晋六朝时妇女思想是比较开放的，女人再嫁是司空见惯的事，言谈也比较自由随意。

排调9

　　荀鸣鹤、陆士龙二人未相识①，俱会张茂先坐②。张令共语，以其并有大才，可勿作常语。陆举手曰："云间陆士龙③。"荀答曰："日下荀鸣鹤④。"陆曰："既开青云，睹白雉⑤，何不张尔弓，布尔矢？"荀答曰："本谓云龙骙骙⑥，定是山鹿野麋⑦，兽弱弩强，是以发迟。"张乃抚掌大笑。

【注】

①荀鸣鹤：即荀隐。隐字鸣鹤，晋颍川（治今河南禹州）人。历任司徒左西曹掾、太子舍人、廷尉平。早卒。陆士龙：即陆云。云字士龙。

②张茂先：即张华。华字茂先。

③云间：古华亭（今上海松江）的别称。陆云家在华亭，故云。

④日下：指京城或京畿地区。荀隐为颍川人，地近洛阳，故云。

⑤白雉：白色的野鸡。此针对荀隐的字鸣鹤而嘲，言对方非鹤而实雉。

⑥骙骙（kuí）：马矫健强壮的样子。

⑦山鹿野麋：山野间的麋鹿。麋，麋鹿，又称"四不像"。此为荀隐反唇相讥，
言自己本以为看见的是云中之龙，结果却是个四不像。

【译】

荀隐、陆云两人原来不认识，一起在张华家座席间碰面了。张华让他们交谈，因为他们都有大才，叫他们不要像常人那样交流。陆云举手说："云间陆士龙。"荀隐回答说："日下荀鸣鹤。"陆云说："既然已经拨开了青云，看见了白雉，为什么不拉开你的弓，搭上你的箭？"荀隐回答说："本来以为是矫健的云中之龙，原来却是山野间的麋鹿。兽太弱弩太强，所以放箭迟缓了。"张华于是拍手大笑。

【评鉴】

荀隐、陆云都是青年才俊，张华为文坛宗主且是前辈，命二人交谈不作常人话语。二人不负所望，各展才华，互相以对方的名字嘲讪双关。生动灵和，妙趣横生。

排调10

陆太尉诣王丞相①，王公食以酪②。陆还，遂病。明日，与王笺云："昨食酪小过③，通夜委顿④。民虽吴人，几为伧鬼⑤。"

【注】

①陆太尉：指陆玩。以其卒赠太尉，故称。王丞相：指王导。

②酪：奶酪。

③小过：稍微过量。

④委顿：萎靡疲乏。

⑤"民虽吴人"二句：《艺文类聚·食物部·酪苏》引《笑林》曰："吴人至京，为设食者有酪苏，未知是何物也，强而食之。归吐，遂至困顿。谓其子曰：'与伧人同死，亦无所恨，然汝故宜慎之。'"伧鬼，北方之鬼。当时南方人蔑称北方人为伧。

【译】

陆玩去拜会王导，王导给他吃奶酪。陆玩回家，当晚就生了病。第二天，写给王导一张便笺，说："昨天吃奶酪稍多，整夜萎靡困顿。小民虽是吴地人，差点成了伧鬼。"

【评鉴】

陆家为江南大族，而陆玩又是陆姓之俊杰。东晋政权寄居江南，需要江南豪门的支持，因而王导总是虚心下气地与陆玩周旋。陆玩富有才华，且性格豪爽风趣，在王导面前没有压力，所以也就随意调侃。

排调11

元帝皇子生①，普赐群臣。殷洪乔谢曰②："皇子诞育，普天同庆。臣无勋焉，而猥颁厚赉③。"中宗笑曰④："此事岂可使卿有勋邪！"

【注】

①元帝：指晋元帝司马睿。

②殷洪乔：即殷羡。羡字洪乔，殷浩父。

③猥：谦辞。表示使对方屈尊。厚赉（lài）：犹厚赐。

④中宗：晋元帝司马睿的庙号。

【译】

　　元帝的皇子出生后，遍赏群臣。殷羡拜谢说："皇子诞生，普天同庆。臣没什么功劳，却承蒙皇上颁发优厚的赏赐。"元帝笑道："这事难道能让你有功劳吗！"

【评鉴】

　　殷羡拜谢，纯属因谄媚取宠而一时口不择言，而元帝的回答，确也令人解颐。

排调12

　　诸葛令、王丞相共争姓族先后①，王曰："何不言葛王而云王葛？"令曰："譬言驴马不言马驴，驴宁胜马邪？"

【注】

①诸葛令：指诸葛恢。因曾任尚书令，故称。姓族：姓氏家族。

【译】

　　诸葛恢和王导争论姓氏家族的先后。王导说："为什么不说葛王，而要说王葛？"诸葛恢说："这好比通常是说驴马，而不说马驴，驴难道胜过马吗？"

【评鉴】

　　余嘉锡认为："凡以二名同言者，如其字平仄不同，而非有一定之先后如夏商、孔颜之类，则必以平声居先，仄声居后，此乃顺乎声音之自然，在未有四声之前，固已如此。故言王葛、驴马，不言葛王、马驴，本不以先后为胜负也。如公谷、苏李、嵇阮、潘陆、邢魏、徐庾、燕许、王孟、韩柳、元白、温李之属皆然。"

　　余笺告诉我们，并称的两个人名，除必要分先后次第的，其他都和声调有关，在没有四声说之前也是如此，也就是说是由语感的自然状态形成的。

排调13

　　刘真长始见王丞相①，时盛暑之月，丞相以腹熨弹棋局②，曰："何乃渹③？"刘既出，人问见王公云何，刘曰："未见他异，唯闻作吴语耳。"

【注】

①刘真长：即刘惔。惔字真长。

②熨：紧贴着。

③凊（qìng）：吴人以冷为凊。

【译】

　　刘惔第一次见王导，当时是盛夏时节，王导把肚子贴在弹棋盘上，说："怎么这么凉快啊！"刘惔出来后，有人问他见到王公感觉怎么样，刘惔说："没见有什么异样，只是听到他说吴语罢了。"

【评鉴】

　　于此则，余嘉锡尝详作分析，认为王导作吴语的良苦用心，是因为晋室南迁，吴人未能归附，遇吴人则说吴地方言，是一种权宜的政治手段，目的是便于交流，拉近关系。刘惔明白王导的用心，且一向不满意王导，所以语含讥刺，表现出一种什么都瞒不过本人的自负。从这一则，再结合涉及刘惔的条目，我们发现，刘惔在当时的名士中，头脑是比较清楚的，什么事也难逃刘惔的火眼金睛。

排调14

　　王公与朝士共饮酒，举琉璃碗谓伯仁曰①："此碗腹殊空，谓之宝器，何邪？"答曰："此碗英英②，诚为清彻，所以为宝耳。"

【注】

①琉璃：一种珍贵的有色半透明玉石。

②英英：光彩鲜明的样子。

【译】

王导和朝官们一起饮酒，举起琉璃碗问周颉说："这个碗肚子空空，称它是宝器，为什么？"周颉回答说："这碗光彩照人，确实是清澈透明，这就是称它为宝的原因。"

【评鉴】

从王导的话，知王导心中是轻蔑周颉的，至于"雅流弘器，何可得遗"之类赞词，不过是因周颉虚声甚高，王导不得不照顾舆论而发的。参《赏誉》第四十七则。这里的排调才是王导真实心态的流露，故后来的"误杀伯仁"也并非没有原因。不过周颉的回答，倒也精彩得体。

排调15

谢幼舆谓周侯曰[①]："卿类社树，远望之，峨峨拂青天；就而视之，其根则群狐所托，下聚溷而已[②]。"答曰："枝条拂青天，不以为高；群狐乱其下，不以为浊。聚溷之秽，卿之所保，何足自称！"

【注】

①谢幼舆：即谢鲲。鲲字幼舆。周侯：指周颉。弱冠袭父爵武城侯，故称。
②溷（hùn）：污秽物，粪便。

【译】

谢鲲对周颉说："你就像是一棵社树，从远处看，高耸的样子像是碰到了青天；走近看，根部是狐狸们藏身的地方，树下聚集了污秽的东西罢了。"周顗回答说:"枝条拂青天,我不认为它高;群狐乱其下,我不觉得污浊。聚集污秽脏物,这是你所保有的,哪里值得自夸!"

【评鉴】

刘孝标注指谢鲲话谓周顗"好嫖渎"。而谢鲲细节亦有亏,曾挑逗邻家女,被投梭打折两齿。故田中认为此则是"聚溷相嘲"。

排调16

王长豫幼便和令①,丞相爱恣甚笃②。每共围棋,丞相欲举行③,长豫按指不听④。丞相笑曰:"讵得尔⑤? 相与似有瓜葛⑥。"

【注】

①王长豫:即王悦。悦字长豫,王导长子。和令:温和善良。

②爱恣:溺爱,娇惯。

③举行:拿起已落下的棋子。即悔棋。

④不听:不让。

⑤讵:怎么。表疑问。尔:如此,这样。

⑥相与:与你。相,指代对方。瓜葛:关系。指亲戚关系。

【译】

王悦年幼时就温和善良,王导喜爱娇惯得很厉害。每当一起下围棋,王导想要拿起已落下的棋子重走,王悦就按住他的手指不让动。王导笑着说:"怎么能这样? 我们之间好像还是有点关系的。"

【评鉴】

当时士大夫家都喜围棋，王导的次子王恬就是一位围棋天才，《方正》第四十二则刘孝标注引范汪《棋品》曰："（江）彪与王恬等棋第一品，导第五品。"从此条内容看，王悦似是小儿时即表现出非凡的围棋艺能，所以王导不是王悦的对手。每共围棋，下不过就"耍赖"悔棋，而王悦偏偏不准，要坚持落子不悔的围棋原则，于是王导只好讪讪求儿子放一马，说，我和你到底还有些关系嘛！其情其景，如在目前。

排调17

明帝问周伯仁①："真长何如人？"答曰："故是千斤犗特②。"王公笑其言。伯仁曰："不如卷角牸③，有盘辟之好④。"

【注】

①明帝：指晋明帝司马绍。

②犗（jiè）特：阉割过的公牛，能负重致远。

③卷角牸（zì）：卷角的老母牛。牛老则犄角卷曲。牸，母牛。

④盘辟：回旋进退。

【译】

明帝问周颛："真长是什么样的人？"周颛回答说："本是一头阉割过的千斤公牛。"王导笑他的话。周颛说："不如卷角的老母牛，有周旋进退尽随人意的好处。"

【评鉴】

周颢向来言语尖刻，与人交接，常常不给他人面子。刘惔一时名流，识见高卓，且是明帝之婿，都被他如此丑化。周颢见王导发笑，恼羞成怒，于是转而讥刺王导。魏晋时谈士多不能躬自厚而薄责于人，而周颢更为典型，也难怪他亲弟弟周嵩说他"好乘人之弊"了。

排调18

王丞相枕周伯仁膝，指其腹曰："卿此中何所有？"答曰："此中空洞无物，然容卿辈数百人。"

【译】

王导枕在周伯仁的膝上，指着他的肚子说："你这里面有些什么东西？"周伯仁回答说："这里面空洞无物，不过能够装下你这样的几百人。"

【评鉴】

王导之轻周颢，此条亦然。联想周颢弟弟周嵩评价他"名重而识暗"，又说他"横得重名"，这个"容卿数百人"，我们只觉得周颢轻狂可笑，排调得全无底气。

排调19

干宝向刘真长叙其《搜神记》①。刘曰："卿可谓鬼之董狐②。"

【注】

①干宝（？—336）：字令升，晋新蔡（今河南新蔡）人。元帝时领修国史，
　著《晋纪》，其书直而能婉，时称良史。又性好阴阳术数、神祇灵异，撰
　《搜神记》，为魏晋小说之冠。刘真长：即刘惔。惔字真长。

②董狐：春秋时晋国史官，敢于秉笔直书，被孔子称为古之良史。

【译】

　　干宝向刘惔叙述他写的《搜神记》。刘惔说："你可以称得上是记
鬼神史的董狐。"

【评鉴】

　　干宝富有才华，为著作郎，其《晋纪》是唐修《晋书》所参考的
晋史之一，可惜后世佚亡。刘惔调侃干宝称得上是鬼神世界的良史，
盖其《搜神记》的确是魏晋志怪小说的代表，价值极高。

排调20

　　许文思往顾和许①，顾先在帐中眠，许至，便径就床，角枕
共语②。既而唤顾共行，顾乃命左右取杭上新衣③，易己体上所著。
许笑曰："卿乃复有行来衣乎④？"

【注】

①许文思：刘孝标原注云："许琛，已见。"徐震堮曰："案许琛前未见，《晋书》
　亦无传，唯《雅量》一六'许侍中'下注：'许璪字思文。'疑即其人，'琛'

或是'璪'之误。"译文从徐注。顾和：字君孝，官至尚书令。

②角枕：用角骨做装饰的枕头。

③杭：通"桁"。衣架。

④行来：往来。指出门。

【译】

许璪到顾和家去，顾和已先在帐子中睡了，许璪到了，就直接上床，躺在角枕上和顾和说话。不久又叫顾和一起走，顾和就叫仆人取来衣架上的新衣，换下自己身上穿的衣服。许璪笑着说："你居然还有专为出门穿的衣服？"

【评鉴】

参考《雅量》第二十二则："周侯诣丞相，历和车边，和觅虱，夷然不动。"大凡勤换勤洗衣服是不会长虱子的，可能顾和的不太讲究是人尽皆知的，所以许璪才会调侃他居然有出门的衣装。

排调21

康僧渊目深而鼻高①，王丞相每调之②。僧渊曰："鼻者，面之山；目者，面之渊。山不高则不灵，渊不深则不清。"

【注】

①康僧渊：晋高僧，西域人。

②调：调侃，讪笑。

【译】

康僧渊眼眶很深，鼻梁很高，王导每每调侃他的长相。康僧渊说："鼻子，是脸上的山；眼睛，是脸上的深潭。山不高就不灵，潭水不深就不清。"

【评鉴】

康僧渊为胡人，鼻高眼深不同于汉族人。王导每每戏调，而康僧渊以汉籍传统的相法作答，刘孝标注引《管辂别传》说："鼻者天中之山。"《相书》曰："鼻之所在为天中，鼻有山象，故曰山。"可见康僧渊学问渊博而机敏。参《文学》第四十七则、《栖逸》第十一则。

排调22

何次道往瓦官寺礼拜甚勤①，阮思旷语之曰②："卿志大宇宙，勇迈终古③。"何曰："卿今日何故忽见推④？"阮曰："我图数千户郡，尚不能得；卿乃图作佛，不亦大乎？"

【注】

①何次道：即何充。充字次道。瓦官寺：东晋建康的著名佛寺。

②阮思旷：即阮裕。裕字思旷。

③终古：往昔，往古。

④见推：推许我，称赞我。见，指代我。

【译】

何充到瓦官寺拜佛十分勤进，阮裕对他说："你的志向比宇宙还大，勇敢超过古人。"何充说："你今天怎么忽然这样推崇我？"阮裕说："我想要做个管理几千户人家的郡守，还不能实现；你竟然想要当佛，志向不是很大吗？"

【评鉴】

何充佞佛，为当时人所讥。阮裕的调侃，令人解颐。阮裕本是名士，而何充以为阮裕真的在推崇自己，自然喜出望外，阮裕这种"将欲取之，必先予之"的战法，让何充钻进了圈套，想来何充听了后面的话定是尴尬万分，哭笑不得。阮裕的调侃，也在一定程度上代表了朝野对何充佞佛的差评。当然，这也是阮裕对何充的婉讽，希望何充有所醒悟。

排调23

庾征西大举征胡①，既成行，止镇襄阳②。殷豫章与书③，送一折角如意以调之④。庾答书曰："得所致，虽是败物⑤，犹欲理而用之。"

【注】

①庾征西：指庾翼。康帝时进位征西将军，故称。

②襄阳：县名。在今湖北襄阳。

③殷豫章：指殷羡。曾任豫章太守，故称。

④如意：一种搔背用具。

⑤败物：破损的东西。

【译】

庾翼大举进兵讨伐胡人，出发后，大军驻扎在襄阳没再前进。殷羡给庾翼写了一封信，送他一个断角的如意调笑他。庾翼回信说："收到你送来的东西，虽然是个残破的东西，我还是想要修好它来使用。"

【评鉴】

殷羡送一折角如意，心思很贼。折角，暗用《汉书·朱云传》典：汉元帝时，少府五鹿充宗治梁丘《易》，其人贵幸善辩，诸儒没有谁能与他抗衡。有人推荐朱云，朱云前去论难，析理清晰，语音昂扬，充宗败北。诸儒说："五鹿岳岳，朱云折其角。"殷羡用此，调笑庾翼高调伐贼，却虎头蛇尾了。

庾翼在东晋大臣中，是难得的少被讥评的人才。其人能文、善书，尤其是书法伯仲王羲之而为时代高标。加之不随波逐流，认为那些清谈家如杜乂、殷浩之流当束之高阁。面对殷羡的戏侮，泰然答曰"理而用之"，暗示自己虽然似伐胡不进，但并不是不伐胡了，而是要再作准备。庾翼堪称有庙堂之量。可惜盛年去世（四十一岁），不及"理而用之"。

排调24

桓大司马乘雪欲猎，先过王、刘诸人许①。真长见其装束单急②，问："老贼欲持此何作③？"桓曰："我若不为此，卿辈亦那得坐谈④？"

【注】

①王：指王濛。刘：指刘惔。

②单急：指服装单薄、扎紧，便捷利索。

③老贼：犹言老家伙，老东西。何作：干什么。

④坐谈：闲谈，空谈。

【译】

　　桓温想要趁着大雪天去打猎，先到王濛、刘惔等人那里。刘惔看见桓温衣装单薄紧扎，问："老家伙这样穿着是要干什么？"桓温说："我如果不这样，你们这些人哪能坐在这儿空谈呢？"

【评鉴】

　　桓温与刘惔都是晋明帝女婿，桓温年长于刘惔，但刘惔对桓温心存不满，总是肆意戏侮，只要碰面就必然要打口仗。本书中多见。而桓温志在立事立功，对刘惔辈同样不以为然。从本则的感情倾向看，刘义庆显然在间接批评刘惔，桓温的话理端辞正，是对清谈家们一记棒喝。

排调25

　　褚季野问孙盛①："卿国史何当成？"孙云："久应竟②。在公无暇，故至今日。"褚曰："古人'述而不作③'，何必在蚕室中④！"

【注】

①褚季野：即褚裒。裒字季野。

②竟：完成。

③述而不作：阐述前人成说，自己并不创新。语出《论语·述而》："述而不作，信而好古。"朱熹集注："述，传旧而已。作，则创始也。"

④蚕室：古代执行宫刑及受宫刑者所居之处。受宫刑者畏风，须暖，故作密闭蓄火如养蚕之室，因以为名。汉代史学家司马迁撰著《史记》时曾入蚕室受宫刑，褚裒以此相讥。

【译】

褚裒问孙盛："你的国史什么时候能够写成？"孙盛回答说："早应该结束了。但因公务在身没有闲暇，所以拖到现在。"褚裒说："古人'述而不作'，你何必像司马迁一样在蚕室中写史书！"

【评鉴】

从《世说》看，东晋时士大夫多不以著述为意，故孙盛会被如此讥讽轻侮。然而，正如曹丕所说："盖文章经国之大业，不朽之盛事。年寿有时而尽，荣乐止乎其身。二者必至之常期，未若文章之无穷。是以古之作者，寄身于翰墨，见意于篇籍，不假良史之辞，不托飞驰之势，而声名自传于后。"（《典论·论文》）读书多、学养厚固然是让人尊敬的，但如果不能将自己的知识和才华好好发挥，行诸于文字而沾溉后学，则不过是两脚书橱而已，对文化的继承和延续就失去了意义。

排调26

　　谢公在东山①，朝命屡降而不动。后出为桓宣武司马②，将发新亭③，朝士咸出瞻送④。高灵时为中丞⑤，亦往相祖⑥，先时多少饮酒⑦，因倚如醉，戏曰："卿屡违朝旨，高卧东山，诸人每相与言：'安石不肯出，将如苍生何？'今亦苍生将如卿何？"谢笑而不答。

【注】

①东山：在今浙江绍兴上虞区西南。谢安做官前隐居于此。

②桓宣武：即桓温。温谥宣武，故称。

③新亭：三国吴建。旧址在今江苏南京西南，临江而建，为士人宴饮送别之所。

④瞻送：送行，送别。此"瞻"字义虚，近乎表谦敬的虚词。

⑤高灵：即高崧。崧字茂琰，小字阿酃（líng）。中丞：即御史中丞。

⑥相祖：送别他。相，指代谢安。祖，送行，饯行。

⑦多少：略微，稍微。

【译】

　　谢安在东山隐居，朝廷屡下诏命让他做官，他却不为所动。后来出山做了桓温的司马，将要从新亭出发，朝中百官都来送行。高灵当时做中丞，也前往送行，出发前稍微喝了点酒，于是就借着酒醉的样子，开玩笑说："你屡屡违背朝廷旨意，在东山高卧，大家常常一起议论说：'安石不愿意出山，拿天下百姓怎么办啊？'而今天下百姓拿你怎么办啊？"谢安笑笑不予回答。

【评鉴】

　　高崧此戏，是很不以谢安的行径为然，盖简文是时与桓温早已貌神皆离，甚至有时针锋相对、剑拔弩张。谢安为一世人杰，简文欲收之为己用，但屡征不起。桓温自识谢安之分量，故征谢安为司马，司马主管军事，此可见桓温的眼光，也就难怪后来谢安可"棋畔走苻秦"了。高崧忠于朝廷，为简文腹心，当然对桓温的专权不满，故出言讥讽谢安。至于谢安笑而不答，自有深意在焉。此乃笑高崧但知其一，不知其二。以当时的情势，朝廷大权已多归于桓温，如果谢安径从简文征召，不仅不能扭转颓势，反而会加剧矛盾，故谢安权行韬晦之计，受桓之征，而等待时机斡旋天下。从后来事态的发展，更见谢安的高明。高崧固然也是杰出人才，从其为简文作书阻止桓温北伐可知，但较之谢安，则不免逊色。谢安笑而不答，此事岂能作答？

排调27

　　初，谢安在东山居布衣时，兄弟已有富贵者，翕集家门①，倾动人物②。刘夫人戏谓安曰③："大丈夫不当如此乎？"谢乃捉鼻曰④："但恐不免耳。"

【注】

①翕（xī）集：聚集，齐集。

②倾动：震动，轰动。

③刘夫人：谢安妻刘氏，刘惔之妹。

④捉鼻：捏着鼻子。表示轻蔑不屑。

【译】

当初，谢安在东山隐居做百姓时，兄弟中已有富贵的了，他们聚集在谢家，乡邻为之轰动。刘夫人对谢安开玩笑说："大丈夫难道不应该这样吗？"谢安便捏着鼻子说："只怕免不了会这样啊。"

【评鉴】

关于掩鼻，宋吴曾认为这是谢安小心怕桓温知道自己可能出仕。吴氏的说法似不成立，谢安石庙堂之量，是胜过桓温的。如《雅量》第二十九则言桓温欲诛谢安、王坦之，而最终"桓惮其旷远，乃趣解兵"，所以，谢安不可能畏惧桓温。再说，谢安有盖世人望，桓温轻易也不敢加害。捏鼻的动作，是表现富贵不是自己希望的但终将不免，于是表现出轻蔑不屑的神态来。当然，这也是谢安矛盾心理的外现，他骨子里是事业人，做隐士不过是等待时机。这一点，简文帝早就把谢安看明白了，认为他必将出仕，会与人同忧。

排调28

支道林因人就深公买岇山①，深公答曰："未闻巢、由买山而隐②。"

【注】

①深公：即竺道潜，字法深。晋高僧。岇（àng）山：山名。在会稽郡剡县（今浙江嵊州）之东，深公隐居于此。

②巢、由：指巢父和许由。二人皆为尧时高士。

【译】

　　支遁托人向竺法深买岇山，竺法深回答说："没听说巢父、许由买山来隐居。"

【评鉴】

　　竺法深的回答可谓尖刻，直接把支道林怼了回去。如果真的是高僧，有高隐的志向，恪守佛家的信条，哪会在乎条件的好坏？茅椽衡门即可，岩穴壁洞也行，何须买山而隐。再，买山而隐，可见支道林财力雄厚，且养马畜鹰，也是一般富贵世家的玩好，其平生行径，远非一般清修苦行的和尚可比。不过，如果我们再深究一下，这竺法深何以有岇山的"产权"？难道不是达官贵人的襄助？所以，这排调让人有些不解。

排调29

　　王、刘每不重蔡公①。二人尝诣蔡语，良久，乃问蔡曰："公自言何如夷甫②？"答曰："身不如夷甫。"王、刘相目而笑曰："公何处不如？"答曰："夷甫无君辈客。"

【注】

①王：指王濛。刘：指刘惔。蔡公：指蔡谟。康帝时任司徒，为三公之一，故　称为蔡公。
②夷甫：即王衍。衍字夷甫。

【译】

王濛、刘惔常常不尊重蔡谟。二人曾经到蔡谟那里闲谈，过了好一阵儿，就问蔡谟说："您自己说您比夷甫如何？"蔡谟回答说："我不如夷甫。"王濛、刘惔相视而笑，说："您哪儿不如夷甫？"回答说："夷甫没有你们这样的客人。"

【评鉴】

王、刘皆为谈士，而蔡谟遵守礼法，自是不同。王、刘欲多事寻衅，蔡谟谦逊作答，此亦见蔡谟有庙堂之量。不料王、刘得寸进尺，于是蔡谟给以当头一棒，让二人狼狈不堪。王濛为人平易亲和，刘惔则言语刻薄而喜戏侮于人，那么此则王、刘的话主恐怕会是刘惔。

排调30

张吴兴年八岁①，亏齿②，先达知其不常③，故戏之曰："君口中何为开狗窦④？"张应声答曰："正使君辈从此中出入。"

【注】

①张吴兴：即张玄之。曾任吴兴太守，故称。

②齿：门牙。

③先达：前辈名流。不常：非同一般。

④狗窦：狗洞。

【译】

　　张玄之八岁时，缺了门牙，前辈们知道他不是一般小孩，故意逗他说："你嘴里为什么开了个狗洞？"张玄之应声回答说："正是要让你们这些人从这里进出。"

【评鉴】

　　戏小孩反为小孩所辱。小孩无礼，是童言无忌。而长者戏小孩而取辱，是为老不尊。

排调31

　　郝隆七月七日出日中仰卧①，人问其故，答曰："我晒书②。"

【注】

①郝隆：字佐治，汲郡（治今河南卫辉西南）人。仕至征西参军。

②晒书：古有七月七日晒书的习惯。《初学记·岁时部下》引崔寔《四民月令》，七月七日"曝经书及衣裳"。

【译】

　　郝隆七月七日出来到太阳下仰卧着，别人问他什么意思，回答说："我晒书。"

【评鉴】

　　郝隆用边韶故事，《后汉书·边韶传》："韶口辩，曾昼日假卧，弟子私嘲之曰:'边孝先,腹便便。懒读书,但欲眠。'韶潜闻之,应时对曰:'边为姓,孝为字。腹便便,"五经"笥。但欲眠,思经事。寐与周公通梦,静与孔子同意。师而可嘲,出何典记?'"郝隆以晒书自负,也不是全无巴壁,从本门第三十二则、三十五则可知郝隆是饱学善谈之士。

排调32

谢公始有东山之志^①,后严命屡臻^②,势不获已^③,始就桓公司马。于时人有饷桓公药草,中有远志^④。公取以问谢:"此药又名小草^⑤,何一物而有二称?"谢未即答。时郝隆在坐^⑥,应声答曰:"此甚易解:处则为远志,出则为小草。"谢甚有愧色。桓公目谢而笑曰:"郝参军此通乃不恶^⑦,亦极有会^⑧。"

【注】

①东山之志:隐居不仕的志向。

②严命:严厉的命令。指朝廷征召谢安做官的诏命。《晋书·谢安传》:"扬州刺史庾冰以安有重名,必欲致之,累下郡县敦逼,不得已赴召,月余告归。复除尚书郎、琅邪王友,并不起。吏部尚书范汪举安为吏部郎,安以书距绝之。有司奏安被召,历年不至,禁锢终身,遂栖迟东土。"臻:到。

③不获已:不得已。

④远志:草药名。高七八寸,茎细,叶椭圆互生,夏开紫色花,根可入药。

⑤小草:草药名,远志之苗。张华《博物志》卷四:"远志:苗曰小草,根曰远志。"

⑥郝隆：字佐治，曾任桓温的南蛮参军。

⑦通：解释，阐发。

⑧会：意味，韵味。

【译】

谢安起初有隐居东山的志向，后来朝廷征召他做官的命令屡次下达，情势不得已，才就任桓温的司马。当时有人送给桓温中草药，其中有远志。桓温拿着远志问谢安："这个药材又叫小草，为什么一种东西有两个名称？"谢安没有马上回答。当时郝隆在座，应声答道："这个很好解释：隐于地下叫作远志，生出地上就叫小草了。"谢安很有惭愧的神色。桓温看着谢安笑道："郝参军这个解释还不错，也极有意味。"

【评鉴】

本则，可见郝隆知识渊博而多智。谢安的出仕，朝廷敦逼恐怕还是次要的原因，《晋书》其本传云："及万黜废，安始有仕进志。"这才是主因。既欲雪家族之耻，亦将挽时势之既倒。所以简文帝说："既与人同乐，亦不得不与人同忧。"算是对谢安最精当的认知。桓温于谢安，其实是心存戒惕的，这种心情很微妙，知谢安是栋梁之材而用之，而又知谢安非己之可以驾驭。取小草而问，本是有心折其锐气，郝隆知桓温之意，故与之拍合。至于谢安之有愧色，恐怕只是假装而已，因为朝廷征召而不赴，却甘愿做桓温的司马，其中缘由也是审时度势而行（参本门26则）。桓温之笑，是自以为得计，谢安纵然名高天下，终于入了自己旗下。于此倒更见"为君谈笑静胡沙"的谢安石非桓温所能驾驭得了的。

排调33

　　庾园客诣孙监①，值行，见齐庄在外②，尚幼，而有神意③。庾试之曰："孙安国何在④?"即答曰："庾穉恭家⑤。"庾大笑曰："诸孙大盛，有儿如此。"又答曰："未若诸庾之翼翼⑥。"还语人曰："我故胜⑦，得重唤奴父名。"

【注】

①庾园客：即庾爰之，爰之字园客。庾翼次子。孙监：指孙盛。盛曾任秘书监，
　　故称。

②齐庄：即孙放，放字齐庄。孙盛次子。

③神意：灵秀之气。

④孙安国：即孙盛，盛字安国。

⑤庾穉（zhì）恭：即庾翼，翼字穉恭。

⑥翼翼：繁茂兴盛的样子。语本《诗·小雅·楚茨》："我黍与与，我稷翼翼。"

⑦故：还是，仍然。

【译】

　　庾爰之去拜访孙盛，碰到孙盛外出了，看见孙放在外面，还小，但很有灵秀之气。庾爰之就试探孙放说："孙安国在哪儿?"孙放立即回答说："在庾穉恭家。"庾爰之大笑说："孙氏家族大大兴盛啊，有这样的儿子。"孙放又对答说："不如庾氏家族兴旺翼翼。"孙放回去后对别人说："我还是赢了，得以两次叫了那家伙父亲的名字。"

【评鉴】

　　庾爰之和孙放口战，第一次是平手，互称对方父亲的字。第二次则庾爰之称了一次"盛"，而孙放对答出现了两次"翼"，所以孙放得意自己战胜了——"重唤奴父名"。不过，互相以父名为戏，犯了父讳，于礼法不可取。

排调34

　　范玄平在简文坐①，谈欲屈，引王长史曰②："卿助我！"王曰："此非拔山力所能助③。"

【注】

①范玄平：即范汪（约308—约372），汪字玄平，晋南阳顺阳（今河南淅川）人。博学多通，善谈名理。为庾亮佐吏十余年，累迁中书侍郎。简文帝为相，任安北将军、徐、兖二州刺史。《晋书》卷75有传。

②王长史：指王濛。濛为简文帝长史，故称。

③拔山力：拔山之力。形容极大的气力。语本《史记·项羽本纪》："力拔山兮气盖世，时不利兮骓不逝。"

【译】

　　范汪在简文帝坐上，清谈将要输了，拉着王濛说："你帮帮我啊！"王濛说："这可不是靠拔山的力气能够帮助的。"

【评鉴】

我们认为，范汪虽然也善谈名理，但是和简文帝相比，却还不是同一量级的对手。一是简文帝学识渊博，"帝少有风仪，善容止，留心典籍"；二是简文帝"清虚寡欲，尤善玄言"。故王濛戏言不可帮助，且以此语向范汪传递出信息，是双方力量水平太过悬殊，任何人都不可能逆转形势。当然，也有研究者认为，这还有地位悬殊的原因。王濛为简文帝下属，纵然在能力上可以帮助范汪，但岂有下属助人攻难君主的。也就是非无力助，而是情势不可助。王濛用项羽语，也高抬了自己的能力。排调的归属即在于此。

排调35

郝隆为桓公南蛮参军①。三月三日会②，作诗，不能者罚酒三升。隆初以不能受罚，既饮，揽笔便作一句云："娵隅跃清池③。"桓问："娵隅是何物？"答曰："蛮名鱼为娵隅。"桓公曰："作诗何以作蛮语？"隆曰："千里投公，始得蛮府参军，那得不作蛮语也！"

【注】

①郝隆：字佐治。曾为桓温僚属。南蛮参军：南蛮校尉的属官。

②三月三日：为上巳节。汉以前取三月上旬之巳日，在水滨洗濯去垢，消除不祥，同时聚会游乐。魏晋以后固定在三月三日。

③娵（jū）隅：古代西南少数民族对鱼的称呼。

【译】

郝隆担任桓温的南蛮参军。三月三日上巳节聚会，与会的人都作诗，不能作诗的罚酒三升。郝隆开始因为不能作诗受罚，喝了酒后，拿过笔来就写了一句："娵隅跃清池。"桓温问："娵隅是什么东西？"郝隆回答说："南蛮称鱼叫娵隅。"桓温说："作诗怎么用蛮语呢？"郝隆说："我从千里之外来投奔您，才得到一个蛮府参军的位置，怎么能不用蛮语啊！"

【评鉴】

郝隆因为任南蛮参军而用蛮语入诗，巧妙而又调侃地发泄出自己的不满，既活跃了当场的气氛，也不会过分得罪桓温！参考本门第三十一则他坦腹晒书的举动，也可知他是个腹有诗书而幽默的人。从这一则我们可知，读《世说》一定要前后贯穿，左右勾连，才能读出其中的妙趣。

排调36

袁羊尝诣刘恢①，恢在内眠未起。袁因作诗调之曰："角枕粲文茵，锦衾烂长筵②。"刘尚晋明帝女③，主见诗不平，曰："袁羊，古之遗狂！"

【注】

①袁羊：即袁乔，乔小字羊。

②"角枕粲文茵"二句：语本《诗·唐风·葛生》："角枕粲兮，锦衾烂兮。予

美亡此，谁与独旦？"诗言女子悼念死去的丈夫，睹物思人。角枕依然鲜艳，

锦被依旧灿烂。我爱的人却已离去，谁来陪伴孤独的我到天明？角枕，用

兽角做装饰的枕头。粲，鲜丽华美。文茵，本指虎皮坐褥。泛指有花纹的

褥垫。锦衾，锦制的被子。烂，灿烂光亮。长筵，长席。

③尚：娶公主为妻。晋明帝女：即庐陵公主，名司马南弟。

【译】

　　袁乔曾经去拜会刘惔，刘惔在内室睡觉还没起来。袁乔于是作诗
调笑他说："角枕粲文茵，锦衾烂长筵。"刘惔娶的是晋明帝的女儿，
公主看见诗很不高兴，说："袁羊，是古代遗留下来的狂生！"

【评鉴】

　　《诗经·唐风·葛生》本是寡妇思念阵亡丈夫之辞，刘惔尚健在，
而袁羊咏此悼亡之诗，故公主恼怒而斥之。除此之外，袁羊本身为桓
温谋主，文武全才，也是恃才而骄，奚落刘惔夫妇。公主恼怒，除袁
羊言语上的轻佻不庄之外，也有政治上的原因。

排调37

　　殷洪远答孙兴公诗云①："聊复放一曲②。"刘真长笑其语拙，问
曰："君欲云那放？"殷曰："榆腊亦放③，何必其铃铃邪④？"

【注】

①殷洪远：即殷融，融字洪远。孙兴公：即孙绰，绰字兴公。

②聊复：姑且。放：指放声歌唱。

③榻（tà）腊：叠韵联绵词。鼓声。亦作榻榻、榻拉、答腊。

④铴（qiāng）铃：指钟磬管弦之声。形容美妙的乐音。

【译】

　　殷融酬答孙绰的诗说："聊复放一曲。"刘惔讥笑他的话朴拙，问他说："你想说怎么放歌？"殷融说："榻腊的鼓声也能演奏放歌，何必一定是那钟磬管弦之声？"

【评鉴】

　　刘惔自视甚高，总是爱讥讽人，他认为殷融诗的语言有失雅致，所以讪笑。殷融熟谙老庄，所以他的回答颇得老庄之意：得意即可，何必要计工拙？这一回应也不输下风。孙绰曾称赞殷融"远有致思（《品藻》36）"，看来其评价是中肯的。

排调38

　　桓公既废海西①，立简文。侍中谢公见桓公②，拜，桓惊笑曰："安石，卿何事至尔③？"谢曰："未有君拜于前，臣立于后。"

【注】

①海西：指晋废帝司马奕。因其被废后再降为海西县公，故称。

②谢公：即谢安。安字安石。曾任侍中。

③何事：为什么。

【译】

桓温把司马奕废为海西公后，拥立了简文帝。侍中谢安见了桓温，下拜，桓温吃惊地笑着说："安石，你为什么这样呢？"谢安回答说："没有皇帝下拜于前，臣子还在后边站着的道理。"

【评鉴】

此则话中有刺，是讥讽桓温擅自废立君主，太过嚣张，居然接受新君的礼拜，有僭越主上之意。也正因为有谢安、王坦之等的护卫，简文帝才得以保住了皇位而善终，同时也延缓了桓温篡夺的步伐。简文帝也挺可怜，提心吊胆、窝窝囊囊做了两年皇帝就去世了。

排调39

郗重熙与谢公书①，道王敬仁②："闻一年少怀问鼎③，不知桓公德衰④，为复后生可畏⑤？"

【注】

①郗重熙：即郗昙，昙字重熙。郗鉴次子，郗超之叔父。

②王敬仁：即王修，修字敬仁。王濛之子。

③问鼎：询问鼎的大小轻重。比喻图谋夺取政权。语本《左传·宣公三年》："楚子伐陆浑之戎，遂至于洛，观兵于周疆。定王使王孙满劳楚子。楚子问鼎之大小轻重焉。"鼎，相传夏禹铸九鼎，历夏、商、周三代，为传国之重器。后指代国家政权。

④桓公德衰：此处语含双关，用"齐桓公德衰"之典，暗指桓温。《春秋公羊

传·僖公十七年》：“桓公尝有继绝、存亡之功，故君子为之讳也。”汉何休
注：“言尝者，时桓公德衰功废而灭人，嫌当坐，故上述所尝盛美而为之讳，
所以尊其德，彰其功。”

⑤为复：犹言还是。表示选择。后生可畏：谓年轻人势必超过前辈，令人敬畏。
语出《论语·子罕》：“后生可畏，焉知来者之不如今也。”

【译】

　　郗昙给谢安写信，评说王敬仁：“听说有一个少年怀有问鼎的野
心，不知是桓公德行衰微了，还是后生可畏？”

【评鉴】

　　此则起因应该是王修有不满意桓温的言行，故郗昙写信给谢安
戏说此事。之所以归入排调，此处语含双关，用楚庄王事戏说有一少
年怀问鼎。表面意思事说随着齐桓公的去世，其威风不存，故年少的
楚庄王敢有问鼎之举。其隐含的深意，则是暗指桓温虽大权在握，而
王修敢挑战对方。不知是桓温的德行衰落了，还是后生可畏？王修之
父王濛生前为简文帝腹心，对桓温即心存芥蒂。王修对桓温不满自在
情理之中。再者，这时桓温渐老，而王修二十来岁，且名父之子，声
誉早著。少年意气，勇气可嘉，故郗昙以问鼎相切。且郗家与桓温，
同样有势利之争，王修敢捋虎须，郗昙多少有些幸灾乐祸，故有此
“排调”。

排调40

　　张苍梧是张凭之祖①，尝语凭父曰："我不如汝。"凭父未解所以，苍梧曰："汝有佳儿。"凭时年数岁，敛手曰②："阿翁③！讵宜以子戏父④！"

【注】

①张苍梧：指张镇，镇字义远，吴郡（今江苏苏州）人。曾任苍梧太守。讨王含有功，封兴道县侯。苍梧，郡名。汉置，南朝相因。南朝时辖境大致为今广西梧州、苍梧及蒙江下游地区。张凭：字长宗。官至吏部郎、御史中丞。

②敛手：拱手。表示恭敬。

③阿翁：称祖父。

④讵：怎么。

【译】

　　张镇是张凭的祖父，曾经对张凭的父亲说："我不如你。"张凭的父亲没懂什么意思，张镇说："你有个好儿子。"张凭当时才几岁，恭敬地拱手说："阿翁！怎么可以拿儿子去戏弄父亲呢！"

【评鉴】

　　祖孙三人幽默风趣，其乐融融，如此家庭氛围令人向往。此则与《文学》第五十三则合为张凭本传。

排调41

　　习凿齿、孙兴公未相识①，同在桓公坐。桓语孙："可与习参军共语。"孙云："蠢尔蛮荆，敢与大邦为仇②！"习云："薄伐猃狁，至于太原③。"

【注】

①习凿齿：襄阳（今湖北襄阳）人。曾任桓温户曹参军。孙兴公：即孙绰，绰字兴公，太原中都（今山西平遥）人。

②"蠢尔蛮荆"二句：愚蠢无知的荆蛮，竟敢与大国为仇。语本《诗·小雅·采芑》："蠢尔蛮荆，大邦为仇。"蛮荆，古代对南方楚国人的蔑称。

③"薄伐猃狁（xiǎn yǔn）"二句：谓攻伐猃狁，把他们驱赶到太原。语本《诗·小雅·六月》："薄伐猃狁，至于太原。"薄，发语词。猃狁，我国古代北方少数民族名。

【译】

　　习凿齿、孙绰互相不认识，同在桓温坐上。桓温对孙绰说："你可和习参军交谈。"孙绰说："蠢尔蛮荆，敢与大邦为仇！"习凿齿说："薄伐猃狁，至于太原。"

【评鉴】

　　才人对嘲，贴切风趣。高手过招，暗藏玄机。习凿齿的家乡襄阳旧属楚地即蛮荆之地，孙绰的家乡太原古代亦为北方少数民族所居。二人皆以对方为蛮夷而诋毁之，而且又同引《小雅》，可见二人腹笥相当，棋逢对手。

排调42

桓豹奴是王丹阳外生^①，形似其舅，桓甚讳之。宣武云："不恒相似，时似耳。恒似是形，时似是神。"桓逾不说。

【注】

①桓豹奴：即桓嗣，嗣字恭祖，小字豹奴。桓冲之子，桓温之侄。官至西阳、襄城二郡太守，领江夏相。《晋书》卷74有传。王丹阳：指王混，混字奉正。王导之孙，王恬之子。王导长子王悦亡而无子，以王混为嗣，官至丹阳尹。

【译】

桓嗣是王混的外甥，样子很像舅舅王混，桓嗣很忌讳这件事。桓温说："不是一直都像，有时像罢了。一直像的是外形，有时像的是精神。"桓嗣更加不高兴。

【评鉴】

桓温无意中创造了"形似""神似"的概念，至于此处桓嗣何以忌讳，当是与其外祖王恬有关。王恬为王导次子，是王导宠妾雷氏所生。德29："丞相（王导）见长豫（王悦）辄喜，见敬豫（王恬）辄嗔。"王恬早年恶文尚武，傲诞不拘礼法，不为王导所重。王恬声誉不好，王混本为王恬之子，因王导长子王悦早亡，无子，王混又过继为王悦之子。六朝时特别看重门第，其外祖是庶出，而其舅又过继给王悦为养子，都是不甚体面的事情，所以桓嗣不愿意提到这些复杂的关系。

排调43

王子猷诣谢万①，林公先在坐②，瞻瞩甚高③。王曰："若林公须发并全，神情当复胜此不④？"谢曰："唇齿相须⑤，不可以偏亡⑥。须发何关于神明⑦！"林公意甚恶，曰："七尺之躯，今日委君二贤。"

【注】

①王子猷：即王徽之，徽之字子猷。

②林公：即支遁，遁字道林。晋高僧，时人呼为林公以敬之。

③瞻瞩：目光神态。

④当复：将会。复，后缀。

⑤相须：互相依赖。

⑥偏亡：缺少某一方面。

⑦神明：精神，神志。

【译】

王徽之去拜访谢万，支遁已先在坐，目光神态十分高傲。王徽之说："假如林公头发胡子都是齐全的，神情应该比现在更厉害吧？"谢万说："嘴唇和牙齿互相依赖，一样也不能缺失。胡须、头发和人的精神有什么关系！"支遁听了情绪很不好，说："我这七尺身躯，今日就托付给你们两位贤人了。"

【评鉴】

支道林长相怪异，可参考《容止》第三十一则："王长史尝病，亲疏不通。林公来，守门人遽启之曰：'一异人在门，不敢不启。'王笑曰：'此必林公。'"守门人云"异人"，自当是从其形貌而言。虽然，支道林为王、谢奚落也让人同情，但王、谢二人也是一时名流，支遁是轻视王、谢在先，最后结局的可悯也是咎由自取。不过，这王徽之和谢万说话也太刻薄了些，有失仁厚！从《世说》全书看，王徽之说话一向是比较尖刻的。这一则记叙，恐怕刘义庆自己也忍俊不禁！

排调44

郗司空拜北府[①]，王黄门诣郗门拜云[②]："应变将略，非其所长[③]。"骡咏之不已。郗仓谓嘉宾曰[④]："公今日拜，子猷言语殊不逊，深不可容。"嘉宾曰："此是陈寿作诸葛评[⑤]，人以汝家比武侯[⑥]，复何所言！"

【注】

①郗司空：指郗愔。死后追赠司空，故称。北府：东晋建都建康（今江苏南京），军府设在建康之北的广陵（今江苏扬州），称为北府。郗愔时已移镇京口（今江苏镇江）。

②王黄门：指王徽之。徽之字子猷，王羲之第五子。曾为黄门侍郎，故称。

③"应变将略"二句：指应对变故、用兵谋略方面，并不是郗愔的长处。语本《三国志·蜀书·诸葛亮》："然连年动众，未能成功。盖应变将略，非其所长欤？"

④郗仓：即郗融，融字景山，小字仓，晋高平金乡（今山东金乡）人。郗愔次
　　子。授官琅邪王文学，不拜而卒。嘉宾：指郗超。一字嘉宾。郗愔长子。
⑤陈寿（233—297）：字承祚，巴西安汉（今四川南充）人。师事同郡谯周，
　　仕蜀为令史，入晋为著作郎、御史治书。撰有《三国志》。《晋书》卷82
　　有传。
⑥汝家：你的父亲。武侯：指诸葛亮。死后谥号忠武侯，故云。

【译】

　　郗愔出任北府统帅，王徽之到郗家祝贺说："应变将略，非其所
长。"反复吟诵这句话不停口。郗仓对郗超说："父亲今天拜官，子猷
言语太不恭敬，实在不能容忍。"郗超说："这是陈寿对诸葛亮的评价，
别人把你父亲比成诸葛武侯，还有什么可说的！"

【评鉴】

　　王子猷大不恭敬，还好郗超善于解嘲。其实，郗超是心知其父才
不称职的，只是不便与弟弟解释，当然也不好与王徽之计较罢了。此
则的排调也是双向的，王徽之引陈寿评诸葛亮语是冷嘲，而郗超的解
释则是有意把矛盾化于无形，是善意的调侃。

排调 45

　　王子猷诣谢公，谢曰："云何七言诗①？"子猷承问，答曰："昂
昂若千里之驹，泛泛若水中之凫②。"

【注】

①云何：什么，什么是。

②"昂昂若千里之驹"二句：应该气宇轩昂像千里马一样呢，还是浮游不定像水中的野鸭一样呢？语本屈原《楚辞·卜居》："宁昂昂若千里之驹乎？将泛泛若水中之凫乎？与波上下，偷以全吾躯乎？"

【译】

王徽之拜会谢安，谢安说："什么是七言诗？"子猷听到提问，回答说："昂昂若千里之驹，泛泛若水中之凫。"

【评鉴】

关于王子猷的这两句话，历来颇多争论，如有的译本以为王子猷是讥讽谢安出处的不同态势，而有的则以为是戏比为官者的两种态度。我们认同前一种说法，当时人们以隐居为高而以出仕为轻，隐则可以高蹈不屑世事，而出则不免为俗务羁绊。王子猷此言有如郝隆讥讽谢安"处则为远志，出则为小草"。再则，联系王徽之言语的一贯风格，如此理解也才与"排调"门类的精神相符。

排调46

王文度、范荣期俱为简文所要①，范年大而位小，王年小而位大。将前，更相推在前，既移久，王遂在范后。王因谓曰："簸之扬之，糠秕在前②。"范曰："洮之汰之，沙砾在后③。"

【注】

①王文度：即王坦之。坦之字文度。范荣期：即范启，启字荣期。要：邀请。

②"簸（bǒ）之扬之"二句：扬去米中的糠皮，糠皮就飘浮在前面了。《诗·小雅·大东》："维南有箕，不可以簸扬。"簸，扬米去糠。糠秕（bǐ），稻、麦等谷物上脱下来的皮、壳。

③"洮之汰之"二句：用水淘米，米里的沙子和碎石就沉在下面了。洮、汰都是淘洗的意思。沙砾，沙子和碎石。

【译】

　　王坦之、范启同时被简文帝邀请，范启年龄大而官位低，王坦之年龄小而官位高。将要往前走时，互相推让请对方走在前，谦让了许久，王坦之就走在范启后边了。王于是对范说："簸之扬之，糠秕在前。"范说："洮之汰之，沙砾在后。"

【评鉴】

　　魏晋风流，于此也可见一斑。文士相互调侃，无不言出有典，话中暗藏机锋。

排调47

　　刘遵祖少为殷中军所知①，称之于庾公。庾公甚忻然②，便取为佐③。既见，坐之独榻上与语。刘尔日殊不称④，庾小失望，遂名之为"羊公鹤⑤"。昔羊叔子有鹤善舞，尝向客称之，客试使驱来，氃氋而不肯舞⑥，故称比之⑦。

【注】

①刘遵祖：即刘爰之。爰之字遵祖，晋沛国（治今安徽濉溪）人。少有才学，善谈玄理。历官中书郎、宣城太守。殷中军：即殷浩。浩曾任中军将军，故称。

②忻（xīn）然：高兴。

③佐：僚属。

④尔日：那天。不称：对不上，不匹配。

⑤羊公：指羊祜，字叔子。

⑥氃氋（tóng méng）：羽毛松散的样子。

⑦称比：比喻，比况。

【译】

　　刘爰之年轻时就被殷浩赏识，殷浩向庾亮称赞他。庾亮很高兴，就任用刘爰之为僚属。见了面，庾亮让刘坐在独榻上和自己交谈。刘爰之当天的表现和殷浩的称赞很不匹配，庾亮有些失望，就称刘爰之为"羊公鹤"。从前羊祜有一只白鹤善于舞蹈，羊祜曾经向客人夸耀它，客人试着让人把鹤赶来，结果这只鹤披散着羽毛不肯跳，所以庾亮这样比况刘爰之。

【评鉴】

　　史称刘爰之能言理，后来做到宣城太守。而此则言刘爰之的表现和殷浩的称赞不匹配，不如庾公之意，有"盛名之下，其实难副"的感觉。或是庾亮名声太大，地位太高，而刘爰之本身不如庾亮，故怯场而更为拘谨，以"羊公鹤"比喻之，形象而深刻。

排调48

　　魏长齐雅有体量①，而才学非所经②。初宦当出，虞存嘲之曰③："与卿约法三章④：谈者死，文笔者刑，商略抵罪⑤。"魏怡然而笑，无忤于色。

【注】

①魏长齐：即魏颛（yǐ），颛字长齐。体量：器度，气量。

②经：擅长，熟悉。

③虞存：字道长。官至尚书吏部郎。

④约法三章：语出《史记·高祖本纪》："吾与诸侯约，先入关者王之。吾当王关中。约法三章耳：杀人者死，伤人及盗抵罪。"后来泛指双方相约之事。

⑤商略：指评论，品评人物。抵罪：判罪。根据所触犯的刑律定罪。

【译】

　　魏颛很有气度，但才学却不是他擅长的。刚做官将要赴任，虞存嘲笑他说："与你约法三章：清谈的人要处死，写文章的要受刑，品评人物的要判罪。"魏颛淡淡笑笑，没有一点不满的神色。

【评鉴】

　　其实做官并非都要能谈、能写、能品评人物，纵观魏晋六朝人物，能建功立业者多非名士。魏长齐面对嘲讽而不动声色，此正是其过人度量。即此已足，何须口若悬河，下笔珠玑。于此，梁元帝萧绎也不满虞存之刻薄，转而赞赏魏长齐的气量，云"更觉长高之为高，虞存

之为愚也"。(《金楼子·卷四》)

排调49

郗嘉宾书与袁虎[1]，道戴安道、谢居士云[2]："恒任之风[3]，当有所弘耳。"以袁无恒，故以此激之。

【注】

①郗嘉宾：即郗超，超字嘉宾。袁虎：即袁宏，宏小字虎。

②戴安道：即戴逵，逵字安道。谢居士：即谢敷。居家奉行佛教，终生未仕，故称居士。

③恒任之风：有恒心、能担当的作风。

【译】

郗超写信给袁宏，评论戴逵、谢敷说："有恒心、敢担当的作风，应该有所弘扬啊。"因为袁宏做事没有恒心，所以用这话来激励他。

【评鉴】

此则故事是郗超赞扬戴逵和谢敷两位大隐士，借此间接批评袁宏。戴逵不乐仕进，常以琴书自娱，朝廷屡征不就。谢敷澄静寡欲，坚不仕进，入太平山中修道。而袁宏做事轻率任性，急功近利。特别醉心功名，因此郗超写信给他，对戴逵、谢敷大加赞扬，最后两句"恒任之风，当有所弘"，意思是说，有恒心，能担当的作风，应当又有所弘扬了。刘义庆唯恐读者不懂郗超的意思，解释说："以袁无恒，故以此激之。"归于"排调",就是因为以赞扬戴、谢之语让袁宏明白弦外之音。

排调50

范启与郗嘉宾书曰①:"子敬举体无饶②,纵掇皮无余润③。"郗答曰:"举体无余润,何如举体非真者?"范性矜假多烦④,故嘲之。

【注】

①范启:字荣期。官至黄门侍郎。

②无饶:没有多余的。

③掇(duó)皮:剥皮。余润:多余的油水。

④矜假:矜持做作,虚假浮华。

【译】

范启给郗超写信说:"王子敬全身都没有多余的,即使剥掉一层皮也没有多余的油脂。"郗超回答说:"全身没有多余的油脂,比全身都没有一点真东西的如何?"范启性格矜持虚伪而又烦琐,所以郗超嘲笑他。

【评鉴】

范启虽然颇有名声,然为人极其做作虚伪,故郗超讥讽范启虚假。而郗超为桓温谋主,范启也曾讥讽过郗超的"俗情不淡"(见下53条),互相戏嘲,也颇有趣。

排调51

二郗奉道^①，二何奉佛^②，皆以财贿。谢中郎云^③："二郗谄于道^④，二何佞于佛^⑤。"

【注】

①二郗：指郗愔、郗昙弟兄。道：指天师道。又称"五斗米道"。早期道教流派之一。以《老子》《太玄经》等为经典。

②二何：指何充、何准弟兄。

③谢中郎：指谢万。曾任西中郎将率师北伐，故称。

④谄：谄媚，讨好。

⑤佞：献媚，巴结。

【译】

郗愔、郗昙兄弟奉道，何充、何准兄弟奉佛，都为此花费了大量财物。谢万说："二郗谄媚于道教，二何讨好于佛教。"

【评鉴】

谢万对于二何与二郗，并无恶意，只是调侃批评，算是客观而公正的。据《晋书·何充传》："性好释典，崇修佛寺，供给沙门以百数，靡费巨亿而不吝也。亲友至于贫乏，无所施遗，以此获讥于世。"《晋书·郗愔传》："与姊夫王羲之、高士许询并有迈世之风，俱栖心绝谷，修黄老之术。后以疾去职，乃筑宅章安，有终焉之志。十许年间，人事顿绝。"由《晋书·郗愔传》也可知，王羲之也爱好黄老。东晋士人信奉黄老或佛教的人很多，儒道式微。这和当时的社会形势有关。

排调52

　　王文度在西州^①，与林法师讲^②，韩、孙诸人并在坐^③，林公理每欲小屈^④。孙兴公曰："法师今日如著弊絮在荆棘中^⑤，触地挂阂^⑥。"

【注】

①王文度：即王坦之，坦之字文度。西州：东晋人谓设在台城（东晋宫城）之西的扬州治所。此治所本王敦及王导任扬州刺史时所创，后会稽王司马道子为扬州刺史，改治东府城，故称台城西之旧州治为西州。

②讲：谈论玄理。

③韩：指韩康伯。孙：指孙绰，绰字兴公。

④小屈：稍显不敌，稍处劣势。

⑤弊絮：破烂的丝絮或棉絮。

⑥触地：到处，处处。挂阂：牵扯，钩挂。

【译】

　　王坦之在扬州刺史官署，与支遁谈论玄理，韩康伯、孙绰等人都在坐，支遁阐发玄理常常稍处劣势。孙绰说："法师今天像穿着破烂丝絮在荆棘丛中行走，处处都牵扯钩挂。"

【评鉴】

　　如《轻诋》第二十一则所言，"王中郎与林公绝不相得"，支道林和王坦之是一对清谈中的老冤家。支道林本为一流清谈高手，而王坦之一方，论清谈则有韩康伯之襄助，涉文学则有孙绰之渊博，支道林势单力薄，岂能还有胜算？"穿破烂丝絮在荆棘中，到处钩挂"，兴公这比喻新奇恰当，勾勒出支遁无处可"遁"的窘状，如此狼狈，我见犹怜！

排调53

范荣期见郗超俗情不淡①，戏之曰："夷、齐、巢、许一诣垂名②，何必劳神苦形，支策据梧邪③？"郗未答，韩康伯曰："何不使游刃皆虚④？"

【注】

①范荣期：即范启，启字荣期。俗情：世俗之情，即功名利禄之心。

②夷、齐、巢、许：伯夷、叔齐、巢父、许由。一诣：一举。垂名：名传后世。

③支策据梧：语本《庄子·齐物论》："昭文之鼓琴也，师旷之枝策也，惠子之据梧也，三子之知，几乎皆其盛者也。"乐师师旷拿着手杖打节拍，惠子倚在梧桐树下辩论，他们的技艺都算得上登峰造极，所以晚年声誉颇高。但在庄子看来，他们都劳费心神，疲惫不堪。后以"支策据梧"形容用心劳神。

④游刃皆虚：运刀所至，皆是骨节之间隙空虚处，而有回旋的余地。语本《庄子·养生主》："游刃必有余地。"

【译】

范启见郗超功名利禄之心不减，就调侃他说："伯夷、叔齐、巢父、许由一举而名传后世，你何必要劳费心神辛苦身体，像师旷拿着手杖打拍子、惠施倚着梧桐那样疲惫呢？"郗超没回答，韩康伯说："为什么不像庖丁那样游刃有余呢？"

【评鉴】

范启与郗超相互诋排，郗超认为范启虚伪，范启认为郗超追名逐利。事实上，二人都醉心功名，是功名中人。韩康伯则恬淡得多，本无意仕进，征举不就。简文帝居藩，才因其名望引侍左右，历官中书郎、散骑常侍、豫章太守，入为侍中。所谓"游刃皆虚"，正是韩康伯的夫子自道。

排调54

简文在殿上行，右军与孙兴公在后①。右军指简文语孙曰②："此啖名客③。"简文顾曰："天下自有利齿儿④。"后王光禄作会稽⑤，谢车骑出曲阿祖之⑥。王孝伯罢秘书丞⑦，在坐，谢言及此事，因视孝伯曰："王丞齿似不钝。"王曰："不钝，颇亦验。"

【注】

①右军：指王羲之。因曾任右军将军，故称。孙兴公：即孙绰，绰字兴公。

②右军指简文语孙：据余嘉锡笺，应作"右军指孙语简文"。

③啖名客：据宋晁载之《续谈助》卷四载《殷芸小说》引《世说》，"名"当作"石"。

④利齿儿：牙齿坚利的家伙儿。

⑤王光禄：指王蕴。因曾为光禄大夫，故称。

⑥谢车骑：指谢玄。死后追赠车骑将军，故称。曲阿：县名。本战国楚云阳邑，秦置曲阿县，治所在今江苏丹阳。汉因之。三国吴改名云阳，晋武帝太康二年（281）复称曲阿。祖：饯行。

⑦王孝伯：指王恭，恭字孝伯。王蕴之子。秘书丞：秘书监的助手。

【译】

简文帝在殿上行走，王羲之与孙绰在后边跟着。王羲之指着孙绰对简文帝说："这是个吃石头的角色。"简文帝回头说："天下本来就有牙齿坚利的人。"后来王蕴做会稽内史，谢玄到曲阿为他送行。王恭罢秘书丞职务，在座，谢玄说到这件事，趁势看着王恭说："王丞牙齿好像也不钝。"王恭说："不钝，还很准确应验。"

【评鉴】

余嘉锡笺认为，这一段话肯定文字上有错讹。"右军指简文语孙"应为"右军指孙语简文"，王羲之看不上孙绰，故当着简文帝的面调侃孙绰，这才符合情理。所谓"啖石客"，本义指那种凡事固执己见、先入为主、不管是非黑白的人。

排调55

谢遏夏月尝仰卧①，谢公清晨卒来②，不暇著衣，跣出屋外③，方蹑履问讯，公曰："汝可谓'前倨而后恭④'。"

【注】

①谢遏：指谢玄，玄小字遏。

②卒来：突然来到。卒，同"猝"。

③跣（xiǎn）：赤着脚。

④前倨（jù）而后恭：先前傲慢而后来有恭礼。语本《史记·苏秦列传》："苏
　秦笑谓其嫂曰：'何前倨而后恭也？'"倨，傲慢无礼。这里是谢安的调侃
　之语。

【译】

　　谢玄夏季曾经仰面躺着，谢安清晨突然来了，谢玄来不及穿衣服，
赤着脚跑出屋外，刚穿上鞋子问安，谢安说："你可以说是'前倨而
后恭'。"

【评鉴】

　　谢安子侄辈中，谢道韫和谢玄最受谢安赏爱，从"寒雪日内集"
一事可知（《言语》71）。在这一则，叔侄之间随意玩笑，其乐何以如
之。来不及穿衣服和赤脚可称为"前倨"，穿上鞋问安可称"后恭"。
从这几个字也可见谢安的诙谐风趣。

排调56

　　顾长康作殷荆州佐①，请假还东②。尔时例不给布帆③，顾苦求
之，乃得。发至破冢④，遭风大败。作笺与殷云："地名破冢，真破
冢而出，行人安稳，布帆无恙。"

【注】

①顾长康：即顾恺之，恺之字长康。殷荆州：指殷仲堪。因曾任荆州刺史，

　故称。

②还东：顾长康为晋陵无锡（今江苏无锡）人，在荆州东，故云"还东"。

③布帆：布制船帆。

④破冢：地名。在今湖北江陵东三十里长江东岸。

【译】

　　顾恺之作殷仲堪的僚属，请假回东边的老家。那时的惯例乘船不供给布帆，恺之苦苦请求，才得到。出发到了破冢，遇上大风，布帆被破坏得很厉害。恺之写信给殷仲堪说："这地方叫破冢，我们真是破冢而出了，如今行旅之人安稳，布帆完好无缺。"

【评鉴】

　　地名"破冢"，或此处原为残破的坟茔，恺之戏称"破冢而出"，暗喻行程惊险死里逃生。而布帆本已毁败，却云"布帆无恙"，盖因先前殷仲堪悭吝不许，是自己苦求才得到的，也是免得殷仲堪埋怨指责。

排调57

　　苻朗初过江①，王咨议大好事②，问中国人物及风土所生③，终无极已④，朗大患之。次复问奴婢贵贱，朗云："谨厚有识中者⑤，乃至十万；无意为奴婢问者⑥，止数千耳。"

【注】

①苻朗：字元达，苻坚之侄。性宏放。拜镇东将军、青州刺史，封乐安男。降
　　晋，加员外散骑侍郎。后为王忱、王国宝兄弟谗死。《晋书》卷114有传。

②王咨议：指王肃之，肃之字幼恭，晋琅邪临沂（今山东临沂）人。王羲之第
　　四子。历任中书郎、骠骑咨议。

③中国：指中原。

④无极已：无休无止，没完没了。

⑤谨厚：谨慎忠厚。识中：见识。

⑥无意：没意趣，没见识。也就是无聊。

【译】

　　苻朗才渡江时，王肃之特别好事，问中原人物以及风俗物产，问
个没完没了，苻朗非常烦他。接下来又问到奴婢价格贵贱，苻朗说：
"谨慎忠厚有见识的，可以卖到十万；只是无聊询问奴婢价钱的，只值
几千罢了。"

【评鉴】

　　这里苻朗是讥刺王肃之喋喋不休，如没有见识的奴婢，不值什么
钱。言外之意，谓王肃之如果列在奴婢中也是下等货色。尖刻之甚。
可能正因为其舌锋太利，树敌太多，不容于世，最后落得"众谗而杀
之"的下场（《晋书》本传）。

排调58

　　东府客馆是版屋①，谢景重诣太傅②，时宾客满中，初不交言，直仰视云："王乃复西戎其屋③。"

【注】

①东府：司马道子任扬州刺史时的州治所在。版屋：用木板搭建的房子。

②谢景重：即谢重，重字景重。谢朗之子。太傅：即司马道子，道子为孝武帝胞弟。官太傅。

③乃复：竟然。西戎其屋：《诗·秦风·小戎》："在其版（板）屋，乱我心曲。"毛传曰："西戎板屋。"

【译】

　　东府的客馆是用木板建造的，谢重去拜见司马太傅，当时宾客满堂，谢重不和人说一句话，只是仰视房顶说："大王竟然把自己的房子弄成了西戎的模样。"

【评鉴】

　　谢重与司马道子本来貌合神离。以司马道子之行为，群小蜂附，《晋书》本传对此多有记载，此不赘引。谢重到客馆时已宾客满堂，其间自然多是些趋炎附势之徒，谢重不屑与在座者交谈，于是引《诗·秦风·小戎》中"版屋"语以讥之。因为诗中说："在其版屋，乱我心曲。"谢重只说"西戎其屋"而不说下一句，其隐含的意义差不多是：这是夷狄的住所，乱人心意！

排调59

顾长康啖甘蔗①，先食尾②。人问所以，云："渐至佳境。"

【注】

①顾长康：即顾恺之，恺之字长康。

②尾：指甘蔗的尖部。这里通常指人们废弃的不太甜的部分。

【译】

顾恺之吃甘蔗，先从甘蔗尖吃起。别人问他为什么这样吃，恺之说："渐渐进入甘美的境地。"

【评鉴】

魏晋痴绝，非顾长康莫属。非常之人，必有非常之行，从小事也可看出些端倪来。通常人们食蔗顶部丢弃较多，只取中后端的甘甜部位，而顾恺之却一反常规，从顶部先吃。这本是无可无不可的事，但顾长康的回答留下了四字妙语"渐至佳境"，这一下就转移到人生境界中来，并因此而不朽。

排调60

孝武属王珣求女婿①，曰："王敦、桓温磊砢之流②，既不可复得；且小如意，亦好豫人家事③，酷非所须。正如真长、子敬比④，最佳。"珣举谢混⑤。后袁山松欲拟谢婚⑥，王曰："卿莫近禁脔⑦！"

【注】

①孝武：指晋孝武帝司马曜（yào）。属：通“嘱”。王珣：字元琳。王导之孙，王洽之子。

②磊砢（luǒ）：形容人卓越高迈。

③豫：干预，干涉。

④真长：即刘惔。惔字真长。子敬：即王献之。献之字子敬。

⑤谢混：字叔源。谢安之孙，谢琰少子。娶孝武帝女晋陵公主。

⑥袁山松：袁乔之孙。官至吴郡太守。

⑦禁脔（luán）：晋元帝渡江初到建业，物质匮乏，每得到一头猪都视为珍膳。猪颈上的肉味道鲜美，臣下不敢吃，就割下来送给晋元帝，被称为“禁脔”。事见《晋书·谢混传》。后因喻常人不得染指之物。

【译】

　　孝武帝嘱托王珣给他物色女婿，说：“王敦、桓温那种卓越高迈的人，已不能再得到；况且稍有得意，就爱干预别人的家事，根本不是我需要的。能够像真长、子敬这样的，最好。”王珣推举谢混。后来袁山松打算与谢家通婚，王珣说：“你不要接近禁脔！”

【评鉴】

　　王敦为晋武帝婿，桓温为晋明帝婿。此处“预人家事”，即是指晋室江山，盖王敦、桓温皆有不臣之心，觊觎帝位，让孝武帝几代人都吃尽了苦头，说起来都心有余悸，所以希望能得到刘惔、王献之那样的女婿。刘惔尚明帝庐陵公主，王献之尚简文帝新安公主。二人皆为名士，且忠诚晋室。谢混，为谢安之孙，谢琰之子，为世家子弟，且谢安一家在孝武朝忠心无二，与王坦之、桓冲等团结一心，让朝廷颇有气象，故能入孝武法眼。又，"禁脔"一语饶有趣味，也成为帝王女婿的典故。如宋楼钥《跋王都尉湘乡小景》："国家盛时，禁脔多得名贤，而晋卿风流尤胜。"王晋卿尚英宗女蜀国长公主。

排调61

　　桓南郡与殷荆州语次①，因共作了语②。顾恺之曰："火烧平原无遗燎③。"桓曰："白布缠棺竖旒旐④。"殷曰："投鱼深渊放飞鸟。"次复作危语⑤。桓曰："矛头淅米剑头炊⑥。"殷曰："百岁老翁攀枯枝。"顾曰："井上辘轳卧婴儿⑦。"殷有一参军在坐，云："盲人骑瞎马，夜半临深池。"殷曰："咄咄逼人⑧！"仲堪眇目故也⑨。

【注】

①桓南郡：即桓玄。因袭父爵为南郡公，故称。殷荆州：指殷仲堪。曾任荆州刺史，故称。语次：谈论中。

②了语：当时的一种文字游戏。意义上要有完结、了结义，而每句末尾字与"了"同韵。

③遗燎：遗漏而未被焚烧之处。

④旒旐（liú zhào）：出殡时灵柩前的幡旗。

⑤危语：也是文字游戏。意义上蕴含危殆义，韵脚也与"危"相同。

⑥淅米：淘米。

⑦辘轳：利用轮轴原理制成的井上汲水的器具。

⑧咄咄：赞叹声。逼人：逼我。

⑨眇（miǎo）目：一只眼失明。

【译】

桓玄与殷仲堪在谈话中，顺便一起戏说"了语"。顾恺之说："火烧平原无遗燎。"桓玄曰："白布缠棺竖旒旐。"殷仲堪曰："投鱼深渊放飞鸟。"接着又说"危语"。桓玄曰："矛头淅米剑头炊。"殷仲堪说："百岁老翁攀枯枝。"顾恺之说："井上辘轳卧婴儿。"殷仲堪有一个参军在座，说："盲人骑瞎马，夜半临深池。"殷仲堪说："这话逼我啊！"因为殷仲堪有一只眼瞎的缘故。

【评鉴】

"了语"和"危语"都是当时的一种文字游戏。此则留下了成语"咄咄逼人"。"咄咄逼人"是什么意思？咄咄，赞叹声，逼，迫近。此语关键在"人"究竟指谁，吕叔湘先生说："人或人家指别人，大率是指你我以外的第三者，……但也可以拿'你'作主体，指你以外的别人，那么'我'也在内；有时候，意思就是指的是'我'"（《汉语语法论文集·说代词词尾'家'》，社科出版社，1955年）。本篇言殷浩等作"危语"，殷浩的参军本是局外人，耳闻思动，妙语天成，情不自禁脱口而出。殷浩眇目，意随境生，顿觉其岌岌可危，于是油然叫好，深赞参军的"危语"比自己所言更危。"逼人"就是"逼我"，让自己觉得其危无以复加。

排调62

　　桓玄出射①，有一刘参军与周参军朋赌②，垂成③，唯少一破④。刘谓周曰："卿此起不破⑤，我当挞卿⑥。"周曰："何至受卿挞?"刘曰："伯禽之贵，尚不免挞⑦，而况于卿!"周殊无忤色⑧。桓语庾伯鸾曰⑨："刘参军宜停读书，周参军且勤学问。"

【注】

①射：射箭比赛。

②朋赌：结队比赛。

③垂成：即将取胜了。

④破：破的。指命中靶子。

⑤起：射，发射。

⑥挞（tà）：用鞭杖之类捶打。

⑦"伯禽之贵"二句：典出《礼记·文王世子》："成王有过，则挞伯禽，所以示成王世子之道也。"伯禽，周公之子。周公辅佐成王，留居东都，伯禽封于鲁。

⑧忤（wǔ）色：不高兴的表情。

⑨庾伯鸾：即庾鸿，鸿字伯鸾。官至辅国内史。

【译】

　　桓玄外出参加射箭的比赛，有一刘参军与周参军做搭档与别人赌射，快要取胜了，只差一箭命中。刘对周说："你这一下不射中，我就要鞭打你。"周说："何至于要被你打?"刘说："伯禽那样尊贵，还不能免于挨打，何况是你!"周一点没有不满的神色。桓玄对庾鸿说："刘参军应该停止读书，周参军还要勤于学问。"

【评鉴】

余嘉锡案："刘濫引故事，比拟不伦，以书传资其利口，故曰'宜停读书'。周被骂而无忤色，盖本不知伯禽为何人，故曰'且勤学问'。"余说甚是，刘参军与周参军本为同僚，而不伦不类地自比周公，把对方比喻成儿子伯禽，如此生吞活剥地读书且无礼于人不如不读。而周参军全然不知刘参军的恶搞，让别人把自己比成儿子都不知道，常见的典故不了解，其无学无知的确应当读书上进。

排调63

桓南郡与道曜讲《老子》^①，王侍中为主簿^②，在坐。桓曰："王主簿可顾名思义^③。"王未答，且大笑。桓曰："王思道能作大家儿笑^④。"

【注】

①道曜：姓氏不详。疑为当时名僧。

②王侍中：即王桢之，桢之小字思道。王徽之之子。曾任侍中。

③顾名思义：刘孝标注曰："思道，王桢之小字也。《老子》明道，桢之字思道，故曰'顾名思义'"。《老子》讲的是道，桢之小字思道，因此桓玄用他的字开玩笑，是说桢之可以不听他讲论《老子》，看自己的名字即可悟出"道"的真谛。

④大家儿：名门望族的子弟。

【译】

桓玄和道曜讲《老子》，王桢之任主簿，在座。桓玄说："王主簿可以顾名思义。"王桢之没回答，大笑起来。桓玄说："王思道能作大家子弟笑。"

【评鉴】

桓玄因讲《老子》，于是以王桢之字思道而排调他。没想到王桢之根本不接招，只是大笑而已。盖王桢之为王徽之子，王氏门第远比桓家高华，且王桢之生性高傲亦同其父，内心是看不起桓玄的。于是，桓玄恼羞成怒，以"大家儿笑"轻诋之，其话中亦多少带刺，差不多等于说，你没有什么了不起，不过是自恃门第罢了！桓玄爱逞口舌之利，结果是自讨没趣。

排调64

祖广行恒缩头①。诣桓南郡，始下车，桓曰："天甚晴朗，祖参军如从屋漏中来②。"

【注】

①祖广：字渊度，晋范阳（今河北涿州）人。历桓玄参军，官至护军长史。
②屋漏：谓漏雨的屋子。

【译】

祖广走路时常常缩着头。去见桓玄，刚下车，桓玄说："天气很晴朗，祖参军却好像从漏雨的屋中出来似的。"

【评鉴】

"从屋漏中来"的说法很形象，足见桓玄口辩了得。但作为一方人物，桓玄恃才逞口舌之利，言语有失谨慎。

排调65

桓玄素轻桓崖①。崖在京下有好桃②，玄连就求之，遂不得佳者。玄与殷仲文书以为嗤笑曰③："德之休明，肃慎贡其楛矢④；如其不尔，篱壁间物亦不可得也⑤。"

【注】

①桓崖：即桓修，修字承祖，小字崖。桓冲第三子。娶简文帝女武昌公主。桓玄篡，进位抚军大将军，封安成王。刘裕起兵，斩之。《晋书》卷74有传。

②京下：京都。

③殷仲文：桓玄姐夫。

④肃慎：古族名。商、周时居长白山北。从事狩猎，所出楛矢、石砮有名。楛（hù）矢：楛木做箭杆的箭。事本《国语·鲁语下》："昔武王克商，通道于九夷百蛮，使各以其方贿来贡，使无忘职业。于是肃慎氏贡楛矢石砮，其长尺有咫。"

⑤篱壁间物：篱笆垣墙间的东西，谓家里所产之物。泛指容易得到的东西。此处指桃子。

【译】

　　桓玄一向看不起桓修。桓修在都城有好的桃子，桓玄接连几次去讨要，始终没有得到好的。桓玄给殷仲文写信，用这件事来讥笑说："德行美好清明的话，连肃慎也要进贡楛矢；假如不是这样，篱笆垣墙间的东西也得不到啊。"

【评鉴】

　　投桃报李，人之常情。桓玄一向看不起堂弟桓修，故桓修偏不给桓玄面子。桓玄既嘲讽桓修的吝啬，也为自己得不到好桃而自嘲德行不佳。确实，桓玄理当自省，孔子说："躬自厚而薄责于人，则远怨矣。"（《论语·卫灵公》）意思是凡事严格要求自己，对别人宽怀，就能远离抱怨了。

轻诋第二十六

轻诋，并列式双音词。轻，指轻视；诋，诋毁。轻诋近义连文。魏晋时清谈风行，士人们也喜欢在口舌中寻求乐趣，《世说》分门别类地展示了时代的言语风华，"轻诋"也是其中一个重要的内容。在《世说》中，"轻诋"包含了对他人的冷嘲、批评、叱责、诋毁。

本门凡三十三条，或意深而言雅，或语淡而寓幽，或声色俱厉，或嘲侃尖酸，风致各别，趣味盎然。如王导以扇拂庾亮尘，留下"王导扇""庾亮尘"的典故；深公慧眼如炬，说大名士庾亮肚子里有很多坏水；桓温叱责袁宏如刘表的大牛；庾恒诋毁外公谢尚是"武夫"；王坦之说支道林诡辩，支道林则诋毁王坦之是"尘垢囊"；最精彩的则莫过于孙绰欲自高身价与名死人拉交情，却被褚裒痛斥的尴尬场面。

轻诋 1

王太尉问眉子①："汝叔名士②，何以不相推重③？"眉子曰："何有名士终日妄语④！"

【注】

①王太尉：即王衍。怀帝时为太尉，故称。眉子：指王玄，玄字眉子。王衍之子。

②汝叔：指王澄。王衍之弟。

③推重：推尊，推崇。

④妄语：胡言乱语。

【译】

　　王衍问王玄："你的叔叔是名士，你为什么不推尊他？"王玄说："哪有名士整天胡言乱语的！"

【评鉴】

　　王澄喜欢随意评论人物，不重王玄（《识鉴》2），而王玄亦轻藐王澄，认为他整天乱说，这一定程度上代表了当时所谓品藻的大概情形。王衍以弟兄之情，一向推崇王澄，但王玄偏不认可这小叔父。事实上，王澄的确乏善可陈。李慈铭评论说："案王澄一生，绝无可取。狂且恃贵，轻佻丧身。既无当世之才，亦绝片言之善。虚叨疆寄，致乱逃归。徒以王衍、王戎，纷纭标榜。一自私其同气，一自附于宗英。大言不惭，厚相封殖。"再准不过。

轻诋2

　　庾元规语周伯仁①："诸人皆以君方乐②。"周曰："何乐？谓乐毅邪③？"庾曰："不尔，乐令耳④。"周曰："何乃刻画无盐⑤，以唐突西子也⑥?"

【注】

①庾元规：即庾亮，亮字元规。周伯仁：即周颙（yǐ），颙字伯仁。

②方：比况，比方。

③乐毅：战国燕将，中山灵寿（今河北灵寿西北）人。燕昭王时，拜上将军，统领五国之兵伐齐，连下七十余城，以功封昌国君。

④乐令：指乐广。西晋名士。曾任尚书令，故称乐令。

⑤刻画：精细描摹。无盐：即钟离春。战国时齐国无盐（今山东东平）人。据说长相奇丑。自诣齐宣王，分析时弊，为宣王纳为王后。后世多用为丑女的代称。

⑥唐突：亵渎，冒犯。西子：即西施。春秋时越国美女。越王勾践将她献与吴王夫差，因得以与吴媾和。后勾践灭吴，传说西施与范蠡归隐五湖（今太湖）。后世多用为美女的代称。

【译】

　　庾亮对周颙说："大家都拿你和乐氏相比。"周颙说："哪个乐氏？说的是乐毅吗？"庾亮说："不是这样，说的是乐广啊。"周颙说："为什么要细致地描绘无盐，用来亵渎西施呢？"

【评鉴】

　　周颙一向大言，自以为是。乐毅应该是他对标的对象，所以他才会脱口而出，问人们是不是把他与乐毅相比；而听说人们将他与乐广相比，很不以为然。乐广为西晋名士，周颙为东晋名臣，从二人的资历来说，人们把两人相比是符合情理的。但二人性格差异较大，乐广尊崇名教，周颛放达好酒，不是一类人物。从这一点上来说，周颛大概并不认同人们把他与乐广相比。另外，乐广在司马氏内讧中为保官保命忧虑而死，而周颛则在王敦之乱中慷慨赴死，虽说这是后事，也可想见周颛对乐广的行为是看不上的。

　　但这里周颛自比西施，以无盐丑诋乐广，则不免过分，亦见其人太不自量。另一方面，刘盼遂先生说"正诋庾语之失当"，应该是周颛认为庾亮认同大家把他比作乐广的说法，对庾亮加以指责。

轻诋3

　　深公云①："人谓庾元规名士，胸中柴棘三斗许②！"

【注】

①深公：即竺道潜，字法深。晋高僧。

②柴棘：柴草、荆棘之类。此处暗指庾亮为人心理阴暗，城府太深。许：表约数。

【译】

　　竺法深说："人们都说庾元规是名士，可他胸中的荆棘却有三斗之多！"

【评鉴】

　　深公之眼光非同一般，一下就看穿了这位大名鼎鼎的人物的真面目。庾亮一生，空有玉人的雅致，嫉贤妒能，背恩负义，累启祸端。王导执政，庾亮欲起兵废王导，幸好郗鉴不允而止。苏峻之乱，几乎全由庾亮处置失当而起。说他"胸中柴棘三斗许"，算是客观的评价。

轻诋4

庾公权重，足倾王公①。庾在石头②，王在冶城坐③，大风扬尘，王以扇拂尘曰："元规尘污人④。"

【注】

①王公：指王导。

②石头：指石头城。故址在今南京石头山后。

③冶城：在建康城中。故址在今南京朝天宫一带。

④元规：指庾亮，亮字元规。

【译】

庾亮的权势很重，足以压倒王导。庾亮在石头城，王导在冶城坐上，大风扬起了灰尘，王导用扇子拂去灰尘说："庾元规的灰尘污染了我。"

【评鉴】

刘孝标注认为此条不实。甚是。王导处事圆融稳妥，顾大节，识大体，岂有当众诋毁庾亮的道理。若真是如此，岂不与《雅量》篇中的描述矛盾。这当是小说家言，刘义庆采入。从前后几则皆对庾亮有所批评看，刘义庆对庾亮是颇有看法的。虽然其事几无可能，但因《世说》一书影响巨大，"庾亮尘"倒成了后世名典活跃在诗文中了。

轻诋5

王右军少时甚涩讷①。在大将军许②，王、庾二公后来③，右军便起欲去，大将军留之，曰："尔家司空、元规，复何所难？"

【注】

①王右军：即王羲之。曾任右军将军，故称。涩讷：说话迟钝，不善言辞。

②大将军：指王敦。曾为大将军，故称。王敦为王羲之堂叔。许：处所。

③王：指王导。时为司空。王导亦为王羲之堂叔，故后文称"尔家司空"。庾：指庾亮，亮字元规。

【译】

王羲之年少时说话很迟钝，不善言谈。在大将军王敦那里，王导、庾亮二人后到，羲之就起身要离开，王敦挽留他，说："你们家司空、元规，又有什么为难的？"

【评鉴】

此则轻诋的对象是谁，似乎大多没弄清楚，不少著作以为是轻诋王羲之。王敦、王导都是王羲之的堂叔，王敦对王羲之，从来是爱赏有加，这在《世说》中屡有反映，试举二例。"汝是我佳子弟，当不减阮主簿。"（《赏誉》55）"王右军年减十岁时，大将军甚爱之，恒置帐中眠。"(《假谲》7)再则,《轻诋》一门,多是严肃甚至于有些刻薄的批评(除第七条外),轻诋王羲之不能成立。从次第的编排上,前面连续三则都是"轻诋"庾亮的,这一则和前边几则精神一致。我们以为,这一则轻诋对象是庾亮,盖王羲之听说王导和庾亮来了就要起身离开,王导为王羲之从叔。本来就是熟悉的,当然无须回避,王羲之应该和庾亮没有见过(至少是不熟),而庾亮甚有时名,且美姿容,所以王羲之因为自己不大善于交际,就准备离开。于是王敦就当着在场者的面对羲之说,你家司空你不是没见过,至于庾元规,还有什么难以应对的?因为庾亮素有名声,而其妹为太子妃,颇受宠信,王敦心中不免有些不平,加之他年龄比庾亮大了二十多岁。因而,这话表面是对王羲之说不要对庾亮怯场,言外之意则非常含蓄地趁机诋毁了一下庾亮。这才是本条"轻诋"命意之所在。

轻诋6

　　王丞相轻蔡公[①],曰:"我与安期、千里共游洛水边[②],何处闻有蔡充儿[③]?"

【注】

①蔡公:指蔡谟。蔡充之子。康帝时官司徒,为三公之一,故称其为蔡公。

②安期:指王承,承字安期。千里:指阮瞻,瞻字千里。王承、阮瞻南渡前即为名士,故王导诋斥蔡谟未入上流。

③蔡充(?—307):字子尼,陈留考城(今河南民权)人。任成都王东曹掾。后司马腾镇河北,征其为从事中郎。《晋书》卷77有传,本传谓其名为蔡克。

【译】

王导看不上蔡谟，说："我和安期、千里一起在洛水边嬉游，哪里听说过有个蔡充的儿子？"

【评鉴】

王导一向言语谨慎，不愧"宰相肚里能撑船"的度量，而此则中的话未免失态过甚。一读刘孝标注，令人忍俊不禁。刘孝标引《妒记》曰："丞相（王导）曹夫人性甚忌，禁制丞相，不得有侍御，乃至左右小人，亦被检简，时有妍妙，皆加诮责。"王导忍受不了，"乃密营别馆，众妾罗列，儿女成行。"后来曹氏得知了此事，惊愕大恚。"命车驾，将黄门及婢二十人，人持食刀，自出寻讨"。王导"亦遽命驾，飞辔出门，犹患牛迟。乃以左手攀车兰，右手捉麈尾，以柄助御者打牛，狼狈奔驰，劣得先至。蔡司徒闻而笑之，乃故诣王公，谓曰：'朝廷欲加公九锡，公知不？'王谓信然，自叙谦志。蔡曰：'不闻余物，唯闻有短辕犊车，长柄麈尾。'王大愧。后贬蔡曰：'吾昔与安期、千里，共在洛水集处，不闻天下有蔡克儿！'"盖蔡戏之在前，而王导恼羞成怒，直接诋毁蔡谟，又附带加上他的父亲。虽是小说家言，但《晋书》亦采此故事，恐不是全然编造。另外，王导姜雷氏多受贿赂且干预政事，蔡谟称其为"雷尚书"，这或许也是王导诋毁蔡谟的原因之一。

轻诋7

褚太傅初渡江①，尝入东，至金昌亭②，吴中豪右燕集亭中③。褚公虽素有重名，于时造次不相识④，别敕左右多与茗汁⑤，少著粽⑥，汁尽辄益，使终不得食。褚公饮讫⑦，徐举手共语云："褚季野。"于是四座惊散，无不狼狈。

【注】

①褚太傅：指褚裒，字季野。死后赠太傅，故称褚太傅。

②金昌亭：驿亭名。在吴县（今江苏苏州）城西阊门附近。亦作"金阊亭"。

③豪右：豪门大族。燕集：聚会宴饮。

④造次：仓猝，突然。

⑤茗汁：茶水。

⑥粽：蜜饯之类的点心。

⑦讫：完。

【译】

褚裒刚渡江南下时，曾经到东边去，到了金昌亭，吴地的豪门大族正在亭中宴饮聚会。褚裒虽然一向有大名，但当时因突然到来大家都不认识他，主事者就另外吩咐侍从多给他倒茶水，少给蜜饯，茶喝完了就加，让他始终吃不到东西。褚裒喝完茶，缓缓举起手对大家说："我是褚季野。"于是四座惊慌走散，没有不狼狈尴尬的。

【评鉴】

此故事颇见褚裒名气之大。但此则列为轻诋，似不太合适。王世懋："此殊不近轻诋，大都是县令沈充意，不足重出。"参《雅量》第十八则。

轻诋8

王右军在南，丞相与书，每叹子侄不令^①，云："虎犴、虎犊^②，还其所如。"

【注】

①不令：不贤，不出众。

②虎犴（tún）：指王彭之。彭之小字虎犴。王导堂弟王彬之子。官至黄门郎。犴，同"豚"，小猪。虎犊：指王彪之（305—377）。彪之字叔虎，小字虎犊。王彬之子。初为佐著作郎，官至尚书令，与谢安共掌朝政。立朝正色，博学多谋。《晋书》卷76有传。

【译】

王羲之在南方，王导给他写信，总是叹息子侄辈不出众，说："虎犴、虎犊，正如他们的小名一样。"

【评鉴】

此则或是好事者妄言，未必是王导语。以其小字讥之，言其名实相副。王彭之在史籍里，未见有过人处；但王彪之为东晋之名臣，为捍卫朝政安定鞠躬尽瘁，简文帝曾誉之"君谋无遗策，张、陈何以过之"，把他与张良、陈平比肩。《晋书·孝武帝纪》云："名贤间出，旧德斯在：谢安可以镇雅俗，彪之足以正纪纲，桓冲之夙夜王家，谢玄之善料军事。"以王彪之与谢安诸贤并举，则当时的威望可知。

轻诋9

　　褚太傅南下①，孙长乐于船中视之②。言次及刘真长死③，孙流涕，因讽咏曰："人之云亡，邦国殄瘁④。"褚大怒，曰："真长平生，何尝相比数⑤，而卿今日作此面向人！"孙回泣向褚曰："卿当念我⑥。"时咸笑其才而性鄙。

【注】

①褚太傅：指褚裒。裒死后赠太傅，故称。程炎震云："此盖褚裒彭城败后还镇京口，故云南下。永和五年也。"

②孙长乐：即孙绰。因袭爵长乐侯，故称。

③言次：言谈间。刘真长：即刘惔。惔字真长。

④"人之云亡"二句：《诗·大雅·瞻卬》："人之云亡，邦国殄瘁。天之降罔，维其优矣。人之云亡，心之忧矣。"诗为讥刺周幽王失德乱政，贤人纷纷逃亡，而国家困敝不堪。殄瘁，困顿衰败。在这里，孙绰借"亡"之字面意思"死亡"言刘惔之死，与原意略有区别。原诗"亡"指逃避远去。

⑤相比数：比数你。看得上你。相，指孙绰。

⑥念：怜悯，同情。

【译】

　　褚裒到南边去，孙绰到船上看望他。言谈中说到刘惔死去的事，孙绰流泪了，于是吟诵道："人之云亡，邦国殄瘁。"褚裒大怒，说："真长一辈子，哪里看得上你，但你今天在人面前做这副模样！"孙绰收住眼泪对褚裒说："你应该可怜可怜我。"当时人们都笑他有才学但人品鄙陋。

【评鉴】

孙绰确实有喜欢攀附的毛病。不过，即本则而言，我们觉得孙绰实在有些可怜，也许本身就是因仰慕刘惔而动了感情，褚裒实在没必要如此侮辱孙绰。这让人对褚裒的"皮里阳秋"瞬间便打了问号。

轻诋10

谢镇西书与殷扬州①，为真长求会稽，殷答曰："真长标同伐异②，侠之大者。常谓使君降阶为甚③，乃复为之驱驰邪④？"

【注】

①谢镇西：指谢尚。曾任镇西将军，故称。殷扬州：指殷浩。曾为扬州刺史，故称。

②标同伐异：颂扬同道，攻击异己。

③降阶：走下台阶迎接。比喻对人谦逊恭敬。

④乃复：竟然。复，后缀。驱驰：赶着马快跑。比喻奔走效力。

【译】

谢尚写信给殷浩，替刘惔请求会稽郡的官职，殷浩回答说："真长称颂同道的人，攻击意见相左的人，是个任侠使气的典型。我经常认为您对他谦恭得太过了，竟然还要替他奔走游说吗？"

【评鉴】

　　殷浩与刘惔，皆为清谈名家，而二人似不太相包容。刘惔认为殷浩不过是高调猎名，殷浩对刘惔也心存芥蒂。而谢尚对刘惔一向钦重，殷浩时任扬州刺史，会稽为扬州属郡，因为谢尚与殷浩为连襟，于是谢尚为刘惔向殷浩求会稽内史一职。在这里，殷浩除了"轻诋"刘惔党同伐异之外，还批评谢尚对刘惔太过礼敬，于是有了这番教训。

轻诋11

　　桓公入洛①，过淮泗②，践北境，与诸僚属登平乘楼③，眺瞩中原④，慨然曰："遂使神州陆沉⑤，百年丘墟⑥，王夷甫诸人不得不任其责⑦！"袁虎率尔对曰⑧："运自有废兴⑨，岂必诸人之过？"桓公懔然作色⑩，顾谓四坐曰："诸君颇闻刘景升不⑪？有大牛重千斤，啖刍豆十倍于常牛⑫，负重致远⑬，曾不若一羸牸⑭。魏武入荆州⑮，烹以飨士卒⑯，于时莫不称快。"意以况袁。四坐既骇，袁亦失色。

【注】

①桓公入洛：晋穆帝永和十二年（356），桓温率师自江陵北伐姚襄，大胜，收复洛阳。

②淮泗：淮河与泗水。

③平乘楼：大船顶部的望楼。平乘，一种大船，又名平乘舫，谓其平稳利乘。

④眺瞩：远望。中原：通常指黄河流域。在东晋时则指失去的故地。

⑤神州：指中原一带。陆沉：指国土沦陷于异族。

⑥百年丘墟：使国家百年来成为废墟。从西晋怀帝永嘉五年（311）永嘉之乱，

至东晋穆帝永和十二年（356），仅四十余年，此但言时间长久。

⑦王夷甫：即王衍，衍字夷甫。

⑧袁虎：即袁宏，宏小字虎。率尔：轻率，冒失。

⑨运：时运、国运。

⑩懔（lǐn）然：严峻、使人敬畏的样子。

⑪刘景升：即刘表（142—208），表字景升，山阳高平（今山东微山）人。东
　汉末官吏。初平元年（190），诏为荆州刺史。三年（192），为荆州牧，封
　成武侯。《后汉书》卷74、《三国志》卷6有传。

⑫刍豆：喂牲口的草料与豆类。

⑬负重致远：驮负重物远行。

⑭羸牸（zì）：瘦弱的母牛。牸，母牛。

⑮魏武：即曹操。其子曹丕代汉称帝后，尊曹操为武帝。

⑯飨（xiǎng）：宴飨，用酒食款待。

【译】

　　桓温向洛阳行进，渡过淮河、泗水，进入北方地区，与僚属们一
起登上大船的望楼，眺望中原地区，感慨地说："最终使得中原沦陷，
几十年成为荒丘废墟，王夷甫等人不得不承担责任！"袁宏很轻率地
回答说："国运自有废兴，难道一定是他们的过错吗？"桓温表情严峻，
变了脸色，环顾四座说："你们听说过刘景升吗？他有一头大牛重达千
斤，吃的草料是一般牛的十倍，但让他驮着重物远行，竟然赶不上一
头瘦弱的母牛。魏武帝占领荆州后，煮了这头牛犒劳士卒，当时没有
不叫好的。"桓温的意思是用这头牛比况袁宏。座上的人都很惊骇，袁
宏也吓得变了脸色。

【评鉴】

　　桓温有复兴中原、心系国土之志。他的言语，原本有理，而袁虎不假思索地贸然反驳，桓温岂有不恼怒之理？以刘表的大牛比况袁虎，斥责袁虎禄厚而无用，袁虎自然吓得魂飞魄散了。当然，桓温凌辱袁虎，亦太横暴了些，与平日风格不同。

轻诋12

　　袁虎、伏滔同在桓公府①，桓公每游燕②，辄命袁、伏。袁甚耻之，恒叹曰："公之厚意，未足以荣国士③，与伏滔比肩④，亦何辱如之！"

【注】

①袁虎：即袁宏，宏小字虎。伏滔：时与袁宏同为桓温参军。

②游燕：游乐宴饮。

③国士：国家的杰出人才。

④比肩：并列，居同等地位。

【译】

　　袁宏、伏滔同在桓温官署中任职，桓温每次游乐宴饮时，就叫上袁宏、伏滔。袁宏觉得这是很耻辱的事，常常叹息说："桓公的厚意，不能让国士觉得荣耀，和伏滔并列，还有什么羞辱能像这样呢！"

【评鉴】

此则可与上一则一起看，可见袁宏的轻率和狭隘。尽管伏滔的格局和器宇不免太过局促（参《宠礼》5），但你袁宏又优越到哪里去？

轻诋 13

高柔在东①，甚为谢仁祖所重②。既出，不为王、刘所知③。仁祖曰："近见高柔大自敷奏④，然未有所得。"真长云："故不可在偏地居，轻在角䯄中为人作议论⑤。"高柔闻之，云："我就伊无所求⑥。"人有向真长学此言者，真长曰："我实亦无可与伊者。"然游燕犹与诸人书⑦："可要安固。"安固者，高柔也。

【注】

①高柔：字世远。才思卓著，淡于名利。曾任安固县令。

②谢仁祖：即谢尚，尚字仁祖。

③王：指王濛。刘：指刘惔。

④敷奏：向皇帝上书进言。语出《书·尧典》："敷奏以言，明试以功，车服以庸。"孔传："敷，陈。奏，进也。"

⑤角䯄（nuò）：即角落。指屋角。此讥讽高柔居处偏僻，眼光窄见识少。

⑥伊：他。指刘惔。

⑦游燕：游乐宴饮。

【译】

高柔在东边会稽的时候，很受谢尚看重。到了京城，不被王濛、刘惔所赏识。谢尚说：“最近看到高柔大量地向朝廷奏本进言，然而没有什么成效。”刘惔说：“所以说不能在偏远的地方居住，轻易地在角落里为别人发议论。”高柔听说后，说：“我接近他没有什么企求。”有人向刘惔转述了高柔的这些话，刘惔说：“我确实也没有什么可以给他的。”然而每当游乐宴饮时还是给同游的人去信说：“可以邀请安固。”安固，就是高柔。

【评鉴】

刘惔本就识见过人，又是一流清谈名家，故目光高视，言语往往犀利。而高柔言“无所求”，刘惔言“无可与”，互相“轻诋”，倒也有趣。

轻诋14

刘尹、江虨、王叔虎、孙兴公同坐①，江、王有相轻色。虨以手歙叔虎云②：“酷吏③！”词色甚强。刘尹顾谓：“此是瞋邪？非特是丑言声、拙视瞻④。”

【注】

①江虨（bīn）：字思玄。东晋中兴大臣。官至尚书仆射、护军将军。王叔虎：
   即王彪之，彪之字叔虎。孙兴公：即孙绰，绰字兴公。

②歙（shè）：同“摄”。捉住，执持。

③酷吏：王彪之在穆帝时曾为廷尉，主刑法，刚正无私，时人比做西汉廷尉张
   释之，故江虨叱其“酷吏”。

④非特：不仅仅，不只是。视瞻：顾盼的神色。

【译】

　　刘惔、江𣿰、王彪之、孙绰同坐，江𣿰、王彪之有互相看不上的表情。江𣿰用手抓住王彪之说："酷吏！"言辞神色都很强硬。刘惔回头看着江𣿰说："这是发怒吗？不只是言辞、声调丑陋，神色拙劣。"

【评鉴】

　　江𣿰斥王彪之为酷吏，当是与各自的政治理念有关，盖江𣿰为政相对宽厚，而彪之则行事有类法家，曾为廷尉，执法严苛，时人比之西汉的张释之，因而江𣿰诋毁他。刘惔见江𣿰言辞过分，于是直接叱责江𣿰，且言语峭刻。其实有拉偏架的嫌疑。

轻诋15

　　孙绰作《列仙·商丘子赞》曰①："所牧何物？殆非真猪。傥遇风云，为我龙摅②。"时人多以为能。王蓝田语人云③："近见孙家儿作文，道'何物真猪'也。"

【注】

①孙绰作《列仙·商丘子赞》：孙绰为《列仙传·商丘子》写赞语。汉刘向《列仙传》中记神仙商丘子，名胥（一作胥），好吹竽牧猪，至老不娶，以老朮、菖蒲根为食。

②龙摅（shū）：指像龙一样腾跃飞升。因比喻羽化登仙。

③王蓝田：指王述。述袭父爵为蓝田侯，故称。

【译】

　　孙绰作《列仙·商丘子赞》说："放牧的是什么东西？大概不是真的猪。假如遇上风起云涌，它会为我像龙一样飞腾。"当时人大多以为他有才能。王述对人说："最近看见孙家那小子写文章，说什么'何物真猪'。"

【评鉴】

　　孙绰这赞语写得咬文嚼字，时人多以为能，而王述自高门第，性情直率，一向看不起孙绰。摘出"何物""真猪"，轻蔑之意尽显，且暗指孙绰自己即是真猪。这就用孙绰自己的赞语，轻诋孙绰的不才。

轻诋 16

　　桓公欲迁都①，以张拓定之业②。孙长乐上表谏③，此议甚有理。桓见表心服，而忿其为异。令人致意孙云④："君何不寻《遂初赋》⑤，而强知人家国事！"

【注】

①桓公欲迁都：桓温于穆帝永和十二年（356）率军北伐，收复洛阳，而后上
　　表请求还都洛阳。

②拓定：开拓疆土，安定国家。

③孙长乐：即孙绰。绰因袭爵长乐侯，故称。

④致意：传话，转达意旨给他人。

⑤《遂初赋》：孙绰所作，表达想要实现辞官隐退的初愿。文见《全晋文》卷
　61。遂，实现。

【译】

　　桓温想要迁都洛阳，以扩大开疆拓土、安定国家的事业。孙绰上
表谏阻，这一建议很有道理。桓温见了奏表心里也很佩服，但气愤孙
绰和自己唱反调。于是叫人给孙绰带话说："你怎么不去追寻《遂初
赋》，却硬要干预别人的国家大事！"

【评鉴】

　　孙绰《表谏》为："中宗龙飞，实赖万里长江，画而守之耳。不然，
胡马久已践建康之地，江东为豺狼之场矣。"写得洋洋洒洒，怪不得桓
温为之佩服。但桓温在军国大事上很难接受不同意见，孙绰违背了他
的想法，所以他直接捎话让孙绰按照自己《遂初赋》的心愿尽早辞官
归隐，不要耽误他谋划国家大事。盖此时朝廷已形同虚设，凡事无不
以桓温之意施行。

轻诋17

　　孙长乐兄弟就谢公宿①，言至款杂②。刘夫人在壁后听之③，具
闻其语。谢公明日还，问："昨客何似？"刘对曰："亡兄门未有如此
宾客④。"谢深有愧色。

【注】

①孙长乐兄弟：指孙绰与其兄孙统。孙绰袭封长乐侯，故称孙长乐。

②款杂：空泛杂乱。款，空。

③刘夫人：谢安夫人，刘惔之妹。

④亡兄：指刘惔。此时刘惔已亡故。

【译】

　　孙绰、孙统弟兄到谢安那儿夜宿，言谈非常空泛杂乱。刘夫人在壁后偷听，他们的对话都听见了。谢安第二天回家，问夫人："昨晚那两个客人怎么样？"刘夫人回答说："我亡兄家里没有这样的宾客。"谢安深有惭愧之色。

【评鉴】

　　从此则可见，刘惔（字真长）轻视孙绰之流，根本不与孙往来。《晋书·刘惔传》说："为政清整，门无杂宾。"这也再次印证了前褚裒骂孙绰"真长平生，何尝相比数"（《轻诋》9）。不过，谢安既是清谈名家，亦是朝廷重臣，其地位决定了他需要兼收并蓄，招揽各类人才以备不时之需。孙绰虽然品行不好，但其文才不愧一流，用其所长，弃其所短，正所谓"登明选公，杂进巧拙，纡余为妍，卓荦为杰。校短量长，唯器是适者，宰相之方也"。谢安留宿孙氏兄弟与之交往，未可深怪，由此也正看到谢安的"兼容并包"。

轻诋18

简文与许玄度共语^①，许云："举君亲以为难^②。"简文便不复答，许去后而言曰："玄度故可不至于此^③。"

【注】

①许玄度：即许询。询字玄度。

②君亲：君主和父母。

③故：本来。日本学者田中颐大壮《世说讲义》曰："简文本为桓温废海西而所立，是简文无君也，而今许欲举君父孰重之论，以诘难之也。"

【译】

简文帝与许询一起谈论，许询说："讨论君主和父母谁重要是很难的话题。"简文帝就不再回答，许询走后简文帝说："玄度本来可以不至于这样说话的。"

【评鉴】

这一条从来见仁见智。"举君亲以为难"是理解这一条的关键，我们认为，这里的"举"指"讨论，论说"，许询想表达的意思是："讨论君主和父亲谁重要是很难的。"其实说的是忠孝两难全的话题。谁知许询这话无意间犯了忌讳，简文因此多了心。盖简文为帝是桓温废除了司马奕而拥立的。简文是晋元帝的儿子，他做皇帝当然于父亲元帝来说是孝。但同时，他却又是海西公即司马奕的臣子，虽然他在辈分上高出司马奕两辈，但为臣取代君主便不可谓忠。日本学者田中颐大壮应该是明白了这里的奥妙，他在《世说讲义》中说："简文本为桓温废海西而所立，是简文无君也，而今许欲举君父孰重之论，以诘难之也。"也就是说，简文内心未必没有惭愧之心，而许询无意揭了这个疮疤，让他颇感失望，于是在许询离开后，简文送上这样一句很不舒服的批评——"玄度故可不至于此"意思是作为大名士的许询不应该还提出这样的问题。

轻诋19

谢万寿春败后还[①]，书与王右军云："惭负宿顾[②]。"右军推书曰："此禹、汤之戒[③]。"

【注】

①谢万寿春败：指穆帝升平三年（359），谢万率师北征，于寿春大败，许昌、颍川诸城相继陷没。因丧师失土，被贬为庶人。

②宿顾：过去的关心。据《晋书·王羲之传》，谢万任豫州都督，王羲之曾写信劝诫他说："愿君每与士之下者同，则尽善矣。食不二味，居不重席，此复何有，而古人以为美谈。济否所由，实在积小以致高大，君其存之。"王羲之希望谢万能和下级士卒同甘共苦，并说成功与否的关键在于积小成大。但谢万没能听进他的意见，最终战败。

③禹、汤之戒：夏禹和商汤的自责。典出《左传·庄公十一年》："禹、汤罪己，其兴也悖焉；桀、纣罪人，其亡也忽焉。"这里指谢万没有真正认识到自己的错误。

【译】

　　谢万寿春大败后回来，写信给王羲之说："很惭愧我辜负了你过去的关心。"王羲之把信推开说："你这信犹如大禹、商汤的自责。"

【评鉴】

　　谢万北伐，王羲之、谢安都曾规劝谢万要爱护士卒，广结人心，但谢万不听劝阻，依然如故，以致败绩。纵然事后有所悔悟，但大错已经铸成，于事何补。因而王羲之以夏禹、商汤的例子讥之，其言外之意等于说：你并没有真正意识到自己的过错。

轻诋20

　　蔡伯喈睹睐笛椽①，孙兴公听妓振且摆折②。王右军闻，大嗔曰："三祖台乐器③，叽瓦吊孙家儿打折④。"

【注】

①蔡伯喈（jiē）：即蔡邕（yōng）。邕字伯喈，东汉末年大臣。善属文，通音律。睹（dǔ）睐：看见，发现。笛椽：《太平御览·居处部·亭》："柯亭一名千秋亭，又名高迁亭。《会稽记》云：'汉议郎蔡邕避难宿于此亭，仰观椽竹，知有奇响，因取为笛，果有异声。'"笛椽，有学者认为应为"椽笛"。

②孙兴公：即孙绰，绰字兴公。听妓：听歌妓唱歌。摆折：敲断，打断。

③三祖：指曹氏三祖。太祖曹操、高祖曹丕、烈祖曹叡，《三国志·魏志·明帝纪》："有司奏：武皇帝拨乱反正，为魏太祖，乐用武始之舞。文皇帝应天受命，为魏高祖，乐用咸熙之舞。帝（明帝）制作兴治，为魏烈祖，乐用

章斌之舞。三祖之朝，万世不毁。"台：指铜雀台。又作寿。

④虺（huǐ）瓦：斥言妓女。语本《诗》云："维虺维蛇，女子之祥。"又云："乃生女子，载弄之瓦。"吊：挑逗，戏弄。

【译】

　　蔡邕发现椽竹并制作了笛子，孙绰听歌妓唱歌时摇动笛子并把笛子敲断了。王羲之知道后，大怒说："祖宗三代铜雀台传下来的乐器，被孙家儿挑逗妓女敲坏了。"

【评鉴】

　　蔡邕制作之笛，从时间上和"三祖"接近，这宝贝落入曹家也在情理之中。再到了永嘉南渡，此笛流入江东，成为人间珍物，结果毁于孙绰之手，难怪王羲之听说此事后发怒。盖王羲之本身即精通音乐，亦能吹奏管乐器，所以对于笛椽肯定很珍视。

轻诋21

　　王中郎与林公绝不相得①。王谓林公诡辩，林公道王云："著腻颜帢②，缊布单衣③，挟《左传》，逐郑康成车后④。问是何物尘垢囊⑤？"

【注】

①王中郎：指王坦之。因其曾任北中郎将，故称。林公：即支遁，遁字道林，晋高僧。时人呼为林公以敬之。不相得：彼此不投合，合不来。

②颜帢（qià）：一种便帽。额前处有一条横缝。西晋末年，横缝渐渐消失，称
　　为"无颜帢"。至东晋，再戴颜帢则显得过时。

③绤（tà）布：一种粗厚的布。绤，应为"榻"。

④郑康成：即郑玄，玄字康成。东汉经学家。

⑤尘垢囊：装满尘土污垢的口袋。

【译】

　　王坦之和支道林一点都合不来。王坦之说支道林诡辩，支道林说
王坦之："头戴一顶油腻腻的便帽，穿一身粗布单衣，挟着一部《左
传》，尾随在郑康成车后。请问这是个什么装满垃圾的袋子？"

【评鉴】

　　王坦之和支遁，在《世说》中差不多是一对老冤家，这一则更是
火药味十足。支遁为当时一流清谈名家，纵横儒释道三教，有很高的
声望。而王坦之为王述之子，也是颇负盛名的。不过他的盛名主要是
在政治领域，与谢安、郗超都是人中龙凤。虽然王坦之也时入清谈玄
学战场，但因为他不好老庄，曾作《废庄论》抨击玄学家们的虚无空
幻，当然不为清谈家们首肯，也难以抗衡支遁的纵横捭阖。

　　不过，支公也有其不足处，《支遁传》曰："遁每标举会宗，而不留
心象喻，解释章句，或有所漏，文字之徒，多以为疑。"故难免偶尔也
有疏误。王坦之对他"诡辩"的攻击应该多少与此有关。林公学识渊
博，被王坦之近乎蛮横的轻蔑弄得恼羞成怒，于是如连珠炮般轰向王
坦之：首先是模样穷酸，一顶过时的帽子戴在头上；接着说王学问浅
薄，没有创见，只知道郑玄的传注学问，亦步亦趋；而最后一句尤其

恶毒，这到底是一个什么样的垃圾口袋啊！凌蒙初对此评价："林公禅伯，不怕口业。"确实这支公太犯口业了！

轻诋22

　　孙长乐作王长史诔云①："余与夫子②，交非势利③，心犹澄水④，同此玄味⑤。"王孝伯见曰⑥："才士不逊，亡祖何至与此人周旋⑦！"

【注】

①孙长乐：即孙绰。绰袭封长乐侯，故称。王长史：指王濛。因曾为简文帝长
　史，故称。

②夫子：对王濛的尊称。

③交非势利：并非为了权势或利益而结交。

④澄水：清澈而静止的水。

⑤玄味：玄妙的旨趣。谓老庄之道。语本《庄子·山木》："君子之交淡若水，
　小人之交甘若醴；君子淡以亲，小人甘以绝。"

⑥王孝伯：即王恭，恭字孝伯。王濛之孙，王蕴之子。

⑦周旋：交际往来。

【译】

　　孙绰为王濛撰写诔文说："我和夫子，交非势利，心犹澄水，同此玄味。"王恭看见后说："才子太不谦逊，先祖父哪至于和这种人有交往！"

【评鉴】

　　孙绰自恃才华，喜欢卖弄，并且总是要攀附去世的名人以抬高自己。然而，时人往往不给面子，当面即驳斥揭穿，总是弄到十分尴尬的地步。从另外的角度说，王濛为人谦和，虚己待人，平生交接，不论贵贱，都能平等相待。《世说》中，简文帝、王坦之、刘惔、谢安、支道林等都与孙绰有交往。孙绰与王濛周旋自不足怪，孙绰感知遇之恩，也本在情理之中。但王恭自高门第，丝毫不给孙绰面子，倒显得王恭不厚道了。这也是王恭为人处事的致命弱点，不如其祖父王濛处事宽厚平和。

轻诋 23

　　谢太傅谓子侄曰："中郎始是独有千载①。"车骑曰②："中郎衿抱未虚③，复那得独有！"

【注】

①中郎：指谢万。晋穆帝永和中，谢万曾为会稽王司马昱抚军从事中郎，故称。

②车骑：指谢玄。玄死后追赠车骑将军，故称。

③衿抱：襟怀，胸怀。虚：指胸怀宽广。

【译】

　　谢安对子侄们说："中郎才是千年来独一无二的人才。"谢玄说："中郎胸怀还不够宽广，又怎么能是独一无二呢！"

【评鉴】

谢安一向爱重谢万，但时人对谢万总是评价不高，如桓温认为谢万是"挠弱凡才"，王羲之也出言讥之。也许是谢安宅心仁厚而重兄弟感情吧！谢玄在诸谢弟子中应该是佼佼者了，既有识见又有武略，看不上这位叔父也在情理之中。所谓衿抱未虚，是说谢万心胸狭窄，自视太高，不能容人。

轻诋24

庾道季诧谢公曰①："裴郎云②：'谢安谓裴郎乃可不恶③，何得为复饮酒！'裴郎又云：'谢安目支道林如九方皋之相马④，略其玄黄⑤，取其俊逸⑥。'"谢公云："都无此二语，裴自为此辞耳。"庾意甚不以为好，因陈东亭《经酒垆下赋》⑦。读毕，都不下赏裁⑧，直云："君乃复作裴氏学⑨！"于此《语林》遂废。今时有者，皆是先写，无复谢语。

【注】

①庾道季：即庾龢，龢字道季。庾亮之子。诧：告知。

②裴郎：指裴启。曾作《语林》一书，记汉魏两晋上层社会士人们的言谈、逸事，已佚。

③不恶：不差，不错。

④目：评价。九方皋：春秋时相马家。相传受伯乐引荐为秦穆公相马，不辨毛色、公母而只察马之内神，因此得天下良马。事见《列子·说符》。

⑤玄黄：黑色和黄色。代指马的毛色。

⑥俊逸：俊美出众。

⑦东亭：指王珣。王导之孙，王洽之子。曾封东亭侯，故称。《经酒垆下赋》：《语林》中收集的篇赋。指王戎曾与阮籍、嵇康在黄公酒垆下饮酒，后嵇、阮亡故，王戎再过酒垆，感慨伤怀。王珣据此而作赋，演绎其事。谢安与王珣有隙，所以庾龢说出这篇赋之后，谢安更为不屑。《文学》第九十则“裴郎作《语林》，始出，大为远近所传。时流年少，无不传写，各有一通。载王东亭作《经王公酒垆下赋》，甚有才情。”

⑧赏裁：鉴赏评价。

⑨乃复：竟然。复，后缀。

【译】

　　庾龢告诉谢安说：“裴郎说：‘谢安说裴郎确实不错，怎么能那样饮酒！’裴郎又说：‘谢安评论支道林就像九方皋相马，忽略马的颜色，只取马的俊逸。’”谢安说：“完全没说过这两句话，裴启自己杜撰的这些话罢了。”庾龢心里很不以为然，于是陈说王珣的《经酒垆下赋》。读完赋，谢安不做任何鉴赏评论，只是说：“你竟然又做裴氏的学问！”从此后《语林》就废弃了。现在还存在的，都是早先写的，不再有谢安的话。

【评鉴】

　　此则故事，是说《语林》被谢安“轻诋”而废。《语林》一书的遭遇令人遗憾，庾龢也难辞其咎，他在中间搬弄是非，令人生厌。盖谢安为人坦荡诚实，讨厌弄虚作假，反感裴启借自己的名声而炒作。《语林》所载王珣的《经酒垆下赋》，其内容同样也是向壁虚造，所以谢安斥责这种虚假不实的行为和文风为“裴氏学”，与王珣其实并无多大关系。

轻诋25

王北中郎不为林公所知①，乃著论《沙门不得为高士论》②，大略云："高士必在于纵心调畅。沙门虽云俗外，反更束于教，非情性自得之谓也③。"

【注】

①王北中郎：即王坦之。因曾任北中郎将，故称。知：赏识，认可。

②《沙门不得为高士论》：意思是说出家人不可能成为高士。沙门，指佛教僧侣。

③情性：本性。自得：自适，自己感到得意与舒适。

【译】

王坦之不被支遁所赏识，于是就写了论文《沙门不得为高士论》，大略意思是："高士一定是纵任心意、和谐舒畅的。和尚虽然说是世俗之外的人，却更被佛教戒律约束，就不是本性自适的意思了。"

【评鉴】

支遁曾讥讽王坦之为"尘垢囊"，故王坦之以此为报。有趣的是，与王坦之结怨本是支遁一人，而王坦之矛头则对准整个佛界。其说未必没有道理。高士当是身心都能够超越尘世，不被约束，正如巢父、许由一样，而和尚必须遵守戒律，一言一行都不得自由，和高士是有本质区别的。

轻诋26

人问顾长康①："何以不作洛生咏②?"答曰："何至作老婢声③!"

【注】

①顾长康：即顾恺之，恺之字长康。

②洛生咏：洛阳书生的吟咏声。当时在士人中间很流行。这里暗讽谢安。《晋书·谢安传》："安本能为洛下书生咏，有鼻疾，故音浊，名流爱其咏而弗能及，或手掩鼻以学之。"

③老婢：老年的女奴。

【译】

有人问顾恺之："你为什么不学洛阳书生的吟咏声?"顾恺之回答说："何至于去学老奴婢的声调!"

【评鉴】

顾恺之平生为桓温所重，桓温死后，顾恺之感知遇之恩，十分伤心，拜桓温墓有"山崩溟海竭，鱼鸟将何依"之辞。谢安执政，顾恺之应是对谢安心有不满，而多事者偏偏要挑起事端，问他为何不作谢安喜欢的洛生咏，于是顾轻诋"洛生咏"为"老婢声"。顾恺之这话有些刻薄，但还是可以理解，他不因桓温死而趋奉新贵，其人品比起那些趋炎附势、见风使舵者高尚许多。

轻诋 27

殷颢、庾恒并是谢镇西外孙①，殷少而率悟②，庾每不推③。尝俱诣谢公，谢公熟视殷，曰："阿巢故似镇西④。"于是庾下声语曰⑤："定何似?"谢公续复云："巢颊似镇西。"庾复云："颊似，足作健不⑥?"

【注】

①殷颢(yǐ)：殷仲文兄，小字阿巢。庾恒：字敬则。庾亮之孙，庾龢之子。官至尚书仆射。谢镇西：指谢尚。穆帝时进号镇西将军，故称。

②率悟：坦率颖悟。

③推：推重，赞许。

④故：的确，实在。

⑤下声：小声，低声。

⑥作健：指作壮士、当武夫。

【译】

殷颢、庾恒都是谢尚外孙，殷颢小时就很坦率颖悟，庾恒常常不赞许他。曾经一起去见谢安，谢安仔细看着殷颢，说："阿巢实在是像镇西。"于是庾恒小声说："到底哪儿像?"谢安接着说："阿巢脸颊像镇西。"庾恒又说："脸颊像，能够当武夫吧?"

【评鉴】

此则"作健"一语，历来莫衷一是。略申说如下。

东晋而下，衣冠士族对武人概加蔑视，只要出身行伍，哪怕是对方位极人臣也为之不屑，皆是以"军旅""兵"而奚落。

《轻诋》篇的"作健"正是上述观念的反映，其间蕴含着许多画外音。盖庾氏起于汉，曹魏时即为名族，庾恒之祖庾亮为一世清谈名家，美姿容，一生居于高位。相比之下，殷颢家族远不如庾氏显赫，而且其祖殷融（殷洪远）又曾为庾亮司马，庾恒"不欣赏他"自在情理之中。至于谢安襃扬殷颢似谢尚，谢尚生平多任武职，当时风气不以武职为荣，并且谢氏家族原非名门望族，直到谢安兄弟于东晋崛起，谢氏方与王氏并称而为东晋一流门阀。尽管谢氏勃兴，仍未能完全为衣冠士族所接受，如《简傲》第九则阮裕骂谢万是"新出门户"（犹言"暴发户"）。正是上述原因，当谢安盛赞殷颢时，庾恒心中大大不平，于是以"能作健不"而讥刺之，即"能作壮士么——能当武夫么？"这话既是瞧不上殷颢，也是对谢安称赞殷颢似谢尚的反唇相讥，言外之意等于说：有什么了不起，不过能作个武夫罢了！这才是庾恒"轻诋"命意之所在。

轻诋28

旧目韩康伯①：将肘无风骨②。

【注】

①目：评论。

②将肘：胳膊肘壮硕。将，大，壮。

【译】

过去评论韩康伯：胳膊肘壮硕，没有什么风格气质。

【评鉴】

刘孝标注引《说林》曰："范启云：'韩康伯似肉鸭。'"

从《晋书》本传可知，韩伯颇得时誉，此盖对韩伯心有不满者造作之辞，不能从政事方面抨击，于是从形体贬毁之。

轻诋29

符宏叛来归国①，谢太傅每加接引②。宏自以有才，多好上人③，坐上无折之者。适王子猷来④，太傅使共语。子猷直孰视良久⑤，回语太傅云："亦复竟不异人⑥。"宏大惭而退。

【注】

①符宏（？—405）：前秦符坚的太子。符坚为姚苌所杀，符宏携母、妻奔晋，为辅国将军。后得桓玄重用，授梁州刺史。后以谋叛诛。

②接引：接待引见。

③上人：凌人，凌驾他人之上。

④王子猷（yóu）：即王徽之。徽之字子猷。

⑤孰视：仔细地看。

⑥异人：与常人不同。

【译】

符宏从前秦逃奔来归附晋朝，谢安常常予以接待引荐。符宏自以为有才，总喜欢凌驾于他人之上，在座的没有人能够折服他。正好王徽之来了，谢安让王徽之和符宏交谈。王徽之只是仔细盯着符宏看了许久，回头对谢安说："到底也和常人没有什么不同。"符宏十分羞愧地退下了。

【评鉴】

符坚败亡，太子符宏奔晋而苟全性命，理应敛刃藏锋，不竞荣名，自求多福。可惜他不能审时度势，小有得意，便忘乎所以，诚为不知机变。被王徽之当面折辱实属自取。后来桓玄造反，又不识时务依附桓玄，最终自蹈死地。

轻诋30

支道林入东①，见王子猷兄弟②，还，人问："见诸王何如?"答曰："见一群白颈乌③，但闻唤哑哑声④。"

【注】

①入东：到东边的会稽。当时王羲之任会稽内史，家在此地。

②王子猷兄弟：指王徽之、王献之等。王徽之，字子猷。

③白颈乌：这里比喻王氏兄弟的外在形貌。王氏兄弟多穿白领衣，故云。清王琦注李贺《染丝上春机》"白袷玉郎寄桃叶"句云："《世说》支道林见王子猷兄弟，还曰，见一群白颈鸦，但闻唤哑哑声，王氏子弟多服白领故也。"

④哑哑声：此讥刺王氏兄弟皆作吴语。

【译】

　　支遁到东边的会稽去，见了王徽之兄弟，回来后，有人问："见到王氏兄弟怎么样？"支遁回答说："看见一群白颈乌鸦，只听到哑哑的叫声。"

【评鉴】

　　诸王到江东，王导执政，为笼络吴人，故学作吴语，尊长如此，子弟自然效之。《排调》第四十三则林公被谢万、子猷以须发相嘲，此处林公亦"轻诋"王家。

轻诋31

　　王中郎举许玄度为吏部郎①，郗重熙曰②："相王好事③，不可使阿讷在坐头④。"

【注】

①王中郎：指王坦之。因曾领北中郎将，故称。许玄度：即许询，询字玄度，小字阿讷，故下文称阿讷。吏部郎：主管官吏选拔的官。

②郗重熙：即郗昙，昙字重熙。

③相王：指简文帝司马昱。时简文帝以会稽王身份担任丞相，故称。好事：爱做事。

④坐头：坐上，在座。头，后缀。

【译】

王坦之举荐许询担任吏部郎，郗昙说："相王喜欢做事，不能让阿讷在吏部郎的座位上。"

【评鉴】

这一则歧说甚多，主要是因对"好事"的理解不同而产生的。郗昙为郗鉴之子，对朝廷忠贞无二，史称："简文帝为抚军，引为司马。寻除尚书吏部郎，拜御史中丞。"由此可知，郗昙和简文的关系是比较亲近的。好事，是说简文帝喜欢做事，有抱负，有想法。那么，为什么郗昙又反对让许询作吏部郎呢？这是因为：许询是当时清谈名家，简文可以和许询清谈通宵还难以忘情（《赏誉》144）。郗昙觉得如果许询在简文身边，二人情趣相合，醉心清谈，不免会"虚谈废务，浮文妨要"，从而耽误了政事。所以他说，不可使许询在简文身边。至于其评价准否，当作别论。

轻诋32

王兴道谓谢望蔡①："霍霍如失鹰师②。"

【注】

①王兴道：指王和之，和之字兴道。晋琅邪临沂（今山东临沂）人。王胡之之子。历永嘉太守、正员常侍。谢望蔡：即谢琰。淝水之战，以辅国将军率精卒八千陷阵破敌，以功封望蔡公，故云。

②霍霍：躁动不安的样子。

【译】

王和之说谢琰："躁动不安的样子像是丢失了鹰的驯鹰人。"

【评鉴】

谢琰为谢安之子，加之淝水之战又立有大功，故时誉甚高。而王和之云谢琰如失鹰师，言其浮躁而少持重，故刘义庆归之于轻诋。从谢琰的结局看，王和之的确有先见之明，并非恶意诋排。在镇压孙恩起义军时，轻敌冒进，不安抚将士，修整武备，其本传云："及至郡，无绥抚之能，而不为武备。"将帅进谏说："强贼在海，伺人形便，宜振扬仁风，开其自新之路。"谢琰轻蔑地说："苻坚百万，尚送死淮南，况孙恩奔衄归海，何能复出！"随后轻狂出兵，在此役中战败而死，确实犯了浮躁冒进的错误。

轻诋33

桓南郡每见人不快①，辄嗔云："君得哀家梨②，当复不烝食不③？"

【注】

①桓南郡：指桓玄。七岁时袭父爵拜南郡公，故称。不快：不聪慧、不敏捷。

②哀家梨：相传汉代秣陵人哀仲家的梨味道很美，入口即化，时人称之为"哀家梨"。

③当复不：该不会，或许。测度之辞。烝：同"蒸"。

【译】

　　桓玄每每遇到别人做事不聪明，就生气地说："你得到了哀仲家的梨，该不会蒸着吃吧？"

【评鉴】

　　梨一般生吃，味美而有生津滋阴之效。"哀家梨"为名品，入口即化，其果肉细嫩无渣。若蒸而食，则可惜了美果。桓玄一向喜讥刺人，故以此比喻人愚蠢而措置失宜。

虚假诡诈的背后，有时是迫不得已

假谲第二十七

假谲（jué），并列式双音词。假，虚假。谲，指言行的诡诈欺诳。《论语·宪问》："晋文公谲而不正，齐桓公正而不谲。"何晏集解引郑玄曰："谲者，诈也。"二者近义连文。

本门凡十四则，其中五则是说曹操的，如劫掠新妇见其无行，梦中杀人见其凶残，滥杀无辜见其狠毒。这一方面是曹操本身诡诈多智，但也不无政治的原因。《世说》中不少材料是晋人留下的，晋代魏祚，诋毁一下前朝自然在情理之中。当然还有刘义庆的个人感情因素在内，刘义庆为刘宋宗室宋武帝刘裕之侄，而刘裕为汉高祖弟楚元王刘交之后。也就是说，刘宋本为汉室后裔，在骨子里对曹氏的篡汉是痛恨的。

当然，此门中亦有不得已的作假，如王羲之假寐脱险；愍度道人以"心无义"求食；更戏剧性的是温峤用巧计娶妻，后世《玉镜台》居然编成了剧本；孙绰把悍女嫁给王家也近乎小说情节，充满趣味。

假谲1

魏武少时①，尝与袁绍好为游侠②。观人新婚，因潜入主人园中，夜叫呼云："有偷儿贼③！"青庐中人皆出观④，魏武乃入，抽刃劫新妇，与绍还出。失道，坠枳棘中⑤，绍不能得动。复大叫云："偷儿在此！"绍遑迫自掷出⑥，遂以俱免。

【注】

①魏武：即曹操。其子曹丕代汉称帝后尊为武帝。

②袁绍：字本初。汉末群雄之一。年少时与曹操为友。游侠：不循规蹈矩，喜好呼朋引类、争强斗气的行为。

③偷儿贼：小偷，窃贼。

④青庐：用青布幔搭成的棚屋。当时北方婚俗，夫妻于此交拜。

⑤枳棘：枳树与棘树。两树皆灌木，多刺。

⑥遑迫：惊慌窘急。掷出：跳出。

【译】

　　魏武帝曹操年轻时，曾经和袁绍一起喜好干游侠之类的事。看见别人家新婚，就潜入主人园中，在夜里叫喊道："有小偷！"青庐中的人都跑出来看，曹操就进入青庐，拔刀把新娘劫走了，同袁绍一起跑出来。两人迷了路，掉进荆棘丛中，袁绍没法动弹。曹操又大叫道："小偷在这里！"袁绍惊惶急迫自己跳了出来，这才都逃脱了。

【评鉴】

　　曹操多谋，于他的"假谲"可见。诈呼"有偷儿贼"引出众人，而趁乱劫走新妇，足见其智计过人。袁绍坠荆棘中已不能动，一动则不免芒刺着身，但痛到底比要命为轻，曹操再呼"偷儿在此"，故袁绍忍痛而自己跳出。这个故事叙述得十分生动，有小说意味。

假谲2

　　魏武行役①，失汲道②，军皆渴，乃令曰："前有大梅林，饶子③，甘酸，可以解渴。"士卒闻之，口皆出水。乘此得及前源。

【注】

①行役：带兵出征。

②汲道：取水之路。

③饶子：多果实。

【译】

　　魏武帝曹操带兵出征，找不到汲水的地方，兵士都渴得厉害，就下令说："前边有大片梅树林，梅子很多，又酸又甜，可以解渴。"兵士们听了这话，口中都流出口水。靠这样得以到达前边有水源的地方。

【评鉴】

　　曹操这一"假谲"行为，增添了汉语中一个生动形象的典故——望梅止渴。在军队无水难以继续前行时，曹操居然想出了这样的妙招，利用人身体条件反射的本能，虚拟了前边的梅林，这样让将士顿时口内生津，增添了将士们前进的动力，从而脱离了困境。所以，尽管曹操这一行为本身并不光明磊落，但称得上足智多谋。本来，刘义庆对曹操素无好感，但记载这一故事时也传达出服膺的信息。

假谲3

　　魏武常言①："人欲危己，己辄心动。"因语所亲小人曰②："汝怀刃密来我侧，我必说'心动'，执汝使行刑③，汝但勿言其使，无他，当厚相报。"执者信焉，不以为惧。遂斩之，此人至死不知也。左右以为实，谋逆者挫气矣④。

【注】

①常：通"尝"。曾经。

②小人：身边伺候的仆人。

③行刑：执行刑罚。此处特指执行死刑。

④挫气：丧气。

【译】

　　魏武帝曹操曾说："如果有人要害我，我的心就会跳动。"于是对身边一个亲近的侍从说："你怀中揣把刀偷偷来到我身边，我一定会说'心动'，捉了你送去行刑，你只要不说是我指使的，就不会有什么危险，我将会厚厚报偿你。"被抓的侍从相信了，不因为被抓而害怕。结果曹操把那侍从杀了，这人到死也不知是怎么回事。身边的人都信以为真，图谋叛逆想要行刺的人也就灰心丧气了。

【评鉴】

　　曹操之凶残令人发指，杀无辜而防刺客。何其狠毒！曹操滥杀无辜的事还有很多，如《三国志·魏书·武帝纪》裴松之注引《魏书》：

有一个宠幸的姬妾和他白天同睡，曹操告诉她说："一会儿叫醒我。"姬妾见他睡得很沉，没有很快叫他，到曹操自己醒了，把姬妾用乱棒打死了。又引《曹瞒传》：曹操曾经出兵讨伐敌人，军粮不够，私下问主管官吏："怎么办？"主管者回答说："可以用小一些的斛量来补足。"曹操说："好。"后来军中说曹操欺骗兵众，曹操对主管者说："只好借你的死平复军心，不然事情没法了结。"于是杀了主管官吏，割下他的脑袋题字示众："用小斛，盗官谷，斩之军门。"

假谲4

魏武常云："我眠中不可妄近，近便斫人^①，亦不自觉。左右宜深慎此。"后阳眠^②，所幸一人，窃以被覆之，因便斫杀。自尔每眠，左右莫敢近者。

【注】

①斫：砍。

②阳：假装。

【译】

魏武帝曹操曾说："我睡觉时不能随便走近我，走近了我就会砍人，我自己也不知道。我身边的人都要特别小心这件事。"后来假装睡着了，一个平时宠信的人，偷偷把被子给他盖上，曹操就起来砍杀了那人。从这以后每当曹操睡觉，左右侍从没有敢靠近的。

【评鉴】

　　此则显示曹操之奸诈空前绝后！他以怨报德，杀掉为自己盖被子的人，其行为令人发指！后来，曹氏权移于司马氏，其子孙为司马氏屠戮。李贽慨叹曹操一生奸诈，却没料到子孙被司马氏屠戮殆尽。积德知善，恩泽惠民，自然为天下众生拥戴。天下之大，岂权术之能驾驭。

假谲5

　　袁绍年少时，曾遣人夜以剑掷魏武①，少下，不著②。魏武揆之③，其后来必高。因帖卧床上，剑至果高。

【注】

①掷：投刺。

②不著：不中。

③揆（kuí）：推测，估量。

【译】

　　袁绍年轻时，曾派人在夜里用剑掷杀魏武帝曹操，稍微低了一点，没投中。曹操估计，再来谋杀的人一定会投高。于是就紧贴在床上睡，投掷过来的剑果然高了。

【评鉴】

　　关于此则，刘孝标注说："袁、曹后由鼎跱，迹始携贰。自斯以前，不闻仇隙，有何意故而剚之以剑也？"此不足信，当是小说家言。

假谲 6

　　王大将军既为逆^①，顿军姑孰^②。晋明帝以英武之才，犹相猜惮^③，乃著戎服^④，骑巴赍马^⑤，赍一金马鞭^⑥，阴察军形势。未至十余里，有一客姥居店卖食^⑦，帝过憩之^⑧，谓姥曰："王敦举兵图逆，猜害忠良，朝廷骇惧，社稷是忧。故劬劳晨夕^⑨，用相觇察^⑩。恐形迹危露^⑪，或致狼狈，追迫之日，姥其匿之。"便与客姥马鞭而去，行敦营匝而出^⑫。军士觉，曰："此非常人也！"敦卧心动，曰："此必黄须鲜卑奴来^⑬！"命骑追之。已觉多许里^⑭，追士因问向姥："不见一黄须人骑马度此邪？"姥曰："去已久矣，不可复及。"于是骑人息意而反。

【注】

①王大将军：指王敦。

②顿军：驻军。姑孰：在今安徽当涂。

③猜惮：猜疑畏忌。

④戎服：军装，行军打仗的服装。

⑤巴赍（cóng）马：巴地賨人养殖的马。賨，古代西南地区的的少数民族。

⑥赍（jī）：携带。

⑦客姥：异乡的老年女子。

⑧憩（qì）：休息，歇息。

⑨劬（qú）劳：辛劳。

⑩觇（chān）察：暗中侦察。

⑪危露：显露，败露。

⑫匝：环绕一周。

⑬鲜卑奴：犹言鲜卑儿。指晋明帝，明帝生母荀氏是北燕胡人，故明帝面貌像胡人。奴，骂人的话，犹言家伙。

⑭觉（jiào）：通"较"。相差，相距。

【译】

　　王敦谋反后，军队驻扎在姑孰。晋明帝虽然有英武之才，还是对他心存猜疑忌惮，就穿上军装，骑巴賨骏马，带着一根金马鞭，暗中窥探王敦军的形势。离王敦军营还有十多里，有个异乡的老妇人开店卖饮食，明帝进店休息，对老妇人说："王敦起兵造反，猜忌陷害忠良，朝廷惊骇忧惧，忧虑社稷倾覆。因而我从早到晚不辞辛苦，以暗中探查其军情。我担心行踪暴露，也许会处境危险，他们来追我的时候，请老人家帮我隐瞒行踪。"于是将金马鞭送给老妇人然后离开了，绕着王敦的军营察看了一周出来。军士察觉了，说："这不是一般人！"王敦睡觉感到心跳，说："这一定是那个黄胡须鲜卑奴来了！"命骑士追赶他。已相差了许多里，追赶的骑士便问先前那老妇人："没有看见一个黄色胡须的人骑马经过这里吗？"老妇人说："离开已经很久了，不可能再追上了。"于是骑士打消了追赶的念头就回去了。

【评鉴】

　　此段故事在《晋书·明帝纪》《神仙传》中皆有记载，大同小异。联系《夙惠》第三则关于"举目见日，不见长安"的问答，《术解》第六则云其"解占冢宅"等，可见晋明帝智谋过人，多才多艺，以其资质，本可成为一代英主，但天不佑晋，他26岁即去世了。这一条"假谲"则是正面颂扬晋明帝的聪明。《文心雕龙·时序》有云:"逮明帝秉哲,雅好文会。升储御极,孳孳讲艺,练情于诰策,振采于辞赋;庾(亮)以笔才逾亲,温(峤)以文思益厚,揄扬风流,亦彼时之汉武也。"给予晋明帝极高的评价。

假谲7

　　王右军年减十岁时①,大将军甚爱之②,恒置帐中眠。大将军尝先出,右军犹未起,须臾钱凤入③,屏人论事,都忘右军在帐中④,便言逆节之谋⑤。右军觉,既闻所论,知无活理⑥,乃剔吐污头面被褥⑦,诈孰眠⑧。敦论事造半⑨,方忆右军未起,相与大惊曰:"不得不除之。"及开帐,乃见吐唾从横⑩,信其实孰眠,于是得全。于时称其有智。

【注】

①王右军:即王羲之。曾任右军将军,故称。减:不到。

②大将军:即王敦。曾为大将军,故称。

③钱凤(?—324):字世仪。为王敦铠曹参军,与沈充同为王敦谋主。王敦造反事败,被诛。

④都忘:完全忘了。

⑤逆节:叛逆,反叛。

⑥理:情理。

⑦剔吐:用手撩拨喉头催吐。剔,挑,拨。

⑧孰眠:熟眠。孰,同"熟"。

⑨造半：到一半。

⑩从横：即纵横。乱七八糟、一塌糊涂的样子。

【译】

　　王羲之不到十岁时，大将军王敦很喜欢他，常常把他留在自己帐中睡觉。有一次王敦先出去了，王羲之还没起来，一会儿王敦和钱凤一同进来，屏退了其他人讨论事情，完全忘记了王羲之还在帐中，就商量起准备造反的计划。王羲之醒了，听到了他们谈论的事，知道自己没有活的可能了，于是就用手撩拨喉咙吐得头脸被褥全是污秽，装作还在熟睡。王敦事情说到一半时，才想起王羲之没起床，两人都大惊说："不能不除掉他。"等到拉开床帐，才看见床上吐得一塌糊涂，相信王羲之确实是睡着了的，于是得以活命。当时人们都称赞王羲之有智谋。

【评鉴】

　　王羲之急中生智，逃过一劫。由此也可见王敦十分宽容，没有怀疑王的"假谲"。假如王敦是曹操之流，那么无论王羲之如何"假谲"，也是无法逃命的了。

　　又，刘孝标及前贤多考定为王允之事。的确，参之《晋书·王允之传》："从伯敦谓为似己，恒以自随，出则同舆，入则共寝。敦尝夜饮，允之辞醉先卧。敦与钱凤谋为逆，允之已醒，悉闻其言，虑敦或疑己，便于卧处大吐，衣面并污。凤既出，敦果照视，见允之卧吐中，以为大醉，不复疑之。"为王允之事无疑。概因王羲之有盛名，不免又锦上添花而移植到王羲之身上。

假谲8

　　陶公自上流来赴苏峻之难①，令诛庾公②，谓必戮庾，可以谢峻③。庾欲奔窜则不可，欲会恐见执④，进退无计。温公劝庾诣陶，曰："卿但遥拜，必无他，我为卿保之。"庾从温言诣陶，至便拜，陶自起止之，曰："庾元规何缘拜陶士衡⑤？"毕，又降就下坐，陶又自要起同坐⑥。坐定，庾乃引咎责躬⑦，深相逊谢⑧，陶不觉释然。

【注】

①陶公：指陶侃，侃字士衡。因封长沙郡公，故称陶公。上流：长江上游。陶侃时任荆州刺史，顺流而下至建康。苏峻之难：晋成帝咸和二年（327），苏峻起兵叛乱，次年攻破建康。

②庾公：指庾亮，亮字元规。

③谢：道歉，赔礼。

④见执：被拘囚。

⑤何缘：为什么。

⑥要：邀请。

⑦引咎责躬：承担过错并检讨自己。躬，自身。

⑧逊谢：道歉认罪。

【译】

　　陶侃从上游武昌率兵东下建康参与平定苏峻叛乱，他命令杀了庾亮，认为必须杀了庾亮，才可以向苏峻谢罪而化解矛盾。庾亮要想逃走已不可能，要想会见陶侃又担心被陶侃拘囚，进退都没有主意。温峤劝庾亮去拜见陶侃，说："你见了陶侃只管远远地下拜，一定不会有什么事，我为你做担保。"庾亮听从温峤的话去拜见陶侃，一到就下拜，陶侃亲自起身阻止他，说："庾元规为什么要拜陶士衡？"行礼后，庾亮又屈尊到下位就座，陶侃又亲自请庾亮起来和自己同坐。坐好后，庾亮就承担罪责并检讨自己，诚恳地道歉认罪，陶侃不知不觉就消解了怒气。

【评鉴】

　　庾亮以帝舅之尊而居台辅，平时何尝将陶侃放在眼里。此时性命攸关，不得不假做谦恭状，而陶侃云"庾元规何缘拜陶士衡"，正是话中有刺。庾亮为什么这样？畏死而已。此则刘义庆列入"假谲"，颇有深意。庾亮性命危殆之时，装模作样，俯首低眉而拜陶侃，其实心里积怨甚深。胸中"柴棘三斗"，也不足言其龌龊。

假谲9

　　温公丧妇①。从姑刘氏家值乱离散②，唯有一女，甚有姿慧③。姑以属公觅婚，公密有自婚意，答曰："佳婿难得，但如峤比④，云何？"姑云："丧败之余⑤，乞粗存活，便足慰吾余年，何敢希汝比。"却后少日，公报姑云："已觅得婚处，门地粗可，婿身名宦尽不减峤⑥。"因下玉镜台一枚⑦。姑大喜。既婚，交礼，女以手披纱扇，抚掌大笑曰："我固疑是老奴⑧，果如所卜⑨。"玉镜台，是公为刘越石长史⑩，北征刘聪所得⑪。

【注】

①温公：指温峤。因曾封开国公及始安郡公，故称。

②从姑：堂姑，父亲的堂姐妹。刘氏：指这个堂姑是嫁到刘家，从夫姓。

③姿慧：美丽聪明。

④比：类，辈。

⑤丧败：丧乱。

⑥名宦：名声和官职。

⑦玉镜台：镶嵌有玉石的梳妆台。

⑧老奴：犹言老家伙。

⑨卜：预料。

⑩刘越石：即刘琨，琨字越石。

⑪刘聪（？—318）：一名载，字玄明，匈奴人。十六国时汉赵皇帝，刘渊第四子。渊死即帝位。光兴二年（311）攻陷洛阳，虏晋怀帝。五年后又破长安，晋愍帝出降，西晋灭亡。谥昭武，庙号烈宗。《晋书》卷102有载记。

【译】

　　温峤死了妻子。堂姑刘氏家碰上战乱流离失散了，只有一个女儿，很聪明漂亮。刘氏嘱托温峤给女儿找个婆家，温峤暗中有自娶的想法，回答说："好女婿实在难找，只是像我温峤这样的，如何？"刘氏说："遭遇丧乱之后，乞求能勉强活下去，就足以安慰我的余生了，哪敢指望有像你这样的女婿。"过后几天，温峤给堂姑报信说："已找到婚配的人家，门第勉强可以，女婿的名声官职都不比我温峤差。"于是送了一个玉镜台作为聘礼。堂姑大喜。成亲时，行夫妻对拜的礼仪，女子用手拨开纱扇，拍掌大笑说："我本来就怀疑是你这老家伙，果然如我所料。"玉镜台，是温峤做刘琨长史的时候，北征刘聪时得到的。

【评鉴】

温峤凭巧计而娶表妹事，虽属无稽，但经《世说》渲染，倒是颇有趣味，后来多为诗文小说戏剧取材，如唐杨炯《梅花落》："泣对铜钩镂，愁看玉镜台。"李商隐《中元作》："羊权虽得金条脱，温峤终虚玉镜台。"元关汉卿有杂剧《温太真玉镜台》，也是由此而来。不过，温峤之多智倒是一流，《晋书》本传记载说，温峤知道王敦要造反，屡屡劝王敦不要造反，王敦不听，于是温峤就想办法脱身，他用计让王敦任他为丹阳太守。而温峤回到都城后，就表奏王敦要造反了，请朝廷早作准备，明帝加温峤为中垒将军、持节、都督东安北部诸军事。王敦听说后勃然大怒，悬赏活捉温峤，还扬言要"自拔其舌"。读此故事，令人忍俊不禁，王敦奸雄，钱凤谋主，全被温峤玩于股掌之中。或许，正因为温峤滑稽多智，小说家才给他编出这样一个风流温馨的故事。

假谲10

诸葛令女①，庾氏妇②，既寡③，誓云不复重出④。此女性甚正强⑤，无有登车理⑥。恢既许江思玄婚⑦，乃移家近之。初诳女云："宜徙于是。"家人一时去，独留女在后。比其觉，已不复得出。江郎莫来⑧，女哭詈弥甚⑨；积日渐歇。江虨暝入宿，恒在对床上。后观其意转帖⑩，虨乃诈厌⑪，良久不悟，声气转急。女乃呼婢云："唤江郎觉！"江于是跃来就之，曰："我自是天下男子，厌何预卿事而见唤邪？既尔相关，不得不与人语。"女默然而惭，情义遂笃。

【注】

①诸葛令：指诸葛恢。曾为尚书令，故称。

②庾氏妇：诸葛恢之女诸葛文彪，嫁庾亮之子庾会。

③既寡：咸和二年（327）苏峻起事，庾亮率兵抵抗，兵败奔逃，庾会被杀。
　　所以庾氏妇成了寡妇。

④重出：再嫁。

⑤正强：正派倔强。

⑥登车：指出嫁时登上车到夫家。

⑦江思玄：即江彪，彪字思玄。

⑧莫：后来写作"暮"。

⑨詈（lì）：骂。

⑩帖：安帖，平稳。

⑪厌（yǎn）：后来写作"魇"。梦魇。睡眠中做一种感到压抑而呼吸困难的梦。
　　也叫梦惊。

【译】

　　诸葛恢的女儿，是庾亮家的儿媳妇，成了寡妇后，发誓说不再出嫁。这个女子禀性很正派倔强，没有登车出嫁的可能。诸葛恢已经答应了江彪这门婚事，就搬家到江家附近。开始他骗女儿说："适宜搬到那儿去。"搬家后一家人一时间都走了，只把女儿留在后面。等到女儿发觉，已不能出去了。江彪晚上过来，诸葛女哭骂得更加厉害；过了几天才渐渐停歇。江彪晚上进屋睡觉，常在诸葛女对面床上。后来观察她的情绪渐渐平稳，江彪于是假装梦魇，很久都没醒来，声音气息越来越急促。诸葛女就叫奴婢说："叫江郎醒来！"江彪于是跳起来靠近她，说："我本是世上的男子汉，梦魇关你什么事而要叫醒我呢？既然你关心我，就不能不和我说话。"诸葛女默然无语而脸色羞愧，两人的情义也就深厚起来了。

【评鉴】

　　刘孝标认为，诸葛恢世代以忠孝传家，祖父诸葛诞因忠于曹魏而被诛，父亲诸葛靓奔吴，吴亡后终身不仕。诸葛恢追随元帝，为中兴名臣，笃守礼仪，岂会如此怔骗自己的女儿。而江彪从来持正守节，循依儒家规矩，也不会有此悖论之行。故此则故事不可相信。

假谲11

　　愍度道人始欲过江①，与一伧道人为侣②。谋曰："用旧义往江东③，恐不办得食④。"便共立"心无义"⑤。既而此道人不成渡。愍度果讲义积年。后有伧人来，先道人寄语云："为我致意愍度，无义那可立？治此计权救饥尔，无为遂负如来也⑥！"

【注】

①愍度道人：即支愍度，晋代高僧。《高僧传》作"敏度"。聪慧有声誉，成帝时与康僧渊、康法畅等一同过江，立"心无义"。著《传译经录》行于世。事见《高僧传》卷4。

②伧道人：北方和尚。伧，魏晋六朝时南方人对北方男人的蔑称。

③旧义：原来的教义。

④不办：不会，不能。

⑤心无义：佛教术语。晋僧肇《不真空论》云："心无者，无心于万物，万物未尝无。此得在于神静，失在于物虚。"此义大体是说，所有外界万物与内界之心一切皆空，但外物实有，只是不在外物上起执着之心，并不是外物化为乌有。

⑥无为：无须，不要。如来：佛教语。谓从如实之道而来，开示真理的人。

【译】

　　愍度和尚当初要过江的时候，和一个北方和尚结伴同行。二人商量说："用旧的教义到江东讲，恐怕会吃不上饭。"于是共同创立了"心无义"。不久这个和尚没能渡江。愍度果真讲了多年"心无义"。后来有北方人过江来，原先那个和尚托他带话说："替我告诉愍度，'心无义'怎么可能成立？想出这个办法是姑且解决饥饿罢了，不要因此而辜负了如来佛祖！"

【评鉴】

　　"心无义"本属于魏晋时"六家七宗"的一个分支，为支愍度所创，此则却说是为救饥而临时杜撰的所谓教义，让人觉得愍度和尚是一个招摇撞骗的野和尚了。试辨如下。

　　首先，愍度为当时高僧，孙绰曾高度评价说："支度彬彬，好是拔新。俱禀昭见，而能越人。世重秀异，咸竞尔珍。孤桐峰阳，浮磬泗滨。""心无义"曾经风靡一时，最后因为佛教宗派间的内斗而渐灭的。

另外，据程炎震考证："寻敏度过江，当庾亮在江州。法汰过江，则桓温在荆州。相去殆二十余年也。"意思是，这个故事不可信。那么，这一篇"假谲"应该是当作笑话来说的，因为毕竟支愍度为当时高僧，而"心无义"亦曾风靡一时，刘义庆等岂不知道。

假谲12

王文度弟阿智①，恶乃不翅②，当年长而无人与婚。孙兴公有一女③，亦僻错④，又无嫁娶理，因诣文度，求见阿智。既见，便阳言⑤："此定可，殊不如人所传，那得至今未有婚处！我有一女，乃不恶，但吾寒士，不宜与卿计，欲令阿智娶之。"文度欣然而启蓝田云⑥："兴公向来，忽言欲与阿智婚。"蓝田惊喜。既成婚，女之顽嚚⑦，欲过阿智。方知兴公之诈。

【注】

①王文度：即王坦之，坦之字文度。阿智：即王处之，处之字文将，小字阿智。曾授官州别驾，未赴任。

②恶：顽劣。不翅：不止。极言程度深。翅，通"啻"。

③孙兴公：即孙绰，绰字兴公。

④僻错：邪僻乖戾。

⑤阳言：假装说。

⑥蓝田：指王坦之之父王述。王述袭父爵为蓝田侯，故称。

⑦顽嚚（yín）：愚顽与奸诈。

【译】

王坦之的弟弟阿智，顽劣得难以形容，已经年龄大了而没有人愿意和他结亲。孙绰有一个女儿，也邪僻乖张，又没有嫁出去的可能，孙绰于是去见王坦之，求见阿智。见了面，孙绰就假意说："这阿智一定不错的，完全不像别人流传的那样，怎么会到现在还没有婚配！我有一个女儿，还不差，但是我是个穷读书人，不应该和你计议婚事，想叫阿智娶我女儿。"王坦之高兴地禀告父亲王述说："兴公刚才来，忽然说要和阿智结亲。"王述很惊喜。成亲后，女子的愚顽奸诈，还要超过阿智。这才知道孙绰的欺诈。

【评鉴】

孙绰这番言语，如此动听而有情，王氏父子岂不落其彀中。一个是"恶乃不翅"，一个是"僻错顽嚚"，倒也般配。这则故事让人忍俊不禁，回想王述一贯自高门第，根本看不起孙绰这类文士，曾经直接诋毁辱骂孙绰，而当自己的儿子阿智因为顽劣娶不上老婆，孙绰要把女儿许配给阿智时，还是为之"惊喜"，立马接招，却不料父子被孙绰的花言巧语迷惑了。

假谲13

范玄平为人好用智数①，而有时以多数失会②。尝失官居东阳③，桓大司马在南州④，故往投之。桓时方欲招起屈滞⑤，以倾朝廷，且玄平在京，素亦有誉。桓谓远来投己，喜跃非常。比入至庭，倾身引望，语笑欢甚。顾谓袁虎曰⑥："范公且可作太常卿⑦。"

范裁坐，桓便谢其远来意。范虽实投桓，而恐以趋时损名⑧，乃曰："虽怀朝宗⑨，会有亡儿瘗在此⑩，故来省视。"桓怅然失望，向之虚伫⑪，一时都尽。

【注】

①范玄平：即范汪，汪字玄平。智数：心机，谋略。

②失会：失去机会。

③东阳：郡名。治今浙江金华。《晋书·范汪传》云范汪丢官后独居于吴郡，刘孝标注引《中兴书》也言其居吴。范汪曾为东阳太守，失官后居吴郡更合情理。

④南州：指姑孰，在今安徽当涂。因其在都城建康之南，故称。

⑤屈滞：屈居下位久不升迁者，受挫不遇于时者。

⑥袁虎：即袁宏，宏小字虎。

⑦太常卿：掌礼乐、宗庙祭祀等。

⑧趋时：趋奉时势，迎合时势。

⑨朝宗：本指诸侯或地方长官朝见帝王。《周礼·春官·大宗伯》："春见曰朝，夏见曰宗。"后来泛指下属进见长官。

⑩瘗（yì）：埋葬。

⑪虚伫：虚心以待。伫，伫立等待。

【译】

　　范汪为人好用心机，而有时也因为心机太重而失去了机会。他曾经丢了官住在东阳，桓温在姑孰，他就前往投奔桓温。桓温当时正要起用那些屈居下位长期无法升迁的人，以此来压倒朝廷，加之范汪在京时，一向也很有声誉。桓温认为范汪远道来投奔自己，非常欢喜兴奋。等到范汪进入庭院，桓温倾着身子伸长脖子远望，又说又笑非常高兴。回头对袁宏说："范公可暂且做太常卿。"范汪才入座，桓温便感谢他远道来投奔的诚意。范汪虽然确实是来投奔桓温，但担心别人说自己迎合时势而损害了名声，就说："虽然我有意来拜见您，但恰好也是因为有亡儿葬在这里，特地来看看。"桓温怅然失望，先前的虚心以待，一下子全都没有了。

【评鉴】

李慈铭认为此则故事不足信。范汪之于桓温，从来不相亲近。《世说》杂取诸书，不免间有疏失。就此则来说，范汪的"假谲"，导致桓温的失望和冷落，也是聪明反被聪明误，得不偿失。

假谲14

谢遏年少时①，好著紫罗香囊②，垂覆手③。太傅患之，而不欲伤其意。乃谲与赌④，得即烧之。

【注】

①谢遏：即谢玄，玄小字遏。

②紫罗：即紫罗兰。

③覆手：手巾之类。

④谲：假装，欺诈。

【译】

　　谢玄年少的时候，喜欢佩带紫罗兰香囊，挂着手巾。谢安为此感到担忧，但又不想伤害谢玄的感情。于是就欺骗谢玄和他打赌，赢到这些东西后就立刻烧掉了。

【评鉴】

　　谢安教育后辈深得其法。盖谢安对谢玄期之高远，期望他能驰骋疆场而立事立功，而傅粉佩香囊之类虽亦一时风尚，但毕竟不是大丈夫行径。谢安深恐谢玄堕入流俗，故心以为患，设计烧掉，这样毕竟比面斥强夺委婉，可谓用心良苦，循循善诱。谢玄能成就大事，为国之栋梁，与谢安的教育是分不开的。

黜免第二十八

黜免，并列式双音词。黜，废黜，罢退。免，罢官，免职。二者近义连文。

本门凡九则。其中四则记桓温事，褒贬各二：桓温罢黜"捉猿的官吏"，免掉"同盘尚不相助"的同僚，表现出他的正直善良，可见其也有慈悲柔肠的时候；至于另外两则，有批评的倾向，问题比较复杂，我们在当则下辩说。

两则记殷浩，则是持嘲讽态度的："咄咄怪事"的书空，虽然令人遗憾，但丧师辱国，也是罪有应得；埋怨简文帝，更是让人啼笑皆非，食君之禄而不能分君之忧，不仅大误国事，也丢了简文帝的脸，这埋怨太没道理。至于殷仲文的两则，刘义庆不齿的态度是很明显的。小人的有才无行、贪得无厌、不知进退跃然字里行间。

黜免 1

诸葛厷在西朝①，少有清誉，为王夷甫所重②，时论亦以拟王③。后为继母族党所谗，诬之为狂逆④。将远徙⑤，友人王夷甫之徒诣槛车与别^⑥，玄问："朝廷何以徙我？"王曰："言卿狂逆。"玄曰："逆则应杀，狂何所徙！"

【注】

①诸葛玄（hóng）：字茂远，一作宏。官至司空主簿。西朝：指建都于洛阳的西晋。相对于建都建康（今江苏南京）的东晋而言，因其在西北边，故称。

②王夷甫：即王衍，衍字夷甫。

③拟：比较，相提并论。

④狂逆：狂妄悖逆。

⑤远徙：放逐到边远地方。

⑥槛车：周围以栅栏封闭的车，用于解送犯人。

【译】

　　诸葛玄在西晋时，年轻时就有美好的声誉，被王衍所看重，当时的品评也把他和王衍相比。后来他被继母的同族亲属谗言陷害，诬陷他狂妄悖逆。将要被流放到偏远之地，朋友王衍等人到囚车边和他告别，诸葛玄问："朝廷为什么流放我？"王衍说："说你狂妄悖逆。"诸葛玄说："悖逆就应该杀，狂妄为什么要流放！"

【评鉴】

　　从诸葛玄的愤怒，可见是"欲加之罪，何患无辞"。至于何以被贬，文献中别无材料。不过，时人以诸葛玄比王衍，或许只是看重其清谈辩才，未必便有实用。即使能居大位，也不过是一清谈误国的角色而已。

黜免2

　　桓公入蜀①，至三峡中②，部伍中有得猿子者③，其母缘岸哀号，行百余里不去，遂跳上船，至便即绝。破视其腹中，肠皆寸寸断。公闻之怒，命黜其人④。

【注】

①桓公入蜀：晋穆帝永和二年（346），桓温率军由三峡上行讨伐蜀地的成汉李势政权，次年灭成汉。

②三峡：即长江三峡，瞿塘峡、巫峡和西陵峡的合称。

③猿子：幼猿，小猿猴。

④黜：罢黜，罢免。

【译】

　　桓温入蜀，到了三峡中，部队中有人捉到一个小猿猴，母猴沿着江岸一路哀叫，跟行了一百多里都没离开，最后跳上船来，上船就死了。剖开母猴的肚子一看，肠子都断成一截一截的了。桓温听说后很生气，命令把那个捉猿猴的人罢免了。

【评鉴】

　　桓温一世奸雄，而能因母猴惨死而怒逐部属，可见其也有善良心慈的一面。这个故事，也给汉语增加了一个表示悲痛之极的词——肝肠寸断。不过，这事似与《搜神后记》故事同源，《后记》云："临川东兴有人入山，得猿子，便将归。猿母自后逐至家，此人缚猿子于庭中树上，以示之。其母便搏颊向人，若哀乞，直是口不能言耳。此人既不能放，竟击杀之。猿母悲唤，自掷而死。此人破腹视之，肠皆断裂矣。"或者刘义庆将故事改造后移于桓温身上，以此表现桓温仁慈的一面。

黜免3

　　殷中军被废①，在信安②，终日恒书空作字③。扬州吏民寻义逐之④，窃视，唯作"咄咄怪事"四字而已⑤。

【注】

①殷中军：即殷浩。浩曾任中军将军，故称。被废：因败军失地被废为平民。　时在穆帝永和十年（354）。

②信安：县名。属东阳郡，治今浙江衢州。

③书空：用手指对着空中写字。

④寻义：探寻其书空的内容。寻，探究。

⑤咄咄：叹息声。

【译】

　　殷浩被废为庶民，住在信安县，整天总是向着空中写字。扬州的官吏百姓想弄清他写了什么而跟着他，偷偷观察，只是写"咄咄怪事"四个字罢了。

【评鉴】

本来是自己无将帅之才，黜免是罪有应得，何怪之有？而一旦失官，又如此行径，于此更见其虚伪不足称道。虽然，其在玄学清谈方面的水平很高，但在治国安邦上又能派上什么用场？被桓温奏贬，书空称冤，而桓温戏言欲起用，居然转而谀承，更见其人品低劣。所以，其书空的行为非但引不起人们同情，只是看作笑料罢了。

黜免 4

桓公坐有参军椅烝薤^①，不时解；共食者又不助，而椅终不放。举坐皆笑。桓公曰："同盘尚不相助，况复危难乎？"敕令免官。

【注】

①椅：李慈铭云："案'椅'当读作'掎'，此谓以箸夹之也。"按：掎（jǐ），用筷子夹取（食物）。敦煌写本《碎金》："箷掎物，音饥。"烝薤（xiè）：蒸熟的薤。烝，同"蒸"。薤，多年生鳞茎草本植物，又称藠（jiào）头，可食。

【译】

桓温宴席上有参军用筷子夹蒸薤，粘连了一时扯不开；挨着他一起吃饭的人又不帮他，而他夹着始终不放下。满座的人都笑。桓温说："用同一个菜盘尚且不帮忙，何况是危难时呢？"下令免去与他挨着坐的人的官职。

【评鉴】

桓温从小事而推知人品，表现出他见微知著的眼光。联系《世说》全书以及《晋书》本传，桓温还是有许多优点值得肯定的。刘义庆将此故事收入，其实也是他自己的一贯主张，同僚间应该团结和睦，互相支持。

黜免5

殷中军废后，恨简文曰①："上人著百尺楼上，儋梯将去②。"

【注】

①简文：指简文帝司马昱。时为抚军大将军。

②儋（dān）梯：扛梯。儋，"担"的古字。

【译】

殷浩被废为平民后，怨恨简文帝说："把别人放在百尺高的楼上，却把梯子搬走了。"

【评鉴】

简文帝司马昱最初总理朝政，对殷浩初怀厚望，以为殷浩是足以抗衡桓温且于国家有用的人才，就把他推到权力顶峰。没料到殷浩也是徒有虚名而已。而一旦北伐失败，殷浩遭桓温弹劾，简文帝自然不便偏袒殷浩，所以殷浩以"把梯子搬走"作比，恨简文帝釜底抽薪。另一方面，殷浩的恼恨，也可笑之极，食人之禄、分人之忧是士人起码的准则，何况简文以国士礼遇殷浩，殷浩既丧师辱国，而又贻笑于桓温，责任在自己，埋怨简文帝也无意义。刘孝标注怀疑其"书空""去梯"之事未必有之。或许，这些故事都是人们编排而嗤笑殷浩的，倒也说明了世人对殷浩的态度。

黜免 6

邓竟陵免官后赴山陵①，过见大司马桓公②，公问之曰："卿何以更瘦？"邓曰："有愧于叔达，不能不恨于破甑③。"

【注】

①邓竟陵：即邓遐。字应远。曾为竟陵太守，故称。勇力绝人，气盖当时，时人比之樊哙。曾任冠军将军，又在几个郡任太守，号为名将。《晋书》卷81有传。

②过见：拜访，拜见。

③"有愧于叔达"二句：指不能像叔达那样豁达，打坏了甑甚至不回头看一眼。叔达，即孟敏，字叔达，汉末巨鹿杨氏（今河北宁晋）人。曾把甑打碎，却头也不回地往前走，郭泰问他，他说："甑以破矣，视之何益？"郭泰认为他很不一般，劝他外出游学。事见《后汉书·郭泰传》。刘孝标注引《郭林宗别传》，文字略同。破甑（zèng），比喻已失去的官职。邓遐引叔达事，是说自己丢了官，不能不感到遗憾。甑，陶制的炊器。

【译】

邓遐被罢官后去参加简文帝的葬礼，并去拜见大司马桓温，桓温问他说:"你怎么更加瘦了?"邓遐回答说:"我有愧于叔达,打坏了甑,我不能不感到遗憾。"

【评鉴】

俗所谓"伴君如伴虎",其实非唯君臣,为权臣的属下也是同样的状态。邓遐为桓温参军,数次从桓温征伐。枋头之战,晋军因粮运不继,焚舟而归;桓温大损威名,不愿责己思过,而是上废海西,下责将佐,邓遐便成了牺牲品。邓无辜而免官,心中怨愤,面对桓温的虚假问候,直言不满。快人快语。

黜免7

桓宣武既废太宰父子①,仍上表曰:"应割近情,以存远计。若除太宰父子,可无后忧。"简文手答表曰②:"所不忍言,况过于言。"宣武又重表,辞转苦切③。简文更答曰:"若晋室灵长④,明公便宜奉行此诏;如大运去矣,请避贤路⑤。"桓公读诏,手战流汗,于此乃止。太宰父子远徙新安⑥。

【注】

①太宰父子:指司马晞与其子司马综。司马晞,字道叔,简文帝异母兄弟,官至太宰。有武略,为桓温所忌惮。据《晋书·元四王传·武陵威王晞》,桓温曾逼迫新蔡王司马晃承认与司马晞、司马综等人谋逆,而后收付廷尉,请简文帝诛杀。简文帝不许,桓温于是上奏将司马晞父子流放新安。

②手答:亲笔批复。

③苦切：坚执急切。

④灵长：广远绵长。

⑤避贤路：避位让贤。语本《史记·万石张叔列传》："愿归丞相侯印，乞骸骨归，避贤者路。"

⑥新安：扬州属郡。治所在始新（今浙江淳安）。

【译】

桓温已经废罢了太宰司马晞父子，还上表说："应该割舍亲情，从而保全长远之计。假如杀掉太宰父子，就可以没有后顾之忧。"简文帝亲自在表上批示说："这是我不忍心说的话，何况比这些话更过分的举动呢。"桓温再次上表，言辞更加坚执恳切。简文帝又批示说："假如晋朝国运广远久长，你就应该奉行这个诏命；如果晋朝国运已经到了尽头，请让我为贤者让路。"桓温读了诏书，两手颤抖，浑身流汗，杀司马晞父子的打算从此停了下来。司马晞父子被远远地流放到新安去了。

【评鉴】

余嘉锡笺认为，简文帝不乏智慧，心地善良，有长者之风。但才干胆识有所欠缺。纵然有才干，彼时大权早归桓温，简文帝也是无可奈何，但关键时刻还是能尽力保全宗室，不惜以帝位相逼。其姿态也很是强硬。谢安对简文帝的评价一向还是不错的，说简文帝有明君的气象，只是少了帝王的气魄，且居位日短，加之形势所限，未能大成罢了。

黜免8

桓玄败后①，殷仲文还为大司马咨议②，意似二三③，非复往日。大司马府听前有一老槐④，甚扶疏⑤。殷因月朔⑥，与众在听，视槐良久，叹曰："槐树婆娑⑦，无复生意！"

【注】

①桓玄败：桓玄于元兴二年（403）逼迫晋安帝禅位，建国号楚。刘裕起兵讨之，于次年攻入建康，桓玄兵败，族诛。

②还：指回到朝廷。大司马咨议：即大司马咨议参军。刘裕攻灭桓玄，殷仲文投刘裕。时刘裕为大司马。

③意似二三：谓心神不定，犹豫不决。

④听：即厅。指处理公事的厅堂。

⑤扶疏：凋零败落的样子。

⑥月朔：农历每月初一。此日官署集会议事。

⑦婆娑：同上之"扶疏"。

【译】

桓玄败亡以后，殷仲文回到朝廷做了大司马刘裕的咨议参军，心意起伏不定，不再像过去一样。大司马府厅堂前有一棵老槐树，十分凋零败落。殷仲文依照月朔惯例，和僚属们都在厅堂集会，他注视老槐树很久，叹息说："槐树凋零残败，不再有生机了！"

【评鉴】

　　殷仲文为桓玄姊夫，有才藻，美容貌，其从兄殷仲堪推荐给会稽王司马道子，颇为道子父子信重。后因为桓玄有异志，殷仲文因姻亲关系被左迁为新安太守。桓玄败死后，殷仲文投刘裕，因其为桓玄死党，且行为反复无常，自知罪孽深重，预感到前景不妙，于是发出这番感慨。后来殷又被贬为东阳太守。

黜免9

　　殷仲文既素有名望，自谓必当阿衡朝政①。忽作东阳太守②，意甚不平。及之郡，至富阳③，慨然叹曰："看此山川形势，当复出一孙伯符④！"

【注】

①阿衡：商代官名。商汤贤相伊尹曾任阿衡。后引申为辅佐帝王、主持国政之官。此处作动词。

②东阳：郡名。三国吴置，晋因之。治今浙江金华。

③富阳：县名。治今浙江杭州富阳区。

④孙伯符：即孙策，策字伯符。平定江东，为吴国的建立奠定基础。

【译】

　　殷仲文过去一直有名望，自己认为一定会辅佐帝王主持国政。如今忽然做了东阳太守，心中极为不平。等他赴任的时候，到了富阳，感慨叹息说："看这里的山川形势，应该会再出一个孙伯符！"

【评鉴】

殷仲文为桓玄谋主，本已罪该万死，因其值桓玄战败之时，带着两位皇后投奔刘裕，所以朝廷赦免了他先前的罪过而用为东阳太守。本当小心翼翼，临深履薄，居然还心有不平，说出这样狂悖的话，给自己预先掘下了坟墓。晋安帝义熙三年（407），殷仲文与永嘉太守骆球等谋反，为刘裕所诛。也是罪有应得。

抠门到极致，也许是一种避祸方式

俭啬第二十九

俭啬，并列式双音词。俭，俭约，吝啬。与"啬"同义连文。

本门凡九则。陶侃的俭约，是因为从小家里贫穷，养成了节俭勤奋的习惯；王导的吝啬，应是癖性使然；卫展以中药"王不留行"逐客，也算是一种魏晋风流似的悭吝。

其中四条极写王戎之俭啬，人们往往都当笑话看了。然而，王戎是爱财的人吗？参考《德行》第二十一则："王戎父浑，有令名，官至凉州刺史。浑薨，所历九郡义故，怀其德惠，相率致赙数百万，戎悉不受。"《雅量》第六则："王戎为侍中，南郡太守刘肇遗筒中笺布五端，戎虽不受，厚报其书。"数百万不受，而钻核卖李；五端精美笺布不受，而要回已赠侄儿的单衣。联系《世说》前后记载的差异，纵观历史，应该明白，王戎是在以此自污而保身远害。盖王戎祖父王雄，为曹魏幽州刺史，有名于时。父亲王浑，仕魏至凉州刺史，封贞陵亭侯，正始间尝与阮籍俱为尚书郎。王戎以平吴之功封安丰县侯，惠帝时官至尚书令、司徒。以王戎之聪明，早已洞见了时世的危艰，同为竹林七贤，嵇康被杀，向秀被逼入仕，阮籍、刘伶借酒保身，这自然给他敲响了警钟。王戎祖、父皆为魏臣，门阀高贵，地位崇隆，且自身因功封侯，名声显赫，遭猜忌嫌疑在所难免，于是有意自污，演出了此门中之贪婪吝啬的形象。我们觉得，王戎的这些表现都是假象，是在演戏，他的目的是向朝廷及世人展示，自己别无野心，唯贪财欲为富家翁耳。

王戎的这种自晦之计。刘孝标注引《晋阳秋》曰："戎多殖财贿，常若不足。或谓戎故以此自晦也。"戴逵论之曰："王戎晦默于危乱之际，获免忧祸，既明且哲，于是在矣。或曰：'大臣用心，岂其然乎？'逵曰：'运有险易，时有昏明，如子之言，则蘧瑗、季札之徒，皆负责矣。自古而观，岂一王戎也哉！'"刘孝标引此，间接地表达了自己的看法。对于时势，王戎头脑最为清醒，以锺会之多智，尚请教于王戎，其本传云："锺会伐蜀，过与戎别，问计将安出？戎曰：'道家有言："为而不恃。"非成功难，保之难也。'及会败，议者以为知言。""非成功难，保之难"应该也是王戎对自身境遇的理解。其本传中说，当危及生命时，王戎"伪药发堕厕"，假装服了五石散掉到厕所去了，从而避免了灾祸。

从《俭啬》的条目中，我们应该明白，读《世说》一定要比照前后内容，遇有疑难，则参考刘孝标的注，才不会人云亦云。

俭啬1

和峤性至俭，家有好李，王武子求之[①]，与不过数十。王武子因其上直[②]，率将少年能食之者，持斧诣园，饱共啖毕，伐之。送一车枝与和公，问曰："何如君李？"和既得，唯笑而已。

【注】

①王武子：即王济。济字武子。为和峤之妻弟。

②上直：当值。指官员入官署值班。

【译】

　　和峤生性极为吝啬，他家有好的李子，王济向他要，和峤给了他不过几十个。王济就趁他到官署值班的时候，带领一伙胃口大的年轻人，拿着斧头到他家园子里去，大家一起饱饱地吃了一顿李子后，把李子树砍了。送了一车李树枝给和峤，问他说："比你家的李子树怎么样？"和峤得到树枝，只是笑笑罢了。

【评鉴】

　　和峤为王济姐夫，小舅子才敢如此放肆。"和既得，唯笑而已。"估计和峤这笑，是很无奈的笑。刘孝标注引《晋诸公赞》说："峤性不通，治家富拟王公，而至俭，将有犯义之名。"《语林》说："峤诸弟往园中食李，而皆计核责钱。故峤妇弟王济伐之也。"

俭啬2

　　王戎俭吝①，其从子婚②，与一单衣，后更责之③。

【注】

①俭吝：吝啬。

②从子：侄儿。

③责：求，讨要。

【译】

王戎很吝啬，他的侄子结婚，他送了一件单衣，后来又要回来了。

【评鉴】

看似可笑，其间多少心酸。此当是王戎有意自污，韬晦之计也。见本门题解。

俭啬3

司徒王戎既贵且富①，区宅、僮牧、膏田、水碓之属②，洛下无比③。契疏鞅掌④，每与夫人烛下散筹算计⑤。

【注】

①司徒王戎：晋惠帝时，王戎为司徒。

②区宅：房屋住宅。僮牧：奴婢与其他劳动力。牧，放牧的人，泛指劳力。膏田：肥沃的田地。水碓（duì）：用水力带动以舂米的器具。

③洛下：指洛阳。为西晋都城。

④契疏：券契账籍之类。鞅掌：繁多。

⑤散筹：排列筹码以计数。

【译】

司徒王戎地位尊贵而且富有，房屋宅院、僮仆劳力、肥美的田地、水碓这些财产，洛阳无人能比得上。券契账簿繁多，他常常和夫人在烛光下摆弄筹码算账。

【评鉴】

刘孝标注引戴逵之论王戎，认为王戎的种种行径，看似可笑，其实是自晦免祸，明哲保身。我们觉得，戴逵深识王戎用心。不然，为何前后之相比天壤之别？参本门题解。

俭啬 4

王戎有好李，卖之，恐人得其种，恒钻其核①。

【注】

①钻其核：钻破李子核，使他人不能再种。

【译】

王戎家有好的李子，拿出去卖，担心别人得到李子的种子，常常将李子核钻个洞。

【评鉴】

钻核卖李，实在是出奇之举，亦是自污之行。如此行径，当然会被人们鄙视轻薄。王戎展示这种贪婪吝啬的形象，是在演戏，其目的是向朝廷及世人展示，自己别无野心，唯贪财欲为富家翁罢了。其用心可谓良苦。

俭啬5

王戎女适裴頠①，贷钱数万②。女归，戎色不说，女遽还钱③，乃释然。

【注】

①适：女子出嫁。

②贷：借。

③遽：急忙，赶忙。

【译】

王戎的女儿嫁给裴頠，裴家向王家借了几万钱。女儿回娘家，王戎脸色很不好看，女家急忙把钱还了，王戎不高兴的脸色这才消失。

【评鉴】

此事更为滑稽，疑当时王戎以悭吝贪婪闻名于世，于是人们编排出诸如此类的故事，其可信度不高。

俭啬6

卫江州在寻阳①，有知旧人投之②，都不料理，唯饷"王不留行"一斤③，此人得饷便命驾。李弘范闻之④，曰："家舅刻薄，乃复驱使草木。"

【注】

①卫江州：指卫展，展字道舒，晋河东安邑（今山西夏县西北）人。卫瓘族子。

　　怀帝时任江州刺史。元帝即位，为廷尉。卒，赠光禄大夫。《晋书》卷36有

　　传。寻阳：县名。西晋初属庐江郡。惠帝末属寻阳郡，治所在今湖北黄梅

　　西南。东晋咸和年间徙治今江西九江西。

②知旧人：相识的老朋友。

③王不留行：亦称"王不留"。一年生草本植物，属石竹科。明李时珍《本

　　草纲目·草五·王不留行》："此物行走而不住，虽有王命，不能留其行，

　　故名。"

④李弘范：当作"李弘度"，即李充。充字弘度。卫展的外甥。

【译】

　　卫展在寻阳的时候，有相识的老朋友去投奔他，他都不接待，只是送给朋友"王不留行"一斤，朋友得到馈赠就立即驾车走了。李充听说这件事后，说："舅父太刻薄了，竟然役使草木赶走客人。"

【评鉴】

　　此则故事虽吝啬可笑，而赠"王不留行"以驱宾客亦雅致令人开颜。其实，卫展的做法背后大有文章。卫展为晋初开国功臣卫瓘族人，卫瓘在惠帝时为贾后所诛，卫展自然格外小心。卫展赠人"王不留行"，既是下逐客令，也是以这种方式宣示天下，有意表明自己不结交宾客，从而远离站队的嫌疑以保全自己。

俭啬7

王丞相俭节^①，帐下甘果盈溢不散^②，涉春烂败^③。都督白之，公令舍去，曰："慎不可令大郎知^④！"

【注】

①王丞相：指王导。俭节：指吝啬节俭。

②甘果：甜橙一类的果品。盈溢：堆满。

③涉：进入，到。

④大郎：指王悦，王导长子。

【译】

王导生性吝啬节约，营帐中的甜橙堆满了也不愿意分给大家，到了春天都腐烂了。帐下的都督禀告他，王导让他丢掉，还说："一定不能让大郎知道！"

【评鉴】

王导作为东晋丞相，历官晋元帝、晋明帝、晋成帝三代，领导南迁士族，联合江南士族，稳定了东晋在南方的统治。当时，他的堂兄王敦掌握重兵，镇长江上游，史称"王与马，共天下"。《晋书》王导本传云："导简素寡欲，仓无储谷，衣不重帛。"《世说》这一则说王导的"俭节"，与本传的描述相应；但此处说他宁愿水果烂掉也不愿分给别人，如果属实，又可见人无完人。

俭啬 8

苏峻之乱^①，庾太尉南奔见陶公^②，陶公雅相赏重。陶性俭吝^③，及食，啖薤^④，庾因留白^⑤。陶问："用此何为？"庾云："故可种^⑥。"于是大叹庾非唯风流，兼有治实^⑦。

【注】

①苏峻之乱：晋武帝咸和二年（327），苏峻以讨庾亮为名起兵，次年陷京师，焚宫室，挟持晋成帝于石头城，专擅朝政。

②庾太尉：即庾亮。亮死后追赠太尉，故称。陶公：指陶侃。侃封长沙郡公。故称。

③俭吝：此指俭约，节俭。

④薤（xiè）：多年生鳞茎草本植物，可做菜。又称藠（jiào）头，可食。此处指食用薤的叶子。

⑤白：指薤的根。薤长有椭圆形的白色根茎，可以留种。

⑥故：还，仍。

⑦治实：处理实际问题的才能。

【译】

苏峻作乱的时候，庾亮向南逃奔去见陶侃，陶侃非常赏识推重庾亮。陶侃生性俭约，到吃饭时，吃薤菜，庾亮把薤根留下不吃。陶侃问："留下这个干什么？"庾亮回答说："还可以种。"于是陶侃大加赞叹庾亮不仅外表风雅，同时还有处理实事的能力。

【评鉴】

　　庾亮"留白"，不过是其诡诈的一面，因为知道陶侃生性节俭，故意做出假象投其所好而保性命。此则放在"假谲"也比较合适。这个故事，刘义庆也寄有深意，让读者共情陶侃的忠厚，同时也将庾亮的阴险表现得淋漓尽致。至于陶侃，我们可以参考余嘉锡的说法："陶公爱惜物力，竹头木屑，皆得其用。既是性之所长，亦遂以此取人。其因庾亮啖薤留白，而赏其有治实，犹之有一官长取竹连根，而超两阶用之之意也。事见《政事》篇。此之俭吝，正其平生经济所在。与王戎辈守财自封者，固自不同。"

俭啬9

　　郗公大聚敛①，有钱数千万，嘉宾意甚不同②。常朝旦问讯，郗家法，子弟不坐，因倚语移时③，遂及财货事。郗公曰："汝正当欲得吾钱耳④！"乃开库一日，令任意用。郗公始正谓损数百万许，嘉宾遂一日乞与亲友、周旋略尽⑤。郗公闻之，惊怪不能已已⑥。

【注】

①郗公：指郗愔。郗愔死后追赠为司空。司空为三公之一，故称公。

②嘉宾：指郗超，超字嘉宾，郗愔之子。

③倚：立，站立。

④正当：只是，不过是。

⑤周旋：指有交往的人。

⑥已已：停止，止住。

【译】

　　郗愔大肆聚敛财货，有数千万钱，郗超心里很不赞同。曾经在早晨去问安，郗家的规矩，子弟在长辈面前不能坐，于是站着说了很久的话，后来就说到财货的事。郗愔说："你只是想得到我的钱罢了！"就打开仓库一天，让郗超任意支配。郗愔开始只是觉得会损失几百万钱左右，郗超却在这一天里把钱送给亲戚朋友以及有交往的人，几乎都送光了。郗愔听说后，惊诧不已。

【评鉴】

　　这则故事很是喜剧，父子二人精神境界大不相同。老子会聚敛，儿子会散财，"后来出人郗嘉宾"的确不是虚语，我们也就不必奇怪《栖逸》第十五所说："郗超每闻欲高尚隐退者，辄为办百万资，并为造立居宇。"刘义庆将此故事列入"俭啬"，也足为贪财者戒。又，《品藻》第二十四云郗鉴（郗超的爷爷）"治身清贞，大修计校"，即自己的生活过得很清苦，却喜欢算计财物。郗愔好财如父，郗超则已视财物如粪土了！貌似败家，实际上是真名士，所以获得了很多赞誉。《中兴书》说："超少卓荦而不羁，有旷世之度。"

汰侈第三十

汰侈，并列式双音词。汰，本义是淘洗米、豆之类。《仪礼·士丧礼》："祝淅米于堂。"汉郑玄注："淅，汰也。"由此引申到选取、挑拣。选取、挑拣过分了也就是奢侈。侈，奢侈，浪费。二者近义连文。

《世说》列此门，批评的态度是非常明显的。晋始禅魏，"武皇承基，诞膺天命，握图御宇，敷化导民，以佚代劳，以治易乱。绝缣纶之贡，去雕琢之饰，制奢俗以变俭约，止浇风而反淳朴。雅好直言，留心采擢，刘毅、裴楷以质直见容，嵇绍、许奇虽仇雠不弃。仁以御物，宽而得众，宏略大度，有帝王之量焉"（《晋书·武帝纪》）。有一个非常好的开始，皇帝英明，而大臣谦退。羊祜即是一个十分典型的俭约代表，"尝与从弟琇书曰：'既定边事，当角巾东路，归故里，为容棺之墟。以白士而居重位，何能不以盛满受责乎！疏广是吾师也。'"（《晋书·羊祜传》）然而后来就变味了，从上到下开始耽于声色，纵情享受。平吴时，纳吴嫔妃数千人以充后宫。"泰始中，帝博选良家以充后宫，先下书禁天下嫁娶，使宦者乘使车，给驺骑，驰传州郡，召充选者使后拣择"（《晋书·武元杨皇后传》）。为选妃而禁止天下嫁娶，皇帝荒淫，莫此为甚。主上如此，臣下自然竞相奢靡，纷纷仿效。

《晋书·何曾传》记载何曾:"然性奢豪,务在华侈。帷帐车服,穷极绮丽,厨膳滋味,过于王者。每燕见,不食太官所设,帝辄命取其食。蒸饼上不坼作十字不食。食日万钱,犹曰无下箸处。人以小纸为书者,敕记室勿报。刘毅等数劾奏曾侈忕无度,帝以其重臣,一无所问。"

　　本门凡十二则,是当时奢侈之风的一个缩影。石崇、王济、王恺并为世家子,横行不法,肆意妄行,如,"崇颖悟有才气,而任侠无行检。在荆州,劫远使商客,致富不资"。作为封疆大吏,居然有如此行径,他事可知。石崇与王恺等斗富,武帝每每帮助王恺。表面看来,似只是虚荣的驱使,而竞富的背后,或许也有政治的因素。石崇依附贾谧,属太子妃贾南风党羽。晋武帝实在不喜这个儿媳,一度准备废了她,故全力支持自己的舅舅。雄才大略的武帝,晚年竟然如此荒唐,实在可笑。当然,这是题外的话了。纵观历史,西晋王朝令人惋惜,初年是一派欣欣向荣的景象,而后来一世而乱,实由司马炎骄奢淫逸引起,上行下效,君臣一起腐败,快速亡国也是在情理之中。

汰侈 1

　　石崇每要客燕集①,常令美人行酒②;客饮酒不尽者,使黄门交斩美人③。王丞相与大将军尝共诣崇④,丞相素不能饮,辄自勉强,至于沉醉。每至大将军,固不饮以观其变,已斩三人,颜色如故,尚不肯饮。丞相让之⑤,大将军曰:"自杀伊家人⑥,何预卿事!"

【注】

①石崇：字季伦。历任侍中、荆州刺史。以劫夺客商而积财无数，生活奢靡。

　燕集：即宴集，聚会宴饮。

②行酒：依次斟酒。

③黄门：府中的内侍。交斩：交替斩首。

④王丞相：指王导。大将军：指王敦。

⑤让：指责，批评。

⑥伊：第三人称代词。他。

【译】

　　石崇每当邀请宾客聚会宴饮时，常叫美人依次斟酒；客人如果杯中酒没喝光，就叫内侍交替杀掉美人。王导曾经和王敦一起去拜会石崇，王导平素不能饮酒，总是勉强喝，直到喝得大醉。每当酒斟到王敦面前，王敦坚持不喝来观察事态变化，已经连杀了三个美人，王敦脸色不变，还是不愿意喝。王导指责他，王敦说："他杀他自家人，关你什么事！"

【评鉴】

　　石崇为晋开国功臣石苞之子，伐吴有功，封安阳乡侯，为人寡廉鲜耻，穷奢极欲，"广城君每出，崇降车路左，望尘而拜，其卑佞如此。财产丰积，室宇宏丽。后房百数，皆曳纨绣，珥金翠。丝竹尽当时之选，庖膳穷水陆之珍"（《晋书·石崇传》）。此则抨击石崇凶残至极，视人命如蝼蚁。同时间接批评了王敦的残忍。

汰侈 2

石崇厕常有十余婢侍列①，皆丽服藻饰②。置甲煎粉、沉香汁之属③，无不毕备。又与新衣著令出，客多羞不能如厕。王大将军往，脱故衣，著新衣，神色傲然④。群婢相谓曰："此客必能作贼！"

【注】

①侍列：排列侍候。

②藻饰：修饰打扮。

③甲煎粉：即甲香。将螺类的壳研磨成粉，和以药草、果花等制成，可作唇膏。沉香汁：一种含有沉香的汁液。

④傲然：高傲不屑。

【译】

石崇家的厕所经常有十多个奴婢排列侍候，都服装华丽，打扮入时。厕所里放着甲煎粉、沉香汁之类，无不齐备。又给客人换上新衣才让出来，客人大多感到害羞不肯上厕所。王敦去了，脱掉原先的衣服，穿上新衣，神态傲慢不屑。婢女们互相议论说："这个客人一定能造反！"

【评鉴】

刘孝标注引《语林》说是刘寔的故事。两说不同，校长量短，说是刘寔可能更确。大概因为王敦是"贼臣"，所谓"下流之人，众毁归之"，也就不妨安在王敦头上了。

汰侈3

　　武帝尝降王武子家①，武子供馔，并用琉璃器②。婢子百余人，皆绫罗绔裸③，以手擎饮食④。烝独肥美⑤，异于常味。帝怪而问之，答曰："以人乳饮独。"帝甚不平，食未毕，便去。王、石所未知作⑥。

【注】

①降：驾临。王武子：即王济。济字武子，尚文帝女常山公主。

②琉璃：一种珍贵的有色半透明玉石。

③绔裸（kù luò）：犹言衣裤。绔，同"袴"，裤子。裸，女人的上衣。

④擎：托着。

⑤烝：同"蒸"。独（tún）：小猪。

⑥王：指王恺。恺字君夫，东海郯县（今山东郯城）人。王肃之子，晋武帝舅。以讨杨骏功，封山都县公，官至后将军。卒谥丑。《晋书》卷93有传。石：指石崇。

【译】

　　晋武帝曾经驾临王济家，王济家供奉饮食，全用的是琉璃器。婢女有一百多人，都身穿绫罗绸缎制成的衣裤，用手托举着饮食。清蒸的乳猪肥嫩鲜美，不同于通常的味道。武帝感到奇怪而询问王济，王济回答说："小猪是用人奶喂养的。"武帝很不满，还没吃完，就离开了。这是王恺、石崇这些富豪家都不知道的制作方法。

【评鉴】

王济尚文帝女常山公主，与晋武帝为姻亲。因是文武全才，深得武帝爱重。但这种行为武帝也觉得太过分了，所以不悦而去。

汰侈4

王君夫以粘糒澳釜^①，石季伦用蜡烛作炊^②。君夫作紫丝布步障碧绫里四十里^③，石崇作锦步障五十里以敌之^④。石以椒为泥^⑤，王以赤石脂泥壁^⑥。

【注】

①王君夫：即王恺。恺字君夫，晋武帝舅父。粘（yí）：同"饴"，饴糖。糒（bèi）：干饭。澳：擦拭。

②石季伦：即石崇。崇字季伦。作炊：烧饭。

③步障：一种帷幕。古代贵人外出时张设于道路两侧，以避尘土或防止他人打扰。

④敌：匹敌，比对。

⑤椒：花椒。花椒多子而香，汉代后妃所住宫殿用花椒和泥涂饰墙壁，取其香泽及多子之意，称椒房。

⑥赤石脂：风化石的一种，色红，以纹理细腻者为胜，可以涂饰墙壁。

【译】

王恺用饴糖拌合的干饭来擦锅，石崇用蜡烛来烧饭。王恺用紫色丝绸为面、碧玉色的绫罗为里子做成长四十里的步障，石崇用锦缎做五十里长的步障来和他比。石崇用花椒和泥涂墙，王恺用赤石脂来涂饰墙壁。

【评鉴】

　　王恺是晋武帝舅父，身为外戚，本当克勤克俭，为晚辈率，为朝廷仪型，以辅佐晋室，致晋室以长治久安。然而王恺依仗帝舅之尊，肆无忌惮穷侈竞丽，客观上充当了西晋王朝的催命剂。晋室探策得一，自然与这一伙醉生梦死、荒淫无度的蛀虫有关。当然，这也主要是晋武帝持身非正，穷奢极欲而导致的，为君不正，为臣自然邪僻！何以言此？盖王恺本身也颇有才干，对王朝亦忠心耿耿，《晋书》云其"虽无细行，有在公之称"。如果武帝能厉身清贞，宗室、外戚、权要们哪敢竞相奢侈。

汰侈5

　　石崇为客作豆粥，咄嗟便办①。恒冬天得韭蓱虀②。又牛形状气力不胜王恺牛，而与恺出游，极晚发，争入洛城，崇牛数十步后迅若飞禽，恺牛绝走不能及③。每以此三事为扼腕④，乃密货崇帐下都督及御车人⑤，问所以⑥。都督曰："豆至难煮，唯豫作熟末⑦，客至，作白粥以投之。韭蓱虀是捣韭根，杂以麦苗尔。"复问驭人牛所以驶⑧。驭人云："牛本不迟，由将车人不及制之尔。急时听偏辕⑨，则驶矣。"恺悉从之，遂争长。石崇后闻，皆杀告者。

【注】

①咄嗟：一会儿。极言其速。

②韭蓱（píng）齑（jī）：把韭菜和艾蒿捣切细碎做成的腌菜。

③绝走：拼命奔跑。

④扼腕：一只手握住另一只手的手腕。表示遗憾、失落。

⑤货：贿赂。御车人：驾车人。下文"驭人""将车人"义同。

⑥所以：原因，缘故。

⑦豫：预先，事先。熟末：指煮得烂熟的食物。

⑧驶：疾速，快。

⑨偏辕：此语颇难解。《晋书·石崇传》引作"蹁辕"。似是调整车辕的左右高低来达到让牛省力的一种驾驶方法。

【译】

　　石崇给客人做豆粥，一会儿就能做好。在冬天常常能吃到把韭菜和艾蒿捣碎做的腌菜。此外，石崇的牛形貌和气力都比不上王恺的牛，但他与王恺出游时，很晚才出发，争先进入洛阳城门，石崇的牛跑了几十步以后快得像飞鸟一样，王恺的牛拼命奔跑也赶不上。王恺每每因为这三件事感到遗憾，于是暗中贿赂石崇帐下的都督和驾车人，问其中的原因。都督说："豆子极难煮烂，只有预先将豆子煮得烂熟，客人到了，做好白粥放进去。韭菜和艾蒿做成的腌菜，是捣碎韭菜的根，里边掺杂麦苗罢了。"又问石崇的驾车人牛跑得快的原因。驾车人回答说："牛本来不慢，是由于驾车的人不会控制它罢了。紧急的时候调整车辕的左右高低，就快了。"王恺全都按他们说的办，就战胜了石崇。石崇后来听到这些，把泄密的人都杀了。

【评鉴】

此则列入《汰侈》，不是赞扬石崇斗奇争胜的费尽心机，而是意在鞭挞石崇辈为人的残忍，"皆杀告者"，视人命有如草芥。虽然，石崇最后为赵王伦诛杀，但如此行径，已不能让人有丝毫同情，而只觉得是报应昭彰，死有余辜了。

汰侈6

王君夫有牛名八百里驳①，常莹其蹄角②。王武子语君夫："我射不如卿，今指赌卿牛，以千万对之③。"君夫既恃手快④，且谓骏物无有杀理⑤，便相然可⑥，令武子先射。武子一起便破的⑦，却据胡床⑧，叱左右速探牛心来⑨。须臾，炙至，一脔便去⑩。

【注】

①驳：毛色不纯的马。因此牛善奔走，可日行八百里，故以马名美称之。

②莹：修饰，装饰。

③对：对当，抵对。指做赌资。

④手快：指射箭技艺高。

⑤骏物：出众之物。指八百里驳。

⑥然可：同意，答应。

⑦破的：射中靶心。

⑧胡床：从胡地传入的一种坐具，类似今天的马扎。

⑨叱：呵斥。探：挖取。

⑩一脔（luán）：一块肉。

【译】

　　王恺有一头牛叫做八百里驳，常常连牛的蹄子和角都是装饰打扮了的。王济对王恺说："我射箭的技艺不如你，现在指定赌你的牛，我用一千万钱抵对。"王恺不仅自恃箭法好，而且认为这样出众的宝贝没有杀了的道理，就同意赌博。叫王济先射。王济一箭就命中靶心，退后坐在胡床上，呵斥侍从赶快挖牛心来。一会儿，烤牛心到了，他尝了一块就走了。

【评鉴】

　　王恺为武帝之舅父，王济为文帝司马昭之婿，王济辈分上低王恺一辈，这是外甥辈向舅舅挑战。王济可能嫉妒王恺有好牛，于是有意要让对方痛心，然而可恶！

汰侈7

　　王君夫尝责一人无服余衵①，因直②，内著曲阁重闺里③，不听人将出④。遂饥经日，迷不知何处去。后因缘相为⑤，垂死，乃得出。

【注】

①余衵（rì）：内衣，里衣。

②直：当值。

③曲阁重闺：指阁道曲折、房屋幽深的内宅中。

④不听：不让，不许。将：带。

⑤因缘：朋友，熟人。相为：相助。

【译】

王恺曾经责罚一个不穿内衣的人，趁着那人当值时，把他关在阁道曲折、房屋幽深的内宅中，不让人带他出来。那人便饿了好几天，迷了路不知往哪儿去。后来一个朋友帮助他，在快饿死的时候，才得以出来。

【评鉴】

王恺如此恶作剧，把人命当作儿戏，难怪谥号为丑。按《逸周书·谥法解》："怙乱肆行曰丑。"怙恶，坚持做坏事。肆行，恣意妄为。王恺算是"实至名归"了。

汰侈8

石崇与王恺争豪①，并穷绮丽以饰舆服②。武帝，恺之甥也，每助恺。尝以一珊瑚树高二尺许赐恺③，枝柯扶疏④，世罕其比。恺以示崇，崇视讫⑤，以铁如意击之，应手而碎。恺既惋惜，又以为疾己之宝⑥，声色甚厉。崇曰："不足恨⑦，今还卿。"乃命左右悉取珊瑚树，有三尺、四尺，条干绝世，光彩溢目者六七枚，如恺许比甚众⑧。恺惘然自失⑨。

【注】

①争豪：比赛谁家更富有。

②绮丽：华丽。舆服：车马服饰。

③珊瑚树：即珊瑚，由珊瑚虫分泌的石灰质骨骼聚结而成，因状如树枝，亦称

珊瑚树。许：左右。

④扶疏：繁茂披散的样子。

⑤讫：完。

⑥疾：嫉妒。

⑦恨：遗憾。

⑧如恺许比：像王恺的珊瑚树那样的。许，那样。

⑨惘然：惆怅失落的样子。

【译】

石崇和王恺斗富，两人都极尽奢华来修饰车马服饰。晋武帝是王恺的外甥，每每帮助王恺。曾经把一株高二尺左右的珊瑚树赐给王恺，枝叶繁茂，世间少有能比的。王恺拿去给石崇看，石崇看完，用铁如意敲击珊瑚树，树随手就碎了。王恺既惋惜，又以为石崇是嫉妒自己的宝贝，一时声色俱厉。石崇说："不值得遗憾，现在我就还你。"于是叫侍从把珊瑚树全搬出来，有三尺、四尺高的，枝干世间绝无仅有，光彩夺目的有六七株，像王恺那样的珊瑚树就很多了。王恺怅惘若有所失。

【评鉴】

晋武帝助王恺与石崇斗富而不胜，盖石崇为荆州刺史时劫掠江上来往客商，以致巨富，王恺自然难敌。不过，这巨额资财也为他种下了祸根。《仇隙》第一则刘孝标注引王隐《晋书》说："崇家河北，收者至。曰：'吾不过流徙交、广耳！'及车载诣东市，始叹曰：'奴辈利吾家之财。'收崇人曰：'知财为害，何不蚤散？'崇不能答。"俗语云："君子爱财，取之有道。"石崇杀人越货，落得如此下场，岂不是天理不容吗！

汰侈9

王武子被责，移第北邙下①。于时人多地贵，济好马射②，买地作埒③，编钱匝地竟埒④。时人号曰"金沟"。

【注】

①北邙：山名，亦作"北芒"，在洛阳之北。

②马射：驰马射箭。

③埒（liè）：矮墙。此指骑射场地四周的土围墙。

④匝：围绕。竟：尽。

【译】

王济被责罚免了官，把家搬到北邙山下。那时人多地贵，王济喜欢骑马射箭，就买地筑起矮墙当跑马场，把钱串起来绕地一圈，围满跑马场的矮墙。当时人称之为"金沟"。

【评鉴】

王济遭贬，或许与晋武帝出齐王事有关。《晋书·王济传》载："齐王攸当之藩，济既陈请，又累使公主与甄德妻长广公主俱入，稽颡泣请帝留攸。帝怒谓侍中王戎曰：'兄弟至亲，今出齐王，自是朕家事，而甄德、王济连遣妇来生哭人！'"晋武帝以其忤皆将他降职为国子祭酒。几年后"出为河南尹，未拜，坐鞭王官吏免官，而王佑始见委任。而济遂被斥外，于是乃移第北芒山下"。

汰侈10

石崇每与王敦入学戏^①，见颜、原象而叹曰^②："若与同升孔堂，去人何必有间！"王曰："不知余人云何，子贡去卿差近^③。"石正色云："士当令身名俱泰^④，何至以瓮牖语人^⑤！"

【注】

①学：指太学，朝廷设在京城的全国最高学府。

②颜、原：指颜回和原宪。二人都是孔子弟子，都以安贫乐道著称于世。

③子贡（前520—？）：姓端木，名赐，字子贡，春秋时卫国人。孔子弟子。善言辞，精商贾，家累千金，富比王侯。参《史记·仲尼弟子列传》。

④泰：安泰，显达。

⑤瓮牖（wèng yǒu）：破瓮做的窗子。牖，窗户。据《庄子·让王》，原宪住在鲁国时十分贫穷，其家"瓮牖二室"，即两间屋子都用破瓮做窗户。家境富裕的子贡乘坐豪华的车马去见原宪，问原宪为什么如此困顿，原宪说："没有钱财叫作贫穷，学了道却不能施行，才叫困顿。我只是贫穷，而不是困顿。"子贡听了很惭愧。

【译】

石崇常和王敦到太学里玩，见到颜回、原宪的塑像就叹息说："假如我们和他们一起做孔子的学生，和他们哪会有差距呢！"王敦说："不知其他人如何，子贡和你比较接近。"石崇脸色严肃地说："读书人应该让身份名位都安泰显赫，哪至于在破瓮做的窗子里对人说话！"

【评鉴】

　　这应该是二人还年轻时的对话。王敦内心是看不起石崇的，故以子贡讥诮石崇，石崇则以不愿做原宪反讥。从对话，可以看出二人个性不同，抱负不同。石崇贪财好色，目光短浅，所以才会在做荆州刺史时劫掠客商，转而与外戚斗富。王敦生性通脱，"永嘉初，征为中书监。于时天下大乱，敦悉以公主时侍婢百余人配给将士，金银宝物散之于众，单车还洛"。王敦也曾经好色，体为之弊，有人言之，"乃开后阁，驱诸婢妾数十人出路，任其所之"（《豪爽》2），也算洒脱。特别是击缺唾壶的慷慨留下了千古豪情。当然，王敦性行残忍，晚年造反，多行屠戮，不免令人遗憾。这则列入《汰侈》，刘义庆对石崇是持批评态度的。

汰侈11

　　彭城王有快牛①，至爱惜之。王太尉与射②，赌得之。彭城王曰："君欲自乘，则不论；若欲啖者，当以二十肥者代之。既不废啖，又存所爱。"王遂杀啖。

【注】

①彭城王：指司马权（？—275）。权字子舆，东武城侯司马馗之子。武帝即位，封彭城王，出任北中郎将、都督邺城守诸军事。泰始年间入朝，赐衮

冕之服。《晋书》卷37有传。快牛：善行且强健的牛。

②王太尉：指王衍。衍怀帝时为太尉，故称。

【译】

彭城王司马权有一头强健善行的牛，他极为爱惜。王衍和他用射箭来打赌，赌赢了这头牛。彭城王说："你如果要自己乘，就不说了；如果你要吃它，我将用二十头肥牛代替它。既不影响你吃，又保全了我喜爱的牛。"王衍最终把牛杀掉吃了。

【评鉴】

此则与王恺、王济事略同，当是传闻异辞。要之，西晋王公大多穷奢极欲，不知满盈之理，终罹覆亡之祸，势所必然。

汰侈 12

王右军少时，在周侯末坐①，割牛心啖之，于此改观。

【注】

①周侯：指周颤。袭父爵武城侯，故称。末坐：位次在最后的座位。

【译】

王羲之年轻的时候，在周颤家宴席上坐在末座，周颤割牛心给他吃，从此大家对王羲之另眼相看。

【评鉴】

　　此则亦为《晋书》采入。然刘盼遂《世说新语校笺》尝有考证云："伯仁被害，在元帝永昌元年。时羲之刚三岁，乌能蹒履到门耶?《晋书·右军传》载右军年十三谒颙，盖缘《世说》之误而涂附耳。"看来此则又是因为王羲之名声大，后人编排出年轻时便受到前辈的宠爱，而周颙为大名士，于是便被派上了用场。

忿狷第三十一

忿狷，并列式双音词。忿，愤怒，怨恨。《易·损》："君子以惩忿窒欲。"狷，固执，偏急。《国语·楚语下》："彼（王孙胜）其父为戮于楚，其心又狷而不洁。"三国吴韦昭注："狷者，直己之志，不从人也。"

本门凡八则，魏武妓一条是双向鞭挞，既恶歌妓的恃才而骄，也批评曹操的忿恚凶残。《世说》中对曹家的记载基本无好事，我们已屡屡说到，因为刘义庆是汉高祖弟楚元王刘交后裔，自然对曹氏的篡汉深恶痛绝，黑曹氏亦在情理之中。王述一条，虽然王述性情卞急可笑，但王羲之亦不免偏执，讥评王述进而讽及其父王承，显得狭隘小气。王承本身无可讥评者，史称其为中兴名臣第一，政事颇可观颂。王羲之的言行导致二人嫌隙更深。从二人的结怨我们不难看出刘义庆是有倾向性的，间接在批评王羲之未免过分。于此可见读《世说》不能孤立读，相关的条目往往可以互相印证，此条与"仇隙"中王羲之与王述交恶对看则是非明朗。王献之自恃门第，不愿与习凿齿共坐，谢安批评献之损自然之趣，同时也是在对自高门第而傲人的行为表明自己的态度。"但人为尔多矜咳，殊足损其自然"，诚为做人的良箴。其余王恬高傲狂负，袁耽声色俱厉，桓玄斗狠狼戾，刘义庆是持批评态度的。而王忱、王恭叔侄反目成仇，联系王恭以竹席赠王大，则近乎笑话，印证了所谓"进则欲加诸膝，退则欲坠诸渊"的庸俗世态，真所谓小人之交甘若醴了。

忿狷 1

魏武有一妓①，声最清高②，而情性酷恶③。欲杀则爱才，欲置则不堪。于是选百人，一时俱教。少时果有一人声及之，便杀恶性者。

【注】

①妓：歌妓。以音乐歌舞侍奉于人。

②清高：清亮高亢。

③酷恶：极为恶劣，极坏。

【译】

魏武帝曹操有一个歌妓，声音最清亮高亢，但是性情极其恶劣。曹操想要杀了她又爱惜她的才华，想要留着她又不能忍受她的性情。于是选了上百人，一齐培训。不久果然有一个人歌声能赶上那个歌妓，于是就杀了那歌妓。

【评鉴】

此妓不知死活，恃宠而骄，不知曹操的狠毒，蠢极；曹操为人睚眦必报，凶残暴虐，连一个歌妓都不能放过，狠极。这一条主要是批评曹操的狠毒奸诈。《世说》于曹操，多取其不德形象，一是刘义庆儒生本色使然，另外是因为刘义庆本汉高祖弟刘交后裔，对曹氏篡汉感情上是不能接受的。参《品藻》第六则。

忿狷2

　　王蓝田性急①。尝食鸡子②，以箸刺之③，不得，便大怒，举以掷地。鸡子于地圆转未止，仍下地以屐齿蹍之④，又不得。瞋甚⑤，复于地取内口中，啮破即吐之⑥。王右军闻而大笑曰："使安期有此性⑦，犹当无一豪可论⑧，况蓝田邪？"

【注】

①王蓝田：即王述。袭父爵为蓝田侯，故称。

②鸡子：鸡蛋。

③箸（zhù）：筷子。

④屐齿：木屐底上的齿。

⑤瞋（chēn）：生气，恼火。

⑥啮（niè）：咬。

⑦安期：指王述父王承。承字安期。

⑧豪：通"毫"。

【译】

　　王述性子急躁。曾经在吃鸡蛋时，用筷子去叉鸡蛋，没叉到，就大怒，拿起鸡蛋扔在地上。鸡蛋在地下旋转不停，他又下地用木屐齿去蹍压，又没能压碎。王述非常恼怒，就又从地下捡起来放在嘴里，咬破就吐了。王羲之听说后大笑说："即使安期有这样的脾气，也没有丝毫可取之处，何况是蓝田啊？"

【评鉴】

右军为论太过尖刻，少了宽容，既笑王述，兼及其父王承。辱人而及其父，嗣后结怨甚深，势所必然。人无完人，是知右军也有不是处。

忿狷3

王司州尝乘雪往王螭许①。司州言气少有牾逆于螭②，便作色不夷③。司州觉恶，便與床就之，持其臂曰："汝讵复足与老兄计！"螭拨其手曰："冷如鬼手馨④，强来捉人臂！"

【注】

①王司州：即王胡之。曾任司州刺史，故称。王螭（chī）：即王恬。恬小字螭虎。

②言气：言辞语气。牾（wǔ）逆：违逆，冒犯。

③作色：变了脸色。不夷：不悦。

④馨：样。

【译】

王胡之曾经冒雪到王恬那里去。王胡之说话言辞语气稍有冒犯王恬，王恬就变了脸色不高兴。王胡之发觉王恬不高兴，就搬动坐榻靠近王恬，握住他的手臂说："你难道还值得和老兄我计较！"王恬拨开他的手说："冰冷得像鬼的手一样，还硬要来抓人家的手臂！"

【评鉴】

　　王恬为王导次子，生性高傲而难随和屈就，谢万曾遭其羞辱，王胡之这次也碰了一鼻子灰。史称其喜武行不为王导喜欢，《德行》第二十九则："见敬豫辄嗔。"不过，这故事情节倒活灵活现，虽然王恬少了些涵养，但胸中全无城府，喜怒皆形于色，这样的人倒比庾亮那样的"玉人"名士好打交道。

忿狷4

　　桓宣武与袁彦道樗蒲①。袁彦道齿不合②，遂厉色掷去五木③。温太真云④："见袁生迁怒⑤，知颜子为贵。"

【注】

①袁彦道：即袁耽。耽字彦道。樗蒲（chū pú）：盛行于汉魏六朝的一种赌博游戏。

②齿：指色子上的点数。不合：不合心意。

③五木：即色子，玩樗蒲用的器具。一副五枚，用木头制成，故称。

④温太真：即温峤。峤字太真。

⑤迁怒：把怒气发泄到他人身上。语出《论语·雍也》："有颜回者好学，不迁怒，不贰过，不幸短命死矣。"

【译】

桓温和袁耽玩樗蒲。袁耽投色子的点数不合自己心意，就愤怒地把五枚色子全摔了出去。温峤说："看见袁生把怒火发泄到色子上，才知道颜回的可贵。"

【评鉴】

余嘉锡以为，袁耽二十五岁即去世了，只比桓温年长几岁，这应该是小儿时的行径，温峤的批评太苛刻了一点。其说是。

忿狷5

谢无奕性粗强①，以事不相得，自往数王蓝田②，肆言极骂③。王正色面壁不敢动。半日，谢去。良久，转头问左右小吏曰："去未？"答云："已去。"然后复坐。时人叹其性急而能有所容。

【注】

①谢无奕：即谢奕。奕字无奕，谢安兄，谢玄父。粗强：粗鲁强横。

②数：数落，责备。王蓝田：即王述。袭父爵为蓝田侯，故称。

③肆言：毫无顾忌地说话。极骂：痛骂，大骂。

【译】

谢奕性情粗暴强横，因为有事情与王述意见不合，就亲自去数落王述，无所顾忌地痛骂。王述脸色严肃地对着墙壁不敢动。骂了半天，谢奕走了。又过了好一阵儿，王述回过头来问左右小吏说："走了没有?"回答说:"已经走了。"王述然后又坐下。当时人们叹服王述虽然性急但也有宽容的时候。

【评鉴】

　　王述性情狷急,而谢奕更胜。王述心知其不好惹,于是强忍不发。物物相降,一至于斯,可笑而且有趣。

忿狷6

　　王令诣谢公①,值习凿齿已在坐②,当与并榻③。王徙倚不坐④,公引之与对榻。去后,语胡儿曰⑤:"子敬实自清立⑥,但人为尔多矜咳⑦,殊足损其自然。"

【注】

①王令:指王献之。曾为中书令,故称。谢公:指谢安。

②习凿齿:字彦威,曾为桓温幕僚,后任荥阳太守。

③并榻:同坐一榻。

④徙倚:徘徊。

⑤胡儿:即谢朗。朗字长度,小字胡儿。谢据长子,谢安侄。

⑥实自:实在是,的确是。自,后缀。清立:清高卓立。

⑦矜咳:矜持拘执。

【译】

　　王献之去拜会谢安,碰上习凿齿已经在座,当应与习凿齿同榻而坐。王献之徘徊不入座，谢安把他安排在对面的坐榻上。王献之走后，谢安对谢朗说："子敬的确是清高卓立，但做人那么多的矜持拘泥，会大大损害自然的韵味。"

【评鉴】

王谢子弟往往自高门阀，尽管习凿齿是难得的俊才，王献之也同样不屑同榻。谢安虽然一向与献之交好，但对献之太过矜持的行为，也以为不当。其批评的确有理，为人应该随和，才有自然之趣。再，从此则故事，也知谢安对自家子弟教育之有方，借王献之的不足，告诉胡儿做人的道理。谢安之所以为后世景仰，"棋畔却秦"固然是主要的原因，但与其为人宽厚和气亦不无关系。

忿狷7

王大、王恭尝俱在何仆射坐①，恭时为丹阳尹②，大始拜荆州。讫将乖之际③，大劝恭酒，恭不为饮，大逼强之转苦④。便各以裙带绕手。恭府近千人，悉呼入斋；大左右虽少，亦命前，意便欲相杀⑤。何仆射无计，因起排坐二人之间⑥，方得分散。所谓势利之交，古人羞之⑦。

【注】

①王大：指王忱。忱小字佛大，故称。何仆射：指何澄。澄字子玄，何准子。起家秘书郎，清正有器望，累迁至中护军，孝武帝太元末征拜尚书。安帝即位，迁尚书左仆射。《晋书》卷93有传。按，《晋书》作"字季玄"。

②丹阳尹：东晋都城建康所在的丹阳郡的长官。

③乖：分别。

④逼强：犹强迫。苦：执着，坚持。

⑤相杀：相互以性命相搏。

⑥排：挤。

⑦"势利之交"二句：语出《汉书·张耳陈余传赞》："势利之交，古人羞之。"
势利之交，指为了权势与利益而进行的交往。

【译】

王忱、王恭曾经都在何澄席上，王恭当时是丹阳尹，王忱刚被任命为荆州刺史。到要分别的时候，王忱敬王恭的酒，王恭不喝，王忱硬逼着王恭喝而且越发坚持。双方便把裙带挽在手上要动手。王恭府中将近千人，全叫进屋里；王忱的随从虽然少，也都叫上前，那意思就是要互相搏杀了。何澄没有办法，于是起来跻身坐在两人中间，才得以把他们分开。这就是所谓势利之交，古人为此感到羞耻。

【评鉴】

王恭、王大叔侄初时交好，"王大自都来拜墓，恭暂往墓下看之。二人素善，遂十余日方还"（《识鉴》26）。而一旦反目，竟然要以性命相搏，为人所不齿。最后两句，表达了刘义庆深深的遗憾，同时也是人际交往中值得铭记的箴言。《庄子·山木》："且君子之交淡若水，小人之交甘若醴；君子淡以亲，小人甘以绝。"郭象注："无利故淡，道合故亲。"如果交往是建立在完全的利益关系上，是注定不能持久的。现在有一种时髦的说法"只有永久的利益，没有永久的朋友"，这是与我们源远流长的优秀传统文化唱反调的，是把人变坏的理论。试问，古代管鲍之交，伯牙叔齐的谐合，季札徐君的心契，难道都不值得肯定提倡？

忿狷8

桓南郡小儿时①，与诸从兄弟各养鹅共斗。南郡鹅每不如，甚以为忿。乃夜往鹅栏间，取诸兄弟鹅悉杀之。既晓，家人咸以惊骇，云是变怪②，以白车骑③。车骑曰："无所致怪，当是南郡戏耳！"问，果如之。

【注】

①桓南郡：指桓玄，袭父爵南郡公，故称。

②变怪：怪异、奇怪的事。

③车骑：指桓温弟桓冲。曾为车骑将军，故称。

【译】

桓玄小的时候，和堂兄弟们各自养鹅互相斗着玩。桓玄的鹅每每斗不过，心中非常忿恨。就乘夜到鹅圈里，把兄弟们的鹅全都抓来杀了。到天亮时，家人们都为之惊慌恐惧，说是鬼怪作祟，把事情报告给桓冲。桓冲说："没有什么招致鬼怪的事，应该是南郡恶作剧罢了！"一问，果然如此。

【评鉴】

桓玄之逞强斗狠，于此可见。为斗鹅的败负而将弟兄们的鹅全杀掉，从这事也可以看出桓玄为人的狭隘凶残，全然没有做人的道德底线，为达到目的不择手段。其平生行为在儿时已见端倪，如始与殷仲堪交，后来算计殷而最终杀殷。入据京都以后，随所爱憎，滥杀无辜。为人贪婪无耻，反复无常，《晋书》其本传有云："性贪鄙，好奇异，尤爱宝物，珠玉不离于手。人士有法书好画，及佳园宅者，悉欲归己，犹难逼夺之，皆蒲博而取。遣臣佐四出掘果移竹，不远数千里，百姓佳果美竹无复遗余，信悦谄誉，逆忤谠言，或夺其所憎，与其所爱。"最终走向篡逆而灭亡。

人心险恶，防不胜防

谗险第三十二

谗险，并列式双音词。谗，说别人的坏话，进谗言陷害人。《庄子·渔父》："不择是非而言，谓之谀；好言人之恶，谓之谗。"险，本义指堵塞险阻的山道，辗转引申指人心的险恶。二者近义连文。

本门只四则。袁悦的险恶是唯恐天下不乱，终致害人害己。王国宝的进谗，更为可怖，不仅毁人前程于无形，而且还在皇帝那里赢得了忠诚的好感。算得上是既谗且险。时下坊间俗语云："流氓不可怕，最怕流氓有文化。"信哉斯言！古所谓"上士杀人使笔端，中士杀人使舌端"。利口杀人，险恶的读书人最为擅长。宋周密《齐东野语》中有一则故事，堪与此处作对：吴俏很有才华，崇宁五年，七千人参加礼部考试而获第一，"其名声风采，人莫不求识面"。吴俏因正直得罪了蔡京。一天，宋徽宗问蔡京："卿曩居杭，识推官吴俏乎？今以大臣荐，欲除官。"蔡京回答说："识之，其人傲狠无上。"宋徽宗大惊，问："何以知之？"蔡京说："吴知陛下御讳而不肯改，乃以一圈围之。"宋徽宗自然不高兴，没再起用吴俏。宋徽宗名赵佶，俏字是把"佶"字圈了起来。呜呼！文字学家蔡京，一句话便毁了吴俏的前程，多么恐怖。有趣的是，王国宝进谗于前，而王珣离间于后。前者以言，后者以术。魔高道高，不分伯仲。

谗险 1

王平子形甚散朗^①，内实劲侠^②。

【注】

①王平子：即王澄。澄字平子，王衍异母弟。散朗：散诞爽朗。

②劲侠：固执狭隘。侠，一本作"狭"。

【译】

王澄外表看上去十分散诞开朗，内心却是固执狭隘。

【评鉴】

此则或有脱文。如仅此，则与《谗险》无关，当归于《品藻》为宜。

谗险 2

袁悦有口才^①，能短长说^②，亦有精理^③。始作谢玄参军，颇被礼遇。后丁艰^④，服除还都，唯赍《战国策》而已^⑤。语人曰："少年时读《论语》《老子》，又看《庄》《易》，此皆是病痛事^⑥，当何所益邪？天下要物，正有《战国策》。"既下，说司马文孝王^⑦，大见亲待，几乱机轴^⑧，俄而见诛。

【注】

①袁悦：字元礼。为会稽王司马道子、王国宝所亲重，结党弄权。后为孝武帝所杀。

②短长说：指战国纵横家游说之术。取义于《战国策》，《战国策》又称《短长书》。

③精理：精密的义理。

④丁艰：遭父或母之丧，子女在家服丧。

⑤赍（jī）：携带。《战国策》：简称《国策》。原为战国时诸国史料，主要记叙当时游说之士的言论活动。汉刘向整理编定，始名为《战国策》。

⑥病痛：小的毛病、缺点。

⑦司马文孝王：即司马道子。因谥文孝，故称。

⑧机轴：比喻国家的重要机构。此犹言朝廷。机，弩牙。轴，轮轴。

【译】

  袁悦很有口才，精于短长说，也颇有精微处。开始他担任谢玄的参军，很受谢玄礼遇。后归乡服丧，守丧期满回到都城，只是带着《战国策》而已。对人说："少年时读《论语》《老子》，又看《庄子》《易经》，这些都只能医治小灾小病，能有什么益处呢？天下最要紧的书，只有《战国策》。"回到都城后，他去游说司马道子，特别受到亲近优待，几乎搅乱了朝廷，后来就被处死了。

【评鉴】

  战国策士往往驰骋短长之说，奔走游说于诸侯封国之间，淆乱天下，从而猎取功名富贵。袁悦有口辩才华，却不循正道，放弃儒家礼教，醉心战国学说，全无是非黑白可言，离间王忱、王恭，依附司马道子，专行谗佞不法之事。王国宝从小便没有好品德，长成后更是声名狼藉，岳父谢安厌恶他不予重用，王国宝于是在司马道子处诋毁谢安。司马道子辅政，用王国宝为中书令，狼狈为奸，朝廷一时乌烟瘴气。王国宝舅范宁为人儒雅方直，痛恨国宝谗佞，劝孝武帝罢黜国宝，国宝又叫袁悦通过尼姑妙音斡旋，孝武帝知道后，杀袁悦于市。也是咎由自取。

谗险3

　　孝武甚亲敬王国宝、王雅①，雅荐王珣于帝②，帝欲见之。尝夜与国宝及雅相对，帝微有酒色，令唤珣，垂至，已闻卒传声。国宝自知才出珣下，恐倾夺其宠③，因曰："王珣当今名流，陛下不宜有酒色见之，自可别诏召也。"帝然其言，心以为忠，遂不见珣。

【注】

①孝武：指晋孝武帝司马曜。王国宝：王坦之之子。深受孝武帝宠信，玩弄朝权，威慑一时。王雅（334—400）：字茂达，东海郯县（今山东郯城）人。王肃曾孙。孝武帝时官至散骑常侍，深为孝武帝礼遇，大事多参谋议。每当置酒宴集，王雅未到，孝武帝不先举觞。《晋书》卷83有传。

②王珣：王导之孙，王洽之子。

③倾夺：争夺，夺取。

【译】

　　晋孝武帝很亲近敬重王国宝、王雅，王雅向孝武帝推荐了王珣，孝武帝想要见王珣。曾经晚上和王国宝、王雅相对而坐，孝武帝已经有些醉意，叫人传唤王珣，将要到时，已听见吏卒传唤的声音了。王国宝知道自己才能在王珣之下，担心王珣取代自己受宠的地位，于是说："王珣是当今的名流，陛下不应该带着醉意见他，本可以另外下诏召唤他。"孝武帝认为王国宝说得对，心中还觉得他很忠诚，就没再见王珣。

【评鉴】

　　大奸似忠，佞人可畏！孝武帝本应该是大有作为的君主，却因为宠信奸佞而毁了晋朝江山，最后身死宠妃之手，令人惋叹。

谗险4

　　王绪数谗殷荆州于王国宝①，殷甚患之，求术于王东亭②。曰："卿但数诣王绪，往辄屏人，因论它事。如此，则二王之好离矣。"殷从之。国宝见王绪，问曰："比与仲堪屏人何所道③？"绪云："故是常往来④，无它所论。"国宝谓绪于己有隐，果情好日疏⑤，谗言以息。

【注】

①王绪：字仲业，王国宝从弟。

②王东亭：即王珣。王导之孙，王洽之子。以讨袁真功封东亭侯，故称。

③比：近来。

④往来：交往。

⑤情好：感情，交情。

【译】

王绪屡次向王国宝说殷仲堪的坏话，殷仲堪很忧虑这事，就向王珣求主意。王珣说："你只要屡屡去拜见王绪，去了就避开其他人，顺便说其他的事情。像这样做，那么二王的感情就会疏远了。"殷仲堪依王珣说的办。王国宝见到王绪，问："你近来与仲堪避开他人都说些什么？"王绪说："只是日常交往，没说其他的。"王国宝认为王绪对于自己有所隐瞒，果然感情一天天疏远了，对殷仲堪的谗言也就停息了。

【评鉴】

刘孝标注云王国宝是由王绪引进给司马道子的，而《晋书》云王绪由王国宝引进，两说相矛盾。余笺详加辨正，知王绪有宠于前，《晋书》误。而且二人自始至终狼狈为奸，不存在离心事。最后因为王恭以讨王国宝名起兵，司马道子惧，并斩王国宝、王绪。《世说》多记传闻，此条也非实事。《晋书》多采《世说》材料入史，从来为学人诟病，故援用《晋书》材料当特别小心。《世说》此条，颇似贾诩离间韩遂、马超之谋。《三国志·魏书·武帝纪》："超等数挑战，又不许；固请割地，求送任子，公用贾诩计，伪许之。韩遂请与公相见，公与遂父同岁孝廉，又与遂同时侪辈，于是交马语移时，不及军事，但说京都旧故，拊手欢笑。既罢，超等问遂：'公何言？'遂曰：'无所言也。'超等疑之。"

人生是现场直播，总有些悔恨无法补过

尤悔第三十三

尤悔，并列式双音词。尤，过失；悔，悔恨。语出《论语·为政》："言寡尤，行寡悔，禄在其中矣。"

本门凡十七则，对象从帝王将相直到庶民百姓，可见过失悔恨是任何人都不可避免的，只是过失的大小、后悔的轻重不同而已。本门中尤悔最沉痛的恐怕莫过于王导之"我不杀伯仁，伯仁因我而死"。王敦杀周颛的原因，众说纷纭。单从本门第六则文字看，王敦最初并不想杀周颛，周颛生死完全系于王导身上，而王导一念之差导致周颛被杀，这成为后世诗文中表示悔恨的常典。陆机一代文豪而为人所陷，"华亭鹤唳"让后世骚人墨客洒泪笔头。阮裕的后悔在悲怆中不免引人发笑，一个虔诚的佛教徒因为儿子的死迁怒佛氏，翻然视佛教为仇敌，"宿命都除"。谢安以柱撞人，平时旷远从容的形象全毁，而那最后"夫以水性沉柔，入隘奔激，方之人情，固知迫隘之地，无得保其夷粹"数语，不乏调侃意味，名士雅量，也不过是相对而言，其中未必没有做作的成分。

尤悔1

魏文帝忌弟任城王骁壮①，因在卞太后阁共围棋②，并啖枣，文帝以毒置诸枣蒂中，自选可食者而进。王弗悟，遂杂进之。既中毒，太后索水救之③。帝预敕左右毁瓶罐，太后徒跣趋井④，无以汲，须臾遂卒。复欲害东阿，太后曰："汝已杀我任城，不得复杀我东阿⑤！"

【注】

①任城王：指曹彰（？—223）。彰字子文，沛国谯县（今安徽亳州）人。曹丕同母弟。为人骁勇善战，屡有军功。操爱之，以其须黄，呼为"黄须儿"。曹丕代汉，封任城王。卒谥威。《三国志》卷19有传。骁壮：骁勇雄壮。

②卞太后：曹丕、曹彰、曹植之母。曹操在谯时纳为妾。曹丕称帝，尊为皇太后。

③索水救之：李详云："此毒为礜石等品，惟冷水及新汲井华水可以救之。"

④徒跣（xiǎn）：赤脚。即来不及穿鞋。

⑤东阿：指曹植。因封东阿王，故称。

【译】

魏文帝曹丕忌惮弟弟任城王曹彰骁勇强壮，趁着在卞太后内阁一起下围棋，都在吃枣子的时候，曹丕把毒药放在枣蒂中，自己挑选可以吃的吃。曹彰不知道，就有毒无毒的都吃了。中毒后，太后找水解救曹彰。曹丕预先安排左右侍从把瓶瓶罐罐都毁掉了，太后赤着脚跑到井边，没有汲水的器具，曹彰一会儿就死了。曹丕又要害曹植，太后说:"你已杀我任城,不能再杀我东阿!"

【评鉴】

　　此处尤,是指曹丕的罪过,悔,是卞太后后悔没有提防到曹丕的蛇蝎心肠而葬送了曹彰。此则曹彰之死,实属小说家言,但曹丕对曹彰、曹植的防范是无所不用其极的,曹彰则惮其勇武,曹植则忌其才华。《三国志·魏书·陈思王传》有云:"二十四年,曹仁为关羽所围,太祖以植为南中郎将,行征虏将军,欲遣救仁,呼有所敕戒。植醉不能受命,于是悔而罢之。"裴松之注引《魏氏春秋》曰:"植将行,太子饮焉,逼而醉之。王召植,植不能受王命,故王怒也。"曹植本已受命出征,曹丕担心曹植立功后自己失宠,于是强逼曹植饮酒至于大醉,曹操要召见曹植面授机宜,结果曹植还酒醉未醒,于是曹操怒而收回成命。其毒辣阴险,一至于斯。登基后依然不能容忍两个弟弟,必欲除之而后快。曹丕的为人狠毒,我们再举一个例子,征南大将军夏侯尚宠爱一个小妾,时常冷落了妻子,而夏侯尚的妻子,是曹姓的女儿,于是曹丕派人勒死了夏侯尚的小妾,夏侯尚也因此郁郁而终。

尤悔2

　　王浑后妻[①],琅邪颜氏女[②]。王时为徐州刺史[③],交礼拜讫,王将答拜,观者咸曰:"王侯州将[④],新妇州民,恐无由答拜。"王乃止。武子以其父不答拜,不成礼,恐非夫妇,不为之拜,谓为"颜妾",颜氏耻之。以其门贵,终不敢离。

【注】

①王浑：字玄冲，王昶之子。入晋后曾任徐州刺史。

②琅邪：郡名。始置于秦。西汉治东武（今山东诸城）。东汉改为国，移治开
　阳（今山东临沂北）。颜氏为琅邪名族，相传为颜回之后。

③徐州：治所在彭城（今江苏徐州）。

④州将：谓州刺史。东汉以后，州郡首长兼领军事。因而州刺史、太守又称为
　"州将""郡将"。

【译】

　　王浑的后妻，是琅邪颜家的女子。王浑当时是徐州刺史，颜女行
了交拜礼后，王浑将要答拜，围观者都说："王侯是州将，新娘是州
属的百姓，恐怕没有答拜之理。"王浑就停止不拜。王济因为父亲不
答拜，没有完成夫妻大礼，恐怕不能成为夫妇，也就不拜母亲，叫她
"颜妾"，颜家觉得很耻辱。但因为王家门第高贵，始终不敢离婚。

【评鉴】

　　今《世说》刘孝标注中，多有宋人注解羼入，阅读刘注，当仔细
甄别。刘孝标对此则之"婚姻之礼，人道之大，岂由一不拜而遂为妾
媵者乎？《世说》之言，于是乎纰缪"注语即不似六朝语而似宋人理念。
疑即宋人注解误入为刘注。

尤悔3

　　陆平原河桥败①，为卢志所谮②，被诛。临刑叹曰："欲闻华亭

鹤唳③，可复得乎?"

【注】

①陆平原河桥败：晋惠帝太安元年（302），成都王司马颖起兵讨伐长沙王司
　　马乂，以陆机为河北大都督，陆机进兵洛阳，在河桥大败。陆平原，指陆
　　机，因曾为平原内史，故称。河桥，在今河南孟州西南。晋泰始中，杜预
　　造浮桥于富平津，世称"河桥"，为洛阳外围戍守要地。

②卢志：字子道，时为成都王司马颖僚属。

③华亭鹤唳（lì）：陆机在入晋为官前曾与弟陆云居于华亭，闭门读书十年。
　　后以"华亭鹤唳"为感叹平生之语，表示留恋过去的生活，后悔进入仕途。
　　华亭，在今上海松江西。鹤唳，鹤鸣。

【译】

　　陆机在河桥战败，遭卢志谗毁，被杀。临刑时叹息说："想听到华
亭的鹤鸣，还能实现吗?"

【评鉴】

　　陆机临刑叹息，想来是百感交集，后悔多多。他们弟兄出身名门，
祖父陆逊为吴丞相，父陆抗为大将军。少年成名，吴亡入晋，遍谒达
官贵人，甚至不惜玷污名节，与贾谧亲善，为谧二十四友成员。陆机
急功近利，先附贾谧，再附赵王伦，被疑为伦作九锡文与禅诏。赵王
败，又附成都王颖，为河北大都督而讨长沙王。既然知道三世为将之
忌，且属下将领心不归附，却只是礼节性地推辞而终受任，贪恋名利，
不知进退，从无战阵经验，却自以为有管乐之才，可以建不世之功。

结果一败涂地，卢志趁机进谗，终遭灭族之祸。刘孝标注引《晋纪》以为是报应所致（"初，陆抗诛步阐，百口皆尽，有识尤之。"）。读陆机《辨亡论》，于吴国之兴亡、得失成败的认知可谓十分精到，然而其自身却当局者迷，落得如此下场。其《豪士赋》中有二句警策，云："笑古人之未工，忘己事之已拙。"令人感慨而警惕。参《方正》第十八则。

尤悔4

刘琨善能招延①，而拙于抚御②。一日虽有数千人归投，其逃散而去亦复如此，所以卒无所建。

【注】

①招延：招引延揽。

②抚御：安抚驾驭。

【译】

刘琨善于招引延请人才，却不善于安抚驾驭。每天纵然有几千人归顺投奔，而逃走离开的也有这么多，所以最终没有什么建树。

【评鉴】

关于这则，敬胤认为不合情理，数千人归之，数千人逃走，刘琨又怎么能在十余年间抗衡刘渊、石勒。余嘉锡笺引刘琨上怀帝表、与王导书，证明这是当时王敦党徒对刘琨的恶意中伤。至于何以列入《尤悔》，是谁悔恨，应该是刘义庆误听了街谈巷议的闲话，认为刘琨空有报国之志，而不善于驾驭人心，结果落得悲惨的下场，是为刘琨惋惜。刘孝标注引敬胤的说法，则显然对此则故事持否定态度，那么这一则就"尤悔"得全属空穴来风了。

尤悔5

王平子始下①，丞相语大将军②："不可复使羌人东行。"平子面似羌。

【注】

①王平子：即王澄。澄字平子，曾为荆州刺史。
②丞相：指王导。大将军：指王敦。敦为王导从兄。

【译】

王澄刚刚从荆州东下到建康，王导对王敦说："不能再让那羌人东行。"王澄相貌好似羌人。

【评鉴】

刘孝标认为，以王导的个性及地位身份，不可能说这样的话，当是传言而刘义庆误收。至于列入《尤悔》，应该是刘义庆认为，后来王敦杀王澄，正是王导的话对王敦起了作用。作为王导自己，是应该追悔反思的。这正如周颉的死和王导有关系一样（见下一则）。这两则列在一起已见刘义庆的意向。

尤悔6

　　王大将军起事①，丞相兄弟诣阙谢②。周侯深忧诸王③，始入，甚有忧色。丞相呼周侯曰："百口委卿④！"周直过不应。既入，苦相存救⑤。既释，周大说饮酒。及出，诸王故在门。周曰："今年杀诸贼奴⑥，当取金印如斗大，系肘后。"将军至石头，问丞相曰："周侯可为三公不？"丞相不答。又问："可为尚书令不？"又不应。因云："如此，唯当杀之耳！"复默然。逮周侯被害，丞相后知周侯救己，叹曰："我不杀周侯，周侯由我而死。幽冥中负此人⑦！"

【注】

①王大将军起事：晋元帝永昌元年（322），王敦以诛刘隗为名起兵造反。

②诣阙谢：王敦起兵时，刘隗曾劝晋元帝诛杀王氏家族。王敦为王导从兄，故王敦造反，王导率弟兄到朝廷请罪。

③周侯：指周顗。

④百口：全家老少。极言其多。

⑤存救：保全救助。

⑥诸贼奴：指王敦等叛臣。

⑦幽冥：犹言九泉之下。

【译】

　　王敦起兵造反，王导弟兄到朝廷请罪。周顗很为王导弟兄担忧，才进去时，满脸忧色。王导对周顗喊道："我全家老少的性命全托付给您了！"周顗径直走过没有应声。进去后，周顗竭尽全力保全救助王导等人。他们得以免罪后，周顗非常高兴，喝了酒。等到周顗出来，王导弟兄仍在门外。周顗说："今年杀掉那些造反的家伙，将获得一颗斗大的金印，系在肘后。"后来王敦到了石头城，问王导说："周侯可以做三公不？"王导不答。又问："可做尚书令不？"又不答。于是王敦说："像这样，只有杀掉他算了！"王导仍然默不作声。到周顗遇害后，王导才知道是周顗救了自己，叹息说："我没杀周侯，但周侯因我而死。到九泉之下我都对不起这个人啊！"

【评鉴】

王敦杀周顗的原因，众说纷纭。即便王敦因王导的态度而杀了周顗，宋王楙认为，周顗自己也有很大的责任：救人而不让别人知道，这是对的，但周顗的一系列莫名其妙的表现，先是不答应，后来是扬扬自得，再后又有"杀诸贼奴"之骂，这样做，谁都会产生怀疑和不满。整个过程，是周顗自己在找死，不能太怪王导。

我们觉得，除上王楙所言是周顗自蹈死地外，同时也是因为王导一向不太看得上周顗（《世说》中多见），"杀诸贼奴"语，难免更增王导怨怒。一念之差，即送了周顗性命。

尤悔 7

王导、温峤俱见明帝，帝问温前世所以得天下之由。温未答。顷，王曰："温峤年少未谙①，臣为陛下陈之。"王乃具叙宣王创业之始②，诛夷名族，宠树同己③，及文王之末高贵乡公事④。明帝闻之，覆面著床曰："若如公言，祚安得长⑤！"

【注】

①未谙：不知晓，不熟悉。

②宣王：指司马懿。魏元帝（陈留王）咸熙元年（264），追封宣王。

③宠树：施以恩宠并扶植。

④文王：指司马昭。死后谥曰文王，司马炎禅魏追尊为文帝。高贵乡公：即曹
　　髦。因其初封高贵乡公，故称。

⑤祚：君位，国运。

【译】

　　王导、温峤一起见晋明帝，明帝问温峤晋朝前代帝王能够得天下的缘由。温峤没回答。过了一会儿，王导说："温峤年轻，对这些不熟悉，臣为陛下陈说。"王导于是详细叙述宣王司马懿创业之初，诛灭当时的名门望族，宠信扶植支持自己的朝臣，以及文王司马昭晚年杀掉高贵乡公曹髦的事。明帝听了后，掩面伏于坐榻上说："假如真像你说的，晋朝国运怎么可能长久！"

【评鉴】

　　王导当时叙及上述事，目的是要用司马氏曾大肆诛灭曹氏以及其他异己的历史，规劝明帝宽仁厚爱，少行杀戮。明帝因此而惭愧悔恨，足见其宅心仁厚。《晋书》本纪云明帝"虽享国日浅，而规模弘远矣"。明帝在东晋诸帝中，聪明英断，堪称贤主，成功制衡权臣世家，推动了社会安定发展。可惜二十多岁即逝世，未能有大成就。再，从《晋书》可知，司马懿父子诛除曹氏以及其他异己，凶残之极，近乎斩草除根，其目的是希望司马氏江山传之千秋万代。然而，多行不义必自毙，

似乎冥冥中自有报应，近者祸及自身，远者危及子孙。如秦朝二世而亡，西晋亦二世而乱，怀帝、愍帝相继为匈奴俘虏，受尽凌辱，王室涂炭，十不一存。东晋偏安江左，残喘苟延，几代后即移祚于刘氏。

尤悔8

王大将军于众坐中曰①："诸周由来未有作三公者。"有人答曰："唯周侯邑五马领头而不克②。"大将军曰："我与周洛下相遇③，一面顿尽④。值世纷纭，遂至于此!"因为流涕。

【注】

①众坐：很多人在座的场合，大庭广众下。

②周侯：指周颉。邑：李慈铭云："案'邑'疑'已'字之误。"五马领头而不克：此以樗蒱戏做比喻，眼看即将取胜，却功败垂成，未能致胜。言周颉官位距离三公已不远，但最终没能达到。五马，即五木，一副五枚的木制色子，玩樗蒱的器具。领头，即博头，谓赌局已达绝胜地步。不克，未能取胜。

③洛下：指洛阳。

④一面顿尽：一见面就倾心结交。

【译】

王敦在大庭广众中说："周氏家族中从来没有做三公的。"有人回答说："只有周侯已经是五马博头，而最终没能成功。"王敦说："我和周侯在洛阳相遇，一见面就倾心结交。遇到世事纷乱，才到了今天这个地步!"于是流下了眼泪。

【评鉴】

　　周颢分明是王敦所杀，王敦作此惋惜流涕状，"尤悔"得十分滑稽，刘义庆大概也是以批评讥讽的态度来记录这个故事的。

尤悔 9

　　温公初受刘司空使劝进^①，母崔氏固驻之^②，峤绝裾而去^③。迄于崇贵^④，乡品犹不过也^⑤。每爵，皆发诏。

【注】

①温公：指温峤。因曾封建宁县开国公及始安郡公，故称。刘司空：即刘琨。晋愍帝建兴三年（315）帝遣大鸿胪赵廉持节拜刘琨为司空，故称。劝进：劝说他人登帝位。此指建武元年（317）司空、并州刺史、广武侯刘琨等一百八十人上书劝晋王司马睿进尊号即帝位。

②驻：阻止，使留下。

③绝裾：割断衣袖，以示去意坚决。

④崇贵：地位崇高尊贵。

⑤乡品：乡评。乡人对本地人物德行的评价，为朝廷选拔人才、任用官吏的重要依据。不过：不通过，不认可。

【译】

　　温峤当初受刘琨的派遣，奉表到江东劝司马睿即皇帝位，他的母亲崔氏坚决阻止他去，温峤割断衣袖就离开了。到温峤地位尊贵时，乡里对他的品评仍然不能原谅通过。每当朝廷加官进爵时，都要颁发诏书来解释。

【评鉴】

　　当时情势，的确忠孝不可两全！绝裾而去，也是面临二难选择不得已。因为晋倡扬以孝治天下，而温峤虽然是不得已没有听从母亲的劝阻，但客观上的确是有违孝道。温峤对于舆论的批评，虚心接受，不贪官爵，其品格可谓高矣。又《晋书·孔愉传》："初，愉为司徒长史，以平南将军温峤母亡遭乱不葬，乃不过其品。至是，峻平，而峤有重功，愉往石头诣峤，峤执愉手而流涕曰：'天下丧乱，忠孝道废。能持古人之节，岁寒不凋者，唯君一人耳。'时人咸称峤居公而重愉之守正。"温峤的人品，堪称东晋一流。其实乡品不过，多少有些吹毛求疵。为此，《晋书》列传第三十七史臣曰："太真性履纯深，誉流邦族，始则承颜候色，老莱弗之加也；既而辞亲蹈义，申胥何以尚焉！封狐万里，投躯而弗顾；獬豸千群，探穴而忘死。竟能宣力王室，扬名本朝，负荷受遗，继之全节。言念主辱，义声动于天地；祗赴国屯，信誓明于日月。枕戈雨泣，若雪分天之仇；皇舆旋轸，卒复夷庚之躅。微夫人之诚恳，大盗几移国乎！"算是为温峤大鸣不平，给予了最为公正的也是最高的评价。

尤悔10

　　庾公欲起周子南①，子南执辞愈固②。庾每诣周，庾从南门入，周从后门出。庾尝一往奄至③，周不及去，相对终日。庾从周索食，周出蔬食④，庾亦强饭极欢⑤；并语世故⑥，约相推引⑦，同佐世之任⑧。既仕，至将军二千石⑨，而不称意。中宵慨然曰⑩："大丈夫乃为庾元规所卖！"一叹，遂发背而卒⑪。

【注】

①庾公：指庾亮，字元规。周子南：即周邵。邵字子南。

②执辞：坚决推辞。执，坚执。

③一往：直往，径直去。奄至：突然到来。

④蔬食：以菜为食。指粗食。

⑤强饭：勉强吃。

⑥世故：世事。

⑦推引：推举引荐。

⑧佐世：辅佐皇帝而治理天下。

⑨将军二千石：据刘孝标注引《寻阳记》，周邵官至镇蛮护军、西阳太守。二千石，指俸禄为二千石的郡太守，当时常以二千石代指郡守。

⑩中宵：半夜。

⑪发背：指背部毒疮发作破裂。

【译】

　　庾亮要想起用周邵，周邵坚决推辞非常坚决。庾亮每次去拜会周邵，庾亮从南门入，周邵从后门出。庾亮曾突然直接去到周家，周邵来不及走，只好整天和庾亮对坐着。庾亮向周邵要吃的，周邵拿出粗粝的饭食给他吃，庾亮也勉强吃完了，非常高兴；两人一起谈论世上的事，庾亮许诺要推举引荐周邵，共同担负辅佐皇帝治理天下的重任。周邵做官后，做到将军、郡守，但并不如意。半夜时感慨地说："大丈夫竟然被庾元规出卖了！"一声长叹，背疮发作而死。

【评鉴】

周邵本不愿从仕，但经不起庾亮反复纠缠游说，终于出仕。庾亮先答应要对周邵推扬大用，"约相推引，同佐世之任"，周在这一番诱惑下动了心，结果庾亮不践前约，周邵只做到州郡长官，自认为不伦不类，难以施展抱负，故内心悔愧，云为庾亮出卖。

尤悔11

阮思旷奉大法①，敬信甚至②。大儿年未弱冠，忽被笃疾③。儿既是偏所爱重④，为之祈请三宝⑤，昼夜不懈。谓至诚有感者，必当蒙佑⑥。而儿遂不济⑦。于是结恨释氏⑧，宿命都除⑨。

【注】

①阮思旷：即阮裕。裕字思旷。大法：佛教用语。指大乘佛法。亦泛指佛法。

②敬信：尊崇相信。

③被：蒙受，遭受。笃疾：重病。

④偏所爱重：最喜爱看重的。偏，最。

⑤三宝：佛教语。指佛、法、僧。

⑥蒙佑：得到保佑。

⑦不济：无救。犹言死去。

⑧结恨：结怨。

⑨宿命：佛教认为人过去之世皆有生命，辗转轮回，故称宿命。因指佛教宿命

论之类的教论。

【译】

　　阮裕信奉佛教，礼敬笃信到了极点。他的大儿子还不到二十岁，忽然染上重病。这个儿子又是他最喜爱看重的，于是为儿子祈祷请求佛、法、僧三宝保佑，昼夜不曾懈怠。他认为对佛教虔诚有所领悟的，一定会受到三宝保佑。可是儿子最终还是没能得救。于是阮裕和佛教结下仇怨，佛教宿命论之类的说教也彻底摒弃了。

【评鉴】

　　刘孝标认为这则故事不可信，人的年寿自有定数，阮裕应该明白这个道理，何至于转而憎恨佛氏。我们觉得，阮裕只因爱子情深，中心痛之而迁怒于佛氏罢了。

尤悔12

　　桓宣武对简文帝①，不甚得语②。废海西后③，宜自申叙④，乃豫撰数百语，陈废立之意。既见简文，简文便泣下数十行。宣武矜愧⑤，不得一言。

【注】

①桓宣武：指桓温。谥号宣武，故称。

②不甚得语：谓言辞不流畅。

③海西：指晋废帝司马奕。为桓温所废，被废后降为海西县公，故称。

④申叙：陈述说明。

⑤矜愧：惭愧内疚。

【译】

桓温面对简文帝时，言辞不是很流畅。废除海西公后，桓温应该自己去陈述说明缘由，于是预先写好了几百句话，用以说明废立的意图。当见到简文帝时，简文就不停地流泪。桓温感到很惭愧，一句话也说不出来。

【评鉴】

桓温对简文帝，多少有些畏惮。且桓温是晋室戚婿，简文帝是其长辈，加之心中有鬼，所以本来准备好了说辞，结果见简文泪下如雨，就乱了方寸。照朱文公的说法，桓温还是脸不够厚，心不够黑。

尤悔13

桓公卧语曰："作此寂寂①，将为文、景所笑②。"既而屈起坐曰③："既不能流芳后世，亦不足复遗臭万载邪？"

【注】

①寂寂：默默无闻，无声无息。指碌碌无为。

②文、景：指晋文帝司马昭、晋景帝司马师。

③屈起：突然，一下子。

【译】

桓温躺着说道："像这样的默默无闻，将会被文帝、景帝耻笑。"接着他又突然坐起来，说："既然不能流芳后世，难道还不能遗臭万年吗？"

【评鉴】

其实我们客观去看待，桓温自然不能流芳百世，但也不至于遗臭万年，他一生事迹及为人，还是颇有可称道者。刘义庆在《世说》中对于桓温的刻画，是誉多于毁的。

尤悔14

谢太傅于东船行①，小人引船②，或迟或速，或停或待。又放船从横，撞人触岸，公初不呵谴③，人谓公常无嗔喜。曾送兄征西葬还④，日莫雨驶⑤，小人皆醉，不可处分⑥，公乃于车中手取车柱撞驭人⑦，声色甚厉。夫以水性沉柔，入隘奔激，方之人情，固知迫隘之地，无得保其夷粹⑧。

【注】

①谢太傅：指谢安。死后追赠太傅，故称。于东：指未出仕前居于会稽东山时，会稽在都城建康之东，故称。

②小人：指船夫。

③呵谴：呵斥指责。

④送兄征西葬：《晋书·穆帝纪》："（升平二年）秋八月，安西将军谢奕卒。"征西，刘孝标注："谢奕。"按，谢奕死时为安西将军，死后赠镇西将军，并

无征西将军的记载。是必有误。

⑤驶：急，大。

⑥处分：安排，处置。

⑦驭人：驾车的人。

⑧"夫以水性沉柔"几句：《孟子·告子上》："今夫水，搏而跃之，可使过颡；激而行之，可使在山。是岂水之性哉？其势则然也。人之可使为不善，其性亦犹是也。"迫隘，狭窄的地方。夷粹，平和纯正。

【译】

谢安在东边时乘船出行，船夫划船，有时慢有时快，有时停下，有时等待。又任船随意飘荡，撞上人碰到岸，谢安一点都不呵斥责怪。人们觉得谢安常常没有喜怒。谢安曾经为哥哥谢奕送葬回来，天晚了雨下得很急，仆人们都醉了，不能驾驭好车马，谢安就在车中拿起车柱撞击驾车的人，声色俱厉。水的特征是深沉温柔的，流入狭窄的地段也会奔涌激荡起来，用水来比拟人的性情，自然知道人处于紧迫危险的境地，就无法再保持平和纯正的心态了。

【评鉴】

此则故事饶有趣味。谢安于淝水大战前与张玄围棋赌墅，张玄平时比谢安棋艺高却因为内心恐惧而输给了谢安；后谢安闻知前线大捷，轻描淡写说"小儿辈大破贼"，而进屋时竟然折断屐齿。此则言谢安平时不见愠喜，而当大雨天晚时竟然以车柱撞击驾车者，惶急时不免流露出了真性情。于此可见，古人所谓泰山崩于侧而色不变，其实都不过是善于掩饰自己的情感而不外现罢了。喜怒哀乐，人之常情，人非木偶，谁能无情，只是驾驭感情的能力因人而异罢了。

尤悔15

简文见田稻，不识，问是何草，左右答是稻。简文还，三日不出，云："宁有赖其末而不识其本①！"

【注】

①末：指稻米。本：指稻禾，即水稻的植株。

【译】

简文帝看到田里的稻子，不认识，问是什么草，左右侍从回答说是稻子。简文帝回去后，三天不出朝，说："岂有依赖稻米生存，却不认识长稻谷的植株的！"

【评鉴】

简文之难成贤君，于此可知。生有涯而知无涯，谁能凡事都知晓。再则，君王之治天下，执大纲而略细故，能驾驭臣僚，举措得宜，才是圣君之行为。认不得稻子，并不影响治理天下，简文何至于惭愧成这样！古今帝王，无学问者多多，刘邦不读诗书，近乎无赖。赵匡胤不识字之实虚，有"之乎者也，助得什么"的笑话，但做皇帝还是算得上成功的。反之，梁武帝、梁元帝、陈后主、隋炀帝、宋徽宗、李后主无不多才多艺，而却不是好皇帝。

尤悔16

桓车骑在上明畋猎①，东信至②，传淮上大捷③，语左右云："群谢年少大破贼！"因发病薨。谈者以为此死，贤于让扬之荆④。

【注】

①桓车骑：指桓温弟桓冲。因曾为车骑将军，故称。上明：城名。东晋桓冲任荆州刺史时为抵御苻坚南下而筑，故址在今湖北松滋西，长江南岸。城筑成后，冲即将州治所移于此。畋（tián）猎：打猎。

②东信：东边前线的使者。

③淮上大捷：指孝武帝太元八年（383）谢玄等率领东晋军队在淝水大败前秦苻坚。

④让扬之荆：据刘孝标注引《续晋阳秋》，桓冲"忖己德量不及谢安，故解扬州以让安"。桓冲曾把扬州刺史之职让给德行气度比自己更出众的谢安，自己到荆州任职。此处赞赏桓冲的让贤。

【译】

桓冲在上明打猎，东边前线的信使到来了，传来淝水之战大破苻坚的消息，桓冲对身边的人说："谢家一伙年轻人大破贼军！"于是就发病死了。谈论者认为桓冲这样怀愧死去，胜过当年让出扬州刺史而到荆州任职。

【评鉴】

桓冲较之于桓温，虽然雄才大略逊色一些，但对朝廷忠心耿耿，与谢安将相和睦，齐心协力。让扬之荆，不争名利权势，唯以国事为重。不过，他也自以为长经军阵，不免以此自负，对谢安及谢氏弟兄叔侄认识不足。苻坚举国来伐，朝廷以谢安弟兄叔侄御敌，桓冲大为担忧，以为必败无疑，有所谓"不闲将略""吾其左衽"的慨叹，没料到谢安家族竟大破苻坚。反思自己多年执掌兵权，建树甚微，大敌当前，又说了如此沮丧无识的话，惭愧而发病身亡。此则列入《尤悔》，主要是说桓冲战前有诋毁谢安及其弟兄子侄的话，结果晋军在谢氏家族的率领下大破苻坚，于是后悔失言，毕竟自己是国之重臣，一言一行，皆为朝野留意，这番言行，大损向来形象和名声，觉得无颜面对朝野人众，惭愧病死。人们觉得桓冲的死，是以死表达了自己的愧悔，是贤者的能够改过，更值得人们敬重。

尤悔17

　　桓公初报破殷荆州①，曾讲《论语》，至"富与贵是人之所欲，不以其道得之不处②"，玄意色甚恶。

【注】

①殷荆州：指殷仲堪。曾为荆州刺史，故称。

②"富与贵是人之所欲"二句：语见《论语·里仁》："富与贵，是人之所欲也。不以其道得之，不处也。"意谓富贵人人都想得到，以不正当方式取得富贵，为君子所不取。

【译】

　　桓玄刚听到报告说打败了殷仲堪，当时正在讲《论语》，讲到"富与贵是人之所欲，不以其道得之不处"，桓玄表情神色非常难看。

【评鉴】

　　初，桓玄为义兴太守，耻官小不做，后为殷仲堪谋主。王恭起兵讨伐王国宝，桓玄与殷仲堪助恭。后王恭死，桓玄渐渐和殷仲堪不协，桓玄袭杀殷仲堪。其行径反复无信，阴险之至，《论语》"富与贵"语正触到其不光彩处，意色不禁为变。俗语所谓平生不做亏心事，半夜敲门心不惊，就是这个道理。

名士也有露怯丢脸的时候

纰漏第三十四

纰漏，并列式双音词。纰，本义指丝织物稀疏，由此引申指言语行为的不周密及错失。漏，本义指滴漏，引申而指不周密，有了疏漏。二者近义连文，指错误疏失。

本门的八则故事，分别记载了因见识不足而闹笑话的王敦，读书不细几乎丧命的蔡谟，粗鄙势利的虞啸父，以及言语不慎误伤臣心的晋元帝、晋孝武帝。谢据不知是父亲闹的笑话而四处张扬，贻人笑柄；王国宝权势心切利令智昏，黄粱徒梦；任瞻因丧乱刺激而言语失据，形象判若两人。故事虽是角色不同、内容迥异的小说家言，要之，是启迪人们谨言慎行，虚心下问，才可能少出纰漏。宋代孔平仲有《续世说》，也有"纰漏"一门，同是记载文史中的疏漏及人们在文章或言谈中出现的纰漏。而"纰漏"一词也成了汉语中的一个常见词汇。

纰漏 1

王敦初尚主[①]，如厕，见漆箱盛干枣，本以塞鼻，王谓厕上亦下果[②]，食遂至尽。既还，婢擎金澡盘盛水[③]，琉璃碗盛澡豆[④]，因倒著水中而饮之，谓是干饭。群婢莫不掩口而笑之。

【注】

①尚主：娶公主为妻。刘孝标注此公主为舞阳公主，字修祎。《晋书·王敦传》
记王敦尚襄城公主。

②下果：放置果品。

③擎：托着。澡盘：洗涤用的器皿。

④琉璃：一种珍贵的有色半透明玉石。澡豆：用豆末和香药混合而成，以洗手、
脸或衣物的清洁剂。

【译】

　　王敦刚娶了公主，上厕所，见漆箱中装着干枣，本来是用来塞鼻
孔的，王敦以为厕所里也放置水果，就全都吃掉了。回来后，奴婢端
着金澡盘装着水，琉璃碗里装着澡豆，王敦于是将澡豆倒在水里喝掉
了，以为是干饭。奴婢们没有不捂着嘴笑话他的。

【评鉴】

　　王敦一向有田舍之称，犹今语"土包子"，因为没见过大富贵而
闹笑话。不过，小说家言，逗趣而已，无从考查有否其事。

纰漏2

　　元皇初见贺司空①，言及吴时事，问："孙皓烧锯截一贺头②，
是谁?"司空未得言，元皇自忆曰："是贺劭③。"司空流涕曰："臣父

遭遇无道，创巨痛深④，无以仰答明诏。"元皇愧惭，三日不出。

【注】

①元皇：指晋元帝司马睿。贺司空：指贺循。死后追赠司空，故称。

②孙皓：三国吴最后一帝，孙权孙，孙和子。

③贺劭：字兴伯，贺循之父。据刘孝标注，孙皓残暴骄矜，贺劭上书切谏，孙
　　皓十分忌恨他。后来贺劭中恶风，讲不出话，孙皓怀疑他装病，拘禁拷问，
　　贺劭终无一言，惨遭锯杀。

④创巨痛深：谓创伤重，痛苦深。语本《礼记·三年问》："创巨者其日久，痛
　　甚者其愈迟。"

【译】

　　晋元帝初见贺循时，说到吴国旧事，问贺循："孙皓曾经烧红锯条
截下一个姓贺的人的头，是谁？"贺循还没回答，元帝自己记起来了，
说："是贺劭。"贺循流泪说："先父遇上了无道昏君，臣心里创伤巨大，
悲痛至深，无法回答陛下的话。"元皇感到惭愧，三天不曾上朝。

【评鉴】

　　对人子而言其父惨痛事，且不知臣下家世而信口开河，让贺循再
经沉痛，元帝之惭愧应该有。还有，此条言元帝为自己的话惭愧而几
日不出，也见元帝为人的宽厚真率，而不似那些刚愎横暴，知错不改，
一条黑路走到底的昏君恶主。刘义庆对元帝是颇有好感的。

纰漏3

蔡司徒渡江①，见彭蜞②，大喜曰："蟹有八足，加以二螯。"令烹之。既食，吐下委顿③，方知非蟹。后向谢仁祖说此事④，谢曰："卿读《尔雅》不熟⑤，几为《劝学》死⑥。"

【注】

①蔡司徒：即蔡谟。曾官司徒，故称。

②彭蜞（qí）：即蟛蜞，似蟹而小，生长在水边，有毒，不可食。

③吐下：即上吐下泻。下，腹泻。委顿：萎靡疲乏，困顿。

④谢仁祖：即谢尚。尚字仁祖。

⑤卿读《尔雅》不熟：《尔雅·释鱼》："螖蠌，小者蟧。"郭璞注："或曰即彭蜞也，似蟹而小。"刘孝标注云："彭蜞"即《尔雅》所谓"螖蠌"。

⑥几为《劝学》死：《荀子·劝学》："蟹六跪而二螯，非蛇蟺之穴无可寄托者，用心躁也。"又见于《大戴礼记·劝学篇》。

【译】

蔡谟渡江南下，看见彭蜞，大喜说："蟹有八只脚，加上两只螯。"就叫烹煮彭蜞。吃了后，上吐下泻，萎靡困顿，才知道不是螃蟹。后来他向谢尚说起这事，谢尚说："你读《尔雅》不熟，差点被《劝学》害死。"

【评鉴】

谢尚是谢氏风流子弟，仪容潇洒，学识渊博，且精通音乐舞蹈，几乎是一个全才。蔡谟向谢尚叙说此事，谢尚的回答等于直接说对方学问不精，读书太少。当然，这则故事也让我们明白古人强调读书人要多识草木虫鱼之名的良苦用心了。

纰漏4

任育长年少时①，甚有令名。武帝崩②，选百二十挽郎③，一时之秀彦④，育长亦在其中。王安丰选女婿⑤，从挽郎搜其胜者，且择取四人，任犹在其中。童少时，神明可爱，时人谓育长影亦好。自过江，便失志⑥。王丞相请先度时贤共至石头迎之⑦，犹作畴日相待⑧，一见便觉有异。坐席竟，下饮，便问人云："此为茶为茗⑨？"觉有异色，乃自申明云："向问饮为热为冷耳。"尝行从棺邸下度⑩，流涕悲哀。王丞相闻之曰："此是有情痴⑪。"

【注】

①任育长：即任瞻。瞻字育长。历仕谒者仆射、都尉、天门太守。

②武帝：指晋武帝司马炎。崩于太熙元年（290）。

③挽郎：出殡时牵引灵柩唱挽歌的人。

④秀彦：优秀杰出的人才。

⑤王安丰：指王戎。戎封安丰县侯，故称。

⑥失志：失去神智，精神恍惚。

⑦石头：指石头城。故址在今南京石头山后。

⑧畴日：往日，先前的日子。

⑨茗：晚采的茶叶。《尔雅·释木》"槚，苦荼。"郭璞注："今呼早采者为荼，晚采者为茗。"

⑩棺邸：棺材铺。邸，店铺。

⑪情痴：郁结而难解的情思。

【译】

任瞻还年少时，就很有美名。武帝驾崩，挑选一百二十个挽郎，全是当时的出众少年，任瞻也在其中。王戎选女婿，从挽郎中挑选最出色的，并预选四人，任瞻还在四人内。他在童年时，神情可爱，当时人们说任瞻连影子都是美妙的。可自从过江以后，他就精神恍惚。王导请当时先渡江的贤达们一起到石头城迎接他，还像过去一样待他，一见面就觉得有些奇怪。大家入座后，上茶，任瞻就问别人说："这是茶还是茗？"发现大家神色有变，就自己申明说："刚才我问茶是热的还是凉的罢了。"他曾经从棺材铺前经过，流泪悲伤。王导知道后说："这是有郁结不散的情思。"

【评鉴】

任瞻少年时春风得意，声誉高扬。永嘉之乱，天下鼎沸，不得已而背井离乡，仓皇南渡，以致精神失常，昔日的灵光渐次磨灭。从棺邸下过而流泪悲哀，是勾起了多少亲人凋丧、朋友沦亡之种种伤心惨目之事。王导云其有情痴，正是由此而言的。此条对乱离人寄寓了深深的同情，其实并无奚落调笑的意思。

纰漏5

谢虎子尝上屋熏鼠①。胡儿既无由知父为此事②，闻人道痴人有作此者，戏笑之，时道此，非复一过③。太傅既了己之不知④，因其言次，语胡儿曰："世人以此谤中郎⑤，亦言我共作此。"胡儿懊热⑥，一月日闭斋不出。太傅虚托引己之过，以相开悟，可谓德教⑦。

【注】

①谢虎子：指谢据。据小字虎子。谢奕弟，谢朗父。

②胡儿：即谢朗。朗小字胡儿。

③一过：一次。

④己：指谢朗自己。

⑤中郎：指谢据。谢据为谢衰次子。

⑥懊热：懊悔烦躁。此言胡儿因心中羞愧而烦躁。

⑦德教：以德行感化和教育。

【译】

　　谢据曾经到屋顶上去熏老鼠。谢朗本来无从知道是父亲做了这件事，听别人说有个傻子做这事，就嘲笑这人，时时给人说起，不只一遍。谢安知道谢朗自己不知道这事，就趁他说的时候，对谢朗说："别人用这事来诽谤中郎，还说是我和他一起做的。"谢朗懊恼羞愧，一个月闭门不出。谢安把这蠢事凭空引到自己身上，这样来开导让谢朗醒悟，真称得上是德教。

【评鉴】

　　谢安善于教育子侄，此又一例。为不使胡儿太难堪而将糗事引到自己身上，用心良苦。此与《假谲》第十四则谢安教导谢玄有异曲同工之妙。而正因为谢安对人宽厚，所以不管是亲人还是僚属，都能与谢安和谐相处。他可以和大家一起乘舟游玩，可以和名士们一起谈玄论道，处处以自己的人格魅力让大家心悦诚服，而自己也活得轻松，不担心别人会加害于自己。对子侄和颜悦色，子侄也敢于向他剖露心曲，例如谢玄就当面质疑谢安对谢万评价过当，对刘恢声名表示怀疑。陶渊明有言曰："奇文共欣赏，疑义相与析。"虽然说的是诗文，但处事的态度何尝不该如此。不说偏激的话，不做过头的事，独乐不如众乐。读《世说》，谢安的为人行事值得我们学习借鉴。

纰漏 6

　　殷仲堪父病虚悸①，闻床下蚁动，谓是牛斗。孝武不知是殷公②，问仲堪："有一殷病如此不？"仲堪流涕而起曰："臣进退唯谷③。"

【注】

①殷仲堪父：即殷师，字师子。仕至骠骑咨议。虚悸：因气血亏虚引起的心跳加速、心神不宁的病症。

②孝武：指晋孝武帝司马曜。

③进退维谷：谓进退两难。即回答不好，不回答也不好。语出《诗·大雅·桑柔》："瞻彼中林，牲牲其鹿。朋友已谮，不胥以谷。人亦有言：'进退维谷。'"谷，困窘。

【译】

　　殷仲堪的父亲得了虚悸病，听见床下有蚂蚁的动静，认为是牛在打架。孝武帝不知道病的是殷仲堪的父亲，问殷仲堪："是有一个姓殷的人生了这样的病吗？"殷仲堪流着泪起身说："臣进退唯谷。"

【评鉴】

此则与本门第二条类似。殷仲堪为人行事，也有一些长处，且孝行亦堪嘉许，曾因为父制药而眇一目。

纰漏7

虞啸父为孝武侍中①，帝从容问曰②："卿在门下③，初不闻有所献替④。"虞家富春⑤，近海，谓帝望其意气⑥，对曰："天时尚暖，鲥鱼虾鳝未可致⑦，寻当有所上献。"帝抚掌大笑。

【注】

①虞啸父：晋会稽余姚（今浙江余姚）人。少历显位，后至侍中，为孝武帝所亲爱。安帝隆安初，为吴国内史。义熙初，去职，卒于家。《晋书》卷76有传。

②从容：随便，随意。

③门下：指门下省。皇帝的顾问机关，有驳正违失之责。

④初：简直，全然。献替：献可替否的省语。向当权者提供正确可行的建议，废除错误不当的政令。语本《左传·昭公二十年》："君所谓可而有否焉，臣献其否以成其可。君所谓否而有可焉，臣献其可以去其否。"

⑤富春：县名。汉置，晋沿之。后避晋简文帝母郑阿春讳，改为富阳。地在今浙江杭州富阳区。

⑥意气：馈赠，奉献。

⑦鲥（zhì）：一种咸水鱼，即鲚（jì），可鲜食或制成鱼干。鲝（zhǎ）：腌制的鱼。

【译】

虞啸父为孝武帝侍中，孝武帝闲谈着问道："你在门下省，简直没听说你有什么献替。"虞啸父家乡在富春，靠近海，他误以为孝武帝希望他有所奉献，回答说："现在天气还热，鱼类海制品都还没法运送，不久会有奉献的东西。"孝武帝拍掌大笑。

【评鉴】

连献替为何意也不懂的虞啸父可为侍中，即知这虞啸父只知道讨好巴结皇帝。同时也见孝武帝喜佞人，难怪他身边会有王国宝、王绪之流，甚至尼姑僧道了。本来，孝武即位初年，也是颇有作为的，而到后来"醒日既少，而傍无正人，竟不能改焉"。也难怪史臣评论曰："而条纲弗垂，威恩罕树。道子荒乎朝政，国宝汇以小人，拜授之荣，初非天旨，鬻刑之货，自走权门，毒赋年滋，愁民岁广。"最后竟死于宠妃之手。

纰漏8

王大丧后①，朝论或云国宝应作荆州②。国宝主簿夜函白事云③："荆州事已行。"国宝大喜，其夜开阁唤纲纪④，话势虽不及作荆州⑤，而意色甚恬。晓遣参问⑥，都无此事⑦。既唤主簿数之曰：

"卿何以误人事邪⑧？"

【注】

①王大：即王忱。忱小字佛大。

②国宝：即王国宝，王忱之兄。受孝武帝宠信，玩弄朝权，威慑一时。

③白事：报告文书。

④阁（gé）：侧门。纲纪：公府及州郡的主簿。大凡有政令，则由主簿宣布，
　故称主簿为纲纪。

⑤话势：谈话的势头。

⑥参问：探询，询问。

⑦都无：完全没有。

⑧人事：我事。

【译】

　　王忱死后，朝中有人议论说王国宝应该做荆州刺史。王国宝的主
簿听说后连夜封呈报告文书说："荆州的事已经定了。"国宝大喜，当
夜即打开官署的侧门唤主簿来，话头虽然没提到做荆州刺史的事，但
神色非常安适愉悦。天亮了叫人去询问，完全没有这事。他立即把主
簿叫来谴责说："你为什么弄错了我的事呢？"

【评鉴】

　　王国宝平生无行，岳父谢安、舅父范宁均厌恶其人。因谀附司马
道子而肆意妄行，垂涎荆州刺史一职。仅听传闻，即夜开侧门唤纲纪，
弄出如此乌龙。这也可见王国宝之浮躁轻率，哪有可以作镇一方的大

员的才质。王坦之一代名臣，而儿子如此不肖，俗语有所谓一代岩鹰一代鸡，大概说的就是王国宝这类人吧？从王国宝身上，我们也可见门阀的弊病，以谢安之英明之才鉴，难道认不清王国宝的面目？多半是因为王家的门户，王国宝父王坦之的名望而将女儿嫁给了他。

惑溺第三十五

　　惑溺，并列式双音词。惑，迷惑；溺，沉湎，无节制。二者近义连文。本门专记沉溺迷惑于美色之中的事。

　　本门凡七则，在一定程度上反映了魏晋六朝人个性张扬，男女间的感情较少束缚，多角度地反映了魏晋六朝时的男女情爱。第一条写曹操与曹丕沉溺于甄氏的美色，丑态毕露。接下来荀粲因妻死而伤心继亡，贾充妻误生妒意而杀乳母，王戎妻子"卿卿我我"，其主旨都同是批评对妻子过于宠溺。但王戎妻子的恃宠而骄、任性昵戏的喜剧场面，倒也令人解颐。而韩寿偷香则为后世诗文添了若干香艳作料。

惑溺1

　　魏甄后惠而有色①，先为袁熙妻②，甚获宠。曹公之屠邺也③，令疾召甄，左右白："五官中郎已将去④。"公曰："今年破贼，正为奴。"

【注】

①甄后：魏文帝曹丕的皇后甄氏。原为袁绍之子袁熙妻，曹操平袁绍，曹丕纳
　　之，有宠。后失宠，有怨言，赐死。

②袁熙：字显雍，一作显奕，袁绍次子。初为幽州刺史，袁氏兵败，与弟尚奔
　　辽东投公孙康，为康所杀。事见《后汉书·袁绍传》。

③曹公之屠邺也：建安九年（204）八月，曹操攻拔邺。

④五官中郎：指曹丕。时任五官中郎将，故称。

【译】

　　魏文帝甄皇后聪慧而有美色，先前是袁熙的妻子，很受宠爱。曹
操屠戮邺城时，命令尽快召甄氏进见，侍从报告说："五官中郎将已经
带走了。"曹操说："今年破灭袁氏，正是为了她。"

【评鉴】

　　曹操破邺正为甄氏，曹丕破城捷足先登，而曹植以一篇《洛神赋》
倾诉向慕之情。父子三人同惑于甄氏之色，不过境界与品格大异。曹
子建《洛神赋》写甄氏"翩若惊鸿，婉若游龙。荣曜秋菊，华茂春松。
仿佛兮若轻云之蔽月，飘飖兮若流风之回雪。远而望之，皎若太阳升
朝霞；迫而察之，灼若芙蓉出渌波。秾纤得衷，修短合度。肩若削成，
腰如约素。延颈秀项，皓质呈露。芳泽无加，铅华弗御。云髻峨峨，
修眉联娟。丹唇外朗，皓齿内鲜。明眸善睐，靥辅承权。瑰姿艳逸，
仪静体闲。柔情绰态，媚于语言"，恐怕当推文化史上描写美人之冠。

惑溺2

荀奉倩与妇至笃^①，冬月妇病热，乃出中庭自取冷，还以身熨之^②。妇亡，奉倩后少时亦卒，以是获讥于世。奉倩曰："妇人德不足称，当以色为主。"裴令闻之^③，曰："此乃是兴到之事^④，非盛德言，冀后人未昧此语^⑤。"

【注】

①荀奉倩：即荀粲。粲字奉倩。至笃：指感情特别深厚。

②熨：紧贴。

③裴令：指裴楷。因曾为中书令，故称。

④兴到之事：一时兴起的事。

⑤昧：蒙蔽，迷惑。

【译】

荀粲与妻子感情特别深，冬季妻子得病发烧，他就自己出去到庭院中受冻，然后回屋用身子紧贴妻子降温。妻子死了，荀粲不久之后也死了，因而被世人讥讽。荀粲曾说："妇人不必以德行衡量，应该以姿色为主。"裴楷听到后，说："这是一时兴起而说的，不是德行高尚的人说的话，希望后人不要被这话弄糊涂了。"

【评鉴】

荀粲所娶为曹洪女，大约既非才女，德行恐亦未必足称，唯有美色而已。荀粲非毁"六经"，以为乃圣人之糠秕而弃之，独好老庄，故

有此过激之论。正因为此，才会遭到恪守礼法的裴楷批驳。不过伉俪
情深，相濡以沫，既不失为一时之雅，也给香艳文化增添了材料。唐
杨炯《益州温江县令任君神道碑》："佳人不再，荀奉倩之伤神；赤子
无期，潘安仁之惨恸。"宋李新《幽意》："迢迢不断古江声，何似当年
奉倩情。"宋王珪《友人哭内作诗次韵》："奉倩伤情爱所钟，佳人难再
岂天穷。"

惑溺3

　　贾公闾后妻郭氏酷妒①。有男儿名黎民，生载周②，充自外还，
乳母抱儿在中庭，儿见充喜踊③，充就乳母手中呜之④。郭遥望见，
谓充爱乳母，即杀之。儿悲思啼泣，不饮它乳，遂死。郭后终无子。

【注】

①贾公闾：即贾充。充字公闾。郭氏：名槐。其女南风为晋惠帝皇后。

②载周：才一周岁。载，始。周，周岁。

③喜踊：欢跃，欢跳。

④呜：亲吻。

【译】

　　贾充后妻郭氏特别有嫉妒心。她有个儿子叫黎民，生了才一周岁，
贾充从外边回来，乳母抱着黎民在庭院中，儿子见了贾充欢跳起来，
贾充低下头在乳母手中亲吻儿子。郭氏远远望见，以为贾充喜欢乳母，
就把乳母杀了。儿子思念乳母，悲伤地啼哭，不吃别人的奶，就死了。

郭氏最终也没有儿子。

【评鉴】

　　据《晋书》所载及余嘉锡笺，此则当是后人厌恶贾充、贾南风父女而编造的情节，不足为信。《论语·子张》曰："子贡曰：'纣之不善，不如是之甚也。是以君子恶居下流，天下之恶皆归焉。'"子贡认为商纣王或许没有那么坏，只是因为他名声太坏，所以什么坏事都往他身上堆。告诫人们一定不要坏了名声，不然也就会是商纣王那样的下场。汉代司马迁的外孙杨恽在《报孙会宗书》中更发挥了这个意思，说："下流之人，众毁所归，不寒而栗。虽雅知恽者，犹随风而靡，尚何称誉之有？"《世说》类似的现象都说明这个道理。启迪人们，做人一定要爱惜自己的羽毛，注意自己的形象，一旦失脚，就会遭到社会的唾弃。不过，贾充无子倒是真实的，以女婿韩寿子贾谧为后嗣。

惑溺4

　　孙秀降晋①，晋武帝厚存宠之②，妻以姨妹蒯氏③，室家甚笃。妻尝妒，乃骂秀为貉子④。秀大不平，遂不复入。蒯氏大自悔责⑤，请救于帝。时大赦，群臣咸见。既出，帝独留秀，从容谓曰："天下旷荡⑥，蒯夫人可得从其例不？"秀免冠而谢，遂为夫妇如初。

【注】

①孙秀：字彦才，吴郡富春（今浙江杭州富阳区）人。初为孙吴夏口督、前将军。为孙皓所逼，率亲兵数百人降晋。入晋后，拜骠骑将军、仪同三司，

封会稽公。

②存宠：抚恤，宠爱。

③蒯氏：据刘孝标注引《晋阳秋》，蒯氏为襄阳（今湖北襄阳）人。祖良，吏部尚书；父钧，南阳太守。

④貉（hé）子：即貉。北人轻侮南人，称"貉"辱之。

⑤悔责：后悔自责。

⑥旷荡：宽宥，宽宏。指大赦。

【译】

　　孙秀投降了晋朝，晋武帝特别顾恤宠爱他，把姨妹蒯氏嫁给他，夫妻双方感情很深厚。蒯氏曾经嫉妒心发作，就骂孙秀为貉子。孙秀非常不满，就不再到蒯氏房中。蒯氏非常后悔自责，向武帝求救。当时正逢大赦，群臣都来朝见皇帝。退朝后，武帝单独把孙秀留下来，慢慢对他说："天下大赦，蒯夫人能够依例得到赦免吗？"孙秀摘掉帽子谢罪，于是夫妇和好如初了。

【评鉴】

　　此篇或与《惑溺》本旨不合。仅就事论事，司马炎为一代开国皇帝，不考虑如何使社稷长久，民阜国强，而时常或婆婆妈妈地管大臣房帏中事，或助大臣斗富竞奢，晋祚衰落，又何足怪！

惑溺5

　　韩寿美姿容①，贾充辟以为掾②。充每聚会，贾女于青琐中看③，见寿，说之，恒怀存想④，发于吟咏。后婢往寿家，具述如此，并言女光丽。寿闻之心动，遂请婢潜修音问⑤，及期往宿。寿跻捷绝人⑥，逾墙而入，家中莫知。自是充觉女盛自拂拭⑦，说畅有异于常⑧。后会诸吏，闻寿有奇香之气，是外国所贡，一著人则历月不歇⑨。充计武帝唯赐己及陈骞⑩，余家无此香，疑寿与女通，而垣墙重密，门阁急峻⑪，何由得尔？乃托言有盗，令人修墙。使反，曰："其余无异，唯东北角如有人迹，而墙高，非人所逾。"充乃取女左右婢考问⑫，即以状对。充秘之，以女妻寿。

【注】

①韩寿：字德真，晋南阳堵阳（今河南方城）人。仕至散骑常侍、河南尹。病卒，赠骠骑将军。参《三国志·魏书·韩暨传》。

②辟（bì）：征召，招聘。掾：掾属。官府中佐助官吏的通称。

③青琐：古代富豪之家门窗上的装饰，镂刻成连琐形花纹，涂以青色。因泛指镂成格子的窗户。

④存想：想念思慕。

⑤音问：音讯，音信。

⑥跻（jiǎo）捷绝人：矫健敏捷超过常人。

⑦拂拭：梳妆打扮。

⑧说畅：喜悦欢畅。

⑨历月：经月，一个多月。

⑩陈骞：字休渊。晋武帝受禅，以佐命功进车骑将军，封高平郡公。后迁太尉，转大司马。

⑪急峻：指戒备森严。

⑫考问：审问。

【译】

　　韩寿有美好的仪容，贾充召他做掾属。每当贾充聚集属吏时，贾充的女儿就在窗格中偷看，看见韩寿，很喜欢他，心里常常想念，并在吟咏诗文中表达了相思爱慕。后来贾充女儿的奴婢到韩寿家，细细叙述了这些情况，并且说贾女光艳美丽。韩寿听到后动了心，就请这个奴婢暗中传递消息，约定时间到贾女处夜宿。韩寿矫健敏捷过于常人，翻墙而入，贾家没有人知道。此后贾充发现女儿总是精心打扮自己，喜悦舒畅和往日不同。后来贾充聚集属吏，闻到韩寿身上有奇特的香气，这种香料是外国进贡的，一沾人身就经月不会消散。贾充想到武帝只赏赐过自己和陈骞，其他臣僚没有这种香料，怀疑韩寿与女儿偷情，但墙垣重叠严密，门禁戒备森严，怎么能进来呢？于是借口家中进过强盗，命人修墙。修墙的人回来，报告说："其他没有什么异常，只有东北角好像有人的足迹，但是墙很高，不是人能够翻过的。"贾充于是把女儿身边的奴婢叫来审问，奴婢便交代了情况。贾充把事情隐瞒住，将女儿嫁给了韩寿。

【评鉴】

　　一段公案，记录各异，或言为陈骞女，或言为贾充女。似当以此则为是，盖后贾充以韩寿子为后嗣，即石崇、潘岳、陆机等二十四友望尘而拜的贾谧。后来这故事也成了一个常见的婉腻典故。南朝梁庾信《鸳鸯赋》："若乃韩寿欲婚，温峤愿妇。玉台不送，胡香未有。必见此之双飞，觉空床之难守。"《燕歌行》："盘龙明镜饷秦嘉，辟恶生香寄韩寿。"唐赵光远《题妓莱儿壁》:"醉凭青琐窥韩寿,闲掷金梭恼谢鲲。"金元杂剧《西厢记》张生逾墙当是本于这个故事情节。

惑溺6

王安丰妇常卿安丰①。安丰曰:"妇人卿婿②,于礼为不敬,后勿复尔。"妇曰:"亲卿爱卿,是以卿卿。我不卿卿,谁当卿卿!"遂恒听之。

【注】

①王安丰:指王戎。戎封安丰侯,故称。

②卿婿:称呼丈夫为卿。

【译】

王戎的妻子常常称王戎为卿。王戎说:"女人称丈夫为卿,从礼节上说是不恭敬的,以后不要再这样。"他妻子说:"亲你爱你,所以称你为卿,我不称你为卿,还有谁该称你为卿呢!"王戎于是就一直任由妻子叫了。

【评鉴】

卿,是中古一个特殊的第二人称代词,其来源是由卿大夫而渐变为人称代词,始为尊称,后来为君对臣、长辈对晚辈的称谓。到六朝时成了一个比较亲昵婉腻的第二人称代词,如大家熟悉的《玉台新咏·古诗〈为焦仲卿妻作〉》:"我自不驱卿,逼迫有阿母。卿但暂还家，吾今且报府。"但从礼仪上来说，尤其是上层社会，夫妇间称卿则有失轻浮，这我们从束皙《近游赋》可知："世有逸民，在乎田畴。宅弥五亩，志狭九州……其男女服饰、衣裳之制，名号诡异，随口迭设。系明襦以御冬，胁汗衫以当热。帽引四角之缝，裙有三条之杀。儿昼啼于客堂，设杜门以避吏。妇皆卿夫，子呼父字。及至三农间隙，遘结婚姻。老公戴合欢之帽，少年着蕞角之巾。"批评礼法外的逸民不守礼法的状况。王戎本世族大家，其妻称他为卿，他劝说妻子不要这样称呼自己，谁知其妻却是性情中人，从此留下了一段风流佳话。此条归于《惑溺》，本身是有批评意味的，认为是王戎为女人所惑，不能规范家风。至于说是王戎妻有意反礼教之类话，则不免求之过深而游离于本门精神了。

惑溺7

王丞相有幸妾姓雷①，颇预政事②，纳货③。蔡公谓之"雷尚书"④。

【注】

①幸妾：宠幸的侍妾。

②预：干涉，干预。

③纳货：收受贿赂。

④蔡公：指蔡谟。雷尚书：这里是讽刺雷氏干政。

【译】

　　王导有一个宠幸的侍妾姓雷，很爱干预政事，收受贿赂。蔡谟称之为"雷尚书"。

【评鉴】

　　王导既惧妻（见《轻诋》6），而又奈何宠妾不得。王导素有清名，史称其"简素寡欲，仓无储谷，衣不重帛"。而政事为雷氏左右，名声亦为雷氏玷污，屡为蔡谟戏笑，有点可怜。一家治理不好，何以治理天下？蔡谟的讥讽，不是全没来由。一国良相竟然如此窝囊，抑家家都有难念的经耶？还是小说家言以增谈助耶？无从考证，姑妄读之，姑妄一笑可也。

名士的生活并不只有清风霁月，也有睚眦必报

仇隙第三十六

仇隙，并列式双音词。仇，仇恨，仇怨。隙，本义为墙壁的缝隙。人和人的关系有了裂痕，也即缝隙，所以，古汉语中常常用"有隙"表示互相间关系出了问题，产生了仇怨。"仇隙"同义连文。

本门八则，分为两类，除五、六两则是结怨外，其他都是仇杀。当然，仇怨与仇杀二者是有内在联系的，仇杀不过是仇怨的终结报复。其间有个人的恩怨，也有权利的斗争。刘义庆也有明显的倾向性，对孙秀的促狭残忍、公报私仇、夺人所爱、得志猖狂是鄙视的。王羲之与王述的结怨，是王羲之辱人于前，所谓侮人者人必侮之，微辞甚明。至于王廞、王恭、司马道子、司马丞之间的结怨、仇杀，反映了魏晋时政治斗争的复杂，人命危浅、朝不虑夕的残酷现实。

仇隙 1

孙秀既恨石崇不与绿珠①，又憾潘岳昔遇之不以礼②。后秀为中书令③，岳省内见之，因唤曰："孙令，忆畴昔周旋不④？"秀曰："中心藏之，何日忘之⑤！"岳于是始知必不免。后收石崇、欧阳坚

石⑥，同日收岳。石先送市，亦不相知。潘后至，石谓潘曰："安仁，卿亦复尔邪？"潘曰："可谓'白首同所归！'"潘《金谷集诗》云："投分寄石友⑦，白首同所归。"乃成其谶⑧。

【注】

①孙秀：字俊忠。依附赵王司马伦。伦篡帝位，以秀为中书令，深得宠信。绿珠（？—300）：石崇歌妓。赵王司马伦杀贾皇后，自称相国，专擅朝政。孙秀仗势向石崇求绿珠，崇不许。秀遂力劝赵王杀崇。甲士至门，绿珠跳楼而死。事见《晋书·石崇传》。

②憾：恨。昔遇之不以礼：据刘孝标注引王隐《晋书》，潘岳之父为琅玡太守时，孙秀为小吏，潘岳曾多次踩踏孙秀，不把他当人看。

③中书令：官名。始设于汉，掌传宣诏令，以宦官担任。后多任用有名望或亲近者。

④周旋：交往。

⑤"中心藏之"二句：语出《诗·小雅·隰桑》。此处孙秀只是用字面义，言没有忘记过去所受之辱。

⑥欧阳坚石：即欧阳建（？—300）。建字坚石，晋渤海南皮（今河北南皮）人。石崇外甥。才藻美赡，曾著《言尽意论》。历官至冯翊太守。后受石崇牵连被杀。《晋书》卷33有传。

⑦投分：指意气相投，志趣相合。石友：情谊坚如磐石的朋友。

⑧谶（chèn）：谶语。预言吉凶得失的文字、话语。

【译】

孙秀本来就恨石崇不把绿珠送给自己，又怨恨潘岳当年对自己无礼。后来孙秀做了中书令，潘岳在官署里看见孙秀，就叫孙秀说："孙令，还记得我们过去的交往吗？"孙秀说："我在心里永远记着，哪有一天会忘！"潘岳这才知道必然不能免祸。后来孙秀逮捕石崇、欧阳坚石，同一天也逮捕了潘岳。石崇被先送到刑场，也不知道潘岳的情况。潘岳后到，石崇对潘岳说："安仁，你也这样了吗？"潘岳说："这可真是'白首同所归'啊！"潘岳在《金谷集诗》中说："投分寄石友，白首同所归。"这句诗竟然成了他们遇害的谶语。

【评鉴】

潘岳种仇于前，石崇结怨于后，结果殊途同归。可叹！不过，石崇所爱绿珠，亦非寻常女子，知恩感激，以死为报，也是一段凄凉的韵事，唐杜牧《题桃花夫人庙》："至竟息亡缘底事，可怜金谷坠楼人。"绿珠亦烈名千古了。

仇隙2

刘玙兄弟少时为王恺所憎①，尝召二人宿，欲默除之。令作坑，坑毕，垂加害矣②。石崇素与玙、琨善，闻就恺宿，知当有变，便夜往诣恺，问二刘所在。恺卒迫不得讳③，答云："在后斋中眠。"石便径入，自牵出，同车而去，语曰："少年何以轻就人宿！"

【注】

①刘玙兄弟：指刘玙与其弟刘琨。刘玙，字庆孙，与弟刘琨齐名。齐王司马冏辅政，以玙为中书侍郎。王恺：字君夫，晋武帝舅父。曾与石崇斗富。

②垂：将近，将要。

③讳：隐瞒。

【译】

　　刘玙、刘琨兄弟少年时被王恺憎恨，王恺曾经叫他们弟兄到自己家里过夜，想要暗中杀了他们。王恺让人挖坑，坑挖好，将要杀害他们。石崇一向和刘玙、刘琨友好，听说他们到王恺那儿夜宿，知道将有变故，就连夜去见王恺，问二刘在哪儿。王恺急迫间没法隐瞒，回答说："在后屋里睡觉。"石崇就直接到后屋，亲自把他们拉出来，同乘一辆车离开了，他对二刘说："少年怎么能随便到别人家住宿！"

【评鉴】

　　王恺为什么憎恨刘氏兄弟，我们不得而知。而石崇与刘氏兄弟俱依附贾谧，同列二十四友，平时关系不错，故听说兄弟二人陷于险境后，才会匆匆忙忙前往搭救。李贽于此条评价石崇曰："石大可人。"

仇隙3

　　王大将军执司马愍王①，夜遣世将载王于车而杀之②，当时不尽知也。虽愍王家亦未之皆悉，而无忌兄弟皆稚③。王胡之与无忌长甚相昵④，胡之尝共游，无忌入告母，请为馔。母流涕曰："王敦昔肆酷汝父⑤，假手世将⑥。吾所以积年不告汝者，王氏门强，汝兄弟尚幼，不欲使此声著，盖以避祸耳。"无忌惊号，抽刃而出，胡之去已远。

【注】

①司马愍王：即司马丞（264—322）。丞字元敬，谯王司马逊之子。时王敦有
　不臣之心，丞出任湘州刺史，以牵制敦。敦起事，丞兴兵讨敦，终为敦将
　魏乂所败。槛送荆州，刺史王廙承敦旨中道害之。谥愍王。《晋书》卷37有
　传。按，《晋书》作"司马承"。

②世将：指王廙（yì）。廙字世将，晋琅邪临沂（今山东临沂）人。王导从弟，
　晋元帝姨表弟。元帝即位后，代陶侃为荆州刺史。及王敦起兵，以廙为平
　南将军、荆州刺史。寻病卒。《晋书》卷76有传。

③无忌：即司马无忌，字公寿。司马丞之子。

④王胡之：字修龄。王廙之子。

⑤肆酷：肆意残害。

⑥假手：借别人之手来达到自己的目的。

【译】

　　王敦抓获了愍王司马丞，夜里派遣王廙把司马丞装在车里杀掉了，
当时的人不完全知道这事。即使是愍王家人也不是都知道，而当时无忌
兄弟都还小。王胡之和无忌长大后很亲近，王胡之曾和无忌一起游玩，
无忌进屋告诉母亲，请母亲给他们准备饮食。母亲流泪说："王敦当年
肆意残害你们的父亲，是借世将的手干的。我多年没告诉你们的原因，
是王家势力强大，你们兄弟还小，不想把这事声张出去，就是为了避
祸啊。"无忌听了吃惊号哭，拔出刀跑了出去，王胡之已经走远了。

【评鉴】

　　无忌之母赵氏，的确算得上是英杰妇人，隐忍茹苦将无忌抚养成

人，待无忌长大才告诉其父为王胡之父王廙所杀。虽然无忌复仇未成，但赵氏为人的坚韧和胆识的确值得称赞景仰。这个故事与其列入《仇隙》门，还不如归入《贤媛》更恰当些。还有，从这个故事，也可见政治斗争的残酷，其间腥风血雨令人慨叹，无忌与王胡之本来是一对要好的朋友，却因为上一辈的仇恨兵刃相加，成为不共戴天的仇敌。不过，这故事本身不太可靠，刘孝标已表示怀疑，我们权当小说读之可也。参下一则。

仇隙4

应镇南作荆州①，王修载、谯王子无忌同至新亭与别②。坐上宾甚多，不悟二人俱到。有一客道："谯王丞致祸，非大将军意③，正是平南所为耳④。"无忌因夺直兵参军刀⑤，便欲斫。修载走投水，舸上人接取得免⑥。

【注】

①应镇南：指应詹（274—326）。詹字思远，晋汝南南顿（今河南项城西南）人。元帝初营江左，历后军将军、光禄勋。明帝时，以平王敦功封观阳县侯。卒赠镇南大将军。《晋书》卷70有传。

②王修载：即王耆之。耆之字修载，王廙之子，王胡之弟。

③大将军：指王敦。

④平南：指王廙。王敦曾以王廙为平南将军、荆州刺史。

⑤直兵参军：值班的参军。

⑥舸（gě）：大船。

【译】

　　应詹做了荆州刺史，王耆之、谯王司马丞的儿子无忌一同到新亭为他送别。座上宾客很多，没想到他们两人都到了。有一个客人说："谯王司马丞遇害，不是大将军的意思，那只是平南将军干的罢了。"无忌于是夺过值班参军的刀，就要砍王耆之。王耆之逃跑跳下水去，船上的人把他救起来才得幸免。

【评鉴】

　　据何法盛《中兴书》记载，司马无忌是知道父亲遇害的真相的，且一直在寻找机会报仇，终于在褚裒为江州刺史时，一次聚会中，王耆之和司马无忌同在座，司马无忌拔刀欲杀王耆之，被褚裒和桓景拉开了。《中兴书》的记载更为可靠。刘孝标认为，王廙奉王敦命杀了谯王司马丞，应该是朝野共知的，司马无忌自然也应知道，哪可能是长大后母亲告之（上一则）或偶尔的一次宴会上座客挑拨（本则）才知道，这不近乎情理。刘说甚是。此则与上则为传闻异辞，是小说家言，刘义庆两收而增谈助罢了。

仇隙5

　　王右军素轻蓝田①。蓝田晚节论誉转重②，右军尤不平。蓝田于会稽丁艰③，停山阴治丧。右军代为郡，屡言出吊，连日不果④。后诣门自通，主人既哭，不前而去，以陵辱之。于是彼此嫌隙大构⑤。后蓝田临扬州⑥，右军尚在郡。初得消息，遣一参军诣朝廷，求分会稽为越州⑦。使人受意失旨⑧，大为时贤所笑。蓝田密令从事数其郡诸不法⑨，以先有隙，令自为其宜⑩。右军遂称疾去郡⑪，以愤慨致终。

【注】

①王右军：即王羲之。因曾任右军将军，故称。蓝田：指王述。因袭父爵为蓝田侯，故称。

②晚节：晚年。论誉：声誉。

③会稽：郡名。治所在山阴（今浙江绍兴）。丁艰：父母亡故居丧。

④不果：不成，没完成。

⑤嫌隙：仇怨，隔阂。构：造成。

⑥临扬州：任扬州刺史。

⑦求分会稽为越州：谓请求把会稽从扬州分出，另立越州。

⑧失旨：违忤了意旨，弄错了交代的事。

⑨从事：刺史的属官。数：指列举罪状。

⑩自为其宜：自己采取合适的办法处置。

⑪称疾去郡：称病离开了郡守的职位。

【译】

　　王羲之素来看不起王述。王述晚年声誉逐渐变高，王羲之心里特别不满。王述在会稽居丧，留在山阴治办丧事。当时王羲之代理做会稽内史，多次说要去吊丧，但接连几天都没去。后来登门自己通报，主人按例号哭后，王羲之不上前吊唁就离开了，这样来凌辱王述。于是彼此间结下了大仇。后来王述出任扬州刺史，王羲之还在会稽郡任上。王羲之刚得到王述任职的消息，就派遣一个参军到朝廷去，请求从扬州分出会稽郡另立越州。派去的参军没能办好王羲之交代的事，大为当时贤俊们所耻笑。王述秘密命令从事列举会稽郡诸多违法的事，因为过去双方有矛盾，下令会稽郡自己用合适的办法处理。王羲之于是称病离职，为此愤慨不平至死难以释怀。

【评鉴】

　　梁元帝萧绎以为，论学问，论门第，王述都并不比羲之差。羲之与王述交恶，还是王羲之不是处为多。且因为交恶而誓不再仕，并不值得称道。不过，梁元帝的话不免偏颇了一些，如果全方位地评价，还是王羲之胜过王述，简文曾经评价王述说："才既不长，于荣利又不淡，直以真率少许，便足对人多多许。"（《赏誉》91）应该是公允的，王述的长处在于真率，且不阿上。这方面的优点王羲之同样具备，例如批评谢安，讥嘲谢万等。论才学，王羲之书法空前绝后，无人可以替代，其《兰亭集序》非唯书法圭臬，同时也是文章妙品。今存的王羲之杂帖，仍是研究东晋人物及社会的宝贵文献材料。至于王羲之在人物品鉴方面的精准，对时势政治的透彻认知，这些都是王述所不及的。宋苏辙《山阴陈迹》诗云："不须复预清言侣，自是江东第一人。"算得上是公允。梁元帝从帝王的角度，自然认为贤者都应该出仕以襄赞王猷，建功立业，而王羲之负气不愿再出，故元帝有这番批评。当然，在和王述结怨的问题上，羲之的确责任大一些。

仇隙6

　　王东亭与孝伯语后渐异[①]。孝伯谓东亭曰："卿便不可复测。"

答曰："王陵廷争②，陈平从默③，但问克终云何耳。"

【注】

①王东亭：即王珣。王导之孙，王洽之子。以讨袁真功封东亭侯，故称。孝伯：指王恭。恭字孝伯。

②王陵（？—前181）：汉初沛县（今江苏沛县）人。初为县豪，秦末大乱，与刘邦各起兵，后归顺刘邦。汉立，以功封安国侯，官至右丞相。惠帝崩，高后欲立诸吕为王，问王陵。王陵说："高皇帝刑白马而盟曰：'非刘氏而王者，天下共击之。'今王吕氏，非约也！"《汉书》卷40有传。

③陈平（？—前178）：汉初阳武（今河南原阳）人。惠帝时官左丞相。王陵廷争后责备陈平，陈平说："于面折廷争，臣不如君；全社稷，定刘氏后，君亦不如臣。"王陵无言以对。后与周勃等合力诛诸吕，迎立文帝，安汉室。《史记》卷56、《汉书》卷40有传。

【译】

　　王珣和王恭商议事情，后来意见渐渐不一样了。王恭对王珣说："你已经难以捉摸。"王珣回答说："王陵当庭争论，陈平则顺从而沉默不言，只要看最终的结果如何就好了。"

【评鉴】

　　此则应该是孝武帝死后，王恭欲诛除王国宝，而王珣认为王国宝罪逆未彰，不宜马上行动，二人意见出现分歧。王恭处事急躁而少谋，王珣则文章才学皆冠绝时人，弱冠时便为桓温主簿，深受桓温器重，后为孝武帝所昵仗。此以陈平自指而用王陵寓指王恭，正见其二人性格智术。王恭后来败死，王珣安帝时仕至尚书令，为一时名臣。胸襟不同，智术不同，"克终"也就天壤之别了。

仇隙7

　　王孝伯死①，县其首于大桁②。司马太傅命驾出③，至标所④，孰视首，曰："卿何故趣欲杀我邪⑤?"

【注】

①王孝伯：即王恭。恭字孝伯。

②县：同"悬"。大桁（háng）：大浮桥。此指朱雀桥，位于建康城南，正对朱雀门。

③司马太傅：指司马道子。安帝时任太傅，故称。

④标所：旗标下。标，指悬挂王恭首级的旗杆。

⑤趣（cù）：急促，急忙。

【译】

　　王恭死了，他的首级被悬挂在朱雀桥。司马道子乘车出行，到了悬挂王恭首级的旗杆下，仔细端详王恭的首级，说："你为什么要急着杀我啊?"

【评鉴】

　　王恭第一次兴兵，以诛王国宝为名，司马道子不得已杀王国宝、王绪以谢。后又因庾楷的挑唆，又以讨王瑜、司马尚之兄弟为辞再起兵，刘牢之力劝不听。鲁莽兴兵，又遭刘牢之背叛，恭兵败被杀。《晋书》其本传云："自在北府，虽以简惠为政，然自矜贵，与下殊隔。不闲用兵，尤信佛道，调役百姓，修营佛寺，务在壮丽，士庶怨嗟。"知王恭之所以败亡，一是高高在上，与部下没有感情；二是信佛而劳民伤财，引起普遍怨恨。既不得军心，又民怨沸腾，岂有不败之理。王恭败死，司马道子端详其头颅，犹有余憾。刘注引《续晋阳秋》云司马道子原无意杀恭，是也。盖司马道子向来对王恭风采钦羡之至，有云："孝伯亭亭直上。"（《赏誉》154）舍不得杀。其次当是因王恭为孝武帝定皇后之兄，杀之必结外戚深怨。

仇隙8

桓玄将篡，桓修欲因玄在修母许袭之①。庾夫人云②："汝等近过我余年③，我养之，不忍见行此事。"

【注】

①桓修：桓冲第三子。

②庾夫人：桓修母庾氏。颍川庾蔑女，字姚。

③近过：再经历不长的时间。近，时间不长。过，经过，度过。

【译】

桓玄将要篡位，桓修打算趁着桓玄在母亲那儿时袭杀桓玄。庾夫人说："你们姑且等我死了再说，我养育了他，不忍看见你们干这事。"

【评鉴】

　　清张端木对此则曾经评论说："桓修不杀玄，致晋有覆灭之祸。及刘裕讨玄，先杀桓修。国亡家破，一妇人贻之祸也。"但桓母因善良仁慈而不忍，她又怎么能料到自己会贻下大祸呢？我们也没法责怪庾氏。作为桓修，这是忠孝二者间的矛盾，一念之差，弃大忠而全小孝。桓冲一生，忠于晋室，勤勉王事，而儿子桓谦、桓修皆首鼠两端，不识大体。初与桓玄异趣，而桓玄篡后又受其伪封，结果不得善终。设若桓修能当机立断杀了桓玄，于晋室则是莫大之功。比较温峤与母亲绝裾而投奔元帝，成就盖世功名，桓谦弟兄皆豚犬耳！刘义庆以此故事压卷，其间无尽玄机。

《世说新语》人名指南

一、本指南编排以拼音为序。

二、本指南收录《世说新语》中所有人名及其字号，帝王谥号，官名所指代的具体人物等。

三、为方便查考，将人物出现之处以门类首字加本门编号形式编排，如"嵇康　德16"。

四、因《世说新语》一书中出现的人物众多且称谓各异，故本指南以名归类，书中凡单独称字、称小名、称官名，都可按照提示到全名处查找。帝王称呼则以朝代加谥号为查找依据。此外，为避繁复，姓氏加字不再单独列条，统一归在姓名条下，并在名后以括号形式标注字某。

五、本指南的编写参考了张万起、刘尚慈先生《世说新语译注》书后索引，谨致谢忱。

A

a

阿巢　见殷觊（一作殷颢）

阿螭　见王恬

阿大　见王忱

阿大　见谢尚

阿恭　见庾会

阿瓜　见王珣

阿黑　见王敦

阿敬　见王献之

阿林　见王临之

阿龄　见王胡之

阿鄙　见高崧

阿龙　见王导

阿弥　见王珉

陈寔（仲弓、陈太丘）　德6、德7、德8、言6、政1、政2、政3、方1、品6、夙1

陈寿　排44

陈述（嗣祖）　术5

陈泰（玄伯）　方8、赏108、品5、品6、排2、排3

陈韪　言3

陈遗　德45

陈婴　贤1

陈谌（季方）　德6、德7、德8、德10、品6、夙1

陈忠（孝先）　德8

cheng

成都王颖　言25

chu

褚裒（季野、褚公、太傅）　德34、言54、文25、雅18、识16、赏66、赏70、排25、轻7、轻9

褚爽（茂弘、期生）　识24

褚陶（季雅、褚生）　赏19

处明　见王舒

处仲　见王敦

ci

慈明　见荀爽

次道　见何充

cui

崔豹（正熊）　言28

崔烈　文4

崔氏（温峤母）　尤9

崔琰（季珪）　容1

崔杼　言28

D

da

大奴　见王劭

大司马　见桓温

大吴　见吴坦之

dai

戴逵（安道、戴公）　雅34、识17、伤13、栖12、栖15、巧6、巧8、任47、排49

戴渊　赏54、自2

dan

丹朱　排1

H

虎犊　见王彪之

虎独　见王彭之

hua

华歆　德10、德11、德12、德13、方3

华轶（彦夏）　识9

huan

桓冲（幼子、桓车骑、桓公）　政19、凤7、豪10、栖8、贤24、任38、任45、简11、简13、忿8、尤16

桓道恭　规25

桓范（桓郎）　贤6

桓公　见齐桓公

桓豁（朗子、征西）　豪10、贤22、任41

桓豁女　贤22

桓亮（景真）　贤32

桓谦（敬祖、中军）　品88

桓石虔（镇恶）　豪10

桓式　政19

桓嗣（恭祖、豹奴）　排42

桓温（元子、桓公、桓宣武、桓征西、桓荆州、桓大司马）　言55、言56、言58、言60、言64、言85、言95、言101、言102、政16、政19、政20、文22、文29、文80、文87、文92、文95、文96、方44、方50、方54、方55、方58、雅25、雅26、雅27、雅29、雅33、雅39、识19、识20、识22、识27、赏48、赏73、赏79、赏101、赏102、赏103、赏105、赏115、赏117、品13、品32、品35、品36、品37、品38、品41、品45、品52、规19、捷6、捷7、凤7、豪8、豪9、豪10、容27、容28、容32、容34、贤21、贤22、术9、宠2、宠3、任34、任37、任41、任44、简8、排24、排26、排32、排35、排38、排41、排42、排60、轻11、轻12、轻16、假13、黜2、黜4、黜6、黜7、忿4、尤12、尤13

桓熙（伯道、石头）　捷7

桓修（桓崖）　排65、仇8

桓玄（灵宝、桓南郡、桓公、桓义兴）　德41、德42、德43、言101、言103、言104、言106、言107、文65、文102、文103、文104、赏156、品86、品87、品88、

规25、规27、凤7、豪13、伤18、
伤19、贤32、任50、排61、排62、
排63、排64、排65、轻33、黜8、
忿8、尤17、仇8

桓伊（子野、桓护军）　方55、品
42、任33、任42、任49

桓彝（茂伦、桓常侍、桓廷尉、宣城）
德30、赏48、赏65、赏66、品13、
容20、企1

桓胤　文100

huang

皇甫谧　文68

黄宪（叔度）　德2、德3

hui

惠帝　见晋惠帝

慧远（远公）　文61、规24

惠子　文58

huo

霍光　言101

J

ji

嵇康（叔夜、嵇中散、嵇公）　德

16、德43、言15、言18、言40、政
8、文5、文98、雅2、赏29、品31、
品67、容5、伤2、栖2、栖3、贤
11、任1、简3、简4、排4

嵇绍（延祖、嵇侍中）　德43、政8、
方17、赏29、赏36、容11

嵇喜　简4

箕子　品41

箕山人　见许由

季方　见陈谌

季坚　见庾冰

济尼　贤30

稷　言69

jia

嘉宾　见郗超

贾充（公闾）　政6、方8、贤13、贤
14、惑3、惑5

贾后（南风）　贤14

贾黎民　惑3

贾宁　赏67

jiang

江彪（思玄、江仆射、江郎）　方
25、方42、方46、赏127、品56、
规18、轻14、假10

4、方 5、容 27、尤 7

晋元帝（中宗、元皇帝、安东、元
皇）言 29、言 33、方 23、方 45、
赏 46、品 13、规 11、规 13、夙 3、
豪 5、栖 7、宠 1、排 11、纰 2

jing

京房 规 2

京陵 见王浑

井丹 品 80

景王 见晋景王

敬和 见王洽

敬仁 见王修

敬豫 见王恬

jiu

九方皋 轻 24

ju

巨伯 见荀巨伯

jun

濬冲 见王戎

K

kang

康伯 见韩伯

康帝 见晋康帝

康僧渊 文 47、栖 11、排 21

kong

孔安国（孔仆射） 德 46

孔淳之（彦深、孔隐士） 言 108

孔群（中丞） 方 36、方 38、任 24

孔融（文举） 言 3、言 4、言 5、言 8

孔沈（德度） 言 44、赏 85

孔坦（君平、孔廷尉） 言 43、言 44、
方 37、方 43

孔岩（孔西阳） 品 40、品 45、规 20

孔愉（孔车骑、孔郎） 方 38、品 13、
栖 7

孔子（孔丘、仲尼、尼父） 言 3、言
46、言 50、政 3、政 26、方 36、规
3、排 2

kuai

蒯夫人（蒯氏） 惑 4

会稽王 见简文帝

kuang

匡术 方 36、方 38

kui

夔 言 53

刘参军　排62

刘昶(公荣)　任4、简2

刘超　政11

刘畴(王乔)　赏38、赏61

刘聪　假9

刘粹(纯嘏)　赏22

刘夫人(谢公夫人,谢安妻)　德36、赏147、贤23、排27、轻17

刘宏(终嘏)　赏22

刘恢(道生)　赏73

刘简(刘东曹)　方50

刘瑾(刘太常)　品87

刘琨(越石、刘司空)　言35、言36、识9、赏43、假9、尤4、尤9、仇2

刘牢之　文104

刘骥之(遗民)　栖8、任38

刘伶　文69、赏29、容13、任1、任3、任6、排4

刘漠(冲嘏)　赏22

刘讷(令言)　品8

刘劭　言53

刘氏(温峤从姑)　假9

刘奭(刘长沙)　品53

刘绥(万安)　雅24、赏64、品28

刘惔(真长、刘尹、刘丹阳)　德35、言48、言54、言64、言66、言67、言69、言73、政18、政22、文26、文33、文46、文53、文56、文83、方44、方51、方53、方54、方59、识18、识19、识20、赏22、赏75、赏77、赏83、赏86、赏87、赏88、赏95、赏109、赏110、赏111、赏116、赏118、赏121、赏124、赏130、赏131、赏135、赏138、赏146、品29、品30、品36、品37、品42、品43、品44、品48、品50、品56、品58、品73、品76、品77、品78、品84、容27、伤10、宠4、任33、任36、任40、排13、排17、排19、排24、排29、排36、排37、排60、轻9、轻10、轻13、轻14

刘许　排7

刘毅(仲雄)　德17

刘玙(庆孙)　雅10、赏28、仇2

刘爰之(遵祖)　排47

刘肇　雅6

刘桢(公幹)　言10

刘准(刘河内)　方16

meng

孟昶　文104　企6

孟嘉（万年、孟从事）　识16、栖10

孟陋（少孤）　栖10

孟敏（叔达）　黜6

mi

祢衡　言8

miao

缪袭　言13

min

闵子骞　言13

愍王　见司马丞

愍度道人　假11

ming

明帝　见晋明帝

mo

末婢　见谢琰

N

nan

南康长公主（桓温妻）　贤21、简8

ning

宁越　政10

O

ou

欧阳建（坚石）　仇1

P

pan

潘尼　政5

潘滔（阳仲）　识6、赏28

潘岳（潘安仁）　言107、文70、文71、文84、文89、赏139、容7、容9、仇1

pang

庞统（士元）　言9、品2、品3

pei

裴绰　品6

裴徽（裴冀州）　文8、文9、品6

裴楷（叔则、裴令公、裴令、裴公）　德18、德20、言19、政5、方13、雅7、赏5、赏6、赏8、赏14、赏24、赏38、品6、容6、容10、容12、巧9、任11、惑2

裴康　品6

司马肜（梁王） 德18

司马文王 见晋文王

司马无忌 识27、仇3、仇4

司马晞（太宰） 雅25、黜7

司马相如（长卿） 品80、任51

司马宣王 见晋宣帝

司马乂（长沙王） 言25

司马攸（齐王、齐献王） 品32、贤14

司马越（太傅、东海王） 雅10、赏33、赏34

司马著作 赏152

司州 见王胡之

思妣 见许永

思旷 见阮裕

嗣宗 见阮籍

嗣祖 见陈述

song

宋祎 品21

su

苏峻（子高） 方25、方34、方36、方37、雅17、雅23、规16、容23、伤8、任30、假8、俭8

苏绍 品57

苏愉 品57

苏则 品57

肃祖 见晋明帝

sun

孙策（伯符） 豪11、黜9

孙绰（兴公、孙长乐） 言84、文30、文36、文78、文81、文84、文86、文89、文91、文93、方48、雅28、赏85、赏107、赏119、品36、品54、品61、品65、容37、排37、排41、排52、排54、轻9、轻14、轻15、轻16、轻17、轻20、轻22、假12

孙楚（子荆） 言24、文72、伤3、排6

孙登 栖2

孙恩 德45

孙放（齐庄） 言49、言50、排33

孙皓 言21、政4、规5、排5、纰2

孙潜（齐由） 言50

孙权（仲谋） 容27

孙盛（安国、孙监） 言49、文25、文31、文56、排25、排33

孙叔敖 德31

万石　见谢万

万子　见王绥

wang

王安丰　见王戎

王安期　见王承

王北中郎　见王坦之

王弼（辅嗣）　言99、文6、文7、文
　8、文10、赏98、赏110

王彪之（叔虎、虎犊）　轻8、轻14

王彬（世儒）　识15

王伯舆　见王廞

王参军　见王承

王粲（仲宣）　伤1

王操之（子重）　品74

王昶（司空）　贤15

王敞　品18

王车骑　见王洽

王忱（佛大、王大、阿大、王荆州、
　王建武）　德44、政24、方66、
　识26、识28、赏150、赏153、赏
　154、规22、规26、任50、任51、
　任52、忿7、纰8

王承（安期、王参军、王东海）　政
　9、政10、赏34、赏62、品10、品

20、贤16、轻6、忿2

王澄（平子、阿平）　德23、方31、
　识12、赏27、赏31、赏45、赏46、
　赏51、赏52、品6、品11、品15、
　规10、容15、简6、谗1、尤5

王处之（阿智）　假12

王导（茂弘、阿龙、王丞相、王公、
　司空）　德27、德29、言31、言
　33、言36、言37、言40、言102、
　政12、政13、政14、政15、文21、
　文22、方23、方24、方36、方37、
　方39、方40、方42、方45、雅8、
　雅13、雅14、雅16、雅19、雅22、
　识11、赏37、赏40、赏46、赏47、
　赏54、赏57、赏58、赏59、赏60、
　赏61、赏62、品6、品13、品16、
　品18、品20、品23、品26、品28、
　品43、规11、规14、规15、捷5、
　容15、容16、容24、容25、企1、
　企2、伤6、栖4、术8、宠1、任23、
　任24、任32、简7、排10、排12、
　排13、排14、排16、排17、排18、
　排21、轻4、轻5、轻6、轻8、俭7、
　汰1、尤5、尤6、尤7、纰4、惑7

14、排 43、排 51、轻 19、轻 23

谢玄（谢遏、谢车骑）　言 92、文 41、文 58、雅 35、雅 38、识 22、识 23、赏 146、赏 149、品 46、品 71、品 72、容 36、贤 26、贤 28、贤 30、排 54、排 55、轻 23、假 14、谗 2

谢琰（末婢、谢望蔡）　贤 26、伤 15、轻 32

谢奕（无奕、安西、征西、晋陵）　德 33、言 71、文 41、品 59、简 8、忿 5、尤 14

谢重（景重）　言 98、言 100、言 101、排 58

谢甄（子微）　赏 3

xin

辛毗（佐治）　方 5

xing

邢乔　赏 22

兴公　见孙绰

xiu

修载　见王耆之

xu

徐宁　赏 65

徐稚（徐孺子）　德 1、言 2

许柳　政 11

许虔（许子政）　赏 3

许劭（许子将）　赏 3

许询（许玄度、阿讷、许掾）　言 69、言 73、文 38、文 40、文 55、文 85、赏 95、赏 111、赏 119、赏 144、品 50、品 54、品 55、品 61、规 20、栖 13、栖 16、宠 4、轻 18、轻 31

许由（箕山人）　言 1、言 9、言 18、言 50、言 69、栖 13、排 28、排 53

许永（思妣）　政 11

许允　赏 139、贤 6、贤 7、贤 8

许允妇（阮氏）　贤 6、贤 7、贤 8

许璪（许文思、许侍中）　雅 16、排 20

xuan

宣帝　见晋宣帝

宣王　见晋宣帝

宣武　见桓温

宣武公　见桓温

玄伯　见陈泰

玄度　见许询

xun

荀粲（奉倩）　文 9、方 59、识 3、惑 2

杨乔　品7

杨氏子　言43

杨修（德祖）　捷1、捷2、捷3、捷4

杨准（杨侯）　赏58、品7

yao

尧（唐尧）　言1、言7、方30、方31、赏62、排1

遥集　见阮孚

yi

伊尹　言101

壹公　见道壹道人

夷甫　见王衍

逸民　见裴颜

逸少　见王羲之

yin

殷夫人（韩伯母）　德47、凤5、贤27、贤32

殷浩（渊源、阿源、殷扬州、殷中军、殷侯）　言80、政22、文22、文23、文26、文27、文28、文31、文33、文34、文43、文46、文47、文48、文49、文50、文51、文56、文59、文74、方53、识18、赏80、赏81、赏82、赏86、赏90、赏93、赏99、赏100、赏113、赏115、赏117、赏121、品30、品33、品34、品35、品38、品39、品51、品67、容24、企4、术11、任37、排47、轻10、黜3、黜5

殷觊（一作殷颐，阿巢）　德41、规23、轻27

殷融（洪远、殷太常）　文74、品36、品69、排37

殷师　纰6

殷羡（洪乔、殷豫章）　任31、排11、排23

殷允（子思）　赏145

殷仲堪（殷荆州）　德40、德41、德42、德43、言103、政26、文60、文61、文62、文63、文65、雅41、识28、赏156、品81、规23、巧11、排56、排61、谗4、尤17、纰6

殷仲文　言106、文99、赏156、品45、品88、排65、黜8、黜9

尹吉甫　言6

ying

应詹（应镇南）　仇4

你真能
读明白的

〔南朝宋〕刘义庆 著

蒋宗许 陈默 评注

世说新语

中

中华书局